Wo kein Zeuge ist

Die vielfach preisgekrönten Kriminalromane der amerikanischen Autorin Elizabeth George brillieren durch akribische Recherche, präzisen Spannungsaufbau und höchste psychologische Raffinesse. Ihre Fälle sind stets detailgenaue Porträts unserer Gesellschaft. Die Verfilmungen ihrer Bestseller mit dem so gegensätzlichen Ermittlerpaar Thomas Lynley und Barbara Havers begeistern seit Jahren auch ein Millionenpublikum in Deutschland. Elizabeth George, die lange an der Universität »Creative Writing« lehrte, lebt heute in Seattle, USA.

ELIZABETH GEORGE

Wo kein Zeuge ist

Roman

Aus dem Amerikanischen von
Ingrid Krane-Müschen
und Michael J. Müschen

Weltbild

Die amerikanische Originalausgabe erschien 2005 unter dem Titel
With No One As Witness bei HarperCollins Publishers, Inc., New York.

Besuchen Sie uns im Internet:
www.weltbild.de

Genehmigte Lizenzausgabe für Verlagsgruppe Weltbild GmbH,
Steinerne Furt, 86167 Augsburg
Copyright der Originalausgabe © 2005 by Susan Elizabeth George
Copyright der deutschen Ausgabe © 2006 by
Blanvalet Verlag, in der Verlagsgruppe Random House GmbH, München
Übersetzung: Ingrid Krane-Müschen und Michael J. Müschen
Umschlaggestaltung: bürosüd°, München
Umschlagmotiv: Plainpicture, Hamburg (© Jenkins, R.)
Gesamtherstellung: GGP Media GmbH, Pößneck
Printed in the EU

ISBN 978-3-8289-8794-4

2010   2009   2008   2007
Die letzte Jahreszahl gibt die aktuelle Lizenzausgabe an.

Für Miss Audra Isadora, in Liebe.

Und wenn du lange in einen Abgrund blickst,
blickt der Abgrund auch in dich hinein.

NIETZSCHE

Prolog

Die Dietrich war Kimmo Thorne von allen die Liebste: das Haar, die Beine, die Zigarettenspitze, der Zylinder und der Frack. Sie war das, was er »das Komplettpaket« nannte, und seiner Ansicht nach konnte keine ihr das Wasser reichen. Ach, natürlich konnte er auch die Garland darstellen, wenn's sein musste. Die Minnelli war einfach, und er wurde eindeutig immer besser bei der Streisand, aber wenn er die Wahl hatte – und die hatte er in der Regel, nicht wahr? –, dann entschied er sich für die Dietrich. Die kesse Marlene. Seine Nummer eins. Marlene konnte die Krümel aus dem Toaster singen, das war keine Frage.

Er hielt also die Pose am Ende des Lieds nicht deshalb, weil es für die Darbietung erforderlich war, sondern weil er sie so liebte. Das Ende von »Falling in Love Again« verklang, und er verharrte wie eine Marlene-Statue: der eine Fuß im hochhackigen Pumps auf dem Stuhl, die Zigarettenspitze zwischen den Fingern. Der letzte Ton verhallte, und er stand immer noch reglos da, zählte bis fünf – ergötzte sich an Marlene und an sich selbst, denn sie war gut, und er war gut, er war sogar verdammt gut, wenn man's genau nahm –, ehe er sich rührte und das Karaokegerät abschaltete. Er lupfte den Zylinder, schlug die Frackschöße zurück und verneigte sich tief vor seinem zweiköpfigen Publikum. Tante Sal und seine Großmutter – seine treuesten Fans – reagierten genau, wie er erwartet hatte: »Großartig! Einfach großartig, Junge«, rief Tante Sally. Und Gran sagte: »Das ist unser Junge, wie wir ihn kennen. Durch und durch talentiert, unser Kimmo. Was werden deine Eltern nur sagen, wenn ich ihnen die Fotos schicke!«

Das würde sie bestimmt schnellstens hierher bringen, dachte Kimmo sarkastisch. Aber er stellte den Fuß noch einmal auf den Stuhl, denn er wusste, Gran meinte es gut, auch wenn sie nicht die Allerhellste war, was ihre Ansichten über seine Eltern betraf.

Gran wies Tante Sally an: »Weiter nach rechts, fang seine Schokoladenseite ein.« Nach wenigen Minuten war das Foto gemacht und die Show für den heutigen Abend vorüber.

»Wo soll's denn hingehen heute Abend?«, fragte Tante Sally, als Kimmo in sein Zimmer ging. »Hast du eine neue Flamme, mein Junge?«

Hatte er nicht, aber das musste sie ja nicht wissen. »Ich geh zu Blinker«, erwiderte er munter.

»Nun, dann treibt keinen Unsinn, dein Freund und du.«

Er zwinkerte ihr zu. »Würden wir doch nie tun, Tantchen«, log er im Hinausgehen. Er zog die Tür hinter sich zu und schloss ab. Zuerst kümmerte er sich um das Marlene-Kostüm. Kimmo zog es aus und hängte es auf, ehe er sich an seine Frisierkommode setzte. Er betrachtete sein Gesicht im Spiegel und erwog einen Moment, das Make-up teilweise zu entfernen. Aber schließlich verwarf er den Gedanken mit einem Schulterzucken und durchwühlte seinen Schrank nach zweckdienlicher Kleidung. Er wählte ein Sweatshirt mit Kapuze, seine bevorzugten Leggings und die knöchelhohen Wildlederstiefel mit den flachen Sohlen. Die Zweideutigkeit seiner Erscheinung gefiel ihm. Mann oder Frau?, mochte ein Beobachter sich fragen. Aber nur wenn Kimmo sprach, war die Antwort eindeutig. Denn er war endlich in den Stimmbruch gekommen, und wenn er den Mund aufmachte, war das Spielchen vorbei.

Er zog sich die Kapuze des Sweatshirts über den Kopf und schlenderte die Treppe hinab. »Ich bin dann weg!«, rief er seiner Großmutter und Tante zu, während er seine Jacke vom Haken neben der Tür nahm.

»Wiedersehen, mein Liebling!«, antwortete Gran.

»Bleib anständig!«, fügte Tante Sally hinzu.

Er warf ihnen eine Kusshand zu. Sie erwiderten die Geste.

»Hab dich lieb«, sagten alle gleichzeitig.

Draußen zog er den Reißverschluss seiner Jacke hoch und löste die Kette, mit der sein Fahrrad am Treppengeländer gesichert war. Er schob es zum Aufzug, drückte auf die Ruftaste, und während er wartete, überprüfte er, ob die Satteltaschen auch alles enthielten, was er brauchen würde. Er hatte eine geistige Checkliste, deren einzelne Punkte er nun abhakte: Nothammer, Handschuhe, Schraubenzieher, Brecheisen, Taschenlampe, Kopfkissenbezug, eine rote Rose. Letztere ließ er gern als Visitenkarte zurück. Man durfte schließlich nicht nehmen, ohne auch etwas zu geben.

Draußen auf der Straße schlug ihm die eisige Nachtluft entgegen, und Kimmo freute sich nicht gerade auf die lange Fahrt. Er hasste es, mit dem Rad fahren zu müssen, vor allem dann, wenn die Temperatur so nah dem Gefrierpunkt war. Da aber weder Gran noch Tante Sally ein Auto besaßen und er selbst keinen Führerschein hatte, den er einem Polizisten bei einer Kontrolle mit einem einnehmenden Lächeln hätte unter die Nase halten können, blieb ihm nichts anderes übrig, als zu radeln. Den Bus zu nehmen stand mehr oder minder außer Frage.

Seine Route führte die Southwark Street entlang, dann durch den dichteren Verkehr der Blackfriars Road, bis er nach mehrmaligem Abbiegen Kennington Park erreichte. Von dort – Verkehr oder nicht – ging es praktisch schnurgerade nach Clapham Common und zu seinem Ziel: Ein frei stehendes, zweigeschossiges Wohnhaus aus rotem Backstein, das für seine Zwecke günstig gelegen war und das er in den vergangenen Monaten sorgfältig ausgekundschaftet hatte.

Inzwischen kannte er den Tagesablauf der Familienmitglieder so genau, als lebte er selbst dort. Er wusste, die Leute hatten zwei Kinder. Mum hielt sich fit, indem sie jeden Tag mit dem Fahrrad zur Arbeit fuhr, Dad nahm den Zug von der Clapham Station. Sie hatten ein Aupair-Mädchen, das an zwei festgelegten Wochentagen seine freien Abende hatte, und an einem dieser Abende – immer am gleichen – verließen Mum, Dad und die Kinder das Haus gemeinsam und fuhren zu... Kimmo hatte keine Ahnung. Zum Abendessen bei der Großmutter, nahm Kimmo an, aber es konnte genauso gut ein langer Gottesdienst sein, eine Familientherapie oder Yogaunterricht. Entscheidend war, dass sie den Abend nicht zu Hause verbrachten und *lange* wegblieben. Wenn sie heimkamen, mussten die Eltern die Kleinen jedes Mal ins Haus tragen, weil sie im Auto eingeschlafen waren. Und das Aupair-Mädchen verbrachte den Abend mit zwei anderen Mädchen. Sie verließen zusammen das Haus und schnatterten auf Bulgarisch, oder was immer sie sprachen, und falls sie je vor Sonnenaufgang zurückkamen, so weit nach Mitternacht.

Die Vorzeichen schienen günstig bei diesem Haus. Die Familienkutsche war der größte Wagen aus der Range-Rover-Reihe, ein Mal in der Woche kam ein Gärtner. Sie benutzten auch einen Wäschereiservice, der ihre Laken und Kissenbezüge gewaschen und gebügelt zurückbrachte. Dieses Haus, hatte Kimmo gedacht, war reif und wartete förmlich auf ihn.

Das Sahnehäubchen war das Haus nebenan, vor dem ein einsames »Zu vermieten«-Schild an einem Pfosten im Wind schaukelte. Und um das Ganze perfekt zu machen, gab es auch noch einen einfachen Zugang von der Rückseite. Da erstreckte sich nämlich eine Ziegelmauer, die den Garten von einer unbebauten Wildnis trennte.

Dorthin radelte Kimmo, nachdem er die Vorderseite des Hauses passiert hatte, um sich zu vergewissern, dass die Familie sich auch an ihren strikten Tagesablauf hielt. Dann fuhr er durch die Wildnis und lehnte sein Rad gegen die Mauer. Er benutzte den Kissenbezug, um seine Ausrüstung und die Rose zu transportieren, stieg auf den Fahrradsattel und kletterte mühelos über die Mauer.

Der rückwärtige Garten war schwärzer als die Zunge des Teufels, aber Kimmo hatte früher schon einmal über die Mauer gespäht und wusste, was vor ihm lag. Gleich unterhalb der Mauer war ein Komposthaufen, dahinter stand eine Gruppe von Obstbäumen, die sich in dekorativer Unordnung über einen gepflegten Rasen verteilten. Breite Blumenbeete links und rechts davon bildeten die Rabatte. Eins der Beete zog sich um einen Pavillon, das andere zierte ein Gartenhäuschen. Vor dem Haus drüben gab es eine Terrasse mit ungleichmäßigen Pflastersteinen, auf welcher der Regen des letzten Gewitters Pfützen gebildet hatte, dann kam ein Vordach, an dem die Gartenbeleuchtung hing.

Sie schaltete sich automatisch ein, als Kimmo näher trat. Er nickte ihr dankbar zu. Bewegungsmelder, hatte er schon vor langer Zeit erkannt, mussten die geistreiche Erfindung eines Einbrechers sein, denn wann immer sie sich einschalteten, schienen alle anzunehmen, dass nur eine Katze durch den Garten lief. Er hatte jedenfalls noch nie gehört, dass ein Nachbar die Polizei alarmierte, weil irgendwo ein Licht anging. Andererseits hatte er von Einbrecherkollegen gehört, wie viel einfacher der Zugang zur Rückseite eines Hauses durch diese von Bewegungsmeldern gesteuerten Lichter war.

In diesem Fall waren die Lichter bedeutungslos. Die leeren Fenster und das »Zu vermieten«-Schild sagten ihm, dass niemand im Haus zur Rechten wohnte, und das linke Haus hatte weder Fenster zu dieser Seite noch einen Hund, der die eisige Nacht plötzlich mit wildem Gebell erfüllen würde. Soweit Kimmo es beurteilen konnte, war die Luft rein.

Glastüren führten auf die Terrasse, und Kimmo ging darauf zu. Ein kurzer Schlag mit dem Nothammer – eigentlich dafür vorgesehen, im Notfall eine Autoscheibe zu zertrümmern – reichte aus, um ihm Zugang zur Klinke zu verschaffen. Er öffnete die Tür und betrat das Haus. Die Alarmanlage heulte los wie eine Feuersirene.

Der Lärm war ohrenbetäubend, aber Kimmo ignorierte ihn. Er hatte fünf Minuten, vielleicht sogar länger, ehe die Sicherheitsfirma anrief, um hoffnungsvoll nachzufragen, ob der Alarm vielleicht nur versehentlich ausgelöst worden sei. Wenn niemand abhob, riefen sie die Kontaktnummern an, die man ihnen gegeben hatte. Führte auch das nicht dazu, das unablässige Geheul zum Verstummen zu bringen, riefen sie vielleicht die Polizei, die dann vielleicht vorbeischaute, um nach dem Rechten zu sehen, vielleicht aber auch nicht. Auf jeden Fall lag diese Eventualität mindestens zwanzig Minuten in der Zukunft, was wiederum zehn Minuten länger war, als Kimmo brauchen würde, um zu finden, wonach er in diesem Haus suchte.

Er war Spezialist auf diesem Gebiet. Die Computer, Laptops, CD- und DVD-Player, Fernseher, Schmuckstücke, Digitalkameras, Palm Pilots und Videorekorder überließ er anderen. Er suchte nach etwas Bestimmtem in den Häusern, in die er einstieg, und das Wunderbare daran war, dass die Gegenstände, die er suchte, immer offen sichtbar und meistens in den Räumen des Erdgeschosses standen. Kimmo ließ den Lichtstrahl seiner Taschenlampe herumwandern. Er befand sich im Esszimmer, und hier gab es nichts abzuräumen. Doch im Wohnzimmer sah er schon vier Stück auf einem Klavier funkeln. Er ging sie holen: Silberrahmen, die er von ihren Fotos befreite – man sollte schließlich rücksichtsvoll sein –, ehe er sie behutsam in seinem Kissenbezug verstaute. Ein weiterer Rahmen fand sich auf einem der Beistelltische. Er steckte ihn ein und begab sich auf die Vorderseite des Hauses, wo in der Diele auf einem Halbmondtisch unter einem Spiegel zwei weitere Silberrahmen aufgestellt waren, zusammen mit einer Porzellandose und einem Blumenarrangement, die er ließ, wo sie waren.

Die Erfahrung lehrte, dass er gute Chancen hatte, den Rest seiner Beute im Elternschlafzimmer zu finden, also lief er eilig die Treppe hinauf, während die Alarmsirene weiter in seinen Ohren gellte. Das Zimmer, das er suchte, war in der obersten Etage, nach hinten gelegen, mit Blick auf den Garten, und er hatte gerade die Taschenlampe eingeschaltet, um sich zu orientieren, als die Sirene abrupt verstummte und das Telefon zu klingeln begann.

Kimmo erstarrte, die eine Hand um die Taschenlampe gelegt, die andere halb nach einem Bilderrahmen ausgestreckt, der das Foto eines Paares in Hochzeitsstaat präsentierte, das sich unter blühenden Zweigen küsste. Nach einem Moment brach das Telefonklingeln ebenso abrupt ab wie der Alarm zuvor, unten ging das Licht an und jemand rief: »Hallo?«, und dann: »Nein. Wir kommen gerade erst nach Hause... Ja. Ja. Die Sirene heulte, aber ich hatte noch keine Gelegenheit... O mein Gott! Gail, lass die Finger von dem Glas!«

Dies reichte aus, um Kimmo klar zu machen, dass die Dinge eine unerwartete Wendung genommen hatten. Er hielt sich nicht damit auf, zu rätseln, was die Familie zu Hause zu suchen hatte, obwohl sie doch eigentlich bei Gran sein sollte oder in der Kirche, beim Yoga, in der Therapie oder wohin sie auch immer gehen mochten, wenn sie das Haus verließen. Stattdessen hastete er zum Fenster links neben dem Bett, während unten eine Frau schrie: »Ronald, es ist jemand im Haus!«

Kimmo brauchte nicht Ronalds polternde Schritte auf der Treppe zu hören oder Gails Rufe: »Nein! Warte!«, um zu begreifen, dass er sich schleunigst verdrücken sollte. Er kämpfte kurz mit dem Schloss des Fensters, schob es dann hoch und stieg mit dem Kissenbezug hindurch, als Ronald gerade in das Schlafzimmer stürmte, bewaffnet mit einem Gegenstand, der wie eine Grillgabel aussah.

Kimmo landete mit einem gewaltigen, dumpfen Aufprall und einem Stöhnen auf dem Vordach zweieinhalb Meter tiefer und verfluchte den Umstand, dass kein Blauregen die Fassade emporrankte, an dem er sich wie Tarzan hätte in die Freiheit schwingen können. Er hörte Gail rufen: »Hier ist er! Hier ist er!« und Ronald von oben am Fenster schreien. Ehe er den Garten zur rückwärtigen Mauer durchquerte, wandte er sich noch einmal zum Haus um und schenkte der Frau im Esszimmer ein Grinsen und einen frechen Salut. Sie hielt ein schlaftrunkenes Kind mit schreckgeweiteten Augen im Arm, ein zweites hatte die Hand in ihre Hose gekrallt.

Dann rannte er. Der Kissenbezug schlug ihm bei jedem Schritt gegen den Rücken, und Kimmo lachte in sich hinein. Er bedauerte nur, dass er nicht dazugekommen war, die Rose zu hinterlassen. Als er die Mauer erreichte, hörte er Ronald auf die Terrasse stürmen, aber noch bevor der arme Kerl im Schatten der Bäume ankam, war Kimmo die Mauer hochgeklettert und hinübergesprungen und flüchtete über das unbebaute Grundstück. Wenn die Bullen schließlich kamen – was in einer Stunde oder morgen Mittag sein konnte –, war er längst über alle Berge, nur noch eine verschwommene Erinnerung der Dame des Hauses: ein geschminktes Gesicht unter einer Sweatshirt-Kapuze.

Gott, das hier war das Leben! Das hier war das Beste! Wenn sich herausstellte, dass die Beute Sterlingsilber war, würde er am Freitagmorgen um ein paar hundert Pfund reicher sein. Konnte irgendetwas besser sein? Kimmo glaubte nicht. Was machte es schon, dass er gesagt hatte, er wolle für ein Weilchen ehrlich werden. Er konnte all die Zeit, die er bereits in diesen Job investiert hatte, nicht einfach so abschreiben. Da wär er doch blöd, und wenn es eines gab, was Kimmo Thorne nicht war, dann blöd. Kein bisschen. Keine Chance, meine Herren.

Er war vielleicht eine Meile weit geradelt, als er merkte, dass ihm jemand folgte. Es war allerhand Verkehr auf den Straßen – wann war in London kein Verkehr? –, und ein paar Autos hatten gehupt, als sie ihn überholten. Zuerst dachte er, sie hupten seinetwegen, so wie Autos es oft taten, wenn sie ein Fahrrad zur Seite drängen wollten, aber dann ging ihm auf, dass ihre Ungeduld einem langsam fahrenden Wagen hinter ihm galt, der keine Anstalten machte, ihn zu überholen.

Der Schreck fuhr ihm in die Glieder, denn er fragte sich, ob Ronald es irgendwie geschafft hatte, ihm zu folgen. Er bog in eine Seitenstraße, um sich zu vergewissern, dass es keine Einbildung war und er wirklich verfolgt wurde, und tatsächlich: Die Scheinwerfer in seinem Rücken bogen mit ab. Er war im Begriff, einen Spurt einzulegen, als er neben sich das Brummen eines Motors hörte und dann eine freundliche Stimme, die seinen Namen sagte.

»Kimmo? Bist du's? Was treibst du in diesem Teil der Stadt?«

Kimmo ließ das Fahrrad ausrollen und bremste. Er wandte den Kopf, um festzustellen, wer ihn angesprochen hatte. Als er den Fahrer erkannte, lächelte er und sagte: »Wieso ich? Das Gleiche könnte ich dich fragen.«

Der andere erwiderte das Lächeln. »Sieht so aus, als wär ich auf der Suche nach dir. Soll ich dich ein Stück mitnehmen?«

Das käme gelegen, dachte Kimmo, falls Ronald ihn mit dem Fahrrad hatte flüchten sehen und die Bullen schneller als üblich reagiert hatten. Er wollte jetzt wirklich nicht unbedingt draußen auf der Straße sein. Er hatte außerdem immer noch zwei Meilen vor sich, und es war kalt wie in der Antarktis. Er antwortete: »Aber ich habe das Rad.«

Der andere lachte leise. »Das ist kein Problem, wenn du keins draus machst.«

1

Detective Constable Barbara Havers stellte fest, dass sie ein Glückspilz war: Die Einfahrt war leer. Sie hatte beschlossen, ihre Einkäufe mit dem Wagen und nicht zu Fuß zu erledigen, was immer mit gewissen Risiken verbunden war in dieser Gegend von London, wo ein jeder, der glücklich genug war, einen Parkplatz in der Nähe seines Wohnhauses zu finden, sich mit einer Hingabe daran klammerte wie eine geläuterte Seele an ihren Retter. Doch sie hatte allerhand einzukaufen gehabt, und die Vorstellung, die Sachen in der Kälte vom Lebensmittelladen bis nach Hause tragen zu müssen, hatte sie schaudern lassen. Also hatte sie sich fürs Auto entschieden und das Beste gehofft. Ohne Gewissensbisse belegte sie die Einfahrt des gelben, edwardianischen Wohnhauses, hinter dem ihr winziger Bungalow lag, mit Beschlag. Sie lauschte dem Husten und Röcheln ihres Minis, während sie den Motor abstellte, und nahm sich zum fünfzehnten Mal in diesem Monat vor, einen Mechaniker nach dem Wagen schauen zu lassen, der – so konnte man nur hoffen – nicht ihr letztes Hemd dafür verlangen würde, den Fehler zu reparieren, der dazu führte, dass ihr Auto rülpste wie ein magenkranker Rentner.

Sie stieg aus und klappte den Sitz nach vorn, um die erste ihrer Einkaufstüten vom Rücksitz zu holen. Sie trug vier Tüten auf dem Arm, als sie ihren Namen hörte.

Jemand sang: »Barbara! Barbara! Guck mal, was ich im Schrank gefunden habe!«

Barbara richtete sich auf und schaute in die Richtung, aus der die glockenhelle Stimme kam. Die kleine Tochter ihres Nachbarn saß auf der verwitterten Holzbank vor der Erdgeschosswohnung des altehrwürdigen, zum Mehrfamilienhaus umgewandelten Gebäudes. Sie hatte die Schuhe ausgezogen und versuchte, sich in ein Paar Inlineskates zu kämpfen. Sie sahen ein paar Nummern zu groß aus, fand Barbara. Hadiyyah war erst acht Jahre alt, und die Skates waren eindeutig für einen Erwachsenen gedacht.

»Die gehören Mummy«, klärte Hadiyyah sie auf, als habe sie Barbaras Gedanken gelesen. »Wie gesagt, ich hab sie im Schrank gefunden. Ich bin noch nie mit ihnen gefahren. Vermutlich sind sie mir zu groß, aber ich hab Küchenpapier reingestopft. Dad weiß nichts davon.«

»Von dem Küchenpapier?«

Hadiyyah kicherte. »Quatsch! Er weiß nicht, dass ich sie gefunden hab.«

»Vielleicht will er nicht, dass du sie benutzt.«

»Sie waren aber nicht *versteckt*. Nur weggeräumt. Bis Mummy wieder nach Hause kommt, nehme ich an. Sie ist in …«

»Kanada. Ich weiß.« Barbara nickte. »Also, sei schön vorsichtig mit den Dingern. Dein Dad wird nicht glücklich sein, wenn du fällst und dir den Kopf einschlägst. Hast du einen Helm oder so was?«

Hadiyyah sah auf ihre Füße hinab – einer mit dem Inlineskate, einer nur mit der Socke bekleidet – und dachte darüber nach. »Brauche ich das?«

»Vorsichtsmaßnahme«, erklärte Barbara. »Auch mit Rücksicht auf die Straßenkehrer. Es verhindert, dass das Gehirn der Inlineskater auf die Bürgersteige spritzt.«

Hadiyyah verdrehte die Augen. »Ich weiß, dass du nur Spaß machst.«

Barbara hob die Hand zum Schwur. »So wahr mir Gott helfe. Wo ist denn dein Dad überhaupt? Bist du heute allein?« Mit einem Fußtritt öffnete sie das Törchen zu dem gepflasterten Weg, der zum Haus führte, und überlegte, ob sie Taymullah Azhar noch einmal darauf ansprechen sollte, dass er seine Tochter öfter allein ließ. Auch wenn es stimmte, dass das nur selten vorkam, hatte sie ihm doch angeboten, dass sie gern bereit war, sich in ihrer Freizeit um Hadiyyah zu kümmern, wenn er an der Universität eine Sprechstunde abhalten oder die Arbeit im Labor überwachen musste. Hadiyyah war für eine Achtjährige erstaunlich selbstständig, aber letztlich war sie doch immer noch das: Eine Achtjährige, die naiver war als ihre Altersgenossinnen, zum Teil aufgrund einer Kultur, die sie von allem abschirmte, zum Teil aufgrund der Tatsache, dass ihre englische Mutter sie verlassen hatte und nun schon seit fast einem Jahr »in Kanada« war.

»Er ist losgezogen, um mir eine Überraschung zu kaufen«, berichtete Hadiyyah sachlich. »Er denkt, ich weiß das nicht. Er denkt, *ich* denke, dass er nur was zu erledigen hat, aber ich weiß, was er in Wirklichkeit macht. Es ist, weil er traurig ist, und er meint, ich bin traurig, was nicht stimmt, aber er will, dass ich wieder fröhlich bin. Also hat er gesagt: ›Ich muss etwas erledigen, Kushi‹, und ich soll glauben, es hat nichts mit mir zu tun. Hast du deine Einkäufe gemacht? Kann ich dir helfen, Barbara?«

»Es sind noch mehr Tüten im Auto. Wenn du sie holen willst...«, antwortete Barbara.

Hadiyyah glitt von der Bank und – einen Skate angezogen – humpelte zum Auto hinüber und holte die restlichen Tüten heraus. Barbara wartete an der Hausecke. Als Hadiyyah sich ihr hinkend anschloss, fragte sie: »Was ist denn der Anlass?«

Hadiyyah folgte ihr zum Ende des Grundstücks, wo Barbaras Bungalow stand. Er glich eher einem um Vornehmheit bemühten Gartenhäuschen, war halb von einer Falschen Akazie verborgen und ließ grüne Farbflocken auf ein Blumenbeet rieseln, das dringend bepflanzt werden musste. »Hm?«, machte Hadiyyah. Aus der Nähe erkannte Barbara, dass sie den Kopfhörer eines Discman um den Hals trug. Das Gerät war am Bund ihrer Blue Jeans befestigt. Undefinierbare Klänge drangen blechern aus den Ohrstöpseln. Nur eine weibliche Stimme war auszumachen. Hadiyyah schien sie gar nicht zu bemerken.

»Die Überraschung«, sagte Barbara und schloss ihre Haustür auf. »Du hast gesagt, dein Dad sei unterwegs, um eine Überraschung für dich zu besorgen.«

»Ach, *das*.« Hadiyyah humpelte hinein und stellte die Tüten auf den Esstisch, wo die Post von mehreren Tagen sich mit vier Ausgaben des *Evening Standard*, einem Korb voll schmutziger Wäsche und einem leeren Vanillepuddingkarton vermischte. Das alles ergab ein unschönes Durcheinander, und das gewohnheitsmäßig ordentliche kleine Mädchen betrachtete es mit einem vielsagenden Stirnrunzeln. »Du hältst deine Sachen nicht in Ordnung«, schalt sie.

»Sehr scharfsinnig erkannt«, murmelte Barbara. »Und die Überraschung? Ich weiß, dass du nicht Geburtstag hast.«

Hadiyyah klopfte mit dem Inlineskate auf den Boden und wirkte plötzlich verlegen, was ihr ganz und gar nicht ähnlich sah. Barbara stellte fest, dass sie sich das dunkle Haar heute selbst geflochten hatte, denn ihr Scheitel ergab ein Zickzackmuster, und die roten Schleifen am Ende der Zöpfe waren schief angebracht, die eine Schleife zwei Zentimeter höher als die andere. »Na ja«, begann sie, während Barbara den Inhalt der ersten Einkaufstüte auf der Arbeitsplatte ausbreitete. »Er hat es nicht direkt gesagt, aber ich nehme an, es hat damit zu tun, dass Mrs. Thompson ihn angerufen hat.«

Barbara erkannte den Namen von Hadiyyahs Lehrerin. Sie warf dem kleinen Mädchen über die Schulter einen Blick zu und zog fragend eine Augenbraue hoch.

»Weißt du, es gab eine Teeparty«, berichtete Hadiyyah. »Na ja, es war nicht wirklich eine Teeparty, aber so haben sie's genannt, denn wenn sie gesagt hätten, was es wirklich war, wär es allen so peinlich gewesen, dass keiner hingegangen wäre. Und sie wollten, dass alle hingingen.«

»Warum? Was war es wirklich?«

Hadiyyah wandte sich ab und begann, die Tüten auszupacken, die sie aus dem Mini geholt hatte. Barbara erfuhr, dass es mehr ein Event als eine Teeparty gewesen war. Oder eigentlich mehr ein Meeting als ein Event. Mrs. Thompson hatte eine Dame eingeladen, die ihnen etwas über ihre *Körper* erzählen sollte, und alle Mädchen aus der Klasse und ihre Mütter waren gekommen, um sich das anzuhören, und dann konnten sie Fragen stellen, und danach gab es Limo und Kekse und Kuchen. Also, Mrs. Thompson hatte es eine Teeparty genannt, obwohl niemand wirklich Tee getrunken hatte. Da Hadiyyah keine Mutter hatte, die sie mitnehmen konnte, hatte sie sich vor der Teilnahme gedrückt. Darum hatte Mrs. Thompson ihren Vater angerufen, denn, wie sie schon zuvor gesagt hatte, alle sollten teilnehmen.

»Dad sagt, er wär mit mir hingegangen«, erzählte Hadiyyah. »Aber das wär *grauenhaft* gewesen. Außerdem hat Meagan Dobson mir sowieso erzählt, worum es ging. Mädchenkram. Babys. Jungen. *Periode.*« Sie verzog schaudernd das Gesicht. »Du weißt schon.«

»Ah. Verstehe.« Barbara konnte sich vorstellen, wie Azhar auf den Anruf der Lehrerin reagiert hatte. Sie hatte noch nie einen Menschen getroffen, der so stolz war wie der pakistanische Professor, ihr Nachbar. »Tja, Herzchen, wenn du wieder mal eine Freundin als Ersatz für deine Mum brauchst, stehe ich gern zur Verfügung«, erklärte sie.

»Das ist ja toll!«, rief Hadiyyah. Zuerst glaubte Barbara, dies beziehe sich auf ihr Angebot als Mutterersatz, aber dann sah sie, dass ihre kleine Freundin einen Karton aus einer der Lebensmitteltüten herausgezogen hatte: *Choctastic Pop-Tarts* – schokoladegefüllte Teigtaschen für den Toaster. »Isst du die zum Frühstück?«, fragte Hadiyyah seufzend.

»Die perfekte Schnellnahrung für die Karrierefrau in Eile«, erklärte Barbara ihr. »Sagen wir, es ist unser kleines Geheimnis, okay? Eines von vielen.«

»Und was ist das hier?«, fragte Hadiyyah, als habe sie Barbara gar nicht gehört. »Oh, *herrlich*! Sahneeisriegel! Wenn ich groß bin, werd ich genauso essen wie du.«

»Ich lege Wert darauf, alle wichtigen Nahrungsgruppen zu berücksichtigen«, erklärte Barbara. »Schokolade, Zucker, Fett und Tabak. Apropos, sind dir die Players zufällig schon begegnet?«

»Du darfst nicht rauchen«, entgegnete Hadiyyah, durchwühlte eine der Tüten und förderte eine Zigarettenschachtel zutage. »Dad versucht aufzuhören. Hab ich dir das schon erzählt? Mummy wird sich ja so freuen. Sie hat ihn andauernd gebeten, aufzuhören. ›Hari, deine Lungen werden ganz fies, wenn du das nicht sein lässt‹, hat sie immer zu ihm gesagt. *Ich* rauche nicht.«

»Das will ich auch hoffen«, antwortete Barbara.

»Manche von den Jungs rauchen. Sie stehen draußen auf der Straße vor der Schule. Die größeren Jungs. *Und* sie ziehen das Hemd aus der Hose, Barbara. Ich nehme an, sie meinen, damit sehen sie cool aus, aber ich finde, sie sehen…« Sie runzelte nachdenklich die Stirn. »…grässlich aus«, schloss sie. »Absolut grässlich.«

»Pfauen und ihre Schwanzfedern«, stimmte Barbara zu.

»Hm?«

»Männchen einer Spezies, die Weibchen anlocken wollen. Und ohne das Gehabe hätten sie keine Chance. Interessant, oder? Eigentlich sollten die Männer Make-up tragen.«

Hadiyyah kicherte und sagte: »Dad wär bestimmt ein toller Anblick mit Lippenstift, was?«

»Er könnte sich vor den Frauen wahrscheinlich gar nicht retten.«

»*Das* wäre Mummy aber bestimmt nicht recht«, merkte Hadiyyah an. Sie ergriff vier Dosen *All Day Breakfast* – Barbaras bevorzugtes Notfallabendessen nach einem ungewöhnlich langen Arbeitstag – und trug sie zum Schrank über der Spüle.

»Nein, sicher nicht«, stimmte Barbara zu. »Hadiyyah, was ist dieses fürchterliche Gekreisch da um deinen Hals eigentlich?« Sie nahm dem kleinen Mädchen die Dosen ab und wies auf die Kopfhörer, aus denen nach wie vor irgendwelche fragwürdige Popmusik quäkte.

»Nobanzi«, antwortete Hadiyyah geheimnisvoll.

»No – was?«

»Nobanzi. Die sind klasse. Schau.« Aus der Jackentasche beförderte sie die Plastikhülle der CD ans Licht. Das Cover zeigte drei Magersüchtige in den Zwanzigern mit winzigen bauchfreien Tops und Jeans, die so eng waren, dass das einzige Geheimnis, welches sie offen ließen, die Frage war, wie sie sich hineingezwängt haben mochten.

»Ah«, sagte Barbara. »Vorbilder für unsere Jugend. Also, gib her. Lass mich mal reinhören.«

Hadiyyah überreichte ihr die Kopfhörer, die Barbara sich aufsetzte. Zerstreut griff sie nach einer Schachtel Players und schüttelte trotz Hadiyyahs Protestlaut eine Zigarette heraus. Sie zündete sie an, während etwas, das der Refrain eines Liedes sein mochte – wenn man es Lied nennen wollte – in ihre Ohren drang. Nobanzi waren nicht gerade die Vandellas, mit oder ohne Martha, entschied Barbara. Der Text bestand aus unverständlichen Wortfetzen. Orgiastisches Stöhnen im Hintergrund ersetzte offenbar sowohl den Bass als auch das Schlagzeug.

Barbara nahm die Kopfhörer ab und gab sie zurück. Sie zog an ihrer Zigarette und sah Hadiyyah mit zur Seite geneigtem Kopf neugierig an.

»Sind sie nicht *super*?«, fragte Hadiyyah. Sie nahm Barbara die CD-Hülle ab und zeigte auf das Mädchen in der Mitte, die zweifarbige Dreadlocks trug und eine rauchende Pistole auf die rechte Brust tätowiert hatte. »Das ist Juno. Die find ich am tollsten. Sie hat ein Baby, das Nofretete heißt. Ist sie nicht süß?«

»Genau das Wort, das mir auch in den Sinn kam.« Barbara knüllte die leeren Plastiktüten zusammen und stopfte sie in den Schrank unter der Spüle. Sie öffnete die Besteckschublade und fand ganz hinten Haftnotizen, die sie normalerweise benutzte, um sich bevorstehende Großereignisse zu notieren wie etwa: »Gelegentlich mal wieder Augenbrauen zupfen« oder »Putz endlich dieses eklige Klo«. Dieses Mal jedoch schrieb sie vier Wörter auf und sagte zu ihrer kleinen Freundin: »Komm mit. Es wird Zeit, dass sich jemand um deine Bildung kümmert.«

Sie schnappte sich ihre Schultertasche und führte Hadiyyah wieder zur Frontseite des Haupthauses, wo die Schuhe des kleinen Mädchens am Eingang der Erdgeschosswohnung unter der Bank lagen. Barbara sagte ihr, sie solle die Schuhe anziehen, während sie selbst die Notiz an die Eingangstür heftete.

Als Hadiyyah fertig war, sagte Barbara: »Komm mit. Ich habe deinem Dad Bescheid gegeben.« Und damit machten sie sich auf den Weg Richtung Chalk Farm Road.

»Wohin gehen wir?«, fragte Hadiyyah. »Werden wir ein Abenteuer erleben?«

Barbara antwortete: »Lass mich dir eine Frage stellen. Nicke, wenn einer dieser Namen dir bekannt vorkommt. Buddy Holly. Nein? Richie Valens. Nein? The Big Bopper. Nein? Elvis. Na ja, natürlich. Wer hätte nicht schon mal von Elvis gehört, aber das zählt nicht. Was ist mit Chuck Berry? Little Richard? Jerry Lee Lewis? ›Great Balls of Fire‹. Kommt dir das bekannt vor? Nein? Verflucht noch mal, was lernt ihr eigentlich in der Schule?«

»Du sollst nicht fluchen«, sagte Hadiyyah.

Nachdem sie die Chalk Farm Road erreicht hatten, war es nicht mehr weit zu ihrem Ziel: Der Virgin Megastore auf der Camden High Street. Um dorthin zu gelangen, mussten sie allerdings die Einkaufsmeile passieren, die, soweit Barbara beurteilen konnte, mit keiner anderen in der Stadt vergleichbar war: Die Gehwege waren bevölkert von jungen Menschen jeder Hautfarbe, Religion und Körperkultvariation, aus allen Richtungen beschallt mit einer dröhnenden Kakophonie von Musik und durchsetzt mit unzähligen Duftnoten von Patschuli bis *Fish and Chips*. Hier hatten die Geschäfte Logos in Gestalt riesiger Katzen oder einer gigantischen unteren Torsohälfte in Blue Jeans und Riesenstiefeln oder eines Flugzeugs mit der Nase nach unten ... Diese Firmenschilder hatten meistens nur einen marginalen Bezug zu den angebotenen Waren in den jeweiligen Läden, die hauptsächlich Dinge in Schwarz und aus Leder verkauften. Schwarzes Leder. Schwarzes Kunstleder. Schwarzer Webpelz auf schwarzem Kunstleder.

Hadiyyah nahm all dies mit dem Gesichtsausdruck einer Novizin in sich auf, was Barbara zum ersten Mal auf den Gedanken brachte, dass das kleine Mädchen nie zuvor auf der Camden High Street gewesen war, obwohl diese doch gar nicht weit von ihrem Haus entfernt lag. Hadiyyah folgte ihr, die Augen groß wie Radkappen, die Lippen geöffnet, das Gesicht verzückt. Barbara musste sie zwischen den Menschen hindurchführen und legte eine Hand auf ihre Schulter, um zu verhindern, dass sie beide im Gedränge getrennt wurden.

»Toll, *toll*!«, flüsterte Hadiyyah. »O Barbara, das ist viel besser als eine Überraschung.«

»Ich freu mich, dass es dir gefällt«, erwiderte Barbara.

»Gehen wir in die Läden?«

»Sobald ich deine Bildung aufgebessert habe.«

Sie brachte sie in die Abteilung »Classic Rock 'n' Roll« des Megastores. »Das hier«, klärte Barbara sie auf, »ist Musik. Also... womit fängst du am besten an...? Ach, eigentlich ist das doch gar keine Frage. Denn letzten Endes gibt es nur einen Meister und dann den ganzen Rest. Also...«

Sie suchte die Abteilung »H« und dann innerhalb der Abteilung das einzige »H«, das zählte. Sie ging die CDs durch, schaute die Listen der Songs auf den Rückseiten an, während Hadiyyah neben ihr stand und die Fotos von Buddy Holly auf den Covern studierte.

»Sieht ein bisschen komisch aus«, bemerkte sie.

»Pass auf, was du sagst. Hier. Das ist das Richtige. Da ist ›Raining in My Heart‹ drauf, wovon du garantiert in Ohnmacht fällst, und wenn du ›Rave On‹ hörst, wirst du auf der Küchenanrichte tanzen wollen. *Das*, Herzchen, ist Rock 'n' Roll. Noch in hundert Jahren werden die Menschen Buddy Holly hören, das schwör ich dir. Nobuki hingegen...«

»Nobanzi«, verbesserte Hadiyyah geduldig.

»...werden nächste Woche Schnee von gestern sein. Verschwunden und vergessen, während der Meister bis in alle Ewigkeit weiter rockt. Dies hier, mein Kind, ist *Musik*.«

Hadiyyahs Gesichtsausdruck verriet ihre Zweifel. »Aber er hat so eine merkwürdige Brille«, wandte sie ein.

»Na ja, schon. Aber so war damals eben die Mode. Er ist seit Ewigkeiten tot. Flugzeugabsturz. Schlechtes Wetter. Wollte unbedingt nach Hause zu seiner schwangeren Frau.« Zu jung, dachte Barbara. Zu sehr in Eile.

»Wie traurig.« Hadiyyah sah das Foto von Buddy Holly nun mit anderen Augen.

Barbara bezahlte die CD und riss die Plastikfolie ab, holte die CD aus der Hülle heraus und legte sie an Stelle von Nobanzi in den Discman ein. Dann sagte sie: »Tu deinen Ohren mal was Gutes«, und als die Musik einsetzte, führte sie Hadiyyah zurück auf die Straße.

Wie versprochen brachte Barbara sie in einige der Läden, wo die »Heute in, morgen out«-Mode auf überfüllten Ständern und an den Wänden hing. Dutzende Teenager warfen mit Geld um sich, als sei eben in den Nachrichten der Weltuntergang angekündigt worden, und sie alle wirkten so uniform, dass Barbara ihre kleine Begleiterin anschaute und betete, Hadiyyah möge sich ihre Arglosigkeit, die sie zu einem so liebenswerten Menschen machte, für immer bewahren. Barbara konnte sich einfach nicht vorstellen, dass sie sich je in einen Londoner Teenager verwandeln würde, der es nicht erwarten konnte, erwachsen zu werden, das Handy ans Ohr gepresst, angemalt mit Lippenstift und Lidschatten, ihr kleiner Arsch in enge Blue Jeans gezwängt, und hochhackige Stiefel, die ihre Füße ruinierten. Und ganz sicher konnte Barbara sich nicht vorstellen, dass der Vater des kleinen Mädchens seine Tochter in solch einer Montur je auf die Straße lassen würde.

Hier und heute nahm Hadiyyah alles mit der Hingabe eines Kindes in sich auf, das zum ersten Mal im Leben auf der Kirmes ist, während Buddy Holly in ihr Herz rieselte. Erst als sie schon wieder auf der Chalk Farm Road waren, wo die Menschen womöglich noch lauter und bunter waren, nahm Hadiyyah die Kopfhörer ab und sagte schließlich: »Von jetzt an will ich jede

Woche hierher. Kommst du mit mir, Barbara? Ich könnte mein Taschengeld sparen, und wir könnten Mittagessen gehen und durch alle Geschäfte bummeln. Heute geht es leider nicht, denn ich sollte zu Hause sein, bevor Dad zurückkommt. Er wäre bestimmt sauer, wenn er erfährt, wo wir waren.«

»Wirklich? Warum?«

»Oh, weil er mir verboten hat, hierher zu gehen«, antwortete Hadiyyah treuherzig. »Dad hat gesagt, wenn er mich je auf der Camden High Street erwischt, würd er mich verhauen, bis ich nicht mehr sitzen kann. Du hast doch nicht auf den Zettel geschrieben, wohin wir gegangen sind, oder?«

Barbara fluchte innerlich. Sie hatte die möglichen Folgen dieses unschuldigen Ausflugs zum Plattengeschäft nicht bedacht. Für einen Moment hatte sie das Gefühl, als habe sie die Unschuld verdorben, doch dann war sie erleichtert, dass ihre Notiz an Taymullah Azhar nur aus den vier Wörtern »Hadiyyah ist bei mir« und ihrer Unterschrift bestanden hatte. Jetzt hing alles von Hadiyyahs Diskretion ab... Doch als sie die Begeisterung des kleinen Mädchens sah, musste Barbara sich eingestehen, die Chancen standen schlecht, dass Hadiyyah die Freude, die dieser Ausflug ihr gemacht hatte, vor ihrem Vater würde verbergen können – ganz gleich, wie fest sie im Moment entschlossen sein mochte, vor ihm geheim zu halten, wo sie während seines Einkaufs gewesen war.

»Ich habe nicht ausdrücklich geschrieben, wohin wir wollten«, räumte Barbara ein.

»Oh, das ist super«, erwiderte Hadiyyah. »Denn wenn er's wüsste... Ich bin nicht versessen darauf, verhauen zu werden, du etwa, Barbara?«

»Meinst du, er würde wirklich...?«

»Oh, schau mal!«, rief Hadiyyah. »Wie heißt das hier? Und es riecht so *himmlisch*. Wird hier irgendwo gekocht? Können wir reingehen?«

»Das hier« war der Camden Lock Market, an dem ihr Heimweg sie vorbeiführte. Der Markt erstreckte sich entlang des

Ufers des Grand Union Canal, und die Düfte der Fressbuden wehten bis zu ihnen herüber. Rap-Musik dröhnte aus einem der Läden, und die Rufe der Marktschreier, die alles – von gefüllten Folienkartoffeln bis Hähnchen Tikka Masala – feilboten, waren gerade noch auszumachen.

»Barbara, können wir da reingehen?«, wiederholte Hadiyyah. »So was hab ich ja noch *nie* gesehen! Und Dad muss es *nie* erfahren. Wir werden nicht verhauen. Ich verspreche es, Barbara.«

Barbara sah in ihr strahlendes Gesicht und wusste, sie konnte Hadiyyah das harmlose Vergnügen, einmal über den Markt zu schlendern, nicht versagen. Was konnte es denn schon schaden, wenn sie sich noch ein halbes Stündchen gönnten, um zwischen den Kerzen, den Räucherstäbchen, T-Shirts und Tüchern zu flanieren. Sie würde Hadiyyah von den Drogenzubehör- und Piercingständen ablenken, wenn sie daran vorbeikamen. Und was Camden Lock Market sonst zu bieten hatte, war größtenteils harmlos.

Barbara lächelte ihre kleine Freundin an. »Ach, was soll's. Gehen wir.«

Sie waren jedoch erst zwei Schritte Richtung Markt gegangen, als Barbaras Handy klingelte. »Sekunde mal«, sagte Barbara zu Hadiyyah und las die Anrufernummer im Display. Als sie sie erkannte, wusste sie, dass es wahrscheinlich keine guten Neuigkeiten gab.

»Es gibt Arbeit«, sagte Thomas Lynley, zur Zeit Interim Superintendent. Ein Unterton von Anspannung lag in seiner Stimme, der sich mit seinem nächsten Satz erklärte: »Kommen Sie so schnell wie möglich in Hilliers Büro.«

»*Hillier?*« Barbara starrte ihr Handy an, als sei es ein Gegenstand aus einer fremden Galaxie, während Hadiyyah geduldig an ihrer Seite wartete, mit der Schuhspitze einen Riss im Pflaster nachzog und die Menschen betrachtete, die sich auf dem Weg zu einem der Märkte an ihnen vorbeidrängten. »AC Hillier kann nicht nach mir verlangt haben.«

»Sie haben eine Stunde«, eröffnete Lynley ihr.

»Aber Sir ...«

»Er hat anfangs gesagt, dreißig Minuten, aber wir haben verhandelt. Wo sind Sie?«

»Camden Lock Market.«

»Schaffen Sie es, in einer Stunde hier zu sein?«

»Ich tu mein Bestes.« Barbara beendete die Verbindung und steckte das Telefon in ihre Umhängetasche. »Herzchen, das müssen wir verschieben«, sagte sie. »Ich muss zur Arbeit.«

»Ist was Schlimmes passiert?«, fragte Hadiyyah.

»Vielleicht ja, vielleicht nein.«

Barbara hoffte Letzteres. Sie hoffte, diese Einbestellung bedeutete, dass die Zeit ihrer Abstrafung vorüber war. Seit Monaten durchlitt sie jetzt schon die Demütigung der Degradierung, und wann immer Assistant Commissioner Sir David Hilliers Name fiel, konnte sie es nicht verhindern, zu hoffen, dass das Ende dessen, was sie als ihre berufliche Ächtung betrachtete, endlich gekommen war. Und jetzt wurde sie angefordert, sollte in AC Hilliers Büro kommen, zu Hillier selbst und zu Lynley, der, wie Barbara wusste, beinah seit dem Moment ihrer Degradierung taktiert und versucht hatte, ihr wieder zu ihrem alten Rang zu verhelfen.

Sie und Hadiyyah trabten im wahrsten Sinne des Wortes zurück nach Eton Villas. Sie trennten sich an der Gabelung des gepflasterten Weges an der Hausecke. Hadiyyah winkte ihr zu, ehe sie zur Erdgeschosswohnung hinüberhüpfte. Barbara sah, dass die Haftnotiz, die sie für den Vater des kleinen Mädchens an der Tür hinterlassen hatte, verschwunden war. Daraus schloss sie, dass Azhar mit der Überraschung für seine Tochter nach Hause gekommen war, und begab sich zu ihrem Bungalow, um sich in aller Eile umzuziehen.

Die erste Entscheidung, die es zu treffen galt – und zwar schnell, denn von der Stunde, die Lynley ihr gegeben hatte, waren nach der hastigen Heimkehr vom Markt an der Chalk Farm Road nur noch fünfundvierzig Minuten übrig –, war, was sie anziehen sollte. Ihre Garderobe musste Professionalität ausstrahlen, ohne den Eindruck zu erwecken, als buhle sie um Hilliers Gunst. Eine Hose mit passendem Jackett würde Ersteres bewerkstelligen, ohne Letzterem zu nahe zu kommen. Also: Eine Hose mit passendem Jackett musste her.

Sie fand sie, wo sie sie zurückgelassen hatte, nämlich zu einem Bündel zusammengeknüllt hinter dem Fernseher. Sie konnte sich nicht genau erinnern, wie sie dorthin gekommen waren, und schüttelte sie aus, um den Schaden zu begutachten. Ah, es geht doch nichts über Polyester, dachte sie. Man konnte von einer Büffelherde niedergetrampelt werden, ohne eine einzige Knitterfalte davonzutragen.

Sie machte sich daran, eine Art Ensemble zusammenzustellen. Dies bedeutete nicht den Ausdruck ihres Modebewusstseins, sondern lediglich, rasch in die Hose zu schlüpfen und nach einer Bluse ohne zu viele sichtbare Falten zu wühlen. Dann wählte sie die am wenigsten provozierenden Schuhe, die sie besaß – ein Paar derber, abgewetzter Halbschuhe, die sie statt der roten, knöchelhohen Turnschuhe anzog, die sie normalerweise bevorzugte –, und nach fünf Minuten war sie fertig, schnappte sich zwei *Choctastic Pop-Tarts* und stopfte sie auf dem Weg zur Tür in ihre Tasche.

Draußen galt es, die Frage des Transportmittels zu entscheiden. Auto, Bus oder U-Bahn? Alle drei bargen Risiken. Der Bus musste sich durch die verstopfte Arterie quälen, welche die Chalk Farm Road war. Das Auto würde eine kreative Schleichwegfahrt erfordern. Und was die U-Bahn betraf... Die U-Bahn-Linie, die am Bahnhof Chalk Farm hielt, war die für ihre Unzuverlässigkeit berüchtigte Northern Line. Selbst an guten Tagen betrug allein die Wartezeit oft zwanzig Minuten.

Barbara entschied sich für ihr Auto. Sie überlegte sich eine Route, die Dädalus vor Neid hätte erblassen lassen, und schaffte es mit nur elfeinhalb Minuten Verspätung nach Westminster. Dennoch wusste sie natürlich, dass nichts außer absoluter Pünktlichkeit Hillier zufrieden stellen konnte, darum bog sie mit qualmenden Reifen in die Tiefgarage an der Victoria Street, und nachdem sie das Auto abgestellt hatte, rannte sie zu den Aufzügen.

Sie hielt in dem Stockwerk, wo Lynley vorübergehend sein Büro hatte, in der Hoffnung, dass er Hillier die elfeinhalb Minuten hingehalten hatte. Das war jedoch nicht der Fall, oder zumindest legte sein leeres Büro diesen Schluss nahe. Dorothea Harriman, die Abteilungssekretärin, bestätigte Barbaras Verdacht.

»Er ist oben beim Assistant Commissioner, Detective Constable«, berichtete sie. »Er sagte, Sie sollen hinaufkommen und sich ihnen anschließen. Wissen Sie, dass der Saum Ihrer Hose gerissen ist?«

»Ehrlich? Verdammt.«

»Ich hätte eine Nadel, wenn Sie wollen.«

»Keine Zeit, Dee. Haben Sie zufällig auch eine Sicherheitsnadel?«

Dorothea ging an ihren Schreibtisch. Barbara wusste, wie unwahrscheinlich es war, dass die andere Frau eine Sicherheitsnadel besaß. Dees Erscheinung war immer so perfekt, dass man sich gar nicht vorstellen konnte, wozu sie Nähzeug besitzen sollte. Sie sagte: »Ich fürchte, nein, Detective Constable. Tut mir Leid. Aber wie wär's hiermit?« Sie hielt den Tacker hoch.

»Her damit«, antwortete Barbara. »Aber beeilen Sie sich. Ich bin spät dran.«

»Ich weiß. An Ihrer Manschette fehlt übrigens ein Knopf«, bemerkte Dorothea. »Und da ist... Detective Constable, Sie haben... Haben Sie sich mit Ihrer Hose in den Staub gesetzt?«

»Oh, verdammt. *Verdammt*«, schimpfte Barbara. »Was soll's. Er wird mich einfach so nehmen müssen, wie ich bin.«

Mit offenen Armen würde er sie wahrscheinlich so oder so nicht empfangen, dachte Barbara, während sie zum Tower Block hinüberlief und den Aufzug zu Hilliers Büro nahm. Seit mindestens vier Jahren wollte er sie feuern, und nur die Interventionen von dritter Seite hatten das bislang verhindern können.

Hilliers Sekretärin, die sich selbst immer Judi-mit-i MacIntosh nannte, sagte Barbara, sie solle gleich eintreten. Sir David warte schon auf sie. *Warte* zusammen mit Superintendent Lynley schon einige Minuten, fügte sie hinzu. Sie lächelte gezwungen und wies auf die Tür.

Drinnen fand Barbara Hillier und Lynley bei einer Telefonkonferenz mit jemandem, der über Hilliers Lautsprecher etwas von »Vorbereitung zu Schadensbegrenzungsmaßnahmen« sagte.

»Ich nehme an, das heißt, wir sollten eine Pressekonferenz geben«, bemerkte Hillier. »Und zwar bald, damit es nicht den Eindruck erweckt, wir täten es nur, um Fleet Street zu besänftigen. Bis wann können Sie das auf die Beine stellen?«

»Wir kümmern uns sofort darum. Wollen Sie persönlich in Erscheinung treten?«

»Allerdings. Und zwar mit einem pressewirksamen Mitarbeiter an meiner Seite.«

»In Ordnung. Ich melde mich, David.«

»David« und »Schadensbegrenzung«, dachte Barbara. Bei dem Anrufer handelte es sich offenbar um einen Pappkopf von der Pressestelle.

Hillier beendete das Gespräch. Er schaute Lynley an, sagte: »Also?«, und dann entdeckte er Barbara an der Tür. »Wo, zum Henker, waren Sie, Constable?«, schnauzte er.

So viel also zu meinen Chancen, etwas für meinen angeschlagenen Ruf zu tun, dachte Barbara. »Tut mir Leid, Sir«, antwortete sie, während Lynley sich in seinem Stuhl umdrehte. »Der Verkehr war mörderisch.«

»Das Leben ist mörderisch«, erwiderte Hillier. »Aber das hindert uns nicht, es zu leben.«

Der König der Unlogik, dachte Barbara. Sie schaute kurz zu Lynley hinüber, der unauffällig warnend einen Zeigefinger hob. »Ja, Sir«, antwortete sie nur und schloss sich den beiden Männern am Konferenztisch an, wo Lynley saß und wohin Hillier sich nach Beendigung seines Telefonats begeben hatte. Sie zog einen Stuhl zurück und glitt so diskret, wie sie konnte, darauf.

Sie sah vier Fotoserien auf dem Tisch liegen, die vier verschiedene Leichen zeigten. Soweit sie es von ihrem Platz aus beurteilen konnte, handelte es sich um halbwüchsige Jungen, die auf dem Rücken lagen, die Hände auf der Brust gefaltet wie bei den Reliefs auf Sarkophagen. Man hätte meinen können, sie schliefen, wäre ihre Gesichtsfarbe nicht bläulich verfärbt gewesen und hätten die Hälse nicht Strangulationsmale aufgewiesen.

Barbara schürzte die Lippen. »Verdammter Mist. Wann sind sie...«

»Im Laufe der letzten drei Monate«, erklärte Hillier.

»Drei Monate? Aber warum hat niemand...« Barbara sah von Hillier zu Lynley. Sie sah, dass Lynley tief besorgt schien. Hillier, der Meister des politischen Instinkts, wirkte beunruhigt. »Ich habe bisher nicht ein Sterbenswort über diese Sache gehört. Oder in der Zeitung gelesen. Oder Fernsehberichte gesehen. Vier Tote. Der gleiche *Modus Operandi*. Alle Opfer sind jung. Alle männlich.«

»Bitte versuchen Sie, nicht wie eine hysterische Nachrichtensprecherin im Privatfernsehen zu klingen«, warf Hillier ein.

Lynley bewegte sich auf seinem Stuhl. Er warf Barbara einen Blick zu. Die braunen Augen rieten ihr, sich zurückzuhalten und nicht zu sagen, was sie beide dachten, bis sie irgendwo allein waren.

Na schön, dachte Barbara. Ganz wie er wollte. Betont sachlich fragte sie: »Also, um wen handelt es sich bei den Opfern?«

»A, B, C und D. Wir haben noch keine Namen.«

»Niemand hat sie als vermisst gemeldet? In drei Monaten?«

»Das ist offenbar Teil des Problems«, sagte Lynley.

»Wie meinen Sie das? Wo wurden sie gefunden?«

Hillier zeigte auf eines der Fotos. »Der Erste... im Gunnersbury Park. Am zehnten September. Um acht Uhr fünfzehn von einem Jogger entdeckt, der pinkeln musste. Innerhalb des Parks liegt ein alter Garten, teilweise von einer Mauer umgeben, unweit der Gunnersbury Avenue. Von dort scheint der Täter gekommen zu sein. Von der Straße aus gibt es zwei Eingänge, wenn auch mit Brettern verschlossen.«

»Aber er ist nicht im Park gestorben«, bemerkte Barbara und wies auf das Foto, das den Jungen in Rückenlage auf einem Bett aus Unkraut zeigte, das im Winkel zweier zusammentreffender Mauern wuchs. Nichts deutete darauf hin, dass dort ein Kampf stattgefunden hatte. Außerdem gab es in dem ganzen Stapel von Fotos keine Aufnahme von Beweisstücken, die man normalerweise an Tatorten fand, wo ein Mord stattgefunden hatte.

»Nein, er ist nicht dort gestorben. Und der hier auch nicht.« Hillier ergriff einen zweiten Fotostapel. Die Bilder zeigten den Leichnam eines weiteren schlanken Jungen, der auf der Motorhaube eines Autos aufgebahrt worden war. Mit der gleichen Sorgfalt wie das Opfer aus dem Gunnersbury Park. »Dieser hier wurde auf einem öffentlichen Parkplatz am Queensway aufgefunden. Gut fünf Wochen später.«

»Und was sagt die Mordkommission dort drüben? Irgendwas von den Überwachungskameras?«

»Der Parkplatz hat keine Kameras«, antwortete Lynley. »Ein Schild dort besagt, dass ›Kameraüberwachung möglich‹ sei. Aber das ist alles. Das soll reichen, um die Sicherheit zu gewährleisten.«

»Und der hier lag in der Quaker Street«, fuhr Hillier fort und zeigte auf einen dritten Stoß Fotografien. »Ein verlassenes Lagerhaus unweit der Brick Lane. Fünfundzwanzigster November. Und dieser hier« – er nahm den vierten Stapel und reichte ihn Barbara –, »ist das jüngste Opfer. Aufgefunden in St. George's Gardens. Heute.«

Barbara sah auf die letzten Bilder hinab. Sie zeigten den nackten Leichnam eines Teenagers auf einer flechtenbewachsenen Grabplatte. Das Grab selbst lag in einer Rasenfläche unweit eines gewundenen Pfades. Jenseits dieses Weges erhob sich eine Mauer, die jedoch keinen Friedhof begrenzte, wie man wegen des Grabes hätte annehmen können, sondern einen Garten. Und dahinter schienen Garagen und ein Mehrfamilienhaus zu liegen.

»St. George's Gardens?«, fragte Barbara. »Wo ist das?«

»Unweit Russell Square.«

»Wer hat die Leiche gefunden?«

»Der Parkwächter, der morgens aufschließt. Der Mörder ist durch das Tor an der Handel Street hineingelangt. Es war ordnungsgemäß mit einer Kette verschlossen, die mit einem Bolzenschneider durchtrennt wurde. Er hat das Tor geöffnet, ist hineingefahren, hat das Opfer auf dem Grab abgelegt und ist wieder verschwunden. Er hat noch einmal angehalten, um die Kette wieder notdürftig um die Torpfosten zu schlingen, sodass Passanten nichts auffallen würde.«

»Reifenspuren im Garten?«

»Zwei brauchbare. Es werden gerade Gipsabdrücke genommen.«

»Zeugen?« Barbara zeigte auf die Wohnungen, die über die Garagen hinweg auf den Garten blickten.

»Constables der Theobald's-Road-Wache gehen von Tür zu Tür.«

Barbara zog alle Fotos zu sich her und legte die vier Opfer vor sich in eine Reihe. Augenblicklich fielen ihr die gravierenden Unterschiede zwischen dem letzten Opfer und den drei vorherigen auf. Alle waren Teenager und auf identische Weise gestorben, aber im Gegensatz zu den ersten drei Jungen war das letzte Opfer nicht nur nackt, sondern auch stark geschminkt: Lippenstift, Lidschatten, Kajal und Wimperntusche waren über das Gesicht verschmiert. Außerdem hatte der Mörder den Jungen vom Brustbein bis zur Taille aufgeschlitzt und mit Blut ein eigentümliches rundes Symbol auf die Stirn gemalt. Das wichtigste, potenziell politische Detail jedoch hatte mit der Hautfarbe zu tun: Nur das jüngste Opfer war weiß. Eines der drei früheren war schwarz, die anderen beiden eindeutig gemischtrassig. Schwarz und asiatisch vielleicht. Schwarz und philippinisch. Schwarz und Gott allein wusste, was.

Nachdem Barbara dies erkannt hatte, begriff sie, warum die Morde keine Titelgeschichten in den Zeitungen nach sich gezogen hatten, keine Fernsehberichte und – das war das Schlimmste – kein Gemunkel bei New Scotland Yard. Sie hob den Kopf. »Institutioneller Rassismus. Das werden sie uns nachsagen, oder? Kein Polizist in London in keiner der zuständigen Wachen ist auf den Gedanken gekommen, dass hier ein Serienmörder am Werk ist. Niemand hat sich die Mühe gemacht, seinen Fall mit den Kollegen aus dem nächsten Revier abzuklären.« Sie nahm das Bild des schwarzen Jungen auf. »Dieser hier ist vielleicht in Peckham vermisst gemeldet worden. Oder in Kilburn. Oder Lewisham. Oder wo auch immer. Aber seine Leiche wurde nicht dort abgelegt, wo er wohnte und von wo er verschwunden ist, richtig? Und darum haben die Kollegen im Revier seines Wohnviertels ihn als Ausreißer zu den Akten gelegt und ihn nie mit einem Mordopfer in Zusammenhang gebracht, das anderswo entdeckt wurde. Ist es so gelaufen?«

»Jetzt verstehen Sie, warum sowohl behutsames Vorgehen als auch sofortiges Handeln angezeigt sind«, antwortete Hillier.

»Unbedeutende Morde, kaum der Ermittlung wert, und zwar aufgrund der Hautfarbe der Opfer. Das werden sie über die ersten drei Jungen sagen, sobald die Sache herauskommt. Die Boulevardblätter, die Fernseh- und Radionachrichten, das ganze verdammte Pack.«

»Wir beabsichtigen, dem zuvorzukommen. Genau betrachtet hätten die Boulevardblätter, die seriösen Zeitungen, Radio und Fernsehen selbst hinter diese Sache kommen und uns auf der Frontseite kreuzigen können, wären sie nicht immer so mit der Jagd nach Skandalen bei den Promis, den Politikern oder der verdammten Royal Family beschäftigt. So aber können sie uns schwerlich institutionellen Rassismus vorwerfen, nur weil wir nicht entdeckt haben, was sie selbst zu entdecken versäumt haben. Seien Sie versichert, als die Pressesprecher der jeweiligen Polizeiwachen die Mitteilung über den Fund der Opfer herausgegeben haben, hat die Presse sie als nicht nachrichtenfähig abgetan, und zwar wegen der Opfer: nur wieder irgendein toter schwarzer Junge. Wer will das schon wissen. Keine Schlagzeile wert.«

»Bei allem Respekt, Sir«, wandte Barbara ein. »Das wird die Medien nicht hindern, über uns herzufallen.«

»Das werden wir ja sehen. Ah.« Hillier lächelte überschwänglich, als seine Bürotür sich wieder öffnete. »Hier kommt der Gentleman, auf den wir gewartet haben. Ist der Papierkram erledigt, Winston? Dürfen wir Sie schon ganz offiziell Sergeant Nkata nennen?«

Die Frage traf Barbara unerwartet wie ein Schlag. Sie schaute zu Lynley, doch der hatte sich erhoben, um Winston Nkata zu begrüßen, der an der Tür stehen geblieben war. Im Gegensatz zu ihr hatte Nkata seiner Kleidung die übliche Sorgfalt angedeihen lassen. Alles an ihm wirkte geschniegelt und gebügelt. In seiner Gegenwart – in ihrer aller Gegenwart – fühlte Barbara sich wie Aschenputtel vor dem Besuch der Fee.

Sie stand auf. Sie war im Begriff, ihrer Karriere den Todesstoß zu versetzen, aber sie sah keinen anderen Ausweg … außer dem Weg hinaus, den sie nun einschlug. »Winnie«, sagte sie zu ihrem Kollegen. »Super. Glückwunsch. Ich hab's gar nicht gewusst.« Und dann zu ihren beiden anderen Vorgesetzten: »Mir ist gerade eingefallen, dass ich einen wichtigen Anruf erledigen muss.«

Und damit ging sie hinaus.

Lynley verspürte einen beinah unbezähmbaren Drang, Havers zu folgen. Gleichzeitig erkannte er jedoch, dass es klüger war, zu bleiben. Vor allem wusste er, dass er ihr eher dadurch helfen würde, wenn es wenigstens einem von ihnen gelang, bei AC Hillier nicht vollends in Ungnade zu fallen.

Das war bedauerlicherweise nie einfach. Der Führungsstil des Assistant Commissioner war irgendwo zwischen machiavellistisch und despotisch angesiedelt, und rationale Menschen machten einen möglichst großen Bogen um Hillier. Lynleys direkter Vorgesetzter – Malcolm Webberly, der jetzt schon seit einiger Zeit krankgeschrieben war – hatte lange Zeit als Puffer fungiert und Lynley und Havers den Rücken freigehalten, seit er sie zum ersten Mal zusammen auf einen Fall angesetzt hatte. In Webberlys Abwesenheit von New Scotland Yard war es nun an Lynley, zu berücksichtigen, aus welcher Richtung der Wind wehte.

Die gegenwärtige Situation stellte Lynleys Vorsatz, im Umgang mit Hillier stets neutral zu bleiben, auf eine harte Probe. Vorhin hätte der AC reichlich Gelegenheit gehabt, ihn von Winston Nkatas Beförderung in Kenntnis zu setzen. Etwa als er sich geweigert hatte, Barbara Havers wieder in ihren alten Rang zu befördern.

Was Hillier indessen mit einem Minimum an Höflichkeit gesagt hatte, war: »Ich will, dass Sie diese Ermittlung leiten, Lynley. Interim Superintendent... Ich kann den Fall kaum jemand anderem übertragen. Malcolm hätte ohnehin gewollt, dass Sie das übernehmen, also stellen Sie das Team zusammen, das Sie brauchen.«

Lynley hatte fälschlicherweise angenommen, der brüske Ton des AC liege in dessen Betroffenheit begründet. Superintendent Malcolm Webberly war immerhin Hilliers Schwager und Opfer eines Mordanschlags geworden. Er war mit einem Auto angefahren und lebensgefährlich verletzt worden, sodass sich Hillier zweifellos um seine Genesung sorgte. Also fragte Lynley: »Wie geht es dem Superintendent, Sir?«

»Jetzt ist nicht der geeignete Zeitpunkt, um über den Gesundheitszustand des Superintendent zu sprechen«, lautete Hilliers Antwort. »Übernehmen Sie diese Ermittlung, oder soll ich sie einem Ihrer Kollegen übertragen?«

»Ich hätte Barbara Havers gern wieder als Sergeant in meinem Team.«

»Ach wirklich. Nun, wir sind hier aber nicht auf dem Basar, und wir feilschen auch nicht. Sie haben die Wahl zwischen: Ja, Sir, ich mache mich sofort an die Arbeit, oder: Bedaure, ich nehme eine längere Zeit Urlaub.«

Lynley war nichts anderes übrig geblieben, als sich für das »Ja, ich mache mich sofort an die Arbeit« zu entscheiden, ohne dass er die Möglichkeit gehabt hätte, sich für Havers einzusetzen. Er nahm sich jedoch vor, seine Kollegin in diesem Fall mit den Aufgaben zu betrauen, die ihre Stärken besonders hervorheben würden. Im Laufe der kommenden Monate würde es ihm sicher gelingen, die Ungerechtigkeiten wieder gutzumachen, die Barbara seit dem vergangenen Juni widerfahren waren.

Jetzt hatte Hillier ihn jedoch erst einmal ausmanövriert. Winston Nkata hatte als frisch gebackener Sergeant die Bühne betreten – womit er Havers' Beförderung vorläufig im Wege stand –, ohne zu ahnen, welche Rolle er in dem sich anbahnenden Drama spielen sollte.

All das erfüllte Lynley mit Zorn, aber seine Miene gab nichts preis. Er war neugierig, wie Hillier um den heißen Brei herumzutanzen gedachte, wenn er Nkata zu seiner rechten Hand ernannte. Denn Lynley zweifelte nicht daran, dass genau das Hilliers Absicht war. Mit einem Elternteil aus Jamaika, dem anderen von der Elfenbeinküste, war Nkata ganz entschieden schwarz, und das traf sich ausgesprochen gut: Denn sobald die Nachricht sich verbreitete, dass es eine Serie rassistisch motivierter Morde gab, die bislang nicht miteinander in Zusammenhang gebracht worden waren, obwohl dies längst hätte geschehen müssen, dann würde der nicht-weiße Teil der Bevölkerung auf die Barrikaden gehen. Der willkürliche, sinnlose Mord an Stephen Lawrence – einem schwarzen Jungen, der auf offener Straße von weißen Jugendlichen erstochen worden war – war in London unvergessen. Hier hatten sie es nun nicht mit einem Stephen Lawrence zu tun, sondern mit dreien. Und es gab keine Entschuldigung, nur die offensichtliche Erklärung, die Barbara Havers mit ihrer typischen, politisch unklugen Direktheit ausgesprochen hatte: Institutioneller Rassismus, der dazu führte, dass die Polizei die Ermordung schwarzer und gemischtrassiger Jugendlicher nicht mit großem Elan verfolgt hatte. Einfach so.

Derweil verströmte Hillier Jovialität: Er bot Nkata einen Platz an und setzte ihn ins Bild. Die ethnische Zugehörigkeit der ersten drei Opfer erwähnte er mit keinem Wort, aber Winston Nkata war kein Dummkopf.

»Das heißt, Sie haben ein Problem«, war sein kühles Resümee am Ende von Hilliers Ausführungen.

Dieser erwiderte mit einstudierter Gelassenheit: »So wie die Situation sich momentan darstellt, sind wir bemüht, Probleme zu vermeiden.«

»Und da komme ich ins Spiel, richtig?«

»Sozusagen.«

»Wie zu sagen?«, hakte Nkata nach. »Wie wollen Sie das unter den Teppich kehren? Nicht die Morde an sich, meine ich, sondern die Tatsache, dass nichts unternommen wurde?«

Lynley hatte Mühe, ein Lächeln zu unterdrücken. Ach, Winston, dachte er, du lässt dich von niemandem an der Nase herumführen.

»In allen zuständigen Polizeiwachen sind Ermittlungen durchgeführt worden«, lautete Hilliers Antwort. »Zugegeben, zwischen den einzelnen Mordfällen hätten Verbindungen hergestellt werden müssen, und das ist nicht geschehen. Aus diesem Grund übernehmen wir von Scotland Yard die Fälle. Ich habe Acting Superintendent Lynley instruiert, ein Team zusammenzustellen. Ich will, dass Sie in diesem Team eine herausragende Stellung einnehmen.«

»Sie meinen eine Vorzeigerolle«, sagte Nkata.

»Ich meine eine verantwortliche, entscheidende...«

»...sichtbare«, warf Nkata ein.

»...ja, meinetwegen, eine sichtbare Rolle.« Hilliers für gewöhnlich schon frische Gesichtsfarbe nahm einen tieferen Rotton an. Es war unschwer zu erkennen, dass dieses Treffen nicht in den von ihm vorgesehenen Bahnen verlief. Hätte Hillier vorher gefragt, hätte Lynley ihn gern darüber aufgeklärt, dass Winston Nkata als ehemaliger Chefstratege der Brixton Warriors – eine Vergangenheit, deren sichtbare Narben er noch heute trug – der letzte Mensch war, den man nicht ernst nehmen durfte, wenn man seine politischen Ränke schmiedete. So aber wurde Lynley das Vergnügen zuteil, Zeuge zu werden, wie der Assistant Commissioner in Nöte geriet. Hillier hatte offenbar erwartet, dass der schwarze Beamte den Köder einer herausragenden Rolle in diesen gewiss öffentlichkeitswirksamen Ermittlungen freudestrahlend schlucken würde. Da er dies nicht tat, blieb Hillier nur die Gratwanderung zwischen dem Unmut eines Vorgesetzten, dessen Autorität von solch einem kleinen Untergebenen in Frage gestellt wurde, und der *political correctness* eines vorgeblich gemäßigten weißen Engländers, der insgeheim fürchtete, dass die Straßen von London binnen kürzester Zeit in Ströme von Blut verwandelt würden.

Lynley beschloss, es die beiden allein austragen zu lassen. Er stand auf und sagte: »Ich überlasse es Ihnen, Sergeant Nkata die weitergehenden Details des Falls zu erläutern, Sir. Es gibt zahllose Einzelheiten zu organisieren: Die Beamten der Bereitschaft müssen benachrichtigt werden und so weiter. Ich würde gerne jetzt gleich veranlassen, dass Dee Harriman sich um all das kümmert.« Er sammelte die Unterlagen und Fotos ein und fuhr an Nkata gewandt fort: »Kommen Sie in mein Büro, wenn Sie hier fertig sind, Winnie.«

»Alles klar«, antwortete Nkata. »Sobald wir hier mit dem Kleingedruckten durch sind.«

Lynley verließ das Büro und brachte es fertig, sein Lachen zu unterdrücken, bis er sich ein gutes Stück von der Tür entfernt hatte. Er wusste, dass Hillier sich mit dem Gedanken nicht anfreunden konnte, Havers wieder in den Rang eines Detective Sergeant zu versetzen. Aber Nkata würde sich als echte Herausforderung erweisen: stolz, intelligent, gebildet und schlagfertig. Er war in erster Linie ein Mann, an zweiter Stelle ein schwarzer Mann und erst an dritter Stelle Polizist. Lynley wusste, dass Hillier diese Kategorien allesamt falsch sortiert hatte.

Als er in den Victoria-Gebäudetrakt zurückgekehrt war, beschloss er, die Treppe zu seinem Büro zu benutzen, und dort fand er Barbara Havers. Sie saß ein Stockwerk tiefer auf der obersten Stufe, rauchte und zupfte an einem losen Faden, der unter ihrem Jackett hervorlugte.

»Sie verstoßen damit gegen die Vorschriften«, sagte Lynley. »Das wissen Sie doch, oder?« Er setzte sich zu ihr.

Sie studierte die Zigarettenglut, ehe sie einen tiefen Zug nahm. »Vielleicht schmeißen sie mich ja raus.«

»Havers...«

»Wussten Sie's?«, fragte sie.

Er ersparte es ihr, Unverständnis zu heucheln. »Natürlich nicht. Ich hätte es Ihnen gesagt, Ihnen eine Nachricht zukommen lassen, ehe Sie herkamen. Irgendetwas. Mich hat er genauso damit überfallen. Was zweifellos seine Absicht war.«

Sie zuckte die Schultern. »Was soll's. Es ist ja nicht so, als verdiene Winnie es nicht. Er ist gut. Schlau. Arbeitet gut mit den Kollegen zusammen.«

»Aber er tut alles, um Hillier das Leben schwer zu machen. Jedenfalls tat er das, als ich ging.«

»Hat er kapiert, dass er eine Alibifunktion übernehmen soll? Das schwarze Gesicht vorn in der Mitte bei den Pressekonferenzen? ›Wir haben hier kein Rassismusproblem, seht nur alle her, der lebende Beweis sitzt vor eurer Nase.‹ Hillier ist so verflucht durchschaubar.«

»Nach meiner Schätzung ist Winston Hillier fünf bis sechs Schritte voraus.«

»Ich hätte bleiben sollen, um mir das anzusehen.«

»Das hätten Sie in der Tat tun sollen, Barbara. Und sei es nur, weil es klüger gewesen wäre.«

Sie warf die Zigarette auf den Treppenabsatz. Der Stummel rollte bis zur Wand, wo er liegen blieb und einen kleinen Rauchfaden himmelwärts sandte.

»Wann wär ich das je gewesen?«

Lynley betrachtete sie eingehend. »Heute, zum Beispiel, in Bezug auf Ihre Garderobe. Bis auf...« Er beugte sich vor, um ihre Füße in Augenschein zu nehmen. »Haben Sie den Hosensaum wirklich zusammengetackert, Barbara?«

»Eine schnelle, einfache Behelfslösung. Ich bin eine von den Frauen, die sich nicht gern festlegen. Ich hätte Tesafilm genommen, aber Dee hat mir den Tacker empfohlen. Ich hätte mir die ganze Mühe sparen sollen.«

Lynley erhob sich und streckte ihr die Hand entgegen, um ihr aufzuhelfen. »Abgesehen von diesen Klammern können Sie stolz auf sich sein.«

»Ja, so bin ich eben. Heute Scotland Yard, morgen der Laufsteg«, erwiderte Havers.

Sie gingen zu seinem Büro. Als sie die Unterlagen des neuen Falls auf dem Konferenztisch ausbreiteten, kam Dorothea Harriman an die Tür. »Soll ich die Beamten der Bereitschaftspolizei anrufen, Superintendent Lynley?«

»Die Sekretariatsgerüchteküche ist so effektiv wie eh und je«, merkte Lynley an. »Rufen Sie Stewart an, er soll die Einsatzzentrale leiten. Hale ist in Schottland, und MacPherson ist mit dieser Urkundenfälschungsgeschichte beschäftigt. Also lassen Sie sie außen vor. Und schicken Sie Winston zu mir, wenn er von Hillier zurückkommt.«

»Detective Sergeant Nkata, in Ordnung.« Wie üblich machte Harriman sich sorgfältig ihre Notizen auf einem Block mit Haftzetteln.

»Über Winnie wissen Sie auch schon Bescheid?«, fragte Havers beeindruckt. »So schnell? Haben Sie einen Spitzel da oben, Dee?«

»Jeder pflichtbewusste Polizeimitarbeiter sollte es sich zum Ziel machen, Informationsquellen zu pflegen«, erwiderte Harriman feierlich.

»Dann pflegen Sie doch mal jemanden jenseits des Flusses«, regte Lynley an. »Ich will das gesamte forensische Material, das unser Labor SO7 über die drei älteren Fälle hat. Dann rufen Sie alle Polizeiwachen an, in deren Revier die Opfer gefunden wurden, und lassen sich jeden Papierfetzen von jedem Bericht, jeder Aussage schicken. Havers, Sie hängen sich an den Nationalen Polizeicomputer. Stewart soll Ihnen mindestens zwei Constables überlassen, die Ihnen helfen können. Suchen Sie sämtliche Anzeigen der letzten drei Monate heraus, in denen Halbwüchsige vermisst gemeldet wurden. Sagen wir ...« Er sah die Fotos an. »Zwischen zwölf und sechzehn Jahren sollte reichen.« Er tippte auf das Foto des jüngsten Opfers, des Jungen mit dem verschmierten Make-up im Gesicht. »Und ich denke, den hier sollten wir mal der Sitte zeigen. Eigentlich sollten wir das mit allen tun.«

Havers folgte der Richtung, in die seine Gedanken gingen. »Wenn es Stricher sind, Sir, sagen wir, Ausreißer, die im Milieu gelandet sind, könnte es sein, dass für keinen von ihnen eine Vermisstenanzeige vorliegt. Zumindest nicht aus dem Monat, in dem der Mord stattgefunden hat.«

»In der Tat«, stimmte Lynley zu. »Also werden wir uns wenn nötig rückwärts durch die Vermisstenanzeigen arbeiten. Aber mit irgendetwas müssen wir anfangen, also beschränken wir uns vorerst auf die letzten drei Monate.«

Havers und Harriman gingen hinaus, um sich an die ihnen übertragenen Aufgaben zu machen. Lynley setzte sich an den Konferenztisch und fischte seine Lesebrille aus der Innentasche seines Jacketts. Er betrachtete erneut die Fotografien, wobei er den Aufnahmen des letzten Opfers die meiste Zeit widmete. Er wusste, die Bilder konnten die wahre Abscheulichkeit des Verbrechens, die er vorhin mit eigenen Augen gesehen hatte, nicht darstellen.

Als er in St. George's Gardens angekommen war, wimmelte die sichelförmige Grünanlage vor Detectives, uniformierten Constables und KTU-Leuten. Der Pathologe war noch vor Ort und hatte sich zum Schutz gegen den grauen, nasskalten Tag in einen senffarbenen Anorak gehüllt. Der Polizeifotograf und -videograf hatten ihre Arbeit gerade beendet. Vor dem hohen, schmiedeeisernen Tor des Parks begannen sich die Gaffer zu versammeln, weitere Schaulustige verfolgten das Geschehen von den Wohnungen jenseits des Garagenhofs aus: Die sorgfältige Suche nach Fingerabdrücken, die gründliche Untersuchung eines herrenlosen Fahrrads, das unter einer Minerva-Statue lag, das Einsammeln der Silbergegenstände, die um das Grab verstreut lagen.

Lynley hatte nicht gewusst, worauf er sich einstellen musste, als er am Parktor seinen Dienstausweis zeigte und dem Pfad folgte, bis er die Kollegen erreichte. »Ein möglicher Serienmord« hatte es in dem Anruf geheißen, den er erhalten hatte, und darum richtete er sich auf einen grauenvollen Anblick ein. Ein ausgeweidetes Opfer vielleicht, wie Jack the Ripper sie hinterlassen hatte, eine Enthauptung oder abgetrennte Gliedmaßen. Er hatte damit gerechnet, etwas Entsetzliches zu sehen, als er sich zu dem fraglichen Grab vorarbeitete. Womit er nicht gerechnet hatte, war etwas Unheimliches.

Aber genau das war dieser Leichnam. Etwas Unheimliches. Die linke Hand des Bösen. Ritualmorde waren ihm immer unheimlich. Und dass dieses Tötungsdelikt einen rituellen Hintergrund hatte, bezweifelte er nicht.

Die Aufbahrung des Leichnams deutete ebenso darauf hin wie das in Blut gemalte Symbol auf der Stirn. Ein ungleichmäßiger Kreis, von zwei Linien geviertelt, die an beiden Enden einen Querbalken aufwiesen. Eine Art Lendentuch sprach ebenfalls für diese Schlussfolgerung, ein seltsames, spitzenbesetztes Stück Stoff, das sorgsam – man hätte meinen können, liebevoll – über die Genitalien des Jungen gebreitet worden war.

Nachdem Lynley die Latexhandschuhe übergestreift hatte und näher an das Grab herangetreten war, um den Leichnam genauer in Augenschein zu nehmen, entdeckte er auch die übrigen Indizien, die darauf hinwiesen, dass hier irgendein geheimnisvoller Ritus ausgeführt worden war. »Was haben wir?«, fragte er den Pathologen leise, der sich die Handschuhe heruntergerissen und in die Taschen gestopft hatte.

»Zwei Uhr morgens oder um den Dreh«, lautete die knappe Antwort. »Strangulation, wie Sie sehen. Schnittwunden, alle posthum. Ein durchgehender Schnitt für die Wunde am Torso, kein Zaudern. Und sehen Sie hier die Öffnung? Im Bereich des Brustbeins? Es sieht aus, als hätte unser Messerstecher die Hände hineingesteckt und die Öffnung gewaltsam verbreitert wie ein miserabler Chirurg. Ob innen irgendetwas fehlt, werden wir erst wissen, wenn wir ihn selbst aufgeschnitten haben. Scheint mir aber zweifelhaft.«

Lynley entging nicht, mit welcher Betonung der Pathologe das Wort *innen* ausgesprochen hatte. Er sah rasch auf die gefalteten Hände des Opfers hinab, dann zu den Füßen. Alle Finger und Zehen vorhanden. Er fragte: »Und was weist der Junge äußerlich auf? Fehlt etwas?«

»Der Nabel. Er ist einfach rausgeschnitten worden. Sehen Sie mal.«

»Himmel.«

»Ja. Opal hat es hier mit einem ganz komischen Vogel zu tun.«

Bei Opal handelte es sich um eine grauhaarige Frau mit leuchtend roten Ohrenwärmern und passenden Fäustlingen. Sie löste sich aus einer Schar uniformierter Constables, die bei Lynleys Ankunft in eine Debatte vertieft gewesen waren, und kam entschlossenen Schrittes auf ihn zu. Sie stellte sich als DCI Opal Towers von der Theobald's-Road-Polizeiwache vor, in deren Revier sie sich befanden. Sie hatte einen Blick auf das Opfer geworfen und sofort erkannt, dass sie es hier mit einem Täter zu tun hatte, der »in Serie gehen konnte«, wie sie es ausgedrückt hatte. Sie hatte irrtümlich angenommen, der Junge auf dem Grab sei das unglückliche erste Opfer eines Mörders, den sie schnell identifizieren und festnehmen würden, ehe er wieder zuschlug. »Aber DC Hartell dort drüben meint, er habe einen ähnlichen Mord in Tower Hamlets gesehen, als er vor einiger Zeit in der Brick-Lane-Wache stationiert war.« Sie wies auf einen Detective Constable mit Babygesicht, der zwanghaft auf seinem Kaugummi kaute und sie mit nervösen Blicken beobachtete, als erwarte er eine Standpauke. »Ich habe seinen ehemaligen Chef angerufen, und wir haben ein paar Takte geredet.

Es sieht so aus, als hätten wir es hier mit demselben Täter zu tun.«

An diesem Punkt hatte Lynley sie nicht gefragt, warum sie nach dieser Erkenntnis Scotland Yard eingeschaltet habe. Erst bei seinem Gespräch mit Hillier hatte er erfahren, dass es weitere Opfer gab. Und was er ebenfalls nicht gewusst hatte, war, dass drei davon ethnischen Minderheiten angehörten. Und er hatte auch nicht gewusst, dass keiner der Jungen bisher von der Polizei identifiziert worden war. All das legte Hillier ihm erst später dar. In St. George's Gardens war er lediglich zu dem Schluss gekommen, dass Verstärkung vonnöten war, um eine Untersuchung zu koordinieren, die Ermittlungen in zwei radikal gegensätzlichen Stadtvierteln erforderte: Brick Lane in Tower Hamlets war das Zentrum der Einwanderer aus Bangladesch, vermischt mit den wenigen Einwanderern von den Westindischen Inseln, die vormals dort die Mehrheit gebildet hatten. St. Pancras hingegen, wo St. George's Gardens als grüne Oase zwischen eleganten georgianischen Häusern diente, war ganz entschieden monochrom, und die entsprechende Hautfarbe war weiß.

»Wie weit sind die Kollegen in Brick Lane mit ihren Ermittlungen?«, fragte er sie.

Sie schüttelte den Kopf und schaute zu dem schmiedeeisernen Tor hinüber, durch welches Lynley gekommen war. Er folgte ihrem Blick und sah, dass die Medienvertreter sich versammelten – unschwer erkennbar an ihren Notizblöcken, Diktiergeräten und den Vans, aus denen Videokameras ausgeladen wurden. Ein Beamter dirigierte sie zu einer Seite.

DCI Towers schüttelte den Kopf. »Hartell sagt, die in Brick Lane haben keinen Finger krumm gemacht. Das war der Grund, warum er von dort wegwollte. Er sagt, es ist ein endemisches Problem. Tja, kann sein, dass er nur einen Groll gegen seinen ehemaligen Chef hegt, kann aber genauso gut sein, dass die Kollegen dort drüben am Steuer eingeschlafen sind. Wie dem auch sei, wir müssen die Ärmel aufkrempeln.« Sie zog die Schultern hoch und steckte die Hände samt Handschuhe in die Taschen ihrer Daunenjacke. Sie nickte zu den Reportern hinüber. »Wenn sie das rauskriegen, wird es ein gefundenes Fressen für sie sein ... Ganz unter uns, ich dachte mir, es ist das Beste, wenn wir den Eindruck erwecken, als wimmele es hier nur so von Polizisten.«

Lynley betrachtete sie interessiert. Sie sah nicht aus wie eine politische Strippenzieherin, aber sie war eindeutig auch nicht auf den Kopf gefallen. Trotzdem erschien es ihm klug, zu fragen: »Sie sind also sicher, dass Constable Hartells Behauptungen zutreffen?«

»Anfangs nicht«, räumte sie ein. »Aber er hat mich schnell überzeugt.«

»Wie?«

»Er hat den Leichnam nicht so gesehen wie ich, aber er hat mich beiseite genommen und nach den Händen gefragt.«

»Die Hände? Was ist mit den Händen?«

Sie warf ihm einen Blick zu. »Sie haben sie nicht gesehen? Dann kommen Sie besser mal mit, Superintendent.«

2

Als Lynley am nächsten Morgen aufwachte, stellte er fest, dass seine Frau, trotz der frühen Stunde, bereits aufgestanden war. Er fand sie in dem Raum, der demnächst das Kinderzimmer sein sollte. Gelb, Weiß und Grün waren dort die vorherrschenden Farben, eine Wiege und die Wickelkommode waren alles, was bislang an Möbeln geliefert worden war. Fotos aus Zeitschriften und Katalogen zeigten die geplanten Standorte der restlichen Gegenstände an: eine Spielkiste hier, ein Schaukelstuhl dort und ein Schubladenschrank, der täglich von A nach B verschoben wurde. Im vierten Monat ihrer Schwangerschaft war Helen wankelmütig, was die Gestaltung des Kinderzimmers ihres Sohnes betraf.

Sie stand vor der Wickelkommode, und ihre Hände massierten ihre Lendenwirbelgegend. Lynley trat zu ihr und strich die Haare aus ihrem Nacken, um eine freie Stelle für seinen Kuss zu finden. Sie lehnte sich gegen ihn. »Weißt du, Tommy, ich hätte nie gedacht, dass Elternschaft ein so politisches Ereignis sein könnte«, sagte sie.

»Ist sie das? Inwiefern?«

Sie wies auf die Auflage der Wickelkommode. Lynley sah die Überreste eines Päckchens. Es war offenbar gestern mit der Post gekommen, und Helen hatte den Inhalt auf der Kommode ausgebreitet. Es handelte sich um die schneeweißen Kleidungsstücke eines Täuflings: Kleid, Wickeltuch, Mützchen und Schuhe. Daneben lag eine zweite Täuflingsgarnitur: wiederum Kleid, Wickeltuch und Käppchen. Lynley nahm das Packpapier, in das der Karton eingewickelt gewesen war. Er las laut Namen und Anschrift des Absenders: »Daphne Amalfini.« Sie war eine von Helens vier Schwestern und wohnte in Italien. »Was hat das zu bedeuten?«, fragte er.

»Die Schlachtreihen werden aufgestellt. Ich sag es ungern, aber ich fürchte, bald werden wir uns für eine Seite entscheiden müssen.«

»Ah, verstehe. Ich nehme an, dass dies hier ...« Lynley wies auf das Taufkleid, das zuletzt ausgepackt worden war.

»Ja. Daphne hat es geschickt. Mit einem wirklich lieben Brief, übrigens, aber die eigentliche, bedeutsame Botschaft ist nicht zu übersehen: Sie weiß, dass deine Schwester uns die traditionellen Lynley-Taufroben geschickt haben *muss*, ist sie doch bislang die einzige Lynley dieser Generation, die Nachwuchs hervorgebracht hat. Aber Daph scheint zu glauben, dass fünf Clyde-Schwestern, die sich wie die Karnickel vermehren, ein stichhaltiges Argument dafür sind, dass die Clyde-Gewänder für den Tag der Taufe angemessen seien. Nein, das trifft es nicht ganz. Nicht angemessen, sondern unerlässlich für diesen Anlass. Das Ganze ist furchtbar albern – glaub mir, ich *weiß* das –, aber das ist genau die Art von Familienzwist, die völlig aus dem Ruder zu laufen droht, wenn man sie nicht richtig handhabt.« Sie sah ihn an und zeigte ein schiefes Lächeln. »Es ist vollkommen lächerlich, nicht wahr? Kaum vergleichbar mit den Dingen, die dein täglich Brot sind. Wann bist du gestern Abend eigentlich nach Hause gekommen? Hast du dein Essen im Kühlschrank gefunden?«

»Ich habe beschlossen, es zum Frühstück zu essen.«

»Knoblauch-Hühnchen vom Imbiss?«

»Na ja. Vielleicht lieber doch nicht.«

»Hast du irgendwelche Ideen bezüglich der Taufkleider? Und bitte schlag jetzt nicht vor, das ganze Problem zu umgehen, indem wir die Taufe ausfallen lassen, denn ich möchte nicht, dass irgendwelche Väter Schlaganfälle erleiden.«

Lynley dachte über die Situation nach. Einerseits waren die Taufgewänder seiner Familie seit fünf, wenn nicht seit sechs Generationen verwendet worden, um kleine Lynleys in den Schoß der anglikanischen Kirche zu führen, und insofern waren sie Teil der Familientradition. Andererseits sahen die Kleidungsstücke allmählich auch so aus, als hätten fünf oder sechs Generationen kleiner Lynleys sie getragen. Auf der *anderen* anderen Seite – falls diese Angelegenheit denn drei Seiten haben konnte – war jedes der Kinder der fünf Clyde-Schwestern in den nicht ganz so betagten Gewändern der Clydes getauft worden, und so wurde dort gerade eine Tradition begründet. Es wäre schön, sie aufrechtzuerhalten. Also, was war zu tun?

Helen hatte Recht. Es war genau die Art von idiotischer Situation, die drohte, alle Beteiligten zu verärgern. Irgendeine diplomatische Lösung musste her.

»Wir könnten behaupten, beide Päckchen seien auf dem Postweg verloren gegangen«, schlug er vor.

»Ich habe nicht geahnt, was für ein moralischer Feigling du bist. Deine Schwester weiß schon, dass ihr Päckchen angekommen ist, und abgesehen davon bin ich eine schlechte Lügnerin.«

»Dann muss ich es dir überlassen, eine salomonische Lösung zu finden.«

»Das wäre eine Möglichkeit, jetzt, da du es erwähnst«, bemerkte Helen. »Wir schneiden beide exakt in der Mitte durch, dann Nadel und Faden – und alle sind zufrieden.«

»Und obendrein wäre noch eine neue Tradition begründet.«

Sie betrachteten die beiden Taufgarnituren, dann schauten sie sich an. Helen grinste. Lynley lachte. »Das würden wir nie wagen«, meinte er. »Du wirst auf deine unnachahmliche Art und Weise schon eine Lösung finden.«

»Zwei Tauffeiern, vielleicht?«

»Du hast den Weg zur Erkenntnis bereits beschritten.«

»Und welchen Weg beschreitest du? Du bist früh auf. Unser Jasper Felix hat mich mit seiner Frühgymnastik in meinem Bauch geweckt. Welche Entschuldigung hast du vorzubringen?«

»Ich will Hillier erwischen, wenn ich kann. Die Pressestelle organisiert ein Treffen mit Medienvertretern, und Hillier wird Winston dort an seiner Seite haben wollen. Es wird mir nicht gelingen, ihm das auszureden, aber ich hoffe, ich kann ihn überzeugen, nicht so dick aufzutragen.«

An dieser Hoffnung hielt er auf dem ganzen Weg zu New Scotland Yard fest. Dort musste er jedoch feststellen, dass Kräfte am Werk waren, die selbst die Macht eines AC Hillier überstiegen, und große Pläne schmiedeten. Dies manifestierte sich in der Gestalt von Stephenson Deacon, dem Leiter der Pressestelle, der wild entschlossen schien, seine aktuelle Aufgabe und womöglich seine gesamte Existenz zu rechtfertigen. Er inszenierte AC Hilliers erstes Zusammentreffen mit Medienvertretern regelrecht, das offenbar nicht nur Winston Nkatas Anwesenheit an Hilliers Seite erforderte, sondern auch den Aufbau eines erhöhten Podiums vor dem Hintergrund eines geschlossenen Vorhangs, ein Union Jack kunstvoll am Bildrand drapiert, und ebenso detaillierte Pressemappen, die so zusammengestellt waren, dass sie eine verwirrende Menge an Desinformationen enthielten. Hinten im Konferenzsaal hatte man einen Tisch aufgestellt, der verdächtig danach aussah, als sollten dort Erfrischungen dargeboten werden.

Lynley betrachtete all dies resigniert. Welche Hoffnungen er auch immer gehabt hatte, Hillier zu einer subtilen Vorgehensweise zu überreden, sie waren gründlich zunichte gemacht worden. Die Abteilung für Öffentlichkeitsarbeit hatte nun die Zügel übernommen, und deren Leiter war nicht Hillier unterstellt, sondern dessen Vorgesetztem, dem Deputy Commissioner. Die niederen Ränge – darunter auch Lynley – waren offenbar zu Rädchen im großen Getriebe der Public Relations degradiert. Lynley erkannte, dass das Einzige, was ihm zu tun übrig blieb, war, Nkata nach Kräften vor diesem Rummel zu schützen.

Der neue Detective Sergeant war schon dort. Man hatte ihm gesagt, wo er während der Pressekonferenz sitzen und was er sagen sollte, wenn die Journalisten Fragen an ihn richteten. Lynley fand ihn wütend auf dem Korridor. Die karibische Färbung seiner Sprache – Erbe seiner Mutter – war in Stresssituationen immer besonders deutlich zu hören.

»Ich hab diesen Job nicht angenommen, um hier den dressierten Affen zu machen«, sagte Nkata. »Mein Job ist nicht, dafür zu sorgen, dass meine Mum meine Visage sieht, wenn sie den Fernseher einschaltet. Er denkt, ich bin blöd, das denkt er. Ich bin hergekommen, um ihm zu sagen, dass ich das nicht bin.«

»Das kommt von weiter oben als Hillier«, eröffnete Lynley ihm und nickte einem der Tontechniker grüßend zu, der in den Konferenzraum hastete. »Behalten Sie die Nerven und lassen Sie es erst einmal über sich ergehen, Winnie. Es wird sich auf lange Sicht vorteilhaft für Sie auswirken, je nachdem, was Sie für Karrierepläne haben.«

»Aber Sie wissen doch, warum ich hier bin. Das wissen Sie verdammt genau.«

»Das haben Sie Deacon zu verdanken«, erwiderte Lynley. »Die Pressestelle ist zynisch genug, zu denken, dass die Öffentlichkeit sich so einfach reinlegen lässt und glaubt, was sie glauben soll, wenn sie Sie Seite an Seite mit dem Assistant Commissioner von Scotland Yard auf dem Podium sieht. Deacon ist so arrogant, dass er annimmt, Ihr Erscheinen allein werde den Spekulationen in der Presse entgegenwirken. Aber all das sagt nichts über *Sie* aus, weder persönlich noch beruflich. Das müssen Sie sich vor Augen halten, damit Sie das hier überstehen.«

»Ah ja? Nur glaub ich das nicht, Mann. Und wenn da draußen spekuliert wird, dann völlig zu Recht. Wie viele Leichen braucht es denn noch? Verbrechen von Schwarzen gegen Schwarze sind immer noch Verbrechen. Und so gut wie nichts wird unternommen. Und wenn es in diesem speziellen Fall ein Verbrechen von einem Weißen gegen Schwarze ist, um das die Polizei sich nicht gekümmert hat, und ich spiele hier Hilliers rechte Hand, wo Sie und er doch genau wissen, dass er mich nie im Leben befördert hätte, wenn die Umstände anders wären...« Nkata hielt inne, um Atem zu schöpfen und nach dem passenden Schlusswort für seine Ausführungen zu suchen.

»Mord als Politikum«, sagte Lynley. »Ja, das ist es. Und ist es abscheulich? Zweifellos. Ist es zynisch? Ja. Unschön? Ja. Machiavellistisch? Ja. Aber letzten Endes bedeutet es nicht, dass Sie irgendetwas anderes als ein anständiger Polizist sind.«

In diesem Moment kam Hillier aus dem Saal. Er wirkte zufrieden mit dem, was immer Stephenson Deacon für die anstehende Pressekonferenz ausgeheckt hatte. »Damit gewinnen wir mindestens achtundvierzig Stunden Zeit«, sagte er zu Lynley und Nkata. »Winston, denken Sie an Ihren Part.«

Lynley wartete gespannt, wie Nkata das aufnehmen würde. Winston war klug genug, nur zu nicken. Doch als Hillier Richtung Aufzüge verschwand, sagte er zu Lynley: »Es sind Kinder, um die es hier geht. Tote *Kinder*, Mann.«

»Winston, ich weiß das«, antwortete Lynley.

»Was denkt er sich dann dabei?«

»Ich glaube, er will eine Grube graben, in die die Presse fallen soll.«

Nkata schaute Hillier nach. »Wie will er das anstellen?«

»Indem er so lange wartet, bis sie ihre Befangenheit öffentlich zur Schau gestellt haben, bevor er mit ihnen spricht. Er weiß, die Medien werden schnell dahinterkommen, dass die früheren Opfer schwarz beziehungsweise gemischtrassig waren, und wenn das passiert, werden sie nach unserem Blut schreien. Wo war die Polizei eigentlich, haben sie alle geschlafen, et cetera, et cetera. An dem Punkt wird er kontern, indem er die Frage aufwirft, wieso die *Medien* so lange gebraucht haben, um zu bemerken, was die Polizei die ganze Zeit wusste und – der Presse mitgeteilt hat. Dieses letzte Opfer hat es auf Seite eins aller Zeitungen geschafft. Der Fall wird weit vorn in den Abendnachrichten behandelt. Aber was war mit den anderen?, wird er fragen. Warum war ihr Tod keine Topmeldung?«

»Hillier geht also in die Offensive«, sagte Nkata.

»Das ist der Grund, warum er gut in seinem Job ist. Jedenfalls meistens.«

Nkata sah angewidert aus. »Wenn vier weiße Jungen in verschiedenen Stadtteilen ermordet worden wären, hätten die Polizeibehörden von der ersten Sekunde an wie verrückt zusammengearbeitet.«

»Wahrscheinlich.«

»Also...«

»Wir können ihre Versäumnisse nicht rückgängig machen, Winston. Wir können sie verabscheuen und versuchen, sie in Zukunft zu verhindern. Aber wir können die Zeit nicht zurückdrehen und die Dinge ändern.«

»Aber wir können verhindern, dass sie unter den Teppich gekehrt werden.«

»Das könnten wir uns zum Ziel setzen, da gebe ich Ihnen Recht.« Und ehe Nkata etwas erwidern konnte, fuhr Lynley fort: »Aber während wir das tun, treibt ein Mörder weiter sein Unwesen. Also was haben wir gewonnen? Haben wir die Toten aus ihren Gräbern zurückgeholt? Einen Verbrecher seiner gerechten Strafe zugeführt? Glauben Sie mir, Winston, die Presse wird sich von Hilliers Lektion, sich an die eigene Nase zu fassen, rasch erholen, und dann werden sie sich auf ihn stürzen wie Fliegen auf einen faulen Apfel. Aber in der Zwischenzeit haben wir in vier Mordfällen zu ermitteln, und zwar gründlich, und das werden wir nicht schaffen ohne die Kooperation genau der

Mordkommissionen, die Sie als bigott und korrupt bloßstellen wollen. Verstehen Sie das?«

Nkata dachte darüber nach. Schließlich sagte er: »Ich will wirklich beteiligt werden an dieser Sache. Ich habe nicht die Absicht, Hilliers Lakai bei diesen Pressekonferenzen zu sein.«

»Verstanden und genehmigt«, erwiderte Lynley. »Sie sind jetzt Detective Sergeant. Das wird niemand vergessen. Machen wir uns an die Arbeit.«

Die Einsatzzentrale war unweit von Lynleys Büro eingerichtet worden. Dort saßen bereits uniformierte Police Constables an Computern und erfassten die Informationen, die als Reaktion auf Lynleys Anfrage aus den Polizeiwachen, in deren Revier die früheren Opfer gefunden worden waren, hereinkamen. Tatortfotos waren an große Tafeln geheftet worden, andere enthielten Einsatzpläne mit den Namen der Teammitglieder und den Identifikationsnummern der Ermittlungsarbeiten, die ihnen zugeteilt waren. Die Techniker hatten drei Videostationen aufgebaut, sodass irgendjemand die Aufzeichnungen aller relevanten Überwachungskameras auswerten konnte – wo und falls es sie im Bereich der Fundorte gab. Die dazugehörigen Kabel schlängelten sich über den Fußboden. Die Telefone klingelten bereits. Lynleys langjähriger Kollege Detective Inspector John Stewart und zwei Detective Constables nahmen die Anrufe entgegen. Stewart saß bereits an einem auffallend aufgeräumten Schreibtisch.

Barbara Havers war dabei, Computerausdrucke mit einem gelben Marker zu bearbeiten, als Lynley und Nkata hereinkamen. Neben ihr standen eine geöffnete Schachtel Mr. Kipling-Erdbeermarmeladenkekse und eine Tasse Kaffee, die sie mit einer Grimasse leerte, gefolgt von: »Verdammter Mist. Kalt.« Dann sah sie sehnsüchtig auf die Packung Players, die halb unter einem Stapel Ausdrucke versteckt lag.

»Denken Sie nicht mal dran«, riet Lynley. »Was haben Sie von SO5 bekommen?«

Sie legte den Marker beiseite und massierte ihre Schultermuskeln. »Das sollten wir der Presse lieber vorenthalten.«

»Das fängt ja gut an«, kommentierte Lynley. »Lassen Sie hören.«

»Die Datenbanken der jugendlichen Straftäter und vermissten Personen ergeben für die letzten drei Monate eine Trefferzahl von eintausendfünfhundertvierundsiebzig.«

»Verdammt.« Lynley nahm ihr die Ausdrucke ab und blätterte sie ungeduldig durch. Am anderen Ende des Raums beendete DI Stewart ein Telefonat und vervollständigte seine Notizen.

»Wenn Sie mich fragen, hat sich nicht viel geändert, seit die Presse der Abteilung SO5 zum letzten Mal die Hölle heiß gemacht hat, weil sie ihre Daten nicht aktualisieren«, meinte Barbara. »Man sollte doch annehmen, sie wollen nicht schon wieder eine Torte ins Gesicht.«

»Das sollte man meinen«, stimmte Lynley zu. Die Namen vermisster Kinder wurden routinemäßig in das Computersystem eingegeben. Aber oft kam es vor, dass der Name nicht gelöscht wurde, wenn das Kind wieder gefunden worden war. Auch wurden sie nicht zwangsläufig gelöscht, wenn die Vermissten als jugendliche Straftäter oder unter Vormundschaft der Jugendämter wieder auftauchten. Die Rechte wusste nicht, was die Linke tat, und nicht selten hatte diese Ineffizienz der Vermisstenabteilung in der Vergangenheit Ermittlungen beinahe völlig zum Stillstand gebracht.

»Ich sehe schon Ihrem Gesicht an, was Sie sagen werden, Sir, aber das hier kann ich unmöglich allein schaffen. Über fünfzehnhundert Namen? Bis ich die alle durchgeackert habe, hat dieser Kerl« – sie wies zu den Fotos an der Tafel – »seine nächsten sieben Opfer erledigt.«

»Wir besorgen Ihnen Verstärkung«, versprach Lynley. Er wandte sich an Stewart: »John? Beschaff uns mehr Leute hierfür. Die Hälfte soll sich ans Telefon hängen und herausfinden, ob diese Kinder hier inzwischen wieder aufgetaucht sind, die andere Hälfte soll die Vermisstenlisten mit den Opfern vergleichen und versuchen, eine Zuordnung zustande zu bringen. Jeder noch so geringen Chance, die Leichen zu identifizieren, muss nachgegangen werden. Was sagt die Sitte zu dem jüngsten Opfer? Hat Theobald's Road uns irgendwelche Informationen über den Jungen in St. George's Gardens gegeben? Oder Kings Cross? Und wie steht es mit Tolpuddle Street?«

DI Stewart griff nach einem Notizbuch. »Die Sitte sagt, die Beschreibung passt auf keinen der ihnen bekannten Stricher irgendwo in der Stadt. Aus dem Milieu wird auch niemand vermisst, jedenfalls bislang.«

»Kontaktieren Sie die Sitte der Reviere, wo die anderen Opfer gefunden wurden«, wies Lynley Barbara an. »Sehen Sie zu, ob dort jemand vermisst wird, den wir einem der Opfer zuordnen können.« Er trat zu einer der Tafeln und betrachtete die Bilder des jüngsten Opfers. John Stewart schloss sich ihm an. Wie üblich strahlte der Inspector eine nervöse Energie aus, gepaart mit seiner Detailbesessenheit. Die aufgeschlagene Seite seines Notizbuchs zeigte eine vielfarbige Skizze, deren Sinn nur er kannte. Lynley fragte ihn: »Was gibt es für Neuigkeiten von jenseits des Flusses?«

»Noch nichts reingekommen«, antwortete Stewart. »Ist noch keine zehn Minuten her, dass ich bei Dee Harriman nachgefragt habe.«

»Wir brauchen eine Laboruntersuchung des Make-ups, das der Junge trägt, John. Versuch bitte, ob du den Hersteller ermitteln kannst. Möglicherweise hat unser Opfer es nicht selbst aufgetragen. Wenn das der Fall ist und das Make-up nicht irgendeine Marke ist, die es in jedem Drogeriemarkt in der Stadt gibt, könnte der Ort, wo es erworben wurde, uns auf die richtige Spur bringen. Und stell unterdessen zusammen, wer vor kurzem aus der Haft und den forensischen Kliniken entlassen worden ist. Und Entlassungen aus dem Jugendstrafvollzug im Umkreis von hundert Meilen auch. Und das gilt für beide Seiten, denk daran.«

»Beide Seiten?« Stewart sah von seinem eiligen Gekritzel auf.

»Unser Mörder könnte vor kurzem entlassen worden sein.

Aber ebenso unsere Opfer. Bis wir diese vier Jungen identifiziert haben, wissen wir überhaupt nicht, womit wir es eigentlich zu tun haben, abgesehen vom Offensichtlichen.«

»Einem geisteskranken Schwein nämlich.«

»Die letzte Leiche liefert ausreichende Beweise für diese Schlussfolgerung«, stimmte Lynley zu. Sein Blick wanderte, während er sprach, zu diesen Beweisen, als werde er gegen seinen Willen dorthin gelenkt: Der lange Schnitt im Oberkörper, posthum beigebracht, das mit Blut gemalte Symbol auf der Stirn, der fehlende Nabel und das Detail, das niemand gesehen und fotografiert hatte, ehe man die Leiche erstmals bewegt hatte: Die Handflächen, die so verbrannt waren, dass das Fleisch schwarz geworden war.

Lynleys Blick glitt weiter zu der Liste der anstehenden Aufgaben, die er am gestrigen langen Abend geschrieben hatte, ehe sie das Team zusammenstellten: Beamtinnen und Beamte klopften an jede Tür in der näheren Umgebung der bisherigen Leichenfunde; andere Beamte überprüften frühere Verhaftungen auf der Suche nach minder schweren Straftaten, die Anzeichen eines möglicherweise eskalierenden Verhaltens trugen, das zu den Morden führen konnte, mit denen sie sich jetzt konfrontiert sahen. Das war alles gut und richtig, aber irgendjemand musste auch die Spur des Lendentuchs verfolgen, das bei der letzten Leiche gefunden worden war, jemand anderes musste sich um das Fahrrad und die Silbergegenstände vom Tatort kümmern, irgendwer musste alle vier Tatorte triangulieren und analysieren, alle Sexualstraftäter ausfindig machen und ihr Alibi überprüfen, Anfragen an alle Polizeibehörden im Land starten, um herauszufinden, ob es anderswo ähnliche, ungelöste Mordfälle gab. Sie wussten von vier Opfern, aber es konnten ebenso vierzehn oder vierzig sein.

Achtzehn Detectives und sechs Constables arbeiteten derzeit an dem Fall, aber Lynley wusste, sie brauchten zweifellos mehr. Und es gab einen Weg, sie zu bekommen.

Sir David Hillier, dachte Lynley boshaft, würde diese Tatsache gleichzeitig lieben und hassen. Er würde wie ein Honigkuchenpferd strahlen, wenn er der Presse verkünden konnte, dass mehr als dreißig Polizeibeamte an dem Fall arbeiteten. Aber es würde ihn gleichzeitig auf die Palme bringen, die vielen Überstunden genehmigen zu müssen. Das war aber nun einmal Hilliers Los. Das waren die Schattenseiten des Ehrgeizes.

Am folgenden Nachmittag hatte Lynley von SO7 die vollständigen Autopsieberichte der ersten drei Opfer und den vorläufigen des zuletzt entdeckten Jungen in Händen. Er legte je einen Satz Fotos von allen vier Tatorten dazu und packte das gesamte Material in seinen Aktenkoffer. Dann ging er zu seinem Wagen und verließ die Victoria Street in einem leichten Nebel, der vom Fluss heraufgeweht wurde. Der Verkehr bewegte sich nur im Schneckentempo, doch als Lynley schließlich Millbank erreichte, hatte er wenigstens einen Ausblick auf den Fluss – oder das, was vom Fluss zu sehen war, vornehmlich also auf die Mauer, die entlang des Gehwegs errichtet war, und auf die alten gusseisernen Straßenlaternen, die im Dämmerlicht zu leuchten begannen.

Er bog am Cheyne Walk rechts ab und fand einen Parkplatz, als jemand wegfuhr, der gerade aus dem King's Head and Eight Bells am Ende der Cheyne Row gekommen war. Es waren nur wenige Schritte von hier zu dem Haus an der Ecke dieser Straße und des Lordship Place. Keine fünf Minuten später klingelte er dort.

Er rechnete mit dem Gebell eines extrem wachsamen Langhaardackels, aber es blieb aus. Stattdessen wurde die Tür von einer recht großen, rothaarigen Frau mit einer Schere in der einen und einer Rolle gelbem Geschenkband in der anderen Hand geöffnet. Sie strahlte, als sie ihn erkannte.

»Tommy!«, sagte Deborah St. James. »Das ist perfektes Timing. Ich brauche Hilfe, und schon bist du zur Stelle.«

Lynley trat ein, zog den Mantel aus und stellte seinen Aktenkoffer neben den Schirmständer. »Hilfe wobei? Wo ist Simon?«

»Ihn habe ich schon anderweitig verpflichtet. Und man kann

Ehemänner nur bis zu einem gewissen Grad in Anspruch nehmen, sonst laufen sie mit der stadtbekannten Schlampe aus dem Pub davon.«

Lynley lächelte. »Was soll ich tun?«

»Komm mal mit.« Sie führte ihn ins Speisezimmer, wo ein antiker Bronzelüster den Esstisch voller Geschenkpapier und Zubehör beleuchtete. Ein großes Paket war schon farbenfroh verpackt, und offenbar war Deborah bei der Konstruktion einer komplizierten Schleife unterbrochen worden.

»Ich fürchte, dergleichen ist nicht mein Metier«, warnte Lynley.

»Oh, der Einsatzplan steht bereits fest«, teilte Deborah ihm mit. »Du musst nur das Klebeband festhalten und da drücken, wo ich es dir sage. Das sollte dich nicht überfordern. Ich habe mit Gelb angefangen, aber Grün und Weiß kommen noch dazu.«

»Das sind die Farben, die Helen ausgesucht hat...« Lynley brach ab. »Ist das hier zufällig für sie? Für uns?«

»Wie unfein, Tommy«, schalt Deborah. »Ich hätte dich nie für jemanden gehalten, der nach Geschenken angelt. Hier, halt dieses Band mal fest. Ich brauche drei Stücke von je einem Meter Länge. Was macht eigentlich deine Arbeit? Bist du deswegen gekommen? Ich nehme an, du willst Simon sprechen.«

»Peach reicht völlig. Wo ist sie?«

»Gassi«, erklärte Deborah. »Nur unter Protest, wegen des Wetters. Dad ist mit ihr unterwegs, und ich nehme an, sie tragen irgendwo eine Schlacht aus, um zu entscheiden, wer läuft und wer getragen wird. Hast du sie nicht gesehen?«

»Keine Spur.«

»Dann hat Peach wahrscheinlich gesiegt. Ich nehme an, sie sind in den Pub gegangen.«

Lynley sah zu, während Deborah das Geschenkband zu einer Schleife schnürte. Sie konzentrierte sich auf ihr Werk, was ihm Gelegenheit gab, sich auf sie zu konzentrieren, seine einstige Geliebte, die Frau, die er hatte heiraten wollen. Sie hatte es vor nicht allzu langer Zeit mit einer Mörderin zu tun bekommen, und die Stiche, die die Wunde in ihrem Gesicht geschlossen hatten, waren noch nicht vollständig verheilt. Die Narbe zog sich seitlich über den Kiefer, und Deborah – eine Frau, die von gewöhnlicher Eitelkeit beinah völlig frei war – hatte typischerweise nichts unternommen, um sie abzudecken.

Sie schaute auf und erwischte ihn bei seiner Beobachtung. »Was?«, fragte sie.

»Ich liebe dich«, gestand er ihr offen. »Anders als früher. Aber nicht minder.«

Ihre Züge wurden sanft. »Ich liebe dich auch, Tommy. Wir haben eine Grenze überschritten, nicht wahr? Neues Territorium, aber doch irgendwie vertraut.«

»Ganz genauso ist es.«

Im nächsten Moment hörten sie Schritte auf dem Korridor, und ihr ungleichmäßiger Klang identifizierte Deborahs Mann. Er kam an die Tür des Speisezimmers, einen Packen großer Fotografien in der Hand. »Tommy«, sagte er. »Hallo. Ich habe gar nicht gehört, dass du gekommen bist.«

»Kein Peach-Gebell«, sagten Deborah und Lynley wie aus einem Munde, dann lachten sie verschwörerisch.

»Ich habe doch immer gewusst, dass dieser Hund für irgendetwas gut sein muss.« Simon St. James trat an den Tisch und legte die Fotos ab. »Es war keine einfache Entscheidung«, sagte er zu seiner Frau.

St. James' Bemerkung bezog sich auf die Fotos, die, soweit Lynley sehen konnte, alle das gleiche Motiv zeigten: eine Windmühle in einer Landschaft mit Wiesen und Bäumen, eine Hügelkette im Hintergrund und weiter vorn ein halb verfallenes Cottage. »Darf ich?«, fragte er, und als Deborah nickte, nahm er die Bilder genauer in Augenschein. Die Belichtung war bei allen unterschiedlich, aber was bemerkenswert war, war die Art und Weise, wie die Fotografin alle Variationen von Licht und Dunkel eingefangen hatte, ohne die Klarheit auch nur eines einzigen Objekts zu verlieren.

»Ich habe mich für das entschieden, wo du das Mondlicht auf den Windmühlenflügeln besonders hervorgehoben hast«, sagte St. James zu seiner Frau.

»Das fand ich auch am schönsten. Danke, Liebling. Du bist und bleibst mein bester Kritiker.« Sie vollendete das Schleifenkunstwerk, und Lynley assistierte ihr mit dem Tesafilm. Als sie fertig war, trat sie zurück, um das Ergebnis zu betrachten, dann nahm sie einen verschlossenen Umschlag vom Sideboard und befestigte ihn an dem Geschenk. Schließlich überreichte sie es Lynley. »Mit unseren besten Wünschen, Tommy«, sagte sie. »Aufrichtig und aus tiefstem Herzen.«

Lynley wusste, welch weiten Weg Deborah zurückgelegt hatte, um fähig zu sein, diese Worte auszusprechen. Ein eigenes Kind zu bekommen, das war ein Wunsch, der ihr verwehrt geblieben war.

»Danke.« Seine Stimme klang rauer als üblich. »Euch beiden.«

Ein Moment des Schweigens breitete sich zwischen ihnen aus, das St. James schließlich brach, indem er verkündete: »Das verlangt nach einem Drink.«

Deborah sagte, sie werde sich ihnen anschließen, sobald sie das Chaos beseitigt habe, das sie im Speisezimmer angerichtet hatte. St. James führte Lynley ein kleines Stück den Flur entlang in sein Arbeitszimmer, das auf die Straße hinausführte. Lynley holte seinen Aktenkoffer und ließ stattdessen das verpackte Geschenk im Flur zurück. Als er sich seinem alten Freund wieder anschloss, stand St. James am Fenster vor dem Servierwagen mit den Flaschen, eine Karaffe in der Hand.

»Sherry?«, fragte er. »Whisky?«

»Ist der ganze Lagavullin schon weg?«

»Er ist zu schwierig zu beschaffen. Ich gehe sparsam damit um.«

»Dann werde ich ihn ganz sparsam trinken.«

St. James schenkte ihnen beiden einen Whisky ein, Deborah einen Sherry, den er auf dem Wagen stehen ließ. Dann trat er zu

Lynley an den Kamin und ließ sich in einen der beiden alten Ledersessel dort sinken, was aufgrund der Schiene, die er seit Jahren am linken Bein tragen musste, ein wenig ungeschickt vonstatten ging.

»Ich habe mir heute Nachmittag einen *Evening Standard* mitgebracht«, sagte er. »Es sieht nach einer ziemlichen Schweinerei aus, Tommy, wenn ich richtig zwischen den Zeilen gelesen habe.«

»Du weißt also, warum ich gekommen bin.«

»Wer arbeitet mit dir an dem Fall?«

»Die üblichen Verdächtigen. Ich habe beantragt, das Team zu vergrößern. Hillier wird es unwillig genehmigen – was bleibt ihm anderes übrig? Wir brauchen fünfzig Beamte, aber wir können uns glücklich schätzen, wenn wir dreißig bekommen. Wirst du uns helfen?«

»Du glaubst, Hillier wird das absegnen?«

»Ich habe das Gefühl, dass er dich mit offenen Armen willkommen heißen wird. Wir brauchen deinen Sachverstand, Simon. Und das Pressebüro wird nur zu glücklich sein, wenn Hillier verkünden kann, dass wir den unabhängigen Forensiker Simon Allcourt-St. James, ehemaliger Mitarbeiter von New Scotland Yard, heute Gerichtssachverständiger, Hochschuldozent, Vortragsredner et cetera, gewinnen konnten. Genau das Richtige, um das Vertrauen der Öffentlichkeit wiederherzustellen. Aber lass dich davon nicht unter Druck setzen.«

»Was soll ich denn tun? Die Zeiten, da ich Tatorte untersucht habe, sind lange vorbei. Und so Gott will, werdet ihr ja auch keine weiteren Tatorte haben.«

»Du hättest eine Beraterfunktion. Ich werde dir nicht vorlügen, dass es alles andere, was du zu tun hast, nicht beeinträchtigen würde. Aber ich würde versuchen, deine Inanspruchnahme auf das notwendige Minimum zu beschränken.«

»Dann lass mal sehen. Hast du von allen Unterlagen Kopien mitgebracht?«

Lynley klappte seinen Aktenkoffer auf und reichte St. James

alles, was er hineingelegt hatte, bevor er Scotland Yard verlassen hatte. St. James legte die Berichte beiseite und betrachtete die Fotos. Er pfiff leise vor sich hin. Als er endlich wieder aufsah, sagte er zu Lynley: »Und sie haben nicht auf den ersten Blick gesehen, dass dies ein Serienmörder ist?«

»Jetzt verstehst du, welches Problem wir haben.«

»Aber hier wimmelt es nur so von Anzeichen für einen Ritualmord. Allein die verbrannten Hände…«

»Nur bei den letzten drei Opfern.«

»Trotzdem, bereits die Ähnlichkeiten in der Aufbahrung der Opfer deuten zweifelsfrei auf Serienmord hin.«

»Beim letzten Opfer, dem in St. George's Gardens, hat die ermittelnde Beamtin sofort auf einen Serienmord geschlossen.«

»Und bei den anderen?«

»Jede Leiche wurde im Revier einer anderen Polizeiwache gefunden. Die Kollegen haben pro forma ermittelt, aber anscheinend sind sie jedes Mal mühelos zu dem Schluss gekommen, dass es eine Einzeltat sei. Wegen der Hautfarbe der Opfer haben sie es als Bandenmorde abgetan. Bandenmorde aufgrund des Zustands der Leichen. Gewissermaßen gekennzeichnet mit der Handschrift der gegnerischen Bande. Als Warnung für andere.«

»Das ist Unsinn.«

»Ich versuche nicht, sie zu entschuldigen.«

»Ich kann mir vorstellen, dass es ein PR-Albtraum für Scotland Yard sein muss.«

»Ja. Wirst du uns helfen?«

»Kannst du mir das Vergrößerungsglas aus dem Schreibtisch holen? Es ist in der obersten Schublade.«

Lynley holte das Lederetui mit der Lupe und brachte es seinem Freund. Er schaute zu, während St. James die Fotos der Opfer eingehend studierte. Am längsten hielt er sich bei dem letzten Opfer auf und schaute sich längere Zeit dessen Gesicht an, ehe er sprach. Und sogar dann schien es, als rede er mehr mit sich selbst als mit Lynley: »Der Bauchschnitt ist offensichtlich posthum. Aber die Brandwunden an den Händen…?«

»Bevor der Tod eintrat«, stimmte Lynley zu.

»Das macht es sehr interessant, nicht wahr?« St. James sah auf, schaute einen Moment zum Fenster hinüber, ehe er Opfer Nummer vier nochmals betrachtete. »Er ist nicht sonderlich geschickt mit dem Messer. Er hat nicht gezaudert, *wo* er schneiden soll, aber war überrascht, festzustellen, wie schwer es ging.«

»Kein Medizinstudent oder Arzt also.«

»Ich denke nicht.«

»Welche Art von Werkzeug?«

»Ein sehr scharfes Messer wäre völlig ausreichend. Ein Küchenmesser vielleicht. Das und eine gewisse Kraft, um die Bauchmuskeln durchtrennen zu können. Und diesen Riss hier oben herbeizuführen... Das kann nicht leicht gewesen sein. Er ist ziemlich stark.«

»Er hat den Nabel entfernt, Simon. Beim letzten Opfer.«

»Grässlich«, räumte St. James ein. »Man hätte meinen können, er habe den Schnitt nur gemacht, um genügend Blut für das Symbol auf der Stirn zu bekommen, aber die Entfernung des Nabels spricht gegen diese Theorie, nicht wahr? Was hältst du übrigens von dem Zeichen auf der Stirn?«

»Nun, es handelt sich offensichtlich um ein Symbol.«

»Die Unterschrift des Mörders?«

»Das würde ich sagen, zumindest teilweise. Aber es ist mehr als das. Wenn das gesamte Verbrechen Bestandteil eines Rituals ist...«

»Und es sieht danach aus, nicht wahr?«

»Dann würde ich sagen, ist dies die letzte Handlung. Ein Schlusspunkt nach dem Tod des Opfers.«

»Es sagt also irgendetwas.«

»Definitiv.«

»Aber wem? Der Polizei, die versäumt hat, zu bemerken, dass sich ein Serienmörder in der Stadt herumtreibt? Dem Opfer, das gerade im wahrsten Sinne des Wortes eine Feuerprobe absolviert hat? Oder jemand anderem?«

»Das ist die Frage.«

St. James nickte. Er legte die Bilder beiseite und nahm sein Whiskyglas in die Hand. »Dann werde ich damit anfangen«, sagte er.

3

Als Barbara Havers an diesem Abend den Motor ausschaltete, blieb sie noch einen Moment im Mini sitzen und lauschte niedergeschlagen dem röchelnden Sterben des Motors. Sie bettete den Kopf aufs Lenkrad. Sie war vollkommen erledigt. Seltsam, dass Stunde um Stunde an Computern und Telefonen zu verbringen ermüdender war, als durch London zu laufen auf der Suche nach Zeugen, Verdächtigen, Aussagen und Hintergrundinformationen, aber so war es. Einen Computerbildschirm anzustarren, Ausdrucke zu lesen und zu markieren, immer wieder das gleiche Telefongespräch mit einem verzweifelten Elternpaar nach dem anderen zu führen – all das weckte in ihr eine Sehnsucht nach gebackenen Bohnen auf Toast, dem ultimativen Trostfutter, und dann ab in die Waagerechte auf dem Schlafsofa, die Fernbedienung fest in der Hand. Einfach völlig erledigt: Sie hatte während dieser zwei endlosen ersten Ermittlungstage nicht eine Sekunde Pause gehabt.

Zum einen war da die Geschichte mit Winston Nkata. Detective *Sergeant* Winston Nkata. Es war eine Sache, zu wissen, warum Hillier ihren Kollegen ausgerechnet zum jetzigen Zeitpunkt befördert hatte. Aber es war etwas völlig anderes, sich eingestehen zu müssen, dass Winston – egal, ob Opfer politischer Manipulation oder nicht – seine neue Position verdient hatte. Was alles noch schlimmer machte, war, dass sie trotz dieser Erkenntnis mit ihm zusammenarbeiten musste, wobei sie genau merkte, dass ihm das Ganze ebenso zu schaffen machte wie ihr.

Wäre Winston blasiert gewesen, hätte sie gewusst, wie sie damit umgehen musste. Wäre er ihr arrogant gekommen, hätte sie sich einen Spaß daraus gemacht, ihn zu ärgern. Wäre er ostentativ bescheiden aufgetreten, hätte sie ihn mit ihrer scharfen Zunge angemessen zurechtgestutzt. Aber er war nichts von alldem, nur eine stillere Version des normalen Winston, eine Version, die bestätigte, was Lynley gesagt hatte: Winnie ließ sich von niemandem Sand in die Augen streuen. Er wusste ganz genau, was Hillier und das Pressebüro abziehen wollten.

Letztlich war es also Mitgefühl, das Barbara für ihren Kollegen empfand, und das hatte sie bewogen, ihm eine Tasse Tee mitzubringen, als sie sich selbst eine holte, und ihm mit den Worten zu überreichen: »Glückwunsch zur Beförderung, Winnie.« Sie stellte die Tasse auf seinen Schreibtisch.

Zusammen mit den Constables, die DI Stewart dafür eingeteilt hatte, war Barbara zwei Tage und zwei Abende damit beschäftigt gewesen, die überwältigende Zahl von Vermisstenanzeigen durchzuackern, die sie aus dem SO5-Computer gezogen hatte. Schließlich war Nkata mit eingestiegen. Sie hatten eine beträchtliche Anzahl von Namen von der Liste streichen können: Kinder, die wieder nach Hause gekommen waren oder Kontakt zu ihren Familien aufgenommen und ihren Aufenthaltsort mitgeteilt hatten. Wie erwartet, befanden sich einige der Vermissten in Jugendhaft, andere in Heimen. Aber es blieben immer noch Hunderte von vermissten Jugendlichen übrig, und die Detectives begannen schließlich, ihre Beschreibungen mit denen der unidentifizierten Leichen zu vergleichen. Teilweise ließ sich das per Computer erledigen. Zum Teil war es aber auch Handarbeit.

Sie hatten die Fotos und Autopsieberichte der ersten drei Opfer als Ausgangspunkt, und in fast allen Fällen waren die Eltern oder Vormunde der vermissten Jugendlichen kooperativ. Zu guter Letzt hatten sie sogar eine mögliche Identifizierung zustande gebracht, aber die Wahrscheinlichkeit, dass der fragliche vermisste Junge wirklich eines der Opfer war, war gering.

Dreizehn Jahre alt, halb schwarz, halb philippinisch, Kopfhaar rasiert, Nase an der Spitze abgeflacht und an der Wurzel gebrochen. Sein Name war Jared Salvatore, abgängig seit zwei Monaten und von seinem älteren Bruder vermisst gemeldet, der – so stand es in den Akten – den Anruf bei der Polizei vom Pentonville-Gefängnis aus getätigt hatte, wo er wegen eines bewaffneten Raubüberfalles einsaß. Woher der große Bruder wusste, dass Jared vermisst wurde, stand nicht in dem Bericht.

Aber das war alles. Aus der unüberschaubaren Zahl vermisster Jugendlicher Identifizierungen der Leichen zu ermöglichen war ungefähr so, als suche man Fliegenscheiße im Pfeffer, solange es ihnen nicht gelang, eine Verbindung zwischen den Opfern zu erkennen. Und bedachte man, wie weit die Fundorte auseinander lagen, war eine solche Verbindung unwahrscheinlich.

Als Barbara genug gearbeitet hatte – oder zumindest so viel, wie sie an einem Tag verkraften konnte –, hatte sie zu Nkata gesagt: »Ich verschwinde, Winnie. Bleibst du noch, oder was?«

Nkata hatte seinen Stuhl zurückgerollt, sich den Nacken massiert und geantwortet: »Ich bleib noch ein bisschen.«

Sie nickte, ging aber nicht sofort. Sie hatte das Gefühl, dass sie beide etwas sagen mussten, war aber nicht sicher, was. Nkata war derjenige, der den ersten Schritt machte.

»Was machen wir denn jetzt, Barb?« Er legte seinen Kuli auf den Notizblock. »Die Frage ist, wie gehen wir miteinander um? Wir können ja nicht so tun, als wär nichts.«

Barbara setzte sich wieder hin. Auf dem Schreibtisch stand ein magnetischer Büroklammerspender, und sie nahm ihn in die Hand und spielte damit. »Ich denke, wir tun einfach, was getan werden muss. Ich schätze, der Rest findet sich schon irgendwie.«

Er nickte versonnen. »Ich fühl mich nicht besonders wohl in meiner Haut. Ich weiß, warum ich hier bin, und ich will, dass du das verstehst.«

»Schon klar«, erwiderte Barbara. »Aber sei nicht unfair zu dir selbst. Du hast verdient...«

»Hillier hat keinen blassen Schimmer, was ich verdient hab

oder nicht«, unterbrach er sie. »Von der Presseabteilung will ich gar nicht reden. Nicht vor dieser Geschichte, heute nicht und in Zukunft auch nicht.«

Barbara schwieg. Sie konnte das nicht in Abrede stellen, wussten sie doch beide, dass er die Wahrheit sagte. Schließlich antwortete sie: »Weißt du, Winnie, wir sind irgendwie in der gleichen Lage.«

»Wie meinst du das? Weiblicher Cop, schwarzer Cop?«

»Nicht deswegen. Es hat was mit Wahrnehmung zu tun. Hillier sieht keinen von uns wirklich. Tatsache ist, dass das für jeden in diesem Team gilt. Er nimmt keinen von uns wahr, sondern nur, inwieweit wir ihm nutzen oder schaden können.«

Nkata dachte darüber nach. »Ich schätze, da hast du Recht.«

»Also, nichts, was er tut oder sagt, spielt irgendeine Rolle, denn letztlich haben wir immer noch denselben Job zu erledigen. Die Frage ist: Sind wir dem gewachsen? Denn das hieße, wir müssen einfach ignorieren, wie sehr wir ihn verabscheuen, und einfach mit dem weitermachen, was wir am besten können.«

»Ich bin dabei«, antwortete Nkata. »Aber, Barb, du hast trotzdem verdient...«

»Hey«, fiel sie ihm ins Wort, »genau wie du.«

Sie gähnte ausgiebig und drückte die Schulter gegen die widerspenstige Tür des Mini. Sie hatte einen Parkplatz auf der Steeles Road gefunden, gleich um die Ecke von Eton Villas. Sie ging zu dem gelben Haus, stemmte sich gegen den kalten Wind, der am späten Nachmittag aufgekommen war, und folgte dem Weg zu ihrem Bungalow.

Drinnen schaltete sie das Licht ein, legte ihre Schultertasche auf den Tisch und holte die ersehnte Dose Heinz-Bohnen aus dem Schrank. Den Inhalt schüttete sie in einen Topf. Unter anderen Umständen hätte sie die Bohnen kalt gegessen. Aber heute Abend, fand sie, hatte sie das Komplettprogramm verdient. Sie steckte Brot in den Toaster und holte sich ein Stella-Artois-Bier aus dem Kühlschrank. Normalerweise trank sie wochentags keinen Alkohol, aber sie hatte einen harten Tag gehabt.

Während ihr Abendessen sich eigenständig zubereitete, machte sie sich auf die Suche nach der Fernbedienung, die sie wie üblich nicht finden konnte. Sie tastete die Falten des ungemachten Bettsofas ab, als jemand klopfte. Sie schaute über die Schulter und sah durch die offenen Lamellen am Fenster zwei schattenhafte Gestalten vor der Tür: die eine klein, die andere größer, beide schlank. Hadiyyah und ihr Vater kamen zu Besuch.

Barbara gab ihre Suche nach der Fernbedienung auf und öffnete ihren Nachbarn die Tür. »Gerade rechtzeitig für Barbaras Spezialität des Hauses. Ich habe zwei Scheiben Toast, aber wenn ihr euch benehmt, können wir sie durch drei teilen.« Sie hielt die Tür weiter auf, um sie einzulassen, und vergewisserte sich mit einem Blick über die Schulter, dass sie ihre getragenen Schlüpfer irgendwann im Laufe der letzten achtundvierzig Stunden in den Wäschekorb geworfen hatte.

Taymullah Azhar lächelte mit der für ihn typischen feierlichen Höflichkeit. »Wir können leider nicht bleiben, Barbara«, sagte er. »Wenn Sie vielleicht einen Moment Zeit für uns hätten? Es dauert nicht lange.«

Er klang so ernst, dass Barbara argwöhnisch von ihm zu seiner Tochter schaute. Hadiyyah ließ den Kopf hängen und hatte die Hände auf dem Rücken verschränkt. Ein paar Strähnen hatten sich aus ihren Zöpfen gestohlen und lagen auf den Wangen, die gerötet waren. Sie sah aus, als hätte sie geweint.

»Was ist los? Ist irgendwas …?« Barbara war von vielen, höchst unterschiedlichen bösen Ahnungen erfüllt, von denen sie keine benennen wollte. »Was gibt es, Azhar?«

Azhar sagte: »Hadiyyah?«

Seine Tochter sah flehentlich zu ihm auf. Sein Ausdruck war unnachgiebig. »Wir sind aus einem bestimmten Grund gekommen. Du kennst ihn.«

Hadiyyah schluckte so heftig, dass Barbara es hören konnte. Dann zog das kleine Mädchen die Hände hinter dem Rücken hervor und streckte sie Barbara entgegen. Sie hielten die Buddy-Holly-CD. »Dad sagt, ich muss sie dir zurückgeben, Barbara«, erklärte sie.

Barbara nahm die CD. Dann schaute sie Azhar an. Sie sagte: »Aber... Entschuldigung, aber ist es verboten oder so was?« Das war unwahrscheinlich. Sie hatte ein wenig über ihre Bräuche gelernt, und Geschenke zu machen zählte dazu.

»Und?«, sagte Azhar zu seiner Tochter, ohne Barbaras Frage zu beantworten. »Du hast noch mehr zu sagen, richtig?«

Hadiyyah senkte den Kopf wieder. Barbara sah ihre Lippen beben.

Ihr Vater sagte: »Hadiyyah. Ich werde dich nicht noch einmal...«

»Ich hab geschwindelt«, stieß das kleine Mädchen hervor. »Ich hab meinen Dad angeschwindelt, und er hat es rausgekriegt, und darum muss ich dir das hier zu... zurück... zurückgeben.« Sie sah auf. Tränen rannen über ihr Gesicht. »Aber trotzdem danke, denn ich fand es wunderbar. Peggy Sue war besonders schön.« Dann drehte sie sich auf dem Absatz herum und floh zum Vorderhaus zurück. Barbara hörte sie schluchzen.

Sie sah zu ihrem Nachbarn. »Hören Sie, Azhar«, sagte sie. »Das war alles meine Schuld. Ich hatte keine Ahnung, dass Hadiyyah nicht auf die Camden High Street darf. Und sie wusste nicht, was ich vorhatte, als wir losgingen. Es sollte nur ein Spaß sein. Sie hörte sich irgendeine Popgruppe an, und ich hab sie damit aufgezogen, und sie hat gesagt, wie toll sie sie fand, und da hab ich beschlossen, ihr zu zeigen, was echter Rock 'n' Roll ist, und hab sie mit zum Virgin Megastore genommen, aber ich wusste nicht, dass es verboten war, und sie wusste nicht, wo wir hingingen.« Barbara war außer Atem. Sie kam sich wie ein Teenager vor, der nach der Sperrstunde erwischt wurde. Das Gefühl gefiel ihr nicht sonderlich. Sie zwang sich zur Ruhe und sagte: »Wenn ich gewusst hätte, dass Sie ihr verboten hatten, zur Camden High Street zu gehen, hätte ich sie nicht dorthin mitgenommen. Es tut mir furchtbar Leid, Azhar. Sie hat es nicht sofort gesagt.«

»Was der Grund meiner Verärgerung über Hadiyyah ist«, erklärte Azhar. »Das hätte sie tun müssen.«

»Aber wie gesagt, sie wusste ja nicht, wo es hingehen sollte, bis wir dort waren.«

»Als Sie hinkamen, hatte sie da die Augen verbunden?«

»Natürlich nicht. Aber da war es zu spät. Ich habe ihr gar keine Gelegenheit gegeben, etwas zu sagen.«

»Hadiyyah sollte keiner Aufforderung bedürfen, um die Wahrheit auszusprechen.«

»Okay, das seh ich ein. Es ist passiert, und es wird nicht wieder vorkommen. Lassen Sie sie wenigstens die CD behalten.«

Azhar wandte den Blick ab. Seine dunklen Finger – so schmal, dass sie wie die eines Mädchens wirkten – griffen unter dem makellosen Jackett in die Brusttasche seines strahlend weißen Hemdes. Er ertastete dort eine Zigarettenschachtel und brachte sie zum Vorschein. Er schüttelte eine Zigarette heraus, schien zu überlegen, was er als Nächstes tun sollte, und bot die Zigaretten dann Barbara an. Sie wertete das als hoffnungsvolles Zeichen. Ihre Finger berührten sich flüchtig, als Barbara die Zigarette nahm, und er zündete ein Streichholz an, um erst ihr und dann sich selbst Feuer zu geben.

»Sie möchte, dass Sie mit dem Rauchen aufhören«, berichtete Barbara ihm.

»Sie möchte viele Dinge. Wie wir alle.«

»Sie sind wütend. Kommen Sie rein. Lassen Sie uns über diese Sache reden.«

Er blieb, wo er war.

»Azhar, hören Sie zu. Ich weiß, was Ihnen an Camden High Street und alldem Sorgen macht. Aber Sie können sie nicht vor allem beschützen. Das ist unmöglich.«

Er schüttelte den Kopf. »Es ist nicht meine Absicht, sie vor allem zu beschützen. Ich beabsichtige lediglich, das Richtige zu tun. Aber ich stelle fest, dass ich nicht immer weiß, was das ist.«

»Einmal auf der Camden High Street gewesen zu sein, wird sie nicht verderben.« Sie wies auf die CD. »Und Buddy Holly wird sie auch nicht verderben.«

»Meine Sorgen drehen sich nicht um Camden High Street oder Buddy Holly«, erwiderte Azhar. »Es geht um die Lüge, Barbara.«

»Okay, das seh ich ein. Aber sie hat nur durch Verschweigen gelogen. Sie hat es mir einfach nicht gesagt, als sie es hätte tun können oder sollen. Oder was auch immer.«

»Das ist keineswegs alles.«

»Wie meinen Sie das?«

»Sie hat mich angelogen.«

»Sie? Wegen...«

»Und das ist etwas, das ich nicht dulde.«

»Aber wann? Wann hat sie Sie angelogen?«

»Als ich sie nach der CD gefragt habe. Sie sagte, Sie hätten sie ihr geschenkt...«

»Aber das stimmt, Azhar.«

»...doch sie hat versäumt, hinzuzufügen, woher die CD stammte. Das ist ihr später herausgerutscht, als sie über CDs im Allgemeinen geplaudert hat, darüber, wie groß die Auswahl im Virgin Megastore war.«

»Verdammt noch mal, Azhar, das ist doch keine Lüge.«

»Nein. Aber zu behaupten, sie sei niemals dort gewesen, war eine Lüge. Und das dulde ich nicht. Hadiyyah sollte das lieber erst gar nicht anfangen. Sie darf mich nicht belügen. Das darf sie einfach nicht.« Seine Stimme klang so angespannt, seine Züge waren so starr, dass Barbara der Verdacht kam, hier ginge es um viel mehr als um Hadiyyahs Beugung der Wahrheit.

»Okay, verstehe«, sagte sie. »Aber sie ist todunglücklich. Was immer Sie ihr klar machen wollten, ich denke, es ist angekommen.«

»Das hoffe ich. Sie muss lernen, dass ihre Handlungen Konsequenzen haben, und sie muss es als Kind lernen.«

»Da widerspreche ich nicht. Aber...« Barbara zog an ihrer

Zigarette, ehe sie sie auf die Eingangsstufe fallen ließ und austrat. »Aber ich finde, sie zu zwingen, ihren Fehltritt vor mir einzugestehen – praktisch in einer Art Öffentlichkeit, verstehen Sie? –, ist Strafe genug. Ich meine, Sie sollten sie die CD behalten lassen.«

»Ich habe mich entschieden.«

»Aber Sie könnten doch einlenken, oder?«

»Wenn man zu weit einlenkt, verbiegt man sich«, entgegnete er.

»Und dann?«, fragte Barbara. Als er nicht antwortete, fuhr sie leise fort: »Hadiyyahs Lüge... Das ist nicht wirklich das, worum es hier geht, oder, Azhar?«

»Ich lasse nicht zu, dass sie damit anfängt«, erwiderte er und schickte sich an, sich zu verabschieden. »Ich habe Sie lange genug von Ihrem Toast abgehalten«, sagte er höflich und trat den Heimweg an.

Trotz seines Gesprächs mit Barbara Havers und ihres Zuspruchs in dieser Sache fühlte Winston Nkata sich nicht wohl in seinem Rang als Detective Sergeant. Er hatte damit gerechnet, dass er sich wohl fühlen würde – und das war das wirklich Schlimme daran –, aber die Zufriedenheit wollte sich einfach nicht einstellen, und der Trost, den er sich von seiner Arbeit erhofft hatte, war ihm über weite Strecken seiner bisherigen Laufbahn verwehrt geblieben.

Als er in den Polizeidienst getreten war, hatte sein Job ihn nicht beunruhigt. Aber es hatte nicht lange gedauert, bis er begriffen hatte, was es in der Realität bedeutete, ein schwarzer Cop in einer von Weißen dominierten Welt zu sein. Zuerst war es ihm in der Kantine aufgefallen, die verstohlenen Blicke, die ihm zugeworfen wurden und dann hastig zu jemand anderem weiterglitten. Dann hatte er es an den Unterhaltungen gemerkt, die immer ein wenig vorsichtiger wurden, sobald er sich seinen Kollegen anschloss. Dann an der Art, wie er begrüßt wurde: Immer mit einem Hauch mehr Leutseligkeit als den weißen

Cops entgegengebracht wurde, wenn er sich zu einer Gruppe an den Tisch setzte. Er hasste es, wenn die Kollegen so krampfhaft bemüht waren, tolerant zu erscheinen, sobald er auftauchte. Allein die Tatsache, dass sie so sorgsam darauf achteten, ihn wie einen, der dazugehörte, zu behandeln, gab ihm das Gefühl, dass er niemals wirklich dazugehören würde.

Anfangs hatte er sich gesagt, dass er das sowieso nicht wollte. Es war so schon hart genug, wenn er durch Loughborough Estate ging, die Siedlung, wo er wohnte, und hörte, wie sie ihn eine dreckige Kokosnuss nannten. Wie viel schlimmer würde das erst werden, wenn er eines Tages tatsächlich Teil des weißen Establishments wäre. Trotzdem hasste er es, von seinen eigenen Leuten als Mogelpackung bezeichnet zu werden. Wenngleich er sich die Ermahnung seiner Mutter ins Gedächtnis rief, dass »niemand ein Stuhl wird, nur weil irgendein Ignorant ihn einen Stuhl nennt«, fand er es doch zunehmend schwierig, sich in die Richtung zu bewegen, in die er wollte: nach oben.

»Goldstück, mein lieber Junge«, hatte seine Mutter gesagt, als er sie am Telefon mit der Neuigkeit von seiner Beförderung überrascht hatte. »Es spielt überhaupt keine Rolle, warum sie dich befördert haben. Entscheidend ist, dass sie's getan haben, und jetzt kriegst du deine Chance. Ergreif sie mit beiden Händen, und schau nicht zurück.«

Aber das konnte er nicht. Stattdessen bedrückte ihn AC Hilliers plötzliche Aufmerksamkeit, war er zuvor doch nur ein Gesicht in der Masse gewesen, dem der Assistant Commissioner keinen Namen hätte zuordnen können, selbst wenn sein Leben davon abhinge.

Und doch hatte seine Mutter natürlich vollkommen Recht. Ergreif die Chance. Er musste noch lernen, wie man das machte. Und das Thema sich bietender Chancen erstreckte sich auf mehr als einen Bereich seines Lebens, und das beschäftigte ihn, nachdem Barb Havers Feierabend gemacht hatte.

Er betrachtete die Fotos der toten Jungen ein letztes Mal, bevor auch er Scotland Yard verließ. Er schaute sie an, um sich ins

Gedächtnis zu rufen, dass sie jung waren – schrecklich jung –, und aufgrund ihrer ethnischen Zugehörigkeit hatte Nkata Verpflichtungen, die darüber hinausgingen, ihren Mörder der Gerechtigkeit zuzuführen.

Unten in der Tiefgarage saß er einen Moment untätig in seinem Escort und dachte über diese Verpflichtungen nach und darüber, was sie erforderten: Handeln im Angesicht von Furcht. Er hätte sich ohrfeigen können, dass er diese Furcht überhaupt empfand. Er war neunundzwanzig Jahre alt, verdammt noch mal. Er war Polizeibeamter.

Das allein sollte doch etwas gelten, und das hätte es auch, wären die Umstände anders gewesen. Nur galt es in dieser Situation überhaupt nichts, wo er mit der Tatsache, dass er Polizist war, keinen Eindruck schinden konnte. Aber das war nicht zu ändern. Er war auch ein Mann, und ein Mann wurde gebraucht.

Nkata holte tief Luft und fuhr los. Er überquerte den Fluss Richtung South London. Doch statt nach Hause zu fahren, machte er einen Umweg vorbei an der halbrunden Mauer des Oval-Cricket-Stadions und fuhr die Kennington Road entlang Richtung Kennington Station.

Diese U-Bahn-Station war sein Ziel, und er fand sogar einen Parkplatz in der Nähe. An einem Kiosk kaufte er einen *Evening Standard* und nutzte die Zeit, die das in Anspruch nahm, um Mut für den Weg die Braganza Street hinab zu sammeln.

An ihrem Ende erhob sich aus einem Parkplatz Arnold House, das zur Doddington-Grove-Siedlung gehörte. Dem Gebäude gegenüber lag ein Gartencenter hinter einem Maschendrahtzaun, und an diesen Zaun lehnte sich Nkata, seine neue Zeitung zusammengefaltet unter dem Arm und seinen Blick unverwandt auf den überdachten Außenflur des dritten Stocks und die fünfte Wohnungstür von links gerichtet.

Es wäre ein Leichtes gewesen, die Straße und den Parkplatz zu überqueren und zum Haus zu gehen. Einmal dort, standen die Chancen gut, dass ihm der Aufzug zur Verfügung gestanden hätte, denn meistens war das Zahlenfeld, das den Rufknopf mit einem Code sicherte, kaputt. Was war also so schwierig daran, hinüberzugehen, nach oben zu fahren und an der Tür zu klingeln? Er hatte einen guten Grund, das zu tun: Jungen wurden in London ermordet, gemischtrassige Jungen, und in der Wohnung da oben wohnte Daniel Edwards, dessen weißer Vater tot, dessen schwarze Mutter aber höchst lebendig war. Aber genau das war das Problem, richtig? *Sie* war das Problem. Yasmin Edwards.

»Sie hat *gesessen*, Goldstück«, hätte seine Mutter gesagt, wenn er je den Mut gefunden hätte, ihr von Yasmin zu erzählen. »Was, in aller Welt, denkst du dir nur dabei?«

Diese Frage war leicht zu beantworten. Ich denke an ihre Haut, Mom, und wie sie schimmert, wenn eine Lampe darauf scheint. Ich denke an ihre Beine, die um einen Mann geschlungen sein sollten, der sie will. Ich denke an ihren Mund, an die Rundung ihres Hinterns und daran, wie ihre Brust sich hebt und senkt, wenn sie wütend ist. Sie ist groß, Mum. So groß wie ich. Eine gute Frau, die einen sehr schweren Fehler gemacht hat, für den sie bezahlt hat, wie es sich gehört.

Und davon abgesehen, war Yasmin Edwards gar nicht der Punkt. Sie war auch nicht der Gegenstand seiner Verpflichtung. Das war Daniel, der mit beinah zwölf Jahren zur Zielgruppe des Mörders gehören konnte. Denn wer konnte schon sagen, wie der Killer seine Opfer auswählte? Niemand. Und so lange sie das nicht wussten, konnte er – Winston Nkata – sich nicht davor drücken, eine Warnung auszusprechen, die vielleicht nötig war.

Alles, was er tun musste, war, die Straße zu überqueren, ein paar Autos auf dem erbärmlichen Parkplatz zu umrunden, darauf zu hoffen, dass das Zahlenfeld am Aufzug kaputt war, den Rufknopf zu drücken und dann an diese Tür zu klopfen. Dazu war er absolut in der Lage.

Und er würde es tun. Später, schwor er sich. Doch als er gerade den Fuß heben wollte, um den ersten von wie vielen Schritten auch immer zu tun, um zu Yasmin Edwards Tür zu gelangen, sah er die Frau auf dem Gehweg.

Sie kam nicht von der U-Bahn-Station, sondern aus der entgegengesetzten Richtung. Jenseits der Gärten am Ende der Braganza Street lag ihr kleines Geschäft am Manor Place, wo sie schwarzen Frauen, die körperlich und seelisch krank waren, Hoffnung in Form von Make-up, Perücken und kosmetischer Behandlung bot.

Als Nkata sie kommen sah, glitt er zurück gegen den Zaun und in eine Insel aus Schatten. Er hasste sich für diese Reaktion, aber er konnte einfach nicht auf sie zugehen, wie er eigentlich sollte.

Yasmin hielt zielstrebig auf Doddington Grove Estate zu. Sie nahm den Mann im Schatten nicht wahr, und schon das war Grund genug, mit ihr zu sprechen. Eine gut aussehende Frau allein nach Einbruch der Dunkelheit in dieser Gegend auf der Straße? Du musst besser auf dich aufpassen, Yas. Du musst wachsam sein. Was, wenn jemand dich anspringt... verletzt... vergewaltigt... ausraubt? Was soll Daniel tun, wenn seine Mum seinem Dad nachfolgt und einfach wegstirbt?

Aber das konnte Nkata nicht sagen. Er konnte nicht, weil Yasmin Edwards selbst der Grund war, warum Daniels Vater tot war. Also blieb er im Schatten und beobachtete sie, während er voller Scham spürte, wie sein Atem sich beschleunigte und sein Herz schneller zu pochen begann.

Yasmin ging den Bürgersteig entlang. Ihr Haar war kurz geschnitten, die ungezählten schmalen Zöpfe mit den Perlen am Ende verschwunden, und mit ihnen das leise Klimpern, das sie beim Gehen immer verursacht hatten und das er in seinem Versteck gehört hätte. Sie wechselte die Plastiktüten, mit denen sie beladen war, von einer Hand in die andere und tastete in der Jackentasche nach ihrem Schlüssel. Feierabend, dem Jungen etwas zu essen machen, weiterleben.

Sie kam an den Parkplatz und ging im Zickzack zwischen den schlecht markierten Stellplätzen hindurch. Am Aufzug tippte sie den Nummerncode ein, der den Rufknopf freischaltete, den sie daraufhin betätigte. Gleich darauf betrat sie den Lift.

Im dritten Stock kam sie wieder heraus und ging zu ihrer Tür. Als sie den Schlüssel ins Schloss steckte, wurde die Tür aufgerissen, ehe sie aufschließen konnte. Und da stand Daniel, von hinten durch einen flackernden Lichtschimmer beleuchtet, der vom Fernseher kommen musste. Er nahm seiner Mutter die Plastiktüten ab, und als er sich abwenden wollte, hielt sie ihn zurück. Sie stand da, die Hände auf den Hüften, den Kopf zur Seite geneigt, das Gewicht auf einem ihrer langen, schlanken Beine. Sie sagte etwas, und Daniel kam zu ihr zurück. Er stellte die Tüten ab und ließ sich umarmen. Erst hatte es den Anschein, als werde die Umarmung eher erduldet als genossen, doch dann schlang er die Arme um seine Mutter. Yasmin küsste ihn auf den Kopf.

Schließlich trug Daniel die Tüten hinein, und Yasmin folgte ihm. Sie schloss die Wohnungstür. Gleich darauf erschien sie am Fenster, das, wie Nkata wusste, zum Wohnzimmer gehörte. Sie griff nach den Vorhängen, um sie zuzuziehen, doch ehe sie das tat, blieb sie etwa zwanzig Sekunden dort stehen und blickte hinaus in die Dunkelheit, ihre Miene entschlossen.

Er stand immer noch im Schatten, aber er konnte es spüren, er konnte es fühlen: Sie hatte nicht ein Mal in seine Richtung geschaut, aber Nkata hätte schwören können, sie hatte die ganze Zeit gewusst, dass er da war.

4

Einen Tag später entschieden Stephenson Deacon und die Verantwortlichen der Abteilung für Öffentlichkeitsarbeit, die Zeit sei reif für die erste Pressekonferenz. Sobald Assistant Commissioner Hillier die Nachricht bekam, instruierte er Lynley, zu dem großen Ereignis zu erscheinen, mit »unserem neuen Detective Sergeant« im Schlepptau. Lynley verspürte so wenig Lust wie Nkata, dort hinzugehen, aber er wusste, dass es klug war, Kooperation zumindest vorzutäuschen. Zusammen mit Nkata ging er die Treppe hinab, um pünktlich zur Pressekonferenz zu kommen. Im Flur trafen sie auf Hillier.

»Bereit?«, fragte er Lynley und Nkata, während er das Spiegelbild seiner beeindruckenden grauen Haarpracht in der Glasfront einer Infotafel bewunderte. Im Gegensatz zu den beiden anderen Männern schien er erfreut, dorthin zu gehen, und er beherrschte sich offenbar nur mit Mühe, sich in Vorfreude auf die kommende Konfrontation die Hände zu reiben. Er erwartete anscheinend, dass die Konferenz wie das präzise Uhrwerk ablaufen werde, als das sie geplant war.

Er wartete keine Antwort auf seine Frage ab, sondern betrat den Saal. Sie folgten ihm.

Die Zeitung-, Rundfunk- und Fernsehjournalisten saßen wie angewiesen auf den fächerförmig vor dem Podium aufgestellten Stühlen. Die Fernsehkameras waren so ausgerichtet, um über ihre Köpfe hinweg filmen zu können. Das würde der Öffentlichkeit in den Abendnachrichten suggerieren, dass New Scotland Yard keine Mühen scheute, um die Bürger der Stadt in einem Szenario der Transparenz und mit rückhaltloser Aufklärung auf dem Laufenden zu halten.

Stephenson Deacon, der Leiter der Pressestelle, hatte beschlossen, die Eröffnungsworte dieser ersten Pressekonferenz höchstselbst zu sprechen. Seine Erscheinung vermittelte nicht nur die Bedeutung dessen, was hier verkündet werden sollte, sondern signalisierte der Öffentlichkeit auch das gebotene Maß polizeilicher Besorgnis. Nur die Anwesenheit des Direktors der Abteilung für Öffentlichkeitsarbeit hätte einen größeren Eindruck machen können.

Die Zeitungen hatten sich natürlich auf die Story von dem Leichnam gestürzt, der in St. George's Gardens auf einem Grab entdeckt worden war, wie jeder Mitarbeiter bei New Scotland Yard, der ein Gehirn besaß, vorhergesehen hatte. Das wortkarge Auftreten der Polizisten am Tatort, das Erscheinen eines Beamten von New Scotland Yard, lange bevor die Leiche abtransportiert worden war, die Zeit zwischen dem Leichenfund und dieser Pressekonferenz ... All das hatte den Appetit der Journalisten angeregt, versprach es doch, dass eine viel größere Story dahintersteckte.

Als Deacon das Wort an Hillier übergab, nutzte der Assistant Commissioner genau dies aus. Er begann mit dem vordringlichen Ziel dieser Pressekonferenz, das da sei, wie er betonte, »unsere Jugend auf die Gefahr aufmerksam zu machen, die in den Straßen auf sie lauert«. Er fuhr damit fort, das derzeit ermittelte Verbrechen zu skizzieren, und als alle allmählich begannen, sich zu fragen, warum eine Pressekonferenz zu einem Mordfall abgehalten wurde, den sie doch schon als erste Meldung in den Nachrichten gebracht und auf die Titelseite ihrer Zeitungen gestellt hatten, sagte er: »Zum jetzigen Zeitpunkt suchen wir Zeugen für – wie es scheint – eine Serie von potenziell zusammenhängenden Straftaten gegen junge Männer.«

Es dauerte keine fünf Sekunden, bis das Wort *Serie* unweigerlich zu *Serienmord* führte, und die Reporter sprangen an Bord wie Pendler auf den letzten Zug nach Hause. Ihre Fragen brachen hervor wie Fasane, nachdem man auf den Busch geklopft hatte.

Lynley sah Zufriedenheit in Hilliers Gesicht, als die Journalisten all die Fragen stellten, die er und das Pressebüro erhofft hatten, und die Themen unangetastet ließen, die er und das Pressebüro hatten meiden wollen. Hillier hob die Hand zu einer Geste, die sowohl Verständnis wie auch Toleranz für diesen Ausbruch signalisierte. Dann spulte er ab, was er von vornherein und ungeachtet ihrer Fragen zu sagen beabsichtigt hatte.

Die individuellen Tötungsdelikte seien anfangs von den Mordkommissionen der Polizeireviere ermittelt worden, erklärte er, die den jeweiligen Fundorten der Leichen am nächsten lagen. Zweifellos waren die Journalistenkolleginnen und -kollegen, die für die Lokalnachrichten im Bezirk der betroffenen Polizeireviere zuständig waren, gewillt, ihnen das bereits gesammelte Material über die einzelnen Fälle zur Verfügung zu stellen, was für alle Beteiligten eine Ersparnis kostbarer Zeit bedeute. New Scotland Yard werde seinerseits im jüngsten Mordfall unter Hochdruck ermitteln und ihn in den Kontext zu den vorangegangenen Fällen stellen, wenn sich erwies, dass eine Verbindung zwischen den Straftaten bestand. Derweil sei es das vordringlichste Anliegen der Polizei, wie eingangs bereits betont, die Sicherheit der jungen Leute auf den Straßen zu gewährleisten. Und es sei von entscheidender Wichtigkeit, dass diese Botschaft umgehend an sie herangetragen werde: Halbwüchsige Jungen waren anscheinend das Ziel eines oder mehrerer Mörder. Diese Jugendlichen mussten darauf aufmerksam gemacht werden und entsprechende Vorsichtsmaßnahmen treffen, wenn sie unterwegs waren.

Dann stellte Hillier die beiden »leitenden Beamten« der Ermittlung vor. Interim Detective Superintendent Lynley werde die Federführung übernehmen und alle bisherigen Untersuchungen der lokalen Polizeibehörden koordinieren, sagte er. Er werde unterstützt von Detective Sergeant Winston Nkata. Weder John Stewart noch sonst irgendjemand fand Erwähnung.

Es folgten weitere Fragen über Zusammensetzung, Größe und Stärke der Sonderkommission, die Lynley beantwortete. Danach übernahm Hillier geschickt wieder die Kontrolle. Als sei es ihm soeben in den Sinn gekommen, sagte er: »Wo wir gerade über die Zusammensetzung der Sonderkommission sprechen...«, und er berichtete den Journalisten, dass er persönlich den Forensikexperten Simon Allcourt-St. James ins Boot geholt habe, und um seine Arbeit und die der Beamten von Scotland Yard zu unterstützen, werde auch ein forensischer Psychologe – allgemein Profiler genannt – hinzugezogen. Aus beruflichen Erwägungen ziehe dieser Profiler es vor, im Hintergrund zu bleiben, und es solle an dieser Stelle genügen, zu erwähnen, dass er in den USA, und zwar in Quantico, Virginia, Sitz der Profiling-Abteilung des FBI, ausgebildet worden war.

Routiniert brachte Hillier die Konferenz zu Ende und stellte den Journalisten in Aussicht, dass das Pressebüro sie täglich auf den neuesten Stand bringen werde. Er schaltete sein Mikrofon aus, ging mit Lynley und Nkata hinaus und ließ die Reporter in Deacons Obhut zurück, der einem seiner Lakaien ein Zeichen machte, die Pressemappen mit den zusätzlichen Informationen zu verteilen, die zuvor als geeignet zur Weitergabe an die Medien eingestuft worden waren.

Auf dem Flur sah Hillier mit einem zufriedenen Lächeln in die Runde. »Zeit gewonnen«, sagte er. »Sehen Sie zu, dass Sie sie optimal nutzen.« Dann wandte er seine Aufmerksamkeit einem Mann zu, der in Begleitung seiner Sekretärin in der Nähe wartete, einen Besucherpass an die ausgebeulte grüne Strickjacke geheftet. »Ah, fabelhaft«, sagte Hillier zu ihm. »Sie sind schon da.« Er machte die Männer miteinander bekannt: Dies sei Hamish Robson, erklärte er Lynley und Nkata, der klinische und forensische Psychologe, von dem er eben gesprochen habe. Seine eigentliche Wirkungsstätte sei die Fischer-Klinik in Dagenham für forensische Psychiatrie, doch Dr. Robson habe sich freundlicherweise bereit gefunden, Lynleys Sonderkommission zu verstärken.

Lynley fühlte, wie sein ganzer Körper sich versteifte. Er erkannte, dass er wieder einmal übertölpelt worden war, hatte er während der Pressekonferenz doch angenommen, Hillier habe den namenlosen Forensiker erfunden. Mechanisch schüttelte er Dr. Robson die Hand. Gleichzeitig wandte er sich an Hillier und bemühte sich um Höflichkeit, als er bat: »Wenn Sie einen Moment Zeit hätten, Sir.«

Hillier schaute demonstrativ auf die Uhr. Noch demonstrativer erklärte er Lynley, der Deputy Commissioner erwarte ihn zu einem Bericht über die gerade abgeschlossene Pressekonferenz.

»Es wird keine fünf Minuten dauern, und ich halte es für essenziell wichtig«, sagte Lynley. »Sir«, fügte er mit absichtlicher Verspätung hinzu und in einem Tonfall, den Hillier nicht missverstehen konnte.

»Meinetwegen«, antwortete Hillier. »Wenn Sie uns entschuldigen würden, Hamish? DS Nkata wird Ihnen zeigen, wo die Einsatzzentrale...«

»Ich kann Winston momentan nicht entbehren«, unterbrach Lynley, nicht weil das unbedingt der Wahrheit entsprach, sondern weil er wusste, dass er Hillier ein für alle Mal klar machen musste, dass nicht der Assistant Commissioner diese Untersuchung leitete.

Es folgte ein kleines, angespanntes Schweigen, während Hillier das Ausmaß von Lynleys Insubordination abzuwägen schien. Schließlich sagte er: »Wenn Sie hier einen Moment warten würden, Hamish«, und führte Lynley und Nkata nicht in ein Büro, nicht zur Treppe oder den Aufzügen, um sie nach oben in seine eigenen Räume zu bringen, sondern in die nächste Herrentoilette, wo er einen uniformierten Constable, der gerade damit beschäftigt war, seine Blase zu entleeren, anwies, die Räumlichkeiten zu verlassen, sich vor der Tür zu postieren und niemandem Zugang zu gewähren.

Ehe Lynley das Wort ergreifen konnte, sagte Hillier liebenswürdig: »Tun Sie das nicht noch einmal, bitte. Falls doch, werden Sie sich so schnell in einer Uniform wiederfinden, dass Sie sich fragen, wer Ihnen die Hose zugemacht hat.«

Da Lynley erkannte, welche Temperatur diese Unterredung trotz Hilliers momentaner Leutseligkeit vermutlich annehmen würde, sagte er zu Nkata: »Würden Sie uns bitte allein lassen, Winston? Sir David und ich müssen ein paar offene Worte miteinander sprechen, und ich würde es vorziehen, wenn Sie sie nicht hören müssten. Gehen Sie zurück zur Einsatzzentrale und stellen Sie fest, wie weit Havers mit den Vermisstenanzeigen ist, vor allem mit der einen, die nach einer möglichen Identifizierung aussah.«

Nkata nickte. Er fragte nicht, ob er Hamish Robson mitnehmen solle, wie Hillier zuvor angeordnet hatte. Stattdessen schien er froh über die Anweisung, die es ihm ermöglichte, zu zeigen, wo seine Loyalitäten lagen.

Nachdem er hinausgegangen war, ergriff Hillier als Erster das Wort. »Sie verhalten sich unangemessen.«

»Bei allem Respekt«, entgegnete Lynley, obwohl er so gut

wie keinen empfand, »ich denke, Sie verhalten sich unangemessen.«

»Was fällt Ihnen ein...«

»Sir, ich werde Ihnen täglich Bericht erstatten«, sagte Lynley geduldig. »Ich bin gewillt, mich an Ihrer Seite vor die Fernsehkameras zu stellen, wenn Sie es wünschen, und DS Nkata zu zwingen, das Gleiche zu tun. Aber ich werde die Leitung dieser Ermittlung nicht an Sie abgeben. Sie müssen sich heraushalten. Nur so kann es funktionieren.«

»Wollen Sie ein Disziplinarverfahren? Glauben Sie mir, das lässt sich einrichten.«

»Tun Sie, was Sie für nötig halten«, erwiderte Lynley. »Aber, Sir, Sie müssen sich vor Augen führen, dass letzten Endes nur einer von uns diese Ermittlungen leiten kann. Wenn Sie derjenige sein wollen, dann bitte, aber geben Sie in dem Fall nicht länger vor, ich sei derjenige. Wollen Sie, dass ich der Leiter bin, dann müssen Sie sich zurückhalten. Sie haben mich jetzt zwei Mal vor vollendete Tatsachen gestellt, und ich will keine dritte Überraschung erleben.«

Hilliers Gesicht nahm die Rottönung des Sonnenuntergangs an. Aber er sagte nichts, da ihm offenbar bewusst war, welch große Mühe Lynley sich gegeben hatte, Ruhe zu bewahren, und gleichzeitig versuchte er, die Auswirkungen dessen, was Lynley gesagt hatte, einzuschätzen. »Ich will tägliche Berichte«, verlangte er schließlich.

»Die haben Sie bislang und werden Sie auch weiterhin bekommen.«

»Und der Profiler bleibt.«

»Sir, beim derzeitigen Ermittlungsstand brauchen wir keinen Psycho-Hokuspokus.«

»Wir brauchen jede Hilfe, die wir kriegen können!« Hilliers Stimme wurde laut. »Es wird keine vierundzwanzig Stunden mehr dauern, bis die Zeitungen ihr großes Geschrei anstimmen. Das wissen Sie verdammt genau.«

»Das ist richtig. Aber wir beide wissen ebenso gut, dass das unvermeidlich ist, jetzt da die anderen Morde zur Sprache gekommen sind.«

»Wollen Sie mir vorwerfen...«

»Nein. *Nein.* Sie haben dort drinnen gesagt, was gesagt werden musste. Aber sobald die Journalisten angefangen haben zu graben, werden sie hinter uns her sein, und in dem, was sie uns vorwerfen werden, steckt genug Wahrheit.«

»Wo, zum Henker, liegen eigentlich Ihre Loyalitäten?«, verlangte Hillier zu wissen. »Diese Arschlöcher werden die anderen Morde recherchieren, und dann geben sie *uns* die Schuld, nicht sich selbst, dass keiner davon es je auf die Titelseite geschafft hat. An dem Punkt werden sie die Rassismusflagge hissen, und dann geht diese ganze Stadt hoch. Ob es Ihnen nun passt oder nicht, aber wir müssen alles tun, um ihnen immer einen Schritt voraus zu sein. Der Profiler ist eine Möglichkeit, das zu erreichen. Und damit basta.«

Lynley dachte darüber nach. Der Gedanke, einen Profiler an Bord zu haben, war ihm zuwider, aber er musste zugeben, dass dessen Anwesenheit den Zweck erfüllte, die Ermittlung in den Augen der Journalisten aufzuwerten. Und auch wenn er weder für Zeitungen noch für das Fernsehen viel übrig hatte – betrachtete er das Sammeln und Verbreiten von Informationen doch als etwas, das von Jahr zu Jahr infamer wurde –, sah er dennoch die Notwendigkeit ein, die Aufmerksamkeit der Medien auf die Fortschritte der laufenden Ermittlungen zu lenken. Stimmten sie erst einmal ihr Geschrei darüber an, dass Scotland Yard zwischen drei früheren Todesfällen keinen Zusammenhang erkannt hatte, zwangen sie die Polizei, Zeit mit den Bemühungen zu verschwenden, diesen Lapsus zu entschuldigen. Das nützte nur dem Profit der Zeitungen, die ihre Auflagen vielleicht würden steigern können, wenn sie die öffentliche Entrüstung anfachten, die eine ständig dräuende Gefahr war.

»Einverstanden«, sagte Lynley. »Der Profiler bleibt. Aber ich entscheide, was er zu sehen bekommt und was nicht.«

»Abgemacht«, stimmte Hillier zu.

Sie traten wieder auf den Flur hinaus, wo Hamish Robson ohne Begleitung auf sie wartete. Der Profiler war zu einem schwarzen Brett hinübergeschlendert, das ein paar Schritte von der Toilettentür entfernt lag. Das nötigte Lynley Bewunderung für diesen Mann ab.

»Dr. Robson?«, sagte er, woraufhin Robson erwiderte: »Hamish, bitte.«

»Der Superintendent wird sich Ihrer annehmen, Hamish«, sagte Hillier. »Viel Glück. Wir verlassen uns auf Sie.«

Robsons Blick wanderte von Hillier zu Lynley. Die Augen hinter seiner Goldrandbrille blickten argwöhnisch. Sein Gesichtsausdruck wurde von einem ergrauten Spitzbart verdeckt, und als er nickte, fiel eine Strähne des schütteren Haars in seine Stirn. Er schob sie zurück. Ein goldener Siegelring funkelte kurz im Licht auf. »Ich freue mich, Ihnen helfen zu können«, sagte er. »Ich brauche die Polizeiberichte, die Tatortfotos…«

»Der Superintendent wird Ihnen alles Notwendige zur Verfügung stellen«, versprach Hillier. Und an Lynley gewandt, fuhr er fort: »Halten Sie mich auf dem Laufenden.« Er nickte Robson zu und ging Richtung Aufzüge davon.

Während Robson Hilliers Abgang beobachtete, betrachtete Lynley seinerseits Robson und kam zu dem Schluss, dass er ziemlich harmlos wirkte. Tatsächlich war etwas vage Tröstliches an seiner dunkelgrünen Strickjacke und dem blassgelben Hemd. Dazu trug er eine konservative, braune Krawatte von der gleichen Farbe wie die Hose, die abgetragen und ausgebeult war. Er war ein wenig pummelig und sah aus wie jedermanns Lieblingsonkel.

»Sie arbeiten mit psychisch kranken Gewaltverbrechern?«, fragte Lynley, während er mit Robson zum Treppenhaus ging.

»Ich arbeite mit Menschen, deren einziges Ventil für erlittene Qualen das Begehen von Straftaten ist.«

»Ist das nicht das Gleiche?«, fragte Lynley.

Robson lächelte traurig. »Wenn es nur so wäre.«

Lynley stellte in der Einsatzzentrale Robson dem Team kurz vor, ehe er ihn in sein Büro bat. Dort überreichte er dem Psychologen Kopien der Tatortfotos, der Polizeiberichte und der vorläufigen Protokolle der Pathologen, die die Opfer an den Fundorten untersucht hatten. Die Autopsieberichte hielt er zurück. Robson überflog das Material und erklärte dann, dass er mindestens vierundzwanzig Stunden brauchen werde, um es auszuwerten.

Das sei kein Problem, versicherte ihm Lynley. Das Team habe genug zu tun, während sie darauf warteten, dass Robson mit seiner ... er war versucht, *Vorführung* zu sagen, als sei der Mann ein Parapsychologe, der gekommen war, um vor ihren Augen Löffel zu verbiegen. Er entschied sich stattdessen für *Information*. *Bericht* hätte Robson zu viel Legitimation gegeben.

»Die Ermittler schienen mir mit einem gewissen ...« Robson suchte nach einem passenden Wort. »Misstrauen zu begegnen.«

»Sie sind die altmodischen Methoden gewöhnt«, erklärte Lynley.

»Ich glaube, sie werden feststellen, dass das, was ich zu sagen habe, nützlich ist, Superintendent.«

»Das freut mich zu hören«, erwiderte Lynley, rief Dee Harriman herein und bat sie, Dr. Robson hinauszubegleiten.

Nachdem der Profiler verschwunden war, kehrte Lynley zur Einsatzzentrale und der eigentlichen Arbeit zurück. Was hatten sie bisher?, wollte er wissen.

DI Stewart hatte seinen Bericht wie üblich fertig und trug ihn vor wie ein Schuljunge, der auf eine gute Note hofft. Er erklärte, er habe seine Beamten in Teams aufgeteilt, sodass er sie taktisch sinnvoll einsetzen konnte. Bei diesen Worten wanderte in der Einsatzzentrale mancher Blick gen Himmel. Stewart ging die Dinge gern wie ein frustrierter Wellington an.

Sie kamen zentimeterweise voran, hatten die mühsame Plackerei begonnen, die eine komplexe Ermittlung erforderte: Zwei Beamte von Team eins hatten die psychiatrischen Kliniken und Gefängnisse übernommen. »Sie recherchieren alte Fälle«, erklärte Stewart. Sie hatten einige potenzielle Spuren entdeckt, denen sie nun folgten: Pädophile, die in den letzten sechs Monaten aus dem offenen Vollzug entlassen worden waren; Mörder von Jugendlichen, die auf Bewährung draußen waren; Bandenmitglieder, die bis zum Prozessbeginn gegen Kaution freigelassen worden waren...

»Und wie steht es mit jugendlichen Straftätern?«, fragte Lynley.

Stewart schüttelte den Kopf. Überhaupt nichts Brauchbares in dem Bereich. Alle unlängst entlassenen jugendlichen Straftäter waren dort, wo sie sein sollten.

»Was bekommen wir von den Nachbarschaftsbefragungen an den Leichenfundorten?«, wollte Lynley wissen.

Auch nicht viel. Stewart hatte Constables ausgeschickt, die dort noch einmal jeden Anwohner befragten und Zeugen für selbst die kleinste Unregelmäßigkeit suchten. Sie wussten, wie es funktionierte: Es war nicht so sehr das Ungewöhnliche, wonach sie suchten, sondern eher das Alltägliche, das einen erst bei näherer Betrachtung stutzig machte. Da es in der Natur von Serienmördern lag, mit dem Hintergrund zu verschmelzen, war es dieser Hintergrund, der mühsam untersucht werden musste, Zentimeter für Zentimeter.

Er hatte auch bei Transportunternehmen anfragen lassen, erklärte Stewart, und bislang hatten sie siebenundfünfzig Lastwagenfahrer, die in der Nacht auf der Gunnersbury Road gefahren waren, als das erste Opfer im Gunnersbury Park deponiert worden war. Ein Detective Constable war dabei, sie telefonisch abzuklappern und nachzufragen, ob einer sich an irgendein Fahrzeug erinnere, das entlang der Parkmauer an der stadteinwärts führenden Straßenseite abgestellt gewesen sei. Ein weitere DC war aus dem gleichen Grund mit allen Taxi- und Mietwagenunternehmen in Kontakt. Was die Nachbarschaftsbefragungen anging, so gab es eine Häuserzeile genau gegenüber dem Park, wenn auch eine vierspurige Straße mit breitem Mittelstreifen dazwischen lag. Es bestand aber immerhin Hoffnung, dass irgendetwas Brauchbares dabei herauskam. Man konnte nie wissen, wer in der fraglichen Nacht an Schlaflosigkeit gelitten und aus dem Fenster geschaut hatte. Das Gleiche galt übrigens für die Quaker Street, wo ein Wohnblock gegenüber dem verlassenen Lagerhaus stand, in dem das dritte Opfer gefunden worden war.

Das Parkhaus, wo Opfer Nummer zwei gelegen hatte, war hingegen schwieriger. Die einzige Person, die etwas beobachtet haben könnte, war der diensthabende Wachmann, doch der schwor, dass er zwischen ein Uhr nachts und zwanzig nach sechs am Morgen, als der Leichnam von einer Krankenschwester auf dem Weg zur Frühschicht im Chelsea and Westminster Hospital gefunden worden war, nicht das Geringste gesehen hatte. Das schloss natürlich nicht aus, dass er die Vorgänge einfach verschlafen hatte. Das Parkhaus hatte kein zentrales Kassenhäuschen, das Tag und Nacht besetzt war, sondern lediglich ein kleines Büro irgendwo in den Eingeweiden des Gebäudes, das über einen bequemen Sessel und ein Fernsehgerät verfügte, um dem Wachpersonal die langen Nachtstunden zu verkürzen.

»Und St. George's Gardens?«, fragte Lynley.

Da sah es ein bisschen hoffnungsvoller aus, berichtete Stewart. Laut einem DC der Theobald's-Road-Wache, der die Umgebung abgeklappert hatte, gab es eine Frau, die im dritten Stock an der Ecke Henrietta Mews und Handel Street wohnte und die glaubte, gegen drei Uhr morgens gehört zu haben, wie das Tor zum Park geöffnet wurde. Zuerst hatte sie geglaubt, es sei der Parkwächter, doch dann war ihr aufgegangen, dass es zum Öffnen des Parks viel zu früh war. Bis sie aufgestanden war, ihren Morgenrock angezogen hatte und ans Fenster gegangen war, sah sie nur noch einen Lieferwagen wegfahren. Er fuhr unter einer Straßenlaterne vorbei, während sie hinausschaute. Er war »ziemlich groß« nach ihrer Beschreibung, und sie glaubte, die Farbe war Rot.

»Das reduziert die Möglichkeiten aber nur auf ein paar hunderttausend Lieferwagen in London«, fügte Stewart bedauernd hinzu. Er klappte sein Notizbuch zu, sein Bericht war abgeschlossen.

»Es muss sich trotzdem jemand in Swansea einloggen und Fahrzeugdaten überprüfen«, sagte Barbara Havers zu Lynley.

»Das ist absolut hoffnungslos, Constable, und das sollten Sie wissen«, widersprach Stewart.

Havers zog entrüstet die Luft ein und wollte widersprechen. Lynley kam ihr zuvor. »John.« Es klang warnend.

Stewart gab klein bei, aber ihm war anzusehen, dass ihm Havers' unerbetene Ratschläge nicht gefielen, war sie doch nur ein einfacher DC.

»Na schön. Ich kümmere mich darum«, sagte er. »Ich schicke auch jemanden zu der alten Schachtel in der Handel Street. Vielleicht fällt ihr ja noch mehr ein, was sie gesehen hat.«

»Was ist mit diesem Stück Spitzenstoff von Opfer Nummer vier?«, erkundigte sich Lynley.

Es war Nkata, der antwortete. »Es sieht aus wie Okkiarbeit, wenn Sie mich fragen.«

»Was?«

»Okkiarbeit. So heißt es. Meine Mum macht so was. Man verknotet irgendwie die Fäden am Rand von Deckchen, die man auf antike Möbel legt oder unter Porzellanfigürchen oder so.«

»Meinen Sie so etwas wie Gipüre?«, fragte John Stewart.

»Gi-was?«, fragte einer der Constables.

»Eine altmodische Spitzenarbeit«, erklärte Lynley. »Die Art von Handarbeit, wie die Damen sie früher für ihre Aussteuertruhen anfertigten.«

»Verdammt noch mal«, sagte Barbara Havers. »Unser Killer ist ein Trödelmarkt-Freak?«

Die Bemerkung erntete Gelächter von allen Seiten.

»Was ist mit dem Fahrrad, das in St. George's Gardens gefunden wurde?«, fragte Lynley weiter.

»Die Fingerabdrücke darauf stammen von dem Jungen. Es gab irgendwelche Rückstände auf den Pedalen und der Gangschaltung, aber SO7 ist noch nicht damit fertig.«

»Die Silbergegenstände am Tatort?«

Abgesehen von der Erkenntnis, dass es sich bei den Silbergegenständen ausschließlich um Bilderrahmen handelte, hatte niemand etwas herausfinden können. Irgendwer erwähnte noch einmal Trödelmärkte, doch beim zweiten Mal war die Bemerkung nicht mehr so witzig.

Lynley forderte sie alle auf, weiterzumachen. Nkata trug er auf, weiterhin zu versuchen, die Familie des vermissten Jungen zu erreichen, der möglicherweise eines der Opfer war. Havers sagte er, sie solle mit den Vermisstenanzeigen fortfahren – ein Befehl, dem sie nicht aus vollem Herzen folgte, wenn ihr Gesichtsausdruck nicht täuschte –, und er selbst kehrte in sein Büro zurück und nahm sich die Autopsieberichte vor. Er setzte die Lesebrille auf und bemühte sich, aufmerksam zu lesen. Und er machte sich Notizen:

Todesursache – Strangulation in allen vier Fällen, Strangulationswerkzeug fehlt.

Folter vor dem Tod – beide Handflächen verbrannt in drei von vier Fällen.

Fesselspuren – an Unterarmen und Fußknöcheln in allen vier Fällen, deutet darauf hin, dass Opfer an eine Art Armlehnenstuhl oder möglicherweise in Rückenlage gefesselt waren.

Faseranalyse bestätigt dies – identische Lederfasern an Armen und Fußgelenken in allen vier Fällen.

Mageninhalt – in allen vier Fällen kleine Mengen fester Nahrung innerhalb der Stunde vor Eintreten des Todes verzehrt.

Knebel – Klebebandreste am Mund in allen vier Fällen.

Blutanalyse – nichts Ungewöhnliches.

Posthume Verstümmelung – Bauchschnitt und Entfernen des Nabels bei Opfer Nummer vier.

Markierung – Stirn von Opfer Nummer vier mit Blut markiert.

Rückstände auf den Leichen – schwarze Substanz (Laborergebnis steht noch aus), Haare, Öl (Laborergebnis steht noch aus) in allen vier Fällen.

DNA-Spuren – keine.

Lynley las die Berichte ein Mal, dann ein zweites Mal. Er nahm den Hörer ab und rief SO7 an, das Forensiklabor südlich der Themse. Der erste Mord lag Ewigkeiten zurück. Inzwischen mussten sie doch sicherlich ein Untersuchungsergebnis über das Öl und die schwarze Substanz haben, die auf dem ersten Leichnam gefunden worden waren, ganz gleich, wie erdrückend ihre Arbeitslast sein mochte.

Auch wenn einem der Kragen platzen wollte, aber sie hatten noch nichts über die schwarze Substanz, und »Wal« war die einzige Antwort, die er bekam, als er endlich den zuständigen Menschen von der Lambeth Road in der Leitung hatte. Ihr Name war Dr. Okerlund, und sie neigte offenbar zu einsilbigen Aussagen, wenn man ihr nicht mühsam mehr abpresste.

»Wal?«, wiederholte Lynley. »Sie meinen den Fisch?«

»Um Himmels willen, ein Säugetier«, verbesserte sie ihn. »Pottwal, um genau zu sein. Die offizielle Bezeichnung – für das Öl, nicht den Wal – ist Ambra.«

»Ambra? Was macht man damit?«

»Parfüm. War das alles, Superintendent?«

»Parfüm?«

»Spielen Sie mein Echo? Das sagte ich, ja.«

»Und sonst nichts?«

»Was sonst würden Sie denn gern von mir hören?«

»Ich rede von dem Öl, Dr. Okerlund. Wird es für irgendetwas anderes außer Parfümherstellung verwendet?«

»Das kann ich Ihnen nicht sagen«, antwortete sie. »Das ist Ihr Job.«

Er dankte ihr für diesen Hinweis, so freundlich er konnte. Dann legte er auf. Er fügte das Wort *Ambra* unter dem Stichwort *Rückstände* hinzu, und dann ging er zur Einsatzzentrale zurück. »Weiß irgendwer etwas über Ambra-Öl?«, rief er. »Es wurde auf den Leichen gefunden. Es hat irgendetwas mit Walen zu tun.«

»Parlamentswahlen?«, fragte ein DC.

»Nicht Wahlen«, erwiderte Lynley. »Wale. Das Meer. Moby Dick.«

»Moby wer?«

»Du meine Güte, Phil«, rief jemand. »Versuch doch mal, deinen Lesestoff über die Seite drei der *Sun* hinaus zu erweitern.«

Darauf folgten allerlei zotige Bemerkungen. Lynley ließ sie gewähren. Er fand, die Arbeit, mit der sie es hier zu tun hatten, war zeitraubend, ermüdend und zermürbend. Wie eine schwere Last lag sie auf den Schultern der beteiligten Beamten und verursachte bei einigen zu Hause Probleme. Wenn sie diesen Stress abbauen mussten, indem sie ihm Humor entgegensetzten, dann hatten sie seinen Segen.

Was als Nächstes geschah, war ihm dennoch sehr willkommen. Barbara Havers hob den Kopf, nachdem sie ein Telefonat beendet hatte. »Wir haben eine definitive Identifizierung für St. George's Gardens«, verkündete sie. »Sein Name ist Kimmo Thorne, und er wohnte in Southwark.«

Barbara Havers bestand darauf, dass sie ihren Wagen nahmen, nicht Nkatas. Dass Lynley sie dafür eingeteilt hatte, die Verwandten von Kimmo Thorne zu befragen, sah sie als Chance auf eine wohlverdiente Zigarette, und sie wollte Winstons makellos gepflegten Escort nicht mit Qualm und Asche verseuchen. Sobald sie die Tiefgarage erreicht hatten, steckte sie sich eine an und beobachtete amüsiert, wie ihr ein Meter fünfundneunzig großer Kollege sich in ihren Mini faltete. Grummelnd saß er schließlich da, die Knie an die Brust gepresst, sein Haar berührte das Dach.

Als es ihr schließlich gelungen war, den Motor zu starten, tuckerten sie Richtung Broadway. Von dort führte der Parliament Square zur Westminster Bridge und zu ihrem Weg über den Fluss. Dies hier war eher Winstons Territorium als Barbaras, und er übernahm die Aufgabe des Navigators, sobald linker Hand die York Road in Sicht kam. Von dort gelangten sie problemlos nach Southwark, wo Kimmo Thornes Tante und Großmutter in einem der ungezählten, unscheinbaren Mietshäuser wohnten, die nach dem Zweiten Weltkrieg südlich des Flusses aus dem Boden gestampft worden waren. Das Einzige, was das Haus auszeichnete, war seine Nähe zum Globe-Theater. Aber, wie Barbara boshaft anmerkte, es war kaum anzunehmen, dass irgendwer, der hier wohnte, sich die Karten leisten konnte.

Als sie die Wohnung der Familie Thorne erreichten, fanden sie Gran und Tante Sal auf dem Sofa. Drei gerahmte Fotografien standen vor ihnen auf dem Tisch, die sie stumm betrachteten. Sie hatten den Leichnam identifiziert, erklärte Tante Sal. »Ich wollte nicht, dass Mum hinging, aber sie hat sich von mir nichts sagen lassen. Es hat sie verdammt mitgenommen, unseren Kimmo so daliegen zu sehen. Er war ein guter Junge. Ich hoffe, sie hängen den Kerl, der das getan hat.«

Gran sagte nichts. Sie schien unter Schock zu stehen. Ihre Hand war um ein weißes Taschentuch gekrampft, das am Rand mit lila Häschen bestickt war. Unverwandt blickte sie auf eines der Fotos, das ihren Enkel in einer eigentümlichen Aufmachung zeigte, als sei er auf dem Weg zu einer Kostümparty: eine merkwürdige Kombination aus Lippenstift, Irokesenschnitt, grünen Nylons, einem Robin-Hood-Leibchen und Doc Martens. Die alte Dame drückte das Taschentuch auf die Augen, wann immer ihr im Laufe des Gesprächs die Tränen kamen.

Die Polizei tue alles, um den Mörder des jungen Mannes zu fassen, versicherte Barbara Kimmo Thornes Großmutter und Tante. Es wäre eine große Hilfe, wenn Miss und Mrs. Thorne ihnen alles über den letzten Tag im Leben des Jungen erzählen könnten, was sie wussten.

Barbara begriff, nachdem sie all das gesagt hatte, dass sie automatisch ihre alte Rolle übernommen hatte, die jetzt aber Nkata zustand. Sie schnitt eine kleine, verdrießliche Grimasse und warf ihm einen Blick zu. Er hob die Hand und signalisierte: Schon in Ordnung. Die Geste hatte geradezu unheimliche Ähnlichkeit mit einer, die Lynley unter den gleichen Umständen vielleicht gemacht hätte. Barbara förderte ihr Notizbuch zutage.

Tante Sal nahm die Bitte wörtlich. Sie fing damit an, dass

Kimmo morgens aufgestanden war. Er hatte seine übliche Montur angezogen...

»Leggings, Stiefel, ein viel zu großer Pulli, diesen hübschen brasilianischen Schal um die Hüften geknotet... den seine Eltern ihm zu Weihnachten geschickt haben, weißt du noch, Mum?«

... und hatte sein Make-up aufgelegt. Dann hatte er Cornflakes und Tee gefrühstückt und war zur Schule gegangen.

Barbara wechselte einen Blick mit Nkata. In Anbetracht der Beschreibung des Jungen, der Fotos auf dem Tisch und der Nähe zum Globe, ergab die nächste Frage sich praktisch von selbst. Nkata stellte sie. Nahm Kimmo Unterricht am Theater? Schauspielstunden oder Ähnliches?

Oh, ihr Kimmo war fürs Drama geschaffen, da gab es keine Zweifel, versicherte Tante Sal. Aber nein, er hatte keinen Unterricht am Globe oder sonst irgendwo. Dies, stellte sich heraus, war seine normale Aufmachung, wann immer er die Wohnung verließ. Oder genau genommen auch, wenn er sie nicht verließ.

Barbara ließ seine Bekleidung für den Moment beiseite und fragte: »Das heißt, er hat regelmäßig Make-up getragen?« Als die beiden Frauen nickten, hakte Barbara eine ihrer Arbeitshypothesen ab, dass nämlich der Täter irgendwo Make-up gekauft und auf das Gesicht des jüngsten Opfers geschmiert hatte. Und doch schien es unwahrscheinlich, dass Kimmo in solch einer Aufmachung zur Schule gegangen sein sollte. Mit Sicherheit hätten seine Tante und Großmutter etwas vom Schuldirektor gehört, wenn das der Fall gewesen wäre. Trotzdem fragte sie, ob Kimmo am Tag seines Todes pünktlich von der Schule – oder wo immer er auch gewesen war – nach Hause gekommen sei.

Sie sagten, er sei wie üblich gegen sechs nach Hause gekommen, und wie üblich hatten sie zusammen zu Abend gegessen. Gran hatte ihnen etwas Deftiges gebraten, was Kimmo nicht besonders gefallen hatte, weil er auf seine Figur achtete. Anschließend hatte Tante Sal abgewaschen, und Kimmo hatte abgetrocknet.

»Er war genau wie immer«, sagte Tante Sal. »Hat geredet,

mir Geschichten erzählt und mich zum Lachen gebracht, bis ich Bauchschmerzen davon bekam. Er konnte wirklich mit Worten umgehen. Es gab einfach nichts, woraus er nicht ein Stück machen und es vorführen konnte. Und singen und tanzen... Der Junge konnte sie alle, es war die reinste Magie.«

»Konnte sie?«, hakte Nkata nach.

»Judy Garland. Liza. Barbra. Dietrich. Sogar Carol Channing, wenn er die Perücke aufsetzte.« In letzter Zeit hatte er auch hart an Sarah Brightman gearbeitet, sagte Tante Sal, nur mit den hohen Tönen hatte er sich schwer getan, und die Hände klappten noch nicht richtig. Aber er hätte es hinbekommen, er *hätte* es hinbekommen, Gott segne den Jungen, nur jetzt...

An dem Punkt verlor Tante Sal die Fassung. Sie fing an zu schluchzen, während sie zu sprechen versuchte, und Barbara warf einen Blick zu Nkata hinüber, um festzustellen, ob er zu der gleichen Einschätzung über diese kleine Familie gekommen war wie sie. So eigenartig Kimmo Thorne auch gewesen sein mochte und ausgesehen hatte, war er doch eindeutig der Lebensmittelpunkt für seine Tante und Großmutter gewesen.

Gran nahm die Hand ihrer Tochter und drückte das häschenverzierte Taschentuch hinein. Dann setzte sie den Bericht fort.

Nach dem Abendessen hatte er Marlene Dietrich für sie gegeben: »Falling in Love Again«. Der Frack, die Netzstrümpfe, die hochhackigen Schuhe, der Zylinder... selbst das platinblonde Haar mit der leichten Welle. Ein perfektes Double war ihr Kimmo gewesen. Und dann, nach der Show, war er ausgegangen.

»Um wie viel Uhr war das?«, fragte Barbara.

Gran sah auf eine Digitaluhr, die auf dem Fernseher stand. »Halb elf? Was meinst du, Sally?«

Tante Sal tupfte sich die Augen. »So ungefähr.«

»Wo wollte er hin?«

Das wussten sie nicht. Aber er hatte erzählt, dass er mit Blinker losziehen wollte.

»Blinker?«, fragten Barbara und Nkata wie aus einem Mund.

Blinker, bestätigten sie. Sie wussten nicht, wie der Junge mit Nachnamen hieß. Anscheinend war Blinker männlich und Angehöriger der menschlichen Spezies. Aber was sie mit Sicherheit wussten, war, dass er der Grund für alle Schwierigkeiten war, in die ihr Kimmo je geraten konnte.

Das Wort *Schwierigkeiten* erregte Barbaras Interesse, aber sie überließ es Nkata, die Frage zu stellen: »Was für Schwierigkeiten?«

Keine *richtigen* Schwierigkeiten, versicherte Tante Sal. Und nichts, was er je von sich aus angefangen hätte. Es war nur so, dass dieser verdammte Blinker – »'tschuldigung, Mum«, fügte sie hastig hinzu – ihrem Kimmo irgendwelches Zeug gegeben hatte, das Kimmo irgendwo verhökert hatte, nur um dann beim Verkauf gestohlener Gegenstände erwischt zu werden. »Aber dieser Blinker war schuld«, betonte Tante Sal. »Unser Kimmo war vorher noch nie mit dem Gesetz in Konflikt geraten.«

Das muss sich wohl erst noch herausstellen, dachte Barbara. Sie fragte, ob die Thornes ihnen sagen konnten, wo Blinker zu erreichen war.

Sie hatten keine Telefonnummer, aber sie wussten, wo er wohnte. Sie meinten, es sollte nicht schwierig sein, ihn morgens ausfindig zu machen, denn das eine, was sie über ihn wussten, war, dass er sich die ganze Nacht am Leicester Square rumtrieb und bis ein Uhr mittags schlief – und zwar bei seiner Schwester auf dem Sofa. Die wohnte mit ihrem Mann im Kipling Estate nahe dem Bermondsey Square. Tante Sal wusste nicht, wie die Schwester hieß, hatte auch keine Ahnung, was Blinkers richtiger Name sein mochte, aber sie nahm an, wenn die Polizei in der Gegend nach jemandem namens Blinker fragte, könnte ihnen bestimmt irgendwer weiterhelfen. Blinker war jemand, der es immer verstand, den Menschen aufzufallen.

Barbara fragte, ob sie einen Blick auf Kimmos Sachen werfen dürften. Tante Sal brachte sie zu seinem Zimmer. Der Raum war mit Bett, Frisiertisch, Schrank, Kommode, Fernseher und Stereoanlage hoffnungslos überfüllt. Auf dem Frisiertisch stand eine Kosmetiksammlung, auf die Boy George stolz gewesen wäre. Die Oberseite der Kommode beherbergte fünf Perückenständer. Die Wände waren mit professionellen Porträtfotos jener Frauen bedeckt, von denen Kimmo anscheinend inspiriert worden war, von Edith Piaf bis Madonna. Der Junge hatte einen weitreichenden Geschmack, das musste man ihm lassen.

»Woher hatte er die Kohle für all das hier?«, fragte Barbara, nachdem Tante Sal sie allein gelassen hatte, um die Habseligkeiten des toten Jungen durchzugehen. »Einen Job hat sie nicht erwähnt, oder?«

»Bringt einen zu der Frage, was Blinker ihm wirklich zum Verkaufen gegeben hat«, erwiderte Nkata.

»Drogen?«

Er wiegte den Kopf hin und her. Vielleicht ja, vielleicht nein. »Eine Menge von was auch immer«, sagte er.

»Wir müssen diesen Typen finden, Winnie.«

»Das sollte nicht schwierig sein. Irgendwer in der Siedlung kennt ihn bestimmt, wenn wir lange genug rumfragen. Irgendwer kennt sie immer.«

Sie fanden in Kimmos Zimmer wenig Nützliches für ihre Ermittlung. Ein kleiner Stapel Grußkarten – Geburtstag, Weihnachten und ein paar zu Ostern, alle unterschrieben mit: »Alles Liebe, Schatz, von Mummy und Dad« – war in einer Schublade versteckt, zusammen mit einem Foto von einem braungebrannten Paar in den Dreißigern auf einem Balkon vor einer sonnigen, südländischen Kulisse. Unter einem Häuflein Modeschmuck auf dem Frisiertisch kam ein vergilbter Zeitungsartikel über ein transsexuelles Model zutage, das in grauer Vorzeit von den Boulevardzeitungen enttarnt worden war. Eine Frisurenzeitschrift hätte unter anderen Umständen vielleicht auf einen Berufswunsch hindeuten können.

Davon abgesehen fanden sie hauptsächlich solche Dinge, die man im Zimmer eines Fünfzehnjährigen erwartete: übelriechende Schuhe, zusammengeknüllte Unterhosen unter dem Bett, einsame Socken – typisch, bis auf all die Gegenstände, die es zu einer hermaphroditischen Kuriosität machten.

Als sie alles in Augenschein genommen hatten, trat Barbara einen Schritt zurück und sagte zu Nkata: »Winnie, was, denkst du, hat er wirklich getrieben?«

Nkata sah sich noch einmal im Zimmer um. »Ich hab so ein Gefühl, als könnte Blinker uns das sagen.«

Sie wussten beide, dass es keinen Sinn hatte, diesen Blinker jetzt aufzuspüren. Morgens früh hätten sie bessere Chancen, wenn die Menschen in der Siedlung, wo Blinker wohnte, sich auf den Weg zur Arbeit machten. Also gingen sie zu Tante Sal und Gran zurück, und Barbara fragte sie nach Kimmos Eltern. Es war der traurige kleine Stapel von Grußkarten in seinem Zimmer, der die Frage provoziert hatte, weniger ihre Ermittlungen, und das, was dieser Stapel Grußkarten über die Prioritäten im Leben der Menschen aussagte.

»Oh, die sind in Südamerika«, antwortete Gran. »Schon seit kurz vor Kimmos achtem Geburtstag. Sein Dad ist im Hotelbusiness, verstehen Sie, und sie leiten dort ein luxuriöses Wellnesshotel.« Sie wollten Kimmo nachkommen lassen, sobald sie sich richtig eingelebt hatten. Aber seine Mum wollte zuerst die Sprache lernen, und das dauerte länger als erwartet.

Hatte man sie über Kimmos Tod informiert?, wollte Barbara wissen. Weil …

Gran und Tante Sal hatten einen Blick getauscht.

… sie wollten doch sicher Vorkehrungen treffen, um so schnell wie möglich nach Hause kommen zu können?

Sie sagte dies, weil sie wollte, dass die beiden Frauen bestätigen mussten, was sie vermutete: Kimmos Eltern waren nur wegen einer Eizelle, eines Samens und einer zufälligen Verschmelzung Eltern. Sie hatten sich um wichtigere Dinge zu kümmern als um das Ergebnis eines erotischen Augenblicks.

Was Barbaras Gedanken auf die anderen Opfer lenkte. Und auf die Frage, was es sein möchte, das sie alle verband.

5

Zwei Neuigkeiten aus dem Forensiklabor SO7 sorgten am nächsten Tag für das, was derzeit als gute Laune herhalten musste. Die Reifenabdrücke aus St. George's Gardens waren einem Hersteller zugeordnet worden. Einer der Abdrücke wies obendrein ein eigentümliches Abnutzungsmuster auf, das dem Anklagevertreter gefallen würde, wenn und falls Scotland Yard jemanden verhaftete, der im Besitz dieser Reifen und eines passenden Fahrzeugs war. Die zweite Neuigkeit betraf die Rückstände auf den Pedalen und der Gangschaltung des Fahrrads aus St. George's Gardens wie auch die Rückstände auf allen anderen Leichen: Es handelte sich in allen Fällen um die gleiche Substanz. Daraus schlossen die Mordermittler, dass Kimmo Thorne mitsamt Fahrrad irgendwo aufgelesen und an einem anderen Ort ermordet worden war und dass sein Mörder ihn, das Fahrrad und wahrscheinlich auch die Silberrahmen anschließend in St. George's Gardens abgeladen hatte. All dies bedeutete nur kleine Fortschritte, aber wenigstens Fortschritte. Als Hamish Robson daher mit seinem Bericht zurückkam, war Lynley geneigt, ihm zu vergeben, dass er dreieinhalb Stunden länger gebraucht hatte als die versprochenen vierundzwanzig Stunden, die Robson sich auserbeten hatte, um brauchbare Informationen zusammenzutragen.

Dee Harriman holte ihn am Empfang ab und geleitete ihn zu Lynleys Büro. Robson lehnte den angebotenen Nachmittagstee ab und wies zum Konferenztisch hinüber, anstatt sich in einen der beiden Besucherstühle vor dem Schreibtisch zu setzen. Es war, als wolle er Lynley auf subtile Weise signalisieren, dass sie auf Augenhöhe waren. Trotz seiner zurückhaltenden Art war Robson offenbar niemand, der sich leicht einschüchtern ließ.

Er hatte einen Notizblock mitgebracht, einen Schnellhefter und die Unterlagen, die Lynley ihm tags zuvor zur Verfügung gestellt hatte. Säuberlich faltete er die Hände auf diesem Stapel und fragte Lynley, was dieser über Profiling wisse. Lynley erwiderte, dass er bislang nie die Veranlassung gehabt habe, mit einem Profiler zu arbeiten, dass er aber wisse, was Profiler taten. Er fügte nicht hinzu, dass er immer noch unwillig sei, einen in sein Team aufzunehmen, und dass er in Wahrheit glaube, Robson sei überhaupt nur hinzugezogen worden, damit Hillier etwas in der Hand hatte, was er diesem gefräßigen Wolf – den Medien – vorwerfen konnte.

»Wollen Sie denn eine kleine Einführung in die Wissenschaft des Profiling?«, fragte Robson.

»Nicht zwingend, um Ihnen die Wahrheit zu sagen.«

Robson betrachtete ihn gelassen. Die Augen hinter den Brillengläsern wirkten listig, aber er äußerte lediglich etwas obskur: »Na schön. Wir werden ja sehen, nicht wahr?« Ohne weitere Umstände ergriff er seinen Notizblock. Der Mörder, erklärte er Lynley, war ein weißer Mann zwischen fünfundzwanzig und fünfunddreißig. Seine äußere Erscheinung war gepflegt: glatt rasiert, kurze Haare, in guter körperlicher Verfassung, was möglicherweise das Ergebnis von Hanteltraining war. Die Opfer hatten ihn gekannt, aber nicht gut. Sein Intelligenzquotient war hoch, seine Erfolge aber gering, ein Mann mit ansehnlichen Schulzeugnissen, aber einem durchgängigen Disziplinproblem, das von einer Unfähigkeit, zu gehorchen, herrührte. Er hatte in der Vergangenheit wahrscheinlich schon mehrfach seinen Job verloren, und wenngleich er derzeit vermutlich Arbeit hatte, war es eine unter seinen Fähigkeiten. In seiner Kindheit und Jugendzeit hatte er bereits kriminelles Verhalten an den Tag gelegt: möglicherweise Brandstiftung der eher harmlosen Sorte oder Tierquälerei. Zum jetzigen Zeitpunkt war er unverheiratet und lebte entweder allein oder mit einem dominanten Elternteil zusammen.

Trotz allem, was Lynley bereits über Profiling wusste, hatte er Zweifel bezüglich der vielen Details, die Robson aufgezählt hatte. Er fragte: »Woher können Sie all das wissen, Dr. Robson?«

Robsons Lippen verzogen sich zu einem Lächeln. Er versuchte erfolglos, nicht selbstzufrieden zu wirken. »Ich nehme an, Sie wissen, was Profiler tun, Superintendent, aber haben Sie eine Ahnung, wie und warum Profiling tatsächlich funktioniert?«, erwiderte er. »Wir irren uns selten, und unsere Ergebnisse haben nichts mit Kristallkugeln, Tarotkarten oder den Eingeweiden irgendwelcher Opfertiere zu tun.«

Das klang nach der sanften elterlichen Zurechtweisung eines eigensinnigen Kindes, und Lynley erwog ein halbes Dutzend Möglichkeiten, die Oberhand zurückzugewinnen. Doch sie alle bedeuteten Zeitverschwendung, also sagte er: »Sollen wir vielleicht noch einmal von vorn miteinander anfangen?«

Dieses Mal war Robsons Lächeln echt. »Danke«, sagte er und erklärte Lynley, dass man, um einen Mörder kennen zu lernen, lediglich das Verbrechen betrachten müsse. Damit hatten die Amerikaner begonnen, als das FBI seine Verhaltensforschungsabteilung gegründet hatte. Indem sie im Lauf der Jahrzehnte, während sie Serienmörder gejagt hatten, alle Informationen gesammelt und inhaftierte Serienmörder dutzendweise befragt hatten, war herausgekommen, dass es gewisse Übereinstimmungen im Verhalten gab, auf deren Vorhandensein im Profil bestimmter Verbrecher man sich verlassen konnte. In diesem Fall durften sie beispielsweise mit Sicherheit davon ausgehen, dass die Morde Machtdemonstrationen waren, wenngleich der Täter sagen würde, dass er aus einem völlig anderen Grund töte.

»Er tötet nicht einfach für den Nervenkitzel?«

»Ganz und gar nicht«, antwortete Robson. »Es hat tatsächlich überhaupt nichts mit Nervenkitzel zu tun. Dieser Mann schlägt zu, weil er frustriert ist, weil ihm widersprochen, weil ihm ein Strich durch die Rechnung gemacht wurde. Falls er einen Nervenkitzel verspürt, ist dieser zweitrangig.«

»Waren es die Opfer, die ihm einen Strich durch die Rechnung gemacht haben?«

»Nein. Eine Stresssituation hat ihn auf diesen Kurs gebracht, aber nicht das Opfer ist die Ursache.«

»Wer dann? Oder was?«

»Eine Kündigung, die der Mörder als unfair empfindet. Das Zerbrechen einer Ehe oder anderweitigen Beziehung. Der Tod eines geliebten Menschen. Ein abgewiesener Heiratsantrag. Ein verlorener Rechtsstreit. Plötzlicher Geldverlust. Die Zerstörung seines Heims durch Feuer, Hochwasser, Erdbeben oder Hurrikan. Suchen Sie sich irgendetwas aus, das Ihre Welt oder die Welt eines jeden ins Chaos stürzen würde, und Sie haben einen Stressor.«

»Wir alle haben sie in unserem Leben«, bemerkte Lynley.

»Aber wir sind nicht alle Psychopathen. Es ist die Kombination der psychopathischen Persönlichkeit mit dem Stressor, die tödlich ist, nicht der Stressor allein.« Robson fächerte die Tatortfotos auseinander.

Auch wenn gewisse Aspekte der Verbrechen auf Sadismus hindeuteten – die verbrannten Hände, zum Beispiel –, empfand der Mörder nach der Tat doch ein gewisses Maß an Reue, führte Robson weiter aus. Das bewiesen in allen vier Fällen die Leichen: Ihre Positionierung, die der von Toten für das Begräbnis glich. Ganz zu schweigen davon, dass das letzte Opfer etwas trug, das einem Lendentuch gleichkam. Dies deute auf einen Wiedergutmachungsimpuls hin, als müsse der Täter die eigene psychische Integrität auf diesem Weg wiederherstellen.

»Es ist, als wäre das Verbrechen eine traurige Pflicht, die er erfüllen muss.«

Lynley hatte das Gefühl, dies gehe zu weit. Den Rest war er bereit zu schlucken, denn er ergab einen Sinn. Aber Wiedergutmachung? Reue? Trauer? Warum sollte er es viermal tun, wenn er es anschließend bedauerte?

Robson sprach, als hätte Lynley seinen Zweifeln Ausdruck verliehen: »Sein Konflikt ist einerseits der Zwang zu töten, den der Stressor ausgelöst hat und der nur durch den Akt des Tötens befriedigt werden kann, und andererseits das Wissen, dass das, was er tut, falsch ist. Und er *weiß* das, selbst wenn er getrieben wird, es wieder und wieder zu tun.«

»Sie glauben also, dass er wieder zuschlagen wird«, schloss Lynley.

»Das steht außer Frage. Es wird eskalieren. Tatsächlich hat es von Anfang an eskaliert. Das können Sie daran erkennen, wie er die Gefahr für sich selbst erhöht hat. Nicht nur in Bezug auf die Orte, wo er die Leichen abgelegt hat, bei deren Auswahl er jedes Mal ein höheres Risiko der Entdeckung eingeht, sondern auch, wenn man das betrachtet, was er mit den Opfern gemacht hat.«

»Dass er sie von Mal zu Mal mehr zeichnet?«

»Wir nennen es ›seine Signatur mit jedem Mal deutlicher machen‹. Es ist, als glaube er, die Polizei sei zu dumm, ihn zu fangen, und darum verhöhnt er Sie ein wenig. Dreimal hat er die Handflächen verbrannt, und Sie haben versäumt, eine Verbindung zwischen den Verbrechen herzustellen. Also musste er mehr tun.«

»Aber warum so viel mehr? Wäre es nicht genug gewesen, das letzte Opfer nur aufzuschlitzen? Warum das Symbol auf der Stirn? Warum das Lendentuch? Warum hat er den Nabel entfernt?«

»Wenn wir das Lendentuch als Wiedergutmachungsimpuls beiseite lassen, haben wir noch den Schnitt, den fehlenden Nabel und das Zeichen auf der Stirn. Wenn wir den Schnitt als Teil eines Rituals betrachten, das wir noch nicht verstehen, den fehlenden Nabel als grausiges Souvenir, das ihm ermöglicht, die Tat in seiner Erinnerung erneut zu erleben, dann bleibt das Zeichen auf der Stirn als Hinweis auf eine *bewusste* Eskalation des Verbrechens.«

»Was halten Sie von diesem Zeichen?«, fragte Lynley.

Robson nahm eines der Fotos zur Hand, auf dem das Symbol deutlich zu sehen war. »Es sieht aus wie ein Brandzeichen, oder? So wie man Rinder markiert. Ich meine das Zeichen selbst, nicht wie es gemacht wurde. Ein Kreis mit zwei doppelköpfigen Kreuzen, die ihn vierteln. Es hat offensichtlich eine bestimmte Bedeutung.«

»Sie meinen also, es ist keine Signatur wie die übrigen Indikatoren?«

»Ich sage, es ist mehr als eine Signatur, weil es zu ausgefallen ist, um nur eine Unterschrift zu sein. Warum nimmt er nicht ein schlichtes X, wenn er sein Zeichen auf der Leiche hinterlassen will? Warum kein Kreuz? Warum nicht eine seiner Initialen? Sie wären schneller auf dem Opfer angebracht als dies hier. Insbesondere wenn man berücksichtigt, dass Zeit vermutlich ein essenzieller Faktor ist.«

»Das heißt, dieses Zeichen dient zweierlei Zielen?«

»Davon gehe ich aus. Kein Künstler signiert sein Werk, bevor es fertig ist, und die Tatsache, dass für dieses Zeichen das Blut des Opfers verwendet wurde, deutet darauf hin, dass es posthum angebracht wurde. Also, ja, es ist eine Signatur, aber auch noch etwas anderes. Ich glaube, es ist eine direkte Kommunikation.«

»Mit der Polizei?«

»Oder mit dem Opfer, oder der Familie des Opfers.« Robson gab Lynley die Fotos zurück. »Dieser Mörder hat ein enormes Bedürfnis nach Aufmerksamkeit, Superintendent. Wenn es von der derzeitigen Publicity nicht befriedigt wird – und das wird nicht der Fall sein, denn seine Art von Bedürfnis wird niemals befriedigt –, dann wird er wieder zuschlagen.«

»Bald?«

»Ich würde sagen, davon können Sie ausgehen.« Er gab Lynley auch die Berichte. Seinen eigenen Bericht fügte er hinzu. Er entnahm ihn dem Schnellhefter, säuberlich getippt und mit einem offiziellen Deckblatt der Fischer-Klinik für forensische Psychiatrie versehen.

Lynley legte die Berichte zusammen mit Robsons Visitenkarte zu den Fotos. Er ließ sich alles noch einmal durch den Kopf gehen, was der Profiler gesagt hatte. Er kannte andere Polizisten, die an die Kunst des psychologischen Profilings glaubten – oder vielleicht *war* es ja eine echte Wissenschaft, die sich auf unwiderlegbare empirische Beweise stützte –, aber er selbst hatte nie dazu gezählt. In der Praxis hatte er es immer vorgezogen, den eigenen Verstand zu benutzen und die Fakten durchzusieben, statt zu versuchen, aus diesen Fakten ein Porträt eines vollkommen Unbekannten zusammenzusetzen. Abgesehen davon erkannte er nicht, inwieweit es sie in dieser Situation weiterbringen sollte. Letztlich standen sie immer noch vor der Aufgabe, einen Mörder unter den zehn Millionen Einwohnern von Greater London zu finden, und ihm war nicht klar, wie Robsons Profil ihnen dabei helfen konnte.

Doch der Psychologe schien sich dessen bewusst zu sein. Wie einen Schlusspunkt zu seinem Bericht fügte er ein letztes Detail hinzu: »Sie müssen sich auch auf eine Kontaktaufnahme vorbereiten.«

»Welcher Art?«, fragte Lynley.

»Durch den Mörder persönlich.«

Allein er war Fu, göttliches Wesen, ewige Gottheit dessen, was sein musste. Er war die Wahrheit, und sein war der Weg, doch das Wissen darum war nicht länger ausreichend.

Das Verlangen war wieder über ihn gekommen. Es hatte sich weit schneller als erwartet eingestellt. Nach Tagen, nicht nach Wochen, und es erfüllte ihn mit dem Ruf zu handeln. Doch trotz des Drangs, zu richten und zu rächen, zu erretten und zu erlösen, bewegte er sich mit Vorsicht. Es war von essenzieller Wichtigkeit, dass er die richtige Wahl traf. Ein Zeichen würde ihn leiten, also wartete er. Denn es war immer ein Zeichen gekommen.

Ein Einzelgänger war am besten. So viel wusste er. Und natürlich gab es in einer Stadt wie London reichlich Einzelgänger, doch einem von ihnen zu folgen, war der einzige Weg, um sicherzugehen, dass seine Wahl richtig und angemessen war.

Diese Aufgabe erledigte Fu per Bus, denn die übrigen Fahrgäste boten eine sichere Tarnung. Sein Erwählter stieg gleich vor ihm ein und ging die geschwungene Treppe zum oberen Deck hinauf. Fu folgte ihm nicht nach oben. Stattdessen nahm er einen Stehplatz zwei Haltestangen von der Tür entfernt ein, mit Blick auf die Treppe. Ihre Fahrt erwies sich als lang. Im Schneckentempo bewegten sie sich durch verstopfte Straßen. An jeder

Haltestelle konzentrierte Fu seine Aufmerksamkeit auf die Tür. Während der Fahrt unterhielt er sich damit, die übrigen Fahrgäste zu beobachten: die erschöpfte Mutter mit dem schreienden Kleinkind, die alternde Jungfer mit den geschwollenen Knöcheln, die Schulmädchen mit offenen Mänteln und aus dem Rockbund gezogenen Blusen, die asiatischen Halbwüchsigen, die die Köpfe zusammengesteckt hatten und etwas aushecken, und die schwarzen Jugendlichen: mit Kopfhörern auf den Ohren ließen sie die Schultern im Takt der Musik zucken, die nur sie hören konnten. Sie alle waren bedürftig, auch wenn die meisten es nicht wussten. Und keiner von ihnen wusste, wer in ihrer Mitte stand, denn Anonymität war das größte Geschenk dieser Stadt.

Irgendwo drückte irgendwer auf den Knopf, der dem Fahrer signalisierte, an der nächsten Haltestelle zu stoppen. Auf der Treppe erscholl ein Poltern, und eine große, bunt gemischte Schar Jugendlicher kam herunter. Fu sah, dass der Erwählte unter ihnen war, und er schlängelte sich den Gang entlang zur Tür. Er stieg direkt hinter seiner Beute aus und nahm den Geruch des Jungen wahr, als er hinter ihm auf der Türstufe stand. Es war der widerliche Geruch der frühen Pubertät, rastlos und geil.

Draußen auf der Straße blieb Fu zurück, bis der Junge gute zwanzig Meter Vorsprung hatte. Der Bürgersteig war hier nicht so überfüllt wie anderswo, und Fu sah sich um, um herauszufinden, wo genau er sich befand.

In dieser Gegend herrschte ein ethnisches Gemisch: schwarz, weiß, asiatisch und orientalisch. Man hörte ein Dutzend verschiedener Sprachen, und auch wenn keine der Gruppen deplatziert wirkte, taten die Individuen es umso mehr.

Das lag an der Angst der Menschen, das wusste Fu. Misstrauen. Vorsicht. Erwarte das Unerwartete aus jeder Richtung. Sei bereit, zu fliehen oder zu kämpfen. Oder unbemerkt zu bleiben, wenn es möglich ist.

Der Erwählte hielt sich an das letztgenannte Prinzip. Er ging mit gesenktem Kopf und schien niemanden wahrzunehmen, dem er begegnete. Fu dachte, dass dies seinen Absichten nur förderlich sein konnte.

Als der Junge sein Ziel erreichte, musste Fu jedoch feststellen, dass es entgegen seiner Erwartungen nicht das Zuhause war. Stattdessen ging der Junge von der Bushaltestelle eine Einkaufsstraße mit Geschäften, Videotheken und Buchmachern entlang, bis er ein kleines Ladenlokal erreichte, dessen Fenster mit Seifenlauge undurchsichtig gemacht worden waren. Dort trat er ein.

Fu überquerte die Straße, um im Schatten des Eingangs zu einem Fahrradgeschäft seinen Beobachtungsposten zu beziehen. Der Laden, den der Junge betreten hatte, war hell erleuchtet, und trotz der Kälte stand die Tür weit offen. Bunt gekleidete Männer und Frauen standen plaudernd beisammen, während Kinder dazwischen umhertollten. Der Junge selbst sprach mit einem hochgewachsenen Mann in einem farbenfrohen, hüftlangen Hemd ohne Kragen. Seine Haut hatte die Farbe von Milchkaffee, und er trug eine geschnitzte Holzkette um den Hals. Irgendeine Art Bindung schien zwischen dieser Gestalt und dem Jungen zu bestehen, aber es war weniger als die zwischen Vater und Sohn. Denn es gab keinen Vater. Fu wusste das. Also dieser Mann... Dieser Mann war wohl... Vielleicht hatte er doch nicht so klug gewählt, dachte Fu.

Doch bald wurde er beruhigt. Die Menschen setzten sich und begannen zu singen. Es klang unsicher. Begleitmusik von einer Stereoanlage unterstützte ihre Bemühungen. Trommeln standen im Vordergrund – es klang afrikanisch. Ihr Chorleiter – der Mann, mit dem der Junge gesprochen hatte – unterbrach sie wiederholt und ließ sie von vorn beginnen. Der Junge schlüpfte unterdessen hinaus. Er kam zurück auf die Straße, zog den Reißverschluss seiner Jacke hoch und verschmolz mit den Schatten der Ladenstraße. Fu folgte ihm unbemerkt.

Der Junge vor ihm bog um eine Ecke und ging eine Straße hinab. Fu beschleunigte seine Schritte und kam gerade rechtzeitig, um ihn in einem fensterlosen Ziegelbau gleich neben einem heruntergekommenen Imbiss verschwinden zu sehen. Fu hielt inne, um die Lage einzuschätzen. Er wollte nicht riskieren, gesehen zu werden, aber er musste wissen, ob der Junge die rechte Wahl war.

Er schlich auf die Tür zu, fand sie unverschlossen und drückte sie behutsam auf. Ein dunkler Korridor führte zur Tür eines großen, hell erleuchteten Raums. Von dort hörte man dumpfe Schläge, Grunzlaute und ein gelegentliches gutturales: »Jab, verdammt noch mal« und »kurze Rechte, verflucht«.

Fu trat ein und roch den Staub und den Schweiß, das Leder und den Schimmel, ungewaschene Männerkleidung. An den Wänden im Korridor hingen Poster, und auf halbem Weg zu dem hellen Raum stand eine Trophäenvitrine. Vorsichtig glitt Fu die Wand entlang. Er hatte die Tür fast erreicht, als eine Stimme aus dem Nirgendwo fragte: »Suchst du was, Mann?«

Es war eine schwarze Männerstimme, nicht übermäßig freundlich. Fu gestattete sich zu schrumpfen, ehe er sich umwandte, um zu sehen, wem die Stimme gehörte. Ein fleischgewordener Kühlschrank stand auf der untersten Stufe einer unbeleuchteten Treppe, die Fu übersehen hatte. Er trug eine dicke Winterjacke und schlug ein Paar Fäustlinge in seine Handfläche. Er wiederholte seine Frage: »Was suchst du hier, Mann? Das hier ist Privatbesitz.«

Fu musste ihn loswerden, aber ebenso dringend musste er nachsehen. Irgendwie wusste er, dass dieses Gebäude die Bestätigung enthielt, die er brauchte, ehe er handeln konnte. »Tut mir Leid«, sagte er. »Ich wusste nicht, dass es privat ist. Ich sah ein paar Typen rauskommen und hab mich gefragt, was das hier wohl ist. Ich bin neu in der Gegend.«

Der Mann betrachtete ihn wortlos.

Fu fügte hinzu: »Ich such eine neue Bleibe.« Er lächelte leutselig. »Darum sehe ich mich ein bisschen in der Gegend um. Tut mir Leid. Ich wollte niemandem zu nahe kommen.« Er ließ die Schultern effektvoll herabhängen. Er trat den Rückzug zum Ausgang an, wenngleich er keinerlei Absicht hatte, das Gebäude zu verlassen, und selbst wenn dieser Rüpel ihn zwang zu gehen, würde er zurückkommen, sobald dieser Kerl verschwunden war.

Der Schwarze sagte: »Dann sieh dich ruhig um. Aber geh niemandem auf den Wecker, kapiert?«

Fu spürte Zorn in sich aufsteigen. Der Tonfall, die Dreistigkeit dieses Befehls. Er atmete Ruhe ein, mitsamt der abgestandenen Luft auf dem Korridor, und fragte: »Was ist das hier?«

»Boxhalle. Du kannst dich umsehen. Aber versuch, nicht wie ein Sandsack auszusehen.« Damit verschwand der Schwarze, lachte über seinen dümmlichen Scherz. Fu schaute ihm nach. Er stellte fest, dass er den Drang verspürte, ihm zu folgen, ihn wissen zu lassen, mit wem er gerade gesprochen hatte. Der Drang steigerte sich rasch zu einem Hunger, doch er weigerte sich, ihm nachzugeben. Stattdessen näherte er sich der hell erleuchteten Türöffnung, blieb selbst im Schatten und spähte in den Raum, aus dem die Grunzlaute und Schläge kamen.

Sandsäcke, Punching Balls, zwei Boxringe. Hanteln. Ein Laufband. Springseile. Zwei Videokameras. Überall sah man Ausrüstung und Männer, die sie benutzten. Mehrheitlich Schwarze, aber ein halbes Dutzend weißer Jugendlicher war auch darunter. Und der Mann, der die Anweisungen gebrüllt hatte, war ebenfalls weiß: kahlköpfig wie ein Baby, ein graues Handtuch um die Schultern. Er trainierte zwei Boxer im Ring. Sie waren schwarz, schwitzten und hechelten wie überhitzte Hunde.

Fu sah sich nach dem Jungen um und entdeckte ihn an einem Sandsack, auf den er eindrosch. Er hatte sich umgezogen und trug nun einen Trainingsanzug. Halbmonde aus Schweiß hatten sich bereits auf der Jacke gebildet.

Fu beobachtete, wie er den Sandsack ohne Stil und Präzision bearbeitete. Er warf sich regelrecht auf ihn, prügelte hemmungslos darauf ein, ohne seine Umgebung wahrzunehmen.

Ah, dachte Fu. Die Fahrt quer durch London war das Risiko also doch wert gewesen. Was sich ihm hier offenbarte, war sogar den Zusammenstoß mit dem Rüpel auf der Treppe wert.

Denn im Gegensatz zu allen bisherigen Gelegenheiten, da Fu den Jungen hatte beobachten können, zeigte der Erwählte sich hier unmaskiert.

Er trug einen Zorn in sich, der Fus eigenem entsprach. Der bedurfte in der Tat der Erlösung.

Zum zweiten Mal fuhr Winston Nkata nicht direkt nach Hause. Stattdessen folgte er dem Fluss bis zur Vauxhall Bridge, wo er ihn überquerte und wiederum den Cricket-Oval umfuhr. Er tat es, ohne nachzudenken, sagte sich lediglich, es sei an der Zeit. Die Pressekonferenz hatte alles einfacher gemacht. Inzwischen hatte Yasmin Edwards sicher von den Morden gehört, und der Zweck seines Besuchs war, ihr jene Details vor Augen zu führen, deren Bedeutung sie womöglich nicht völlig verstanden hatte.

Erst als er gegenüber des Doddington Grove Estate geparkt hatte, kam er wieder zu Verstand – oder dem, was als sein Verstand herhalten musste. Und das, stellte sich heraus, war keine ideale Situation, denn mit seinem Verstand kamen auch seine Empfindungen zurück, und was er empfand, als er dasaß und mit den Fingern aufs Lenkrad trommelte, war vor allem Feigheit.

Einerseits hatte er die Ausrede, nach der er gesucht hatte. Darüber hinaus tat er hier nur die Pflicht, die er sich selbst auferlegt hatte. Es war doch wohl keine große Sache, ihr die notwendigen Informationen zu geben. Also, warum drohten ihm die Nerven durchzugehen, obwohl er hier nur seinen Job machte? Er kam einfach nicht dahinter.

Allerdings wusste Nkata sehr wohl, dass er sich selbst belog. Es gab ein halbes Dutzend guter Gründe, warum er zögerte, zu der Wohnung im dritten Stock hinaufzufahren. Und das, was er der Frau, die dort lebte, absichtlich angetan hatte, war nicht der unwichtigste dieser Gründe.

Er hatte sich nie wirklich eingestanden, warum er es zu seiner Aufgabe gemacht hatte, Yasmin Edwards von der Untreue ihrer

Geliebten in Kenntnis zu setzen. Es war eine Sache, in bester Absicht einen Mörder zu verfolgen, eine ganz andere, sich zu wünschen, dieser Mörder möge die Person sein, die Nkata im Weg stand, zwischen ihm und ... was? Er wollte diese Frage nicht genauer betrachten.

»Mach endlich, Mann«, sagte er und öffnete die Wagentür. Yasmin Edwards mochte ihren Mann erstochen und dafür gesessen haben. Aber die eine Sache, die er mit Sicherheit wusste, war, dass, wenn es zwischen ihnen zur Messerstecherei kommen sollte, er auf jeden Fall über die größere Erfahrung verfügte.

Es hatte eine Zeit gegeben, als er bei einer anderen Wohnung geklingelt und dem Bewohner am anderen Ende der Sprechanlage erklärt hätte, er sei ein Cop, damit er in die dritte Etage hinauffahren und an Yasmin Edwards Tür klopfen konnte, ohne dass sie vorgewarnt war. Doch das gestattete er sich jetzt nicht. Stattdessen drückte er ihre Klingel, und als er ihre Stimme hörte, die fragte, wer da sei, antwortete er: »Polizei, Mrs. Edwards. Ich muss Sie kurz sprechen.«

Ihr Zögern brachte ihn zu der Frage, ob sie seine Stimme erkannt hatte. Doch im nächsten Moment drückte sie den Knopf, der den Lift freigab. Die Tür glitt auf, und Nkata trat ein.

Er dachte, sie würde vielleicht an der geöffneten Wohnungstür auf ihn warten, doch diese war so fest verschlossen wie eh und je, und als er näher kam, sah er, dass auch die Vorhänge am Wohnzimmerfenster zugezogen waren. Doch als er klopfte, öffnete sie umgehend, was ihm verriet, dass sie hinter der Tür auf ihn gewartet hatte.

Sie betrachtete ihn mit ausdrucksloser Miene, und sie brauchte den Kopf kaum zu heben, um es zu tun. Denn Yasmin Edwards war elegante ein Meter achtzig groß und heute eine ebenso imposante Erscheinung wie bei ihrer ersten Begegnung. Sie hatte ihre Arbeitskleidung abgelegt und trug einen gestreiften Pyjama – und sonst nichts. Nkata kannte sie gut genug, um zu wissen, dass sie absichtlich keinen Morgenmantel angezogen hatte, als sie hörte, wer sie besuchte. Es war ihre Art, zu signalisieren, dass sie sich vor der Polizei nicht mehr fürchtete, die sich ihr bereits von ihrer schlechtesten Seite gezeigt hatte.

Yas, Yas, wollte er sagen. So muss es nicht sein.

Stattdessen begann er mit: »Mrs. Edwards.« Er griff in die Innentasche nach seinem Dienstausweis, als glaube er, sie habe vergessen, wer er war.

»Was woll'n Sie, Mann?«, fragte sie. »Suchen Sie hier schon wieder nach einem Mörder? In dieser Wohnung ist keiner außer mir, der dazu fähig wär, also für wann brauch ich das Alibi?«

Nkata stopfte den Ausweis zurück in die Tasche. Er seufzte nicht, obwohl er es gern getan hätte. »Kann ich Sie kurz sprechen, Mrs. Edwards? Um die Wahrheit zu sagen, es geht um Dan.«

Sie wirkte erschrocken, auch wenn sie sich bemühte, es zu verbergen. Doch da sie irgendeinen faulen Trick erwartete, blieb sie, wo sie war, versperrte Nkata den Weg in die Wohnung. »Sagen Sie mir, was Sie von Daniel wollen, Constable.«

»Sergeant neuerdings«, entgegnete Nkata. »Oder ist das noch schlimmer?«

Sie legte den Kopf schräg. Er stellte fest, dass er den Klang und den Anblick ihrer kleinen, perlenbewehrten Zöpfe vermisste, wenngleich das kurz geschnittene Haar ihr ebenso gut stand. Sie sagte: »Sergeant, ja? Sind Sie gekommen, um Daniel das zu erzählen?«

»Ich bin nicht hier, um mit Daniel zu reden«, erklärte er geduldig. »Sondern mit Ihnen. Über Daniel. Ich kann das hier draußen tun, wenn es das ist, was Sie wollen, Mrs. Edwards, aber wenn Sie noch lange hier stehen, wird Ihnen noch kälter.« Er spürte sein Gesicht heiß werden, weil seine Worte verrieten, was er bemerkt hatte: die Brustwarzen, die sich unter dem Pyjamaoberteil deutlich abzeichneten, die Gänsehaut an ihrem entblößten, walnussfarbenen Hals oberhalb des V-Ausschnitts. So gut er konnte, vermied Nkata, die Körperpartien anzuschauen, die der eisigen Winterkälte ausgesetzt waren, und dennoch sah er die glatte, elegante Wölbung ihres Halses und unter dem rechten Ohr das kleine Muttermal, das ihm nie zuvor aufgefallen war.

Sie warf ihm einen verächtlichen Blick zu, griff hinter die Tür, wo, wie er wusste, einige Garderobenhaken angebracht waren, und förderte eine dicke Strickjacke zutage. Sie ließ sich Zeit, sie anzuziehen und bis zum Hals zuzuknöpfen. Als sie zu ihrer Zufriedenheit bekleidet war, schenkte sie ihm wieder ihre Aufmerksamkeit. »Besser?«, fragte sie.

»Was immer für Sie am besten ist.«

»Mum?« Es war die Stimme ihres Sohnes, und sie kam aus dessen Zimmer, das links von der Wohnungstür lag. Nkata erinnerte sich. »Was ist los? Wer...« Daniel tauchte neben Yasmins Schulter auf. Seine Augen weiteten sich, als er sah, wer zu Besuch gekommen war, und sein breites Lächeln war ansteckend, entblößte seine perfekten weißen Zähne, so erwachsen in seinem zwölfjährigen Gesicht.

Nkata sagte: »Hallo, Dan. Wie sieht's aus?«

»Hey!«, erwiderte Daniel. »Sie erinnern sich an meinen Namen.«

»Den hat er in den Akten«, erklärte Yasmin Edwards ihrem Sohn. »So machen die Bullen das. Willst du deinen Kakao? Er steht in der Küche. Hausaufgaben fertig?«

»Kommen Sie nicht rein?«, fragte Daniel Nkata. »Wir haben Kakao. Mum macht ihn immer frisch. Es ist genug da, wenn Sie wollen.«

»Dan! Hörst du nicht...«

»Tut mir Leid, Mum«, sagte Daniel. Aber das Lächeln ließ sich nicht unterdrücken. Der Junge verschwand in der Küche, und das Öffnen und Schließen von Schranktüren war zu hören.

»Kann ich reinkommen?«, fragte Nkata die Mutter des Jungen und wies mit dem Kinn ins Innere der Wohnung. »Es dauert nur fünf Minuten. Das kann ich Ihnen versprechen, denn ich muss nach Hause.«

»Ich will nicht, dass Sie versuchen, Dan...«

Nkata hob die Hände zu einer Geste der Kapitulation. »Mrs. Edwards, hab ich Sie seit der Sache je belästigt? Nein, oder? Ich glaube, Sie können mir vertrauen.«

Sie schien sich das durch den Kopf gehen zu lassen, während sich das muntere Klappern in der Küche fortsetzte. Schließlich hielt sie ihm die Tür auf. Nkata trat ein und schloss sie, ehe Yasmin Gelegenheit hatte, es sich anders zu überlegen.

Er sah sich rasch um. Er hatte den Vorsatz gehabt, sich nicht darum zu kümmern, was er dort vorfand, aber gegen seine Neugier war er machtlos. Als er Yasmin Edwards kennen gelernt hatte, hatte sie eine Beziehung mit einer deutschen Frau, die genau wie sie selbst wegen Mordes im Knast gesessen hatte. Also fragte er sich, ob es eine Nachfolgerin für die Deutsche gab.

Nichts deutete darauf hin. Alles schien ziemlich unverändert. Er sah zu Yasmin und stellte fest, dass sie ihn beobachtete. Sie hatte die Arme vor der Brust verschränkt, und ihr Gesichtsausdruck schien zu fragen: Zufrieden?

Er hasste es, in ihrer Gegenwart so verunsichert zu sein. Das war er nicht gewohnt. »Ein Junge ist ermordet worden«, sagte er. »Der Leichnam ist in St. George's Gardens gefunden worden, nicht weit vom Russell Square, Mrs. Edwards.«

Schulterzuckend erwiderte sie: »Nördlich vom Fluss«, als meine sie: Was kümmert das uns in diesem Teil der Stadt?

»Nein«, widersprach er. »Es geht um mehr als das. Mehrere tote Jungen sind an verschiedenen Orten in der Stadt gefunden worden. Im Gunnersbury Park, Tower Hamlets, in einem Parkhaus in Bayswater und jetzt St. George's Gardens. Dieser letzte Junge war weiß, aber es sieht so aus, als wären alle anderen gemischtrassig. Und jung, Mrs. Edwards. Kinder.«

Sie warf einen schnellen Blick auf die Küchentür. Er wusste, was sie dachte: Ihr Daniel passte exakt in das Opferprofil, das er gerade beschrieben hatte. Er war jung und gemischtrassig. Trotzdem verlagerte sie ihr Gewicht lässig auf ein Bein und sagte zu Nkata: »Alle am anderen Themseufer. Das hat mit uns hier nichts zu tun. Also, warum sind Sie wirklich hier, wenn die Frage Sie nicht stört?« Sie sagte es, als könnten ihre Worte und der schroffe Tonfall sie vor der Angst um die Sicherheit ihres Jungen bewahren.

Ehe Nkata antworten konnte, kam Daniel zu ihnen zurück, eine dampfende Kakaotasse in der Hand. Er schien dem Blick seiner Mutter auszuweichen und sagte zu Nkata: »Hier, der ist für Sie. *Echter* Kakao. Wenn Sie wollen, können Sie mehr Zucker haben.«

»Danke, Dan.« Nkata nahm dem Jungen den Becher ab und legte ihm die Hand auf die Schulter. Daniel grinste und trat von einem nackten Fuß auf den anderen. »Sieht aus, als wärst du gewachsen, seit ich dich zuletzt gesehen hab«, fuhr Nkata fort.

»Bin ich auch«, erklärte Daniel. »Wir haben gemessen. Wir haben in der Küche Striche an die Wand gemacht. Woll'n Sie mal sehen? Mum misst mich immer am Ersten im Monat. Ich bin fünf Zentimeter gewachsen.«

»Und tun dir die Knochen weh davon, dass du so in die Höhe schießt?«, fragte Nkata.

»Ja! Woher wissen Sie das? Oh, wahrscheinlich, weil Sie selbst schnell gewachsen sind.«

»Genau«, antwortete Nkata. »Fast dreizehn Zentimeter in einem Sommer. Autsch.«

Daniel lachte. Er sah aus, als wolle er es sich in der Diele zu einem ausführlichen Plausch gemütlich machen, aber seine Mutter kam dem zuvor, indem sie mit deutlicher Schärfe seinen Namen sagte. Daniel schaute von Nkata zu ihr und wieder zurück.

»Geh deinen Kakao trinken«, sagte Nkata. »Wir seh'n uns später.«

»Ja?« Der Gesichtsausdruck des Jungen bettelte um ein Versprechen.

Doch Yasmin Edwards ließ es nicht zu. »Daniel, dieser Mann ist beruflich hier, sonst nichts.« Und das war genug. Mit einem letzten Blick über die Schulter ging der Junge zurück in die Küche. Yasmin wartete, bis er verschwunden war, ehe sie Nkata fragte: »Sonst noch was?«

Er trank einen Schluck Kakao und stellte die Tasse dann auf den niedrigen Tisch, wo immer noch der rote Aschenbecher in

Form eines hochhackigen Schuhs stand, jetzt leer, nachdem die deutsche Frau, die ihn benutzt hatte, aus Yasmin Edwards Leben verschwunden war. »Sie müssen besser aufpassen«, sagte er. »Auf Dan.«

Sie presste die Lippen zusammen. »Wollen Sie sagen...«

»Nein«, unterbrach er. »Sie sind die beste Mutter, die der Junge auf der Welt haben könnte. Und ich meine das ernst, Yasmin.« Er erschrak, als er sich ihren Vornamen aussprechen hörte, und war dankbar, dass sie vorgab, es nicht gemerkt zu haben. Hastig fuhr er fort: »Ich weiß, dass Sie bis über beide Ohren in Arbeit stecken. Mit dem Perückenladen und so. Dan ist manchmal allein, nicht weil Sie das so wollen, sondern weil's eben so ist. Was ich sagen wollte, war nur das: Dieser Scheißkerl schnappt sich Jungen in Dans Alter und bringt sie um, und ich will nicht, dass das Dan passiert.«

»Er ist nicht blöd«, entgegnete Yasmin knapp, doch er merkte, dass ihre Gelassenheit nur gespielt war. Sie war ebenfalls nicht blöd.

»Das weiß ich, Yas. Aber er...« Nkata suchte nach den richtigen Worten. »Man merkt, dass er so was wie eine Vaterfigur sucht. Das ist nicht zu übersehen. Und soweit wir beurteilen können, sind die Jungen freiwillig mit ihm mitgegangen. Sie wehren sich nicht. Niemand sieht irgendwas, weil es nichts zu sehen gibt, weil sie ihm trauen, okay?«

»Daniel würde nie mit irgendeinem...«

»Wir glauben, dass er einen Lieferwagen fährt«, fiel Nkata ihr ins Wort, obwohl ihre Verächtlichkeit offensichtlich war. »Wahrscheinlich rot.«

»Jetzt hören Sie mal zu: Daniel lässt sich von niemandem im Auto mitnehmen. Nicht von Leuten, die er nicht kennt.« Sie schaute wieder zur Küche hinüber und senkte die Stimme: »Was wollen Sie eigentlich sagen? Denken Sie, ich hätte ihm das nicht beigebracht?«

»Ich weiß, dass Sie ihm das beigebracht haben. Wie ich sagte: Mir ist klar, dass Sie dem Jungen eine gute Mutter sind. Aber das ändert nichts daran, wie es in seinem Innern aussieht, Yas. Tatsache ist: Er sucht einen väterlichen Freund.«

»Meinen Sie vielleicht, Sie könnten das sein?«

»Yas.« Jetzt, da er einmal damit angefangen hatte, ihren Namen auszusprechen, stellte Nkata fest, dass er ihn gar nicht oft genug sagen konnte. Es war eine Sucht, und er wusste, er musste sie schnellstmöglich loswerden, sonst wäre er bald so verloren wie ein Junkie, der an The Strand in einem Hauseingang schlief. Also versuchte er es noch einmal: »Mrs. Edwards, ich weiß, dass Dan oft allein ist, weil Sie arbeiten müssen. Das ist weder gut noch schlecht, das ist einfach, wie es ist. Ich will ja nur, dass Sie Bescheid wissen, was in der Stadt vor sich geht.«

»Okay«, sagte sie. »Ich hab's kapiert.« Sie trat an ihm vorbei und legte die Hand auf den Türknauf. »Sie haben getan, wozu Sie hergekommen sind, und jetzt können Sie...«

»Yas!« Nkata wollte sich nicht hinauswerfen lassen. Er war hier, um der Frau einen Dienst zu erweisen, ob sie es nun wollte oder nicht, und dieser Dienst bestand darin, ihr die Gefahr und Dringlichkeit der Situation vor Augen zu führen, die sie offenbar nicht begreifen wollte. »Da draußen ist ein Arschloch unterwegs und bringt Jungen wie Daniel um«, sagte er hitziger, als er beabsichtigt hatte. »Er lockt sie in einen Lieferwagen und verbrennt ihre Hände, bis die Haut schwarz wird. Dann stranguliert er sie und schlitzt sie auf.« Jetzt hatte er ihre volle Aufmerksamkeit, und das spornte ihn an, fortzufahren, als könne er ihr mit jedem Wort irgendetwas beweisen. Was dies jedoch war, darüber wollte er im Moment nicht nachdenken. »Dann bemalt er sie noch ein bisschen mit ihrem Blut. Und dann stellt er ihre Leichen irgendwo aus. Die Jungen gehen mit ihm, und wir wissen nicht, warum. Und bis wir das wissen...« Er sah, dass ihr Gesicht sich verändert hatte. Zorn, Schrecken und Angst hatten sich verwandelt. Aber was bedeutete dieser Ausdruck, den er jetzt sah?

Sie schaute an ihm vorbei, ihr Blick auf die Küche gerichtet. Und da wusste er es. Einfach so, als habe jemand vor seiner Nase mit den Fingern geschnipst, ihn wieder zu Verstand gebracht, und nun wusste er es. Er brauchte sich nicht einmal umzuwenden. Er musste sich nur fragen, wie lange Daniel schon in der Tür stand und was er gehört hatte.

Abgesehen davon, dass er Yasmin Edwards eine Fülle von Informationen gegeben hatte, die sie nicht brauchte und die auszuplaudern er nicht autorisiert war, hatte er ihrem Sohn Angst eingejagt. Das wusste er, ohne hinzuschauen. Darüber hinaus wusste er, dass er weit länger geblieben war, als er hier willkommen gewesen war – falls er das je gewesen sein sollte.

»Zufrieden?«, flüsterte Yasmin Edwards wütend und schaute von ihrem Sohn wieder zu Nkata. »Genug gesagt? Genug gesehen?«

Nkata riss seinen Blick von ihr los und sah Daniel an. Der Junge stand mit einem Stück Toast in der Hand in der Tür, die Beine über Kreuz, als müsse er dringend zur Toilette. Seine Augen waren weit aufgerissen, und was Nkata empfand, war Traurigkeit, dass der Junge eine heftige Auseinandersetzung zwischen seiner Mum und einem Mann hatte mit ansehen müssen. »Ich wollte nicht, dass du das hörst, Mann«, sagte er zu Daniel. »Das war nicht nötig, und es tut mir Leid. Sei einfach vorsichtig auf der Straße. Ein Killer läuft da draußen rum, der es auf Jungs in deinem Alter abgesehen hat. Ich will nicht, dass er ein Auge auf dich wirft.«

Daniel nickte. Er wirkte sehr ernst. »Okay«, sagte er. Und als Nkata sich zur Tür wandte, fügte er hinzu: »Kommen Sie mal wieder vorbei?«

Nkata antwortete nicht direkt. »Pass auf dich auf, okay?« Und als er auf den Flur hinaustrat, wagte er einen letzten Blick auf Daniel Edwards' Mutter. Sein Ausdruck sagte: Sehen Sie, Yasmin? Was hab ich gesagt? Daniel sucht einen Vater.

Und ebenso eindeutig war in ihrem Gesicht zu lesen: Was immer Sie denken mögen, dieser Vater sind nicht Sie.

6

Fünf Tage vergingen. Sie bestanden aus der Arbeit, die jede Mordermittlung mit sich brachte, intensiviert durch die Tatsache, dass die Sonderkommission es mit mehreren Morden zu tun hatte. Die vielen Stunden, die sich zu langen Tagen und noch längeren Nächten addierten, von hektischen Mahlzeiten nur kurz unterbrochen, widmeten die Beamten zu achtzig Prozent langwieriger Routinearbeit: endlose Telefonate, Aktenstudium, Fakten zusammentragen, Aussagen anhören und Berichte schreiben. Weitere fünfzehn Prozent bestanden daraus, die Daten zusammenzuführen und zu versuchen, einen Sinn darin zu erkennen. Drei Prozent wurden dafür aufgewendet, jede einzelne Information Dutzende Male zu überprüfen, um sicherzugehen, dass nichts missverstanden, vergessen oder übersehen worden war, und zwei Prozent flossen in das gelegentliche Gefühl, dass tatsächlich Fortschritte erzielt wurden. Stehvermögen war für die ersten achtzig Prozent notwendig. Den Rest erledigten sie mit Koffein.

Während dieser Zeit hielt die Pressestelle die Medien wie versprochen auf dem Laufenden, und zu diesen Anlässen beanspruchte AC Hillier Winston Nkata – und häufig auch Lynley – als Staffage für die Scotland-Yard-Inszenierung mit dem Titel: »Ihre Steuern bei der Arbeit«. Und wenngleich diese Pressekonferenzen einem den letzten Nerv rauben konnten, musste Lynley doch gestehen, dass Hilliers Auftritte vor den Journalisten sich bislang ausgezahlt hatten, denn noch hatte die Presse nicht zur Hetzjagd geblasen. Was allerdings die Zeit, die man mit ihren Vertretern verschwenden musste, nicht erträglicher machte.

»Ich könnte meine Zeit anderweitig sinnvoller nutzen, Sir«, hatte er Hillier nach seinem dritten Auftritt auf dem Podium so diplomatisch wie möglich erklärt.

»Dies ist Teil Ihrer Arbeit«, lautete Hilliers Antwort. »Sehen Sie zu, wie Sie damit fertig werden.«

Es gab nicht viel, das sie den Journalisten berichten konnten. DI John Stewart hatte die ihm zugewiesenen Beamten in Teams unterteilt, die mit einer militärischen Präzision arbeiteten, die ihrem Vorgesetzten gewiss gefiel. Team eins hatte die Alibis der möglichen Verdächtigen überprüft, die sich aus der Liste der unlängst aus Gefängnissen und forensischen Kliniken entlassenen Straftäter ergeben hatten. Das Gleiche hatten sie mit Sexualstraftätern gemacht, die im Laufe der vergangenen sechs Monate auf freien Fuß gesetzt worden waren. Sie hatten überprüft, wer vor seiner Entlassung im offenen Vollzug gewesen war, und ihre Ermittlungen auf Obdachlosenasyle ausgeweitet, um herauszufinden, ob irgendjemand in einer der Mordnächte dort durch ungewöhnliches Verhalten aufgefallen war. Bislang hatten sie nichts Brauchbares entdeckt.

Derweil hatte Team zwei hier und da auf den Busch geklopft, um Zeugen aus der Deckung zu locken, die irgendetwas gesehen oder gehört hatten. In Gunnersbury Park schienen die Chancen diesbezüglich am besten zu sein, und Stewart war, wie er es ausdrückte, verdammt noch mal entschlossen, dort *irgendetwas* zu finden. Irgendwer *musste* doch in den frühen Morgenstunden des Tages, als Opfer Nummer eins gefunden worden war, ein parkendes Fahrzeug auf der Gunnersbury Road gesehen haben, erklärte er dem Team. Denn es blieb die Tatsache, dass es außerhalb der Öffnungszeiten nur zwei Wege in den Park gab: über die Mauer – die mit über zwei Meter fünfzig Höhe nicht allzu geeignet schien für jemanden, der eine Leiche trug – oder durch eine der beiden mit Brettern verschlossenen Lücken in dieser Mauer an der Gunnersbury Road. Doch bislang hatte die Befragung der Hausbewohner auf der anderen Straßenseite Team zwei keine Erkenntnisse gebracht, und die Aussagen der Lkw-Fahrer, die zu dem Zeitpunkt auf der fraglichen Strecke gewesen sein könnten, hatten nichts ergeben. Ebenso wenig wie die noch laufende Befragung von Taxi- und Mietwagenfahrern.

Somit war alles, was ihnen blieb, der rote Lieferwagen, der unweit von St. George's Gardens gesehen worden war. Doch als das Straßenverkehrsamt in Swansea ihnen eine Liste dieser Fahrzeuge schickte, die in London und der näheren Umgebung zugelassen waren, fanden sich darauf 79 387 Einträge. Selbst Hamish Robsons' Täterprofil, demzufolge sie ihr Interesse auf die Wagenbesitzer beschränken sollten, die männlich, allein stehend und zwischen fünfundzwanzig und fünfunddreißig Jahre alt waren, reduzierte diese Menge nicht auf eine überschaubare Anzahl.

Die ganze Situation weckte in Lynley die Sehnsucht nach dem Leben eines Kinodetektivs: eine kurze Phase harter Arbeit, eine längere Phase des scharfsinnigen Nachdenkens, und dann die großen Actionszenen, in denen der Held den Schurken zu Land, zu Wasser, durch dunkle Gassen und im Schatten von Hochbahngleisen verfolgte, ihn schließlich gefügig prügelte und sein geröcheltes Geständnis vernahm. Aber so war es nicht.

Doch kurz nach einem weiteren Auftritt vor der Presse ergaben sich in unmittelbarer Folge drei hoffnungsvolle Entwicklungen.

Lynley kehrte gerade rechtzeitig in sein Büro zurück, um einen Anruf von SO7 entgegennehmen zu können. Die Analyse der schwarzen Rückstände auf allen Leichen und dem Fahrrad hatte eine brauchbare Information zutage gefördert: Der Lieferwagen, nach dem sie suchten, war aller Wahrscheinlichkeit nach ein Ford Transit. Diese Rückstände ergaben sich aus dem Abrieb einer nicht serienmäßig hergestellten Gummimatte, die vor zehn bis fünfzehn Jahren für den Laderaumboden dieses Fahrzeugtyps angeboten worden war. Diese Eingrenzung auf den Ford Transit würde die Liste, die sie vom Straßenverkehrsamt in Swansea bekommen hatten, deutlich verkürzen – in welchem Umfang, würden sie allerdings erst wissen, wenn sie die Daten in den Computer eingegeben hatten.

Als Lynley mit dieser Nachricht in die Einsatzzentrale kam, wartete dort die zweite Neuigkeit auf ihn. Sie hatten den Toten, der auf dem Parkplatz in Bayswater entdeckt worden war, unzweifelhaft identifiziert. Winston Nkata hatte einen Abstecher zum Pentonville-Gefängnis gemacht, um Fotos ihres zweiten Opfers einem gewissen Filipe Salvatore zu zeigen – der dort wegen bewaffneten Raubüberfalls und Körperverletzung einsaß –, und Salvatore hatte geheult wie ein Kind, als er erklärte, der tote Junge sei sein kleiner Bruder Jared. Er hatte ihn vermisst gemeldet, als Jared zum ersten Mal einen Besuch im Gefängnis hatte ausfallen lassen. Was weitere Familienmitglieder betraf… Es erwies sich als schwierig, sie ausfindig zu machen, was offenbar mit der Kokainsucht und dem Nomadendasein seiner Mutter zusammenhing.

Auch die dritte neue Entwicklung war Nkata zu verdanken, der zwei Vormittage in Kipling Estate verbracht und den Jungen gesucht hatte, der ihnen lediglich als Blinker bekannt war. Nkatas Hartnäckigkeit – ganz zu schweigen von seiner Höflichkeit – hatten sich letztlich bezahlt gemacht: Ein gewisser Charlie Burov alias Blinker war ausfindig gemacht worden und bereit, über seine Beziehung zu Kimmo Thorne zu reden, dem Opfer aus St. George's Gardens. Allerdings wollte er sich nicht in der Siedlung, wo er bei seiner Schwester untergekrochen war, mit der Polizei treffen. Vielmehr wollte er einen Beamten – nicht in Uniform, hatte er betont – in der Southwark-Kathedrale treffen, fünftletzte Reihe links um exakt fünfzehn Uhr zwanzig.

Lynley ergriff die Gelegenheit, dem Büro für ein paar Stunden zu entkommen. Er rief den Assistant Commissioner an, brachte ihn auf den neuesten Stand der Dinge und gab ihm damit ausreichend Futter für die nächste Pressekonferenz und machte sich anschließend auf den Weg zur Southwark-Kathedrale. Er nahm Barbara Havers mit. Nkata wies er an, Jared Salvatore bei der Sitte der letzten Polizeibehörde, in deren Distrikt er gelebt hatte, zu überprüfen und sich anschließend auf die Suche nach den Angehörigen des Jungen zu machen. Dann brach er mit Havers Richtung Westminster Bridge auf.

Als sie das Verkehrschaos rund um Tenison Way hinter sich gelassen hatten, verlief die Fahrt nach Southwark reibungslos. Fünfzehn Minuten, nachdem sie die Tiefgarage an der Victoria

Street verlassen hatten, standen Lynley und Havers im Hauptschiff der Kathedrale.

Aus dem Altarraum drangen Stimmen zu ihnen herüber. Eine Gruppe junger Leute, bei denen es sich anscheinend um Studenten handelte, standen um einen Dozenten herum, der mit dem Finger auf Details des Baldachins über der Kanzel wies. Drei Touristen betrachteten die Postkarten am Bücherstand gegenüber dem Eingang, aber niemand war dort, der auf jemanden zu warten schien. Erschwerend kam hinzu, dass Southwark wie so viele mittelalterliche Kathedralen keine fest installierten Bankreihen hatte, und darum gab es keine fünftletzte Reihe auf der linken Seite, wo Charlie Burov alias Blinker ihre Ankunft hätte erwarten können.

»So viel also zu seinem Drang nach religiösem Halt«, murmelte Lynley. Als Havers sich umschaute, seufzte und vor sich hin fluchte, fügte er hinzu: »Hüten Sie Ihre Zunge, Constable. Der Herr hat keinen Mangel an Blitzen, die er schleudern könnte.«

»Er hätte sich den Treffpunkt vorher wenigstens mal anschauen können«, schimpfte sie.

»Wenn die Welt perfekt wäre...« Lynley entdeckte eine spindeldürre, schwarz gekleidete Gestalt nahe dem Taufbecken, die verstohlene Blicke in ihre Richtung warf. »Ah. Dort drüben, Havers. Das könnte unser Mann sein.«

Er nahm nicht Reißaus, als sie näher kamen, schaute jedoch nervös zu der Gruppe an der Kanzel hinüber, dann zu den Leuten am Bücherstand. Als Lynley höflich fragte, ob er Mr. Burov sei, antwortete der Junge: »Blinker. Sie sind also die Bullen?« Er sprach aus dem Mundwinkel wie ein Gauner in einem schlechten Film Noir.

Lynley stellte sich selbst und Havers vor, während er den Jungen rasch einschätzte. Blinker war um die zwanzig, und sein Gesicht wäre vollkommen unauffällig gewesen, hätte die Mode nicht gerade kahlrasierte Schädel und Piercing vorgeschrieben. Stecker bedeckten sein Gesicht wie silberne Pocken, und wenn er sprach, was ihm einige Schwierigkeiten bereitete, entblößte er ein halbes Dutzend weiterer Silberperlen in der Zunge. Lynley wollte lieber nicht darüber nachdenken, welche Schwierigkeiten sie dem Jungen beim Essen bereiteten. Die Schwierigkeiten beim Sprechen zu hören, war schlimm genug.

»Dies ist vielleicht nicht der geeignetste Ort für unsere Unterhaltung«, bemerkte Lynley. »Gibt es etwas in der Nähe...«

Blinker war gewillt, sich auf einen Kaffee einladen zu lassen. Sie fanden einen passenden Imbiss unweit von St. Mary Overy Dock, und Blinker glitt auf einen Stuhl an einem der schmierigen Resopaltische, studierte die Speisekarte und fragte: »Kann ich Spaghetti Bolognese haben?«

Lynley schob Havers einen übelriechenden Aschenbecher hinüber und antwortete: »Was immer Sie wollen«, obwohl er bei dem Gedanken schauderte, hier irgendetwas zu sich nehmen zu müssen – ganz zu schweigen von Pasta –, in einem Lokal, wo die Schuhe auf dem Linoleumboden kleben blieben und die Speisekarten so aussahen, als müssten sie dringend desinfiziert werden. Blinker nahm Lynleys Antwort offenbar wörtlich, denn als die Kellnerin kam, um ihre Bestellung entgegenzunehmen, bestellte er Speck, zwei Eier, Pommes frites, Pilze und ein Thunfisch-Mais-Sandwich zu den Spaghetti. Havers nahm einen Orangensaft, Lynley Kaffee. Blinker ergriff den Plastiksalzstreuer und rollte ihn zwischen den Handflächen hin und her.

Er wollte nicht reden, bis er »was zwischen den Kiemen« hatte, erklärte er. Also warteten sie schweigend, bis das erste Gericht serviert wurde. Havers nutzte die Gelegenheit für eine weitere Zigarette, Lynley nippte an seinem Kaffee und stählte sich für den Anblick, wie der Junge das Essen über die silberbewehrte Zunge manövrierte.

Blinker hatte offenbar reichlich Übung. Als der erste Gang vor ihm stand, aß er den Speck und das übrige Frühstück ohne erkennbare Schwierigkeiten und glücklicherweise auch ohne Zurschaustellung des Kauvorgangs. Nachdem er die letzten Reste Eigelb und Fett mit einem Toast aufgetunkt hatte, sagte er: »Schon besser.« Er schien nun bereit für Konversation und eine Zigarette, die er von Havers schnorrte, während er auf die Pasta wartete.

Er war wegen Kimmo »total fertig«. Aber er hatte seinen Kumpel gewarnt, hatte ihn hundert Millionen Mal gewarnt, sich von Typen ficken zu lassen, die er nicht kannte. Aber Kimmo hatte immer behauptet, das Risiko sei es wert. Und er hatte dafür gesorgt, dass sie ein Gummi nahmen... selbst wenn er sich zugegebenermaßen im entscheidenden Moment nicht immer umgedreht hatte, um zu gucken, ob es auch an Ort und Stelle war.

»Ich hab ihm gesagt, es geht nicht drum, dass irgendein Kerl ihn *ansteckt*, verdammt«, sagte Blinker. »Es ging genau um das, was ihm dann ja auch passiert ist. Ich wollte *nie*, dass er allein da draußen ist. Nie. Wenn Kimmo auf der Straße war, dann war ich mit ihm auf der Straße. So sollte das laufen.«

»Ah«, erwiderte Lynley. »Allmählich bekomme ich ein Bild. Sie waren also Kimmo Thornes Zuhälter.«

»Hey, so war's nicht.« Blinker klang gekränkt.

»Sie waren also *nicht* sein Zuhälter?«, hakte Barbara nach. »Wie würden Sie's denn nennen?«

»Ich war sein Kumpel«, stellte Blinker klar. »Ich hab die Augen offen gehalten nach allen möglichen Schweinereien, nach Typen, die mehr wollten als ein bisschen Spaß mit Kimmo. Wir haben zusammengearbeitet. Als Team. War ja nicht meine Schuld, dass es Kimmo war, auf den sie scharf waren, oder?«

Lynley wollte einwerfen, dass es vielleicht auch etwas mit Blinkers Erscheinung zu tun hatte, auf wen die Freier scharf gewesen waren, aber er ließ das Thema fallen. Stattdessen fragte er: »In der Nacht, als Kimmo verschwunden ist, sind Sie also nicht zusammen losgezogen?«

»Ich hab ja nicht mal gewusst, dass er rauswollte. Die Nacht davor waren wir am Leicester Square, versteh'n Sie, und wir hatten so Typen von der Hollen Street aufgetan, die ein bisschen Unterhaltung für'ne Party wollten, also haben wir ein kleines Geschäft mit denen gemacht. Davon hatten wir genug Kohle, sodass wir am nächsten Abend nicht wieder los mussten, und Kimmo hat gesagt, seine Gran wollte sowieso, dass er mal einen Abend zu Hause bleibt.«

»War das üblich?«, fragte Lynley.

»Quatsch. Darum hätt ich wissen müssen, dass was faul ist, als er das sagte, aber ich hab nicht drüber nachgedacht, weil es mir auch in den Kram passte, nicht wieder loszuziehen. Ich wollte was in der Glotze sehen... und ein paar andere Kleinigkeiten erledigen.«

»Zum Beispiel?«, fragte Havers. Als Blinker nicht antwortete, sondern lediglich zur Küchentür hinüberschaute, um zu sehen, ob seine Spaghetti nicht bald kamen, fügte sie hinzu: »Was habt ihr beide sonst noch getrieben, Charlie, außer Prostitution?«

»Hey. Ich hab doch schon gesagt, wir haben *nie*...«

»Sparen wir uns doch die Spielchen«, unterbrach Havers. »Sie können es nennen, wie Sie wollen, aber es bleibt eine Tatsache: Wenn Sie dafür bezahlt werden, ist es keine wahre Liebe. Und Sie haben sich dafür bezahlen lassen, richtig? War das nicht das, was Sie gesagt haben? War nicht das der Grund, warum Sie am nächsten Abend nicht wieder losziehen mussten? Weil Kimmo Ihnen wahrscheinlich genug Geld für eine ganze Woche eingebracht hatte mit seiner ›Unterhaltung‹ für die Party auf der Hollen Street. Ich frag mich nur, was Sie mit der Kohle gemacht haben. Geraucht, gedrückt, durch die Nase gezogen? Was?«

»Hör'n Sie mal, ich muss überhaupt nicht mit Ihnen reden«, entgegnete Blinker hitzig. »Ich könnte einfach aufstehen und wär schneller durch die Tür da vorn als...«

»Und verzichten auf Ihre Spaghetti Bolognese?«, fragte Havers. »Das kann doch nicht Ihr Ernst sein.«

»Havers«, sagte Lynley in dem Tonfall, den er üblicherweise und mit wechselhaftem Erfolg anschlug, um sie zu bremsen. An Blinker gewandt, fuhr er fort: »Sah es Kimmo ähnlich, auf eigene Faust loszuziehen? Trotz Ihres Teamarrangements?«

»Manchmal machte er das, ja. Wie gesagt, ich hab ihn gewarnt, aber er hat's trotzdem getan. Es ist nicht sicher, hab ich gesagt. Er war ja kein großer Kerl, und wenn er den Typen falsch einschätzte, von dem er sich's machen ließ...« Blinker drückte seine Zigarette aus und wandte den Blick ab. Tränen traten ihm in die Augen. »Dieses dämliche kleine Arschloch«, murmelte er.

Endlich wurden seine Spaghetti gebracht, und ein Käsestreuer, dessen Inhalt aussah wie Sägespäne mit Eisenmangel. Behutsam bestreute er damit seine Pasta und begann zu essen, sein Kummer wurde offensichtlich von seinem Appetit verdrängt. Die Tür öffnete sich, und zwei Arbeiter betraten den Imbiss. Ihre Jeans waren weiß von Mörtelstaub, die Schuhe zementverkrustet. Vertraulich grüßten sie den Koch, der hinter der Durchreiche stand, setzten sich an einen Ecktisch und bestellten eine mehrgängige Mahlzeit, die Blinkers nicht unähnlich war.

»Ich hab ihm gesagt, dass das passiert, wenn er allein arbeitet«, sagte Blinker, nachdem er die Pasta hinuntergeschlungen hatte und nun auf sein Thunfisch-Mais-Sandwich wartete. »Ich hab's ihm wieder und wieder gesagt, aber er wollte ja nicht auf mich hören. Er meinte, er könnte die Typen einschätzen. Die miesen hätten so einen Geruch an sich. Als hätten sie zu lange drüber nachgedacht, was sie mit dir anstellen wollen, und davon ist ihre Haut ganz ölig und schwitzig. Ich hab ihm gesagt, das ist alles Quatsch, und er muss mich mitnehmen, aber er hat sich ja nichts sagen lassen, und jetzt seh'n Sie, was ihm passiert ist.«

»Sie glauben also, ein Freier hat ihn umgebracht?«, fragte Lynley. »Dass Kimmo allein gearbeitet und sich verschätzt hat?«

»Wie sonst soll es passiert sein?«

»Kimmos Gran hat uns erzählt, Sie hätten ihn in Schwierigkeiten gebracht«, sagte Havers. »Sie behauptet, er hätte gestohlene Ware verkauft, die Sie ihm gegeben hätten. Was wissen Sie darüber?«

Blinker erhob sich von seinem Stuhl, als sei er bis ins Mark verletzt. »Ich hab niemals...!«, entrüstete er sich. »Sie lügt! Die blöde alte Kuh. Die konnte mich von Anfang an nicht leiden, und jetzt versucht sie, mir was anzuhängen. Aber wenn Kimmo in Schwierigkeiten war, hatte das nichts mit mir zu tun. Fragen Sie mal rum in Bermondsey, wer Blinker kennt und wer Kimmo kennt. Machen Sie das mal.«

»Bermondsey?«, hakte Lynley nach.

Doch Blinker sagte nichts mehr. Stattdessen dachte er verärgert darüber nach, dass jemand ihn als Dieb verleumdet hatte, wo er doch nur ein kleinkalibriger Zuhälter war, der die Dienste eines fünfzehnjährigen Jungen anbot.

»Nebenbei gefragt, waren Sie und Kimmo ein Paar?«, erkundigte sich Lynley.

Blinker zuckte die Schultern, als sei die Frage unwichtig. Er schaute sich nach seinem Thunfisch-Sandwich um, sah es in der Durchreiche stehen und ging hin, um es sich selbst zu holen.

»Augenblick mal, Freundchen, du bist gleich dran«, sagte die Kellnerin.

Blinker ignorierte sie und brachte den Teller zum Tisch. Doch er nahm nicht wieder Platz. Er begann auch nicht zu essen. Stattdessen wickelte er das Sandwich in seine gebrauchte Papierserviette und stopfte das Päckchen in die Tasche seiner abgewetzten Lederjacke.

Lynley erkannte, dass der junge Mann über seine letzte Frage weniger pikiert als vielmehr von einer unerwarteten Trauer erfüllt war. Ein zuckender Muskel an seinem Kinn verriet ihn. Blinker und der tote Junge waren in der Tat ein Paar gewesen, wenn vielleicht nicht mehr in jüngster Vergangenheit, so doch zu Anfang, wahrscheinlich bevor sie auf die Idee verfallen waren, mit Kimmos Körper Geld zu verdienen.

Blinker sah sie an, während er den Reißverschluss seiner Jacke hochzog. »Wie gesagt, Kimmo wär nie in Schwierigkeiten geraten, wenn er mit mir zusammen gewesen wär«, erklärte er. »Aber das war er eben nicht. Er ist auf eigene Faust losgezogen, obwohl ich gesagt hab, er soll das nicht tun. Der dachte, er kennt die Welt. Und seh'n Sie, wohin ihn das gebracht hat.« Mit diesen Worten wandte er sich ab und ging zur Tür, ließ Lynley und Havers am Tisch zurück, die die Reste seiner Spaghetti Bolognese studierten wie Hohepriester auf der Suche nach einer Prophezeiung.

Schließlich sagte Havers: »Er hat sich nicht mal fürs Essen bedankt.« Sie ergriff seine Gabel und rollte zwei Spaghetti auf. Dann hob sie die Gabel auf Augenhöhe. »Aber die Leiche. Ich meine Kimmos Leiche. Keiner der Berichte sagt etwas über Geschlechtsverkehr vor dem Tod, oder?«

»Keiner«, stimmte Lynley zu.

»Was bedeuten könnte...«

»Dass sein Tod nichts mit seinem Stricherdasein zu tun hatte. Es sei denn, das, was immer in jener Nacht passiert ist, ist *vor* dem Sex passiert.« Lynley schob seine noch fast volle Kaffeetasse zur Tischmitte.

»Aber wenn wir eliminieren müssen, dass Sex ein Bestandteil...?«, fuhr Havers fort.

»Dann ist die Frage: Wie gut kommen Sie vor Sonnenaufgang aus den Federn?«

Sie schaute ihn an. »Bermondsey?«

»Ich würde sagen, das ist unsere nächste Station.« Lynley betrachtete sie, während sie sich das durch den Kopf gehen ließ, die Gabel immer noch in der Hand.

Zu guter Letzt nickte sie, aber sie wirkte nicht begeistert. »Ich hoffe, Sie haben die Absicht, mit von der Partie zu sein.«

»Ich würde schwerlich eine Dame des Nachts allein in South London herumziehen lassen«, antwortete Lynley.

»Das freut mich zu hören.«

»Schön, dass ich Sie beruhigen konnte. Havers, welche Absichten hegen Sie in Bezug auf diese Pasta?«

Sie sah ihn an, dann die Gabel, die immer noch in der Luft schwebte. »Die hier?«, fragte sie. Sie ließ die Spaghetti in ihrem Mund verschwinden und kaute versonnen. »Sie müssen noch dran arbeiten, sie ›al dente‹ hinzukriegen«, erklärte sie.

Jared Salvatore – das zweite Opfer ihres Mörders, den sie in Ermangelung eines anderen Namens »Roter Transit« zu nennen begonnen hatten – hatte in Peckham gewohnt, etwa acht Meilen Luftlinie entfernt von dem Ort in Bayswater, wo seine Leiche gefunden worden war. Da Filipe Salvatore im Pentonville-Gefängnis keine aktuelle Adresse der Familie hatte nennen können, begab Nkata sich zuerst zu ihrer letzten bekannten Anschrift – eine Wohnung in der Wildnis der North-Peckham-Siedlung. Dies war eine Gegend, wo niemand nach Einbruch der Dunkelheit unbewaffnet unterwegs war, wo Cops unwillkommen und die Bandenreviere genauestens abgesteckt waren. Ein schlimmeres Erscheinungsbild menschlichen Zusammenlebens war kaum vorstellbar: traurige Wäscheleinen auf Balkonen und an Regenrohren, verrottete Fahrräder ohne Reifen, angerostete Einkaufswagen und jeder nur erdenkliche Müll. North Peckham ließ Nkatas eigene Wohngegend im Vergleich dazu wie Utopia am Eröffnungstag erscheinen.

Bei der angegebenen Adresse traf er niemanden an. Er klopfte an die Türen von Nachbarn, die entweder nichts wussten oder nichts sagen wollten, bis er endlich jemanden fand, der ihm berichtete, dass »dieses cracksüchtige Flittchen und ihre Bälger« nach einer monumentalen Schlacht mit Navina Cryer und ihren Leuten, die allesamt aus der Clifton-Siedlung kamen, rausgeflogen war. Das war alles, was über die Familie Salvatore in Erfahrung zu bringen war. Doch zumindest hatte Nkata einen neuen Namen bekommen, den von Navina Cryer, also begab er sich als Nächstes zur Clifton-Siedlung, um sie ausfindig zu machen und zu hören, was sie über die Salvatores zu sagen hatte.

Navina erwies sich als sechzehnjähriges, hochschwangeres Mädchen. Sie lebte zusammen mit ihrer Mutter, zwei jüngeren Schwestern und zwei Kleinkindern in Pampers. Im Verlauf seiner Unterhaltung mit dem Mädchen erfuhr Nkata nicht, zu wem die Kleinen gehörten. Im Gegensatz zu den Bewohnern von North Peckham war Navina nur allzu bereit, mit der Polizei zu sprechen. Eingehend studierte sie Nkatas Dienstausweis, noch eingehender Nkata selbst, ehe sie ihn in die Wohnung bat. Ihre Mutter war bei der Arbeit, erklärte sie, und die anderen – womit sie offenbar die übrigen Kinder meinte – konnten selbst auf sich aufpassen. Sie führte ihn in die Küche. Dort lagen mehrere Haufen Schmutzwäsche auf dem Tisch, und die Luft war geschwängert vom Geruch nach Wegwerfwindeln, die dringend weggeworfen werden mussten.

Navina entzündete eine Zigarette an einer Gasflamme des schmierigen Herdes, an den sie sich dann lehnte, statt sich an den Tisch zu setzen. Ihr Bauch ragte so weit vor, dass man sich fragte, wie sie aufrecht stehen konnte, und unter dem gespannten Stoff ihrer Leggings malten ihre Adern sich ab wie Regenwürmer. Unvermittelt sagte sie: »Das wurde auch Zeit. Was hat euch denn auf einmal Feuer unterm Hintern gemacht? Das wüsst ich gern, damit ich beim nächsten Mal weiß, was ich zu tun hab.«

Nkata übersetzte diese Bemerkung und zog den Schluss, dass sie die Polizei erwartet hatte. Eingedenk der Informationen, die ihm die eine redewillige Nachbarin in North Peckham gegeben hatte, nahm er an, dass sie von ihrer Auseinandersetzung mit Mrs. Salvatore und deren Ausgang sprach – welchen auch immer.

»Eine Frau drüben in North Peckham hat mir gesagt, Sie wüssten vielleicht, wo Jared Salvatores Mutter zu finden ist«, begann er. »Stimmt das?«

Navina kniff die Augen zusammen. Sie nahm einen tiefen Zug von ihrer Zigarette – tief genug, dass Nkata stellvertretend für ihr ungeborenes Kind schauderte –, und während sie den Qualm ausblies, betrachtete sie ihn, dann ihre Fingernägel, die dunkelrosa lackiert waren, genau wie die Fußnägel. Langsam fragte sie: »Was ist mit Jared? Wissen Sie was über ihn?«

»Ich muss mit seiner Mutter reden. Können Sie mir sagen, wo sie ist?«, erwiderte Nkata.

»Meinen Sie etwa, die würd das interessieren?« Navina klang verächtlich. »Meinen Sie, der würd ihr Sohn mehr bedeuten als ihr Schnee? Die Fotze wusste nicht mal, dass er verschwunden ist, bis ich ihr's gesagt hab, Mister, und wenn Sie sie unter der Brücke finden, wo sie jetzt pennt, nachdem sie aus North Peckham rausgeflogen ist, können Sie ihr sagen, von mir aus soll sie krepieren, und ich werd auf ihren Sarg spucken, und zwar mit Vergnügen.« Sie zog wieder an der Zigarette. Nkata sah ihre Hände beben.

»Navina, können wir vielleicht mal vorn anfangen?«, bat Nkata. »Ich tappe im Dunkeln.«

»Wieso? Was muss ich euch denn noch erzählen? Er ist jetzt schon seit Ewigkeiten verschwunden, und das sieht ihm nicht ähnlich, und das hab ich euch jetzt schon tausendmal gesagt. Nur hört mir keiner zu, und ich bin bald am Ende…«

»Augenblick mal«, unterbrach Nkata. »Wollen Sie sich nicht hinsetzen? Ich versuch, das zu verstehen, aber Sie sind zu schnell.« Er zog einen Stuhl vom Tisch herüber und wies darauf. In diesem Moment kam eines der Kleinkinder in die Küche gewatschelt. Die Pampers hing ihm fast auf den Knien, und Navina nahm sich einen Moment Zeit, um das Kind zu wickeln. Sie riss die alte Pampers herunter und warf sie in den Schwingdeckeleimer – die Landung gelang glücklicherweise –, legte ihm, ohne die Kotreste von seiner Haut zu entfernen, eine frische an. Danach kramte sie ein Trinkpäckchen hervor, drückte es dem Kind in die Finger und überließ es ihm selbst, eine Methode zu entwickeln, den kleinen Strohhalm in das vorgesehene Loch zu stoßen. Dann ließ sie sich auf den Stuhl sinken. Die ganze Zeit über hatte die Zigarette zwischen ihren Lippen gehangen, doch jetzt drückte sie sie in einem Aschenbecher aus, den sie unter einem der dreckigen Wäschestapel hervorzog.

»Sie haben Jared als vermisst gemeldet?«, fragte Nkata. »Wollten Sie mir das sagen?«

»Ich bin gleich zur Polizei, als er nicht zur Geburtsvorbereitung gekommen ist. Ich wusste sofort, da stimmt was nicht, denn er ist immer gekommen, hat sich um sein Baby gekümmert, versteh'n Sie?«

»Also ist er der Vater? Jared Salvatore ist der Vater Ihres Babys?«

»Und war von Anfang an stolz drauf. Dreizehn Jahre alt. Nicht viele Typen fangen so früh an, und das gefiel Jared. Er war stolz wie Oskar an dem Tag, als ich's ihm gesagt hab.«

Nkata hätte gerne gewusst, was sie sich dabei gedacht hatte, mit einem dreizehnjährigen Jungen rumzuvögeln, der zur Schule gehen und seinen Weg machen sollte, keine Babys. Aber er fragte nicht. Genau betrachtet hätte Navina selbst in die Schule gehört oder zumindest irgendetwas Sinnvolleres tun sollen, als sich einem geilen Teenager anzubieten, der mindestens drei Jahre jünger war als sie. Und sie musste es mit Jared getrieben haben, seit der Junge zwölf gewesen war. Schon bei dem Gedanken wurde Nkata ganz schwindelig. Und er wusste, mit zwölf Jahren und einer willigen Frau hätte er sein Leben auch freudestrahlend weggeworfen, begierig nach dem lustvollen Moment und unfähig, an irgendetwas anderes zu denken.

Zu Navina sagte er: »Wir haben eine Anzeige von seinem Bruder Filipe in Pentonville. Jared ist nicht wie üblich zu Besuch gekommen, und da hat Filipe ihn als vermisst gemeldet. So ungefähr vor fünf, sechs Wochen.«

»Ich bin zwei Tage später zur Polizei gegangen!«, rief Navina. »Zwei Tage, nachdem er nicht wie sonst zur Geburtsvorbereitung gekommen ist. Ich hab es den Bullen gesagt, aber die haben gar nicht zugehört. Die haben mir einfach nicht geglaubt.«

»Wann war das?«

»Vor über einem Monat«, antwortete sie. »Ich bin zur Polizei gegangen und hab dem Typ in der Wache gesagt, ich müsste jemand vermisst melden. Er fragt, wen, und ich sag, Jared. Ich sag ihm, er ist nicht zur Geburtsvorbereitung gekommen und hat mich auch nicht angerufen oder so, und das sieht ihm nicht ähnlich. Aber die Bullen denken, er ist abgehauen. Wegen dem Baby, versteh'n Sie. Sie haben gesagt, ich soll ein, zwei Tage warten, und als ich wieder hingegangen bin, haben sie mir dasselbe noch mal erzählt. Und ich bin immer wieder hin und hab es ihnen gesagt, und die haben meinen Namen aufgeschrieben und Jareds und keinen Finger krumm gemacht.« Sie fing an zu weinen.

Nkata stand von seinem Stuhl auf und trat zu ihr. Er legte ihr die Hand auf den Nacken. Er fühlte sich schlank unter seinen Fingern an, die Haut warm, und mit einem Mal konnte er sich vorstellen, wie anziehend sie gewesen war, ehe ein Zwölfjähriger sie geschwängert hatte, sodass sie aufgedunsen und ungelenk wirkte. »Es tut mir Leid«, sagte er. »Die Beamten hätten Ihnen zuhören sollen. Ich komme nicht von deren Revier.«

Sie hob das tränennasse Gesicht. »Aber Sie haben doch gesagt, Sie sind ein Bulle... von woher?«

Er erklärte es ihr. Dann brachte er ihr, so schonend er konnte, den Rest bei: Dass der Vater ihres Babys einem Serienmörder zum Opfer gefallen war, dass er am Tag des versäumten Schwangerschaftsvorbereitungskurses vermutlich schon tot gewesen war, dass er eines von vier Opfern war, alle halbwüchsige Jungen, die zu weit entfernt von zu Hause aufgefunden worden waren, als dass irgendjemand sie hätte wiedererkennen können.

Navina lauschte, und ihre dunkle Haut schimmerte unter den Tränen, die unablässig über ihre Wangen liefen. Nkata fühlte sich hin- und hergerissen zwischen dem Wunsch, sie zu trösten, und dem Bedürfnis, sie mit ein paar deutlichen Worten zur Vernunft zu bringen. Was hatte sie sich eigentlich *gedacht*?, hätte er gern gefragt. Dass ein dreizehnjähriger Junge bis ans Ende aller Tage für sie da sein würde? Nicht so sehr, weil er sterben könnte – wenn sie auch weiß Gott genug junge Schwarze in dieser Stadt hatten, die keine dreißig wurden –, sondern weil er irgendwann wieder zu Verstand gekommen wäre und eingesehen hätte, dass das Leben mehr zu bieten hatte, als Babys in die Welt zu setzen, und dass er dieses Mehr, was immer es war, gewollt hätte?

Doch sein Bedürfnis, Trost zu spenden, gewann die Oberhand. Nkata fischte ein Taschentuch aus der Jacke und drückte es ihr in die Hand. Er sagte: »Sie hätten Ihnen zuhören sollen, und das haben sie nicht getan, Navina. Ich kann nicht erklären, warum. Es tut mir wirklich Leid.«

»Sie können's nicht erklären?«, wiederholte sie voller Bitterkeit. »Was bin ich denn schon für die? Die Schlampe, die einen Braten in der Röhre hat von dem Jungen, der mit zwei geklauten Kreditkarten erwischt worden ist. Das ist es doch, weshalb sie ihn in Erinnerung behalten, oder? Ein, zwei Mal hat er 'ne Brieftasche geklaut. Einmal hat er nachts mit ein paar Kumpels versucht, einen Mercedes zu knacken. Ein kleiner Gauner, darum werden wir ganz bestimmt nicht nach ihm suchen, also mach, dass du rauskommst, Mädchen, und verpeste hier nicht die gute Luft, vielen Dank auch. Aber ich hab ihn geliebt, ehrlich, und wir wollten zusammen eine Zukunft haben, und er wollte diese Zukunft aufbauen. Er hat kochen gelernt und wollte ein richtiger Chefkoch werden. Sie können hier jeden danach fragen, dann hör'n Sie ja, was die Leute sagen.«

Kochen. Chefkoch. Nkata zog sein schmales Ledernotizbuch hervor und notierte die Worte mit Bleistift. Er brachte es nicht übers Herz, Navina mit weiteren Fragen zu bedrängen. Nach dem, was sie angedeutet hatte, war die Peckham-Polizeiwache wahrscheinlich die reinste Fundgrube für Informationen über Jared Salvatore.

Er fragte: »Alles in Ordnung, Navina? Kann ich irgendjemanden für Sie anrufen?«

»Meine Mum«, antwortete sie, und zum ersten Mal kam sie ihm tatsächlich wie sechzehn vor, und ihr Gesicht verriet die Angst, mit der so viele Mädchen lebten, die in einer Umgebung aufwuchsen, wo niemand sicher und wo jeder verdächtig war.

Ihre Mum arbeitete in der Küche des St. Giles' Hospital, und als Nkata sie anrief, sagte sie, sie wolle sofort nach Hause kommen. »Sie hat doch keine Wehen, oder?«, fragte die Frau besorgt und fügte hinzu: »Na, wenigstens dafür sei Gott gedankt«, als Nkata ihr erklärte, es handele sich um ein anders geartetes Problem, aber ihre Anwesenheit wäre ein großer Trost für das Mädchen.

Er ließ Navina, die auf ihre Mutter wartete, zurück, verließ die Siedlung und begab sich zur Peckham Police Station, die nur ein kurzes Stück die Straße hinunter lag. Ein weißer Special Constable tat Dienst am Empfang, und er schien einen Moment länger als zwingend notwendig für seine Arbeit aufzuwenden, ehe er Nkata zur Kenntnis nahm. Dann fragte er mit vollkommen ausdrucksloser Miene: »Kann ich Ihnen helfen?«

Nkata empfand eine gewisse Genugtuung, als er sagte: »DS Nkata« und dem Mann seine Dienstmarke zeigte. Er erklärte, was ihn herführte. Sobald er den Namen Salvatore erwähnt hatte, brauchte er nichts weiter zu erklären. In diesem Polizeirevier jemanden zu finden, der die Salvatores nicht kannte, wäre eine größere Herausforderung gewesen, als die Suche nach Kollegen, die in der einen oder anderen Weise mit ihnen zu tun gehabt hatten. Abgesehen von Filipe, der in Pentonville einsaß, gab es noch einen weiteren Bruder, der wegen Körperverletzung in Untersuchungshaft war. Ihre Mutter hatte ein Vorstrafenregister, das bis in ihre Jugendzeit zurückreichte, und die übrigen Söhne schienen alles daranzusetzen, ihre Mutter zu übertrumpfen, ehe sie ihren zwanzigsten Geburtstag feierten. Also war die eigentliche Frage, mit wem genau DS Nkata in der Wache sprechen wollte, denn praktisch jeder hier konnte ihm mehr als genug erzählen.

Nkata erwiderte, dass der Kollege, der Navina Cryers Vermisstenanzeige aufgenommen hatte, ihm recht wäre. Das führte natürlich zu der peinlichen Frage, warum niemand sich die Mühe gemacht hatte, diese Anzeige schriftlich aufzunehmen, aber diesen Weg wollte Nkata nicht einschlagen. Irgendjemand hatte dem Mädchen doch bestimmt zugehört, auch wenn er kein Formular ausgefüllt hatte. Das war der Kollege, den er sprechen wollte.

Der Gesuchte entpuppte sich als Constable Joshua Silver. Er holte Nkata am Empfang ab und führte ihn in ein Büro, das er mit sieben weiteren Beamten teilte, wo minimaler Platz und maximale Lautstärke herrschten. Er saß in einer Art Alkoven zwischen einem Block ewig klingelnder Telefone und einer Reihe vorsintflutlicher Aktenschränke, und dorthin lotste er Nkata. Ja, räumte er ein, er war derjenige, der mit Navina Cryer gesprochen hatte. Nicht bei ihrem ersten Besuch auf der Wache, wo sie offenbar nicht über den Empfang hinausgekommen war, aber beim zweiten und dritten Mal. Ja, er hatte ihre Informationen notiert, aber um die Wahrheit zu sagen, er hatte das Mädchen nicht ernst genommen. Der Salvatore-Bengel war dreizehn. Silver war davon ausgegangen, dass der Junge sich verdrückt hatte, jetzt, da es bei Navina jeden Tag so weit sein konnte. Nichts in seiner Vergangenheit deutete darauf hin, dass er bleiben und das freudige Ereignis abwarten würde.

»Der Junge war mit dem Gesetz in Konflikt gekommen, seit er acht Jahre alt war«, sagte der Constable. »Zum ersten Mal hat er mit neun Jahren vor Gericht gestanden, weil er einer alten Dame die Handtasche entrissen hat, und das letzte Mal haben wir ihn für einen Einbruch in einen Elektrodiscounter einkassiert. Unser Jared wollte die Beute auf einem der Straßenmärkte verhökern.«

»Kannten Sie ihn persönlich?«

»So gut wie jeder andere hier, ja.«

Nkata reichte ihm ein Foto des Leichnams, den Filipe Salvatore als seinen Bruder identifiziert hatte. Constable Silver studierte es eingehend und nickte dann. Das war Jared, bestätigte er. Die Mandelaugen, die flache Nase. Alle Salvatore-Kinder hatten sie – dank der ethnischen Mischung ihrer Eltern.

»Ihr Vater ist Filipino. Mutter ist schwarz. Cracksüchtig.« Bei den letzten Worten sah Silver plötzlich auf, als fürchte er, er habe Nkata beleidigt.

»Das hab ich schon gehört.« Nkata steckte das Foto wieder ein. Dann erkundigte er sich nach dem Kochkurs, den Jared angeblich besucht hatte.

Silver wusste nichts darüber und erklärte, es handele sich dabei entweder um Navina Cryers Wunschdenken oder Jared Salvatores Lügengeschichten. Alles, was Silver wusste, war, dass

Jared dem Jugendamt überstellt worden war, wo ein Sozialarbeiter versucht hatte – offensichtlich erfolglos –, etwas aus ihm zu machen.

»Das Jugendamt hier vor Ort?«, fragte Nkata. »Könnte es sein, dass die ihm einen Kurs vermittelt haben? Beschaffen sie den Kids Arbeit?«

»Das glauben Sie doch selbst nicht«, antwortete Silver. »Unser Jared als Hilfskoch im *Little Chef* um die Ecke? Ich bin nicht sicher, ob ich einen Fisch essen würde, den der Kerl gebraten hat, selbst wenn ich kurz vorm Hungertod stünde.« Silver nahm einen Klammerentferner von seinem Schreibtisch und benutzte ihn, um seinen Daumennagel zu reinigen. »Ich sag Ihnen jetzt mal die Wahrheit über Abschaum wie die Salvatores, Sergeant: Die meisten enden da, wo sie von Anfang an hindriften, und das ist etwas, das Navina Cryer nicht akzeptieren wollte. Filipe sitzt schon; Matteo ist in U-Haft. Jared war der dritte Sohn, also wär er als Nächster eingebuchtet worden. Die Gutmenschen vom Jugendamt haben vielleicht ihr Bestes gegeben, um das zu verhindern, aber ihre Chancen waren von Anfang an so gut wie aussichtslos.«

»Und das bedeutet?«, fragte Nkata.

Silver sah ihn über den Klammerentferner hinweg an und schnipste den herausgepulten Dreck auf den Boden. »Nehmen Sie's nicht übel, Mann, aber Sie sind die Ausnahme. Sie sind nicht der Regelfall. Und ich nehm an, irgendwo hatten Sie auf Ihrem Weg bessere Voraussetzungen als andere. Aber es gibt Fälle, wo nicht viel Brauchbares in den Leuten steckt, und das hier ist so ein Fall. Es fängt schlecht an und wird immer schlimmer. So ist das einfach.«

Nicht, wenn irgendjemand ein bisschen Interesse zeigt, wollte Nkata entgegnen. Nichts war vorherbestimmt.

Aber er sagte nichts. Er hatte die Informationen erhalten, deretwegen er hergekommen war. Er hatte immer noch keine befriedigende Erklärung gefunden, warum die Polizei Jared Salvatores Verschwinden nicht zur Kenntnis genommen hatte, aber er brauchte auch keine befriedigende Erklärung. Wie Constable Silver es ausgedrückt hatte: So war das einfach.

7

Als Barbara Havers am Ende des Tages zurück nach Chalk Farm kam, fühlte sie sich beinah unbeschwert. Nicht nur schien die Unterhaltung mit Charlie Burov alias Blinker ein echter Fortschritt gewesen zu sein, sondern aus der Einsatzzentrale herauszukommen und in Lynleys Gesellschaft die menschliche Komponente der Ermittlung zu erleben, gab ihr das Gefühl, es sei vielleicht doch kein unerreichbarer Wunschtraum, dass sie eines Tages ihren alten Rang zurückbekommen könnte. Als sie von dem Parkplatz zu Fuß nach Hause ging, pfiff sie vergnügt »It's so Easy« vor sich hin. Selbst als es zu regnen begann und der Wind ihr die Tropfen ins Gesicht wehte, störte sie das nicht. Sie beschleunigte lediglich ihre Schritte – und den Takt ihres Liedes.

Als sie die Einfahrt von Eton Villas entlangging, warf sie einen raschen Blick zur Erdgeschosswohnung hinüber. Drinnen brannte Licht, und durch die Gartentür sah sie Hadiyyah am Tisch sitzen, den Kopf über ein aufgeschlagenes Schulheft gebeugt.

Hausaufgaben, dachte Barbara. Hadiyyah war eine verantwortungsvolle Schülerin. Barbara blieb einen Moment stehen und beobachtete das kleine Mädchen. Während sie hinüberschaute, kam Azhar ins Zimmer und ging am Tisch vorbei. Hadiyyah hob den Kopf und schaute ihm sehnsüchtig nach. Er nahm sie nicht zur Kenntnis, und sie sagte nichts, beugte den Kopf wieder über die Arbeit.

Bei diesem Anblick verspürte Barbara einen unerwarteten Stich, hervorgerufen von plötzlichem Zorn, dessen Ursache sie lieber nicht ergründen wollte. Sie folgte dem Pfad zu ihrem Bungalow. Drinnen schaltete sie das Licht ein, warf die Schultertasche auf den Tisch, kramte eine Dose All Day Breakfast – klein geschnittene Würstchen und Pilze mit Bohnen in Tomatensauce – hervor und kippte den Inhalt in einen Topf. Sie steckte Brot in den Toaster und holte sich ein Stella Artois aus dem Kühlschrank, nahm sich aber gleichzeitig vor, ihren Alkoholkonsum einzuschränken, denn heute war eigentlich wieder einmal ein Abend, an dem sie gar nicht hätte trinken dürfen. Doch sie hatte das Gefühl, das Gespräch mit Blinker feiern zu müssen.

Während ihr Abendessen sein Bestes gab, sich ohne ihre Beteiligung selbst zu kochen, machte Barbara sich wie üblich auf die Suche nach der Fernbedienung, die wieder einmal wie üblich unauffindbar war. Während sie danach fahndete, bemerkte sie, dass ihr Anrufbeantworter blinkte. Sie drückte die Abhörtaste und setzte die Suche fort.

Hadiyyahs Stimme erklang, angespannt und leise, so als versuche sie zu verhindern, dass jemand sie hörte: »Ich hab Hausarrest, Barbara. Bisher hatte ich keine Chance, dich anzurufen, denn ich darf noch nicht mal das Telefon benutzen. Dad sagt, ich habe ›bis auf weiteres‹ Hausarrest, und ich finde, das ist überhaupt nicht fair.«

»Mist«, murmelte Barbara und betrachtete das graue Kästchen, aus dem die Stimme ihrer kleinen Freundin erklang.

»Dad sagt, es ist, weil ich ihm widersprochen hab. Verstehst du, ich wollte die Buddy-Holly-CD eigentlich nicht zurückgeben. Und als er gesagt hat, ich müsste, hab ich gefragt, ob ich sie mit einem Zettel vor deine Tür legen kann. Und er hat gesagt, nein, ich müsste sie persönlich zurückbringen. Und ich hab gesagt, das fänd ich unfair. Und er hat gesagt, ich muss tun, was er sagt, und da ich das offenbar nicht wollte, würde er sich vergewissern, dass ich es ordentlich mache. Und darum ist er mitgekommen. Und dann hab ich gesagt, er ist gemein, gemein, gemein, und ich hasse ihn. Und er ...«

Es folgte eine kurze Stille, als lausche sie auf Geräusche im Hintergrund. Dann fuhr sie hastig fort: »Ich dürfte ihm überhaupt nie widersprechen, hat er gesagt, und dass ich jetzt Hausarrest hätte. Und ich darf das Telefon nicht benutzen und nicht fernsehen, ich darf gar nichts, außer zur Schule gehen und direkt nach Hause kommen, und das ist nicht fair.« Sie fing an zu weinen. »Muss Schluss machen. Bis bald«, brachte sie noch schluchzend heraus. Damit endete die Nachricht.

Barbara seufzte. Das hätte sie von Taymullah Azhar nicht erwartet. Er hatte selbst schon gelegentlich gegen geltende Regeln verstoßen: Er war aus einer arrangierten Ehe ausgebrochen und hatte zwei kleine Kinder verlassen, um mit einer englischen Frau zusammenzuleben, in die er sich verliebt hatte. Als Konsequenz war er von seiner Familie verstoßen worden, für alle Zeiten ein Paria in den Augen seiner Verwandten. Von allen Menschen auf der Welt wäre er der letzte gewesen, den Barbara für so unflexibel und nachtragend gehalten hätte.

Sie würde wohl ein Wörtchen mit ihm reden müssen. Strafen, fand sie, sollten dem Vergehen angemessen sein. Aber sie wusste, sie musste einen Ansatz finden, der nicht so aussah, als kritisiere sie ihn, wenngleich genau das ihre Absicht war. Nein, sie würde es als eher zufälliges Gesprächsthema tarnen müssen, was wiederum bedeutete, sie musste ein Eröffnungsthema für ihre Konversation finden, das eine natürliche Entwicklung hin zu Hadiyyah, Lügen, Hausarrest und uneinsichtigen Eltern erlaubte. Im Augenblick führte aber schon allein der Gedanke an all dieses verbale Taktieren dazu, dass Barbaras Kopf sich anfühlte wie ein Ballon, der mit zu viel Luft gefüllt war. Sie nahm sich vor, erst einmal einen glaubwürdigen Vorwand zu ersinnen, um mit Azhar zu sprechen, und öffnete ihre Bierflasche.

Es war gut möglich, dass sie heute Abend zwei Flaschen Bier trinken musste.

Fu traf die nötigen Vorbereitungen. Das dauerte nicht lange, denn er hatte im Vorfeld gut geplant. Nachdem der erwählte Junge sich als würdig erwiesen hatte, hatte er ihn beobachtet, bis er all seine Gewohnheiten und seinen Tagesablauf kannte. Als der richtige Zeitpunkt gekommen war, brauchte er nur noch eine schnelle Entscheidung bezüglich der Örtlichkeiten zu treffen, wo er letztlich zur Tat schreiten wollte. Er wählte den Boxclub.

Fu fühlte sich selbstsicher. Er hatte eine Stelle gefunden, wo er jedes Mal problemlos parken konnte, wenn er in der Gegend war. Dieser Parkplatz befand sich in einer Straße, wo auf einer Seite eine bemooste Ziegelmauer stand, die die Einfriedung einer Schule bildete, auf der anderen Seite lag ein dunkler Cricketplatz. Die Straße war nicht in unmittelbarer Nähe des Boxclubs, aber darin sah Fu kein Problem, denn das Entscheidende war, dass sein Parkplatz am Heimweg des Jungen lag.

Als der Junge den Boxclub verließ, wartete Fu bereits, auch wenn er ihr Treffen wie einen Zufall erscheinen ließ.

»Hey«, sagte Fu mit vorgetäuschter freudiger Überraschung. »Bist du's? Was machst du denn hier?«

Der Junge ging drei Schritte vor ihm, die Schultern wie üblich hochgezogen, den Kopf gesenkt. Als er sich umwandte, wartete Fu, bis der Junge ihn erkannte. Was befriedigend schnell geschah.

Der Junge schaute nach rechts und links, nicht so sehr, schien es, um einen Fluchtweg zu suchen, sondern als wolle er feststellen, ob noch jemand hier war und Zeuge wurde, dass diese Person an diesem Ort aufgetaucht war, wo sie so offenkundig nicht hingehörte. Aber es war niemand zu sehen, denn der Eingang zum Boxclub lag an der Seite des Gebäudes, nicht an der Straßenfront, die von Fußgängern passiert wurde.

Der Junge nickte ruckartig mit dem Kopf, das uralte Grußritual männlicher Teenager. Die kurzen Dreadlocks hüpften um sein dunkles Gesicht. »He, was machst *du* denn hier?«

Fu spulte die geplante Ausrede ab. »Ich hab versucht, mit meinem Vater Frieden zu schließen, wieder mal ohne Erfolg.« Das war vollkommen unbedeutend für die Welt an sich, aber Fu wusste, für den Jungen war es von größter Bedeutung. Es schuf mit dreizehn kurzen Worten eine Atmosphäre der Verbrüderung, offensichtlich genug, um von einem Dreizehnjährigen verstanden zu werden, gleichzeitig aber subtil genug, um anzudeuten, dass das Unausgesprochene ein Band zwischen ihnen knüpfen könnte. »Jetzt bin ich auf dem Rückweg zu meiner Karre. Und du? Wohnst du hier irgendwo?«

»Stück hinter der U-Bahn-Station. Finchley Road und Frognal.«

»In der Richtung hab ich geparkt. Ich nehm dich ein Stück mit, wenn du willst.«

Er setzte sich in Bewegung, schlug ein Tempo irgendwo zwischen Spaziergang und zügigem Winterwetterschritt an. Wie ein echter Kumpel zündete er sich eine Zigarette an, hielt dem Jungen einladend die Schachtel hin und vertraute ihm an, dass er ein gutes Stück entfernt von der Stelle geparkt hatte, wo er mit seinem Vater verabredet gewesen war, weil er geahnt hatte, dass er anschließend einen Fußmarsch an der frischen Luft brauchte, um wieder einen klaren Kopf zu kriegen. »Es kommt einfach nie was Vernünftiges dabei raus, wenn er und ich reden«, sagte Fu. »Meine Mum sagt, sie will ja nur, dass wir eine *Beziehung* haben, aber ich versuch ihr immer zu erklären, dass du keine Beziehung zu einem Kerl knüpfen kannst, der abgehauen ist, bevor du zur Welt kamst.« Er spürte den Blick des Jungen auf sich, und dieser Blick signalisierte Interesse, keinen Argwohn.

»Ich hab meinen Dad ein Mal getroffen. Repariert deutsche Autos drüben in North Kensington. Ich bin zu ihm gefahren.«

»Zeitverschwendung?«

»Totale Zeitverschwendung.« Der Junge kickte eine zerdrückte Fantadose den Bürgersteig entlang.

»Ein Versager?«

»Arschloch.«

»Wichser?«

»Genau. Keiner außer ihm selbst will sein Ding anfassen.«

Fu gab ein bellendes Lachen von sich. »Da vorn steht mein Wagen«, sagte er. »Komm.« Er überquerte die Straße und achtete sorgsam darauf, sich nicht umzudrehen, um zu sehen, ob der Junge ihm folgte. Er zog seinen Schlüsselbund aus der Tasche und ließ die Schlüssel klimpern, um zu signalisieren, wie nah sie dem Auto waren, falls der Junge langsam unruhig wurde. »Ich hab übrigens gehört, du machst dich gut«, sagte Fu.

Der Junge zuckte die Schultern. Trotzdem sah Fu, dass das Kompliment ihn freute.

»Was hast du jetzt noch vor?«

»Ich helf beim Renovieren.«

»Wo denn?«

Er bekam keine Antwort. Fu warf dem Jungen einen verstohlenen Blick zu. Er befürchtete schon, er sei plump gewesen, habe an etwas gerührt, das für den Jungen aus irgendeinem Grund ein sensibles Thema war. Und der Junge schien tatsächlich verlegen und unwillig zu antworten, doch als er schließlich sprach, verstand Fu sein Zögern: Es war die Sorge eines Teenagers, als uncool dazustehen. »Für so 'ne Kirchengruppe, die sich in einem Laden an der Finchley Road trifft.«

»Klingt gut.« Aber in Wahrheit tat es das ganz und gar nicht. Die Vorstellung, dass der Junge einer Kirchengemeinschaft angehörte, gab Fu zu denken, denn es waren die Jungen ohne soziale Bindungen, die er wollte. Doch im nächsten Moment erklärte der Junge das Ausmaß – oder seinen Mangel – an Frömmigkeit und Beziehung zu anderen. »Ich bin in Pflege bei Reverend Savidge.«

»Ist er der ... Pastor dieser ... Kirchengruppe?«

»Er und seine Frau. Oni. Sie ist aus Ghana.«

»Aus Ghana? Erst vor kurzem hergekommen?«

Der Junge zuckte die Schultern. Das schien eine Angewohnheit zu sein. »Keine Ahnung. Seine eigenen Vorfahren sind von dort. Reverend Savidges Vorfahren. Sie haben dort gelebt, bevor sie mit einem Sklavenschiff nach Jamaika verschleppt wurden. Sie heißt Oni. Reverend Savidges Frau. Oni.«

Ah. Das zweite und dritte Mal, dass er ihren Namen erwähnt hatte. Hier war also tatsächlich etwas, worum er sich zu kümmern hatte, gleich mehrere Goldnuggets auf einmal. »Oni«, wiederholte Fu. »Ist ein toller Name.«

»Ja. Sie ist klasse.«

»Also gefällt's dir bei ihnen? Bei Reverend Savidge und Oni?«

Wieder die Schultern, dieses lässige Zucken, das verbarg, was der Junge zweifellos fühlte, wonach er sich sehnte. »Es ist okay«, antwortete er. »Auf jeden Fall besser als bei meiner Mutter.« Und ehe Fu ihn weiter bedrängen und ihm Fragen stellen konnte, die den Gefängnisaufenthalt seiner Mutter zur Sprache bringen würden und Fu somit Gelegenheit boten, ein weiteres trügerisches Band mit dem Jungen zu knüpfen, fragte dieser: »Also, wo ist denn jetzt dein Wagen?« Er wirkte rastlos, was man als sehr schlechtes Zeichen hätte interpretieren können.

Glücklicherweise waren sie jedoch fast am Auto angelangt, das im Schatten einer riesigen Platane stand. »Gleich hier«, sagte Fu und schaute sich um. Er wollte sich vergewissern, dass die Straße so verlassen war wie bei jedem seiner Erkundungsgänge. Das war der Fall. Perfekt. Er warf die Zigarette in die Gosse, und nachdem der Junge das Gleiche getan hatte, schloss er die Beifahrertür auf. »Steig ein«, sagte er. »Hast du Hunger? In der Tüte da unten auf dem Boden hab ich was zu essen.«

Roastbeef, obwohl es streng genommen Lamm hätte sein sollen. Lamm wäre reicher an Assoziationen gewesen.

Fu schloss die Tür, nachdem der Junge eingestiegen war und nach der Provianttüte griff, genau wie er sollte. Er aß hungrig. Zum Glück merkte er nicht, dass an seiner Seite kein Türgriff und der Sicherheitsgurt abmontiert worden war. Fu stieg auf der Fahrerseite ein und steckte den Schlüssel ins Zündschloss. Er startete den Motor, legte aber keinen Gang ein und löste auch die Handbremse nicht. »Hol uns mal was zu trinken, okay?«, bat er den Jungen. »Da hinten ist ein Kühlschrank. Hinter meinem Sitz. Ich hätte nichts gegen ein Bier. Cola ist auch da, wenn du willst. Aber du kannst dir auch ein Bier nehmen.«

»Danke.« Der Junge wandte den Kopf. Er spähte in den hinteren Wagenteil, wo es wegen der sorgfältigen Verkleidung und Isolierung stockdunkel war. Der Junge fragte: »Wo hier hinten?«, genau wie er sollte.

»Warte mal«, antwortete Fu. »Ich hab hier irgendwo eine Taschenlampe.« Er gab vor, umständlich unter seinem Sitz suchen zu müssen, bis er die Taschenlampe an ihrem geheimen Platz ertastete. »Da ist sie. Hier, mach dir Licht«, sagte er und knipste sie an.

Die Gedanken nur auf den Kühlschrank und das versprochene Bier darin gerichtet, bemerkte der Junge die übrige Einrichtung des Lieferwagens nicht: die fest verschraubte Pritsche, die Hand- und Fußgelenkfesseln, die rechts und links davon am Boden lagen, den Herd, die Rolle Klebeband, die Wäscheleine und das Messer. Vor allem das Messer. Der Junge sah nichts davon, denn genau wie seine Vorgänger war er nur ein männlicher Teenager mit der Sehnsucht nach dem Verbotenen, die männlichen Teenagern zu eigen war, und hier wurde das Verbotene durch Bier repräsentiert. Bei einer früheren Gelegenheit hatte ein Verbrechen das Verbotene repräsentiert. Und das war der Grund, warum er nun für Strafe ausersehen war.

Der Junge hatte sich auf seinem Sitz nach hinten gedreht und streckte die Hand nach dem Kühlschrank aus. Damit war sein Oberkörper ungeschützt, und diese Haltung ermöglichte den nächsten Schritt.

Fu drehte die Lampe um und drückte sie gegen den Körper des Jungen. Zweitausend Volt schossen in sein Nervensystem.

Der Rest war einfach.

Lynley stand um halb fünf morgens an der Küchenanrichte und trank eine Tasse des stärksten Kaffees, den er hatte brauen können, als seine Frau sich zu ihm gesellte. Helen stand in der Tür, blinzelte gegen das Licht der Deckenleuchte und verknotete den Gürtel ihres Bademantels. Sie wirkte erschöpft.

»Schlechte Nacht gehabt?«, fragte er und fügte mit einem Lächeln hinzu: »All die Sorgen über Taufkleider?«

»Hör bloß auf«, brummte sie. »Ich habe geträumt, unser Jasper Felix vollführt Rückwärtssaltos in meinem Bauch.« Sie trat zu ihm, legte die Arme um seine Taille und drückte gähnend den

Kopf an seine Schulter. »Wieso läufst du um diese Zeit eigentlich schon angezogen herum? Das Pressebüro ist doch nicht etwa dazu übergegangen, Pressekonferenzen vor Sonnenaufgang abzuhalten? Du weißt schon, was ich meine: Seht nur, wie unermüdlich wir hier bei Scotland Yard arbeiten, wir sind schon vor Tagesanbruch auf Verbrecherjagd.«

»Hillier würde das vermutlich anordnen, wenn es ihm einfiele«, erwiderte Lynley. »Warte noch eine Woche, dann kommt er sicher darauf.«

»Benimmt er sich wieder einmal schlecht?«

»Er ist einfach nur Hillier. Er führt Winston der Presse vor wie ein dressiertes Hündchen.«

Helen schaute zu ihm hoch. »Das macht dich wütend, richtig? Es sieht dir nicht ähnlich, deine Gelassenheit zu verlieren. Ist es wegen Barbara? Weil Winston an ihrer Stelle befördert worden ist?«

»Das war abscheulich von Hillier, aber ich hätte es wissen sollen«, antwortete Lynley. »Er träumt davon, sie loszuwerden.«

»Immer noch?«

»Immer schon. Ich weiß nie so recht, wie ich sie schützen soll, Helen. Selbst jetzt als Interim Superintendent finde ich kein Rezept. In solchen Dingen kann ich Webberly nicht das Wasser reichen.«

Sie löste sich aus seiner Umarmung, trat an den Küchenschrank, holte sich einen Becher heraus, den sie mit entrahmter Milch füllte und zum Erhitzen in die Mikrowelle stellte. Dann antwortete sie: »Malcolm Webberly hat den Vorteil, Sir Davids Schwager zu sein, Darling. Das wird eine Rolle gespielt haben, wenn sie Meinungsverschiedenheiten ausgetragen haben, nicht wahr?«

Lynleys Brummen klang weder zustimmend noch verneinend. Er schaute zu, während seine Frau die warme Milch aus der Mirkowelle nahm und einen Löffel Malzkaffee hineinrührte. Er leerte seine Tasse und spülte sie gerade unter fließendem Wasser aus, als es an der Hautür klingelte.

Helen wandte sich um und fragte mit einem Blick auf die Wanduhr: »Wer in aller Welt …?«

»Das müsste Havers sein.«

»Also gehst du wirklich zur Arbeit? Um diese Zeit?«

»Wir fahren nach Bermondsey.« Er verließ die Küche, und sie folgte ihm, den Kaffeebecher in der Hand. »Zum Markt.«

»Sag mir, dass du dort nicht einkaufen willst«, beschwor sie ihn. »Schnäppchen sind Schnäppchen, und du weißt, dass ich persönlich nie eines ausschlage, aber vor Schnäppchenkäufen vor Sonnenaufgang sollte man sich doch gewiss hüten.«

Lynley lachte in sich hinein. »Bist du ganz sicher, dass du nicht mitkommen willst? Ein Porzellankunstwerk, kostbares Einzelstück, für fünfundzwanzig Pfund? Ein Peter Paul Rubens, verborgen unter zweihundert Jahren Patina und von einem sechsjährigen Nachwuchskünstler mit viktorianischen Kätzchen übermalt?« Er durchquerte die marmorgeflieste Halle, öffnete die Tür und fand Barbara Havers an das schmiedeeiserne Geländer gelehnt, eine Wollmütze tief ins Gesicht gezogen, ihre stämmige Gestalt in eine dicke Steppjacke gehüllt.

»Wenn Sie ihm um diese Zeit immer noch nachwinken, haben die Flitterwochen offensichtlich zu lange gedauert«, sagte Havers zu Helen.

»Meine unruhigen Träume bringen mich dazu, ihm nachzuwinken«, erklärte Helen. »Das und generelle Zukunftsängste, will man meinem Mann glauben.«

»Immer noch keine Entscheidung wegen der Taufklamotten getroffen?«

Helen schaute Lynley an. »Hast du ihr das etwa erzählt, Tommy?«

»War es vertraulich?«

»Nein, nur albern. Die Situation, meine ich, nicht, dass du es Barbara erzählt hast.« Und an Havers gewandt, fügte sie hinzu: »Vielleicht bricht im Kinderzimmer ein kleines Feuer aus, das leider beide Taufgarnituren unwiederbringlich vernichten wird. Was meinen Sie?«

»Klingt wie *die* Patentlösung«, antwortete Havers. »Wozu einen Familienkompromiss herbeiführen, wenn Brandstiftung die Antwort sein kann?«

»Genau das haben wir uns auch gedacht.«

»Das wird ja immer besser«, bemerkte Lynley. Er legte seiner Frau den Arm um die Schultern und küsste sie auf die Schläfe. »Schließ hinter mir ab«, sagte er. »Und geh wieder ins Bett.«

Helen sagte zu ihrem leicht gewölbten Bauch: »Stör ja nicht wieder meine Träume, junger Mann. Hör auf deine Mami.« Und zu Barbara und Lynley: »Und ihr passt auf euch auf«, ehe sie die Tür schloss.

Lynley wartete, bis er die Riegel einrasten hörte. Neben ihm zündete Barbara Havers sich eine Zigarette an. Er warf ihr einen missbilligenden Blick zu. »Um halb fünf Uhr morgens? Das hätte ich selbst zu meinen schlimmsten Zeiten nicht fertig gebracht, Havers.«

»Sind Sie sich darüber im Klaren, dass es nichts Scheinheiligeres gibt als reformierte Raucher, Sir?«

»Ich kann das nicht glauben«, entgegnete er und ging voraus die Straße entlang zu der kleinen Gasse, wo seine Garage lag. »Es muss etwas Scheinheiligeres geben.«

»Nichts«, widersprach sie. »Es gibt wissenschaftliche Studien darüber. Selbst reformierte Maria Magdalenas, die jetzt als Nonnen leben, kommen nicht gegen Exraucher an.«

»Es muss an der Sorge um die Gesundheit unserer Mitmenschen liegen.«

»Eher an dem Drang, alle Welt an euren Qualen mitleiden zu lassen. Geben Sie's auf, Sir. Ich weiß, dass Sie mir diese Kippe am liebsten aus der Hand reißen und bis zum Filter aufrauchen würden. Wie lange rauchen Sie jetzt nicht mehr?«

»So lange, dass ich es schon nicht mehr weiß.«

»Oh, klar doch«, sagte sie und blickte nach oben.

Eine Autofahrt durch London zu solch gottloser Zeit hatte ihre Vorzüge: Es war praktisch kein anderes Fahrzeug auf der Straße. Aus diesem Grund konnten sie Sloane Square in Windeseile und bei grüner Welle passieren, und nach weniger als fünf Minuten sahen sie vor sich die Lichter der Chelsea Bridge, und die hohen Ziegelschornsteine der Battersea Power Station reckten sich jenseits des Flusses in den kohlschwarzen Himmel.

Lynley wählte eine Strecke, die so lange wie möglich am Flussufer entlangführte, weil er sich dort besser auskannte. Auch hier war wenig Verkehr, nur vereinzelte Taxen, die zum Tagesgeschäft in die Innenstadt strebten, und der eine oder andere Lkw auf einer frühen Lieferfahrt. Auf diese Weise kamen sie bald zu der massigen grauen Festung des Tower of London, ehe sie die Themse überquerten, und von dort war es nicht schwierig, Bermondsey Market zu finden.

Im Schein hoher Straßenlaternen, Taschenlampen, Lichterketten an vereinzelten Ständen und anderer Lichtquellen dubiosen Ursprungs und geringer Wattleistung bereiteten die Händler sich vor, denn der Markt öffnete um fünf Uhr morgens und war um vierzehn Uhr schon Geschichte. Darum arbeiteten sie jetzt unter Hochdruck daran, ihre Stände, bestehend aus Stangen und Tischen, aufzubauen. Um sie herum stapelten sich Kisten und Kartons voller Schätze, die mit Handkarren von den Autos und Lieferwagen herangeschafft worden waren, die in den umliegenden Straßen parkten.

Schon jetzt warteten Interessenten, die als Erste alles durchwühlen wollten – von Haarbürsten bis Schnürstiefel. Niemand hielt sie zurück, aber man brauchte die Händler nur einen Moment bei der Arbeit zu beobachten, um zu wissen, dass die Kunden nicht willkommen waren, ehe die Waren unter dem immer noch nachtblauen Himmel ausgebreitet lagen.

Wie auf fast allen Londoner Märkten standen die Händler auch in Bermondsey an jedem Tag etwa an der gleichen Stelle. Also begannen Lynley und Havers am Nordende, arbeiteten sich langsam nach Süden vor und fragten nach jemandem, der ihnen etwas über Kimmo Thorne sagen konnte. Die Tatsache, dass sie Polizeibeamte waren, brachte nicht die schnelle Kooperation, die sie erhofft hatten, bedachte man, dass sie die Händler doch nach einem der Ihren befragten. Das lag vermutlich daran, dass Bermondsey Market in dem Ruf stand, ein Umschlagplatz für gestohlene Waren zu sein.

Sie hatten schon mehr als eine Stunde damit verbracht, die Händler zu befragen, als ein Verkäufer von pseudoviktorianischen Waschgeschirren (»Das ist garantiert hundertprozentig echt, Sir und Madam!«) Kimmos Namen erkannte, und nachdem er sowohl den Namen als auch Kimmo als »ziemlich merkwürdig, wenn Sie mich fragen« bezeichnet hatte, schickte er Lynley und Havers zu einem älteren Pärchen an einem Silberstand: »Am besten reden Sie mit den Grabinskis da drüben.« Er wies in die Richtung. »Die können Ihnen alles über Kimmo sagen. Tut mir ja ehrlich Leid, was mit dem kleinen Drecksack passiert ist. Hab's in der *News of the World* gelesen.«

Das hatten offenbar auch die Grabinskis. Es stellte sich heraus, dass sie einen Sohn gehabt hatten, der vor langer Zeit gestorben war, etwa im gleichen Alter wie Kimmo Thorne. Sie hatten den Jungen ins Herz geschlossen, erzählten sie, nicht so sehr, weil er ihrem lieben Mike äußerlich ähnlich gewesen wäre, sondern eher, weil er etwas von Mikes Geschäftstüchtigkeit an sich gehabt hatte. Diese Eigenschaft, um deretwillen sie ihren Sohn schmerzlich vermissten, hatten die Grabinskis an Kimmo bewundert, darum hatten sie ihren Stand mit ihm geteilt, wann immer er mit der einen oder anderen Kleinigkeit oder auch einem Sack voller Kleinigkeiten gekommen war, die er verkaufen wollte, und er hatte ihnen einen Anteil von seinem Profit abgegeben.

Nicht dass sie das je von ihm verlangt hätten, fügte Mrs. Grabinski eilig hinzu. Ihr Name war Elaine, und sie trug blassgrüne Gummistiefel, die Enden ihrer roten Kniestrümpfe darüber gekrempelt. Sie war dabei, einen imposanten Tafelaufsatz zu polieren, und als Lynley Kimmo Thornes Namen erwähnte, fragte sie augenblicklich: »Kimmo? Wer will etwas über ihn wissen? Wird auch Zeit, oder?« Und dann fand sie sich bereit, ihnen zu helfen. Genau wie ihr Mann, der eine Reihe silberner Teekannen mit Schnüren an eine der horizontalen Stangen des Stands hängte.

Der Junge war zuerst in der Hoffnung zu ihnen gekommen, dass sie ihm etwas abkauften, berichtete Mr. Grabinski – »Nennen Sie mich Ray«. Aber sie waren nicht gewillt gewesen, den Preis zu bezahlen, den er verlangte, und nachdem er festgestellt hatte, dass auch niemand sonst auf dem Markt ihn bezahlen wollte, war Kimmo mit einem neuen Angebot zu ihnen zurückgekehrt: Selbst an ihrem Stand zu verkaufen und sie am Erlös zu beteiligen.

Sie hatten den Jungen gemocht – »Er hatte so was Verschmitztes«, vertraute Elaine ihnen an –, also hatten sie ihm ein Viertel von einem der Seitentische am Stand überlassen, und da hatte er seine Geschäfte getätigt. Er verkaufte Silbergegenstände, manche massiv, andere versilbert, und er hatte sich auf Bilderrahmen spezialisiert.

»Wir haben gehört, dass er deswegen Schwierigkeiten bekam«, sagte Lynley. »Offenbar hat er Ware angeboten, die gar nicht hätte verkauft werden dürfen.«

»Weil sie geklaut war«, fügte Havers hinzu.

Oh, *darüber* wussten sie nichts, beeilten sich beide Grabinskis zu versichern. Soweit sie sagen konnten, hatte irgendwer dieses Märchen auf der nahen Polizeiwache erzählt, um Kimmo in Schwierigkeiten zu bringen. Zweifellos war es ihr größter Konkurrent auf dem Markt gewesen, ein gewisser Reginald Lewis, dem Kimmo sein Silber ebenfalls angeboten hatte, ehe er zu ihnen zurückgekommen war. Reg Lewis war ja so was von giftig, wenn jemand Neues hier auf dem Markt Fuß fassen wollte. Er hatte vor zweiundzwanzig Jahren versucht, zu verhindern, dass die Grabinskis hier ihren Stand eröffneten, und mit Maurice Fletcher und Jackie Hoon hatte er das Gleiche gemacht, als sie anfingen.

»Es ist also nicht richtig, dass Kimmos Ware gestohlen war?«, fragte Havers und blickte von ihrem Notizbuch auf. »Denn wenn man mal darüber nachdenkt, wie sonst könnte ein Junge wie Kimmo an wertvolles Silber kommen, das er verkaufen könnte?«

Sie hatten immer angenommen, er verkaufe Familienerbstücke, erklärte Elaine Grabinski. Sie hatten ihn gefragt, und das hatte er ihnen gesagt: Er griff seiner Großmutter unter die Arme, indem er das Familiensilber unter die Leute brachte.

Lynley hatte den Eindruck, dass die Grabinskis wohl eher geglaubt hatten, was sie glauben wollten, weil sie den Jungen mochten. Er hielt es für weniger wahrscheinlich, dass Kimmo ein so versierter Lügner war, dass er einem älteren Ehepaar Sand in die Augen streuen konnte. Sie hatten irgendwann doch sicherlich merken müssen, dass er nicht das war, wofür er sich ausgab, aber sie hatten sich nicht weiter darum gekümmert.

»Wir haben der Polizei gesagt, dass wir für den Jungen aussagen würden, wenn er vor Gericht müsste«, erklärte Ray Grabinski. »Aber nachdem sie den armen Kimmo hier abgeschleppt hatten, haben wir kein Wort mehr von ihm gehört. Bis wir die *News of the World* gesehen haben, meine ich.«

»Und darüber sollten Sie mit Reg Lewis sprechen«, sagte Elaine Grabinski und widmete sich mit neuem Eifer dem Tafelaufsatz. Sie fügte vielsagend hinzu: »Gibt nicht viel, was ich dem Kerl nicht zutrauen würde.« Und ihr Mann murmelte: »Aber, aber, Liebes«, und tätschelte ihr die Schulter.

Reg Lewis, stellte sich heraus, war nur unwesentlich weniger antik als seine Ware. Er trug unter der Jacke bunt karierte Hosenträger, die uralte Kniebundhosen hielten. Seine Brillengläser waren so dick wie der Boden eines Whiskyglases. Übergroße Hörhilfen ragten aus seinen Ohren. Er passte so hervorragend in das Profil ihres Serienkillers wie ein Schaf in das Profil eines Genies.

Er »war kein bisschen überrascht« gewesen, als die Polizei gekommen war, um Kimmo einzukassieren, berichtete er ihnen. Irgendwas stimmte nicht mit dem Scheißer, das hatte Reg Lewis gleich gesehen, als der ihm zum ersten Mal begegnet war. Kleidete sich halb Mann, halb Frau mit seinen Leggings oder wie die hießen, den schwulen Stiefeletten und so weiter. Als also die Cops mit einer Liste gestohlener Gegenstände aufgekreuzt waren, war er, Reg Lewis, nicht gerade aus allen Wolken gefallen, dass sie das, was sie suchten, im Besitz eines gewissen Kimmo Thorne fanden. Sie hatten ihn gleich einkassiert, und Reg weinte ihm keine Träne nach. Kimmo Thorne hatte den Ruf des Marktes besudelt, indem er hier geklautes Silber verhökerte. Und obendrein nicht einfach irgendwelches geklautes Silber, sondern Gegenstände, die persönliche und unzweifelhaft identifizierbare Gravierungen trugen, und der Junge war auch noch zu blöd gewesen, das zu bemerken.

Was danach aus Kimmo geworden war, wusste Reg Lewis nicht, und es interessierte ihn auch nicht besonders. Das einzig Gute, was man der kleinen Schwuchtel nachsagen konnte, war, dass er die Grabinskis nicht mit reingerissen hatte. Und waren die beiden nicht blind wie Fledermäuse im Sonnenlicht? Jeder, der seinen Verstand beisammen hatte, konnte sehen, dass dieser Junge nichts Gutes im Schilde führte, gleich als er seine Visage zum ersten Mal auf dem Markt gezeigt hatte. Reg hatte die Grabinskis vor ihm gewarnt, aber hörten die vielleicht auf jemanden, der nur ihr Bestes im Sinn hatte? Natürlich nicht. Aber wer hatte am Ende Recht behalten, he? Und wer hatte nie die Worte »Du hattest Recht, Reg, und wir entschuldigen uns für unsere Gehässigkeit« gehört, he?

Reg Lewis hatte dem nichts weiter hinzuzufügen. Kimmo war an jenem Tag mit der Polizei verschwunden. Vielleicht hatten sie ihn ein Weilchen in die Besserungsanstalt gesteckt. Vielleicht hatten sie ihn auf der Polizeiwache auch einfach das Fürchten gelehrt. Alles, was Reg wusste, war, dass der Junge keine gestohlenen Silbergegenstände mehr zum Bermondsey Market gebracht hatte, und das war Reg recht so. Und wer mehr wissen wollte, brauchte sich nur an die Cops drüben an der Borough High Street zu wenden.

Reg Lewis schien noch auf der Zunge zu liegen: Wieder ein Stück Scheiße weniger auf der Welt, und falls er von Kimmo

Thornes Ermordung gehört oder gelesen hatte, erwähnte er sie jedenfalls mit keinem Wort. Aber es war unmissverständlich, dass der Junge in Regs Augen nicht gerade förderlich für den Ruf des Marktes gewesen war. Und alles Weitere, wie er bereits gesagt hatte, mussten sie auf der örtlichen Polizeiwache in Erfahrung bringen.

Sie waren im Begriff, das zu tun, überquerten den Markt auf dem Rückweg zu Lynleys Wagen, als sein Handy klingelte.

Die Nachricht war knapp und unmissverständlich: Er werde unverzüglich in der Shand Street gebraucht, wo ein Tunnel unter der Eisenbahn die schmale Straße mit der Crucifix Lane verband. Sie hatten eine weitere Leiche.

Lynley schaltete das Telefon aus und sah Havers an. »Crucifix Lane«, sagte er. »Wissen Sie, wo das ist?«

Ein Marktverkäufer an einem nahen Stand beantwortete die Frage: Immer die Tower Bridge Road entlang. Keine halbe Meile von hier.

Ein Eisenbahnviadukt, das den Schienenstrang zur London Bridge Station trug, bildete die nördliche Begrenzung der Crucifix Lane. Er war aus Backsteinen gemauert, die eine so dicke, hundert Jahre alte Schicht aus Ruß und Dreck trugen, dass man über ihre ursprüngliche Farbe nur noch spekulieren konnte. Erkennbar war lediglich eine trostlose Mauer, die aus Variationen kohleartiger Ablagerungen zu bestehen schien.

Unter den Bogen, die diese Konstruktion trugen, hatten sich die unterschiedlichsten Betriebe angesiedelt: Mietgaragen, Lagerhäuser, Weinhandlungen, Autowerkstätten. Doch einer der Bogen bildete einen Tunnel, durch den eine einspurige Straße führte, die Shand Street. Der nördliche Teil dieser Straße beherbergte mehrere kleine Läden, die zu dieser frühen Tageszeit noch geschlossen waren, der südliche, längere Teil verlief in einer sanften Kurve und tauchte schließlich in die Dunkelheit unter dem Eisenbahnviadukt ein. Dieser Tunnel war gut fünfzig Meter lang, ein Ort tiefer Schatten, dessen gewölbte Decke mit geriffelten Stahlplatten verkleidet war, von denen Wasser tropfte, unhörbar wegen des ständigen Rumpelns der Pendlerzüge nach und von London. Auch an den Wänden rann Wasser herab, tröpfelte aus den in knapp drei Meter Höhe verlaufenden rostigen Eisendränagen und sammelte sich am Boden in öligen Pfützen. Uringeruch schwängerte die Luft im Tunnel, zerbrochene Lampen gaben ihm eine unheimliche Atmosphäre.

Als Lynley und Havers eintrafen, fanden sie den Zugang zum Tunnel an beiden Seiten versperrt. Am Ende der Crucifix Lane stand ein Constable mit einem Klemmbrett in der Hand und verweigerte allen Passanten den Zugang. Er hatte jedoch alle Hände voll zu tun mit den ersten Vertretern der Nachrichtenmedien, diesen ewig hungrigen Journalisten, die den Polizeifunk abhörten in der Hoffnung, als Erste die Story zu bekommen. Fünf hatten sich bereits an der Polizeiabsperrung eingefunden und riefen Fragen in den Tunnel. Sie hatten drei Fotografen mitgebracht, die ein wahres Blitzlichtgewitter veranstalteten, während sie über und um den Constable herum fotografierten, der vergeblich bemüht war, sie davon abzuhalten. Gerade als Lynley und Havers ihre Dienstausweise vorzeigten, brauste der erste Übertragungswagen eines Nachrichtenfernsehsenders heran und spuckte Kamera- und Tonleute aus. Hier wurde dringend ein Pressesprecher gebraucht.

»… Serienmörder?«, hörte Lynley einen der Reporter rufen, als er, gefolgt von Havers, die Absperrung passierte.

»… Kind? Erwachsener? Männlich? Weiblich?«

»Bleiben Sie doch mal stehen, Mann. *Irgendwas* müssen Sie uns doch sagen können.«

Lynley ignorierte sie, Havers murmelte »Geier« vor sich hin. Sie kamen etwa in der Mitte des Tunnels zu einem niedrigen Sportwagen, dessen Lack abgeblättert war und den sein Besitzer offenbar hier entsorgt hatte. Sie erfuhren, dass an dieser Stelle der Leichnam von einem Taxifahrer entdeckt wurde, der auf dem Weg von Bermondsey nach Heathrow gewesen war, von wo aus er den ganzen Tag lang transatlantische Fluggäste für einen exorbitanten Preis nach London zu bringen gedachte – exorbitant vor allem dank des ewigen Rückstaus auf dem Hammersmith-Zubringer. Dieser Taxifahrer war längst weg, seine Aussage aufgenommen. Die kriminaltechnische Untersuchung war bereits im Gange, und ein Detective Inspector von der Polizeistation Borough High Street wartete auf Lynley und Havers. Sein Name sei Hogarth, stellte er sich vor, und sein DCI hatte Anweisung gegeben, dass nichts bewegt werden dürfe, ehe jemand von Scotland Yard den Tatort besichtigt hatte. Es war unschwer zu erkennen, dass er darüber nicht glücklich war.

Lynley konnte sich nicht damit aufhalten, Hogarths Ego wieder aufzupäppeln. Wenn dies tatsächlich ein weiteres Opfer ihres Serienmörders war, hatten sie ganz andere Probleme als Kollegen, denen es missfiel, dass New Scotland Yard in ihr Revier eindrang.

»Was haben wir?«, fragte er Hogarth, während er ein Paar Latexhandschuhe überstreifte, die einer der KTU-Leute, die die kriminaltechnische Untersuchung durchführten, ihm reichte.

»Schwarzer Jugendlicher«, antwortete Hogarth. »Jung. Zwölf, dreizehn? Schwer zu sagen. Wenn Sie mich fragen, passt das hier nicht zum Modus Operandi des Serientäters. Keine Ahnung, warum man euch angerufen hat.«

Aber Lynley wusste es. Das Opfer war schwarz. Hillier ging mit Blick auf die nächste Pressekonferenz lieber auf Nummer sicher. »Dann wollen wir ihn uns mal ansehen«, sagte Lynley und umrundete Hogarth. Havers folgte ihm.

Der Leichnam war achtlos im Innern des Wagens abgeladen worden, wo der Zahn der Zeit den Fahrersitz mittlerweile bis auf Metallrahmen und Federn abgenagt hatte. Mit gespreizten Beinen, den Kopf zur Seite gedreht, lag der Tote dort zwischen Colaflaschen, Pappbechern, Plastiktüten voller Müll, MacDonald's-Schachteln und einem einzelnen Gummihandschuh in dem Rahmen, der einmal das Rückfenster gehalten hatte. Die Augen des Jungen waren offen und starrten blicklos auf die rostigen Überreste der Lenksäule, kurze Dreadlocks standen von seinem Kopf ab. Glatte, walnussfarbene Haut, ebenmäßige Gesichtszüge – er war ein hübscher Junge gewesen. Außerdem war er nackt.

»Verdammt«, murmelte Havers an Lynleys Seite.

»Jung«, sagte Lynley. »Er sieht jünger aus als der Letzte. Lieber Himmel, Barbara, warum, in Gottes Namen…« Er sprach nicht weiter, ließ die Frage, auf die es keine Antwort gab, unausgesprochen. Er spürte Havers' Blick.

Mit dem Einfühlungsvermögen, das sie in den Jahren ihrer Zusammenarbeit entwickelt hatte, sagte sie: »Es gibt keine Garantien. Ganz egal, was Sie tun. Oder was Sie entscheiden. Oder wie. Oder mit wem.«

»Sie haben Recht«, stimmte er zu. »Es gibt keine Garantien. Aber er ist trotzdem der Sohn von jemandem. Das waren sie alle. Das dürfen wir nicht vergessen.«

»Glauben Sie, er ist einer von unseren?«

Lynley nahm den Leichnam genauer in Augenschein und war zuerst geneigt, Hogarths Ansicht zu teilen. War der Tote nackt wie Kimmo Thorne, war er doch achtlos hier abgeladen und nicht mit dem Zeremoniell aufgebahrt worden wie all die anderen. Er hatte kein Lendentuch aus Spitze und kein Zeichen auf der Stirn – beides zusätzliche Merkmale bei Kimmo Thornes Leiche. Seine Bauchdecke schien nicht geöffnet worden zu sein, aber entscheidender als alles andere war die Position des Leichnams selbst, die auf Eile und Planlosigkeit hindeutete, was im Gegensatz zu den anderen Morden stand.

Während das KTU-Team mit seinen Beweisbeuteln und Gerätschaften um ihn herum arbeitete, untersuchte er den Toten eingehender. Das verschaffte ihm ein vollständigeres Bild. Er sagte: »Sehen Sie sich das hier an, Barbara«, und hob behutsam eine der Hände des Jungen. Die Innenfläche war stark verbrannt, und Fesselspuren waren am Gelenk erkennbar.

Es gab eine Menge Dinge bei einem Serienmord, die nur der Täter kannte und die die Polizei aus zwei Gründen geheim hielt: um den Familien der Opfer die unnötig schmerzhaften Details zu ersparen und um Geständnisse der aufmerksamkeitssüchtigen Spinner zu vermeiden, die jedes Ermittlungsteam plagten. In diesem speziellen Fall gab es vieles, das nur der Polizei bekannt war, und sowohl die Verbrennungen als auch die Handfesseln zählten dazu.

»Das sagt uns ziemlich schlüssig, womit wir es zu tun haben, oder?«, bemerkte Havers.

»Allerdings.« Lynley richtete sich auf und sah zu Hogarth hinüber. »Er ist einer von unseren«, sagte er. »Wo ist der Pathologe?«

»Schon wieder weg«, antwortete Hogarth. »Fotograf und Videograf auch. Wir haben nur noch auf Sie gewartet, ehe wir ihn wegschaffen.«

Der Vorwurf blieb unausgesprochen. Lynley ignorierte ihn. Er fragte nach dem Todeszeitpunkt, möglichen Zeugen, der Aussage des Taxifahrers.

»Todeszeit zwischen zweiundzwanzig Uhr und Mitternacht, hat der Pathologe gesagt«, berichtete Hogarth. »Keine Zeugen, soweit wir bisher wissen, aber das ist nicht überraschend. Das hier ist keine Gegend, wo man, wenn man seinen Verstand beisammen hat, im Dunkeln unterwegs ist.«

»Und der Taxifahrer?«

Hogarth konsultierte einen Briefumschlag, den er aus der Innentasche zog und der ihm offensichtlich als Notizblock diente. Er las den Namen des Taxifahrers, Adresse und Handynummer vor. Der Fahrer hatte keinen Gast im Wagen gehabt, fügte er hinzu, und der Shand-Street-Tunnel war sein üblicher Weg zur Arbeit. »Zwischen fünf und halb sechs fährt er hier morgens durch«, berichtete Hogarth. Er deutete zu dem heruntergekommenen Sportwagen hinüber. »Er sagt, der steht hier seit Monaten. Er hätte sich mehr als ein Mal deswegen beschwert, hat uns damit in den Ohren gelegen, dass der Wagen ein Risiko darstellt, aber die Verkehrspolizei habe ja keine Zeit, sich zu kümmern, wenn…« Hogarths Aufmerksamkeit wurde von irgendetwas am Ende des Tunnels abgelenkt. Er runzelte die Stirn. »Wer ist das denn? Erwarten Sie noch einen Kollegen?«

Lynley wandte sich um. Eine Gestalt kam durch den Tunnel auf sie zu, von den Kamerascheinwerfern der Fernsehteams von hinten angestrahlt. Die Form hatte etwas Vertrautes: groß und stämmig, die Schultern ein wenig gekrümmt.

»Sir, ist das nicht…?«, begann Havers unsicher, als Lynley selbst erkannte, um wen es sich handelte. Er zog so scharf die Luft ein, dass er den Druck hinter den Augen spürte. Der Eindringling am Tatort war Hilliers Profiler, Hamish Robson, und es konnte nur eine Erklärung geben, wie er Zugang zum Tunnel bekommen hatte.

Ohne zu zögern, trat Lynley auf ihn zu und nahm grußlos Robsons Arm. »Sie müssen sofort wieder gehen«, sagte er. »Ich weiß nicht, wie Sie an dieser Absperrung vorbeigekommen sind, aber Sie haben hier nichts verloren, Dr. Robson.«

Diese Begrüßung überraschte Robson offensichtlich. Er schaute zurück über die Schulter zu der Absperrung, durch die er gerade gekommen war. »Ich bekam einen Anruf von Assistant…«, begann er.

»Daran zweifle ich nicht. Aber der Assistant Commissioner hat einen Fehler gemacht. Ich will, dass Sie hier verschwinden. Auf der Stelle.«

Die Augen hinter den dicken Brillengläsern schätzten Lynley ab. Dieser spürte förmlich, wie er taxiert wurde. Und er konnte auch das Ergebnis lesen, zu dem Robson kam: Proband durchlebt erwartungsgemäß Stressphase. Nur zu wahr, fuhr es Lynley durch den Kopf. Jedes Mal, wenn der Serienmörder zuschlug, nahm der Druck zu. Robson hatte ja keine Ahnung, was Stress war, gemessen daran, was Lynley erleben würde, wenn der Täter ein weiteres Opfer tötete, ehe die Polizei ihn stellen konnte.

Robson sagte: »Ich maße mir nicht an, zu wissen, was zwischen Ihnen und AC Hillier vorgeht. Aber jetzt, da ich einmal hier bin, könnte es Ihnen vielleicht nützlich sein, wenn ich mich umschaue. Ich bleibe auf Distanz. Es besteht keinerlei Gefahr, dass ich Ihren Tatort kontaminiere. Ich ziehe an, was immer nötig ist: Handschuhe, Overall, Mütze, was auch immer. Ich bin nun mal hier, also machen Sie Gebrauch von mir. Ich kann Ihnen helfen, wenn Sie mich lassen.«

»Sir?«, fragte Havers.

Lynley sah, dass vom entgegengesetzten Ende des Tunnels eine Bahre mit einem Leichensack herangerollt wurde. Die Leute der Spurensicherung standen mit Papiertüten bereit, um die Hände des Opfers hineinzustecken. Alles, worauf sie warteten, war ein Nicken von Lynley, und ein Teil des Problems, das Robson darstellte, würde sich von selbst erledigen: Es wäre nichts mehr da, was der Profiler anschauen könnte.

»Können wir?«, fragte Havers.

»Jetzt, wo ich schon mal hier bin«, sagte Robson leise. »Vergessen Sie doch einfach, wie und warum. Vergessen Sie Hillier. Um Himmels willen, lassen Sie mich helfen.«

Die Stimme des Mannes war ebenso freundlich wie drängend, und Lynley wusste, Robson hatte nicht Unrecht. Lynley konnte strikt der Abmachung folgen, die er mit Hillier ausgehandelt hatte, oder er konnte die Chance ergreifen, die der Augenblick bot, ihm keine weitere Bedeutung zumessen und die Gelegenheit nutzen, um einen besseren Einblick in die Psyche des Mörders zu erlangen.

Unvermittelt sagte er zu den Kollegen, die mit dem Leichensack warteten: »Einen Moment.« Und dann zu Robson: »Also bitte. Schauen Sie sich um.«

Robson nickte, murmelte vor sich hin: »Guter Mann«, und dann trat er zu dem Schrottauto. Er hielt etwa einen Meter Abstand, und als er die Hände des Opfers untersuchen wollte, berührte er sie nicht selbst, sondern bat DI Hogarth, es zu tun. Hogarth schüttelte ungläubig den Kopf, folgte aber der Bitte. Scotland Yard hier zu haben war schlimm genug; ein Zivilist am Tatort war unerhört. Er hob die Hände des Opfers an, mit einem Gesichtsausdruck, der besagte, dass die Welt verrückt geworden war.

Nach mehreren Minuten der Betrachtung kehrte Robson zu Lynley zurück. Als Erstes sprach er aus, was auch Lynley und Havers gesagt hatten: »So jung. Mein Gott. Das kann für keinen von Ihnen einfach sein. Ganz gleich, was Sie in Ihrer Laufbahn schon alles zu sehen bekommen haben.«

»Das stimmt«, sagte Lynley.

Havers schloss sich ihnen an. An dem Wagen begannen die Vorbereitungen, den Leichnam auf die Bahre zu heben, um ihn zur Obduktion abzutransportieren.

»Es gibt eine Veränderung«, sagte Robson. »Die Dinge eskalieren. Sie können sehen, dass er die Leiche vollkommen anders behandelt hat: Weder hat er die Genitalien bedeckt noch ihn respektvoll aufgebahrt. Er lässt keinerlei Reue mehr erkennen, keinen Wiedergutmachungsimpuls. Stattdessen lässt er einen starken Drang erkennen, den Jungen zu erniedrigen: Die Beine gespreizt, die Genitalien zur Schau gestellt, und er liegt inmitten des Abfalls, den irgendwelche Stadtstreicher hinterlassen haben. Die Interaktion des Mörders mit dem Jungen vor dem Tod war anders als seine Interaktion mit den anderen. Bei ihnen ist irgendetwas vorgefallen, das ihn zur Reue bewogen hat. Bei diesem Jungen ist das nicht eingetreten. Vielleicht ist das Gegenteil passiert. Keine Reue also, sondern Vergnügen. Und Stolz auf seine Leistung. Er fühlt sich jetzt sehr sicher. Er ist überzeugt, dass er nicht gefasst wird.«

»Wie kann er das glauben?«, fragte Havers. »Er hat den Jungen auf einer öffentlichen Straße abgeladen, Herrgott noch mal.«

»Das ist genau der Punkt.« Robson wies zum entlegenen Ende des Tunnels, wo die Shand Street mit ihren Geschäften lag – ein kleines Stück Südlondon, das saniert worden war: moderne Backsteinbauten mit dekorativen Sicherheitstoren davor. »Er hat den Leichnam an einer Stelle abgelegt, wo er ohne weiteres hätte beobachtet werden können.«

»Könnte man nicht das Gleiche von den anderen Orten behaupten?«, fragte Lynley.

»Könnte man, aber bedenken Sie Folgendes: An den anderen Orten war das Risiko für ihn weit geringer. Er hätte etwas benutzen können, das kein Zeuge anzweifeln würde, während er die Opfer von seinem Fahrzeug zum Ort der Aufbahrung transportierte – eine Schubkarre, zum Beispiel, einen großen Seesack, ein Straßenkehrerwägelchen. Irgendetwas, das in der Umgebung nicht unpassend wirkte. Alles, was er tun musste, war, das Opfer vom Fahrzeug zum Aufbahrungsort zu schaffen, und im Schutz der Dunkelheit und mit diesen unauffälligen Transportmitteln konnte er das ohne großes Risiko bewerkstelligen. Doch hier war er im offenen Gelände, sobald er das Opfer in dieses Schrottauto bugsiert hatte. Und er hat es dort nicht einfach abgeladen, Superintendent, das sieht nur so aus. Aber lassen Sie sich nicht täuschen. Auch die Lage dieser Leiche wurde genauestens arrangiert. Und der Täter war sicher, dass er bei seiner Arbeit nicht geschnappt würde.«

»Überheblicher Drecksack«, murmelte Havers.

»Ja. Er ist stolz auf das, was er zustande gebracht hat. Ich nehme an, er ist sogar jetzt hier irgendwo in der Nähe, beobachtet all die Aktivitäten, die er provoziert hat, und genießt jede Minute.«

Lynley fragte: »Wie deuten Sie den fehlenden Schnitt? Die Tatsache, dass die Stirn nicht gezeichnet wurde? Können wir daraus schließen, dass er jetzt aufhört?«

Robson schüttelte den Kopf. »Ich denke, der fehlende Schnitt bedeutet lediglich, dass dieser Mord für ihn anders war als die vorherigen.«

»Anders inwiefern?«

»Superintendent Lynley?« Es war Hogarth, der das Umbetten der Leiche aus dem Auto auf die Bahre überwacht hatte. Ehe der Leichensack geschlossen wurde, hatte er die Aktion gestoppt. »Ich glaube, das sollten Sie sich ansehen.«

Sie gingen zu ihm hinüber. Er wies auf die Körpermitte des Jungen. Was durch seine angewinkelte Haltung im Wageninneren verborgen gewesen war, wurde nun, da er ausgestreckt lag, sichtbar: War der Einschnitt vom Brustbein bis zum Nabel bei diesem Opfer tatsächlich nicht vorgenommen, so war der Nabel selbst sehr wohl entfernt worden. Der Killer hatte wieder ein Souvenir behalten.

Dass dies posthum geschehen war, bewies die geringe Blutmenge in der Wunde. Und dass er es im Zorn oder möglicherweise in Hast getan hatte, bewies der Schnitt am Bauch. Er war tief und ungleichmäßig und hatte den Zugang zum Nabel geöffnet, der dann mit einem scherenartigen Werkzeug herausgeschnitten worden war.

»Souvenir«, sagte Lynley.

»Psychopath«, fügte Robson hinzu. »Ich schlage vor, dass Sie alle bisherigen Tatorte überwachen lassen, Superintendent. Es ist wahrscheinlich, dass er an irgendeinen davon zurückkehrt.«

8

Fu hielt das Reliquiar behutsam. Er trug es vor sich her wie ein Priester den Kelch und stellte es auf den Tisch. Vorsichtig nahm er den Deckel ab. Ein leicht fauliger Geruch stieg auf, doch er stellte fest, dass ihn das bei weitem nicht so störte wie zu Anfang. Der Geruch der Verwesung würde bald nachlassen. Doch das Errungene hatte ewig Bestand.

Zufrieden blickte Fu auf die Reliquien hinab. Jetzt waren es zwei, und sie lagen dort eingebettet wie Muscheln in einer Regenwolke. Bei dem leichtesten Schütteln verschluckte die Wolke sie, und das war das Wunderbare an der Stelle, wo er sie deponiert hatte. Die Reliquien waren fort, und doch waren sie noch da, wie etwas, das im Altar einer Kirche verborgen lag. Das Reliquiar ehrfurchtsvoll von einer Stelle zur anderen zu tragen, das war tatsächlich fast so, als befinde man sich in einer Kirche, nur ohne die gesellschaftlichen Zwänge, die der Kirchgang den Gemeindemitgliedern auferlegte.

Setz dich gerade hin. Hör auf zu zappeln. Brauchst du eine Lektion in gutem Benehmen? Du kniest dich gefälligst hin, wenn man es dir sagt, Junge. Falte die Hände. Gott verflucht. Bete.

Fu blinzelte. Die Stimme. Fern und gleichzeitig präsent, sagte sie ihm, dass eine Made in seinen Kopf geschlüpft war. Sie war durch sein Ohr eingedrungen und weiter zu seinem Hirn gekrochen. Er war unachtsam gewesen, und der Gedanke an den Kirchgang hatte ihr Einlass gewährt. Anfangs ein hässliches Kichern, dann lautes Gelächter, dann der Nachhall von *bete, bete* und *bete*.

Suchst du dir endlich Arbeit? Was willst du schon finden, du Vollidiot. Und du gehst mir aus dem Weg, Charlene, oder willst du selbst eine Abreibung?

Es war ein ewiges Lamento, ein ewiges Gebrüll. Manchmal hielt es stundenlang an. Er dachte, er sei den Wurm endlich losgeworden, aber er hatte den Fehler gemacht, an die Kirche zu denken.

Ich will dich nicht mehr im Haus haben, hörst du? Von mir aus kannst du unter der Brücke schlafen. Oder fehlt dir dafür der Mumm?

Du hast sie dorthin getrieben, verflucht sollst du sein. Du hast ihr den Rest gegeben.

Fu kniff die Augen zu. Blind streckte er die Hände aus. Seine Finger ertasteten Knöpfe. Er drückte sie wahllos, bis Lärm aufbrandete.

Er fand sich vor dem Fernseher wieder, wo ein Bild langsam an Schärfe gewann, während die Stimme der Made verhallte. Es dauerte einen Moment, ehe er begriff, was er sah. Es waren die Morgennachrichten, die ihm entgegendröhnten.

Fu starrte auf den Bildschirm. Eine Reporterin mit windzerzaustem Haar stand vor einer Polizeiabsperrung. Hinter ihr gähnte die schwarze Öffnung des Shand-Street-Tunnels wie das Tor zum Hades, und tief im Innern der pisseverseuchten Höhle erhellten Polizeischeinwerfer das hintere Ende des ausrangierten Mazda.

Fu entspannte sich bei der Betrachtung des Autos, erleichtert, *erleichtert*. Es war ein Jammer, dass die Absperrung am Südende des Tunnels errichtet worden war, fand er. Von hier aus konnte man die Leiche nicht sehen. Und dabei hatte er sich doch solche Mühe gemacht, die Botschaft deutlich rüberzubringen: Der Junge hat sein eigenes Schicksal besiegelt, versteht ihr das nicht? Nicht zu der Strafe hatte er sich selbst verurteilt – er hatte nie eine reelle Chance, ihr zu entgehen –, aber um die Erlösung hatte er sich gebracht. Bis zum Ende hatte der Junge beteuert und geleugnet.

Fu hatte erwartet, nach dieser Nacht mit einem Gefühl der Unruhe zu erwachen, weil der Junge sich geweigert hatte, seine Schande einzugestehen. Sicher, er hatte kein solches Gefühl empfunden in dem Moment, als der Junge starb, er hatte vielmehr eine Lockerung des Schraubstocks verspürt, der sein Hirn mit jedem Tag, der verging, fester gepackt hielt. Doch er hatte angenommen, dass die Unruhe ihn später überkommen würde, wenn Klarheit und Aufrichtigkeit ihn zwangen, die Wahl seiner Zielperson kritisch zu betrachten. Beim Aufwachen hatte er indes nichts verspürt, was auch nur entfernt mit Unruhe zu tun hatte. Vielmehr hatte ihn bis zum Auftauchen der Made ein Gefühl des Wohlbefindens durchdrungen wie die Sättigung nach einem guten Essen.

»… gibt zum jetzigen Zeitpunkt keine weiteren Informationen«, sagte die Reporterin mit ernster Miene. »Wir wissen, dass eine Leiche gefunden wurde. Wir haben gehört – und lassen Sie mich dies betonen: wir haben lediglich *gehört* und noch keine offizielle Bestätigung –, dass es sich um die Leiche eines Jungen handelt, und uns wurde gesagt, dass Beamte der Sonderkommission von Scotland Yard eingetroffen sind, die auch bei dem Mord in St. George's Gardens ermitteln. Aber ob dieser neue Fall mit den früheren Morden in Zusammenhang steht… Wir müssen auf weitere Informationen warten.«

Während sie sprach, kamen mehrere Personen aus dem Tunnel hinter ihr, die wie Polizeibeamte in Zivil aussahen. Eine dickliche Frau nahm Befehle von einem blonden Beamten entgegen, der einen Mantel trug, der nach altem Geld aussah. Sie nickte und verschwand aus dem Bild, woraufhin ihr Vorgesetzter mit einem Mann in einem senffarbenen Anorak und einem weiteren Mann mit hochgezogenen Schultern in einem verknitterten Regenmantel sprach.

Die Reporterin sagte: »Ich will sehen, ob ich eine Stellungnahme…«, und sie trat so nah wie möglich an die Absperrung heran. Doch die anderen Journalisten hatten die gleiche Idee, und es folgte ein solches Gedränge und Stimmengewirr, dass niemand irgendeine Antwort erhielt. Die Cops ignorierten die Meute, aber die Fernsehkamera zoomte trotzdem näher heran. Fu bekam einen guten Blick auf seine Gegner. Die fette Schnecke war verschwunden, aber er hatte Gelegenheit, die Typen in Mantel, Anorak und Regenmantel eingehend zu studieren. Er wusste, dass er ihnen mehr als gewachsen war.

»Fünf hab ich schon, und es geht weiter«, raunte er dem Fernseher zu. »Komm mir nicht in die Quere.«

Vor ihm stand eine Tasse Tee, die er sich nach dem Aufstehen gemacht hatte, und er prostete dem Fernsehgerät damit zu, ehe er sie wieder auf dem Tisch abstellte. Um ihn herum knarrte das Haus, da die Rohre heißes Wasser zu den alten Heizkörpern transportierten, um die Zimmer zu erwärmen, und in dem Knarren hörte er die Ankündigung der unmittelbar bevorstehenden Rückkehr der Made.

Sieh dir das an, würde Fu sagen und auf den Fernseher zeigen, wo die Polizeibeamten über ihn und sein Werk sprachen. Ich hinterlasse die Nachricht, und sie müssen sie lesen. Jeder einzelne Schritt ist in minutiöser Kleinarbeit geplant.

Dann das röchelnde Atmen hinter ihm. Diese unausweichliche Ankündigung der Made. Nicht in seinem Kopf dieses Mal, sondern hier im Zimmer.

Was machst du da, Junge?

Fu musste nicht einmal hinschauen. Er wusste, dass das Hemd wie üblich weiß war, an Manschetten und Kragen abgetragen.

Die Hose war dunkelgrau oder braun, die Krawatte makellos geknotet, die Strickjacke zugeknöpft. Die Schuhe ebenso poliert wie die Brille und der runde Kahlkopf.

Wieder die Frage: *Was machst du?*, und der Tonfall implizierte die Drohung.

Fu erwiderte nichts, da die Antwort offensichtlich war: Er sah die Nachrichten an und wurde Zeuge der Entfaltung seiner persönlichen Geschichte. Er drückte der Welt seinen Stempel auf, und war es nicht genau das, was ihm immer befohlen worden war?

Du solltest mir lieber antworten, wenn ich mit dir rede. Ich hab gefragt, was du da tust, und ich will eine Antwort.

Und dann: *Wo, zum Henker, bist du eigentlich aufgewachsen? Nimm die verdammte Teetasse da vom Holztisch. Willst du in deiner Freizeit die Möbel polieren, da du ja so viel freie Zeit hast? Was denkst du dir eigentlich? Oder hast du das Denken verlernt?*

Fu konzentrierte seine Aufmerksamkeit auf den Fernseher. Er konnte das einfach aussitzen. Er wusste, was als Nächstes kommen würde, denn manche Dinge waren so sicher, als wären sie in Granit gemeißelt: Kleie in warmer Milch, zu dünnem Brei aufgeweicht, die zum Himmel gesandten Stoßgebete um einen schnellen Stuhlgang, damit er den Moment nicht an einem öffentlichen Ort erleben musste wie etwa der Schultoilette. Und wenn der Stuhlgang klappte, ein triumphierender Eintrag im Kalender, der innen an der Kleiderschranktür hing. *R* für *regelmäßig*, wo regelmäßig doch das Letzte war, das zu sein eine Made sich je erhoffen konnte.

Aber heute Morgen war irgendetwas anders. Fu fühlte ihn angreifen, ein Reiter geradewegs aus der Apokalypse.

Wo sind sie? Was, zum Teufel, hast du getan... Ich hab dir gesagt, du sollst deine Dreckspfoten bei dir behalten. Hab ich das nicht gesagt? Hab ich dir das nicht ausdrücklich *gesagt? Stell die gottverfluchte Glotze ab und sieh mich an, wenn ich mit dir rede.*

Er wollte die Fernbedienung haben. Aber Fu gab sie nicht heraus.

Du willst mir die Stirn bieten, Charlene? Du willst mir die Stirn bieten?

Und was, wenn er das tat?, dachte Fu. Und was, wenn sie es tat? Was, wenn sie beide es taten? Was, wenn er es tat? Was, wenn *alle* es täten? Erstaunlicherweise war er furchtlos, nicht mehr argwöhnisch, gänzlich in sich ruhend, sogar ein wenig amüsiert. Die Macht der Made war nichts im Vergleich zu seiner eigenen, jetzt, da er sie einmal ergriffen hatte, und das Schöne daran war, die Made ahnte nicht, womit sie es zu tun hatte. Fu fühlte eine ungeheure Präsenz in seinen Adern, eine Fähigkeit, Sicherheit und ein Wissen. Er erhob sich aus seinem Sessel und gestattete seinem Körper, sich in Gänze zu zeigen, unmaskiert. Er sagte: »Ich wollte es und hab es mir genommen. Das war alles.«

Dann nichts mehr. *Nichts.* Es war, als erkenne die Made Fus Macht. Er spürte einen Gezeitenwechsel.

»Gut für dich«, sagte Fu zu ihr. Ein gesunder Selbsterhaltungstrieb konnte einem hier gute Noten einbringen.

Doch die Made konnte es nicht so ganz lassen, hatte sie ihre Wesensart doch lange und gründlich verinnerlicht. Also ließ sie Fu nicht aus den Augen, folgte jeder seiner Bewegungen und wartete auf ein Anzeichen, dass es ungefährlich sei, zu sprechen.

Fu setzte den Wasserkessel auf. Vielleicht sollte er eine ganze verdammte Kanne Tee trinken, dachte er. Und er würde eine Sorte wählen, die eine feierliche Note hatte. Er betrachtete die Teedosen im Schrank. *Imperial Gunpowder?*, überlegte er. Zu schwach, wenngleich er zugeben musste, dass der Name ihm gefiel. Er entschied sich für die, welche die Lieblingssorte seiner Mutter gewesen war: *Lady Grey* mit der leichten Fruchtnote.

Und dann: *Wieso bist du eigentlich schon auf? Vor neun Uhr morgens, das muss das erste Mal sein, seit… wann? Und wann willst du eigentlich mal etwas Vernünftiges tun? Das wüsste ich wirklich gern.*

Fu ließ den Löffel sinken, mit dem er *Lady Grey* in die Kanne gegeben hatte, und schaute auf. »*Niemand* weiß es«, sagte er. »Weder du noch sonst irgendwer.«

Glaubst du das wirklich? Du machst jemanden in der Öffentlichkeit kalt, und keiner weiß es? Dein Name drei- oder viermal im Polizeiregister, und das ist in Ordnung, ja? Wen soll das kümmern? Und rühr Charlene nicht an! Wenn irgendwer *die blöde Schlampe anfasst, dann ich.*

Jetzt waren sie auf vertrautem Boden. Die Schläge mit der flachen Hand, damit sie keine Spuren hinterließen, die Hand ins Haar gekrallt, den Kopf nach hinten gerissen, der Stoß gegen die Wand und die Tritte gegen Körperstellen, die niemand sehen würde.

Lungenriss, dachte Fu. War es das gewesen? Und er hatte gesagt: Pass auf, Junge, hier kannst du was lernen.

Da fühlte Fu den Drang in sich aufsteigen. Seine Fingerspitzen kribbelten, und alle Muskeln in seinem Körper spannten sich an, bereit zum Schlag. Aber nein, der Zeitpunkt war nicht richtig. Doch wenn der Tag kam, würde es eine große Freude sein, die fetten, weichen Hände, die nie harte Arbeit gekannt hatten, auf die Pfanne zu drücken, die glühende Oberfläche. Sein Gesicht würde über der Made schweben, und dieses Mal würden es seine Lippen sein, die die Flüche aussprachen...

Sie würde betteln wie all die anderen. Aber Fu ließe sich nicht erweichen. Er würde sie bis an den Abgrund treiben, genau wie die anderen. Und genau wie die anderen, würde er sie hinabstoßen.

Sieh meine Macht. Wisse meinen Namen.

Detective Constable Barbara Havers machte sich auf den Weg zur Borough-Polizeistation und fand sie auf der High Street, die in diesem Teil der Stadt und zu dieser frühen Stunde wie die enge Tülle eines Trichters wirkte, durch die Massen von Pendlern gespült wurden. Der Geräuschpegel war enorm, und die kalte Luft schwer von Dieselabgasen. Diese taten ihr Bestes, die bereits geschwärzten Gebäude noch weiter zu verrußen, die ein wenig zurückgesetzt am mit Abfall übersäten Bürgersteig aufragten. Es war die Art von Gegend, wo man von leeren Bierdosen bis zu gebrauchten Kondomen alles auf den Gehwegen fand.

Allmählich spürte Barbara den Stress. Sie hatte noch nie in einer Mordserie ermittelt, und auch wenn sie immer diese Dringlichkeit empfunden hatte, einen Mörder zu finden und festzunehmen, hatte sie doch nie zuvor erfahren, was sie jetzt durchlebte: das Gefühl, für diesen neuen Todesfall persönlich verantwortlich zu sein. Fünf Jungen waren es jetzt, und niemand war bisher zur Rechenschaft gezogen worden. Bei allen Unwägbarkeiten – sie arbeiteten nicht schnell genug.

Sie fand es schwierig, sich auf Kimmo Thorne, Opfer Nummer vier, zu konzentrieren. Jetzt, da Nummer fünf tot war und Nummer sechs irgendwo da draußen ahnungslos seinem Alltag nachging, hatte sie die größte Mühe, Ruhe zu bewahren, als sie die Wache an der Borough High Street betrat und ihren Dienstausweis vorzeigte.

Sie brauche den Kollegen, der einen Jugendlichen namens Kimmo Thorne auf dem Bermondsey Market festgenommen hatte, erklärte sie dem Wachhabenden. Es sei dringend. Sie schaute zu, während er drei Telefonate führte. Er sprach leise, hielt den Blick unverwandt auf sie gerichtet und versuchte zweifellos, sie als Abgesandte von New Scotland Yard einzuschätzen. Sie wusste, ihre äußere Erscheinung wurde der Rolle nicht gerecht – zerzaust und schlecht angezogen, verströmte sie den Glamour einer Mülltonne auf Rädern –, und heute Morgen sah sie obendrein besonders ungepflegt aus. Man konnte nicht vor vier Uhr morgens aufstehen, sich mehrere Stunden im Dreck von Südlondon herumtreiben und immer noch schwanengleich daherkommen, als stehe für den Nachmittag ein Laufstegauftritt im Terminkalender. Sie hatte geglaubt, ihre hohen roten Turnschuhe würden ihrem Outfit eine fröhliche Note verleihen, doch ausgerechnet diese schienen dem wachhabenden Constable die größten Sorgen zu bereiten, jedenfalls nach den missbilligenden Blicken zu urteilen, die er fortwährend in ihre Richtung warf.

Sie schlenderte zum schwarzen Brett hinüber und informierte sich über die lokalen Aktivitäten und Nachbarschaftswachen. Sie erwog, zwei traurig dreinschauende Hunde zu adoptieren, deren Fotos dort hingen, und sie merkte sich die Telefonnummer von jemandem, der ihr versprach, das Geheimnis zu lüften, wie man auf der Stelle abnehmen und doch weiterhin essen konnte, was man wollte. Dann widmete sie sich der Lektüre des Aufrufs »Ergreifen Sie die Offensive, wenn Sie nachts allein unterwegs sind«, und sie hatte ihn zur Hälfte gelesen, als eine Tür geöffnet wurde und eine Männerstimme sagte: »Constable Havers? Ich glaube, Sie wollten mich sprechen.«

Sie wandte sich um und entdeckte einen Sikh in den mittleren Jahren, sein Turban blendend weiß, der Blick der schwarzen Augen seelenvoll. Sein Name sei Gill, Detective Sergeant, stellte er sich vor und fragte, ob sie ihn zur Kantine begleiten wolle. Er war gerade in der Frühstückspause, und wenn sie keine Einwände habe, dass er seine Zwischenmahlzeit fortsetzte... Pilze auf Toast mit gebackenen Bohnen. Er sei englischer geworden als die Engländer, meinte er.

Sie nahm einen Kaffee und ein Schokoladencroissant aus der Selbstbedienungstheke, ignorierte das nahrhaftere Angebot. Warum sollte sie sich mit einer halben Grapefruit quälen, wo sie doch bald das Geheimnis erlernen würde, Gewicht zu verlieren und gleichzeitig alles essen zu können, was sie wollte – für gewöhnlich irgendetwas mit einem hohen Schmalzanteil. Sie zahlte und trug ihr Tablett zu dem Tisch, wo Detective Sergeant Gill das Frühstück fortsetzte, das sie unterbrochen hatte.

Er berichtete ihr, dass jeder in der Borough-High-Street-Wache über Kimmo Thorne Bescheid wusste, selbst wenn nicht alle ihn persönlich gekannt hatten. Kimmo hatte schon seit langem zu jenen Individuen gehört, deren Aktivitäten vom Polizeiradar wahrgenommen wurden. Als seine Tante und Großmutter ihn vermisst gemeldet hatten, war niemand hier in der Wache überrascht gewesen, doch dass er ermordet in St. George's Gardens aufgefunden wurde ... das hatte einige der zarter besaiteten Kollegen doch ziemlich erschüttert und hatte sie vor die Frage gestellt, ob sie genug getan hatten, um zu verhindern, dass Kimmo endgültig auf die schiefe Bahn geriet.

»Verstehen Sie, wir mochten den Jungen hier recht gern, Constable Havers«, gestand Gill mit seiner angenehmen Stimme. »Meine Güte, dieser Kimmo war vielleicht ein Original: Immer zum Plaudern aufgelegt, egal, wie die Umstände sich gerade darstellten. Um ehrlich zu sein, es war schwierig, ihn nicht zu mögen, auch wenn er wie ein Transvestit rumlief und auf den Strich ging. Wobei man der Ehrlichkeit halber sagen muss, dass wir ihn nie beim Anschaffen erwischt haben, ganz gleich, was wir anstellten. Dieser Junge konnte es einfach riechen, wenn ein verdeckter Ermittler in seine Nähe kam ... Wenn ich so sagen darf, er war mit allen Wassern gewaschen und für seine Jahre recht abgebrüht, und darum haben wir vielleicht versäumt, ihm mit ein bisschen mehr Nachdruck auf die Finger zu klopfen, was ihn vielleicht hätte retten können. Und dafür fühle ich mich persönlich verantwortlich.« Er tippte sich an die Brust.

»Sein Kumpel – ein Kerl namens Blinker alias Charlie Burov – sagt, sie haben als Team auf der anderen Seite des Flusses zusammengearbeitet. Am Leicester Square und nicht hier. Kimmo bediente die Freier, während Blinker die Augen offen hielt.«

»Das erklärt so manches«, sagte Gill.

»Manches?«

»Er war nicht auf den Kopf gefallen, verstehen Sie. Wir haben ihn mehrmals hier gehabt, um ihn zu verwarnen. Wir haben ihm wieder und wieder gesagt, es sei nur einem glücklichen Zufall zu verdanken, dass er noch nicht in Schwierigkeiten geraten sei, aber er hörte ja nicht auf uns.«

»Kinder«, warf Barbara ein. Sie tat ihr Bestes, ihr Croissant sittsam zu essen, doch es verweigerte sich allen Bemühungen um gutes Benehmen und löste sich in köstliche Flöckchen auf, die sie am liebsten von den Fingern und sogar von der Tischplatte geleckt hätte, aber sie nahm sich zusammen. »Was soll man mit ihnen machen? Sie halten sich für unsterblich. Waren Sie etwa nicht so?«

»In dem Alter?« Gill schüttelte den Kopf. »Damals war ich viel zu hungrig, um mich für unsterblich zu halten, Constable.« Er beendete sein Frühstück und faltete säuberlich seine Papierserviette zusammen. Dann schob er den Teller beiseite und zog seine Teetasse zu sich heran. »In Kimmos Fall war es mehr als nur die Überzeugung, er sei unverwundbar, er könne durch eine Fehlentscheidung nicht in Gefahr geraten. Er musste glauben, dass er ein gutes Urteilsvermögen hatte bei der Frage, mit wem er gehen und wen er abweisen sollte, weil er Pläne hatte. Und auf den Strich zu gehen war das Mittel, sie in die Tat umzusetzen. Er konnte und wollte es nicht aufgeben.«

»Was für Pläne?«

Für einen Moment wirkte Gill verlegen, als sei er gezwungen, einer Dame ein anstößiges Geheimnis anzuvertrauen. »Er wollte eine Geschlechtsumwandlung vornehmen lassen. Darauf hat er gespart. Das hat er uns beim ersten Mal erzählt, als wir ihn hier hatten.«

»Ein Händler auf dem Markt hat uns gesagt, Sie hätten Kimmo schließlich wegen Hehlerei angezeigt«, warf Barbara ein. »Aber was ich nicht verstehe, ist: Warum ausgerechnet Kimmo Thorne? Es muss Dutzende von Typen da drüben geben, die gestohlene Ware verkaufen.«

»Das ist wahr«, räumte Gill ein. »Aber Sie und ich wissen, dass wir zu wenig Personal haben, um jeden Stand auf jedem Markt in London zu überprüfen und festzustellen, welche Waren dort legal angeboten werden und welche nicht. In diesem speziellen Fall handelte es sich jedoch um Gegenstände, die alle mit winzig kleinen Seriennummern versehen waren, wovon Kimmo freilich nichts wusste. Und das Letzte, womit er gerechnet hatte, war, dass die Besitzer Freitag um Freitag auf den Markt kommen würden, um nach ihrem Eigentum zu suchen. Als sie es an seinem Stand entdeckten, haben sie uns sofort angerufen. Ich bin hingefahren und...« Er hob die Hände zu einer Geste, die besagte: Der Rest ist bekannt.

»Vorher hatten Sie keine Ahnung, dass er Diebesbeute aus seinen Einbrüchen dort anbot?«

»Er war wie ein Hund, der nie seinen eigenen Zwinger beschmutzt«, erklärte Gill. »Wenn er das Gesetz brechen wollte, tat er es in einem anderen Revier. In der Beziehung war er sehr schlau.«

Und darum, erklärte Gill weiter, war der Verkauf gestohlener Güter als Kimmos erster Gesetzesverstoß in den Akten erschienen. Und deswegen hatte das Gericht ihn nur zu einer Bewährungsstrafe verurteilt. Auch das bedauerte der Detective Sergeant zutiefst. Hätte man Kimmo Thorne ernst genomen und ihn nicht nur mit einem Klaps auf die Finger und der Auflage, sich regelmäßig bei seinem Bewährungshelfer beim Jugendamt zu melden, laufen lassen, hätte er sich vielleicht geändert und könnte noch leben. Aber leider war das nicht geschehen. Vielmehr hatte man ihn zu einer Hilfsorganisation für gefährdete Jugendliche geschickt, die versucht hatte, mit ihm zu arbeiten.

Barbara horchte auf. Hilfsorganisation?, fragte sie. Was? Wo?

Es war eine wohltätige Einrichtung namens Colossus, erklärte Gill. »Ein gutes Projekt, gleich hier auf der Südseite des Flusses«, fuhr er fort. »Sie bieten den jungen Leuten eine Alternative zum Leben auf der Straße, zu Verbrechen und Drogen, mit Sportangeboten, Gruppenerfahrungen und allen möglichen Kursen... Und das Angebot gilt nicht nur für kriminalitätsgefährdete Jugendliche, sondern auch für junge Obdachlose, Schulschwänzer, Kinder in Pflege... Ich muss gestehen, dass ich Kimmo weniger Aufmerksamkeit gewidmet habe, als ich wusste, dass er zu Colossus geschickt worden war. Irgendwer wird ihn dort sicher unter seine Fittiche nehmen, habe ich gedacht.«

»Als Mentor?«, fragte Barbara. »Läuft das da so?«

»Das hätte er jedenfalls gebraucht«, erwiderte Gill. »Jemanden, der ein wenig Interesse für ihn zeigte und der ihm half, seinen eigenen Wert zu erkennen, an den er nicht so recht glaubte. Jemanden, an den er sich wenden konnte. Irgendjemanden...« Gill unterbrach sich abrupt, als sei ihm plötzlich klar geworden, dass er hier nicht als Polizist Informationen weitergab, sondern Initiativen einforderte wie ein übereifriger Sozialarbeiter. Er spreizte die Finger, die die Teetasse umklammert hielten.

Kein Wunder, dass der Tod des Jungen ihm zu schaffen macht, dachte Barbara. Bei seiner Einstellung fragte sie sich nicht nur, wie lange er schon Polizist war, sondern auch, wie er es aushielt, in diesem Beruf zu bleiben, bei allem, was er hier Tag für Tag erlebte. Sie sagte: »Wissen Sie, es ist nicht Ihre Schuld. Sie haben getan, was Sie konnten. Tatsächlich haben Sie mehr getan, als die meisten Kollegen zu tun bereit gewesen wären.«

»Aber wie sich herausgestellt hat, habe ich nicht genug getan. Und damit muss ich jetzt leben. Ein Junge ist tot, weil Detective Sergeant Gill sich nicht motivieren konnte, genug zu tun.«

»Aber es gibt Millionen von Kindern wie Kimmo«, protestierte Barbara.

»Und die meisten von ihnen leben noch.«

»Sie können nicht allen helfen. Sie können nicht jeden Einzelnen retten.«

»Das ist es, was wir uns einreden, nicht wahr?«

»Was sonst sollen wir uns einreden?«

»Dass es nicht unsere Aufgabe ist, sie alle zu retten. Unsere Aufgabe ist aber, denjenigen zu helfen, mit denen wir zu tun haben. Und das habe ich versäumt, Constable.«

»Verdammt, gehen Sie nicht so hart mit sich ins Gericht.«

»Wer sollte es sonst tun?«, antwortete er. »Sagen Sie es mir, wenn Sie können. Denn ich bin überzeugt: Wenn mehr von uns hart mit sich ins Gericht gingen, hätten mehr Kinder die Chance auf ein Leben, das alle Kinder verdienen.«

Barbara schlug die Augen nieder. Sie wusste, dass sie dem nicht widersprechen konnte. Doch die Tatsache, dass sie das Bedürfnis verspürte, zeigte ihr, wie nah sie daran war, selbst zu intensiv Anteil zu nehmen. Und sie wusste, das machte sie Gill ähnlicher, als sie – Teil des Teams, das diese Serienmorde bearbeitete – es sich leisten konnte.

Das war die Ironie an der Polizeiarbeit: Wenn man zu wenig Anteil nahm, mussten mehr Menschen sterben. Nahm man zu viel Anteil, war man unfähig, die Mörder zu fangen.

»Ich hätte Sie gern gesprochen«, sagte Lynley. »Jetzt gleich.« Er fügte kein »Sir« hinzu und gab sich keinerlei Mühe, einen gemäßigten Tonfall anzuschlagen. Wäre Hamish Robson anwesend gewesen, hätte er aus Lynleys Ton gewiss Aggression und das Bedürfnis, eine Rechnung zu begleichen, herausgehört, aber das war Lynley gleichgültig. Sie hatten eine Absprache getroffen, und Hillier hatte dagegen verstoßen.

Der Assistant Commissioner hatte soeben eine Besprechung mit Stephenson Deacon beendet. Der Leiter des Pressebüros war mit einem Gesichtsausdruck aus Hilliers Zimmer gekommen, der so grimmig war, wie Lynley sich fühlte. Auch bei ihm liefen die Dinge derzeit offenbar nicht glatt, und für einen Moment empfand Lynley gehässige Schadenfreude. Die Vorstellung, dass die Manipulationen der Pressestelle dazu führten, Hillier vor einer Meute geifernder Journalisten im Regen stehen zu lassen, war im Augenblick ausgesprochen erhebend.

Als habe er Lynley überhaupt nicht gehört, fragte Hillier: »Wo, zum Teufel, steckt Nkata? Gleich haben wir einen Termin mit den Medienvertretern, und ich will, dass er rechtzeitig hier ist.« Er schob einige Papiere zusammen, die auf dem Tisch verstreut lagen, und reichte sie einem Untergebenen, der an dem Termin teilgenommen hatte, der vor Lynleys Ankunft stattgefunden hatte, und immer noch hier saß: Ein spindeldürrer Mittzwanziger mit John-Lennon-Brille, der sich eifrig Notizen machte – offenbar um zu verhindern, dass Hilliers Verärgerung sich über ihm entlud. »Die Frage der Hautfarbe ist nun doch aufgekommen«, erklärte Hillier brüsk. »Also wer, *zum Teufel,* hat dort drüben« – er wies mit dem Finger in eine Richtung, die offensichtlich Süden sein sollte, was wiederum südlich des Flusses und somit Shand-Street-Tunnel bedeutete –«, »dieses Detail vor den Geiern von der Presse ausgeplaudert? Das will ich auf der Stelle wissen, und ich will den Kopf dieses Arschlochs auf einem Silbertablett! Sie, Powers.«

Der Untergebene sprang auf und fragte diensteifrig: »Sir? Ja, Sir?«

»Rufen Sie diesen Vollidioten Rodney Aronson an. Er ist neuerdings Chefredakteur der *Source*, und die Frage nach der Hautfarbe kam per Telefon aus der Redaktion dieses elenden Schmierblatts. Versuchen Sie, den Informanten hier im Haus herauszufinden. Setzen Sie Aronson unter Druck. Und jeden anderen, mit dem Sie sprechen, auch. Ich will, dass heute Abend jedes Leck gestopft ist. Na los, worauf warten Sie?«

»Sir.« Powers flitzte hinaus.

Hillier ging zu seinem Schreibtisch, hob den Telefonhörer ab und wählte eine Nummer. Entweder hatte er Lynley und seine Gemütsverfassung nicht wahrgenommen, oder er ignorierte ihn absichtlich. Es war nicht zu fassen: Er buchte eine Massage für sich.

Lynley fühlte sich, als fließe Batteriesäure durch seine Adern. Er ging quer durch den Raum zu Hilliers Schreibtisch und drückte auf die Telefongabel. Hillier schnauzte: »Was glauben Sie eigentlich…«

»Ich sagte, ich müsse Sie sprechen«, unterbrach Lynley. »Sie und ich hatten eine Absprache, und Sie haben sich nicht daran gehalten.«

»Wissen Sie eigentlich, mit wem Sie reden?«

»Nur zu gut. Sie haben Robson als Showeffekt engagiert, und ich habe es zugelassen.«

Hilliers blühende Gesichtsfarbe nahm einen puterroten Ton an. »Verflucht, niemand außer mir lässt hier irgendetwas zu…«

»Unsere Absprache lautete, dass ich entscheide, was er zu sehen bekommt und was nicht. Er hatte nichts am Tatort verloren, und doch war er da und wurde durchgelassen. Es gibt nur eine Möglichkeit, wie so etwas geschehen kann.«

»Völlig richtig«, erwiderte Hillier. »Und merken Sie sich das: Hier gibt es nur eine Möglichkeit, wie die Dinge geschehen können, nur einen Entscheidungsweg, und der führt nicht über Sie. Ich entscheide, wer Zugang wozu, wann und wie bekommt, Interim Superintendent. Und wenn es mir in den Sinn käme, es könnte der Ermittlung förderlich sein, wenn die Queen der Leiche die Hand schüttelt, dann machen Sie sich bereit, vor ihr zu salutieren, weil ihr Rolls sie dann nämlich auf eine Stippvisite vorbeibringen wird. Robson gehört zum Team. Finden Sie sich damit ab.«

Lynley war fassungslos. Eben noch hatte der Assistant Commissioner getobt, weil es offenbar eine undichte Stelle gab, und jetzt hieß er einen potenziellen Informanten in ihrer Mitte willkommen. Aber das Problem war nicht allein die Frage, was Hamish Robson der Presse absichtlich oder versehentlich mitteilen mochte. Lynley sagte: »Ist es Ihnen in den Sinn gekommen, dass Sie diesen Mann in Gefahr bringen? Dass Sie ihn nur zu Ihrem Vergnügen einem Risiko aussetzen? Auf seine Kosten stehen Sie gut da, und wenn etwas schief geht, ist Scotland Yard schuld. Haben Sie das bedacht?«

»Es ist ungeheuerlich, was Sie sich hier leisten...«

»Beantworten Sie meine Frage!«, verlangte Lynley. »Dort draußen läuft ein Mörder herum, der schon fünf Menschen getötet hat, und es ist durchaus denkbar, dass er heute Morgen zwischen den Gaffern an der Absperrung gestanden und jeden gesehen hat, der kam und ging.«

»Sie sind ja hysterisch«, sagte Hillier. »Verlassen Sie mein Büro. Ich habe nicht die Absicht, mir Ihre lächerlichen Tiraden anzuhören. Wenn Sie den Druck dieser Ermittlung nicht aushalten, dann geben Sie die Leitung ab. Oder ich werde es für Sie tun. Und wo, zur Hölle, bleibt Nkata? Er hat hier zu sein, wenn ich vor die Presse trete.«

»Hören Sie mir eigentlich zu? Haben Sie überhaupt eine Ahnung...« Lynley wollte mit der Faust auf den Schreibtisch des Assistant Commissioner schlagen, nur um für einen Augenblick etwas anderes als Empörung zu fühlen. Er versuchte, sich zu beruhigen, und senkte die Stimme: »Hören Sie mich an, Sir. Es ist eine Sache, wenn der Mörder einen von uns aufs Korn nimmt. Das ist Teil des Risikos, das wir akzeptieren, wenn wir diesen Beruf wählen. Aber einen Außenstehenden ins Visier eines Psychopathen zu stellen, nur um Ihnen politische Rückendeckung zu verschaffen...«

»Das reicht!« Hillier sah aus, als stehe ein Schlaganfall unmittelbar bevor. »Das ist, verdammt noch mal, genug. Seit Jahren habe ich Ihre Unverschämtheiten geduldet, aber was Sie sich hier erlauben...« Er umrundete den Schreibtisch und kam keine zehn Zenitmeter vor Lynley zum Stehen. »Verlassen Sie mein Büro«, zischte er. »Zurück an die Arbeit. Fürs Erste werden wir so tun, als habe diese Unterredung niemals stattgefunden. Sie werden jetzt Ihren Job machen, Sie werden jeden Befehl befolgen, den Sie bekommen, Sie werden diese Schweinerei aufklären und in Kürze eine Verhaftung vornehmen. Und danach« – er bohrte Lynley den Zeigefinger in die Brust, und Lynleys Blickfeld verfärbte sich rötlich, wenngleich er sich beherrschen konnte –, »werden wir entscheiden, was mit Ihnen geschieht. Habe ich mich klar ausgedrückt? Ja? Gut. Jetzt machen Sie sich an die Arbeit und bringen mir Ergebnisse.«

Lynley gestand dem Assistant Commissioner das letzte Wort zu, auch wenn es sich anfühlte, als schlucke er Gift. Er machte auf dem Absatz kehrt und überließ Hillier seinen politischen Manövern. Er lief die Treppe auf dem Rückweg zur Einsatzzentrale hinauf und verfluchte sich, weil er geglaubt hatte, er könne Hilliers Vorgehensweise beeinflussen. Er musste sich auf die Dinge konzentrieren, die wirklich zählten, und die Tatsache, dass der Assistant Commissioner Hamish Robson einsetzte, musste von dieser Liste verschwinden.

Alle Mitglieder der Mordkommission waren über die Leiche im Shand-Street-Tunnel informiert worden, und als Lynley sich zu ihnen gesellte, fand er sie so niedergeschlagen vor, wie zu erwarten gewesen war. Alle zusammengenommen waren es jetzt dreiunddreißig Beamte: von den Constables auf der Straße bis hin zu den Sekretärinnen, die alle Berichte und Dokumente zusammenstellten. Von einem einzigen Individuum besiegt zu werden, obwohl sie die geballte Macht von New Scotland Yard hinter sich hatten – angefangen von modernster Kommunikationstechnik und Überwachungskameras bis hin zu forensischen Labors und Datenbanken –, war mehr als entmutigend. Es war erniedrigend. Und schlimmer noch: All das hatte nicht ausgereicht, um einen Mörder zur Strecke zu bringen.

Also war die Stimmung gedrückt, als Lynley eintrat. Das einzige Geräusch im Raum war das Klicken von Computertastaturen. Und auch das verstummte, als Lynley leise fragte: »Wie ist der Stand?«

DI John Stewart schaute von einer seiner vielfarbigen Skizzen auf und berichtete, dass die Tatorte zu triangulieren, sich nicht als fruchtbar erwiesen hatte. Der Mörder war buchstäblich auf dem gesamten Londoner Stadtplan aktiv. Dies sprach für gute Ortskenntnisse, was wiederum auf jemanden hindeutete, dessen Job ihm diese Ortskenntnis vermittelte.

»Taxifahrer kommen einem da natürlich sofort in den Sinn«, sagte Stewart. »Funkmietwagenfahrer. Oder Busfahrer wäre auch möglich, denn keiner der Leichenfundorte ist weit von einer Busstrecke entfernt.«

»Der Profiler sagt, er hat einen Job, der bei weitem nicht seinen Fähigkeiten entspricht«, räumte Lynley ein, obwohl es ihm zuwider war, Hamish Robson nach seiner Konfrontation mit Hillier auch nur zu erwähnen.

»Kurierdienst wär auch noch möglich«, merkte einer der DCs an. »Mit einem Moped durch die Stadt zu fahren verschafft einem so gute Ortskenntnisse wie die Taxifahrerprüfung.«

»Oder selbst mit dem Fahrrad«, sagte ein anderer.

»Aber wie passt der Lieferwagen da rein?«

»Privatwagen? Er braucht ihn nicht für seinen Job?«

»Was wissen wir über den Lieferwagen?«, fragte Lynley. »Wer hat mit der Zeugin von St. George's Gardens gesprochen?«

Ein Constable von Team zwei antwortete. Eine behutsame Befragung der Zeugin hatte ursprünglich nichts ergeben, aber gestern Abend hatte sie noch einmal angerufen, weil sie sich plötzlich an etwas erinnerte. Sie hoffte jedenfalls, es sei eine echte Erinnerung, sagte sie, und nicht eine Kombination ihrer Einbildung und des Wunsches, der Polizei zu helfen. Wie dem auch sei, sie meinte, sie könne mit einiger Sicherheit sagen, dass es ein geschlossener Lieferwagen war. Verblasste weiße Schrift war auf den Seiten, was darauf hindeutete, dass der Wagen irgendeiner Firma gehörte oder zumindest gehört hatte.

»Das bestätigt im Grunde, dass es sich um einen Ford Transit handelt«, fügte Stewart hinzu. »Wir arbeiten die Liste der Zulassungsbehörde durch auf der Suche nach einem roten Wagen, der auf eine Firma zugelassen ist.«

»Und?«

»Das dauert seine Zeit, Tommy.«

»Wir haben aber keine Zeit.« Lynley hörte selbst die Erregung in seiner Stimme und wusste, die anderen hörten sie auch. Es war der denkbar schlechteste Moment, um daran erinnert zu werden, dass er nicht Malcolm Webberly war, dass er weder die Ruhe des früheren Superintendent besaß noch dessen Unbeirrbarkeit, wenn er unter Druck stand. Er sah in den Gesichtern der Umstehenden, dass die anderen Beamten genau das Gleiche dachten. Er fuhr ruhiger fort: »Mach in der Richtung weiter, John. Ich will sofort informiert werden, wenn du irgendetwas hast.«

»Etwas haben wir schon.« Stewart hatte nach Lynleys Ausbruch den Blickkontakt abgebrochen. Stattdessen machte er eine Anmerkung auf seiner säuberlichen Skizze und unterstrich sie dreimal. »Wir haben zwei Bezugsquellen im Internet gefunden für dieses Ambra-Öl.«

»Nur zwei?«

»Es ist keine alltägliche Ware. Die beiden Bezugsquellen liegen in entgegengesetzten Richtungen: Die eine ist ein Laden namens Crystal Moon an der Gabriel's Wharf ...«

»Schon wieder südlich der Themse«, warf jemand hoffnungsvoll ein.

»...die andere ein Stand auf dem Camden Lock Market namens Wendy's Cloud. Irgendwer muss sich beide ansehen.«

»Barbara wohnt in der Gegend um Camden Lock«, sagte Lynley. »Sie soll das übernehmen. Winston kann... Wo ist er eigentlich?«

»Versteckt sich wahrscheinlich vor Hillier«, lautete die Antwort. »Er kriegt neuerdings schon Fanpost von den Fernsehzuschauerinnen, unser Winnie. All die einsamen Bräute auf der Suche nach einem viel versprechenden Kerl...«

»Ist er im Haus?« Niemand wusste es. »Dann rufen Sie ihn auf dem Handy an. Havers auch.«

Noch während er das sagte, kam Barbara Havers herein. Sekunden später folgte Winston Nkata. Die Beamten begrüßten sie mit stressabbauendem Gegröle und schlüpfrigen Bemerkungen, die andeuteten, dass sich hinter ihrem gleichzeitigen Eintreffen eine Erklärung privater Natur verbarg.

Havers zeigte ihnen zwei Finger. »Ihr könnt mich alle mal«, sagte sie liebenswürdig. »Ich bin überrascht, euch außerhalb der Kantine anzutreffen.«

Nkata sagte lediglich: »Tut mir Leid. Ich hab versucht, einen Sozialarbeiter zu finden, der für den Salvatore-Jungen zuständig war.«

»Mit Erfolg?«, fragte Lynley.

»Absolut nichts.«

»Bleiben Sie dran. Übrigens, Hillier sucht Sie.«

Nkata machte ein finsteres Gesicht. Dann sagte er: »Ich hab von den Kollegen in Peckham etwas über Jared Salvatore erfahren.« Er fasste alle Informationen zusammen, die er gesammelt hatte, während die anderen lauschten und sich Notizen machten. »Die Freundin hat gesagt, er hätte irgendwo einen Kochkurs gemacht, aber die Jungs auf der Wache hielten das nicht für glaubwürdig«, schloss er.

»Lass jemanden die Kochschulen überprüfen«, sagte Lynley

zu DI Stewart. Der nickte und schrieb es auf. »Havers?«, fragte Lynley. »Wie steht es mit Kimmo Thorne?«

Sie berichtete, dass die Beamten der Borough-Polizeiwache alles bestätigt hatten, was sie von Blinker und dann von den Grabinskis und von Reg Lewis auf dem Bermondsey Market gehört hatten. Sie erklärte weiter, dass Kimmo Thorne offenbar in einem Betreuungsprogramm namens Colossus gewesen war, das sie als »einen Haufen Gutmenschen auf der anderen Flussseite« beschrieb. Sie war dort gewesen und hatte sich die Einrichtung angeschaut: ein renoviertes Fabrikgebäude unweit des Knotenpunkts, wo etliche Straßen in Elephant and Castle zusammenflossen. »Sie hatten noch geschlossen«, fuhr Havers fort. »Alle Türen waren verriegelt und verrammelt, aber draußen warteten ein paar Jugendliche auf jemanden, der sie reinließ.«

»Was haben sie Ihnen erzählt?«, wollte Lynley wissen.

»Absolut gar nichts«, antwortete Havers. »Ich hab gefragt: ›Habt ihr was mit diesem Laden zu tun?‹, und sie wussten sofort, dass ich ein Bulle bin. Und damit war die Unterhaltung beendet.«

»Dann bleiben Sie dran.«

»Wird gemacht, Sir.«

Lynley fasste für sie zusammen, was Hamish Robson über den jüngsten Mord zu sagen gehabt hatte. Er sagte ihnen nicht, dass der Profiler von Hillier zum Tatort geschickt worden war. Es hatte keinen Sinn, sie gegen etwas aufzubringen, über das sie keine Kontrolle hatten. Also beschrieb er lediglich das veränderte Verhalten des Täters dem letzten Opfer gegenüber und die Indizien, die darauf hinweisen, dass er zu jedem der Tatorte zurückkehren könnte.

Als er dies hörte, organisierte DI Stewart Observierungen an allen bisherigen Leichenfundorten, ehe er in einer anderen Sache Bericht erstattete: Die Beamten, die sich durch alle Videoüberwachungsbänder aus den Umgebungen der Fundorte gearbeitet hatten, setzten ihre Bemühungen fort. Es war nicht gerade ein fesselndes Fernsehprogramm, aber die fraglichen Constables blieben beharrlich bei der Sache, unterstützt von eimerweise Kaffee. Sie hielten nicht nur nach einem Lieferwagen Ausschau, sondern auch nach jedem anderen Transportmittel, um eine Leiche von A nach B zu bringen, möglicherweise eines, das den Nachbarn nicht auffiel: Milchautos, Straßenfegerkarren und Ähnliches.

Weiter informierte er sie, dass ein Bericht von SO7 zum Make-up, das Kimmo Thorne getragen hatte, gekommen war. Die Marke hieß »No. 7« und gehörte zum Standardsortiment von Boots – einer der größten Drogeriemarktketten. Wollte der Superintendent, dass sie alle Überwachungsvideos der Boots-Filialen in der Nähe von Kimmo Thornes Zuhause anschauten? Stewart klang nicht so, als finde er die Aussicht besonders erbaulich. Trotzdem wies er darauf hin: »Das könnte uns weiterbringen. Ein Kassierer, dem die sexuelle Ausrichtung des Thorne-Jungen nicht gefiel und der ihn deswegen umbringen will. Irgendwas in der Art.«

Zum jetzigen Zeitpunkt wollte Lynley keine Möglichkeit ausschließen. Also erteilte er Stewart den Auftrag, ein Team zusammenzustellen, um alle Überwachungsvideos der Boots-Filialen in der Nähe von Kimmo Thornes Wohnung in Southwark auszuwerten. Er selbst teilte die beiden Bezugsquellen für Ambra-Öl Nkata und Havers zu und wies Havers an, auf dem Heimweg heute Abend bei Wendy's Cloud vorbeizuschauen. Jetzt solle sie ihn erst einmal nach Elephant and Castle begleiten. Er war entschlossen, persönlich herauszufinden, welche Erkenntnisse ein Besuch bei Colossus erbrachte. Wenn *einer* der Jungen mit dieser Einrichtung zu tun gehabt hatte, war nicht auszuschließen, dass auch die anderen, noch nicht identifizierten Opfer, dort verkehrt hatten.

»Könnte der neue Fall ein Trittbrettfahrer sein?«, fragte Havers. »Darüber haben wir noch nicht gesprochen. Ich meine, ich weiß, wie Robson die Unterschiede zwischen dieser Leiche und den früheren erklärt, aber diese Unterschiede könnten auch darauf zurückzuführen sein, dass wir es mit einem Täter zu tun haben, der einiges, aber nicht alles über die Morde weiß, oder?«

Das war nicht auszuschließen, pflichtete Lynley ihr bei. Doch Tatsache war, dass Trittbrettfahrer sich auf die Informationen durch die Medien stützten, und wenngleich sie im Ermittlungsteam eine undichte Stelle hatten, wusste er doch, dass diese erst seit kurzem existierte. Das bewies der Umstand, dass die Presse sich mit solch großem Eifer auf die Hautfarbe des jüngsten Opfers bezog, obwohl es weit sensationellere Details als dieses gab, die sie auf den Titelseiten der Boulevardblätter hätten ausschlachten können. Und Lynley wusste, wie die Medien funktionierten: Sie kämen niemals auf die Idee, ein grässliches Detail zurückzuhalten, wenn die Chance bestand, damit die Auflage um weitere zweihunderttausend zu erhöhen. Es sprach also vieles dafür, dass sie noch kein grässliches Detail in Erfahrung gebracht hatten, woraus man den Schluss ziehen durfte, dass dieser Mord keine Nachahmung der früheren Morde war, sondern der Letzte in einer Reihe, die alle die Handschrift desselben Mörders trugen.

Das war die Person, die sie finden mussten, und zwar schnell. Denn Lynley war durchaus in der Lage, die psychologischen Folgerungen aus allem, was Hamish Robson ihnen heute Morgen über den Täter gesagt hatte, zu ziehen: Der Mörder war seinem letzten Opfer mit Verachtung begegnet und hatte keinerlei Reue empfunden, also hatte eine Eskalation eingesetzt.

9

Nkata gelang es, das Gebäude an der Victoria Street zu verlassen, ohne Hillier in die Arme zu laufen. Er hatte eine SMS von Hilliers Sekretärin auf dem Handy, die besagte, dass ›Sir David eine Besprechung vor der nächsten Pressekonferenz‹ wünsche, aber er beschloss, sie zu ignorieren. Hillier wollte sich in etwa so dringend mit ihm besprechen wie er eine ordentliche Dosis Ebola-Viren abbekommen wollte, und das war eine Tatsache, die Nkata bei jedem Zusammentreffen mit Hillier zwischen den Zeilen gelesen hatte. Er war es leid, der Alibibulle zu sein, der bei den Pressekonferenzen an den richtigen Stellen nickte und als Beweis dafür herhielt, dass Minderheiten bei Scotland Yard Chancengleichheit genossen. Er wusste, wenn er bei dieser Propaganda noch lange mitspielte, würde er seinen Beruf, seine Kollegen und sich selbst irgendwann hassen. Das war niemandem gegenüber fair. Also flüchtete er im Anschluss an die Besprechung in der Einsatzzentrale aus dem Scotland-Yard-Gebäude. Ambra-Öl war seine Ausrede.

Er fuhr über den Fluss nach Gabriel's Wharf, einem asphaltierten Karree am Ufer auf halbem Weg zwischen zwei der Brücken, die die Themse überspannten – Waterloo und Blackfriars. Es war ein Platz für Sommerwetter, ohne jegliche Überdachung. Trotz der bunten Lichterketten, die kreuz und quer gespannt waren und sogar jetzt bereits brannten, obwohl noch Tag war, fand sich auf Gabriel's Wharf im Winter wenig Publikum. Kein einziger Kunde war im Fahrrad- und Inlineverleih, und auch wenn einige wenige an den kleinen, schäbigen Galerien entlangschlenderten, die den Platz säumten, lagen die übrigen Läden nahezu verlassen da. Restaurants und Imbissstände, die im Sommer die Nachfrage nach Crêpes, Pizza, Sandwiches, Folienkartoffeln und Eis sicher kaum befriedigen konnten, fanden jetzt keinerlei Interesse.

Nkata entdeckte Crystal Moon zwischen zwei Schnellimbissen: Crêpes zur Linken und Sandwiches rechts. Das Geschäft lag an der Ostseite des Platzes, wo die Läden und Galerien vor einer Reihe Mietshäuser standen. Die Obergeschosse dieser Häuser waren vor langer Zeit mit Fenstern bemalt worden, die so unterschiedlich waren, dass man beim Betrachten das Gefühl bekam, zu Fuß durch Europa zu eilen. Fenster des georgianischen London wichen binnen vier Schritten dem Pariser Rokoko, was wiederum von der venezianischen Renaissance abgelöst wurde. Es war unbestreitbar ausgefallen und passte somit zu Gabriel's Wharf an sich.

Crystal Moon verströmte einen etwas wunderlichen Charme, lockte den Besucher durch einen Perlenvorhang ins Innere, der das Bild einer Galaxie unter einem grünen Halbmondkäse zeigte. Nkata kämpfte sich hindurch und öffnete die Tür dahinter. Er rechnete damit, von einer Hippiebraut in langen Wallegewändern begrüßt zu werden, die sich Aphrodite oder irgendetwas in der Art nannte, in Wirklichkeit aber Kylie aus Essex war. Stattdessen sah er eine großmütterliche Frau auf einem hohen Hocker an der Kasse sitzen. Sie trug ein zartrosa Twinset mit einer Kette aus violetten Glasperlen, und sie blätterte in einer Illustrierten. Ein Räucherstäbchen, das neben ihr in einer Schale brannte, erfüllte die Luft mir Jasminduft.

Nkata nickte, trat aber nicht gleich zu ihr, sondern er verschaffte sich einen Überblick über das Angebot. Kristalle dominierten wie zu erwarten: Sie hingen an Schnüren, verzierten kleine Lampenschirme, waren in Kerzenhalter eingelassen oder lagen lose in kleinen Körben. Aber ebenso gab es Räucherstäbchen, Tarotkarten, Traumfänger, Duftöle, Flöten und – aus irgendeinem Grund nicht auf den ersten Blick zu entdecken – bemalte Essstäbchen. Er ging zu den Ölen.

Schwarzer Mann im Laden. Weiße Frau allein. An einem anderen Tag hätte Nkata sich vielleicht vorgestellt und seinen Dienstausweis gezeigt, um sie zu beruhigen. Doch heute, da Hillier und alles, wofür Hillier stand, ihm auf der Seele lagen, war er einfach nicht in der Stimmung, irgendeinen Weißen zu beruhigen – ältere Dame oder nicht.

Er sah sich ein wenig um. Anis. Benzoe Sumatra. Linde. Kamille. Mandel. Er nahm eines der Fläschchen in die Hand, las das Etikett und staunte darüber, wie vielseitig es verwendbar war. Er stellte es zurück und griff nach einem zweiten Fläschchen. Hinter ihm wurden die Seiten der Illustrierten weiterhin umgeblättert, ohne dass ein Wechsel in der Geschwindigkeit festzustellen war. Schließlich war ein Knarren des Hockers zu vernehmen, und die Geschäftsinhaberin ergriff das Wort.

Es stellte sich allerdings heraus, dass sie keineswegs die Inhaberin war, was sie Nkata mit einem verlegenen, kleinen Lachen gestand, als sie ihm ihre Hilfe anbot. »Ich weiß nicht, wie gut ich Sie beraten kann, aber ich will es gerne versuchen. Ich bin nur einen Nachmittag pro Woche hier, verstehen Sie, während Gigi – das ist meine Enkelin – ihre Gesangsstunde hat. Das hier ist ihr Lädchen, mit dem sie sich über Wasser hält, bis sie ihren Durchbruch im Showbiz geschafft hat... sagt man nicht so? Brauchen Sie denn Beratung? Suchen Sie etwas Bestimmtes?«

»Wofür ist all dieses Zeug?« Nkata wies auf die Auslage der Ölfläschchen.

»Oh, für vielerlei Dinge«, antwortete die alte Dame. Sie kletterte von ihrem Hocker und kam zu ihm herüber. Er überragte sie, aber das schien sie nicht zu beunruhigen. Sie verschränkte die Arme vor der Brust und sagte: »Meine Güte, Sie haben aber immer emsig Ihre Vitamine genommen, nicht wahr?« Dann fuhr sie liebenswürdig fort: »Einige Öle haben eine medizinische Wirkung, einige werden in der Zauberei verwendet, wieder andere in der Alchimie. Das sagt Gigi jedenfalls, ich habe keine Ahnung, ob sie wirklich für irgendetwas gut sind. Warum fragen Sie? Brauchen Sie etwas Besonderes?«

Nkata ergriff das Fläschchen Ambra-Öl. »Was ist hiermit?«

Sie nahm es ihm ab und sagte: »Ambra... Wir wollen mal nachsehen, ja?« Sie ging mit dem Fläschchen zur Ladentheke zurück, unter der sie ein dickes Buch hervorholte.

Mochte sie selbst auch ganz und gar nicht das sein, was Nkata in einem Laden namens Crystal Moon vorzufinden erwartet hatte, so entsprach der gewichtige Foliant dem Klischee umso mehr. Er sah aus, als komme er geradewegs aus der Kulisse eines Historiendramas: groß, ledergebunden und voll abgegriffener Seiten. Nkata rechnete fast damit, dass Motten herausfliegen würden, als sie ihn aufschlug.

Sie schien seine Gedanken zu lesen, denn sie lachte ein bisschen verschämt und sagte: »Ja. Ein wenig albern, ich weiß. Aber die Leute erwarten dergleichen, oder?« Sie blätterte und begann zu lesen. Nkata trat zu ihr an die Theke. Sie schnalzte missbilligend mit der Zunge, schüttelte den Kopf und befingerte ihre Perlen.

»Was?«, fragte er.

»Es ist ein bisschen unappetitlich. Die Anwendung, meine ich.« Sie zeigte auf die Seite und erklärte, dass nicht nur ein armer, niedlicher Wal sein Leben lassen musste, damit dieses Öl gewonnen werden konnte, die Substanz selbst wurde für Akte des Zorns und der Vergeltung verwendet. Sie runzelte die Stirn und sah ihn ernst an. »Also, jetzt muss ich Sie aber fragen. Seien Sie mir nicht böse. Gigi wäre entsetzt, aber es gibt einfach Dinge... Wofür wollen Sie Ambra-Öl haben? Ein reizender Mann wie Sie. Hat es irgendetwas mit der Narbe zu tun, mein Junge? Es ist traurig, dass Sie die haben, aber wenn ich das sagen darf... Nun ja, sie gibt Ihrem Gesicht das gewisse Etwas. Also, wenn ich Sie vielleicht in eine andere Richtung leiten dürfte...«

Sie sagte ihm, ein Mann wie er sollte lieber Berminze-Öl kaufen, denn es hielt die Frauen fern, weil er doch sicher Tag für Tag von ihnen belästigt wurde. Oder aber Zaunrübe für einen Liebestrank, falls es die eine Frau gab, nach der er sich verzehrte. Oder Odermennig, der alles Negative bannte. Oder Eukalyptus zur Heilung. Oder Salbei für Unsterblichkeit. Es gab ja eine so große Auswahl an Substanzen mit so viel positiverer Wirkung als Ambra, mein Junge, und wenn sie irgendetwas tun konnte, um ihm zu einem Ergebnis zu verhelfen, das positive Auswirkungen auf sein Leben hatte...

Nkata sah ein, dass es höchste Zeit war. Er förderte seinen Dienstausweis zutage und erklärte ihr, dass Ambra-Öl eine Rolle in einem Mordfall spielte.

»Mord?« Ihre Augen, deren Blau mit dem Alter verblasst war, weiteten sich, und sie legte eine Hand auf die Brust. »Mein lieber Junge, Sie glauben doch nicht... Ist jemand *vergiftet* worden? Denn ich glaube nicht... Es kann doch unmöglich... Es stünde doch ein Warnhinweis auf der Flasche... Ich weiß genau, es müsste...«

Nkata beeilte sich, sie zu beruhigen. Niemand war vergiftet

worden, und selbst wenn, wäre der Laden nur verantwortlich zu machen, wenn das Gift hier verabreicht worden wäre. Das war ja nicht der Fall, nicht wahr?

»Natürlich nicht. Selbstverständlich nicht«, pflichtete sie ihm bei. »Aber wenn Gigi hiervon hört, wird sie todunglücklich sein. Auch nur im Entferntesten mit einem Mord in Verbindung zu stehen... Sie ist ja so eine friedfertige junge Frau. Wirklich. Wenn Sie sie hier mit ihren Kunden erleben würden. Wenn Sie die Musik hörten, die sie spielt. Ich habe die CDs hier liegen, und Sie können sie sich gern anschauen. Sehen Sie? *Der Gott im Innern – Spirituelle Reisen.* Und es gibt noch mehr. Alle zur Meditation und so weiter.«

Nkata kam noch einmal auf die Kunden zurück. Er fragte, ob hier kürzlich Ambra-Öl verkauft worden sei. Sie sagte, das wisse sie nicht genau. Vermutlich ja. Gigis Geschäfte liefen ordentlich, selbst zu dieser Jahreszeit. Aber sie hatten keine Unterlagen über die einzelnen Verkäufe. Es gab natürlich die Kreditkartenbelege, und vielleicht kam die Polizei ja damit weiter. Abgesehen davon gab es nur die Kladde, in welche die Kunden sich eintrugen, die den Crystal-Moon-Newsletter beziehen wollten. Wäre diese Liste vielleicht hilfreich?

Nkata bezweifelte das, aber er nahm das Angebot an und ließ sich die Kladde aushändigen. Dann gab er ihr seine Karte und bat sie, falls ihr noch irgendetwas einfiele... Oder wenn Gigi den Ausführungen ihrer Großmutter noch etwas hinzuzufügen hatte...

Ja, ja, gewiss. Sie würden tun, was sie konnten. »Und da fällt mir noch etwas ein. Der Himmel mag wissen, ob es Sie weiterbringt, aber es gibt noch eine Liste, die Gigi führt«, sagte die Großmutter. »Es sind nur Postleitzahlen. Gigi möchte gern auf der anderen Seite der Themse Crystal Moon Zwei eröffnen – in Notting Hill vielleicht –, und sie hat die Postleitzahlen ihrer Kunden als Argument für die Kreditverhandlungen mit der Bank notiert. Können Sie damit etwas anfangen?«

Nkata war skeptisch, aber er nahm die Liste trotzdem mit. Er dankte Gigis Großmutter und verabschiedete sich, zögerte aber wider Willen vor dem Regal mit den Ölfläschchen.

»Kann ich sonst noch was für Sie tun?«, fragte die alte Dame.

Die Antwort lautete ja, musste er sich eingestehen. »Welches Öl war's doch gleich, das alles Negative bannt?«, fragte er.

»Der Odermennig, mein Junge.«

Er nahm ein Fläschchen und kehrte damit zur Kasse zurück.

»Dann nehm ich eines davon«, sagte er.

Elephant and Castle war eine Gegend, die offenbar ohne jede Wahrnehmung der Stadt London um sich herum existierte, die im Laufe der Zeit entstanden und wieder vergangen war. Das *Swinging London* der Miniröcke und Lackstiefel, die King's Road und Carnaby Street hatten sie schon vor Jahrzehnten überholt. Die Laufstege der Modestadt London waren niemals auch nur in der Nähe gewesen, und während das London Eye, die Millenniumbrücke und die Tate Modern allesamt Boten eines brandneuen Jahrhunderts waren, verweilte Elephant and Castle in der Vergangenheit. Gewiss, das Viertel bemühte sich um eine Sanierung wie so viele Stadtbezirke südlich der Themse, doch es war ein fast aussichtsloses Streben angesichts der Drogenabhängigen und Dealer auf den Straßen, der Armut, mangelnden Bildung und Verzweiflung. In genau diesem Umfeld hatten die Gründer Colossus geschaffen, hatten eine verfallene Fabrik, die einmal Matratzen hergestellt hatte, übernommen und in bescheidenem Rahmen renoviert, auf dass sie der Bevölkerung in ganz neuer Weise dienlich sein konnte.

Barbara Havers dirigierte Lynley zu der Stelle auf der New Kent Road, wo ein kleiner Parkplatz hinter dem kränklich gelben Gebäude den Colossus-Teilnehmern als Raucherecke diente. Auch jetzt stand dort eine kleine Gruppe von Rauchern, als Lynley den Wagen in einer der Parkbuchten abstellte. Während er die Handbremse anzog und den Motor ausschaltete, sagte Havers, dass ein Bentley vielleicht nicht gerade das Auto war, mit dem man sich in diese Gegend wagen sollte.

Lynley konnte nicht widersprechen. Er hatte nicht richtig nachgedacht, als Havers in der Tiefgarage an der Victoria Street vorgeschlagen hatte: »Warum nehmen wir nicht meine Möhre, Sir?« In dem Moment hatte er nur den Wunsch verspürt, die Kontrolle über die Dinge zurückzugewinnen, und ein Weg, dieses Ziel zu erreichen, war, so viel Abstand wie möglich zwischen sich und jedes Gebäude zu bringen, das den Assistant Commissioner der Polizei beherbergte. Er hatte nur daran gedacht, wie er diesen Abstand am schnellsten herstellen konnte. Doch jetzt sah er ein, dass Havers Recht gehabt hatte. Es ging nicht so sehr darum, dass sie sich in Gefahr brachten, indem sie mit einem teuren Wagen in eine Gegend wie diese fuhren, sondern vielmehr darum, dass sie damit eine völlig überflüssige Aussage über sich selbst trafen.

Auf der anderen Seite bedeutete der Wagen, dass sie nicht gleich Gott und der Welt verkündeten, was sie waren, tröstete er sich. Doch dieser Illusion wurde er sogleich wieder beraubt, als er ausstieg und den Bentley abschloss.

»Die Bullen«, murmelte jemand, und die Warnung machte schnell die Runde, bis alle Gespräche in der Raucherecke verstummt waren. So viel also zum automobilen Inkognito, dachte Lynley.

Als hätte er es ausgesprochen, antwortete Havers leise: »Es liegt an mir, Sir, nicht an Ihnen. Diese Jungs hier haben ein Bullenfrühwarnsystem. Sie wussten sofort, wer ich bin, als ich vorhin hier war.« Sie schaute ihn an. »Aber Sie können sich als mein Fahrer ausgeben, wenn Sie wollen. Vielleicht können wir ihnen ja doch noch Sand in die Augen streuen. Fangen wir doch mal mit einer Kippe an. Sie können mir Feuer geben.«

Lynley warf ihr einen kurzen Blick zu. Sie grinste. »War nur so 'ne Idee.«

Sie bahnten sich einen Weg durch die schweigsame Gruppe und kamen zu einer Eisentreppe an der Rückseite des Gebäudes. Am oberen Ende der Treppe befand sich eine breite grüne Tür mit einem polierten Messingschild, auf dem das Wort »Colossus« eingraviert war. Ein Fenster darüber gewährte einen Blick auf eine Reihe Lampen an der Decke eines Flurs. Lynley und Havers traten ein und fanden sich in einem Raum, der eine Mischung aus Galerie und bescheidenem Geschenkartikelladen zu sein schien.

Die Galerie bot eine bebilderte Geschichte der Organisation: ihre Gründung, die Sanierung des Gebäudes, das sie beherbergte, und ihre Wirkung auf die Bevölkerung der Umgebung. Die Geschenkartikel – die nur in einer einzigen Vitrine ausgestellt waren – waren relativ preiswerte T-Shirts, Sweatshirts, Baseballkappen, Kaffeebecher, Schnapsgläschen und Briefpapier, die alle das gleiche Logo trugen. Dieses zeigte den mythologischen Namensgeber der Organisation, umgeben von Dutzenden winziger Figuren, die seine gewaltigen Arme und Schultern als Weg benutzten, um vom Elend zur Erfüllung zu gelangen. Unter dem Riesen stand im Halbkreis das Wort *gemeinsam*, und *Colossus* bildete den zweiten Halbkreis darüber.

In der Glasvitrine stand auch ein signiertes Foto des Herzogs und der Herzogin von Kent, die irgendeine Veranstaltung der Organisation als königliche Schirmherrn beehrt hatten. Das Bild stand offenbar nicht zum Verkauf.

Jenseits der Vitrine führte eine Tür in den Empfangsbereich. Dort fanden Lynley und Havers sich augenblicklich von drei Individuen beäugt, die verstummten, sobald die Neuankömmlinge eingetreten waren. Zwei der Anwesenden – ein schlanker, ziemlich junger Mann mit einer EuroDisney-Baseballkappe und ein vielleicht vierzehnjähriger gemischtrassiger Junge – spielten Karten an einem niedrigen Tisch zwischen zwei Sofas. Der dritte – ein riesiger junger Mann mit gepflegtem kurzem Rotschopf und einem spärlichen Bart, der säuberlich getrimmt war, die Aknenarben auf den Wangen aber nur unzureichend verdeckte – saß hinter der Rezeption, ein türkisfarbenes Kruzifix baumelte an einem Ohrläppchen. Er trug ein Colossus-Sweatshirt, hatte auf der ansonsten perfekt aufgeräumten Rezeptionstheke einen Kalender aufgeschlagen, in den er Einträge mit blauem Kugelschreiber machte. Leise Jazzmusik säuselte aus den Lautsprechern über ihm. Er wirkte nicht besonders freundlich, als sein Blick auf Havers fiel. Lynley hörte Barbara seufzen.

»Ich muss dringend was an meinem Image tun«, murmelte sie.

»Vielleicht sollten Sie erwägen, sich von den Schuhen zu trennen«, regte er an.

»Ja bitte?«, fragte der junge Mann. Er zog unter der Theke eine grellgelbe Tüte hervor, die den Aufdruck »Mr. Sandwich« trug, entnahm ihr ein Wurstbrot und eine Tüte Chips und begann, in aller Seelenruhe zu essen. Die Bullen konnten seinen Tagesablauf nicht durcheinander bringen, das sollte ihnen diese Reaktion wohl vermitteln.

Auch wenn es vollkommen überflüssig schien, zeigte Lynley dem rothaarigen jungen Mann seinen Dienstausweis. Die anderen beiden ignorierte er für den Moment. Ein Namensschild auf dem Tresen verriet, dass er sich und Havers einem gewissen Jack Veness vorstellte, der vollkommen unbeeindruckt von der Tatsache schien, dass die beiden Polizeibeamten von New Scotland Yard kamen.

Veness warf einen Beifall heischenden Blick zu den Kartenspielern hinüber und wartete dann einfach, dass jemand das Wort ergriff. Er biss in sein Wurstbrot, bediente sich von seinen Chips und sah zur Wanduhr über der Tür hinüber. Oder vielleicht schaute er auch zur Tür selbst, dachte Lynley, in der Hoffnung, dass ein Retter eintreten werde. Oberflächlich betrachtet schien Veness die Ruhe selbst, aber er strahlte eine gewisse Nervosität aus.

Sie hätten gern den Leiter von Colossus gesprochen, erklärte Lynley Jack Veness, oder sonst irgendjemanden, der ihnen Auskunft über einen ihrer Klienten geben könne – falls das der richtige Ausdruck sei, fügte er hinzu –, nämlich Kimmo Thorne.

Der Name hatte in etwa den Effekt wie ein Fremder, der in einem alten Western einen Saloon betritt. Unter anderen Umständen wäre Lynley vielleicht amüsiert gewesen: Die Kartenspieler vergaßen ihre Partie, legten ihr Blatt auf den Tisch und machten keinen Hehl daraus, dass sie jedes Wort zu hören gedachten, das gesprochen wurde, und Jack Veness hörte auf zu kauen. Er legte das Wurstbrot auf die Mr.-Sandwich-Tüte und rollte mit seinem Stuhl von der Rezeptionstheke zurück. Lynley dachte, er wolle jemanden holen, aber stattdessen ging Veness zu einem Wasserspender. Dort füllte er einen Colossus-Becher aus dem Heißwassertank, nahm einen Teebeutel und tunkte ihn ein paar Mal hinein.

Havers verdrehte die Augen. »Jetzt entschuldigen Sie mal«, sagte sie. »Stimmt was nicht mit Ihrem Hörgerät oder so?«

Veness kam zurück und stellte den Becher auf die Theke. »Ich höre Sie einwandfrei. Ich überlege nur noch, ob es die Mühe wert ist, Ihnen zu antworten.«

Am anderen Ende des Raums stieß EuroDisney einen leisen Pfiff aus. Sein Gefährte senkte den Kopf. Veness wirkte erfreut, dass er ihre Zustimmung gefunden hatte. Lynley entschied, dass es genug war.

»Sie können über diese Frage auch gern in einem Verhörzimmer nachdenken, wenn Sie möchten«, sagte er zu Veness.

Und Havers fügte hinzu: »Wir tun Ihnen gern den Gefallen. Immer im Dienste der Bürger und so weiter, versteh'n Sie.«

Veness setzte sich. Er stopfte sich ein Stück Wurstbrot in den Mund und antwortete: »Jeder kennt jeden bei Colossus. Das gilt auch für Thorne. So läuft das hier. Das ist der Grund, warum es überhaupt läuft.«

»Das gilt auch für Sie, wenn ich es recht verstehe?«, erkundigte sich Lynley. »In Bezug auf Kimmo Thorne?«

»Sie verstehen das ganz richtig«, stimmte Veness zu.

»Und was ist mit Ihnen beiden?«, fragte Havers die Kartenspieler. »Kannten Sie Kimmo Thorne auch?« Sie zog ihr Notizbuch aus der Tasche, während sie die Frage stellte. »Wie heißen Sie übrigens?«

EuroDisney wirkte überrascht, weil er plötzlich auch verhört wurde, doch er antwortete bereitwillig, sein Name sei Robbie

Kilfoyle. Er fügte hinzu, dass er nicht wie Jack bei Colossus angestellt sei, sondern ehrenamtlich ein paar Tage pro Woche hier arbeite, und heute sei einer dieser Tage. Der andere Junge stellte sich als Mark Connor vor. Er erklärte, heute sei Tag vier seiner Einstufung.

»Das heißt, er ist noch neu hier«, erklärte Veness.

»Also kann er Kimmo nicht gekannt haben«, fügte Kilfoyle hinzu.

»Aber *Sie* kannten ihn?«, fragte Havers. »Obwohl Sie hier nicht fest angestellt sind?«

»Hey, hör'n Sie, das hat er nicht gesagt«, warf Veness ein.

»Sind Sie sein Anwalt?«, fuhr Havers ihn an. »Nein? Dann nehme ich an, dass er selbst antworten kann.« Und wieder an Kilfoyle gewandt: »Kannten Sie Kimmo Thorne? Wo arbeiten Sie?«

Unerklärlicherweise ließ Veness nicht locker. »Lassen Sie ihn zufrieden. Er bringt uns die Sandwiches, okay?«

Kilfoyle machte ein finsteres Gesicht. Vielleicht beleidigte ihn der wegwerfende Tonfall. »Wie ich schon sagte: Ich arbeite ehrenamtlich hier«, erklärte er. »Am Telefon oder in der Küche. Und ich helfe im Geräteraum, wenn da das Chaos ausbricht. Also hab ich Kimmo hier natürlich gesehen. Ich kannte ihn.«

»Wer kannte den nicht«, bemerkte Veness. »Und wo wir gerade davon reden, heute Nachmittag geht eine Gruppe auf den Fluss raus. Hast du Zeit, die zu übernehmen, Rob?« Er bedachte Kilfoyle mit einem langen Blick, als wolle er ihm noch etwas anderes sagen.

»Ich kann dir helfen, Rob«, erbot sich Mark Connor.

»Klar«, sagte Kilfoyle. Und zu Jack Veness: »Willst du, dass ich das Zeug jetzt sofort raushole, oder was?«

»Jetzt sofort wäre klasse.«

»Also dann.«

Kilfoyle sammelte die Karten ein und ging in Marks Begleitung zu einer Tür, die ins Innere des Gebäudes führte. Im Gegensatz zu den anderen trug Kilfoyle eine Windjacke statt eines

Sweatshirts, und sie zeigte nicht das Colossus-Logo, sondern ein gefülltes Baguette mit Ärmchen und Beinchen und dem Schriftzug »Mr. Sandwich« darunter.

Der Abgang der beiden führte aus irgendeinem Grund zu einer kompletten Veränderung in Jack Veness' Auftreten. Als sei ein unsichtbarer Schalter in seinem Innern betätigt worden, machte der junge Mann eine 180-Grad-Wende. Er sagte zu Lynley und Havers: »Okay. Tut mir Leid. Ich kann ein richtiger Scheißkerl sein, wenn ich will. Wissen Sie, ich wollte zur Polizei, aber ich hab's nicht geschafft. Es ist einfacher, euch die Schuld zu geben, als mich selbst anzuschauen und zu fragen, warum ich es nicht gepackt habe.« Er schnipste mit den Fingern und lächelte. »Nicht übel als Psychoanalyse aus dem Stegreif, oder? Fünf Jahre Therapie, und der Mann ist geheilt.«

Veness' Verwandlung hatte etwas Beunruhigendes, so als entdecke man zwei Persönlichkeiten in einem Menschen. Man kam gar nicht umhin, sich zu fragen, ob die Anwesenheit von Kilfoyle und Connor etwas mit seinem Verhalten zu tun gehabt hatte. Aber Lynley nahm die Veränderung kommentarlos hin und brachte die Sprache nochmals auf Kimmo Thorne. Havers schlug ihr Notizbuch auf. Der neue, geläuterte Jack Veness zuckte nicht mit der Wimper.

Er berichtete unumwunden, dass er Kimmo gekannt hatte, und zwar seit der Junge zu Colossus geschickt worden war. Schließlich leitete er ja den Empfang der Organisation. Jeder, der kam, ging oder blieb, war ihm sehr bald bekannt. Er machte es sich zur Aufgabe, sie zu kennen, unterstrich er. Das war Teil seines Jobs.

»Wieso?«, wollte Lynley wissen.

»Weil man nie wissen kann, oder?«, erwiderte Veness.

»Was wissen?«, warf Havers ein.

»Womit man es zu tun hat. Bei denen da.« Mit diesen Worten zeigte Veness auf die jungen Leute, die draußen auf dem Parkplatz standen und rauchten. »Sie kommen aus jedem nur denkbaren Umfeld. Von der Straße, aus dem Heim, aus dem Jugendknast, aus der Drogentherapie oder aus den Gangs, wo sie Betrügereien abziehen, mit Waffen handeln oder dealen. Es hat keinen Sinn, ihnen zu trauen, ehe sie mir keinen Grund geben, ihnen zu trauen. Also halt ich die Augen offen.«

»Galt das auch für Kimmo?«, fragte Lynley.

»Das gilt für alle«, antwortete Veness. »Für die Gewinner ebenso wie für die Verlierer.«

Bei dieser Bemerkung übernahm Havers das Ruder. »Und wie stand es mit Kimmo?«, fragte sie. »Hat er irgendwas getan, um Sie gegen sich aufzubringen?«

»Mich nicht.«

»Sondern jemand anderen?«

Veness befingerte versonnen sein Wurstbrot.

»Wenn es irgendetwas gibt, das wir wissen sollten...«, begann Lynley.

»Er war ein Hinschmeißer«, erklärte Veness. »Ein Verlierer. Verstehen Sie, das passiert eben manchmal. Die Kids kriegen hier eine Chance. Sie müssen nur an Bord kommen. Aber manchmal bleiben sie einfach weg – selbst Kimmo, der als Auflage hatte, herzukommen, und andernfalls im Handumdrehen im Jugendknast gelandet wär –, und das krieg ich einfach nicht in den Schädel, versteh'n Sie. Man sollte doch meinen, dass er jede Chance ergreift, die ihm da raushilft. Aber das hat er nicht getan. Er ist einfach nicht mehr hergekommen.«

»Seit wann ist er nicht mehr gekommen?«

Jack Veness überlegte einen Moment. Er holte eine Spiralkladde aus der mittleren Schublade und studierte die Unterschriften in den Spalten der letzten zwölf oder mehr Seiten. Es war ein Anwesenheitsregister, und als Veness Lynleys Frage beantwortete, stellte sich heraus, dass Kimmos letzter Besuch bei Colossus nur achtundvierzig Stunden vor seiner Ermordung stattgefunden hatte.

»Blöder Arsch«, sagte Veness und schob die Kladde beiseite. »Der kapierte einfach nicht, wenn sich ihm eine Chance bot. Das Problem ist, die Kids sind zu ungeduldig, um zu warten, bis es sich auszahlt. Einige jedenfalls, nicht alle. Sie wollen das Ergebnis, aber nicht den Weg, der zu dem Ergebnis führt. Ich nehme an, den sehen wir hier nicht wieder. Wie ich sagte, das passiert.«

»Er wurde ermordet«, klärte Lynley ihn auf. »Das ist der Grund, warum er nicht mehr hergekommen ist.«

»Aber das hatten Sie ja schon selbst rausgekriegt, oder?«, warf Havers ein. »Warum sonst haben Sie von Anfang an in der Vergangenheitsform von ihm gesprochen? Und warum sonst sollten die Bullen hier bei Ihnen aufkreuzen? Und dann auch noch zweimal an einem Tag.« Wie Veness zuvor wies sie aus dem Fenster auf die Jugendlichen draußen. »Denn einer von denen hat doch bestimmt irgendjemandem hier drinnen erzählt, dass ich vorbeigeschaut hab, bevor Sie aufmachten.«

Veness schüttelte heftig den Kopf. »Ich hatte keine Ahnung… Nein. Nein. Ich wusste es nicht.« Sein Blick glitt zu einer Tür und einem dahinter liegenden Flur, von dem hell erleuchtete Zimmer abgingen. Er schien etwas abzuwägen, ehe er fragte: »Die Leiche drüben in St. Pancras? In dem Park?«

»Bingo«, sagte Havers. »Sie sind definitiv nicht auf den Kopf gefallen, Jack.«

»Das war Kimmo Thorne«, fügte Lynley hinzu. »Er ist einer von fünf Mordfällen, die wir untersuchen.«

»*Fünf*? He, also Moment mal. Sie können doch nicht glauben, dass Colossus…«

»Wir ziehen keinerlei Schlüsse«, erwiderte Lynley.

»Verflucht. Tut mir Leid. Was ich gesagt hab, von wegen Hinschmeißer und Verlierer. Scheiße.« Veness nahm sein Wurstbrot, dann legte er es wieder beiseite. Er wickelte es ein und steckte es zurück in die Tüte. »Einige von den Kids verschwinden einfach, versteh'n Sie. Sie kriegen eine Chance, aber sie laufen trotzdem weg. Sie nehmen den Weg, der am einfachsten zu sein scheint. Es ist verdammt frustrierend, dabei zuzuschauen.« Er atmete hörbar aus. »Aber verdammt. Das tut mir Leid. Was stand denn in den Zeitungen? Ich lese sie nicht oft und…«

»Sein Name wurde anfangs nicht veröffentlicht«, antwortete Lynley. »Nur die Tatsache, dass seine Leiche in St. George's Gardens gefunden wurde.« Er fügte nicht hinzu, dass die Chancen gut bis hervorragend standen, dass die Zeitungen sich nun mit Berichten über die Mordserie füllen würden: Namen, Orte und auch Daten. Ein junges weißes Opfer hatte die Aufmerksamkeit der Gazetten geschärft, und das schwarze Opfer, das heute Morgen entdeckt worden war, gab ihnen Gelegenheit, sich vom Verdacht des Rassismus' reinzuwaschen. Opfer aus den Gruppen ethnischer Minderheiten hatten einen geringen Nachrichtenwert, das war bei den ersten Mordfällen entschieden worden. Doch das hatte sich mit Kimmo Thornes Tod geändert. Und dann mit dem Tod des schwarzen Jungen... Die Zeitungen würden die Gelegenheit beim Schopf ergreifen, die vergeudete Zeit und die nicht wahrgenommene Verantwortung wieder gutzumachen.

»Der Tod eines Jungen, der mit Colossus zu tun hatte, wirft alle möglichen Fragen auf«, erklärte Lynley Jack Veness, »wie Sie sich zweifellos vorstellen können. Und wir haben ein zweites Opfer identifiziert, das möglicherweise ebenso eine Verbindung zu Colossus hatte. Jared Salvatore. Kommt Ihnen der Name bekannt vor?«

»Salvatore. Salvatore«, murmelte Veness vor sich hin. »Nein. Ich glaub nicht. Den hätte ich behalten.«

»Dann werden wir mit dem Leiter sprechen müssen.«

»Ja, ja, ja.« Veness kam auf die Füße. »Das ist Ulrike. Sie hält hier alle Fäden in der Hand. Warten Sie einen Moment. Ich sehe nach, ob sie ...« Mit diesen Worten hastete er zu der Tür, die ins Innere des Gebäudes führte, bog um eine Ecke und war verschwunden.

Lynley sah Havers an. »Das war ausgesprochen interessant.«

Sie gab ihm Recht. »Nicht gerade ein stilles Wasser, das wir erst mühsam ergründen müssten.«

»Den Eindruck habe ich auch.«

»Die Frage ist jetzt nur, wie viel er wirklich weiß«, sagte Havers.

Lynley griff über die Theke und nahm das Anwesenheitsregister, das Jack konsultiert hatte, und gab es Havers.

»Salvatore?«, fragte sie.

»Es ist eine Möglichkeit«, antwortete er.

10

Lynley und Havers stellten sehr bald fest, dass die Leiterin von Colossus nicht nur ebenso ahnungslos in Bezug auf Kimmo Thornes Tod war, sondern dass Jack Veness sie auch aus irgendeinem Grund nicht informiert hatte, als er zu ihr gegangen war. Offenbar hatte er ihr lediglich mitgeteilt, dass zwei Beamte von New Scotland Yard sie zu sprechen wünschten. Es war ein interessantes Versäumnis, fanden sie.

Ulrike Ellis war eine gut aussehende junge Frau um die dreißig, mit einer Unzahl kleiner, weizenblonder Zöpfe, die sie im Nacken zusammengefasst hatte, und genügend Messingarmreifen, dass sie als *Der Gefangene von Zenda* hätte durchgehen können. Sie trug einen dicken schwarzen Rollkragenpullover, Blue Jeans und Stiefel, und sie kam persönlich zum Empfang, um Lynley und Havers abzuholen. Während Jack Veness wieder hinter der Rezeption Platz nahm, führte sie sie einen Flur entlang, an dessen Wänden schwarze Bretter mit Bekanntmachungen aus der Nachbarschaft, Fotos junger Leute, Kursangeboten und Colossus-Events hingen. Als sie ihr Büro erreichten, nahm sie einen Stapel *Big Issue* vom Besucherstuhl vor ihrem Schreibtisch und legte die Zeitschriften in ein Regal voller Bücher und Akten, die dringend einmal abgelegt werden mussten. Doch der Schrank neben dem Schreibtisch quoll bereits über.

»Ich kaufe sie immer«, sagte sie mit Blick auf die Obdachlosenzeitschrift, »und dann finde ich nie die Zeit, sie zu lesen. Nehmen Sie sich ein paar mit, wenn Sie wollen. Oder kaufen Sie sie selbst?« Sie sah über die Schulter und fügte hinzu: »Ah. Na ja, *jeder* sollte sie kaufen, wissen Sie. Ich weiß schon, was die Leute denken: Wenn ich eine kaufe, wird dieser ungewaschene Penner den Profit ja doch nur für Drogen oder Alkohol verjubeln. Und wie soll ihm das weiterhelfen? Aber ich finde, die Leute müssen endlich aufhören, immer das Schlechteste zu denken, und sollten lieber ein bisschen Anteil nehmen, damit sich in diesem Land etwas ändern kann.« Sie schaute sich in ihrem Büro um, als sei sie auf der Suche nach weiterer Beschäftigung, und sagte: »Tja, viel hat das nicht gebracht, wie? Einer von Ihnen muss trotzdem stehen. Oder wollen wir alle stehen bleiben? Wäre das besser? Sagen Sie mir eins: Wird TO31 uns nun endlich zur Kenntnis nehmen?«

Während Havers zum Bücherregal schlenderte, um Ulrike Ellis' zahlreiche Bände unter die Lupe zu nehmen, erklärte Lynley, dass er und DC Havers keineswegs von der Abteilung für soziale Angelegenheiten kamen. Vielmehr hatten sie die Leiterin von Colossus aufgesucht, um mit ihr über Kimmo Thorne zu sprechen. Kannte Ms. Ellis den Jungen?

Ulrike setzte sich an ihren Schreibtisch. Lynley ließ sich auf dem Besucherstuhl nieder. Havers blieb beim Regal stehen und nahm eines von mehreren gerahmten Fotos in die Hand, die zwischen den Büchern standen. »Hat Kimmo etwas angestellt?«, fragte Ulrike. »Hören Sie, wir sind nicht dafür verantwortlich, wenn die Jugendlichen mit dem Gesetz in Konflikt kommen. Wir behaupten ja auch nicht, dass wir das verhindern können. Colossus ist dazu da, ihnen Alternativen aufzuzeigen, aber manchmal wählen sie trotzdem die falschen Optionen.«

»Kimmo ist tot«, sagte Lynley. »Vielleicht haben Sie von dem Leichnam gelesen, der in St. George's Gardens drüben in St. Pancras gefunden wurde? Die Presse hat den Namen inzwischen veröffentlicht.«

Ulrike antwortete erst einmal nicht. Sie starrte Lynley lediglich gute fünf Sekunden an, ehe ihr Blick zu Havers glitt, die immer noch eines der Fotos betrachtete. »Bitte stellen Sie das zurück«, sagte sie mit vollkommen ruhiger Stimme. Sie löste das

Band, das ihre Zöpfe zusammenhielt, und machte einen neuen, engen Knoten, ehe sie wieder sprach, und dann sagte sie lediglich: »Ich habe angerufen... Sofort, als ich es erfahren habe, habe ich angerufen.«

»Sie wussten also, dass er tot ist?« Havers stellte das Foto so zurück, dass Lynley es sehen konnte: eine sehr junge Ulrike, ein alter Mann im Priesterornat, der möglicherweise ihr Vater war, und zwischen ihnen der farbenfroh gekleidete Nelson Mandela.

Ulrike antwortete: »Nein. Nein. Ich meinte nicht... Als Kimmo am fünften Tag seines Einstufungskurses nicht erschien, hat Griff Strong das ordnungsgemäß gemeldet. Und ich habe Kimmos Bewährungshelfer sofort angerufen. So handhaben wir es, wenn einer unserer Schützlinge auf Anordnung des Gerichts oder des Jugendamtes hier ist.«

»Und wer ist Griff Strong?«

»Ein Sozialarbeiter. Er hat das studiert. Nicht alle Mitarbeiter bei Colossus sind Sozialarbeiter. Griff leitet einen unserer Einstufungskurse. Er kann hervorragend mit den Jugendlichen umgehen. Nur sehr wenige brechen ihre Kurse ab, wenn sie in Griffs Gruppe waren.«

Lynley sah Havers diese Information notieren. »Ist Griff Strong heute auch hier? Da er Kimmo kannte, müssen wir ihn ebenfalls sprechen.«

»Griff?« Aus irgendeinem Grund sah Ulrike ihr Telefon an, als könne es ihr eine Antwort geben. »Nein. Nein, er ist nicht hier. Er holt eine Bestellung ab...« Sie schien das Bedürfnis zu verspüren, an ihren Zöpfen herumzuzupfen. »Er hat gesagt, er komme heute später, also erwarten wir ihn nicht vor... Er macht unsere T-Shirts und Sweatshirts, verstehen Sie. Sein Nebenjob. Vielleicht haben Sie sie ja draußen vor der Rezeption gesehen. In der Glasvitrine. Er ist ein hervorragender Sozialarbeiter. Wir können uns glücklich schätzen, ihn zu haben.«

Lynley spürte Havers' Blick auf sich. Er wusste genau, was sie dachte: Noch mehr Tiefen, die es zu ergründen galt.

Er sagte: »Wir haben noch einen toten Jungen. Jared Salvatore. War er auch bei Ihnen?«

»*Noch einer...*«

»Es sind insgesamt fünf Mordfälle, die wir untersuchen, Ms. Ellis.«

Havers fügte hinzu: »Lesen Sie denn keine Zeitung? Schaut hier *irgendwer* ab und zu mal in eine rein?«

Ulrike sah sie an. »Ich glaube nicht, dass diese Frage fair ist.«

»Welche?«, gab Havers zurück, aber sie wartete keine Antwort ab. »Wir reden hier über einen Serienmörder. Er hat es auf Jungs in genau dem Alter abgesehen, in dem diejenigen sind, die hier bei Ihnen auf dem Parkplatz stehen und qualmen. Jeder von ihnen könnte der Nächste sein, also entschuldigen Sie, aber mir ist vollkommen egal, was Sie für fair halten und was nicht.«

Unter anderen Umständen hätte Lynley seinen Constable an diesem Punkt zurückgepfiffen. Aber er sah, dass Havers' Ausbruch von Ungeduld einen positiven Effekt hatte: Ulrike stand auf und ging zum Aktenschrank hinüber. Sie hockte sich hin, zerrte eine der überfüllten Schubladen heraus und blätterte die Akten hastig durch. »Natürlich lese ich Zeitung...«, sagte sie. »Ich werfe zumindest einen Blick in den *Guardian*. Jeden Tag. Oder zumindest, sooft ich kann.«

»Aber in den letzten Tagen nicht, richtig?«, fragte Havers. »Wie kommt's?«

Ulrike antwortete nicht. Sie blätterte weiter ihre Akten durch. Schließlich schloss sie die Schublade mit einem ordentlichen Schwung und stand mit leeren Händen auf. »Wir haben keinen Salvatore«, erklärte sie. »Ich hoffe, das stellt Sie zufrieden. Und nun erlauben Sie mir eine Frage: Wer hat Sie zu Colossus geschickt?«

»Wer?«, wiederholte Lynley. »Wie meinen Sie das?«

»Ach, kommen Sie. Wir haben Feinde. Jede Organisation wie diese, die versucht, irgendetwas in diesem verdammt rückständigen Land auch nur ein wenig zu verbessern... Sie müssen doch wissen, dass es Menschen gibt, die auf unser Scheitern warten. Wer hat Sie auf Colossus angesetzt?«

»Polizeiliche Ermittlungen haben uns zu Colossus geführt«, antwortete Lynley.

»Die Ermittlungen der Kollegen von der Borough High Street, um genau zu sein«, fügte Havers hinzu.

»Sie erwarten tatsächlich, dass ich glaube … Sie sind hergekommen, weil Sie denken, Kimmos Tod habe etwas mit Colossus zu tun, richtig? Nun, Sie wären nicht auf solch einen Gedanken gekommen, wenn nicht irgendwer außerhalb dieser Mauern einen Verdacht geäußert hätte, sei es auf der Polizeiwache an der Borough High Street oder irgendwer aus Kimmos Umgebung.«

Blinker, zum Beispiel, dachte Lynley. Nur hatte Kimmos gepiercter Freund mit keinem Wort Colossus erwähnt, falls er überhaupt davon gewusst hatte. »Erzählen Sie uns, was während eines Einstufungskurses passiert«, bat er.

Ulrike kehrte an ihren Schreibtisch zurück. Einen Moment stand sie da und sah auf ihr Telefon hinab, als warte sie auf einen Anruf. Hinter ihr stand Havers an einer Wand voller Diplome, Zertifikate und Belobigungen und machte sich Notizen zu den ausgestellten Dokumenten. Ulrike beobachtete sie. Leise sagte sie: »Wir *bemühen* uns wirklich um diese Kids. Wir wollen etwas für sie verändern und glauben, der einzige Weg, das zu tun, besteht darin, Bindungen herzustellen. Von einem Lebewesen zum anderen.«

»Ist es also das, was während der Einstufung abläuft?«, fragte Lynley. »Der Versuch, eine Bindung zu den jungen Leuten herzustellen, die hierher kommen?«

Das und weit mehr als das, erklärte Ulrike. Es war die erste Erfahrung mit Colossus, die die jungen Leute machten: Zwei Wochen, während derer sie sich täglich in einer Gruppe von zehn Jugendlichen mit einem Einstufungsleiter trafen, Griffin Strong in Kimmos Fall. Ziel war es, ihr Interesse zu wecken, ihnen zu beweisen, dass sie auf diesem oder jenem Gebiet Erfolge erzielen konnten, ihr Vertrauen zu gewinnen und sie zu ermutigen, am

Colossus-Programm teilzunehmen. Sie fingen damit an, einen persönlichen Verhaltenskodex für die Gruppe zu entwickeln, und jeden Tag rekapitulierten sie, wie der vorherige Tag verlaufen und was gelernt worden war.

»Anfangs Spiele, die das Eis brechen«, sagte Ulrike. »Dann Vertrauensaktivitäten, dann eine persönliche Herausforderung, wie etwa die Kletterwand hinten im Hof zu erklimmen. Dann ein Ausflug, den sie zusammen planen und durchführen. Aufs Land oder ans Meer, wandern in den Pennines. Irgendetwas in der Art. Und am Ende laden wir sie ein, sich zu den Kursen anzumelden: Computer, Kochen, Alltagsmanagement, gesundes Leben, und wie man das Gelernte umsetzt, um Geld zu verdienen.«

»Sie meinen Jobs?«, fragte Havers.

»Sie sind nicht bereit fürs Arbeitsleben. Nicht, wenn sie neu bei uns sind. Die meisten von ihnen sind verschlossen, wenn nicht vollkommen nonverbal. Man hat ihnen jegliches Selbstwertgefühl genommen. Wir versuchen, ihnen zu zeigen, dass es eine Alternaive zu ihrem bisherigen Leben auf der Straße gibt. Etwa zurück zur Schule zu gehen, lesen zu lernen, das College zu beenden, ohne Drogen zu leben. An ihre Zukunft zu glauben. Ihre Gefühle zu kontrollieren. Gefühle überhaupt erst einmal zuzulassen. Selbstbewusstsein zu entwickeln.« Sie sah die beiden Beamten scharf an, als wolle sie ihre Gedanken lesen. »Oh, ich weiß, was Sie denken. Was für ein gefühlsduseliger Mist. Das ultimative Psychogeblubber. Aber Tatsache ist, wenn Verhalten sich ändert, dann von innen nach außen. Niemand schlägt einen neuen Weg ein, ehe er nicht ein anderes Bild von sich selbst bekommen hat.«

»Und das sollte Kimmo?«, fragte Lynley. »Nach allem, was wir bislang in Erfahrung gebracht haben, fühlte er sich ganz wohl in seiner Haut, trotz des Weges, den er eingeschlagen hatte.«

»Niemand, der Kimmos Weg geht, fühlt sich innerlich wirklich wohl dabei, Superintendent.«

»Sie haben also erwartet, dass er sich im Laufe der Zeit und unter dem Einfluss von Colossus verändert?«

»Wir haben eine hohe Erfolgsquote«, erwiderte sie. »Trotz alldem, was Sie offensichtlich über uns denken. Trotz der Tatsache, dass wir nichts von Kimmos Ermordung wussten. Wir haben vorschriftsgemäß gehandelt, als er nicht erschienen ist.«

»Wie Sie bereits sagten«, stimmte Lynley zu. »Und wie verhält es sich mit den anderen?«

»Den anderen?«

»Kommen all Ihre Schützlinge per Verfügung des Jugendgerichts zu Ihnen?«

»Ganz und gar nicht. Die meisten kommen, weil sie auf anderem Weg von uns erfahren haben. Durch die Kirche oder die Schule oder irgendjemanden, der bereits mit unserem Programm zu tun hatte. Wenn sie bleiben, dann weil sie begonnen haben, uns zu trauen und an sich selbst zu glauben.«

»Und was wird aus denen, die es nicht schaffen?«, fragte Havers.

»Die was nicht schaffen?«

»An sich selbst zu glauben.«

»Natürlich hilft unser Programm nicht allen. Wie könnte es? Alle erdenklichen Erschwernisse aus ihrem persönlichen Umfeld stehen gegen uns, von Missbrauch bis Fremdenhass. Manchmal kommt ein Jugendlicher hier nicht besser zurecht als sonst irgendwo. Also schaut er vorbei und verschwindet wieder und Schluss. Wir zwingen niemanden, hier zu bleiben, der nicht gerichtlich dazu verurteilt ist. Und was die anderen betrifft: Solange sie unsere Regeln beachten, zwingen wir auch niemanden zu gehen. Sie können jahrelang herkommen, wenn sie wollen.«

»Und wollen sie?«

»Gelegentlich, ja.«

»Wer, zum Beispiel?«

»Ich fürchte, das ist vertraulich.«

»Ulrike?« Es war Jack Veness. Lautlos wie ein Nebelschwaden war er an der Bürotür erschienen. »Telefon. Ich hab versucht, ihm zu sagen, dass du beschäftigt bist, aber er lässt sich nicht abwimmeln. Tut mir Leid. Was soll ich…?« Er beendete die Frage, indem er die Schultern hochzog.

»Wer ist es denn?«

»Reverend Savidge. Er ist völlig außer sich. Sagt, Sean Lavery ist verschwunden. Ist gestern Abend nach dem Computerkurs nicht nach Hause gekommen. Soll ich…«

»Nein!«, erwiderte Ulrike. »Stell ihn durch, Jack.«

Jack verließ ihr Büro. Sie schloss die Finger zur Faust. Während sie darauf wartete, dass das Telefon zu klingeln begann, schaute sie nicht auf.

»Heute Morgen ist eine weitere Leiche gefunden worden, Ms. Ellis«, sagte Lynley.

»Dann stell ich auf Lautsprecher um«, antwortete sie. »Gebe Gott, dass das nichts mit uns zu tun hat.« Sie erklärte, dass der Anrufer der Pflegevater eines ihrer Schützlinge sei. Der Junge heiße Sean Lavery, und er war schwarz. Sie schaute zu Lynley, und die Frage hing unausgesprochen zwischen ihnen. Er nickte lediglich, bestätigte ihre unausgesprochenen Befürchtungen bezüglich des Leichnams, der an diesem Morgen im Shand-Street-Tunnel entdeckt worden war.

Als das Telefon klingelte, drückte Ulrike auf die Lautsprechertaste. Reverend Savidges Stimme klang tief und sorgenvoll. Wo war Sean?, wollte er wissen. Warum war der Junge am gestrigen Abend nicht von Colossus nach Hause gekommen?

Ulrike sagte ihm das Wenige, das sie wusste. Soweit sie feststellen konnte, war Reverend Savidges Pflegesohn Sean Lavery am vorherigen Tag wie üblich bei Colossus gewesen und mit dem gleichen Bus wie immer nach Hause gefahren. Sie hatte nichts Gegenteiliges von seinem Computerlehrer gehört, und der Lehrer hatte ihn nicht als abwesend gemeldet, was er mit Sicherheit getan hätte, denn Sean war von einem Sozialarbeiter an sie vermittelt worden, und in diesen Fällen hielt Colossus immer Kontakt.

Wo, zum Teufel, steckte er dann?, wollte Reverend Savidge wissen. Überall in London verschwanden Jungen. War Ulrike

Ellis sich dessen bewusst? Oder spielte es keine Rolle für sie, wenn der fragliche Junge schwarz war?

Ulrike versprach ihm, dass sie bei erster Gelegenheit mit Seans Computerlehrer sprechen werde, aber bis dahin... Hatte Reverend Savidge schon herumtelefoniert, um festzustellen, ob Sean vielleicht mit zu einem Freund nach Hause gegangen war? Oder zu seinem Vater? Oder seine Mutter besucht hatte? Sie saß immer noch in Holloway ein, oder nicht? Das war für einen Jungen in Seans Alter keine besonders komplizierte Fahrt. Manchmal zogen Jungen einfach auf eigene Faust los, sagte sie zu Savidge.

»Nicht dieser Junge, Madam«, erwiderte er und hängte ein.

Ulrike sagte: »O mein Gott«, und Lynley wusste, es war ein Gebet.

Er sprach selbst eines. Reverend Savidges nächster Anruf, schätzte er, würde bei der lokalen Polizeiwache eingehen.

Nur einer der beiden Polizeibeamten verließ das Gebäude nach dem Anruf von Reverend Savidge. Die unansehnliche Frau mit den angestoßenen Schneidezähnen und den albernen roten Schuhen blieb zurück. Der Mann, Detective Superintendent Lynley, wollte nach South Hampstead, um mit Sean Laverys Pflegevater zu sprechen. Seine Mitarbeiterin, Detective Constable Barbara Havers, würde so lange hier herumlungern, bis sie Gelegenheit bekam, mit Griffin Strong zu sprechen. Ulrike Ellis begriff all dies innerhalb von Sekunden, als die Polizisten zum Ende ihrer Befragung kamen: Lynley erkundigte sich nach Bram Savidges Adresse, und Havers fragte, ob sie sich ein wenig auf dem Gelände umschauen und hier und da ein paar Worte mit den Anwesenden wechseln könne.

Ulrike wusste, dass sie kaum ablehnen konnte. Die Dinge standen schon schlimm genug, ohne dass sie sich unkooperativ zeigte. Also gab sie Constable Havers ihre Einwilligung. Denn ganz gleich, was sich außerhalb dieser Mauern ereignet hatte, Colossus und das, wofür Colossus stand, waren wichtiger als das Leben eines Jugendlichen oder eines ganzen Dutzends Jugendlicher.

Doch noch während sie sich damit beruhigte, dass Colossus diesen Rückschlag unbeschadet überstehen würde, sorgte sie sich um Griff. Denn er hätte mindestens seit zwei Stunden hier sein müssen, ganz gleich, was sie den Polizisten über seine angebliche Auslieferung von T-Shirts und Sweatshirts erzählt hatte. Die Tatsache, dass er nicht aufgetaucht war...

Ihr blieb nichts zu tun übrig, als ihn auf dem Handy anzurufen und vorzuwarnen, was ihn bei seiner Ankunft erwartete. Sie hatte jedoch nicht die Absicht, allzu offen zu sprechen, denn sie traute der Abhörsicherheit von Handys nicht. Stattdessen wollte sie ihn bitten, sie im Charlie Chaplin Pub zu treffen. Oder in der Einkaufspassage an der Ecke. Oder an einem der Marktstände gleich vor der Tür. Oder in Gottes Namen auch im Tunnel, der zur U-Bahn-Station führte, denn was spielte es für eine Rolle, da doch nur zählte, *dass* sie sich trafen, damit sie ihn warnen konnte... Wovor?, fragte sie sich. Und *warum*?

Sie hatte Schmerzen in der Brust. Schon seit Tagen, aber plötzlich war es schlimmer geworden. Konnte man mit dreißig Jahren einen Herzinfarkt bekommen? Als sie vor dem Aktenschrank gehockt hatte, hatte eine Mischung aus Schwindel und heftigen Brustschmerzen sie erfasst, was sie beinah überwältigt hätte. Sie hatte geglaubt, sie brauche ihr Riechsalz. Gott. *Riechsalz*. Wo war das Wort jetzt hergekommen?

Ulrike rief sich zur Ordnung. Sie nahm den Telefonhörer ab, wählte eine Amtsleitung und dann Griff Strongs Handynummer. Sicher unterbrach sie ihn bei irgendetwas, aber das war nicht zu ändern.

Griff meldete sich: »Ja?« Es klang ungeduldig. Was es damit wohl auf sich hatte? Er arbeitete bei Colossus. Sie war seine Chefin. Komm damit klar, Griff.

»Wo bist du?«, fragte sie.

»Ulrike...« Sein Tonfall sprach Bände.

Doch die Tatsache, dass er sie beim Namen nannte, verriet ihr, dass er an einem sicheren Ort war. »Die Polizei war hier«, eröffnete sie ihm. »Ich kann jetzt nicht mehr sagen. Wir müssen uns treffen, ehe du herkommst.«

»*Polizei?*« Seine Ungeduld war verschwunden. Ulrike hörte stattdessen seine Furcht, und das ließ sie schaudern.

»Zwei Beamte«, sagte sie. »Eine Beamtin ist immer noch hier. Sie wartet auf dich.«

»Auf mich? Soll ich ...«

»Nein, du musst herkommen. Andernfalls ... Hör mal, lass uns das nicht am Handy besprechen. Wann kannst du ... sagen wir, im Charlie Chaplin sein?« Und dann fügte sie hinzu: »Wo steckst du?« Es war nur eine naheliegende Frage, damit sie abschätzen konnte, wie lange es dauern würde, bis er hier war.

Doch nicht einmal die Vorstellung, dass die Polizei bei Colossus herumschnüffelte, konnte Griffin aus dem Konzept bringen. »Viertelstunde«, antwortete er.

Also nicht zu Hause. Doch das hatte sie ja schon vermutet, als er sie beim Namen genannt hatte. Sie wusste, dass sie ihm nicht mehr entlocken würde. »Also, im Charlie Chaplin«, sagte sie. »In fünfzehn Minuten.« Sie legte auf.

Dann blieb ihr nur das Warten. Das und die Frage, was Constable Havers trieb, während sie sich angeblich im Gebäude umschaute. Ulrike hatte spontan entschieden, dass es für Colossus von Vorteil wäre, wenn die Beamtin diesen Rundgang unbegleitet machte. Indem sie ihr erlaubte, sich hier frei zu bewegen, signalisierte sie, dass Colossus nichts zu verbergen hatte.

Aber Gott, *Gott*, ihre Brust *hämmerte*. Ihre Zöpfe waren viel zu eng geflochten. Sie hatte das Gefühl, wenn sie an einem davon zog, würden sie alle ausfallen, sodass ihr Kopf kahl wäre. Wie nannte man das? Stressbedingter Haarausfall? Alopezie, das war das Wort. Gab es so etwas wie spontane Alopezie? Wahrscheinlich. Das würde sie vermutlich als Nächstes heimsuchen.

Sie stand von ihrem Schreibtischstuhl auf, nahm Mantel, Schal und Mütze von einem Haken neben der Tür, warf sie sich über den Arm und verließ das Büro. Dann hastete sie den Flur entlang und schlüpfte in die Damentoilette.

Dort machte sie sich bereit. Sie trug kein Make-up, also gab es nichts zu überprüfen bis auf die Beschaffenheit ihrer Haut, die sie mit Toilettenpapier abtupfte. Ihre Wangen zeigten die schwachen Narben einer pubertären Akne, aber sie war der Auffassung, es war Ausdruck überdimensionierter Eitelkeit, sie unter einer Grundierung zu verstecken. Das erweckte den Verdacht mangelnden Selbstvertrauens und hätte eine falsche Botschaft an den Stiftungsvorstand gesandt, der sie wegen ihrer Charakterstärke eingestellt hatte.

Und genau die brauchte sie, wenn sie Colossus durch diese schwierige Phase führen wollte. Stärke. Schon seit langem gab es Pläne für eine Expansion, ein zweites Haus sollte in Nordlondon eröffnet werden. Und das Letzte, was das Planungskomitee drüben im Verwaltungs- und Spendensammelbüro brauchte, war, dass Colossus in einem Atemzug mit den Ermittlungen in einer Mordserie genannt wurde. Das würde alle Erweiterungspläne zum Stillstand bringen, und sie mussten um jeden Preis expandieren, denn sie wurden überall dringend gebraucht. Überall gab es Pflegekinder, Straßenkinder, Jugendliche, die ihren Körper verkauften und an Drogenmissbrauch starben. Colossus hatte die Antwort für sie, darum musste Colossus wachsen. Diese Situation, in der sie derzeit steckten, musste zügig bereinigt werden.

Sie hatte keinen Lippenstift, aber einen Lipgloss in der Tasche. Sie kramte ihn hervor und fuhr sich damit über die Lippen. Dann zog sie den Kragen ihres Pullovers ein wenig höher und schlüpfte in den Mantel. Sie legte Mütze und Schal an und entschied, dass sie hinreichend wie eine Vorgesetzte aussah, um das Treffen mit Griffin Strong zu überstehen, ohne wie eine Personifikation von *carpe diem* im schlechtesten Sinne zu erscheinen. Hier ging es um Colossus, rief sie sich in Erinnerung, und sie würde auch Griff daran erinnern, wenn sie mit ihm sprach. Alles andere war zweitrangig.

Barbara Havers hatte nicht die Absicht, Däumchen zu drehen, während sie auf Griffin Strong wartete. Vielmehr hatte sie Ulrike Ellis gesagt, sie wolle sich »ein bisschen umsehen, wenn keiner was dagegen hat«, und war zu dem Zweck aus dem Büro geschlüpft, ehe die Leiterin ihr einen Wachhund zur Seite stellen konnte. Dann hatte sie einen gründlichen Erkundungsgang durch das Gebäude unternommen, das sich allmählich mit Colossus-Teilnehmern füllte, die von einem späten Mittagessen, einer Zigarettenpause auf dem Parkplatz oder irgendwelchen dubiosen Aktivitäten zurückkehrten. Sie beobachtete, wie die Jugendlichen die unterschiedlichsten Beschäftigungen aufnahmen: Einige gingen zum Computerraum, manche in eine große Schulküche, andere in kleine Unterrichtsräume, wieder andere in einen Konferenzraum, wo sie sich im Kreis zusammensetzten und unterhielten, während ein Erwachsener ihre Ideen oder Probleme auf einem Flipchart notierte. Die Erwachsenen nahm sie besonders unter die Lupe. Sie würde sich von allen die Namen besorgen müssen. Die Vergangenheit – ganz zu schweigen von der Gegenwart – jedes Einzelnen musste überprüft werden. Routinemäßig. Lästige Arbeit, aber sie musste erledigt werden.

Niemand machte ihr bei ihrem Rundgang irgendwelche Schwierigkeiten, die meisten Kids ignorierten sie einfach. Schließlich kam sie zum Computerraum, wo Halbwüchsige jeder erdenklichen Hautfarbe anscheinend an Webdesigns arbeiteten, während ein untersetzter Lehrer etwa in Barbaras Alter einem asiatischen Jungen den Umgang mit einem Scanner erklärte. Als er sagte: »Jetzt versuch du es mal«, und einen Schritt zurücktrat, entdeckte er Barbara und kam zu ihr.

»Kann ich Ihnen helfen?«, fragte er leise. Sein Tonfall war durchaus freundlich, aber es war nicht zu verkennen, dass er wusste, wer sie war und warum sie hier war. Neuigkeiten verbreiteten sich hier offenbar mit Überschallgeschwindigkeit.

»Die Kommunikation hier funktioniert gut, was?«, sagte Barbara. »Wer ist der reitende Bote? Dieser Jack vom Empfang?«

»Das gehört zu seinem Job«, antwortete der Mann. Er stellte sich als Neil Greenham vor und reichte ihr die Hand. Sie war weich, feminin und ein bisschen zu warm. Dann eröffnete er ihr, dass Jacks Information eigentlich überflüssig gewesen sei. »Ich hätte sowieso gewusst, dass Sie ein Cop sind.«

»Persönliche Erfahrung? Hellsichtigkeit? Mein Modegeschmack?«

»Sie sind berühmt. Relativ, jedenfalls.« Greenham ging zu einem Lehrerpult in der Ecke des Zimmers, nahm eine zusammengefaltete Zeitung zur Hand und reichte sie Barbara. »Auf dem Rückweg von der Mittagspause hab ich mir die neueste Ausgabe vom *Evening Standard* geholt. Wie schon gesagt, Sie sind berühmt.«

Neugierig faltete Barbara das Blatt auseinander. Von der Titelseite kreischten ihr die Neuigkeiten des heutigen Leichenfunds im Shand-Street-Tunnel entgegen. Unter den Schlagzeilen waren zwei Fotos: Eines war eine körnige Aufnahme vom Innern des Tunnels, wo man mehrere Gestalten im harten Licht der KTU-Scheinwerfer um einen Sportwagen herumstehen sah; das zweite war ein glasklares Bild von Barbara selbst, die zusammen mit Lynley, Hamish Robson und dem örtlichen DI in Sichtweite der Presse zusammenstand und redete. Nur Lynley wurde namentlich genannt. Ein schwacher Trost, dachte Barbara.

Sie gab Greenham die Zeitung zurück. »DC Havers«, stellte sie sich vor. »New Scotland Yard.«

Er wies auf die Zeitung. »Wollen Sie das nicht für Ihr Sammelalbum?«

»Ich kauf mir heute Abend auf dem Heimweg drei Dutzend davon. Können wir uns kurz unterhalten?«

Er wies auf das Klassenzimmer und die emsigen jungen Leute. »Ich bin gerade beschäftigt. Hat es nicht bis später Zeit?«

»Die sehen so aus, als kämen sie ganz gut ohne Sie klar.«

Greenham ließ den Blick über seine Klasse schweifen, als wolle er den Wahrheitsgehalt dieser Behauptung überprüfen. Dann nickte er und bedeutete ihr, dass sie sich auf dem Flur unterhalten konnten.

»Einer Ihrer Jungs wird vermisst«, eröffnete Barbara ihm. »Haben Sie das schon gehört? Hat Ulrike es Ihnen gesagt?«

Greenhams Blick glitt von Barbara zum Korridor in die Richtung, wo Ulrike Ellis' Büro lag. Barbara erkannte, dass diese Neuigkeit offenbar noch nicht die Runde gemacht hatte. Und das war eigenartig, bedachte man, dass Ulrike Reverend Savidge am Telefon versprochen hatte, mit dem Computerlehrer des vermissten Jungen zu sprechen.

Greenham fragte: »Sean Lavery?«

»Bingo.«

»Er ist einfach noch nicht gekommen.«

»Hätten Sie das nicht melden müssen?«

»Später am Tag schon. Aber er könnte sich doch einfach verspätet haben.«

»Wie der *Evening Standard* berichtet, ist heute Morgen gegen halb sechs ein toter Junge in der Umgebung der London Bridge entdeckt worden.«

»Sean?«

»Das wissen wir noch nicht. Aber falls ja, sind es schon zwei.«

»Kimmo Thorne auch. Derselbe Mörder, meinen Sie. Ein Serientäter…«

»Ah. Irgendwer hier liest *doch* die Zeitung. Ich fing schon an, mich ein bisschen zu wundern, warum niemand hier weiß, dass Kimmo tot ist. Sie wussten es, aber Sie haben mit keinem Ihrer Kollegen darüber gesprochen?«

Greenham verlagerte das Gewicht von einem Fuß auf den anderen. »Es gibt hier so was wie zwei Lager«, räumte er ein, und es klang ein wenig unbehaglich. »Ulrike und die Einstufungsleute auf der einen Seite, der Rest von uns auf der anderen.«

»Und Kimmo war noch in der Einstufungsphase.«

»Genau.«

»Aber trotzdem kannten Sie ihn.«

Greenham gedachte offenbar nicht, sich von dem angedeuteten Vorwurf aus dem Konzept bringen zu lassen. Er sagte: »Ich wusste, wer er war. Aber wer hätte nicht gewusst, wer Kimmo war? Ein Transvestit mit Lidschatten und Lippenstift. Er war kaum zu übersehen und erst recht nicht leicht zu vergessen, wenn Sie verstehen, was ich meine. Ich war also nicht der Einzige. Alle kannten Kimmo bereits fünf Minuten, nachdem er zum ersten Mal durch die Tür gekommen ist.«

»Und dieser andere Junge? Sean?«

»Ein Einzelgänger. Ein bisschen feindselig. Er wollte nicht hier sein, aber er war gewillt, es mit dem Computerkurs zu versuchen. Früher oder später hätten wir zu ihm durchdringen können, glaube ich.«

»Vergangenheitsform«, bemerkte Barbara.

Greenhams Oberlippe war feucht. »Diese Leiche...«

»Wir wissen nicht, wer es ist.«

»Wahrscheinlich habe ich vermutet... weil Sie hier sind und all das...«

»Vermutungen sind nie eine gute Idee.« Barbara holte ihr Notizbuch hervor. Sie sah das Erschrecken auf Greenhams Pfannkuchengesicht. »Erzählen Sie mir ein bisschen über sich selbst, Mr. Greenham«, bat sie.

Er fasste sich schnell. »Adresse? Ausbildung? Familiäres Umfeld? Hobbys? Ermorde ich männliche Jugendliche in meiner Freizeit?«

»Fangen Sie damit an, mir zu erklären, wo Sie hier in der Hierarchie stehen.«

»Es gibt keine Hierarchie.«

»Sie sagten etwas von geteilten Lagern. Ulrike und die Einstufungsleute auf der einen Seite, alle Übrigen auf der anderen. Wie kommt das?«

»Sie haben das missverstanden«, erwiderte er. »Diese Teilung hat etwas mit Informationen zu tun und wie sie weitergegeben werden. Das ist alles. Davon abgesehen, ziehen wir hier bei Colossus alle an einem Strang. Wir retten Kinder. Das ist es, wofür wir uns einsetzen.«

Barbara nickte nachdenklich. »Erzählen Sie das Kimmo Thorne. Wie lange sind Sie schon hier?«
»Vier Jahre.«
»Und davor?«
»Ich bin Lehrer. Ich habe in Nordlondon gearbeitet.« Er nannte ihr den Namen einer Grundschule in Kilburn. Ehe sie fragen konnte, erklärte er ihr, er habe die Stelle aufgegeben, weil er festgestellt habe, dass er lieber mit älteren Kindern arbeite. Außerdem habe er Meinungsverschiedenheiten mit der Schulleiterin gehabt, fügte er hinzu. Als Barbara sich erkundigte, was für eine Art von Meinungsverschiedenheiten, erklärte er unumwunden, dass es dabei um Disziplin gegangen sei.
»Und auf welcher Seite des Zauns standen Sie?«, fragte Barbara. »Plädieren Sie eher für eine harte Hand oder für Laisserfaire?«
»Sie haben eine Vorliebe für Klischees, was?«
»Ich bin ein wandelndes Klischeelexikon. Also…?«
»Es ging nicht um körperliche Züchtigung«, erklärte er ihr. »Sondern um die Wahrung der Disziplin im Klassenzimmer: den Entzug gewisser Privilegien, eine eindringliche mündliche Verwarnung, vorübergehende soziale Ächtung. Solche Dinge.«
»Öffentliche Bloßstellung? Ein Tag am Pranger?«
Er lief rot an. »Ich versuche, offen zu Ihnen zu sein. Ich weiß sowieso, dass Sie dort anrufen werden. Man wird Ihnen sagen, dass wir Differenzen hatten. Aber das ist nur natürlich. Überall sind die Menschen ständig unterschiedlicher Auffassungen.«
»Stimmt«, sagte Barbara. »Wir haben alle mal Meinungsverschiedenheiten. Haben Sie die hier auch? Gegensätzliche Auffassungen, die zu Konflikten führen, die wiederum zu wer weiß was führen? Vielleicht die geteilten Lager, die Sie erwähnt haben?«
»Ich wiederhole noch einmal, was ich eben schon klar zu machen versucht habe: Wir ziehen alle an einem Strang. Bei Colossus geht es um die Jugendlichen. Je mehr Sie mit den Leuten hier reden, desto besser werden Sie das begreifen. Und wenn Sie mich jetzt entschuldigen, ich sehe, dass Yusuf meine Hilfe braucht.«

Er ließ sie stehen und ging zurück in seine Klasse, wo der asiatische Junge über den Scanner gebeugt saß und aussah, als würde er ihn am liebsten mit einem Hammer zertrümmern. Barbara kannte das Gefühl.

Sie überließ Greenham seinen Schülern. Ihre weitere Erkundung von Colossus – immer noch unbegleitet – führte sie in den rückwärtigen Teil des Gebäudes. Dort fand sie den Geräteraum, wo eine Gruppe Jugendlicher gerade mit der passenden Kleidung für Kajakrudern auf der Themse bei winterlichen Temperaturen ausgerüstet wurde. Robbie Kilfoyle, der Mann mit der EuroDisney-Kappe, den sie zuvor schon beim Kartenspiel gesehen hatte, hatte die Jugendlichen vor sich in einer Reihe antreten lassen und vermaß sie, um die richtige Größe der benötigten Neoprenanzüge zu ermitteln, die an einer Wand aufgereiht hingen. Er hatte auch schon Schwimmwesten von einem Regal geholt, und die Jungen, die bereits vermessen waren, suchten nach passenden Exemplaren. Ihre Unterhaltungen waren gedämpft. Es sah so aus, als seien die Neuigkeiten nun doch bei ihnen angekommen – entweder über Kimmo Thorne oder weil die Polizei Fragen stellte.

Nachdem alle mit Anzug und Weste ausgerüstet waren, entließ Kilfoyle sie in den Sportraum. »Wartet dort auf Griffin Strong«, sagte er zu ihnen. Er werde ihrem Einstufungsleiter bei dem Bootstrip assistieren, und der würde meckern, wenn er sie bei seinem Eintreffen nicht alle fix und fertig vorbereitet antraf. Während die Jungen hinausgingen, sortierte Kilfoyle einen Haufen Gummistiefel, der am Boden lag. Er ordnete sie zu Paaren und stellte sie in Regalfächer, die mit Schuhgrößen beschriftet waren. Er grüßte Barbara mit einem Nicken. »Sie sind noch hier?«, fragte er.

»Wie Sie sehen. Sieht so aus, als warteten wir hier alle auf Griffin Strong.«

»Da ist was dran.« Sein lässiger Tonfall schien auf eine Doppeldeutigkeit dieser Bemerkung hinzuweisen. Das entging Barbara nicht.

»Arbeiten Sie hier schon lange als Ehrenamtler?«, fragte sie.

Kilfoyle ließ sich die Frage durch den Kopf gehen. »Zwei Jahre?«, schätzte er. »Bisschen länger. Vielleicht neunundzwanzig Monate.«

»Und davor?«

Er warf ihr einen Blick zu, der besagte, er wisse ganz genau, dass ihre Fragen keine harmlose Plauderei waren. »Das hier ist mein erster ehrenamtlicher Job«, antwortete er.

»Warum?«

»Warum was? Warum zum ersten Mal oder warum überhaupt ein Ehrenamt?«

»Warum überhaupt.«

Er hielt in seiner Arbeit inne, ein Paar Gummistiefel in der Hand. »Ich liefere hier die Sandwiches, wie ich Ihnen vorhin im Empfang schon gesagt hab. So hab ich die Leute hier kennen gelernt. Man konnte sehen, dass sie Hilfe brauchten, denn, ganz unter uns gesagt, sie bezahlen ihre Angestellten beschissen, sodass sie nie genug Leute finden können oder die, die sie finden, nicht lange bleiben. Ich fing an, hier rumzuhängen, wenn ich meine Mittagsrunde fertig hatte. Ich hab mal dies oder das getan, und siehe da, auf einmal war ich ein ehrenamtlicher Mitarbeiter.«

»Nett von Ihnen.«

Er zuckte die Schultern. »Gute Sache. Außerdem hoffe ich, dass irgendwann eine Festanstellung daraus wird.«

»Obwohl sie ihre Angestellten beschissen bezahlen?«

»Ich mag die Kids. Und außerdem bezahlt Colossus mehr, als ich im Moment verdiene, das können Sie mir glauben.«

»Und womit machen Sie die?«

»Was?«

»Ihre Auslieferungen.«

»Per Fahrrad«, antwortete er, »mit einem Anhänger hinten dran.«

»Und wohin liefern Sie?«

»Hauptsächlich Südlondon. Ein paar Kunden hab ich auch in der City. Warum? Was suchen Sie?«

Einen Van, dachte Barbara. Auslieferungen mit einem Van. Ihr fiel auf, dass Kilfoyle rot geworden war, aber sie wollte dem nicht mehr Bedeutung beimessen als Greenhams feuchter Oberlippe oder seinem weichen Händedruck. Dieser Kerl hier hatte ohnehin eine rosa Hauttönung wie so viele Engländer, und auch das teigige Gesicht, die schmale Nase und das knubblige Kinn, die ihn als Briten ausweisen würden, egal, wohin er kam.

Barbara stellte fest, wie verzweifelt sie sich wünschte, hinter der normalen Fassade dieses Mannes einen Serienmörder zu enttarnen. Aber die Wahrheit war, dass sie bisher jeden, den sie hier getroffen hatte, in derselben Weise hatte enttarnen wollen, und wenn Griffin Strong hier endlich seine Nase zeigte, würde auch er ihr zweifelsohne wie der typische Serienmörder vorkommen. Sie mussten sich in diesem Stadium der Ermittlung bemühen, langsam und in einfachen Schritten vorzugehen, rief sie sich in Erinnerung. Setz die Details zusammen, sagte sie sich, quetsch sie nicht in eine bestimmte Position, nur weil du sie dort haben willst.

»Also wie kommen sie über die Runden?«, fragte Barbara. »Wie bezahlen sie das Dach über dem Kopf?«

»Wer?«

»Sie sagten, die Gehälter hier seien niedrig.«

»Ach das. Die meisten haben einen Zweitjob.«

»Zum Beispiel?«

Er überlegte. »Ich weiß es nicht bei allen. Aber Jack kellnert am Wochenende in einem Pub, und Griff und seine Frau haben einen T-Shirt-Druckbetrieb. Tatsache ist, ich glaube, nur Ulrike verdient genug, um nicht abends oder am Wochenende noch nebenher arbeiten zu müssen. Bei allen anderen ist es der einzige Weg, das hier zu tun und trotzdem was zu beißen zu haben.« Er schaute an Barbara vorbei zur Tür und sagte: »Hey, Kumpel, ich wollte dich gerade auf die Vermisstenliste setzen.«

Barbara wandte sich um und sah den Jungen, der zuvor mit Kilfoyle im Empfangsraum Karten gespielt hatte. Er lehnte im Türrahmen, der Schritt seiner Jeans hing in den Kniekehlen, und oben schaute der breite Bund der Boxershorts heraus. Schlurfend kam er in den Geräteraum, wo Kilfoyle ihn anwies, ein Knäuel aus Kletterseilen zu entwirren. Der Junge begann, sie aus einem Plastikfass zu ziehen und säuberlich über dem Arm aufzurollen.

»Kennen Sie zufällig Sean Lavery?«, fragte Barbara Kilfoyle. Er dachte nach. »Ist er schon eingestuft?«

»Er macht einen Computerkurs bei Neil Greenham.«

»Dann kenne ich ihn wahrscheinlich. Zumindest vom Sehen. Hier hinten« – er deutete mit dem Kinn auf den Geräteraum –, »sehe ich die Jungs nur, wenn sportliche Aktivitäten geplant sind und sie sich hier ihre Geräte holen kommen. Ansonsten sind sie nur Gesichter für mich. Ich erfahre nie all ihre Namen oder kann mir sie auch nicht immer merken, wenn sie die Einstufungsphase hinter sich haben.«

»Weil nur die Jugendlichen in der Einstufung dieses Zeug hier brauchen?«, fragte Barbara und wies auf die Sportgeräte.

»Im Allgemeinen, ja«, antwortete er.

»Neil Greenham hat mir erzählt, es gebe hier einen Graben zwischen den Einstufungsleuten und allen anderen, wobei Ulrike auf der Seite der Einstufungsleiter steht. Er deutete an, dass das ein Reibungspunkt sei.«

»Das ist typisch Neil«, erwiderte Kilfoyle. Er warf seinem Gehilfen einen raschen Blick zu und senkte dann die Stimme. »Er kann es nicht leiden, wenn er nichts zu sagen hat. Er ist schnell beleidigt, und er ist scharf darauf, mehr Verantwortung zu bekommen und…«

»Warum?«

»Was?«

»Warum ist er scharf darauf, mehr Verantwortung zu bekommen?«

Kilfoyle ging von den Gummistiefeln zu den restlichen Schwimmwesten, die von der Gruppe, die auf die Themse hinausfuhr, zurückgelassen worden waren. »Das wollen die meisten Menschen in ihren Jobs, oder? Es geht um Macht.«

»Neil ist machthungrig?«

»Ich kenne ihn nicht gut, aber ich habe das Gefühl, er wünscht sich ein größeres Mitspracherecht bei der Frage, wie die Dinge hier laufen sollten.«

»Und was ist mit Ihnen? Sie selbst müssen doch auch ehrgeizigere Pläne haben, als hier im Geräteraum ehrenamtlich zu arbeiten.«

»Sie meinen hier bei Colossus?« Er dachte einen Moment darüber nach und zuckte dann die Schultern. »Okay, ich spiel mit. Ich hätte nichts dagegen, als Streetworker fest angestellt zu werden, wenn die Colossus-Niederlassung nördlich des Flusses eröffnet wird. Aber Griff Strong hat es auch auf den Job abgesehen. Und wenn Griff ihn will, kriegt er ihn auch.«

»Warum?«

Kilfoyle zögerte, wog versonnen eine Schwimmweste in jeder Hand, während er sorgfältig seine Worte wählte. Schließlich antwortete er: »Sagen wir einfach, Neil hatte in einem Punkt Recht: Jeder kennt jeden bei Colossus. Aber Ulrike wird die Entscheidung über den Streetworkerjob fällen, und sie kennt manche Leute besser als andere.«

Aus dem Bentley rief Lynley die Polizeiwache in South Hampstead an und setzte die Kollegen ins Bild: Der Leichnam, der an diesem Morgen südlich der Themse entdeckt worden und möglicherweise Opfer eines Serientäters war... Wenn die Kollegen ihm eine Unterhaltung mit einem gewissen Reverend Savidge gestatten wollten, der sie vermutlich bald wegen eines vermissten Jungen anrufen werde... Alles wurde arrangiert, während er den Fluss überquerte und diagonal durch die Stadt fuhr.

Er fand Bram Savidge an seiner Wirkungsstätte, die sich als ehemaliger Elektroladen entpuppte. Der Name »Der heiße Draht« war sparsamerweise in das Motto der Kirche integriert worden: »Der heiße Draht zum Herrn«. In der Swiss-Cottage-Gegend der Finchley Road gelegen, schien der Laden teils Gotteshaus, teils Suppenküche zu sein. Im Moment diente er als Letzteres.

Als Lynley eintrat, fühlte er sich wie ein übergewichtiger Nudist in einer Menschenmenge in Wintermänteln: Er war der einzige Weiße im Saal, und die Schwarzen musterten ihn und signalisierten kein herzliches Willkommen. Er fragte, ob Reverend Savidge zu sprechen sei, und eine Frau, die einen würzig duftenden Eintopf an die Hungrigen ausgegeben hatte, ging ihn holen. Als Savidge erschien, fand Lynley sich Auge in Auge mit einem knapp zwei Meter großen afrikanischen Koloss. Das hatte er kaum erwartet, nach dem Privatschultimbre der Stimme, die aus dem Telefonlautsprecher in Ulrike Ellis' Büro gedrungen war.

Reverend Savidge war mit einem rot-orange-schwarzen Kaftan bekleidet, und an den Füßen trug er grobe Sandalen, aber trotz des Winterwetters keine Socken. Eine verschlungen geschnitzte Holzkette lag auf seiner Brust, und ein einzelner Ohrring aus Perlmutt, Bein oder etwas Ähnlichem baumelte genau vor Lynleys Augen. Man hätte meinen können, Savidge sei gerade mit dem Flugzeug aus Nairobi angekommen, nur dass der gestutzte Bart ein Gesicht umrahmte, das nicht so dunkel war, wie man erwartet hätte. Abgesehen von Lynley war seines das hellste Gesicht im Raum.

»Sie sind von der Polizei?« Wieder dieser Akzent, der nicht nur eine Privatschule und einen Universitätsabschluss verriet, sondern auch, dass Savidge in einer Gegend aufgewachsen war, die weitaus privilegierter war als sein jetziges Umfeld. Seine Augen – haselnussbraun, stellte Lynley fest – glitten über seinen Anzug, das Hemd, die Krawatte und die Schuhe. Der Reverend traf seine Einschätzung in Sekundenschnelle, und sie war nicht gut. Auch egal, dachte Lynley. Er zeigte seinen Dienstausweis und fragte, ob sie irgendwo ungestört reden könnten.

Savidge führte ihn zu einem Büro im rückwärtigen Teil des Gebäudes. Auf dem Weg dorthin mussten sie sich zwischen langen Tischen hindurchschlängeln, wo Frauen in ähnlicher Kleidung wie Savidges das Essen austeilten. Vielleicht zwei Dutzend

Männer und halb so viele Frauen saßen dort und schlangen hungrig den Eintopf hinunter, tranken aus kleinen Milchkartons und strichen Butter auf Brot. Leise Musik lief im Hintergrund, ein afrikanischer Gesang.

Savidge schloss die Bürotür und schnitt damit alle Geräusche ab. »Scotland Yard«, sagte er. »Warum? Ich habe die örtliche Wache angerufen. Sie sagten, es käme jemand vorbei. Ich habe angenommen... Was ist los? Was hat das alles zu bedeuten?«

»Ich war in Ms. Ellis' Büro, als Sie dort angerufen haben.«

»Was ist mit Sean?«, verlangte Savidge zu wissen. »Er ist nicht nach Hause gekommen. Sie müssen doch irgendetwas wissen. Sagen Sie es mir.«

Lynley registrierte, dass der Reverend es gewöhnt war, dass man ihm augenblicklich gehorchte. Und es gab kaum einen Zweifel, warum das so war: Er dominierte durch seine schiere Größe. Lynley konnte sich nicht entsinnen, je einem Menschen begegnet zu sein, der so mühelos eine solche Autorität ausstrahlte.

Er fragte: »Sean Lavery wohnt bei Ihnen, soweit ich weiß?«

»Ich möchte jetzt wissen...«

»Reverend Savidge, ich brauche ein paar Informationen. So oder so.«

Sie maßen ihre Willensstärke mit einem kurzen Blickduell, bevor Savidge sagte: »Bei mir und meiner Frau. Ja. Sean wohnt bei uns. In Pflege.«

»Seine eigenen Eltern?«

»Seine Mutter ist im Gefängnis. Versuchter Polizistenmord.«

Savidge unterbrach sich, als wolle er Lynleys Reaktion auf diese Eröffnung beobachten. Lynley achtete sorgsam darauf, keine zu zeigen. »Sein Vater arbeitet als Mechaniker drüben in North Kensington. Die Eltern waren nie verheiratet, und der Vater hat keinerlei Interesse an dem Jungen bekundet, weder vor noch nach der Verhaftung der Mutter. Als sie ihre Strafe antrat, kam Sean in die Obhut des Fürsorgesystems.«

»Und wie haben Sie ihn bekommen?«

»Ich habe seit fast zwei Jahrzehnten Jungen in mein Haus aufgenommen.«

»Jungen? Haben Sie noch weitere Pflegekinder?«

»Im Augenblick nicht. Nur Sean.«

»Warum?«

Reverend Savidge ging zu einer Thermoskanne, aus der er sich etwas Wohlriechendes, Dampfendes einschenkte. Er bot es Lynley an, der ablehnte. Savidge trug den Becher zu seinem Schreibtisch, nahm Platz und wies Lynley mit einem Nicken einen Stuhl zu. Auf dem Schreibtisch lag ein Block, auf dem herumgekritzelt worden war, manches war durchgestrichen, anderes unterstrichen oder eingekreist. »Predigt«, erklärte Savidge, dem Lynleys Blick offenbar nicht entgangen war. »Es fällt mir nicht leicht.«

»Die anderen Jungen, Reverend Savidge?«

»Ich bin jetzt verheiratet. Oni, meine Frau, spricht noch nicht gut Englisch. Sie fühlte sich überfordert und ein wenig überrumpelt, also habe ich drei der Jungen anderweitig untergebracht. Vorübergehend, bis Oni sich eingewöhnt hat.«

»Aber nicht Sean Lavery. Ihn haben Sie nicht anderweitig untergebracht. Warum?«

»Er ist jünger als die übrigen. Es fühlte sich nicht richtig an, ihn wegzugeben.«

Lynley fragte sich, was sonst sich nicht richtig angefühlt haben mochte. Vielleicht die neue Mrs. Savidge, dachte er unwillkürlich, mit ihren unzureichenden Englischkenntnissen und allein zu Hause mit einer Schar halbwüchsiger Jungen.

»Wie kam Sean zu Colossus?«, fragte er. »Es ist von hier aus eine ziemliche Entfernung für ihn.«

»Die Gutmenschen von Colossus kamen zur Kirche. Sie nannten das Streetwork, aber es lief darauf hinaus, dass sie Reklame für ihr Programm machen wollten. Eine Alternative zu dem Sumpf, in den ihrer Meinung nach offenbar jedes nicht-weiße Kind unweigerlich geraten muss, wenn es auch nur ansatzweise die Chance dazu bekommt und nicht von Colossus gerettet wird.«

»Das heißt, Sie halten nicht viel von Colossus?«

»Unsere Gemeinschaft kann sich selbst von innen heraus helfen, Superintendent. Die Situation der Menschen wird sich nicht verbessern, indem ihnen die Hilfe einer Gruppe liberaler, von Schuldgefühlen zerfressener Sozialaktivisten aufgezwungen wird. Die sollten lieber aufs Land zurückgehen und dort Hockey oder Cricket spielen.«

»Doch irgendwie ist Sean Lavery dort gelandet, trotz Ihrer Bedenken.«

»Mir blieb keine andere Wahl. Und Sean ebenso wenig. Sein Sozialarbeiter hat das alles entschieden.«

»Aber als sein Pflegevater haben Sie doch ein gewisses Mitspracherecht bei der Frage, wie er seine Freizeit verbringt.«

»Unter anderen Umständen. Aber es gab einen Vorfall mit einem Fahrrad.« Savidge führte aus, dass es nichts weiter als ein Missverständnis gewesen sei. Sean hatte das teure Mountainbike eines Jungen aus der Nachbarschaft genommen. Er glaubte, er habe die Erlaubnis gehabt, es zu fahren; der Junge war anderer Ansicht. Er meldete es als gestohlen, und die Polizei fand es in Seans Besitz. Die Situation wurde als Erstlingsstraftat eingestuft, und Seans Sozialarbeiter plädierte dafür, jede Neigung zu kriminellem Verhalten im Keim zu ersticken. So kam Colossus ins Spiel. Savidge hatte der Idee anfangs zugestimmt, wenn auch zögernd: Von all seinen Pflegesöhnen war Sean der erste, der polizeiauffällig geworden war. Er war auch der erste, der die Schule schwänzte. Colossus sollte all das angeblich in Ordnung bringen.

»Wie lange geht er schon dorthin?«, fragte Lynley.

»Knapp ein Jahr.«

»Und ist er regelmäßig dort?«

»Das muss er. Das gehört zu seinen Bewährungsauflagen.« Savidge hob den Becher und trank. Er tupfte sich sorgsam den Mund ab, dann fuhr er fort: »Sean hat von Anfang an gesagt, dass er dieses Fahrrad nicht gestohlen hat, und ich habe ihm geglaubt. Auf der anderen Seite möchte ich verhindern, dass er auf die schiefe Bahn gerät, und Sie und ich wissen, dass das passiert, wenn er weiterhin die Schule schwänzt und sich nicht für irgendetwas engagiert. Soweit ich es beurteilen kann, fiebert er Colossus nicht gerade Tag für Tag entgegen, aber er geht hin. Er hat die Einstufungsphase erfolgreich abgeschlossen, und inzwischen spricht er sogar ganz positiv von dem Computerkurs, den er jetzt macht.«

»Wer war sein Einstufungsleiter?«

»Griffin Strong. Sozialarbeiter. Sean kam ganz gut mit ihm zurecht. Oder zumindest gut genug, um sich nicht über ihn zu beklagen.«

»Ist es je vorgekommen, dass er nicht nach Hause kam, Reverend Savidge?«

»Nie. Er ist ein paar Mal später gekommen, aber dann hat er angerufen, um uns Bescheid zu geben. Das war alles.«

»Gibt es irgendeinen Grund, warum er beschlossen haben könnte, wegzulaufen?«

Savidge dachte darüber nach. Er legte die Hände um den Becher und drehte ihn zwischen den Handflächen. Schließlich sagte er: »Er hat seinen Vater ausfindig gemacht, ohne mir etwas davon zu sagen...«

»In North Kensington?«

»Ja. Munro Mews, eine Autowerkstatt. Sean hat ihn vor ein paar Monaten gefunden. Ich weiß nicht genau, was dort vorgefallen ist. Er hat es nie erzählt. Aber ich denke nicht, dass es etwas Positives war. Sein Vater hat einfach sein Leben weitergelebt. Er hat eine Frau und Kinder. Das ist alles, was Seans Sozialarbeiter mir gesagt hat. Also, falls Sean in der Hoffnung hingefahren ist, die Aufmerksamkeit seines Vaters zu gewinnen... ein hoffnungsloses Unterfangen. Aber das wäre für Sean kein ausreichender Grund gewesen, wegzulaufen.«

»Der Name des Vaters?«

Savidge gab ihn ihm: Ein gewisser Sol Oliver. Aber damit war seine Bereitschaft zur Kooperation und selbst gewählter Unterordnung beendet. Er war offensichtlich an beides nicht gewöhnt.

»Und nun, Superintendent Lynley«, sagte er. »Ich habe Ihnen gesagt, was ich weiß. Ich will, dass Sie mir sagen, was Sie tun werden. Und nicht, was Sie in achtundvierzig Stunden zu tun gedenken, oder wie lange Sie auch immer erwarten, dass ich mich gedulde, weil Sie glauben, Sean sei davongelaufen. Er tut so etwas nicht. Er ruft an, wenn er später kommt. Wenn er abends bei Colossus fertig ist, kommt er auf dem Weg zum Sportclub hier vorbei. Er drischt auf den Punchingball ein, und dann kommt er nach Hause.«

Ein Sportclub? Lynley hakte nach. Welcher Sportclub, wo, wie oft ging er hin? Und wie kam Sean vom »Heißen Draht zum Herrn« zu diesem Club und weiter nach Hause? Zu Fuß? Mit dem Bus? Trampte er manchmal? Fuhr ihn jemand?

Savidge betrachtete ihn neugierig, antwortete aber bereitwillig. Sean ging zu Fuß, sagte er Lynley. Es war nicht weit. Weder von hier noch von zu Hause. Der Club hieß Square Four Gym.

Hatte der Junge dort einen Betreuer, wollte Lynley wissen. Jemanden, den er bewunderte? Jemanden, von dem er erzählte?

Savidge schüttelte den Kopf. Er sagte, dass Sean zu dem Sportclub ging, um mit seinem Zorn fertig zu werden, und auch auf Anraten seines Sozialarbeiters. Er hatte keinerlei Ambitionen, ein Bodybuilder, Boxer, Ringer oder Ähnliches zu werden, soweit Savidge wusste.

Wie stand es mit Freunden?, erkundigte sich Lynley. Wer waren sie?

Savidge dachte einen Moment nach, ehe er einräumte, dass Sean Lavery keine Freunde zu haben schien. Aber er war ein guter Junge, und er hatte Verantwortungsgefühl, beharrte Savidge. Und das eine, wofür er seine Hand ins Feuer legen würde, war, dass Sean niemals fortbleiben würde, ohne anzurufen und zu erklären, warum.

Und weil Savidge wusste, dass New Scotland Yard nicht anstelle der örtlichen Polizei gekommen wäre, wenn der Beamte keinen besseren Grund hätte als den, in Ulrike Ellis' Büro gewesen zu sein, als er dort anrief, sagte er: »Vielleicht ist es an der

Zeit, dass Sie mir sagen, warum Sie wirklich hier sind, Superintendent.«

Lynley antwortete mit der Frage, ob Reverend Savidge ein Foto des Jungen habe.

»Nicht hier im Büro«, erwiderte Savidge. »Dafür müssten wir zu mir nach Hause.«

11

Auch wenn Robbie Kilfoyle in seiner EuroDisney-Kappe keine diesbezügliche Andeutung gemacht hätte, wäre Barbara Havers nach etwa fünfzehn Sekunden in Gesellschaft der beiden darauf gekommen, dass irgendetwas zwischen Griffin Strong und Ulrike Ellis lief. Ob es sich dabei lediglich um unerklärte angsterfüllte Liebe, um Schmusen im Imbiss um die Ecke oder um Kamasutra unter den Sternen handelte, konnte sie nicht sagen. Auch konnte sie nicht sagen, ob es vielleicht nur eine Einbahnstraße war, mit Ulrike am Steuer Richtung Nirgendwo. Aber dass irgendetwas zwischen ihnen in der Luft lag – eine Art elektrischer Spannung, die gewöhnlich nackte Körper und stöhnenden Austausch von Körpersäften bedeutete, tatsächlich aber für alles zwischen Händedruck und dem Geschlechtsakt stehen konnte –, hätte nur ein Alien leugnen können.

Die Leiterin von Colossus begleitete Griffin Strong persönlich zu Barbara. Sie stellte sie einander vor, und die Art, wie sie seinen Namen sagte, ganz zu schweigen von der Art, wie sie ihn anschaute – mit einem Ausdruck, nicht unähnlich dem auf Barbaras eigenem Gesicht, wenn sie einen obstgekrönten Käsekuchen sah –, war wie eine Neonreklame des Geheimnisses, das Ulrike oder auch beide zu wahren suchten. Und offensichtlich musste es ein Geheimnis sein. Nicht nur hatte Robbie Kilfoyle das Wort »Ehefrau« im Zusammenhang mit Strong erwähnt, sondern obendrein trug der Mann einen Ehering etwa von der Größe eines Lkw-Reifens. Was wiederum eine kluge Maßnahme war, dachte Barbara. Strong war so ungefähr die schönste Kreatur, die sie je unbehelligt durch die Straßen Londons hatte wandeln sehen. Zweifellos brauchte er *irgendetwas*, um die Scharen von Frauen abzuwehren, denen die Kinnlade vermutlich bis auf die Brust fiel, wenn er vorbeikam. Er sah aus wie ein Filmstar. Er sah besser aus als ein Filmstar. Er sah aus wie ein Gott.

Und außerdem sah er beunruhigt aus. Barbara konnte noch nicht sagen, ob das für ihn sprach oder nahe legte, ihn genauer unter die Lupe zu nehmen.

»Ulrike hat mir von Kimmo Thorne und Sean Lavery erzählt«, sagte er. »Ich sag es Ihnen lieber gleich: Sie waren beide in meiner Gruppe. Sean hat vor zehn Monaten den Einstufungskurs bei mir gemacht, Kimmo war gerade noch dabei. Ich habe Ulrike gleich Bescheid gegeben, als er – Kimmo – nicht erschienen ist. Natürlich wusste ich nicht, dass Sean vermisst wird, da er im Moment nicht in meiner Gruppe ist.«

Barbara nickte. Hilfreich, dachte sie. Und die Bemerkung über Sean wies auf einen interessanten Aspekt hin.

»Können wir irgendwo in Ruhe reden?«, fragte sie ihn. Es war ja nicht nötig, dass Ulrike Ellis jedes Wort hörte.

Strong erklärte, er teile ein Büro mit zwei weiteren Einstufungsleitern. Die waren heute aber mit ihren Gruppen unterwegs, und wenn sie ihm folgen wolle, dort wären sie ungestört. Er habe allerdings nicht viel Zeit, da er eingeteilt sei, eine Schar Jugendlicher zum Rudern auf den Fluss zu begleiten. Er warf Ulrike einen raschen Blick zu und bedeutete Barbara mit einer Geste, ihm zu folgen.

Barbara versuchte, diesen Blick und das nervöse Lächeln auf Ulrikes Lippen zu interpretieren. *Du und ich, Baby. Unser Geheimnis, Liebling. Wir reden später. Ich will dich nackt. Bitte erlöse mich in fünf Minuten.* Die Möglichkeiten schienen unbegrenzt.

Barbara folgte Griffin Strong – »Nennen Sie mich Griff« – zu einem Büro gleich hinter dem Empfang. Es war nach dem gleichen Prinzip eingerichtet wie Ulrikes: viel Unordnung, wenig verfügbarer Platz. Bücherregale, Aktenschränke, ein Schreibtisch für alle. Die Wände waren mit Postern bepflastert, die junge Menschen in positiver Weise beeinflussen sollten: Legasthenische Fußballspieler mit merkwürdigen Frisuren, die vorgaben, Charles Dickens zu lesen; Popstars, die dreißig Sekunden Sozialdienst in einer Suppenküche leisteten. Colossus-Poster rundeten dieses Bild ab. Auf ihnen war das vertraute Logo zu sehen, der Riese, der sich von den Kleinen und Schicksalgebeutelten vereinnahmen ließ.

Strong trat an einen der Schränke und durchsuchte eine überfüllte Schublade nach zwei Akten. Er schaute hinein und berichtete, dass Kimmo Thorne über das Jugendgericht zu Colossus gekommen war, weil er eine Vorliebe für den Verkauf gestohlener Gegenstände an den Tag gelegt hatte. Sean war durch das Jugendamt vermittelt worden wegen einer Geschichte mit einem gestohlenen Mountainbike.

Wieder diese Zurschaustellung von Hilfsbereitschaft. Strong legte die Akten zurück, ging zum Schreibtisch, wo er sich setzte und seine Stirn rieb.

»Sie sehen müde aus«, bemerkte Barbara.

»Ich habe ein Baby mit Koliken«, erklärte er, »und eine Frau mit postnataler Depression. Ich komme zurecht, aber nur so gerade.«

Das erklärte zumindest teilweise, was zwischen ihm und Ulrike vorging, dachte Barbara. Es fiel in die Kategorie »armer missverstandener und vernachlässigter Ehemann« plus außerehelicher Was-auch-immer. »Harte Zeiten«, erwiderte sie mitfühlend.

Er schenkte ihr ein strahlendes Lächeln mit – was sonst? – perfekten, weißen Zähnen. »Es ist die Mühe wert. Ich werd die harten Zeiten schon überstehen.«

Darauf wette ich, dachte Barbara. Sie fragte ihn nach Kimmo Thorne. Was wusste Strong über den Werdegang des Jungen bei Colossus? Über seine Beziehungen hier? Seine Freunde, Mentoren, Bekannten, Lehrer und so weiter? Da er ihn im Einstufungskurs gehabt hatte – und wie man ihr zu verstehen gegeben hatte, war das die persönlichste Interaktion, die die Jugendlichen bei Colossus erfuhren –, kannte er Kimmo vermutlich besser als alle anderen.

Ein guter Junge, sagte Strong. Oh, er hatte seine Schwierigkeiten gehabt, aber er war nicht für die kriminelle Laufbahn geschaffen. Seine kleinen Gaunereien waren Mittel zum Zweck gewesen, es ging nicht um irgendeinen Kick oder ein unbewusstes gesellschaftliches Statement. Und im Grunde hatte er ein solches Leben abgelehnt... Zumindest hatte es den Anschein gehabt. Es war noch zu früh gewesen, um zu erkennen, welchen Weg Kimmo einschlagen würde, was sich meistens während der ersten Wochen der Jugendlichen bei Colossus herauskristallisierte.

»Was für ein Junge war er?«, fragte Barbara.

»Beliebt«, antwortete Griff. »Angenehme Gesellschaft, liebenswürdig.« Kimmo war genau der Typ von Junge gewesen, der eine Chance gehabt hätte, etwas aus seinem Leben zu machen. Er hatte echtes Potenzial und echtes Talent. Es war eine verfluchte Schande, dass irgendein Bastard da draußen sich ausgerechnet ihn geschnappt hatte.

Barbara schrieb all diese Informationen auf, obwohl sie das meiste schon wusste und obwohl es ihr alles irgendwie einstudiert vorkam. Doch es gab ihr die Gelegenheit, den Mann, der ihr all das erzählte, nicht ansehen zu müssen. Sie analysierte seine Stimme, ohne von seinem GQ-Gesicht abgelenkt zu werden. Er *klang* ehrlich, sehr entgegenkommend und all das. Aber nichts von dem, was er ihr sagte, deutete darauf hin, dass er Kimmo besser gekannt hatte als alle anderen, und das ergab keinen Sinn. Er hätte ihn gut kennen *müssen*, oder zumindest auf dem Weg sein sollen, ihn gut kennen zu lernen. Doch nichts wies darauf hin, und sie musste sich fragen, warum.

»Hatte er hier irgendwelche besonderen Freunde?«, wollte sie wissen.

»Was?«, fragte er. Und dann: »Glauben Sie im Ernst, jemand von Colossus hätte ihn umgebracht?«

»Das ist eine Möglichkeit«, erwiderte Barbara.

»Ulrike wird Ihnen sagen, dass jeder auf Herz und Nieren überprüft wird, ehe er hier anfangen kann. Die Vorstellung, dass irgendwie ein Serienmörder…«

»Hatten Sie einen netten Plausch mit Ulrike, ehe wir zwei uns getroffen haben?« Barbara sah von ihrem Notizbuch auf. Der Ausdruck auf seinem Gesicht erinnerte an ein Reh im Scheinwerferlicht.

»Natürlich hat sie mir gesagt, dass Sie hier sind, als sie mir von Kimmo und Sean erzählt hat. Aber sie hat auch gesagt, dass Sie noch verschiedene andere Todesfälle untersuchen, also kann es nichts mit Colossus zu tun haben. Und außerdem weiß doch noch keiner, ob Sean sich nicht einfach für einen Tag verdrückt hat.«

»Stimmt«, räumte Barbara ein. »Irgendwelche besonderen Freunde?«

»Ich?«

»Wir sprachen über Kimmo.«

»Kimmo. Richtig. Jeder mochte ihn. Und man sollte doch meinen, genau das Gegenteil wäre der Fall, wenn man bedenkt, wie er sich immer aufgetakelt hat und wie die meisten Jugendlichen in Bezug auf Sexualität drauf sind.«

»Und wie ist das?«

»Ach, wissen Sie, sie fühlen sich bei dem Thema nicht so richtig wohl in ihrer Haut, sind noch unsicher, was ihre eigenen Neigungen angeht, und darum wollen sie nichts mit einem Kerl zu tun haben, der in den Augen ihrer Altersgenossen ein fragwürdiges Licht auf sie wirft. Aber niemand schien Kimmo zu meiden, das ließ er nicht zu. Aber besonders enge Freunde? Es gab niemanden, dem er sich oder der sich ihm auffallend häufig anschloss. Das geschieht während der Einstufung aber sowieso nicht. Die Jungs sollen als Gruppe zusammenwachsen.«

»Und wie ist es mit Sean?«, fragte sie ihn.

»Was soll mit Sean sein?«

»Freunde?«

Strong zögerte. Dann: »Er hatte es schwerer als Kimmo, wenn ich mich richtig entsinne«, sagte er nachdenklich. »Er hat keinen echten Anschluss an seine Einstufungsgruppe gefunden. Aber er wirkte auch grundsätzlich zurückhaltender. Und introvertiert. Grübelte ständig.«

»Worüber?«

»Ich weiß es nicht. Nur dass er wütend war und nicht versuchte, das zu verheimlichen.«

»Weswegen wütend?«

»Dass er hier sein musste, nehme ich an. Nach meiner Erfahrung sind die meisten Jugendlichen wütend, wenn sie über das Jugendamt zu uns kommen. In der Regel tauen sie während ihrer Einstufungswoche auf, aber nicht Sean.«

Barbara fragte, wie lange Griffin Strong schon als Einstufungsleiter bei Colossus arbeite.

Anders als Kilfoyle und Greenham, die hatten nachdenken müssen, ehe sie angeben konnten, wie lange sie schon bei der Organisation waren, antwortete Griff: »Vierzehn Monate«, ohne zu zögern.

»Und davor?«, wollte Barbara wissen.

»Sozialarbeit. Ursprünglich hab ich Medizin studiert und wollte Pathologe werden, bis ich feststellen musste, dass ich den Anblick von Leichen nicht gut ertragen konnte, da hab ich zur Psychologie gewechselt. Und Soziologie. Ich habe in beiden einen *cum-laude*-Abschluss.«

Das war ziemlich beeindruckend und obendrein leicht zu überprüfen. »Wo haben Sie gearbeitet?«, erkundigte sich Barbara.

Er antwortete nicht gleich, also schaute sie wieder von ihrem Notizbuch auf. Sie stellte fest, dass er sie anstarrte, und sie wusste, er hatte es darauf angelegt, dass sie aufschaute, und er genoss den Triumph, sie dazu gezwungen zu haben. Sie wiederholte ihre Frage.

Schließlich sagte er: »Eine Zeit lang in Stockwell.«

»Und davor?«

»Lewisham. Ist das wichtig?«

»Im Moment ist alles wichtig.« Barbara ließ sich viel Zeit, »Stockwell« und »Lewisham« in ihr Notizbuch zu schreiben. Dann fragte sie: »Und als was genau?«, und verzierte den letzten Buchstaben mit einem kleinen Schnörkel.

»Was genau was?«

»Welche Art von Sozialarbeit? Pflegekinder? Bewährungshelfer? Alleinerziehende Muttis? Was?«

Er antwortete zum zweiten Mal nicht. Barbara argwöhnte, er spiele wieder sein Machtspielchen, aber sie schaute trotzdem auf. Dieses Mal blickte er jedoch nicht sie, sondern den Fußballer auf dem Poster an, der vorgab, in seine ledergebundene Ausgabe von *Bleak House* vertieft zu sein. Barbara wollte ihre Frage schon wiederholen, als Griff zu einer Entscheidung über irgendetwas zu kommen schien.

Er sagte: »Sie können es genauso gut von mir erfahren. Sie finden es ja sowieso raus. Ich bin aus beiden Stellungen entlassen worden.«

»Weswegen?«

»Ich komme nicht immer gut mit Vorgesetzten zurecht, insbesondere, wenn sie weiblich sind. Manchmal…« Er schenkte ihr wieder seine ganze Aufmerksamkeit – zwei dunkle, unergründliche Augen, die sie zwangen, den Blickkontakt zu halten. »Bei dieser Art von Arbeit kommt es immer mal wieder zu Meinungsverschiedenheiten. Das muss so sein. Wir haben es mit menschlichen Schicksalen zu tun, und jedes Schicksal unterscheidet sich vom anderen, oder?«

»Kann man so sagen«, stimmte Barbara zu, die neugierig war, worauf er hinauswollte. Er ließ sie nicht lange im Ungewissen.

»Na ja. Ich neige dazu, meine Meinung mit Nachdruck zu vertreten, und Frauen neigen dazu, das in den falschen Hals zu bekommen. Es läuft immer darauf hinaus, dass ich… sagen wir, *missverstanden* werde, in Ermangelung eines besseren Wortes.«

Ah, da haben wir's, dachte sie, die Missverstanden-Nummer. Sie war nur nicht an der Stelle gekommen, wo Barbara sie erwartet hätte. »Aber Ulrike hat dieses Problem nicht mit Ihnen?«

»Bisher nicht«, sagte er. »Aber Ulrike diskutiert auch gern. Sie hat keine Angst vor einer vitalen Debatte im Team.«

Oder ganz anderen vitalen Betätigungen, fuhr es Barbara durch den Kopf. Das besonders. »Sie und Ulrike stehen einander also nahe?«

Er war nicht gewillt, sich darauf einzulassen. »Sie leitet diese Organisation.«

»Was ist, wenn Sie nicht hier bei Colossus sind?«

»Was genau fragen Sie mich?«

»Ob Sie Ihre Chefin vögeln. Vermutlich überleg ich, wie die anderen Einstufungsleiter es wohl fänden, wenn Sie und Ulrike nach Feierabend gelegentlich ein Nümmerchen schieben. Oder auch alle anderen. War es das, warum Sie Ihre beiden letzten Jobs verloren haben?«

»Sie sind nicht gerade besonders nett, oder?«, entgegnete er ruhig.

»Nicht mit fünf Leichen, deren Ermordung aufgeklärt werden muss.«

»Fünf...? Sie können doch unmöglich den Schluss ziehen... Mir wurde gesagt... Ulrike hat gesagt, Sie sind wegen...«

»Kimmo hier, genau. Aber das ist nur einer von zwei Toten, die wir bisher identifizieren konnten«, erwiderte Barbara.

»Aber Sie haben gesagt, Sean... Sean wird nur vermisst, richtig? Er ist nicht tot... Sie wissen noch nicht...«

»Wir haben heute Morgen ein Opfer entdeckt, bei dem es sich um Sean handeln könnte, und ich bin überzeugt, das hat Ulrike Ihnen gesteckt. Dann haben wir noch einen gewissen Jared Salvatore identifiziert und drei weitere, die noch darauf warten, dass ihre Namen ermittelt werden. Fünf insgesamt.«

Er sagte kein Wort, aber aus irgendeinem Grund schien er die Luft anzuhalten, und Barbara hätte zu gerne gewusst, wieso. Schließlich murmelte er: »Jesus.«

»Was ist aus Ihren übrigen Einstufungskandidaten geworden, Mr. Strong?«, fragte Barbara.

»Wie meinen Sie das?«

»Inwieweit verfolgen Sie ihren Werdegang, wenn sie die ersten zwei Wochen in dieser Organisation hinter sich haben?«

»Überhaupt nicht. Ich meine, sie werden anschließend von ihren Lehrern betreut. Das heißt, wenn sie weitermachen wollen. Die Lehrer beobachten ihre Entwicklung und berichten Ulrike. Das ganze Team setzt sich im Zwei-Wochen-Rhythmus zusammen, und Ulrike selbst führt Beratungsgespräche mit den Jugendlichen, die irgendwelche Schwierigkeiten haben.« Er runzelte die Stirn, klopfte rhythmisch mit den Fingerknöcheln auf den Schreibtisch. »Wenn sich herausstellt, dass diese anderen Jungen von uns sind... Irgendwer versucht, Colossus zu diskreditieren«, erklärte er. »Oder einen von uns. Irgendwer versucht, einem von uns zu schaden.«

»Das glauben Sie?«, fragte Barbara.

»Wenn auch nur eines der anderen Opfer von hier ist, was sonst soll ich dann denken?«

»Dass Jugendliche nirgendwo in London sicher sind, aber dass sie hier in besonderer Gefahr schweben.«

»Sie meinen, wir locken sie in die Falle, um sie zu töten?« Es klang entrüstet.

Barbara lächelte und klappte ihr Notizbuch zu. »Ihre Worte, nicht meine, Mr. Strong«, sagte sie.

Reverend Bram Savidge und seine Frau lebten in einer Gegend von West Hamstead, die sein »Wir kommen aus eurer Mitte«-Gehabe Lügen strafte. Sicher, es war ein kleines Haus. Aber es war weit mehr, als jeder andere, den Lynley im Haus »Der heiße Draht zum Herrn« gesehen hatte, sich je hätte leisten können, egal, ob vor oder hinter der Essensausgabe. Und Savidge fuhr in einem brandneuen Saab voraus, um ihm den Weg zu zeigen. Wie Barbara Havers es ausgedrückt hätte: Irgendwer hier hat Kohle bis zum Abwinken.

Savidge wartete auf der Eingangsstufe seines Hauses, bis Lynley auf der baumbestandenen Straße einen Parkplatz für den Bentley gefunden hatte. Er wirkte andeutungsweise biblisch, wie er da trotz der Winterkälte ohne Mantel in seinem wehenden Kaftan stand. Als Lynley sich zu ihm gesellte, öffnete er nacheinander drei Schlösser an der Tür. »Oni?«, rief er. »Ich habe Besuch mitgebracht, Liebling.«

Er sagte nichts über Sean, fiel Lynley auf. Kein »Hat der Junge angerufen?« oder »Irgendetwas Neues von Sean?«, nur »Ich habe Besuch mitgebracht, Liebling«, in einem behutsamen Tonfall, der beinah wie eine Warnung klang und gänzlich untypisch für den Mann war, mit dem Lynley bislang gesprochen hatte.

Es folgte keine unmittelbare Reaktion auf Savidges Rufen. Er sagte zu Lynley: »Warten Sie hier«, und führte ihn ins Wohnzimmer. Er selbst ging zu einer Treppe und stieg eilig in die erste Etage hinauf. Lynley hörte ihn einen Flur entlanggehen.

Er nahm sich einen Moment Zeit, um das Wohnzimmer in Augenschein zu nehmen, das schlicht, aber mit hochwertigen Möbeln und einem farbenfrohen Teppich eingerichtet war. An den Wänden hingen alte Dokumente in Bilderrahmen, und während über ihm in schneller Folge Türen geöffnet und geschlossen wurden, trat er näher, um sie zu betrachten. Eines war ein alter Frachtbrief eines Schiffes mit Namen *Valiant Sheba*, dessen Ladung aus »zwanzig männlich, zweiunddreißig weiblich« – von denen achtzehn als »trächtig« bezeichnet wurden – »und dreizehn Kinder« bestanden hatte. Ein weiteres Dokument war ein Schreiben in gestochener Schrift auf edlem Papier, das »Ash Grove, nahe Kingston« als Briefkopf trug. Vom Alter gebleicht, erwies es sich als schwierig zu lesen, aber Lynley entzifferte »exzellentes Zuchtpotenzial« und »wenn man dieses Vieh unter Kontrolle bringen kann«.

»Mein Ur-ur-ur-Großvater, Superintendent. Er konnte sich mit seiner Versklavung nie so recht anfreunden.«

Lynley wandte sich um. An der Tür stand Savidge mit einem jungen Mädchen an seiner Seite. »Oni, meine Frau«, sagte er. »Sie wollte Ihnen gern vorgestellt werden.«

Lynley konnte kaum glauben, dass er Savidges Frau vor sich hatte, denn Oni sah nicht älter aus als sechzehn Jahre, höchstens. Sie war dünn, hatte einen schmalen, langen Hals – afrikanisch bis ins Mark. Wie ihr Mann trug sie ethnische Kleidung, und sie hielt ein eigentümliches Musikinstrument in der Hand. Der Klangkörper glich dem eines Banjo, aber es hatte einen hohen Steg, der mindestens ein Dutzend Saiten trug.

Ein Blick auf sie erklärte Lynley allerhand. Oni war exquisit: von reinstem Nachtschwarz, jahrhundertealtes Blut, von jeder Rassenmischung unberührt. Sie war, was Savidge niemals sein konnte, weil es die *Valiant Sheba* gegeben hatte. Und außerdem war sie wirklich nicht das, was ein vernünftiger Mann mit einer Schar männlicher Teenager allein lassen würde.

»Mrs. Savidge«, grüßte Lynley.

Das Mädchen lächelte und nickte. Sie schaute ihren Mann an, als bedürfe sie seiner Führung. Sie sagte: »Du vielleicht wollen…?« und geriet ins Stocken, als gehe sie in Gedanken die ihr bekannten Wörter und Grammatikregeln durch, die sie kaum verstand.

»Es geht um Sean, Liebling«, erklärte Savidge. »Wir wollen dich nicht davon abhalten, auf der Kora zu üben. Warum spielst du nicht hier unten weiter, während ich dem Polizisten oben Seans Zimmer zeige?«

»Ja«, stimmte sie zu. »Dann spiele ich.« Sie ging zum Sofa und stellte die Kora vorsichtig auf den Boden. Als sie sich abwenden wollten, sagte sie: »Es ist sehr unsonnig heute, nein? Noch ein Monat vergeht. Bram, ich… entdecke… nein, nicht entdecke, ist nicht… ich *lerne* heute Morgen…«

Savidge zögerte. Lynley nahm eine Veränderung an ihm wahr, als habe sich eine Spannung abgebaut. »Wir reden später, Oni«, sagte der Reverend.

»Ja«, antwortete sie. »Und das andere auch? Wieder?«

»Vielleicht. Das andere.« Rasch führte er Lynley zur Treppe. Er ging voraus zu einem Zimmer im rückwärtigen Teil des Hauses. Als sie eingetreten waren, hatte er offenbar das Bedürfnis, etwas zu erklären. Er schloss die Tür und sagte: »Wir wollen ein Baby. Bislang hat es nicht geklappt. Das war es, was sie meinte.«

»Das ist bitter«, erwiderte Lynley.

»Sie macht sich Sorgen deswegen. Sie fürchtet, dass ich sie... ich weiß nicht... verstoße oder so etwas. Aber sie ist vollkommen gesund. Perfekt gebaut. Sie ist...« Savidge unterbrach sich, als werde ihm plötzlich bewusst, wie nahe er selbst daran war, jemandes »Zuchtpotenzial« zu beschreiben. Er beschloss, einen völlig neuen Kurs einzuschlagen, und sagte: »Wie auch immer. Das hier ist Seans Zimmer.«

»Haben Sie Ihre Frau gefragt, ob er hier war? Angerufen oder sich irgendwie gemeldet hat?«

»Sie geht nicht ans Telefon«, erklärte Savidge. »Ihr Englisch ist noch nicht gut genug. Es mangelt ihr an Selbstsicherheit.«

»Sonst irgendetwas?«

»Wie meinen Sie das?«

»Ich meine, haben Sie sie nach Sean gefragt.«

»Das war nicht nötig. Sie hätte es mir erzählt. Sie weiß, dass ich in Sorge bin.«

»Wie ist ihre Beziehung zu dem Jungen?«

»Was hat das damit zu tun...?«

»Mr. Savidge, ich muss diese Fragen stellen«, erwiderte Lynley und sah ihn unverwandt an. »Ihre Frau ist offensichtlich deutlich jünger als Sie.«

»Sie ist neunzehn Jahre alt.«

»Altersmäßig ihrem Pflegesohn näher als Ihnen, habe ich Recht?«

»Das hier hat *nichts* mit meiner Ehe, meiner Frau oder meiner Situation zu tun, Superintendent.«

Oh, das hat es sehr wohl, dachte Lynley. »Sie sind was? Zwanzig Jahre älter als sie?«, fragte er. »Fünfundzwanzig Jahre älter? Und in welchem Alter waren die Jungen?«

Savidge schien vor seinen Augen zu wachsen, und Empörung färbte seine Erwiderung: »Hier geht es um einen vermissten Jungen. In einer Situation, wo andere Jungen im gleichen Alter ebenfalls verschwunden sind, wie man in den Zeitungen liest. Also, wenn Sie glauben, dass ich mich von Ihnen manipulieren lasse, nur weil Sie Ihre Ermittlung in den Sand gesetzt haben, dann wechseln Sie lieber den Kurs.« Er wartete keine Antwort ab. Stattdessen trat er an ein Regal, auf dem ein kleiner CD-Spieler und eine Reihe Taschenbücher standen, die unberührt aussahen. Vom oberen Bord nahm er ein Foto in einem schlichten Holzrahmen und drückte es Lynley rüde in die Finger.

Das Foto zeigte Savidge selbst in seinem afrikanischen Gewand, den Arm um die Schultern eines Jungen in einem übergroßen Trainingsanzug gelegt. Der Junge trug das Haar in Dreadlocks, die so aussahen, als sollten sie noch wachsen. Sein Gesichtsausdruck war voller Argwohn wie der eines Hundes, der nach dem Gassigehen zu oft im Tierheim in Battersea gelandet ist. Seine Haut war sehr dunkel, nur eine Schattierung heller als die von Savidges Frau. Außerdem war er unzweifelhaft der Junge, dessen Leichnam sie heute Morgen gefunden hatten.

Lynley sah auf. Hinter Savidges Schultern erkannte er Poster an den Wänden: Louis Farrakhan in leidenschaftlicher Predigerpose, Elijah Mohammed flankiert von Mitgliedern der Islamischen Nation, ein junger Muhammad Ali, vielleicht der berühmteste der Konvertierten.

»Mr. Savidge...« Und dann wusste Lynley auf einmal nicht, wie er fortfahren sollte. Ein Leichnam in einem Straßentunnel wurde gar zu menschlich, sobald man ihn mit einem Zuhause in Verbindung brachte. In diesem Moment verwandelte sich der Leichnam in eine Person, deren Tod ein Bedürfnis nach Gerechtigkeit hervorrufen musste oder doch wenigstens die Verpflichtung, schlichtes Bedauern auszudrücken. »Es tut mir Leid«, sagte er. »Wir haben einen Toten, den Sie sich anschauen müssen. Er wurde heute früh südlich des Flusses gefunden.«

»O mein Gott«, sagte Savidge. »Ist es...«

»Ich hoffe nicht«, antwortete Lynley, obwohl er es besser wusste. Er nahm Savidges Arm, um ihn zu stützen. Es gab noch Fragen, die er ihm früher oder später würde stellen müssen, aber im Augenblick gab es nichts weiter zu sagen.

Ulrike schaffte es, in ihrem Büro zu warten, bis Jack Veness die Telefone auf Rufumleitung umstellte und die Rezeption aufräumte. Nachdem er sich verabschiedet hatte und sie die äußere Tür ins Schloss fallen hörte, machte sie sich auf die Suche nach Griff und stolperte über Robbie Kilfoyle. Er war im Eingangsflur, wo er den Inhalt zweier Müllsäcke voller Colossus-T-Shirts und -Sweatshirts in den Schrank unter der Vitrine räumte, in der die Verkaufsgegenstände ausgestellt waren. Sie erkannte, dass Griff wenigstens in dem Punkt die Wahrheit gesagt hatte und heute tatsächlich einige Stunden in seinem Textildruckbetrieb verbracht hatte.

Sie hatte das in Zweifel gezogen. Als sie sich im Charlie Chaplin Pub getroffen hatten, war das Erste gewesen, was sie sagte: »Wo *warst* du den ganzen Tag, Griffin?«, und sie war beim Klang ihrer Stimme zusammengezuckt, denn sie wusste, wie sie sich anhörte, und er wusste, dass sie es wusste, und darum hatte er erwidert: »Fang nicht so an«, ehe er ihre Frage beantwortete: Eines der Geräte in der Textildruckerei hatte repariert werden müssen, und er hatte sich darum gekümmert. »Ich hab dir doch gesagt, dass ich auf dem Weg hierher im Betrieb vorbeischauen musste. Du wolltest, dass ich neue Shirts mitbringe, weißt du noch?«

Diese Antwort war die Quintessenz von Griffin: Ich habe nur getan, was *du* wolltest, implizierte sie.

Ulrike fragte Robbie Kilfoyle: »Hast du Griff gesehen? Ich muss ihn sprechen.«

Robbie, der am Boden hockte, setzte sich auf die Fersen und schob die Baseballkappe in den Nacken. »Er hilft, die neue Einstufungsgruppe beim Rudern zu beaufsichtigen. Sie sind mit den Vans losgefahren. Vielleicht vor zwei Stunden?«

Robbies Gesichtsausdruck verriet ihr, dass er fand, sie als Leiterin solle das eigentlich wissen. Er wies auf die Müllsäcke und sagte: »Das Zeug hier hat er im Geräteraum liegen lassen. Ich hab mir gedacht, es ist sicher am besten, wenn ich es hier verstaue. Kann ich dir bei irgendwas helfen?«

»Mir helfen?«

»Na ja, da du Griff gesucht hast und er nicht hier ist, könnte ich vielleicht...« Er zuckte die Schultern.

»Ich sagte, ich muss ihn *sprechen*, Robbie.« Ulrike merkte sofort, wie barsch sie klang. »Tut mir Leid. Das war unhöflich von mir. Ich bin ein bisschen durch den Wind. Die Polizei. Erst Kimmo. Jetzt...«

»Sean«, ergänzte Robbie. »Ja, ich weiß. Aber er ist doch nicht tot, oder? Sean Lavery?«

Ulrike sah ihn scharf an. »Ich habe seinen Namen nicht erwähnt. Woher weißt du von Sean?«

Robbie schien verdutzt. »Diese Polizistin hat gefragt, ob ich ihn kenne, Ulrike. Sie kam in den Geräteraum und hat gesagt, Sean sei in einem der Computerkurse, also hab ich, sobald ich Zeit fand, Neil gefragt, was los ist. Er hat erzählt, dass Sean Lavery heute nicht gekommen ist. Das war alles.« Dann fügte er noch hinzu: »War das okay, Ulrike?«, aber es klang nicht unterwürfig.

Sie konnte ihm keinen Vorwurf machen. »Ich bin... Hör mal, ich wollte nicht so... Ich weiß auch nicht... so argwöhnisch klingen. Ich steh unter totaler Anspannung. Erst Kimmo, dann Sean. Die Polizei. Weißt du, wann Griff und die Gruppe zurückkommen?«

Robbie ließ sich einen Moment Zeit, anscheinend, um ihre Entschuldigung zu werten, ehe er antwortete. Das ging ein bisschen zu weit, fand sie. Er war schließlich nur ein Ehrenamtler. Er sagte: »Keine Ahnung. Wahrscheinlich trinken sie anschließend noch irgendwo einen Kaffee. So gegen halb acht vielleicht? Acht? Aber er hat ja einen Schlüssel, oder?«

Richtig, dachte sie. Griff konnte kommen und gehen, wie es ihm beliebte, und das hatte sich in der Vergangenheit oft als nützlich erwiesen, wenn sie eine Geheimkonferenz abhalten wollten. Sie hatten vor den Teambesprechungen und nach Feierabend Strategien geplant. Ich sehe dieses Problem so und so, Griffin. Was meinst du?

»Du hast wahrscheinlich Recht«, antwortete sie. »Es kann noch Stunden dauern, bis sie wiederkommen.«

»Gar zu spät wird es aber bestimmt nicht. Mit der Dunkelheit und so. Und auf dem Fluss muss es höllisch kalt sein. Ganz unter uns, ich versteh nicht, warum die Einstufungsleiter zu dieser Jahreszeit überhaupt Kajakrudern als Aktivität aussuchen. Mir scheint, eine Wanderung wär besser. Ein Naturpfad in den Cotswolds oder so was. Pfadfinden von einem Dorf zum anderen. Am Ende hätten sie einkehren und etwas essen können.« Er fuhr fort, die T-Shirts und Sweatshirts in den Schrank zu räumen.

»Das hättest du gemacht?«, fragte sie. »Sie auf eine Wanderung geschickt? Irgendwo, wo es sicher ist?«

Er schaute über die Schulter. »Vielleicht bedeutet es ja gar nichts, weißt du.«

»Was?«

»Sean Lavery. Manchmal hauen sie einfach ab, diese Kids.«

Ulrike wollte ihn fragen, wieso er glaubte, er kenne die Jugendlichen bei Colossus besser als sie. Doch die Wahrheit war, dass er sie vermutlich wirklich besser kannte, denn sie war seit etlichen Monaten abgelenkt. Jugendliche waren zu Colossus gekommen und wieder gegangen, aber sie war mit ihren Gedanken anderswo gewesen.

Und das könnte sie ihren Job kosten, wenn es dazu kam, dass der Stiftungsvorstand jemanden suchte, den er für das, was hier vorging, verantwortlich machen konnte... *Falls* überhaupt etwas vorging. All die Stunden, Tage, Wochen, Monate und Jahre, die sie dieser Organisation gewidmet hatte – alles im Handumdrehen zunichte. Sie würde einen anderen Job finden, aber nicht in einer Einrichtung wie Colossus, mit all dem Potenzial, um das zu tun, was ihrer festen Überzeugung nach so dringend getan werden musste in England: Veränderungen an der Wurzel herbeizuführen, und diese Wurzel war die Psyche jedes einzelnen Kindes.

Wohin war all das nur entschwunden? Sie hatte ihre Arbeit

bei Colossus in dem festen Glauben begonnen, etwas verändern zu können. Und genau das hatte sie getan, bis zu dem Tag, da Griffin Charles Strong seinen Lebenslauf auf ihren Schreibtisch gelegt und seine fesselnden dunklen Augen auf ihr Gesicht gerichtet hatte. Und selbst da war es ihr noch monatelang gelungen, sich mit einer Aura kühler Professionalität zu umgeben, war sie sich der Gefahren doch voll und ganz bewusst, die es barg, wenn sie sich mit irgendjemandem an ihrem Arbeitsplatz einließ.

Im Laufe der Zeit war ihre Entschlossenheit schwächer geworden. Vielleicht, wenn sie ihn nur einmal berühren konnte, hatte sie gedacht. Diesen wundervollen Schopf lockiger, dichter Haare oder diese breiten Ruderschultern unter dem dicken Seemannspulli oder den Unterarm mit der Ledermanschette am Handgelenk. Ihn zu berühren war schließlich eine Besessenheit geworden, sodass der einzige Weg, sich von dieser Vorstellung zu befreien, gewesen war, es zu tun. Sie hatte einfach die Hand über den Konferenztisch ausgestreckt und auf sein Handgelenk gelegt, um ihre Zustimmung zu einer Bemerkung, die er während einer Teambesprechung gemacht hatte, zu unterstreichen, und hatte einen wohligen Schauer der Verblüffung verspürt, als er seine freie Hand um ihre schloss und sie kurz drückte. Sie hatte sich gesagt, das sei nur passiert, weil er ihre Unterstützung für seine Ideen zu schätzen wusste. Doch es gab Zeichen... und dann gab es noch mehr Zeichen.

Sie sagte zu Robbie Kilfoyle: »Überprüfe noch mal, ob alle Türen abgeschlossen sind, wenn du hier fertig bist, ja?«

»Mach ich«, sagte er, und sie spürte seinen neugierigen Blick im Rücken, als sie zu ihrem Büro zurückkehrte.

Dort ging sie an den Aktenschrank. Sie hockte sich vor die unterste Schublade, die sie auch im Beisein der Polizeibeamten geöffnet hatte. Sie blätterte die braunen Aktendeckel durch, bis sie den gefunden hatte, den sie brauchte. Sie stopfte ihn in den Leinenbeutel, den sie anstelle eines Aktenkoffers benutzte, dann suchte sie ihre Fahrradmontur zusammen und ging in die Damentoilette, um sich für die lange Heimfahrt umzuziehen. Sie ließ sich viel Zeit, horchte hoffnungsvoll auf ein Geräusch, das ihr die Rückkehr von Griff Strong und der Einstufungsgruppe vom Fluss anzeigte. Doch das Einzige, was sie hörte, war Robbie Kilfoyle beim Verlassen des Gebäudes, und dann war sie allein bei Colossus.

Sie konnte dieses Mal nicht riskieren, Griff auf dem Handy anzurufen, da sie wusste, dass er mit der Gruppe zusammen war. Es blieb ihr nichts anderes übrig, als ihm einen Zettel zu schreiben. Doch statt ihn auf seinen Schreibtisch zu legen, was ihn zu der Ausrede bewegen könnte, ihn nicht gesehen zu haben, nahm sie die Notiz mit nach draußen auf den Parkplatz und klemmte sie unter den Scheibenwischer seines Autos. Auf der Fahrerseite. Sie benutzte sogar ein Stück Tesafilm, um sicherzugehen, dass der Zettel nicht weggeweht wurde. Dann ging sie zu ihrem Fahrrad, schloss es auf und fuhr zur St. George's Road – dem ersten Abschnitt ihrer Zickzackstrecke, die sie von Elephant and Castle nach Paddington zurücklegte.

Sie fuhr fast eine Stunde durch die eisige Kälte. Ihre Skimaske filterte die schlimmsten Abgase, aber nichts schützte sie vor dem Lärm. Sie erreichte Gloucester Terrace erschöpfter als sonst, doch sie war dankbar, dass die Fahrt und die Notwendigkeit, auf den Verkehr zu achten, ihre Gedanken abgelenkt hatten.

Sie kettete das Fahrrad an den Gitterzaun von Nr. 258, schloss die Haustür auf, und sogleich schlugen ihr die üblichen Gerüche aus der Erdgeschosswohnung entgegen: Kümmel, Sesamöl, Fisch, verkochte Sojakeimlinge, faulende Zwiebeln. Sie hielt die Luft an und eilte zur Treppe. Sie hatte fünf Stufen erklommen, als es hinter ihr klingelte. Die Tür hatte ein Rechteck aus Glas im oberen Teil, und durch dieses Fenster erkannte sie seinen Kopf. Sie lief hastig wieder hinunter.

»Ich hab versucht, dich auf dem Handy zu erreichen.« Griff klang genervt. »Warum bist du nicht drangegangen? Scheiße, Ulrike. Wenn du mir so eine Nachricht hinterlässt…«

»Ich saß auf dem Fahrrad«, erklärte sie. »Ich kann schließlich nicht ans Telefon gehen, wenn ich nach Hause radele. Ich schalte das Handy aus. Das weißt du doch.« Sie hielt ihm die Tür auf und wandte sich gleichzeitig ab. So würde ihm keine Wahl bleiben, als ihr nach oben zu folgen.

Im ersten Stock schaltete sie das Flurlicht ein und trat an ihre Wohnungstür. Drinnen stellte sie ihre Leinentasche auf das durchgesessene Sofa und knipste eine einzelne Lampe an. Sie sagte: »Warte hier«, ging ins Schlafzimmer, zog ihre Fahrradmontur aus und schnüffelte an ihren Achselhöhlen, deren Geruch zu wünschen übrig ließ. Das Problem erledigte sie mit einem feuchten Waschlappen, und anschließend begutachtete sie sich im Spiegel. Sie war zufrieden mit der rosigen Farbe, die die Fahrt quer durch London auf ihre Wangen gezaubert hatte. Sie schlüpfte in einen Bademantel und knotete den Gürtel zu. So ging sie zurück ins Wohnzimmer.

Griff hatte die helleren Deckenlampen eingeschaltet. Sie beschloss, das zu ignorieren, ging in die Küche und öffnete den Kühlschrank, wo eine Flasche weißer Burgunder stand. Sie nahm zwei Gläser aus dem Schrank und holte den Korkenzieher.

Als Griff dies sah, sagte er: »Ulrike, ich komme geradewegs vom Fluss. Ich bin hundemüde, und ich werde auf keinen Fall...«

Sie wandte sich um. »Das hätte dich vor einem Monat nicht abgehalten. Jederzeit, egal, wo. Bemannt die Torpedos, und zur Hölle mit den Folgen. Das kannst du doch nicht vergessen haben.«

»Das hab ich nicht.«

»Gut.« Sie schenkte den Wein ein und brachte ihm ein Glas. »In meiner Vorstellung bist du allzeit bereit.« Sie legte einen Arm um seinen Nacken und zog ihn näher. Ein Augenblick des Widerstandes, dann war sein Mund auf ihrem. Die Zungen kamen ins Spiel, eine ausgedehnte Liebkosung, und schließlich glitten seine Hände von ihren Hüften zu ihrer Brust hinauf. Die Finger tasteten nach den Spitzen, drückten, entlockten ihr ein Stöhnen. Hitze schoss in ihre Genitalien. Ja, wirklich nett, Griff. Sie ließ ihn abrupt los und trat einen Schritt zurück.

Er bewies wenigstens so viel Anstand, verwirrt auszusehen. Er ging zu einem Sessel – nicht zum Sofa – und setzte sich. »Du hast geschrieben, es sei dringend«, sagte er. »Ein Notfall. Sofortiger Anwesenheitszwang. Krise. Chaos. Darum bin ich gekommen. Das hier ist übrigens genau die entgegengesetzte Richtung zu meinem Heimweg, was bedeutet, dass ich erst Gott weiß wann zu Hause sein werde.«

»Wie bedauerlich«, erwiderte sie. »Wo doch deine häuslichen Pflichten rufen und all das. Auch ich kenne deine Adresse, Griffin, wie du weißt.«

»Ich will nicht streiten. Hast du mich herbestellt, um mit mir zu streiten?«

»Wie kommst du darauf? Wo warst du den ganzen Tag?«

Er wandte den Kopf zur Decke – einer dieser Märtyrerblicke, wie man sie auf Gemälden sterbender, frühchristlicher Heiliger sah. Er sagte: »Ulrike, du kennst meine Situation. Du hast es von Anfang an gewusst. Du kannst doch nicht ... Was erwartest du denn von mir? Oder was hast du *damals* von mir erwartet? Dass ich Arabella verlassen sollte, als sie im fünften Monat war? Als sie in den Wehen lag? Oder jetzt, da sie mit einem Baby klarkommen muss? Ich habe dir gegenüber nie den Eindruck erweckt, dass ...«

»Du hast Recht.« Sie brachte ein brüchiges Lächeln zustande. Sie konnte fühlen, wie zerbrechlich es war, und sie verabscheute sich dafür, dass sie immer noch nicht immun gegen ihn war. Sie prostete ihm spöttisch mit ihrem Weinglas zu. »Das hast du nie. Gratuliere! Immer alles offen ausgesprochen, kein falsches Spiel. Du streust niemandem Sand in die Augen. Das ist eine sehr gute Methode, sich vor Verantwortung zu drücken.«

Er stellte sein Weinglas zurück auf den Tisch. »Na schön. Ich gebe mich geschlagen. Weiße Flagge. Was immer du willst. Warum bin ich hier?«

»Was wollte sie?«

»Hör mal, ich war heute spät dran, weil ich im Betrieb vorbeischauen musste. Das hab ich dir doch gesagt. Nicht dass es dich etwas angeht, was Arabella und ich...«

Ulrike lachte, obwohl es ein wenig gezwungen klang – eine schlechte Schauspielerin auf einer grell beleuchteten Bühne. »Ich kann mir ganz gut vorstellen, was Arabella wollte und was du ihr gegeben hast... die kompletten neunzehn Komma fünf Zentimeter. Aber ich spreche gar nicht von dir und deinem Eheweib. Ich meinte die Polizistin. Constable Sowieso mit den angestoßenen Zähnen und der schrecklichen Frisur.«

»Versuchst du, mich in die Enge zu treiben?«

»Wovon redest du?«, fragte Ulrike.

»Ich rede von deiner Strategie. Ich protestiere, ich verlange, dass du auf der Stelle aufhörst, dich so zu benehmen, ich sage: genug!, und ich sage: verpiss dich!, und dann hast du, was du wolltest.«

»Und das ist was?«

»Meinen Kopf auf einem Silbertablett, Tanz und sieben Schleier völlig überflüssig.«

»Ist es das, was du glaubst? Denkst du wirklich, das ist der Grund, warum ich dich hergebeten habe?« Sie kippte ihren Wein hinunter und spürte die Wirkung fast augenblicklich.

»Willst du vielleicht behaupten, dass du mich nicht bei der ersten sich bietenden Gelegenheit rausschmeißen würdest?«

»Ohne mit der Wimper zu zucken«, gab sie zurück. »Aber das ist nicht der Grund, warum wir reden.«

»Sondern warum dann?«

»Worüber hat sie mit dir gesprochen?«

»Über genau das, was du annimmst.«

»Und?«

»Und?«

»Und was hast du ihr gesagt?«

»Was glaubst du denn wohl? Kimmo war Kimmo. Sean war Sean. Der eine war ein freigeistiger Transvestit mit der Persönlichkeit einer Varieteediva, ein Junge, dem niemand, der bei Verstand ist, auch nur ein Haar krümmen würde. Sean hingegen war jemand, der den Eindruck vermittelte, als hätte er Eisenspäne zum Frühstück gegessen. Ich hab dir sofort Bescheid gegeben, als Kimmo nicht mehr zum Einstufungskurs kam. Sean stand nicht mehr unter meiner Aufsicht. Er nahm schon an weiterführenden Kursen teil, also konnte ich es gar nicht mitbekommen, wenn er wegblieb.«

»Das ist alles, was du ihr gesagt hast?« Sie musterte ihn, während sie die Frage stellte, und überlegte, was für eine Art von Vertrauen überhaupt zwischen zwei Menschen bestehen konnte, die einen Dritten betrogen.

Seine Augen hatten sich verengt. Er sagte nur: »Wir waren uns doch einig.« Und da sie ihn offenkundig abschätzte, fügte er hinzu: »Oder traust du mir nicht?«

Natürlich nicht. Wie konnte sie jemandem trauen, für den Betrug Alltag war. Doch es gab einen Weg, ihn zu testen, und nicht nur das, sondern auch einen Weg, ihn festzunageln, sodass er den Anschein der Kooperation mit ihr aufrechterhalten *musste*, falls seine Kooperation vorgetäuscht war.

Sie ging zu ihrer Leinentasche und holte den Aktendeckel heraus, den sie in ihrem Büro eingesteckt hatte, und reichte ihn ihm.

Sie beobachtete, wie er den Blick darauf richtete und die Beschriftung las. Er schaute auf. »Ich habe getan, was du wolltest. Was soll ich jetzt hiermit tun?«

»Was du tun musst«, antwortete sie. »Ich glaube, du weißt, was ich meine.«

12

Als Detective Constable Barbara Havers am nächsten Morgen in die Tiefgarage von New Scotland Yard fuhr, war sie bereits bei der vierten Zigarette angelangt, wobei sie die auf dem Weg vom Bett zur Dusche nicht mitzählte. Seit sie ihre Wohnung verlassen hatte, rauchte sie in einem fort, und die wie üblich aufreibende Fahrt von Nordlondon hierher hatte nicht gerade dazu beigetragen, ihre Nerven zu beruhigen oder ihre Laune zu bessern.

Sie war Auseinandersetzungen gewöhnt. Sie hatte sich bislang noch mit jedem gestritten, mit dem sie je zusammengearbeitet hatte, sie war sogar bei der Mutter aller Auseinandersetzungen, die sie ihren Dienstgrad und beinah ihren Job gekostet hatte, so weit gegangen, auf eine vorgesetzte Beamtin zu schießen. Aber nichts, was sie in ihrer holprigen Karriere bislang erlebt hatte – ganz zu schweigen von ihrem bisherigen Leben –, hatte sie so getroffen wie die fünfminütige Unterhaltung mit ihrem Nachbarn.

Sie hatte nicht die Absicht gehabt, sich mit Taymullah Azhar auf einen Streit einzulassen. Sie hatte lediglich eine Einladung an seine Tochter aussprechen wollen. Sorgfältige Recherche – oder das, was in ihrem Fall als sorgfältige Recherche herhalten musste, nämlich der Erwerb einer Ausgabe vom *What's On* wie ein Tourist, der die Queen sehen wollte – hatte zu der Erkenntnis geführt, dass eine Einrichtung namens Jeffrye's Museum Einblick in die Sozialgeschichte gewährte, indem dort Wohnzimmer aus verschiedenen Jahrhunderten ausgestellt wurden. Wäre es nicht wunderbar für Hadiyyah, Barbara bei einem Besuch dorthin zu begleiten, damit ihr neugieriger kleiner Verstand einmal mit etwas anderem gefüttert wurde als der Betrachtung von Nabelpiercings, die weibliche Popstars heutzutage trugen? Es war ein Ausflug von Nord- nach Ostlondon. Kurz gesagt, es wäre verdammt lehrreich. Wie konnte Azhar, selbst ein Bildungsvermittler höchsten Ranges, dagegen Einwände haben?

Er konnte, wie sich herausstellte. Als Barbara auf dem Weg zum Auto an seine Tür geklopft hatte, hatte er geöffnet und höflich gelauscht, wie es seine Gewohnheit war, während die Düfte eines ausgewogenen und nahrhaften Frühstücks aus der Wohnung geweht kamen wie eine Anklage gegen Barbaras eigenes Morgenritual, bestehend aus Pop-Tarts und Players.

»Es wären zwei Fliegen mit einer Klappe, wenn Sie so wollen«, hatte Barbara zum Abschluss ihrer Einladung gesagt und sich gleichzeitig gefragt, woher, zum Teufel, *zwei Fliegen mit einer Klappe* gekommen war. »Ich meine, das Museum liegt in einer Reihe alter, gestifteter Häuser für die Armen, das heißt, es gibt sowohl historische als auch soziale Architektur zu bewundern. An so etwas laufen Kinder heutzutage doch vorbei, ohne zu ahnen, was es ist, wenn Sie verstehen, was ich meine. Wie auch immer, ich dachte, es wäre vielleicht...« Was?, fragte sie sich selbst. Eine gute Idee? Eine gute Sache für Hadiyyah? Ein Ende des Hausarrests?

Natürlich war es Letzteres. Barbara war einmal zu oft an Hadiyyahs ernstem, kleinem, eingesperrtem Gesicht am Fenster vorbeigekommen. Genug war, verdammt noch mal, genug, dachte sie. Azhar hatte seinen Standpunkt klar gemacht. Er musste ihn dem armen Kind ja nicht mit dem Trichter verabreichen.

»Das ist sehr freundlich von Ihnen, Barbara«, hatte Azhar mit der typischen, ernsten Höflichkeit gesagt. »Doch in Anbetracht der Umstände, in denen Hadiyyah und ich uns derzeit befinden...«

In dem Moment war sie hinter ihm erschienen, weil sie offenbar ihre Stimmen gehört hatte. »Barbara! Hallo!«, rief sie und spähte hinter der schmalen Gestalt ihres Vaters hervor. »Dad, kann Barbara nicht reinkommen?«, bat sie. »Wir frühstücken gerade, Barbara. Dad hat French Toast und Rühreier gemacht. Ich ess das mit Sirup. Er isst nur Joghurt.« Sie rümpfte die Nase, aber offenbar nicht über den Frühstücksgeschmack ihres Vaters, denn sie fuhr fort: »Barbara, hast du etwa schon geraucht? Dad, kann Barbara nicht reinkommen?«

»Kann leider nicht, Herzchen«, sagte Barbara hastig, damit Azhar keine Einladung aussprechen musste, die er nicht aussprechen wollte. »Ich bin auf dem Weg zur Arbeit. Ich mache London sicher für Frauen, Kinder und kleine pelzige Tiere. Du weißt ja, wie es läuft.«

Hadiyyah hüpfte von einem Fuß auf den anderen. »Ich habe

eine gute Note in meiner Matheprüfung bekommen«, vertraute sie ihr an. »Dad hat gesagt, er ist stolz, als er das gesehen hat.«

Barbara schaute Azhar an. Sein dunkles Gesicht war ernst. »Schule ist sehr wichtig«, sagte er zu seiner Tochter, obwohl er Barbara ansah. »Hadiyyah, bitte geh zurück an den Frühstückstisch.«

»Aber kann Barbara nicht rein...«

»Hadiyyah.« Die Stimme klang scharf. »Habe ich dir nicht gerade etwas gesagt? Und hat Barbara dir nicht selbst erklärt, dass sie zur Arbeit muss? Hörst du anderen überhaupt zu, oder hast du nur Wünsche und überhörst alles, was der Erfüllung dieser Wünsche entgegensteht?«

Das schien ein bisschen zu hart, selbst für Azhars Verhältnisse. Hadiyyahs Gesicht, das geleuchtet hatte, veränderte sich augenblicklich. Ihre Augen weiteten sich, aber nicht vor Überraschung. Barbara konnte sehen, dass sie versuchte, die Tränen zurückzuhalten. Mit einem unterdrückten Schluchzen wich Hadiyyah zurück und lief Richtung Küche davon.

Azhar und Barbara blieben allein zurück, Auge in Auge. Er sah aus wie der desinteressierte Zeuge eines Autounfalls, während sie die warnenden Anzeichen von Hitzebildung in ihrem Bauch spürte. Das war der Moment, da sie hätte sagen sollen: »Na ja. Okay. Das war's dann wohl. Vielleicht sehe ich euch zwei später. Danke«, und ihrer Wege ziehen, denn sie wusste, dass sie im Begriff war, die Fassung zu verlieren und sich in anderer Leute Angelegenheiten einzumischen. Doch stattdessen hatte sie den Blickkontakt mit ihrem Nachbarn gehalten und tatenlos zugelassen, dass die Hitze aus ihrem Bauch bis in die Brust aufstieg und sich dort zu einem brennenden Knoten verdichtete. Als sie dort angekommen war, sagte sie: »Das war ein bisschen übertrieben, meinen Sie nicht? Sie ist noch ein Kind. Wann wollen Sie damit aufhören?«

»Hadiyyah weiß, was sie tun soll«, antwortete Azhar. »Und sie weiß auch, dass es Konsequenzen hat, wenn sie trotzig ihrem eigenen Kopf folgt.«

»Okay. Alles klar. Ich hab's kapiert. Ich meißle es in Stein oder tätowier es mir auf die Stirn, was immer Sie wollen. Aber was ist mit dem Grundsatz, dass die Strafe dem Vergehen angemessen sein sollte? Und wo wir gerade dabei sind, wie wär's, wenn Sie sie in Zukunft nicht mehr vor mir demütigen?«

»Sie ist nicht...«

»Das ist sie wohl!«, fauchte Barbara. »Sie haben ihr Gesicht ja nicht gesehen. Und jetzt sag ich Ihnen noch was: Das Leben ist schwer genug, vor allem für kleine Mädchen. Das Letzte, was sie brauchen, sind Eltern, die es ihnen noch schwerer machen.«

»Sie muss...«

»Sie wollen sie auf den Boden der Tatsachen holen? Wollen ihr den Kopf waschen? Ihr klar machen, dass sie für niemanden die Nummer eins ist und das auch nie sein wird? Lassen Sie sie einfach raus in die Welt, Azhar, dann wird sie's schon kapieren. Aber sie muss es, verdammt noch mal, nicht von ihrem Vater hören.«

Barbara konnte sehen, dass sie damit zu weit gegangen war. Azhars Gesicht, das bisher Zurückhaltung ausstrahlte, wurde nun vollkommen verschlossen. »Sie haben keine Kinder«, erwiderte er. »Wenn Sie eines Tages noch das Glück haben sollten, Mutter zu werden, Barbara, werden Sie anders darüber denken, wann und wie Ihr Kind diszipliniert werden sollte.«

Es war das Wort *Glück* und alles, was es implizierte, das es Barbara erlaubte, ihren Nachbarn in einem völlig neuen Licht zu sehen. Er kämpft mit miesen Tricks, dachte sie. Aber das konnte sie auch.

»Kein Wunder, dass sie Sie verlassen hat, Azhar. Wie lange hat sie gebraucht, um Sie zu durchschauen? Zu lange, nehme ich an. Und das ist keine große Überraschung. Schließlich ist sie eine englische Frau, und wir englischen Frauen können allerhand aushalten.«

Und mit diesen Worten hatte sie sich abgewandt, hatte ihn stehen lassen und den kurzen Triumph des Feiglings genossen, das letzte Wort gehabt zu haben. Aber es war diese schlichte

Tatsache, dass sie das letzte Wort gehabt hatte, die dazu führte, dass Barbara auf dem ganzen Weg in die Londoner Innenstadt wütende Wortgefechte mit einem Azhar austrug, der gar nicht da war. Als sie in eine Parklücke unter dem Gebäude von New Scotland Yard fuhr, war sie daher immer noch außer sich und kaum in der geeigneten Gemütsverfassung für einen produktiven Arbeitstag. Außerdem war ihr schwindelig vom Nikotin.

Sie ging auf die Damentoilette, um sich Wasser ins Gesicht zu spritzen. Sie betrachtete sich im Spiegel und hasste sich dafür, dass sie sich vorbeugte, um Anzeichen dessen zu erkennen, was, wie ihr jetzt klar wurde, Taymullah Azhar in all den Monaten ihrer Nachbarschaft gesehen hatte: Unglückseliger weiblicher *Homo sapiens*, ein perfektes Beispiel für ein Exemplar, bei dem alles schief gelaufen war. Keine Chance auf ein normales Leben, Barbara. Was, zum Teufel, das auch immer sein mochte.

»Scheiß auf ihn«, flüsterte sie. Wer war er denn eigentlich? Für wen, zum Henker, hielt er sich?

Sie fuhr sich mit den Fingern durch die Haare und zupfte den Kragen der Bluse zurecht, die sie eigentlich hätte bügeln sollen… besäße sie ein Bügeleisen. Sie sah aus, als habe sie die Entwicklung hin zur Schreckschraube zu drei Vierteln abgeschlossen, aber daran war nichts zu ändern. Und es war auch egal. Sie hatte einen Job zu erledigen.

In der Einsatzzentrale war die Morgenbesprechung bereits im Gange. Superintendent Lynley sah in ihre Richtung, während er den Ausführungen von Winston Nkata lauschte, und er wirkte nicht gerade entzückt, als sein Blick von ihr weiter zur Wanduhr glitt.

Winston sagte: »…Taten des Zorns oder der Rache, nach dem, was die Dame bei Crystal Moon mir erzählt hat. Sie hat es in einem Buch nachgeschlagen. Sie hat mir eine Liste von Kunden gegeben, die an ihrem Newsletter interessiert sind, außerdem hat sie Kreditkartenabrechnungen und die Postleitzahlen aller Kunden.«

»Gleichen Sie die Postleitzahlen mit den Leichenfundorten ab«, wies Lynley ihn an. »Die Newsletterliste und die Kreditkartenabrechnungen ebenso. Vielleicht haben wir Glück. Wie steht es mit Camden Lock Market?« Lynley sah zu Barbara. »Was haben Sie über diesen Stand erfahren, Constable? Sind Sie heute früh dort vorbeigefahren?« Was seine Art war, zu sagen: Ich hoffe, das ist der Grund, warum du zu spät kommst.

So ein Mist, dachte Barbara. Der Zusammenstoß mit Azhar hatte alles andere aus ihren Gedanken verdrängt. Sie zermarterte sich den Kopf auf der Suche nach einer Ausrede, aber die Vernunft bewog sie, bei der Wahrheit zu bleiben. »Das hab ich einfach vergessen«, gestand sie. »Tut mir Leid, Sir. Als ich gestern bei Colossus fertig war, habe ich… Was soll's. Ich fahr sofort hin.«

Sie bemerkte die Blicke, die die anderen tauschten. Sie sah Lynley einen Moment die Lippen zusammenpressen, darum fuhr sie hastig fort, um die Wogen zu glätten: »Ich glaube sowieso, dass wir uns an Colossus halten sollten, Sir.«

»Tatsächlich?« Lynleys Stimme klang harmlos. Zu harmlos, aber sie beschloss, es zu ignorieren.

»Allerdings. Wir haben dort mehrere Verdächtige, und es kommen immer noch welche hinzu, die wir unter die Lupe nehmen müssen. Neben Jack Veness, der über jeden irgendetwas zu wissen scheint, gibt es dort einen Typen namens Neil Greenham, der mir ein bisschen zu hilfsbereit war. Er hatte übrigens eine Ausgabe des *Standard* und war ganz versessen darauf, sie mir zu zeigen. Dann dieser Robbie Kilfoyle – der gestern mit dem Jugendlichen Karten gespielt hat. Er ist dort ehrenamtlich tätig, arbeitet zum Beispiel im Geräteraum. Sein eigentlicher Job ist, Sandwiches auszufahren…«

»Mit einem Lieferwagen?«, fragte Lynley.

»Fahrrad. Sorry«, sagte Barbara bedauernd. »Aber er hat zugegeben, dass er auf einen festen Job bei Colossus hofft, wenn sie in Nordlondon expandieren, und das gibt ihm ein Motiv, jemand anderen im schlechten Licht…«

»Die Kunden umzubringen wird ihm kaum einen Job verschaffen, Havers, oder?«, unterbrach John Stewart bissig.

Barbara ignorierte den Einwurf und fuhr fort: »Sein Konkurrent könnte ein Kerl namens Griff Strong sein, der seine letzten beiden Jobs in Stockwell und Lewisham verloren hat, weil er, wie er sagt, nicht gut mit weiblichen Kollegen zurechtgekommen ist. Das sind vier Verdächtige, und sie sind alle in dem Alter, das das Täterprofil nennt, Sir.«

»Wir werden uns um sie kümmern«, stimmte Lynley zu. Und gerade als Barbara dachte, sie sei rehabilitiert, bat Lynley John Stewart, die Überprüfung dieser Verdächtigen zu delegieren, und dann wies er Nkata an, sich im Umfeld von Reverend Bram Savidge umzusehen und herauszufinden, was im Square Four Gym in Swiss Cottage vorging und in einer gewissen Autowerkstatt in North Kensington, wenn er schon mal dabei war. Dann übertrug er weiteren Kollegen die Überprüfung des Taxifahrers, der die Notrufzentrale wegen der Leiche im Shand-Street-Tunnel und wegen des verlassenen Autos angerufen hatte, in dem die Leiche gefunden worden war. Er hörte sich den Bericht über die Kochschulen in London an – in keiner war ein Jared Salvatore angemeldet –, ehe er sich an Barbara wandte und sagte: »Wir unterhalten uns in meinem Büro, Constable.« Er verließ die Einsatzzentrale mit einem »An die Arbeit«, und Barbara blieb nichts anderes übrig, als ihm zu folgen. Sie stellte fest, dass niemand sie anschaute, als sie hinter Lynley hinausging.

Sie musste sich beeilen, um mit ihm Schritt zu halten, und das Herr-und-Hund-Gefühl, das dieser Umstand hervorrief, gefiel ihr nicht. Sie wusste, sie hatte einen Bock geschossen, indem sie vergessen hatte, den Stand auf dem Camden Lock Market zu überprüfen, und wahrscheinlich hatte sie dafür eine Standpauke verdient, aber andererseits hatte sie ihnen mit Strong, Greenham, Veness und Kilfoyle eine ganz neue Ermittlungsrichtung eröffnet, oder etwa nicht, und das musste doch auch etwas zählen.

Doch im Büro des Superintendent stellte sich heraus, dass Lynley diese Sichtweise nicht teilte. Er sagte: »Schließen Sie die Tür, Havers«, und nachdem sie der Bitte gefolgt war, ging er zu seinem Schreibtisch. Doch statt dort Platz zu nehmen, lehnte er sich lediglich an und betrachtete sie. Er wies ihr einen Stuhl zu und ragte dann turmhoch über ihr auf.

Sie verabscheute das Gefühl, das diese Position ihr gab, zutiefst, aber sie war wild entschlossen, dass dieser Abscheu sie nicht beherrschen sollte. »Ihr Foto war auf der Titelseite des *Standard*, Sir«, sagte sie. »Gestern Nachmittag. Meines auch, und das von Hamish Robson. Wir standen vor dem Shand-Street-Tunnel. Sie wurden namentlich genannt. Das ist nicht gut.«

»Das kommt vor.«

»Aber mit einem Serienmörder...«

»Constable«, unterbrach er, »sagen Sie mir eines: Versuchen Sie absichtlich, sich in den Fuß zu schießen, oder kommt all dies aus Ihrem Unterbewusstsein?«

»All dies...? Was?«

»Sie hatten einen Auftrag. Camden Lock Market. Sie sollten sich auf dem Heimweg darum kümmern, Herrgott noch mal. Oder meinetwegen auch auf dem Weg hierher. Ist Ihnen eigentlich klar, wie es auf die anderen wirken muss, wenn Sie – wie Sie es ausdrücken – dergleichen einfach vergessen? Wenn Sie Ihren Dienstgrad zurückwollen, wovon ich ausgehe, und wenn Sie sich darüber im Klaren sind, wovon ich ebenfalls ausgehe, dass das allein davon abhängt, ob Sie als Teil eines Teams funktionieren können, wie gedenken Sie Ihr Ziel dann zu erreichen, wenn Sie einsame Entscheidungen darüber treffen, was an dieser Ermittlung wichtig ist und was nicht?«

»Sir, das ist nicht fair«, protestierte Barbara.

»Und dies ist auch nicht Ihr erster Alleingang«, fuhr Lynley fort, als hätte sie nichts gesagt. »Wenn ich je einen Polizisten mit professioneller Todessehnsucht gesehen habe... Was, zum Teufel, haben Sie sich eigentlich gedacht? Verstehen Sie denn nicht, dass ich nicht ewig Ihretwegen intervenieren kann? Immer wenn ich gerade anfange zu glauben, dass ich Sie wieder integriert habe, geht alles von vorn los.«

»Alles was?«

»Ihre infernalische Dickköpfigkeit. Ihre Neigung, immer die Zügel an sich zu reißen, statt sich lenken zu lassen. Ihre ewige Insubordination. Ihre Unfähigkeit, wenigstens vorzugeben, Teil eines größeren Teams zu sein. Wir haben diese Unterhaltung früher schon geführt. Wieder und wieder. Ich tue mein Bestes, Sie zu schützen, aber ich schwöre, wenn das nicht aufhört…« Er hob beide Hände. »Sehen Sie zu, dass Sie zum Camden Lock Market kommen, Havers. Zu Wendy's Rainbow oder wie, zum Teufel, es auch immer heißen mag.«

»Wendy's Cloud«, verbesserte Barbara ausdruckslos. »Aber der Stand ist vielleicht noch nicht geöffnet, weil…«

»Dann machen Sie die Frau eben ausfindig, verdammt noch mal! Und bis dahin will ich Ihr Gesicht nicht sehen, Ihre Stimme nicht hören, überhaupt nicht wissen, dass Sie auf diesem Planeten existieren. Ist das klar?«

Barbara starrte ihn an. Und ihr Starren verwandelte sich in eine Betrachtung. Sie hatte lange genug mit Lynley zusammengearbeitet, um zu wissen, wie unähnlich dieser Ausbruch ihm sah, ganz gleich, wie sehr sie seine Zurechtweisung verdient haben mochte. Im Geiste ging sie mögliche Gründe durch, warum er so angespannt war: ein weiteres Opfer, ein Streit mit Helen, ein Zusammenstoß mit Hillier, Probleme mit seinem jüngeren Bruder, ein platter Reifen auf dem Weg zur Arbeit, zu viel Koffein, zu wenig Schlaf… Aber dann wusste sie auf einmal ganz genau, was es war, so genau, wie sie Lynley kannte.

Sie sagte: »Er hat Kontakt mit Ihnen aufgenommen, stimmt's? Das Schwein hat Ihren Namen in der Zeitung gelesen und Sie kontaktiert.«

Lynley schaute sie einen Moment an, ehe er seine Entscheidung traf. Er ging um den Schreibtisch herum, holte ein Blatt Papier aus einem Briefumschlag und reichte es ihr. Barbara sah, dass es die Kopie eines Originals war, das, so nahm sie an, auf dem Weg ins Labor war.

ES GIBT KEIN LEUGNEN, NUR ERLÖSUNG stand in säuberlichen Druckbuchstaben in einer Zeile auf dem Blatt. Darunter war keine Unterschrift, sondern ein Zeichen, das wie zwei quadratische, aber separate Teile eines Labyrinths aussah.

»Wie ist es hergekommen?«, fragte Barbara und gab es Lynley zurück.

»Mit der Post«, antwortete er. »Neutraler Umschlag, die gleiche Druckschrift.«

»Wofür halten Sie dieses Zeichen? Eine Unterschrift?«

»In gewisser Weise.«

»Könnte irgendein Scheißkerl sein, der sich ein Spielchen mit uns erlauben will, oder? Ich meine, hier steht nichts, womit er beweist, dass er über Wissen verfügt, das nur der Mörder haben kann.«

»Bis auf die Sache mit der ›Erlösung‹«, erwiderte Lynley. »Es könnte darauf hindeuten, dass die Jungen, zumindest diejenigen, die wir identifiziert haben, in der einen oder anderen Weise mit dem Gesetz in Konflikt geraten waren. Das weiß nur der Mörder.«

»Und jeder bei Colossus«, bemerkte Barbara. »Sir, dieser Neil Greenham hatte eine Ausgabe des *Standard*.«

»Neil Greenham und jeder andere in London.«

»Aber Sie wurden im *Standard* namentlich erwähnt, und das war die Ausgabe, die er mir gezeigt hat. Lassen Sie mich ihn überprüfen ...«

»Barbara.« Lynleys Stimme klang geduldig.

»Was?«

»Sie tun es schon wieder.«

»Es?«

»Kümmern Sie sich um Camden Lock Market. Ich kümmere mich um den Rest.«

Sie wollte protestieren – wider besseres Wissen –, als das Telefon klingelte und Lynley abhob. »Ja, Dee?«, sagte er zur Abtei-

lungssekretärin. Er lauschte einen Moment, dann bat er: »Bringen Sie ihn rauf, wenn Sie so gut sein wollen«, und legte auf.
»Robson?«, fragte Barbara.
»Simon St. James«, antwortete Lynley. »Er hat etwas für uns.«

Er war sich darüber im Klaren, dass seine Frau zum jetzigen Zeitpunkt sein Anker war. Seine Frau und die andere Realität, die sie repräsentierte. Lynley kam es beinah wie ein Wunder vor, dass er nach Hause fahren und für die wenigen Stunden, die er dort war, Ablenkung finden konnte. Zum Beispiel durch etwas so Lächerliches wie das Drama, zwischen ihren beiden Familien in der idiotischen Frage der Taufkleider Frieden halten zu wollen.
»Tommy«, hatte Helen vom Bett aus gesagt, während sie zuschaute, wie er sich für den Tag anzog. Sie balancierte eine Tasse Tee auf ihrem Bauch. »Hab ich dir erzählt, dass deine Mutter gestern angerufen hat? Sie wollte berichten, dass sie nun endlich die Taufstiefelchen gefunden hat, nachdem sie tagelang die offenbar von Spinnen und Giftschlangen bevölkerten Dachkammern in Cornwall durchforstet hat. Sie schickt sie uns – die Stiefelchen, nicht die Spinnen und Schlangen. Wir sollen also in der Post danach Ausschau halten, sagt sie. Ein bisschen vergilbt mit den Jahren, fürchte ich, hat sie hinzugefügt. Aber sicher nichts, womit eine gute Wäscherei nicht fertig würde. Natürlich wusste ich nicht, was ich antworten sollte. Ich meine, wenn wir nicht die Taufkleider deiner Familie verwenden, wird Jasper Felix dann überhaupt ein richtiger Lynley?« Sie gähnte. »Um Himmels willen, nicht die Krawatte, Liebling. Wie alt ist sie? Du siehst aus wie ein Eton-Zögling an seinem ersten freien Wochenende, der schnurstracks über die Brücke nach Windsor geht und versucht, wie einer der Jungs auszusehen. Wo, in aller Welt, hast du sie her?«
Lynley löste den Knoten und hängte sie zurück in den Schrank. »Das Erstaunliche ist, dass Männer sich als Junggesellen jahrelang selbstständig anziehen und nicht ahnen, dass sie ohne eine

Frau an ihrer Seite vollkommen inkompetent sind.« Er holte zwei andere Krawatten hervor und hielt sie ihr zur Genehmigung hin.

»Die grüne«, entschied sie. »Du weißt, ich liebe es, wenn du die grüne zur Arbeit trägst. Du wirkst so Sherlock-artig damit.«

»Die grüne hab ich gestern getragen, Helen.«

»Ach«, meinte sie, »das merkt doch keiner. Glaub mir. Niemand achtet je darauf, welche Krawatten Männer tragen.«

Er wies sie nicht darauf hin, dass sie sich selbst widersprach, sondern lächelte bloß. Er ging zum Bett hinüber und setzte sich auf die Kante. »Was hast du heute vor?«, fragte er sie.

»Ich habe Simon versprochen, ein paar Stunden zu arbeiten. Er mutet sich wieder mal viel zu viel zu.«

»Wann tut er das nicht?«

»Jedenfalls fleht er um Hilfe bei der Vorbereitung einer schriftlichen Abhandlung über ein chemisches Sowieso in Verbindung mit Wem-auch-immer, um dies oder jenes zu erzielen. Mir ist das alles viel zu hoch. Ich tu einfach, was er mir sagt, und versuche, dekorativ auszusehen. Obwohl das nicht mehr lange möglich sein wird«, fügte sie mit einem Lächeln hinzu.

Er küsste sie auf die Stirn, dann auf den Mund. »Für mich wirst du immer dekorativ aussehen«, erklärte er. »Selbst wenn du fünfundachtzig und zahnlos bist.«

»Ich beabsichtige, meine Zähne mit ins Grab zu nehmen«, teilte sie ihm mit. »Sie werden strahlend weiß sein, absolut gerade, und mein Zahnfleisch wird nicht einmal einen Millimeter zurückgegangen sein.«

»Ich bin beeindruckt«, versicherte er.

»Eine Frau sollte wenigstens *eine* Ambition haben«, sagte sie.

Er lachte. Sie konnte ihn immer zum Lachen bringen. Das war der Grund, warum sie eine Notwendigkeit für ihn war. Tatsächlich hätte er sie heute Morgen gebrauchen können, damit sie ihn von Barbara Havers' professionellem Suizidversuch ablenkte.

War Helen ein Wunder für ihn, so war Barbara ein Rätsel. Jedes Mal, wenn er glaubte, er habe sie zurück auf den Pfad der beruflichen Tugend geführt, tat sie irgendetwas, um ihm diese Illusion zu rauben. Sie war wirklich kein Teamspieler. Wenn man ihr einen Auftrag gab so wie jedem anderen Mitglied einer Ermittlungskommission, tat sie eines von zwei Dingen: Sie weitete den Auftrag bis zur Unkenntlichkeit aus, oder sie ging ihren eigenen Weg und ignorierte die Befehle einfach. Doch im Moment, da fünf Morde aufzuklären waren, ehe ein sechster geschehen konnte, stand zu viel auf dem Spiel, als dass Barbara irgendetwas anderes tun durfte als das, was ihr gesagt wurde, und zwar umgehend.

Aber so sehr sie seine Geduld auch manchmal auf die Probe stellte, hatte Lynley doch gelernt, ihre Meinung zu schätzen. Einfach weil sie sich von niemandem etwas vormachen ließ. Also gestattete er ihr, in seinem Büro zu bleiben, während Dee Harriman ging und St. James aus der Lobby hinaufbegleitete.

Nachdem St. James den angebotenen Kaffee abgelehnt hatte und Dee hinausgegangen war, wies Lynley auf den Konferenztisch, wo sie schließlich zu dritt zusammensaßen wie sooft in der Vergangenheit. Lynleys erste Worte waren auch dieselben wie immer: »Was haben wir?«

St. James nahm einen Stoß Papiere aus dem Hefter, den er mitgebracht hatte, und machte zwei Stapel. Der eine enthielt die Autopsieberichte, der zweite bestand aus einer Vergrößerung des Zeichens, das mit Blut auf Kimmo Thornes Stirn gemalt worden war, einer Fotokopie eines ähnlichen Symbols und einem ordentlich getippten, wenn auch kurzen Bericht.

»Es hat ein Weilchen gedauert«, sagte St. James. »Da draußen gibt es eine Unzahl von Symbolen. Alles, von weltweit gültigen Straßenschildern bis hin zu Hieroglyphen. Aber unterm Strich würde ich sagen, die Sache ist ziemlich eindeutig.«

Er reichte Lynley die Fotokopie und die Vergrößerung des Zeichens auf Kimmos Stirn. Lynley legte sie nebeneinander und griff in die Innentasche seines Jacketts, um seine Lesebrille hervorzuholen. Die einzelnen Komponenten des Symbols waren in beiden Abbildungen sichtbar: der Kreis, die beiden sich kreuzenden Linien darin, und dann außerhalb des Kreises die kreuzförmigen Enden der zwei Linien.

»Es ist das gleiche«, bemerkte Barbara Havers, die einen langen Hals machte, um die Papiere sehen zu können. »Was ist es, Simon?«

»Ein alchimistisches Symbol«, antwortete St. James.

»Was bedeutet es?«, fragte Lynley.

»Läuterung. Insbesondere ein Läuterungsprozess, der durch Ausbrennen von Unreinheiten erzielt wird. Ich würde sagen, das ist der Grund, warum er ihre Hände verbrennt.«

Barbara pfiff leise. »›Es gibt kein Leugnen, nur Erlösung‹«, murmelte sie. Und an Lynley gewandt: »Er brennt ihre Unreinheiten aus. Sir, ich glaube, er will ihre Seelen retten.«

»Was hat das zu bedeuten?« St. James schaute Lynley fragend an, der ihm die Kopie der Nachricht zeigte. St. James las sie, runzelte die Stirn und schaute versonnen zum Fenster. »Es könnte erklären, warum die Verbrechen keine sexuelle Komponente haben, nicht wahr?«

»Kennst du das Symbol, das er auf die Nachricht gezeichnet hat?«, fragte Lynley seinen Freund.

St. James nahm es noch einmal in Augenschein. »Man sollte doch meinen, ich müsste es kennen, nach all den Zeichen, die ich mir angesehen habe. Kann ich das mitnehmen?«

»Nimm es nur«, sagte Lynley. »Wir haben noch mehr Kopien davon.«

St. James steckte das Blatt in seinen Hefter. »Da ist noch etwas, Tommy.«

»Und zwar?«

»Nenn es professionelle Neugierde. Die Autopsieberichte beschreiben in allen Fällen eine blutergussartige Wunde auf der linken Seite, zwischen fünf und fünfzehn Zentimetern unterhalb der Achsel. Mit Ausnahme einer der Leichen, wo die Wunde zwei kleine Verbrennungen in der Mitte aufwies, ist die Beschreibung immer die gleiche: blass in der Mitte, dunkler, annähernd rot im Fall des Toten aus St. George's Gardens...«

»Kimmo Thorne«, warf Havers ein.

»Genau. Also, dunkler am Rand. Ich würde mir diese Wunde gern ansehen. Ein Foto ist ausreichend, obwohl ich es vorziehen würde, eine der Leichen sehen zu können. Lässt sich das einrichten? Kimmo Thorne, vielleicht? Ist sein Leichnam schon freigegeben?«

»Ich arrangiere das. Aber worauf willst du hinaus?«

»Ich bin noch nicht ganz sicher«, gestand St. James. »Aber ich glaube, es könnte etwas damit zu tun haben, wie die Jungen überwältigt wurden. Die Toxikologie hat keine Drogenrückstände feststellen können, das heißt, es wurden keine Beruhigungsmittel verabreicht. Es gibt aber auch keine Hinweise, dass ein Kampf stattgefunden hat, bevor sie an Händen und Füßen gefesselt wurden. Vorausgesetzt, dass es sich hier nicht um irgendein SM-Ritual handelt – ein Jugendlicher, der zu absonderlichen Sexspielen verführt wird, und zwar von einem älteren Mann, der ihn vor dem eigentliche Akt ermordet...«

»Und das können wir nicht ausschließen«, fügte Lynley hinzu.

»Das ist richtig. Aber wenn wir davon ausgehen, dass es keine offenkundig sexuelle Komponente gibt, muss der Täter eine andere Möglichkeit gefunden haben, sie zu fesseln, bevor er sie foltert und ermordet.«

»Diese Jugendlichen sind nicht auf den Kopf gefallen«, sagte Havers. »Es ist unwahrscheinlich, dass irgendein Kerl sie ohne weiteres überreden könnte, sich von ihm zum Spaß fesseln zu lassen.«

»Das ist völlig richtig«, stimmte St. James zu. »Und das Vorhandensein dieser Wunde deutet darauf hin, dass der Mörder dieses Problem von Anfang an mit einkalkuliert hat. Es muss also nicht nur eine Verbindung zwischen den Opfern bestehen...«

»Die wir schon entdeckt haben«, fiel Havers ihm ins Wort. Sie klang enthusiastisch, und Lynley wusste, dass das niemals ein gutes Zeichen war, wenn es darum ging, sie im Zaum zu halten. »Simon, es gibt eine soziale Einrichtung namens Colossus. Ein Häuflein Gutmenschen, die mit Jugendlichen aus der City arbeiten, Kids aus Risikogruppen, jugendliche Straftäter. Es ist nahe Elephant and Castle, und zwei dieser toten Jungen hatten mit der Einrichtung zu tun.«

»Zwei der *identifizierten* Jungen«, verbesserte Lynley. »Ein dritter hat keine Verbindung mit Colossus. Und es gibt weitere Tote, die immer noch nicht identifiziert sind, Barbara.«

»Schon«, entgegnete Havers, »aber ich sag Ihnen: Lassen Sie uns die Colossus-Akten durchforsten und feststellen, welche ihrer Klienten etwa zur Zeit der Ermordung der nicht identifizierten Leichen plötzlich weggeblieben sind, und ich wette, dann haben wir unsere Identifizierungen. Diese Sache hängt mit Colossus zusammen, Sir. Einer dieser Kerle muss unser Mann sein.«

»Alles spricht dafür, dass sie ihren Mörder kannten«, sagte St. James, als stimme er Havers zu. »Es ist auch gut möglich, dass sie ihm trauten.«

»Und das ist ein weiterer Schlüssel dazu, was bei Colossus propagiert wird«, fügte Havers hinzu. »Vertrauen. Vertrauen lernen. Sir, Griff Strong hat mir erklärt, dass das sogar Bestandteil ihres Einstufungskurses ist. Und *er* leitet diese Vertrauensspiele, die sie miteinander machen. Verdammt, wir sollten mit einem Team hinfahren und ihn uns gründlich vornehmen. Und diese drei anderen Typen. Veness, Kilfoyle und Greenham. Sie alle haben eine Verbindung zu mindestens einem der Opfer. Einer von ihnen hat Dreck am Stecken. Ich schwör's.«

»Das mag sein, und ich weiß Ihr Engagement für diese Aufgabe zu schätzen«, sagte Lynley trocken. »Aber Sie haben bereits einen Einsatzbefehl. Camden Lock Market, glaube ich.«

Havers bewies zumindest so viel Anstand, zerknirscht auszusehen. »Oh, richtig«, sagte sie.

»Vielleicht wäre jetzt ein guter Zeitpunkt, das zu erledigen?«

Es schien ihr nicht zu gefallen, aber sie widersprach nicht. Sie kam auf die Füße und ging zur Tür. »War schön, Sie zu sehen, Simon«, sagte sie zu St. James. »Bis dann.«

»Hat mich auch gefreut«, antwortete St. James, ehe sie hinausging. Dann wandte er sich wieder an Lynley: »Probleme an der Barbara-Front?«

»Wann gibt es je etwas anderes mit Havers?«

»Ich hatte immer den Eindruck, du denkst, sie sei es wert.«

»Das tu ich auch. Sie ist es wert, meistens.«

»Und bekommt sie bald ihren Dienstgrad zurück?«

»Ich würde ihn ihr zurückgeben, trotz ihrer Dickköpfigkeit. Aber nicht ich treffe diese Entscheidung.«

»Hillier?«

»Wie eh und je.« Lynley lehnte sich zurück und nahm die Brille ab. »Er hat mich heute früh abgefangen, bevor ich noch den Aufzug erreicht hatte. Er hat versucht, die Ermittlungen mit Hilfe der Manipulationen des Pressebüros zu lenken, aber die Reporter sind nicht mehr so kooperativ wie zu Anfang, als sie noch dankbar waren für den Kaffee, die Croissants und die Informationshäppchen, die Hillier ihnen vorgesetzt hat. Anscheinend haben sie inzwischen zwei und zwei zusammengezählt: drei gemischtrassige Jugendliche, die vor Kimmo Thorne auf ähnliche Weise ermordet wurden, und bislang kein Auftritt eines Beamten von Scotland Yard bei dieser Verbrecherjagdsendung *Crimewatch* im Fernsehen. Was hat das zu bedeuten, wollen sie wissen. Was sagt das aus über die relative Wichtigkeit dieser Morde im Vergleich zu dem anderen Mord, bei dem das Opfer weiß, blond, blauäugig und zweifelsfrei angelsächsischer Abstammung war? Sie fangen an, die unangenehmen Fragen zu stellen, und jetzt bereut Hillier, dass er sich nicht bemüht hat, das Pressebüro in diesem Fall auf größere Distanz zu halten.«

»Hybris«, bemerkte St. James.

»Jemandes Hybris ist Amok gelaufen«, fügte Lynley hinzu. »Und es wird noch schlimmer. Das jüngste Opfer, Sean Lavery, war ein Pflegekind und lebte in Swiss Cottage bei einem engagierten schwarzen Aktivisten, der, wie Hillier mir gesagt hat, heute gegen Mittag selbst eine Pressekonferenz hält. Man kann sich vorstellen, welche Auswirkungen das auf die kollektive Blutgier der Medien haben wird.«

»Sodass es wieder einmal ein reines Vergnügen sein wird, mit Hillier zu arbeiten?«

»Amen. Der Druck ist überall enorm hoch.« Lynley betrachtete die Fotokopie des alchimistischen Zeichens und überlegte, inwieweit es Licht ins Dunkel bringen konnte. »Ich muss telefonieren«, sagte er zu St. James. »Ich hätte gern, dass du mithörst, falls du die Zeit erübrigen kannst.«

Er suchte nach der Telefonnummer von Hamish Robson und fand sie auf dem Aktendeckel des Berichtes, den der Profiler ihm gegeben hatte. Als er Robson am Telefon hatte, schaltete er den Lautsprecher ein und stellte St. James vor. Er zählte die Informationen auf, die St. James vorgetragen hatte, und dann bestätigte er Robsons Vorhersage: Er berichtete ihm, dass der Mörder Kontakt aufgenommen hatte.

»Wirklich?«, fragte Robson. »Telefonisch? Per Post?«

Lynley las ihm die Nachricht vor und fügte hinzu: »Wir schließen daraus, dass das Läuterungssymbol auf der Stirn und das Verbrennen der Hände zusammenhängen. Und wir haben auch etwas über dieses Ambra-Öl herausgefunden, das an den Leichen festgestellt wurde. Offenbar wird es für Werke des Zorns und der Rache verwendet.«

»Zorn, Rache, Läuterung und Erlösung«, sagte Robson. »Ich würde sagen, er macht seine Botschaft ziemlich klar, oder?«

»Es gibt Hinweise darauf, dass all das mit einer sozialen Einrichtung in Südlondon zusammenhängt«, erklärte Lynley. »Sie heißt Colossus. Es ist ein Programm für gefährdete Jugendliche. Haben Sie zum jetzigen Zeitpunkt irgendetwas hinzuzufügen?«

Es herrschte einen Moment Schweigen, während Robson nachdachte. Schließlich antwortete er: »Wir wissen, dass er überdurchschnittlich intelligent ist, aber gleichzeitig ist er frustriert, weil die Welt sein Potenzial nicht sieht. Wenn Sie ihm durch Ihre Ermittlungen nahe gekommen sind, wird er jetzt keinen einzigen falschen Schritt machen, der Sie noch näher heranbringen könnte. Also wenn er sich Jungen aus einer Einrichtung aussucht...«

»Wie Colossus«, warf Lynley ein.

»Ja. Wenn er die Jungen von Colossus ausgewählt hat, habe ich die größten Zweifel, dass er dies weiterhin tun wird, wenn Sie dort Fragen stellen.«

»Wollen Sie damit sagen, die Morde werden aufhören?«

»Es wäre möglich. Aber nur für eine Weile. Das Töten gibt ihm eine zu große Genugtuung, als dass er für immer damit aufhören könnte, Superintendent. Der Zwang zu töten, und die Befriedigung, die es ihm bringt, werden die Angst vor Entdeckung immer zurückdrängen. Aber ich denke, dass er jetzt vorsichtiger wird. Vielleicht sucht er sich ein neues Terrain, erweitert seinen Radius.«

»Wenn er denkt, dass die Polizei ihm näher gekommen ist, warum hat er dann Kontakt aufgenommen?«, fragte St. James.

»Tja, das ist Bestandteil eines Gefühls der Unbesiegbarkeit bei Psychopathen, Mr. St. James«, erklärte Robson. »Ein Beweis für das, was er für seine Omnipotenz hält.«

»Vielleicht genau die Eigenschaft, die zu seinem Fall führt?«, fragte St. James.

»Zumindest das, was ihn überzeugt, er könne den einen Fehler, der ihn entlarvt, niemals machen. Etwa wie Brady damals, der beschloss, seinen Schwager mit ins Spiel zu bringen: Er glaubte, er sei eine so starke Persönlichkeit, dass niemand, der ihn kennt, auf den Gedanken käme, ihn anzuzeigen, geschweige denn wagen würde, es zu tun. Das ist der große Fehler in der bereits fehlerhaften Persönlichkeit des Psychopathen. In diesem Fall glaubt der Mörder, Sie könnten ihn niemals fassen, egal, wie nahe Sie ihm kommen. Er würde Sie rundheraus fragen, welche Beweise Sie gegen ihn haben, sollten Sie ihn vernehmen, und er wird in Zukunft sorgsam darauf achten, Ihnen keine weiteren Indizien zu liefern.«

»Wir glauben, dass diese Verbrechen keine sexuelle Komponente haben«, sagte Lynley. »Das schließt alle einschlägig vorbestraften Täter aus.«

»Hier geht es um Macht«, stimmte Robson zu. »Aber das gilt auch für Sexualverbrechen. Es könnte sehr wohl passieren, dass Sie irgendwann einen sexuellen Aspekt finden, vielleicht eine sexuelle Entwürdigung des Leichnams, sollte der Mord selbst dem Täter irgendwann nicht mehr das erwartete Maß an Befriedigung und Erleichterung verschaffen können.«

»Ist das normalerweise der Fall?«, fragte St. James. »Bei Morden wie diesen?«

»Es ist eine Art Sucht«, führte Robson aus. »Jedes Mal, wenn er seine Fantasie von Erlösung durch Folter auslebt, braucht er ein bisschen mehr, um befriedigt zu sein. Der Organismus gewöhnt sich an die Droge – ganz gleich, welche Droge –, und mehr und mehr ist erforderlich, um das Nirvana zu erreichen.«

»Sie sagen also, wir müssen mit weiteren Fällen rechnen. Und mit möglichen Variationen des Szenarios?«

»Ja. Das ist genau das, was ich sage.«

Fu wollte es wieder spüren: hoch in den Lüften zu schweben, ein Gefühl, das aus seinem Innern kam, dieses Gefühl der Freiheit, das ihn im letzten Moment erfüllte. Er wollte seine Seele *Ja!* schreien hören, in dem Moment, wenn sein Opfer einen letzten stummen Schrei, ein letztes schwaches *Nein!* hervorbrachte. Er brauchte das. Mehr noch, es stand ihm zu. Doch als der Hunger in ihm zu wachsen begann und zur anspruchsvollen Präsenz wurde, war er sich bewusst, dass er nichts überstürzen durfte. Und so wuchsen in ihm das Verlangen und eine schäumende Mischung aus Notwendigkeit und Pflicht, die er in seinen Adern spürte. Er war wie ein Taucher, der zu schnell zur Oberfläche zurückkehrte. Das Verlangen verwandelte sich rasch in Schmerz.

Eine Zeit lang versuchte er, sich in Mäßigung zu üben. Er fuhr ins Moor, wo er dem Treidelpfad am Ufer des Lea folgen konnte. Dort glaubte er Erleichterung zu finden.

Sie gerieten immer in Panik, wenn sie wieder zu sich kamen

und feststellten, dass sie auf das Brett geschnallt, an Händen und Füßen gefesselt waren und ihr Mund mit silberfarbigem Klebeband verschlossen war. Während er sie durch die Nacht fuhr, hörte er sie hinter sich vergeblich gegen ihre Fesseln ankämpfen, manche ängstlich, manche zornig. Doch wenn er am vorherbestimmten Ort ankam, hatten sie alle ihre anfängliche und instinktive Reaktion überwunden und waren verhandlungsbereit: Ich tue, was du willst. Nur, lass mich leben.

Sie sagten es nie direkt. Aber es war da, in ihren schockgeweiteten Augen. Ich tu alles, bin alles, sag alles, denk alles. Nur, lass mich leben.

Er hielt immer an demselben sicheren Ort, wo ein Seitenarm des Parkplatzes an der Eisbahn ihn vor Blicken von der Straße schützte. Dort war alles mit Gestrüpp überwuchert, und die Sicherheitslampe, die den Bereich erhellen sollte, war schon lange kaputt. Er schaltete die Wagenbeleuchtung innen und außen aus und kletterte in den Laderaum. Dort hockte er sich neben die unbewegliche Gestalt und wartete, bis seine Augen sich auf die Dunkelheit eingestellt hatten. Was er dann sagte, war immer das Gleiche, und seine Stimme klang ebenso sanft wie bedauernd: *Du hast gesündigt.* Und dann: *Ich nehm dir das ab* – die Finger auf dem Klebeband –, *aber nur Stille wird dir Sicherheit geben und deine Freilassung gewährleisten. Kannst du still für mich sein?*

Sie nickten jedes Mal, wollten um jeden Preis reden. Wollten diskutieren, gestehen, manchmal auch drohen oder fordern. Aber womit sie auch immer begannen, oder was sie auch fühlten, sie endeten immer mit Unterwerfung.

Sie spürten seine Macht. Sie konnten ihr starkes Aroma in dem Öl riechen, mit dem er seinen Körper salbte. Sie sahen sie im Schimmern des Messers, das er hervorholte. Sie fühlten sie in der Hitze des Gasbrenners. Sie hörten sie im Knistern der Pfanne.

Ich muss dir nicht wehtun, sagte er ihnen. *Wir müssen reden, und wenn unsere Unterhaltung gut verläuft, kann dies mit deiner Freilassung enden.*

Sie redeten alle. Tatsächlich plapperten sie. Seine Aufzählung ihrer Fehltritte rief grundsätzlich nichts als ihre eifrige Zustimmung hervor. Ja, das hab ich getan. Ja, es tut mir Leid. Ja, ich schwöre ... was immer du willst, das ich schwören soll, nur, lass mich laufen.

Doch sie fügten im Stillen noch etwas hinzu, und er konnte ihre Gedanken lesen: Du dreckiger Bastard. Ich sorge dafür, dass du für diese Sache in der Hölle schmorst.

Also konnte er sie natürlich unmöglich freilassen. Jedenfalls nicht auf die Art und Weise, wie sie freigelassen zu werden hofften. Aber er war ein Mann, der Wort hielt.

Sie zu verbrennen kam zuerst, nur an den Händen, um ihnen seinen Zorn ebenso wie seine Milde zu zeigen. Das Eingeständnis ihrer Schuld öffnete die Tür zu ihrer Erlösung, aber sie mussten leiden, um geläutert zu werden. Also verklebte er ihnen wieder den Mund und hielt ihre Hände an die weißglühende Hitze, bis der Geruch von verbranntem Fleisch ihm in die Nase stieg. Ihr Rücken bog sich durch in dem Versuch, zu fliehen, ihre Blase und ihr Darm entleerten sich. Manche verloren das Bewusstsein, sodass sie die Schlinge nicht spürten, die erst ihren Hals umschmeichelte und dann enger wurde. Andere verloren das Bewusstsein nicht, und sie waren es, die Fu mit wahrem Frohlocken erfüllten, während das Leben ihren Leib verließ und seinen Leib in Entzücken versetzten.

Und dann wollte er immer ihre Seele befreien, schnitt mit einem Messer in ihr vergängliches Fleisch, öffnete sie für ihre endgültige Befreiung. Schließlich war es das, was er ihnen versprochen hatte. Sie mussten nur ihre Schuld gestehen und ein ehrlich empfundenes Verlangen nach Läuterung ausdrücken. Doch die meisten taten nur Ersteres. Die meisten verstanden den zweiten Teil nicht einmal. Der Letzte hatte keines von beiden getan. Am Ende hatte er geleugnet: »Ich hab nichts gemacht, du Irrer. Ich hab nichts gemacht, kapiert? Scheiß auf dich, du Arschloch, lass mich frei!«

So war Befreiung für ihn unmöglich gewesen. Freiheit, Erlösung – alles, was Fu zu bieten hatte, bespuckte und verfluchte der Junge. So ging er ungeläutert dahin, seine Seele nicht befreit – die göttliche Kreatur hatte versagt.

Doch die unendliche Freude des eigentlichen Moments... sie war Fu geblieben. Und das war es, was er wieder wollte. Die verführerische Droge vollkommener Macht.

Dem Fluss Lea zu folgen konnte ihm das nicht geben, so wenig wie die Erinnerung. Nur eine Sache konnte das.

13

Barbara Havers war miserabler Laune, als sie schließlich zum Camden Lock Market kam. Sie war wütend auf sich selbst, weil sie zugelassen hatte, dass private Belange sie an der korrekten Ausübung ihres Berufs hinderten. Es machte sie verrückt, dass sie den ganzen Weg zurück nach Nordlondon fahren musste, kurz nachdem sie den morgendlichen Berufsverkehr schon in entgegengesetzter Richtung durchlitten hatte. Es ärgerte sie, dass Parkverbote es unmöglich machten, irgendwo in der Nähe des Marktes zu halten, ohne einen längeren Spaziergang in Kauf nehmen zu müssen. Und sie war der tiefen, selbstgerechten Überzeugung, dass dieses ganze Unterfangen eine absolute Verschwendung ihrer Zeit war.

Die Antworten lagen innerhalb der Mauern von Colossus, nicht hier. War sie auch davon überzeugt, dass der Bericht des Profilers völliger Quatsch war, schien ihr ein Teil davon doch akzeptabel, und zwar die Beschreibung ihres Serienmörders. Da mindestens vier Männer dieser Beschreibung entsprachen – die allesamt jenseits der Themse bei Colossus arbeiteten –, war es wenig wahrscheinlich, dass sie noch jemanden finden würde, der auf diese Beschreibung passte und sich an den Marktständen rund um Camden Lock herumtrieb. Und ganz sicher erwartete sie nicht, die Spur eines Verdächtigen bei Wendy's Cloud zu entdecken. Doch sie wusste, dass es im Moment klug war, in Lynleys Augen zumindest den Anschein zu erwecken, sich an ihre Befehle zu halten. Also kämpfte sie sich durch den Verkehr und fand einen entlegenen Parkplatz, in den sie ihren Mini quetschte. Dann kehrte sie zu Fuß zurück nach Camden Lock mit all seinen Läden, Ständen und Restaurants, die sich von der Chalk Farm Road aus am Wasser entlang aufreihten.

Wendy's Cloud war nicht leicht zu finden, da es kein Firmenschild hatte. Nachdem sie eine Hinweistafel studiert und mehrfach herumgefragt hatte, entdeckte Barbara es schließlich: ein schlichter Stand in einem der festen Läden des Marktes. Dieser Laden verkaufte Kerzen, Kerzenhalter, Grußkarten, Schmuck und handgemachtes Briefpapier. Wendy's Cloud bot Massage- und Aromatherapieöle an, Räucherstäbchen, Seife und Badesalz.

Die namensstiftende Inhaberin dieses Etablissements saß auf einem Knautschsessel hinter der Ladentheke, sodass sie den Blicken fast gänzlich entzogen war. Barbara glaubte zuerst, sie liege auf der Lauer nach langfingrigen Kunden, doch als sie rief: »Entschuldigung, kann ich Sie kurz sprechen?«, stellte sich heraus, dass Wendy einen Rausch ausschlief, verursacht durch eine Substanz, die es an ihrem Stand vermutlich nicht zu kaufen gab. Ihre Augenlider hingen auf halbmast. Sie hangelte sich mühsam hoch, hielt sich an einem der Thekenpfosten fest und ließ das Kinn einen Moment zwischen den Badesalzen ruhen.

Barbara fluchte innerlich. Mit ihren grauen Haarstoppeln und dem indischen Betttuchkaftan sah Wendy nicht gerade wie eine viel versprechende Informationsquelle aus, eher wie ein Überbleibsel der Hippie-Generation. Nur die Glasperlenkette um den Hals fehlte.

Dennoch stellte Barbara sich vor, zeigte ihren Dienstausweis und versuchte, das Gehirn der alternden Frau zu stimulieren, indem sie »New Scotland Yard« und »Serienmörder« in schneller Abfolge erwähnte. Dann erklärte sie, welche Bewandtnis es mit dem Ambra-Öl hatte, und erkundigte sich hoffnungsvoll nach

Wendys Kundendatenpflege. Zuerst glaubte sie, nur eine lange, kühle Dusche werde Wendy ins Hier und Jetzt zurückbringen, doch als sie gerade anfing zu überlegen, wo sie Wasser herbekommen konnte, ergriff Wendy schließlich das Wort: »Nur Bares ist Wahres.« Gefolgt von: »Tut mir Leid.«

Barbara nahm an, dies bedeute, dass Wendy keine Nachweise über getätigte Verkäufe führte. Wendy nickte und erklärte, wenn sie nur noch eine Flasche eines Öls auf Lager habe, bestelle sie neues. *Falls* sie daran dachte, am Ende eines Geschäftstages ihre Bestände zu überprüfen. Tatsächlich vergaß sie das meistens, und nur wenn ein Kunde ausdrücklich nach einem bestimmten Produkt fragte, wurde sie daran erinnert, dass es neu bestellt werden musste.

Das klang einigermaßen viel versprechend. Barbara erkundigte sich, ob Wendy sich an jemanden erinnere, der kürzlich nach Ambra-Öl gefragt hatte.

Wendy runzelte die Stirn. Dann verdrehten sich ihre Augäpfel nach oben, als ziehe sie sich in die hinteren Winkel ihres Gehirns zurück, um die Frage zu überdenken.

»Hallo?«, rief Barbara. »Hey, Wendy, weilen Sie noch unter uns?«

»Sparen Sie sich die Mühe, Kindchen«, sagte jemand in der Nähe. »Sie ist seit über dreißig Jahren high. In ihrem Oberstübchen ist nicht viel Mobiliar übrig, wenn Sie verstehen, was ich meine.«

Barbara schaute sich um und entdeckte, dass die Stimme einer Frau gehörte, die an der Kasse des Ladens saß, in dem Wendy ihren Stand hatte. Während Wendy sich wieder Richtung Knautschsessel verzog, schloss Barbara sich der anderen Frau an, die sich als Wendys langzeitgeplagte Schwester Pet vorstellte. Abkürzung von Petula, erklärte sie. Sie habe Wendy seit Ewigkeiten erlaubt, den Stand in ihrem Laden zu betreiben, aber ob Wendy morgens zur Arbeit erschien oder nicht, war Glückssache.

Barbara fragte, was an den Tagen geschah, an denen Wendy

nicht auftauchte. Was, wenn jemand etwas von ihrem Stand kaufen wollte? Verkaufte Pet dann – wie Barbara hoffte – die Waren ihrer Schwester?

Pet schüttelte den Kopf. Ihr Haar war grau wie Wendys, aber so stark dauergewellt, dass es an Stahlwolle erinnerte. Nein, Liebes, sie habe schon vor langer Zeit die Lektion gelernt, dass man Drogenabhängige nicht bei der Beschaffung ihres Gifts unterstützen durfte. Wendy konnte gerne den Platz im Laden haben, solange sie dafür bezahlte, aber wenn sie Geld verdienen und nicht in der Gosse landen wollte, wo sie in den Zeiten vor Wendy's Cloud offensichtlich das eine oder andere Jahrzehnt verbracht hatte, dann musste sie sich morgens zeitig fertig machen, hier erscheinen, den Stand öffnen und ihr Zeug verkaufen. Ihre kleine Schwester war nicht gewillt, das für sie zu tun.

»Das heißt, Sie wissen nicht, ob jemand Ambra-Öl bei ihr gekauft hat?«, fragte Barbara.

»Keine Chance«, antwortete Pet. Auf dem Camden Lock Market herrschte ständig Betrieb. An den Wochenenden ging es hier absolut verrückt zu, wie man bei der Polizei ja sicher wusste. Touristen, Teenager, Liebespaare, Familien mit kleinen Kindern auf der Suche nach preiswerter Unterhaltung, Stammkunden, Taschendiebe, Ladendiebe, andere Diebe... Man konnte kaum erwarten, dass Pet sich erinnere, wer was in ihrem eigenen Laden gekauft hatte, geschweige denn am Stand ihrer Schwester. Nein, Tatsache war, wenn irgendjemand Constable Havers sagen konnte, wer bei Wendy's Cloud eingekauft hatte, dann war es Wendy selbst. Das Problem war nur, dass Wendy den Großteil ihrer Zeit auf der Wolke verbrachte, wenn Constable Havers verstand, was Petula meinte.

Barbara verstand nur zu gut. Und sie wusste auch, dass dieser sinnlose Ausflug ans andere Ende der Stadt keine Ergebnisse bringen würde. Sie verabschiedete sich von Pet und gab ihr ihre Handynummer für den unwahrscheinlichen Fall, dass Wendy lange genug auf die Erde zurückkehrte, um sich an irgendetwas Brauchbares zu erinnern, ehe sie den Markt verließ.

Um zu verhindern, dass die ganze Aktion pure Zeitverschwendung war, legte Barbara noch zwei Zwischenstopps ein. Der erste war bei einem der Marktstände. Da ihr Fundus an mottobedruckten T-Shirts ständiger Erweiterung bedurfte, begutachtete sie die Auslage bei Pick & Co. Sie entschied sich gegen »Prinzessin in der Ausbildung« und »Meine Mum und mein Dad waren auf dem Camden Lock Market, und alles, was ich bekommen hab, ist dieses lausige T-Shirt«, wählte »Ich bremse auch für Aliens«, was über einer Karikatur des Premierministers unter den Rädern eines Londoner Taxis stand. Sie bezahlte und entschied, dass eine Zwischenmahlzeit angezeigt sei. Ein kurzer Halt an einem Stand, wo Folienkartoffeln angeboten wurden, erledigte auch das. Sie wählte eine Füllung aus Krautsalat, Krabben und Mais – man musste ja Sorge tragen, dass alle Nahrungsgruppen bei jeder Mahlzeit angemessen vertreten waren – und nahm Kartoffel und Plastikgabel mit nach draußen, um auf dem Rückmarsch zu ihrem Auto zu essen. Dieser Weg führte sie fast nach Hause, die Chalk Farm Road in nordwestlicher Richtung entlang. Sie war jedoch kaum hundert Meter weit gekommen, als in den Tiefen ihrer Schultertasche ihr Handy zu klingeln begann. Sie war gezwungen, stehen zu bleiben, ihre Folienkartoffel an der ersten Straßenecke auf dem Deckel einer Mülltonne abzulegen und das Handy in ihrer Tasche zu suchen. Vielleicht war Wendy ja ins Diesseits zurückgekehrt und hatte ihrer Schwester irgendwelche brauchbaren Informationen gegeben, die diese weiterleiten wollte... Man durfte ja wohl hoffen.

»Havers?«, sagte sie ermutigend und sah gerade noch rechtzeitig auf, um einen Lieferwagen vorbeifahren und widerrechtlich am Seiteneingang des Stables Market parken zu sehen. Diese ursprüngliche Behausung für Artilleriepferde an der Straße zur Camden-Schleuse war schon vor langer Zeit in Ladenlokale umgewandelt worden. Barbara betrachtete den Wagen, während sie Lynley lauschte.

»Wo sind Sie, Constable?«

»Camden Lock, wie befohlen«, antwortete Barbara. »Leider

kein Ergebnis, fürchte ich.« Ein Mann kletterte aus dem Lieferwagen. Er war eigentümlich gekleidet, selbst wenn man die Kälte bedachte. Er trug eine rote, gartenzwergartige Zipfelmütze, eine Sonnenbrille, fingerlose Handschuhe und einen weiten schwarzen Mantel, der ihm bis zu den Knöcheln reichte. Zu weit, dieser Mantel, dachte Barbara und beobachtete den Mann neugierig. Genau die Sorte Oberbekleidung, unter der man einen Sprengstoffgürtel verstecken konnte. Sie richtete ihr Augenmerk auf den Wagen, als der Mann an die Heckklappe trat. Das Gefährt war violett – eine merkwürdige Farbe – mit weißer Aufschrift auf der Seite. Barbara ging ein paar Schritte, um besser sehen zu können, während sie Lynley sprechen hörte.

»Also, kümmern Sie sich sofort darum«, sagte er. »Möglicherweise hatten Sie doch Recht, was Colossus betrifft.«

»Tut mir Leid«, antwortete Barbara hastig. »Ich hab Sie nicht richtig verstanden, Sir. Schlechter Empfang. Diese verdammten Handys. Können Sie das noch mal sagen?«

Lynley berichtete, dass ein Kollege aus DI Stewarts Team zwei Informationen über Griffin Strong herausgefunden hatte. Offenbar war Mr. Strong nicht ganz so mitteilsam gewesen, wie er hätte sein sollen, was sein Ausscheiden aus dem Sozialdienst vor seinem Job bei Colossus betraf. Ein Kind in Pflege war zu Tode gekommen, während er in Stockwell der zuständige Sozialarbeiter gewesen war. Es wurde Zeit, Strong ein bisschen genauer unter die Lupe zu nehmen. Lynley gab ihr die Privatadresse und wies sie an, dort zu beginnen. Strong wohnte in einem Reihenhaus an der Hopetown Street, Nummer eins/Ost, gab Lynley ihr durch. Es sei eine ziemlich weite Fahrt. Er könne auch jemand anderen schicken, aber da Havers so nachdrücklich auf Colossus verwiesen habe …

Klang er reuig?, fragte sich Barbara. Wollte er etwas wieder gutmachen? Hatte er plötzlich eingesehen, dass sein schlechter Tag nicht auch zwangsläufig ein schlechter Tag für alle anderen werden musste?

Es war egal. Sie würde nehmen, was sie kriegen konnte. Sie

sagte ihm, eine nervtötende Zickzacktour hinunter nach Whitechapel sei genau das Richtige für sie. Sie werde sofort losfahren. Sie sei übrigens schon auf dem Weg zum Auto.

»In Ordnung«, sagte Lynley. »Also, kümmern Sie sich darum.« Er legte auf, ehe Barbara ihm sagen konnte, was ihr durch den Kopf ging, während sie den violetten Lieferwagen vor sich und den Mann an der Heckklappe betrachtete, der einige Kisten auslud.

Violett, war ihr durch den Kopf gegangen. Dunkelheit, eine Straßenlaterne, die ein Stück entfernt stand, die einzige Beleuchtung, und eine verschlafene Frau an einem Fenster.

Sie ging zu dem Lieferwagen hinüber und schaute ihn sich an. Die Aufschrift auf der Seite verriet, dass der Van einem gewissen Mr. Magic gehörte, darunter stand eine Londoner Telefonnummer. Das war wohl der Mann im Mantel, dachte Barbara, denn abgesehen von Sprengstoffgürteln war dieses Gewand auch perfekt geeignet, um alles Denkbare, von Tauben bis hin zu Dobermännern, darunter zu verbergen.

Während sie mit ihrer Folienkartoffel in der Hand hinüberschlenderte, hatte der Mann die Hecktür mit einem Fußtritt geschlossen. Er hatte die Warnblinkanlage angelassen, zweifellos in der Hoffnung, dass dies eifrige Politessen davon abhalten würde, ihm einen Strafzettel zu schreiben. Er sah Barbara und sagte: »Entschuldigung. Wären Sie wohl so freundlich... Ich muss nur für eine Minute da rein, das hier zu meinem Stand bringen.« Er wies auf die zwei Kisten, die er in den Armen hielt. »Würden Sie ein Auge auf den Wagen haben? Hier sind sie absolut herzlos, wenn es ums Parken geht.«

»Klar«, antwortete Barbara. »Sie sind Mr. Magic?«

Er verzog das Gesicht. »Barry Minshall eigentlich. Dauert nur 'ne Sekunde. Danke.« Er ging durch den Seiteneingang in das Stallgebäude – einer von mindestens vier Märkten der unmittelbaren Umgebung –, und Barbara ergriff die Gelegenheit, von außen seinen Wagen zu inspizieren. Es war kein Ford Transit, aber das spielte keine Rolle, da sie ohnehin nicht glaubte, dass dies der Wagen sein könnte, den sie suchten. Sie wusste, wie miserabel die Chancen waren, dass eine Beamtin des Ermittlungsteams nur dank einer kleinen Intervention der Vorsehung auf der Straße über den Serienmörder stolperte, den sie zufällig suchte. Doch die Farbe des Wagens hatte ihre Neugier geweckt und lenkte ihre Gedanken auf Fehlinformationen, die im Gewand der Wahrheit steckten.

Barry Minshall kam zurück und bedankte sich. Barbara fragte ihn, was er an seinem Stand verkaufe. Er erzählte ihr von Zaubertricks, Videos und Scherzartikeln. Irgendwelche Öle erwähnte er nicht. Barbara lauschte und fragte sich, warum er bei diesem Wetter eine Sonnenbrille trug, doch ihre Begegnung mit Wendy hatte ihr vergegenwärtigt, dass man hier jeder Absonderlichkeit begegnen konnte.

Gedankenverloren machte sie sich auf den Weg zu ihrem Auto. Irgendjemand hatte etwas von einem roten Lieferwagen gesagt, also hatten sie bei ihren Ermittlungen nur an Rot gedacht. Aber Rot war nur Bestandteil eines größeren Farbspektrums, oder? Warum nicht ein Ton, der näher an Blau lag? Das war auf jeden Fall etwas, das sie berücksichtigen mussten.

Als Winston Nkata zum Haus des »Heißen Draht zum Herrn« kam, war er vorbereitet: Er hatte sich bereits über das Umfeld von Reverend Bram Savidge informiert. Was er herausgefunden hatte, war genug, um ihn für eine Begegnung mit dem Mann zu rüsten, den sowohl das *Sunday Times Magazine* als auch die *Mail on Sunday* in Sonderberichten über seine Tätigkeit »den gerechten Streiter der Finchley Road« genannt hatten.

Eine Pressekonferenz war in vollem Gange, als Nkata den einstigen Laden betrat, der heute sowohl Kirche als auch Suppenküche war. Die Armen und Obdachlosen, die normalerweise tagsüber in die Küche kamen, hatten draußen auf dem Gehweg eine Schlange gebildet. Die meisten von ihnen saßen in der Hocke da und bewiesen damit diese unfreiwillige Geduld jener Menschen, die schon zu lange am Rande der Gesellschaft lebten.

Nkata spürte einen Stich, als er an ihnen vorbeiging. Es war nur einer winzigen Abweichung der Umstände zu verdanken – der unerschütterlichen Liebe seiner Eltern und der lang zurückliegenden Intervention eines engagierten Polizisten –, die verhindert hatte, dass er einer von ihnen geworden war. Er spürte die Enge in der Brust, die ihn immer überkam, wenn die Ausübung seiner Pflicht ihn zu seinen eigenen Leuten führte. Er fragte sich, ob er das Gefühl je überwinden würde, sie irgendwie im Stich gelassen zu haben, indem er einen Weg eingeschlagen hatte, den die meisten von ihnen nicht verstehen konnten.

Er hatte die gleiche Reaktion in den Augen von Sol Oliver bemerkt, als er vor weniger als einer Stunde dessen heruntergekommene Autowerkstatt betreten hatte. Sie gehörte zu einem Sammelsurium von Bauwerken in einer schmalen Gasse namens Munro Mews in North Kensington, die reichlich mit Graffiti versehen und geschwärzt von jahrhundertealtem Ruß und den Folgen eines Feuers waren, das die Bausubstanz auf dem Nachbargrundstück in eine Ruine verwandelt hatte. Die Gasse mündete in die Golberne Road, wo Nkata den Escort abgestellt hatte. Dort schob sich der Verkehr zwischen schäbigen Läden und schmuddeligen Marktständen auf rissigen Wegen und von Müll bedeckten Gassen hindurch.

Nkata hatte Sol Oliver bei der Arbeit an einem antiken VW Käfer angetroffen. Als er seinen Namen hörte, unterbrach der Mechaniker seine Betrachtung des Motors und richtete sich auf. Er musterte Nkata von Kopf bis Fuß, und nachdem er den Dienstausweis gesehen hatte, nahm sein Gesicht einen Ausdruck des Misstrauens an.

Ja, er wusste Bescheid über Sean Lavery, hatte Oliver ihm unumwunden gesagt, auch wenn er nicht besonders erschüttert klang. Reverend Savidge hatte ihn angerufen. Er hatte den Cops nichts über die letzten Tage in Seans Leben zu sagen. Er hatte seinen Sohn seit Monaten nicht gesehen.

»Wann war das letzte Mal?«, fragte Nkata.

Oliver schaute zu einem Kalender an der Wand, als hoffe er,

so sein Gedächtnis zu stimulieren. Der Kalender hing unter einer wahren Hängematte aus Spinnweben und über einer schmierigen Kaffeemaschine. Neben dieser stand ein Becher, von Kinderhand mit Fußbällen bemalt und dem einzelnen Wort: »Daddy«.

»Ende August«, antwortete Oliver.

»Sind Sie sicher?«, fragte Nkata.

»Warum? Denken Sie, ich hab ihn umgebracht oder so?« Oliver legte den Engländer beiseite, den er in der Hand gehalten hatte, und wischte sich die Hände an einem fleckigen, blauen Lumpen ab. »Hören Sie, Mann. Ich kannte den Jungen nicht mal. Ich *wollte* ihn gar nicht kennen. Ich hab jetzt Familie, und was damals mit mir und seiner Mum gelaufen ist, war eben das, was so passiert. Ich hab dem Jungen gesagt, es tut mir Leid, dass Cleo im Knast ist, aber ich konnte ihn nicht aufnehmen, ganz egal, was er sich vorgestellt hat. So ist das nun mal. Wir waren ja schließlich nicht verheiratet oder so was.«

Nkata bemühte sich, keine Reaktion zu zeigen, wenngleich das Letzte, was er empfand, Desinteresse war. Oliver war ein perfektes Beispiel dafür, was mit den Männern nicht stimmte: Pflanz den Samen ein, weil die Frau willig ist; lass die Folgen mit einem Schulterzucken hinter dir zurück. Gleichgültigkeit wurde das Vermächtnis, das der Vater an den Sohn weitergab.

»Was wollte er denn von Ihnen?«, fragte er. »Ich kann mir nicht vorstellen, dass er nur auf einen Plausch vorbeigekommen war.«

»Wie ich sagte. Wollte zu uns ziehen. Zu mir, meiner Frau, den Kindern. Ich hab zwei. Aber ich konnte ihn nicht nehmen. Ich hab nicht genug Platz, und selbst wenn…« Er schaute sich um, als suche er nach einer Erklärung, die sich in der engen, von beißendem Geruch erfüllten Werkstatt versteckt hielt. »Wir waren *Fremde*, Mann. Er und ich. Er hat erwartet, dass ich ihn einfach so aufnehme, weil wir das gleiche Blut haben, aber das konnte ich nicht, versteh'n Sie. Er muss sein Leben selbst auf die Reihe bringen. Das hab ich auch gemacht. Das machen wir doch alle.« Er schien Kritik in Nkatas Gesicht zu lesen, denn er fuhr fort: »Es war ja auch nicht so, als hätte seine Mum mich gewollt. Sie wird schwanger, okay, aber sie sagt mir nichts davon, bis sie mir zufällig auf der Straße in die Arme läuft, kurz vor der Geburt. Da sagt sie mir, das Kind ist von mir, okay? Aber wie kann ich sicher sein? Und nachdem er geboren war, ist sie auch nie zu mir gekommen. Sie ist ihren Weg gegangen, ich meine. Dann ist er auf einmal dreizehn, kreuzt hier auf und will mich als seinen Dad. Aber ich *fühl* mich nicht wie sein Dad. Ich kenne ihn doch gar nicht.« Oliver nahm seinen Engländer wieder auf, offenbar um anzuzeigen, dass er weiterarbeiten wollte. »Wie gesagt, es tut mir Leid, dass seine Mum eingebuchtet ist, aber es ist nicht so, als wär das meine Verantwortung.«

Klar doch, dachte Nkata, als er das Haus von Reverend Savidge betrat und sich einen Platz an einer Seite des Aufenthaltsraums suchte. Er war überzeugt, dass sie Sol Oliver von der Liste der Verdächtigen, die sie zusammentragen mochten, streichen konnten. Der Mechaniker hatte nicht genug Interesse an Sean Lavery gehabt, um seinen Tod zu wünschen.

Das galt indessen nicht für Reverend Bram Savidge. Als er seine Recherchen über den Mann gemacht hatte, waren ihm Aspekte seines Lebens aufgefallen, die es näher zu betrachten galt, nicht zuletzt die Frage, warum er Superintendent Lynley belogen hatte, was den Auszug der drei Pflegesöhne aus seinem Haushalt betraf.

Angetan mit afrikanischer Kleidung, einem Kaftan und Kopfbedeckung, stand Savidge an einem Pult mit drei Mikrofonen. Die hellen Scheinwerfer, die für die Fernsehkamera nötig waren, waren direkt auf ihn gerichtet, während er zu den Journalisten sprach, die vier Stuhlreihen einnahmen. Er hatte ein ansehnliches Auditorium zusammenbekommen, und er machte das Beste daraus.

»Wir stehen also da mit nichts als Fragen«, sagte er. »Es sind die berechtigten Fragen, die jede besorgte Bevölkerungsgruppe stellen würde, aber es sind auch genau die Fragen, die regelmäßig ignoriert werden, wenn das Engagement der Polizei von der Hautfarbe der Bevölkerungsgruppe abhängt. Wir verlangen, dass das aufhört. Fünf Tote, und Gott allein weiß, wie viele noch hinzukommen, Ladys und Gentlemen, aber New Scotland Yard wartet bis zum Opfer Nummer vier, ehe eine Sonderkommission eingerichtet wird, um die Fälle zu untersuchen. Und warum das?« Er ließ den Blick über seine Zuhörer schweifen. »Das kann uns nur Scotland Yard sagen.« An diesem Punkt setzte er zu einer flammenden Rede an, die alle Themen berührte, die jeden vernünftigen Bürger dunkler Hautfarbe ängstigen mussten: Warum waren die früheren Morde nicht sorgfältiger untersucht worden? Warum hingen keine Warnplakate auf den Straßen? Die Journalisten murmelten zustimmend, aber Savidge ruhte sich nicht auf seinen Lorbeeren aus. Stattdessen fuhr er fort: »Und auch *Sie* haben Grund zur Scham. Sie sind die Pharisäer unserer Gesellschaft, denn Sie haben Ihre Verantwortung gegenüber der Öffentlichkeit ebenso vernachlässigt wie die Polizei. Den Nachrichtenwert dieser Todesfälle haben Sie als zu gering eingestuft, um sie auf die Titelseite zu bringen. Also was muss passieren, bis Sie endlich anerkennen, dass ein Leben ein Leben ist, egal welche Hautfarbe der Mensch hat, dass jedes Leben einen Wert hat, dass jeder Mensch geliebt und betrauert wird. Die Sünde der Gleichgültigkeit sollte auf Ihren Schultern ebenso schwer lasten wie auf denen der Polizei. Das Blut dieser Jungen schreit nach Vergeltung, und die schwarze Gemeinschaft wird nicht ruhen, bis die Gerechtigkeit obsiegt. Das ist alles, was ich zu sagen habe.«

Natürlich reagierten die Reporter empört. Und diese ganze Veranstaltung hatte genau auf diese Wirkung abgezielt. Sie riefen durcheinander, um Reverend Savidges Aufmerksamkeit zu erlangen, doch er ignorierte sie. Es hätte nur noch gefehlt, dass er vor ihren Augen seine Hände wusch, ehe er durch eine Tür ins Innere des Gebäudes verschwand. Nach ihm trat ein Mann ans Rednerpult, der sich als Anwalt von Cleopatra Lavery vorstellte, der inhaftierten Mutter des fünften Mordopfers. Auch sie hatte eine Mitteilung für die Medien, die er nun verlesen werde.

Nkata blieb nicht dort, um Cleopatra Laverys Worten zu lauschen. Stattdessen ging er an der Wand entlang zu der Tür, durch die Bram Savidge verschwunden war. Sie wurde von einem Mann in schwarzer Priesterkleidung bewacht. Er schüttelte den Kopf, als er Nkata näher kommen sah, und verschränkte die Arme.

Nkata zeigte ihm seinen Dienstausweis. »Scotland Yard«, sagte er.

Der Wächter überlegte einen Moment, dann wies er Nkata an zu warten. Er ging durch die Tür in ein Büro und kehrte innerhalb kürzester Zeit zurück, um Nkata zu sagen, dass Reverend Savidge ihn jetzt sprechen könne.

Savidge erwartete ihn hinter der Tür. Er hatte sich in einer Ecke des kleinen Raums positioniert. Links und rechts von ihm hingen gerahmte Fotografien: Savidge in Afrika – ein schwarzes Gesicht unter Millionen anderen.

Der Reverend verlangte, Nkatas Dienstausweis zu sehen, als glaube er nicht, was sein Leibwächter ihm gesagt hatte. Nkata reichte ihn Savidge und inspizierte ihn ebenso eingehend, wie dieser Nkata musterte. Er fragte sich, ob die Herkunft des Geistlichen eine ausreichende Erklärung dafür war, dass er sich in solchem Maße auf seine afrikanischen Wurzeln besann: Nkata wusste, dass Savidge in bürgerlichen Verhältnissen in Ruislip als Sohn eines Fluglotsen und einer Lehrerin aufgewachsen war.

Savidge gab Nkata den Ausweis zurück. »Also Sie sind das Beschwichtigungsmittel«, sagte er. »Für wie beschränkt hält Scotland Yard mich eigentlich?«

Nkata sah Savidge in die Augen und hielt den Blick für fünf Sekunden, ehe er antwortete. Er sagte sich, dass der Mann zornig war, und das aus gutem Grund. Außerdem hatte er nicht ganz Unrecht mit dem, was er ihm vorhielt.

»Wir haben etwas, das noch zu klären ist, Mr. Savidge. Ich dachte, es ist das Beste, wenn ich persönlich vorbeikomme, um das zu erledigen.«

Savidge antwortete nicht sofort, als brauche er einen Moment, um Nkatas Weigerung, seinen Köder zu schlucken, zu interpretieren. Schließlich fragte er: »Was gibt es zu klären?«

»Diese Jungen, die bei Ihnen in Pflege waren. Sie haben meinem Chef erzählt, dass Sie drei Ihrer vier Pflegesöhne wegen Ihrer Frau anderweitig untergebracht haben. Weil sie nicht gut englisch kann oder so was, haben Sie gesagt, glaube ich.«

»Ja«, erwiderte Savidge, und er klang erschöpft. »Oni lernt Englisch. Wenn Sie sich selbst überzeugen wollen…«

Nkata winkte ab, um klar zu machen, dass es nicht das war, was er wollte. »Ich bin überzeugt, dass sie das tut. Aber Tatsache ist, Reverend, Sie haben die Jungen nicht anderweitig untergebracht. Das Jugendamt hat sie weggeholt, und zwar bevor Sie geheiratet haben. Was ich nicht verstehe, Reverend, ist, warum Sie Superintendent Lynley belogen haben, obwohl Sie doch wussten, dass wir Sie überprüfen würden.«

Reverend Savidge antwortete nicht sofort. Es klopfte an der Tür. Sie wurde geöffnet, und der Bodyguard steckte den Kopf hindurch. »Sky News fragen, ob Sie ihnen ein Interview vor laufender Kamera geben.«

»Sie haben alles gehört, was ich zu sagen hatte«, erwiderte Savidge. »Werfen Sie die ganze Meute raus. Wir haben Menschen zu verpflegen.«

»In Ordnung«, sagte der Mann und schloss die Tür. Savidge ging an den Schreibtisch und nahm Platz. Er wies Nkata einen Stuhl zu.

Nkata fragte: »Wollen Sie's mir erzählen? Festnahme wegen unsittlichen Verhaltens, stand in der Akte. Wie haben Sie die Sache aus der Welt geschafft, ohne dass mehr in die Akten kam?«

»Es war ein Missverständnis.«

»Was für ein Missverständnis führt zu einer Festnahme wegen unsittlichen Verhaltens, Mr. Savidge?«

»Die Art, bei der die Nachbarn mit angehaltenem Atem darauf warten, dass der schwarze Mann einen Fehler macht.«

»Und das heißt?«

»Ich lege mich im Sommer unbekleidet in die Sonne, wenn wir denn mal Sommer haben. Eine Nachbarin hat mich gesehen. Einer der Jungen ist aus dem Haus gekommen und beschloss, sich ebenfalls in die Sonne zu legen. Das war alles.«

»Was? Wie zwei Kerle nackt auf der Wiese liegen?«

»Nicht ganz.«

»Sondern?«

Savidge legte die Finger unter dem Kinn zusammen, als überlege er, ob er fortfahren sollte. Dann kam er zu einer Entscheidung. »Die Nachbarin... Es war lächerlich. Sie hat gesehen, wie der Junge sich auszog und ich ihm geholfen habe. Mit dem Hemd oder der Hose. Ich weiß nicht, was es war. Sie zog hysterisch voreilige Schlüsse und tätigte einen Anruf. Die Folge waren ein paar unerfreuliche Stunden mit der örtlichen Polizei in Gestalt eines alternden Constable, dessen Intelligenz nicht mit seiner blühenden Fantasie mithalten konnte. Das Jugendamt rückte an und holte die Jungen weg, und ich befand mich in der Situation, mich vor einem Richter erklären zu müssen. Bis die ganze Angelegenheit beigelegt war, waren die Jungen in neue Familien gekommen, und es schien herzlos, sie schon wieder zu entwurzeln. Sean war mein erster neuer Pflegesohn nach dieser Geschichte.«

»Das war alles?«

»Das war alles. Ein nackter Mann, ein nackter Jugendlicher. Ein seltener Sonnenstrahl. Ende der Story.«

Nicht ganz, natürlich, dachte Nkata. Es musste noch einen Grund geben, aber er schätzte, er kannte ihn. Savidge war schwarz genug, dass eine weiße Gesellschaft ihn als Angehörigen einer Minderheit einordnete, aber bei weitem nicht schwarz genug, um begeistert von seinen Brüdern aufgenommen zu werden. Der Reverend hoffte, die Sommersonne könne ihm wenigstens vorübergehend das geben, was Natur und Gene ihm vorenthalten hatten, und den Rest des Jahres musste eine Sonnenbank diesen Zweck erfüllen. Nkata dachte über diese Ironie nach und darüber, wie oft das menschliche Verhalten doch von der Fehldeutung bestimmt wurde, die sich unter dem Etikett NICHT GUT GENUG zusammenfassen ließ. Nicht weiß genug hier, nicht schwarz genug da, zu ethnisch für die eine Gesellschaftsgruppe, zu englisch für die andere. Unterm Strich glaubte er Savidges Geschichte vom unbekleideten Sonnenbaden. Sie klang genau verrückt genug, um wahr zu sein.

»Ich habe mit Sol Oliver drüben in North Kensington gesprochen«, berichtete er. »Er sagt, Sean ist zu ihm gekommen und hat gefragt, ob er bei ihm wohnen kann.«

»Das überrascht mich nicht. Das Leben war nicht einfach für Sean. Seine Mutter hinter Gittern, und er selbst ist zwei Jahre lang innerhalb des Fürsorgesystems wie ein Paket weitergereicht worden, ehe er zu mir kam. Ich war seine fünfte Station, und er hatte die Nase voll von all dem. Wenn er seinen Vater hätte überreden können, ihn aufzunehmen, hätte er zumindest ein dauerhaftes Zuhause gehabt. Das war es, was er wollte. Es ist schließlich keine überzogene Erwartung.«

»Wie hat er von Oliver erfahren?«

»Von Cleopatra, seiner Mutter, nehme ich an. Sie sitzt in Holloway. Er hat sie bei jeder Gelegenheit besucht, sofern es sich einrichten ließ.«

»Ging er sonst noch irgendwohin? Abgesehen von Colossus?«

»Bodybuilding. In einem Studio ein Stück die Finchley Road rauf. Square Four Gym. Das habe ich Ihrem Superintendent schon gesagt. Nach Colossus kam Sean hier vorbei, um sich zu melden, hallo zu sagen oder was auch immer, und fuhr dann weiter nach Hause oder zum Fitnessstudio.« Savidge schien noch einen Moment über diese Information nachzudenken. Dann fuhr er versonnen fort: »Ich nehme an, es waren die Männer dort, die ihn angezogen haben, auch wenn ich damals nicht richtig darüber nachgedacht habe.«

»Was haben Sie sich stattdessen gedacht?«

»Einfach nur, dass es gut für ihn ist, ein Ventil zu haben. Er war voller Wut. Er hatte das Gefühl, dass das Leben ihm miserable Karten ausgeteilt hatte, und das wollte er ändern. Aber jetzt wird mir klar... das Fitnessstudio... das könnte der Weg gewesen sein, auf dem er diese Veränderung herbeiführen wollte. Durch die Männer, die dorthin gehen.«

Nkata horchte auf. »In welcher Weise?«

»Nicht was Sie denken«, antwortete Savidge.

»Sondern?«

»So wie alle Jungen. Sean hatte Sehnsucht nach Vaterfiguren, die er bewundern konnte. Das ist völlig normal. Ich bete nur zu Gott, dass es nicht das war, was ihn umgebracht hat.«

Hopetown Road führte rechts von der Brick Lane ab und lag inmitten einer dicht bevölkerten Gegend Londons, die mindestens drei Reinkarnationen durchlaufen hatte, so lange Barbara Havers zurückdenken konnte. Es gab immer noch eine Vielzahl heruntergekommener schmuddliger Textilgroßhandlungen und mindestens eine Brauerei, die den Geruch nach Hefe in die Luft ausstieß, und die Bewohner waren über die Jahre Juden, Schwarze aus der Karibik und Bengalen gewesen.

Die Brick Lane ließ Bemühungen erkennen, das Beste aus der derzeitigen ethnischen Struktur zu machen: Ein schmiedeeisernes, orientalisch anmutendes Tor am Beginn der Straße lud zu einem Besuch der vielfältigen exotischen Restaurants ein, und kunstvoll verzierte Straßenlaternen erhellten die Bürgersteige. So was sieht man in Chalk Farm nicht, dachte Barbara.

Sie fand Griffin Strongs Adresse gleich gegenüber einem kleinen Park, wo eine sanfte Hügellandschaft Kindern Platz zum Spielen und eine Holzbank ihren Müttern Platz zum Sitzen bot. Die Strongs wohnten in einem schlichten Reihenhaus aus roten Ziegeln, deren Individualität sich in den Haustüren, Frontzäunen und der Gestaltung der winzigen Vorgärten ausdrückte. Familie Strong hatte sich für einen Fliesenbelag im Schachbrettmuster entschieden. Eine Vielzahl von Topfpflanzen stand darauf, die irgendwer mit Hingabe pflegte. Statt eines Zauns hatten sie eine Ziegelmauer passend zum Haus errichtet, die Tür war aus Eiche und mit einem ovalen Bleiglasfenster versehen. Alles sehr nett, stellte Barbara fest.

Eine Frau öffnete auf ihr Klingeln. Sie hatte ein weinendes Baby an der Schulter und trug pinkfarbene Sportsachen. »Ja?«, sagte sie, und aus dem Haus drangen die Geräusche einer Fitnesssendung.

Barbara zeigte ihren Dienstausweis. Sie sagte, sie hätte gern Mr. Strong gesprochen, wenn er zu Hause sei. »Sind Sie Mrs. Strong?«, fügte sie hinzu.

»Ich bin Arabella Strong«, stellte die Frau sich vor. »Bitte kommen Sie rein. Lassen Sie mich nur eben Tatiana versorgen.« Sie trug das schreiende Baby ins Innere. »Tatiana?«, wiederholte Barbara tonlos und folgte ihr.

Im Wohnzimmer legte Arabella das Baby auf ein Ledersofa, wo eine kleine rosa Wolldecke ausgebreitet war mit einer noch kleineren rosa Wärmflasche darauf. Sie legte ihre Tochter auf den Rücken, sicherte sie mit einigen Kissen ab und legte die Wärmflasche auf ihren Bauch. »Koliken«, erklärte sie Barbara über das Gebrüll hinweg, »die Wärme scheint zu helfen.«

Das bestätigte sich. Nach kurzer Zeit schwächte Tatianas Geschrei sich zu einem Wimmern ab, sodass der Lärm im Raum nur noch vom Fernseher kam. Das Video zeigte eine Frau von unglaubwürdigen Maßen, die im Takt der wummernden Hintergrundmusik hechelte: »Untere Bauchmuskeln, na los, untere Bauchmuskeln, na los«, während sie in Rückenlage rhythmisch Beine und Hüften in die Höhe warf. Dann sprang die Frau plötzlich auf die Füße und zeigte der Kamera die Seitenansicht ihres Bauches. Er war so flach wie ein holländischer Horizont, der in die Vertikale gekippt war. Offenbar war sie jemand, der die besseren Dinge des Lebens verschmähte wie etwa Pop-Tarts, Kartoffelchips, frittierten Kabeljau und fetttriefende Pommes frites. Langweilige Zicke.

Mit der Fernbedienung schaltete Arabella Fernseher und Videorekorder aus. Sie sagte: »Ich schätze, sie macht das mindestens sechzehn Stunden am Tag. Was glauben Sie?«

»Rubens dreht sich im Grabe um, wenn Sie mich fragen.«

Arabella kicherte. Sie ließ sich neben dem Baby aufs Sofa sinken und bot Barbara einen Sessel an. Dann griff sie nach einem Handtuch und drückte es sich an die Stirn. »Griff ist nicht hier«, sagte sie. »Er ist im Betrieb. Wir haben eine T-Shirt-Druckerei.«

»Wo genau liegt die?« Barbara nahm Platz und holte das Notizbuch aus ihrer Schultertasche. Sie schlug es auf, um die Anschrift zu notieren.

Arabella nannte eine Adresse in der Quaker Street. »Es geht um diesen Jungen, oder?«, fragte sie. »Der ermordet wurde? Griff hat mir davon erzählt. Kimmo Thorne hieß er. Und von dem anderen Jungen, der vermisst wird. Sean.«

»Sean ist auch tot. Sein Pflegevater hat ihn identifiziert.«

Als sei es eine Reaktion darauf, schaute Arabella auf ihr Baby hinab. »Das tut mir Leid. Griff war fix und fertig wegen Kimmo. Wenn er von Sean hört, wird es ihm genauso gehen.«

»Nicht das erste Mal, dass einer seiner Schützlinge ums Leben kommt, soweit ich weiß.«

Arabella strich über Tatianas haarlosen Kopf, ihre Miene sanft, ehe sie erwiderte: »Wie ich sagte: Er ist fix und fertig. Und er hatte mit dem Tod der beiden Jungen nichts zu tun. Oder mit irgendeinem anderen Todesfall, bei Colossus oder sonst wo.«

»Doch es lässt ihn ein bisschen unachtsam aussehen, wenn Sie wissen, was ich meine.«

»Ehrlich gesagt, nein.«

»Unachtsamer Umgang mit dem Leben anderer Menschen. Oder er muss ein verfluchter Pechvogel sein. Was von beidem ist es Ihrer Meinung nach?«

Arabella erhob sich. Sie trat an ein Metallregal an der Wand und holte von dort eine Schachtel Zigaretten. Zittrig zündete sie sich eine an und inhalierte gleichermaßen zittrig. Sie rauchte Virginia Slims. Das passte, dachte Barbara. Rauch dich schlank, sozusagen. Und Arabella hatte es nötig: Sie hatte sich offenbar einen Trainingsplan gemacht, um wieder in Form zu kommen. Sie war eigentlich hübsch – reine Haut, schöne Augen, dunkles, seidiges Haar –, aber sie sah aus, als habe sie während der Schwangerschaft ein paar Kilo zu viel zugelegt. Ich muss für zwei essen, hatte sie sich wahrscheinlich gesagt.

»Wenn es Alibis sind, die Sie wollen – und das ist es doch, was die Polizei immer haben will, oder? –, dann hat Griff eines: Ihr Name ist Ulrike Ellis. Wenn Sie bei Colossus waren, kennen Sie sie.«

Das war nun wirklich eine interessante Wendung. Nicht die Tatsache, dass Ulrike und Griff eine Affäre hatten, denn das hatte Barbara ja bereits vermutet, sondern dass Arabella davon wusste und nicht besonders erschüttert zu sein schien. Was hatte es damit wohl auf sich?

Arabella schien ihre Gedanken zu lesen. »Mein Mann ist schwach«, erklärte sie. »Aber alle Männer sind schwach. Wenn eine Frau heiratet, dann weiß sie das und entscheidet im Voraus, dass sie es akzeptiert, wenn diese Schwäche sich früher oder später zeigt. Sie weiß nie, in welcher Form diese Schwäche sich manifestieren wird, aber ich nehme an, das ist Teil der... Entdeckungsreise. Wird es der Alkohol sein? Fresssucht, Spielsucht, seine Arbeit, andere Frauen, Pornographie, Fußballschlägereien, Sportsucht oder Drogen? In Griffs Fall hat sich herausgestellt, dass er unfähig ist, zu anderen Frauen nein zu sagen. Aber das ist kaum überraschend, wenn man bedenkt, wie sie sich ihm an den Hals werfen.«

»Es muss hart sein, mit jemandem verheiratet zu sein, der so...« Barbara suchte nach dem richtigen Wort.

»Schön ist? Göttlich?«, schlug Arabella vor. »Adonis? Narziss? Nein, es ist überhaupt nicht hart. Griff und ich haben die Absicht, verheiratet zu bleiben. Wir kommen beide aus Scheidungsfamilien, und das wollen wir Tatiana nicht zumuten. Irgendwie habe ich es geschafft, alles in die richtige Perspektive zu rücken. Es gibt Schlimmeres als einen Mann, der den Avancen anderer Frauen erliegt. Griff hat schon früher Affären gehabt, Constable. Und zweifellos werden andere folgen.«

Barbara hatte das Gefühl, sie müsse die Verwunderung aus

ihrem Kopf schütteln. Sie war es gewöhnt, dass Frauen um ihre Männer kämpften oder Rache nahmen, wenn sie betrogen wurden, sich oder anderen Schaden zufügten, wenn sie plötzlich feststellen mussten, dass ihr Ehemann fremd ging. Aber das hier? Gelassene Analyse, Akzeptanz und *c'est la vie*? Barbara konnte nicht entscheiden, ob Arabella Strong reif, abgeklärt, verzweifelt oder einfach total verrückt war.

»Also, inwiefern ist Ulrike sein Alibi?«, fragte sie.

»Vergleichen Sie die Daten der Mordfälle mit seiner Abwesenheit von zu Hause. Er war mit ihr zusammen.«

»Die ganze Nacht?«

»Lange genug.«

Und war das nicht verdammt praktisch? Barbara fragte sich, wie viele Telefonate zwischen den dreien geführt worden waren, um das hier auf die Reihe zu kriegen. Und außerdem fragte sie sich, wie viel von Arabellas ruhiger Akzeptanz tatsächlich ruhige Akzeptanz war, wie viel Ausdruck der Verwundbarkeit, die eine Frau empfand, wenn sie ein Baby hatte. Arabella brauchte ihren Mann als Ernährer, wenn sie zu Hause bleiben und Tatiana versorgen wollte.

Barbara schlug ihr Notizbuch zu und bedankte sich bei Arabella für ihre Zeit und Bereitschaft, offen über ihren Mann zu sprechen. Sie wusste, falls es bei dieser Fahrt nach Nordlondon noch irgendetwas zu gewinnen gab, hier war es nicht zu finden.

Zurück in ihrem Auto holte sie das Straßenverzeichnis hervor und suchte die Quaker Street. Ausnahmsweise hatte sie einmal Glück: Sie lag direkt südlich des Schienenstrangs zur Liverpool Street Station. Die Quaker Street war offenbar eine kurze Einbahnstraße, die die Brick Lane mit der Commercial Street verband. Sie konnte zu Fuß gehen und wenigstens einen Löffel ihrer Pop-Tarts, die sie zum Frühstück verspeist hatte, abarbeiten. Die Folienkartoffel von Camden Lock musste warten.

»Hier ist wegen all der Anrufe der Teufel los, Tommy«, sagte John Stewart. Er hatte ein säuberlich geheftetes Dokument exakt vor sich hingelegt, und während er sprach, schob er es in eine perfekte Parallele zum Rand des Konferenztisches. Er rückte seine Krawatte zurecht, kontrollierte seine Fingernägel und sah sich im Raum um, als wolle er dessen Zustand überprüfen. All das brachte Lynley wie so oft auf den Gedanken, dass Stewarts Frau wohl mehr als einen Grund gehabt hatte, ihre Ehe zu beenden. »Aufgeschreckte Eltern rufen aus dem ganzen Land an und jammern uns die Ohren voll«, fuhr er fort. »Zweihundert mit vermissten Kindern – bis jetzt. Wir brauchen mehr Leute an den Telefonen.«

Sie saßen in Lynleys Büro und versuchten, eine Umverteilung des Personals auszuarbeiten. Sie hatten nicht genug Leute, und Stewart hatte Recht. Doch Hillier hatte sich geweigert, ihnen weitere Kräfte zuzuteilen, ehe sie nicht ein »Ergebnis« vorzuweisen hatten. Lynley war der Ansicht, das habe er mit der Identifikation eines weiteren Opfers bereits getan: Der vierzehnjährige Anton Reid, das erste Opfer des Mörders, dessen Leiche im Gunnersbury Park gefunden worden war. Anton war ein gemischtrassiger Junge gewesen, der am achten September aus Furzedown verschwunden war. Er war ein Gangmitglied und wegen groben Unfugs, Hausfriedensbruchs, Diebstahls und Körperverletzung verhaftet worden. Das hatten die Beamten der Mitcham-Road-Polizeiwache früher am Tag den Kollegen bei New Scotland Yard übermittelt und zugegeben, dass sie Anton einfach als einen weiteren Ausreißer abgeschrieben hatten, als seine Eltern ihn vermisst meldeten. Die Zeitungen würden aus dieser Sache ein Riesengetöse machen, hatte Hillier Lynley in einiger Lautstärke am Telefon prophezeit, als er die Neuigkeiten hörte. Also wann, zum Teufel, gedenke der Superintendent dem Pressebüro irgendetwas Brauchbareres zu präsentieren als nur die verfluchte Identifizierung eines verdammten Opfers?

»Legen Sie sich ins Zeug«, waren die Abschiedsworte des Assistant Commissioner gewesen. »Ich hoffe nicht, dass ihr Jungs mich da unten braucht, um euch den Arsch abzuwischen. Oder vielleicht doch?«

Lynley hatte sowohl seine Zunge als auch sein Temperament im Zaum gehalten. Er hatte Stewart in sein Büro gerufen, und dort saßen sie nun und gingen die Berichte durch.

Abgesehen von Kimmo Thorne hatte die Sitte definitiv nichts über die identifizierten Jungen. Außer Kimmo hatte sich keiner als Lustknabe, Transvestit oder Straßenstricher betätigt. Und trotz ihrer bewegten Lebensumstände konnte auch keiner von ihnen mit Drogenhandel oder -missbrauch in Zusammenhang gebracht werden.

Die Befragung des Taxifahrers, der Sean Laverys Leiche im Shand-Street-Tunnel gefunden hatte, war ergebnislos verlaufen. Eine Überprüfung des Mannes hatte eine absolut weiße Weste ergeben, nicht einmal ein Strafzettel verunzierte seine Akte.

Der Mazda im Tunnel konnte mit niemandem in Zusammenhang gebracht werden, der auch nur entfernt mit dem Fall zu tun hatte. Da die Nummernschilder abmontiert, der Motor verschwunden und das Chassis ausgebrannt waren, bestand keine Chance, den Halter zu ermitteln, und kein Zeuge konnte sagen, wie er in den Tunnel gekommen oder wie lange er schon dort gewesen war. »Das ist eine totale Sackgasse«, war Stewarts Einschätzung. »Wir könnten die Beamten anderswo sinnvoller einsetzen. Ich schlage vor, dass wir auch die Tatortüberwachung noch mal überdenken.«

»Dort hat sich nichts getan?«

»Nichts.«

»Jesus, wie kann es denn sein, dass niemand irgendetwas Berichtenswertes gesehen hat?« Lynley wusste, seine Frage würde als rein rhetorisch aufgefasst werden, was sie ja auch war. Und er kannte die Antwort selbst: Großstadt. Die Menschen in der U-Bahn und auf den Straßen vermieden Blickkontakte. Die Grundhaltung der Leute – »Ich sehe nichts, ich höre nichts, lasst mich in Ruhe« – war das Übel, das ihre Arbeit als Polizisten so erschwerte. »Man sollte doch meinen, dass wenigstens jemand sieht, wenn irgendwer ein Auto anzündet. Oder ein brennendes Auto bemerkte, Herrgott noch mal.«

»Was das angeht...« Stewart blätterte seine säuberlich geordneten Papiere durch. »Wir hatten ein bisschen Glück bei der Personenüberprüfung. Um genau zu sein: Bei Robbie Kilfoyle und Jack Veness. Zwei der Kerle von Colossus.«

Beide waren als Jugendliche straffällig geworden, hatte sich herausgestellt. Bei Kilfoyle waren es eher Kleinigkeiten. Stewart offerierte eine Liste mit Dingen wie Schuleschwänzen, Anzeigen aus der Nachbarschaft wegen Vandalismus und Spionieren an Fenstern, wo er nichts verloren hatte. »Magere Ausbeute«, schloss er. »Bis auf die Tatsache, dass er unehrenhaft aus der Army entlassen wurde.«

»Weshalb?«

»Wiederholtes unerlaubtes Entfernen von der Truppe.«

»Und wie passt das ins Bild?«

»Mir kam dieses Täterprofil in den Sinn. Disziplinprobleme, Unfähigkeit, Befehle zu befolgen. Es scheint zu passen.«

»Wenn man es nur lange genug streckt«, entgegnete Lynley, und ehe Stewart reagieren konnte, fuhr er fort: »Sonst noch etwas über Kilfoyle?«

»Er liefert um die Mittagszeit Sandwiches mit dem Fahrrad aus. Sein Arbeitgeber ist ein Unternehmen namens...« Stewart konsultierte seine Notizen. »Mr. Sandwich. Dadurch ist er übrigens zu Colossus gekommen. Er hat die Mitarbeiter dort beliefert, sie kennen gelernt und irgendwann angefangen, nach Feierabend dort ehrenamtlich zu arbeiten. Er ist schon seit ein paar Jahren dabei.«

»Wo ist dieser Laden?«, fragte Lynley.

»Mr. Sandwich? An der Gabriel's Wharf.« Lynley schaute auf, als der Name fiel, und Stewart lächelte. »Ganz recht. Gleiche Adresse wie Crystal Moon.«

»Gut gemacht, John. Wie steht es mit Veness?«

»Das sieht noch besser aus. Er ist ein ehemaliger Colossus-Schützling und seit seinem dreizehnten Lebensjahr dort. Er war ein kleiner Brandstifter. Hat mit Feuerchen in der Nachbarschaft angefangen, aber es eskalierte mit abgefackelten Autos und dann mit einem leer stehenden Haus. Dabei haben sie ihn erwischt, er hat eine Weile im Jugendknast gesessen, und dann ist er zu Colossus gekommen. Er ist jetzt ihr Vorzeigeexemplar. Sie führen ihn immer bei ihren Spendensammelaktionen vor. Er hält die offizielle Ansprache, wie Colossus sein Leben gerettet hat, und dann werden Hüte rumgereicht oder so.«

»Seine Lebensumstände?«

»Veness…« Stewart schaute in seine Notizen. »Er hat ein Zimmer drüben in Bermondsey. Nicht weit von dem Markt entfernt, übrigens, wo Kimmo Thorne die gestohlenen Silbergegenstände verscherbelt hat, wenn du dich erinnerst. Und Kilfolye… er wohnt am Granville Square in Islington.«

»Feine Gegend für einen Sandwichlieferanten«, bemerkte Lynley. »Geh der Sache mal nach. Und kümmere dich um diesen anderen Mann, Neil Greenham. Laut Barbaras Bericht…«

»Sie hat wirklich einen Bericht gemacht?«, fragte Stewart. »Welches Wunder hat das bewirkt?«

»…hat er an einer Grundschule in Nordlondon gearbeitet«, fuhr Lynley unbeirrt fort. »Es gab irgendeine Meinungsverschiedenheit mit seinem Vorgesetzten, offenbar wegen disziplinarischer Fragen. Diese Differenzen haben ihn bewogen zu kündigen. Sorg dafür, dass jemand sich darum kümmert.«

»Mach ich.« Stewart notierte es sich.

In diesem Moment klopfte es, und Barbara Havers trat ein. Winston Nkata folgte ihr dicht auf den Fersen, und sie debattierten. Havers wirkte erregt. Nkata interessiert. Für einen Moment hatte Lynley die Hoffnung, dass es vielleicht Fortschritte gab.

»Es ist Colossus«, sagte Havers. »Es muss Colossus sein. Hören Sie sich das an: Griffin Strongs T-Shirt-Druckerei liegt zufällig an der Quaker Street. Kommt Ihnen das bekannt vor? Mir schon. Wie sich herausstellt, hat er eine eher kleine Fabrik in einem der Lagerhäuser. Und als ich rumgefragt habe, um rauszufinden, welches es ist, bin ich an einen alten Knacker geraten, der den Kopf schüttelte und düster vor sich hin murmelte und mir die Stelle zeigte, wo, wie er sich ausdrückte, ›der Satan sich gezeigt hat‹.«

»Und das hieß?«, fragte Lynley.

»Dass eine der Leichen keine zwei Türen von Griffin Strongs zweiter Einnahmequelle entfernt gefunden wurde, Chef. Und zwar das dritte Opfer. Und das klang zu zufällig, um zufällig zu sein, also hab ich die restlichen auch noch mal überprüft. Und jetzt hören Sie sich das an...« Ihr halber Arm verschwand in ihrer riesigen Schultertasche und kam nach einigem Gezerre mitsamt dem zerfledderten Notizbuch wieder zum Vorschein. Sie fuhr sich mit der Hand durchs Haar – was zu keinerlei Verbesserung ihrer zerzausten Frisur führte – und fuhr fort: »Jack Veness: Grange Walk Nr. 8, keine Meile vom Shand-Street-Tunnel entfernt. Robbie Kilfoyle: Granville Square Nr. 16. Von da aus kann man nach St. George's Gardens spucken. Ulrike Ellis: Gloucester Terrace Nr. 258, zwei Straßenecken von einem gewissen Parkplatz entfernt. *Der* Parkplatz, wenn Sie wissen, was ich meine. Diese Geschichte muss etwas mit Colossus zu tun haben, und zwar von vorn bis hinten. Wenn die Leichen selbst uns das nicht schon gesagt haben, dann die Fundorte umso deutlicher.«

»Die Gunnersbury-Park-Leiche?«, fragte John Stewart. Er hatte mit zur Seite geneigtem Kopf gelauscht, und sein Gesicht trug einen Ausdruck väterlicher Nachsicht, den, so wusste Lynley, Havers ganz besonders verabscheute.

»So weit bin ich noch nicht gekommen«, räumte sie ein. »Aber die Chancen stehen gut, dass die Gunnersbury-Park-Leiche auch jemand von Colossus war. Und die Chancen stehen noch besser, dass Gunnersbury Park nur einen Steinwurf von der Wohnung irgendeines Colossus-Mitarbeiters entfernt liegt. Also, alles, was wir tun müssen, ist, uns die Namen und Adressen aller Angestellten dort zu besorgen. Auch von den Ehrenamtlern. Denn das können Sie mir glauben, Sir, irgendwer dort versucht, die Einrichtung in Verruf zu bringen.«

John Stewart schüttelte den Kopf. »Das gefällt mir nicht,

Tommy. Ein Serienmörder, der seine Opfer in seiner unmittelbaren Umgebung sucht? Ich sehe nicht, wie das mit dem zusammenpassen soll, was wir über Serienmörder im Allgemeinen und über diesen im Besonderen wissen. Wir haben festgestellt, dass das hier ein intelligenter Kerl ist, und es wäre verrückt, zu glauben, dass er dort angestellt ist, ehrenamtlich arbeitet oder sonst was. Er müsste doch wissen, dass wir früher oder später dahinterkommen, und was dann? Wenn wir ihm auf die Schliche kämen, was sollte er dann machen?«

Havers konterte: »Sie können doch unmöglich glauben, es sei ein gewaltiger Zufall, dass alle Opfer, die wir bislang identifiziert haben, mit Colossus zu tun hatten.« Stewart warf ihr einen Blick zu, und sie fügte »Sir« hinzu, als sei es ihr gerade noch rechtzeitig eingefallen. »Bei allem Respekt, aber das ergibt keinen Sinn.« Sie holte noch ein Notizbuch aus ihrer verschrammten Schultertasche. Lynley erkannte die Anwesenheitskladde, die sie heimlich am Empfang von Colossus hatten mitgehen lassen. Havers schlug sie auf, blätterte ein paar Seiten um und sagte: »Und hören Sie sich das an. Ich hab mir das hier auf dem Rückweg vom Eastend eben mal angeschaut. Sie werden's nicht glauben… Verdammt, was für Lügner.« Sie las vor, während sie die Seiten durchsah. »Jared Salvatore elf Uhr, Jared Salvatore vierzehn Uhr zehn, Jared Salvatore neun Uhr vierzig. Und, verdammt noch mal, Jared Salvatore fünfzehn Uhr zweiundzwanzig.« Sie knallte die Kladde auf den Konferenztisch, die über die Platte schlitterte und John Stewarts säuberlich zusammengestellten Bericht auf den Fußboden beförderte. »Geh ich recht in der Annahme, dass keine einzige Kochschule in London je von Jared Salvatore gehört hat? Warum auch, wenn er seinen Kochkurs bei Colossus gemacht hat? Und *genau da* ist unser Mörder. Dort wählt er sie aus. Er arrangiert die Sache sehr professionell, und er glaubt nicht, dass wir ihn je schnappen.«

»Das passt zu einer von Robsons Theorien«, merkte Lynley an. »Der Mörder sei von seiner Allmacht überzeugt. Ist es so ein großer Schritt? Einerseits Leichen an öffentlichen Plätzen abzulegen, andererseits bei Colossus zu arbeiten? In beiden Fällen rechnet er nicht damit, gefasst zu werden.«

»Wir müssen jeden einzelnen dieser Kerle observieren«, sagte Havers. »Und zwar jetzt gleich.«

»Dafür haben wir nicht genug Leute«, wandte John Stewart ein.

»Dann müssen wir sie besorgen. Und außerdem müssen wir jeden von ihnen vernehmen, sie überprüfen, sie fragen, ob ...«

»Wie ich sagte, wir haben hier ein Personalproblem.« Stewart wandte sich von Havers ab. Es schien ihm nicht zu gefallen, wie sie diese Besprechung an sich gerissen hatte. »Das sollten wir nicht vergessen, Tommy. Und wenn unser Mörder von Colossus kommt, wie Constable Havers meint, dann müssen wir auch jeden anderen unter die Lupe nehmen, der dort arbeitet. Und die ›Klienten‹ der Einrichtung. Die Teilnehmer oder Patienten oder wie sie sich auch immer nennen. Ich schätze, in dem Laden laufen genug jugendliche Straftäter rum, dass es für ein Dutzend Morde reicht.«

»Damit würden wir nur unsere Zeit verschwenden«, bekundete Havers, und an Lynley gewandt: »Sir, hör'n Sie mich an...«

»Ihre Argumente sind zur Kenntnis genommen, Havers«, unterbrach er. »Was haben Sie von Griffin Strong über das Kind erfahren, das in Stockwell gestorben ist?«

Constable Havers zögerte. Sie schien verlegen.

»*Verflucht* noch mal«, sagte John Stewart. »Havers, haben Sie etwa nicht...«

»Na ja, als ich von der Leiche in dem Lagerhaus gehört habe...«, begann sie hastig, nur um von Stewart unterbrochen zu werden.

»Also, Sie haben sich noch gar nicht darum gekümmert? Es war ein Todesfall in Strongs Verantwortungsbereich, sagt Ihnen das irgendwas?«

»Ich erledige das noch. Aber ich bin erst mal zurückgekommen. Ich habe mir erst diese anderen Informationen aus den Unterlagen zusammengesucht, weil ich dachte...«

»Sie dachten. Sie *dachten*.« Stewarts Stimme klang scharf. »Sie werden nicht fürs Denken bezahlt. Wenn Sie eine Anweisung erhalten...« Seine Faust krachte auf den Tisch. »Herrgott noch mal. Was, zum Teufel, ist es nur, das die Chefetage daran hindert, Sie zu feuern, Havers? Ich wüsste doch zu gern Ihr Geheimnis, denn was es auch ist, es ist bestimmt nicht zwischen Ihren Ohren und todsicher auch nicht zwischen Ihren Beinen.«

Havers' Gesicht wurde schneeweiß. Sie sagte: »Sie verfluchtes Stück...«

»Das reicht«, fuhr Lynley scharf dazwischen. »Sie haben beide genug gesagt.«

»Sie hat...«

»Dieser Bastard hat gerade...«

»Genug! Halten Sie Ihre Differenzen aus Ihrer Arbeit und dieser Ermittlung heraus, oder Sie werden beide von dem Fall abgezogen. Wir haben wirklich genug Probleme, ohne dass ihr euch gegenseitig an die Kehle geht.« Er unterbrach sich und wartete, dass er sich beruhigte. Während der kurzen Stille warf Stewart Havers einen Blick zu, der besagte, dass er sie für eine unmögliche Kuh hielt. Havers erwiderte den Blick und machte aus ihrem Abscheu für diesen Mann keinen Hehl, mit dem sie vor langer Zeit nur drei Wochen zusammengearbeitet hatte, ehe sie ihn wegen sexueller Belästigung anzeigte. Derweil verharrte Winston Nkata an der Tür in der Position, die er fast immer einnahm, wenn er mit mehr als zwei weißen Kollegen in einem Raum zusammen war: Seit er hereingekommen war, stand er mit verschränkten Armen da und beobachtete die Szene.

Lynley wirkte müde, als er sich an ihn wandte: »Was haben Sie für uns, Winnie?«

Nkata berichtete von seinen Treffen, erst mit Sol Oliver in dessen Autowerkstatt, dann mit Bram Savidge. Anschließend hatte er das Fitnessstudio besucht, wo Sean Lavery trainiert hatte. Er schloss mit etwas, das die Anspannung im Raum auf einen Schlag vertrieb: Er hatte vielleicht jemanden gefunden, der den Mörder gesehen hatte.

»Ein weißer Kerl hat sich im Gebäude des Studios rumgetrieben, nicht lange, bevor Sean verschwunden ist«, sagte Nkata. »Er ist aufgefallen, weil nicht viele Weiße dorthin gehen. Offenbar lungerte er eines Abends im Flur vor dem Trainingsraum rum, und als einer der Gewichtheber ihn gefragt hat, was er wollte, hat er erzählt, er sei neu in der Gegend und suche was, wo er trainieren könnte. Aber er ist nicht reingegangen. Weder in den Trainingsraum oder den Umkleideraum, noch in die Sauna. Hat sich auch nicht nach Mitgliedsbeiträgen erkundigt oder so. Ist einfach nur im Flur rumgestanden.«

»Haben Sie eine Beschreibung?«

»Wir machen ein Phantombild. Der Typ im Fitnessstudio meinte, er könnte uns vielleicht helfen, eine Computerzeichnung von dem Kerl zu machen. Auf jeden Fall war er sicher, dass die Gestalt da nicht hingehörte. Kein Gewichtheber, eher klein und dünn, sagt er. Längliches Gesicht. Ich glaub, damit könnten wir eine Chance haben, Chef.«

»Gut gemacht, Winnie«, sagte Lynley.

»Das nenne ich gute Arbeit«, warf John Stewart vielsagend ein. »Sie würde ich jederzeit in mein Team nehmen, Winston. Und Glückwunsch zur Beförderung. Ich glaube, das hab ich noch gar nicht gesagt.«

»John.« Lynley rang um Geduld, ehe er fortfuhr: »Es reicht. Ruf Hillier an. Sieh zu, ob wir zusätzliches Personal für Observierungen bekommen. Winston, es hat sich herausgestellt, dass Kilfoyle für ein Geschäft namens Mr. Sandwich an der Gabriel's Wharf arbeitet. Versuchen Sie, eine mögliche Verbindung zwischen ihm und Crystal Moon festzustellen.«

Unter Stühlerücken und Blätterrascheln gingen die Männer hinaus. Nur Havers blieb zurück. Lynley wartete, bis die Tür sich geschlossen hatte, ehe er sich an sie wandte.

Sie sprach zuerst, ihre Stimme gedämpft, aber immer noch wütend. »Das muss ich mir nicht gefallen...«

»Ich weiß«, antwortete Lynley. »Barbara. Ich weiß, sein Verhalten war inakzeptabel. Sie hatten das Recht, darauf zu reagieren. Aber die andere Seite der Medaille, ob Sie sie nun sehen wollen oder nicht, ist, dass Sie ihn provoziert haben.«

»*Ich* habe *ihn* provoziert? Ich habe ihn dazu provoziert, zu sagen...« Offenbar fehlten ihr die Worte. Sie sank auf einen Stuhl. »Manchmal werde ich überhaupt nicht klug aus Ihnen.«

»Manchmal werde ich selbst nicht klug aus mir«, erwiderte er.

»Dann...«

»Sie haben nicht die Worte provoziert«, unterbrach Lynley. »Die waren unverzeihlich. Aber Sie haben das Faktum dieser Worte provoziert, ihre Realität, wenn Sie so wollen.« Er ging zu ihr an den Tisch. Er war aufgebracht, und das war kein gutes Zeichen. Es bedeutete, dass ihm möglicherweise bald die Ideen ausgehen würden, um Barbara Havers' Beförderung in ihren alten Rang als Detective Sergeant zu bewerkstelligen. Und es bedeutete, dass ihm möglicherweise bald die Bereitschaft abhanden kommen würde, das zu tun. Er sagte: »Barbara, Sie wissen, wie es läuft. Teamwork. Verantwortung. Eine Aufgabe ausführen, die einem übertragen wird, und zwar bis zum Ende. Den Bericht einreichen. Auf weitere Befehle warten. Wenn Sie eine Situation wie diese haben, wo mehr als dreißig Leute sich darauf verlassen, dass Sie tun, wozu Sie eingeteilt wurden...« Er hob die Hand und ließ sie wieder sinken.

Havers beobachtete ihn. Er beobachtete sie. Und dann war es auf einmal, als werde ein Schleier zwischen ihnen gehoben, und sie verstand. Sie sagte: »Es tut mir Leid, Sir. Was kann ich sagen? Sie können keinen zusätzlichen Druck gebrauchen, und genau den mach ich, was?« Rastlos rutschte sie auf ihrem Stuhl hin und her, und Lynley wusste, sie wollte eine Zigarette, sehnte sich nach etwas, um ihre Hände zu beschäftigen und ihr Hirn zu stimulieren. Ihm war danach, ihr eine Zigarette zu genehmigen, und ebenso war ihm danach, sie zappeln zu lassen. Irgendetwas in dieser unseligen Person *musste* nachgeben, oder sie war für immer verloren. Sie sagte: »Manchmal habe ich so dermaßen die Schnauze voll davon, dass alles im Leben so ein Kampf sein muss. Versteh'n Sie?«

»Was ist los bei Ihnen zu Hause?«, fragte er.

Sie lachte in sich hinein und richtete sich auf ihrem Stuhl auf. »Nein. Diese Richtung werden wir jetzt nicht einschlagen. Sie haben genug, womit Sie sich herumplagen müssen, Superintendent.«

»Alles in allem würde ich sagen, ein Familienzwist über zwei Taufgarnituren ist nicht unbedingt etwas, womit man sich plagt«, entgegnete er trocken. »Und ich habe eine Frau mit genügend politischem Geschick, um einen Waffenstillstand zwischen den Parteien auszuhandeln.«

Havers lächelte wider Willen, so schien es. »Ich meinte nicht bei Ihnen zu Hause, und das wissen Sie genau.«

Er erwiderte das Lächeln. »Ja, ich weiß.«

»Sie kriegen jede Menge Druck von oben, stell ich mir vor.«

»Sagen wir einfach, ich finde derzeit heraus, was Malcolm Webberly sich all die Jahre von Hillier und den anderen bieten lassen musste, um uns den Rücken freizuhalten.«

»Hillier fürchtet, dass Sie ihm auf den Fersen sind«, bemerkte Havers. »Noch ein paar Stufen auf der Leiter, und Bingo! Sie leiten Scotland Yard, und er muss vor Ihnen strammstehen.«

»Ich habe keinerlei Ambitionen, Scotland Yard zu leiten«, entgegnete Lynley. »Manchmal...« Er sah sich in dem Büro um, das vorübergehend zu benutzen er sich bereit erklärt hatte. Die zwei Fensterfronten, die lächerlicherweise einen Aufstieg in der Hierarchie symbolisierten, der Konferenztisch, an dem er und Havers saßen, Teppichfliesen auf dem Boden statt PVC, und draußen die Männer und Frauen, die derzeit seinem Befehl unterstanden. Letzten Endes war all das bedeutungslos, und es war weit unwichtiger als die Situation, mit der er momentan konfrontiert war. Er sagte: »Havers, ich glaube, Sie haben Recht.«

»Natürlich hab ich Recht«, antwortete sie. »Jeder, der sieht...«

»Ich meine nicht in Bezug auf Hillier, sondern auf Colossus. Er sucht sich dort seine Opfer aus, also muss er eine Verbindung zu der Einrichtung haben. Es widerspricht dem, was wir normalerweise von Serienmördern erwarten, aber andererseits, was war so anders an Peter Sutcliffe, der es auf Prostituierte abgesehen hatte, oder an den Wests, die sich trampende Mädchen geschnappt haben? Oder irgendjemandem, der Frauen auflauert, die im Park ihren Hund ausführen oder Ähnliches? Oder jemandem, der bei Nacht ein offenes Fenster wählt, wenn er weiß, dass dort eine ältere Frau allein wohnt? Unser Mann tut das, was sich in der Vergangenheit für ihn bewährt hat. Und wenn man bedenkt, dass er es fünf Mal geschafft hat, ohne gefasst zu werden – ohne auch nur irgendjemandem *aufzufallen*, Herrgott, warum sollte er nicht einfach so weitermachen?«

»Also glauben Sie, dass auch die übrigen Opfer Colossus-Jungen waren?«

»Ja«, sagte er. »Und da die Jungen, die wir bislang identifiziert haben, jedem in der Gesellschaft verzichtbar schienen, wenn wir einmal von ihren Familien absehen, hatte unser Mörder nichts zu befürchten.«

»Also, was machen wir als Nächstes?«

»Wir sammeln mehr Informationen«, Lynley erhob sich und betrachtete sie versonnen. Eine unmögliche Erscheinung und hoffnungslos stur. Sie machte ihn wahnsinnig und würde ihn vermutlich vorzeitig ins Grab bringen. Aber sie war auch gescheit, und deswegen hatte er es zu schätzen gelernt, sie an seiner Seite zu haben. Er sagte: »Wissen Sie, was die Ironie an der Geschichte ist, Barbara?«

»Was?«, fragte sie.

»John Stewart ist Ihrer Meinung. Das hat er gesagt, unmittelbar bevor Sie hereinkamen. Er glaubt auch, es könnte Colossus sein. Das hätten Sie vielleicht festgestellt, wenn...«

»...ich die Klappe gehalten hätte.« Havers schob den Stuhl zurück, um aufzustehen. »Also erwarten Sie, dass ich vor ihm krieche? Mich bei ihm einschleime? Selber strammstehe? Ihm um elf den Kaffee und um vier den Tee reinbringe? Was?«

»Versuchen Sie einfach ausnahmsweise mal, Problemen aus dem Weg zu gehen«, schlug Lynley vor. »Versuchen Sie, das zu tun, was Ihnen gesagt wird.«

»Und das ist im Moment was?«

»Griffin Strong und der Junge, der gestorben ist, während Strong in Stockwell beim Jugendamt gearbeitet hat.«

»Aber die anderen Opfer...«

»Havers, niemand widerspricht Ihnen, was die anderen Opfer betrifft. Aber wir werden bei dieser Ermittlung nicht im Zickzackkurs vorgehen, so sehr Sie das auch wollen. Sie haben eine Runde gewonnen. Jetzt kümmern Sie sich um den Rest.«

»In Ordnung«, sagte sie, auch wenn es unwillig klang. Sie griff nach ihrer Schultertasche, um an die Arbeit zurückzukehren. An der Tür blieb sie stehen und drehte sich noch einmal zu ihm um. »Welche Runde war das?«

»Sie wissen, welche Runde«, erwiderte er. »Kein Junge ist sicher, der per gerichtlicher Verfügung zu Colossus geschickt wird.«

14

»Anton was?«, fragte Ulrike Ellis am Telefon. »Könnten Sie mir den Nachnamen buchstabieren?«

Am anderen Ende der Leitung nannte der Detective, dessen Namen Ulrike bereits wieder verdrängt hatte, die Buchstaben R-e-i-d. Er fügte hinzu, dass die Eltern von Anton Reid, der aus Furzedown verschwunden und schließlich als das erste von fünf Opfern des Serienmörders identifiziert worden war, Colossus als eine der Einrichtungen genannt hatten, die ihr Sohn in den Monaten vor seinem Tod regelmäßig aufgesucht hatte. Er bat die Leiterin, dies zu bestätigen. »Und wir benötigen eine Liste aller Kontakte, die Anton bei Colossus hatte, Madam.«

Ulrike ließ sich von der höflichen Form dieser Bitten nicht täuschen. Trotzdem versuchte sie, Zeit zu gewinnen. »Furzedown ist südlich der Themse, und da wir hier ziemlich bekannt sind, Constable...?« Sie wartete auf den Namen.

»Eyre«, antwortete er.

»Constable Eyre«, wiederholte sie. »Was ich meine, ist, es besteht die Möglichkeit, dass dieser Anton Reid seinen Eltern lediglich *gesagt* hat, er gehe zu Colossus, während er die Zeit in Wirklichkeit mit etwas anderem verbracht hat. Das kommt vor, wissen Sie.«

»Nach Aussage der Eltern ist er per Verfügung des Jugendgerichts zu Ihnen gekommen. Sie müssten ihn also in den Akten haben.«

»Jugendgericht, sagten Sie? Dann muss ich mal nachschauen. Wenn Sie mir Ihre Nummer geben, ruf ich zurück, nachdem ich die Akten geprüft habe.«

»Wir wissen definitiv, dass er in Ihrer Einrichtung verkehrt hat, Madam.«

»Vielleicht wissen Sie das, Constable…?«

»Eyre«, sagte er.

»Ja, natürlich. Vielleicht wissen Sie das, Constable Eyre. Aber im Moment weiß ich nichts davon. Also muss ich die Akten durchsehen, und wenn Sie mir Ihre Nummer geben, melde ich mich wieder.«

Ihm blieb nichts anderes übrig. Er konnte einen Durchsuchungsbeschluss erwirken, aber das kostete Zeit. Außerdem kooperierte sie ja. Niemand konnte etwas anderes behaupten. Aber sie kooperierte eben zu ihren Bedingungen, nicht zu seinen.

Detective Constable Eyre nannte seine Telefonnummer, und Ulrike schrieb sie mit. Sie hatte nicht die Absicht, sie zu benutzen – ihm Bericht zu erstatten wie ein Schulmädchen, das ins Büro der Direktorin einbestellt wurde –, aber sie wollte die Nummer haben, um sie demjenigen unter die Nase zu halten, der hier aufkreuzen und Fragen über Anton Reid stellen würde. Denn irgendwer würde mit Sicherheit bei Colossus auftauchen. Ihre Aufgabe war es, einen Plan zu entwickeln, um diese Situation zu meistern.

Als sie aufgelegt hatte, ging sie an den Aktenschrank. Sie verwünschte das System, das sie entwickelt hatte: Papierausdrucke als Sicherheitskopie der Computerdateien. Wenn es hart auf hart kam, hätte sie die elektronischen Daten irgendwie verschwinden lassen können, selbst wenn es bedeutet hätte, jede verdammte Festplatte im Gebäude neu zu formatieren. Aber die Cops, die zu Colossus gekommen waren, hatten sie auf der angeblichen Suche nach Jared Salvatores Unterlagen schon die Akten durchsuchen sehen, und sie würden ihr kaum glauben, dass einige Daten elektronisch abgespeichert waren und andere nicht. Trotzdem konnte Antons Akte den gleichen Weg gehen wie Jareds. Der Rest war einfach zu bewerkstelligen.

Sie hatte Antons Ordner zur Hälfte aus der Schublade gezerrt, als sie Jack Veness' Stimme vor der Tür hörte. »Ulrike? Kann ich dich kurz sprechen?«, fragte er und öffnete die Tür, ohne eine Antwort abzuwarten.

»Mach das nicht, Jack. Das habe ich dir schon mal gesagt«, sagte sie.

»Ich hab angeklopft«, protestierte er.

»Schritt eins, ja. Du hast geklopft. Sehr nett. Jetzt arbeiten wir an Schritt zwei, bei dem es darum geht, dass du draußen wartest, bis ich dir sage, dass du reinkommen kannst.«

Seine Nasenflügel bebten, wurden an den Rändern weiß. »Was immer du sagst, Ulrike«, erwiderte er und wandte sich ab. Immer noch derselbe manipulative, bockige Jugendliche, trotz seines Alters von – was? Siebenundzwanzig? Achtundzwanzig?

Zur Hölle mit dem Kerl. Das konnte sie jetzt wirklich nicht gebrauchen. Sie fragte: »Was willst du denn, Jack?«

»Nichts«, erwiderte er. »Es war nur was, wovon ich dachte, dass du es vielleicht gern wissen würdest.«

Spielchen, Spielchen, Spielchen. »Ja? Wenn du glaubst, ich will es wissen, warum sagst du es mir dann nicht einfach?«

Er wandte sich wieder um. »Sie ist weg. Das ist alles.«

»Wer ist weg?«

»Die Anwesenheitskladde vom Empfang. Ich dachte, ich hätte sie verlegt, als ich gestern Abend zusammengepackt habe. Aber ich hab überall gesucht. Sie ist definitiv weg.«

»Weg.«

»Ja, verschwunden. Abrakadabra. Hat sich in Luft aufgelöst.«

Ulrike setzte sich auf die Fersen. In Gedanken ging sie die Möglichkeiten durch, und keine einzige gefiel ihr.

»Vielleicht hat Robbie sie aus irgendeinem Grund mitgenommen«, meinte Jack. »Oder Griff. Er hat doch einen Schlüssel, sodass er abends ins Gebäude kann, oder?«

Das ging zu weit. »Was sollten Robbie, Griff oder sonst irgendwer mit der Anwesenheitskladde?«, fragte sie.

Jack zuckte vielsagend die Schultern und vergrub die Hände in den Taschen seiner Jeans.

»Wann hast du gemerkt, dass sie nicht da ist?«

»Als die ersten Kids heute herkamen. Da wollte ich die Kladde rausholen, aber sie war nicht da. Wie gesagt, ich dachte, ich hab sie verlegt, als ich gestern Abend aufgeräumt hab. Also hab ich einfach eine neue angefangen, bis die alte wieder auftaucht. Aber ich kann sie nicht finden. Darum nehm ich an, dass jemand sie von meinem Schreibtisch stibitzt hat.«

Ulrike dachte an den gestrigen Tag. »Die Polizisten«, sagte sie. »Als du mich geholt hast. Du hast sie allein am Empfang stehen lassen.«

»Stimmt. Das hab ich mir auch gedacht. Aber das ist es ja: Ich kann mir nicht vorstellen, was sie mit unserer Anwesenheitsliste wollen. Du etwa?«

Ulrike wandte seinem selbstzufriedenen, wissenden Gesicht den Rücken zu. »Danke, dass du mir Bescheid gegeben hast, Jack«, sagte sie.

»Willst du, dass ich...«

»Danke«, wiederholte sie entschieden. »Sonst noch was? Nein? Dann kannst du zurück an die Arbeit gehen.«

Nachdem Jack sich mit einem Salut und dem Zusammenschlagen der Hacken, das sie amüsant finden sollte, aber kein bisschen komisch fand, verabschiedet hatte, stopfte sie Anton Reids Akte zurück in die Schublade. Sie knallte sie zu, ging zum Telefon und tippte Griffin Strongs Handynummer ein. Er war bei einer neuen Einstufungsgruppe. Es war ihr erster Tag, und Kennenlernspiele standen auf dem Programm. Er mochte es nicht, unterbrochen zu werden, wenn die Jugendlichen »im Kreis saßen«, wie sie es nannten. Doch diese Unterbrechung war unerlässlich, und das würde er verstehen, wenn er hörte, was sie zu sagen hatte.

»Ja?«, meldete er sich ungeduldig.

»Was hast du mit der Akte gemacht?«, fragte sie ihn.

»Wie... befohlen.«

Sie merkte, dass er das Wort mit Sorgfalt gewählt hatte – so höhnisch wie Jacks sarkastischer Salut. Er hatte noch nicht begriffen, wer hier in Gefahr war. Aber er würde es schon noch kapieren.

Er fragte: »War das alles?«

Die Totenstille im Hintergrund sagte ihr, dass die Mitglieder seiner Einstufungsgruppe sein Telefonat belauschten. Das gab ihr eine bittere Befriedigung. Gut, Griffin, dachte sie. Wollen doch mal sehen, wie du hiermit klarkommst.

»Nein«, antwortete sie. »Die Polizei weiß Bescheid, Griff.«

»Worüber genau?«

»Dass Jared Salvatore einer unserer Klienten war. Sie haben gestern die Anwesenheitskladde mitgehen lassen. Mit Sicherheit haben sie seinen Namen gefunden.«

Stille. Dann: »Scheiße.« Es war ein Flüstern. Ebenso gedämpft fuhr er fort: »Gott *verflucht*. Warum hast du das nicht bedacht?«

»Das könnte ich dich genauso fragen.«

»Was soll das heißen?«

»Anton Reid«, antwortete sie.

Wieder Stille.

»Griffin, es gibt eine Sache, die du begreifen musst«, erklärte sie ihm. »Du kannst außergewöhnlich gut ficken, aber ich werde nicht zulassen, dass irgendwer Colossus zerstört.«

Leise und behutsam legte sie den Hörer auf. Lass ihn zappeln, dachte sie.

Sie setzte sich an den Computer und rief die elektronischen Daten auf, die sie über Jared Salvatore hatten. Die Informationen waren nicht so ausführlich wie die Unterlagen in seiner Akte, aber es würde reichen. Sie gab einen Druckbefehl ein. Dann nahm sie den Zettel mit der Nummer, die Constable Eyre ihr nur Minuten zuvor durchgegeben hatte.

Er nahm sofort ab und meldete sich mit »Eyre«.

»Constable, ich habe die Informationen für Sie«, sagte sie. »Ich nehme an, Sie wollen sie an Ihre Vorgesetzten weiterleiten.«

Nkata ließ den Computer die Arbeit machen und die Postleitzahlen, die die Eigentümerin von Crystal Moon gesammelt hatte, auswerten. Während Gigi – die Eigentümerin – sie nutzen wollte, um den Bedarf für eine Zweigstelle ihres Geschäfts an einem zweiten Standort in London zu beweisen, beabsichtigte Nkata, einen Abgleich zwischen den Kunden von Crystal Moon und den Leichenfundorten durchzuführen. Eingedenk dessen, was Barb Havers über die Leichenfundorte gesagt hatte, erweiterte er seine Analyse auf die Postleitzahlen aller Colossus-Mitarbeiter. Das kostete ihn mehr Zeit als vermutet. Bei Colossus war niemand begeistert davon, der Polizei seine Postleitzahl zu nennen.

Als er schließlich hatte, was er wollte, druckte er das Dokument aus und betrachtete es versonnen. Schließlich brachte er es DI Stewart, damit der es Hillier vorlegen konnte, zusammen mit seinem Antrag auf zusätzliches Personal für die Personenüberwachung. Er wollte sich gerade den Mantel überziehen, um zur Gabriel's Wharf zu fahren und sich um seinen nächsten Auftrag zu kümmern, als Lynley an der Tür zur Einsatzzentrale erschien und leise seinen Namen sagte. Er fügte hinzu: »Wir werden oben erwartet.«

Wir werden oben erwartet konnte nur eines bedeuten: Die Tatsache, dass Hillier sie jetzt zu sich bestellte, wenige Stunden nach Reverend Bram Savidges Pressekonferenz, ließ ahnen, dass die Besprechung nicht angenehm verlaufen würde.

Nkata trat zu Lynley, zog den Mantel aber nicht wieder aus. »Ich war auf dem Weg raus nach Gabriel's Wharf«, erklärte er dem Superintendent in der Hoffnung, diese Ausrede würde reichen, damit Lynley ihn noch mal vom Haken ließ.

»Es wird nicht lange dauern«, erwiderte er. Das klang wie ein Versprechen.

Sie nahmen die Treppe. Während sie hinaufgingen, sagte Nkata: »Ich glaube, Barb hat Recht, Chef.«

»In Bezug worauf?«

»Colossus. Ich habe einen Treffer mit den Postleitzahlen von Crystal Moon. Ich hab es an DI Stewart weitergegeben.«

»Und?«

»Robbie Kilfoyle. Er hat dieselbe Postleitzahl wie jemand, der bei Crystal Moon eingekauft hat.«

»Ach wirklich?« Lynley blieb auf der Treppe stehen. Es schien, als ließe er sich diese Information einen Moment durch den Kopf gehen. Dann sagte er: »Trotz alledem, Winnie, es ist nur eine Postleitzahl. Außer ihm haben sie... wie viele tausend Menschen? Und außerdem ist die Adresse seines Arbeitgebers auch an Gabriel's Wharf, oder?«

»Direkt neben Crystal Moon«, räumte Nkata ein. »Der Sandwichladen.«

»Dann weiß ich nicht, ob wir der Übereinstimmung eine Bedeutung beimessen können, so gern wir's auch täten. Es könnte etwas sein, da bin ich Ihrer Meinung...«

»Und das brauchen wir dringend«, warf Nkata ein. »Irgendetwas.«

»Aber so lange wir nicht wissen, was er gekauft hat... Sie sehen das Problem, nicht wahr?«

»Klar. Er arbeitet schon Gott weiß wie lange dort an Gabriel's Wharf. Im Laufe der Zeit hat er wahrscheinlich in diesem und jedem anderen Laden was gekauft.«

»Genau. Aber sprechen Sie trotzdem noch mal mit den Leuten dort.«

Oben angekommen, führte Judi MacIntosh sie umgehend in

Hilliers Büro. Hillier erwartete sie, stand da, umrahmt von seiner großzügigen Fensterfront und dem Blick auf St. James's Park. Er betrachtete diese Aussicht, als sie eintraten. Auf dem Sideboard unter dem Fenster lag eine säuberlich gefaltete Zeitung, und er hatte die Fingerspitzen darauf gestützt.

Hillier wandte sich um. Als posiere er vor einer unsichtbaren Kamera, ergriff er die Zeitung und ließ sie aufklappen, sodass er die Frontseite wie ein Handtuch hielt, das seine Genitalien bedeckte. »Wie konnte das passieren?«, fragte er ruhig.

Nkata sah, dass es sich um die jüngste Ausgabe des *Evening Standard* handelte. Die Titelstory befasste sich mit der Pressekonferenz, die Bram Savidge früher gegeben hatte. Die Schlagzeile sprach von der Verzweiflung eines Pflegevaters.

Verzweiflung gehörte nicht zu den Reaktionen auf Sean Laverys Tod, die Nkata bei Savidge bemerkt hatte. Aber ihm war klar, dass »Verzweiflung« mehr Zeitungen verkaufte als »gerechtfertigter Zorn über Inkompetenz bei der Polizei«. Obwohl auch das gute Verkäufe garantiert hätte, um die Wahrheit zu sagen.

Hillier warf die Zeitung auf seinen Schreibtisch und fuhr an Lynley gewandt fort: »Es ist Ihre Aufgabe, Superintendent, die Familien der Opfer zu betreuen und nicht, ihnen Zugang zu den Medien zu verschaffen. Das ist Ihr Job, also warum tun Sie ihn nicht? Wissen Sie eigentlich, was er der Presse alles gesagt hat?« Hillier stach bei jeder der folgenden Aussagen mit dem Zeigefinger auf die Zeitung ein: »Institutioneller Rassismus. Polizeiliche Inkompetenz. Endemische Korruption. All das begleitet von Forderungen nach einer gründlichen Untersuchung durch das Innenministerium, einen parlamentarischen Untersuchungsausschuss, den Premierminister oder sonst irgendjemanden, der gewillt ist, sich eines gründlichen Hausputzes bei New Scotland Yard anzunehmen, denn das ist es, was wir seiner Aussage nach hier brauchen.« Er fegte die Zeitung vom Tisch in den Papierkorb, der gleich daneben stand. »Dieser Drecksack hat die Aufmerksamkeit der Presse«, ereiferte er sich. »Das muss aufhören!«

Es war etwas Selbstzufriedenes in Hilliers Miene, das weder mit seinen Worten noch seinem Tonfall zusammenpasste. Während Nkata dies beobachtete, dämmerte ihm, dass Hilliers Verhalten mehr mit der Vorstellung zu tun hatte, die er hier gab, als mit seiner Empörung. Er *wollte* Lynley vor einem Untergebenen fertig machen, erkannte Nkata. Und er hatte Nkata für die Rolle dieses Untergebenen gewählt, weil die Pressekonferenzen ihm eine gute Ausrede dafür lieferten, wo Nkata an seiner Seite gesessen hatte wie ein dressiertes Hündchen.

Ehe Lynley antworten konnte, sagte Nkata zu Hillier: »'tschuldigung, Chef, ich war bei Savidges Pressekonferenz. Um die Wahrheit zu sagen, ich bin noch nicht mal auf die Idee gekommen, sie zu unterbrechen. Schließlich kann er die Presse zusammentrommeln, wann immer er will. Ist sein gutes Recht.«

Lynley warf ihm einen Seitenblick zu, und Nkata fragte sich, ob Lynleys Stolz es zulassen würde, dass er – Nkata – seine Intervention zu Ende führte. Er war sich keineswegs sicher, darum fuhr er fort, ehe der Superintendent irgendetwas sagen konnte: »Natürlich hätte ich gleich ans Mikro gehen können, nachdem Savidge seine Erklärung abgegeben hatte. Vielleicht hätt ich das auch tun sollen. Aber ich hätte nicht gedacht, dass Sie das wirklich wollten, wenn Sie nicht dabei sind.« Er lächelte liebenswürdig bei seinen letzten Worten – ganz »Kleiner Schwarzer Sambo in London«.

Lynley räusperte sich neben ihm. Hillier warf ihm einen raschen Blick zu, sah dann zu Nkata und sagte: »Bringen Sie die Dinge unter Kontrolle, Lynley. Ich will nicht, dass Hinz und Kunz in dieser Angelegenheit zur Presse rennen.«

»Wir werden diesem Aspekt besondere Aufmerksamkeit schenken«, erwiderte Lynley. »War das alles, Sir?«

»Die nächste Pressekonferenz…« Hillier zeigte rüde mit dem Finger auf Nkata: »Ich will, dass Sie zehn Minuten vor Beginn des Termins dort sind.«

»Verstanden«, antwortete Nkata und tippte sich an den Kopf. Einen Moment schien Hillier noch mehr sagen zu wollen, aber dann entließ er sie. Lynley gab keinen Kommentar ab, bis sie Hilliers Büro und Sekretariat verlassen hatten und zum Victoria Block hinübergingen. Dann sagte er lediglich: »Winston, hören Sie mir zu«, während seine Schritte sich verlangsamten. »Tun Sie das nie wieder.«

Da meldet sich der Stolz, dachte Nkata. Damit hatte er gerechnet.

Doch dann überraschte Lynley ihn. »Für Sie ist es ein zu hohes Risiko, sich mit Hillier anzulegen, und sei es auch nur indirekt. Ich weiß Ihre Loyalität zu schätzen, aber für Sie ist es wichtiger, sich Ihren eigenen Rücken freizuhalten. Er ist ein gefährlicher Gegner, also sollten Sie sich nicht seine Feindschaft zuziehen.«

»Er wollte Sie vor mir schlecht dastehen lassen«, entgegnete Nkata. »Das gefällt mir nicht. Ich dachte einfach, ich mach das Gleiche mit ihm, damit er mal sieht, wie es sich anfühlt.«

»Das würde voraussetzen, dass der AC denkt, er könnte jemals schlecht vor irgendwem aussehen«, erwiderte Lynley sarkastisch. Sie gingen zum Aufzug. Lynley drückten den Abwärtsknopf und fuhr fort: »Andererseits ist es eine passende Ironie.«

»Was, Chef?«

»Indem er Ihnen statt Barbara den Rang eines Sergeant gegeben hat, ist Hillier über sein eigenes Ziel hinausgeschossen.«

Nkata dachte darüber nach. Die Lifttür glitt auf. Sie traten ein und drückten die Knöpfe ihrer jeweiligen Etage. »Denken Sie, er hat geglaubt, ich würde ihm bis in alle Ewigkeit nach dem Mund reden?«, fragte er neugierig.

»Ja, ich glaube, dass er genau das angenommen hat.«

»Warum?«

»Weil er keine Ahnung hat, wer Sie eigentlich sind«, antwortete Lynley. »Aber ich nehme an, das haben Sie längst selbst erkannt.«

Sie hielten im Stockwerk der Einsatzzentrale, wo Lynley ausstieg, während Nkata weiter zur Tiefgarage hinabfuhr. Doch ehe die Türen sich schließen konnten, hielt der Superintendent sie mit einer Hand auf. »Winston...« Er sprach nicht sofort weiter, und Nkata wartete. Schließlich sagte Lynley: »Trotzdem vielen Dank.« Er ließ die Lifttür los, sodass sie sich schloss. Seine dunklen Augen sahen Nkata noch einen Moment an, dann waren sie verschwunden.

Es regnete, als Nkata aus der Tiefgarage fuhr. Das Tageslicht schwand jetzt schnell, und der Regen verdunkelte den Nachmittag zusätzlich. Ampeln spiegelten sich auf den nassen Straßen; die Rücklichter der Fahrzeuge zerschmolzen in den Regentropfen auf seiner Windschutzscheibe zu Prismen. Nkata fuhr Richtung Parliament Square und quälte sich in einer Schlange aus Taxen, Bussen und Regierungsfahrzeugen zur Westminster Bridge. Als er hinüberfuhr, war die Themse unter ihm eine graue Masse, pockennarbig vom Regen und aufgewühlt von der steigenden Flut. Ein Boot fuhr Richtung Lambeth, und eine einsame Gestalt im Führerhaus hielt es auf Kurs.

Nkata parkte widerrechtlich am Südende der Gabriel's Wharf und legte ein Polizeischild hinter die Scheibe. Er schlug den Kragen hoch, um sich vor dem Regen zu schützen, und ging zum Platz hinüber, wo die Lichterketten über ihm ein fröhliches Zickzackmuster bildeten und der Inhaber der Fahrradvermietung seine Fahrräder klugerweise ins Trockene brachte.

Bei Crystal Moon saß heute Gigi lesend auf dem Hocker hinter dem Ladentisch, nicht ihre Großmutter. Nkata trat zu ihr und zeigte ihr seinen Dienstausweis. Doch sie schaute gar nicht hin. Stattdessen sagte sie: »Gran hat mir schon gesagt, dass Sie wahrscheinlich noch mal wiederkommen würden. Das hat sie drauf. Super Intuition. Früher hätte man sie bestimmt für eine Hexe gehalten. Hat der Odermennig funktioniert?«

»Ich war nicht sicher, was ich damit tun sollte.«

»Sind Sie deswegen wiedergekommen?«

Er schüttelte den Kopf. »Ich wollte mit Ihnen über einen Mann namens Kilfoyle sprechen.«

»Rob?«, fragte sie und schlug ihr Buch zu, ein Harry-Potter-Band, erkannte er. »Was ist mit Rob?«

»Das heißt, Sie kennen ihn?«

»Ja.« Sie machte zwei Silben aus dem Wort – eine Kombination aus Bestätigung und Frage. Sie wirkte misstrauisch.

»Wie gut?«

»Ich bin nicht sicher, wie ich das verstehen soll«, erwiderte sie. »Hat Rob irgendwas angestellt?«

»Kauft er hier ein?«

»Manchmal. Aber das tun auch viele andere Leute. Worum geht's hier eigentlich?«

»Was kauft er denn bei Ihnen?«

»Keine Ahnung. Er war schon länger nicht mehr hier. Und ich schreib mir nicht auf, was die Leute kaufen.«

»Aber Sie wissen, dass er irgendetwas gekauft hat?«

»Weil ich ihn kenne. Ich weiß auch, dass zwei Kellnerinnen aus dem Riviera-Restaurant hier was gekauft haben. Genau wie der Koch vom Pizza-Express und alle möglichen Verkäufer aus den Läden an der Wharf. Aber es ist genau wie mit Rob: Ich erinnere mich nicht, was sie gekauft haben. Bis auf den Typen vom Pizza-Express. Er wollte einen Liebestrank für ein Mädchen, das er kennen gelernt hatte. Ich erinnere mich, weil wir uns lange über Liebe unterhalten haben.«

»Wie gut kennen Sie ihn?«, fragte Nkata.

»Wen?«

»Sie haben gesagt, Sie kennen Kilfoyle. Wie gut, frage ich mich.«

»Sie meinen, ob er mein Freund ist oder so was?« Nkata sah, dass sich ihre Haut am Halsansatz verdunkelte. »Nein, ist er nicht. Ich meine, wir sind mal was trinken gegangen, aber es war keine Verabredung. Ist er in irgendwelchen Schwierigkeiten?«

Nkata antwortete nicht. Es war von Anfang an eine schwache Hoffnung gewesen, dass die Inhaberin von Crystal Moon sich daran erinnern würde, wer was erstanden hatte. Doch die Tatsache allein, dass Kilfoyle hier etwas gekauft hatte, gab der Ermittlung die Substanz, die sie dringend brauchten. Er dankte Gigi für ihre Hilfe, gab ihr seine Karte und bat sie, ihn anzurufen, falls ihr noch irgendetwas über Kilfoyle einfalle, von dem sie glaubte, er solle es wissen. Ihm war durchaus bewusst, dass sie die Karte wahrscheinlich Kilfoyle selbst geben würde, wenn sie ihn das nächste Mal traf, aber darin sah er kein Problem. Wenn Kilfoyle der Mörder war, würde die Erkenntnis, dass die Polizei ihm auf der Spur war, ihn sicher bremsen. Das war im Moment fast so wertvoll, wie ihn zu schnappen. Sie hatten, weiß Gott, genug Opfer.

Er ging zur Tür, wo er noch einmal innehielt, um Gigi eine letzte Frage zu stellen: »Wie soll ich ihn denn anwenden?«

»Wen?«

»Den Odermennig.«

»Oh. Verbrennen oder salben.«

»Bedeutet?«

»Es bedeutet, Sie verbrennen in ihrer Gegenwart das Öl oder reiben ihren Körper damit ein. Ich nehme doch an, es ist eine Sie, über die wir reden?«

Nkata überlegte, wie er die Anwendungsarten bewerkstelligen könnte, und kam zu dem Schluss: überhaupt nicht. Aber er dachte auch an den Serienmörder: verbrennen und salben. Er tat beides. Er dankte Gigi nochmals und verließ den Laden. Er ging eine Tür weiter zu Mr. Sandwich.

Der kleine Imbissladen hatte geschlossen, und ein Schild informierte Nkata, dass er täglich von zehn bis fünfzehn Uhr geöffnet war. Er schaute durchs Fenster, konnte im Halbdunkel aber nichts erkennen außer der Theke und einer Preistafel an der Wand dahinter. Er entschied, dass hier nichts weiter zu gewinnen war. Es war Zeit zu gehen.

Doch er fuhr nicht nach Hause. Vielmehr verspürte er einen Zwang, wiederum Richtung Oval zu fahren und sich zur Kennington Park Road durchzukämpfen. Er parkte wie zuvor an der Braganza Street, doch statt auf Yasmin zu warten oder Doddington Grove Estate zu betreten und zu sehen, ob sie schon zu Hause war, ging er zu dem seelenlosen Stückchen Grün hinüber, das sich Surrey Gardens nannte. Von dort gelangte er zum

Manor Place, einem Ort, der immer noch versuchte, sich zwischen Niedergang und Neubeginn zu entscheiden.

Seit November war er nicht mehr in ihrem Laden gewesen, aber nie hätte er vergessen können, wo er lag. Er fand sie bei der Arbeit, genau wie bei seinem letzten Besuch hier. Sie saß hinten an einem Schreibtisch, den Kopf über etwas gebeugt, das wie ein Kontenbuch aussah. Sie hatte einen Bleistift im Mund, was sie verletzlich wirken ließ wie ein Schulmädchen, das Schwierigkeiten mit den Mathehausaufgaben hat. Als er eintrat und den Türsummer auslöste, schaute sie auf, und mit einem Mal wirkte sie wieder sehr erwachsen. Und ebenso unfreundlich. Sie legte den Bleistift beiseite und klappte das Buch zu. Dann trat sie an den Ladentisch und achtete darauf, so schien es, dass der wie ein Bollwerk zwischen ihnen stand.

»Dieses Mal wurde ein schwarzer Junge ermordet«, sagte er. »Die Leiche ist nahe London Bridge Station gefunden worden. Eines der früheren Opfer haben wir auch identifiziert. Er war halb schwarz, halb asiatisch. Aus Furzedown. Das macht zwei Jungen auf dieser Seite des Flusses, Yas. Wo ist Daniel?«

»Wenn Sie glauben...«, begann sie.

Er fiel ihr ungeduldig ins Wort: »Yas, hat Daniel irgendwas mit einer Gruppe Jugendlicher zu tun, die sich oben in Elephant and Castle trifft?«

»Dan hat nichts mit Gangs zu tun«, protestierte sie.

»Das ist keine Gang, Yas. Es ist eine soziale Einrichtung. Sie bieten Jugendlichen sinnvolle Beschäftigungen, Jugendlichen, die... die gefährdet sind. Ich weiß...«, fuhr er hastig fort. »Ich weiß, Sie werden sagen, Dan ist nicht gefährdet, und ich bin nicht hier, um Ihnen zu widersprechen. Aber ich muss es wissen. Der Name der Einrichtung ist Colossus. Haben Sie je Kontakt zu denen gehabt, wegen Dans Betreuung nach der Schule und während Ihrer Arbeitszeiten? Damit er einen Ort hat, wo er hingehen kann?«

»Ich erlaube Dan nicht, sich in Elephant and Castle rumzutreiben.«

»Und er hat nie was von Colossus gesagt?«

»Er würde nie... Warum tun Sie das?«, verlangte sie zu wissen. »Wir wollen Sie nicht in unserem Leben. Sie haben genug angerichtet.«

Sie war wütend. Das erkannte er daran, wie ihre Brust unter dem Pullover sich hob und senkte. Der Pulli war kurz, wie alle Oberteile, die er sie je hatte tragen sehen, zeigte ihren glatten Bauch, der flach wie ein Brett war. Er sah, dass sie sich den Nabel hatte piercen lassen. Ein wenig Gold glitzerte auf ihrer Haut.

Seine Kehle fühlte sich trocken an, aber er wusste, es gab Dinge, die er ihr unbedingt sagen musste, egal, wie sie darauf reagieren würde. »Yas«, begann er – und er dachte: Was ist nur dran am Klang ihres Namens? –, »Yas, wär's Ihnen lieber gewesen, wenn Sie nicht erfahren hätten, was los war? Sie hat Sie betrogen, von Anfang an, und das müssen Sie zugeben, egal, was Sie von mir halten.«

»Sie hatten kein Recht...«

»Hätten Sie's lieber nicht gewusst? Was hätte das genützt, Yas? Sie und ich wissen, dass Sie sowieso nicht auf Frauen stehen.«

Sie stieß sich vom Ladentisch ab. »War's das? Denn ich hab hier noch zu arbeiten, bevor ich nach Hause gehe.«

»Nein«, gab er zurück. »Nicht ganz. Ich hab noch was zu sagen: Was ich getan hab, war richtig, und irgendwo wissen Sie das auch.«

»Sie...«

»Aber«, fuhr er fort, »*wie* ich es getan habe, war falsch. Und...« Jetzt kam der schwierige Teil, der ›Sag die Wahrheit‹-Teil, obwohl er diese Wahrheit doch nicht einmal sich selbst eingestehen wollte. Aber er sprach weiter: »Und warum ich es getan hab, Yasmin, das war auch falsch. Und es war auch nicht richtig, dass ich mir selbst was vorgelogen hab über meine Gründe. Und all das tut mir Leid. Es tut mir wirklich Leid. Ich will das wieder gutmachen.«

Sie schwieg. In ihren Augen war nichts zu erkennen, was man freundlich hätte nennen können. Draußen hielt ein Auto vor der Tür, und ihr Blick flackerte in die Richtung, ehe er zu seinem Gesicht zurückkehrte. »Dann hören Sie damit auf, Daniel zu benutzen«, antwortete sie.

»Benutzen? Yas, ich bin...«

»Hör'n Sie auf damit, Daniel zu benutzen, um an mich ranzukommen.«

»Das ist es, was Sie glauben?«

»Ich will Sie nicht. Ich *hatte* einen Mann. Ich hab ihn geheiratet, und jedes Mal, wenn ich in den Spiegel gucke, werd ich daran erinnert, was er mir angetan hat, und dann werd ich daran erinnert, was ich ihm dafür angetan hab, und da will ich nie wieder hinkommen.«

Sie hatte angefangen zu zittern. Nkata wollte die Hände über den Tisch ausstrecken, der sie trennte, ihr Trost bieten und versichern, dass nicht alle Männer... Aber er wusste, sie würde ihm nicht glauben, und er war nicht einmal sicher, ob er sich selbst glaubte. Und während er noch überlegte, was er ihr sagen konnte, öffnete sich die Tür, der Summer ertönte, und ein weiterer schwarzer Mann betrat den Laden. Sein Blick fiel auf Yasmin, kam zu einer schnellen Einschätzung und glitt weiter zu Nkata.

»Yasmin«, sagte er, und er sprach den Namen anders aus. Es klang wie Yas*miin*, die Stimme sanft und fremd. »Gibt's Schwierigkeiten, Yasmin? Bist du allein hier?«

Es war die Art, wie er mit ihr sprach, der Tonfall und der Blick. Nkata kam sich auf der ganzen Linie vor wie ein Schwachkopf.

»Jetzt ja«, sagte er zu dem anderen Mann und ließ die beiden allein.

Barbara Havers entschied, dass es Zeit für eine Kippe war. Sie betrachtete sie als kleine Belohnung, die Karotte, die sie sich die ganze Zeit vor die Nase gehalten hatte, während sie Stunden am Computer und dann weitere Stunden am Telefon verbracht hatte. Sie fand, dass sie diese unwillkommene Aufgabe mit extrem gutem Willen absolviert hatte, da sie doch in Wahrheit viel lieber nach Elephant and Castle hinübergefahren wäre, um sich der weitaus willkommeneren Aufgabe zu widmen, sämtliche Colossus-Mitarbeiter gründlich aufzumischen. Doch sie hatte sich bemüht, ihre Gefühle zu ignorieren. Ihre Empörung über DI Stewarts Bemerkungen, ihre Ungeduld angesichts der Routinearbeit, zu der man sie verdonnert hatte, ihre pubertäre Eifersucht – lieber Himmel, war es das wirklich? –, als sie sah, dass Lynley Winston Nkata als Sekundant für sein Duell mit dem Assistant Commissioner auswählte. Also hatte sie ihrer Ansicht nach zu dieser vorgerückten Stunde wirklich einen Orden am Revers verdient, und den sollte die Zigarette repräsentieren.

Andererseits musste sie einräumen – so sehr es ihr auch missfiel –, dass die endlose Schinderei an Computer und Telefon ihr neue Munition geliefert hatte, die sie bei ihrem nächsten Besuch bei Colossus verwenden konnte. Unwillig musste sie anerkennen, dass es einiges für sich hatte, eine ihr übertragene Aufgabe vollständig zu erledigen, und sie erwog sogar, ihren Bericht pünktlich zu schreiben, quasi als Eingeständnis ihres Irrtums. Doch sie verwarf diese Idee schnell wieder und ging lieber eine Zigarette rauchen. Sie sagte sich, wenn sie das heimlich im Treppenhaus täte, wäre sie schon ein gutes Stück näher an der Einsatzzentrale, wo die vorschriftsmäßigen Berichtformulare bereitlagen... sobald sie ihrem Körper das Nikotin zugeführt hatte, nach dem er verlangte.

Also ging sie ins Treppenhaus, ließ sich nieder, steckte sich eine Zigarette an und inhalierte tief. Glückseligkeit. Nicht der Teller Lasagne mit Pommes frites, den sie jetzt vorgezogen hätte, aber ein anständiger Ersatz.

»Havers, was genau tun Sie hier?«

Verfluchter Mist. Barbara stand hastig auf. Lynley war gerade ins Treppenhaus gekommen, in der Absicht, hinauf- oder hinabzugehen. Er hatte den Mantel über die Schulter gehängt, also nahm sie an, es sollte abwärts gehen. Es war ein ziemlich weiter Weg bis zur Tiefgarage, aber die Treppe bot immer Gelegenheit zum Nachdenken, was er vermutlich beabsichtigte, es sei denn, es war sein Ziel, unentdeckt zu entkommen, was die Benutzung der Treppe ebenfalls ermögliche.

»Ich sortiere meine Gedanken«, antwortete sie. »Ich bin mit der Griffin-Strong-Sache fertig und überlege gerade, wie ich die gewonnenen Erkenntnisse am besten präsentieren kann.« Sie hielt ihm die Notizen hin, die sie sich bei den Recherchen am Computer und beim Telefonieren gemacht hatte. Sie hatte in ihrer Spiralkladde angefangen, aber unglücklicherweise war diese irgendwann voll gewesen, und sie hatte mit dem vorlieb nehmen müssen, was zur Hand war: zwei Briefumschläge aus dem Papierkorb und ein Papiertaschentuch, das sie aus ihrem Schulterbeutel gekramt hatte.

Lynley betrachtete all dies, ehe er sie wieder anschaute.

»Hey«, sagte sie. »Bevor Sie mich jetzt wieder abkanzeln...«

»Das habe ich aufgegeben«, erwiderte er. »Was haben Sie erfahren?«

Barbara richtete sich auf einen gemütlichen Plausch ein, die Kippe im Mundwinkel. »Erstens: Laut Aussage seiner Frau betreibt Griffin Strong Matratzensport mit Ulrike Ellis. Arabella – so heißt die Ehefrau – sagt, er war zu jeder Tatzeit mit Ulrike zusammen, ganz egal, wann es war – ohne auch nur eine Sekunde drüber nachzudenken, möchte ich betonen. Ich weiß nicht, wie Sie das sehen, aber ich schließe daraus, dass sie verzweifelt darauf angewiesen ist, dass er das Geld nach Hause bringt, während sie das Baby versorgt und den ganzen Tag vor dem Fernseher turnt. Schön. Das ist verständlich, nehm ich an. Aber es stellt sich raus, unser Griff hat die Gewohnheit, es mit den Frauen an all seinen Arbeitsplätzen zu treiben. In all seinen Stellungen, könnte man auch sagen, wenn Sie das Wortspiel verzeihen wollen. Jedenfalls verstrickt er sich dabei regelmäßig zu sehr, verliert die Kontrolle und dann den Überblick, was seine Pflichten betrifft.«

Lynley lehnte am Geländer und ertrug geduldig ihre epischen Ausführungen. Er sah sie gebannt an, sodass sie sich die Hoff-

nung gestattete, sie sei im Begriff, ihren Ruf, ganz zu schweigen von ihrer Karriere, wieder auferstehen zu lassen. Sie erwärmte sich für ihr Thema: »Es stellte sich raus, sie haben ihn in Lewisham gefeuert, weil er seine Berichte gefälscht hat.«
»Das ist eine interessante Wendung.«
»Angeblich machte er Kontrollbesuche bei Pflegekindern, hat aber tatsächlich nur eins von zehn geschafft.«
»Warum?«
»Das Übliche. Er war zu sehr damit beschäftigt, die Kollegin zu vögeln, mit der er das Büro teilte. Er wurde ein Mal verwarnt und zwei Mal abgemahnt, bevor die Axt schließlich fiel, und anscheinend haben sie ihn in Stockwell nur genommen, weil keines der Kinder in seinem Revier in Lewisham durch sein Versäumnis zu Schaden gekommen ist.«
»Obwohl heutzutage alle Welt so sensibilisiert ist... Gab es keine Konsequenzen?«
»Nichts. Ich hab mit seinem Vorgesetzten in Lewisham gesprochen, den irgendjemand davon überzeugt hat – und Sie können jede Wette eingehen, dieser Jemand heißt Griffin Strong –, dass Griff mehr der Verführte als der Verführer war. So wie Strongs Chef die Geschichte erzählt, könnte man meinen, der Ärmste habe sich monatelang mit Händen und Füßen gegen diese Frau gewehrt. ›Jeder hätte ihr früher oder später nachgegeben‹, wie er sich ausdrückte.«
»Das heißt also, der Vorgesetzte war männlich.«
»Natürlich. Und Sie hätten hören sollen, wie er über diese Frau spricht. Als sei sie das sexuelle Äquivalent zur Beulenpest.«
»Und wie war es in Stockwell?«, fragte Lynley.
»Der Junge in Strongs Zuständigkeit, der gestorben ist, wurde angegriffen.«
»Von wem?«
»Von einer Gang, deren Initiationsritus offenbar darin besteht, Zwölfjährige zu jagen und mit zerbrochenen Flaschen zu verletzen. Sie haben ihn im Angell Park erwischt, und was nur ein Schnitt am Oberschenkel werden sollte, durchtrennte eine

Arterie, sodass er verblutet ist, bevor er es nach Hause schaffen konnte.«

»Großer Gott«, sagte Lynley. »Aber das war kaum Strongs Schuld, oder?«

»Doch, wenn man bedenkt, dass der Täter sein Pflegebruder war...?«

Lynley verdrehte die Augen. Er sah völlig erledigt aus. »Wie alt war der Pflegebruder zu dem Zeitpunkt?«

Barbara schaute auf ihre Notizen hinab. »Elf«, antwortete sie.

»Was ist aus ihm geworden?«

Sie las weiter. »Weggeschlossen in der Psychiatrie, bis er achtzehn wird. Als ob das irgendwas nützen würde.« Sie schnipste das wachsende Aschewürmchen von ihrer Zigarette. »All das hat mich auf einen Gedanken gebracht.«

»Welchen?«

»Der Mörder. Mir scheint, er glaubt, die Herde von schwarzen Schafen zu säubern. Als wär's eine Art Religion für ihn. Wenn man all die Rituale bedenkt, die Bestandteil des Tathergangs sind...« Sie überließ es ihm, den Gedanken zu Ende zu führen.

Lynley rieb sich die Stirn und lehnte sich an den Handlauf des Geländers. »Barbara, mir ist gleichgültig, was er denkt«, sagte er. »Es sind *Kinder*, über die wir hier reden, keine genetischen Mutationen. Kinder brauchen Führung, wenn sie den falschen Weg einschlagen, und ansonsten brauchen sie Schutz. Punkt. Das ist die ganze Geschichte.«

»Sir, da sind wir uns einig«, erwiderte Barbara. »Absolut.« Sie warf den Zigarettenstummel auf die Treppe und trat ihn aus. Um die Spuren ihrer Ordnungswidrigkeit zu verwischen, hob sie die Kippe auf und steckte sie zusammen mit ihren Notizen in die Schultertasche. Dann fragte sie: »Probleme da oben?« Es war Lynleys Treffen mit Hillier, das sie meinte.

»Nicht mehr als sonst«, antwortete Lynley. »Allerdings erweist Winston sich nicht als der Musterzögling, den der Assistant Commissioner erwartet hat.«

»Also, das ist doch toll«, meinte Barbara.

»Bis zu einem gewissen Punkt, ja.« Er betrachtete sie. Ein kurzes Schweigen breitete sich zwischen ihnen aus, und Barbara wandte den Blick ab, zupfte an einer Noppe, die vom Ärmel ihres Pullis entfernt werden musste – genau wie all die anderen Noppen, die das Kleidungsstück zierten. »Barbara«, sagte Lynley schließlich. »Ich habe es nicht so gewollt.«
Sie sah auf. »Was?«
»Ich glaube, das wissen Sie. Haben Sie je darüber nachgedacht, dass es Ihrer Wiedereinsetzung als Sergeant förderlicher wäre, mit jemandem zusammenzuarbeiten, der der Führung hier kein ... kein solcher Dorn im Auge ist?«
»Mit wem, zum Beispiel? John Stewart? Das würde bestimmt so richtig harmonisch.«
»MacPherson vielleicht. Oder Philip Hale. Oder in einer ganz anderen Dienststelle, einem Polizeirevier draußen. Denn solange Sie in meiner Nähe sind, ganz zu schweigen von Hilliers, ohne Webberly als unser Schutzschild ...« Seine Geste sagte: Ziehen Sie selbst die logischen Schlüsse.
Das brauchte sie nicht. Sie schob die Tasche höher auf die Schulter und machte sich auf den Rückweg zur Einsatzzentrale. »So wird das nicht laufen«, erwiderte sie. »Letzten Endes weiß ich, was wichtig ist und was nicht.«
»Und das heißt?«
Sie blieb an der Tür zum Korridor stehen und gab ihm die gleiche Antwort, die er ihr gegeben hatte: »Ich glaube, das wissen Sie, Sir. Schönen Abend. Ich hab noch zu arbeiten, ehe ich nach Hause gehen kann.«

15

Vor seinem geistigen Auge arrangierte Fu einen Körper: Er lag auf dem Boden, durch die Fesseln auf dem Brett gekreuzigt. Es war ein lautloser, aber kein lebloser Körper, und als sein Bewusstsein zurückkehrte, wurde er gewahr, dass er sich in Gegenwart einer Macht befand, der zu entfliehen er niemals hoffen konnte. Also kam die als Zorn getarnte Angst, und angesichts dieser Angst ging Fu das Herz auf. Blut strömte durch seine Muskeln, und er wuchs über sich selbst hinaus. Es war die Art von Ekstase, wie nur ein Gott sie empfinden konnte.

Nachdem er davon gekostet hatte, wollte er es wieder erleben. Jetzt, da er das Gefühl erfahren hatte, wer er wirklich war, schmetterlingsgleich hervorgebrochen aus der Puppe dessen, was er zu sein schien, konnte es nicht einfach abgelegt werden. Es war für immer.

Fu hatte versucht, so lange wie möglich an dem Gefühl festzuhalten, als der erste Junge gestorben war. Wieder und wieder hatte er sich in die Dunkelheit begeben und dort beschaulich jeden einzelnen Moment erneut durchlebt: Von Auswahl zu Richtspruch, von dort zum Geständnis, weiter zur Bestrafung und dann zur Erlösung. Und dennoch war das schiere Frohlocken dieser Erfahrung verblasst, wie alle Dinge es taten. Um es neu zu erleben, blieb ihm nichts anderes übrig, als eine neue Wahl zu treffen und zu handeln.

Er sagte sich, dass er nicht wie die anderen vor ihm war, die Schweine Brady, Sutcliffe und West. Die hatten niedere Motive gehabt. Kaltblütige Killer, die den Wehrlosen aus keinem anderen Grund auflauerten, als sich aufzuwerten. Sie hatten der Welt ihre Bedeutungslosigkeit entgegengeschrien, auf eine Art und Weise, die die Welt so bald nicht vergessen würde.

Aber bei Fu lagen die Dinge anders. Unschuldige, spielende Kinder, Straßennutten, die willkürlich aufgelesen wurden, oder Tramperinnen, die die fatale Entscheidung trafen, zu einem Ehepaar ins Auto zu steigen, waren nichts für ihn.

In der Sphäre dieser Mörder waren Besitz, Angst und Abschlachten alles. Doch Fu folgte einem völlig anderen Pfad als sie, und deshalb konnte er seinen derzeitigen Zustand so viel schwerer aushalten. Wäre er gewillt gewesen, den Schweinen zu folgen, wäre er jetzt ruhiger. Er müsste nur die Straßen durchkämmen, und in ein paar Stunden... wieder Ekstase. Weil er so aber nicht war, suchte Fu die Dunkelheit als Vehikel der Erleichterung.

Doch als er dort war, nahm er einen Eindringling wahr. Er holte tief Luft und hielt den Atem an, seine Sinne geschärft. Er lauschte. Aber es gab keinen Zweifel daran, was sein Körper ihm sagte.

Er vertrieb das Halbdunkel. Er suchte nach Beweisen. Das Licht war schwach, wie er es bevorzugte, aber ausreichend, um ihm zu zeigen, dass es keine offensichtlichen Hinweise auf ein Eindringen gab. Und dennoch wusste er es. Er hatte gelernt, den Nervenenden in seinem Nacken zu trauen, und sie mahnten ihn zur Vorsicht.

Ein Buch lag achtlos neben einem Stuhl auf dem Boden. Das Titelblatt einer Zeitschrift war verknittert. Ein Haufen Zeitungen, unachtsam gestapelt. Worte. Worte. Worte über Worte. Sie alle plapperten, alle klagten an. Eine Made, riefen sie im Chor. Hier, hier.

Fu erkannte das Reliquiar. Das war es, was sie wollte. Denn nur durch das Reliquiar war es der Made möglich, wieder zu sprechen. Und was sie sagen würde...

Sag mir nicht, du hast keine braune Soße gekauft, du Schlampe. Woran denkst du denn den ganzen Tag?

Liebling, bitte. Der Junge...

Willst du mir vorschreiben... Beweg deinen Arsch zum Laden und hol die Soße. Und lass den Jungen hier. Ich sagte, lass ihn hier. Hast du jetzt auch noch was mit den Ohren, nicht nur mit dem Kopf?

Beruhig dich, Schatz...

Als könnten der Tonfall und die Worte irgendetwas an den leisen Schritten oder der Angst im Bauch ändern, die beide zurückkehren würden, wenn er das Reliquiar oder dessen Inhalt verlöre.

Doch er konnte sehen, dass das Reliquiar da stand, wo er es zurückgelassen hatte, in seinem Versteck, das überhaupt kein Versteck war. Und als er den Deckel behutsam anhob, sah er, dass der Inhalt unberührt schien. Selbst der Inhalt des Inhalts – vorsichtig vergraben, bewahrt und behütet – war so, wie er ihn hinterlassen hatte. Oder schien es zumindest.

Er ging zu dem unordentlichen Zeitungsstapel und beugte sich darüber. Doch die Zeitungen sagten nur, was er sehen konnte: Ein Mann in einem afrikanischen Gewand, eine Schlagzeile, die den Mann als »verzweifelten Pflegevater« auswies, und die Story, die der Schlagzeile folgte, erzählte den Rest: All die Todesfälle in London, und endlich waren sie dahintergekommen, dass hier ein Serienmörder am Werk war.

Er spürte, wie er sich entspannte. Seine Hände wurden wieder warm, und er fühlte, wie die Krankheit in seinem Innern sich zurückzog, während er den Stapel Boulevardblätter liebevoll durchblätterte. Vielleicht reichten sie aus, dachte er.

Er setzte sich hin, zog den ganzen Stapel heran wie der Weihnachtsmann, der ein Kind umarmt. Wie seltsam war es doch, dachte er, dass ausgerechnet der letzte Junge – der lügende, leugnende und anklagende Sean, der Errettung und Erlösung verwirkt hatte, indem er sich halsstarrig geweigert hatte, seine Schuld zu gestehen – die Polizei zu der Erkenntnis gebracht hatte, dass sie es hier mit etwas zu tun hatten, das erhabener und größer war als ihre üblichen Fälle. Er hatte ihnen die ganze Zeit Hinweise geliefert, doch sie hatten sich geweigert, sie wahrzunehmen. Jetzt wussten sie Bescheid. Sie ahnten natürlich nichts von seinen Absichten, aber von seiner Existenz als einzelne und einzigartige Macht der Gerechtigkeit. Denen, die ihn suchten, immer einen Schritt voraus. Überlegen.

Er griff nach der letzten Ausgabe des *Evening Standard* und legte sie beiseite. Dann suchte er den Stapel durch, bis er den *Mirror* fand, auf dem ein Foto des Tunnels zu sehen war, wo er den letzten Leichnam hinterlassen hatte. Er verdeckte das Foto mit seinen Händen und betrachtete die restlichen Bilder auf der Titelseite: Polizisten, denn wer sonst sollte es sein? Und einer von ihnen namentlich genannt, sodass er nun wusste, wer seine Absichten zu durchkreuzen suchte und all die anderen in dem fruchtlosen Bemühen anführte, ihn von seinem gewählten Weg abzubringen. Lynley, Detective Superintendent. Der Name war leicht zu merken.

Fu schloss die Augen und beschwor ein Bild herauf, das eine Konfrontation zwischen ihm und diesem Lynley zeigte, allerdings keine, bei der er ihm allein gegenüberstand. Vielmehr war es eine Szene der Erlösung, in welcher der Detective zuschaute, unfähig, irgendetwas zu unternehmen, um den Zyklus von Strafe und Errettung zu unterbrechen, der sich vor seinen Augen vollzog. *Das* wäre doch etwas, dachte Fu. Das wäre ein Statement, das niemand – kein Brady, kein Sutcliffe, kein West oder sonst irgendwer – je zu machen gewagt hatte.

Fu sog die Freude, die dieser Gedanke ihm bereitete, in sich auf, in der Hoffnung, dass sie ihn dem Hochgefühl, das er in den finalen Augenblicken des Aktes der Erlösung empfand, nahe bringen würde, dem, was er die pure *Ja-heit* nannte. Er wollte, dass die Woge des Erfolgs ihn umspülte und dass das Bewusstsein des vollkommenen *Seins* ihn durchdrang. Er wollte, wollte, wollte die emotionale und sinnliche Explosion fühlen, die stattfand, wenn das Sehen und die Erfüllung zusammenprallten... *Bitte*.

Doch nichts geschah.

Er öffnete die Augen, jeder Nerv vibrierte. Die Made war definitiv hier gewesen, hatte diesen Ort entweiht, und das war der Grund, warum es ihm nicht möglich war, jene Momente wiederzuerleben, in denen er lebendiger gewesen war als je zuvor.

Er konnte sich die Verzweiflung nicht erlauben, die ihn anzufallen drohte, also verwandelte er sie in Zorn und konzentrierte diesen Zorn auf die Made. Halt dich fern von hier, du Wichser, verschwinde, verpiss dich.

Doch seine Nerven vibrierten immer noch und sagten ihm, dass er auf diesem Weg niemals Frieden finden würde. Frieden konnte jetzt nur noch der Akt schenken, der eine weitere Seele der Erlösung zuführte.

Der Junge und der Akt selbst, dachte er.

Was vonnöten war, das würde geschehen.

Es regnete die nächsten fünf Tage. Ein heftiger Mittwinterregen, der einen zweifeln ließ, ob man die Sonne je wiedersehen werde. Am Morgen des sechsten Tages hatte das Unwetter sich fast gänzlich ausgetobt, doch die dräuenden Wolken verkündeten, dass sich das nächste bereits im Laufe des Tages zusammenballen werde.

Lynley fuhr nicht sofort zu New Scotland Yard, wie er es üblicherweise tat, sondern in entgegengesetzter Richtung zur A4 und aus der Londoner Innenstadt hinaus. Helen hatte ihm diesen Abstecher vorgeschlagen. Über ein Glas Orangensaft hinweg hatte sie ihn beim Frühstück angeschaut und gesagt: »Tommy, hast du schon mal erwogen, raus nach Osterley zu fahren? Ich glaube, das solltest du dringend tun.«

»Sind meine Selbstzweifel inzwischen so offensichtlich?«, fragte er.

»Ich würde es nicht Selbstzweifel nennen. Und nebenbei bemerkt, finde ich, du bist zu hart zu dir, wenn du es so nennst.«

»Wie würdest du es also nennen?«

Helen dachte darüber nach, den Kopf zur Seite geneigt, während sie ihn betrachtete. Sie hatte sich noch nicht angezogen, nicht einmal die Haare gekämmt, und Lynley stellte fest, dass er sie gern so zerzaust hatte. Sie sah ... sie sah *mütterlich* aus, dachte er. Das war das Wort, auch wenn er sich eher die Zunge abgebissen hätte, als das zu sagen. Sie antwortete schließlich: »Ich würde es sachten Wellengang auf der Oberfläche deines Seelenfriedens nennen, verursacht durch die Regenbogenpresse und den Assistant Commissioner von New Scotland Yard. David Hillier will, dass du versagst, Tommy. Das solltest du doch inzwischen wissen. Auch wenn er ohne Unterlass nach Ergebnissen schreit, bist du doch der letzte Mensch auf der Welt, von dem er sie bekommen möchte.«

Lynley wusste, sie hatte Recht. Er sagte: »Was mich zu der Frage bringt, warum er mir diese Position überhaupt gegeben hat.«

»Als Interim Superintendent oder Leiter dieser Ermittlungskommission?«

»Beides.«

»Wegen Malcolm Webberly natürlich. Hillier hat dir selbst gesagt, er wisse, was Malcolm gewollt hätte, also tut er es. Es ist seine... Hommage an ihn, denke ich, mir fällt kein besseres Wort ein. Es ist sein Beitrag, Malcolms Genesung zu begünstigen. Aber seine eigenen Wünsche – Hilliers, meine ich – kommen dem in die Quere, was er für Malcolm tun will. Also hast du einerseits die Beförderung zum Interim Superintendent, und du hast die Leitung dieser Ermittlung, aber andererseits wird beides von Hilliers Missgunst begleitet.«

Lynley dachte darüber nach. Es ergab durchaus einen Sinn. Aber so war Helen: Kratzte man an der Oberfläche ihrer typischen Unbekümmertheit, fand man eine Frau, die ebenso klug wie intuitiv war. »Ich hatte keine Ahnung, dass du so eine Begabung für Stegreif-Psychoanalyse hast«, bekannte er.

»Oh.« Sie prostete ihm mit der Teetasse zu. »Das lernt man bei den Nachmittagstalkshows, Liebling.«

»Wirklich? Ich hätte dich nie für eine heimliche Talkshowsüchtige gehalten.«

»Du schmeichelst mir. Ich habe eine echte Schwäche für die amerikanischen Shows entwickelt. Du weißt schon: Jemand sitzt auf dem Sofa, schüttet dem Talkmaster und einer halben Milliarde Zuschauer sein Herz aus, und anschließend bekommt er Ratschläge und wird in die Welt hinausgeschickt, um Drachen zu töten. Es ist Bekenntnis, Katharsis, Entschluss und Erneuerung, alles in einem säuberlichen Fünfzig-Minuten-Segment. Ich bewundere die Art und Weise, wie sie im amerikanischen Fernsehen alle Probleme des Lebens lösen, Tommy. So, wie die Amerikaner die meisten Dinge tun, nicht wahr? Die Revolverheldenmethode: Zieh deinen Colt, schieße in der Gegend herum, und das Problem ist verschwunden. Angeblich, jedenfalls.«

»Du willst mir doch nicht vorschlagen, ich solle Hillier erschießen, oder?«

»Höchstens als letztes Mittel. Aber vorher rate ich zu einem Abstecher nach Osterley.«

Also war er ihrem Vorschlag gefolgt. Es war eine gottlose Stunde für einen Besuch in der Rehaklinik, aber er nahm an, dass sein Polizeiausweis ihm Tür und Tor öffnen werde.

Das war der Fall. Die meisten Patienten waren noch beim Frühstück, aber Malcolm Webberlys Bett war leer. Doch ein hilfsbereiter Pfleger wies Lynley den Weg zum Physiotherapieraum. Dort fand Lynley Detective Superintendent Webberly, der sich mit Gehversuchen zwischen zwei parallelen Stangen abmühte.

Lynley beobachtete ihn von der Tür aus. Allein die Tatsache, dass der Superintendent noch lebte, war ein Wunder. Er hatte endlos viele Verletzungen überstanden, die er davongetragen hatte, als er mit einem Auto überfahren worden war. Seine Milz und ein gutes Stück der Leber waren zerstört. Er hatte einen Schädelbruch erlitten, und ein Blutgerinnsel im Gehirn war operativ entfernt worden. Fast sechs Wochen künstliches Koma. Eine gebrochene Hüfte, ein gebrochener Arm, fünf gebrochene Rippen und inmitten der langsamen Rekonvaleszenz von alldem kam noch ein Herzinfarkt dazu. Er war ein unverwüstlicher Krieger im Kampf um die Wiedererlangung seiner Kräfte. Außerdem war er der einzige Mann bei New Scotland Yard, in dessen Gegenwart Lynley nie das Gefühl hatte, eine Maske tragen zu müssen.

Webberly bewegte sich im Schneckentempo zwischen den Stangen entlang, angefeuert von der Therapeutin, die trotz der finsteren Blicke, die sie von ihrem Patienten erntete, unablässig »Herzchen« zu ihm sagte. Sie hatte in etwa die Größe eines Kanarienvogels, und Lynley fragte sich, wie sie den stämmigen Superintendent auffangen wollte, sollte er zu fallen drohen. Doch es schien, dass Webberly die Absicht hatte, nichts anderes zu tun, als das Ende der Vorrichtung zu erreichen. Als das vollbracht war, sagte er, ohne in Lynleys Richtung zu sehen: »Man sollte doch meinen, sie würden mir hier bei passender Gelegenheit eine Zigarre genehmigen, oder, Tommy? Aber unter Belohnung verstehen sie hier einen Einlauf zu Mozart-Begleitung.«

»Wie geht es Ihnen, Sir?«, fragte Lynley und trat weiter in den Raum hinein. »Haben Sie ein paar Kilo abgenommen?«

»Wollen Sie etwa sagen, ich hätt's nötig?« Webberly schaute grinsend in seine Richtung. Er war blass und unrasiert und erweckte den Anschein, als habe er sich mit dem Titanium, aus dem seine neue Hüfte bestand, noch nicht so recht angefreundet. Er trug einen Trainingsanzug anstelle eines Krankenhausnachthemdes. Die Worte »Top Cop« zierten die Jacke.

»Nur eine wertneutrale Bemerkung«, erwiderte Lynley. »In meinen Augen waren Sie immer ein Anblick, der keinerlei Revision bedurfte.«

»Was für ein Blödsinn«, grummelte Webberly, als er das Ende der Stangen erreichte und die Drehung vollführte, die notwendig war, um in den Rollstuhl zu gelangen, den die Therapeutin ihm brachte. »Ihren Beteuerungen würde ich nicht weiter trauen, als ich Sie werfen kann.«

»Tässchen Tee, Herzchen?«, fragte die Therapeutin ihn, als er saß. »Schönes Ingwerplätzchen? Das haben Sie fein gemacht.«

»Sie hält mich für einen dressierten Hund«, erklärte Webberly Lynley. An die Frau gewandt, fuhr er fort: »Bringen Sie die ganze verdammte Keksdose, vielen Dank.«

Sie lächelte seelenvoll und tätschelte ihm die Schulter. »Also: ein Tässchen Tee und ein Plätzchen. Und für Sie?«, fragte sie Lynley, der ihr versicherte, er brauche nichts. Sie verschwand in einem benachbarten Raum.

Webberly rollte zu einem Fenster hinüber, zog die Jalousie hoch und sah in den Tag hinaus. »Grässliches Wetter«, brummte er. »Ich sehne mich nach Spanien, Tommy. Der Gedanke daran... das ist es, was mich aufrecht hält.«

»Das heißt, Sie wollen in den Ruhestand gehen?« Lynley fragte es unbeschwert, bemüht, sich nicht anmerken zu lassen, was er bei der Vorstellung, Superintendent Webberly würde für immer aus dem Polizeidienst ausscheiden, wirklich empfand.

Doch Webberly ließ sich von Lynleys Tonfall nicht täuschen. Er unterbrach seine Betrachtung der Aussicht und warf Lynley über die Schulter einen Blick zu. »David benimmt sich schlecht, ja? Sie müssen eine Strategie entwickeln, um mit ihm fertig zu werden. Das ist alles, was ich Ihnen sagen kann.«

Lynley trat zu ihm ans Fenster. Mürrisch schauten sie beide in den grauen Tag hinaus: nackte Äste in der Ferne, die flehend erhobenen Arme der winterlichen Bäume im Osterley Park. Unterhalb des Fensters lag der Parkplatz.

»Das kann ich, so weit es mich selbst betrifft«, antwortete Lynley.

»Mehr verlangt niemand von Ihnen.«

»Es sind die anderen, um die ich besorgt bin. Vor allem Barbara und Winston. Ich habe ihnen beiden keinen Gefallen getan, indem ich Ihre Position eingenommen habe. Es war Irrsinn, zu glauben, dass ich das könnte.«

Webberly schwieg. Lynley wusste, dass der Superintendent verstand, was er meinte. Havers Karriere bei Scotland Yard würde stagnieren, solange sie mit ihm zusammenarbeitete. Und was Nkata betraf... Lynley wusste, jeder andere Beamte hätte es nach einer Beförderung zum Interim Superintendent besser verstanden, Winston vor Hilliers Zugriff zu bewahren. Doch Havers' Karriere schien von Tag zu Tag mehr dem Untergang geweiht, während Nkata wusste, dass er als Alibi missbraucht wurde und letzten Endes womöglich eine so große Verbitterung mit sich herumtragen würde, dass dies seinen Werdegang jahrelang beeinträchtigen könnte. Ganz gleich, wie Lynley es betrachtete, er hatte das Gefühl, dass er die Situation, in der Havers und Nkata sich derzeit befanden, zu verantworten hatte.

»Tommy«, sagte Webberly, als hätte Lynley all das laut ausgesprochen, »so viel Macht haben Sie gar nicht.«

»Wirklich nicht? Aber Sie hatten sie. Haben sie immer noch. Ich sollte in der Lage sein...«

»Augenblick. Ich rede nicht über die Macht, ein Puffer zwischen David und seinen Opfern zu sein. Ich spreche von der Macht, ihn zu ändern, irgendetwas zu tun, damit er nicht mehr der David ist, den wir kennen. Das würden Sie nämlich gerne tun, wenn Sie mal ehrlich sind. Aber er hat gegen seine eigenen Dämonen zu kämpfen, genau wie Sie. Und es gibt nichts, was Sie tun könnten, um sie für ihn zu verscheuchen.«

»Also, wie werden Sie mit ihm fertig?«

Webberly stützte die Arme auf die Fensterbank. Lynley fiel auf, dass er erheblich älter aussah als früher. Das schüttere Haar, bis vor kurzem noch jener blasse Sandton, den rotes Haar beim Ergrauen annimmt, hatte diese Metamorphose nun abgeschlossen. Tränensäcke hingen unter den Augen, und die Haut unterhalb des Kinns war faltig. Bei dem Anblick fielen Lynley Odysseus' Gedanken angesichts der eigenen Sterblichkeit ein: »Doch auch das Alter hat Geschäft und Ehre!« Er wollte es für Webberly zitieren. Alles war ihm recht, um das Unvermeidliche aufzuschieben.

»Es hängt alles mit dem Ritterstand zusammen, nehme ich an«, sagte Webberly. »Man könnte meinen, David fühle sich wohl darin. Ich glaube, er trägt ihn wie eine Rüstung, und wir wissen beide, dass Rüstungen zuallerletzt dem Wohlbefinden ihres Trägers dienen. Er wollte den Ritterschlag, und gleichzeitig wollte er ihn nicht. Er hat taktiert, um ihn zu kriegen, und damit muss er jetzt leben.«

»Mit dem Taktieren? Aber das ist es doch, was er am besten kann.«

»Nur zu wahr. Und stellen Sie sich mal vor, jemand schreibt Ihnen das auf den Grabstein. Tommy, Sie wissen das alles doch. Und wenn Sie dieses Wissen über Ihr fürchterliches Temperament stellen, werden Sie es auch schaffen, mit Hillier fertig zu werden.«

Da haben wir's wieder, dachte Lynley. Die alles beherrschende Wahrheit seines Lebens. Er hörte noch genau, was sein Vater darüber gesagt hatte, obwohl der seit fast zwanzig Jahren tot war: *Dein Temperament, Tommy. Du lässt nicht nur zu, dass deine Leidenschaft dich blind macht, du lässt dich von ihr beherrschen, mein Junge.*

Worum war es wohl gegangen? Ein Fußballspiel und eine hitzige Auseinandersetzung mit dem Schiedsrichter? Eine Entscheidung beim Rugby, die ihm nicht gefallen hatte? Ein Streit um ein Brettspiel mit seiner Schwester? Was? Und welche Rolle spielte das jetzt?

Aber genau das hatte sein Vater ihm ja klar machen wollen: Die blinde Leidenschaft des Augenblicks wurde bedeutungslos, sobald dieser Augenblick vorüber war. Nur er vergaß diese Tatsache wieder und wieder, was dazu führte, dass alle anderen für seine fatale Schwäche zahlen mussten. Er war Othello ohne Jago als Entschuldigung; er war Hamlet ohne den Geist. Helen hatte Recht. Hillier stellte ihm Fallen, und er tappte hinein.

Er unterdrückte ein Stöhnen. Webberly schaute ihn an. »Bestandteil dieses Jobs ist eine Lernkurve«, sagte der Superintendent sanft. »Warum erlauben Sie sich nicht einfach, ihr zu folgen?«

»Leichter gesagt als getan, wenn am Ende der Kurve jemand mit einer Streitaxt wartet.«

Webberly zuckte die Schultern. »Sie können nicht verhindern, dass David sich bewaffnet. Sie müssen die Person werden, die den Hieben ausweichen kann.«

Die Kanarienvogeltherapeutin kam zurück, die Teetasse in einer, eine Papierserviette in der anderen Hand. Darauf balancierte sie ein einzelnes Ingwerplätzchen – Webberlys Belohnung dafür, dass er den ganzen Weg an den parallelen Stangen geschafft hatte. »Hier, bitte, Herzchen«, sagte sie. »Schönes heißes Tässchen Tee mit Milch und Zucker... Ich hab ihn so gemacht, wie Sie ihn gern haben.«

»Ich hasse Tee«, eröffnete Webberly ihr, als er Tasse und Keks in Empfang nahm.

»Oh, jetzt trinken Sie schon«, antwortete sie. »Sie sind sehr unartig heute Morgen. Liegt das an Ihrem Besucher?« Sie tätschelte ihm die Schulter. »Nun, es ist schön, zu sehen, dass wieder Leben in Ihnen steckt. Aber hören Sie auf, mich auf den Arm zu nehmen, Herzchen, oder es gibt was.«

»Sie sind der Grund, warum ich mich bemühe, so schnell wie möglich hier rauszukommen«, sagte Webberly.

»Genau das ist meine Absicht«, antwortete sie liebenswürdig. Sie winkte ihm zu, ging hinaus und nahm sein Krankenblatt mit.

»Sie haben Hillier, ich hab sie«, grummelte Webberly und biss in sein Plätzchen.

»Aber wenigstens bietet sie Erfrischungen an«, erwiderte Lynley.

Der Besuch in Osterley brachte keinerlei Lösung, aber Helens Rezept wirkte so, wie sie beabsichtigt hatte: Als Lynley sich von Webberly in dessen Zimmer verabschiedete, fühlte er sich bereit für eine neue Runde in seinem Berufsalltag.

Was diese Runde brachte, waren Informationen aus verschiedenen Quellen. Er traf sein Team in der Einsatzzentrale, wo unablässig Telefone klingelten und Constables Daten in die Computer eingaben. Stewart war dabei, Einsatzberichte von einem seiner Teams zusammenzutragen, und – *mirabile dictu* – Barbara Havers hatte es in Lynleys Abwesenheit offenbar fertig gebracht, Anweisungen von DI Stewart entgegenzunehmen, ohne dass es zu einem Zwischenfall gekommen war. Als er die Gruppe zusammenrief, erfuhr er als Erstes, dass Havers auf Stewarts Anweisung hin zu Colossus gefahren war, um noch einmal mit Ulrike Ellis in den Ring zu steigen.

»Es ist erstaunlich, wie schnell sie Informationen über Jared Salvatore zusammengeklaubt hat, nachdem ihr klar wurde, dass wir das Anwesenheitsbuch vom Empfang haben, in dem sein Name wieder und wieder zu finden ist«, berichtete Havers. »Außerdem hat sie allerhand brauchbare Details über Anton Reid ausfindig gemacht. Sie ist jetzt an Bord, Sir, die Fleisch gewordene Kooperation. Sie hat mir eine Liste mit den Namen der Jungen gegeben, die im Laufe der letzten zwölf Monate aus dem Colossus-Programm ausgeschieden sind, und ich überprüfe, ob sie den übrigen Opfern zuzuordnen sind.«

»Wie steht es mit den persönlichen Beziehungen der beiden Jungen zu Colossus-Mitarbeitern?«

»Jared und Anton? Griffin Strong war ihr Einstufungsleiter –

Überraschung, Überraschung. Anton Reid hat außerdem eine Weile Greenhams Computerkurs besucht.«

»Und was ist mit Kilfoyle und Veness? Gab es Beziehungen zwischen den Jungen und ihnen?«

Havers konsultierte ihren Bericht, der ausnahmsweise getippt war – vielleicht als Beweis ihrer zweifelhaften Absichten, in Zukunft eine Vorzeigepolizistin zu sein. »Kilfoyle und Veness kannten beide Jared Salvatore. Der Junge war offenbar der reinste Zauberkünstler im Erfinden von Kochrezepten. Er konnte nicht lesen, also nicht nach der Anleitung aus Büchern kochen, aber er war in der Lage, etwas zusammenzubrutzeln, das er den Colossus-Mitarbeitern servierte. Sie waren seine Versuchskaninchen. Alle kannten ihn, wie sich jetzt herausstellt. Mein Fehler war, nur Ulrike Ellis und Griff Strong nach ihm zu fragen.« Sie sah in die Runde, als erwarte sie von irgendjemandem eine Reaktion auf ihr Eingeständnis. »Als die beiden mir sagten, er sei kein Colossus-Klient, habe ich es geglaubt, weil sie es bei Kimmo Thorne so bereitwillig zugegeben haben. Tut mir Leid.«

»Was haben Kilfolye und Veness über Anton Reid zu sagen?«

»Kilfolye behauptet, er erinnere sich nicht an Anton. Veness nur vage. Er sagt, *vielleicht* hat er ihn gekannt. Neil Greenham erinnert sich an ihn.«

»Dieser Greenham, Tommy«, unterbrach John Stewart. »Der ist ein richtiger Choleriker, wenn wir dem Schuldirektor in Kilburn glauben wollen, wo er unterrichtet hat. Greenham hat ein paar Mal vor seinen Schülern die Beherrschung verloren und einen Jungen gegen die Tafel gestoßen. Die Eltern haben sich umgehend beschwert, und er hat sich entschuldigt, aber das heißt ja nicht, dass diese Entschuldigung aufrichtig war.«

»So viel also zu seiner Theorie über Disziplin«, bemerkte Havers.

»Werden diese Männer inzwischen observiert?«, fragte Lynley.

»Wir haben zu wenig Leute, Tommy. Hillier bewilligt uns keine weiteren Kräfte, bis wir ein Ergebnis vorgelegt haben.«

»Verdammt noch mal...«

»Aber wir haben ein bisschen herumgeschnüffelt, und darum bekommen wir allmählich ein Bild von ihren abendlichen Aktivitäten.«

»Die da wären?«

Stewart nickte seinen Beamten vom Team drei zu. Bislang gab es wenig Verdächtiges. Jack Veness ging nach Feierabend regelmäßig in den Miller and Grindstone, seine Stammkneipe in Bermondsey, wo er am Wochenende auch kellnerte. Er trank, rauchte und telefonierte hin und wieder in der Telefonzelle vor der Tür…

»Das klingt viel versprechend«, sagte jemand.

…aber das war alles. Dann ging er nach Hause oder zu einem indischen Schnellimbiss unweit Bermondsey Square. Griffin Strong ging abends entweder in seine T-Shirt-Druckerei in der Quaker Street oder nach Hause. Er schien aber auch eine Vorliebe für ein bengalisches Restaurant an der Brick Lane zu haben, wo er gelegentlich allein zu Abend aß.

Was Kilfoyle und Greenham betraf, hatte Team drei Informationen gesammelt, die besagten, dass Kilfoyle viele seiner Abende in der Othello-Bar des London Ryan Hotels verbrachte, das am Fuß der Gwynne Place Steps lag. Diese Treppe führte zum Granville Square hinauf, wo er wohnte.

»Mit wem wohnt er zusammen?«, fragte Lynley. »Wissen wir etwas darüber?«

»Laut Grundbuchamt gehört das Haus Victor Kilfoyle. Sein Vater, nehme ich an.«

»Und Greenham?«

»Das einzig Interessante, was er getrieben hat, war, mit Mummy in die Royal Opera zu gehen. Und offenbar hat er eine Freundin, mit der er sich heimlich trifft. Wir wissen, dass sie bei einem billigen Chinesen in der Lisle Street waren und bei einer Ausstellungseröffnung in einer Galerie an der Upper Brook Street. Davon abgesehen war er zu Hause bei Mummy.« Stewart lächelte. »In Gunnersbury übrigens.«

»Überrascht das noch irgendjemanden?«, fragte Lynley. Er

warf Havers einen Blick zu. Sie hielt sich mit Mühe davon ab, *Wusst ich's doch* zu jubeln, und das musste er ihr hoch anrechnen. Sie hatte von Anfang an die Verbindung zwischen den Colossus-Angestellten und den Fundorten der Opfer gesehen.

In diesem Moment kam Nkata von einer Besprechung mit Hillier zurück. Alles war bereit, um einen Beitrag für *Crimewatch* – die Verbrecherjagdsendung im Fernsehen – zu drehen, berichtete er, und als seine Kollegen ihm daraufhin eine Hollywood-Karriere prophezeiten, bedachte er sie mit finsteren Blicken. Sie wollten das Phantombild des Eindringlings im Square Four Fitnessclub verwenden, das sie mit Hilfe des Bodybuilders, der den potenziellen Verdächtigen gesehen hatte, angefertigt hatten, berichtete er ihnen. Außerdem wollten sie Fotos der bislang identifizierten Opfer zeigen und eine szenische Rekonstruktion von Kimmo Thornes Begegnung mit seinem Mörder: Ein roter Ford Transit hielt einen Radfahrer an, der gestohlene Gegenstände mit sich führte. Der Transitfahrer half, die Beute und das Fahrrad in seinem Lieferwagen zu verstauen.

»Wir können noch etwas beisteuern«, sagte Stewart, nachdem Nkata geendet hatte. Er klang erfreut. »Ein Überwachungsvideo. Ich würde nicht gerade behaupten, dass wir eine Goldmine gefunden haben, aber wir hatten ein bisschen Glück mit einer Überwachungskamera, die an einem Gebäude nahe St. George's Gardens angebracht ist: Man sieht einen Van die Straße entlangfahren.«

»Datum und Uhrzeit?«

»Passen zu Kimmo Thornes Ermordung.«

»Verflucht, John, wieso hat es so lange gedauert, das zu finden?«

»Wir haben es schon länger, aber es war nicht viel zu erkennen«, erklärte Stewart. »Wir mussten den Film bearbeiten lassen, und das hat gedauert. Aber das Warten hat sich gelohnt. Du solltest es dir am besten mal ansehen und sagen, wie du es eingesetzt haben willst. Vielleicht können die *Crimewatch*-Leute was damit anfangen.«

»Ich schau es mir sofort an«, antwortete Lynley. »Wie steht es mit der Überwachung der Fundorte? Hat das irgendetwas ergeben?«

Dabei war nichts herausgekommen. Falls der Mörder einen nächtlichen Besuch am Schrein seiner kriminellen Erfüllung plante, wie Hamish Robson in seinem Bericht behauptete, hatte er es bislang noch nicht getan. Was das Gespräch auf den Profilerbericht an sich brachte. Barbara Havers sagte, sie habe ihn sich nochmals angeschaut und wolle die Aufmerksamkeit auf einen Aspekt von Robsons Beschreibung lenken: Der Bericht besagte, dass der Mörder wahrscheinlich mit einem dominanten Elternteil zusammenlebte. Bislang hatten sie zwei Verdächtige mit einem Elternteil im selben Haushalt: Kilfoyle und Greenham. Der eine mit dem Vater, der andere mit der Mutter. Und war es nicht merkwürdig, dass Greenham seine Mum in die Oper ausführte, die Freundin aber nur billigen Chinafraß und eine kostenlose Ausstellungseröffnung bekam? Was hatte das zu bedeuten?

Es lohne sich auf jeden Fall, der Sache auf den Grund zu gehen, bestätigte Lynley und fragte: »Wer hat festgestellt, mit wem Veness zusammenwohnt?«

John Stewart antwortete: »Mit seiner Vermieterin, Mary Alice Atkins-Ward, einer entfernten Verwandten.«

»Konzentrieren wir uns also auf Kilfoyle und Greenham?«, fragte ein Detective Constable mit gezücktem Bleistift.

»Lassen Sie mich erst einmal das Überwachungsvideo anschauen.« Lynley wies sie an, mit ihren jeweiligen Aufgaben fortzufahren. Er selbst folgte John Stewart zu einem Videorekorder. Er bedeutete Nkata, ihn zu begleiten. Ihm entging nicht, dass Havers ihn deswegen mit einem finsteren Blick bedachte, aber er beschloss, dies zu ignorieren.

Er setzte große Hoffnungen auf das Überwachungsvideo. Das Phantombild hatte wenig Aussagekraft. Er fand, es sah aus wie jedermann und niemand. Der Verdächtige hatte irgendeine Art Kopfbedeckung getragen – taten sie das nicht alle? – und hatte

Havers nach einem flüchtigen Blick darauf auch triumphierend verkündet, dass Robbie Kilfoyle eine EuroDisney-Baseballkappe trug, war das allein kein Verdachtsmoment. Lynley wäre jede Wette eingegangen, dass das Phantombild so gut wie nutzlos war, und er nahm an, die *Crimewatch*-Sendung würde das bestätigen.

Stewart schnappte sich die Fernbedienung des Videorekorders und schaltete den Fernseher ein. In einer Ecke des Bildschirms erschienen Datum und Uhrzeit, und das Bild zeigte den Ausschnitt einer Gasse, hinter der die Mauer von St. George's Gardens aufragte. Die Front eines Lieferwagens kam am Ende der Gasse ins Bild. Die Einmündung war etwa dreißig Meter von der Kamera, die die Gasse überwachte, entfernt. Das Fahrzeug hielt, die Scheinwerfer wurden ausgeschaltet, und eine Gestalt stieg aus. Sie trug eine Art Werkzeug in der Hand und verschwand hinter der Biegung der Mauer, vermutlich, um das Werkzeug irgendwo außerhalb des Kamerawinkels zum Einsatz zu bringen. Das Vorhängeschloss, welches das Tor zum Park nachts sicherte, dachte Lynley.

Die Gestalt kam zurück, zu weit weg und sogar auf dem bearbeiteten Film zu unscharf, um erkennbar zu sein. Sie stieg in den Wagen, der gleich darauf anrollte. Bevor er hinter der Mauer verschwand, stoppte Stewart das Video. »Schau dir dieses nette Bild an, Tommy«, sagte er. Er klang sehr zufrieden.

Und das zu Recht, dachte Lynley. Denn es war ihnen gelungen, die Beschriftung auf der Seite des Lieferwagens im Film sichtbar zu machen. Ein komplett lesbarer Schriftzug wäre ein Wunder gewesen, aber den hatten sie nicht. Ein halbes Wunder musste reichen. Drei abgeschnittene Schriftzeilen waren auszumachen:

waf
bile
che

Darunter stand eine Nummer: 873-61.

»Das Letzte sieht aus wie der Teil einer Telefonnummer«, bemerkte Nkata.

»Ich wette, der Rest ist ein Firmenname«, sagte Stewart. »Die Frage ist: Zeigen wir das bei *Crimewatch*?«

»Wer bearbeitet den Lieferwagen?«, fragte Lynley. »Und wie gehen sie vor?«

»Sie versuchen, bei British Telecom etwas über diese paar Ziffern der Telefonnummer rauszukriegen, gehen das Firmenregister durch, um zu sehen, ob es was Passendes zu den Buchstaben gibt, und lassen die Suche bei der Kraftfahrzeugmeldestelle noch mal durchlaufen.«

»Das wird hundert Jahre dauern«, warf Nkata ein. »Aber wie viele Millionen Leute würden es sehen, wenn wir's im Fernsehen zeigen?«

Lynley überlegte, welche Folgen es hätte, wenn sie das Video zeigten. Millionen Menschen sahen die Sendung, und sie hatte schon Dutzende Male dazu beigetragen, die Auflösung eines Falls zu beschleunigen. Aber es barg auch Risiken, den Filmausschnitt landesweit auszustrahlen, nicht zuletzt die Gefahr, dem Mörder einen Blick in den Stand ihrer Ermittlungen zu gewähren. Denn es war durchaus wahrscheinlich, dass auch der Täter zusah und den Lieferwagen einer so gründlichen Reinigung unterzog, dass alle Spuren, die die Anwesenheit der Opfer im Wagen bewiesen, unwiederbringlich vernichtet wären. Oder ebenso gut könnte er den Transit auf der Stelle verschwinden lassen, ihn außerhalb Londons an einem von hundert Orten abstellen, wo er jahrelang nicht gefunden würde. Oder er stellte ihn irgendwo in eine Garage, was zum gleichen Ergebnis führen würde.

Die Entscheidung lag bei Lynley. Er beschloss, sie aufzuschieben. »Ich will in Ruhe darüber nachdenken«, sagte er und fuhr, an Winston gewandt, fort: »Sagen Sie den *Crimewatch*-Leuten, wir haben vielleicht etwas für sie, woran wir aber noch arbeiten.«

Nkata schien beunruhigt, ging aber zum Telefon. Stewart wirkte zufrieden, als er an seinen Schreibtisch zurückkehrte.

Lynley nickte Havers zu, und sein Blick sagte: Jetzt sind Sie dran. Sie griff nach einem, wie es aussah, brandneuen Notizbuch und folgte ihm aus der Einsatzzentrale.

»Gute Arbeit«, sagte er zu ihr. Ihm fiel auf, dass sie heute sogar passender gekleidet war als sonst. Sie trug ein Tweedkostüm und flache Lederschuhe. Der Rock hatte einen Fleck, und die Schuhe waren nicht geputzt, aber davon abgesehen war es ein bemerkenswerter Wandel für eine Frau, die sonst Schlabberhosen mit Gummizug trug und dazu T-Shirts mit hanebüchenen Sprüchen bevorzugte.

Sie zuckte die Schultern. »Ich bin durchaus in der Lage, einen Hinweis zu verstehen, wenn er mir um die Ohren gehauen wird, Sir.«

»Das freut mich zu hören. Holen Sie Ihre Sachen und begleiten Sie mich.«

Ihr Gesicht veränderte sich. Das hoffnungsvolle Strahlen verriet Havers in gleichem Maße, wie es Lynley rührte. Er wollte ihr raten, im Dienst ihre Emotionen nicht so freimütig zu zeigen, aber er hielt den Mund. Havers war eben Havers.

Sie fragte nicht, wohin es gehen sollte, bis sie im Bentley saßen und Richtung Vauxhall Bridge Street fuhren. Dann erkundigte sie sich: »Sind wir auf der Flucht, Sir?«

»Glauben Sie mir, ich habe mehr als einmal damit geliebäugelt«, antwortete er. »Aber Webberly hat mir versichert, es gibt einen Weg, mit Hillier fertig zu werden. Ich habe ihn einfach noch nicht gefunden.«

»Das muss ungefähr so sein wie die Suche nach dem Heiligen Gral.« Sie betrachtete ihre Schuhe und schien deren beklagenswerten Zustand zu bemerken. Sie befeuchtete einen Finger an der Zunge und verrieb die Spucke auf einem Kratzer – ohne Erfolg. Dann fragte sie: »Wie geht es ihm denn?«

»Webberly? Es geht langsam aufwärts, aber immerhin aufwärts.«

»Das ist gut, oder?«

»Wenn man das ›langsam‹ vernachlässigt, ja. Wir brauchen ihn zurück, ehe Hillier seinen Selbstzerstörungsknopf drückt und uns alle mit ins Verderben reißt.«

»Glauben Sie wirklich, dass es so weit kommt?«

»Manchmal weiß ich wirklich nicht, was ich glauben soll«, gestand er.

Die Parkplatzsituation an ihrem Ziel war wie üblich ein Albtraum. Er bugsierte den Bentley in eine winzige Lücke vor dem Eingang zum King's Head and Eight Bells Pub, genau unter einem Schild mit der Aufschrift »Einfahrt Tag und Nacht freihalten«, dem die Worte »Wer hier parkt, wird erschossen« hinzugefügt worden waren. Havers zog die Brauen hoch.

»Was wäre das Leben ohne Risiko?«, fragte Lynley. Trotzdem platzierte er ein Polizeischild gut sichtbar hinter der Windschutzscheibe.

»Jetzt leben wir wirklich gefährlich«, bemerkte Havers.

Sie gingen ein paar Schritte die Cheyne Row entlang bis zu dem Haus an der Ecke Lordship Place. Drinnen trafen sie St. James an, der sich mit Deborah und Helen unterhielt. Die beiden Frauen blätterten Zeitschriften durch und plauderten über »die ultimative Lösung für alles. Simon, du hast ein Genie geheiratet.« Sie waren im Labor.

»Logik«, antwortete Deborah. »Mehr war es nicht.« Sie schaute auf und entdeckte Lynley und Havers an der Tür. »Genau zum richtigen Zeitpunkt«, sagte sie. »Seht mal, wer da ist. Du musst nicht einmal nach Hause fahren, um ihn zu überreden, Helen.«

»Mich zu was überreden?« Lynley trat zu seiner Frau, legte einen Finger unter ihr Kinn und studierte ihr Gesicht. »Du siehst müde aus.«

»Sei keine solche Glucke«, schalt sie. »Du kriegst Sorgenfalten auf der Stirn.«

»Das liegt an Hillier«, sagte Havers. »In einem Monat werden wir alle um zehn Jahre gealtert sein.«

»Geht er nicht bald in den Ruhestand?«, fragte Deborah.

»Assistant Commissioners gehen nicht in den Ruhestand, Liebes«, belehrte St. James seine Frau. »Nicht, bis sie die allerletzte Hoffnung, Commissioner zu werden, endgültig begraben müssen.« Er schaute zu Lynley. »Ich nehme an, es ist eher unwahrscheinlich, dass das bald passiert?«

»Da liegst du völlig richtig. Hast du irgendwas für uns, Simon?«

»Ich schätze, du sprichst von Informationen und nicht von Whisky?«, fragte St. James und fügte dann hinzu: »Fu.«

»Fu?«, wiederholte Havers. »Wie in Kung Fu? Oder Fuji?«

»Einfach F und U.« Auf einer Standtafel hatte St. James mit Theaterblut an einem Diagramm gearbeitet, doch nun kehrte er ihm den Rücken und holte aus der oberen Schreibtischschublade ein Blatt Papier, auf dem das gleiche Zeichen gemalt war wie auf dem Brief, der bei Scotland Yard eingegangen war und angeblich von ihrem Serienmörder stammte. »Es ist ein chinesisches Symbol«, erklärte St. James. »Es steht für Autorität, göttliche Macht und die Fähigkeit zu richten. Tatsächlich steht es für Gerechtigkeit. Und man spricht es ›Fu‹ aus.«

»Bringt dich das weiter, Tommy?«, fragte Helen.

»Es passt zum Inhalt der Nachricht, die er gesandt hat. Und bis zu einem gewissen Grade auch zu dem Zeichen auf Kimmo Thornes Stirn.«

»Weil es ein Zeichen *ist*?«, fragte Havers.

»Ich nehme an, so würde Dr. Robson es sehen.«

»Obwohl das andere Zeichen aus der Alchimie kommt?«, fragte Deborah ihren Mann.

»Es ist die Tatsache, dass er grundsätzlich Zeichen verwendet, nehme ich an«, antwortete St. James. »Zwei Symbole, deren Bedeutung unschwer herauszufinden ist. Ist es das, was du meintest, Tommy?«

»Hm. Ja.« Lynley betrachtete das Blatt mit dem Symbol und seiner Erklärung. »Simon, woher hast du diese Information?«

»Aus dem Internet«, antwortete er. »Es war nicht schwer zu finden.«

»Also hat unser Mann Zugang zu einem Computer«, bemerkte Havers.

»Das reduziert den Täterkreis auf fünfzig Prozent der Londoner Bevölkerung«, sagte Lynley grimmig.

»Ich denke, ich kann zumindest einen Teil dieser Gruppe eliminieren. Denn da ist noch etwas.« St. James war an einen der Labortische getreten, wo er eine Reihe Fotos auslegte. Lynley und Havers schlossen sich ihm an, während Deborah und Helen an dem anderen Tisch blieben, die aufgeschlagenen Zeitschriften zwischen ihnen ausgebreitet.

»Die hab ich von SO7 bekommen«, erklärte St. James und wies auf die Bilder. Lynley sah, dass es Aufnahmen der ermordeten Jungen waren und Ausschnittvergrößerungen von einer bestimmten Stelle ihres Oberkörpers. »Erinnerst du dich, Tommy, dass die Autopsieberichte in allen Fällen ein ›wundenartiges Hämatom‹ an einer bestimmten Körperstelle beschrieben? Nun sieh dir das hier mal an. Deborah hat mir gestern die Vergrößerungen gemacht.« Er griff nach einem der größeren Fotos.

Lynley betrachtete es, Havers schaute ihm über die Schulter. Das Foto zeigte den Bluterguss, von dem St. James gesprochen hatte. Er erkannte, dass es sich eher um ein Muster als um einen Bluterguss handelte, am deutlichsten bei Kimmo Thorne zu erkennen, weil er das einzige Opfer weißer Hautfarbe war. Bei Kimmo war ein heller Fleck in der Mitte umringt von dunklerem Fleisch, das in der Tat an ein Hämatom denken ließ. Im Zentrum des hellen Flecks waren zwei kleine brandwundenartige Stellen. Variiert nur durch die jeweilige Pigmentierung der Opfer, war die Wunde auf jedem Foto, das St. James ihm reichte, die gleiche. Als er sie alle gesehen hatte, schaute Lynley auf.

»Haben sie das bei SO7 wirklich übersehen?«, fragte er. Was er dachte, war: Was für eine verfluchte Schlamperei.

»Sie erwähnen es in den Berichten. Das Problem liegt in ihrer Ausdrucksweise. Sie haben es als Hämatom bezeichnet.«

»Und wofür hältst du es? Es sieht aus wie eine Mischung aus Hämatom und Verbrennung.«

»Ich hatte eine Idee, aber ich war zuerst nicht ganz sicher. Also habe ich die Fotos eingescannt und einem Kollegen in den Staaten gemailt, um eine zweite Meinung einzuholen.«

»Warum die Staaten?« Havers hatte sich eines der Fotos genommen und stirnrunzelnd darauf hinabgeschaut, aber jetzt hob sie neugierig den Kopf.

»Weil sie, wie so ziemlich jede Waffe, die man sich vorstellen kann, in Amerika legal sind.«

»Was?«

»Elektroschocker. Ich glaube, das ist es, womit er die Jungen außer Gefecht setzt, bevor er den Rest tut.« St. James erklärte, dass die Merkmale der hämatomartigen Wunden an den Leichen sich in allen Punkten mit denen deckten, die durch den Stromstoß von fünfzigtausend bis zweihunderttausend Volt, die solche Waffen abgaben, entstanden. »Jeder der Jungen wurde etwa an der gleichen Stelle getroffen, auf der linken Seite des Oberkörpers. Das sagt uns, dass der Mörder den Schocker in allen Fällen auf die gleiche Weise einsetzt.«

»Wenn man was gefunden hat, das funktioniert, warum soll man damit noch experimentieren?«, warf Havers ein.

»Exakt«, stimmte St. James zu. »Der Elektroschock stellt das Nervensystem auf den Kopf, sodass das Opfer gelähmt wird, unfähig, sich zu rühren, selbst wenn es will. Die Muskulatur arbeitet schnell, aber nicht effizient. Der Blutzucker wird in Milchsäure umgewandelt, was ihm jedwede Energie raubt. Die neurologischen Impulse werden unterbrochen. Das Opfer ist schwach, verwirrt und desorientiert.«

»Und solange es in diesem Zustand ist, hat er Zeit, es zu immobilisieren«, fügte Lynley hinzu.

»Und wenn das Opfer zu sich kommt…?«, fragte Havers.

»Setzt der Mörder den Schocker noch einmal ein. Bis das Opfer wieder ganz bei Bewusstsein ist, ist es geknebelt und gefesselt, und der Mörder kann mit ihm tun, was er will.« Lynley gab St. James die Fotos zurück. »Ja. Ich denke, genauso läuft es ab.«

»Es ist nur...« Havers reichte ihr Foto auch an St. James zurück, aber sie sprach zu Lynley. »Diese Straßenkids sind mit allen Wassern gewaschen. Man sollte doch meinen, sie merken es rechtzeitig, wenn ihnen jemand eine Pistole zwischen die Rippen stoßen will.«

»Was das betrifft, Barbara...« St. James nahm einige Blätter aus einem Eingangskörbchen auf dem Aktenschrank. Er reichte sie Lynley, der sie auf den ersten Blick für Werbeprospekte hielt. Bei genauerem Hinsehen erkannte er jedoch, dass die Dokumente aus dem Internet stammten. Auf einer Seite namens PersonalSecurity.com wurden Elektroschocker zum Verkauf angeboten. Sie wurden dort »Stun Guns« genannt, sahen aber völlig anders aus als die Pistolenform, die dieser Name zu implizieren schien. Tatsächlich sahen sie überhaupt nicht wie Waffen aus, was vermutlich genau der Punkt war, der sie für potenzielle Käufer attraktiv machen sollte. Manche sahen aus wie Mobiltelefone. Andere wie Taschenlampen. Doch alle funktionierten auf die gleiche Weise: Man musste den Körper des Opfers mit dem Schocker berühren, damit der Stromstoß wirken konnte.

Havers pfiff leise vor sich hin. »Ich bin beeindruckt«, sagte sie. »Und ich schätze, es ist nicht schwer zu erraten, wie diese Dinger ins Land kommen.«

»Kein Problem, sie nach England zu schmuggeln, wenn sie so harmlos aussehen«, stimmte St. James zu.

»Und vom Flughafen geradewegs auf den Schwarzmarkt«, fügte Lynley hinzu. »Das ist großartig, Simon. Danke. Ein Fortschritt. Ich fühle mich ansatzweise ermutigt.«

»Aber Hillier können wir das nicht sagen«, gab Havers zu bedenken. »Er reicht es gleich weiter an *Crimewatch*. Oder an die Presse, und zwar schneller, als Sie ›Leck mich am Arsch‹ sagen könnten. Nicht, dass Sie das je sagen würden, Sir«, fügte sie hastig hinzu.

»Nicht, dass ich es nicht sagen möchte«, erwiderte Lynley. »Obwohl ich es in der Regel lieber ein bisschen subtiler habe.«

»Dann könnten wir ein Problem mit unserem Plan bekommen«, meldete Helen sich von ihrem Platz aus zu Wort, wo sie und Deborah die Zeitschriften durchgeblättert hatten. Sie hielt eine davon hoch, und Lynley erkannte, dass sie Baby- und Kinderbekleidung zeigte. »Ich muss gestehen, er ist kein bisschen subtil«, fuhr sie fort. »Deborah hat eine Lösung vorgeschlagen, Tommy. Für die Taufproblematik.«

»Ach ja. Das.«

»Genau. Das. Sollen wir's dir erzählen? Oder soll ich bis später warten? Du könntest es als kleine Ablenkung von den grausigen Realitäten des Falls betrachten, wenn du willst.«

»Indem ich mich den grausigen Realitäten unserer Familien zuwende, meinst du?«, fragte Lynley. »Also, das ist wirklich eine wunderbare Ablenkung.«

»Mach dich nicht über mich lustig«, schalt Helen. »Um ehrlich zu sein, wenn es nach mir ginge, würden wir unseren Jasper Felix in einem Geschirrtuch taufen. Da es aber nicht nach mir geht, da zweihundertfünfzig Jahre Lynley-Familiengeschichte auf meinen Schultern lasten, will ich einen Kompromiss finden, der alle zufrieden stellt.«

»Das wird dir kaum gelingen, nachdem deine Schwester Iris begonnen hat, die übrigen Mädchen hinter sich zusammenzuscharen, um die Clyde-Familiengeschichte zu verteidigen«, entgegnete Lynley.

»Nun ja, Iris kann ziemlich Furcht einflößend sein, wenn sie sich etwas in den Kopf gesetzt hat. Das war es, worüber Deborah und ich gesprochen haben, und da hat sie die naheliegendste Lösung der Welt vorgeschlagen.«

»Will ich sie hören?«, fragte Lynley Deborah.

»Neue Taufkleider«, erwiderte sie.

»Aber nicht einfach nur neu«, fügte Helen hinzu. »Und nicht das Übliche: Taufkleid, Deckchen, Schärpe und was sonst noch. Es geht darum, etwas zu kaufen, das eine neue Tradition etabliert. Deine und meine. Das wird natürlich ein bisschen mehr Mühe kosten, und es wird kaum damit getan sein, sich einmal kurz bei Peter Jones umzuschauen.«

»Das wird dir so richtig schwer fallen, Liebling«, bemerkte Lynley.

»Er meint das sarkastisch«, erklärte Helen den anderen. Und an Lynley gewandt: »Du siehst aber doch ein, dass das die Lösung ist, nicht wahr? Etwas Neues, etwas Anderes, etwas, das wir an unsere Kinder weitergeben – zumindest können wir das behaupten –, damit auch sie diese Tradition fortführen. Und ich bin sicher, dass es so etwas gibt. Deborah hat sich freiwillig gemeldet, mir bei der Suche zu helfen.«

»Danke«, sagte Lynley zu Deborah.

»Gefällt dir die Idee?«, fragte sie ihn.

»Mir gefällt alles, was mir ein bisschen Frieden beschert. Selbst wenn es nur vorübergehend ist. Sollte es uns jetzt noch gelingen...«

Sein Handy trällerte. Als er in die Innentasche des Mantels griff, um es hervorzuholen, klingelte auch Havers' Mobiltelefon.

Die anderen beobachteten, wie die Information von New Scotland Yard an Lynley und Havers gleichzeitig weitergegeben wurde. Es waren keine guten Neuigkeiten.

Queen's Wood. In Nordlondon.

Irgendjemand hatte schon wieder eine Leiche gefunden.

16

Helen ging mit ihnen zum Auto hinunter. Sie hielt Lynley zurück, ehe er einsteigen konnte, und sagte: »Darling, bitte hör mir zu.« Sie sah zu Havers, die sich bereits anschnallte, und fuhr dann leise fort: »Du wirst diesen Fall lösen, Tommy. Bitte sei nicht so hart zu dir.«

Er stieß die Luft aus. Wie gut sie ihn kannte. Er antwortete ebenso leise: »Was sonst soll ich sein? *Noch* einer, Helen.«

»Du darfst nicht vergessen, du bist nur ein Mann.«

»Das stimmt nicht. Ich bin mehr als dreißig Männer und

Frauen, und wir haben bisher einen verdammten Scheißdreck getan, um ihn zu schnappen. *Er* ist *ein* Mann.«

»Das ist nicht wahr.«

»Was ist nicht wahr?«

»Du weißt, was ich meine. Du tust dies auf die einzig mögliche Art und Weise.«

»Während Jungen – und sie sind noch kleine Jungs, Helen, fast noch Kinder – hier draußen auf den Straßen sterben. Ganz egal, was sie getan haben, was ihr Vergehen war, falls sie überhaupt eines begangen haben, das haben sie nicht verdient. Ich habe das Gefühl, als wären wir alle am Steuer eingeschlafen, ohne es zu merken.«

»Ich weiß«, sagte sie.

Lynley sah die Liebe und Sorge im Gesicht seiner Frau, und für einen Moment trösteten sie ihn. Doch als er ins Auto stieg, sagte er voller Bitterkeit: »Um Himmels willen, denk nicht so gut von mir, Helen.«

»Ich kann nichts anderes denken. Bitte, fahr vorsichtig.« Dann bat sie Havers: »Barbara, würden Sie darauf achten, dass er irgendwann einmal etwas isst? Sie kennen ihn ja. Er wird es wieder vergessen.«

Havers nickte. »Ich besorg ihm was anständig Frittiertes. Jede Menge Fett. Das hält ihn auf den Beinen.«

Helen lächelte. Sie legte Lynley für einen Augenblick die Hand an die Wange, dann trat sie vom Wagen zurück. Lynley sah sie im Rückspiegel. Sie stand immer noch an derselben Stelle, als sie wegfuhren.

Auf der Park Lane und der Edgware Road kamen sie einigermaßen gut in nordwestlicher Richtung voran. Sie passierten den Regent's Park an der Nordseite und rasten Richtung Kentish Town. Sie näherten sich Queen's Wood von der Highgate Station, als der Regen, der für heute vorhergesagt war, einsetzte. Lynley fluchte. Regen an einem Tatort war das perfekte Rezept für einen forensischen Albtraum.

Queen's Wood war eine Anomalie in London: ein richtiger

Wald, der einmal ein Park gewesen war wie jeder andere, aber schon vor langer Zeit aufgegeben worden war, sodass er wachsen, gedeihen und vergehen konnte, wie er wollte. Das Ergebnis waren einige Hektar ungebändigter Natur inmitten der Großstadt. Häuser und gelegentlich eine Mietskaserne grenzten daran, aber keine drei Meter hinter ihren Gartenzäunen und -mauern schoss der Wald aus dem Boden, ein Dickicht aus Buchen, Gestrüpp, Büschen und Farnen, die miteinander ums Überleben rangen, genau wie in der freien Natur.

Es gab keine gepflegten Rasenflächen, keine Parkbänke, keine Ententeiche, keine Schwäne, die majestätisch auf einem See oder Fluss dahinglitten. Vielmehr gab es schlecht markierte Pfade, überfüllte Mülleimer, aus denen alles Denkbare von Fastfood-Schachteln bis Pampers quoll, einen gelegentlichen Wegweiser, der vage Richtung Highgate Station zeigte, und einen bewaldeten Hügel, der nach Westen steil zu einer Schrebergartenkolonie abfiel.

Der bequemste Zugang zum Queen's Wood lag jenseits der Muswell Hill Road. Dort knickte die Wood Lane nach Nordosten ab und trennte den südlichen Teil des Waldes vom Rest. Die örtliche Polizei war zahlreich vertreten. Sie hatten das Ende der Straße mit Holzböcken abgesperrt, wo vier Beamte in Regenkleidung die Schaulustigen zurückhielten, die mit ihren Regenschirmen aussahen wie eine Schar wandelnder Pilze.

Lynley zeigte einem der Constables seinen Dienstausweis, der seinen Kollegen ein Zeichen gab, die Straßenabsperrung lange genug zu öffnen, um den Bentley hindurchzulassen. Ehe Lynley anfuhr, sagte er zu dem Beamten: »Lassen Sie keinen außer dem KTU-Team hinein. Niemanden. Mir ist gleichgültig, wer es ist oder was er Ihnen sagt. Es kommt niemand durch, der kein Polizeiangehöriger ist und einen ordnungsgemäßen Dienstausweis vorzeigt.«

Der Constable nickte. Das Blitzgewitter der Kameras verriet Lynley, dass die Presse die Fährte schon aufgenommen hatte.

Das erste Stück der Wood Lane war von Wohnhäusern gesäumt, eine Mischung aus Gebäuden des neunzehnten und zwanzigsten Jahrhunderts, bestehend aus Apartmentblocks, Einfamilienhäusern und in Wohnungen aufgeteilte Villen. Doch nach zweihundert Metern hörte die Bebauung plötzlich auf, und auf beiden Seiten reichte der Wald ohne jeden Zaun und frei zugänglich bis an die Straße. Bei diesem Wetter wirkte er düster und gefährlich.

»Gute Wahl«, murmelte Havers, als sie und Lynley ausstiegen. »Das hat er drauf, oder? Das muss man ihm lassen.« Sie schlug den Kragen ihrer Steppjacke zum Schutz vor dem Regen hoch. »Das hier sieht aus wie eine Horrorfilmkulisse.«

Lynley konnte nicht widersprechen. Im Sommer war diese Gegend wahrscheinlich ein Paradies, eine natürliche Oase, ein Fluchtziel inmitten dieser Gefängnisse aus Beton, Stein, Ziegel und Asphalt, die schon vor langer Zeit die Natur verdrängt hatten. Doch im Winter war es ein melancholischer Ort, wo sich alles im Zustand des Verfalls befand. Eine dicke Schicht Laub bedeckte den Boden und erfüllte die Luft mit Torfgeruch. Vom Sturm gefällte Buchen in unterschiedlichen Stadien der Verrottung lagen dort, wohin sie gefallen waren, und herabgestürzte Äste waren über den Abhang verstreut, bewachsen mit Moos und Flechten.

Die Aktivität konzentrierte sich auf die Südseite der Wood Lane, wo der Park zu den Schrebergärten abfiel und dann Richtung Priory Gardens, der dahinter gelegenen Straße, wieder anstieg. Eine zwischen Pfosten gespannte große, durchsichtige Plane bildete den Regenschutz über einem Stück Waldboden etwa fünfzig Meter westlich der Schrebergärten. Dort lag eine riesige Buche, die offenbar erst vor kurzem umgestürzt war, denn da, wo ihre Wurzeln gewesen waren, befand sich eine Grube, die noch nicht vom Laub, Farn und Gestrüpp gefüllt worden war.

Der Mörder hatte die Leiche in dieses Erdloch gelegt. Ein Gerichtsmediziner war dabei, das Opfer zu untersuchen, während Beamte von der kriminaltechnischen Untersuchungsabteilung die unmittelbare Umgebung durchkämmten. Etwa dreißig Meter entfernt stand ein halbwüchsiger Junge unter einer hohen Buche und beobachtete die Szene, stützte sich nach hinten mit einem Fuß gegen den Baumstamm ab, ein Rucksack an seiner Seite. Ein rothaariger Mann im Trenchcoat stand bei ihm und nickte Lynley und Havers auf eine Art und Weise zu, die sie aufforderte, sie mögen sich ihm anschließen.

Der Rotschopf stellte sich als Detective Inspector Widdison von der Polizeiwache Archway vor. Und dieser junge Mann hier, sagte er, heiße Ruff.

»Ruff?« Lynley betrachtete den Jungen, der ihm aus dem Schatten seiner Sweatshirtkapuze finstere Blicke zuwarf. Über dem Shirt trug er einen zu groß geratenen Anorak.

»Im Moment hat er keinen Nachnamen.« Widdison entfernte sich fünf Schritte von dem Jungen und bat Lynley und Havers mitzukommen. »Er hat den Leichnam gefunden«, erklärte er. »Er ist ein hart gesottener, kleiner Scheißer, aber das hat ihn erschüttert. Hat sich übergeben, als er Hilfe holte.«

»Wohin ist er gegangen, um Hilfe zu holen?«, fragte Lynley.

Widdison deutete Richtung Wood Lane. »Walden Lodge. Ein Haus mit acht oder zehn Wohnungen. Er hat alle Klingeln gedrückt, bis irgendwer ihn zum Telefonieren reingelassen hat.«

»Was hat er hier eigentlich getrieben?«, wollte Havers wissen.

»Gesprayt«, antwortete Widdison. »Er will natürlich nicht, dass wir das wissen, aber weil er so durcheinander war, hat er uns versehentlich seinen Sprayernamen ›Ruff‹ angegeben, und deswegen sagt er uns jetzt seinen richtigen Namen nicht. Wir versuchen seit acht Monaten, ihn zu schnappen. Er hat hier in der Gegend auf jeder verfügbaren Fläche sein Zeichen hinterlassen: auf Straßenschildern, Mülleimern, Bäumen. Silber.«

»Silber?«

»Seine Sprayfarbe. Silber. Er hat die Farbdosen da in seinem Rucksack. Er war nicht geistesgegenwärtig genug, sie wegzuwerfen, eh er uns anrief.«

»Was hat er Ihnen erzählt?«

»So gut wie nichts. Sie können selbst mit ihm reden, wenn Sie wollen, aber ich glaub nicht, dass er irgendwas gesehen hat. Ich glaub auch nicht, dass es etwas zu sehen gab.« Er wies zu dem Kreis der Beamten, der den Toten umgab. »Ich bin da drüben, wenn Sie so weit sind.« Er ging weg.

Lynley und Havers kehrten zu dem Jungen zurück, Havers durchsuchte ihre Tasche. Lynley sagte zu ihr: »Ich schätze, er hat Recht, Barbara. Ich glaube kaum, dass Notizen...«

»Es ist nicht das Notizbuch, das ich suche, Sir«, antwortete sie und hielt dem Jungen ihr zerknittertes Päckchen Players hin, als sie zu ihm traten.

Ruff schaute von den Zigaretten zu ihr, dann zurück auf die Packung. Schließlich murmelte er: »Danke«, und nahm eine. Sie zündete sie mit einem Plastikfeuerzeug an.

»War irgendwer in der Nähe, als du den Toten gefunden hast?«, fragte Lynley den Jungen, nachdem der gierig an der Zigarette gezogen hatte. Seine Finger waren schmutzig, Dreck haftete unter den Nägeln und der Nagelhaut. Sein Gesicht war pickelig und blass.

Ruff schüttelte den Kopf. »Nur dort in den Gärten«, antwortete er. »Ein alter Knacker. Der hat die Erde mit einer Schaufel umgegraben, so als suchte er was. Ich hab ihn gesehen, als ich von Priory Gardens hier runterkam. Auf dem Weg. Das war alles.«

»Hast du allein gesprayt?«, fragte Lynley.

Die Augen des Jungen funkelten. »Hey, ich hab nicht gesagt...«

»Tut mir Leid. Bist du allein in den Park gekommen?«

»Ja.«

»Irgendwas Ungewöhnliches gesehen? Ein Auto oder einen Lieferwagen auf der Wood Lane, die aussahen, als ob sie nicht dorthin gehörten? Vielleicht als du Hilfe holen gegangen bist?«

»Einen Scheißdreck hab ich gesehen«, erwiderte Ruff. »Und tagsüber parken da immer jede Menge Autos. Die Leute kommen von außerhalb in die Stadt und fahren den Rest mit der U-Bahn. U-Bahnhof ist gleich da drüben. Highgate Station. Hör'n

Sie, ich hab das den Bullen schon alles erzählt. Die tun so, als hätt ich was angestellt. Und die lassen mich nicht gehen.«

»Das liegt vielleicht daran, dass du ihnen deinen Namen nicht sagst«, meinte Havers. »Wenn sie dich noch mal sprechen müssen, wissen sie ja nicht, wo sie dich finden.«

Ruff sah sie misstrauisch an, als vermute er einen Trick hinter ihren Worten. Sie sagte beruhigend: »Wir kommen von Scotland Yard. Wir sperren dich bestimmt nicht ein, weil du deinen Namen in der Gegend rumsprayst. Wir sind hinter größeren Fischen her.«

Er schniefte, rieb sich die Nase mit dem Handrücken und gab nach. Sein Name war Elliott Augustus Greenberry, räumte er schließlich ein und sah sie scharf an, als erwarte er ungläubige Gesichter. »Doppel-L, Doppel-T, Doppel-E und Doppel-R. Und erzählen Sie mir nicht, wie saudämlich das ist, das weiß ich selbst. Also, kann ich jetzt gehen?«

»Augenblick noch«, sagte Lynley. »Hast du den Jungen erkannt?«

Ruff strich sich eine fettige Haarsträhne aus dem Gesicht und stopfte sie unter die Kapuze. »Was, den? Den... das da?«

»Den toten Jungen, ja«, antwortete Lynley. »Kennst du ihn?«

»Todsicher nicht«, beteuerte Ruff. »Das ist keiner, den ich je gesehen hab. Kann sein, dass er hier aus der Gegend ist, von der Straße da hinter den Gärten, aber ich kenn ihn nicht. Wie gesagt, ich weiß gar nix. Kann ich gehen?«

»Sobald wir deine Adresse haben«, versprach Havers.

»Warum?«

»Weil du uns irgendwann eine Aussage unterschreiben sollst, und dafür müssen wir wissen, wo wir dich finden, oder?«

»Aber ich hab doch gesagt, ich hab nichts...«

»Das ist Routine, Elliott«, erklärte Lynley.

Der Junge machte ein langes Gesicht, kooperierte aber, und sie ließen ihn gehen. Er zog den Anorak aus, reichte ihn ihnen und verschwand den Abhang hinunter in westlicher Richtung zu dem Pfad, der zu Priory Gardens zurückführte.

»Hat er irgendwas gesagt?«, fragte DI Widdison, als Havers und Lynley sich ihm anschlossen.

»Nichts«, antwortete Lynley, gab ihm den Anorak, den Widdison an einen nassgeregneten Constable weiterreichte, der ihn dankbar überzog. »Er hat einen Mann gesehen, der in einem der Gärten grub.«

»Das hat er mir auch erzählt«, bestätigte Widdison. »Unsere Beamten gehen dort von Tür zu Tür.«

»Und an der Wood Lane?«

»Da auch. Ich schätze, in der Walden Lodge haben wir die besten Chancen.« Widdison wies noch einmal auf ein modernes, solide wirkendes Mehrfamilienhaus am Rand des Waldes. Es war das letzte Haus an der Wood Lane vor dem Park und hatte an allen Seiten Balkone. Die meisten davon waren leer bis auf Grills und Gartenmöbel, die für den Winter abgedeckt waren, aber auf vier Balkonen standen Schaulustige. Einer hielt ein Fernglas vor seine Augen. »Ich kann mir nicht vorstellen, dass der Täter die Leiche ohne eine Taschenlampe hierher gebracht hat«, sagte Widdison. »Irgendwer da oben könnte das beobachtet haben.«

»Es sei denn, er hat es gleich nach Sonnenaufgang gemacht«, gab Havers zu bedenken.

»Zu riskant«, widersprach Widdison. »Pendler parken an dem Sträßchen und nehmen von hier aus die U-Bahn. Das kann er gewusst und entsprechend geplant haben. Aber trotzdem bestand immer noch das Risiko, dass ihn jemand sieht, der früher als üblich kommt.«

»Er bereitet sich gut vor«, bemerkte Havers. »Das wissen wir von den bisherigen Fundorten.«

Widdison sah nicht überzeugt aus. Er führte sie zu dem Toten unter der Regenplane. Der Junge lag auf der Seite, sah aus wie achtlos in die Grube geworfen, die die Wurzel der umgestürzten Buche hinterlassen hatte. Der Kopf war auf die Brust gesunken, die Arme windmühlenflügelgleich ausgestreckt, wie bei jemandem, der mitten beim Signalgeben schockgefroren worden war.

Lynley erkannte, dass dieser Junge jünger aussah als die anderen, wenn auch nicht wesentlich. Außerdem war er weiß. Blond und extrem hellhäutig, klein und noch nicht sehr entwickelt. Auf den ersten Blick schloss Lynley – mit einiger Erleichterung –, dass dieser Junge keiner aus ihrem Opferkreis war, dass er und Havers sich die weite Fahrt quer durch London hätten sparen können. Doch als er sich hinhockte, um das Opfer genauer in Augenschein zu nehmen, entdeckte er den post mortem angebrachten Vertikalschnitt, der auf der Brust des Jungen begann und sich in Taillenhöhe aufgrund der gekrümmten Körperhaltung dem Blick entzog, und auf der Stirn ein krude mit Blut hingeschmiertes Symbol, identisch mit dem von Kimmo Thorne.

Lynley schaute zu dem Pathologen hinüber, der in ein Diktiergerät sprach. »Ich würde mir gern seine Hände ansehen«, sagte er.

Der Arzt nickte. »Ich bin fertig. Wir können ihn einpacken.«

Jemand aus dem Team der Spurensicherung kam mit einem Leichensack näher. Sie würden zuerst die Hände in Papiertüten hüllen, um mögliche Spuren des Mörders unter den Fingernägeln zu schützen. Lynley nahm an, dass, wenn sie den Leichnam bewegten, er einen Blick auf die Hände werfen könnte.

Das war der Fall. Die Totenstarre hatte eingesetzt, doch als der Leichnam aus der Grube gehoben wurde, war genug von den Handflächen zu sehen, um zu erkennen, dass sie schwarz verbrannt waren. Auch der Nabel fehlte, war grob aus dem Leib geschnitten worden.

»Das Zorro-Z«, murmelte Havers.

Sie hatte Recht. Dies waren in der Tat die Signaturen ihres Mörders, trotz der Unterschiede, die Lynley an der Leiche bemerkte: Keine Fesselspuren an Hand- und Fußgelenken, und die Strangulation war dieses Mal mit den Händen ausgeführt worden und hatte hässliche, dunkle Blutergüsse am Hals des Jungen hinterlassen. Es gab weitere Hämatome, an den Oberarmen, die sich bis zu den Ellbogen zogen, entlang des Rückgrats, an den

Oberschenkeln und der Taille. Der größte Bluterguss erstreckte sich von der Schläfe bis zum Kinn.

Im Gegensatz zu den anderen Jungen, war dieser Junge nicht freiwillig mitgegangen, was Lynley sagte, dass der Mörder bei der Auswahl des Opfers zum ersten Mal einen Fehler gemacht hatte. Lynley konnte nur hoffen, dass diese Fehleinschätzung einen Haufen Beweise hinterlassen hatte.

»Er hat sich gewehrt«, murmelte Lynley.

»Kein Elektroschocker dieses Mal?«, fragte Havers.

Sie untersuchten den Körper nach den typischen Anzeichen dieser Waffe. »Es sieht nicht so aus«, schloss Lynley.

»Was, glauben Sie, hat das zu bedeuten? Kein Strom mehr drin? Gibt es das bei den Dingern überhaupt? Muss doch, oder?«

»Vielleicht«, erwiderte er. »Oder vielleicht hat sich einfach keine Gelegenheit ergeben, den Schocker zu benutzen. Es hat den Anschein, als wären die Dinge nicht ganz nach Plan verlaufen.« Er richtete sich auf, bedeutete den wartenden Beamten mit einem Nicken, dass sie den Leichnam mitnehmen konnten, und ging zu Widdison zurück. »Irgendetwas in der Umgebung?«, fragte er.

»Zwei Fußabdrücke unter dem Kopf des Jungen. Sie waren vor dem Regen geschützt und könnten schon vorher da gewesen sein, aber wir nehmen auf jeden Fall einen Abguss. Wir durchkämmen die Peripherie, aber ich schätze, unsere Beweise kriegen wir von der Leiche.«

Lynley verabschiedete sich von dem DI mit dem Auftrag, ihm die Aussagen aller Anwohner an der Wood Lane so schnell wie möglich zu New Scotland Yard zu schicken. »Vor allem dieses Mehrfamilienhaus«, fügte er hinzu. »Ich bin Ihrer Meinung: Irgendwer muss irgendetwas gesehen oder gehört haben. Und postieren Sie für den Rest des Tages Constables an beiden Enden der Straße, um die Pendler zu befragen, die aus der U-Bahn kommen und ihre Autos holen.«

»Erwarten Sie nicht allzu viel davon«, warnte Widdison.

»Wenig ist im Moment schon ein Fortschritt«, erwiderte Lynley. Er beschrieb den Lieferwagen, nach dem sie suchten. »Vielleicht hat ihn jemand gesehen.«

Dann machten er und Havers sich auf den Rückweg den Abhang hinauf. Zurück auf der Wood Lane konnten sie sehen, dass die Befragung im vollen Gang war. Uniformierte Beamte gingen von Tür zu Tür, andere standen im Schutz von Vordächern und unterhielten sich mit den Bewohnern. Abgesehen davon war niemand auf dem Bürgersteig oder in den Vorgärten zu sehen. Der Regen hielt die Menschen in den Häusern.

Das war an der Absperrung jedoch anders. Noch mehr Gaffer hatten sich eingefunden. Lynley wartete, dass der Holzbock wieder beiseite gerückt würde und dachte derweil über das nach, was sie in Queen's Wood gesehen hatten, als Havers murmelte: »Verdammt, Sir. Er hat es schon wieder getan«, und ihn damit aus seinen Gedanken riss.

Er sah sofort, was sie meinte. Auf der anderen Seite der Absperrung stand Hamish Robson und gestikulierte in ihre Richtung. Wenigstens in diesem Punkt hatten sie AC Hilliers Pläne durchkreuzt, dachte Lynley grimmig. Der Constable hatte seine Befehle wortgetreu befolgt. Robson hatte keinen Polizeiausweis, also kam er nicht durch die Absperrung, ganz gleich, was Sir David Hillier ihm für einen Auftrag erteilt hatte.

Lynley ließ das Fenster herunter, und Robson drängte sich zu ihnen durch. »Der Constable hier hat sich geweigert…«, sagte er.

»Das habe ich angeordnet. Sie können nicht an diesen Tatort, Dr. Robson. Sie hätten schon zum letzten keinen Zugang bekommen sollen.«

»Aber der Assistant Commissioner…«

»Ich bezweifle nicht, dass er Sie angerufen hat, aber es ist einfach ausgeschlossen. Ich weiß, Sie meinen es gut. Ich weiß auch, dass Sie zwischen den Fronten stehen, Hillier auf der einen, ich auf der anderen Seite. Dafür entschuldige ich mich. Und ebenso für die Unannehmlichkeiten, den ganzen Weg hierher umsonst gemacht zu haben. Aber nach Lage der Dinge…«

»Superintendent.« Robson fröstelte und steckte die Hände in die Taschen. Er war offenbar in großer Eile hergekommen, ohne Regenschirm und Mantel. Feuchtigkeit hatte sich auf den Schultern ausgebreitet, seine Brille war nass, und das spärliche Haar klebte feucht an Kopf und Stirn. »Lassen Sie mich Ihnen helfen«, drängte er. »Es ist doch völlig sinnlos, mich nach Dagenham zurückzuschicken, da ich schon einmal hier bin und zu Ihrer Verfügung stehe.«

»Die Sinnlosigkeit dieses Unterfangens werden Sie mit AC Hillier besprechen müssen«, entgegnete Lynley.

»So muss es doch nicht laufen.« Robson schaute sich um und wies ein Stück die Straße hinab. »Würden Sie dort einen Moment anhalten, damit wir darüber reden können?«

»Ich habe nichts weiter zu sagen.«

»Verstehe. Aber ich schon, und ich wäre sehr dankbar, wenn Sie mich anhören würden.« Er trat vom Wagen zurück. Es wirkte wie eine Geste des guten Willens, die die Entscheidung Lynley überließ: Fahr weiter oder kooperiere. »Nur ein paar Worte. Das ist alles«, sagte Robson mit einem kläglichen Lächeln. »Ich hätte nichts dagegen, aus diesem Regen rauszukommen. Wenn Sie mich einsteigen lassen, verspreche ich, dass ich verschwinde, sobald ich losgeworden bin, was ich zu sagen habe, und Ihre Antwort gehört habe.«

»Und wenn ich keine Antwort gebe?«

»So schätze ich Sie nicht ein. Also darf ich …?«

Lynley überlegte, dann nickte er knapp. »Sir«, sagte Havers in diesem typisch flehenden Tonfall, den sie immer dann anschlug, wenn sie seine Entscheidung missbilligte. Er sagte: »Warum nicht, Barbara. Er ist nun einmal hier. Vielleicht hat er uns etwas Brauchbares zu sagen.«

»Herrgott noch mal, sind Sie …« Sie unterbrach sich, als die hintere Wagentür geöffnet wurde und Hamish Robson einstieg.

Lynley fuhr ein kleines Stück, bis sie den Tatort hinter sich gelassen hatten. Er hielt mit laufendem Motor am Bordstein, die Scheibenwischer fuhren rhythmisch hin und her.

Das entging Robson nicht. »Also, ich werde mich beeilen. Ich nehme an, dieser Tatort unterscheidet sich von den anderen. Nicht in jeder Hinsicht, aber in mancher. Habe ich Recht?«

»Warum?«, fragte Lynley. »Haben Sie mit so etwas gerechnet?«

»Gibt es Unterschiede?«, beharrte Robson. »Denn Sie müssen verstehen, beim Profiling sehen wir oft...«

»Bei allem Respekt, Dr. Robson, aber Ihr Profiling hat uns bisher noch nichts gebracht. Keinen entscheidenden Hinweis, keinen Schritt näher zum Täter.«

»Sind Sie sicher?« Ehe Lynley antworten konnte, lehnte Robson sich vor und fuhr fort. Seine Stimme klang sanft: »Ich könnte mir niemals vorstellen, Ihre Arbeit zu machen. Es muss aufreibender sein, als irgendjemand sich ausmalen kann. Aber Sie dürfen sich wegen dieses neuen Todesfalles keine Vorwürfe machen, Superintendent. Sie tun Ihr Bestes. Mehr kann niemand von Ihnen verlangen, also sollten auch Sie selbst nicht mehr von sich erwarten. Das führt geradewegs zum Zusammenbruch.«

»Ist das eine professionelle Einschätzung?«, fragte Lynley sarkastisch.

Robson ignorierte den Tonfall und beantwortete die Frage. »Absolut. Machen Sie sich meine professionellen Einschätzungen zunutze. Lassen Sie mich den Tatort sehen. Erlauben Sie mir, Ihnen etwas an die Hand zu geben, das Ihnen helfen kann. Superintendent, der Zwang des Psychopathen, zu morden, wird immer stärker. Er eskaliert mit jedem Verbrechen, er wird niemals nachlassen. Doch um Befriedigung zu finden, braucht er von Mal zu Mal mehr von dem, was *immer* es ist, das er im Tatverlauf tut, um sein Verlangen zu stillen. Verstehen Sie mich richtig: Es besteht eine große Gefahr für junge Männer, Teenager, kleine Kinder... wir wissen es nicht. Also lassen Sie mich um Himmels willen helfen.«

Lynley hatte Robson im Rückspiegel beobachtet, Havers hatte sich umgedreht und den Psychologen angeschaut, während er sprach. Er sah aus, als sei er von der Leidenschaft seiner Worte selbst erschüttert, und nachdem er geendet hatte, wandte er den Blick ab und schaute aus dem Fenster.

Schließlich fragte Lynley: »Warum nehmen Sie es so persönlich, Dr. Robson?«

Robson blickte nach links auf eine Eibenhecke, von der Regen tropfte und sich in Pfützen auf dem Pflaster sammelte. Er sagte: »Tut mir Leid. Ich kann nicht ertragen, was Kindern unter dem Deckmantel der Liebe oder des Spiels oder der Disziplin angetan wird. Oder was auch immer.« Dann schwieg er. Nur das Geräusch der Wischerblätter auf der Frontscheibe und das Surren des Motors unterbrachen die Stille. Schließlich fuhr er fort: »In meinem Fall war es ein Onkel mütterlicherseits. Er nannte es Ringen. Aber das war es nicht. Das ist es so gut wie nie zwischen einem Erwachsenen und einem Jungen, wenn der Erwachsene die treibende Kraft ist. Aber das versteht ein Kind natürlich nicht.«

»Es tut mir Leid«, sagte Lynley. Nun wandte auch er sich um und sah den Psychologen direkt an. »Aber vielleicht macht Sie das weniger objektiv, als...«

»Nein. Glauben Sie mir, es macht mich zu jemandem, der genau weiß, worauf man achten muss«, entgegnete Robson. »Also, lassen Sie mich den Tatort sehen. Ich sage Ihnen, was ich glaube und was ich weiß. Die Entscheidung, welche Schlüsse daraus zu ziehen sind, liegt bei Ihnen.«

»Ich fürchte, das ist nicht möglich.«

»Gott *verflucht*...«

»Der Junge ist bereits abtransportiert, Dr. Robson«, unterbrach Lynley. »Das Einzige, was Sie noch sehen könnten, sind eine umgestürzte Buche und eine Erdmulde.«

Robson ließ sich in die Sitzpolster zurücksinken. Er schaute auf die Wood Lane hinaus, wo ein Krankenwagen entlangkam und an der Polizeiabsperrung hielt. Er fuhr ohne Warnlicht und Sirene. Einer der Constables ging auf die Straße hinaus und stoppte den Verkehr, damit der Krankenwagen abbiegen konnte. Gemächlich rollte er näher; er hatte keine Eile, seine Fracht ins Krankenhaus zu bringen. Das gab den Fotografen Gelegenheit, den Moment für die Zeitungen einzufangen. Vielleicht war es dieser Anblick, der Robson zu seiner nächsten Frage bewog: »Werden Sie mich wenigstens die Fotos sehen lassen?«

Lynley überlegte. Der Polizeifotograf war schon fertig gewesen, als er und Havers am Tatort eingetroffen waren, und ein Videograf hatte den Leichnam, die Umgebung und die Aktivitäten am Tatort aufgenommen, als sie den Abhang herunterkamen. Der KTU-Van stand nicht weit von der Stelle entfernt, wo sie jetzt parkten. Zweifellos hatten sie dort drin bereits eine fertige Dokumentation der Tatortaufnahmen, die Robson sich anschauen konnte.

Es konnte im Moment ja nicht schaden, wenn der Profiler sich das Material ansah, das vorlag: die Videoaufzeichnung, Digitalfotos oder was immer die Mordkommission bislang zusammengetragen hatte. Das könnte ein Kompromiss sein zwischen dem, was Hillier verlangte, und dem, was Lynley um keinen Preis zulassen wollte.

Andererseits war der Psychologe hier nicht erwünscht. Niemand am Tatort hatte ihn angefordert, und es war allein auf Hilliers Einmischung und seinen Wunsch, den Medien etwas anbieten zu können, zurückzuführen, dass Robson überhaupt hier war. Wenn Lynley Hillier jetzt nachgab, würde der Assistant Commissioner als Nächstes wahrscheinlich ein Medium verpflichten. Und danach was? Jemanden, der aus Teeblättern oder den Innereien eines Lamms las? Er durfte das nicht zulassen. Irgendwer musste die Kontrolle über den schwankenden, führerlos dahinrasenden Wagen dieser Situation übernehmen, und jetzt war der Augenblick, es zu tun.

»Es tut mir Leid, Dr. Robson«, sagte Lynley.

Robson wirkte enttäuscht. »Das ist Ihr letztes Wort?«, fragte er.

»Ja.«

»Sind Sie sicher, dass das klug ist?«

»Es gibt im Moment gar nichts, dessen ich mir sicher bin.«

»Das ist das wirklich Furchtbare, nicht wahr?«

Robson stieg aus dem Wagen und ging zur Absperrung zurück. Auf seinem Weg kam er an DI Widdison vorbei, unternahm jedoch keinen Versuch, ihn anzusprechen. Widdison entdeckte Lynleys Auto und hob eine Hand, als wolle er ihn hindern, davonzufahren. Lynley öffnete das Fenster, während der Detective Inspector herüberhastete.

»Wir hatten einen Anruf von der Wache an der Hornsey Road«, berichtete er. »Ein Junge wird vermisst. Seine Eltern haben es gestern Abend gemeldet. Die Beschreibung passt auf unser Opfer.«

»Wir fahren hin«, sagte Lynley, und Havers kippte den Inhalt ihrer Schultertasche auf den Wagenboden, um ihr Notizbuch zu finden und die Adresse aufzuschreiben.

Die Straße lag in Upper Holloway, einer kleinen Wohnsiedlung unweit der Junction Road. Gleich um die Ecke von William Becketts Beerdigungsinstitut und Yildiz' Supermarkt fanden sie ein Stück Asphalt, das sich großspurig Bovingdon Close nannte. Es war eine Fußgängerzone, also ließen sie den Bentley auf der Hargrave Road, wo ein bärtiger Obdachloser mit einer Gitarre in der Hand und einem nassen Schlafsack, den er hinter sich herschleifte, anbot, das Auto für den Preis eines Bieres zu bewachen. Oder eine Flasche Wein, wenn ihnen danach war und er mit der gebotenen Pflichterfüllung dafür sorgte, dass das Gesindel dieser Gegend die Finger von »einer so schicken Karre wie Ihrer, Meister« ließ. Er trug einen großen, grünen Müllsack als Regenmantel und hörte sich an wie eine Figur aus einem Historienfilm, jemand, der in seiner Jugend zu viel Zeit vor dem Fernseher und dem BBC1-Programm verbracht hatte. »Gibt Langfinger genug in dieser Gegend«, erklärte er ihnen. »Man kann hier nichts herumstehen lassen, ohne dass sie sich daran zu schaffen machen, Sir.« Er schien vage Richtung Kopf zu tasten, als suche er etwas, das er respektvoll lüpfen konnte. Während er sprach, füllte sich die Luft mit dem schweren Geruch von Zähnen, die dringend gezogen werden mussten.

Lynley sagte dem Mann, er dürfe ruhig ein Auge auf den Wagen haben. Der Obdachlose setzte sich auf die Eingangsstufen des nächstbesten Reihenhauses und begann – Regen hin oder her –, an den drei verbliebenen Saiten seiner Gitarre zu zupfen. Mit finsteren Blicken beobachtete er eine Gruppe schwarzer Jugendlicher mit Rucksäcken, die die Straße entlanglief.

Lynley und Havers wandten sich ab und gingen Richtung Bovingdon Close. Der Weg in die Gasse führte durch eine tunnelartige Öffnung in dem zimtfarbenen Ziegelbau, der Teil der eigentlichen Siedlung war. Sie suchten die Nummer dreißig und fanden sie nicht weit von dem einzigen Flecken Grün der Siedlung entfernt: eine dreieckige Wiese mit einer kleinen Bank und zurückgeschnittenen Rosenbüschen, die an den drei Ecken ein jammervolles Winterdasein führten. Abgesehen von vier Schösslingen, die auf der Wiese ums Überleben kämpften, gab es keine Bäume am Bovingdon Close, und die Häuser, die nicht an die Grünfläche grenzten, standen einander gegenüber, von kaum fünf Metern Asphalt getrennt. Im Sommer, wenn die Fenster offen waren, nahm zweifellos jeder Anwohner Anteil an den Angelegenheiten seiner Nachbarn.

Jedes Haus hatte vor der Tür ein Fleckchen Erde von der Größe eines Sandwiches, das die Optimisten unter den Bewohnern Garten nannten. Vor Nummer dreißig war das fragliche Fleckchen Erde ein ungefähres Rasendreieck. Ein Kinderfahrrad lag darauf, daneben ein grüner Plastikgartenstuhl und ein abgewetzter Federball, der aussah, als habe ein Hund darauf herumgekaut. Die dazugehörigen Schläger lehnten an der Wand neben der Haustür, die meisten Saiten zerrissen.

Als Lynley klingelte, öffnete ein sehr kleiner Mann. Er stand nicht einmal mit Havers Auge in Auge, hatte einen massigen Oberkörper und sah aus wie jemand, der Bodybuilding betrieb, um seine geringe Körpergröße auszugleichen. Seine Augen waren gerötet, er war unrasiert und schaute an ihnen vorbei auf die Straße, als erwarte er jemand anderen.

»Bullen«, sagte er als Antwort auf eine Frage, die niemand ausgesprochen hatte.

»Ganz recht.« Lynley stellte sich selbst und Havers vor und wartete darauf, dass der Mann – von dem sie nur wussten, dass er Benton hieß – sie hereinbat. Durch eine geöffnete Tür hinter ihm erkannte Lynley ein abgedunkeltes Wohnzimmer und mehrere Menschen, die darin saßen. Eine quengelige Kinderstimme fragte, warum sie die Vorhänge nicht öffnen konnten, warum er nicht spielen dürfe, und eine Frau ermahnte ihn, still zu sein.

Barsch sagte Benton über die Schulter: »Vergiss nicht, was ich dir gesagt habe.« Dann richtete er seine Aufmerksamkeit wieder auf Lynley. »Wo ist Ihre Uniform?«

Lynley erklärte, dass sie nicht zur uniformierten Schutzpolizei gehörten, sondern in einer anderen Abteilung arbeiteten und von New Scotland Yard kämen. »Dürfen wir hereinkommen?«, fragte er. »Ist es Ihr Sohn, der vermisst wird?«

»Ist gestern Abend nicht nach Hause gekommen.« Bentons Lippen waren trocken und schuppig. Er fuhr mit der Zunge darüber.

Er trat von der Tür zurück und führte sie durch einen Flur von knapp fünf Metern Länge ins Wohnzimmer. Im Halbdunkel dort saßen fünf Leute in Sesseln, auf dem Sofa, auf einer Fußbank und dem Boden. Zwei kleine Jungen, zwei halbwüchsige Mädchen und eine Frau. Sie sei Bev Benton, sagte sie. Ihr Mann heiße Max. Und dies seien vier ihrer Kinder. Sherry und Brenda die Mädchen, Rory und Stevie die Jungen. Ihr Davey sei derjenige, der vermisst werde.

Sie waren alle ungewöhnlich klein, stellte Lynley fest. Und sie alle hatten eine mehr oder minder ausgeprägte Ähnlichkeit mit dem toten Jungen in Queen's Wood.

Die Jungen müssten eigentlich in der Schule sein, erklärte Bev, die Mädchen bei der Arbeit an den Lebensmittelständen in Camden Lock Market. Max und Bev selbst sollten eigentlich in ihrem Fischwagen an der Chapel Street stehen. Aber niemand werde dieses Haus verlassen, ehe sie etwas von Davey gehört hatten.

»Irgendwas ist ihm passiert«, sagte Max Benton. »Sonst würden sie keine Zivilbullen schicken. Wir sind nicht so blöd, dass wir das nicht wüssten. Also, was ist es?«

»Es wäre vielleicht besser, wenn wir das ohne die Kinder besprechen«, erwiderte Lynley.

Bev Benton stieß einen schrillen Klagelaut aus. »O Gott!«

»Nimm dich zusammen«, schnauzte Max sie an und sagte dann zu Lynley: »Sie bleiben hier. Wenn sie etwas daraus lernen können, dann sollen sie das gefälligst tun.«

»Mr. Benton...«

»So brauchen Sie mir gar nicht zu kommen«, unterbrach Benton. »Sagen Sie uns, was Sache ist.«

Lynley war nicht gewillt, nachzugeben. »Haben Sie ein Foto Ihres Sohnes?«, fragte er.

»Sherry, Liebling, hol dem Officer Daveys Schulfoto von der Kühlschranktür«, bat Bev Benton.

Eines der Mädchen – blond und hellhäutig wie der Junge im Wald, mit den gleichen zarten Gesichtszügen und der gleichen zierlichen Statur – verschwand eilig und kam ebenso schnell zurück. Sie gab Lynley das Foto, den Blick auf seine Schuhe gerichtet, und kehrte dann zu der Fußbank zurück, die sie mit ihrer Schwester teilte. Lynley blickte auf das Bild hinab. Ein kleiner Lausebengel grinste ihn an, das vom Gel dunkler wirkende Blondhaar zu einer Igelfrisur gestylt. Ein paar Sommersprossen zierten seine Nase, und über dem Pullover der Schuluniform hingen Kopfhörer um seinen Hals.

»Die hat er im letzten Moment umgehängt«, erzählte Bev Benton, als wolle sie die Kopfhörer, die nicht zur regulären Schulausrüstung zählten, erklären. »Er liebt Musik, unser Davey. Rap. Vor allem diese Schwarzen aus Amerika mit den seltsamen Namen.«

Der Junge auf dem Foto ähnelte der Leiche, die sie gefunden

hatten, aber nur eine Identifizierung durch einen der Elternteile konnte Gewissheit bringen. Doch ganz gleich, welche Lektion Max Benton für seine übrigen Kinder erhoffte, Lynley war nicht bereit, sie zu erteilen. »Wann haben Sie Davey zuletzt gesehen?«, fragte er.

»Gestern Morgen.« Es war Max, der antwortete. »Er hat sich wie üblich auf den Weg zur Schule gemacht.«

»Aber er ist nach der Schule nicht nach Hause gekommen«, fügte Bev Benton hinzu. »Er sollte hier auf Rory und Stevie aufpassen.«

»Ich bin zum Taekwon-do-Club gegangen, um zu sehen, ob er da ist«, berichtete Max. »Das letzte Mal, als er sich vor etwas gedrückt hat, was er tun sollte, hat er behauptet, er sei dort gewesen.«

»Behauptet?«, hakte Barbara Havers nach. Sie war an der Tür stehen geblieben und schrieb in ihr neues Spiralheft.

»Er sollte zu unserem Fischstand am Chapel Market kommen«, erklärte Bev. »Um seinem Vater zu helfen. Aber er ist nicht aufgetaucht und hat gesagt, er wär zum Taekwon-do gegangen und hätte die Zeit vergessen. Es gibt da einen Jungen, mit dem er Ärger hatte.«

»Andy Crickleworth«, warf Max ein. »Der kleine Scheißer wollte Davey fertig machen und sich zum Anführer der Clique aufspielen, mit der Davey sich rumtreibt.«

»Keine Gang«, fügte Bev hastig hinzu. »Einfach Jungen. Sie sind schon seit Ewigkeiten Freunde.«

»Aber dieser Crickleworth war neu. Als Davey gesagt hat, er wolle zum Taekwon-do, hab ich gedacht…« Max hatte bisher gestanden, doch nun ging er zum Sofa und sank dort neben seine Frau. Er fuhr sich mit den Händen übers Gesicht. Die beiden kleinen Jungen reagierten auf die offenkundige Verstörtheit ihres Vaters, indem sie sich enger aneinander und an das Knie ihrer Schwester kuschelten, die jedem eine Hand auf die Schulter legte, als wolle sie sie trösten. Max riss sich zusammen und sagte: »Aber die Taekwon-do-Leute hatten nie von Davey gehört. Hatten ihn nicht gesehen, kannten ihn nicht. Also hab ich in der Schule angerufen und gefragt, ob er blaugemacht hat, ohne dass sie uns was davon gesagt haben, aber das war nicht der Fall, verstehen Sie. Heute ist es im ganzen Schuljahr das erste Mal, dass er nicht zur Schule gekommen ist.«

»Hat er jemals Schwierigkeiten mit der Polizei gehabt?«, fragte Havers. »Je vor einem Richter gestanden? Ist er je zu einer sozialen Einrichtung für Jugendliche geschickt worden, um ihn auf den rechten Pfad zurückzubringen?«

»Unseren Davey muss man nicht auf den rechten Pfad zurückbringen«, erklärte Bev Benton. »Er macht nicht mal blau. Und er ist gut in der Schule.«

»Er will nicht, dass das irgendwer weiß, Mom«, murmelte Sherry, als meine sie, ihre Mutter habe mit dieser letzten Bemerkung einen Vertrauensbruch begangen.

»Er wollte ein harter Kerl sein«, fügte Max hinzu. »Harte Kerle halten nichts von der Schule.«

»Darum hat Davey so getan, als wär ihm die Schule egal«, bestätigte Bev. »Aber das stimmte gar nicht.«

»Und er hat nie Schwierigkeiten mit der Polizei gehabt? Haben Sie nie seinetwegen vom Jugendamt gehört?«

»Warum fragen Sie das die ganze Zeit? Max...« Bev wandte sich an ihren Mann, als erhoffe sie von ihm eine Erklärung.

Lynley wechselte das Thema. »Haben Sie seine Freunde angerufen? Die Jungen, die Sie erwähnt haben?«

»Keiner hat ihn gesehen«, antwortete Bev.

»Und was ist mit diesem anderen Jungen? Diesem Andy Crickleworth?«

Keiner der Bentons kannte ihn. Sie wussten nicht einmal, wo er zu finden war.

»Wäre es möglich, dass Davey ihn erfunden hat?«, fragte Havers und schaute von ihrem Notizbuch auf. »Als Alibigeschichte für irgendetwas anderes, das er in Wirklichkeit getrieben hat?«

Ein kurzes Schweigen folgte. Entweder wusste es keiner, oder niemand wollte antworten. Lynley wartete, seine Neugier war geweckt. Er sah, wie Bev Benton zu ihrem Mann hinüberschaute. Sie schien unwillig, etwas zu sagen. Lynley ließ das Schweigen andauern, bis Max Benton es schließlich brach.

»Er hat nie Schwierigkeiten mit irgendwelchen Rabauken gehabt. Sie wussten, dass unser Davey es ihnen zeigen würde, wenn sie Streit mit ihm anfingen. Er war klein und...« Benton schien zu bemerken, dass er in die Vergangenheitsform gerutscht war, und brach erschüttert ab. Seine Tochter Sherry beendete den Gedanken für ihn: »Hübsch«, sagte sie. »Unser Davey ist so ein hübscher Junge.«

Das sind sie alle, dachte Lynley. Hübsch und klein, nahezu puppenhaft. Vor allem die Jungen mussten sich sicherlich irgendetwas einfallen lassen, um das zu kompensieren. Sich etwa mit aller Gewalt wehren, wenn jemand versuchte, ihnen etwas zu tun. Und verprügelt und mit Blutergüssen übersät zu werden, ehe man erwürgt, aufgeschlitzt und im Wald achtlos weggeworfen wurde.

»Dürfen wir das Zimmer Ihres Sohnes sehen, Mr. Benton?«, fragte Lynley.

»Warum?«

»Vielleicht finden wir einen Hinweis darauf, wohin er verschwunden ist«, erklärte Havers. »Manchmal sagen Kinder ihren Eltern nicht alles. Wenn es einen Kumpel gibt, über den Sie nichts Genaues wissen...«

Max tauschte einen Blick mit seiner Frau. Es war das erste Mal, dass er nicht als der absolute Herr des Hauses erschien. Bev nickte ihm aufmunternd zu. Daraufhin forderte Max Lynley und Havers auf, ihn zu begleiten.

Er führte sie die Treppe hinauf, wo drei Zimmer von einem schmucklosen, quadratischen Flur abgingen. In einem der Zimmer standen zwei Etagenbetten an gegenüberliegenden Wänden, ein Kleiderschrank dazwischen. Über einem der Betten war hoch oben an der Wand ein Regal angebracht, das eine CD-Sammlung und einen kleinen, säuberlichen Stapel Baseballkappen enthielt. Das untere Bett war ausgebaut worden, und in dem entstandenen Raum hatte sich jemand eine Höhle eingerichtet. Einen Teil davon nahmen Kleidungsstücke ein: Schlabberhosen, Turnschuhe, Pullis und T-Shirts mit den Namenszügen der amerikanischen Rapper, die Bev Benton erwähnt hatte. Ein billiges Blechregal beherbergte ausschließlich Fantasyromane. Und an der Schmalseite der Höhle stand eine kleine Kommode. Dieses kleine Reich war Daveys, erklärte Max Benton ihnen.

Während Lynley und Havers hineinkrochen und sich jeder ein Ende vornahmen, sagte Max mit einer Stimme, die nicht mehr autoritär, sondern verzweifelt und sehr furchtsam klang: »Sie müssen es mir sagen. Sie wären doch nicht hier, wenn Sie nicht schon mehr wüssten. Ich versteh natürlich, warum Sie vor meiner Frau und den Kleinen nichts sagen wollten. Aber jetzt... Sie hätten uniformierte Beamte geschickt, nicht Sie.«

Lynley durchsuchte die Taschen der ersten Jeans, während Max Benton sprach. Doch dann hielt er inne, kam aus der Höhle und ließ Havers die Durchsuchung allein fortsetzen. »Sie haben Recht«, sagte er. »Wir haben eine Leiche gefunden, Mr. Benton. Im Queen's Wood, nicht weit von der Highgate Station entfernt.«

Max Benton sackte ein wenig in sich zusammen, aber er winkte ab, als Lynley seinen Arm nehmen und ihn zu dem Bett an der gegenüberliegenden Wand führen wollte. »Davey?«, fragte Benton.

»Wir müssen Sie bitten, sich den Leichnam anzusehen. Es ist der einzige Weg, um absolut sicher zu sein. Es tut mir sehr Leid.«

Benton fragte nochmals: »Davey?«

»Mr. Benton, vielleicht ist es nicht Davey.«

»Aber Sie glauben... Warum würden Sie sich sonst die Mühe machen, hier raufzukommen und sein Zeug anzusehen.«

»Sir...«, ertönte Havers' Stimme aus der Höhle. Lynley wandte sich um und sah, dass sie ihm etwas zur Begutachtung hinhielt. Es war ein Paar Handschellen, aber keine gewöhnlichen. Sie waren nicht aus Metall, sondern aus einem schweren Kunststoff, und im Halbdunkel unter dem oberen Bett leuchteten sie. Havers begann: »Könnten die...«, doch sie wurde von Max Benton unterbrochen. »Ich hab ihm gesagt, er soll diese Dinger zurückgeben«, erklärte er barsch. »Er hat behauptet, das hätte er getan. Das hat er mir geschworen, weil er nicht wollte, dass ich mit ihm hingehe und mich vergewissere, dass er sie zurückgibt.«

»Wem?«, fragte Havers.

»Er hat sie von einem Stand im Stables Market. Drüben am Camden Lock. Er hat behauptet, ein Händler da hätte sie ihm geschenkt, aber welcher Händler verschenkt seine Ware an Kinder, die um seinen Stand herumlungern, sagen Sie mir das. Also war ich sicher, dass er sie geklaut hat, und hab ihm gesagt, er soll sie sofort zurückbringen. Der Bengel muss sie stattdessen versteckt haben.«

»Welcher Stand war das? Hat er das gesagt?«, fragte Lynley.

»Ein Zaubereistand, hat er gesagt. Den Namen weiß ich nicht. Davey hat ihn nicht erwähnt, und ich hab nicht gefragt. Ich hab ihm nur gesagt, er soll die Handschellen zurückbringen und gefälligst aufhören, Sachen mitgehen zu lassen, die ihm nicht gehören.«

»Zaubereistand?«, fragte Barbara Havers. »Sind Sie ganz sicher, Mr. Benton?«

»Das hat er gesagt.«

Havers kroch aus der Höhle heraus. »Kann ich Sie kurz allein sprechen, Sir?«, fragte sie Lynley. Sie wartete keine Antwort ab, sondern verließ das Zimmer und trat in den Flur hinaus. Leise sagte sie zu Lynley: »Verflucht noch mal. Vielleicht hab ich mich geirrt. Tunnelblick. Wie Sie's auch nennen wollen.«

»Havers, jetzt ist nicht der geeignete Zeitpunkt, in Rätseln zu sprechen«, erwiderte Lynley.

»Augenblick. Ich hab die ganze Zeit nur an Colossus gedacht. Aber nie an Zauberei. Welcher Junge von fünfzehn Jahren oder jünger steht nicht auf Zauberei? Nein, Sir, *warten* Sie...«, als Lynley sich abwenden und sie ihren Überlegungen überlassen wollte. »Wendy's Cloud ist in Camden Lock Market, gleich neben den alten Stallungen, wo Stables Market liegt. Wendy ist die meiste Zeit auf Drogen und kann sich nicht erinnern, wer was und wann gekauft hat. Aber sie hat Ambra-Öl geführt, das wissen wir, und als ich nach dem Gespräch mit ihr vor ein paar Tagen zu meinem Wagen zurückging, hab ich diesen Typen am Stables Market gesehen...«

»Was für einen Typen?«

»Er war dabei, Kisten zu entladen. Er hat sie zu einem Zaubereistand oder so etwas Ähnlichem gebracht, und er war ein Zauberer. Das hat er gesagt. Es kann doch nicht mehr als einen im Stables Market geben, oder? Und wissen Sie was, Sir? Er hat einen Lieferwagen.«

»Rot?«

»Violett. Aber im Licht einer Straßenlaterne um drei Uhr morgens oder so... Man steht am Fenster, man erhascht einen Blick, man denkt sich nichts dabei, denn das hier ist schließlich eine große Stadt, und warum sollte man annehmen, dass man sich alles genau merken muss, wenn man morgens um drei einen Lieferwagen auf der Straße sieht?«

»War der Wagen beschriftet?«

»Ja. Eine Magierwerbung.«

»Das ist nicht, wonach wir suchen, Havers. Das ist nicht das, was wir auf dem Überwachungsvideo von St. George's Gardens gesehen haben.«

»Aber wir wissen doch nicht, was das für ein Van war, da in St. George's Gardens. Es könnte der Parkwächter gewesen sein, der das Tor aufsperren wollte. Oder jemand, der irgendwas reparieren wollte.«

»Um drei Uhr morgens? Mit einem verdächtigen Werkzeug in der Hand, das geeignet schien, das Schloss am Parktor aufzubrechen? Havers...«

»Hören Sie mir noch einen Moment zu. Bitte. All das könnte innerhalb der nächsten Stunde eine logische Erklärung finden. Der Kerl könnte einen legitimen Grund gehabt haben, in

St. George's Gardens zu sein, und was Sie für ein Werkzeug gehalten haben, hatte vielleicht etwas mit diesem legitimen Grund zu tun. Er könnte alles Mögliche getan haben: eine Reparatur, pinkeln, Zeitungen austragen, Testfahrt mit einem neuen Milchauto. Alles denkbar. Worauf ich hinauswill...«

»In Ordnung. Ja. Ich verstehe.«

Sie fuhr fort, als sei Lynley immer noch nicht überzeugt. »Und ich hab mit diesem Typen gesprochen. Mit diesem Zauberer. Ich hab ihn gesehen. Also wenn die Leiche im Queen's Wood Davey ist und dieser Typ, den ich gesehen habe, derjenige ist, bei dem Davey die Handschellen geklaut hat...« Sie ließ ihn den Gedanken zu Ende führen.

Was er auch sogleich tat: »Dann sollte er lieber ein Alibi für letzte Nacht haben. Ja, in Ordnung, Barbara. Ich kann Ihre Schlussfolgerungen nachvollziehen.«

»Und er ist es, Sir. Davey. Das wissen Sie.«

»Der Leichnam? Ja, das glaube ich auch. Aber ohne die Formalität können wir nicht weitermachen. Ich kümmere mich darum.«

»Und soll ich...?«

»Fahren Sie zum Stables Market. Stellen Sie eine Verbindung zwischen diesem Zauberer und Davey her, wenn Sie können. Sobald Sie sie haben, bringen Sie ihn zum Verhör.«

»Ich glaube, wir haben den ersten richtigen Durchbruch geschafft, Sir.«

»Ich hoffe, Sie haben Recht«, antwortete Lynley.

17

Barbara Havers nahm die Leuchthandschellen mit zum Stables Market, der – wie der Name schon sagte – in einem riesigen alten Artilleriestall aus verrußten Ziegeln lag. Er befand sich parallel zur Chalk Farm Road, aber sie nahm den Eingang am

Camden Lock Place und erkundigte sich gleich im ersten Geschäft nach dem Zaubereistand. Der Laden bot Möbel und Stoffe aus Indien an. Die Luft war schwer von Patschuli, und Sitarmusik dröhnte aus Boxen, die mit der Lautstärke überfordert waren.

Die Verkäuferin wusste nichts über einen Zaubereistand, aber sie nahm an, dass Tara Powell drüben im Piercing-Laden Barbara den Weg sagen konnte. »Tara beherrscht ihre Kunst«, erklärte die Verkäuferin. Sie selbst hatte einen Silberstecker in der Unterlippe.

Barbara fand den Piercing-Stand mühelos. Tara Powell entpuppte sich als fröhliche Mittzwanzigerin mit fürchterlichen Zähnen. Sie machte Eigenwerbung für ihr Geschäft mit einem halben Dutzend Löchern im Ohr und einem schmalen Goldring in der linken Augenbraue. Sie war gerade dabei, den Nasenflügel eines jungen Mädchens mit einer Nadel zu durchstoßen, während der Freund mit dem ausgewählten Schmuckstück in der Hand daneben stand. Es handelte sich um einen dicken Ring, ähnlich den Nasenringen, wie sie bei Kühen verwendet wurden. Das wird bestimmt attraktiv aussehen, dachte Barbara. Tara hielt gerade einen Vortrag über den Haaransatz des Premierministers. Offenbar hatte sie die Auswirkungen von Macht und Verantwortung auf den Haarverlust eingehend recherchiert. Es schien ihr jedoch schwer zu fallen, ihre Theorie auf Lady Thatcher anzuwenden.

Wie sich herausstellte, wusste Tara in der Tat, wo sich der Zaubereistand befand. Sie sagte, Barbara finde ihn in der Gasse. Als Barbara fragte, welche Gasse?, erwiderte sie, *die* Gasse, und verdrehte die Augen, als sei sie der Auffassung, dass diese Information doch wirklich ausreichend sein müsse. Dann wandte sie sich an ihre Kundin und sagte: »Das pikst jetzt ein bisschen, Liebes.« Und mit einem geschickten Stoß rammte sie die Nadel durch den Nasenflügel des Mädchens.

Barbara trat hastig den Rückzug an, als das Mädchen schrie, in sich zusammensackte und Tara irgendjemandem zurief:

»Riechsalz! Schnell!« Barbara dachte, dass dies ein Job mit vielen Haken und Ösen war.

Obwohl Barbara nahe Camden High Street und seinen Märkten wohnte und schon ungezählte Male in den alten Stallungen gewesen war, hatte sie nicht gewusst, dass die enge Passage, in der sie den Zaubereistand schließlich entdeckte, einen Namen hatte. Es war nicht so sehr eine Gasse, als vielmehr eine Lücke zwischen der Ziegelmauer eines alten Artilleriegebäudes auf der einen Seite und einer langen Reihe Verschläge auf der anderen, die den Standinhabern als Auslage dienten. Alles, von Büchern bis hin zu Stiefeln, wurde dort angeboten.

Nackte Glühbirnen, die von einem Kabel herabhingen, spendeten spärliches Licht. Sie kämpften gegen ein Halbdunkel an, das von der verrußten Stallwand und den düsteren, fleckigen Ständen auf der anderen Seite verstärkt wurde. Nicht alle Stände waren unter der Woche geöffnet, aber der Magierstand schon. Als Barbara näher kam, entdeckte sie denselben, eigentümlich gekleideten Mann, den sie vor einigen Tagen beim Entladen seines Lieferwagens beobachtet hatte. Er führte einen Seiltrick vor einigen faszinierten Jungen vor, die sich, anstatt zur Schule zu gehen, um seinen Stand versammelt hatten. Barbara fiel auf, dass sie ungefähr die gleiche Größe und das gleiche Alter hatten wie der tote Junge im Queen's Wood.

Sie blieb stehen, sah den Zauberer mit den Jungen interagieren und nahm gleichzeitig den Stand in Augenschein. Er war nicht groß – hatte etwa die Ausmaße eines Kleiderschranks –, aber der Magier hatte es verstanden, eine Vielzahl an Zaubertricks, Scherzartikeln der Sorte »Plastikkotze«, die man auf Mums neuen Teppich drapieren konnte, Videos von Zauberkunststücken, Büchern über optische Täuschungen und alten Zeitschriften dort unterzubringen. Zum Verkauf standen auch Handschellen, die mit denen in Barbaras Handtasche identisch waren. Sie waren Teil eines kleinen Sondersortiments an neckischen Schlafzimmerspielzeugen.

Barbara umrundete die Zuschauer, um den Zauberer besser

sehen zu können. Er trug die gleiche Kleidung wie beim letzten Mal, und sie bemerkte, dass seine rote Strumpfmütze nicht nur die Haare bedeckte, sondern bis auf die Augenbrauen herabgezogen war. Dazu trug er die dunkle Sonnenbrille und hatte somit die obere Gesichts- und Kopfhälfte komplett verdeckt. Unter normalen Umständen hätte Barbara sich nichts weiter dabei gedacht. Doch in Zusammenhang mit einer Mordermittlung machte eine seltsame Kostümierung in Verbindung mit Handschellen, einem toten Jungen und einem Lieferwagen diesen Typen erst recht verdächtig. Barbara wollte ihn allein sprechen.

Sie schob sich vor die Zuschauergruppe und betrachtete die angebotenen Zaubereiartikel. Die Ware hier schien für Kinder geeignet: Zaubermalbücher, magische Ringe, fliegende Münzen und dergleichen. Es erinnerte Barbara an Hadiyyah und Hadiyyahs ernstes, kleines Gesicht und ihr trauriges Winken hinter der Terrassentür, wann immer Barbara an der Erdgeschosswohnung von Eton Villas vorbeikam. Und das wiederum lenkte ihre Gedanken auf Azhar und die harten Worte, die sie bei ihrer letzten Begegnung gewechselt hatten. Sie hatten einander seither sorgsam gemieden. Ein Friedensangebot schien angezeigt, aber Barbara war nicht sicher, wer von ihnen es machen sollte.

Sie nahm ein »Bleistift-reiß-Set« in die Hand und las die spärliche Gebrauchsanweisung (leihe dir eine Fünf-Pfund-Note von jemandem im Publikum, drücke den Bleistift in die Mitte des Geldscheins, reiß ihn zur Seite und – Abrakadabra! – der Schein bleibt heil). Sie erwog, inwieweit dies als Friedensgeschenk geeignet war, als sie den Zauberer sagen hörte: »Das war's für heute. Ab mit euch. Ich habe zu arbeiten.« Einige der Kinder protestierten, bettelten um einen allerletzten Zaubertrick, aber er blieb hart. »Nächstes Mal«, versprach er und scheuchte sie weg. Barbara sah, dass er an den blässlichen Händen fingerlose Handschuhe trug.

Die Kinder verschwanden – allerdings erst, nachdem Mr. Magic einem der Jungen die fliegenden Münzen abgeknöpft hatte, die der Kleine zu stibitzen versucht hatte. Und dann gehörte der Zauberer Barbara allein. »Kann ich Ihnen helfen?«, fragte er.

Barbara erwarb das Bleistift-reiß-Set, eine Investition von weniger als zwei Pfund für den nachbarschaftlichen Frieden. Dann sagte sie: »Sie können gut mit Kindern umgehen. Die hängen doch sicher den ganzen Tag hier rum.«

»Zauberei«, erklärte er schulterzuckend, während er das Set in eine kleine Plastiktüte steckte. »Zauberei und Jungen. Das scheint einfach zusammenzupassen.«

»So wie Fish and Chips.«

Er zeigte ein Lächeln, das zu sagen schien: Ich kann nichts für meine Beliebtheit.

»Sie müssen Ihnen doch nach einer Weile auf die Nerven gehen, all diese kleinen Jungs, die sich hier rumtreiben und wollen, dass Sie ihnen Kunststücke vorführen«, fuhr Barbara fort.

»Es ist gut fürs Geschäft«, antwortete er. »Sie gehen nach Hause, erzählen ihren Eltern, was sie gesehen haben, und beim nächsten Kindergeburtstag wissen sie, welches Unterhaltungsprogramm sie wollen.«

»Eine Zaubershow?«

Er nahm die Strumpfmütze ab und verneigte sich. »Mr. Magic, zu Diensten. Auch zu Ihren Diensten. Geburtstagspartys, Bar-Mizwas, die gelegentliche Taufe, Silvester et cetera.«

Barbara blinzelte, erholte sich aber schnell, während der Mann seine Mütze wieder aufsetzte. Sie erkannte, dass er sie aus dem gleichen Grund trug wie die dunkle Sonnenbrille und die Handschuhe. Er war offenbar Albino. So wie er gekleidet war, würde er auf der Straße den einen oder anderen Blick auf sich ziehen, doch anders gekleidet – das farblose Haar und die Augen unbedeckt – würde er angestarrt und von den Kindern, die ihn jetzt bewunderten, verspottet werden.

Er gab Barbara seine Visitenkarte. Sie erwies ihm die gleiche Höflichkeit und betrachtete das Wenige, was sie von seinem Gesicht sehen konnte, um seine Reaktion einzuschätzen. »Polizei?«, fragte er.

»New Scotland Yard. Zu Ihren Diensten.«

»Ah. Na ja. Ich kann mir nicht vorstellen, dass Sie dort eine Zaubervorstellung wollen.«

Er hat seinen Schrecken schnell überwunden, dachte Barbara und zog die Leuchthandschellen aus ihrer Schultertasche. Sie steckten in einer Plastiktüte, weil sie im Labor auf Fingerabdrücke untersucht werden sollten.

»Die sind von Ihrem Stand, soweit ich weiß«, sagte Barbara. »Erkennen Sie sie?«

»Ich verkaufe so was«, räumte der Zauberer ein. »Sehen Sie selbst. Sie sind da drüben bei den Erwachsenenspielzeugen.«

»Ein Junge namens Davey Benton hatte die hier von Ihnen, hat uns sein Dad gesagt, als wir bei ihm zu Hause waren. Er hat sie hier geklaut. Er sollte sie zurückgeben.«

Die Sonnenbrille verhinderte, dass Barbara eine Reaktion in den Augen des Zauberers erkennen konnte. Sie musste sich auf seinen Tonfall verlassen, der völlig entspannt klang, als er erwiderte: »Das hat er vermasselt.«

»Was genau?«, fragte Barbara. »Sie zu klauen oder zurückzugeben?«

»Da Sie sie in seinen Sachen gefunden haben, schätze ich, wir können mit einiger Sicherheit sagen, er hat es vermasselt, sie zurückzubringen.«

»Stimmt. Da haben Sie wohl Recht«, erwiderte Barbara. »Allerding hab ich nicht gesagt, dass ich sie in seinen Sachen gefunden habe, oder?«

Der Zauberer wandte ihr den Rücken zu und rollte das Seil, das er für die Vorführung benutzt hatte, zu einem säuberlichen, schlangenhaften Kegel auf. Barbara verbiss sich ein Lächeln, als sie das sah. Hab ich dich, dachte sie. Nach ihrer Erfahrung hatte selbst der aalglatteste Kerl irgendwo eine empfindliche Stelle.

Mr. Magic schenkte ihr wieder seine Aufmerksamkeit. »Mag sein, dass die Handschellen von mir sind. Sie sehen ja selbst, dass ich sie verkaufe. Aber ich bin bestimmt nicht der Einzige in

London, bei dem man neckische Spielzeuge kaufen oder klauen kann.«

»Nein. Aber ich nehme an, Sie sind derjenige, der Daveys Zuhause am nächsten ist.«

»Keine Ahnung. Ist diesem Jungen irgendwas passiert?«

»Ja, ihm ist etwas passiert«, bestätigte Barbara. »Er ist ziemlich tot.«

»Tot?«

»Tot. Aber wir wollen hier nicht Echo spielen. Als wir seine Sachen durchsucht und die hier gefunden haben und sein Dad uns gesagt hat, woher sie sind, weil Davey *ihm* das gesagt hatte... Sie können sicher nachvollziehen, warum ich wissen wollte, ob sie Ihnen bekannt vorkommen, Mr. ... Wie heißen Sie wirklich? Ich weiß, dass Magic nicht Ihr Nachname ist. Wir haben uns übrigens schon mal gesehen.«

Er fragte nicht, wo. Sein Name sei Minshall, sagte er. Barry Minshall. Und, ja, in Ordnung, es sah so aus, als stammten die Handschellen von seinem Stand, wenn der Junge das seinem Vater gegenüber behauptet hatte. »Aber Tatsache ist, dass Kinder Sachen stibitzen, oder? Kinder tun das *andauernd*. Das gehört zum Kindsein. Sie probieren Grenzen aus. Wer nicht wagt, der nicht gewinnt. Und da die Cops hier nichts anderes zu tun scheinen, als ihnen ins Gewissen zu reden, wenn sie sie bei irgendwas erwischen – was riskieren sie also schon, wenn sie es versuchen, he?« Oh, natürlich bemühe er sich, die Augen offen zu halten, aber manchmal übersah er eben die Langfinger, die sich nach so etwas wie Leuchthandschellen ausstreckten. Manchmal, erklärte er, waren die Kids einfach zu gut, regelrechte Klaukünstler.

Barbara hörte sich das alles an, nickte und tat ihr Bestes, nachdenklich und unvoreingenommen zu wirken. Aber sie hörte, dass sich eine gewisse Anspannung in Barry Minshalls Stimme schlich, und das wirkte auf sie wie die Fährte eines Fuchses auf eine Hundemeute. Dieser Typ lügt wie gedruckt, dachte sie. Dieser Typ hält sich für cool, cool wie ein Eiswürfel, und genau so hatte sie sie gern, denn Eiswürfel konnte man leicht zum Schmelzen bringen.

»Sie haben irgendwo einen Lieferwagen stehen«, sagte sie. »Ich hab Sie beim Entladen gesehen, als ich das letzte Mal hier war. Ich würde ihn mir gern anschauen, wenn Sie nichts dagegen haben.«

»Warum?«

»Nennen wir's Neugier.«

»Ich glaube nicht, dass ich verpflichtet bin, ihn Ihnen zu zeigen. Nicht ohne Durchsuchungsbeschluss zumindest.«

»Das stimmt. Aber wenn wir diesen Weg einschlagen, was natürlich Ihr gutes Recht ist, werde ich mich fragen, ob Sie vielleicht irgendwas in diesem Van haben, das ich nicht finden soll.«

»Ich will meinen Anwalt anrufen.«

»Nur zu, Barry. Hier, nehmen Sie mein Handy.« Ihr halber Arm verschwand in der großen Tasche und grub den Inhalt enthusiastisch um.

Minshall sagte: »Ich hab mein eigenes. Hören Sie, ich kann den Stand nicht allein lassen. Sie müssen später wiederkommen.«

»Sie brauchen den Stand nicht allein zu lassen«, entgegnete Barbara. »Geben Sie mir die Wagenschlüssel, und ich seh mich um.«

Er dachte hinter seiner Sonnenbrille und unter seiner Strumpfmütze über den Vorschlag nach und sah aus wie eine Figur aus einem Dickens-Roman. Barbara konnte vor ihrem geistigen Auge die Rädchen in seinem Kopf auf Hochtouren laufen sehen, um zu entscheiden, welchen Weg er einschlagen sollte. Sowohl einen Anwalt als auch einen Durchsuchungsbeschluss zu verlangen war das Vernünftigste und Klügste. Aber die wenigsten Menschen waren vernünftig und klug, wenn sie etwas zu verbergen hatten und plötzlich unangemeldet die Polizei erschien, Fragen stellte und auf der Stelle Antworten verlangte. In solchen Momenten trafen sie die Entscheidung, zu versuchen, sich durch ein paar schwierige Momente zu bluffen, weil sie der irrigen

Auffassung waren, Inspector Dumpfbacke vor sich zu haben, dem sie allemal gewachsen waren. Sie glaubten, wenn sie sofort einen Anwalt verlangten – so wie es in den amerikanischen Krimiserien immer vorgespielt wurde –, hefteten sie sich für alle Zeiten das scharlachrote »S« für schuldig auf die Brust. Dabei wäre es in Wahrheit nur ein scharlachrotes »I« für intelligent. Doch auf den Gedanken kamen die Wenigsten, wenn sie unter Druck standen, und darauf hoffte Barbara auch jetzt.

Minshall traf seine Entscheidung. »Sie verschwenden nur Ihre Zeit«, sagte er. »Und, was noch schlimmer ist, meine ebenso. Aber wenn Sie glauben, dass es nötig ist, aus welchem Grund auch immer...«

Barbara lächelte. »Vertrauen Sie mir. Ich bin ein Freund und Helfer.«

»Gut, na schön. Aber Sie müssen warten, bis ich den Stand dichtgemacht habe, und dann führe ich Sie zu meinem Van. Ich fürchte, es wird ein paar Minuten dauern. Ich hoffe, Sie haben so viel Zeit.«

»Mr. Minshall, Sie sind ein richtiger Glückspilz«, antwortete Barbara. »Denn Zeit ist das, was ich heute im Überfluss habe.«

Als Lynley nach New Scotland Yard zurückkam, stellte er fest, dass die Medienvertreter sich bereits versammelt und ihre Zelte auf der kleinen Grünfläche aufgeschlagen hatten, wo die Victoria Street auf den Broadway traf. Zwei Fernsehteams – erkennbar an den Logos auf ihren Wagen und den Ausrüstungsgegenständen – waren anscheinend dabei, Übertragungen vorzubereiten, während ein paar Reporter, die man anhand ihrer Kleidung leicht von der Crew unterscheiden konnte, unter den tropfenden Bäumen des Parks umherschlenderten.

Lynley betrachtete die. Er wusste, dass es zu optimistisch war, zu hoffen, dass die Presse aus irgendeinem anderen Grund hier sein könnte als wegen der Ermordung eines sechsten Jugendlichen. Ein sechster Mord erforderte ihre sofortige Anwesenheit und machte es außerdem unwahrscheinlich, dass sie sich bei der

Berichterstattung weiterhin an die Spielregeln des Pressebüros halten würden.

Er schlängelte sich durch das Verkehrschaos auf der Straße und nahm die Einfahrt zur Tiefgarage. Doch der Beamte im Wachhäuschen an der Ausfahrt beschränkte sich heute nicht auf seinen üblichen Gruß, ehe er den Schlagbaum hob, sondern er kam heraus an den Bentley und wartete, dass Lynley das Fenster öffnete.

Dann beugte er sich vor. »Nachricht für Sie«, sagte er. »Sie werden umgehend im Büro des Assistant Commissioner erwartet. Gehen Sie nicht über Los und so weiter, wenn Sie wissen, was ich meine. Der AC hat persönlich angerufen und klar gemacht, dass es kein Wenn und Aber gibt. Ich soll ihn auch anrufen, sobald Sie da sind. Die Frage ist, wie viel Zeit wollen Sie? Ich kann Ihnen so viel geben, wie Sie brauchen, nur er wollte nicht, dass Sie unterwegs bei Ihrem Team vorbeischauen und mit den Kollegen reden.«

»Großer Gott«, murmelte Lynley vor sich hin. Dann überlegte er einen Moment, ehe er antwortete: »Warten Sie zehn Minuten.«

»Abgemacht.« Der Mann trat zurück und ließ Lynley in die Tiefgarage. Lynley verbrachte die zehn Minuten in der Stille und dem Halbdunkel des Bentley, die Augen geschlossen, den Kopf gegen die Kopfstütze gelehnt.

Er wusste, dass es niemals einfach war. Man bildete sich ein, es werde mit der Zeit leichter, wenn man genügend Horrorbildern und ihren Nachwirkungen ausgesetzt gewesen war. Doch gerade, wenn man glaubte, eine gewisse Gefühllosigkeit erreicht zu haben, passierte irgendetwas, das einen daran erinnerte, dass man doch noch ein menschliches Wesen war, unabhängig davon, was man sich zuvor eingebildet hatte.

Das hatte Lynley erlebt, als er neben Max Benton stand, während dieser die Leiche seines ältesten Sohnes identifizierte. Ein Polaroidfoto hatte ihm nicht gereicht, auch nicht der Blick aus sicherer Entfernung hinter der Glasscheibe, der ihm bestimmte

Aspekte des Verbrechens an seinem Sohn vorenthalten hätte, über die er nichts wissen oder die er doch zumindest nicht aus nächster Nähe sehen musste. Aber er hatte darauf bestanden, alles zu sehen, hatte sich geweigert, zu bestätigen, ob es sich um seinen vermissten Sohn handelte, bis er Zeuge jedes einzelnen Details geworden war, das zeigte, wie Davey zu Tode gekommen war.

Was er schließlich sagte, war: »Er hat sich also gewehrt. Genau wie er sollte. Wie ich es ihm beigebracht habe. Er hat sich gegen den Bastard gewehrt.«

»Dies ist Ihr Sohn, Mr. Benton?«, fragte Lynley. Die Formalität war nicht nur ein Automatismus, sondern auch ein Weg, den Ausbruch unterdrückter Emotionen – die sich nie wirklich unterdrücken ließen – zu verhindern, die er in dem anderen Mann aufsteigen spürte.

»Ich hab doch von Anfang an gesagt, dass der Welt nicht zu trauen ist«, antwortete Benton. »Ich hab immer gesagt, sie ist grausam. Aber er hat mir nie richtig zugehört, so wie ich es wollte. Und das ist jetzt dabei herausgekommen. *Das*. Ich will, dass sie herkommen, die anderen. Ich will, dass sie ihn *sehen*.« Seine Stimme brach, und er fuhr schluchzend fort: »Man versucht doch sein Bestes, seinen Kindern beizubringen, wie's da draußen zugeht. Man lebt, um ihnen einzuschärfen, dass sie vorsichtig sein müssen, auf der Hut sein, wissen, was alles passieren kann… Das hab ich ihm gesagt, unserem Davey. Und Bev hab ich das ewige Gekuschel verboten, denn sie sollen hart werden, allesamt. Wenn man so aussieht, muss man hart sein, muss man wissen… Man muss verstehen… Hör mir zu, du kleiner Scheißer. Warum willst du nicht einsehen, dass es nur zu deinem Besten ist…« Er weinte, sank an der Wand herab und schlug mit der Faust auf den Boden. »Zur *Hölle* mit dir.« Seine Stimme überschlug sich, und sein Schluchzen erstickte die Worte in seiner Kehle.

Es gab keinen Trost, und Lynley respektierte Max Bentons Trauer, indem er nicht versuchte, ihm welchen zu bieten. Er sagte nur: »Es tut mir so Leid, Mr. Benton«, ehe er den verzweifelten Mann hinausführte.

Jetzt in der Tiefgarage nahm Lynley sich die Zeit, die er brauchte, um sich zu fassen. Er wusste, dass der Anblick eines Vaters, der seines Kindes beraubt worden war, ihn nie zuvor so tief berührt hatte, weil er selbst bald einen Sohn haben und wie andere Väter Gefahr laufen würde, leichtfertig seine Träume auf ihn zu projizieren. Benton hatte Recht, und das wusste Lynley. Ein Mann hatte die Pflicht, seine Kinder zu beschützen. Wenn er diese Pflicht nicht erfüllte und in so drastischer Weise versagte, wie alle Eltern es empfinden mussten, die ein Kind durch Mord verloren, war nur die Trauer noch größer als die Schuldgefühle. Ehen zerbrachen daran, glückliche Familien fielen auseinander. Und alles, was man einmal für kostbar und sicher gehalten hatten, wurde durch die Katastrophe zerschmettert, die alle Eltern fürchteten, die aber keiner vorhersehen konnte.

Von solch einem Schlag konnte man sich nicht mehr erholen. Man durfte nicht hoffen, eines Morgens aufzuwachen und festzustellen, dass Vergessen eingesetzt hatte. Das geschah einfach nicht bei Eltern, deren Kind ermordet worden war.

Jetzt sind es sechs, dachte Lynley. Sechs Kinder, sechs Elternpaare, sechs Familien. Sechs, und alle Medien zählen mit.

Er fuhr zu Hilliers Büro hinauf. Inzwischen hatte Robson den Assistant Commissioner mit Sicherheit von Lynleys Weigerung, ihn an den Tatort zu lassen, in Kenntnis gesetzt, und Hillier war vermutlich außer sich deswegen.

Der Assistant Commissioner war mitten in einem Meeting mit dem Leiter des Pressebüros, teilte Hilliers Sekretärin Lynley mit. Doch der Assistant Commissioner hatte ausdrücklichen Befehl erteilt: Sollte Interim Superintendent Lynley wider Erwarten auftauchen, während die Besprechung noch im Gange war, möge er sich ihnen unverzüglich anschließen. »Er hegt...« Judi MacIntosh zögerte, wohl eher, um einen dramatischen Effekt zu erzielen, denn auf der Suche nach einem passenden Wort. »Er hegt ein gewisses Maß an Animosität Ihnen gegenüber, Superintendent. Ich dachte, ich sollte Sie lieber vorwarnen...«

Lynley antwortete mit einem höflichen Nicken. Er hatte sich schon oft gefragt, wie Hillier es geschafft hatte, eine Sekretärin zu finden, die so perfekt zu seinem Führungsstil passte.

Stephenson Deacon hatte zwei junge Assistenten zu der Besprechung bei Hillier mitgebracht, stellte Lynley fest, als er sich ihnen anschloss. Ein Mann und eine Frau, und sie sahen beide wie Referendare aus: frisch geschrubbt, interessiert und engagiert. Weder Hillier noch der sauertöpfische Deacon, der aus unbekannten Gründen einen Liter Sodawasser aus der Presseabteilung mitgebracht hatte, machten sie miteinander bekannt.

»Sie haben den Zirkus gesehen, nehme ich an«, sagte Hillier ohne Vorrede zu Lynley. »Die Pressekonferenzen stellen sie nicht mehr zufrieden. Wir kontern mit etwas, das sie ablenkt.«

Der männliche Referendar schrieb eifrig jedes Wort mit, das Hillier absonderte. Die Referendarin hingegen studierte Lynley mit einer beunruhigenden Intensität und widmete sich dieser Aufgabe mit der gespannten Konzentration eines Raubtiers.

»Ich dachte, Sie setzen auf *Crimewatch*, Sir«, sagte Lynley.

»Die *Crimewatch*-Entscheidung ist gefallen, bevor all das hier passiert ist. Das allein wird jetzt natürlich nicht mehr ausreichen.«

»Was dann?« Lynley hatte dem Assistant Commissioner nicht von der Auswertung des Überwachungsvideos berichtet, und das tat er auch jetzt nicht. Er wollte damit warten, bis er hörte, was Havers bei ihrem Besuch im Stables Market erfuhr. »Ich hoffe, Sie wollen der Presse keine Fehlinformationen geben.«

Hillier schien nicht erfreut über diese Bemerkung, und Lynley erkannte, dass er sie besser zurückgehalten hätte.

»Das ist nicht meine Art, Superintendent«, erwiderte der Assistant Commissioner und bat den Leiter der Pressestelle: »Sagen Sie es ihm, Mr. Deacon.«

»*Embedding.*« Deacon schraubte seine Wasserflasche auf und trank einen Schluck. »Dann können die Scheißkerle sich wirklich nicht mehr beschweren. Bitte um Entschuldigung, Miss Clapp«, fügte er an die junge Frau gewandt hinzu, die über diese rücksichtsvolle Höflichkeit irritiert schien.

Lynley glaubte zu verstehen. »Wie bitte?«, fragte er.

»Embedding«, wiederholte Deacon ungeduldig. »Wir lassen einen Journalisten an den Ermittlungen teilnehmen. Jemand, der aus erster Hand beobachten kann, wie die Polizei bei einem Verbrechen dieser Größenordnung vorgeht. So wie es manchmal in Kriegen gemacht wird, wenn Sie verstehen, was ich meine.«

»Sie müssen doch davon gehört haben, Superintendent?«, fragte Hillier.

Das hatte Lynley natürlich. Er konnte nur nicht glauben, dass das Pressebüro etwas so Idiotisches in Erwägung zog. Er sagte zu Hillier: »Das können wir nicht tun, Sir.« Er versuchte, so höflich wie möglich zu sprechen, und das kostete ihn einige Mühe. »Dergleichen hat es noch nie gegeben und...«

»Natürlich nicht, Superintendent«, unterbrach Deacon mit einem Zahnpastalächeln. »Aber das heißt nicht, dass man es nicht tun kann. Wir haben in der Vergangenheit doch zum Beispiel manchmal Pressevertreter zu koordinierten Festnahmen eingeladen. Das hier geht nur einen Schritt weiter. Die Integration eines sorgfältig ausgewählten Reporters – von einer seriösen Zeitung, natürlich, wir lassen die Boulevardblätter dabei aus dem Spiel – kann die öffentliche Meinung grundlegend verbessern. Nicht nur in Bezug auf diese Ermittlung, sondern über New Scotland Yard im Allgemeinen. Ich muss Ihnen wohl kaum erklären, wie aufgebracht die Öffentlichkeit wegen dieses Falles ist. Die Titelseite der heutigen Ausgabe der *Daily Mail* zum Beispiel...«

»...ist morgen Altpapier«, warf Lynley ein. Er wandte sich an Hillier und bemühte sich, so rational wie Deacon zu klingen. »Sir, so etwas könnte uns vor unvorstellbare Schwierigkeiten stellen. Wie könnte das Team – bei der Morgenbesprechung etwa – offen reden, wenn alle damit rechnen müssen, dass ihre Worte in der nächsten Ausgabe des *Guardian* auf der Titelseite stehen? Und wie handhaben wir die gesetzliche Schweigepflicht, wenn ein Journalist unter uns ist?«

»Das ist das Problem des Reporters, nicht unseres«, antwortete Hillier. Er klang völlig ruhig, wenngleich er den Blick unverwandt auf Lynley gerichtet hielt, und das, seit dieser den Raum betraten hatte.

»Haben Sie eine Vorstellung davon, wie oft wir bei der Arbeit mit Namen jonglieren?« Lynley spürte, dass er allmählich in Rage geriet, doch er fand, seine Argumente seien wichtiger als die Fähigkeit, sie mit Holmes-gleicher Gelassenheit vorzutragen. »Haben Sie eine Ahnung, wie jemand reagieren wird, der seinen Namen als Verdächtigen in der Zeitung genannt findet, egal, ob es stimmt oder nicht?«

»Auch das ist Angelegenheit der Zeitung, Superintendent«, entgegnete Deacon zufrieden.

»Und wenn sich herausstellt, dass die genannte Person tatsächlich der Mörder ist? Was, wenn er untertaucht?«

»Sie wollen doch bestimmt nicht sagen, es sei Ihnen lieber, dass er weitermordet, damit Sie ihn fassen können«, wandte Deacon ein.

»Was ich sagen will, ist, dass das hier kein verdammtes Spiel ist. Ich komme gerade zurück von einem Vater eines dreizehnjährigen Jungen, dessen Leiche...«

»Darüber müssen wir uns unterhalten«, unterbrach Hillier. Endlich wandte er den Blick von Lynley ab und schaute zu Deacon. »Stellen Sie eine Namensliste zusammen, Stephenson. Ich will Lebensläufe von allen Kandidaten. Und Arbeitsproben. Ich teile Ihnen meine Entscheidung in...« Er sah auf die Uhr und konsultierte dann den Kalender auf seinem Tisch. »Ich schätze, achtundvierzig Stunden reichen.«

»Wollen Sie, dass ein Wort hier und da ins richtige Ohr geflüstert wird?«, fragte der Referendar, der endlich von seinem Gekritzel aufgeschaut hatte. Die Assistentin schwieg weiterhin, den Blick unverändert auf Lynley gerichtet.

»Im Moment nicht«, antwortete Hillier. »Ich melde mich.«

»Das wär's dann also«, sagte Deacon.

Lynley sah zu, während die anderen ihre Notizbücher, Hefter, Aktenkoffer und Taschen einsammelten. Sie verließen den Raum im Gänsemarsch, Deacon als Erster. Lynley folgte nicht, sondern versuchte, die Zeit zu nutzen, um sich zu beruhigen.

Schließlich sagte er: »Macolm Webberly hat Wunder vollbracht.«

Hillier nahm an seinem Schreibtisch Platz und betrachtete Lynley über die zusammengelegten Fingerspitzen hinweg. »Lassen Sie uns nicht über meinen Schwager sprechen.«

»Ich glaube, das müssen wir«, entgegnete Lynley. »Mir wird jetzt erst bewusst, welche Anstrengungen er unternommen haben muss, um Sie in Schach zu halten.«

»Nehmen Sie sich in Acht.«

»Ich glaube nicht, dass es einem von uns nützt, wenn ich das tue.«

»Sie sind nicht unersetzlich.«

»Im Gegensatz zu Webberly? Weil er Ihr Schwager ist und Ihre Frau niemals zugelassen hätte, dass Sie den Mann ihrer Schwester feuern? Da sie doch genau wusste, dass der Mann ihrer Schwester das Einzige war, was zwischen Ihnen und dem Ende Ihrer Karriere stand?«

»Das reicht.«

»Sie machen bei dieser Ermittlung alles vollkommen falsch. Wahrscheinlich waren Sie immer schon so, und nur Webberly stand zwischen Ihnen und der Enthüllung Ihrer...«

Hillier sprang auf. »Ich sagte, das reicht!«

»Aber jetzt ist er nicht hier, und Sie sind bloßgestellt. Und mir bleibt nur die Wahl, uns alle hängen zu sehen oder lediglich Sie. Also, was erwarten Sie, welchen Kurs ich einschlagen soll?«

»Ich erwarte, dass Sie Ihre Befehle befolgen. Umgehend und exakt so, wie sie erteilt werden.«

»Nicht, wenn sie sinnlos sind.« Lynley versuchte, sich zu mäßigen. Es gelang ihm, in ruhigerem Tonfall fortzufahren: »Sir, ich kann Ihre Einmischung nicht länger dulden. Ich verlange, dass Sie entweder aufhören, in der Ermittlung herumzupfuschen, oder ich muss...« Lynley brach mitten im Satz ab. Es war der Ausdruck von Befriedigung, der für einen Moment über Hilliers Gesicht glitt, der ihn so abrupt innehalten ließ.

Mit einem Mal wurde ihm klar, dass seine eigene Kurzsichtigkeit ihn bewogen hatte, in Hilliers Falle zu tappen. Und diese Erkenntnis ließ ihn auch verstehen, warum Superintendent Webberly seinem Schwager gegenüber immer deutlich gemacht hatte, welcher seiner Untergebenen ihm nachfolgen sollte, selbst wenn eine solche Nachfolge nur vorübergehend war. Lynley konnte seinen Job jederzeit an den Nagel hängen, ohne Existenznöte fürchten zu müssen. Die anderen nicht. Er verfügte über ein Einkommen, das unabhängig von Scotland Yard war. Für die anderen DIs bedeutete der Polizeidienst Brot auf dem Tisch und ein Dach über dem Kopf. Die Umstände würden sie zwingen, sich Hilliers Anweisungen wieder und wieder zu unterwerfen, da keiner von ihnen es sich leisten konnte, gefeuert zu werden. Webberly hatte Lynley als den Einzigen gesehen, der zumindest eine geringe Chance hatte, ein Mindestmaß an Kontrolle über seinen Schwager auszuüben.

Gott wusste, er schuldete dem Superintendent diesen Gefallen, das begriff Lynley jetzt. Webberly hatte oft genug genau das für ihn getan.

»Oder?« Hilliers Stimme klang gefährlich.

Lynley suchte eine neue Richtung. »Sir, wir haben schon wieder einen weiteren Mord, mit dem wir uns herumschlagen müssen. Sie können nicht verlangen, dass wir uns obendrein auch noch um Journalisten kümmern.«

»Ja, ein weiterer Mord«, sagte Hillier. »Sie haben einen direkten Befehl missachtet, Superintendent, und ich hoffe für Sie, dass Sie eine gute Erklärung haben.«

Sie waren schließlich bei seiner Weigerung angekommen, Hamish Robson an den Tatort zu lassen. Lynley versuchte nicht, das Thema zu umgehen, indem er ein anderes anschnitt. »Ich habe den Constables an der Absperrung Anweisung erteilt, niemanden ohne Polizeiausweis durchzulassen. Robson hatte keinen, und die Beamten wussten nicht, wer er war. Er hätte alles Mögliche sein können, insbesondere ein Reporter.«

»Und als Sie ihn gesehen haben? Als Sie mit ihm gesprochen haben? Als er darum gebeten hat, die Fotos, das Video und den Tatort zu sehen ...?«

»Ich habe mich geweigert. Aber das wissen Sie ja schon, sonst würden wir nicht darüber reden.«

»Ganz recht. Und jetzt werden Sie sich anhören, was Robson zu sagen hat.«

»Sir, Sie müssen mich entschuldigen, ich habe ein Team, mit dem ich mich besprechen muss, und jede Menge Arbeit, die wichtiger ist als ...«

»Meine Autorität übersteigt Ihre«, erwiderte Hillier. »Und ich erteile Ihnen hiermit einen ausdrücklichen Befehl.«

»Das ist mir bewusst«, sagte Lynley. »Aber da er die Fotos nicht gesehen hat, können wir keine Zeit damit verschwenden ...«

»Er hat das Video gesehen und den vorläufigen Bericht gelesen.« Hillier lächelte dünn, als er Lynleys Überraschung sah. »Wie ich sagte. Meine Autorität übersteigt Ihre, Superintendent. Also setzen Sie sich hin. Sie werden ein Weilchen hier sein.«

Hamish Robson bewies wenigstens so viel Anstand, ein zerknirschtes Gesicht zu machen und so nervös zu wirken, wie man es von jedem intuitiven Menschen in einer vergleichbaren Situation erwartet hätte.

Er betrat das Büro mit einem gelben Schreibblock und einem kleinen Stapel Unterlagen. Letzteren reichte er Hillier. Er nickte Lynley zu und zuckte eine Schulter, was zu sagen schien: Das war nicht meine Idee.

Lynley erwiderte das Nicken. Er hegte keinen Groll gegen den Mann. Seiner Meinung nach taten sie beide nur ihren Job, und zwar unter extrem schwierigen Bedingungen.

Hillier hatte sich offenbar in den Kopf gesetzt, Dominanz

zum Thema dieser Besprechung zu machen. Er stand nicht vom Schreibtisch auf, um sich an den Konferenztisch zu setzen, wo er die Besprechung mit dem Pressechef und dessen Assistenten gehalten hatte, sondern wies Robson mit einer Geste den Stuhl vor seinem Schreibtisch direkt neben Lynley zu. So saßen sie beide wie zwei Bittsteller da, die vor den Thron des Pharao getreten waren. Es fehlte nur noch, dass sie sich mit dem Gesicht nach unten zu Boden warfen.

»Was haben Sie herausgefunden, Hamish«, fragte Hillier unter Umgehung aller höflichen Vorreden.

Robson hielt seinen Block mit dem Daumen auf den Knien fest. Sein Gesicht wirkte fiebrig, und für einen Augenblick verspürte Lynley Mitgefühl. Robson saß wieder einmal zwischen den Stühlen.

»Bei den ersten Verbrechen erreichte der Täter das ersehnte Gefühl der Allmacht durch die offenkundige Handlungsabfolge des Verbrechens«, begann Robson, und er schien unsicher, wie genau er sich durch das Minenfeld der Spannungen zwischen den beiden Polizeibeamten bewegen sollte. »Ich meine die Entführung des Opfers, das Fesseln und Knebeln, die Rituale des Brennens und Schneidens. Doch in diesem Fall in Queen's Wood waren die alten Verhaltensmuster nicht ausreichend. Was immer die früheren Taten ihm gegeben haben – und lassen Sie uns vorerst weiterhin postulieren, dass es Macht war –, das ist ihm dieses Mal verwehrt geblieben. Und das hat einen Ausbruch von Wut ausgelöst, die er bisher nicht verspürt hat. Und ich nehme an, dass diese Wut ihn überraschte, da er sich zweifellos eine komplexe Rechtfertigung zurechtgelegt hat, warum er diese Jungen tötet. Und Wut ist in dieser Gleichung bisher nie vorgekommen. Doch jetzt fühlt er sie, weil er in seinem Machtstreben frustriert worden ist, und so verspürt er ein starkes Bedürfnis, das, was er bei seinem Opfer als Auflehnung deutet, zu bestrafen. Dieses Opfer macht der Mörder verantwortlich dafür, dass er von ihm nicht bekommt, was alle anderen zuvor ihm verschafft haben.«

Robson hatte auf seine Notizen geschaut, während er sprach, doch jetzt sah er auf, als brauche er eine Aufforderung, um fortzufahren. Lynley sagte nichts. Hillier nickte knapp.

»Also reagiert er bei diesem Jungen mit physischer Gewalt, bevor er ihn tötet«, erklärte Robson. »Und danach empfindet er keine Reue: Der Leichnam wird nicht respektvoll aufgebahrt, sondern achtlos weggeworfen. Und das an einem Ort, wo es Tage hätte dauern können, ehe jemand über ihn stolpert. Wir können also davon ausgehen, dass der Mörder die Ermittlungen verfolgt und nicht nur bemüht ist, keine Beweise am Tatort zu hinterlassen, sondern ebenso, nicht gesehen zu werden. Ich nehme an, dass Sie schon mit ihm gesprochen haben. Er weiß, dass Sie ihm auf der Spur sind, und er hat nicht die Absicht, Ihnen in Zukunft irgendetwas zu liefern, das ihn mit den Verbrechen in Zusammenhang bringt.«

»Ist das der Grund, warum wir dieses Mal keine Fesselspuren gefunden haben?«, fragte Lynley.

»Ich glaube nicht. Vielleicht ist es so, dass der Täter vor diesem Mord glaubte, die Omnipotenz erlangt zu haben, nach der er sich sein ganzes Leben gesehnt hat. Dieses wahnhafte Machtgefühl hat ihn zu der Überzeugung gebracht, dass er sein nächstes Opfer nicht einmal immobilisieren musste. Doch ohne Fesseln, stellte sich heraus, hat sich der Junge gewehrt, und das erforderte eine individuelle Methode, ihn aus der Welt zu schaffen. Statt der Schlinge benutzt der Mörder seine Hände. Nur durch dieses Mittel kann er das Gefühl von Macht zurückerlangen, das ja sein eigentliches Tatmotiv ist.«

»Wie lautet demnach Ihre Schlussfolgerung?«, fragte Hillier.

»Sie haben es mit einer inadäquaten Persönlichkeit zu tun. Er wird entweder von anderen dominiert oder glaubt, dominiert zu werden. Er weiß nicht, wie er aus einer Situation herauskommen soll, in der er weniger Macht hat als die anderen, und insbesondere weiß er nicht, wie er aus der Situation herauskommen soll, in der er sich momentan befindet.«

»Die Morde, meinen Sie?«, hakte Hillier nach.

»O nein«, antwortete Robson. »Er sieht sich absolut in der Lage, die Polizei an der Nase herumzuführen. Aber in seinem persönlichen Leben hält ihn irgendetwas gefangen, und das in einer Weise, dass er keinen Ausweg sieht. Das kann mit seinem Arbeitsplatz zusammenhängen, einer zerrütteten Ehe, der Beziehung zu einem Elternteil, in der er mehr Verantwortung trägt, als ihm lieb ist, oder aber in der er seit langem unterdrückt wird, einem drohenden finanziellen Ruin, den er vor seiner Frau oder Lebenspartnerin geheim hält. Etwas in der Art.«

»Aber er weiß, dass wir ihm auf der Spur sind, sagen Sie?«, fragte Hillier. »Wir haben mit ihm gesprochen? In irgendeiner Weise Kontakt zu ihm gehabt?«

Robson nickte. »Das alles ist möglich«, antwortete er. Dann wandte er sich an Lynley: »Und das jüngste Opfer, Superintendent? Alles an dieser Leiche spricht dafür, dass Sie dem Mörder näher gekommen sind, als Ihnen klar ist.«

18

Barbara schaute zu, während Barry Minshall – alias Mr. Magic – seinen Stand an der Gasse schloss. Er ließ sich viel Zeit dabei; jede einzelne Bewegung sollte darauf hinweisen, welche Umstände die Polizei ihm machte. Die Auslage neckischer Spielzeuge wurde abgebaut, jedes Teil mit unnötiger Behutsamkeit in zusammenklappbaren Pappkartons verstaut, die er in einer Nische über dem Stand verwahrte. Die Scherzartikel wurden in ähnlicher Weise verpackt, genau wie einige der Zaubertricks. Jeder Gegenstand hatte seinen festen Platz, und Minshall stellte sicher, dass alles in einer bestimmten Reihenfolge, die nur ihm allein bekannt war, abgestellt wurde. Barbara wartete geduldig. Sie hatte alle Zeit, die er zu brauchen glaubte. Und falls er diese Zeit nutzte, um sich eine Geschichte über Davey Benton und die Handschellen zurechtzulegen, nutzte Barbara sie ihrerseits, um sich diejenigen Details der Gasse einzuprägen, die ihr bei der bevorstehenden Konfrontation mit Mr. Magic dienlich sein konnten. Und sie wusste, es würde eine Konfrontation geben. Dieser Typ sah nicht aus wie jemand, der untätig zuschaute, während sie seinen Van durchsuchte. Dafür stand ihm zu viel Ärger ins Haus.

Während er also seinen Stand schloss, prägte sie sich alles ein, was hilfreich sein konnte, wenn die Zeit kam, dem Zauberer die Daumenschrauben anzulegen: die Überwachungskamera, die zwischen einem chinesischen Schnellimbiss und einem Badesalzverkäufer etwa sechs Meter entfernt am Eingang der Gasse angebracht war. Der Badesalzmensch beobachtete Minshall mit großen Interesse, während er ein Samosa verschlang. Das Fett tropfte von seiner Hand in seine Manschette. Der Kerl sah aus wie jemand, der eine Geschichte zu erzählen hat, fand Barbara.

Das tat er in gewisser Weise, als sie ein paar Minuten später auf dem Weg zum Wagen an ihm vorbeikamen. »Hast dir eine Freundin zugelegt, was, Bar? Das ist doch mal was Neues. Ich dachte, du stehst auf Jungs.«

»Fick dich, Miller«, antwortete Minshall liebenswürdig und ging weiter Richtung Ausgang.

»Augenblick«, sagte Barbara und blieb stehen. Sie zeigte dem Badesalzverkäufer ihren Ausweis. »Glauben Sie, Sie könnten ein paar Bilder von Jungen identifizieren, die hier in den letzten Monaten an seinem Stand herumgelungert haben?«, fragte sie ihn.

Miller war auf einen Schlag misstrauisch. »Was für Jungen?«

»Solche, wie sie neuerdings überall in London tot aufgefunden werden.«

Sein Blick glitt kurz in Minshalls Richtung. »Ich will keinen Ärger. Ich wusste nicht, dass Sie ein Cop sind, als ich gesagt hab ...«

»Was macht das für einen Unterschied?«

»Ich hab nichts gesehen.« Er wandte sich ab und machte sich an seiner Auslage zu schaffen. »Es ist dämmrig hier drin. Da kann man einen Jungen sowieso nicht vom anderen unterscheiden.«

»Sicher könntest du das, John«, sagte Minshall. »Du verbringst genug Zeit damit, sie anzuglotzen.« Und dann an Havers gewandt: »Constable, Sie wollten meinen Lieferwagen sehen?« Er setzte seinen Weg fort.

Barbara merkte sich den Namen des Verkäufers. Sie wusste, seine Bemerkungen über Barry Minshall mussten nichts zu bedeuten haben, genauso wenig wie Minshalls Reaktion. Sie mochten einfach Ausdruck der natürlichen Animosität sein, die Männer manchmal füreinander hegten, oder die Folge von Minshalls seltsamer Erscheinung und Millers infantiler Reaktion darauf. Aber auf jeden Fall würde es sich lohnen, dieser Sache auf den Grund zu gehen.

Barry Minshall führte sie Richtung Haupteingang des Stables Market. Sie kamen auf die Chalk Farm Road, als ein Zug oben über die Hochgleise ratterte. Im schwindenden Licht des späten Nachmittags spiegelten sich die Straßenlaternen auf dem nassen Gehweg, und die Dieselabgase eines vorbeifahrenden Lastwagens verbreiteten das schwere Bouquet, das die Quintessenz eines verregneten Wintertages in London war.

Wegen der Kälte und des Regens waren die üblichen Verdächtigen – Gothics, von Kopf bis Fuß in Schwarz gehüllt, und Tattergreise, die sich fragten, was, zum Teufel, aus dieser Gegend geworden war – nirgendwo zu sehen. Stattdessen hasteten Pendler vorbei und Ladenbesitzer begannen, ihre Waren hereinzuholen. Barbara bemerkte die Blicke, die Barry Minshall auf sich zog, während sie an diesen Leuten vorbeigingen. Selbst in einem Teil der Stadt, der für seine sonderbaren Bewohner bekannt war, fiel der Zauberer auf – entweder wegen der Sonnenbrille, des Mantels oder der Mütze, oder aber aufgrund einer boshaften Ausstrahlung, die ihn wie eine Aura umgab. Barbara wusste, welchen Grund sie für wahrscheinlicher hielt. Ließ man den Anstrich von Unschuld, den die Zaubertricks erweckten, beiseite, war Barry Minshall ein ganz schlimmer Finger.

»Sagen Sie mal, Mr. Minshall, wo treten Sie für gewöhnlich auf?«, fragte sie ihn. »Mit den Zaubertricks, meine ich. Es kann wohl kaum sein, dass Sie sie nur vorführen, um die Kinder an Ihrem Stand zu erfreuen. Ich nehme an, Ihre Finger würden ein bisschen einrosten, wenn das alles wär.«

Minshall warf ihr einen Blick zu. Sie nahm an, er dachte nicht nur über ihre Frage nach, sondern auch über die verschiedenen Reaktionen, die seine Antworten hervorrufen mochten.

Sie schlug ihm ein paar Möglichkeiten vor: »Cocktailpartys, zum Beispiel? Damenclubs? Private Organisationen?«

Er erwiderte nichts.

»Geburtstagspartys?«, fuhr sie fort. »Ich könnte mir vorstellen, da sind Sie der Renner. Wie steht es mit Schulen, als besondere Überraschung für die Kinder? Kirchenfeste? Pfadfinder?«

Er ging weiter.

»Auch schon mal südlich des Flusses, Mr. Minshall? Treten Sie dort ebenfalls auf? In Elephant and Castle? Vielleicht bei Jugendorganisationen? Machen Sie in den Ferien Besuche im Jugendknast?«

Er zeigte immer noch keinerlei Reaktion. Er hatte nicht die Absicht, seinen Anwalt anzurufen, weil sie seinen Lieferwagen sehen wollte, aber er hatte offenbar ebenso wenig vor, auch nur ein Wort zu sagen, das ihn belasten könnte. Also war er nur zur Hälfte ein Dummkopf, dachte Barbara. Kein Problem. Diese Hälfte genügte wahrscheinlich für ihre Zwecke.

Sein Van stand mit einem Reifen auf dem Bordstein an der Jamestown Road, in falscher Richtung geparkt. Glücklicherweise hatte Minshall ihn unter einer Straßenlaterne abgestellt, sodass ein Kegel gelben Lichts darauf fiel, verstärkt durch eine Bewegungsmelderlampe, die sich an einem Haus keine fünf Meter entfernt einschaltete. Zusammen mit dem Rest an Tageslicht machte dies weitere Beleuchtung unnötig.

»Also, lassen Sie uns mal sehen«, sagte Barbara und wies auf die Hecktür. »Wollen Sie, oder soll ich?« Sie durchwühlte ihre Tasche und förderte ein Paar Latexhandschuhe hervor, während sie sprach.

Dieser Anblick schien seine Zunge zu lösen. »Ich hoffe, Sie werden meine Kooperation als das, was sie ist, Constable.«

»Und was genau wäre das?«

»Ein ziemlich schlüssiger Beweis, dass ich versuche, Ihnen zu helfen. Ich habe niemandem etwas getan.«

»Mr. Minshall, Sie glauben ja nicht, wie glücklich ich bin, das zu hören«, versicherte Barbara. »Öffnen Sie die Tür, bitte.«

Minshall zog einen Schlüsselbund aus der Manteltasche, schloss den Van auf und trat zurück, damit Barbara den Inhalt begutachten konnte. Dieser bestand aus Kartons. Kartons über Kartons. Es sah aus, als halte der Zauberer die gesamte Kartonindustrie am Leben. Filzstiftaufschriften bezeichneten den angeblichen Inhalt der rund drei Dutzend Behälter: »Karten & Münzen«, »Becher, Würfel, Tücher, Schals & Seile«, »Videos«, »Bücher & Zeitschriften«, »Sexspielzeuge«, »Scherzartikel«. Doch unter diesem Sammelsurium entdeckte Barbara einen Teppichbelag auf dem Wagenboden. Der Teppich war ausgefranst, und ein seltsamer, dunkler Fleck in der Form eines Geweihs schaute unter dem »Karten & Münzen«-Karton hervor. Es sah aus, als sei der Karton auf den Fleck gestellt worden, um ihn zu verbergen.

Barbara trat zurück. Sie schlug die Türen zu.

»Zufrieden?«, fragte Minshall, und er klang – zumindest für ihre Ohren – erleichtert.

»Noch nicht ganz«, antwortete sie. »Lassen Sie mich noch vorn reinschauen.«

Er sah aus, als wolle er protestieren, doch er besann sich eines Besseren. Er grummelte vor sich hin, während er die Fahrertür entriegelte und öffnete.

»Nicht die«, sagte Barbara und zeigte auf die Beifahrertür.

Die Fahrerkabine des Vans war ein rollender Mülleimer, und Barbara wühlte sich durch Fastfoodkartons, Coladosen, entwertete Eintrittskarten, Parktickets und Werbeblättchen, wie man sie unter dem Scheibenwischer fand, wenn man ein Weilchen auf einem öffentlichen Parkplatz gestanden hatte. Es war mit anderen Worten die reinste Goldgrube an Beweisen. Wenn Davey

Benton – oder einer der anderen ermordeten Jungen – in diesem Van gewesen war, musste es Spuren geben.

Barbara schob die Hand unter den Beifahrersitz, um zu sehen, ob dort weitere Schätze versteckt waren. Sie fand eine Plastikmarke, wie man sie an Theatergarderoben bekam, einen Bleistift, zwei Kugelschreiber und eine leere Videohülle. Dann umrundete sie den Wagen. Minshall stand an der Fahrertür, vielleicht in dem irrigen Glauben, sie habe die Absicht, ihn einsteigen zu lassen, auf dass er davonfahren konnte, dem Sonnenuntergang entgegen.

Sie nickte ihm zu, und er öffnete die Tür. Sie schob die Hand unter den Fahrersitz.

Auch hier ertasteten ihre Finger mehrere Objekte. Sie förderte eine kleine Taschenlampe zutage – die funktionierte –, eine Schere, mit der man bestenfalls Butter schneiden konnte, und schließlich ein Schwarzweißfoto.

Sie betrachtete es, hob den Kopf und sah Barry Minshall ins Gesicht. Dann drehte sie das Foto um, sodass er es anschauen konnte, und hielt es sich vor die Brust. »Wollen Sie mir was erzählen, Barry?«, fragte sie leutselig. »Oder soll ich raten?«

Seine Antwort kam schnell, und sie wäre jede Wette eingegangen, dass er genau das sagen würde: »Ich habe keine Ahnung, wie das ...«

»Barry, sparen Sie sich das für später. Sie werden den Text noch brauchen.«

Sie verlangte die Schlüssel und zog das Handy aus der Tasche. Dann tippte sie die Nummer ein und wartete, dass Lynley den Anruf annahm.

»Bis wir den Lieferwagen von diesem Überwachungsvideo gefunden haben und wissen, warum er mitten in der Nacht nach St. George's Gardens gefahren wurde, will ich nicht, dass das ausgestrahlt wird«, sagte Lynley.

Winston Nkata schaute von seinem kleinen, ledergebundenen Notizbuch auf, in das er eifrig schrieb. »Hillier wird die Krise ...«

»Das Risiko müssen wir eingehen«, unterbrach Lynley. »Wir gehen ein größeres Risiko ein – ein zweifaches –, wenn dieses Video vorzeitig veröffentlicht wird. Entweder wir gewähren dem Mörder einen Blick in unsere Karten, oder aber, wenn dieser Wagen aus einem ganz anderen, harmlosen Grund dort war, verleiten wir die Öffentlichkeit dazu, nach einem roten Van Ausschau zu halten, während das tatsächliche Täterfahrzeug ein ganz anderes sein könnte.«

»Aber die Rückstände an den Leichen«, erinnerte Nkata ihn. »Sie stammen aus einem Ford Transit, richtig?«

»Dessen Farbe wir aber nicht kennen. Also würde ich das Thema gern aufschieben.«

Nkata sah immer noch nicht überzeugt aus. Er war in Lynleys Büro gekommen, um abschließend zu besprechen, was bei *Crimewatch* gezeigt werden sollte – eine Aufgabe, die AC Hillier an ihn delegiert hatte, der es offenbar vorübergehend aufgegeben hatte, sich in jedes Detail der Ermittlung einzumischen, zumindest so lange, bis er entschieden hatte, welche Krawatte er in ein paar Stunden im Fernsehen tragen wollte. Nkata blickte auf seine spärlichen Notizen hinab und fragte sich zweifellos, wie er ihrem Vorgesetzten diese Entscheidung verkaufen sollte, ohne seinen Zorn zu erregen. Das war nicht sein Problem, entschied Lynley. Sie hatten Hillier reichlich mit Details für die Fernsehsendung versorgt, und Lynley verließ sich darauf, dass Hilliers Bedürfnis, in Minderheitenfragen liberal zu erscheinen, ihn daran hindern würde, seinen möglichen Unwillen an Nkata auszulassen. Trotzdem sagte er: »Ich halte den Kopf dafür hin, Winnie.« Und um dem Sergeant weitere Munition zu geben, fügte er noch hinzu: »Bis wir von Barbara gehört haben, was es mit dem Lieferwagen des Zauberers auf sich hat, halten wir das hier zurück. Also gehen Sie mit dem Phantombild aus dem Sportstudio und der Rekonstruktion von Kimmo Thornes Entführung auf Sendung. Ich denke, dass wir damit Ergebnisse bekommen sollten.«

Ein forsches Klopfen an der Tür, und Detective Inspector

Stewart steckte den Kopf ins Zimmer. »Kann ich dich kurz sprechen, Tommy?«, fragte er, nickte Nkata grüßend zu und sagte: »Waren Sie schon in der Maske für den Fernsehauftritt? Es heißt, Ihre Fanpost verdoppelt sich von Tag zu Tag.«

Nkata ließ den Spott resigniert über sich ergehen und erwiderte: »Ich leite alle Briefe an Sie weiter, Mann. Da Ihre Frau die Nase voll hat, brauchen Sie eine Partnervermittlung, richtig? Tatsächlich ist ein besonderer Brief von einer Braut in Leeds gekommen. Sie schreibt, sie wiegt hundertdreißig Kilo, aber ich schätze, Sie werden mit so viel Frau fertig.«

Stewart lächelte nicht. »Geh'n Sie zum Teufel«, sagte er.

»Danke, gleichfalls.« Nkata stand auf und verließ das Büro.

Stewart nahm seinen Platz auf einem der beiden Stühle vor Lynleys Schreibtisch ein. Er klopfte rhythmisch mit den Fingern auf seinen Oberschenkel, wie er es immer tat, wenn er nichts in den Händen hielt. Lynley wusste aus Erfahrung, dass Stewart gut austeilen, aber nicht einstecken konnte. »Das ging unter die Gürtellinie«, bemerkte Stewart.

»Wir verlieren hier alle allmählich unseren Humor, John.«

»Es gefällt mir nicht, wenn mein Privatleben ...«

»Das hat niemand gern. Hast du etwas für mich?«

Stewart schien die Frage zu überdenken, ehe er antwortete. Er strich über die Bügelfalte seiner Hose und schnipste ein Stäubchen vom Knie. »Zwei Neuigkeiten. Wir haben die Quaker-Street-Leiche identifiziert, dank Ulrike Ellis' Liste vermisster Colossus-Jungen. Sein Name war Dennis Butcher. Vierzehn Jahre alt. Aus Bromley.«

»War er in unserer Vermisstenkartei?«

Stewart schüttelte den Kopf. »Die Eltern sind geschieden. Dad dachte, er ist bei Mom und ihrem neuen Lover. Mom dachte, er ist bei Dad, Dads neuer Freundin, deren zwei Kinder und dem neuen Baby. Darum wurde er nie vermisst gemeldet. Jedenfalls stellen sie die Geschichte so dar.«

»Wohingegen die Wahrheit ist ...?«

»Sie waren froh, ihn los zu sein. Es hat uns die größte Mühe gekostet, die Eltern dazu zu bewegen, den Leichnam zu identifizieren, Tommy.«

Lynley wandte den Blick ab und sah aus dem Fenster, durch das die Lichter des nächtlichen London zu scheinen begannen. »Ich wünschte, irgendwer würde mir die menschliche Natur erklären. Vierzehn Jahre alt. Warum ist er zu Colossus geschickt worden?«

»Tätlicher Angriff mit einem Klappmesser. Zuerst war er im Jugendknast.«

»Also noch eine Seele, die der Läuterung bedurfte. Er passt ins Muster.« Lynley sah Stewart wieder an. »Und die andere Neuigkeit?«

»Wir haben endlich den Boots-Laden gefunden, wo Kimmo Thorne sein Make-up gekauft hat.«

»Wirklich? Wo ist er? Southwark?«

Stewart schüttelte den Kopf. »Wir haben jedes Video von jeder Filiale in der Umgebung seiner Adresse angeschaut, dann die aus dem Umkreis von Colossus. Dabei ist nichts herausgekommen. Also haben wir noch mal in Kimmos Akte gelesen und festgestellt, dass er auch am Leicester Square rumhing. Von da an war es nicht schwierig. Wir haben einen Viertelmeilenradius um den Platz gezogen und einen Boots-Laden an der James Street gefunden. Und da war er auf dem Video, kaufte seine Schminke in Begleitung eines Kerls, der wie der Sensemann in Gothic-Ausstattung aussah.«

»Das dürfte Charlie Burov sein«, warf Lynley ein. »Allgemein als Blinker bekannt. Ein Freund von Kimmo.«

»Tja, da war er jedenfalls. In voller Lebensgröße, alle beide. Ein hübsches Pärchen, Kimmo und Charlie. Kaum zu übersehen. Eine weibliche Angestellte an der Kasse, und es gab eine Warteschlange von vier Kunden.«

»Irgendwer, der zu unserem Phantombild aus dem Fitnessstudio passt?«

»Keinerlei erkennbare Ähnlichkeiten. Aber es ist ein Überwachungsvideo, Tommy. Du weißt, wie die sind.«

»Und was ist mit der Beschreibung des Profilers?«

»Was soll damit sein? Die ist so vage, dass sie auf drei Viertel der Männer unter vierzig in London passt. So wie ich es sehe, können wir nichts anderes tun, als gründlich sieben und durchkämmen. Wenn wir das lange genug tun, werden wir schon irgendwann über das stolpern, wonach wir suchen.«

Stewart hatte nicht Unrecht. Die endlose Routinearbeit, bei der jeder Stein einzeln umgedreht wurde, war unerlässlich. Denn es war oft der unscheinbarste Stein, der, war er einmal umgedreht, den entscheidenden Hinweis enthüllte.

»Havers muss sich den Film anschauen«, sagte er.

Stewart runzelte die Stirn. »Havers? Warum?«

»Sie ist die Einzige, die bisher mit jedem Colossus-Mitarbeiter gesprochen hat, der uns interessiert.«

»Also schließt du dich ihrer Theorie an?« Stewart stellte die Frage beiläufig, und sie war keinesfalls unberechtigt, aber etwas an seinem Tonfall und der großen Aufmerksamkeit, die Stewart plötzlich einem Fädchen am Saum seines Hosenbeins schenkte, veranlassten Lynley, ihn schärfer anzusehen.

»Ich bin jeder Theorie gegenüber aufgeschlossen«, antwortete er. »Hast du ein Problem damit?«

»Kein Problem, nein«, erwiderte Stewart.

»Also...?«

Stewart rutschte auf seinem Stuhl hin und her. Er schien abzuwägen, wie er am besten antworten sollte, und entschied sich schließlich. »Hier und da wird innerhalb des Teams über bevorzugte Behandlung gemunkelt, Tommy. Und dann ist da noch die Sache mit...« Er zögerte, und Lynley dachte für einen Augenblick, Stewart wollte lächerlicherweise andeuten, es werde darüber spekuliert, Lynley habe irgendeine Art von persönlichem Interesse an Barbara Havers. Doch dann sagte Stewart: »Es ist die Tatsache, dass du sie immer in Schutz nimmst, was missverstanden wird.«

»Von allen?«, fragte Lynley. »Oder nur von dir?« Er wartete die Antwort nicht ab. Er wusste, wie tief John Stewarts Abneigung gegen Havers war, und sagte leichthin: »John, es ist einfach so: Ich bin überzeugt, ich hätte Strafe verdient. Ich habe gesündigt, und Barbara ist mein Fegefeuer. Wenn ich sie zu einer Polizistin formen kann, die in der Lage ist, in einem Team zu arbeiten, bin ich errettet.«

Stewart lächelte – wider Willen, so schien es. »Sie hat Grips, das geb ich zu. Wenn sie einen nur nicht immer so auf die Palme brächte. Und Gott weiß, sie ist hartnäckig.«

»Auch das«, stimmte Lynley zu. »Man muss einfach sehen, dass ihre guten Eigenschaften die schlechten wettmachen.«

»Aber null Geschmack«, wandte Stewart ein. »Ich glaube, sie besorgt sich ihre Klamotten bei der Heilsarmee.«

»Sie würde zweifellos sagen, dass es schlechtere Quellen gibt«, antwortete Lynley. Das Telefon auf seinem Schreibtisch klingelte, und er nahm ab, während Stewart sich erhob, um zu gehen.

Wenn man vom Teufel spricht, dachte Lynley.

»Minshalls Van«, begann Havers ohne Vorrede, »ist der feuchte Traum eines jeden Kriminaltechnikers, Sir.«

Lynley nickte Stewart zum Abschied zu, als er hinausging. Dann schenkte er Barbara seine volle Aufmerksamkeit. »Was haben Sie gefunden?«, fragte er.

»Einen Schatz. Es ist so viel Krimskrams in seinem Wagen, dass es einen Monat dauern wird, das alles zu durchforsten. Aber ein Fundstück wird Ihnen ganz besonders gefallen. Es lag unter dem Fahrersitz.«

»Und?«

»Kinderpornografie, Sir. Ein eindeutiges Foto von einem nackten Jungen und zwei Kerlen: An einem Ende kriegt er's besorgt, am anderen Ende besorgt er's. Den Rest können Sie sich vorstellen. Ich schlage vor, wir holen uns einen Durchsuchungsbeschluss für Minshalls Wohnung und noch einen, um den Wagen auseinander zu nehmen. Schicken Sie ein KTU-Team mit den ganz feinen Kämmen hierher.«

»Wo ist er jetzt? Und wo sind Sie?«

»Noch in Camden Town.«
»Dann bringen Sie ihn zur Wache an der Holmes Street. Setzen Sie ihn in einen Verhörraum und finden Sie seine Adresse heraus. Wir treffen uns bei ihm.«
»Die Durchsuchungsbeschlüsse?«
»Das dürfte kein Problem sein.«

Das Meeting hatte viel zu lange gedauert, und Ulrike Ellis fühlte die Anspannung. Jede Extremität ihres Körpers kribbelte. Sie bemühte sich, ruhig und professionell zu bleiben – die personifizierte Führungsqualität, Intelligenz, Weitsicht und Klugheit. Doch während die Diskussion des Stiftungsvorstands sich dahinschleppte, spürte sie ein immer heftigeres Bedürfnis, den Raum zu verlassen.

Dies war der Teil ihrer Arbeit, den sie hasste: Sich mit diesen sieben Gutmenschen herumschlagen zu müssen, die den Vorstand der Stiftung bildeten und die ihr schlechtes Gewissen wegen ihres obszönen Reichtums beruhigten, indem sie dem guten Zweck ihrer Wahl gelegentlich einen Scheck ausstellten – in diesem Fall Colossus – und ihre genauso betuchten Freunde nötigten, das Gleiche zu tun. Deswegen nahmen sie ihre Verantwortung ernster, als Ulrike lieb war. Ihre monatlichen Treffen im Oxo Tower schleppten sich über Stunden dahin, während derer über jeden Penny Rechenschaft abgelegt wurde und weitschweifige Zukunftspläne gefasst wurden.

Heute war die Besprechung schlimmer als sonst. Die Stifter schlitterten am Rand eines Abgrundes entlang, ohne es zu bemerken, während sie ihr Möglichstes tat, diese Tatsache geheim zu halten. Denn ihr langfristiges Ziel, genügend Geld zu sammeln, um eine Niederlassung in Nordlondon zu gründen, würden sie nie erreichen, wenn Colossus in irgendeinen Skandal verwickelt wurde. Und auch jenseits des Flusses war der Bedarf für Colossus wahrhaft groß. Kilburn, Cricklewood, Shepherd's Bush, Kensal Rise. Benachteiligte Jugendliche lebten dort einen Alltag, der von Drogen, Schießereien und Raubüberfällen geprägt war. Colossus konnte ihnen eine Alternative zu einem Leben bieten, das in die Sucht, zu Geschlechtskrankheiten, in den Strafvollzug oder einen frühen Tod führte, und sie hatten die Chance verdient, zu erfahren, was Colossus anzubieten hatte.

Doch damit dies Wirklichkeit werden konnte, war es von größter Bedeutung, dass es keine Verbindung zwischen der Organisation und einem Mörder gab. Und diese Verbindung gab es auch nicht, bis auf den Zufall, dass fünf problematische Jugendliche gestorben waren, die, aus welchen Gründen auch immer, beschlossen hatten, den Kursen und Aktivitäten von Colossus fernzubleiben. Davon war Ulrike überzeugt, denn sie hätte keinen anderen Weg einschlagen und weiterhin mit sich selbst leben können.

Also bemühte sie sich während des endlosen Meetings, kooperativ zu erscheinen. Sie nickte, machte sich Notizen und murmelte Kommentare wie »Großartige Idee« oder »Ich werde mich umgehend darum kümmern«. Auf diese Art und Weise brachte sie wieder einmal eine erfolgreiche Zusammenkunft mit dem Vorstand hinter sich, bis einer von ihnen schließlich den ersehnten Vorschlag machte, die Sitzung zu beenden.

Sie war mit dem Fahrrad zum Oxo Tower gefahren und hastete nun zu ihm hinunter. Es war nicht weit nach Elephant and Castle, doch die engen Straßen und die Dunkelheit machten den Weg tückisch. Eigentlich hätte sie die Plakate am Zeitungskiosk gar nicht sehen dürfen, als sie die Waterloo Road hinabradelte. Doch die Worte »Sechster Mordfall!« sprangen sie förmlich an, und sie bremste scharf und lenkte das Fahrrad an den Bordstein.

Ihr Herz schien sich zu verkrampfen, als sie hinging und sich eine Ausgabe des *Evening Standard* schnappte. Sie las bereits, während sie ein paar Münzen aus dem Portemonnaie fischte und dem Verkäufer reichte.

Mein Gott, mein Gott. Sie konnte es einfach nicht glauben. Schon wieder eine Leiche. Schon wieder ein Junge. Dieses Mal in Nordlondon, in Queen's Wood. Heute Morgen entdeckt. Er war noch nicht identifiziert – zumindest hatte die Polizei keinen Namen veröffentlicht –, also durfte man noch hoffen, dass dies ein Zufall war und der Mord keine Verbindung zu den anderen fünf Morden hatte… Nur konnte Ulrike sich das nicht wirklich einreden. Das Alter war ähnlich: Die Zeitung beschrieb das Opfer als »jungen Heranwachsenden«, und offenbar wusste die Presse, dass er nicht aufgrund natürlicher Umstände oder bei einem Unfall gestorben war, denn sie nannte es »Mord«. Aber trotzdem, war es nicht möglich…?

Dieser Mord durfte einfach nichts mit Colossus zu tun haben. Sie klammerte sich an diese Hoffnung. Und wenn doch, musste sie unmissverständlich den Anschein erwecken, als helfe sie der Polizei mit all ihren Möglichkeiten. In einer solchen Situation gab es einfach keinen Mittelweg. Sie konnte versuchen, Zeit zu gewinnen oder irgendwelche Spuren zu verwischen, aber das würde das Unvermeidliche nur aufschieben, wenn sie einen Mörder eingestellt und dann nichts unternommen hatte, um ihn zur Strecke zu bringen. Wenn das der Fall war, dann war sie erledigt. Und Colossus wahrscheinlich auch.

Als sie nach Elephant and Castle zurückkam, ging sie geradewegs zu ihrem Büro. Sie durchwühlte ihre oberste Schreibtischschublade auf der Suche nach der Karte, die dieser Scotland-Yard-Beamte ihr gegeben hatte. Sie wählte die Nummer, doch man sagte ihr, er sei in einer Besprechung und dürfe nicht gestört werden. Wollte sie eine Nachricht hinterlassen, oder konnte ihr jemand anderes helfen…?

Ja, sagte sie dem Detective Constable in der Leitung und nannte ihren Namen. Sie erwähnte Colossus. Sie wollte die genauen Daten, an denen die einzelnen Opfer aufgefunden worden waren. Sie wollte die toten Jungen mit Aktivitäten bei Colossus in Zusammenhang bringen und feststellen, wer von den Mitarbeitern diese Aktivitäten geleitet hatte. Sie wollte Superintendent Lynley einen genaueren Bericht liefern, und diese Daten waren der Schlüssel, um diese selbst auferlegte Pflicht zu erfüllen.

Der DC ließ sie mehrere Minuten lang warten, zweifellos auf der Suche nach einem Vorgesetzten, der dieses Ansinnen genehmigen konnte. Als er sich wieder meldete, gab er ihr die Daten durch. Sie notierte sie, vergewisserte sich, dass sie sie den richtigen Namen der Opfer zuordnete, und hängte ein. Dann betrachtete sie die Liste nachdenklich und versuchte, sie unter dem Aspekt zu analysieren, dass irgendwer das Ziel verfolgte, Colossus zu diskreditieren und zu ruinieren.

Falls es neben dem offensichtlichen Zusammenhang noch irgendeinen anderen zwischen den Morden und Colossus gab, konnte es nur darum gehen, die Organisation vollständig zu zerschlagen. Also vielleicht hasste jemand alle diese Jugendlichen hier. Oder irgendjemand hier war nicht in dem Maße aufgestiegen, wie er es sich erhofft hatte, um eine Veränderung des Programms durchzusetzen, damit er bei einer bis dato ungeahnten Vielzahl von Klienten Erfolge verbuchen könnte, um… was auch immer. Oder vielleicht wollte irgendjemand ihren Platz einnehmen, und dies war der Weg zu diesem Ziel. Oder irgendjemand hier war einfach vollkommen wahnsinnig und gab nur vor, ein normales menschliches Wesen zu sein. Oder vielleicht…

»Ulrike?«

Sie schaute von der Datenliste auf. Sie hatte einen Kalender aus der Schublade geholt, um die Daten mit planmäßigen Aktivitäten und deren Austragungsorten zu vergleichen. Neil Greenham stand an der Tür und sah sie unterwürfig an.

»Ja, Neil?«, sagte Ulrike. »Kann ich dir helfen?«

Aus irgendeinem Grund errötete er, sein Pfannkuchengesicht nahm einen unattraktiven Ton an, der bis zu seiner Kopfhaut aufstieg und unterstrich, wie schütter sein Haar war. Was mochte er wollen? »Ich möchte dir nur Bescheid geben, dass ich morgen früher wegmuss. Meine Mutter muss wegen ihrer Hüfte zum Arzt, und ich bin der Einzige, der sie hinfahren kann.«

Ulrike runzelte die Stirn. »Kann sie kein Taxi nehmen?«

Neil sah auf einen Schlag sehr viel weniger unterwürfig aus. »Zufällig nicht. Es ist zu teuer. Und ich lasse sie nicht mit dem

Bus fahren. Ich hab den Kindern schon gesagt, sie sollen zwei Stunden früher kommen.« Und dann fügte er noch hinzu: »Wenn dir das recht ist«, doch er klang nicht wie jemand, der bereit war, seine Pläne noch zu ändern, falls sie seiner Vorgesetzten nicht gefielen.

Ulrike dachte darüber nach. Neil hatte sich seit seiner Einstellung um einen administrativen Posten bemüht. Erst musste er sich bewähren, aber das wollte er nicht. Solche wie er wollten das nie. Es wurde Zeit, ihn zurechtzustutzen. Sie sagte: »In Ordnung, Neil. Aber sei in Zukunft so gut und kläre es mit mir ab, bevor du deinen Stundenplan änderst, okay?« Sie senkte den Blick wieder auf die Liste, um ihm zu bedeuten, dass das Gespräch beendet war.

Entweder verstand er die Botschaft nicht oder beschloss, sie zu ignorieren. »Ulrike.«

Sie schaute auf. »Was denn noch?« Sie wusste, sie klang ungeduldig, denn genau das war sie. Sie versuchte, diesen Eindruck abzumildern, indem sie lächelnd auf ihren Papierkram zeigte.

Er blickte ernst darauf hinab, dann sah er sie wieder an. »Tut mir Leid. Ich dachte, du solltest vielleicht über Dennis Butcher Bescheid wissen.«

»Wen?«

»Dennis Butcher. Er machte einen Berufsvorbereitungskurs, als er verschw...«, Neil nahm eine offensichtliche Kurskorrektur vor, »als er aufhörte, hierher zu kommen. Jack Veness hat mir erzählt, dass die Bullen angerufen haben, während du in der Vorstandssitzung warst. Die Leiche, die drüben an der Quaker Street gefunden wurde... war Dennis.«

»Gott«, hauchte Ulrike nur.

»Und heute haben sie schon wieder einen gefunden. Also hab ich mich gefragt...«

»Was? Was hast du dich gefragt?«

»Ob du schon mal daran gedacht hast...«

Seine vielsagenden Pausen machten sie wahnsinnig. »Was?«,

fragte sie noch mal. »Was? Was? Ich habe jede Menge Arbeit, Neil, also wenn du etwas zu sagen hast, dann sag es.«

»Ja, natürlich. Ich hab mir nur überlegt, dass es Zeit wird, dass wir die Kids alle zusammentrommeln und sie warnen, oder? Wenn die Opfer hier bei Colossus ausgesucht werden, dann ist unsere einzige Möglichkeit...«

»Nichts deutet darauf hin, dass die Opfer bei Colossus ausgewählt werden«, entgegnete Ulrike trotz der Gedanken, die ihr durch den Kopf gegangen waren, ehe Neil Greenham sie unterbrochen hatte. »Diese Kinder leben am Abgrund. Sie nehmen und verkaufen Drogen, sie begehen Raubüberfälle, Einbrüche, sie prostituieren sich. Jeden einzelnen Tag treffen sie die falsche Art von Menschen, und wenn sie ums Leben kommen, dann deswegen, und nicht, weil sie einen Teil ihrer Zeit bei uns verbringen.«

Er betrachtete sie neugierig, zog das Schweigen zwischen ihnen in die Länge, und in der Stille hörte Ulrike Griffs Stimme aus dem Gemeinschaftsbüro der Einstufungsleiter. Sie wollte Neil loswerden. Sie wollte ihre Listen studieren und ein paar Entscheidungen treffen.

Schließlich sagte Neil: »Wenn du glaubst...«

»Das glaube ich«, log sie. »Also wenn das alles war...«

Wieder dieses Schweigen, dieser Blick. Forschend. Abwägend. Als überlege er, wie er ihre Sturheit am besten zu seinem Vorteil nutzen könne. »Ja, ich schätze, das war alles. Dann geh ich mal.«

Er sah sie immer noch an. Sie hätte ihn am liebsten geohrfeigt.

»Gute Fahrt zum Arzt morgen«, wünschte sie ihm höflich.

»Ja«, antwortete er, »dafür werd ich sorgen.«

Mit diesen Worten ließ er sie allein. Gott. Gott. Dennis Butcher, dachte sie. Jetzt waren es fünf. Und bis Kimmo Thorne war ihr nicht einmal bewusst gewesen, was vor ihrer Nase passierte. Weil das Einzige, was ihre Nase wahrnehmen konnte, der Duft von Griff Strongs Aftershave war.

Und dann kam er. Er zögerte nicht an der Tür, wie Neil es getan hatte, sondern stürmte einfach herein.

»Ulrike, hast du von Dennis Butcher gehört?«

Ulrike zog die Brauen hoch. Klang er wirklich erfreut? »Neil hat es mir gerade gesagt.«

»Wirklich?« Griff setzte sich auf den zweiten Stuhl in ihrem Büro. Er trug diesen elfenbeinfarbenen Seemannspullover, der sein dunkles Haar betonte, und die Blue Jeans, unter denen sich die Michelangelo-Form seiner Oberschenkel abzeichnete. Wie typisch. »Ich bin froh, dass du Bescheid weißt«, fügte er hinzu. »Es kann also nicht das sein, was wir gedacht haben, oder?«

Wir?, dachte sie. Was wir gedacht haben? Sie fragte: »In Bezug worauf?«

»Was?«

»Was haben wir gedacht? In Bezug worauf?«

»Dass es etwas mit mir zu tun hat. Dass jemand versucht, mich fertig zu machen, indem er diese Jungen umbringt. Dennis Butcher war nicht in meinem Einstufungskurs, Ulrike. Er war bei einem der anderen Leiter.« Griff schenkte ihr ein Lächeln. »Ich bin erleichtert. Die Cops haben mir ständig im Nacken gesessen ... Na ja, das war mir nicht gerade angenehm, und dir wahrscheinlich auch nicht.«

»Warum?«

»Warum was?«

»Warum sollte es mir etwas ausmachen, wenn die Polizei jemandem im Nacken sitzt? Denkst du, ich hätte etwas mit der Ermordung dieser Jungen zu tun? Oder dass die Polizei das glaubt?«

»Um Himmels willen, nein. Ich meinte nur ... Du und ich ...« Er machte diese Geste, die jungenhaft wirken sollte, fuhr sich mit der Hand durchs Haar. Es sah ansprechend zerzaust aus. Zweifellos ließ er es extra so schneiden, dass dieser Effekt sich einstellte. »Du hast doch bestimmt kein Interesse daran, dass bekannt wird, dass du und ich ... Manche Dinge hält man besser geheim. Also ...« Er knipste wieder dieses Lächeln an. Sein Blick fiel auf die Liste mit den Daten und den Kalender. »Was treibst du da? Wie ist eigentlich die Vorstandssitzung gelaufen?«

»Du solltest gehen«, erwiderte sie.

Er wirkte verwirrt. »Warum?«

»Weil ich zu arbeiten habe. Dein Tag ist vielleicht zu Ende, aber meiner noch nicht.«

»Was ist los mit dir?« Erneut das jungenhafte Haareraufen. Sie hatte es einmal charmant gefunden und einmal als Einladung verstanden, sein Haar zu berühren. Sie hatte die Hand danach ausgestreckt, und allein von der Berührung war sie feucht geworden: Ihre Finger in seinen herrlichen Locken, Vorspiel sowohl zum Kuss als auch seiner heftigen Umarmung.

»Fünf unserer Jungen sind tot, Griff«, sagte sie. »Vielleicht sechs, denn heute Morgen ist wieder einer aufgefunden worden. Das ist los mit mir.«

»Aber es gibt keine Verbindung.«

»Wie kannst du das sagen? Fünf tote Jugendliche, und das Einzige, was sie außer gelegentlichen Konflikten mit dem Gesetz gemeinsam haben, ist, dass sie hier angemeldet waren.«

»Ja, ja«, sagte er. »Das weiß ich. Ich meinte diese Sache mit Dennis Butcher. Es besteht keinerlei Verbindung. Er war keiner von meinen Jungen. Ich kannte ihn nicht mal. Das heißt, du und ich… Na ja, keiner muss davon erfahren.«

Sie sah ihn fassungslos an und fragte sich, wie sie hatte übersehen können… Was hatte es nur auf sich mit äußerlicher Schönheit? Machte sie den Betrachter nicht nur blind und taub, sondern obendrein blöd?

Sie sagte: »Tja. Mach dir einen netten Abend.« Sie nahm einen Stift zur Hand und senkte den Kopf über ihre Arbeit.

Er sagte noch einmal ihren Namen, aber sie reagierte nicht. Und sie schaute auch nicht auf, als er das Büro verließ.

Doch seine Botschaft blieb, nachdem er fort war: Diese Morde hatten nichts mit ihm zu tun. Sie dachte darüber nach. Konnte es dann nicht auch möglich sein, dass sie nichts mit Colossus zu tun hatten? Und wenn das der Fall war, war es dann nicht wahr, dass sie bei dem Versuch, innerhalb der Organisation einen Mörder zu entlarven, einen Suchscheinwerfer auf sie alle richtete und die Polizei dazu brachte, im Privatleben eines jeden herumzuschnüffeln? Und wenn sie das tat, verleitete sie die Polizei dann nicht, das zu übersehen, was auf den wirklichen Mörder hinwies, der weiterhin morden würde, wenn die Lust ihn überkam?

Die Wahrheit war, dass es noch eine Verbindung zwischen den Jungen geben musste, die außerhalb von Colossus zu suchen war. Die Polizei hatte das bislang nicht eingesehen, aber das würde sie noch, definitiv. Wenn es Ulrike nur gelang, sie auf Distanz zu halten, damit die Beamten nicht ständig in Elephant and Castle herumschnüffelten.

Kein Mensch war auf der Straße, als Lynley in Kentish Town in die Lady Margaret Road einbog. Er nahm den ersten Parkplatz, den er fand – vor einer katholischen Kirche an der Ecke –, und ging dann zu Fuß die Straße entlang auf der Suche nach Havers. Er fand sie rauchend vor Barry Minshalls Zuhause.

»Er hat einen Pflichtverteidiger verlangt, sobald ich ihn auf die Wache gebracht hatte«, sagte sie und reichte ihm ein Foto in einer Beweistüte.

Lynley betrachtete es. Es zeigte genau das, was Havers ihm am Telefon schon so anschaulich beschrieben hatte. Analverkehr und Fellatio. Der Junge war vielleicht zehn Jahre alt.

Lynley fühlte sich elend. Es hätte jedes Kind, überall und zu jedem beliebigen Zeitpunkt sein können, und die Männer, die sich mit ihm vergnügten, waren vollkommen gesichtslos. Aber genau das war ja der Punkt, nicht wahr? Der Trieb war der einzige Wesenszug von Bestien. Er gab Havers das Foto zurück und wartete, bis sein Magen sich beruhigt hatte, ehe er das Haus in Augenschein nahm.

Das Anwesen Lady Margaret Road Nr. 16 war ein trauriger Anblick: ein aus Ziegeln und Naturstein gemauertes dreigeschossiges Haus mit Souterrain, das dringend eines neuen Anstrichs bedurft hätte. Es gab keine offizielle Hausnummer an der Tür oder den rechteckigen Pfeilern, die das Vordach trugen, vielmehr war die 16 mit einem Marker an einen dieser Pfeiler geschrieben worden und darunter die Buchstaben A,B,C und D, neben denen auf- und abwärts zeigende Pfeile andeuteten, wo die entsprechenden Wohnungen zu finden waren, im Souterrain oder in den Stockwerken. Eine von Londons hohen Platanen stand auf dem Gehweg und hatte in dem kleinen Vorgarten einen Teppich aus welken Blättern ausgebreitet, dick wie eine Matratze. Das Laub bedeckte alles: von dem niedrigen, windschiefen Begrenzungsmäuerchen, dem schmalen Pfad zur Eingangstreppe bis zu den fünf Stufen selbst, die zu einer blauen Haustür führten. Zwei vertikale Milchglasscheiben waren in die obere Hälfte eingesetzt, von denen eine mehrere Risse aufwies, die geradezu einluden, sie gänzlich zu zertrümmern. Ein Türknauf war nicht vorhanden, und das Holz im Bereich des Schlosses war abgegriffen von unzähligen Händen, die die Tür nach innen gedrückt hatten.

Minshall wohnte in Wohnung A im Souterrain. Der Zugang führte über eine Treppe an der Seite des Hauses und dann einen schmalen Gang entlang, wo sich das Regenwasser in Pfützen sammelte und Schimmel die Hauswand hinaufkroch. Direkt vor der Tür stand ein Vogelkäfig. Tauben. Sie gurrten leise, als sie jemanden wahrnahmen.

Lynley hatte die Durchsuchungsbeschlüsse, Havers die Schlüssel. Sie reichte sie ihm und ließ ihm den Vortritt. Sie traten ein und fanden sich in vollkommener Dunkelheit.

Auf der Suche nach einer Lichtquelle stolperten sie durch einen Raum, der ein Wohnzimmer zu sein schien, das von einem Einbrecher gründlich verwüstet worden war. Doch als Havers verkündete: »Ich hab Licht gefunden, Sir«, und eine Tischlampe einschaltete, erkannte Lynley, dass der Zustand der Wohnung allein auf Schlampigkeit zurückzuführen war.

»Was würden Sie sagen, was das für ein Geruch ist?«, fragte Havers.

»Ungewaschener Männerkörper, marode Abwasserrohre, Sperma und schlechte Belüftung.« Lynley streifte Latexhandschuhe über, und sie folgte seinem Beispiel. »Der Junge war hier«, sagte er. »Das kann ich fühlen.«

»Der auf dem Foto?«
»Davey Benton. Was sagt Minshall aus?«
»Schweigen im Walde. Ich dachte, wir kriegen ihn mit den Überwachungskameras vom Markt, aber die Kollegen von der Holmes-Street-Wache haben mir erzählt, dass das nur Attrappen sind. Keine Filme drin. Es gibt da allerdings einen Typen namens John Miller, der vielleicht ein Foto von Davey identifizieren könnte. Falls er überhaupt redet.«
»Warum sollte er nicht?«
»Ich glaube, er steht selbst auf kleine Jungs. Ich hatte den Eindruck, wenn er Minshall verpfeift, verpfeift Minshall ihn. Eine Hand wäscht die andere.«
»Wundervoll«, murmelte Lynley grimmig. Er kämpfte sich durch den Raum und fand eine weitere Lichtquelle neben einem abgewetzten Sofa. Er schaltete die Lampe ein und ließ den Blick durch den Raum schweifen, um festzustellen, was sie hier hatten.
»Die reinste Fundgrube an Dreck«, sagte Havers.
Er konnte nicht widersprechen. Ein Computer, der zweifellos einen Internetanschluss hatte. Ein Videorekorder mit reihenweise Kassetten darunter. Zeitschriften voll drastischer Sexdarstellungen, andere mit SM-Fotos. Ungespültes Geschirr. Zaubereizubehör. Sie durchkämmten all dies von entgegengesetzten Enden des Zimmers aus, bis Havers schließlich sagte: »Sir? Die hier hab ich unter dem Schreibtisch auf dem Fußboden gefunden. Denken Sie das Gleiche wie ich?« Was sie ihm hinhielt, schienen mehrere Geschirrtücher zu sein. Sie waren an manchen Stellen steif und verklebt, als seien sie am Computer zu Zwecken benutzt worden, die nichts mit dem Abtrocknen von Tellern und Gläsern zu tun hatten.
»Er ist ein Früchtchen, was?« Lynley trat in eine Schlafnische, wo ein Bett stand, dessen Laken im gleichen Zustand zu sein schienen wie die Geschirrtücher. Diese Wohnung war eine Schatzkiste an DNA-Spuren. Wenn Minshall sich hier mit irgendjemand anderem als dem Computer und seiner Hand ver-

gnügt hatte, würden sie genügend Beweise dafür finden, um ihn jahrzehntelang einzusperren, falls diese Person ein minderjähriger Junge gewesen war.

Auf dem Fußboden neben dem Bett lag noch eine Zeitschrift, das Papier porös vom ständigen Befingern. Lynley hob sie auf und blätterte sie rasch durch. Obszöne Fotos von Frauen, nackt, die Beine gespreizt. Lockender Blick, feuchte Lippen, die Finger – massierend, stimulierend, eindringend. Es war Sex, reduziert auf pure Befriedigung und nichts sonst. Es deprimierte Lynley zutiefst.

»Sir, ich hab was.«

Lynley kehrte ins Wohnzimmer zurück, wo Havers den Schreibtisch durchsucht hatte. Sie hatte einen Stapel Polaroidbilder gefunden, den sie ihm reichte.

Sie waren nicht pornographisch. Vielmehr zeigte jedes einen Jungen in Zauberermontur: Umhang, Hut, schwarze Hose und Hemd. In manchen Fällen ein Zauberstab unter dem Arm, um den Effekt zu verstärken. Sie alle schienen den gleichen Trick auszuführen, der mit Tüchern und einer Taube zu tun hatte. Es waren dreizehn Jungen insgesamt, weiße, schwarze und jede denkbare Mischung. Davey Benton war nicht dabei. Die Eltern und Verwandten der toten Jungen würden die Fotos anschauen müssen, um festzustellen, ob einer von ihnen darunter war.

»Was hat er zu dem Foto in seinem Van gesagt?«, fragte Lynley, nachdem er die Polaroids ein zweites Mal durchgesehen hatte.

»Er weiß nicht, wie es dorthin gekommen ist«, antwortete Havers. »Er hat es nicht in seinen Wagen gelegt. Er ist vollkommen unschuldig. Es ist irgendein Missverständnis. Bla, bla und nochmals bla.«

»Es wäre möglich, dass er die Wahrheit sagt.«

»Sie nehmen mich auf den Arm.«

Lynley sah sich in der Wohnung um. »Bislang haben wir hier keine Kinderpornografie gefunden.«

»Bislang«, erwiderte Havers und zeigte auf das Videogerät

und die dazugehörigen Kassetten. »Sie können mir nicht weismachen, dass das Disney-Filme sind, Sir.«

»Stimmt. Aber erklären Sie mir Folgendes: Warum sollte er Fotos in seinem Wagen haben und keines dort, wo es unendlich viel sicherer wäre, nämlich hier in seiner Wohnung? Und warum deutet alles darauf hin, dass seine sexuellen Fantasien sich auf Frauen beziehen?«

»Weil ihn das nicht in den Knast bringt. Und er ist schlau genug, um das zu wissen«, antwortete sie. »Und was den Rest angeht: Geben Sie mir zehn Minuten, um es auf diesem Computer hier zu finden. Falls es überhaupt so lange dauert.«

Lynley sagte, sie solle sich an die Arbeit machen. Er ging einen Flur entlang, der vom Wohnzimmer in ein schmieriges Bad führte und weiter in eine Küche. In beiden Räumen sah es nicht anders aus als im Wohnzimmer. Ein KTU-Team würde sich hier durchwühlen müssen. Es gab gewiss reichlich Fingerabdrücke und Spuren von jeder Person, die in dieser Wohnung gewesen war.

Er ließ Havers am Computer zurück und ging ins Freie und zur Vorderseite des Hauses. Er stieg die Stufen zur Haustür hinauf und drückte auf alle Klingeln. Nur die Bewohnerin von Wohnung C in der ersten Etage war zu Hause: Eine indische Frauenstimme lud ihn ein, heraufzukommen. Sie war gewillt, mit der Polizei zu sprechen, vorausgesetzt, er hatte einen Dienstausweis, den er unter der Tür durchschieben würde, wenn er nach oben kam.

Auf diese Weise bekam er Zugang zu einer Wohnung mit Blick auf die Straße. Eine mit einem Sari bekleidete Dame mittleren Alters ließ ihn herein und gab ihm seinen Ausweis mit einer förmlichen, kleinen Verbeugung zurück. »Ich finde, man kann nicht vorsichtig genug sein«, sagte sie. »Die Welt ist nun einmal schlecht.« Sie stellte sich als Mrs. Singh vor. Sie war eine kinderlose Witwe ohne Vermögen, eröffnete sie ihm, und hatte wenig Aussicht, wieder zu heiraten. »Bedauerlicherweise bin ich inzwischen zu alt, um Kinder zu bekommen. Ich wäre höchstens noch dazu zu gebrauchen, die Kinder anderer Leute zu versorgen. Trinken Sie eine Tasse Tee mit mir, Sir?«

Lynley lehnte ab. Der Winter war lang, und sie war einsam, und unter anderen Umständen wäre er gern länger geblieben, um sich mit ihr zu unterhalten. Doch die Temperatur in ihrer Wohnung war tropisch, und davon abgesehen hatte er nur ein paar Fragen an sie, und er konnte nicht mehr Zeit als die wenigen Minuten erübrigen, die die Beantwortung in Anspruch nehmen würden. Er erklärte ihr, dass er gekommen sei, um sich nach dem Herrn in der Souterrainwohnung zu erkundigen. Dessen Name sei Barry Minshall. Er fragte, ob sie ihn kenne.

»Den seltsamen Mann mit der Strumpfmütze? O ja«, antwortete Mrs. Singh. »Ist er verhaftet worden?«

Sie stellte die Frage in einem Ton, als füge sie in Gedanken ein »endlich« hinzu.

»Warum fragen Sie das?«, wollte Lynley wissen.

»Die kleinen Jungen«, antwortete sie. »Sie kamen und gingen, immer in die Kellerwohnung. Tag und Nacht. Ich habe dreimal die Polizei deswegen angerufen. Ich habe ihnen gesagt, ich glaube, dass man diesen Mann einmal überprüfen müsste. Irgendetwas stimmt dort nicht. Aber ich fürchte, die Polizisten hielten mich für eine neugierige Nachbarin, die sich in Angelegenheiten einmischt, die sie nichts angehen.«

Lynley zeigte ihr das Foto von Davey Benton, das er vom Vater des Jungen bekommen hatte. »War dieser Junge auch hier?«

Sie studierte das Bild eingehend. Sie trug es zum Fenster, das auf die Straße zeigte, und blickte zwischen Foto und Straße hin und her, als bemühe sie sich, Davey Benton in der Erinnerung zu sehen, wie er den Vorgarten durchquerte und die Treppe zum Weg Richtung Souterrainwohnung hinablief. »Ja«, sagte sie schließlich. »Ja, ich habe diesen Jungen gesehen. Einmal hat dieser Mann ihn draußen auf der Straße begrüßt. Das habe ich gesehen. Der Junge hatte eine Kappe auf. Aber ich habe sein Gesicht gesehen. Ganz bestimmt.«

»Sind Sie sicher?«

»O ja, absolut. Es sind die Kopfhörer auf diesem Bild, sehen Sie? Die hatte er damals auch an, mit irgendeinem Musikgerät. Er war recht klein und sehr hübsch, genau wie hier auf dem Bild.«

»Sind er und Minshall in die Souterrainwohnung gegangen?«

Sie waren die Treppe hinabgestiegen und um die Hausecke gebogen, erklärte sie ihm. Sie hatte sie nicht die Wohnung betreten sehen, aber man durfte wohl annehmen... Sie wusste nicht, wie lange sie dort gewesen waren. Sie verbrachte nicht den ganzen Tag am Fenster, fügte sie mit einem verlegenen Lachen hinzu.

Doch was sie gesagt hatte, war genug, und Lynley dankte ihr. Er lehnte auch die zweite Einladung zum Tee ab und ging die Treppe hinab, zurück in die Kellerwohnung. Havers kam ihm an der Tür entgegen. »Wir haben ihn«, sagte sie und führte Lynley an den Computer. Auf dem Bildschirm war eine Liste der Websites, die Barry Minshall angeklickt hatte. Man brauchte kein Diplom in Kryptologie, um ihre Titel zu deuten.

»Lassen Sie uns die Spurensicherung rufen«, sagte Lynley.

»Und was machen wir mit Minshall?«

»Er soll bis morgen früh schmoren. Ich will, dass er sich vorstellt, wie wir seine Wohnung durchsuchen und die Schleimspur seiner Existenz freilegen.«

19

Winston Nkata hatte es am nächsten Morgen nicht eilig, zur Arbeit zu kommen. Er wusste, ihm stand wegen des Auftritts bei *Crimewatch* allerhand gutmütiger Spott von seinen Kollegen bevor, und er fühlte sich noch nicht bereit, dem ins Auge zu sehen. Und das musste er vorläufig auch nicht, denn *Crimewatch* hatte tatsächlich zu einem möglichen Durchbruch in diesem Fall geführt, und er war auf dem Weg, diesem Hinweis nachzugehen, ehe er den Fluss überquerte und ins Büro fuhr.

Aus dem Wohnzimmer drang die bevorzugte Morgenunterhaltung seiner Mutter: Das BBC-Frühstücksfernsehen spulte Nachrichten, Verkehrshinweise, Wettervorhersage und Sonderberichte im Halbstundenturnus ab. Gerade waren sie an dem Punkt angelangt, wo sie den Zuschauern berichteten, was heute Morgen auf der Titelseite jeder Zeitung stand. Das vermittelte ihm einen Eindruck der kollektiven Gemütsverfassung der Reporter in Bezug auf die Serienmorde.

Wie die BBC berichtete, schlachteten die Gazetten den Fund der Queen's-Wood-Leiche gnadenlos aus, was wenigstens Bram Savidge und seine Rassismusanschuldigungen von den Titelseiten verdrängt hatte. Aber Savidge war ihnen immer noch eine Spalte wert, und die Journalisten, die nicht damit beschäftigt waren, weitere Details über die Leiche im Wald aufzudecken, schienen Interviews mit allen und jedem zu führen, die einen Groll gegen die Polizei hegten. Navina Cryer teilte sich die Titelseite des *Mirror* mit dem Queen's-Wood-Opfer und berichtete, wie sie ignoriert worden war, als sie Jared Salvatore kurz nach seinem Verschwinden vermisst gemeldet hatte. Cleopatra Lavery hatte den *News of the World* aus dem Holloway-Gefängnis heraus ein Telefoninterview gegeben, und sie hatte allerhand zu sagen über das englische Strafvollzugssystem und was es ihrem »süßen Sean« angetan hatte. Savidge und seine Frau waren von der *Daily Mail* interviewt worden, komplett mit halbseitigen Fotos, die die Frau mit irgendeinem Musikinstrument zeigten, das sie unter den wohlwollenden Blicken ihres Mannes spielte. Und nach allem, was Nkata von den Kommentaren der Moderatoren im Fernsehen mitbekam, während sie auch die Schlagzeilen der übrigen Zeitungen abspulten, war die Presse angesichts eines neuen Mordopfers nicht sonderlich gut auf Scotland Yard zu sprechen. *Ein* Killer und *wie viele* Polizisten?, war die ironische Frage, die die Nachrichtenmedien stellten.

Das war der Grund, warum *Crimewatch* und die Art und Weise, wie die Sendung die Bemühungen der Polizei bei diesen Ermittlungen dargestellt hatte, so wichtig gewesen war. Und das war auch der Grund, warum AC Hillier am gestrigen Abend versucht hatte, vor der Ausstrahlung den Job des Regisseurs zu übernehmen.

Er wolle einen Split-Screen, hatte er dem Mann im Studio erklärt. DS Nkata werde die Fotos der toten Jungen auf der einen Seite des Bildschirms namentlich identifizieren, und ein Closeup von Nkata auf der anderen Seite des Bildschirms werde den Zuschauern klar machen – durch DS Nkatas seriöses Auftreten –, wie ernst Scotland Yard die Situation und die Verfolgung des Mörders nahm. Das war natürlich vollkommener Schwachsinn. Was Hillier und die Leitung der Pressestelle in den Mittelpunkt stellen wollten, war das, was sie von Anfang an gewollt hatten: ein schwarzes Gesicht in Verbindung mit einem Rang, der höher war als der eines Detective Constable.

Der Assistant Commissioner hatte sich nicht durchgesetzt. Bei *Crimewatch* gab es keine technischen Spielereien, hatte man ihm erklärt, lediglich Videofilme, wenn welche existierten, Phantombilder, Fotos, nachgestellte Filmszenen und Interviews mit Ermittlern. Die Leute in der Maske puderten die glänzenden Stellen auf jedem Gesicht weg, das vor der Kamera erschien, und die Tonleute befestigten ein Mikro so geschickt am Jackettaufschlag, dass es nicht aussah wie ein Insekt, das dem Sprecher jeden Moment übers Gesicht krabbeln würde, aber Stephen-Spielberg-Ambitionen hatte dieses Team nicht. Dies war eine Low-Budget-Produktion, vielen Dank auch. Also wer sagt was zu wem und in welcher Reihenfolge, bitte?

Hillier war nicht glücklich gewesen, aber es gab nichts, das er tun konnte. Er sorgte jedoch dafür, dass DS Winston Nkata namentlich vorgestellt und dieser Name im Laufe der Sendung wiederholt wurde. Davon abgesehen schilderte er die Art der Verbrechen, nannte die relevanten Daten, zeigte die Fundorte der Leichen und beschrieb einige Details der laufenden Ermittlungen in einer Weise, die suggerierte, dass er und Nkata in dieser Sache Hand in Hand arbeiteten. Dies und das Phantombild des mysteriösen Mannes im Sportstudio, die Nachstellung von

Kimmo Thornes Entführung und Nkatas Aufzählung der Namen der Opfer machte die gesamte Sendung aus.

Ihre Bemühungen trugen Früchte, und das gab dem ganzen Unterfangen wenigstens einen Sinn. Es machte sogar den Gedanken daran, wie seine Kollegen ihn aufziehen würden, erträglich, denn Nkata beabsichtigte, die Einsatzzentrale an diesem Morgen mit konkreten Informationen zu betreten.

Er beendete sein Frühstück, während die BBC schon wieder ihre Verkehrsnachrichten aktualisierte. »Pass auf dich auf, Liebling«, sagte seine Mutter zum Abschied, als er die Wohnungstür öffnete, und sein Vater nickte ihm zu und sagte leise: »Bin stolz auf dich, Sohn.« Nkata ging den Außenflur zur Treppe entlang und knöpfte zum Schutz gegen die Kälte seinen Mantel zu. Auf dem Gelände der Wohnanlage Loughborough Estate begegnete er einer Mutter, die drei kleine Kinder zur Grundschule eskortierte. Er kam zu seinem Auto und war schon halb eingestiegen, als er sah, dass der rechte Vorderreifen aufgeschlitzt war.

Er seufzte. Es war natürlich keine normale Reifenpanne, die er jeder nur denkbaren Ursache hätte zuschreiben können, einem allmählichen Druckverlust durch ein kleines Loch oder einem Nagel, den er sich in den Reifen gefahren und wieder verloren hatte, nachdem der Schaden angerichtet war. Ein so unerfreulicher Start in den Tag wäre ein Ärgernis gewesen, aber es hätte keinen solchen Stellenwert gehabt wie eine Messerattacke. Ein Messer warnte den Besitzer des Wagens, gelegentlich über die Schulter zu schauen, nicht nur jetzt im Moment, während er Wagenheber und Ersatzrad aus dem Kofferraum holte, sondern wann immer er sich hier in der Siedlung aufhielt.

Automatisch blickte Nkata sich um, während er sich daranmachte, den Reifen zu wechseln. Natürlich war niemand in der Nähe. Dieser Schaden war irgendwann gestern Abend angerichtet worden, nachdem er aus dem Fernsehstudio heimgekommen war. Wer immer das hier getan hatte, war nicht Manns genug, ihn persönlich anzugreifen. Letztendlich war er für die

Menschen hier nicht nur ein Bulle und damit der Feind, sondern gleichzeitig ein Ehemaliger der Brixton Warriors, für die er sein Blut und das anderer vergossen hatte.

Eine Viertelstunde später war er auf dem Weg. Er kam an der Polizeiwache von Brixton vorbei, deren Verhörräume er aus seiner Jugendzeit nur zu gut kannte, bog in die Acre Lane ein und stellte fest, dass in seiner Fahrtrichtung wenig Verkehr herrschte.

Er war unterwegs nach Clapham, denn von dort war der Anruf gegen Ende der *Crimewatch*-Sendung gekommen. Der Anrufer hieß Ronald X. Ritucci – »Das X steht für Xavier«, hatte er erklärt –, und er glaubte, er habe Informationen, die der Polizei bei der Aufklärung des Mordes an »dem Jungen mit dem Fahrrad im Garten« helfen könnten. Er und seine Frau hatten sich die Sendung angeschaut, ohne zu ahnen, dass sie etwas mit ihnen zu tun haben könnte, als Gail – »So heißt meine Frau« – bemerkte, dass der Abend, als bei ihnen eingebrochen worden war, mit dem Todesdatum des Jungen übereinstimmte. Und er – Ronald X. – hatte einen Blick auf den kleinen Gauner erhascht, bevor der aus dem Schlafzimmerfenster im ersten Stock gesprungen war. Er hatte definitiv Make-up getragen. Also falls die Polizei interessiert war…

Das war sie. Ein Beamter werde am Morgen vorbeikommen.

Der Beamte war Nkata, und er fand das Haus der Rituccis ein kurzes Stück südlich des Clapham Common. Es lag in einer Straße mit postedwardianischen Häusern, die sich von denjenigen nördlich des Flusses dadurch unterschieden, dass sie frei standen – und das in einer Stadt, wo Baugrund teure Mangelware war.

Als er klingelte, hörte er drinnen ein Kind zur Tür laufen. Jemand versuchte erfolglos, den Riegel zu öffnen, und dann rief eine helle Stimme: »Mummy! Die Klingel! Hast du gehört?«

Gleich darauf sagte ein Mann: »Gillian, geh da weg. Ich hab dir schon tausend Mal gesagt, dass du nicht an die Tür gehen sollst…« Er öffnete mit einem Ruck. Ein kleines Mädchen in Stepptanzschuhen aus schwarzem Lackleder, Nylonstrümpfen und einem Ballerinatutu spähte hinter seinem Bein hervor, einen Arm um seinen Oberschenkel geschlungen.

Nkata hielt seine Dienstmarke schon in der Hand.

Der Mann würdigte sie keines Blickes. »Ich hab Sie im Fernsehen gesehen«, sagte er. »Ich bin Ronald X. Ritucci. Kommen Sie rein. Haben Sie was dagegen, wenn wir in die Küche gehen? Gail ist noch dabei, das Baby zu füttern. Unser Aupair-Mädchen liegt leider mit der Grippe im Bett.«

Nkata sagte, die Küche sei ihm recht, und folgte Ritucci dorthin, nachdem dieser die Haustür geschlossen, verriegelt und nochmals überprüft hatte. Sie kamen in eine moderne Küche auf der Rückseite des Hauses, wo ein Esstisch aus hellem Holz mit passenden Stühlen in einem vollständig verglasten Erker standen. Eine gehetzt wirkende Frau in Büromontur versuchte, einem vielleicht einjährigen Kind irgendetwas einzulöffeln. Das musste Gail sein, die sich in Abwesenheit ihres Aupairs heldenhaft bemühte, ihre Mutterpflichten zu erfüllen, ehe sie zur Arbeit hastete.

Genau wie ihr Mann sagte sie: »Sie waren im Fernsehen.«

Wie eine helle Glocke ertönte Gillians Stimme: »Er ist ein Schwarzer, Daddy, oder?«

Ritucci wirkte zerknirscht, als ähnele die Erwähnung von Nkatas ethnischer Zugehörigkeit der einer anstößigen Krankheit, die höfliche Menschen niemals thematisierten. »Gillian!«, sagte er. »Das reicht jetzt.« Und an Nkata gewandt: »Eine Tasse Tee? Ist im Handumdrehen fertig. Kein Problem.«

Nkata lehnte dankend ab. Er habe gerade erst gefrühstückt und brauche nichts. Dann wies er auf einen der Kieferstühle und fragte: »Darf ich...?«

»Natürlich«, antwortete Gail Ritucci.

»Was haben Sie denn gegessen?«, wollte Gillian wissen. »Ich hatte gekochtes Ei und Toaststreifen.«

Ihr Vater ermahnte sie: »Gillian, was habe ich dir gerade gesagt?«

Nkata antwortete dem Kind: »Eier, aber keine Toaststreifen.

Meine Mum meint, ich bin zu alt dafür, aber ich schätze, sie würde sie mir machen, wenn ich höflich genug darum bitte. Ich hatte auch noch Würstchen, Pilze und Tomaten.«

»So viel?«, fragte das kleine Mädchen.

»Ich bin ein Junge im Wachstum.«

»Darf ich auf Ihrem Schoß sitzen?«

Damit war anscheinend die Grenze erreicht. Entsetzt und wie aus einem Mund riefen beide Eltern den Namen des Kindes, und ihr Vater hob sie auf den Arm und trug sie eilig hinaus. Die Mutter schob einen Löffel Brei in den offenen Mund des Kleinkinds und sagte zu Nkata: »Sie ist… Es hat nichts mit Ihnen zu tun, Sergeant. Wir versuchen, ihr beizubringen, Fremden gegenüber zurückhaltend zu sein.«

»In der Hinsicht können Eltern niemals vorsichtig genug sein«, erwiderte Nkata und zückte seinen Stift, um sich Notizen zu machen.

Ritucci kam bald zurück, nachdem er sein älteres Kind irgendwo im Haus außer Sichtweite deponiert hatte. Genau wie seine Frau entschuldigte er sich, und Nkata wünschte mit einem Mal, er könnte irgendetwas tun, um ihnen ihr Unbehagen zu nehmen.

Er kam auf ihren Anruf bei *Crimewatch* zurück. »Sie hatten einen jungen Einbrecher mit Make-up gemeldet…?«

Gail Ritucci erzählte den ersten Teil der Geschichte, reichte Löffel und Brei ihrem Mann, der das Füttern ihres jüngeren Kindes übernahm. Sie waren an jenem Abend unterwegs gewesen, berichtete sie, hatten mit alten Freunden aus Fulham und deren Kindern zusammen gegessen. Als sie nach Clapham zurückkamen, war in ihrer Straße ein Van vor ihnen hergefahren, sehr langsam, und zuerst hatten sie geglaubt, der Fahrer suche einen Parkplatz. Doch als er eine freie Lücke und dann noch eine passierte, wurden sie unruhig.

»Wir hatten ein Schreiben bekommen, das uns von Einbrüchen in der Nachbarschaft in Kenntnis setzte«, sagte sie und wandte sich an ihren Mann. »Wann war das gleich wieder, Ron?«

Er hielt mit dem Füttern inne, der Löffel schwebte auf halbem Weg in der Luft. »Im Frühherbst?«

»Ich denke, das kommt hin.« Sie sah wieder zu Nkata. »Darum kam uns der Lieferwagen verdächtig vor, wie er da entlangkroch. Ich habe die Nummer aufgeschrieben.«

»Gut gemacht«, sagte Nkata.

Sie fuhr fort: »Dann kamen wir nach Hause, und die Alarmanlage ging los. Ron rannte nach oben und sah den Jungen gerade noch aus dem Fenster aufs Dach springen. Natürlich haben wir sofort die Polizei angerufen, aber er war längst verschwunden, als die Beamten hier ankamen.«

»Sie haben zwei Stunden gebraucht, bis sie hier waren«, warf ihr Mann grimmig ein. »Das bringt einen ins Grübeln.«

Gail machte ein betretenes Gesicht. »Nun, es gab bestimmt wichtigere Dinge... einen Unfall oder ein ernstliches Verbrechen... Nicht dass es für uns nicht ernst war, heimzukommen und jemanden in unserem Haus vorzufinden. Aber für die Polizei...«

»Denk dir keine Ausreden für sie aus«, sagte ihr Mann. Er stellte die Schale mitsamt Löffel beiseite und wischte seinem Sohn mit dem Zipfel eines Geschirrtuchs den Brei vom Gesicht. »Die Staatsgewalt geht den Bach runter. Seit Jahren schon.«

»Ron!«

»Ist nicht persönlich gemeint«, erklärte er Nkata. »Es ist wahrscheinlich nicht Ihre Schuld.«

Nkata versicherte, dass er es nicht persönlich nahm, und fragte, ob sie das amtliche Kennzeichen des Lieferwagens der Polizei mitgeteilt hatten.

Das hatten sie, berichteten sie. Gleich bei ihrem Anruf. Als die Polizei endlich aufgetaucht war – »Das muss gegen zwei Uhr morgens gewesen sein«, sagte Ritucci –, war es in Gestalt zweier weiblicher Constables. Sie hatten einen Bericht aufgenommen und sich bemüht, mitfühlend zu wirken. Sie hatten versprochen, sich wieder zu melden, und den Rituccis gesagt, sie sollten in einigen Tagen auf die Wache kommen und ihr Protokoll für die Versicherung abholen.

»Und das war alles«, berichtete Gail Ritucci Nkata.
»Die haben keinen Finger gerührt«, fügte ihr Mann hinzu.

Vor ihrem Aufbruch nach Upper Holloway, wo sie mit Lynley verabredet war, machte Barbara Havers an der Erdgeschosswohnung Halt, die sie jetzt schon seit Ewigkeiten mit beharrlich geradeaus gerichtetem Blick passiert hatte. In der Hand hielt sie die Friedensgabe, die sie an Barry Minshalls Stand erworben hatte: Der Bleistift-Geldschein-Trick, mit dem man angeblich seine Freunde amüsieren und erfreuen konnte.

Sowohl Taymullah Azhar als auch Hadiyyah fehlten ihr. Sie vermisste die unkomplizierte Freundschaft, die sie verband, die Stippvisiten auf einen Plausch, die sie einander abstatteten, wann immer ihnen danach war. Sie waren keine Familie. Sie konnte nicht einmal behaupten, dass sie so etwas Ähnliches wie ihre Familie waren. Aber sie waren... ein Stück Vertrautheit und ein Trost. Beides wollte sie zurück, und sie war gewillt, zu Kreuze zu kriechen, wenn es erforderlich war, um die Dinge zwischen ihnen wieder in Ordnung zu bringen.

Sie klopfte an die Tür und rief: »Azhar? Ich bin's. Haben Sie einen Moment Zeit?« Dann trat sie zurück. Ein schwaches Licht schimmerte durch die Vorhänge, also wusste sie, dass sie wach waren, vielleicht gerade in ihre Bademäntel schlüpften oder Ähnliches.

Niemand antwortete. Sie haben Musik laufen, sagte sie sich. Ein Radiowecker, der nicht ausgeschaltet worden war, nachdem er den Schlafenden geweckt hatte. Sie war zu zaghaft gewesen. Also klopfte sie nochmals, dieses Mal lauter. Sie horchte und fragte sich, ob das, was sie hörte, das Rascheln eines Vorhanges war, weil jemand hindurchlinste, um zu sehen, wer so früh am Morgen schon anklopfte. Sie schaute zum Fenster, betrachtete den Stoff, der die Glastüren von innen bedeckte. Nichts.

Auf einmal wurde ihr die Sache peinlich. Sie trat einen weiteren Schritt zurück und sagte leiser: »Na ja, dann eben nicht«, und ging zu ihrem Auto. Wenn er es so wollte... Wenn sie ihn so hart unter der Gürtellinie getroffen hatte mit ihrer Bemerkung über den Abgang seiner Frau... Aber sie hatte nur die Wahrheit gesagt, oder? Und davon abgesehen, hatten sie beide mit unfairen Mitteln gekämpft, und er war nicht den Gartenpfad heruntergetrottet gekommen, um sich bei ihr zu entschuldigen.

Sie zwang sich, die ganze Angelegenheit mit einem Schulterzucken abzutun, und musste noch mehr Entschlossenheit aufbieten, um zu gehen, ohne sich umzuwenden und festzustellen, ob einer von den beiden sie hinter einer Gardine hervor beobachtete. Sie ging zu ihrem Auto, das sie an der Parkhill Road hatte abstellen müssen, denn dort hatte sie bei ihrer gestrigen Heimkehr den einzigen Parkplatz gefunden.

Von da fuhr sie zu der Gesamtschule in Upper Holloway, deren Adresse Lynley ihr durchgegeben hatte, als sie noch im Bett lag, und versuchte, sich mit dem unwiderstehlichen Oldie von Diana Ross und den Supremes »Set me free, why don't you, Babe« aus dem Radiowecker zum Aufstehen zu motivieren. Sie hatte nach dem Telefon gegriffen und sich bemüht, munter zu klingen, während sie die Adresse auf die Innenseite des Umschlags von *Zerrissen vor Verlangen* kritzelte, dem Liebesschmöker, der sie bis tief in die Nacht hinein mit der quälenden Frage wach gehalten hatte, ob der Held und die Heldin ihrer fatalen Leidenschaft füreinander nachgeben würden. Das war wirklich nicht einfach zu erraten, hatte sie sich sarkastisch gesagt.

Die Gesamtschule lag nicht allzu weit von Bovingdon Close entfernt, wo Davey Bentons Familie wohnte. Die Schule hatte den Charme einer Anstalt für den offenen Strafvollzug, ein Eindruck, den die Fassadenmalereien eines Möchtegern-David-Hockney nur unzureichend milderten.

Obwohl Lynleys Anfahrtsweg im Vergleich zu ihrem wesentlich länger war, wartete er schon auf sie. Er wirkte grimmig. Er war bei den Bentons gewesen, erklärte er.

»Wie halten sie sich?«

»Wie man es erwartet. Wie jeder sich in einer solchen Situation halten würde.« Lynley klang kurz angebunden, schroffer, als sie gedacht hätte. Sie betrachtete ihn eingehend und wollte gerade fragen, was los sei, als er zu dem Schulgebäude hinüberwies. »Können wir?«, fragte er.

Barbara war bereit. Sie waren hier, um mit einem gewissen Andy Crickleworth zu sprechen, angeblicher Kumpel von Davey Benton. Lynley hatte ihr am Telefon erklärt, dass er möglichst viel Munition haben wollte, ehe sie sich Barry Minshall in einem Verhörraum der Holmes-Street-Wache vornahmen, und er habe das Gefühl, Andy Crickleworth sei derjenige, der sie ihnen beschaffen konnte.

Lynley hatte angerufen, um die Schulverwaltung vorzuwarnen, dass die Polizei an einem ihrer Schüler interessiert sei. So dauerte es nur wenige Minuten, bis Lynley und Barbara sich in Gesellschaft des Schulleiters, seiner Sekretärin und eines dreizehnjährigen Jungen wiederfanden. Die Sekretärin wirkte grau und resigniert, und der Schulleiter hatte das verbrauchte Aussehen eines Mannes, für den der Ruhestand gar nicht früh genug kommen konnte. Der Junge hatte eine Zahnspange, Pickel im Gesicht und das Haar nach hinten gegelt wie ein Gigolo der Dreißigerjahre. Als er den Raum betrat, zog er eine Hälfte der Oberlippe hoch, womit er den Eindruck erweckte, als habe er für die Polizei nur Geringschätzung übrig. Doch das einstudierte Zähnefletschen konnte nicht über das nervöse Zucken seiner Hände hinwegtäuschen, die er während des ganzen Gesprächs in seinen Unterleib drückte, als wolle er sich so daran hindern, in die Hose zu machen.

Der Schuldirektor – Mr. Fairbairn – übernahm es, sie einander vorzustellen. Sie führten die Unterhaltung in einem Konferenzraum an einem funktionalen Tisch, der von unbequemen, funktionalen Stühlen umgeben war. Seine Sekretärin saß in einer Ecke und machte mit wütendem Eifer Notizen, als müssten die ihren in einem anstehenden Rechtsstreit einem Vergleich mit Barbaras Notizen standhalten.

Lynley begann, indem er Andy Crickleworth fragte, ob er wisse, dass Davey Benton tot war. Daveys Name sollte erst an diesem Vormittag veröffentlicht werden, aber an Schulen verbreiteten Gerüchte sich in der Regel wie ein Lauffeuer. Wenn Daveys Eltern die Schulleitung von der Ermordung ihres Sohnes informiert hatten, war es wahrscheinlich, dass die Neuigkeit längst die Runde gemacht hatte.

Andy sagte: »Ja, das wissen alle. Jedenfalls alle in der achten Klasse.« Kein Bedauern war seiner Stimme anzuhören. Er erklärte dies, indem er fortfuhr: »Er wurde ermordet, oder?«, und der Tonfall besagte, dass Mord eine noblere Art war, aus dem Leben zu scheiden, als Krankheit oder Unfall, und dem Opfer eine Coolness verlieh, die für die anderen unerreichbar war.

Diese Überzeugung war für ungefähr jeden dreizehnjährigen Jungen typisch, fand Barbara. Ein plötzlicher Tod kam ihnen wie ein großes Wunder vor, das nur anderen und nie ihnen selbst geschehen konnte. Sie sagte leichthin: »Erst erwürgt, dann weggeworfen, Andy«, um zu sehen, ob ihn das aus der Ruhe bringen würde. »Du weißt doch, dass in London ein Serienmörder umgeht, oder?«

»Der hat Davey erwischt?« Andy schien eher beeindruckt als eingeschüchtert. »Und ich soll Ihnen helfen, ihn zu schnappen, oder so was?«

»Du beantwortest nur ihre Fragen, Crickleworth«, sagte Mr. Fairbairn. »Und sonst nichts.«

Andy warf ihm einen Blick zu, der sagte: Leck mich.

»Erzähl uns vom Stables Market«, bat Lynley.

Andys Miene wurde argwöhnisch. »Was soll damit sein?«

»Daveys Eltern haben uns gesagt, dass er dort war. Und falls das stimmt, nehme ich an, dass ihr mit einer ganzen Clique da wart. Und dazu gehörtest du auch, nicht wahr?«

Andy zuckte die Schultern. »Kann sein, dass wir mal da waren. Aber nicht, um irgendwas anzustellen.«

»Mr. Benton sagt, Davey hat dort ein Paar Handschellen an einem Zaubereistand mitgehen lassen. Weißt du etwas darüber?«

»Ich hab gar nichts geklaut«, erwiderte Andy. »Wenn Davey das getan hat, hat er's eben getan. Würde mich auch nicht überraschen. Davey hat gern mal was mitgehen lassen. Videos aus dem Laden an der Junction Road. Süßigkeiten beim Kiosk. Mal 'ne Banane auf dem Markt. Er fand das cool. Ich hab ihm immer gesagt, er legt es darauf an, irgendwann geschnappt und eingesperrt zu werden, aber er wollte nicht auf mich hören. So war Davey eben. Er wollte immer, dass die Jungs denken, er ist hart.«

»Was war mit diesem Zaubereistand?«, warf Barbara ein.

»Was soll damit sein?«

»Bist du mit Davey dort gewesen?«

»Hey, ich hab doch gesagt, ich hab nie …«

»Es geht hier nicht um dich«, unterbrach Lynley. »Es geht nicht darum, ob und wo du etwas gestohlen hast oder nicht. Ist das klar? Wir haben die Aussage von Daveys Eltern, dass er diesen Zaubereistand am Stables Market aufgesucht hat, aber das ist alles, was wir wissen, bis auf deinen Namen, den sie uns auch genannt haben.«

»Ich kenn die nicht mal!« Andy stand am Rande einer Panik.

»Das ist uns bewusst. Uns ist auch bekannt, dass du und Andy nicht immer gut miteinander ausgekommen seid.«

»Superintendent«, meldete Mr. Fairbairn sich mahnend zu Wort, als wisse er, wie leicht »nicht immer gut miteinander auskommen« zu einer Anschuldigung führen konnte, die er in seinem Konferenzraum nicht dulden wollte.

Lynley hob die Hand, um ihn davon abzuhalten, weiterzusprechen. »Aber nichts von alldem ist jetzt von Bedeutung, Andy. Verstehst du das? Wichtig ist nur, was du uns über den Markt erzählen kannst, über den Zaubereistand und alles andere, was uns vielleicht helfen kann, Davey Bentons Mörder zu fassen. Habe ich mich jetzt deutlich genug ausgedrückt?«

Andy bejahte zögernd, doch Barbara hatte Zweifel. Er schien immer noch mehr auf die Dramatik der Situation fixiert als auf die abscheulichen Realitäten.

»Hast du Davey je zu dem Zaubereistand am Stables Market begleitet?«, fragte Lynley.

Andy nickte. »Ein Mal«, sagte er. »Wir sind alle hingegangen. War aber nicht meine Idee. Ich weiß nicht mehr, wer gesagt hat, lasst uns dahin gehen. Jedenfalls sind wir gegangen.«

»Und?«, ermunterte Barbara ihn.

»Und Davey hat versucht, bei diesem seltsamen Typen, dem der Zaubereistand gehört, Handschellen mitgehen zu lassen. Er ist erwischt worden, und wir anderen sind abgehauen.«

»Wer hat ihn erwischt?«

»Der Typ. Der krasse. Voll krass ist der. Der gehört in die Klapse, wenn Sie mich fragen.« Andy schien plötzlich einen Zusammenhang zwischen den Fragen und Daveys Tod herzustellen. »Glauben Sie, dieser Wichser hat Davey gekillt?«

»Hast du sie nach diesem Tag je wieder zusammen gesehen?«, fragte Lynley. »Davey und den Zauberer?«

Andy schüttelte den Kopf. »Nie.« Er runzelte die Stirn und fügte nach einem Moment hinzu: »Aber die müssen doch...«

»Müssen was?«, fragte Barbara.

»Die müssen sich noch mal getroffen haben.« Er rutschte auf seinem Stuhl herum und erzählte Lynley dann den Rest seiner Geschichte. Davey, sagte er, hatte in der Schule ein paar Zaubertricks vorgeführt. Es waren saudämliche Tricks, wahrscheinlich hätte sie jeder machen können, aber Davey hatte nie irgendwelche Zaubereien vorgeführt, bevor sie alle an dem Tag damals zum Stables Market gegangen waren. Danach war Davey mit einem Balltrick angekommen, hatte den Ball verschwinden lassen, obwohl jeder, der ein Hirn größer als eine Erbse hatte, sehen konnte, wie er das anstellte. Dann war ein Seiltrick gekommen: Er schnitt es in der Mitte durch und zog es dann wieder in voller Länge hervor. Vielleicht hatte er das im Fernsehen gelernt oder so, vielleicht sogar aus einem Buch, aber es konnte ja auch sein, dass dieser Zaubererwichser ihm das beigebracht hatte, und in dem Fall hatte Davey ihn wahrscheinlich mehr als ein Mal getroffen.

Andy klang stolz auf seine Beweisführung, und er sah sich

um, als erwarte er, dass irgendjemand ausrufen würde: Holmes, Sie verblüffen mich!

Stattdessen fragte Lynley ihn: »Warst du vor diesem Tag jemals an dem Zaubereistand?«

»Nein, nie«, antwortete Andy. »Niemals.« Doch während er das sagte, drückte er die Hände in den Unterleib, ließ sie dort und warf einen verstohlenen Blick auf Barbaras Kuli.

Er lügt, dachte sie. Sie fragte sich, warum. »Stehst du selbst auch auf Zaubertricks, Andy?«, fragte sie.

»Sind okay. Aber nicht dieser Babykram mit Bällen und Seilen. Ich steh auf die, bei denen Flugzeuge verschwinden. Oder Tiger. Nicht dieser andere Scheiß.«

»Crickleworth«, warnte Mr. Fairbairn.

Andy sah kurz in seine Richtung. »'tschuldigung. Daveys Tricks fand ich nicht so klasse. Das ist was für kleine Kinder, oder? Passt nicht zu mir.«

»Aber es passte zu Davey?«, hakte Lynley nach.

»Davey«, antwortete Andy, »war ein kleines Kind.«

Genau die Sorte, die einem Dreckskerl wie Barry Minshall gefiel, dachte Barbara.

Andy hatte ihnen nichts weiter zu sagen. Sie hatten, was sie brauchten: eine Bestätigung, dass Minshall und Davey Benton interagiert hatten. Selbst wenn der Zauberer behauptete, seine Fingerabdrücke seien auf den Handschellen, weil sie ihm gehört hatten, selbst wenn er nicht gesehen hatte, dass Davey sie von seinem Stand stahl, konnte die Polizei ihn bereits an diesem Punkt der Lüge überführen. Er hatte Davey nicht nur beim Versuch, die Handschellen zu stehlen, beobachtet, sondern ihn auch gleich zur Rede gestellt. Für Barbara war klar: Sie hatten Minshall am Haken.

Als sie und Lynley das Schulgebäude verließen, sagte sie: »Bingo, Superintendent. Wir kriegen Barry Minshall zum Frühstück.«

»Wenn es nur so einfach wäre.« Lynleys Stimme klang niedergeschlagen, ganz anders, als sie erwartet hätte.

»Warum soll es nicht einfach sein?«, fragte Barbara. »Wir haben die Aussage des Jungen, und Sie wissen doch, dass wir auch den Rest der Clique vernehmen können, wenn es nötig wird. Wir haben die indische Frau, die Davey in Minshalls Wohnung hat gehen sehen, und die Fingerabdrücke des Jungen werden dort überall zu finden sein. Also ich würde sagen, die Welt sieht heute schon wieder viel fröhlicher aus. Was meinen Sie?« Sie sah ihn scharf an. »Ist sonst noch was passiert, Sir?«

Lynley blieb neben seinem Wagen stehen. Ihrer war weiter die Straße hinunter geparkt. Er schwieg so lange, dass sie sich schon zu fragen begann, ob er überhaupt antworten würde, und dann sagte er ein Wort: »Vergewaltigt.«

»Was?«

»Davey Benton wurde vergewaltigt, Barbara.«

»O Scheiße«, murmelte sie. »Es ist genau, wie er gesagt hat.«

»Wer?«

»Robson hat vorausgesagt, die Dinge würden eskalieren. Was immer dem Mörder anfangs seinen Kick bringt, werde irgendwann nachlassen, sodass er mehr braucht. Jetzt wissen wir, was es ist.«

Lynley nickte. »Das wissen wir.« Dann rang er sich dazu durch, hinzuzufügen: »Ich habe es nicht fertig gebracht, das den Eltern zu sagen. Ich wollte es tun, denn sie haben ein Recht, zu wissen, was ihrem Sohn passiert ist, aber als es so weit war...« Er wich ihrem Blick aus und schaute über die Straße auf einen alten Mann, der den Gehweg entlanghinkte und einen Einkaufstrolly hinter sich herzog. »Es war der schlimmste Albtraum seines Vaters. Ich konnte ihn nicht wahr werden lassen. Ich hab es einfach nicht übers Herz gebracht. Irgendwann werden sie es erfahren müssen. Spätestens im Prozess wird es herauskommen. Aber als ich ihm ins Gesicht gesehen habe...« Er schüttelte den Kopf. »Allmählich verliere ich den Willen, diese Arbeit zu tun, Havers.«

Barbara ertastete ihre Players und zog das Päckchen hervor. Sie bot ihm eine Zigarette an und hoffte, er werde standhaft bleiben und ablehnen, was er tat. Sie selbst steckte sich eine an. Der Geruch von brennendem Tabak lag scharf und bitter in der kalten Winterluft. »Nur weil Sie mehr Mensch geworden sind, sind Sie deswegen nicht weniger Polizist«, sagte sie.

»Es hat damit zu tun, verheiratet zu sein«, erklärte er ihr. »Und mit der bevorstehenden Vaterschaft. Es gibt einem das Gefühl...« Er verbesserte sich: »Es gibt mir das Gefühl, zu verwundbar zu sein. Ich sehe jeden Tag, wie flüchtig das Leben sein kann. Von einem Augenblick zum nächsten kann es vorüber sein, und dies hier... was Sie und ich hier tun... unterstreicht das. Und... Barbara, ich sage Ihnen, was ich nie zu fühlen erwartet habe.«

»Was?«

»Dass ich es nicht mehr ertragen kann. Und jemanden bei den Eiern vor Gericht zu zerren, wird nichts an diesem Gefühl ändern.«

Sie inhalierte tief. Es ist ein gefährliches Spiel, wollte sie sagen. Es gab Bindungen im Leben, aber keine Garantien. Doch das wusste er ja schon. Jeder Polizist wusste das. So wie jeder Polizist wusste, dass man einer Ehefrau, einem Mann oder einer Familie keine Sicherheit gewährleisten konnte, nur weil man jeden Tag auf der Seite der Guten arbeitete. Kinder entwickelten sich trotzdem in die falsche Richtung. Frauen wurden untreu. Männer bekamen Herzinfarkte. Alles, was einem lieb war, konnte in Sekundenschnelle ausgelöscht werden. So war das Leben.

»Lassen Sie uns einfach zusehen, dass wir den heutigen Tag rumkriegen«, schlug sie vor. »Das ist es, was ich sage: Wir können uns nicht um morgen kümmern, ehe wir dort ankommen.«

Barry Minshall wirkte nicht so, als habe er eine angenehme Nacht verbracht, und genau das war Lynleys Absicht gewesen, als er beschlossen hatte, den Zauberer erst an diesem Morgen zu vernehmen. Er sah zerzaust und kreuzlahm aus. Er kam in Begleitung des Pflichtverteidigers in den Verhörraum – James Barty sei sein Name, sagte der, während er Minshall zum Tisch führte und auf einen Stuhl half –, und als der Zauberer saß, blinzelte er in die hellen Lampen und fragte, ob er seine Sonnenbrille zurückhaben könne.

»Sie werden nichts Brauchbares davon kriegen, mir in die Augen zu sehen, falls Sie das gehofft haben«, informierte er Lynley, und um diese Behauptung zu unterstreichen, hob er den Kopf: Seine Augen waren unwesentlich dunkler als Rauch, der beim Verbrennen von trockenem Holz entsteht, und zuckten ständig hektisch hin und her. Er zeigte ihnen diesen Anblick nur einen Moment, ehe er den Kopf wieder senkte. »Nystagmus und Photophobie«, erklärte er. »So nennt man das. Oder muss ich ein ärztliches Attest vorlegen, um es Ihnen zu beweisen? Ich brauch diese Sonnenbrille, okay? Ich kann das Licht nicht ertragen, und ohne die Brille kann ich nichts sehen.«

Lynley nickte Havers zu. Sie ging hinaus und holte Minshalls Brille. Lynley nutzte die Zeit, um den Kassettenrekorder vorzubereiten und ihren Verdächtigen in Augenschein zu nehmen. Er hatte Albinismus nie zuvor leibhaftig gesehen. Es war nicht so, wie er in seiner Unwissenheit geglaubt hatte. Keine rosa Augen. Kein schlohweißes Haar. Vielmehr diese gräulichen Augen und eine Dichte der Haare, als haben sich im Laufe der Zeit Schichten dort abgelagert, die ihnen einen gelblichen Ton verliehen. Minshall trug das Haar lang, aber aus dem Gesicht gekämmt und im Nacken mit einer Schnur zusammengehalten. Seine Haut war vollkommen unpigmentiert. Nicht einmal eine Sommersprosse befleckte ihre Oberfläche.

Als Havers mit Minshalls Sonnenbrille zurückkam, setzte er sie umgehend auf. Das ermöglichte ihm, den Kopf zu heben, wenngleich er ihn während des gesamten Verhörs zur Seite geneigt hielt, vielleicht, um das Augenzucken besser kontrollieren zu können.

Lynley begann mit den Präliminarien für das Audioprotokoll. Dann zitierte er die offizielle Rechtsbelehrung, um sich Minshalls ungeteilter Aufmerksamkeit zu versichern und für den Fall, dass der Zauberer sich des Ernstes seiner Lage nicht bewusst gewesen war, was er für unwahrscheinlich hielt. Dann sagte er: »Erzählen Sie uns von Ihrer Beziehung zu Davey Benton«, während Havers an seiner Seite ihr Notizbuch hervorzog, um auf Nummer sicher zu gehen.

»In Anbetracht der Umstände glaube ich nicht, dass ich Ihnen überhaupt irgendetwas erzählen werde.« Barry Minshall sprach ruhig, die Worte klangen auswendig gelernt.

Sein Anwalt lehnte sich zurück, offenbar einverstanden mit dieser Antwort. Er hatte die ganze Nacht Zeit gehabt, seinem Mandanten dessen Rechte zu erklären, falls Minshall danach gefragt hatte.

»Wie Sie wissen, Mr. Minshall, ist Davey tot«, sagte Lynley. »Ich kann Ihnen nur raten, sich etwas kooperativer zu zeigen. Werden Sie uns sagen, wo Sie vorgestern Abend waren?«

Es entstand eine Pause, während Minshall alle Folgen abwägte, die sein Schweigen oder seine Antwort auf diese Frage nach sich ziehen mochten. Schließlich entgegnete er: »Um welche Uhrzeit, Superintendent?« und hielt seinen Anwalt mit einer Geste zurück, als Barty Anstalten machte, ihm von einer Aussage abzuraten.

»Zu jeder Uhrzeit«, antwortete Lynley.

»Genauer können Sie es nicht eingrenzen?«

»Sind Sie abends so ausgebucht?«

Minshalls Lippen verzogen sich. Lynley stellte fest, dass er es irritierend fand, jemanden zu vernehmen, dessen Augen von dunklen Gläsern geschützt wurden, aber er zwang sich, auf andere Indikatoren zu achten: auf die Bewegung des Adamsapfels, das Zucken der Finger, die Veränderungen der Körperhaltung.

»Ich habe meinen Stand wie üblich um halb sechs zugemacht. Zweifellos kann John Miller, der Badesalzhändler, das bestätigen, weil er immer jede Menge Zeit damit verbringt, die Kinder zu beobachten, die an meinem Stand herumlungern. Von dort bin ich in einen Imbiss unweit meiner Wohnung gegangen, wo ich regelmäßig zu Abend esse. Er heißt Sofia's Sofa, obwohl es keine Sofia gibt, und die Gemütlichkeit, die das Wort Sofa suggerieren soll, sucht man auch vergeblich. Aber die Preise sind in Ordnung, und man lässt mich dort in Frieden, und das ist es, worauf es mir ankommt. Von da bin ich nach Hause gegangen. Später hab ich das Haus noch einmal kurz verlassen, um Milch und Kaffee zu kaufen. Das war alles.«

»Und die Abendstunden, die Sie zu Hause verbracht haben?«, fragte Lynley.

»Was soll damit sein?«

»Was haben Sie gemacht? Videos angesehen? Im Internet gesurft? Zeitschriften gelesen? Gäste empfangen? Zaubertricks trainiert?«

Darüber musste er ein Weilchen nachdenken. Schließlich sagte er: »Na ja, soweit ich mich erinnere …«, und dafür brauchte er wieder eine geraume Zeit. Zu lang, für Lynleys Geschmack. Was Minshall zweifellos beschäftigte, war die Frage, wie viel die Polizei nachprüfen konnte, je nachdem, was er behauptete, mit seiner Zeit getan zu haben. Telefonate? Darüber gab es Nachweise. Handy? Ebenso. Internet? Der Computer speicherte die Zeiten. Ein Bier im Pub an der Ecke? Dafür gäbe es Zeugen. In Anbetracht des Zustands seiner Wohnung konnte er schwerlich behaupten, er sei mit einem Hausputz beschäftigt gewesen. Also blieb das Fernsehen – und in dem Fall müsste er in der Lage sein, die Titel der angeschauten Sendungen zu nennen –, seine Zeitschriften oder Videos.

Schließlich sagte er: »Es war ein kurzer Abend. Ich habe ein Bad genommen und bin gleich im Anschluss ins Bett gegangen. Ich schlafe nicht sehr gut, und manchmal macht sich das bemerkbar, also leg ich mich früh hin.«

»Allein?« Die Frage kam von Havers.

»Allein«, antwortete Minshall.

Lynley holte die Polaroidfotos hervor, die sie in seiner Wohnung gefunden hatten. Er sagte: »Erzählen Sie uns etwas über diese Jungen, Mr. Minshall.«

Minshall senkte den Blick auf die Bilder. Nach einem Moment sagte er: »Das müssen die Preisgewinner sein.«

»Preisgewinner?«

Minshall zog den Plastikbehälter mit den Polaroids näher zu sich heran. »Geburtstagspartys. Auch damit bestreite ich meinen Lebensunterhalt, zusätzlich zu dem Marktstand. Ich schlage den Eltern vor, ein Gewinnspiel für die Kinder auszurichten, und was Sie hier sehen, ist der Preis.«

»Der woraus besteht?«

»Aus einem Zaubererkostüm. Ich lasse sie in Limehouse herstellen, falls Sie die Adresse haben wollen.«

»Die Namen dieser Jungen? Und warum ist der Sieger immer ein Junge? Treten Sie nie vor Mädchen auf?«

»Es gibt tatsächlich nicht viele Mädchen, die sich für Zauberei interessieren. Es hat keine solche Anziehungskraft auf sie wie auf Jungen.« Minshall gab vor, die Fotos nochmals eingehend zu studieren. Er hielt sie näher an sein Gesicht, als normal gewesen wäre. Dann schüttelte er den Kopf und legte die Bilder zurück auf den Tisch. »Vielleicht habe ich ihre Namen mal gewusst, aber jetzt sind sie weg. Bei einigen Jungen glaube ich nicht einmal, dass ich die Namen je gekannt habe. Ich frage nicht immer danach. Ich habe nie damit gerechnet, dass ich einmal aufgefordert würde, sie zu nennen. Ganz sicher nicht von der Polizei.«

»Warum haben Sie sie überhaupt fotografiert?«

»Um die Bilder den Eltern zu zeigen, die eine Party arrangieren wollen«, antwortete er. »Zu Werbezwecken, Superintendent. Keine finsteren Absichten dahinter.«

Geschickt, dachte Lynley. Das musste man Minshall zugestehen. Der Zauberer hatte die Nacht, die er in einer Zelle der Holmes-Street-Wache verbracht hatte, nicht ungenutzt verstreichen lassen. Aber all seine Redegewandtheit ließ ihn nur umso schuldiger wirken. Ihr Job war es jetzt, einen Riss in der selbstsicheren Fassade zu finden.

»Mr. Minshall«, sagte Lynley. »Wir können beweisen, dass Davey Benton an Ihrem Stand war und dort Handschellen gestohlen hat. Wir haben einen Zeugen, der gesehen hat, wie Sie ihn dabei erwischt haben. Also bitte ich Sie nochmals, uns Ihre Beziehung zu dem Jungen zu erklären.«

»Dass ich ihn beim Diebstahl an meinem Stand erwischt habe, stellt keine Beziehung dar«, erwiderte Minshall. »Kinder versuchen ständig, meine Waren mitgehen zu lassen. Manchmal schnappe ich sie. Manchmal nicht. Im Fall dieses Jungen, hat diese Beamtin mir erklärt« – er nickte zu Barbara hinüber –, »dass Sie ein Paar Handschellen bei seinen Sachen gefunden haben, die vielleicht ursprünglich irgendwann einmal von meinem Stand stammten. Aber wenn das der Fall ist, sagt Ihnen das doch, dass ich ihn eben nicht beim Diebstahl erwischt habe! Denn warum sollte ich ihn mit den Handschellen gehen lassen, wenn ich ihn erwischt hätte?«

»Vielleicht hatten Sie einen sehr guten Grund dafür.«

»Zum Beispiel?«

Lynley gedachte nicht, zuzulassen, dass der Verdächtige zu diesem oder irgendeinem anderen Zeitpunkt der Vernehmung selbst die Fragen stellte. Er wusste, sie hatten alles bekommen, was Minshall zu sagen bereit war, aber nicht alles, was es zu sagen gab. Also erwiderte er: »Während wir uns hier unterhalten, Mr. Minshall, wird eine kriminaltechnische Untersuchung Ihrer Wohnung durchgeführt, und ich nehme an, Sie und ich wissen beide, was dabei herauskommen wird. Ein weiterer Beamter nimmt sich gerade Ihren Computer vor, und ich kann mir vorstellen, welch hübsche Bilder wir finden, wenn wir die Websites anklicken, die Sie besucht haben. Unterdessen wird Ihr Lieferwagen von Forensikern untersucht. Ihre Nachbarin – ich nehme an, Sie kennen Mrs. Singh? – hat Davey Benton eindeutig als Besucher Ihrer Wohnung an der Lady Margaret Road identifiziert, und wenn wir ihr die Fotos von den anderen toten Jungen zeigen ... Nun, ich schätze, den Rest können Sie sich selbst denken. Und all das haben wir schon, noch bevor Ihre Standnachbarn im Stables Market bei unserer Befragung anfangen, Ihr Grab zu schaufeln.«

»Wozu wollen Sie sie befragen?«, erwiderte Minshall, aber er klang schon nicht mehr ganz so selbstbewusst wie zuvor und warf dem Anwalt einen Seitenblick zu, als suche er irgendeine Art von Unterstützung.

»Zu dem, was nun passieren wird, Mr. Minshall: Ich verhafte Sie unter dem Verdacht, Davey Benton ermordet zu haben. Und das ist nur der Anfang. Diese Vernehmung ist bis auf weiteres beendet.« Lynley beugte sich vor, nannte Datum und Uhrzeit und schaltete den Rekorder aus. Er reichte James Barty seine Karte und sagte: »Ich stehe zur Verfügung, sollte Ihr Mandant weitere Aussagen zur Sache machen wollen, Mr. Barty. Bis dahin haben wir viel zu tun. Ich bin überzeugt, der diensthabende Sergeant hier wird dafür sorgen, dass Mr. Minshall alles zu seiner Bequemlichkeit hat, bis er in ein Untersuchungsgefängnis überstellt werden kann.«

Draußen wandte Lynley sich an Havers: »Wir müssen die Jungen auf diesen Polaroids finden. Wenn es über Barry Minshall eine Geschichte gibt, ist es einer dieser Jungen, der sie erzählen kann. Und wir müssen sie mit den Fotos der toten Jungen abgleichen.«

Sie sah zurück zur Wache. »Er hat Dreck am Stecken, Sir. Ich fühl das. Sie nicht auch?«

»Er ist genau das, wonach wir laut Robson suchen sollen, nicht wahr? Diese selbstsichere Ausstrahlung. Es wird eng für ihn, und er ist nicht einmal beunruhigt. Nehmen Sie ihn unter die Lupe. Gehen Sie so weit wie möglich zurück in die Vergangenheit. Wenn er mit acht Jahren verwarnt wurde, weil er auf dem Gehweg Fahrrad gefahren ist, will ich es wissen.« Lynleys Handy begann zu klingeln, während er sprach. Er wartete, bis Havers ihren Auftrag notiert hatte, ehe er das Gespräch annahm.

Der Anrufer war Winston Nkata, und er klang wie jemand, der sich große Mühe gibt, seine Erregung zu verheimlichen. »Wir haben den Van, Chef. In der Nacht von Kimmo Thornes letztem Einbruch ist ein Van viel zu langsam die Straße entlanggeschlichen, als wollte der Fahrer die Gegend auskundschaften.

Die Wache an der Cavendish Road hat die Information bekommen, aber es kam nichts dabei heraus. Sie konnten keinen Zusammenhang zu dem Einbruch herstellen, sagen sie. Die Zeugin müsse sich beim Nummernschild geirrt haben.«

»Warum?«

»Weil der Besitzer ein Alibi hat. Bezeugt von Schwestern dieser Mutter-Teresa-Gruppe.«

»Ich würde sagen, die Zeuginnen sind über jeden Zweifel erhaben.«

»Aber hör'n Sie sich das an: Der Van gehört einem Kerl namens Muwaffaq Masoud. Seine Telefonnummer stimmt mit der überein, die wir auf dem Überwachungsvideo von St. George's Gardens teilweise sehen können.«

»Wo finden wir den Mann?«

»Hayes. In Middlesex.«

»Geben Sie mir die Adresse. Wir treffen uns dort.«

Nkata las die Anschrift vor. Lynley bedeutete Havers mit einer Geste, ihm Notizbuch und Kugelschreiber zu borgen, und notierte die Angaben. Dann beendete er das Telefonat und überlegte, was diese neue Entwicklung besagte. Tentakeln, schloss er. Sie tasteten sich in alle Richtungen vor.

»Fahren Sie ins Büro, kümmern sich um Minshall und den Rest«, sagte er zu Havers.

»Stehen wir vor einem Durchbruch?«

»Manchmal kommt es mir so vor«, räumte er ein. »Und dann scheint es mir wieder, als hätten wir kaum begonnen.«

20

Lynley nahm die A40, um die Adresse in Middlesex zu erreichen, die Nkata ihm gegeben hatte. Sie war nicht leicht zu finden, und er machte Umwege, musste mehrfach wenden und eine Brücke über den Grand Union Canal finden. Schließlich stand er vor einem Haus, das Teil einer kleinen Siedlung war, umrahmt von zwei Sportplätzen, zwei Spielfeldern, drei Seen und einem Bootshafen. Obwohl es zu Greater London gehörte, hatte man den Eindruck, auf dem Land zu sein, und selbst die Flugzeuge, die von Heathrow starteten, konnten das Gefühl nicht trüben, dass man hier bessere Luft atmete und sich freier und sicherer bewegen konnte.

Muwaffaq Masoud wohnte am Telford Way, einer kleinen Straße mit Reihenhäusern aus ockerfarbenen Ziegeln. Sein Haus war ein Eckhaus, und er war daheim und öffnete die Tür, als Lynley und Nkata klingelten.

Durch dick umrahmte Brillengläser blinzelte er ihnen entgegen, ein Stück Toast in der Hand. Er hatte sich noch nicht angekleidet und trug einen Bademantel, wie Boxer sie vor ihren Kämpfen anhatten, komplett mit Kapuze und dem Beinamen »Killer« auf Brust und Rücken gestickt.

Lynley zeigte ihm seinen Dienstausweis. »Mr. Masoud?«, fragte er, und als der Mann nervös nickte: »Können wir Sie einen Moment sprechen?« Er stellte erst Nkata, dann sich selbst vor. Masoud sah gehetzt von einem zum anderen, ehe er von der Tür zurücktrat.

Diese führte unmittelbar ins Wohnzimmer, das nicht wesentlich größer als ein Kühlschrank zu sein schien und dessen entlegenes Ende von einer Holztreppe dominiert wurde. Weiter vorn stand ein stoffbezogenes Sofa an der Wand gegenüber einer Kaminimitation. In der Ecke befand sich die einzige Dekoration des Zimmers, ein Metallregal mit Fotos von einer Vielzahl junger Erwachsener und ihren Kindern. Auf dem obersten Fachboden war eine weitere Fotografie, die Teil eines Gedenkaltars zu sein schien: Seidenblumen waren säuberlich um ein chromgerahmtes Bild von Prinzessin Diana drapiert.

Lynley betrachtete das Regal einen Moment, ehe er wieder zu Muwaffaq Masoud schaute. Der Mann trug einen Bart und war zwischen fünfzig und sechzig Jahre alt. Der Gürtel des Bademantels ließ einen Bauchansatz erahnen.

»Ihre Kinder?«, fragte Lynley und wies zu den Fotos hinüber.

»Ich habe fünf Kinder und achtzehn Enkel«, antwortete Masoud. »Dort sieht man sie alle. Bis auf das neue Baby, das dritte Kind meiner ältesten Tochter. Ich wohne allein hier. Meine Frau ist vor vier Jahren gestorben. Wie kann ich Ihnen behilflich sein?«

»Sie mochten die Prinzessin?«

»Die ethnische Herkunft eines Menschen schien für sie keine Rolle zu spielen«, erwiderte er höflich. Sein Blick fiel auf die Toastscheibe, die er immer noch in der Hand hielt. Es sah aus, als habe er keinen Appetit mehr. Er entschuldigte sich und verschwand durch eine Tür unter der Treppe. Diese führte in eine Küche, die noch kleiner als das Wohnzimmer wirkte. Durch ein Fenster sah man nackte Äste, die einen Garten hinter dem Haus vermuten ließen.

Er kam zu ihnen zurück und knotete im Gehen den Gürtel seines Boxerbademantels zu. Förmlich und mit beträchtlicher Würde sagte er: »Ich hoffe, Sie kommen nicht schon wieder wegen dieses Einbruchs in Clapham. Ich habe den Beamten schon alles gesagt, was ich wusste – und das war nicht viel. Als ich nichts mehr gehört habe, nahm ich an, die Angelegenheit sei erledigt. Doch jetzt muss ich mich fragen: Hat niemand von Ihnen die guten Schwestern angerufen?«

»Dürfen wir uns setzen, Mr. Masoud?«, fragte Lynley. »Wir haben ein paar Fragen, die wir Ihnen gern stellen würden.«

Der Mann zögerte, als überlege er, warum Lynley nicht zuerst einmal seine Frage beantwortete. Schließlich sagte er: »Natürlich, bitte«, und wies auf das Sofa. Es gab keine weitere Sitzgelegenheit.

Er holte für sich selbst einen Stuhl aus der Küche und stellte ihn genau ihnen gegenüber auf. Dann nahm er Platz, die Füße fest auf dem Boden. Er trug weder Strümpfe noch Schuhe, bemerkte Lynley. An einem Zeh fehlte der Nagel. Masoud erklärte: »Ich will Ihnen sagen, dass ich niemals ein Gesetz dieses Landes gebrochen habe. Das habe ich den Polizeibeamten auch schon erklärt, als sie hier gewesen waren, um mit mir zu sprechen. Ich kenne Clapham nicht, so wenig wie jede andere Gegend südlich der Themse. Und selbst wenn ich sie kennen würde. An den Abenden, an denen ich nicht meine Kinder treffe, bin ich am Victoria Embankment. Dort war ich auch in der Nacht des Einbruchs in Clapham, zu dem die Polizei mich befragt hat.«

»Victoria Embankment?«, wiederholte Lynley.

»Ja, ja, gleich am Fluss.«

»Ich weiß, wo es liegt. Was machen Sie dort?«

»Hinter dem Savoy Hotel schlafen zu jeder Jahreszeit viele Obdachlose. Ich bringe ihnen Essen.«

»Essen?«

»Aus meiner Küche. Ja. Ich mache ihnen etwas zu essen. Und ich bin nicht der Einzige, der das tut«, fügte er hinzu, als habe er das Gefühl, er müsse der Skepsis, die sich auf Lynleys Gesicht zeigte, etwas entgegensetzen. »Die Nonnen sind auch dort. Und eine andere Gruppe, die Decken verteilt. Und als die Polizei mich befragt hat, weil mein Van angeblich an einem Abend in Clapham war, als dort eingebrochen wurde, hab ich den Beamten das erklärt. Zwischen halb zehn und Mitternacht bin ich viel zu beschäftigt, um Zeit für Wohnungseinbrüche zu haben, Superintendent.«

Es war, sagte er ihnen, ein Gebot des Islam, und er fügte hinzu: »So wie er gelebt werden sollte«, mit einer kleinen Betonung auf dem Wort »sollte«, vielleicht um den Unterschied zwischen den alten Traditionen und der militanten Form des Islam, die heute weltweit zutage trat, zu unterstreichen. Der Prophet – gesegnet sei sein Name – hatte seinen Anhängern aufgetragen, sich der Armen anzunehmen, erklärte Masoud. Die mobile Suppenküche war die Art und Weise, wie dieser demütige Diener Allahs dem Gebot nachkam. Er fuhr das ganze Jahr zum Victoria Embankment, wenngleich er im Winter am dringendsten gebraucht wurde, wenn die Kälte den Obdachlosen zusetzte.

Nkata war derjenige, der das Wort aufgriff: »Mobile Suppenküche, Mr. Masoud? Sie bereiten das Essen nicht hier zu?«

»Nein, nein. Wie sollte ich das Essen auf so einer langen Fahrt wie von Telford Way zum Victoria Embankment warm halten? Mein Van ist mit allem ausgestattet, was ich brauche, um die Mahlzeiten zuzubereiten: Herd, Arbeitsplatte, ein kleiner Kühlschrank. Mehr brauche ich nicht. Natürlich könnte ich ihnen Sandwiches machen, die keinen Herd und so weiter erfordern, aber sie brauchen etwas Heißes, diese armen Seelen auf der Straße. Nicht kaltes Brot und Käse. Und ich bin dankbar, dass ich es ihnen geben kann.«

»Wie lange betreiben Sie diese fahrbare Armenspeisung schon?«, fragte Lynley.

»Seit ich im Ruhestand bin und von der British Telecom eine Pension bekomme. Das sind jetzt fast neun Jahre. Sprechen Sie mit den Nonnen. Sie werden das bestätigen.«

Lynley glaubte ihm. Nicht nur, weil die Nonnen es vermutlich bestätigen würden, genau wie jeder andere, der Muwaffaq Masoud regelmäßig am Victoria Embankment sah, sondern weil der Mann eine Aufrichtigkeit ausstrahlte, die Vertrauen erweckte. Rechtschaffen war das Wort, das ihn am besten beschrieb, fuhr es Lynley durch den Kopf.

Trotzdem sagte er: »Mein Kollege und ich würden uns gern Ihren Van ansehen. Von außen und innen. Wären Sie damit einverstanden?«

»Selbstverständlich. Wenn Sie einen Moment warten wollen? Ich ziehe mir etwas an, und dann zeige ich ihn Ihnen.« Er eilte die Treppe hinauf und ließ Lynley und Nkata unten zurück, die einen fragenden Blick tauschten.

»Was halten Sie davon?«, fragte Lynley.

»Entweder sagt er die Wahrheit, oder er ist ein Soziopath. Aber sehen Sie sich das an, Chef.« Nkata drehte sein kleines ledergebundenes Notizbuch auf dem Knie um, sodass Lynley die Schrift lesen konnte:

waf
bile
che
579-54

Und darunter hatte er geschrieben:

Muwaffaqs
Mobile
Küche
8579-5479

Nkata sagte: »Das ist es, was ich nicht kapiere. Was hat er getrieben? Erst das Essen hinter dem Savoy verteilt, dann eine unbestimmte Zeit im Stadtzentrum rumgelungert, dann mitten in der Nacht nach St. George's Gardens rübergefahren, wo er auf dem Videofilm verewigt wird, den wir gesehen haben? Warum?«

»Eine heimliche Verabredung?«

»Mit wem? Drogendealer? Der Kerl nimmt so wenig Drogen wie ich. Eine Prostituierte? Seine Frau ist tot, also vielleicht hat er Bedürfnisse, aber warum sollte er sich eine Hure nehmen und mit ihr ausgerechnet nach St. George's Gardens fahren?«

»Ein Treffen mit einem Terroristen?«, schlug Lynley vor. Es schien vollkommen abwegig, aber er wusste, dass sie keine Möglichkeit außer Acht lassen durften.

»Waffenschieber?«, hatte Nkata zu bieten. »Bombenbauer?«

»Jemand, der ihm irgendwelche heiße Ware übergeben wollte?«

»Er ist nicht der Killer, aber er war mit dem Killer verabredet«, sagte Nkata. »Und hat ihm irgendwas gegeben. Eine Waffe?«

»Oder etwas von ihm erhalten?«

Nkata schüttelte den Kopf. »Er hat etwas abgeliefert. Oder jemanden, Chef. Den Jungen abgeliefert.«

»Kimmo Thorne?«

»Das könnte es sein.« Nkata sah zur Treppe, dann wieder zu Lynley. »Er fährt zum Embankment, aber wie weit ist es vom Leicester Square entfernt? Von der Hungerford-Fußgängerbrücke, falls Kimmo Thorne und sein Kumpel die genommen haben. Dieser Kerl könnte Kimmo schon seit Ewigkeiten gekannt haben, und der Junge wird älter, während er überlegt, was er mit ihm tun will.«

Lynley dachte darüber nach. Er konnte es sich nicht vorstellen. Es sei denn, wie Nkata schon gesagt hatte, der Mann war ein Soziopath.

»Also, bitte folgen Sie mir«, sagte Masoud, als er die Treppe wieder herunterkam. Er trug nicht den traditionellen Shalwar Kamis seiner Landsleute, sondern ausgebeulte Jeans und ein Flanellhemd. Er streifte eine kurze Lederjacke über und schloss den Reißverschluss. Seine Füße steckten in Turnschuhen. Plötzlich schien er ihrem Land weit mehr zugehörig zu sein als dem seinen. Diese Veränderung bewog einen, innezuhalten und ihn mit anderen Augen zu sehen, erkannte Lynley.

Der Wagen stand in einer der Garagen, die am Ende des Telford Way gebaut worden waren. Es war unmöglich, den Van zu inspizieren, ohne ihn herauszufahren, was Masoud unaufgefordert tat. Er ließ ihn zurückrollen, um Nkata und Lynley Zugang zu gewähren. Er war rot wie der, den die Zeugin aus dem Fenster ihrer Wohnung an der Handel Street nahe St. George's Gardens gesehen hatte. Und es handelte sich um einen Ford Transit.

Masoud stellte den Motor ab, stieg aus und öffnete die Schiebetür, um ihnen das Innere des Wagens zu zeigen. Er war genau so eingerichtet, wie er gesagt hatte. Ein Herd war an einer Seite montiert worden. Außerdem gab es Schränke, eine Arbeitsfläche und einen kleinen Kühlschrank. Man hätte ihn auch als Campingwagen benutzen können, denn in der Mitte war Platz zum Schlafen. Man hätte ihn aber auch ebenso als mobilen Tatort verwenden können. Das war kaum zu bezweifeln.

Doch zu dem Zweck war er nicht benutzt worden. Das wusste Lynley, noch bevor Masoud ausgestiegen war und ihnen den

Wageninnenraum geöffnet hatte. Der Transit war relativ neu, und die Aufschrift »Muwaffaqs Mobile Küche« mit der Telefonnummer leuchtete in frischem Weiß.

Nkata kam ihm zuvor und stellte die Frage, die Lynley selbst auf der Zunge lag: »Hatten Sie vor diesem hier schon einen solchen Van, Mr. Masoud?«

Masoud nickte. »O ja. Aber er war alt und ist oft nicht angesprungen, wenn ich ihn brauchte.«

»Was ist aus dem alten Wagen geworden?«, wollte Lynley wissen.

»Ich habe ihn verkauft.«

»Mitsamt der Inneneinrichtung?«

»Sie meinen den Herd? Die Schränke, den Kühlschrank? Ja, er war genau wie dieser hier.«

»Wer hat ihn gekauft?« Nkata klang, als hoffe er wider besseres Wissen. »Wann?«

Masoud ließ sich beide Fragen durch den Kopf gehen. »Das muss ungefähr... sieben Monate her sein. Gegen Ende Juni, glaube ich. Der Käufer – ich bedaure, dass ich mich nicht an seinen Namen erinnere –, er wollte ihn für den Augustfeiertag, hat er mir erklärt. Ich habe angenommen, dass er einen Kurzurlaub damit machen wollte.«

»Wie hat er bezahlt?«

»Nun, ich habe natürlich nicht viel für den Wagen verlangt. Er war alt und nicht mehr zuverlässig, wie ich schon sagte. Es musste allerhand daran getan werden. Außerdem musste er lackiert werden. Der Mann wollte mir einen Scheck geben, aber da ich ihn nicht kannte, habe ich auf Barzahlung bestanden. Er ist weggefahren, kam aber am selben Tag mit dem Geld wieder. Wir haben unser Geschäft abgeschlossen, und das war alles.« Masoud setzte die Puzzlestücke selbst zusammen, während er seine Erklärung abschloss. »Das ist der Van, den Sie suchen. Natürlich. Dieser Mann hat ihn für irgendeinen illegalen Zweck gekauft, darum hat er ihn nicht umgemeldet. Und dieser Zweck war... Ist er der Einbrecher aus Clapham?«

Lynley schüttelte den Kopf. Der Einbrecher war ein Teenager, erklärte er Masoud. Und der Käufer des Wagens war wahrscheinlich der Mörder dieses Jungen.

Masoud trat einen Schritt zurück, sichtlich erschüttert. »Mein Wagen...?«, fragte er und brach ab.

»Können Sie diesen Kerl beschreiben?«, fragte Nkata. »War irgendetwas an ihm, woran Sie sich erinnern?«

Masoud wirkte abwesend, aber er antwortete bedächtig: »Es ist schon so lange her. Ein älterer Mann? Vielleicht jünger als ich, aber älter als Sie. Er war weiß. Engländer. Ein Glatzkopf. Ja. Ja. Er war kahl, denn es war ein heißer Tag, und er hat sich die feuchte Kopfhaut mit einem Taschentuch abgewischt. Es war ein seltsames Taschentuch für einen Mann. Mit Spitze umrandet. Ich erinnere mich, weil es mir aufgefallen war, und er sagte, es sei ein Erinnerungsstück. Das Taschentuch seiner Frau. Sie hatte den Spitzenbesatz selbst gemacht.«

»Okkiarbeit«, murmelte Nkata. Und dann an Lynley gewandt: »Wie das Stück Spitze, das wir bei Kimmo gefunden haben, Chef.«

»Er war Witwer, genau wie ich«, erklärte Masoud. »Das war, was er meinte, als er sagte, es sei ein Erinnerungsstück. Und ich erinnere mich an noch etwas: Es ging ihm nicht besonders gut. Wir sind vom Haus bis zur Garage hierher gegangen, und nach dieser kurzen Distanz war er bereits außer Atem. Ich wollte natürlich nichts sagen, aber ich habe gedacht, dass ein Mann seines Alters nicht so kurzatmig sein sollte.«

»Erinnern Sie sich an irgendwelche anderen Details seiner Erscheinung?«, fragte Nkata. »Er hatte eine Glatze. Und was noch? Bart? Schnauzer? Dick? Dünn? Irgendwelche Auffälligkeiten an ihm?«

Masoud schaute zu Boden, als könne er dort ein Bild von ihm sehen. »Kein Bart oder Schnurrbart.« Er dachte weiter nach, seine Stirn angestrengt gerunzelt. Schließlich gestand er: »Mehr kann ich Ihnen nicht sagen.«

Kahl und kurzatmig. Das war nichts, wonach sie fahnden

konnten. Lynley sagte: »Wir würden gern ein Phantombild dieses Mannes erstellen. Wir schicken jemanden heraus, der es mit Ihnen zusammen entwickelt.«

»Eine Zeichnung von seinem Gesicht, meinen Sie?«, fragte Masoud skeptisch. »Ich werde tun, was ich kann, aber ich fürchte ...« Er zögerte und schien nach höflichen Worten zu suchen, um das auszudrücken, was er meinte: »So viele Engländer sehen für meine Augen ähnlich aus. Und er war sehr englisch. Sehr ... durchschnittlich.«

Wie die meisten Serienmörder, dachte Lynley. Es war ihre besondere Gabe: Sie konnten in einer Menge untertauchen, ohne dass irgendjemand ihre Anwesenheit bemerkte. Nur in Gruselschockern kamen sie als Werwölfe zur Welt.

Masoud fuhr seinen Van wieder in die Garage. Sie warteten auf ihn und gingen mit ihm zu seinem Haus zurück. Erst als sie schon im Begriff waren, sich zu verabschieden, fiel Lynley ein, dass noch eine weitere Frage gestellt werden musste: »Wie ist er hergekommen, Mr. Masoud?«

»Wie meinen Sie das?«

»Wenn er die Absicht hatte, mit Ihrem Lieferwagen nach Hause zu fahren, muss er irgendwie hierher gekommen sein. Es gibt keinen Bahnhof in der Nähe. Haben Sie sein Transportmittel gesehen?«

»O ja. Das war ein Funktaxi. Der Fahrer hat auf ihn gewartet, genau vor dem Haus übrigens, während wir unser Geschäft abgewickelt haben.«

»Haben Sie den Taxifahrer zufällig gesehen?« Lynley tauschte einen Blick mit Nkata.

»Ich fürchte, nein. Er hat nur im Wagen vor meinem Haus gesessen und gewartet. Er schien keinesfalls an unserem Gespräch interessiert.«

»War er jung oder alt?«, fragte Nkata.

»Jünger als jeder von uns hier, würde ich sagen.«

Fu fuhr nicht mit dem Van zum Leadenhall Market. Das war nicht nötig. Er holte ihn bei Tageslicht nicht gern aus der Garage, und außerdem gab es andere Transportmittel, die für die Gegend passender schienen – zumindest für den zufälligen Beobachter.

Er versuchte, sich einzureden, dass die vergangenen Tage ihm seine Macht bewiesen hatten. Doch während andere endlich begannen, ihn so zu sehen, wie er wahrgenommen werden wollte, schien es ihm selbst, dass die Kontrolle der Situation ihm zu entgleiten begann. Diese Sorge war eigentlich bedeutungslos, und dennoch verspürte er das Bedürfnis, sich an einen öffentlichen Ort zu begeben und zu rufen: »Hier bin ich. Der, den ihr sucht.«

Er wusste, wie die Welt funktionierte. Mit der Zunahme seines Bekanntheitsgrades stieg auch das Risiko. Das hatte er von Anfang an in Kauf genommen. Er hatte das Risiko sogar gesucht. Womit er nicht gerechnet hatte, war der Umstand, dass das Verlangen in seinem Innern angefacht würde, nachdem seine Existenz entdeckt worden war, und langsam wurde er von diesem Verlangen verzehrt.

Er betrat die alte viktorianische Markthalle vom Leadenhall Place aus, wo das monströs moderne Gebäude des Lloyds of London ihm die Tarnung des Gewöhnlichen gewährte: Seine Anwesenheit hier würde niemandem verdächtig erscheinen, und falls eine der ungezählten Überwachungskameras auf dem Weg sein Bild einfing, würde niemand sich an diesem Ort und zu dieser Zeit etwas dabei denken.

Im Innern der Halle, unter dem Dachgewölbe aus Eisen und Glas, lauerten die großen Drachen in jeder Ecke. Sie hatten lange Klauen und rote Zungen, die silbernen Schwingen waren zum Flug geöffnet. Die alte, kopfsteingepflasterte Mittelgasse war für den Verkehr gesperrt, und die Geschäfte zu beiden Seiten boten ihre Waren den Londoner Büroangestellten ebenso an wie den Touristen, die diesen Markt in milderen Jahreszeiten auf dem Weg zum Tower oder der Petticoat Lane besuchten. Genau auf diese Kundschaft waren die Läden auch ausgerichtet: In schmalen Passagen gab es alles von Pizzastücken bis zu Ein-Stunden-Fotoläden, Wange an Wange mit Metzgern und Fischhändlern, die frische Ware für das abendliche Dinner verkauften.

Jetzt mitten im Winter war der Ort nahezu perfekt für das, was Fu plante. Abgesehen von der Mittagspause der Büroangestellten, war die Markthalle tagsüber so gut wie ausgestorben, und selbst abends, nachdem die Poller abmontiert wurden und die Mittelgasse für den Straßenverkehr frei gaben, fuhr nur gelegentlich ein Wagen hindurch.

Fu schlenderte durch die Markthalle auf dem Weg zu ihrem Haupteingang an der Grace Church Street. Die Läden hatten geöffnet, waren aber nur schlecht besucht. Am lebhaftesten ging es noch in der Lamb Tavern zu, hinter deren Buntglasscheiben man die Bewegungen der Gäste erahnen konnte. Vor dem Lokal war ein Schuhputzjunge bei der Arbeit: Er polierte die schwarzen Slipper eines Bankers, der eine Zeitung las, während sein Schuhwerk bearbeitet wurde. Fu warf einen Blick auf seine Zeitung, als er vorbeiging. Bei so einem Bürohengst erwartete man die *Financial Times*, doch er las stattdessen den *Independent*, dessen Titelseite eine Schlagzeile der Sorte trug, welche die seriösen Zeitungen in der Regel für Superdramen der Royals, politische Albträume oder Manifestationen göttlichen Zorns reservierten: »Nr. 6«. Das war alles. Darunter sah man ein körniges Foto.

Bei diesem Anblick verspürte Fu eine andere Art von Verlangen. Nicht jenes, das auf die Befriedigung seiner wachsenden Gier ausgerichtet war, sondern ein Verlangen, das ihn, hätte er über geringere Selbstbeherrschung verfügt, zu dem Banker und seiner Zeitung katapultiert hätte wie einen hungrigen Kolibri in den Kelch einer Blume. Um sich zu offenbaren. Verstanden zu werden.

Stattdessen wandte Fu den Blick ab. Es war noch zu früh, obschon er das gleiche Gefühl in sich spürte wie am gestrigen Abend, als er die Fernsehsendung über sich verfolgt hatte. Und wie eigenartig, dieses Gefühl beim Namen zu nennen, denn es war ganz und gar nicht das, was er erwartet hätte.

Zorn.

Die Hitze dieses Zorns versengte die Muskeln in seiner Kehle, bis er am liebsten geschrien hätte. Denn jener, der ihn in Wahrheit suchte, war nicht persönlich vor der Kamera erschienen, sondern hatte seine Handlanger geschickt, als sei Fu nichts weiter als eine Spinne, die er mühelos unter dem Absatz zertreten konnte.

Vor dem Fernseher hatte die Made ihn gefunden, war den Sessel hinaufgekrochen, in dem er saß, durch seine Nase eingedrungen und hatte sich hinter seinem Auge zusammengerollt, bis sein Blick unscharf wurde, hatte Posten in seinem Kopf bezogen, wo sie sich häuslich niederließ. Um ihn zu verhöhnen, es ihm zu zeigen... erbärmlich, erbärmlich, erbärmlich, erbärmlich. Blöder kleiner Wichser. Ekliges kleines Ferkel.

Du meinst, du bist wer? Du meinst, du wirst jemals wer sein? Nutzloses Stück... Wag nicht noch mal, das Gesicht abzuwenden, wenn ich mit dir rede.

Fu wollte sich losreißen, sich befreien, aber sie blieb.

Du willst Feuer? Ich zeig dir Feuer. Gib mir deine Hände. Ich sagte, gib mir deine verfluchten Hände. Hier. Gefällt dir, wie sich das anfühlt?

Er hatte den Kopf gegen die Sessellehne gedrückt und die Augen geschlossen. Die Made nagte gefräßig an seinem Gehirn, und er hatte versucht, es nicht zu spüren und nicht gelten zu lassen. Er versuchte zu bleiben, wo er war, zu tun, was er allein zu tun im Stande gewesen war.

Hörst du mich? Kennst du mich? Wie viele Menschen gedenkst du ins Grab zu bringen, bevor du zufrieden bist?

So viele nötig sind, hatte er schließlich gedacht. Bis ich übersättigt bin.

Dann hatte er die Augen wieder geöffnet und das Phantombild auf dem Fernsehschirm gesehen. Sein Gesicht, und doch überhaupt nicht sein Gesicht. Irgendjemandes Erinnerung, die versucht hatte, ein Bild zusammenzusetzen. Er hatte diese Darstellung seiner selbst betrachtet und vor sich hin gelacht. Er hatte sein Hemd geöffnet und sich vor dem Hass, der ihm aus jedem Winkel des Landes entgegenschlagen würde, entblößt.

Komm nur, hatte er gesagt, friss dich durch mein Gewebe.

Du glaubst, das werden sie tun? Für dich? Du hast doch nur Scheiße im Kopf, Junge. Ich hab noch nie einen Fall wie dich gesehen.

Das hatte niemand, dachte Fu. Und niemand würde je wieder einen Fall wie ihn sehen. Leadenhall Market verhieß das.

Er stand gegenüber einer Flucht von drei Ladenlokalen, gleich hinter dem Eingang zur Markthalle an der Grace Church Street: Zwei Metzgereien und ein Fischhändler, alles in Rot, Gold und Cremefarben, wie eine Dickens-Weihnacht. Über jedem der Geschäfte hingen drei Reihen langer Eisenstangen, aus denen eine Unzahl von Haken ragten. Vor hundert Jahren hatte man geschlachtete Wildvögel daran aufgehängt, Truthähne und Fasane, um die Passanten zum Kauf zu verleiten. Jetzt waren sie nur ein antikes Überbleibsel längst vergangener Zeiten. Aber sie waren wie geschaffen für seine Zwecke.

Hier würde er sie beide herbringen. Den Beweis und den Zeugen gleichzeitig. Es würde eine Art Kreuzigung werden, beschloss er, die Arme an den Eisenhalterungen weit ausgestreckt, den restlichen Leib zwischen die Hakenreihen gequetscht. Es sollte die öffentlichste seiner Zurschaustellungen werden. Und die waghalsigste.

Er schritt das Areal ab, während er seine Pläne vervollständigte. Es gab vier Zugänge zum Leadenhall Market, und jeder stellte eine andere Herausforderung dar. Doch sie hatten alle eine Gemeinsamkeit, die sie mit beinah jeder Straße der Innenstadt teilten.

Überall gab es Überwachungskameras. Die am Leadenhall Place schützten Lloyds of London. Die an der Whittingdon Avenue überwachten eine Waterstone's-Filiale und die Royal & Sun Alliance gegenüber. An der Grace Church Street waren sie auf eine Barclays Bank gerichtet. Die beste Möglichkeit schien der Eingang an der Lime Street Passage zu sein, aber selbst dort hing eine kleinere Kamera über einem Gemüseladen, an der er vorbeimusste, um die Markthalle selbst zu erreichen. Es war beinah so, als habe er die Bank of England als Schauplatz seiner nächsten »Ausstellung« gewählt. Aber die Herausforderung war ja das halbe Vergnügen. Die andere Hälfte kam mit der Ausführung selbst.

Er würde den Eingang an der Lime Street Passage nehmen, beschloss er. Die kleine, unscheinbare Kamera dort war am einfachsten zu erreichen und auszuschalten.

Nachdem diese Entscheidung gefallen war, war er im Reinen mit sich. Er machte kehrt, ging zurück in die Markthalle, Richtung Leadenhall Place und Lloyds of London. Und dann hörte er eine Stimme rufen: »Sie da, Sir! Entschuldigen Sie bitte, Sir. Wenn Sie einen Augenblick…«

Er hielt inne. Er wandte sich um. Er sah einen birnenförmigen Mann auf sich zukommen, auf dessen Schultern offiziell wirkende Epauletten prangten. Fu ließ sein Gesicht diesen vollkommen teilnahmslosen Ausdruck annehmen, der die Menschen in seiner Gegenwart unbefangen zu machen schien. Dann setzte er ein fragendes Lächeln auf.

»Tut mir Leid«, sagte der Mann, als er zu ihm stieß. Er war außer Atem, und das war kaum überraschend. Er war übergewichtig, Hemd und Hose passten ihm nicht richtig. Er trug die Uniform eines Wachdienstes, und sein Namensschild wies ihn als »B. Stinger« aus. Fu fragte sich, wie oft er mit dem Namen wohl aufgezogen wurde. Oder ob es wirklich sein echter Name war.

»Es sind eben schlimme Zeiten«, erklärte B. Stinger. »Tut mir Leid.«

»Stimmt etwas nicht?« Fu sah sich um, als suchte er nach Anzeichen dafür. »Ist etwas passiert?«

»Es ist nur…« B. Stinger schnitt eine zerknirschte Grimasse. »Tja, wir haben Sie auf den Bildschirmen gesehen… In der

Überwachungszentrale, verstehen Sie? Es sah aus als, als ob Sie... Ich hab den Kollegen gesagt, Sie sind vermutlich auf der Suche nach einem bestimmten Laden, aber die haben gemeint... Na ja. Tut mir Leid. Aber kann ich Ihnen irgendwie helfen?«

Fu reagierte auf die Art, die natürlich schien. Er sah sich nach Kameras um – weiteren Kameras neben denen, die er an den Eingängen des Marktes entdeckt hatte, und fragte: »Was? Haben Sie mich auf Ihren Überwachungskameras gesehen?«

»Terroristen«, erklärte der Mann mit einem Schulterzucken. »IRA, militante Moslems, Tschetschenen oder sonstiges Gesocks. Sie sehen nicht so aus wie einer von denen, aber wenn wir feststellen, dass hier jemand scheinbar ziellos herumläuft...«

Fu riss seine Augen auf, gab ihnen einen Ausdruck, der zu sagen schien: O wow!, und entgegnete: »Und Sie haben gedacht, dass ich...« Er lächelte. »Sorry. Ich hab mich nur umgeschaut. Ich komm hier jeden Tag vorbei und bin aber noch nie hineingegangen. Es ist fantastisch, oder?« Er zeigte auf die Elemente, die in besonderem Maße sein Gefallen gefunden hatten: die Silberdrachen, die Schilder mit der Goldschrift auf rotbraunem Hintergrund, die stuckverzierten Fassaden. Er kam sich wie ein dämlicher Kunstliebhaber vor, aber er plapperte enthusiastisch weiter. Zum Schluss sagte er: »Na ja, jedenfalls bin ich froh, dass ich meine Kamera nicht mitgebracht habe. Dafür hätten Sie mich ja wahrscheinlich festnehmen lassen. Aber Sie machen ja nur Ihren Job. Ich weiß das. Wollen Sie meine Adresse oder so? Ich war übrigens gerade im Begriff zu gehen.«

B. Stinger hielt die Hände hoch, Handflächen nach außen, als wolle er sagen: Genug. »Ich musste Sie nur ansprechen. Ich sag den Kollegen, dass Sie in Ordnung sind.« Und dann fügte er verschwörerisch hinzu: »Die Jungs sich echt paranoid. Ich renne mindestens dreimal die Stunde diese Treppen rauf und runter. Es ist nichts Persönliches.«

Fu antwortete liebenswürdig: »Das habe ich auch nicht angenommen.«

B. Stinger schickte ihn mit einem Wink seiner Wege, und Fu nickte zum Abschied. Er ging zurück zum Leadenhall Place.

Doch da hielt er inne. Er spürte die Anspannung im Nacken und in den Schultern wie eine Substanz, die aus seinen Ohren floss. Dieses ganze Unterfangen war umsonst gewesen, eine Verschwendung seiner Zeit, wo Zeit doch das Entscheidende war... Am liebsten hätte er sich auf die Suche nach diesem Wachmann gemacht und sich ihn als Trostpflaster geholt, ganz gleich, wie leichtsinnig solch eine Tat wäre. Denn jetzt musste er noch einmal von vorn anfangen, und von vorn anzufangen, wenn sein Verlangen so stark war, das war gefährlich. Es verleitete ihn dazu, nachlässig zu werden, und das konnte er sich nicht erlauben.

Du meinst, du bist was Besonderes, Scheißkopf? Du meinst, du hast etwas, das irgendwer will?

Er biss die Zähne zusammen und zwang sich, die kalten, harten Fakten zu betrachten. Dieser Ort war ungeeignet für seine Absichten, und es war ein Glücksfall, dass der Wachmann gekommen war, um ihm diesen Umstand zu demonstrieren. Offensichtlich gab es innerhalb der Markthalle mehr Kameras, als er gesehen hatte, zweifellos oben im Deckengewölbe versteckt, unter einem der ausgebreiteten Drachenflügel oder unsichtbar in den aufwendigen Stuck eingearbeitet... Es machte keinen Unterschied. Was zählte, war, was er wusste. Und jetzt konnte er einen anderen Ort suchen.

Er dachte an die Fernsehsendung. Er dachte an die Zeitungsartikel. Er dachte an die Bilder. Er dachte an Namen.

Die Einfachheit der Antwort entlockte ihm ein Lächeln. Jetzt wusste er, welchen Ort er suchte.

Als Lynley und Nkata zu New Scotland Yard zurückkamen, hatte Barbara Havers ihre Recherche über Barry Minshalls Hintergrund abgeschlossen. Außerdem hatte sie die Überwachungsvideos von Boots angeschaut, um die Warteschlange hinter Kimmo Thorne und Charlie Burov – alias Blinker – unter die Lupe zu nehmen und festzustellen, ob sie dort irgendein bekanntes Gesicht entdeckte. Auch mit den anderen Kunden in dem Laden, die die Kamera zeigte, hatte sie sich redlich bemüht. Aber es gab niemanden, berichtete sie, der auch nur entfernte Ähnlichkeit mit irgendeinem Colossus-Mitarbeiter hatte. Barry Minshall war ebenso wenig unter den Kunden, fügte sie hinzu. Was das Phantombild vom Square-Four-Sportclub und die Frage betraf, ob irgendjemand bei Boots ihm ähnlich sah … Sie war von Anfang an nicht sonderlich begeistert von dieser Zeichnung gewesen.

»Das ist eine vorprogrammierte Pleite«, sagte sie Lynley.

»Und was haben Sie über Minshall erfahren?«

»Bisher hat er sich nichts zu Schulden kommen lassen.«

Sie hatte die Polaroids der Jungen im Zaubererkostüm DI Stewart übergeben, der sie an Beamte verteilt hatte, die nun unterwegs waren, um sie wegen möglicher Identifizierungen den Eltern der toten Jungen zu zeigen. »Wenn Sie mich fragen, das bringt uns genauso wenig weiter, Sir«, sagte Barbara. »Ich hab sie mit den Fotos verglichen, die wir von den Opfern haben, und keine Übereinstimmungen entdeckt.« Sie klang unglücklich über diese Entwicklungen. Offenbar wollte sie, dass Minshall ihr Mörder war.

Lynley wies sie an, mit der Überprüfung des Badesalzhändlers vom Stables Market fortzufahren, diesem John Miller, der ein übermäßig großes Interesse an den Vorgängen bei seinem Standnachbarn Barry Minshall gezeigt hatte.

Unterdessen hatte John Stewart fünf Constables eingeteilt, die Anrufe bezüglich des Phantombilds und anderer Informationen anzunehmen, die als Reaktion auf die *Crimewatch*-Sendung eingingen. Mehr Beamte konnte er dafür nicht entbehren, berichtete er Lynley. Zahllose Zuschauer kannten offenbar jemanden, der eine bemerkenswerte Ähnlichkeit mit dem Mann mit der Baseballkappe hatte, der im Square Four Gym gesehen worden war. Den Constables fiel nun die Aufgabe zu, bei diesen Anrufern die Spreu vom Weizen zu trennen. Spinner und Verrückte liebten die Gelegenheit, sich wichtig zu machen oder sich an einem Nachbarn zu rächen, mit dem sie Streit hatten. Was war besser dazu geeignet, als die Polizei zu informieren, dass diese oder jene Person »überprüft werden muss«.

Lynley verließ die Einsatzzentrale und ging in sein Büro, wo er einen Bericht von SO7 auf dem Schreibtisch vorfand. Er hatte gerade die Brille aus der Tasche gefischt und zu lesen begonnen, als das Telefon klingelte und Dorothea Harriman ihm mit gesenkter Stimme Bescheid gab, dass AC Hillier auf dem Weg zu ihm sei.

»Er hat jemanden bei sich«, flüsterte Harriman. »Ich weiß nicht, wer es ist, aber er sieht nicht wie ein Polizist aus.«

Unmittelbar darauf betrat Hillier den Raum. »Ich höre, Sie haben jemanden festgenommen«, sagte er.

Lynley setzte die Lesebrille ab. Er nahm Hilliers Begleiter in Augenschein, ehe er antwortete. Ein Mann in den Dreißigern in Blue Jeans, Cowboystiefeln und mit einem Stetson. Definitiv kein Polizist, dachte er. »Wir kennen uns noch nicht…?«

»Mitchell Corsico«, sagte Hiller ungeduldig, »von der *Source*. Unser Reporter. Was hat es mit diesem Verdächtigen auf sich, Superintendent?«

Lynley legte den Bericht der SO7 sorgsam mit der Schrift nach unten auf den Schreibtisch. »Sir, wenn ich Sie kurz unter vier Augen sprechen könnte?«

»Das wird nicht nötig sein«, erklärte Hillier.

Mit einem Blick von einem zum anderen sagte Corsico hastig: »Ich warte draußen.«

»Ich sagte…«

»Danke.« Lynley wartete, bis der Journalist auf den Flur gegangen war, ehe er an Hillier gewandt fortfuhr: »Sie sagten, der Journalist komme erst in achtundvierzig Stunden an Bord. Diese Zeit haben Sie mir nicht gegeben.«

»Beschweren Sie sich weiter oben, Superintendent. Das war nicht meine Entscheidung.«

»Sondern wessen?«

»Die Leitung der PR-Abteilung hat einen Vorschlag gemacht. Ich glaube zufällig, dass es eine gute Idee ist.«

»Ich muss protestieren. Das ist nicht nur irregulär, es ist auch gefährlich.«

Hillier schien nicht glücklich über diese Bemerkung. »Jetzt hören Sie mir mal zu«, sagte er. »Viel heißer kann die Presse nicht mehr werden. Diese Story beherrscht jede Zeitungsausgabe und obendrein jede Nachrichtensendung im Fernsehen. Wenn wir nicht zufällig das Glück haben, dass irgendeine Gruppe arabischer Hitzköpfe den Grosvenor Square in die Luft jagt, haben wir keine Chance, der kritischen Beobachtung zu entgehen. Mitch ist auf unserer Seite...«

»Das können Sie doch nicht ernsthaft glauben«, konterte Lynley. »Und Sie haben mir versichert, dass der Reporter von einer seriösen Zeitung kommen würde, Sir.«

»Und«, fuhr Hillier fort, »es spricht allerhand für seine Idee. Der Herausgeber der *Source* hat die Pressestelle mit dieser Idee angerufen, und die Pressestelle hat sie abgesegnet.« Er wandte sich zur Tür um und rief: »Mitch? Bitte kommen Sie wieder herein«, was Corsico auch tat, den Stetson in den Nacken geschoben.

Corsico sagte das Gleiche wie Lynley: »Superintendent, das ist weiß Gott irregulär, aber machen Sie sich keine Sorgen. Ich will mit einem Porträt anfangen. Um die Öffentlichkeit ins Bild über diese Ermittlung zu setzen, indem ich ihr die ermittelnden Beamten nahe bringe. Ich möchte mit Ihnen anfangen. Wer Sie sind, und was Sie hier tun. Glauben Sie mir, kein Detail über die eigentliche Ermittlung wird in dem Artikel stehen, wenn Sie es nicht wollen.«

»Ich habe keine Zeit für Zeitungsinterviews«, teilte Lynley ihm mit.

Corsico hob eine Hand. »Keine Bange«, sagte er. »Ich habe schon reichlich Informationen – dafür hat der Assistant Commissioner gesorgt –, und alles, worum ich Sie bitte, ist die Erlaubnis, die Fliege an Ihrer Wand zu sein.«

»Die ich Ihnen nicht geben kann.«

»Aber ich«, widersprach Hillier. »Ich kann, und das tue ich auch. Ich glaube an Sie, Mitch. Ich weiß, Ihnen ist klar, wie sensibel diese Situation ist. Kommen Sie mit, und ich mache Sie mit den anderen Mitgliedern der Kommission bekannt. Sie haben noch nie eine Einsatzzentrale gesehen, oder? Ich könnte mir vorstellen, dass Sie sie interessant finden.«

Mit diesen Worten ging Hillier hinaus, Corsico im Schlepptau. Ungläubig sah Lynley ihnen nach. Er hatte gestanden, als Hillier und der Journalist sein Büro betreten hatten, aber jetzt setzte er sich. Er fragte sich, ob die Direktion der Abteilung für Öffentlichkeitsarbeit dem kollektiven Wahnsinn verfallen war.

Wen konnte er anrufen?, überlegte er. Wie sollte er protestieren? Er dachte an Webberly und fragte sich, ob der Superintendent von der Rehaklinik aus irgendwie intervenieren konnte. Aber er konnte sich nicht vorstellen, wie. Hillier wurde jetzt von weiter oben gelenkt und schien unfähig, das in Frage zu stellen. Der Einzige, der diesem Wahnsinn ein Ende machen könnte, war der Commissioner selbst, aber was konnte eine Beschwerde Lynleys bewirken, außer dass er eventuell von dem Fall abgezogen wurde?

Porträts der Ermittler, höhnte er. Lieber Gott, was würde als Nächstes kommen? Hochglanzfotos in *Hello!* Oder ein Auftritt in irgendeiner geistlosen Talkshow?

Er griff wieder zu dem SO7-Bericht. Er wusste nur, dass sein Team genauso glücklich über diese Entwicklung sein würde wie er. Er setzte die Brille wieder auf, um zu sehen, was die Forensik für ihn hatte.

Unter Davey Bentons Fingernägeln war Haut gefunden worden – Folge seines verzweifelten Kampfes mit seinem Mörder. Durch den sexuellen Missbrauch waren Spermaspuren vorhanden. Von beiden Funden ließen sich genetische Fingerabdrücke herleiten – die ersten DNA-Spuren in diesem Fall.

Auch war an dem Leichnam ein ungewöhnliches Haar entdeckt worden – Lynleys Herz machte bei dem Wort *ungewöhn-*

lich einen Satz, und sogleich dachte er an Barry Minshall –, das derzeit untersucht wurde. Es schien sich jedoch nicht um ein menschliches Haar zu handeln, sodass man berücksichtigen müsse, dass das Haar eventuell vom Fundort stammte.

Der Schuhabdruck vom Tatort in Queen's Wood war schließlich identifiziert worden: Marke Church's, Größe dreiundvierzig. Das Modell hieß Shannon.

Lynley las diese letzte Information und seufzte. Das grenzte die möglichen Bezugsquellen auf jede Einkaufsstraße in London ein.

Er wählte Dorothea Harrimans Durchwahl und bat sie, eine Kopie dieses jüngsten SO7-Berichts an Simon St. James zu schicken.

Effizient, wie sie war, hatte sie das bereits veranlasst, und fügte hinzu, dass er einen Anruf von der Polizeiwache Holmes Street habe. Sie fragte, ob er ihn annehmen wolle. »Und übrigens: Soll ich diesen Mitchell Corsico ignorieren, wenn er mich fragt, wie es ist, einen blaublütigen Chef zu haben? Denn apropos blaublütiger Chef: Das wäre vielleicht ein Weg, Hillier in seine eigene Falle tappen zu lassen.«

Lynley wusste, was sie meinte. Das war die Antwort, und sie war denkbar einfach und erforderte keine Intervention von weiter oben. »Dee, Sie sind ein Genie. Ja. Sie haben meine ausdrückliche Erlaubnis, ihm so viel von mir zu erzählen, wie Sie wollen. Das sollte ihn ein paar Tage beschäftigen, also tragen Sie ruhig dick auf. Vergessen Sie nicht, den Familiensitz in Cornwall zu erwähnen. Einen Haufen Bediensteter, die unter Anleitung einer finsteren Hausdame Manderley spielen. Rufen Sie meine Mutter an und sagen ihr, sie soll dafür sorgen, dass mein Bruder wie ein Junkie aussieht, sollte Corsico dort vorstellig werden. Rufen Sie auch meine Schwester an und raten ihr, Tür und Tor zu verrammeln, falls er auch nach Yorkshire kommt, um ihre schmutzige Wäsche zu durchwühlen. Fällt Ihnen sonst noch etwas ein?«

»Eton und Oxford? Die Universitätsrudermannschaft?«

»Hm, ja. Rugby wäre besser gewesen, nicht wahr? Kerniger. Aber bleiben wir bei den Fakten. Umso beschäftigter wird er sein, und so halten wir ihn von der Ermittlung fern. Wir können die Geschichte nicht umschreiben, so gern wir es auch täten.«

»Soll ich Sie ›Seine Lordschaft‹ nennen oder Earl?«

»Übertreiben Sie nicht, sonst durchschaut er, was wir vorhaben. Er macht nicht den Eindruck – dumm zu sein.«

»In Ordnung.«

»Und jetzt seien Sie so gut und verbinden mich mit Holmes Street.«

Harriman stellte durch. Kein Kollege, sondern Barry Minshalls Anwalt war am Apparat. Dessen Nachricht war kurz und willkommen: Sein Mandant hatte sich die Dinge durch den Kopf gehen lassen. Er war bereit, mit der Polizei zu reden.

21

Ulrike Ellis sagte sich, dass es keinen Grund für Schuldgefühle gab. Sie bedauerte Davey Bentons Tod, so wie sie den Tod eines jeden Kindes bedauert hätte, das wie ein Haufen Müll im Wald abgeladen worden war. Aber die Wahrheit war, Davey Benton war kein Colossus-Jugendlicher. Und die Tatsache, dass der Verdacht ausgeräumt war, wenn der logische Schluss gezogen wurde, dass ein Colossus-Mitarbeiter nicht sein Mörder sein konnte, versetzte sie in Hochstimmung.

Natürlich hatte man das bei der Polizei nicht so ausdrücklich gesagt, als sie angerufen hatte. Dies war ihre eigene Schlussfolgerung. Aber der Detective Inspector, mit dem sie gesprochen hatte, hatte gesagt: »Sehr interessant, Madam«, und sein Tonfall klang, als streiche er eine wichtige Information von einer Liste. Das konnte nur heißen, dass eine Wolke sich verzogen hatte, die Wolke des Verdachts der ganzen Sonderkommission bei New Scotland Yard.

Bei einem früheren Telefonat hatte sie um den Namen des Jungen gebeten, der in Queen's Wood gefunden worden war. Dann hatte sie wieder angerufen, dieses Mal mit der Nachricht, dass sie bei Colossus keine Unterlagen über einen Davey Benton hatten. Zwischen diesen beiden Gesprächen hatte sie die Aufzeichnungen durchgesehen. Sie hatte die Akten durchgeblättert und war durch sämtliche Dateien gescrollt, die auf den Colossus-Computern gespeichert waren. Sie war die Anmeldekarten durchgegangen, die Jugendliche bei ihren Streetwork-Aktionen im Laufe des letzten Jahres überall in London ausgefüllt hatten, wenn sie Interesse an Colossus hatten. Sie hatte beim Jugendamt angerufen und den Namen durchgegeben, und man hatte ihr gesagt, er sei dort nicht aktenkundig und darum auch nie zu Colossus geschickt worden.

Am Ende ihrer Recherche verspürte sie Erleichterung. Diese entsetzlichen Serienmorde hatten also doch nichts mit Colossus zu tun. Nicht dass sie auch nur einen Moment ernsthaft daran geglaubt hätte …

Ein Anruf dieser unattraktiven Polizistin warf jedoch einen Schatten auf Ulrikes Erleichterung. Die Polizei verfolgte jetzt eine neue Spur. Die Beamtin erkundigte sich, ob Colossus je ein Unterhaltungsprogramm für die Jugendlichen gebucht habe. Vielleicht zu einem besonderen Anlass?

Als Ulrike die Frau – Havers war der Name – fragte, welche Art von Unterhaltungsprogramm, antwortete die Polizistin: »Eine Zaubershow, zum Beispiel. Haben Sie so was je arrangiert?«

Ulrike antwortete so hilfsbereit, wie sie konnte, das müsse sie erst recherchieren. Denn die Jugendlichen unternahmen Ausflüge, ein Bestandteil des Einstufungsprogramms, auch wenn diese Ausflüge eher sportlicher Natur waren, wie zum Beispiel Rudern, Wandern, Rad fahren oder Camping. Aber man konnte nie wissen, und Ulrike wollte keine Möglichkeit unberücksichtigt lassen. Also wenn sie Constable Havers zurückrufen konnte …?

Sie machte sich daran, es herauszufinden. Eine neuerliche Durchforstung der Unterlagen war angezeigt. Außerdem fragte sie Jack Veness, denn wenn irgendjemand wusste, was bei Colossus vorging, dann war es Jack, der schon vor Ulrike hier gewesen war.

»Zauberei?«, fragte Jack und zog eine seiner dünnen, rötlichen Brauen hoch. »Kaninchen aus dem Hut ziehen oder so was? Was veranstalten die Bullen denn jetzt?« Er sagte ihr, er habe nie davon gehört, dass eine Zaubershow bei Colossus stattgefunden habe oder eine der Einstufungsgruppen zu solch einer Vorführung gegangen sei. Mit einer Kopfbewegung deutete er auf das Innere des Gebäudes, wo die Jungen bei ihren Einstufungskursen oder im Unterricht waren. »Diese Jungs hier sind nicht gerade Typen, die auf Zauberei stehen, oder, Ulrike?«, sagte er.

Natürlich waren sie das nicht, und Ulrike brauchte diesbezüglich keine Belehrung von Jack Veness. Und sein dämliches Grinsen brauchte sie auch nicht, ganz gleich, was es hervorrief: das Bild ihrer Jugendlichen, die gebannt und atemlos im Halbkreis saßen und die Vorstellung eines Zauberers verfolgten, oder aber den Gedanken, dass sie – Ulrike Ellis, die angebliche Leiterin dieser Organisation – die Möglichkeit auch nur in Betracht zog, ihre hart gesottenen Kunden könnten für Zauberei zu begeistern sein. Jack musste man in regelmäßigen Abständen an seine Stellung erinnern, was sie auch tat. »Findest du die Suche nach einem Mörder amüsant, Jack? Und wenn ja, warum?«

Diese Bemerkung verscheuchte das Grinsen von seinem Gesicht. Stattdessen nahm es einen feindseligen Ausdruck an, und er sagte: »Komm mal wieder runter, Ulrike.«

»Sei vorsichtig«, erwiderte sie und ging.

Sie war immer noch auf der Suche nach weiteren Informationen, die sie der Polizei offerieren konnte. Doch als sie bei Scotland Yard anrief und berichtete, dass niemand von Colossus einen Zauberer verpflichtet oder den Besuch einer Vorstellung organisiert hatte, schien man dort wenig beeindruckt. Der Constable wiederholte lediglich, was sein dämlicher Kollege schon gesagt hatte, so als lese er es von einem Zettel ab: »Sehr interessant, Madam«, und versprach ihr, die Information weiterzuleiten.

»Ihnen ist doch hoffentlich klar, dass das bedeuten muss ...«, sagte sie, aber er hatte schon aufgelegt, und sie wusste, was das hieß: Es brauchte wesentlich mehr, um die Polizei von dem Verdacht gegen Colossus abzubringen, und sie selbst würde noch irgendetwas finden müssen.

Sie überlegte sich eine Möglichkeit, das zu bewerkstelligen, ohne dass ihr Probleme mit einzelnen Mitarbeitern oder gar eine generelle Meuterei ins Haus standen. Sie wusste, eine effektive Führungskraft durfte sich nicht von der Meinung anderer beeindrucken lassen, aber eine solche Führungskraft musste auch politisches Geschick besitzen, um ein Gefecht in etwas Produktives umzuwandeln – einen Schritt in die richtige Richtung –, unabhängig davon, worum es bei diesem Gefecht ging. Nur fiel ihr einfach keine Möglichkeit ein, ihren nächsten Schritt nicht wie einen eklatanten Beweis ihres Misstrauens aussehen zu lassen. Diese Anstrengung verursachte ihr schließlich Zahnschmerzen, sodass sie sich fragte, ob ein Besuch beim Zahnarzt vielleicht überfällig war. Sie durchwühlte ihren Schreibtisch auf der Suche nach einer Packung Paracetamol und spülte zwei Stück mit einem Schluck kaltem Kaffee hinunter, der seit Gott weiß wann neben ihrem Telefon gestanden hatte. Dann machte sie sich auf die Suche nach ... sie beschloss, es Entlastung zu nennen. Nicht für sich selbst, sondern für die anderen. Sie redete sich ein, dass sie, was auch immer sie entdecken mochte, der Polizei melden würde. Sie hatte nicht den geringsten Zweifel, dass Colossus keinen Mörder beherbergte. Aber sie wusste, sie musste einen vernünftigen Eindruck auf die Polizei machen, insbesondere in Anbetracht der Tatsache, dass sie sie belogen und behauptet hatte, Jared Salvatore sei keiner ihrer Jungen gewesen. Sie musste kooperativ erscheinen und demonstrieren, dass ihre Einstellung sich geändert hatte. Sie musste die Ermittler von Colossus ablenken.

Sie verdrängte Jack Veness für den Moment aus ihren Gedanken und machte sich auf die Suche nach Griff. Durch das Fenster des Klassenraums sah sie, dass er im Gespräch mit einer Gruppe neuer Jugendlicher war, und das Diagramm auf dem Flipchart deutete darauf hin, dass sie eine Einschätzung ihrer letzten Aktivität vornahmen. Als sie Griffs Blick auffing, machte sie eine Geste. Kann ich dich sprechen?, bedeutete sie. Er zeigte ihr fünf Finger und ein angedeutetes Lächeln, das ihr verriet, dass er bezüglich des zu erörternden Themas gründlich auf dem Holzweg war. Egal, dachte sie. Sollte er doch denken, sie wollte ihn in ihr Bett zurücklocken. Das machte ihn vielleicht weniger wachsam, wenn sie mit ihm sprach, und das konnte nur gut sein. Sie nickte und machte sich auf die Suche nach Neil Greenham.

Sie entdeckte Robbie Kilfoyle, der in der Schulküche eine Kochstunde vorbereitete. Er holte Töpfe und Schüsseln aus dem Schrank und hakte jedes Teil auf einer Liste ab, die der Hauswirtschaftslehrer ihm gegeben hatte. Ulrike beschloss, mit ihm anzufangen. Was, zum Henker, wusste sie eigentlich über Robbie, abgesehen davon, dass er vor langer Zeit einmal mit dem Gesetz in Konflikt geraten war? *Voyeurismus* lautete der Eintrag in seinem polizeilichen Führungszeugnis, das jeder vorlegen musste, der mit Jugendlichen arbeiten wollte. Sie hatte ihn trotzdem als Ehrenamtler genommen, denn sie konnten ihn gut gebrauchen, da ehrenamtliche Mitarbeiter nicht auf den Bäumen wuchsen. Menschen veränderten sich, hatte sie sich damals gesagt. Doch jetzt betrachtete sie ihn mit kritischem Blick, und ihr fiel auf, dass er eine Baseballkappe trug – genau wie der Mann auf dem Phantombild des Serienmörders.

O mein Gott, dachte sie. Wenn sie diejenige war, die einen Mörder ins Team geholt hatte …

Doch wenn sie wusste, wie das Phantombild aussah, weil sie es im *Evening Standard* und bei *Crimewatch* im Fernsehen gesehen hatte, war dann nicht davon auszugehen, dass auch Robbie Kilfoyle es wusste? Und wenn er es wusste und der Mörder war, warum, in aller Welt, sollte er dann hier mit dieser EuroDisney-Kappe aufkreuzen? Es sei denn, er trug sie, weil er wusste, wie merkwürdig es wirken würde, wenn er sie unmittelbar nach der Ausstrahlung von *Crimewatch* nicht mehr trug. Oder vielleicht war er der Mörder und davon überzeugt, dass er nicht geschnappt würde, dass er mit der EuroDisney-Kappe vor ihr und allen anderen erschien, so wie man ein rotes Tuch vor einem Bullen schwenkte... Oder aber, er war einfach unglaublich dämlich... oder hatte keinen Fernseher und las keine Zeitungen... oder... Gott... Gott...

»Stimmt was nicht, Ulrike?«

Seine Frage zwang sie, sich zusammenzunehmen. Der Schmerz in ihren Zähnen war in ihre Brust gewandert. Wieder das Herz. Sie musste sich mal gründlich untersuchen lassen, von Kopf bis Fuß.

Sie sagte: »Entschuldige. Hab ich dich angestarrt?«

»Na ja... Schon.« Er stellte Rührschüsseln in gewissen Abständen auf die Arbeitsplatte, sodass jeder Kochschüler reichlich Platz hatte. »Sie machen heute Yorkshire Pudding«, erklärte er und wies auf die Liste, die er an ein Korkbrett gleich über der Spüle geheftet hatte. »Meine Mum hat jeden Sonntag Yorkshire Pudding gemacht. Deine auch?«

Ulrike ließ sich auf seine Gesprächseröffnung ein. »Ich kannte diesen Pudding überhaupt nicht, bis wir nach England gekommen sind. In Südafrika hat Mum ihn nie gemacht. Ich weiß nicht, wieso.«

»Auch kein Roastbeef?«

»Ich kann mich nicht richtig erinnern. Wahrscheinlich nicht. Kann ich dir vielleicht helfen?«

Er schaute sich um. Ihr Angebot schien ihn misstrauisch zu machen, was sie verstand, hatte sie ein solches Angebot doch bisher noch nie gemacht. Sie hatte sich noch nicht einmal mit ihm unterhalten – richtig unterhalten –, abgesehen von seinem Bewerbungsgespräch. Sie nahm sich vor, in Zukunft mit jedem Mitarbeiter wenigstens ein Mal am Tag zu sprechen.

»Es ist nicht mehr viel zu tun«, antwortete er, »aber ich denke, ich hätte nichts gegen ein bisschen Konversation.«

Sie ging zu der Korkpinnwand und las seine Liste: Eier und Mehl, Öl, Töpfe, Salz. Man musste wirklich kein Kochgenie sein, um einen Yorkshire Pudding zu machen. Sie nahm sich vor, mit dem Lehrer darüber zu sprechen, den Jugendlichen mehr Herausforderung zu bieten.

Sie zermarterte sich das Hirn auf der Suche nach irgendetwas, das sie über Robbie wusste, abgesehen davon, dass er einmal ein Spanner gewesen war. »Was macht dein Job?«, fragte sie.

Er warf ihr einen spöttischen Blick zu. »Sandwiches ausliefern, meinst du? Es sichert meinen Lebensunterhalt. Na ja«, schränkte er mit einem Lächeln ein, »jedenfalls beinah. Offen gestanden, könnte ich etwas Besseres gebrauchen.«

Ulrike fasste dies als Hinweis auf. Er wollte einen festen Job bei Colossus, einen bezahlten Job. Daraus konnte sie ihm kaum einen Vorwurf machen.

Robbie schien ihre Gedanken zu erraten. Er war dabei, Mehl aus einer Tüte in eine große Plastikschüssel zu schütten, doch nun hielt er inne. »Ich kann ein richtiger Teamworker sein, Ulrike«, sagte er. »Ich brauche nur eine Chance.«

»Ja. Ich weiß, dass du das möchtest. Es wird erwogen. Wenn wir die Filiale in Nordlondon eröffnen, stehst du ganz oben auf der Liste für einen Job als Einstufungsleiter.«

»Du nimmst mich doch nicht auf den Arm, oder?«

»Warum sollte ich das tun?«

Er stellte die Mehltüte auf die Arbeitsplatte. »Hör mal, ich bin nicht blöd. Ich weiß, was hier los ist. Die Bullen haben mit mir geredet.«

»Sie haben mit jedem gesprochen.«

»Ja, okay. Aber sie haben auch meine Nachbarn befragt. Ich wohne schon seit Ewigkeiten dort, also haben die Nachbarn mir erzählt, dass die Bullen da waren. Ich schätze, sie sind drauf und dran, mich zu beschatten.«

»Beschatten?« Ulrike versuchte, völlig gelassen zu klingen.

»Dich? Bestimmt nicht. Wo gehst du denn schon hin, dass sie Grund hätten, dich zu beobachten?«

»Nirgendwohin. Na ja, es gibt ein Hotel mit einer Bar in der Nähe. Dahin gehe ich, wenn ich mal eine Pause von meinem Dad brauche. Man könnte meinen, das wär ein Verbrechen oder so.«

»Eltern«, sagte sie. »Manchmal muss man ein bisschen auf Abstand zu ihnen gehen, oder?«

Er runzelte die Stirn und hielt wieder in seiner Arbeit inne. Nach einem kurzen Schweigen erwiderte er: »Abstand? Worüber reden wir hier eigentlich wirklich?«

»Na ja, es ist so, dass meine Mutter und ich oft streiten, und deswegen hab ich angenommen... Tja, es hat wohl was mit dem Geschlecht zu tun. Zwei Erwachsene gleichen Geschlechts in einem Haushalt? Da fängt man an, sich gegenseitig auf die Nerven zu gehen.«

»Solange wir nur zusammen fernsehen, kommen Dad und ich gut miteinander aus«, erklärte er.

»Du Glückspilz. Tut ihr das oft? Fernsehen?«

»Ja, die Reality-Shows. Wir sind richtig süchtig danach. Neulich abends haben wir...«

»Welcher Abend war das?« Sie sah, dass sie die Frage zu hastig gestellt hatte. Sein Gesicht nahm plötzlich einen Ausdruck von Wachsamkeit an, der vorher nicht da gewesen war. Er holte Eier aus dem Kühlschrank und zählte sie sorgfältig ab, als wolle er seine Zuverlässigkeit unter Beweis stellen. Sie wartete gespannt, ob er antworten würde.

»Der Abend, bevor dieser tote Junge im Wald gefunden wurde«, sagte er schließlich ausgesprochen höflich. »Wir haben dieses Big-Brother-Dings auf der Yacht geguckt. *Sail Away*. Kennst du das? Ist im Bezahlfernsehen. Wir wetten immer, wer als Nächstes vom Schiff runtergeschickt wird. Hast du Bezahlfernsehen, Ulrike?«

Sie musste ihn wohl oder übel dafür bewundern, wie er seinen Ärger geschluckt hatte, um sich kooperativ zu zeigen. Sie war ihm etwas schuldig. »Tut mir Leid, Rob.«

Er zögerte einen Moment, ehe er einlenkte und die Schultern zuckte. »Ist schon in Ordnung, denke ich. Aber ich hab mich gefragt, warum du hergekommen bist und dich mit mir unterhalten wolltest.«

»Du stehst wirklich auf der Liste für einen festen Job.«

»Wie auch immer«, entgegnete er. »Ich sollte lieber zusehen, dass ich hier fertig werde.«

Sie überließ ihn seiner Aufgabe. Sie fühlte sich nicht wohl in ihrer Haut, aber sie kam zu dem Schluss, dass Gefühle im Moment keine Rolle spielen durften, auch nicht ihre eigenen. Später, wenn Normalität in ihren Alltag zurückgekehrt war, würde sie alles wieder gutmachen. Jetzt gab es wichtigere Angelegenheiten.

Also beschloss sie, ihre indirekte Vorgehensweise zu modifizieren. Sie machte Neil Greenham ausfindig und ging ihm ohne Umschweife an die Kehle.

Er war allein im Computerraum, wo er an der Homepage von einem der Jungen arbeitete. Sie war typisch für die Colossus-Teilnehmer: schwarz mit grafischen Gothic-Elementen.

»Neil, was hast du am Achten gemacht?«, fragte sie.

Er machte sich eine Notiz auf dem gelben Schreibblock neben der Maus. Sie sah, dass ein Muskel in seiner fleischigen Wange zuckte. »Lass mich raten, Ulrike«, erwiderte er. »Du willst wissen, ob ich einen armen Jungen im Wald ermordet habe.«

Sie erwiderte nichts. Er sollte denken, was er wollte.

»Hast du die anderen auch schon überprüft?«, fragte er. »Oder bin ich dein einziger Kandidat?«

»Könntest du bitte einfach meine Frage beantworten, Neil?«

»Natürlich kann ich. Aber ob ich auch will, ist etwas ganz anderes.«

»Neil, das hier ist nichts Persönliches«, erklärte sie. »Ich habe auch schon mit Robbie Kilfoyle gesprochen. Und ich habe die Absicht, auch Jack zu fragen.«

»Und wie steht es mit Griff? Oder taucht er auf deinem Mordradar nicht auf? Jetzt, da du dich als Polizeispitzel betätigst, solltest du vielleicht anfangen, dich in Objektivität zu üben.«

Sie fühlte, wie sie errötete – vor Demütigung, nicht vor Wut. Und sie hatte geglaubt, sie seien vorsichtig gewesen. Niemand kann es wissen, hatte sie Griff versichert. Wenn man zuließ, dass die Besessenheit die Vorsicht verdrängte, war eine Leuchtreklametafel überflüssig. »Beabsichtigst du, meine Frage zu beantworten?«, erkundigte sie sich.

»Sicher«, entgegnete er. »Wenn die Polizei sie mir stellt. Und ich schätze, das wird sie. Dafür sorgst du schon, nicht wahr?«

»Hier geht es nicht um mich oder um euch«, widersprach sie. »Hier geht es allein um...«

»Colossus«, beendete er den Satz für sie. »Klar doch, Ulrike. Es geht immer nur um Colossus, oder? Und wenn du mich jetzt entschuldigen würdest, ich habe zu arbeiten. Aber wenn du eine Abkürzung nehmen möchtest, ruf meine Mutter an. Sie gibt mir ein Alibi. Natürlich bin ich ihr Ein und Alles und hab ihr deswegen vielleicht gesagt, sie soll lügen, wenn jemand kommt und herumschnüffelt. Aber das Risiko gehst du bei jedem von uns ein. Schönen Tag noch.«

Er wandte sich wieder dem Computer zu. Sein rotwangiges Gesicht war noch röter als gewöhnlich. Sie sah ein Äderchen in seiner Schläfe pochen. Zu Unrecht verdächtigte Unschuld?, fragte sie sich. Oder etwas anderes? Bitte, Neil, ganz wie du willst.

Mit Jack Veness war es einfacher. »Miller and Grindstone«, sagte er. »Scheiße, Ulrike, da bin ich immer. Warum, zum Geier, machst du das eigentlich? Haben wir hier nicht schon genug Ärger?«

Den hatten sie in der Tat, und sie machte alles noch schlimmer. Aber das war nicht zu ändern. Sie musste irgendetwas finden, das sie den Cops geben konnte. Selbst wenn es bedeutete, dass sie jedes Alibi persönlich überprüfen musste: Robbies Vater, Neils Mutter, den Wirt im Miller and Grindstone... Sie war gewillt, das zu tun, sie war auch dazu in der Lage und sie hatte keine Angst. Sie würde es tun, weil so viel auf dem Spiel stand ...

»Ulrike? Was ist passiert? Ich dachte, ich hab gesagt, fünf Minuten.«

Griff war in den Empfangsraum gekommen. Er schien verwirrt, und das war nur verständlich, denn wann immer er sie bislang in seinen Orbit bestellt hatte, war sie wie ein zuverlässiger Satellit aufgetaucht.

»Ich muss dich sprechen«, erwiderte sie. »Hast du einen Moment Zeit?«

»Sicher. Die Kids arbeiten an dem Vertrauenskreis. Was ist los?«

Jack warf ein: »Ulrike macht da weiter, wo die Bullen aufgehört haben.«

»Das reicht, Jack«, sagte Ulrike, und zu Griff: »Komm mit.«

Sie ging in ihr Büro, und sie schloss die Tür. Weder mit der indirekten noch der direkten Befragung hatte sie verhindern können, dass sie ihre Mitarbeiter kränkte, also schien es unwichtig, welche Methode sie bei Griff anwandte. Sie öffnete den Mund, um etwas zu sagen, aber er kam ihr zuvor.

»Ich bin froh, dass du um ein Gespräch gebeten hast, Rike«, sagte er und fuhr sich auf diese spezielle Weise mit der Hand durchs Haar. »Ich wollte auch mit dir reden.«

»Was?«, erwiderte sie ohne nachzudenken. Rike. Das hatte er ihr ins Ohr geflüstert. Ein Stöhnen beim Orgasmus: Rike, Rike.

»Du hast mir gefehlt. Es gefällt mir überhaupt nicht, wie es mit uns zu Ende gegangen zu sein scheint. Es gefällt mir auch nicht, *dass* es zu Ende zu sein scheint. Was du über mich gesagt hast – dass ich nur fürs Bett tauge –, das hat mich ziemlich getroffen. So habe ich unsere Beziehung nie gesehen. Es ging nicht ums Vögeln, Rike.«

»Wirklich nicht? Um was dann?«

Er stand an der Tür, sie vor dem Schreibtisch. Nun bewegte er sich, aber nicht in ihre Richtung, sondern er trat an die Bücherregale und schien die Titel zu studieren. Schließlich ergriff er das

Foto von Nelson Mandela, der zwischen Ulrike und ihrem Vater stand.

»Das hier«, antwortete er. »Das Mädchen auf dem Bild hier und woran sie damals geglaubt hat und heute immer noch glaubt. Ihre Leidenschaft, das Leben in ihr. Es ging darum, zu beiden in Verbindung zu treten, denn ich will sie auch haben: Leidenschaft und Leben.« Er stellte das Foto zurück und schaute sie an. »Und sie stecken immer noch in dir. Das ist das Faszinierende, war es von Anfang an und ist es heute noch.«

Er steckte die Hände in die hinteren Taschen seiner Jeans. Die Hose war hauteng, wie immer, und sie konnte die Wölbung seines Penis erkennen. Sie wandte den Blick ab.

»Zu Hause ist die Hölle los«, fuhr er fort. »Ich war in letzter Zeit nicht ich selbst, das tut mir Leid. Arabellas Hormone spielen verrückt, das Baby hat Koliken, und das Textildruckgeschäft läuft nicht so toll im Moment. Ich hatte einfach zu viel am Hals. Ich habe angefangen, dich als ein weiteres Problem zu betrachten, mit dem ich leben muss, und ich habe dich nicht anständig behandelt.«

»Ja, das stimmt.«

»Aber das hieß nicht – das schwör ich dir –, dass ich dich nicht wollte. Nur in dem Moment schienen die Komplikationen…«

»Das Leben muss nicht kompliziert sein«, sagte sie. »Du hast es kompliziert gemacht.«

»Rike, ich kann sie nicht verlassen. Noch nicht. Nicht, solange das Baby noch so klein ist. Wenn ich das täte, könnte ich weder für dich noch für sonst wen gut sein. Das musst du doch einsehen.«

»Ich habe nie von dir verlangt, dass du sie verlässt.«

»Darauf lief es hinaus, und das weißt du.«

Sie schwieg. Sie wusste, sie musste sie auf den richtigen Kurs zurückbringen, zu dem eigentlichen Grund, warum sie ihn hatte sprechen wollen. Doch seine dunklen Augen lenkten sie ab und lockten sie zurück in die Vergangenheit. Seine Nähe, die Hitze seines Körpers. Dieser berauschende Moment, wenn er in sie eindrang. Es war mehr als eine Verschmelzung von Körpern, es war eine Vereinigung von Seelen.

Sie widerstand der Erinnerung und sagte: »Tja, wer weiß. Vielleicht ist es so.«

»Das weißt du ganz genau. Du konntest sehen, was ich fühlte. Was ich fühle...«

Er kam näher. Ihr Puls klopfte in der Kehle, leicht und schnell. Hitze bildete sich in ihr und konzentrierte sich in ihrem Unterleib. Wider Willen fühlte sie, wie sie feucht wurde.

»Das war tierhaftes Triebverhalten«, entgegnete sie. »Nur ein Dummkopf würde es mit Liebe verwechseln.«

Er war ihr jetzt nahe genug, dass sie seinen Geruch wahrnahm. Es war nicht der Duft von Lotion, Aftershave oder Parfüm. Es war sein eigener Geruch, die Kombination von Haaren, Haut und Geschlecht.

Er streckte die Hand aus und berührte sie: Seine Finger auf ihrer Schläfe bewegten sich in einem Viertelkreis zu ihrem Ohr. Er berührte das Ohrläppchen. Ein Finger strich ihre Kinnlinie entlang. Dann ließ er die Hand sinken.

»Es ist alles in Ordnung mit uns, oder?«, fragte er. »Im Grunde genommen.«

»Griff, hör mal«, sagte sie, hörte aber selbst den Mangel an Überzeugung in ihrem Tonfall, was er natürlich ebenfalls hörte. Und er würde wissen, was das bedeutete. Nämlich... O Gott, seine Nähe, sein Duft, seine Kraft, mit der er sie niederdrückte, seine beiden Hände, die die ihren gefangen hielten, und sein Kuss, sein Kuss. Ihre Hüften im rhythmischen, rotierenden Tanz, und dann Stoßen, Stoßen, weil in diesem Moment nichts zählte als wollen, besitzen, befriedigen.

Sie wusste, dass auch er es spürte. Sie wusste, wenn sie den Blick senkte – was sie nicht tun würde –, wäre der Beweis deutlich in der engen Hose sichtbar.

»Worauf soll ich hören, Rike?«, fragte Griff heiser. »Auf mein Herz? Deines? Was sie uns sagen? Ich will dich zurück. Es ist verrückt, idiotisch. Ich habe dir im Augenblick absolut nichts zu bieten, bis auf die Tatsache, dass ich dich will. Ich weiß nicht, was morgen sein wird. Wir können morgen beide tot sein. Aber ich will dich jetzt.«

Dann küsste er sie, und sie befreite sich nicht aus seiner Umarmung. Ihre Lippen fanden sich, und er öffnete mit der Zunge sacht ihren Mund. Sie machte einen Schritt rückwärts, bis sie gegen den Schreibtisch stieß, und er folgte ihrer Bewegung, sodass sie seine fordernde Härte spürte.

»Lass mich zurück in dein Leben«, murmelte er.

Sie verschränkte die Arme in seinem Nacken und küsste ihn gierig. Überall lauerte Gefahr, aber das war ihr gleichgültig. Denn dies hier war jenseits der Gefahr, schob sich darüber und hinderte die Gefahr daran, ihr zu schaden. Sie vergrub die Hände in seinem Haar, das sich wie raue Seide anfühlte. Er drückte die Lippen auf ihren Hals, während seine Hände ihre Brüste suchten. Sein Penis, der sich an ihr rieb, ihr Verlangen nach ihm, und die völlige Gleichgültigkeit gegenüber jedlicher Gefahr der Entdeckung.

Es würde schnell gehen, sagte sie sich. Aber sie konnte sich nicht trennen, ehe …

Reißverschlüsse, Slips und ein zweistimmiges lustvolles Stöhnen, als er sie auf den Schreibtisch schob und in sie eindrang. Ihr Mund war auf den seinen gepresst, ihre Arme umklammerten ihn, seine Hände hielten ihre Hüften fest, und dann seine brutalen Stöße, die nie hart und brutal genug sein konnten. Sie spürte den erlösenden Höhepunkt und einen Moment später Griffs erleichtertes Keuchen. Und sie waren ineinander verschlungen, wie es sein sollte, sicher und vertraut, in weniger als sechzig Sekunden.

Langsam lösten sie sich voneinander. Sie sah, dass sein Gesicht gerötet war. Und sie wusste, ihres war es auch. Er war außer Atem und schien verwirrt.

»Das hatte ich nicht geplant«, sagte er.

»Ich auch nicht.«

»Es liegt an der Magie zwischen uns.«

»Ja, ich weiß.«

»Ich kann es nicht beenden. Ich hab's versucht. Aber es geht nicht, denn sobald ich dich sehe...«

»Ich weiß«, wiederholte sie. »Mir geht es genauso.«

Sie zog sich wieder an. Sie fühlte sein Sperma aus sich herausfließen, und sie wusste, dass der Geruch ihres Liebesaktes ihr anhaftete. Das hätte ihr eigentlich etwas ausmachen sollen, doch das war nicht der Fall.

Ihm erging es ebenso. Er zog sie wieder an sich und küsste sie. Dann sagte er: »Ich werde einen Weg finden.«

Sie küsste ihn. Der Rest von Colossus da draußen vor ihrer Bürotür existierte nicht.

Lachend beendete er den Kuss. Er hielt sie fest, drückte ihren Kopf an seine Schulter. »Du bist für mich da, oder?«, fragte er. »Du wirst immer da sein, nicht wahr, Rike?«

Sie hob den Kopf. »Es sieht nicht so aus, als zöge es mich fort«, antwortete sie.

»Ich bin froh. Wir sind jetzt zusammen. Immer.«

»Ja.«

Er liebkoste ihre Wange, drückte ihren Kopf wieder an seine Schulter und hielt sie. »Also wirst du das sagen?«

»Hm.«

»Rike? Wirst du...?«

Sie sah auf. »Was?«

»Dass wir zusammen sind. Wir wollen einander, wir wissen, es ist nicht richtig, aber wir können nichts dagegen tun. Und wenn wir die Chance haben, ist alles andere egal. Die Zeit, der Tag, was auch immer. Wir tun, was wir tun müssen.«

Sie sah den ernsten Ausdruck in seinen Augen, wie er sie beobachtete, und sie fühlte einen kühlen Hauch in der Luft.

»Wovon redest du eigentlich?«

Griff lachte leise, es klang ebenso zärtlich wie nachsichtig. Sie löste sich von ihm. Er sagte: »Was ist los?«

»Wo warst du?«, entgegnete sie. »Sag mir, wo du warst.«

»Ich? Wann?«

»Du weißt genau, wann, Griffin. Denn nur darum geht es hierbei doch.« Sie machte eine Geste, die sie beide, das Büro und ihr kleines Zwischenspiel umfasste. »Um dich. Mein Gott, es geht immer nur um dich. Du willst mich so süchtig nach dir machen, dass ich alles für dich tue. Wenn die Polizei kommt, soll der letzte Mensch, den sie unter die Lupe nehmen, der Mann sein, mit dem ich es heimlich treibe.«

Er sah sie ungläubig an, aber sie ließ sich nichts vormachen. Ebenso wenig ließ sie sich von der gekränkten Unschuld rühren, die er ihr als Nächstes vorspielte. Wo er auch gewesen sein mochte am Achten, er brauchte ein Alibi für den Abend. Und er war davon ausgegangen, dass sie es ihm geben würde, sicher in der Überzeugung, dass er und sie füreinander bestimmt waren, selbst wenn ihre Liebe unter einem schlechten Stern stand.

»Du verfluchter, selbstsüchtiger Bastard«, sagte sie.

»Rike...«

»Raus hier. Verschwinde aus meinem Leben.«

»Was?«, fragte er. »Wirfst du mich raus?«

Sie lachte, ein unschönes Geräusch, und ihr Hohn war gegen sie selbst und ihre Dummheit gerichtet. »Darauf läuft es immer hinaus, oder?«

»Worauf?«

»Auf dich. Nein, ich werfe dich nicht raus. Das wäre zu einfach. Ich will dich genau hier unter meiner Kontrolle. Ich will, dass du hüpfst, wenn ich ›Frosch‹ sage. Ich habe die Absicht, dich im Auge zu behalten.«

Sie konnte nicht fassen, dass er immer noch zu sagen wagte: »Aber wirst du den Bullen sagen...?«

»Glaub mir, ich werde ihnen alles sagen, was sie wissen wollen.«

Lynley entschied, dass er es Havers schuldig war, sie an dem zweiten Verhör von Barry Minshall teilnehmen zu lassen, war sie doch diejenige gewesen, die ihn aufgespürt hatte. Also holte er sie aus der Einsatzzentrale, wo sie damit beschäftigt war, Informationen über den Badesalzhändler vom Stables Market zusammenzutragen. Er bat sie lediglich, ihn zu begleiten. Während sie die Treppe zur Tiefgarage hinabgingen, informierte er sie.

»Ich wette, er will einen Deal mit uns machen«, sagte sie, als er ihr berichtete, Barry Minshall sei gewillt zu reden. »Der Typ hat so viel schmutzige Wäsche, dass er eine Persilfabrik braucht, um sie sauber zu kriegen, ich schwör's. Also, werden Sie sich darauf einlassen, Sir?«

»Es sind Jungen, Havers, fast noch Kinder. Ich werde sie nicht abwerten, indem ich ihrem Mörder irgendwelche anderen Optionen einräume als die eine, die er verdient: ein lebenslanges Wohnrecht in höchst unangenehmer Umgebung, wo Kinderschänder in den Augen der Mitbewohner auf der untersten Stufe der Beliebtheitsskala rangieren.«

»Damit kann ich leben«, versicherte Havers.

Trotz ihrer Zustimmung drängte es ihn, noch mehr zu sagen, so als trügen sie eine Debatte aus. Er hatte das Gefühl, nur mit einem harten Gegenschlag würde man je in der Lage sein, die Krankheit auszumerzen, die ihre Gesellschaft plagte. »Irgendwie müssen wir es zustande bringen, ein Land ohne Wegwerfkinder zu werden, Havers«, sagte er. »Wir müssen darüber hinauswachsen, dass hier alles geht und nichts eine Rolle spielt. Glauben Sie mir, ich bin gerne bereit, damit zu beginnen, aus Barry Minshall ein abschreckendes Beispiel für all jene zu machen, die zwölf- und dreizehnjährige Jungen für Müll halten, etwa einer Fastfood-Schachtel vergleichbar.« Er blieb auf einem der Treppenabsätze stehen und schaute sie an. »Ich predige mal wieder«, bemerkte er zerknirscht. »Tut mir Leid.«

»Kein Problem. Sie haben jedes Recht dazu.« Sie hob den Kopf und blickte in Richtung der oberen Etagen des Victoria-Blocks. »Aber Sir...« Sie klang zögerlich, was ihr überhaupt nicht ähnlich sah. Dann gab sie sich einen Ruck: »Dieser Corsico...?«

»Hilliers eingebetteter Reporter. Wir können nichts dagegen tun. Hillier ist für vernünftige Argumente so unzugänglich wie eh und je.«

»Der Typ hält sich an die Spielregeln«, versicherte sie. »Das ist nicht das Problem. Er schnüffelt nicht herum, und die einzigen Fragen, die er stellt, betreffen Sie. Hillier hat gesagt, er soll Kollegen porträtieren, aber ich denke...« Sie war unruhig. Lynley wusste, sie brauchte eine Zigarette – seit jeher Havers' Art, sich Mut zu machen.

Er führte den Gedanken für sie zu Ende. »Es ist keine gute Idee, das Augenmerk der Öffentlichkeit auf die Ermittler zu richten.«

»Das geht einfach nicht«, sagte sie. »Ich will auf keinen Fall, dass dieser Kerl in meiner Wäscheschublade wühlt.«

»Ich habe Dee Harriman aufgetragen, ihm so viel über mich zu erzählen, dass er tagelang damit beschäftigt sein wird, Details meiner berüchtigten Jugendtage zu enthüllen, die sie so bunt ausschmücken kann, wie sie will: Eton, Oxford, Howenstow, ein paar Affären, High-Society-Vergnügungen wie Segelyachten, Fasane schießen und Fuchsjagd...«

»Verflucht noch mal, soll das etwa heißen, dass Sie...«

»Natürlich nicht. Na ja, einmal, als ich zehn war, und ich fand es abscheulich. Aber Dee kann ihm das meinetwegen erzählen, von mir aus auch, dass immer ein Dutzend Showtänzerinnen zu meiner Unterhaltung bereitsteht, wenn das erforderlich ist, um ihn von unserer Arbeit abzulenken. Ich will, dass dieser Kerl so lange wie möglich niemand anderen belästigt. Und wenn Dee ihre Sache gut macht und auch alle anderen, mit denen Corsico spricht, mitziehen, dann haben wir den Fall gelöst, bevor er dazu kommt, den Nächsten zu porträtieren.«

»Sie können doch nicht wollen, dass Ihr Gesicht auf der Titelseite der *Source* erscheint«, entgegnete sie, während sie den Weg die Treppe hinunter fortsetzten. »›Der Earl, der ein Bulle wurde‹. Irgend so ein Schwachsinn.«

»Es ist das Letzte, was ich will. Aber wenn mein Gesicht auf der Titelseite dazu führt, dass alles, was sonst mit diesem Fall zu tun hat, nicht in der *Source* steht, bin ich bereit, die Peinlichkeit zu ertragen.«

Sie gingen jeder zu seinem eigenen Wagen, denn es wurde spät, und die Polizeiwache an der Holmes Street lag nahe genug an Barbaras Zuhause, dass es nur logisch war, wenn sie nach Barry Minshalls Verhör gleich dorthin fuhr. Sie folgte Lynley in ihrem stotternden Mini quer durch London, nachdem sie ein paar atemlose Sekunden in der Tiefgarage geglaubt hatte, er werde nicht anspringen.

Man erwartete sie bereits in der Holmes-Street-Wache. James Barty – der Pflichtverteidiger – musste noch herbeigeschafft werden. Das dauerte etwa zwanzig Minuten, die sie in einem Verhörzimmer verbrachten. Den angebotenen, späten Nachmittagstee lehnten sie ab. Als Barty schließlich mit Kuchenkrümeln im Mundwinkel aufkreuzte, wurde schnell offensichtlich, dass er keine Ahnung hatte, warum sein Mandant plötzlich reden wollte. Der Anwalt hatte Minshall also nicht dazu gedrängt. Barty erklärte, er ziehe es vor, abzuwarten, was die Polizei zu bieten hatte. Meistens steckte ja mehr dahinter, wenn eine Mordanklage so schnell erhoben wurde wie in diesem Fall. Musste der Superintendent ihm da nicht Recht geben?

Barry Minshalls Ankunft in ihrer Mitte ersparte es Lynley, zu antworten. Der diensthabende Sergeant führte den Zauberer herein, der seine dunkle Brille trug. Weiße Bartstoppeln überzogen Kinn und Wangen.

»Wie gefällt Ihnen die Unterkunft?«, fragte Havers. »Haben Sie sich schon eingewöhnt?«

Minshall ignorierte sie. Lynley schaltete den Kassettenrekorder ein, nannte Datum, Uhrzeit und die Namen der Anwesenden. Dann sagte er: »Sie wollten uns sprechen, Mr. Minshall. Was haben Sie zu sagen?«

»Ich bin kein Mörder.« Minshall fuhr sich mit der Zunge über seine Lippen, und für einen Moment sah er wie eine Eidechse aus: farbloses Fleisch auf farblosem Fleisch.

»Zweifeln Sie im Ernst daran, dass wir in Ihrem Lieferwagen genug Fingerabdrücke finden, um uns ein Jahr zu beschäftigen?«, fragte Havers. »Ganz zu schweigen von Ihrer Wohnung. Wann haben Sie da eigentlich zum letzten Mal sauber gemacht? Ich wette, wir finden dort mehr DNA-Spuren als im Schlachthaus.«

»Ich behaupte nicht, dass ich Davey Benton nicht gekannt habe. Oder die anderen, die Jungen auf den Fotos. Ich kannte sie. Kenne sie. Unsere Wege haben sich gekreuzt, und wir sind… Freunde geworden, so kann man es nennen. Oder Lehrer und Schüler. Oder Mentor und… was auch immer. Also, ich gebe zu, dass ich sie in meine Wohnung eingeladen habe: Davey Benton und die Jungen auf den Fotos. Aber der Grund war, ihnen das Zaubern beizubringen, sodass keine Zweifel aufkommen, wenn ich zu einem Kindergeburtstag eingeladen werde…« Er schluckte hörbar. »Sehen Sie, die Leute sind heutzutage nicht mehr vertrauensselig, und warum sollten sie auch? Ein Kerl in einem Weihnachtsmannkostüm hebt ein kleines Mädchen auf seinen Schoß und fasst ihr unter den Rock. Ein Clown geht in die Kinderklinik eines Krankenhauses und verschwindet mit einem Dreijährigen in der Wäschekammer. Wohin man auch sieht, passieren solche Sachen, und ich musste einen Weg finden, den Eltern klar zu machen, dass sie von mir nichts zu befürchten haben. Ein Junge als Assistent… das beruhigt die Eltern, und das habe ich Davey beigebracht.«

»Ihr Assistent zu sein«, wiederholte Havers.

»Das ist korrekt.«

Lynley lehnte sich vor und schüttelte den Kopf. »Ich breche diese Befragung hier ab…«, sagte er. Er schaute auf die Uhr und nannte die Zeit. Er schaltete den Rekorder aus und stand auf. »Havers, wir haben unsere Zeit verschwendet. Wir sehen uns morgen früh.«

Havers wirkte verblüfft, aber auch sie erhob sich. »In Ordnung.« Sie folgte ihm zur Tür.

Minshall sagte: »Warten Sie. Ich habe nicht…«

Lynley fuhr herum. »Sie warten, Mr. Minshall. Und jetzt hören Sie mal zu: Besitz und Verbreitung von Kinderpornografie. Kindesmissbrauch. Pädophilie. Mord.«

»Ich habe nie...«

»Ich werde hier nicht herumsitzen und mir anhören, wie Sie behaupten, eine Zauberschule für Kinder betrieben zu haben. Sie wurden mit dem Jungen gesehen, auf dem Markt, vor Ihrem Haus. Gott weiß, wo sonst noch, denn wir haben ja gerade erst angefangen. Wir werden Spuren von ihm überall in Ihrem Leben finden und umgekehrt.«

»Sie werden ganz sicher nichts finden, das...«

»Das werden wir sehr wohl. Und selbst ein Anwalt, der gewillt ist, Sie zu verteidigen, wird die größte Mühe haben, all diese Beweise den Geschworenen zu erklären, die erpicht darauf sein werden, Sie hinter Gitter zu bringen, weil Sie Ihre Drecksfinger nicht von kleinen Jungen lassen konnten!«

»Sie waren nicht klein...« Minshall unterbrach sich und sank auf seinen Stuhl zurück.

Lynley sagte nichts. Auch Havers schwieg. Plötzlich war der Raum so still wie die Krypta einer Kirche auf dem Land.

James Barty fragte: »Wollen Sie einen Moment Pause, Barry?«

Minshall schüttelte den Kopf. Lynley und Havers blieben, wo sie waren. Noch zwei Schritte, und sie hätten den Raum verlassen. Minshall war am Zug, und er war kein Dummkopf. Lynley wusste, der Verdächtige war sich über seine Situation völlig im Klaren.

»Es hat nichts zu bedeuten«, sagte Minshall. »Dieses Wort, ›waren‹. Es ist nicht der Versprecher, für den Sie es halten. Sie werden absolut nichts finden, das diese toten Jungen – die anderen, nicht Davey – mit mir in Verbindung bringt. Ich schwöre bei Gott, ich habe sie nicht gekannt.«

»Im biblischen Sinne?«, fragte Havers.

Minshall warf ihr einen Blick zu. Trotz der Sonnenbrille war deutlich, was er meinte: Als ob du das verstehen könntest. Lynley, der unmittelbar neben ihr stand, spürte, wie sie sich anspannte. Er legte ihr leicht die Hand auf den Arm, und sie gingen zum Tisch zurück. »Was haben Sie uns zu sagen?«, fragte er.

»Schalten Sie den Rekorder ein«, erwiderte Minshall.

22

»Es ist nicht das, was Sie denken«, waren Barry Minshalls erste Worte, nachdem Lynley das Aufnahmegerät wieder eingeschaltet hatte. »Ihr Typen habt ein Klischee im Kopf, und dann biegt ihr euch die Fakten zurecht, bis sie zu eurem Bild passen. Aber was immer Sie glauben, was passiert ist... Sie irren sich. Und was Davey Benton angeht, irren Sie sich auch. Aber ich sag Ihnen gleich, Sie werden dem, was ich zu sagen habe, nicht ins Auge sehen können. Denn wenn Sie es tun, wird es das Bild, das Sie sich wahrscheinlich bisher von der Welt gemacht haben, zum Einsturz bringen. Ich will ein Glas Wasser. Ich bin ausgetrocknet, und das hier wird eine Weile dauern.«

Es war Lynley zuwider, dem Mann irgendetwas zu geben, aber er nickte Havers zu, und sie ging hinaus, um Minshall Wasser zu holen. Sie war in weniger als einer Minute zurück, in der Hand einen Plastikbecher, der aussah, als hätte sie ihn aus der Schüssel der Damentoilette gefüllt, was vermutlich der Fall war. Sie stellte ihn vor Minshall auf den Tisch, und der Verdächtige schaute von ihr zu dem Becher, als wolle er feststellen, ob sie hineingespuckt hatte. Offenbar war er beruhigt, denn er trank einen Schluck.

»Ich kann Ihnen helfen«, sagte er. »Aber ich will einen Deal.«

Lynley streckte die Hand aus, um den Rekorder wieder auszuschalten und das Verhör ein zweites Mal zu beenden.

»Das würde ich an Ihrer Stelle nicht tun«, bemerkte Minshall. »Sie brauchen mich genauso wie umgekehrt. Ich kannte Davey Benton. Ich habe ihm ein paar einfache Zaubertricks beigebracht und ihn als meinen Assistenten ausstaffiert. Er ist in meinem Van gefahren und hat mich in meiner Wohnung besucht. Aber das ist alles. Ich habe ihn nie in der Weise berührt, wie Sie glauben, ganz gleich, was er wollte.«

Lynley fühlte seinen Mund trocken werden. »Was, zum Teufel, wollen Sie damit andeuten?«

»Ich deute nicht an, ich sage es. Ich rede. Ich informiere Sie. Wie Sie es auch nennen wollen, es läuft auf das Gleiche hinaus. Dieser Junge war schwul. Jedenfalls glaubte er, er sei schwul, und suchte nach einem Beweis. Ein erstes Mal, um ihm zu zeigen, wie es ist. Mann und Mann.«

»Sie erwarten nicht im Ernst, dass wir glauben …«

»Mir ist egal, was Sie glauben. Ich sage Ihnen die Wahrheit. Ich bezweifle, dass ich der erste Kerl war, bei dem er's versucht hat, denn er war verdammt direkt. Die Hände an meinem Ding, sobald wir aus dem Blickfeld der Öffentlichkeit waren. Er hielt mich für einen Einzelgänger – und das bin ich ja auch, sind wir mal ehrlich – und glaubte deswegen, er gehe kein Risiko ein, wenn er's bei mir probierte. Das wollte er tun, und ich hab ihm gesagt, ich fang nichts mit Minderjährigen an. Komm an deinem sechzehnten Geburtstag wieder.«

»Sie sind ein Lügner, Barry«, sagte Barbara Havers. »Ihr Computer ist voller Kinderpornografie. Sie haben ein entsprechendes Foto in Ihrem Van spazieren gefahren, verflucht noch mal. Jeden Abend holen Sie sich vor Ihrem Bildschirm einen runter, und Sie erwarten, dass wir glauben, Davey Benton sei hinter Ihnen her gewesen, nicht umgekehrt?«

»Sie können glauben, was Sie wollen. Das tun Sie ja offensichtlich sowieso. Warum auch nicht, da ich ja eine Missgeburt bin. Und das geht Ihnen doch auch durch den Kopf, oder? Er sieht aus wie ein Ghul, also muss er einer sein.«

»Ziehen Sie die Nummer öfter ab?«, fragte Havers. »Ich kann mir vorstellen, dass sie da draußen in der Welt Wunder wirkt. Sie leiten die Aversion der Menschen um, sodass sie sie gegen sich selbst richten. Das muss bei Kindern besonders gut klappen. Sie sind ein gottverdammtes Genie, Mann. Maximale

Punktzahl für Ihre Methode, Ihr Aussehen zu Ihrem Vorteil zu nutzen.«

Lynley fügte hinzu: »Sie scheinen sich über Ihre Lage nicht im Klaren zu sein, Mr. Minshall.« Er wies auf den Anwalt. »Hat Mr. Barty Ihnen nicht erklärt, was passiert, wenn Sie wegen Mordes angeklagt werden? Haftrichter, Untersuchungshaft, Verhandlung vor dem Old Bailey...«

»Die ganzen Knackis und Schließer in Wormwood Scrubs warten schon darauf, Sie mit offenen Armen willkommen zu heißen«, sagte Havers. »Sie haben ein spezielles Begrüßungsritual für Kinderschänder. Wussten Sie das, Barry? Es erfordert natürlich, dass sie sich bücken.«

»Ich bin kein...«

Lynley schaltete den Rekorder aus. »Anscheinend braucht Ihr Mandant mehr Zeit zum Nachdenken«, sagte er zu James Barty. »Unterdessen häufen sich die Beweise gegen Sie, Mr. Minshall. Und sobald wir bestätigt finden, dass Sie der Letzte waren, der Davey Benton lebend gesehen hat, dürfen Sie Ihr Schicksal getrost als besiegelt betrachten.«

»Ich habe nicht...«

»Sie werden Gelegenheit haben zu versuchen, den Staatsanwalt davon zu überzeugen. Wir sammeln die Beweise und geben sie ihm. Von da an haben wir die Dinge nicht mehr in der Hand.«

»Ich kann Ihnen helfen.«

»Helfen Sie sich lieber selbst.«

»Ich kann Ihnen Informationen geben. Aber die kriegen Sie nur, wenn Sie sich auf einen Deal einlassen, denn wenn ich Ihnen etwas sage, werde ich in gewissen Kreisen nicht besonders beliebt sein.«

»Wenn Sie uns nichts sagen, werden Sie als Davey Bentons Mörder angeklagt«, erklärte Barbara Havers. »Und das wird auch nicht gerade zu Ihrer Beliebtheit beitragen, Barry.«

Lynley fügte hinzu: »Ich schlage vor, Sie sagen uns, was Sie wissen, und beten Sie zu Gott, dass es uns mehr interessiert als alles andere. Aber machen Sie sich nichts vor, Barry: Im Moment laufen Sie Gefahr, zumindest für einen Mord angeklagt zu werden. Jede andere Anklage, die aufgrund Ihrer Aussage, die Sie jetzt zum Davey-Benton-Fall machen, auf Sie zukommen mag, wird keine so lange Gefängnisstrafe nach sich ziehen, es sei denn, es wäre ein weiterer Mord.«

»Ich habe niemanden umgebracht«, entgegnete Minshall, aber seine Stimme klang verändert, und zum ersten Mal hatte Lynley das Gefühl, dass sie vielleicht wirklich zu dem Mann durchgedrungen waren.

»Überzeugen Sie uns«, schlug Barbara Havers vor.

Minshall dachte einen Moment nach und sagte schließlich: »Schalten Sie den Rekorder ein. Ich habe ihn an dem Abend, als er gestorben ist, gesehen.«

»Wo?«

»Ich habe ihn mitgenommen, zu einem...« Er zögerte, dann trank er wieder einen Schluck Wasser. »Es heißt das Canterbury Hotel. Ich hatte dort einen Kunden, und wir sind hingefahren, um vor ihm aufzutreten.«

»Was meinen Sie mit ›auftreten‹?«, fragte Havers. »Was war das für ein Kunde?« Zusätzlich zu der Tonbandaufzeichnung machte sie sich Notizen. Sie schaute von ihrem Heft auf.

»Zauberei. Wir haben eine Privatvorführung für einen einzelnen Kunden gemacht. Als sie vorüber war, habe ich Davey dort zurückgelassen. Bei ihm.«

»Bei wem?«, fragte Lynley.

»Dem Kunden. Das war das letzte Mal, dass ich ihn gesehen habe.«

»Und wie war der Name dieses Kunden?«

Minshall ließ die Schultern hängen. »Das weiß ich nicht.« Und als rechne er damit, dass sie den Verhörraum verlassen würden, fuhr er hastig fort: »Ich kannte ihn nur als Nummer. Zwei-eins-sechs-null. Seinen Namen hat er mir nie verraten. Und er kannte auch meinen nicht. Er kannte mich nur als ›Schnee‹.« Er wies auf sein Haar. »Es schien passend.«

»Wie haben Sie dieses Individuum kennen gelernt?«, fragte Lynley.

Minshall trank wieder einen Schluck Wasser. Sein Anwalt fragte ihn, ob er eine Unterbrechung für eine Beratung wünsche. Der Zauberer schüttelte den Kopf. »Bei MABIL.«

»Mabel und wie weiter?«, hakte Havers ein.

»M-A-B-I-L«, buchstabierte er. »Es ist keine Person, sondern eine Organisation.«

»Ein Akronym, das wofür steht?« Lynley wartete gespannt auf die Antwort.

Minshall gab sie mit erschöpfter Stimme: »*Men and Boys in Love.*«

»Ach du heilige Schande...«, murmelte Havers, während sie in ihr Notizbuch schrieb. Sie unterstrich das Akronym mit einer wütenden Bewegung, sodass es sich anhörte wie grobes Sandpapier auf Holz. »Lassen Sie uns mal raten, was es damit auf sich hat.«

»Wo finden die Zusammenkünfte dieser Organisation statt?«, wollte Lynley wissen.

»Im Keller einer Kirche. Zweimal monatlich. Es ist eine profanierte Kirche namens St. Lucy unweit der Cromwell Road. Von der U-Bahn-Station Gloucester Road ein Stück die Straße runter. Die genaue Adresse weiß ich nicht, aber es ist nicht schwer zu finden.«

»Der Schwefelgeruch leitet einen zweifellos, wenn man in die Gegend kommt«, bemerkte Havers.

Lynley warf ihr einen Blick zu. Er verspürte die gleiche Aversion wie sie gegen den Mann und seine Geschichte, aber jetzt, da Minshall endlich redete, wollte er, dass er fortfuhr. »Erzählen Sie uns mehr über MABIL«, forderte er ihn auf.

Minshall antwortete: »Es ist eine Selbsthilfegruppe. Ein sicherer Hafen für...« Er schien nach einem Wort zu suchen, das den Zweck der Organisation beschrieb und ihre Mitglieder gleichzeitig in einem positiven Licht erscheinen ließ. Ein hoffnungsloses Unterfangen, dachte Lynley, aber er gab Minshall die

Gelegenheit, es zu versuchen. »Ein Ort, wo Gleichgesinnte sich treffen, miteinander reden können und das Gefühl bekommen, nicht allein zu sein. Für Männer, die glauben, dass es keine Sünde ist und gesellschaftlich nicht geächtet sein sollte, Jungen zu lieben, und die diese Jungen in einer sicheren Umgebung mit der Sexualität unter Männern vertraut machen wollen.«

»In einer Kirche?« Havers klang, als könne sie sich nicht zurückhalten. »So wie eine Art Menschenopfer? Auf dem Altar, nehme ich an?«

Minshall nahm die Brille ab und warf Barbara einen finsteren Blick zu, während er die Gläser an seinem Hosenbein polierte. »Warum halten Sie nicht einfach die Klappe, Constable? Es sind Leute wie Sie, die Hexenjagden anführen.«

»Jetzt hör'n Sie mir mal zu, Sie Stück ...«

»Das ist genug, Havers«, sagte Lynley. Und an Minshall gewandt: »Weiter.«

Der Zauberer sah Havers nochmals an, dann setzte er sich anders hin, als wolle er sie mit Verachtung strafen. »Jungen sind keine Mitglieder der Organisation. MABIL bietet nichts weiter als Hilfe.«

»Für ...?«, half Lynley nach.

Minshall setzte die Sonnenbrille wieder auf. »Für Männer, die durch ihre Neigungen in Konflikt geraten. Diejenigen, die den großen Schritt bereits gewagt haben, helfen denen, die ihn wagen wollen. Diese Hilfe wird in einer liebevollen Umgebung geboten, wo jeder toleriert und niemand verurteilt wird.«

Lynley konnte sehen, dass Havers eine weitere Bemerkung auf der Zunge lag. Er kam ihr zuvor: »Und zwei-eins-sechs-null?«

»Ich hab ihn sofort gesehen, als er zum ersten Mal kam. Es war eine neue Welt für ihn. Er brachte es kaum fertig, irgendjemandem in die Augen zu sehen. Der Kerl tat mir Leid, und ich hab ihm meine Hilfe angeboten. Deshalb geh ich hin.«

»Was bedeutet?«

Und an diesem Punkt kam Minshall ins Stocken. Er schwieg einen Moment, und dann bat er um eine Pause für eine Beratung mit dem Anwalt. James Barty hatte seit einiger Zeit dagesessen und so heftig an seiner Unterlippe gesaugt, dass es aussah, als hätte er sie verschluckt. Explosionsartig antwortete er nun: »Ja, ja, ja.« Und Lynley schaltete den Rekorder aus. Mit einem Nicken bedeutete er Havers, ihm zur Tür zu folgen, und sie traten hinaus auf den Flur der Polizeiwache Holmes Street.

»Er hatte die ganze verdammte Nacht, sich das auszudenken, Sir«, sagte Havers.

»MABIL?«

»Das und diesen Zwei-eins-sechs-null-Blödsinn. Glauben Sie im Ernst, die Kollegen finden so was wie MABIL in dieser St.-Lucy-Kirche, wenn wir die Sitte zum nächsten Treffen schicken? Wohl kaum, Sir. Und Barry wird die perfekte Antwort parat haben. Ich verrate sie Ihnen: ›Es gibt Polizisten unter den MABIL-Mitgliedern, wissen Sie. Die Gerüchteküche von Scotland Yard muss diese Typen gewarnt haben, und die haben die anderen informiert. Die sind jetzt alle untergetaucht. Zu blöd, dass Sie sie nicht mehr erwischen können…‹ Und darum auch nicht verhaften können«, fügte sie noch hinzu. »Diese verfluchten Pädophilen!«

Lynley betrachtete sie. Havers war der personifizierte gerechte Zorn. Er empfand genauso, aber er wusste auch, dass sie den Informationsfluss, der plötzlich aus dem Zauberer hervorsprudelte, nicht unterbrechen durften. Die einzige Möglichkeit, die Wahrheit von seinen Lügen zu trennen, war, ihn zu bewegen, so lange zu reden, bis er sich in Widersprüche verstrickte, das Schicksal aller Lügner.

»Sie wissen, wie es läuft, Havers«, sagte er. »Wir müssen ihm im Moment ein bisschen mehr Leine geben.«

»Ich weiß, ich weiß.« Sie sah zu der Tür, hinter der ihr Verdächtiger saß. »Aber er verschafft mir eine Gänsehaut. Er sitzt da drin und überlegt sich mit Barty eine Strategie, um die Verführung dreizehnjähriger Jungen zu rechtfertigen, und wir beide wissen das ganz genau. Was sollen wir dagegen tun? Dasitzen und schimpfen?«

»Ja«, antwortete Lynley. »Weil Mr. Minshall im Begriff ist, herauszufinden, dass er nicht beides haben kann: Er kann nicht einerseits behaupten, er habe Davey Benton abgewiesen, weil er ihm zu jung für diese Art von sexueller Erfahrung war, während er den Jungen andererseits seinem Mörder zugeführt hat. Ich könnte mir vorstellen, dass er dieses kleine Problem gerade mit Mr. Barty erörtert, während wir uns hier unterhalten.«

»Das heißt, Sie glauben, es gibt MABIL und dass Minshall diesen Jungen und die anderen nicht selbst umgebracht hat?«

Wie Havers sah auch Lynley zu der Tür des Verhörraums. »Ich halte das für sehr wahrscheinlich«, antwortete er. »Und ein Teil dessen, was er sagt, ergibt durchaus einen Sinn, Barbara.«

»Welcher Teil soll das sein?«

»Der Teil, der erklärt, warum wir jetzt einen toten Jungen ohne jede Verbindung zu Colossus haben.«

Wie üblich konnte sie seinem Gedankengang mühelos folgen und zog ihre Schlüsse daraus: »Weil der Mörder ein neues Revier brauchte, nachdem wir in Elephant and Castle bei Colossus aufgekreuzt waren?«

»Nach allem, was wir wissen, ist er kein Dummkopf«, sagte Lynley. »Sobald wir bei Colossus erschienen sind, musste er eine neue Quelle für seine Opfer auftun. Und MABIL ist für seine Bedürfnisse perfekt geeignet, Havers, denn niemand dort würde ihn auch nur verdächtigen, ganz gewiss nicht Minshall, der nur darauf wartet, ihn unter seine Fittiche zu nehmen. Und er ist willig und bereit, ihm die Opfer auszuliefern, weil er anscheinend fest daran glaubt – oder zumindest redet er sich das ein –, dass dieses verdammte Projekt eine hehre Sache ist.«

»Wir brauchen eine Beschreibung von zwei-eins-sechs-null«, erwiderte Havers und wies auf die Tür.

»Und mehr als das«, sagte Lynley, als die Tür sich öffnete und James Barty sie aufforderte, wieder hereinzukommen.

Minshall hatte das Wasser ausgetrunken und sich an die Zerlegung des Plastikbechers gemacht. Er sagte, er wolle einiges klarstellen. Lynley erwiderte, sie seien bereit, sich alles anzuhören, was er vorzubringen habe, und er schaltete den Kassettenrekorder wieder ein. Havers setzte sich hin und zog dabei geräuschvoll den Stuhl übers Linoleum.

»Mein erstes Mal war mit meinem Kinderarzt«, begann Minshall leise. Er hatte den Kopf gesenkt, den Blick auf die Hände gerichtet – soweit sich das trotz der Sonnenbrille feststellen ließ –, und war immer noch damit beschäftigt, den Plastikbecher zu zerlegen. »Er nannte es eine ›Behandlung‹ meiner Symptome. Ich war ein Kind, also woher sollte ich es wissen? Er fummelte zwischen meinen Beinen herum, um sicherzugehen, dass meine ›Symptome‹ in der Zukunft nicht zu sexuellen Problemen führten, wie Impotenz oder vorzeitiger Ejakulation. Schließlich hat er mich vergewaltigt, in seiner Praxis, aber ich hab nichts verraten. Ich hatte Angst.« Minshall schaute auf. »Ich wollte nicht, dass das erste Mal für andere Jungen auch so verläuft. Verstehen Sie? Ich wollte, dass es sich aus einer liebe- und vertrauensvollen Beziehung entwickelt, sodass sie bereit dafür waren, wenn es passierte. Sie sollten es selbst wollen. Sie sollten verstehen, was vorging und was es bedeutet. Ich wollte, dass es eine positive Erfahrung für sie ist, darum habe ich sie vorbereitet.«

»Wie?« Lynley hielt seine Stimme ruhig und sachlich, doch in Wahrheit war ihm zum Heulen zumute. Wie einfallsreich sie wurden, wenn sie sich rechtfertigen mussten, dachte er. Pädophile lebten getrennt vom Rest der Menschheit in einem Paralleluniversum, und man konnte praktisch nichts tun, um sie da herauszusprengen, so unverrückbar waren sie dort durch die Jahre der Selbsttäuschung verankert.

»Durch Offenheit«, antwortete Barry Minshall. »Durch Ehrlichkeit.«

Lynley spürte, dass Havers sich nur mühsam beherrsche. Er sah, wie verkrampft ihre Finger den Stift hielten, während sie sich Notizen machte.

»Ich habe mit ihnen über ihre sexuellen Triebe gesprochen. Ich ermögliche ihnen, zu erkennen, dass das, was sie fühlen, natürlich ist, nichts, was man verbergen oder wofür man sich schämen muss. Ich erklärte ihnen, was man allen Kindern klar machen muss: Dass Sexualität in all ihren Manifestationen etwas Gottgegebenes ist, etwas, das man zelebrieren und nicht verstecken sollte. Wussten Sie, dass es Naturvölker gibt, bei denen Kinder einen sexuellen Initiationsritus durchlaufen, in dem ein Erwachsener, dem sie vertrauen, sie führt? Das ist Teil ihrer Kultur, und wenn es uns jemals gelingt, die Ketten unserer viktorianischen Vergangenheit zu sprengen, wird es auch Teil unserer Kultur werden.«

»Und das ist das Ziel von MABIL, ja?«, fragte Havers.

Minshall antwortete ihr nicht direkt. »Wenn sie mich in meiner Wohnung besuchen, bringe ich ihnen das Zaubern bei, bilde sie zu meinen Assistenten aus. Das dauert einige Wochen. Wenn sie bereit sind, treten wir vor einem Publikum auf, das nur aus einer Person besteht: meinem Kunden von MABIL. Was Sie wissen müssen, ist, dass kein Junge sich je geweigert hat, mit dem Mann zu gehen, dem er am Ende der Vorstellung übergeben wurde. Vielmehr konnten sie es kaum erwarten. Sie waren so weit. Wie gesagt, ich habe sie vorbereitet.«

»Davey Benton...«, begann Havers, und Lynley erkannte an dem Zorn in ihrer Stimme, dass er sie unterbrechen musste.

»Wo haben diese ›Vorstellungen‹ stattgefunden, Mr. Minshall?«, fragte er. »In der St.-Lucy-Kirche?«

Minshall schüttelte den Kopf. »Es waren Privatvorstellungen, wie ich schon sagte.«

»Also im Canterbury Hotel. Wo Sie Davey zum letzten Mal gesehen haben. Wo ist das?«

»In Lexham Gardens, nahe der Cromwell Road. Es gehört einem unserer Mitglieder. Er betreibt es nicht zu diesem Zweck, als Treffpunkt für Männer und Jungen. Es ist ein ganz gewöhnliches Hotel.«

»Darauf wette ich«, murmelte Havers.

»Erzählen Sie uns genau, was sich bei dieser Vorstellung ereignet hat«, forderte Lynley ihn auf. »Hat sie in einem Zimmer stattgefunden?«

»In einem normalen Hotelzimmer. Der Kunde wird gebeten, sich zuvor im Canterbury Hotel einzumieten. Wir treffen ihn in der Lobby und gehen zusammen nach oben, dann findet unsere Vorstellung statt, und danach werde ich bezahlt.«

»Für die Lieferung des Jungen?«

Minshall hatte offenbar nicht die Absicht, seine Zuhälterrolle zu gestehen. »Für die Zaubervorführung, bei der der Junge assistiert.«

»Und was dann?«

»Dann lasse ich den Jungen dort zurück, und der Kunde bringt ihn anschließend nach Hause.«

Havers fragte: »All die Jungen, deren Fotos wir in Ihrer Wohnung gefunden haben…?«

»Ehemalige Assistenten«, antwortete Minshall.

»Sie meinen, Sie haben jeden von ihnen irgendeinem Kerl in einem Hotelzimmer überlassen, damit der es mit ihnen treiben konnte?«

»Keiner der Jungen war gegen seinen Willen dort, keiner ist anschließend zu mir gekommen und hat sich über die Behandlung beklagt.«

»Behandlung«, wiederholte Havers. »Behandlung, Barry.«

»Mr. Minshall«, sagte Lynley, »Davey Benton wurde von dem Mann ermordet, dem Sie ihn ausgeliefert haben. Darüber sind Sie sich doch im Klaren, nicht wahr?«

Er schüttelte den Kopf. »Ich weiß nur, dass Davey ermordet wurde, Superintendent. Nichts beweist mir, dass mein Kunde es getan hat. Bis ich etwas Gegenteiliges von ihm höre, gehe ich davon aus, dass Davey Benton allein losgezogen ist, nachdem er nach Hause gebracht worden war.«

»Was meinen Sie mit ›bis Sie etwas Gegenteiliges von ihm hören‹?«, fragte Havers. »Erwarten Sie, dass ein Serienmörder Sie anruft und sagt: ›Vielen Dank, Kumpel, schick mir noch so einen, damit ich ihn umbringen kann‹?«

»*Sie* sagen, mein Kunde habe Davey umgebracht. Ich sage das nicht. Und, ja, ich erwarte, dass er eine zweite Vorstellung bucht«, fügte Minshall hinzu. »So läuft es meistens. Und eine dritte und vierte, wenn der Mann und der Junge kein privates Arrangement getroffen haben.«

»Was für eine Art von Arrangement?«, wollte Lynley wissen. Minshall ließ sich mit der Antwort Zeit. Er sah kurz zu James Barty hinüber, vielleicht, um sich zu erinnern, wie viel preiszugeben sein Anwalt ihm geraten hatte. Mit Bedacht sagte er: »Bei MABIL geht es um Liebe, Liebe zwischen Männern und Jungen. Die meisten Kinder sehnen sich nach Liebe. Genauer gesagt, die meisten Menschen sehnen sich danach. Es geht nicht und ging niemals um Kindesmissbrauch.«

»Lediglich um Zuhälterei«, warf Havers ein, die sich offensichtlich nicht länger beherrschen konnte.

»Kein Junge«, fuhr Minshall stur fort, »hat sich je ausgenutzt oder missbraucht gefühlt bei den Begegnungen, die ich über MABIL arrangiert habe. Wir wollen sie lieben. Und das tun wir auch.«

»Und was reden Sie sich ein, wenn sie tot aufgefunden werden?«, fragte Havers. »Dass Sie sie zu Tode geliebt haben?«

Minshall antwortete Lynley, als halte er dessen Schweigen für eine unausgesprochene Billigung seiner Taten. »Sie haben keinerlei Beweis, dass mein Kunde...« Dann beschloss er plötzlich einen Richtungswechsel: »Davey Benton sollte nicht sterben. Er war bereit für...«

»Davey Benton hat sich gegen seinen Mörder gewehrt«, unterbrach Lynley. »Ganz gleich, was Sie geglaubt haben, Mr. Minshall, er war weder schwul noch bereit, noch willig und ganz sicher nicht begierig. Also wenn er nach Ihrer ›Vorstellung‹ mit seinem Mörder mitgegangen ist, bezweifle ich, dass er das freiwillig getan hat.«

»Er lebte, als ich die beiden allein gelassen habe«, beharrte Minshall stur. »Ich schwöre es. Ich habe keinem der Jungen je ein Haar gekrümmt. Und das hat auch keiner meiner Kunden getan.«

Lynley hatte genug von Barry Minshall, seinen Kunden,

MABIL und dem großen Liebesprojekt, das zu fördern der Zauberer sich offenbar einbildete. »Wie sah dieser Mann aus? Wie sind Sie miteinander in Kontakt getreten?«

»Er ist kein...«

»Mr. Minshall, im Augenblick ist mir völlig gleich, ob er ein Mörder ist oder nicht. Ich will ihn finden, und ich will ihn verhören. Also, wie sind Sie in Kontakt getreten?«

»Er hat mich angerufen.«

»Festnetz? Handy?«

»Handy. Als er bereit war, hat er angerufen. Ich habe seine Nummer nicht.«

»Wie hat er erfahren, wann Sie alle Arrangements getroffen hatten?«

»Ich wusste, wie lange es dauern würde, und habe ihm gesagt, wann er wieder anrufen soll. So sind wir in Kontakt geblieben. Als ich alles vorbereitet hatte, hab ich einfach gewartet, bis er sich wieder meldete, und ihm gesagt, wann und wo er uns treffen sollte. Er ist ins Hotel gegangen, hat das Zimmer bar bezahlt, und dort sind wir zu ihm gestoßen. Alles andere ist gelaufen, wie ich es geschildert habe. Wir haben unsere Vorführung gemacht, und ich habe Davey dort zurückgelassen.«

»Davey fand das nicht eigenartig? Mit einem Fremden in einem Hotelzimmer zu bleiben?« Das klingt nicht nach dem Davey Benton, den der Vater des Jungen beschrieben hat, dachte Lynley. Es fehlte eine Komponente bei dem Szenario, das Minshall hier entwarf. »Stand der Junge unter Drogen?«, fragte er.

»Ich habe den Jungen nie Drogen gegeben«, entgegnete Minshall.

Lynley war inzwischen daran gewöhnt, dass der Mann um die Fragen herumtanzte. »Und was war mit Ihren Kunden?«, fragte er.

»Ich verteile keine Drogen...«

»Das reicht, Barry«, fuhr Barbara dazwischen. »Sie wissen ganz genau, was der Superintendent Sie gefragt hat.«

Minshall sah auf die Überreste seines Plastikbechers hinab, die nur noch konfettigroße Schnipsel waren. »Wir bekommen in dem Hotelzimmer in der Regel Getränke angeboten. Es steht den Jungen frei, sie zu nehmen oder nicht.«

»Was für Getränke?«

»Alkohol.«

»Aber keine Drogen? Cannabis, Kokain, Ecstasy oder Ähnliches?«

Minshall hatte tatsächlich die Stirn, bei dieser Frage empört aufzufahren. »Selbstverständlich nicht. Wir sind keine Drogensüchtigen, Superintendent Lynley.«

»Nur Kinderschänder«, sagte Havers. Dann warf sie Lynley einen Blick zu, der sagte: Tut mir Leid, Sir.

Er wiederholte: »Wie sah dieser Mann aus, Mr. Minshall?«

»Zwei-eins-sechs-null?« Minshall dachte darüber nach. »Durchschnittlich. Er hatte einen Kinn- und Schnurrbart. Er trug eine Schirmmütze, wie ein Mann vom Land. Und eine Brille.«

»Und ist Ihnen nie der Gedanke gekommen, dass all das eine Verkleidung sein könnte?«, fragte Lynley den Zauberer. »Der Bart, die Brille, die Mütze?«

»Mir ist in dem Moment überhaupt nicht in den Sinn gekommen... Verstehen Sie, wenn ein Mann bereit ist, sich nicht mehr mit Fantasien zu begnügen, sondern es wirklich zu tun, hat er das Verkleidungsstadium hinter sich gelassen.«

»Nicht, wenn er die Absicht hat, jemanden zu ermorden«, schränkte Havers ein.

»Wie alt war der Mann?«, fragte Lynley.

»Ich weiß es nicht. In den mittleren Jahren? Das muss er mindestens gewesen sein, denn er war in keiner sehr guten Verfassung. Er sah aus wie jemand, der sich nicht fit hält.«

»Wie jemand, der schnell außer Atem gerät?«

»Möglich. Aber glauben Sie mir, er war nicht verkleidet. Schön, ich gebe zu, einige Typen verkleiden sich, wenn sie zum ersten Mal zu MABIL kommen – Perücke, Bart, Turban, was auch immer –, aber wenn es so weit ist, dass sie bereit sind... haben wir Vertrauen geschaffen. Niemand tut dies ohne Vertrauen. Denn ich könnte ja ebenso gut ein Polizist sein, der verdeckt ermittelt. Ich könnte alles Mögliche sein.«

»Genau wie diese Männer«, sagte Havers. »Aber der Gedanke ist Ihnen einfach nie gekommen, oder, Barry? Sie haben Davey Benton einfach einem Serienmörder ausgeliefert, ihm zum Abschied zugewinkt und sind mit dem Geld in der Tasche nach Hause gefahren.« Sie wandte sich an Lynley. »Ich würde sagen, wir haben genug, meinen Sie nicht, Sir?«

Lynley konnte nicht widersprechen. Für den Augenblick hatten sie genug von Minshall. Sie brauchten eine Liste der eingegangenen Anrufe auf seinem Handy, sie mussten sich das Canterbury Hotel ansehen, und sie mussten ein neues Phantombild erstellen lassen, um zu sehen, ob das vom Square Four Gym Ähnlichkeit mit dem Bild von Minshalls Kunden hatte. Nach seiner Beschreibung von zwei-eins-sechs-null zu urteilen bestand jedoch weniger Ähnlichkeit mit dem Phantombild von Square Four Gym als vielmehr mit dem Mann, den Muwaffaq Masoud als Käufer seines Wagens beschrieben hatte. Der hatte zwar weder Kinn- noch Schnurrbart getragen, aber das Alter stimmte, der Mangel an körperlicher Fitness und der Glatzkopf, den Masoud gesehen hatte, mochte durchaus unter der Schirmmütze versteckt gewesen sein.

Zum ersten Mal erwog Lynley einen ganz neuen Gedanken.

»Havers«, sagte er, nachdem sie den Verhörraum wieder verlassen hatten, »es gibt noch einen ganz anderen Ansatz bei dieser Sache. Einen, den wir bislang nicht in Betracht gezogen haben.«

»Und zwar?«, fragte sie und stopfte ihr Notizbuch zurück in die Tasche.

»Zwei Männer. Einer beschafft, der andere mordet. Der eine beschafft, um dem anderen die Gelegenheit zu geben, zu morden. Ein dominanter und ein unterwürfiger Partner.«

Sie dachte darüber nach. »Es wäre nicht das erste Mal«, sagte sie. »Eine Variation von Fred und Rosemary oder von Hindley und Brady.«

»Mehr als das«, erwiderte Lynley.

»Inwiefern?«

»Es erklärt, warum einer von ihnen den Lieferwagen in Middlesex kauft, während der andere vor Muwaffaq Masouds Haus in einem Taxi wartet.«

Als Lynley nach Hause kam, war es schon sehr spät. Er hatte an der Victoria Street gehalten, um mit der Sitte über MABIL zu sprechen, und er hatte den Beamten des Kinderschutzteams die Informationen gegeben, die er zusammengetragen hatte. Er hatte ihnen von der St.-Lucy-Kirche unweit der U-Bahn-Station Gloucester Road berichtet und gefragt, welche Chancen bestünden, die Organisation zu verbieten.

Die Antwort, die er bekam, war wenig ermutigend. Eine Zusammenkunft gleichgesinnter Leute mit dem Zweck, ihre gleiche Gesinnung zu erörtern, stellte keinen Gesetzesverstoß dar. Sie wollten wissen, ob irgendetwas außer Gesprächen im Keller der St.-Lucy-Kirche stattfindet. Falls nicht, hatte die Sitte zu wenig Personal und zu viele andere illegale Aktivitäten, um die sie sich kümmern musste.

»Aber das sind Pädophile«, konterte Lynley frustriert, als sein Kollege ihm diese Auskunft gab.

»Vielleicht«, lautete die Antwort. »Aber die Staatsanwaltschaft wird niemanden aufgrund von Gesprächen anklagen, Tommy.« Trotzdem würde TO9 einen verdeckten Ermittler zu einem MABIL-Treffen schicken, wenn sie ein bisschen mehr Luft hatten. So lange es keine Anzeige oder harte Beweise für kriminelle Aktivitäten gab, war das das Einzige, was sie tun konnten.

Lynley war niedergeschlagen, als er in die Eaton Terrace einbog. Er parkte den Wagen in der Garage, die in einer kleinen Gasse hinter der Straße lag, und ging den kopfsteingepflasterten Weg um die Ecke zu seinem Haus zurück. Er fühlte sich durch und durch schmutzig nach diesem Tag.

Als er das Haus betrat, fand er das Erdgeschoss fast in völliger Dunkelheit. Nur an der Treppe brannte ein kleines Licht. Er ging hinauf zu ihrem Schlafzimmer, um zu sehen, ob seine Frau schon ins Bett gegangen war. Doch das Bett war unberührt. Also ging er weiter, erst zur Bibliothek und schließlich ins Kinderzimmer. Dort fand er sie. Sie hatte einen Schaukelstuhl für das Zimmer gekauft, in dem sie saß und schlief, ein seltsam geformtes Kissen im Schoß. Er erkannte es von einem ihrer vielen Besuche bei der Schwangerschaftsvorbereitung wieder. Man benutzte es beim Stillen.

Helen bewegte sich, als er näher trat. Als hätten sie sich gerade eben noch unterhalten, sagte sie: »Ich habe also beschlossen zu üben. Na ja, oder es ist wohl eher so, dass ich ausprobieren wollte, wie es sich anfühlt. Nicht das Stillen selbst, sondern einfach, ihn hier zu haben. Es ist eigenartig, wenn man darüber nachdenkt. Ich meine, wenn man wirklich einmal gründlich darüber nachdenkt.«

»Was ist eigenartig?«

Der Schaukelstuhl stand am Fenster, und er lehnte sich gegen das Sims und betrachtete sie liebevoll.

»Dass wir tatsächlich ein kleines Menschenwesen geschaffen haben. Unseren kleinen Jasper Felix, der selig in mir herumplanscht und darauf wartet, in diese Welt eingeführt zu werden.«

Lynley schauderte bei diesem Gedanken. Die Welt, in die ihr Sohn eingeführt wurde, war oft voller Gewalt und ein Ort der Unsicherheiten.

Helen sah ihm offenbar an, was ihm durch den Kopf ging, denn sie fragte: »Was ist es?«

»Schlimmer Tag«, antwortete er.

Sie streckte die Hand aus, und er ergriff sie. Ihre Haut war kühl, und er nahm ihren Zitrusduft wahr. »Ein Mann namens Mitchell Corsico hat mich heute angerufen, Tommy. Er sagte, er schreibe für die *Source*.«

»O mein Gott«, stöhnte Lynley. »Das tut mir Leid. Er ist wirklich von der *Source*.« Er erklärte ihr, dass er versuchte, Hilliers Pläne zu durchkreuzen, indem er Corsico mit den Details seines Privatlebens beschäftigte. »Dee hätte dich vorwarnen sollen, dass er vermutlich anruft. Ich hätte nicht gedacht, dass er so schnell ist. Sie hat sich bemüht, ihn mit Informationen zu versorgen, um ihn von der Einsatzzentrale fern zu halten.«

»Verstehe.« Helen reckte sich und gähnte. »Nun, ich hab mir schon gedacht, dass etwas im Busch ist, als er mich Countess genannt hat. Wie sich herausstellte, hatte er auch schon mit meinem Vater gesprochen. Ich habe keine Ahnung, wie er ihn ausfindig gemacht hat.«

»Was wollte er denn wissen?«

Sie machte Anstalten, sich zu erheben. Lynley half ihr auf die Füße. Sie legte das Kissen ins Kinderbett und stellte einen Plüschelefanten darauf. »Tochter eines Earl, verheiratet mit einem Earl. Er fand mich unverkennbar verabscheuenswert. Ich habe versucht, ihn mit meiner verblüffenden Geistlosigkeit und meinem verblassten Partygirl-Habitus zu amüsieren, aber er wirkte nicht so bezaubert, wie ich gehofft hatte. Unmengen von Fragen, warum ein Blaublut – das bist du, Liebling – Polizist wird. Ich habe ihm gesagt, ich hätte nicht den Schimmer einer Ahnung, zumal es mir viel lieber wäre, du stündest jeden Tag zur Verfügung, damit du dich in Knightsbridge mit mir zum Lunch treffen könntest. Er wollte mich mit einem Fotografen hier besuchen kommen. Aber dem habe ich nicht zugestimmt. Ich hoffe, das war richtig.«

»Das war es.«

»Da bin ich aber froh. Natürlich war die Versuchung, auf dem Sofa im Salon stilvoll für die *Source* zu posieren, beinah unwiderstehlich, aber ich konnte mich beherrschen.« Sie schlang den Arm um seine Taille, und sie gingen zur Tür. »Was sonst noch?«, fragte sie ihn.

»Hm?« Er küsste ihren Scheitel.

»Dein schlimmer Tag.«

»O Gott. Das ist nichts, worüber ich jetzt reden möchte.«

»Hast du zu Abend gegessen?«

»Kein Appetit«, antwortete er. »Alles, was ich will, ist, zu kollabieren. Vorzugsweise auf irgendetwas Weichem und relativ Nachgiebigem.«

Sie schaute zu ihm hoch und lächelte. »Ich weiß genau, was du brauchst.« Sie nahm seine Hand und führte ihn ins Schlafzimmer.

Er sagte: »Helen, das schaffe ich heute Abend nicht. Ich bin erledigt, fürchte ich. Tut mir Leid.«

Sie lachte. »Ich hätte nie gedacht, das je von dir zu hören. Aber keine Angst, ich habe etwas anderes im Sinn.«

Sie hieß ihn, sich aufs Bett zu setzen, und ging ins Bad. Er hörte das Anreißen eines Streichholzes und sah die Flamme. Einen Moment später lief Wasser in die Wanne, und Helen kam zu ihm zurück. »Tu gar nichts«, wies sie ihn an. »Versuch, an gar nichts zu denken, wenn du kannst. Entspann dich.« Sie fing an, ihn auszuziehen.

Die Art und Weise, wie sie das tat, hatte beinah etwas Zeremonielles, was zum Teil daran lag, dass sie ihn seiner Kleidungsstücke ohne Eile entledigte. Ordentlich stellte sie seine Schuhe beiseite, faltete Hose, Jackett und Hemd, und als er nackt war, führte sie ihn ins Badezimmer. Das Wasser in der Wanne verbreitete einen schwachen Duft, und die Kerzen einen beruhigend gedämpften Schimmer, der von den Spiegeln reflektiert wurde und Lichtbogen auf die Wände zauberte.

Er stieg in die Wanne und streckte sich aus, bis das Wasser ihm an die Schultern reichte. Sie legte ihm ein gefaltetes Handtuch als Kissen unter den Kopf und sagte: »Schließ die Augen. Entspann dich einfach. Tu gar nichts. Versuch, nicht zu denken. Der Duft sollte dir helfen. Konzentrier dich darauf.«

»Was ist das?«, fragte er.

»Helens Spezialzaubermischung.«

Er hörte sie im Bad umhergehen: Die Tür ging leise zu, Kleidungsstücke fielen raschelnd zu Boden. Dann stand sie neben der Wanne und tauchte die Hand ins Wasser. Er öffnete die

Augen. Sie hatte einen weichen Frotteebademantel übergezogen, seine olivgrüne Farbe wirkte warm auf ihrer Haut. Sie hielt einen Naturschwamm in der Hand und ließ ein Badegel darauf tropfen.

Sie begann, ihn zu waschen. »Ich habe gar nicht gefragt, wie *dein* Tag war«, murmelte er.

»Schsch«, entgegnete sie.

»Nein. Sag's mir. Dann kann ich über etwas nachdenken, das nichts mit Hillier oder dem Fall zu tun hat.«

»Meinetwegen«, sagte sie, aber ihre Stimme war leise, und sie ließ den Schwamm mit leichtem Druck seinen Arm hinabgleiten, sodass er die Augen wieder schloss. »Ich hatte einen Tag der Hoffnung.«

»Wenigstens einer. Ich bin froh.«

»Nach ausführlicher Recherche haben Deborah und ich acht Geschäfte für Taufbekleidung ausfindig gemacht. Wir sind morgen verabredet, um uns gänzlich dieser Sache zu widmen.«

»Fabelhaft«, sagte er. »Ein Ende aller Konflikte.«

»Das glauben wir auch. Übrigens, können wir den Bentley haben? Es werden möglicherweise mehr Päckchen, als in mein Auto passen.«

»Es geht um Babybekleidung, Helen. Kleidung für ein Neugeborenes. Wie viel Platz kann man dafür brauchen?«

»Ja, sicher. Aber vielleicht ergeben sich noch andere Einkäufe, Tommy...«

Er lachte in sich hinein. Sie nahm seinen anderen Arm. »Du kannst allem widerstehen, außer der Versuchung«, bemerkte er.

»Es ist für einen guten Zweck.«

»Was sonst?« Aber er sagte ihr, sie solle den Bentley nehmen und den Tag genießen. Er lehnte sich zurück und genoss die sanfte Massage.

Sie glitt mit dem Schwamm über seinen Hals und knetete seine Schultermuskeln. Dann wies sie ihn an, sich vorzubeugen, sodass sie sich an seinem Rücken zu schaffen machen konnte. Sie wusch seine Brust und massierte mit den Fingern sein Gesicht, auf eine Art und Weise, die jede Anspannung fortzuspülen schien. Dann tat sie das Gleiche mit seinen Füßen, bis er sich wie warmer Kitt fühlte. Seine Beine sparte sie sich bis zum Schluss auf.

Der Schwamm glitt hinauf, hinauf, hinauf. Und dann war es nicht mehr der Schwamm, sondern ihre Hand, und sie entlockte ihm ein Stöhnen.

»Ja?«, murmelte sie.

»O ja. Ja.«

»Mehr? Härter? Wie?«

»Tu einfach weiter das, was du tust.« Er hielt die Luft an. »Gott, Helen, du bist ein ungezogenes Mädchen.«

»Ich kann aufhören, wenn du willst.«

»Untersteh dich.«

Er öffnete die Augen und stellte fest, dass sie ihn beobachtete und sanft lächelte. »Zieh den Bademantel aus«, sagte er.

»Visuelle Stimulation? Es hat kaum den Anschein, dass du die noch brauchst.«

»Nicht die Art«, erwiderte er. »Zieh einfach den Bademantel aus.« Und nachdem sie seiner Bitte gefolgt war, machte er ihr Platz, sodass sie zu ihm ins Wasser steigen konnte. Sie platzierte die Füße links und rechts von ihm, und er nahm ihre Hände, um ihr zu helfen. »Sag Jasper Felix, er soll ein Stück beiseite rücken.«

Sie antwortete: »Ich glaube, das tut er gern.«

23

Barbara Havers schaltete den Fernseher zur Untermalung ihres Morgenrituals ein, das aus Pop-Tarts, Zigarette und Kaffee bestand. Es war eisig kalt in ihrem Haus, und sie trat ans Fenster, um festzustellen, ob es über Nacht geschneit hatte. Das war nicht der Fall, aber auf dem Zementpfad zum Vorderhaus glitzerte eine Eisschicht bedrohlich schwarz im Schein der Sicherheitslampe am Dach. Sie ging zum zerwühlten Bett zurück und erwog, sich wieder hineinzukuscheln und zu warten, bis der elektrische Ofen etwas gegen die Kälte unternommen hatte, aber sie wusste, dazu hatte sie keine Zeit. Also nahm sie die Bettdecke, wickelte sich hinein, ging frierend in die Kochnische und setzte den Kessel auf.

In ihrem Rücken präsentierte das Frühstücksfernsehen den neuesten Promiklatsch. Dabei ging es vornehmlich um die Frage, wer zur Zeit wessen Partner war – was die britische Öffentlichkeit immer brennend zu interessieren schien – und wer wen wegen wem verlassen hatte.

Barbara verzog das Gesicht und goss kochendes Wasser in die Kaffeepresse. Sie beugte sich über die Spüle, klopfte mit dem Finger an die Zigarette, die in ihrem Mundwinkel hing, und die Asche fiel nahe dem Abfluss ins Becken. Gott, die sind besessen, dachte sie. Partner hier, Partner da. Blieb irgendwer auch mal nur für fünf Minuten allein... abgesehen von ihr selbst, natürlich? Offenbar war der neue nationale Zeitvertreib, mit möglichst geringen Ausfallzeiten von einer Beziehung zur nächsten zu stolpern. Eine allein stehende Frau galt als gesellschaftlicher Versager, und wohin man auch schaute, wurde einem diese Botschaft entgegengebrüllt.

Sie trug ihr Pop-Tart zum Tisch und holte den Kaffee. Dann richtete sie die Fernbedienung auf den Fernseher und schaltete ihn aus. Sie fühlte sich verletzlich und lief Gefahr, über ihr partnerloses Leben nachzudenken. Sie hörte Azhars Bemerkung darüber, ob sie je in der glücklichen Lage sein werde, Kinder zu haben, und dieser Erinnerung wollte sie sich nicht einmal auf fünfzig Meter nähern. Also nahm sie einen großen Bissen von ihrem Pop-Tart und sah sich nach etwas um, das sie davon ablenken konnte, über ihren Nachbarn, seine Kommentare zu ihrem Familienstand und ihrer Kinderlosigkeit nachzudenken, und über die Erinnerung an die Wohnungstür, die sich nicht öffnete, als sie angeklopft hatte. Sie fand diese Ablenkung bei dem Mann aus Lubbock, legte die CD ein und drehte die Lautstärke auf.

Buddy Holly dröhnte immer noch aus den Boxen, als sie ihr zweites Pop-Tart verspeist hatte und bei der dritten Tasse Kaffee angelangt war. Er zelebrierte sein kurzes Leben mit solcher Leidenschaft – und Lautstärke –, dass sie das Klingeln des Telefons auf dem Weg ins Bad und unter die Dusche fast überhört hätte.

Sie drehte Buddy den Saft ab, nahm ab und hörte eine vertraute Stimme ihren Namen sagen.

»Barbara, Liebes, sind Sie das?«

Es war Mrs. Flo, für die Allgemeinheit Florence Magentry, in deren Heim in Greenford Barbaras Mutter seit fünfzehn Monaten zusammen mit mehreren anderen älteren Damen lebte, die in ähnlicher Weise auf Pflege angewiesen waren.

»Ich und niemand sonst«, antwortete Barbara. »Hallo, Mrs. Flo. Sie sind aber früh auf. Alles okay mit Mum?«

»Oh, aber sicher«, sagte Mrs. Flo. »Wir sind alle auf der Höhe hier. Mum hat sich heute Morgen Porridge gewünscht und ordentlich gelöffelt. Sie hat einen guten Appetit. Seit gestern Mittag spricht sie von Ihnen.«

Es war nicht Mrs. Flos Art, den Angehörigen ihrer Damen ein schlechtes Gewissen zu machen, aber Barbara verspürte es dennoch. Sie hatte ihre Mutter seit Wochen nicht besucht – ein Blick auf den Kalender sagte ihr, dass es tatsächlich fünf Wochen waren –, und es brauchte nicht viel, dass sie sich wie eine selbstsüchtige Kuh fühlte, die ihr Kalb im Stich gelassen hatte. Darum war es ihr ein Bedürfnis, sich vor Mrs. Flo zu rechtfertigen, und sie sagte: »Ich arbeite an der Ermittlung dieser Mordfälle... diese Jugendlichen. Sie haben vielleicht darüber gelesen. Es ist ein schwieriger Fall, und die Zeit sitzt uns ständig im Nacken. Hat Mum...«

»Barbie, Liebes, Sie sollen sich nicht immer solche Gedanken machen«, unterbrach Mrs. Flo. »Ich wollte Sie nur wissen lassen, dass Mum ein paar gute Tage hatte. Sie war im Hier und

Jetzt, und das ist sie immer noch. Darum dachte ich, weil sie gerade bei uns und nicht im ›Blitzkrieg‹ ist, wäre es eine gute Gelegenheit, mit ihr zum Frauenarzt zu fahren. Jetzt könnten wir es vielleicht hinter uns bringen, ohne sie unter Beruhigungsmittel setzen zu müssen, was ich immer für den besseren Weg halte, was meinen Sie?«

»Auf jeden Fall«, antwortete Barbara. »Wenn Sie den Termin machen, fahr ich sie hin.«

»Natürlich haben wir keine Garantie, dass sie immer noch sie selbst ist, wenn Sie hinfahren, Liebes. Wie gesagt, wir hatten ein paar gute Tage in letzter Zeit, aber Sie wissen ja, wie es ist.«

»Wohl wahr«, sagte Barbara. »Aber machen Sie trotzdem einen Termin aus. Ich komm schon damit klar, wenn wir ihr Beruhigungsmittel geben müssen.« Sie konnte sich dagegen wappnen, redete sie sich ein: Ihre Mutter zusammengesunken auf dem Beifahrersitz des Mini, der Mund schlaff, die Augen leer. Der Anblick würde nahezu unerträglich sein, aber allemal besser, als ihrem in Auflösung befindlichen Verstand klar machen zu wollen, was mit ihr geschah, wenn sie aufgefordert wurde, in der Praxis des Gynäkologen auf dem grässlichen Untersuchungsstuhl Platz zu nehmen.

Also sprachen Barbara und Mrs. Flo ein paar Daten ab, an denen Barbara nach Greenford hinauskommen und den Arzttermin wahrnehmen konnte. Dann legten sie auf, und Barbara blieb mit der traurigen Erkenntnis zurück, dass sie nicht so kinderlos war, wie es der Umwelt erscheinen mochte. Denn ihre Mutter nahm in ihrem Leben den Platz eines Kindes ein. Nicht gerade das, was Barbara sich erhofft hatte, aber so war es eben. Die kosmischen Kräfte, die das Universum lenkten, schenkten einem manchmal eine Variante dessen, was man sich für sein Leben wünschte.

Sie machte sich ein zweites Mal auf den Weg ins Bad, nur um wieder vom Telefon aufgehalten zu werden. Sie beschloss, das Gespräch dem Anrufbeantworter zu überlassen, ging weiter und drehte das Wasser in der Dusche auf. Doch sie hörte, dass die

Stimme des Anrufers männlich war, und das deutete darauf hin, dass es über Nacht eine neue Entwicklung in der Mordserie gegeben hatte, also hastete sie zurück, gerade rechtzeitig, um Taymullah Azhar sagen zu hören: »... die Nummer hier oben, falls Sie uns erreichen müssen.«

Sie riss den Hörer hoch. »Azhar? Hallo? Sind Sie noch da?« Und wo ist ›da‹?, fragte sie sich.

»Ah, Barbara«, antwortete er. »Ich hoffe, ich habe Sie nicht geweckt? Hadiyyah und ich sind bei einer Konferenz in der Universität in Lancaster, und mir ist eingefallen, dass ich vor unserer Abreise niemanden gebeten habe, unsere Post hereinzuholen. Wären Sie wohl so freundlich ...?«

»Müsste sie nicht in der Schule sein? Hat sie Ferien?«

»Ja, sicher«, antwortete er. »Soll heißen, ja, sie müsste in der Schule sein. Aber ich konnte sie ja nicht allein in London lassen, also haben wir ihre Schulsachen mitgenommen. Sie lernt hier im Hotelzimmer, während ich bei der Konferenz bin. Ich weiß, dass es nicht die allerglücklichste Lösung ist, aber Hadiyyah ist in Sicherheit und schließt hinter mir immer die Tür ab.«

»Azhar, sie sollte aber nicht ...« Barbara unterbrach sich. Das war der direkte Weg zu Streitigkeiten. Stattdessen sagte sie: »Sie hätten sie bei mir lassen können. Ich hätte mit Vergnügen auf sie aufgepasst. Das Angebot gilt jederzeit. Ich habe gestern Morgen bei Ihnen angeklopft, aber keiner hat aufgemacht.«

»Ah, da waren wir schon hier in Lancaster«, antwortete er.

»Aber ich hab doch Musik gehört ...«

»Mein armseliger Versuch, Einbrecher abzuschrecken.«

Barbara verspürte unerklärliche Erleichterung, als sie das hörte. »Wollen Sie, dass ich ein Auge auf Ihre Wohnung habe? Haben Sie irgendwo einen Schlüssel hinterlegt? Dann könnte ich die Post aus dem Briefkasten holen und reingehen und ...« Sie stellte fest, wie verdammt glücklich sie war, seine Stimme zu hören, und wie sehr sie ihm gefällig sein wollte. Das war ihr unheimlich, und sie verstummte. Schließlich war dies nach wie vor der Mann, der sie für eine bedauernswerte, allein stehende Frau hielt.

»Das ist sehr freundlich von Ihnen, Barbara«, antwortete er. »Aber es reicht vollkommen, wenn Sie nach unserer Post schauen würden.«

»Kein Problem«, versicherte sie fröhlich. »Wie geht's meiner Freundin?«

»Ich glaube, sie vermisst Sie. Leider schläft sie noch, sonst würde ich sie ans Telefon holen.«

Barbara war froh, das zu hören. Sie wusste sehr wohl, dass er nicht verpflichtet gewesen wäre, ihr zu sagen, dass Hadiyyah sie vermisste. Sie erwiderte: »Azhar, was diese CD angeht und unseren Streit... Sie wissen schon... Was ich über ihre... über Hadiyyahs Mutter gesagt hab...« Sie wusste nicht so recht, worauf sie eigentlich hinauswollte, und es widerstrebte ihr, ihre Bemerkungen zu wiederholen und ihn somit daran zu erinnern, wofür sie sich hier eigentlich entschuldigte. »Was ich gesagt habe, war völlig daneben. Tut mir Leid.«

Es folgte ein Schweigen. Sie sah ihn vor sich in irgendeinem Hotelzimmer oben im Norden, Eisblumen an den Fenstern und Hadiyyah als kleines Bündel im Bett. Das Zimmer hatte zwei Betten, mit einem Nachtschränkchen dazwischen, und er saß auf der Kante seines Betts. Eine Lampe war eingeschaltet, aber nicht auf dem Nachttisch, da er nicht wollte, dass das Licht seine Tochter weckte. Er trug... was? Einen Bademantel? Schlafanzug? Oder hatte er sich schon angezogen? Waren seine Füße nackt, oder steckten sie in Socken und Schuhen? Hatte er sich die dunklen Haare gekämmt? War er rasiert? Und... Und, verflucht noch mal, Herzchen, reiß dich, um Himmels willen, zusammen.

Azhar sagte: »Ich habe nicht auf Ihre Worte geantwortet, Barbara, sondern auf das reagiert, was Sie gesagt haben. Das war nicht richtig von mir, dieses Reagieren anstelle von Antworten. Ich hatte das Gefühl... Nein, ich dachte, sie versteht es nicht, diese Frau, und sie kann es auch unmöglich verstehen. Sie urteilt, ohne die Fakten zu kennen, und ich werde ihr den Kopf zurechtrücken. Das war falsch von mir, und darum entschuldige ich mich auch.«

»Was verstehen?« Barbara hörte das Wasser in ihrer Dusche rauschen, und sie wusste, sie sollte es abstellen. Aber sie wollte ihn nicht bitten, zu warten, während sie das tat, denn sie befürchtete, dass er auflegen würde.

»Was mich an Hadiyyahs Benehmen...« Er unterbrach sich, und sie glaubte, das Anreißen eines Streichholzes zu hören. Er steckte sich eine Zigarette an, um die Antwort hinausschieben zu können. Das war eine Methode, die die Gesellschaft, Kultur, Kino und Fernsehen allen beigebracht hatten. Schließlich fuhr er sehr leise fort: »Barbara, es fing an... Nein. Angela hat irgendwann angefangen, mich zu belügen. Wohin sie ging, wen sie traf. Und auch am Ende stand eine Lüge. Eine Reise nach Ontario zu Verwandten, zu ihrer Tante – Patentante, um genauer zu sein –, die krank geworden war und der sie viel zu verdanken hatte. Und Sie haben sicher erraten, nicht wahr, dass nichts von alldem wahr ist, sondern dass es einen anderen Mann gibt, so wie ich einmal der andere Mann in Angelas Leben war... Und darum war ich, als Hadiyyah mich angelogen hat...«

»Ich verstehe.« Barbara stellte fest, dass sie nur den Schmerz lindern wollte, den sie in seiner Stimme hörte. Sie musste nicht wissen, was Hadiyyahs Mutter mit wem getrieben hatte. »Sie haben Angela geliebt, und sie hat Sie angelogen. Sie wollen nicht, dass auch Hadiyyah lernt zu lügen.«

Er sagte: »Die Frau, die man mehr liebt als sein Leben, die Frau, für die man alles aufgegeben hat, die einem ein Kind geschenkt hat... das dritte Kind, aber die anderen beiden sind für immer verloren...«

»Azhar«, unterbrach Barbara. »Azhar, Azhar. Es tut mir Leid. Ich habe nicht darüber nachgedacht... Sie hatten Recht. Wie könnte ich auch nur ahnen, wie das ist? Verdammt. Ich wünschte...« Was?, fragte sie sich. Dass er hier wäre, antwortete sie sich selbst, hier in diesem Zimmer, damit sie ihn umarmen und ihm irgendetwas geben könnte. Trost, aber gleichzeitig mehr als Trost, dachte sie. In ihrem ganzen Leben hatte sie sich nie einsamer gefühlt.

»Kein Weg ist einfach«, sagte er. »Das ist etwas, das ich gelernt habe.«

»Das ändert nichts an dem Schmerz, nehme ich an.«

»Wie wahr. Ah, Hadiyyah rührt sich. Würden Sie gern …?«

»Nein. Aber grüßen Sie sie von mir. Und wenn Sie das nächste Mal zu einer Konferenz oder so müssen, Azhar, dann denken Sie an mich, in Ordnung? Wie gesagt, ich kümmere mich gern um sie, wenn Sie weg sind.«

»Danke«, sagte er. »Ich denke oft an Sie.« Und damit legte er auf.

Barbara stand da, den Hörer in der Hand, den sie weiterhin ans Ohr gepresst hatte, als könne sie den kurzen Kontakt mit ihrem Nachbarn dadurch verlängern. Schließlich sagte sie: »Also dann, Wiedersehen«, und legte auf. Aber sie ließ die Finger auf dem Telefon ruhen und spürte ihren Puls in den Fingerspitzen.

Sie fühlte sich leichter, wärmer. Als sie endlich in die Dusche stieg, summte sie nicht »Raining in My Heart«, sondern »Everyday«, das besser zu ihrer veränderten Stimmung zu passen schien.

Die anschließende Fahrt nach Scotland Yard machte ihr überhaupt nichts aus. Sie meisterte den Weg in aller Gelassenheit, ohne eine einzige Zigarette als Nervenfutter zu brauchen. Doch ihre Fröhlichkeit verflog, sobald sie in die Einsatzzentrale kam.

Dort herrschte summende Betriebsamkeit. Kleine Gruppen standen um drei Schreibtische herum, und alle beugten sich über ausgebreitete Boulevardzeitungen. Barbara schloss sich der Gruppe an, zu der Winston Nkata gehörte. Er stand ganz hinten, die Arme vor der Brust verschränkt, wie es seine Gewohnheit war, aber trotzdem fasziniert.

»Was ist los?«, fragte sie ihn.

Nkata wies in Richtung Schreibtisch. »Der Artikel über den Chef steht drin.«

»Schon heute?«, fragte sie. »Das ging verdammt schnell.« Sie schaute sich um und sah überall grimmige Gesichter. »Er wollte, dass dieser Corsico beschäftigt ist. Hat das nicht geklappt oder so?«

»Oh, der war schwer beschäftigt«, erwiderte Nkata. »Hat sein Haus ausfindig gemacht und ein Foto davon abgedruckt. Die Straße hat er nicht genannt, aber er erwähnt Belgravia.«

Barbaras Augen weiteten sich. »Dieser Drecksack. Das ist furchtbar.«

Sie arbeitete sich allmählich nach vorn, als andere Kollegen beiseite traten, nachdem sie die Zeitung gesehen hatten. Sie blätterte zurück zur Titelseite und las die Überschrift: »Seine Lordschaft, der Polizist« mit einem Foto von Lynley und Helen, Arm in Arm und Champagnergläser in den Händen. Havers erkannte das Bild. Es war im vergangenen November bei einer Feier aufgenommen worden: der Silberhochzeit von Webberly und seiner Frau, nur wenige Tage, bevor ein Mörder versucht hatte, den Superintendent zu einem seiner Opfer zu machen.

Sie überflog den Artikel, während Nkata wieder zu ihr trat. Barbara stellte fest, dass Dorothea Harriman genau das getan hatte, was Lynley ihr aufgetragen hatte, nämlich Corsico zu ermutigen, in jede nur denkbare Richtung zu recherchieren. Aber was keiner von ihnen vorhergesehen hatte, war die Schnelligkeit, mit der der Reporter seine Fakten zusammengetragen, sie in die übliche atemlose Prosa einer Boulevardzeitung verpackt und mit Informationen kombiniert hatte, die über das Informationsrecht der Öffentlichkeit weit hinausgingen.

Wie etwa die ungefähre Lage von Lynleys Haus, dachte Barbara. Das würde sie alle noch in Teufels Küche bringen.

Sie fand das Foto des Hauses an der Eaton Terrace, als sie zur Seite vier blätterte, um die Fortsetzung des Artikels zu lesen. Dort waren noch weitere Bilder abgedruckt: eines vom Familiensitz der Lynleys in Cornwall, eines, das Lynley als Jugendlichen in seiner Eton-Uniform zeigte, und eines mit den anderen Mitgliedern seiner Rudermannschaft in Oxford.

»So ein verfluchter Mist«, murmelte sie. »Wie in aller Welt ist er an dieses Zeug gekommen?«

Nkata antwortete: »Da fragt man sich, was er ausgräbt, wenn er sich über den Rest von uns hermacht.«

Sie sah zu ihm auf. Hätte er grün im Gesicht werden können, dann wäre das jetzt der Fall gewesen. Winston Nkata war sicher der Letzte, der seine Vergangenheit vor der Öffentlichkeit breitgetreten sehen wollte. »Der Chef wird dafür sorgen, dass er nicht an dich rankommt, Winnie«, versicherte sie.

»Es ist nicht unser Chef, der mir Sorgen macht, Barb.«

Hillier. Das war Winnies Befürchtung. Denn wenn schon Lynley ein gefundenes Fressen für die Zeitung war, was würde sie erst aus »Ehemaliges Bandenmitglied wird geläutert« machen? Man konnte schon jetzt darüber streiten, wie sicher Nkatas Leben in Brixton war. Die Vorstellung, wie es darum bestellt sein würde, wenn die Geschichte seiner »Läuterung« in der Zeitung erschienen war, konnte einem Angst machen.

Plötzlich herrschte Stille im Raum, und als Barbara aufschaute, stellte sie fest, dass Lynley eingetreten war. Seine Miene war finster, und sie fragte sich, ob er bereute, sich als Opferlamm auf dem Altar der Auflagenzahlen der *Source* zur Verfügung gestellt zu haben.

Was er sagte, war: »Wenigstens die Geschichte in Yorkshire haben sie noch nicht rausgekriegt«, was mit einem nervösen Getuschel aufgenommen wurde. Es war der einzige, aber untilgbare Fleck auf der ansonsten weißen Weste seiner Karriere: die Ermordung seines Schwagers und die Rolle, die er bei der anschließenden Ermittlung gespielt hatte.

»Das werden sie noch, Tommy«, warnte John Stewart.

»Nicht, wenn wir ihnen eine größere Story geben.« Lynley trat an eine der Tafeln. Er betrachtete die Fotos, die dort hingen, und die Liste mit den Aufgaben, für die die Teammitglieder eingeteilt waren. Wie üblich fragte er: »Was haben wir?«

Der erste Bericht kam von den Beamten, welche die Pendler befragt hatten, die auf der Wood Lane parkten, um dann den Pfad hügelabwärts durch den Queen's Wood und wieder hinauf zur Highgate-U-Bahn-Station an der Archway Road zu nehmen. Keiner der Befragten hatte an dem Morgen, als Davey Bentons Leiche gefunden worden war, etwas Ungewöhnliches beobachtet. Einige erwähnten einen Mann, eine Frau und zwei Männer zusammen, die ihre Hunde in dem Wald ausgeführt hatten, aber das war alles, was sie zu bieten hatten, und weder von den Haltern noch den Hunden konnten Beschreibungen gegeben werden.

In den Häusern an der Wood Lane, die zum Park führte, hatten sie ebenso wenig in Erfahrung bringen können. Spät abends war das eine ruhige Gegend, und offenbar hatte nichts diese nächtliche Stille unterbrochen, als Davey Benton ermordet worden war. Das war eine Enttäuschung für das ganze Team, doch der Kollege, der die Bewohner von Walden Lodge befragt hatte, dem Mehrfamilienhaus am Rand des Queen's Wood, hatte bessere Neuigkeiten.

Es war nichts, wofür man den Champagner rausholen könnte, warnte der Kollege sie, aber ein Mann namens Berkeley Pears – »Was für ein Name«, murmelte einer der anderen Beamten – besaß einen Jack-Russell-Terrier, der um drei Uhr fünfundvierzig zu bellen begonnen hatte. »In der Wohnung, nicht draußen«, fügte der Constable hinzu. »Pears dachte, es sei vielleicht jemand auf dem Balkon, also hat er sich ein Tranchiermesser geschnappt und ist nachsehen gegangen. Er ist sicher, dass er unten am Hügel ein Licht gesehen hat. Es ging an und aus und wieder an, so als wär es abgeschirmt. Er dachte, es wären Sprayer oder jemand, der auf dem Weg zur oder von der Archway Road ging. Er hat den Hund beruhigt, und das war's.«

»Drei Uhr fünfundvierzig – das erklärt, warum keiner der Pendler etwas gesehen hat«, sagte John Stewart zu Lynley.

»Tja. Wir haben von Anfang an gewusst, dass er in den frühen Morgenstunden aktiv ist«, erwiderte Lynley. »Sonst noch irgendetwas aus Walden Lodge, Kevin?«

»Eine Frau namens Janet Castle glaubt, sie habe etwa um Mitternacht ein Rufen oder einen Schrei gehört. Betonung liegt auf ›glaubt‹. Sie sieht viel fern, Krimis und so weiter. Ich schätze, sie ist eine verhinderte DCI Tennison, allerdings ohne den Sexappeal.«
»Ein einzelner Schrei?«
»So sagt sie.«
»Mann, Frau, Kind?«
»Wusste sie nicht.«
»Die beiden Männer im Wald, die am Morgen den Hund ausgeführt haben, sind eine Möglichkeit«, sagte Lynley. Er erläuterte das nicht näher, sondern wies den Constable, der ihm Bericht erstattet hatte, lediglich an, noch einmal den Pendler zu befragen, der sie gesehen hatte. »Was sonst?«, fragte er die anderen.

Ein weiterer der Queen's-Wood-Constables antwortete: »Dieser alten Knacker, den der Sprayer in den Schrebergärten gesehen hat, ist zweiundsiebzig Jahre alt und kann niemals unser Täter sein. Er kann kaum laufen. Dafür redet er gern. Er war gar nicht mehr zu bremsen.«

»Was hat er gesehen? Irgendetwas?«

»Den Sprayer. Das war auch das Einzige, worüber er reden wollte. Anscheinend hat er die Kollegen schon unzählige Male angerufen wegen des kleinen Scheißers, aber nach seiner Darstellung rühren sie nie einen Finger, weil sie was Besseres mit ihrer Zeit anzufangen wissen, als Vandalen zu schnappen, die öffentliches Eigentum verunstalten.«

Lynley wandte sich wieder an den Walden-Lodge-Constable. »Hat irgendjemand im Haus diesen Sprayer erwähnt, Kevin?«

Kevin schüttelte den Kopf. Doch er konsultierte kurz seine Notizen, ehe er antwortete: »Ich habe allerdings nur mit Bewohnern von acht der Wohnungen gesprochen. Was die anderen beiden angeht: Eine Wohnung steht seit kurzem leer und zum Verkauf, die andere gehört einer Dame, die sich zu ihrem jährlichen Urlaub in Spanien aufhält.«

Lynley ließ sich das durch den Kopf gehen und sah eine Chance. »Gehen Sie zu den Immobilienmaklern in der Gegend und finden Sie heraus, wer diese Wohnung in jüngster Zeit besichtigt hat.«

Dann informierte er sein Team über einen weiteren Bericht von SO7, den er bei seiner Ankunft heute früh in seinem Büro vorgefunden hatte: Das Haar auf Davey Bentons Leiche stammte von einer Katze. Außerdem passten die Reifenspuren in St. George's Gardens nicht zu Barry Minshalls Van. Doch es gab irgendwo da draußen einen Van, nach dem sie immer noch suchten, und es sah jetzt so aus, als sei er zu genau dem Zweck gekauft worden, für den er jetzt eingesetzt wurde – als mobiler Mordtatort.

»Zu dem Zeitpunkt, als Kimmo Thorne ermordet wurde, war der Wagen immer noch auf den Vorbesitzer gemeldet, Muwaffaq Masoud. Aber jetzt besitzt irgendjemand anderes diesen Wagen, und wir müssen ihn finden.«

»Sollen wir die Fahrzeugbeschreibung veröffentlichen, Tommy?«, fragte John Stewart. »Wenn wir das Augenmerk der Öffentlichkeit auf diesen Wagen lenken…« Seine Geste schien zu sagen: Den Rest kannst du dir denken.

Lynley überlegte. Tatsache war, dass dieser Lieferwagen eine Goldgrube an Beweisen darstellte. Fanden sie den Wagen, hatten sie den Mörder. Doch das Problem war, dass die Situation unverändert blieb: Sobald sie die exakte Beschreibung des Van veröffentlichten, das Kennzeichen und die Beschriftung an der Seite, gewährten sie dem Täter einen Blick auf den Stand der Ermittlungen. Entweder würde er den Wagen in einer von den Tausenden Garagen in der Stadt verstecken, oder er würde ihn gründlich reinigen und ihn dann irgendwo abstellen. Sie mussten bei dieser Frage den goldenen Mittelweg finden.

»Gib die Beschreibung an jede Polizeidienststelle in der Stadt.« Er verteilte die restlichen Aufgaben des Tages, und Barbara nahm die ihre mit freundlicher Miene entgegen, obwohl die erste Hälfte ihres Auftrags darin bestand, den Bericht über

John Miller, den Badesalzhändler vom Stables Market, zu schreiben. Doch die zweite Hälfte führte sie hinaus auf die Straße, was sie eindeutig vorzog: Canterbury Hotel in Lexham Gardens. Sie sollte den Nachtportier ausfindig machen und fragen, wer an dem Abend ein Zimmer für eine Nacht gebucht hatte, als Davey Benton ermordet worden war.

Lynley war noch dabei, die Beamten einzuteilen – unter anderem musste eine Gesprächsliste für Minshalls Handy besorgt werden, und irgendjemand sollte die Teilnehmer am letzten MABIL-Treffen in der St.-Lucy-Kirche ermitteln, notfalls über Fingerabdrücke –, als Dorothea Harriman Mitchell Corsico in die Einsatzzentrale führte.

Man konnte ihr ansehen, dass ihr nicht wohl dabei war. Ihr Ausdruck war unmissverständlich: Anordnung von oben.

»Ah«, sagte Lynley, »Mr. Corsico. Begleiten Sie mich, bitte.« Und damit ging er hinaus, damit das Team sich an die Arbeit machen konnte.

Barbara hörte seinen frostigen Tonfall und wusste, dass Corsico allerhand zu hören kriegen würde.

Lynley hatte eine Ausgabe der *Source*. Der wachhabende Beamte an der Tiefgarageneinfahrt hatte sie ihm überlassen, als er zur Arbeit gekommen war. Lynley hatte den Artikel überflogen und seinen Irrtum erkannt. Welches Ausmaß an Selbstüberschätzung, zu glauben, man könne eine Gazette überlisten. Es war das tägliche Brot dieser Zeitungen, nutzlose Informationen auszugraben, darum hatte er damit gerechnet, dass in dem Artikel über seinen Titel und seinen Familiensitz, auch über seine Oxford- und Eton-Vergangenheit geschrieben werden würde. Womit er hingegen nicht gerechnet hatte, war, dass ein Foto seines Londoner Hauses die Zeitung zieren würde, und er war entschlossen, dafür zu sorgen, dass dieser Reporter keine weiteren Beamten in Gefahr brachte, indem er mit ihnen ebenso verfuhr.

»Ein paar grundsätzliche Regeln«, sagte er, als er mit Corsico allein war.

»Hat das Porträt Ihnen nicht gefallen?«, fragte der junge Mann und zog seine Jeans hoch. »Es war nicht einmal der Hauch einer Andeutung auf Ihre Ermittlung darin oder die Spuren, die Sie schon haben. Oder auch nicht haben«, fügte er mit einem mitleidigen Lächeln hinzu, das Lynley ihm am liebsten vom Gesicht gewischt hätte.

»Die Kollegen hier haben Frauen, Männer und Familien«, sagte Lynley. »Lassen Sie sie aus dem Spiel.«

»Keine Bange«, beruhigte Corsico ihn. »Sie sind mit Abstand der Interessanteste von dem Haufen. Wie viele Polizisten können schon von sich behaupten, einen Steinwurf vom Eaton Square entfernt zu wohnen? Heute Morgen hat mich übrigens ein Detective Sergeant aus Yorkshire angerufen. Ich kann Ihnen den Namen nicht sagen, aber er meinte, er habe vielleicht ein paar Informationen, die wir als Folgestory zum heutigen Artikel gebrauchen könnten. Möchten Sie einen Kommentar abgeben?«

Lynley vermutete, dass das nur Detective Sergeant Nies von der Richmond Police sein konnte, der sicher ganz versessen darauf war, dem Reporter detailliert zu erzählen, wie es gewesen war, den Earl of Asherton in Untersuchungshaft zu haben. Und der Rest von Lynleys finsterer Vergangenheit würde ebenfalls ans Licht kommen: Alkohol am Steuer, ein demoliertes Auto, ein verkrüppelter Freund – alles.

»Hören Sie mir zu, Mr. Corsico«, sagte er, und in dem Moment begann sein Telefon zu klingeln. Er griff nach dem Hörer. »Lynley. Was?«, fragte er ungeduldig.

»Ich sehe dieser Zeichnung kein bisschen ähnlich, wissen Sie«, bekam er zur Antwort. Es war eine Männerstimme, ausgesprochen liebenswürdig. Beschwingte Tanzmusik säuselte im Hintergrund. »Die im Fernsehen. Und welche Anrede ziehen Sie vor, Superintendent oder Mylord?«

Lynley zögerte, und tödliche Ruhe kam über ihn. Er war sich Mitchell Corsicos Anwesenheit im Raum nur zu bewusst. Er bat seinen Anrufer: »Würden Sie bitte einen Moment warten?«, und wollte Corsico auffordern, ihn für fünf Minuten allein zu lassen, als die Stimme fortfuhr: »Ich lege auf, wenn Sie das versuchen, Superintendent Lynley. Na bitte. Es scheint, ich habe mich entschieden, wie ich Sie nennen soll.«

»Wenn ich was versuche?«, fragte Lynley. Er sah zu seiner Bürotür und auf den Korridor hinaus, in der Hoffnung, jemanden zu entdecken, den er hereinwinken konnte. Doch niemand kam vorbei, und so griff er nach einem Notizblock, um eine Nachricht zu schreiben.

»Ach, bitte. Ich bin kein Idiot. Sie werden diesen Anruf nicht zurückverfolgen können, weil ich dafür nicht lange genug in der Leitung bleibe. Hören Sie einfach zu.«

Lynley bedeutete Corsico, an seinen Schreibtisch zu treten. Der Reporter gab vor, ihn nicht zu verstehen, deutete auf die eigene Brust und runzelte die Stirn. Lynley hätte ihn am liebsten erwürgt. Er wiederholte seine Geste und reichte ihm schließlich den Zettel, auf dem stand: »Holen Sie DC Havers.«

»Jetzt gleich«, sagte er, die Hand über der Muschel des Hörers.

»Einen Computernachweis dieses Anrufs bekommen Sie sowieso, oder?«, fragte die Stimme freundlich. »So arbeiten Sie. Aber bis Sie sich den beschafft haben, werde ich Sie ein weiteres Mal beeindruckt haben. Um nicht zu sagen, in absolutes Erstaunen versetzen. Sie haben übrigens eine bildschöne Frau.«

Obwohl Corsico bereits hinausgegangen war, um Havers zu suchen, sagte Lynley: »Ich habe einen Reporter hier in meinem Büro. Ich würde ihn gern hinausschicken. Würden Sie so lange in der Leitung bleiben?«

»Kommen Sie, Superintendent Lynley, Sie können nicht erwarten, dass ich darauf hereinfalle.«

»Soll ich ihm den Hörer geben, um Sie zu überzeugen? Sein Name ist Mitchell Corsico, und...«

»Und bedauerlicherweise kann ich keinen Blick auf seinen Ausweis werfen, aber ich bin sicher, Sie würden das gern arrangieren. Nein, das ist nicht nötig. Ich will mich kurz fassen. Erstens, ich habe Ihnen einen Brief mit einer Unterschrift geschickt. Das Zeichen des Fu. Der Grund dafür ist ohne Belang, aber ist die Information ausreichend, um Sie zu überzeugen, wer ich bin? Oder soll ich Ihnen noch etwas über Nabel erzählen?«

Lynley sagte: »Ich bin überzeugt.« Diese Details gehörten zu den wenigen Dingen, die sie den Medien nicht mitgeteilt hatten, und die Kenntnis davon identifizierte den Anrufer als den gesuchten Mörder oder jemanden, der mit den Einzelheiten der Ermittlung vertraut war. Dann hätte Lynley die Stimme jedoch bekannt sein müssen, und das war nicht der Fall. Er musste diesen Anruf zurückverfolgen. Aber wenn er auch nur einen Fehler machte, würde der Mörder die Verbindung unterbrechen, ehe Havers hier war.

»Gut. Dann hören Sie mir zu, Superintendent Lynley. Ich bin hinausgegangen, um einen Ort zu suchen, um Sie noch mal verblüffen zu können. Er war schwer zu finden, aber ich wollte Sie wissen lassen, dass ich ihn jetzt entdeckt habe. Schiere Inspiration. Ein bisschen riskant, aber er wird einschlagen wie eine Bombe. Ich plane ein Ereignis, das Sie so schnell nicht vergessen werden.«

»Was haben Sie…«

»Ich habe auch schon meine Wahl getroffen. Ich dachte, das wüssten Sie vielleicht gern. Ich spiele ja fair.«

»Können wir darüber reden?«

»Ach, ich glaube nicht.«

»Warum haben Sie dann…«

»Wenige Worte, große Taten, Superintendent. Glauben Sie mir, es ist besser so.«

Er legte auf, gerade als Havers das Büro betrat, Corsico einen halben Schritt hinter ihr.

»Verschwinden Sie«, sagte Lynley zu dem Reporter.

»Augenblick mal. Ich habe getan, was Sie…«

»Das hier geht Sie nichts an. Raus.«

»Der Assistant Commissioner…«

»…wird es überleben, dass ich Sie vorübergehend aus meinem Büro eskortiert habe.« Lynley nahm ihn beim Arm. »Ich schlage vor, Sie nutzen Ihre neue Informationsquelle in Yorkshire. Glauben Sie mir, das ist gutes Material für Ihre nächste Ausgabe.« Er stieß ihn auf den Flur hinaus und schloss die Tür. Dann sagte er zu Havers: »Er hat angerufen.«

Sie wusste, wen er meinte. »Wann? Gerade eben? War das der Grund...?« Sie wies zur Tür.

»Fragen Sie die Telefondaten ab. Wir müssen wissen, woher er angerufen hat. Er hat ein neues Opfer.«

»In seiner Gewalt? Sir, diese Telefondaten... Es wird dauern...«

»Musik«, sagte Lynley. »Ich konnte Tanzmusik im Hintergrund hören. Aber das war alles. Seichte Musik, wie beim Tanztee. Daran hat sie mich erinnert.«

»Tanztee... Nicht zu dieser Tageszeit. Glauben Sie...«

»Altmodische Musik, aus den Dreißiger- oder Vierzigerjahren. Havers, was sagt Ihnen das?«

»Dass er aus einem Aufzug, in dem Musik gespielt wird, angerufen hat, und der könnte überall in der Stadt sein. Sir...«

»Er wusste von Fu. Das hat er erwähnt. Gott, wenn dieser Reporter nicht im Zimmer gewesen wäre... Wir müssen das hier vor der Presse geheim halten. Denn das ist der Stoff, den sie wollen, sowohl Corsico als auch der Mörder. Die beiden wollen diese Sache mit fetter Schlagzeile auf der Titelseite stehen haben. Und er hat das Opfer, Havers. Ausgesucht, schon in seiner Gewalt oder was auch immer. Und den Ort ebenso. Herrgott noch mal, wir dürfen hier nicht einfach tatenlos rumsitzen.«

»Sir. Sir.«

Lynley riss sich zusammen. Er sah die Besorgnis in Havers' blassem Gesicht. »Da ist noch etwas, oder?«, fragte sie. »Was ist es? Sagen Sie's mir. Bitte.«

Lynley wollte es nicht aussprechen, denn er wusste, dann würde er sich damit und mit seiner Verantwortung auseinander setzen müssen. »Er hat Helen erwähnt«, sagte er schließlich. »Barbara, er hat Helen erwähnt.«

24

Als Barbara Havers in die Einsatzzentrale zurückkam, bemerkte Winston Nkata ihren veränderten Gesichtsausdruck. Er beobachtete, wie sie zu Detective Inspector Stewart trat, ein paar Worte mit ihm sprach und Stewart anschließend in großer Eile den Raum verließ. Dies in Zusammenhang mit dem Umstand, dass Corsico zuvor aus Lynleys Büro gekommen war, um Havers zu holen, sagte Nkata, dass etwas im Busch war.

Doch er ging nicht sofort zu Havers, um sich informieren zu lassen. Vielmehr schaute er ihr nach, als sie an den Computer ging, wo sie nach Informationen über den Badesalztypen vom Stables Market gesucht hatte. Sie erweckte glaubhaft den Anschein, sich dieser Aufgabe wieder vollen Herzens zu widmen, doch Nkata erkannte, dass ihr etwas anderes durch den Kopf ging. Sie starrte mindestens zwei Minuten lang auf den Bildschirm, ehe sie sich sammelte und einen Bleistift ergriff. Dann starrte sie weitere zwei Minuten auf den Computerschirm, gab es schließlich auf und erhob sich. Sie ging zur Tür, und Nkata war nicht entgangen, dass sie ihre Zigaretten aus der Tasche geholt hatte. Sie schleicht sich ins Treppenhaus, um eine zu rauchen, dachte er. Das war doch eine gute Gelegenheit für einen Plausch.

Doch statt sich umgehend ins Treppenhaus zu begeben, holte sie Kaffee, steckte Münzen in den Automaten und sah trübsinnig zu, während die Brühe in einen Plastikbecher tröpfelte. Sie klopfte eine Zigarette aus der Packung, zündete sie aber nicht an.

Er fragte: »Ist dir nach Gesellschaft?« und suchte in seinen Taschen Kleingeld für einen Kaffee.

Sie wandte sich um und antwortete müde: »Winnie. Hast du irgendwas Brauchbares?«

Er schüttelte den Kopf. »Du?«

Sie schüttelte ebenfalls den Kopf. »Dieser Badesalzhändler,

John Miller, ist absolut sauber. Er zahlt seine Steuern pünktlich, hat eine Kreditkarte, deren Saldo er einmal im Monat begleicht, er hat sogar seinen Fernseher angemeldet, hat ein Haus, eine Hypothek, einen Hund, eine Katze, eine Ehefrau und drei Enkelkinder. Er fährt einen zehn Jahre alten Saab und hat schlimme Füße. Frag mich was. Ich bin sein Biograph geworden.«

Nkata lächelte. Er steckte seine Münzen in den Kaffeeautomaten und drückte die Taste für Milch und Zucker. Er nickte Richtung Einsatzzentrale. »Warum hat Corsico dich denn vorhin geholt? Ich schätze, du sollst die Nächste sein, die er in der Zeitung porträtiert? Aber es war noch was anderes. Der Chef hatte ihn geschickt, um dich zu holen.«

Barbara versuchte nicht einmal, ihm etwas vorzumachen. Das war einer der Gründe, warum Nkata sie mochte. Sie sagte: »Er hat angerufen. Der Chef hatte ihn am Telefon, als ich hinkam.«

Nkata wusste sofort, wen sie meinte. »Deswegen ist Stewart so eilig rausgeflitzt?«

Sie nickte. »Er besorgt die Telefondaten.« Sie trank einen Schluck Kaffee, ohne wegen des Geschmacks das Gesicht zu verziehen. »Was immer das nützt. Dieser Typ ist nicht blöd. Er wird weder sein Handy benutzt haben, noch hat er uns über die Festnetzleitung aus seinem Schlafzimmer angerufen, oder? Er war irgendwo in einer Telefonzelle, und zwar nicht vor seinem Haus, seinem Arbeitsplatz oder irgendeinem anderen Ort, mit dem wir ihn in Verbindung bringen können.«

»Muss aber trotzdem erledigt werden.«

»Stimmt.« Sie betrachtete die Zigarette, die sie hatte rauchen wollen. Dann fasste sie einen Entschluss und steckte sie in die Tasche. Dabei zerbrach sie in zwei Hälften, und ein Teil fiel zu Boden. Sie sah darauf hinab und beförderte das Stück mit dem Fuß unter den Kaffeeautomaten.

»Was sonst noch?«, fragte Nkata.

»Dieser Kerl hat Helen erwähnt. Der Superintendent ist völlig fertig, und wer wär das nicht?«

»Das hat er nur aus der Zeitung. Er versucht, uns mürbe zu machen.«

»Na ja, das ist ihm gelungen.« Barbara trank ihren Becher leer und zerdrückte ihn geräuschvoll. Dann fragte sie: »Wo steckt er denn eigentlich?«

»Corsico?« Nkata zuckte die Schultern. »Ich schätze, er schnüffelt in unseren Personalakten. Gibt jeden Namen im Internet ein und guckt, was er Brauchbares für seine nächste Story findet. Barb, dieser Kerl, der Killer mit dem roten Transit, was hat er über sie gesagt?«

»Über Helen? Ich weiß keine Einzelheiten. Aber diese ganze Idee, über irgendjemanden von uns etwas in der Zeitung zu schreiben... Das ist nicht gut. Weder für uns noch für die Ermittlung. Wie steht es eigentlich mit dir und Hillier?«

»Ich geh ihm aus dem Weg.«

»Keine dumme Strategie.«

Mitchell Corsico stand plötzlich wie aus dem Boden gestampft vor ihnen und lächelte, als er sie am Kaffeeautomaten entdeckte.

»DS Nkata«, sagte der Reporter. »Ich hab Sie gesucht.«

Barbara raunte Nkata zu: »Besser du als ich, Winnie. Sorry.« Und damit machte sie sich auf den Rückweg zur Einsatzzentrale. Sie und Corsico gingen aneinander vorbei, ohne auch nur einen Blick zu wechseln. Und dann war Nkata allein mit dem Journalisten.

»Kann ich Sie kurz sprechen?« Corsico wählte Tee mit Milch und zweimal Zucker und schlürfte das heiße Getränk. Alice Nkata hätte das missbilligt.

»Ich hab zu arbeiten«, entgegnete Nkata und wollte sich abwenden.

»Es geht um Harold.« Corsicos Stimme klang so freundlich wie eh und je. »Ich hab mich gefragt, ob Sie mir vielleicht etwas über ihn erzählen wollen. Über zwei gegensätzliche Brüder... Es wäre ein fantastischer Einstieg für die Story. Sie sind der Nächste, wie Ihnen wahrscheinlich schon aufgegangen ist. Sie auf der einen Seite, Lynley auf der anderen. Es ist eine Art Alpha-und-Omega-Situation, die bei den Lesern gut ankommen wird.«

Nkata war erstarrt, als der Name seines Bruders gefallen war. Er hatte nicht die Absicht, über Stoney zu sprechen. Was konnte er über ihn sagen? Selbst wenn er sich auf die Antwort »kein Kommentar« beschränkte, würde ihm das nichts helfen. Wenn er Stoney Nkata verteidigte, würde es heißen, er gehe mit Scheuklappen durchs Leben und dass die Schwarzen immer zusammenhalten wie Pech und Schwefel, ganz egal, was passiert war. Gab er aber keinen Kommentar ab, würde es so ausgelegt, als sei er ein Beamter, der seine Vergangenheit verleugnet, ganz zu schweigen von seiner Familie.

»Harold...«, begann er und dachte, wie seltsam dieser Name, den er nie benutzt hatte, ihm in den Ohren klang. »Er ist mein Bruder. Das stimmt.«

»Und möchten Sie...«

»Das habe ich doch gerade«, unterbrach Nkata. »Ich hab es Ihnen bestätigt. Und wenn Sie mich jetzt entschuldigen, ich habe zu arbeiten.«

Corsico folgte ihm den Flur entlang und in die Einsatzzentrale. Er zog sich einen Stuhl heran und setzte sich neben Nkata, holte einen Notizblock heraus und schlug ihn auf der Seite auf, wo er sich zuletzt Notizen gemacht hatte, allem Anschein nach in altmodischer Stenographie.

»Ich habe ganz falsch angefangen«, sagte er. »Lassen Sie es mich noch einmal versuchen. Ihr Vater heißt Benjamin. Er ist Busfahrer, richtig? Wie lange arbeitet er schon bei London Transport? Welche Route fährt er, Detective Sergeant Nkata?«

Nkatas Kiefermuskeln verkrampften sich, während er die Blätter sortierte, auf denen er zuvor Informationen zusammengetragen hatte.

Corsico fuhr fort: »Tja, also, die Adresse ist Loughborough Estate in Südlondon, richtig? Wohnen Sie schon lange da?«

»Mein ganzes Leben.« Nkata schaute den Reporter immer

noch nicht an. Jede seiner Bewegungen sollte ausdrücken: Ich hab zu tun, Mann.

Corsico ließ sich nicht aus dem Konzept bringen. Mit einem Blick auf seine Notizen fragte er: »Und Ihre Mutter? Alice? Was macht sie?«

Nkata fuhr auf seinem Stuhl zu ihm herum. Seine Stimme blieb höflich. »Die Frau des Superintendent ist in der Zeitung gelandet. Das wird mit meiner Familie nicht passieren. Auf keinen Fall.«

Corsico schien das als Einladung in Nkatas Psyche zu interpretieren, die ihn ohnehin mehr interessierte. Er fragte: »Würden Sie sagen, es ist bei Ihrer Herkunft schwierig, ein Polizist zu sein, Sergeant?«

»Ich will keine Geschichte über mich in der Zeitung«, erwiderte Nkata. »Ich kann mich nicht deutlicher ausdrücken, Mr. Corsico.«

»Mitch«, verbesserte Corsico. »Sie sehen in mir einen Gegner, hab ich Recht? Aber so sollte es nicht sein mit uns. Ich bin hier, um Scotland Yard einen Dienst zu erweisen. Haben Sie den Artikel über Superintendent Lynley gelesen? Kein negatives Wort darin. Ich habe ihn in ein so positives Licht gestellt, wie ich konnte. Na schön, es gäb noch mehr über ihn zu sagen – diese Geschichte in Yorkshire und der Tod seines Schwagers –, aber dem brauchen wir uns vorläufig noch nicht zuzuwenden, vorausgesetzt, dass die übrigen Beamten sich kooperativ zeigen, wenn ich sie porträtieren will.«

»Moment mal«, sagte Nkata. »Wollen Sie mir drohen? Wollen Sie mich damit erpressen, was Sie dem Superintendent antun, wenn ich Ihr Spielchen nicht mitmache?«

Corsico lächelte. Lässig fegte er die Frage beiseite. »Nein, nein. Aber ich bekomme meine Informationen über die Rechercheure der *Source*, Sergeant. Das heißt, jemand anderes verfügte vor mir über diese Informationen. Das bedeutet wiederum, mein Chefredakteur wird sauer sein, wenn er rauskriegt, dass an einer Story mehr dran war, als ich bisher geschrieben habe, und er will wissen, warum, und wann ich eine Fortsetzung bringe. Wie diese Yorkshire-Information, zum Beispiel: Warum gehst du nicht dem Mord an Edward Davenport nach, Mitch?, wird er mich fragen. Ich sag ihm, ich hab was Besseres. Eine ›Tellerwäscher wird Millionär‹-Story oder, genauer gesagt, eine ›Brixton Warrior wird Musterbulle‹-Story. Glaub mir, werd ich ihm sagen, wenn du das siehst, wirst du verstehen, warum ich Lynley erst mal auf Eis gelegt habe. Wie haben Sie diese Narbe im Gesicht bekommen, Sergeant Nkata? Stammt sie von einem Schnappmesser?«

Nkata schwieg, denn er gedachte nicht, ihm irgendetwas über Windmill Allotments und den Straßenkampf zu erzählen, der für ihn mit einem aufgeschlitzten Gesicht geendet hatte. Und ganz sicher auch nichts über die Brixton Warriors, die südlich des Flusses noch so aktiv waren wie eh und je.

»Außerdem wissen Sie doch, dass das von viel weiter oben kommt, oder?«, fügte Corsico hinzu. »Stephenson Deacon, ganz zu schweigen von AC Hillier, haben knallhart mit der Presse verhandelt. Ich schätze, die werden ziemlich sauer sein, wenn Sie nicht an Bord kommen und uns bei den Porträts unterstützen.«

Nkata rang sich ein freundliches Nicken ab und schob den Schreibtischstuhl zurück. Er griff nach seinem Notizbuch und sagte so würdevoll, wie er konnte: »Mitch, ich muss jetzt zum Superintendent, weil er auf das hier wartet.« Er zeigte auf sein Notizbuch. »Also müssen wir das, was immer wir tun müssen, später tun.«

Er verließ die Einsatzzentrale. Lynley brauchte die Informationen nicht, die er hatte – sie waren so oder so nutzlos –, aber eher würde die Hölle einfrieren, als dass er friedlich dort sitzen blieb und sich die höflich verpackten Drohungen anhörte. Wenn Hillier wegen Nkatas mangelnder Kooperation eine Sicherung durchbrannte, dann musste es eben so sein, entschied er.

Lynleys Bürotür stand offen, und der Superintendent telefonierte, als Nkata eintrat. Lynley nickte ihm zu und zeigte auf den

Stuhl vor seinem Schreibtisch. Er lauschte und schrieb auf einen gelben Notizblock.

Nachdem er aufgelegt hatte, fragte Lynley ahnungsvoll: »Corsico?«

»Er hat gleich mit Stoney angefangen. Als Erstes. Mann, ich bin wirklich nicht scharf darauf, dass dieser Kerl in den Angelegenheiten meiner Familie rumschnüffelt. Mum hat schon genug um die Ohren, ohne dass Stoney wieder in der Zeitung steht.« Seine Leidenschaft überraschte ihn selbst. Er hätte nicht gedacht, dass seine Gefühle noch so heftig waren, die Enttäuschung über den Treuebruch, die Entrüstung, die … was immer es in Wirklichkeit auch war, denn er konnte es nicht benennen, und im Moment konnte er sich auch nicht erlauben, es zu versuchen.

Lynley nahm die Brille ab und drückte die Finger gegen die Stirn. »Winston, wie kann ich mich für all das entschuldigen?«

»Sie könnten Hillier erschießen. Das wär ein guter Anfang.«

»Wohl wahr«, stimmte Lynley zu. »Das heißt, Sie haben Corsico einen Korb gegeben?«

»Mehr oder weniger.«

»Das war die richtige Entscheidung. Hillier wird es nicht gefallen. Weiß Gott, wenn er davon hört, bekommt er einen Anfall. Aber das wird nicht jetzt gleich passieren, und wenn es so weit ist, werde ich mein Bestes tun, ihn von Ihnen fern zu halten. Ich wünschte, ich könnte mehr tun.«

Nkata war schon für das Wenige dankbar, vor allem, wenn man bedachte, dass der Superintendent bereits von dem Journalisten porträtiert worden war. Er sagte: »Barb hat erzählt, unser Mann hat Sie angerufen …«

»Er lässt die Muskeln spielen«, erwiderte Lynley. »Er versucht, uns mürbe zu machen. Und was haben Sie?«

»Absolut nichts von den Kreditkartenkäufen. Das ist eine totale Sackgasse. Die einzige Verbindung zwischen Crystal Moon und einem unserer Verdächtigen ist Robbie Kilfoyle. Dieser Sandwichlieferant. Können wir ihn observieren lassen?«

»Auf der Basis der Crystal-Moon-Verbindung? Wir haben nicht genügend Personal. Hillier genehmigt uns nicht mehr Leute, und die, die wir haben, arbeiten bereits vierzehn bis achtzehn Stunden am Tag.« Lynley zeigte auf seinen gelben Block. »SO7 hat einen Abgleich zwischen allen Substanzen, die in Minshalls Van zu finden waren, und dem Gummirückstand, der an Kimmo Thornes Fahrrad gefunden wurde, gemacht. Keine Übereinstimmung. Minshall hat alten Teppichboden in seinem Wagen, keine Gummimatten. Aber Davey Bentons Fingerabdrücke sind überall in dem Fahrzeug. Und ungefähr zwanzig weitere.«

»Die anderen toten Jungen?«

»Wir führen gerade den Abgleich durch.«

»Aber Sie glauben nicht, dass sie es sind, oder?«

»Die Fingerabdrücke der anderen Jungen in Minshalls Wagen?« Lynley setzte die Lesebrille wieder auf und sah auf seine Notizen hinab, ehe er antwortete. »Nein. Das glaube ich nicht«, sagte er schließlich. »Ich denke, dass Minshall die Wahrheit sagt, so sehr ich es auch hasse, ihm zu glauben, bedenkt man seine Perversionen.«

»Und das heißt...«

»Der Mörder hat von Colossus zu MABIL gewechselt, nachdem wir in Elephant and Castle aufgekreuzt sind und unsere Fragen gestellt haben. Und jetzt, da wir Minshall in Untersuchungshaft haben, wird er sich eine neue Bezugsquelle für seine Opfer suchen müssen. Wir müssen ihn schnappen, bevor er wieder zuschlägt, denn Gott allein weiß, wo das sein wird, und wir können nicht jeden Jungen in London schützen.«

»Also brauchen wir die Termine, zu denen sich diese MABIL-Typen treffen. Und wir müssen die Alibis aller Teilnehmer überprüfen.«

»Das heißt, zurück zum... vielleicht nicht gerade zum Start, aber ziemlich weit zurück zum Anfang«, pflichtete Lynley bei. »Sie haben Recht, Winston. Es muss erledigt werden.«

Ulrike blieb nichts anderes übrig, als öffentliche Verkehrsmittel zu benutzen. Der Weg von Elephant and Castle zur Brick Lane war weit, und sie konnte die Zeit nicht erübrigen, die die Fahrt hin und zurück mit dem Rad gedauert hätte. Es war so schon verdächtig genug, dass sie Colossus verließ, ohne dass ein Termin in ihrem Planer oder in dem Kalender stand, den Jack Veness an der Rezeption führte. Also hatte sie einen Anruf auf dem Handy erfunden – Patrick Bensley, der Präsident der Stiftung, wollte, dass sie sich mit ihm und einem potenziellen finanzstarken Sponsor treffe – und darum müsse sie fort. Jack könne sie auf dem Handy erreichen. Sie werde es wie immer eingeschaltet lassen.

Jack Veness hatte sie betrachtet, und ein kleines Lächeln zerteilte seinen spärlichen Bart. Er nickte wissend. Sie gab ihm keine Gelegenheit, eine Bemerkung zu machen. Es war wieder einmal nötig, ihn in die Schranken zu weisen, aber sie hatte jetzt keine Zeit, mit ihm über sein Verhalten und dessen notwendige Veränderung zu sprechen, sollte er innerhalb der Organisation je aufsteigen wollen. Vielmehr nahm sie Mantel, Schal und Mütze und ging hinaus.

Die Kälte draußen war ein Schock, den sie zuerst in den Augäpfeln spürte, dann in den Knochen. Es war eine typische Londoner Kälte: angereichert mit Feuchtigkeit, sodass das Atmen zur Anstrengung wurde. Diese Kälte trieb Ulrike an, sich so schnell wie möglich in die stickige Wärme der U-Bahn zu flüchten. Dort stieg sie in einen Zug Richtung Embankment und versuchte, sich von einer Frau fern zu halten, die röchelnd hustete.

Am Embankment stieg Ulrike aus und drängelte sich durch die Scharen von Pendlern. Ihr fiel auf, dass das Publikum sich veränderte. Die mehrheitlich schwarzen Fahrgäste wichen besser gekleideten Weißen, als sie zum Bahnsteig der District Line ging, deren Haltestellen einige Bastionen der Londoner Kapitalbonzen bedienten. Auf dem Weg warf sie eine Pfundmünze in den offenen Gitarrenkasten eines Musikanten. Er sang schmachtend »A Man Needs a Mate« und klang dabei weniger wie Neil

Young, sondern eher wie Cliff Richard mit Polypen. Aber wenigstens tat er irgendetwas, um seinen Lebensunterhalt zu bestreiten.

Im Bahnhof Aldgate East erstand sie eine Ausgabe der Obdachlosenzeitung – die dritte in zwei Tagen. Sie rundete den Preis um fünfzig Pence auf. Der Mann, der sie verkaufte, sah so aus, als hätte er es nötig.

Sie fand die Hopetown Street, nachdem sie die Brick Lane wenige Schritte entlanggegangen war, bog ein und kam zu Griffins Haus. Es lag am hinteren Ende der Siedlung, jenseits einer Rasenfläche und vielleicht dreißig Meter vom Gemeindezentrum entfernt, wo eine Kinderschar, begleitet von einem verstimmten Klavier, sang.

Ulrike blieb an der Pforte zu dem winzigen Vorgarten stehen, der geradezu zwanghaft gepflegt war. Griff sprach nie viel über Arabella, aber nach dem Wenigen, was Ulrike wusste, waren die ordentlich beschnittenen Kübelpflanzen und die sauber gefegten Pflastersteine genau das, was sie erwartet hatte.

Arabella selbst jedoch entsprach nicht ihren Erwartungen. Sie kam aus dem Haus, als Ulrike gerade auf die Tür zugehen wollte. Sie schob einen Kinderwagen über die Schwelle, dessen winziger Fahrgast so dick gegen die Kälte eingewickelt war, dass nur die Nase herausschaute.

Ulrike hatte mit einer Frau gerechnet, die sich gehen ließ. Aber mit dem schwarzen Barett und den Stiefeln sah Arabella eher chic aus. Sie trug einen dicken Rollkragenpulli unter einer schwarzen Lederjacke. Ihre Oberschenkel waren zu dick, aber offenbar arbeitete sie daran. Sie würde in Nullkommanichts wieder in Form sein.

Schöne Haut, dachte Ulrike, als Arabella aufschaute. Die hat ihr ganzes Leben in England mit seiner hohen Luftfeuchtigkeit verbracht. In Kapstadt sah man eine solche Haut nicht. Arabella war eine echte englische Rose.

Griffs Frau sagte: »Tja, alles hat ein erstes Mal. Griff ist nicht hier, falls Sie auf der Suche nach ihm sind, Ulrike. Und wenn er nicht zur Arbeit gegangen ist, ist er vermutlich in der T-Shirt-Druckerei, obwohl ich das bezweifle, so wie die Dinge in letzter Zeit stehen.« Sie blinzelte, als wolle sie sichergehen, dass sie auch die richtige Frau vor sich hatte, und dann fügte sie sarkastisch hinzu: »Sie sind doch Ulrike, oder?«

Ulrike fragte sie nicht, woher sie das wusste. »Ich bin nicht gekommen, um mit Griff zu sprechen«, antwortete sie. »Sondern mit Ihnen.«

»Das ist noch eine Premiere.« Arabella schob den Kinderwagen behutsam über die einzelne Stufe am Eingang, dann wandte sie sich um und sperrte die Tür ab, zupfte die Decken des Babys zurecht und sagte schließlich: »Ich wüsste nicht, was wir zu besprechen hätten. Griff hat Ihnen bestimmt keine Versprechungen gemacht, also wenn Sie hier sind, weil Sie ein vernünftiges Gespräch über Scheidung oder Rollentausch oder was auch immer mit mir führen wollen, verschwenden Sie nur Ihre Zeit. Und nicht nur, was mich betrifft, sondern auch, soweit es ihn angeht.«

Ulrike fühlte ihr Gesicht heiß werden. Es war kindisch, aber sie hätte Arabella Strong gern ein paar Fakten dargelegt, beginnend mit: Ich verschwende meine Zeit? Er hat mich erst gestern in meinem Büro gefickt, Herzchen. Doch sie nahm sich zusammen und sagte lediglich: »Das ist nicht der Grund, warum ich gekommen bin.«

»Oh, wirklich nicht?«, fragte Arabella.

»Nein. Ich hab seinen niedlichen kleinen Arsch kürzlich mit einem Tritt aus meinem Leben befördert. Endlich gehört er Ihnen ganz allein«, antwortete Ulrike.

»Da haben Sie ja noch mal Glück gehabt. Sie wären nicht glücklich geworden, wenn er sich dauerhaft für Sie entschieden hätte. Es ist nicht gerade einfach, mit ihm zusammenzuleben. Seine… seine außerehelichen Interessen gehen einem doch schnell auf die Nerven. Man muss lernen, damit klarzukommen.« Arabella ging durch den Vorgarten auf das Tor zu. Ulrike trat beiseite, hielt es ihr aber nicht auf. Arabella öffnete das Tor, und Ulrike folgte ihr hinaus auf die Straße. Aus der Nähe bekam Ulrike einen besseren Eindruck davon, wer Griffs Frau eigentlich war: eine Frau, die dafür lebte, umsorgt zu werden, die mit sechzehn Jahren die Schule verließ und sich dann einen Übergangsjob suchte, bis der geeignete Heiratskandidat aufkreuzte. Doch dieser Job brachte mit Sicherheit nicht genug Geld, sie zu ernähren, sollte die Ehe zerbrechen und die Frau auf sich allein gestellt sein.

Arabella wandte sich zu ihr um und sagte: »Ich bin auf dem Weg zum Bäcker oben an der Brick Lane. Sie können mitkommen, wenn Sie wollen. Ich habe nichts gegen Gesellschaft. Ein freundlicher Plausch mit einer anderen Frau ist doch immer nett. Und außerdem gibt es etwas, das Sie vielleicht gern sehen würden.«

Sie ging los, ohne sich darum zu kümmern, ob Ulrike folgte oder nicht. Ulrike holte sie ein, entschlossen, nicht wie ein unwillkommenes Anhängsel auszusehen. »Woher wussten Sie, wer ich bin?«, fragte sie.

Arabella warf ihr einen Blick zu. »Charakterstärke«, sagte sie. »Die Art, wie Sie sich kleiden, und Ihr Gesichtsausdruck. Ihr Gang. Ich hab Sie zum Tor kommen sehen. Griff hat es gern, wenn seine Frauen stark sind, jedenfalls zu Anfang. Eine starke Frau zu verführen, das erlaubt ihm, sich selbst stark zu fühlen. Was er nicht ist. Na ja, das wissen Sie ja. Er ist noch nie stark gewesen. Natürlich hält er sich dafür, so wie er auch glaubt, er könne Geheimnisse vor mir haben und all seine ... seine Serienaffären vor mir verbergen. Aber er ist schwach wie jeder gut aussehende Mann. Die Welt verneigt sich vor seiner Attraktivität, und er hat das Gefühl, er müsse der Welt etwas beweisen, das über seine Attraktivität hinausgeht. Das gelingt ihm aber niemals, weil er wiederum seine Attraktivität dazu benutzt, diesen Beweis anzutreten. Armer Schatz«, fügte sie hinzu. »Manchmal tut er mir richtig Leid. Aber wir raufen uns immer wieder zusammen, trotz seiner Fehler.«

Sie bogen in nördlicher Richtung in die Brick Lane ein. Ein

Lastwagenfahrer lieferte bunte Stoffballen an einen Sariladen an der Ecke, dessen Fenster immer noch mit Weihnachtsbeleuchtung dekoriert waren, es vielleicht das ganze Jahr blieben.

Arabella sagte: »Ich nehme an, das war der Grund, warum Sie ihn eingestellt haben, oder?«

»Sein Aussehen?«

»Ich kann mir denken, Sie haben ihn zum Vorstellungsgespräch eingeladen, waren ein bisschen geblendet von seinem seelenvollen Ausdruck und haben nicht eine einzige Referenz überprüft. Darauf musste er hoffen.« Arabella bedachte sie mit einem Blick, der sorgsam einstudiert wirkte, als habe sie Tage und Monate damit verbracht, für den Moment zu proben, wenn sie einer der Geliebten ihres Mannes einmal die Meinung sagen konnte.

Das musste Ulrike ihr zugestehen: Sie hatte nichts Besseres verdient. »Schuldig im Sinne der Anklage«, räumte sie ein. »Er versteht sich auf Vorstellungsgespräche.«

»Ich weiß nicht, wie er zurechtkommen soll, wenn seine Attraktivität verblasst«, sagte Arabella. »Aber ich schätze, bei Männern ist es anders.«

»Sie halten länger«, stimmte Ulrike zu.

»Längerfristiges Verfallsdatum.«

Sie ertappten sich dabei, dass sie beide lachten, und wandten verlegen den Blick ab. Sie waren ein gutes Stück die Brick Lane entlangspaziert. Gegenüber einem Kurzwarenladen, der so aussah, als hätte es ihn hier schon zu Dickens' Zeiten gegeben, blieb Arabella stehen.

»Da«, sagte sie, »das wollte ich Ihnen zeigen, Ulrike.« Sie wies über die Straße, aber nicht auf Ablecourt & Son Ltd., sondern auf das Bengal Garden, ein Restaurant neben dem Kurzwarenladen, dessen Fenster und Gitterrollläden an der Eingangstür bis zum Abend fest verschlossen waren.

»Was ist damit?«, fragte Ulrike.

»Da arbeitet sie. Sie heißt Emma, aber ich denke, das ist nicht ihr richtiger Name. Der ist vermutlich irgendwas Unausprechliches mit M am Schluss. Um es englisch klingen zu lassen, haben sie ein A angehängt. Oder sie selbst hat es getan. Ihre Eltern sprechen sie bestimmt immer noch mit ihrem richtigen Namen an, aber sie setzt alles daran, englisch zu sein. Und Griff beabsichtigt, ihr dabei zu helfen. Sie ist die Empfangsdame des Restaurants. Sie ist eine richtige Ausnahme für Griff, denn er hat es sonst nicht so mit der ethnischen Vielfalt. Aber ich schätze, die Tatsache, dass sie gegen den Widerstand ihrer Eltern versucht, englisch zu sein...« Arabella sah verstohlen in Ulrikes Richtung. »Das interpretiert er als Stärke. Oder zumindest redet er sich das ein.«

»Woher wissen Sie von ihr?«

»Ich weiß immer über die Frauen Bescheid. Eine Ehefrau spürt das, Ulrike. Es gibt Anzeichen. In diesem Fall war es der Umstand, dass er mich kürzlich in dieses Restaurant ausgeführt hat. Ihr Gesichtsausdruck, als wir reinkamen. Griff war offensichtlich schon mal da gewesen und hatte den Boden bereitet. Ich war Phase zwei: Die Ehefrau an seinem Arm, sodass Emma sehen kann, mit welchen Unwägbarkeiten er fertig werden muss.«

»Was heißt, er hat den Boden bereitet?«

»Er hat einen bestimmten Pullover, den er trägt, wenn er eine Frau auf sich aufmerksam machen will. Einen Seemannspulli. Die Farbe betont seine Augen. Hat er ihn in Ihrer Gegenwart auch getragen? Vielleicht bei einer Besprechung unter vier Augen? Ah, ich sehe, das hat er. Er ist ein Gewohnheitstier. Aber warum abweichen, wenn eine Methode funktioniert? Man kann ihm kaum einen Vorwurf machen, dass er nicht variiert.«

Arabella ging weiter. Ulrike warf einen letzten Blick zum Bengal Garden hinüber und folgte ihr dann. »Warum bleiben Sie bei ihm?«, fragte sie.

»Tatiana soll einen Vater haben«, antwortete sie.

»Und was ist mit Ihnen?«

»Ich halte die Augen offen. Griffin ist, wie er ist.«

Sie überquerten eine Straße und schlenderten weiter in nördlicher Richtung, vorbei an der alten Brauerei, bis sie die Gegend erreichten, die von Ledergeschäften und Billigläden dominiert wurde. Ulrike stellte die Frage, wegen der sie gekommen war, wenngleich ihr inzwischen klar war, wie unzuverlässig Arabellas Antwort sein würde.

»Die Nacht des Achten?«, wiederholte Arabella versonnen, sodass es Ulrike zumindest im Bereich des Möglichen zu sein schien, dass sie die Wahrheit hören würde. »Nun, da war er bei mir zu Hause, Ulrike.« Dann fügte sie bedächtig hinzu: »Oder er war bei Emma. Oder bei Ihnen. Oder in der Textildruckerei, bis Tagesanbruch oder noch länger. Ich werde die Version beschwören, die Griff vorzieht. Er, Sie und jeder andere können sich felsenfest darauf verlassen.« Sie blieb an der Tür eines Lokals mit riesigen Fenstern stehen. Drinnen drängten sich etliche Leute vor einer Glastheke, hinter der eine große Tafel mit dem Angebot an Bagels angebracht war. »Die Wahrheit ist, ich habe keine Ahnung, wo er war, aber das werde ich der Polizei niemals sagen. Da können Sie sicher sein.« Sie wandte den Blick von Ulrikes Gesicht ab, schaute ins Innere des Ladens und schien jetzt erst zu registrieren, wo sie sich befand. »Ah, da ist der Bäcker ja schon. Möchten Sie ein Bagel, Ulrike? Ich geb eines aus.«

Fu fand einen Abstellplatz für den Wagen, der ihm ausgesprochen logisch erschien: die Tiefgarage unter Marks & Spencer. Natürlich gab es dort eine Überwachungskamera – was sonst konnte man in diesem Teil der Stadt erwarten –, dennoch konnte er eine vernünftige Erklärung für seine Anwesenheit geben, sollte er hier je gefilmt werden: Bei Marks & Sparks gab es Toiletten; bei Marks & Sparks gab es eine Lebensmittelabteilung. Beide konnten als Ausrede herhalten.

Um auf Nummer sicher zu gehen, begab er sich nach oben in das Kaufhaus und ließ sich an beiden Orten blicken. Er kaufte einen Schokoriegel in der Lebensmittelabteilung und stellte sich breitbeinig vor ein Urinal in der Herrentoilette. Das, dachte er, sollte reichen.

Er wusch sich gründlich die Hände – zu dieser Jahreszeit konnte man nicht vorsichtig genug sein, mit all den grippalen Infekten, die die Menschen mit sich herumtrugen. Anschließend verließ er das Kaufhaus und machte sich auf den Weg zum Platz. Ein halbes Dutzend Straßen liefen dort zusammen, und diejenige, die er entlangschritt, war die belebteste. Er schlängelte sich durch ein Gewimmel aus Taxen und Privatfahrzeugen, die sich alle von Südwesten nach Nordosten quälten. Als er den Platz selbst erreichte, überquerte er ihn an einer Fußgängerampel, atmete die Abgase eines Busses der Linie 11 ein.

Nach Leadenhall Market war er wütend gewesen, aber jetzt hatte seine Gemütslage sich geändert. Die Inspiration war über ihn gekommen, und er hatte sie mit beiden Händen ergriffen, hatte seine Pläne ohne irgendjemandes Fürbitte geändert. Folglich war ihm der höhnische Madenchor erspart geblieben. Es war einfach die Erkenntnis über ihn gekommen, dass sich ihm ein neuer Weg eröffnete, den jeder Zeitungskiosk an jeder Straßenecke, die er passierte, ihm verkündete.

Auf dem Platz ging er zum Brunnen. Dieser war nicht im Zentrum, wie der Architekt es vorgesehen hatte, sondern näher an der Südecke. Tatsächlich kam er zuerst dorthin, und er betrachtete die Frau, den Krug und das Wasserrinnsal, das sie in das makellose Becken hinabschüttete. Wenngleich Bäume unweit des Brunnens den Platz umstanden, sah er doch, dass kein Laub im Wasser verfaulte. Irgendwer hatte es längst herausgefischt, sodass das Plätschern aus dem Krug gleichmäßig klang, ohne ein Geräusch, das von Verfall gekündet hätte. Denn Tod, Verfall und Verwesung wären in diesem Teil der Stadt unvorstellbar. Das war es, was seine Wahl so perfekt machte.

Er trat vom Brunnen zurück und ließ den Blick über den Platz schweifen. Diese Umgebung hier würde eine enorme Herausforderung darstellen: Jenseits der breiten Baumallee, die zu einem Kriegsdenkmal am anderen Ende führte, wartete eine Reihe Taxen auf Kundschaft, und eine U-Bahn-Station spuckte Fahrgäste auf den Gehweg. Sie strebten in die Banken, Geschäfte und Pubs, setzten sich an die Fenster in der nahen Brasserie oder stellten sich vor der Kasse eines Theaters an.

Das hier war kein Leadenhall Market, der am Morgen, Mittag und am Ende des Arbeitstages belebt war, in den Zeiten dazwischen aber kaum, vor allem im Winter. Dieser Platz hingegen war belebt von Menschen, und das wahrscheinlich bis in die frühen Morgenstunden. Aber nichts war unüberwindlich. Der Pub machte irgendwann zu, die U-Bahn-Station wurde abgesperrt, die Taxifahrer machten Feierabend und die Busse verkehrten nur noch in großen Abständen. Um drei Uhr dreißig würde der Platz ihm gehören. Eigentlich war alles, was er tun musste, warten.

Und außerdem würde das, was er sich für diesen Ort vorstellte, gar nicht lange dauern. Er trauerte den Eisengestängen für den Fleischaushang in Leadenhall Market nach, die er jetzt nicht benutzen konnte, um das Statement abzugeben, das ihm vorgeschwebt hatte, aber dies hier war viel besser. Denn Bänke standen entlang des Weges vom Brunnen zum Kriegsdenkmal – Schmiedeeisen und Holz glänzten im milchigen Sonnenschein –, und er konnte vor sich sehen, wie es sein würde.

Er sah ihre Leichen an diesem Ort. Einer errettet und erlöst, einer nicht. Einer der Beobachter, der andere der Beobachtete, folglich musste der eine exponiert, der andere in einer Haltung eifriger Aufmerksamkeit drapiert werden. Aber beide wären herrlich tot.

Die Pläne waren in seinem Kopf in Bewegung, und er fühlte sich erfüllt wie immer. Er fühlte sich frei. In Zeiten wie diesen war kein Platz für die Made. Das wurmartige Ding schrumpfte, als wolle es der Sonne entfliehen, die seine Präsenz und sein Plan für diese verhasste Kreatur repräsentierten. Siehst du, siehst du?, wollte er fragen. Aber sie konnte jetzt nicht kommen, und sie hatte auch keinen Grund zu kommen, bis er sie beide – Beobachter und Beobachtungsobjekt – in den Kreis gebracht hatte, der seine Macht war.

Jetzt blieb nur das Warten, das Beobachten, das Abpassen des perfekten Moments, um zuzuschlagen.

Lynley betrachtete das Phantombild, das Ergebnis von Muwaffaq Masouds Erinnerung an den Mann, der im Sommer seinen Lieferwagen gekauft hatte. Er sah es bereits minutenlang an und suchte nach Parallelen zu der Zeichnung, die sie von dem Mann hatten, der in den Tagen vor Sean Laverys Tod das Four Square Gym besucht hatte. Schließlich hob er den Kopf – die Entscheidung war getroffen –, griff nach dem Telefon und bat, an beiden Zeichnungen eine Veränderung vorzunehmen: Er orderte Kopien beider Bilder, zu denen eine Schirmmütze, eine Brille und ein Kinnbart hinzugefügt werden sollten. Lynley wollte beide Individuen in der Weise verändert sehen. Er wusste, es war ein Schritt ins Dunkle, aber manchmal stolperte man im Dunkeln über etwas Brauchbares.

Nachdem das arrangiert war, fand Lynley endlich einen Moment Zeit, Helen anzurufen. Er hatte lange über sein Gespräch mit dem Serienmörder nachgedacht und erwogen, ob es nicht vielleicht das Beste sei, Helens Stadtbummel zu unterbrechen, sie nach Hause fahren zu lassen und Constables an Vorder- und Hintertür zu postieren. Doch er wusste, wie schlecht die Chancen standen, dass seine Frau sich auf solch einen Vorschlag einlassen würde, und er wusste ebenso, dass er dem Mörder mit einer Überreaktion nur in die Hände spielen würde. Im Moment hatte der Mann keine Ahnung, wo genau das Stadthaus der Lynleys war. Viel sinnvoller wäre es, das ganze Viertel um Eaton Terrace überwachen zu lassen – von den Dächern aus und dem Antelope Pub – und so ein Netz auszuwerfen, in dem der Mörder sich verfangen könnte. Es würde einige Stunden dauern, das zu organisieren. Alles, was er tun musste, war, dafür zu sorgen, dass Helen sich vorsah, solange sie draußen auf den Straßen unterwegs war.

Als er sie erreichte, hörte er ein wahres Getöse im Hintergrund: Geschirr, Besteck und plaudernde Frauenstimmen. »Wo bist du?«, fragte er.

»Peter Jones«, antwortete sie. »Wir haben eine Pause eingelegt, um uns zu stärken. Ich hatte ja keine Ahnung, dass die Jagd nach Taufkleidern so aufreibend sein könnte.«

»Ihr seid noch nicht besonders weit gekommen, wenn ihr jetzt noch bei Peter Jones steckt.«

»Liebling, das ist einfach nicht wahr«, erwiderte sie und sagte dann, offenbar an Deborah gerichtet: »Es ist Tommy, der kontrollieren will, wie weit wir... Ja, das sag ich ihm.« Zu Lynley: »Deborah meint, du könntest ein wenig mehr Vertrauen zu uns demonstrieren. Wir waren schon in drei Geschäften, und wir wollen noch weiter nach Knightsbridge, Mayfair und Marylebone, und zu einem niedlichen kleinen Laden, den Deborah in South Kensington entdeckt hat. Designer-Babykleidung. Wenn wir da nicht das Richtige finden, finden wir es nirgends.«

»Ihr habt den ganzen Tag eingeplant?«

»Wenn wir es geschafft haben, wollen wir bei Claridges Tee trinken. Mit all unseren Tüten und Päckchen werden wir ausgesprochen dekorativ vor der Art-déco-Kulisse aussehen. Das war übrigens Deborahs Idee. Sie scheint zu glauben, dass ich nicht genug unter Menschen komme. Und außerdem, Liebling, haben wir ja bereits ein Taufkleid gefunden, erwähnte ich das?«

»Tatsächlich?«

»Es ist so niedlich. Obwohl... Nun ja... deine Tante Augusta könnte vielleicht einen Anfall erleiden, wenn sie sieht, wie ihr Urgroßneffe – wird Jasper Felix das? – in einem winzigen Smoking in den Schoß der Kirche aufgenommen wird. Aber die dazugehörigen Windeln sind einfach zu wunderbar, Tommy. Wie könnte jemand da Einwände erheben?«

»Undenkbar«, stimmte Lynley zu. »Aber du weißt ja, wie Augusta ist.«

»Ach herrje... Na gut, wir suchen weiter. Aber ich will auf jeden Fall, dass du dir den Smoking ansiehst. Wir kaufen jedes Ensemble, das uns geeignet erscheint, sodass du bei der Entscheidungsfindung helfen kannst.«

»In Ordnung, Liebling. Gib mir Deborah einen Moment.«

»Also, Tommy, du willst sie doch nicht etwa auffordern, mich zurückzuhalten, oder?«

»Das würde mir doch nie einfallen. Gib sie mir.«

»Wir benehmen uns gesittet…«, sagte Deborah zur Begrüßung, als Helen ihr das Handy gegeben hatte. »Mehr oder minder jedenfalls.«

»Ich verlasse mich darauf.« Lynley dachte einen Moment darüber nach, wie er seine Bitte am besten formulieren sollte. Er wusste, Deborah war vollkommen unfähig, sich zu verstellen. Wenn er den Mörder auch nur erwähnte, würde das so deutlich auf Deborahs Gesicht geschrieben stehen, dass Helen es sehen und sich beunruhigen würde. Er suchte nach einem anderen Ansatz. »Lass niemanden zu nahe an euch heran, solange ihr unterwegs seid«, bat er. »Auf der Straße oder sonst wo. Lasst euch von niemandem ansprechen. Wirst du das für mich tun?«

»Natürlich. Was ist los?«

»Eigentlich nichts. Ich benehme mich wie eine Glucke. Die Grippe geht um. Erkältungen. Gott allein weiß, was sonst noch. Halt einfach die Augen offen und sei vorsichtig.«

Sie schwieg einen Moment. Er hörte Helen mit irgendjemandem sprechen.

»Bleibt auf Abstand zu anderen Leuten«, sagte Lynley. »Ich will nicht, dass sie jetzt krank wird, wo sie die Morgenübelkeit endlich überwunden hat.«

»Natürlich«, erwiderte Deborah. »Ich werde alle mit meinem Regenschirm abwehren.«

»Versprochen?«, fragte er.

»Tommy, ist nicht vielleicht doch irgendwas?«

»Nein. Nein.«

»Bist du sicher?«

»Ja. Macht euch einen schönen Tag.«

Er legte auf und hoffte auf Deborahs Diskretion. Selbst wenn sie Helen Wort für Wort wiederholte, was er gesagt hatte, würde seine Frau lediglich glauben, er sei in übertriebener Weise um ihre Gesundheit besorgt.

»Sir?«

Er sah zur Tür. Havers stand dort, ihr Spiralnotizbuch in der Hand.

»Was haben Sie?«, fragte er.

»Jede Menge Nichts«, antwortete sie. »Miller ist sauber.« Sie berichtete, was sie über den Badesalzhändler erfahren hatte, und das war, wie sie gesagt hatte, gar nichts. Sie endete mit: »Also, ich hab mir Folgendes überlegt: Vielleicht sollten wir ihn ernsthafter als die Person in Betracht ziehen, die Barry Minshall belasten könnte. Wenn er wüsste, was wir gegen Barry in der Hand haben, ich meine, alles, dann wäre er unter Umständen bereit, uns zu helfen. Und wenn er nur einige der Jungen auf den Polaroids, die wir in Barrys Wohnung gefunden haben, identifizieren könnte. Wenn wir diese Jungen finden, haben wir etwas, womit wir MABIL dichtmachen können.«

»Was uns nicht zwangsläufig zu dem Mörder führen würde«, wandte Lynley ein. »Nein. Leiten Sie die Informationen über MABIL an die Sitte weiter, Havers. Geben Sie den Kollegen auch Millers Namen und weitere Details. Sie werden es an das zuständige Kinderschutzteam weiterreichen.«

»Aber wenn wir...«

»Barbara«, unterbrach er sie, ehe sie ihre Argumente vorbringen konnte, »das ist alles, was wir tun können.«

Während Havers noch damit haderte, auch nur einen Aspekt der Ermittlung aus der Hand geben zu müssen, trat Dorothea Harriman ein. Die Abteilungssekretärin brachte Lynley verschiedene Unterlagen. Sie entschwand in einer Parfümwolke mit den Worten: »Die neuen Phantombilder, Superintendent. Es eilt, wurde mir gesagt. Er sagt, ich soll Ihnen ausrichten, er habe mehrere gemacht, da Sie ihm keine Angaben machen konnten, wie die Brille aussieht oder wie dicht der Bart ist. Die Schirmmütze ist auf allen die gleiche, sagt er.«

Lynley dankte ihr, während Havers an den Schreibtisch trat, um die Bilder anzuschauen. Die beiden Zeichnungen waren nun verändert worden: Beide Verdächtige trugen eine Mütze, Brille und Bart. Das brachte sie nicht wesentlich weiter, aber es war ein Schritt.

Er stand auf. »Kommen Sie mit«, wies er Havers an. »Es wird Zeit, dass wir zum Canterbury Hotel fahren.«

25

»Wie ich Ihren Kollegen schon gesagt habe, ich war im Miller and Grindstone«, sagte Jack Veness. »Ich weiß nicht, wie lange, denn manchmal bleibe ich, bis der Pub schließt, und manchmal nicht, und ich führe kein verdammtes Tagebuch darüber, okay? Aber ich war da, und anschließend haben mein Kumpel und ich uns was zu essen geholt. Egal, wie oft Sie fragen, ich werd Ihnen immer wieder die gleiche Antwort geben. Also wozu fragen Sie eigentlich?«

»Die Sache ist die, Jack«, antwortete Nkata, »dass immer mehr interessante Begebenheiten ans Licht kommen. Je mehr wir bei diesem Fall darüber erfahren, wer was mit wem tut, umso gründlicher müssen wir überprüfen, wer vielleicht noch was anderes getan hat. Und wann. Es läuft immer wieder auf ›wann‹ raus, Mann.«

»Es läuft darauf hinaus, dass die Cops irgendjemandem was anhängen wollen, und es kümmert sie nicht sonderlich, wem. Ihr habt vielleicht Nerven, wisst ihr das eigentlich? Leute werden zwanzig Jahre lang eingesperrt, und plötzlich stellt sich heraus, dass sie reingelegt wurden, aber ihr ändert eure Vorgehensweise nie, oder?«

»Haben Sie Angst, dass Ihnen das passiert?«, fragte Nkata. »Warum?«

Er und der Mitarbeiter von Colossus standen sich am Eingang gegenüber, wohin Nkata ihm vom Parkplatz gefolgt war. Jack hatte dort von zwei Zwölfjährigen Zigaretten geschnorrt. Eine hatte er sich angezündet, eine in die Tasche und eine hinter sein Ohr gesteckt. Zuerst hatte Nkata ihn für einen der Besucher gehalten. Erst als Veness ihn an der Tür mit einem »He, Sie da, was haben Sie hier zu suchen?« aufhielt, hatte er begriffen, dass der schmuddelige junge Mann ein Colossus-Mitarbeiter war.

Er hatte Veness um ein kurzes Gespräch gebeten und ihm seinen Dienstausweis gezeigt. Nkata hatte eine Liste mit Daten, an denen MABIL-Treffen stattgefunden hatten – Barry Minshall hatte sie auf Anraten seines Anwalts zusammengestellt –, und er fragte die Alibis für diese Daten ab. Das Problem war, dass Jack Veness' Alibi sich nicht änderte, wie er selbst betont hatte.

Nun stolzierte Jack in den Empfang, als sei er mit dem Ausmaß seiner Kooperation zufrieden. Nkata folgte ihm. Ein Junge lümmelte sich auf einem der abgewetzten Sofas herum, er rauchte und versuchte erfolglos, Rauchringe an die Decke zu blasen.

»Mark Connor!«, bellte Veness. »Du willst wohl einen Tritt in den Hintern! Innerhalb des Colossus-Gebäudes ist striktes Rauchverbot, und das weißt du ganz genau. Was denkst du dir eigentlich?«

»Ist doch keiner hier.« Mark klang gelangweilt. »Wenn du nicht vorhast, mich zu verpfeifen, kriegt es keiner raus.«

»*Ich* bin hier, kapiert?«, schnauzte Jack. »Verpiss dich, oder mach die Kippe aus.«

»Scheiße«, brummelte Mark und schwang die Beine vom Sofa. Er kam auf die Füße und schlurfte zur Tür. Der Schritt seiner Hose hing in Rapper-Manier fast auf Kniehöhe.

Jack ging hinter die Empfangstheke und drückte ein paar Tasten an seinem Computer. Zu Nkata sagte er: »Was sonst? Wenn Sie noch irgendjemanden hier sprechen wollen, die sind ausgeflogen. Allesamt.«

»Griffin Strong?«

»Haben Sie was mit den Ohren?«

Nkata antwortete nicht. Er sah Veness in die Augen und wartete. Jack gab nach, aber sein Tonfall machte deutlich, dass er nicht glücklich war. »War den ganzen Tag noch nicht hier«, sagte er. »Wahrscheinlich ist er zum Augenbrauenzupfen oder so.«

»Greenham?«

»Wer weiß? Seine Vorstellung von Mittagspause ist zwei Stunden Minimum. Damit er seine Mummy zum Doktor fahren kann, sagt er.«

»Kilfoyle?«

»Der kommt nie, bevor er seine Auslieferungen gemacht hat, und ich hoffe, das ist bald, denn er hat ein Salami-und-Salat-Sandwich bei sich, das ich gern essen möchte. Sonst noch was, Mann?« Er nahm einen Bleistift und klopfte damit vielsagend auf einen Notizblock. Wie aufs Stichwort klingelte das Telefon, und er nahm ab. Nein, sagte er, sie sei nicht da. Ob er etwas ausrichten könne? Dann fügte er hinzu: »Um die Wahrheit zu sagen, ich dachte, sie trifft sich mit Ihnen, Mr. Bensley. Das hat sie jedenfalls behauptet, als sie ging.« Er klang hochzufrieden, als habe sich seine Theorie bestätigt.

Er schrieb eine Nachricht und versprach dem Anrufer, sie weiterzuleiten. Er legte auf, und dann schaute er Nkata wieder an. »Sonst noch was?«, fragte er. »Ich hab zu arbeiten.«

Nkata hatte Jack Veness' Profil detailliert im Kopf, genau wie die der anderen Colossus-Mitarbeiter, die das Interesse der Polizei erregt hatten. Er wusste, der junge Mann hatte Grund, beunruhigt zu sein. Exknackis waren immer die Ersten, die verdächtigt wurden, wenn ein Verbrechen geschehen war, und Jack Veness wusste das. Er hatte gesessen, und auch wenn es nur wegen Brandstiftung gewesen war, er war sicher nicht scharf darauf, noch mal einzufahren. Außerdem hatte er Recht mit seiner Behauptung, dass die Cops dazu neigten, sich frühzeitig einen Schuldigen auszugucken, basierend auf seiner Vergangenheit und ihren früheren Erfahrungen mit ihm. Überall in England gab es Chief Constables, die mit verschämter Miene die Scherben ihrer falschen oder unzureichenden Ermittlungen nach Bombenanschlägen oder Mordfällen zusammenkehrten.

Jack Veness war keineswegs ein Dummkopf, wenn er mit dem Schlimmsten rechnete. Andererseits war es ein cleverer Schachzug, sich in diese Position zu begeben.

»Sie haben hier viel Verantwortung«, bemerkte Nkata. »Jetzt, da alle anderen weg sind.«

Jack antwortete nicht sofort. Der Themenwechsel machte ihn offenbar misstrauisch. Schließlich erwiderte er: »Damit komm ich schon klar.«

»Und merkt das auch irgendwer?«

»Was?«

»Dass Sie klarkommen. Oder sind alle anderen zu beschäftigt?«

Diese Richtung schien akzeptabel. Jack ließ sich jedenfalls darauf ein und gestand: »Niemand merkt hier besonders viel. Ich steh auf der untersten Stufe in der Hackordnung, wenn wir Rob mal außer Acht lassen. Wenn er verschwindet, bin ich erledigt. Dann werd ich der Fußabtreter.«

»Sie meinen Kilfoyle?«

Jack beäugte ihn argwöhnisch, und Nkata wusste, er hatte zu interessiert geklungen. »Ich mach Ihr Spielchen nicht mit, Mann. Rob ist ein guter Junge. Er hatte mal Schwierigkeiten, aber ich schätze, das wissen Sie, so wie Sie wissen, dass ich auch mal Schwierigkeiten hatte. Das macht aber aus keinem von uns einen Killer.«

»Sind Sie viel mit ihm zusammen? Im Miller and Grindstone, zum Beispiel? Haben Sie ihn da kennen gelernt? Ist er der Kumpel, von dem Sie gesprochen haben?«

»Hör'n Sie, ich sag Ihnen gar nichts über Rob. Machen Sie Ihre Drecksarbeit selber.«

»Wir kommen immer wieder bei dieser Miller-and-Grindstone-Sache raus«, erwiderte Nkata.

»Das seh ich anders, aber Scheiße, Scheiße...« Jack schnappte sich einen Zettel, schrieb einen Namen und eine Telefonnummer darauf und reichte ihn Nkata. »Da. Das ist mein Kumpel. Rufen Sie ihn an, und er wird Ihnen das Gleiche erzählen. Wir waren im Pub, und dann haben wir uns ein Curry geholt. Fragen Sie ihn, fragen Sie im Pub, fragen Sie beim Inder. Der ist auf der anderen Seite vom Bermondsey Square. Die werden es Ihnen bestätigen.«

Nkata faltete den Zettel säuberlich zusammen, steckte ihn in sein Notizbuch und sagte: »Da ist nur noch ein Problem, Jack.«

»Was? *Was?*«

»Ein Abend ist wie der andere, wenn man dazu neigt, immer das Gleiche zu machen, verstehen Sie? Wer soll nach ein paar Tagen oder Wochen noch wissen, ob Sie an einem bestimmten Abend im Pub waren und sich anschließend ein Hühnchen Tikka geholt haben, oder ob Sie genau an dem Abend *nicht* aufgekreuzt sind, weil Sie anderweitig beschäftigt waren?«

»Womit, zum Beispiel? Ein paar Kids umzubringen? Scheiß drauf, ist mir doch egal...«

»Gibt's hier Probleme, Jack?« Ein weiterer Mann war eingetreten, ein eher rundlicher Kerl, dessen Haar für sein Alter zu schütter und dessen Haut zu rot war, sogar für jemanden, der gerade aus der Kälte kam. Nkata überlegte, ob er vielleicht vor der Tür zum Empfang gestanden und gelauscht hatte.

»Kann ich Ihnen behilflich sein?«, fragte er Nkata und musterte den Detective Sergeant von Kopf bis Fuß.

Jack schien nicht erfreut, den Mann zu sehen. Er war anscheinend der Ansicht, dass er keinen Retter brauchte. »Neil«, sagte er. »Wir haben wieder Besuch von den Freunden und Helfern.«

Das ist also Greenham, dachte Nkata. Das war ihm nur recht, denn auch mit diesem Verdächtigen wollte er sprechen.

»Es werden weitere Alibis gebraucht«, fuhr Jack fort. »Dieses Mal hat er eine ganze Liste mit Daten dabei. Ich hoffe, du führst genauestens Tagebuch über deine Aktivitäten, denn das ist es, was er verlangt. Darf ich dir Detective Sergeant Wahaha vorstellen?«

Nkata wandte sich an Greenham: »Winston Nkata«, und griff in die Innentasche nach seinem Dienstausweis.

»Nicht nötig«, sagte Neil. »Ich glaub Ihnen. Und ich sag Ihnen, was Sie glauben müssen: Ich gehe jetzt da rein« – und damit wies er auf die Tür ins Innere des Gebäudes –, »und rufe meinen Anwalt an. Ich bin nicht länger bereit, ohne rechtlichen Beistand Fragen zu beantworten oder mit der Polizei zu plaudern. Was Sie hier treiben, grenzt an Belästigung.« Und dann sagte er zu Veness: »Sei bloß vorsichtig. Die geben keine Ruhe, bis sie einen von uns haben. Sag das weiter.« Er ging zur Tür.

Nkata begriff, dass es diesseits des Flusses nichts mehr für ihn zu tun gab, als im Miller and Grindstone und beim Inder das Alibi zu überprüfen. Falls Jack Veness in den frühen Morgenstunden durch London schlich, um Leichen nahe der Wohnstätten seiner Kollegen abzulegen, war er seinen Bekannten im Pub oder beim Imbiss bestimmt nicht durch ein besonderes Verhalten aufgefallen. Trotzdem: Wenn er MABIL als neue Quelle für seine Opfer gewählt hatte, war es ihm vielleicht unnötig erschienen, für die Abende der MABIL-Zusammenkünfte im Pub und beim Inder Alibis zu arrangieren. Es war nur eine winzig kleine Chance, aber es war etwas.

Nkata verabschiedete sich mit der Bitte, Robby Kilfoyle und Griffin Strong mögen ihn anrufen, wenn sie irgendwann auftauchen. Er überquerte den Parkplatz hinter dem Gebäude und stieg in seinen Escort.

Colossus gegenüber auf der anderen Straßenseite, in den heruntergekommenen und graffitibeschmierten Eisenbahnbogen, die den Schienenstrang zur Waterloo Station trugen, befanden sich vier Autowerkstätten, eine Taxizentrale, ein Paketdienst und ein Fahrradladen. Vor diesen Geschäften lungerten Jugendliche aus der Umgebung herum. Sie standen in Gruppen zusammen, und noch während Nkata hinübersah, kam ein asiatischer Mann aus dem Fahrradladen und scheuchte sie weg. Sie lieferten sich ein Wortgefecht mit dem Mann und schlurften schließlich Richtung New Kent Road davon.

Als Nkata ihnen folgte, entdeckte er noch mehr von ihnen unter der Eisenbahnunterführung und weitere, aufgereiht wie

Perlen zu zweit, zu dritt oder zu viert, auf der ganzen Strecke bis zu einem schäbigen Einkaufszentrum an der Ecke von Elephant and Castle. Sie trotteten über Bürgersteige, die mit ausgespuckten Kaugummis, Kippen, Saftkartons, Fastfood-Papier, zerdrückten Coladosen und angenagten Kebabs übersät waren. Sie ließen eine Zigarette herumgehen... oder wohl eher einen Joint, schwer zu sagen. Aber sie fürchteten anscheinend nicht, in diesem Teil der Stadt zur Rede gestellt zu werden, ganz gleich, was sie taten. Sie waren empörten Bürgern gegenüber in der Mehrheit, die sie daran hindern könnten, zu tun, was immer ihnen gefiel. Zum Beispiel, ohrenbetäubend laute Rap-Musik zu hören oder dem Kebabverkäufer das Leben schwer zu machen, der seinen winzigen Laden zwischen dem Charlie Chaplin Pub und El Azteca – mexikanische Produkte und Partyservice – hatte. Sie wussten nichts mit sich anzufangen und hatten keinen Ort, wohin sie gehen konnten. Die Schule war vorbei, keine Aussicht auf einen Job, so warteten sie ziellos darauf, dass der Strom des Lebens sie irgendwohin spülte.

Aber keiner von ihnen hatte so angefangen. Jeder Einzelne war einmal ein unbeschriebenes Blatt gewesen. Das brachte Nkata ins Bewusstsein, welches Glück er selbst gehabt hatte. Die Kombination aus Menschlichkeit und Umständen, die ihn dorthin gebracht hatte, wo er heute war, und die auch Stoney dorthin gebracht hatte, wo *er* heute war, dachte er.

Er wollte nicht an seinen Bruder denken, dem er ohnehin nicht mehr helfen konnte. Lieber dachte er an die Menschen, für die er noch etwas tun konnte. Im Gedenken an Stoney? Nein. Nicht dafür, sondern in Anerkennung der Chance, die er bekommen hatte, und aus Dankbarkeit für seine Fähigkeit, sie zu ergreifen, als sie sich geboten hatte.

Das Canterbury Hotel war eines jener modernisierten edwardianischen Häuser in South Kensington, die sich in einer langgezogenen nördlichen Kurve von der Cromwell Road bis Lexham Gardens aneinander reihten. Vor langer Zeit war es einmal ein elegantes Haus inmitten anderer eleganter Häuser gewesen, als die Nähe zum Kensington Palace diesen Teil der Stadt beliebt gemacht hatte. Doch heute war der Glanz verblasst. Die Klientel bestand aus Ausländern mit sehr bescheidenen Ansprüchen und begrenzten Mitteln oder aus Paaren, die ein, zwei Stunden sexuellen Verkehr pflegen wollten, wo keine Fragen gestellt wurden. Die Hotels hatten allesamt Namen, in denen Worte wie »Court« oder »Park« oder historisch bedeutsame Orte vorkamen, was eine gewisse Eleganz und Großartigkeit suggerieren sollte, über den Zustand des Verfalls aber nicht hinwegtäuschen konnte.

Von der Straße betrachtet, sah das Canterbury Hotel so aus, als werde es Barbaras schlimmste Erwartungen erfüllen. Das schmuddelige weiße Schild wies zwei Löcher auf, sodass das Etablissement »Can bury Hot« hieß, und im schachbrettartig gemusterten Marmoreingang klafften Lücken. Als Lynley die Hand nach dem Türkauf ausstreckte, hielt Barbara ihn zurück.

»Sie wissen, was ich meine, oder?« Sie wedelte mit den modifizierten Phantombildern, die sie in der Hand hielt. »Es ist das Einzige, worüber wir noch nicht gesprochen haben.«

»Ich widerspreche Ihnen nicht«, antwortete Lynley. »Aber so lange wir nichts...«

»Wir haben Minshall, Sir. Und er fängt an zu kooperieren.«

Lynley wies auf den Eingang zum Canterbury Hotel. »Ob das stimmt, wissen wir in ein paar Minuten. Im Augenblick können wir nur mit Gewissheit sagen, dass weder Muwaffaq Masoud noch der Zeuge aus dem Square-Four-Sportclub irgendetwas zu gewinnen haben, wenn sie lügen. Wir beide wissen, dass das nicht auf Minshall zutrifft.«

Sie sprachen über die neuen Phantombilder. Worauf Barbara hinauswollte, war deren Unzuverlässigkeit. Muwaffaq Masoud hatte den Mann, der seinen Wagen gekauft hatte, vor vielen Monaten zuletzt gesehen. Der Zeuge aus dem Square Four Gym hatte das Individuum, das Sean Lavery verfolgte, vor über vier Wochen gesehen. »Und er wusste nicht mal genau, ob der Typ

Sean Lavery gefolgt ist, das müssen Sie zugeben«, hatte sie zu bedenken gegeben. Was auf diesen Phantombildern zu sehen war, basierte auf der Erinnerung zweier Männer, die in dem Moment, als sie die fragliche Person gesehen hatten, keinen Grund gehabt hatten, sich die Details einzuprägen. Diese Phantombilder waren deswegen unter Umständen völlig wertlos für die Polizei, während eines, das nach Barry Minshalls Angaben erstellt wurde, sie auf die richtige Fährte setzen könnte.

Falls sie sich darauf verlassen konnten, dass Minshall korrekte Angaben machte, hatte Lynley eingewandt. Das war zweifelhaft, bis sie herausgefunden hatten, inwieweit seine Aussage zu den Vorgängen im Canterbury Hotel der Wahrheit entsprach.

Lynley ging voraus. Es gab keine Lobby, lediglich einen Korridor mit einem abgewetzten türkischen Läufer und eine Durchreiche in der Wand, hinter der eine Art Rezeption zu liegen schien. Das Geräusch ausströmenden Treibgases kam von dort, zusammen mit dem schweren, beißenden Geruch einer Substanz, die jeden Sniffer in Entzücken versetzt hätte. Sie traten näher, um der Sache auf den Grund zu gehen.

Sie entdeckten eine junge Frau in den Zwanzigern, an deren Ohrläppchen so etwas wie ein kleiner Kronleuchter baumelte, die über einer aufgeschlagenen Boulevardzeitung hockte und ein Paar Stiefel imprägnierte. Ihre Stiefel, so wie es aussah, denn ihre Füße waren nackt.

Lynley hatte seinen Dienstausweis gezückt, doch die Rezeptionistin schaute nicht auf. Sie war praktisch gänzlich von den Dämpfen aus ihrer Spraydose eingehüllt.

»Augenblick«, sagte sie und sprühte weiter.

»Verflucht, lassen Sie hier mal ein bisschen Luft rein.« Barbara ging zur Tür und riss sie auf. Als sie zum Rezeptionsfenster zurückkam, war das Mädchen aufgestanden.

»Schande«, sagte sie und lachte benebelt. »Sie meinen's ernst damit, dass man dieses Zeug nur in gut belüfteten Räumen benutzen soll.« Sie schob eine Anmeldekarte zusammen mit einem Kuli und einem Zimmerschlüssel über die Theke. »Fünfundfünfzig pro Nacht, dreißig pro Stunde. Oder fünfzehn, wenn Sie nicht so pingelig sind, was die Laken betrifft. Ich würde das übrigens nicht empfehlen – das 15-Pfund-Angebot –, aber verraten Sie nicht, dass ich das gesagt habe.« Dann endlich sah sie die beiden Personen an, die vor ihr standen. Sie hatte offensichtlich immer noch nicht gemerkt, dass sie Polizisten vor sich hatte, trotz Lynleys Dienstausweis, den er ihr praktisch vor die Nase hielt, denn sie schaute nur von Barbara zu ihrem Begleiter und wieder zurück, und ihr Blick in Lynleys Richtung sagte: Jedem Tierchen sein Pläsierchen.

Barbara ersparte Lynley die Peinlichkeit, dem Mädchen erklären zu müssen, dass sie sich bezüglich ihres Besuchs im Canterbury Hotel falsche Vorstellungen machte. Während auch sie den Dienstausweis hervorkramte, sagte sie: »Wenn wir es tun, bevorzugen wir den Rücksitz im Auto. Klar, dort ist es ein bisschen beengt, aber dafür billig.« Sie streckte dem Mädchen den Ausweis entgegen. »New Scotland Yard«, erklärte sie. »Und wir sind ja so was von glücklich zu hören, dass Sie den Leuten hier in der Gegend helfen, mit ihren unbezähmbaren Trieben klarzukommen. Dies ist übrigens Detective Superintendent Lynley.«

Die Augen des Mädchens huschten über beide Dokumente. Sie hob die Hand und befingerte den Kronleuchter an ihrem Ohr. »Ach du Schreck, tut mir Leid«, sagte sie. »Wissen Sie, ich hab auch eigentlich gar nicht gedacht, dass Sie beide...«

»Okay«, unterbrach Barbara. »Fangen wir mit den Zeiten an, zu denen Sie hier arbeiten. Von wann bis wann?«

»Warum?«

Lynley fragte: »Arbeiten Sie auch nachts?«

Sie schüttelte den Kopf. »Ich mach um sechs Feierabend. Was ist hier los? Was ist passiert?« Es war eindeutig, dass man sie darauf gedrillt hatte, was zu tun war, wenn die Polizei erschien. Sie griff nach dem Telefon und sagte: »Lassen Sie mich Mr. Tatlises rufen.«

»Ist er der Nachtportier?«

»Er ist der Geschäftsführer. He, was machen Sie da?«, fragte sie entrüstet, als Barbara über die Theke griff und die Gabel des Telefons herunterdrückte.

»Fürs Erste wären wir mit dem Nachtportier vollauf zufrieden«, erklärte sie dem Mädchen. »Wo ist er?«

»Er ist legal«, versicherte sie. »Alle, die hier arbeiten, sind legal, alle haben ordentliche Papiere, und Mr. Tatlises sorgt auch dafür, dass alle die Englischkurse besuchen.«

»Er ist ein wahrer Stützpfeiler der Gesellschaft«, bemerkte Barbara.

»Wo finden wir den Nachtportier?«, fragte Lynley. »Wie heißt er?«

»Schläft.«

»Den Namen kenn ich noch nicht«, sagte Barbara. »Aus welchem Land kommt der?«

»Hä? Er hat hier ein Zimmer... Deswegen. Hören Sie, er will bestimmt nicht geweckt werden.«

»Dann übernehmen wir das für Sie«, schlug Lynley vor. »Wo ist sein Zimmer?«

»Oberstes Stockwerk«, sagte sie. »Einundvierzig. Einzelzimmer. Er braucht nichts dafür zu bezahlen. Mr. Tatlises zieht es ihm vom Gehalt ab und berechnet nur den halben Preis.« Sie sagte das, als würden diese Informationen ausreichen und verhindern, dass sie mit dem Nachtportier sprachen.

Als Lynley und Barbara sich zum Aufzug wandten, griff das Mädchen wieder nach dem Telefon. Es bestanden kaum Zweifel, dass sie entweder Verstärkung rief oder aber den Bewohner von Zimmer einundvierzig vorwarnte, dass die Polizei auf dem Weg zu ihm war.

Der Lift stammte aus einer Epoche vor dem Ersten Weltkrieg, ein Gitterkäfig, der mit würdevoller Langsamkeit emporschwebte, was für mystische Himmelfahrten geeignet gewesen wäre. Er war gerade groß genug für zwei Fahrgäste ohne Gepäck. Aber in diesem Hotel musste man bestimmt kein Gepäck vorweisen, um ein Zimmer zu bekommen.

Die Tür zu Zimmer Nummer einundvierzig stand offen, als

sie ankamen. Der Bewohner erwartete sie im Schlafanzug, einen ausländischen Pass in der Hand. Er war vielleicht zwanzig Jahre alt. »Guten Tag«, sagte er. »Freut mich, Sie kennen zu lernen. Ich heiße Ibrahim Selçuk. Mr. Tatlises ist mein Onkel. Ich spreche Englisch wenig. Meine Papiere sind in Ordnung.«

Wie bei der Rezeptionistin war auch jedes seiner Worte auswendig gelernt: der Text, den er aufsagen sollte, wenn die Polizei ihm Fragen stellte. Vermutlich wimmelte es in diesem Laden von illegalen Einwanderern, aber das war im Moment nicht ihre Sorge, was Lynley dem Mann deutlich machte, indem er sagte: »Wir haben nichts mit der Einwanderungsbehörde zu tun. Am Achten dieses Monats kam ein Junge in Begleitung eines seltsam aussehenden Mannes mit gelbweißem Haar und Sonnenbrille hierher. Albino nennt man so jemanden. Keine Farbe in der Haut. Der Junge war etwa dreizehn Jahre alt und blond.« Lynley zog das Bild von Davey Benton und das Polizeifoto von Minshall, das auf der Holmes-Street-Wache aufgenommen worden war, aus der Innentasche und zeigte sie Selçuk. »Es ist möglich, dass der Junge in Begleitung eines anderen Mannes, der hier bereits ein Zimmer gebucht hatte, das Hotel verlassen hat.«

Barbara fügte hinzu: »Und dieses Spielchen, dass Jungen von dem Albino hierher gebracht werden und später mit einem anderen Mann weggehen, hat hier wieder und wieder stattgefunden, Ibrahim, also versuchen Sie erst gar nicht, uns zu erzählen, Sie wissen nichts davon.« Sie hielt dem Nachtportier die beiden Phantombilder hin und fuhr fort: »Er könnte so ausgesehen haben, der Mann, mit dem der Junge weggegangen ist. Ja? Nein? Können Sie das bestätigen?«

Er sagte nervös: »Mein Englisch ist wenig. Ich habe hier Pass.« Und er trat von einem Fuß auf den anderen, wie jemand, der dringend zur Toilette musste. »Leute kommen. Ich gebe ihnen Karte zu unterschreiben und Schlüssel. Sie zahlen bar. Das ist alles.« Er krallte die Hand in Schrittnähe in den Schlafanzug. »Bitte«, sagte er und warf einen Blick über die Schulter.

Barbara murmelte: »Verflucht noch mal.« Und zu Lynley:

›Ich pinkel mir gleich in die Hose‹ hat er in seinem Englischkurs vermutlich noch nicht gelernt.«

Das Zimmer hinter dem Mann lag im Dunkeln. In dem Lichtstreifen, der vom Korridor hineinfiel, konnte sie sehen, dass sein Bett zerwühlt war. Er hatte definitiv geschlafen, aber ebenso definitiv war er irgendwann von irgendwem instruiert worden, seine Antworten immer so knapp wie möglich zu halten und nichts zuzugeben. Barbara wollte Lynley gerade vorschlagen, dass es sicher seine Zunge lösen werde, wenn sie ihn zwangen, seine Blase noch zwanzig Minuten zu kontrollieren, als ein kleiner Mann im Abendanzug den Flur entlanggehastet kam.

Das kann nur Mr. Tatlises sein, dachte Barbara. Seine fröhliche Miene wirkte so aufgesetzt, dass sie ausreichte, ihn zu identifizieren. Er sagte mit schwerem türkischen Akzent: »Mein Neffe, sein Englisch ist reparaturbedürftig. Ich bin Mr. Tatlises, und ich helfe Ihnen gern weiter. Ibrahim, ich kümmere mich hierum.« Er scheuchte den Jungen zurück in sein Zimmer und schloss selbst die Tür. »Also?«, fragte er aufgeräumt. »Sie brauchen irgendetwas, ja? Aber kein Zimmer. Nein, nein, das hat man mir schon gesagt.« Er lachte und schaute von Barbara zu Lynley mit einem Blick, der sagte: ›Wir Jungs wissen, wo wir ihn reinstecken wollen‹, sodass Barbara nicht übel Lust hatte, den kleinen Wurm in ihre Faust beißen zu lassen. Denkst du im Ernst, irgendeine Frau will es mit *dir* treiben?, wollte sie ihn fragen.

»Uns wurde gesagt, dass dieser Junge hier von einem Mann namens Barry Minshall in dieses Haus gebracht wurde.« Lynley zeigte Tatlises die Fotos. »Der Junge verließ das Hotel in Begleitung eines anderen Mannes, der, so glauben wir, Ähnlichkeit mit diesem Mann hat. Havers?«

Barbara zeigte Tatlises die Phantombilder.

»Für den Moment brauchen wir nur Ihre Bestätigung dieser Punkte.«

»Und danach?«, fragte Tatlises. Er hatte die Fotografien und Zeichnungen mit einem flüchtigen Blick gestreift.

»Sie sind nicht in der Position, zu fragen, was danach geschieht«, eröffnete Lynley ihm.
»Dann weiß ich nicht, wie...«
»Hör'n Sie, Freundchen«, unterbrach Barbara. »Ich schätze, die kleine Stiefeleinsprüherin da unten hat Ihnen erzählt, dass wir nicht von der Wache um die Ecke kommen. Wir sind nicht zwei Bullen, die sich ihr neues Revier anschauen und einen Batzen Geld von Typen wie Ihnen einstreichen, wenn es das ist, was Ihren Laden hier am Laufen hält. Hier geht es um etwas, das ein bisschen größer ist, also schlage ich vor, falls Sie wissen, was in diesem Müllhaufen abgelaufen ist, machen Sie den Mund auf und sagen es uns. Okay?« Sie zeigte mit dem Finger auf Minshalls Bild. »Dieser Typ hier hat uns erzählt, dass einer seiner Kumpels von einer Gruppe namens MABIL sich hier in diesem Hotel am Achten mit einem dreizehnjährigen Jungen getroffen hat. Minshall behauptet, das komme regelmäßig vor, da jemand von diesem Hotel – und ich tippe mal, Sie sind das – ebenfalls zu MABIL gehört. Wie klingt das für Sie?«
»MABIL?«, fragte Tatlises und blinzelte, um Verwirrung vorzutäuschen. »Das ist jemand...?«
»Ich gehe davon aus, Sie wissen, was MABIL ist«, sagte Lynley. »Ich gehe ebenso davon aus, das Mr. Minshall bei einer Gegenüberstellung keine Mühe hätte, Sie aus einer Reihe von Männern als das ihm bekannte MABIL-Mitglied, das hier arbeitet, zu identifizieren. Wir können uns das alles ersparen, und Sie können seine Geschichte bestätigen, den Jungen identifizieren und uns sagen, ob der Mann, mit dem er das Hotel verlassen hat, einer dieser beiden Zeichnungen ähnlich sieht. Oder wir können die ganze Angelegenheit in die Länge ziehen und Sie für ein Weilchen mit zur Polizeiwache an der Earls Court Road nehmen.«
»Falls er mit ihm weggegangen ist«, fügte Barbara hinzu.
»Ich weiß nichts«, antwortete Tatlises. Er klopfte an die Tür von Zimmer Nummer einundvierzig. Sein Neffe öffnete so schnell, dass klar war, er hatte hinter der Tür gestanden und je-

des Wort mit angehört. Tatlises sprach hastig in ihrer Sprache auf ihn ein. Seine Stimme war laut. Er zerrte den Jungen an der Pyjamajacke auf den Flur hinaus, schnappte sich die Phantombilder und Fotos und zwang den jungen Mann, sie zu betrachten.

Nette Vorstellung, dachte Barbara. Er wollte ihnen tatsächlich weismachen, sein Neffe und nicht er selbst sei der Pädophile hier. Sie schaute zu Lynley, um seine Erlaubnis einzuholen. Er nickte. Entschlossen trat sie näher.

»Jetzt hör'n Sie mal zu, Sie kleiner Wichser«, sagte sie zu Tatlises und packte seinen Arm. »Wenn Sie glauben, dass wir auf den Wagen springen, den Sie hier fahren, sind Sie noch dämlicher, als Sie aussehen. Lassen Sie ihn gefälligst zufrieden, sagen Sie ihm nur, er soll unsere Fragen beantworten. Und das werden *Sie* auch tun. Kapiert? Oder muss ich Ihnen auf die Sprünge helfen?« Sie ließ ihn los, aber erst, nachdem sie seinen Arm ein wenig verdreht hatte.

Tatlises verfluchte sie in seiner Sprache, oder jedenfalls nahm sie das angesichts seines Tonfalls und des Ausdrucks auf dem Gesicht seines Neffen an. Schließlich sagte er zu ihnen beiden: »Dafür werde ich Sie anzeigen.«

»Ich mach mir in die Hose vor Angst«, antwortete Barbara. »Und jetzt dolmetschen Sie für Ihren ›Neffen‹, oder was immer er in Wahrheit ist. Dieser Junge... War er hier?«

Tatlises rieb seinen malträtierten Arm. Barbara rechnete damit, dass er etwas von »unzumutbarer Polizeibrutalität« faseln würde, so wehleidig, wie er sich anstellte. Doch er sagte lediglich: »Ich arbeite nachts nicht.«

»Wunderbar. Aber er. Also sagen Sie ihm, er soll antworten.«

Tatlises nickte seinem »Neffen« zu. Der jüngere Mann betrachtete das Foto und nickte dann ebenfalls.

»Schön. Und jetzt der Rest, okay? Haben Sie ihn das Hotel verlassen sehen?«

Der Neffe nickte. »Er geht mit andere Mann. Ich hab gesehen. Nicht der Albin-Mann, wie sagen Sie?«

»Nicht mit dem Albino, dem Mann mit gelblichen Haaren und weißer Haut.«

»Der andere, ja.«

»Und das haben Sie gesehen? Die beiden? Zusammen? Ging der Junge ohne Hilfe? Hat er gesprochen? Lebte er noch?«

Die letzten Worte veranlassten die beiden zu einem Redeschwall in ihrer Sprache. Dann fing der Neffe an zu heulen. »Ich nix machen«, jammerte er. »Ich nix machen.« Und ein dunkler Fleck erschien im Schritt seiner Schlafanzughose. »Er geht mit andere Mann. Ich hab gesehen. Ich hab gesehen.«

»Was hat das zu bedeuten?«, fuhr Lynley Tatlises an. »Haben Sie ihn beschuldigt?«

»Taugenichts! Taugenichts!«, rief Tatlises und ohrfeigte seinen Neffen. »Für welche Machenschaften missbrauchst du dieses Hotel? Hast du gedacht, du würdest nicht erwischt?«

Der Junge legte schützend die Arme um den Kopf und jammerte: »Ich nix machen!«

Lynley trennte die Männer, und Barbara stellte sich zwischen sie und sagte: »Jetzt hören Sie mal zu und tätowieren sich das ins Hirn: Dieser Mann hat den Jungen ins Hotel gebracht, und dieser ist mit ihm weggegangen. Sie können mit dem Finger aufeinander zeigen, so viel Sie wollen, aber es gibt keine Ratte in diesem Hotel, die nicht wegen Zuhälterei, Pädophilie und jedem anderen Vergehen, das wir Ihnen nachweisen können, belangt wird. Darum schätze ich, Sie wären gut beraten, sich um einen kooperativen Gesamteindruck zu bemühen.«

Sie sah, dass sie verstanden worden war. Tatlises ließ von seinem Neffen ab. Der junge Mann wich in sein Zimmer zurück. Beide wurden vor ihren Augen geläutert. Tatlises mochte ein fragwürdiges Arrangement mit seinen MABIL-Freunden bezüglich der Benutzung des Canterbury Hotels haben, und er mochte eine Stange Geld dafür kassieren, dass er die Hotelzimmer für homosexuelle Handlungen an Minderjährigen zur Verfügung stellte, aber es hatte den Anschein, dass er vor Mord Halt machte.

Er sagte: »Dieser Junge ...«, und griff nach dem Foto von Davey Benton.

»Genau«, erwiderte Barbara.

»Wir sind relativ sicher, dass er dieses Gebäude lebend verlassen hat«, klärte Lynley ihn auf. »Aber es ist auch denkbar, dass er in einem Ihrer Zimmer ermordet wurde.«

»Nein, nein!« Das Englisch des Neffen verbesserte sich in wundersamer Weise. »Nicht mit dem Albino. Mit andere Mann. Ich hab gesehen.« Er wandte sich an seinen mutmaßlichen Onkel, und sie redeten eine Weile in ihrer Sprache.

Tatlises übersetzte: Der Junge auf dem Foto war mit dem Albino gekommen und in Zimmer neununddreißig hinaufgegangen, das ein anderer Mann zuvor bezogen hatte. Mit diesem zweiten Mann war der Junge einige Stunden später gegangen. Nein, er hatte nicht den Eindruck gemacht, als ginge es ihm schlecht, als sei er betrunken oder stünde unter Drogen, obwohl Ibrahim Selçuk ihn nicht genauer angeschaut hatte, um bei der Wahrheit zu bleiben. Dazu hatte kein Grund bestanden. Es war nicht das erste Mal, dass ein Junge mit dem Albino-Mann gekommen und mit einem anderen weggegangen war.

Der Nachtportier fügte hinzu, dass die Jungen und die Männer, die das Zimmer buchten, immer andere waren, doch der Mann, der sie zusammenführte, immer derselbe: der Albino auf dem Foto, das die Beamten ihm gezeigt hatten.

»Das ist alles, was er weiß«, schloss Tatlises.

Barbara zeigte dem Nachtportier wieder die Phantombilder. War der Mann, der das Zimmer gebucht hatte, einer von diesen beiden?, wollte sie wissen.

Selçuk betrachtete sie und entschied sich für den jüngeren der beiden. »Vielleicht«, sagte er. »Ist ein bisschen ähnlich.«

Damit hatten sie die Bestätigung, die sie brauchten: Minshall sagte offenbar die Wahrheit, so weit es das Canterbury Hotel betraf. Also bestand die schwache Hoffnung, dass im Hotel selbst mehr verborgen lag, das es zu enthüllen galt. Lynley bat, Zimmer neununddreißig sehen zu dürfen.

»Da ist nichts«, versicherte Tatlises hastig. »Es ist gründlich gereinigt worden. Wie jedes Zimmer, nachdem es benutzt wurde.«

Lynley bestand jedoch darauf, also gingen sie ein Stockwerk tiefer und ließen Selçuk ins Bett zurückkehren. Tatlises zog einen Generalschlüssel aus der Tasche und schloss Lynley und Havers das Zimmer auf, in dem Davey Benton seinen Mörder getroffen hatte.

Es war ein trostloses Kämmerchen: Ein Doppelbett stand in der Mitte, bedeckt mit einem wild geblümten Quilt von der Sorte, die alles Denkbare an menschlichen Missetaten verdeckte, von verschütteter Flüssigkeit bis hin zu ausgetretenen Körpersäften. An einer Wand stand eine Kommode aus hellem Holz, die gleichzeitig als Schreibtisch diente. Ein Stuhl, der nicht dazu passte, war darunter geschoben. Obendrauf stand ein Plastiktablett mit den typischen Teeutensilien, bestehend aus einer schmierigen Blechkanne und einem noch schmierigeren Wasserkocher. Schlaffe Vorhänge verdeckten das einzelne Sprossenfenster, und der braune Teppichboden war mit Schlieren und Flecken übersät.

»Das Savoy muss sich angesichts dieser Konkurrenz Sorgen machen«, bemerkte Barbara.

Lynley erwiderte: »Wir brauchen die Spurensicherung. Ich will, dass sie hier alles auseinander nimmt.«

Tatlises protestierte. »Dieses Zimmer wurde gesäubert. Sie werden nichts finden. Und nichts ist hier vorgefallen, das ...«

Lynley fuhr zu ihm herum. »Ihre Meinung ist zum jetzigen Zeitpunkt von keinerlei Interesse«, unterbrach er. »Und ich schlage vor, Sie behalten sie lieber für sich.« Und an Barbara gewandt: »Rufen Sie die Spurensicherung an. Bleiben Sie in diesem Zimmer, bis das KTU-Team eintrifft. Dann besorgen Sie sich das Anmeldeformular, das für dieses ...« Er schien nach einem Wort zu suchen. »Für diese Kammer ausgefüllt wurde, und notieren die Adresse. Informieren Sie Earls Court Road über alles, was hier vorgeht, sofern die Kollegen nicht längst Bescheid wissen. Reden Sie mit dem Chief Super, mit niemandem darunter.«

Barbara nickte. Sie spürte Euphorie in sich aufsteigen, sowohl über die Fortschritte, die sie machten, als auch über die Verantwortung, die Lynley ihr übertrug. Es war fast wie in alten Zeiten.

»In Ordnung. Wird gemacht, Sir«, sagte sie und zückte ihr Handy, während er Tatlises aus dem Zimmer führte.

Lynley stand vor dem Hotel. Er versuchte, das Gefühl abzuschütteln, dass sie blind die Fäuste gegen einen Feind hoben, der geschickter darin war, ihnen auszuweichen, als sie darin waren, ihn zu Fall zu bringen.

Er rief in Chelsea an. St. James hatte inzwischen reichlich Zeit gehabt, die neuen Berichte zu lesen und zu bewerten, die Lynley zur Cheyne Row geschickt hatte. Vielleicht hatte er etwas entdeckt, das Anlass zu Optimismus gab, dachte Lynley. Doch es war Deborahs Stimme, nicht die seines alten Freundes, die Lynley hörte. Niemand zu Hause. Bitte hinterlassen Sie eine Nachricht nach dem Ton.

Lynley folgte der Bitte nicht. Er wählte die Nummer von St. James' Handy, und dieses Mal hatte er Glück. Sein Freund meldete sich. Er war auf dem Weg zu einem Termin bei seinem Bankberater, erklärte er. Ja, er habe die Berichte gelesen, und es gebe zwei interessante Details. »Können wir uns in ... sagen wir, einer halben Stunde treffen? Ich bin am Sloane Square.«

Nachdem sie einen Treffpunkt vereinbart hatten, machte Lynley sich auf den Weg. Mit dem Auto war er nur fünf Minuten von dem Platz entfernt, falls es keinen Stau gab. Das war nicht der Fall, und er fuhr Richtung Fluss. Von der Sloane Avenue bog er in die King's Road und fuhr hinter einem Bus der Linie 11 in Richtung Platz. Einkaufsbummler verstopften um diese Tageszeit die Bürgersteige, genau wie die Oriel Brasserie, wohin er gerade rechtzeitig kam, um einen Tisch von der Größe einer Fünfzig-Pence-Münze zu ergattern, als drei Frauen mit schätzungsweise fünfundzwanzig Einkaufstüten aufstanden.

Er bestellte sich einen Kaffee und wartete auf St. James. Sein Tisch stand an einem der Frontfenster des Oriel, sodass er seinen Freund würde sehen können, wenn dieser den Platz überquerte und den baumbestandenen Gehweg herunterkam, der vom Venus-Brunnen zum Kriegsdenkmal führte. Im Moment war die Platzmitte verlassen, nur ein paar Tauben pickten unter den Bänken nach Krümeln.

Während er wartete, bekam Lynley einen Anruf von Nkata. Jack Veness hatte einen Freund aus dem Hut gezaubert, der jedes Alibi bestätigen würde, das er sich einfallen ließ, und Neil Greenham verkroch sich hinter seinem Anwalt. Der Detective Sergeant hatte Nachrichten für Kilfoyle und Strong hinterlassen, ihn anzurufen, aber zweifellos würden sie von ihren Kollegen bei Colossus erfahren, dass Alibis gefragt waren, und Zeit genug haben, sich welche auszudenken, ehe sie das nächste Mal mit den Cops sprachen.

Lynley wies Nkata an, so gut es eben ging weiterzumachen, und trank seinen Kaffee in drei großen Schlucken. Das Gebräu war kochend heiß und fühlte sich in seiner Kehle an wie ein Skalpell. Aber das war nur recht, dachte er.

Endlich sah er St. James über den Platz kommen. Lynley wandte sich um, bestellte einen zweiten Kaffee für sich und einen für seinen Freund. Die Getränke kamen gleichzeitig mit St. James, der an der Tür den Mantel auszog und sich zu Lynley durchkämpfte.

»Lord Asherton einmal untätig«, bemerkte St. James lächelnd, zog einen Stuhl zurück und ließ sich vorsichtig darauf nieder.

Lynley schnitt eine Grimasse. »Du hast die Zeitung gelesen.«

»Das war kaum zu vermeiden.« St. James griff nach der Zuckerdose und begann sein übliches Ritual, mit dem er den Kaffee für jedes andere menschliche Wesen ungenießbar machte. »Dein Foto an den Zeitungskiosken ist ein regelrechtes Statement.«

»Und Fortsetzung folgt, wenn es nach Corsico und seinem Chefredakteur geht«, erwiderte Lynley.

»Was für eine Fortsetzung?« St. James nahm das Milchkännchen, goss einen Tropfen in die Tasse und rührte um.

»Sie haben anscheinend einen Anruf von Nies bekommen. Oben aus Yorkshire.«

St. James schaute auf. Er hatte gelächelt, aber nun war sein Gesicht ernst. »Das kannst du doch nicht wollen.«

»Was ich will, ist, dass sie das restliche Team in Ruhe lassen. Allen voran Winston. Sie haben ihn als Nächsten ins Visier genommen.«

»Und stattdessen willst du zulassen, dass deine schmutzige Wäsche der Öffentlichkeit vorgeführt wird? Keine gute Idee, Tommy. Das ist dir selbst gegenüber nicht fair, und Judith gegenüber erst recht nicht. Oder Stephanie.«

Lynleys Schwester und seine Nichte. Auch sie waren von dem Mordfall in Yorkshire betroffen, hatte er der einen doch den Mann, der anderen den Vater genommen. Das, was auf ihn selbst niederprasselte, während er versuchte, sein Team vor Bloßstellung zu schützen, traf auch seine Verwandten.

»Ich wüsste nicht, wie ich es verhindern sollte. Aber ich muss sie vorwarnen. Ich schätze, sie werden damit fertig. Sie haben das alles ja schon einmal mitgemacht.«

St. James blickte stirnrunzelnd auf seinen Kaffee hinab. Er schüttelte den Kopf. »Hetz sie auf mich, Tommy.«

»Auf dich?«

»Damit können wir sie eine Zeit lang von der Geschichte in Yorkshire fern halten und ebenso von Winston. Ich gehöre zum Team, wenn auch nur an der Peripherie. Bausch meine Rolle ein bisschen auf und schick sie zu mir.«

»Das kannst du doch nicht wollen.«

»Ich bin nicht entzückt darüber. Aber du kannst nicht zulassen, dass sie die Ehe deiner Schwester unter die Lupe nehmen. Auf diese Weise wäre das Einzige, was sie unter die Lupe bekommen...«

»Alkohol am Steuer und deine daraus resultierende Behinderung.« Lynley schob die Kaffeetasse weg. »Jesus, ich habe wirklich so viele Dinge vermasselt.«

»Aber das hier nicht«, entgegnete St. James. »Wir waren beide betrunken. Das wollen wir doch nicht vergessen. Und außerdem glaube ich nicht, dass dein Reporter von der *Source* auf meine... nennen wir es körperliche Verfassung zu sprechen kommt. Das wäre politisch unkorrekt. Ungehörig, zu erwähnen. ›Wie kommt es, dass Sie diese Schiene am Bein tragen, Sir?‹ Es ist beinah so peinlich, als frage man jemanden, seit wann er seine Frau nicht mehr schlägt. Und selbst wenn sie danach fragen: Ich habe mit einem Freund einen feucht-fröhlichen Abend verbracht, und dies ist das Ergebnis. Ein mahnendes Beispiel für die zügellose Jugend von heute. Ende der Story.«

»Aber du kannst doch nicht wollen, dass sie ihr Radar auf dich richten.«

»Natürlich nicht. Meine Geschwister werden sich über mich lustig machen, ganz zu schweigen davon, was meine Mutter in ihrer unnachahmlichen Weise dazu zu sagen haben wird. Aber sieh es mal so: Ich bin zwar Teil der Ermittlungen, aber ich stehe gleichzeitig außerhalb, und darin liegt ein Vorteil. Hillier kannst du es verkaufen, wie du willst: Entweder bin ich Teil des Teams – ›Und Sie haben doch gesagt, Sie wollten Porträts des Teams, oder nicht, Sir?‹ –, oder ich bin hemmungslos selbstsüchtig und suche als unabhängiger Wissenschaftlicher die Art von Beweihräucherung, die nur ein entsprechender Auftritt in der Presse gewährleisten kann. Such dir eines von beiden aus.« Er lächelte.

»Ich weiß, du würdest alles dafür tun, dem armen Schwein das Leben zur Hölle zu machen.«

Unfreiwillig erwiderte Lynley das Lächeln. »Das ist wirklich großzügig von dir, Simon. Das wird sie von Winston fern halten. Es wird Hillier natürlich nicht gefallen, aber mit ihm werde ich schon fertig.«

»Und bis sie zu Winston oder sonst irgendjemandem kommen, wird diese Geschichte, so Gott will, ausgestanden sein.«

»Hast du irgendetwas mitgebracht?«, fragte Lynley und wies auf den Aktenkoffer, den St. James neben den Tisch gestellt hatte.

»Bin noch mal zurückgelaufen. Ich war in verschiedener Hinsicht im Vorteil.«

»Was bedeutet, dass ich etwas übersehen habe. Na schön. Damit kann ich leben.«

»Nicht wirklich übersehen. Das würde ich nicht sagen.«

»Sondern?«

»Dass ich den Vorteil habe, den Fall aus einiger Distanz zu betrachten, während du mittendrin steckst. Und ich habe auch nicht Hillier, die Presse und Gott weiß wen sonst noch im Nacken sitzen, die ein Ergebnis von mir verlangen.«

»Ich akzeptiere die Entschuldigung in der angebotenen Form. Dankend. Was hast du gefunden?«

St. James griff nach seinem Aktenkoffer, zog einen freien Stuhl vom Nachbartisch heran, legte ihn darauf und öffnete ihn. Er holte die Unterlagen heraus, die er geschickt bekommen hatte.

»Hast du herausgefunden, woher das Ambra-Öl kommt?«, fragte er.

»Wir haben zwei mögliche Quellen. Warum?«

»Er hat keines mehr.«

»Kein Öl?«

»Es war keine Spur davon an der Leiche im Queen's Wood. Bei allen anderen wurde es nachgewiesen, wenn auch nicht immer an der gleichen Stelle. Aber an dieser Leiche nicht.«

Lynley ließ sich das durch den Kopf gehen. Er fand einen Grund, warum das Öl möglicherweise fehlte. »Der Leichnam war unbekleidet. Vielleicht war das Öl auf der Kleidung.«

»Aber der St.-George's-Gardens-Leichnam war ebenfalls unbekleidet...«

»Kimmo Thorne.«

»Richtig. Und trotzdem waren Spuren des Öls an ihm nachweisbar. Nein, ich würde sagen, es besteht durchaus die Chance, dass unser Mann seine Vorräte verbraucht hat, Tommy. Er wird neues Öl besorgen müssen, und wenn du zwei Quellen gefunden hast, könnte eine Observierung dieser Geschäfte vielleicht der Schlüssel sein.«

»Du sagst, es besteht die Chance«, warf Lynley ein. »Was noch? Du hast noch etwas, oder?«

St. James nickte nachdenklich. Er schien unsicher, wie bedeutsam seine zweite Entdeckung war. »Es ist eine Kleinigkeit, Tommy«, sagte er. »Das ist alles, was ich sagen kann. Ich möchte sie nicht deuten, weil dich das letztlich in die falsche Richtung führen könnte.«

»In Ordnung. Akzeptiert. Was ist es?«

St. James förderte einen weiteren Papierstapel zutage. »Ihr Mageninhalt«, sagte er. »Vor diesem letzten Jungen, dem Queen's-Wood-Opfer...«

»Davey Benton.«

»Die Opfer vor ihm hatten alle in der letzten Stunde ihres Lebens etwas gegessen. Und in allen Fällen war der Mageninhalt identisch.«

»Identisch?«

»Ohne Ausnahme, Tommy.«

»Und bei Davey Benton?«

»Er hatte seit Stunden nichts gegessen. Mindestens seit acht Stunden. Wenn man das zusammen mit dem fehlenden Ambra-Öl betrachtet...« St. James lehnte sich vor. Er legte die Hände auf den Papierstoß, um seinen Worten mehr Gewicht zu verleihen. »Ich brauche dir nicht zu sagen, was das bedeutet, oder?«

Lynley wandte den Blick ab. Er schaute hinaus auf den Platz, wo der graue Wintertag sich allmählich der Dunkelheit näherte und allem, was die Dunkelheit mit sich brachte.

»Nein, Simon«, antwortete er schließlich, »das brauchst du mir nicht zu sagen.«

26

Der Name auf der Anmeldekarte lautete Oscar Wilde. Als Barbara das sah, schaute sie das Mädchen mit dem Kronleuchterohrring an und erwartete ein Augenrollen und einen Gesichtsausdruck, der besagte: Was erwarten Sie denn? Doch es wurde schnell klar, dass die junge Frau an der Rezeption zu der neuen unwissenden Generation zählte, die ihre Bildung aus Musikvideos und Klatschmagazinen bezog. Der Name war ihr so wenig geläufig wie dem Nachtportier, aber der hatte wenigstens die Ausrede, dass er Ausländer war. Wilde war vermutlich nie eine Berühmtheit in der Türkei gewesen.

Barbara schaute sich die Adresse an: ein Haus auf der Collingham Road. Das Hotel verfügte über eine eselohrige Ausgabe des Stadtführers *A to Z* – angeblich für die Horden von Touristen, die dort abstiegen –, und sie fand die Straße in der Nähe von Lexham Gardens. Sie lag auf der anderen Seite der Cromwell Road, und Barbara konnte sie problemlos zu Fuß erreichen.

Bevor sie zur Rezeption hinuntergegangen war, hatte sie auf die Ankunft des Teams der Spurensicherung gewartet, das sie von Zimmer neununddreißig aus telefonisch angefordert hatte. Mr. Tatlises war in seinem Smoking verschwunden, vermutlich um seine Kumpel von MABIL anzurufen und sie vorzuwarnen, dass schlechte Zeiten auf sie zukamen. Anschließend, nahm sie an, würde er den vergeblichen Versuch unternehmen, alles an Kinderpornografie, was er besaß, zu vernichten. Idiot, dachte Barbara. Der hatte todsicher nicht der Versuchung widerstehen können, diesen Dreck aus dem Internet runterzuladen – das konnten diese Typen nie –, und er war dämlich genug, zu glauben, dass »löschen« dasselbe bedeutete wie »für immer verschwinden lassen«. Die Kollegen von Earls Court Road würden in diesem Laden ihre helle Freude haben. Hatten sie Tatlises erst mal in ihren Klauen, würden sie einen Weg finden, alles aus ihm herauszupressen, was er wusste: über MABIL, die Vorgänge in diesem Hotel, über kleine Jungen und Geld, das von einer Hand in die andere wechselte, und über alles andere, was mit dieser widerlichen Geschichte zu tun hatte. Es sei denn, einer von ihnen war selbst MABIL-Mitglied... Einer oder mehrere der Kollegen von der Earls Court Road... aber daran wollte Barbara gar nicht denken. Polizisten, Priester und Ärzte. Man musste wenigstens hoffen, wenn schon nicht glauben können, dass es so etwas wie moralische Instanzen gab.

Wie Lynley angeordnet hatte, sprach sie mit dem Chief Superintendent der Earls Court Road, und er setzte die Räder in Gang. Als das KTU-Team kam, hielt sie die Stellung für ausreichend gesichert, sodass sie sich auf den Weg machen konnte.

Sie hatte sich die Adresse auf der Anmeldekarte notiert, die Karte selbst zur Untersuchung auf Fingerabdrücke der KTU übergeben und machte sich nun auf der Cromwell Road nach Osten in Richtung des Natural History Museum auf den Weg. Etwa hundert Meter hinter Lexham Gardens bog die Collingham Road nach Süden ab. Barbara ging die hohen, weißen Häuser entlang und suchte nach der richtigen Nummer.

Bedachte man, welcher Name auf dem Anmeldeformular gestanden hatte, war sie nicht sehr zuversichtlich, dass die Adresse irgendetwas anderes als eine weitere Täuschung sein könnte. Und ihre Schlussfolgerung war nicht weit von der Wahrheit entfernt. Wo die Collingham Road auf die untere Hälfte von Courtfield Gardens stieß, stand eine alte Kirche an der Ecke. Ein schmiedeeiserner Zaun umgab den Kirchhof, und in diesem Hof fand sich ein verblasstes Schild, das diesen Ort in Goldbuchstaben als »St. Lucy Gemeindezentrum« auswies. Unter dem Namen stand die Straßenanschrift, die sich mit der auf der Anmeldekarte des Canterbury Hotels deckte. Wie passend, dachte Barbara, als sie das Tor aufstieß und in den Kirchhof trat. Die Adresse auf der Karte war identisch mit der von MABIL: St. Lucy, die aufgelassene Kirche unweit der U-Bahn-Station Gloucester Road.

Minshall hatte gesagt, dass die MABIL-Treffen im Keller stattfanden, also machte sie sich auf den Weg dorthin. Sie ging seitlich um das Gebäude herum, folgte einem Zementpfad durch einen kleinen, überwucherten Friedhof, der voller windschiefer Grabsteine und efeubewachsener Steinsarkophage war, um die sich seit Ewigkeiten niemand gekümmert hatte.

Eine Steintreppe führte am anderen Ende der Kirche in das Untergeschoss hinab. Ein Schild auf der leuchtend blauen Tür besagte, dass dieser Teil des Gemeindezentrums die Kindertagesstätte »Kita Marienkäfer« beherbergte. Die Tür stand ein Stück offen, und Barbara hörte Kinderstimmen.

Sie trat ein und fand sich in einem Vorraum, wo in Hüfthöhe eine lange Reihe Haken mit kleinen Mänteln, Jacken und Regencapes bestückt war. Darunter warteten säuberlich zusammengestellte, bierglasgroße Gummistiefel auf ihre Besitzer. Zwei Räume schienen von diesem Flur abzugehen; im kleinen Zimmer bastelten einige Kindern Valentinsgrußkarten aus Papier, und im großen Raum tanzten andere eine wilde Polonaise zu »On the Sunny Side of the Street«.

Barbara überlegte noch, in welchem der Zimmer sie zuerst ihr Glück auf der Suche nach Informationen versuchen sollte, als eine Frau um die sechzig, die Brille an einer Goldkette um den Hals gehängt, aus einer Tür trat, hinter der offenbar eine Küche lag. Nach dem Duft zu urteilen, trug sie eine Platte mit frischen Ingwerplätzchen. Barbaras Magen knurrte sehnsüchtig.

Die Frau schaute von Barbara zur Tür, und ihr Gesichtsausdruck besagte, dass die Tür eigentlich hätte abgeschlossen sein sollen, was Barbara für eine gute Idee hielt. Die Frau fragte, ob sie ihr helfen könne.

Barbara zeigte ihren Dienstausweis und erklärte der Dame – die sich als Mrs. McDonald vorstellte –, dass sie wegen MABIL gekommen sei.

»Mable?«, fragte Mrs. McDonald. »Wir haben keine Mable in unserer Kita.«

Es handele sich um eine Organisation von Männern, die

sich abends im Keller trafen, erklärte Barbara. Es schrieb sich M-A-B-I-L.

Darüber wusste Mrs. McDonald nichts. Sie riet Barbara, mit der Maklerfirma zu sprechen, die die Vermietung regelte. Taverstock & Percy sei der Name, auf der Gloucester Road. Die machten alle Verträge für die Räumlichkeiten des Gemeindezentrums. Zwölfpunkteprogramme, Frauenclubs, Antik- und Handwerkermärkte, Schreibkurse, alles Mögliche.

Barbara fragte Mrs. McDonald, ob sie sich trotzdem kurz umschauen dürfe. Sie wusste, dass es hier nichts zu finden gab, aber sie wollte ein Gefühl für diesen Ort bekommen, wo Perversion nicht nur geduldet, sondern gefördert wurde.

Mrs. McDonald war alles andere als glücklich über die Bitte, doch sie erklärte sich bereit, Barbara herumzuführen, wenn diese kurz warten würde, bis die Kekse an die Kinder verteilt waren. Sie trug ihr Tablett in den großen Raum und übergab es einer der Erzieherinnen. Sie kam zurück, während die Polonaise sich in Windeseile auflöste und alle Kinder sich gierig auf die Kekse stürzten, was Barbara nur zu gut verstehen konnte. Sie hatte das Mittagessen ausfallen lassen, und jetzt war bereits Teezeit.

Pflichterfüllt folgte sie Mrs. McDonald von Zimmer zu Zimmer. Überall waren Kinder: lachend, plappernd, rotwangig und unschuldig. Ihr wurde ganz übel bei dem Gedanken, dass Pädophile diese Atmosphäre hier am Abend besudelten, wenn die Kinder sicher daheim im Bett lagen.

Doch es gab nur wenig zu sehen. Ein Saal mit einem Podium an einem Ende, ein Rednerpult war an die Seite geschoben, aufgestapelte Stühle standen entlang der Wände, die mit Regenbogen, Kobolden und einem Topf voller Gold bemalt waren. Ein kleiner Raum mit Tischen im Zwergenmaß, wo die Kinder basteln und töpfern konnten und ihre Werke auf Wandregalen ausgestellt wurden – ein Tumult aus Farben und Fantasie. Küche, Toilette, Vorratsraum. Das war alles. Barbara versuchte, sich diesen Ort voll Kinderschänder vorzustellen, was nicht schwierig war. Sie sah sie förmlich vor sich, diese erbärmlichen Kerle, denen einer abging bei dem Gedanken an all die Kinder, die Tag für Tag diese Räume füllten.

Sie bedankte sich bei Mrs. McDonald und verließ St. Lucy. Auch wenn es bestimmt eine Sackgasse war, durfte sie die Spur zu Taverstock & Percy nicht außer Acht lassen.

Das Maklerbüro lag ein gutes Stück entfernt auf der anderen Seite der Cromwell Road. Sie kam an einer Filiale der Barclay's Bank vorbei, wo Penner auf der Eingangsstufe saßen, dann an einer Kirche und einer modernisierten Häuserzeile aus dem neunzehnten Jahrhundert, bis sie schließlich zu einem kleinen Geschäftsviertel gelangte, wo Taverstock & Percy zwischen einer Eisenwarenhandlung – »Wir führen alles« – und einem altmodischen Imbiss lag, der Wurstbrötchen und Folienkartoffeln an eine Kolonne Straßenarbeiter verkaufte, die gerade Teepause machten.

In den Büroräumen von Taverstock & Percy fragte sie nach dem zuständigen Mitarbeiter, der die Vermietung von Räumen in der St.-Lucy-Kirche verwaltete, und wurde zu einer jungen Frau namens Misty Perrin geführt, die offenbar entzückt war, dass eine potenzielle Kundin für St. Lucy einfach so von der Straße hereinspaziert kam. Sie holte ein Antragsformular heraus, befestigte es auf einem Klemmbrett und erklärte, dass es natürlich gewisse Regeln und Vorschriften zu beachten galt, wenn jemand Räumlichkeiten in der ehemaligen Kirche oder deren Keller mieten wollte.

Klar doch, dachte Barbara. Das hielt das Gesindel fern.

Sie zückte ihren Dienstausweis und stellte sich Misty vor. Sie erkundigte sich, ob sie ihr ein paar Fragen über eine Gruppe namens MABIL stellen könne.

Misty legte das Klemmbrett auf ihren Schreibtisch, aber sie wirkte nicht beunruhigt. »Ja, sicher«, sagte sie. »Als Sie nach St. Lucy fragten, dachte ich ... Na ja, wie auch immer ... MABIL. Ja.« Sie öffnete eine Aktenschublade in ihrem Schreibtisch, zog einen dünnen Ordner heraus und klappte ihn auf. Sie überflog den Inhalt, nickte zufrieden und sagte schließlich: »Ich wünschte, alle Mieter wären so zuverlässig wie diese. Sie zahlen die Miete jeden Monat pünktlich. Und wir hören auch keine Klagen darüber, in was für einem Zustand sie die Räume nach ihren Treffen hinterlassen. Keine Beschwerden aus der Nachbarschaft wegen wilden Parkens. Na ja, dafür sorgt schon die Parkkralle. Also, was möchten Sie wissen?«

»Was für eine Gruppe ist das?«

Misty konsultierte nochmals die Unterlagen. »Eine Selbsthilfegruppe anscheinend. Männer, die in Scheidung leben. Ich weiß nicht genau, warum sie sich MABIL nennen. Vielleicht ist es ein Akronym für ›Männer am Beginn…‹ von was?«

»Illustren Lebens?«, schlug Barbara vor. »Wer hat den Vertrag unterschrieben?«

Misty las es ihr vor: J. S. Mill. Sie gab ihr auch die Adresse. Dann berichtete sie Barbara, das einzig Seltsame an MABIL sei, dass sie ihre Miete immer bar bezahlten. Mr. Mill brachte sie persönlich an jedem Monatsersten. »Er sagte, er könne nur bar zahlen, denn sie sammelten die Miete bei ihren Treffen. Tja, das ist ein bisschen ungewöhnlich, aber die St.-Lucy-Leute haben gesagt, ihnen sei es recht, solange das Geld pünktlich kommt. Und das ist der Fall. Jeden Monat am Ersten, und das seit fünf Jahren.«

»Fünf Jahre?«

»Ja, so ist es. Ist irgendetwas nicht in Ordnung mit…?« Misty wirkte besorgt.

Barbara schüttelte den Kopf und wischte die Frage mit einer Geste beiseite. Dieses Mädchen war so unschuldig wie die Kinder in der Marienkäfer-Kita. Sie erhoffte sich nicht viel davon, aber trotzdem zeigte sie Misty die beiden Phantombilder. »Sieht J. S. Mill wie einer von diesen Männern aus?«, fragte sie.

Misty betrachtete die Zeichnungen, schüttelte aber den Kopf. Er war viel älter – so um die siebzig? – und hatte keinen Bart oder so was. Er trug ein riesiges Hörgerät, falls das Barbara weiterhalf.

Barbara schauderte, als sie das hörte. Ein Großvater, dachte sie. Sie wollte ihn finden und ihm den Hals umdrehen.

Als sie das Maklerbüro verließ, nahm sie die Adresse von J. S. Mill mit. Sie war bestimmt falsch, daran zweifelte sie nicht. Aber sie würde sie trotzdem an die Sitte weiterleiten. Irgendjemand musste irgendwie die Türen der Mitglieder dieser Organisation eintreten.

Sie war auf dem Rückweg zur Cromwell Road, als ihr Handy klingelte. Es war Lynley, der fragte, wo sie sei.

Sie sagte es ihm und berichtete das Wenige, das die Auswertung des Meldeformulars vom Canterbury Hotel gebracht hatte. »Und wie steht's bei Ihnen?«, fragte sie ihn.

»St. James glaubt, unser Mann muss bald neues Ambra-Öl kaufen«, berichtete er und teilte ihr mit, was St. James sonst noch herausgefunden hatte. »Es wird Zeit, dass Sie *Wendy's Cloud* noch einmal einen Besuch abstatten, Constable.«

Nkata parkte am Manor Place. Er dachte immer noch über die Dutzende schwarzer Jugendlicher nach, die er nahe Elephant and Castle hatte herumlungern sehen. Es gab nicht einen einzigen Ort, wohin sie gehen, und sehr wenig, das sie tun konnten. Das entsprach nicht ganz der Wahrheit, denn wenn schon sonst nirgendwohin, hätten sie ja wenigstens zur Schule gehen können. Doch er wusste, dass sie selbst ihre Situation nicht sehr positiv sahen. Sie hatten diese Sichtweise von älteren Freunden übernommen, von verbitterten und enttäuschten Eltern, und der Mangel an Chancen sowie zu große Versuchungen bestärkten sie noch darin. Auf lange Sicht war es einfacher für sie, gleichgültig zu sein. Nkata hatte den ganzen Weg nach Kennington über sie nachgedacht und benutzte sie als Ausrede.

Nicht, dass er wirklich eine brauchte. Dieser Gang war eine Verpflichtung. Der Zeitpunkt war gekommen.

Er stieg aus dem Wagen und ging die wenigen Schritte zum Perückengeschäft, immer noch ein Zeichen der Hoffnung, dass etwas möglich war zwischen all den leeren und verrammelten

Läden der Gegend. In den Pubs war natürlich noch Betrieb, aber bis auf einen armseligen Kiosk an der Ecke, der mit schweren Rollgittern gesichert war, hatte Yasmin Edwards das einzige geöffnete Geschäft.

Als Nkata eintrat, sah er, dass Yasmin Kundschaft hatte: eine klapperdürre schwarze Frau mit einem Totenkopfgesicht. Sie war kahl und saß zusammengesunken in einem der Kosmetikstühle vor der Spiegelwand und der Theke, an der Yasmin arbeitete. Ein aufgeklappter Schminkkoffer stand darauf und drei Perücken lagen da: eine mit einer Zopffrisur, eine mit Kurzhaar wie Yasmins Frisur, eine lang und glatt, wie Models sie auf dem Laufsteg trugen.

Yasmins Blick glitt in Nkatas Richtung und dann wieder weg, als habe sie ihn erwartet und sei von seinem Auftauchen nicht überrascht. Er nickte ihr zu, aber er wusste, dass sie es nicht sah. Sie widmete ihre ganze Aufmerksamkeit ihrer Kundin und dem Pinsel, den sie in ein rundes Metalldöschen mit Rouge tauchte.

»Ich seh es einfach nicht«, sagte die Kundin. Ihre Stimme klang so erschöpft, wie sie selbst aussah. »Sparen Sie sich die Mühe, Yasmin.«

»Warten Sie erst mal ab«, entgegnete Yasmin sanft. »Lassen Sie mich meine Arbeit machen, meine Liebe, und inzwischen können Sie sich die Perücken anschauen und eine aussuchen.«

»Macht doch sowieso keinen Unterschied, oder«, sagte die Frau. »Ich weiß gar nicht, warum ich eigentlich gekommen bin.«

»Weil Sie schön sind, Ruby, und die Welt verdient es, das zu sehen.«

Ruby schnalzte ungeduldig mit der Zunge. »Schön bin ich nicht mehr.«

Yasmin antwortete nicht darauf, sondern stellte sich vor die Frau, um deren Gesicht eingehend zu studieren. Sie hatte jedes Mitleid aus ihrem Gesichtsausdruck verbannt, das die Kundin sicher sofort gespürt hätte. Yasmin trat einen Schritt näher an sie heran und fuhr mit dem Rougepinsel erst über die Wangenknochen, dann über die Wange.

Nkata wartete geduldig. Er beobachtete Yasmin bei der Arbeit: den leichten Pinselstrich, das Auftragen von Lidschatten zur Betonung der Augen. Sie beendete ihr Werk, indem sie bei ihrer Kundin mit einem kleinen Pinsel Lippenstift auftrug. Ihre eigenen Lippen waren ungeschminkt. Die rosenförmige Narbe an ihrer Oberlippe – ein Geschenk ihres verstorbenen Ehemannes – machte das unmöglich.

Sie trat zurück und begutachtete ihr Werk. Dann sagte sie: »Sie sehen klasse aus, Ruby. Welche Perücke soll das Bild abrunden?«

»Ach, Yasmin, ich weiß nicht.«

»Jetzt kommen Sie schon. Ihr Mann da draußen wartet nicht auf eine kahlköpfige Lady mit einem hübschen neuen Gesicht. Wollen Sie sie noch mal anprobieren?«

»Versuchen wir die Kurze.«

»Sind Sie sicher? Mit der Langen haben Sie wie dieses Model – wie heißt sie doch gleich? – ausgesehen.«

Ruby lachte vor sich hin. »Oh, klar doch. Ich bin bereit für die Modemesse. Vielleicht stecken sie mich in einen Bikini. Endlich hab ich die richtige Figur dafür. Lassen Sie mich die Kurze versuchen. Die gefällt mir ganz gut.«

Yasmin holte die kurze Perücke und setzte sie Ruby behutsam auf den Kopf. Sie trat zurück, nahm eine kleine Korrektur vor, trat wieder zurück. »So können Sie ganz großartig ausgehen«, sagte sie. »Sorgen Sie dafür, dass Ihr Mann Sie schön ausführt.« Yasmin half Ruby auf die Füße und nahm das Rezept, das die Frau ihr hinhielt. Behutsam schob sie die zusätzliche Zehn-Pfund-Note weg, die die Frau ihr aufdrängen wollte. »Nichts da«, sagte sie. »Kaufen Sie sich lieber einen schönen Blumenstrauß für die Wohnung.«

»Blumen krieg ich genug zur Beerdigung«, erwiderte Ruby.

»Ja, aber die Toten haben nichts davon.«

Sie lachten. Yasmin brachte ihre Kundin zur Tür. Am Bordstein wartete ein Auto auf sie, an dem sich eine Tür öffnete. Yasmin half ihr hinein.

Als sie in den Laden zurückkam, ging sie gleich zu dem Kosmetikstuhl und begann, ihre Schminkutensilien zusammenzuräumen. Nkata fragte: »Was hat sie?«

»Bauchspeicheldrüse«, antwortete Yasmin knapp.

»Schlimm?«

»Bauchspeicheldrüse ist immer schlimm, Sergeant. Sie bekommt Chemo, aber das nützt nichts. Was wollen Sie, Mann? Ich hab zu arbeiten.«

Er ging auf sie zu, blieb aber auf Sicherheitsabstand. »Ich habe einen Bruder«, sagte er. »Er heißt Harold, aber wir haben ihn immer Stoney genannt. Weil er so stur war wie ein Stein auf dem Feld. Ein Stein wie die in Stonehenge, meine ich. Einen, den man nicht bewegen kann, egal, was man versucht.«

Yasmin hielt beim Aufräumen inne, einen Pinsel in der Hand. Stirnrunzelnd sah sie Nkata an. »Und?«

Nkata fuhr sich mit der Zunge über die Unterlippe. »Er sitzt in Wandsworth. Lebenslänglich.«

Ihr Blick glitt zur Seite, dann sah sie ihn wieder an. Sie wusste, was das bedeutete. Mord. »Hat er's getan?«

»O ja. Stoney... ja. Das war typisch Stoney. Hat sich eine Schusswaffe besorgt – er hat nie gesagt, von wem er die bekommen hat – und einen Typen in Battersea abgeknallt. Er und sein Kumpel wollten ihm seinen BMW abnehmen, und der Kerl hat nicht mitgespielt. Stoney hat ihn in den Hinterkopf geschossen. Eine Hinrichtung. Sein Kumpel hat ihn verpfiffen.«

Sie stand einen Moment reglos da, als schätze sie seine Worte ab. Dann setzte sie ihre Arbeit fort.

»Die Sache ist die«, sagte Nkata. »Ich hätte den gleichen Weg gehen können wie Stoney, hatte ihn schon eingeschlagen, allerdings hab ich gedacht, ich wär cleverer als er. Ich konnte besser kämpfen, und ich hatte kein Interesse daran, Autos zu klauen. Ich hatte eine Gang, das waren meine Brüder, mehr als Stoney das je hätte sein können. Also hab ich mit ihnen gekämpft, denn das war es eben, was wir getan haben. Revierkämpfe. Dieser Gehweg, jener Gehweg, dieser Zeitungskiosk, jener Zigarettenladen. Ich landete mit aufgeschlitztem Gesicht in der Notaufnahme.« Er wies auf die Narbe in seinem Gesicht. »Meine Mutter ist ohnmächtig geworden, als sie's gesehen hat. Ich schau sie an und schau zu meinem Dad und weiß, dass er mich windelweich prügeln wird, wenn wir nach Hause kommen, bevor oder nachdem mein Gesicht genäht ist. Und ich seh – ganz plötzlich kam das –, dass er mich nicht meinetwegen verprügeln wird, sondern weil ich Mum wehgetan habe, so wie Stoney Mum wehgetan hat. Und dann hab ich auf einmal gesehen, wie sie sie behandelt haben. Die Ärzte und Schwestern in der Notaufnahme, meine ich. So als hätte sie was falsch gemacht. Und das dachten sie auch, weil einer ihrer Söhne im Knast und der andere ein Brixton Warrior war. Und das war's.« Nkata streckte die leeren Hände aus. »Ein Bulle hat mit mir über den Kampf geredet, dem ich diese Narbe zu verdanken hab. Und er hat mich auf einen anderen Kurs gebracht. Und ich hab mich an diesen Cop und diesen neuen Kurs gehalten, weil ich Mum nicht das antun wollte, was Stoney ihr angetan hat.«

»Einfach so?«, fragte Yasmin. Er hörte den verächtlichen Unterton in ihrer Stimme.

»Simpel, aber nicht einfach«, verbesserte er sie höflich.

Yasmin fuhr fort, ihr Make-up einzupacken. Geräuschvoll schloss sie den Koffer und hob ihn von der Theke. Sie trug ihn zum hinteren Ende des Ladens, stellte ihn ins Regal, ehe sie eine Hand in die Hüfte stemmte und sagte: »War das alles?«

»Nein.«

»Na schön. Was noch?«

»Ich wohne bei meinen Eltern, drüben im Loughborough Estate. Ich werd bei ihnen wohnen bleiben, egal, was kommt, denn sie werden älter, und je älter sie werden, umso gefährlicher wird es für sie dort drüben. Ich lass nicht zu, dass Fixer und Dealer und Luden ihnen Ärger machen. Diese Typen mögen mich nicht sonderlich, sie wollen nicht in meiner Nähe sein, und todsicher trauen sie mir auch nicht. Darum halten sie sich von meinen Eltern fern, solange ich da bin. So will ich es haben, und ich werde tun, was nötig ist, damit es so bleibt.«

Yasmin legte den Kopf schräg. Ihr Gesicht hatte immer noch diesen misstrauischen, verächtlichen Ausdruck, den sie immer gezeigt hatte, seit er sie kannte. »Und warum erzählen Sie mir das?«

»Weil ich will, dass Sie die Wahrheit wissen. Und die Sache ist, Yas, die Wahrheit ist nie eine Straße ohne Kurven und Umwege. Also sollen Sie wissen: Ja, ich hab mich zu Ihnen hingezogen gefühlt, seit ich Sie zum ersten Mal gesehen hab, und ja, ich wollte, dass Sie sich von Katja Wolf trennen, nicht weil ich dachte, dass Sie einen Mann brauchen und keine Frau, denn das konnte ich ja gar nicht wissen, oder? Aber ich wollte eine Chance bei Ihnen, und der einzige Weg, die zu kriegen, war, Ihnen zu zeigen, dass Katja Wolf all das, was Sie zu geben haben, nicht wert war. Aber gleichzeitig hatte ich Daniel vom ersten Moment an gern, Yas. Und ich konnte sehen, dass es ihm genauso ging. Und ich weiß so verdammt genau – wusste es damals und weiß es auch jetzt –, wie das Leben für Jungen auf der Straße sein kann, wenn sie mit ihrer Zeit nichts anzufangen wissen. Besonders für Jungen wie Daniel, für die kein Vater im Haus ist. Und das hat nichts damit zu tun, dass ich denke, Sie wären keine gute Mutter, denn ich hab gesehen, dass Sie das sind. Aber ich hab gedacht, Dan braucht mehr, und das glaube ich immer noch. Und darum bin ich gekommen, um Ihnen das zu sagen.«

»Dass Daniel mehr braucht als …«

»Nein, alles, Yas. Von Anfang bis Ende.«

Er stand immer noch ein gutes Stück von ihr entfernt, aber er bildete sich ein, er könne die Bewegung der Muskeln in ihrem dunklen, glatten Hals sehen, als sie schluckte. Und er glaubte, er könne ihren Puls in der Ader an der Schläfe pochen sehen. Aber er wusste, dass er das zu sehen versuchte, was er sich erhoffte. Mach dir nichts vor, sagte er sich. Nimm es so, wie es ist.

»Und was wollen Sie jetzt?«, fragte Yasmin ihn schließlich.

Sie ging zum Kosmetikstuhl zurück, holte die beiden Perücken und klemmte sich eine unter jeden Arm.

Nkata zuckte die Schultern. »Gar nichts«, erwiderte er.

»Und das ist die Wahrheit?«

»Dich«, sagte er. »Na schön. Dich. Aber ich weiß nicht mal, ob das wirklich die Wahrheit ist, und darum will ich es eigentlich nicht laut aussprechen. Im Bett? Ja. So will ich dich, in meinem Bett. Aber alles andere? Ich weiß nicht. Also, das ist die Wahrheit, und die war ich dir schuldig. Du hattest sie von Anfang an verdient, aber du hast sie nie bekommen. Nicht von deinem Mann, und auch nicht von Katja. Ich weiß nicht, ob du sie von deinem neuen Freund bekommst, aber auf jeden Fall von mir. Also, dich hab ich zuerst und vor allem gesehen, und dann Daniel. Und es war nie so einfach, wie du denkst: dass ich Dan benutzt habe, um an dich ranzukommen, Yasmin. Nichts ist je so einfach.«

Es war alles gesagt. Er fühlte sich vollkommen ausgehöhlt, so als hätte er sein Innerstes vor ihr auf den Linoleumboden gegossen. Sie konnte auf ihm herumtrampeln oder ihn einfach zusammenkehren und in die Gosse werfen oder was auch immer... Er war so nackt und hilflos wie am Tag seiner Geburt.

Sie sahen einander unverwandt an. Er spürte das Verlangen wie nie zuvor, und es fühlte sich an wie ein Tier, das sich nagend von innen nach außen fraß.

Sie brach das Schweigen. Nur zwei Wörter, und zuerst wusste er nicht, was sie meinte. »Welcher Freund?«

»Was?« Seine Lippen waren wie ausgetrocknet.

»Welcher neue Freund? Du sagtest was von meinem neuen Freund.«

»Dieser Typ. Als ich zuletzt hier war.«

Sie runzelte die Stirn. Dann schaute sie zum Fenster, als sehe sie auf dem Glas eine Reflexion der Vergangenheit. Schließlich richtete sie den Blick wieder auf ihn. Sie sagte: »Lloyd Burnett.«

»Du hast seinen Namen nicht erwähnt. Er ist reingekommen...«

»Um die Perücke für seine Frau abzuholen«, sagte Yasmin.

»Oh…« Er kam sich vollkommen idiotisch vor.

In diesem Moment klingelte sein Handy, und das rettete ihn davor, etwas erwidern zu müssen. Er klappte es auf, sagte »Moment« und nutzte diese göttliche Intervention für einen geordneten Rückzug. Er nahm eine Visitenkarte und trat damit zu Yasmin. Sie ging nicht mit dem Perückenständer auf ihn los, um sich zu wehren. Sie trug einen Pulli ohne Taschen, darum steckte er die Karte in die Hüfttasche ihrer Jeans. Er achtete darauf, sie nicht zu berühren.

Dann sagte er: »Ich muss diesen Anruf annehmen. Ich hoffe, eines Tages bist du es, die anruft, Yas.« Er war ihr näher, als sie bisher je zugelassen hatte. Er konnte ihren Duft wahrnehmen, und er spürte ihre Furcht. Er verließ den Laden, und während er zu seinem Auto zurückging, hob er das Telefon ans Ohr.

Die Stimme am Telefon war ihm ebenso unbekannt wie der Name. »Hier ist Gigi«, sagte eine junge Frau. »Sie haben doch gesagt, ich soll Sie anrufen.«

»Wer?«, fragte er.

»Gigi«, wiederholte sie. »Von Gabriel's Wharf. Crystal Moon, wissen Sie noch?«

Der Name brachte die Erinnerung zurück, wofür er dankbar war. »Gigi. Natürlich. Was gibt es?«

»Robbie Kilfoyle war hier.« Sie senkte die Stimme zu einem Flüstern. »Er hat was gekauft.«

»Haben Sie was Schriftliches darüber?«

»Ich hab den Kassenbon. Liegt genau vor mir.«

»Passen Sie gut darauf auf«, bat Nkata. »Ich bin unterwegs.«

Lynley schickte Mitchell Corsico eine Nachricht, gleich nachdem er mit St. James gesprochen hatte: Der in die Ermittlungen eingebundene, unabhängige Forensikexperte wäre ausgesprochen gut für das zweite Porträt in der *Source* geeignet, ließ er ihn wissen. Er war nicht nur ein international anerkannter Sachverständiger und Dozent des Royal College of Science, sondern er und Lynley hatten eine gemeinsame Geschichte, die in Eton begonnen und die Jahre seither überdauert hatte. War Corsico der Ansicht, ein Interview mit St. James wäre lohnend? Dieser Ansicht war der Reporter in der Tat, und Lynley gab ihm Simons Nummer. Lynley hoffte, damit würden Corsico, sein Stetson und seine Cowboystiefel vorläufig verschwinden. Außerdem würde dafür gesorgt sein, dass die restlichen Teammitglieder vorläufig vor dem Journalisten ihre Ruhe hatten.

Er fuhr zur Victoria Street zurück, und verschiedene Details der letzten Stunden spukten ihm durch den Kopf. Eines kam ihm besonders häufig in den Sinn, etwas, das Havers am Telefon gesagt hatte.

Der Name auf dem Mietvertrag bei dem Immobilienmakler – der einzige Name, abgesehen von Barry Minshalls, den sie mit MABIL in Zusammenhang bringen konnten – lautete J. S. Mill, hatte Havers ihm berichtet. Er hatte ihr den Zusammenhang erklärt, doch das war ihr inzwischen selbst klar geworden: J. S. Mill. Der Schriftsteller John Stuart Mill, wenn man davon ausging, dass der Deckname auf dem Anmeldeformular des Canterbury Hotels in ein Schema passte.

Lynley hätte gerne geglaubt, dass all das Teil eines literarischen Scherzes unter den Mitgliedern der Pädophilenorganisation war. Eine Art Ohrfeige für die ungewaschene, unbelesene und ungebildete Masse. Oscar Wilde auf der Anmeldung des Canterbury Hotel. J. S. Mill auf dem Mietvertrag mit Taverstock & Percy. Gott allein mochte wissen, wen sie sonst noch auf Dokumenten, die mit MABIL zu tun hatten, finden würden. A. A. Milne vielleicht. G. K. Chesterton. A. C. Doyle. Die Möglichkeiten waren schier endlos.

Ebenso wie die Millionen von Zufällen, die sich Tag für Tag ereigneten. Und dennoch ging ihm der Name nicht aus dem Sinn und schien ihn zu verhöhnen. J. S. Mill. Fang mich doch. John Stuart Mill. John Stuart. John Stewart.

Es hatte keinen Sinn, es zu leugnen: Lynley hatte ein Kribbeln in den Handflächen gespürt, als Havers ihm den Namen durchgab. Dieses Kribbeln führte zu der Frage, die ein kluger Mensch bei der Polizeiarbeit, aber auch im täglichen Leben immer wieder stellen musste: Wie gut können wir einen anderen überhaupt kennen? Wie oft bestimmen Äußerlichkeiten – inklusive Sprache und Benehmen – unsere Einschätzung eines anderen Menschen?

Ich brauche dir nicht zu sagen, was das bedeutet, oder? Lynley sah immer noch den ernsten, besorgten Ausdruck auf St. James' Gesicht.

Lynleys Antwort hatte ihn an Orte geführt, wohin er nicht hatte gehen wollen. Nein, du brauchst mir gar nichts zu sagen.

Worauf es hinauslief, war die Bitte, den Kelch an ihm vorübergehen zu lassen und ihn an jemand anderen weiterzugeben, aber das würde nicht geschehen. Er war zu weit vorgedrungen, war »einmal so tief in Blut gestiegen«, und er konnte keinen einzigen seiner Schritte rückgängig machen. Er musste diese Ermittlung zu Ende führen, ganz gleich, wohin jede einzelne ihrer Verästelungen führte. Und es gab eindeutig mehr als einen Ast in dieser Sache. Das wurde allmählich offensichtlich.

Eine zwanghafte Persönlichkeit, ja, dachte er. Von Dämonen getrieben? Er wusste es nicht. Diese Rastlosigkeit, die gelegentlichen Wutausbrüche, das unbedachte Wort. Wie war die Neuigkeit aufgenommen worden, dass Lynley – allen anderen vorgezogen – die Position des Superintendent anvertraut wurde, nachdem Webberly angefahren worden war? Glückwünsche? Niemand hatte irgendjemandem zu irgendetwas gratuliert in jenen Tagen, die dem Mordanschlag auf Webberly gefolgt waren. Wer hätte an so etwas denken sollen, da der Superintendent um sein Leben rang und alle anderen auf der Jagd nach dem Täter waren? Es hatte also keinerlei Bedeutung. Es hatte nichts zu sagen. Irgendjemand hatte die Vertretung übernehmen müssen, und ihn hatte es getroffen. Es war ja nur vorübergehend, also konnte es kaum wichtig genug sein, dass irgendjemand entschieden hätte... Nein.

Aber dennoch fühlte er sich unweigerlich in seine Anfangszeit in diesem Kollegenkreis zurückversetzt: Die Distanz, die sie zwischen sich und ihm aufgebaut hatten, der er nie einer der Jungs werden würde, nicht richtig jedenfalls. Ganz gleich, was er tat, um die Kluft zu überbrücken, es stand immer das zwischen ihnen, was sie über ihn wussten: der Titel, der Besitz, seine Privatschulsprache, der Reichtum, die angeblichen Privilegien. Aber wen, zum Teufel, kümmert das schon? Letztlich hatte es sie alle gekümmert, und das würde sich wohl auch niemals ändern.

Doch alles darüber hinaus – Abneigung, die sich langsam zu unwilliger Anerkennung und Respekt wandelte – war undenkbar. Es war sogar illoyal, es auch nur zu erwägen, und konnte nur zu Zwistigkeiten führen.

All das hinderte Lynley indes nicht daran, eine Unterredung mit DAC Cherson von der Personalabteilung zu führen, auch wenn sein Herz dabei bleischwer war. Cherson genehmigte die kurzfristige Herausgabe der Personalakte. Lynley las sie und sagte sich, dass sie nichts hergab. Er fand Details, die man in jede Richtung interpretieren konnte: eine hässliche Scheidung, eine unbarmherzige Sorgerechtssituation, niederdrückende Unterhaltsverpflichtungen, eine Verwarnung wegen sexueller Belästigung, eine wohlmeinende Andeutung, mehr auf seine Gesundheit zu achten, ein kaputtes Knie, eine Belobigung für Eigeninitiative in der Fortbildung. Eigentlich gar nichts. Die Details summierten sich nicht zu irgendetwas.

Trotzdem machte er sich Notizen und versuchte, sein schlechtes Gewissen zu unterdrücken. Wir alle haben Leichen im Keller, sagte er sich. Meine eigenen sind abscheulicher als die von anderen.

Er ging in sein Büro zurück und las noch einmal das Profil ihres Mörders, das auf seinem Schreibtisch lag. Er sann darüber nach. Er dachte über alles nach: von gegessenen und versäumten Mahlzeiten bis hin zu Jungen, die durch einen plötzlichen Elektroschock gelähmt wurden. Was er dachte, war: nein. Was er schloss, war: nein. Was er tat, war, nach dem Telefon zu greifen und Hamish Robson über Handy anzurufen.

Er erwischte ihn zwischen zwei Terminen in seiner Praxis unweit des Barbican, wo er Privatpatienten behandelte, weit weg von der beklemmenden Atmosphäre der Fischer-Klinik für forensische Psychiatrie. Es war eine Nebenbeschäftigung, erklärte Robson ihm, wo er sich mit normalen Menschen in vorübergehenden Krisen befasste.

»Man kann mit dem Verbrechen nur über einen begrenzten Zeitraum umgehen«, gestand er. »Aber ich nehme an, das wissen Sie selbst gut genug.«

Lynley fragte Robson, ob sie sich treffen könnten. Bei Scotland Yard, anderswo, es spiele keine Rolle.

»Mein Terminkalender ist voll«, antwortete Robson. »Können wir nicht jetzt am Telefon reden? Ich habe zehn Minuten bis zu meinem nächsten Patienten.«

Lynley erwog den Vorschlag, doch er wollte Robson persönlich sprechen. Er wollte mehr, als nur mit ihm reden.

Robson sagte: »Ist wieder etwas… Alles in Ordnung, Superintendent? Kann ich Ihnen helfen? Sie klingen…« Man hörte ihn am anderen Ende mit Papier rascheln. »Hören Sie, vielleicht kann ich einen oder zwei Termine absagen oder verlegen. Wäre Ihnen damit gedient? Ich muss ein paar Einkäufe erledigen, und dafür hatte ich mir heute Abend ein wenig Zeit freigehalten. Es ist nicht weit von meiner Praxis entfernt. Kennen Sie die Kreuzung Whitecross und Dufferin Street? Da ist ein Obst- und Gemüsestand, wo wir uns treffen könnten. Wir können reden, während ich meine Einkäufe mache.«

Lynley akzeptierte, dass das reichen musste. Aber wenigstens konnte er das Thema am Telefon schon einmal anschneiden. »Wie viel Uhr?«, fragte er.

»Halb sechs?«

»In Ordnung. Das schaffe ich.«

»Darf ich fragen… Damit ich mir vorab ein paar Gedanken machen kann? Gibt es eine neue Entwicklung?«

Lynley überlegte. Neu, dachte er. Ja und nein. »Wie sicher sind Sie sich des Profils, das Sie von dem Mörder erstellt haben, Dr. Robson?«

»Es ist natürlich keine exakte Wissenschaft. Aber es kommt der Sache sehr nah. Wenn Sie berücksichtigen, dass es auf Hunderten Stunden persönlicher Gespräche basiert... wenn Sie bedenken, wie lange diese Gespräche analysiert wurden... die zusammengetragene Datenmenge, die ermittelten Gemeinsamkeiten... Es ist nicht wie Fingerabdrücke oder DNA. Doch als Führung, sogar als Checkliste, ist es ein unschätzbares Werkzeug.«

»Sie sind sich dessen sehr sicher?«

»Das bin ich. Aber warum fragen Sie? Habe ich etwas übersehen? Gibt es neue Informationen, die ich wissen sollte? Ich kann nur mit dem Material arbeiten, das Sie mir geben.«

»Was würden Sie zu der Tatsache sagen, dass die ersten fünf Opfer innerhalb der letzten Stunde ihres Lebens etwas gegessen haben, das jüngste Opfer aber seit Stunden nichts. Wären Sie in der Lage, das zu interpretieren?«

Es folgte ein Schweigen, während Robson über diese Frage nachdachte. Schließlich antwortete er: »Ohne weiteren Kontext täte ich das ungern.«

»Und was ist mit der Tatsache, dass die verzehrten Nahrungsmittel bei den ersten fünf Jungen in allen Fällen die gleichen waren?«

»Ich würde sagen, das ist Teil des Rituals.«

»Und warum lässt er diesen Teil beim sechsten Jungen aus?«

»Dafür könnte es Dutzende von Erklärungen geben. Es waren ja auch nicht alle Leichen in gleicher Weise positioniert. Nicht bei jedem Jungen wurde der Nabel entfernt. Nicht jeder hatte ein Symbol auf der Stirn. Wir suchen nach Merkmalen, die auf eine Verbindung zwischen den Verbrechen hinweisen, aber sie sind nie exakte Kopien.«

Lynley antwortete nicht. Er hörte Robson zu jemandem sagen: »Bitten Sie sie um einen Moment Geduld.« Seine nächste

Patientin war offenbar eingetroffen. Es blieb nur noch wenig Zeit, ihr Gespräch zu beenden.

Lynley sagte: »Fred und Rosemary West. Ian Brady und Myra Hindley. Wie weit verbreitet war das? Hätte die Polizei es vorhersehen können?«

»Ein Mörder und eine Mörderin? Oder zwei Mörder, die als Team zusammenarbeiten?«

»Zwei Mörder«, antwortete Lynley.

»Nun, das Problem bei beiden genannten Beispielen war der Faktor, dass die Opfer verschwunden waren, oder? Es gab weder Leichen noch Tatorte, an denen man Informationen hätte sammeln können. Wenn Menschen einfach verschwinden – Leichen für Jahrzehnte in Kellern verscharrt bleiben oder im Moor versteckt werden oder was immer Sie wollen –, dann gibt es nichts, was man interpretieren könnte. Zu der Zeit von Brady und Hindley gab es die Wissenschaft des Profiling auch noch nicht. Und was die Wests angeht – und das gilt für alle Serienmörderpaare: Es gibt immer einen dominanten und einen unterlegenen Partner. Der eine tötet, der andere schaut zu. Der eine beginnt den Prozess, der andere bringt ihn zum Abschluss. Aber darf ich fragen ... Ist das die Richtung, die Sie bei Ihren Ermittlungen jetzt verfolgen?«

»Ein Mörder und eine Mörderin? Zwei Männer?«

»Beides, schätze ich.«

»Sagen Sie es mir, Dr. Robson«, erwiderte Lynley. »Könnten wir es mit zwei Mördern zu tun haben?«

»Sie fragen nach meiner professionellen Meinung?«

»Das ist die Einzige, die Sie mir mitteilen können.«

»Dann: Nein, ich glaube es nicht. Ich bleibe bei der Einschätzung, die Sie bereits kennen.«

»Warum?«, wollte Lynley wissen. »Warum bleiben Sie bei der Meinung, die Sie uns schon erläutert haben? Ich habe Ihnen gerade zwei Details gegeben, die Sie zuvor nicht kannten. Warum ändern Sie Ihre Einschätzung nicht?«

»Superintendent, ich höre, wie besorgt Sie sind. Ich weiß, wie verzweifelt ...«

»Das wissen Sie nicht«, unterbrach Lynley. »Das können Sie gar nicht wissen.«

»Na schön. Akzeptiert. Treffen wir uns um halb sechs. Whitecross und Dufferin. Am Obst- und Gemüsestand. Es ist der erste, an dem man vorbeikommt. Ich warte dort auf Sie.«

»Whitecross und Dufferin«, bestätigte Lynley. Dann legte er bedächtig auf.

Er stellte fest, dass er leicht schwitzte. Seine Handfläche hinterließ eine feuchte Spur auf dem Telefon. Er zog sein Taschentuch hervor und wischte sich übers Gesicht. Sorge, ja. Robson hatte völlig Recht.

»Superintendent Lynley?«

Er brauchte nicht aufzuschauen, um zu wissen, dass es Dorothea Harriman war, die immer größten Wert auf korrekte Anrede legte. »Ja, Dee?«, fragte er.

Sie sagte nichts. Also schaute er doch auf. Ihr Gesichtsausdruck bat um Verzeihung. Er runzelte die Stirn. »Was gibt es?«

»Assistant Commissioner Hillier. Er ist unterwegs hierher. Er hat mich persönlich angerufen und aufgefordert, dafür zu sorgen, dass Sie in Ihrem Büro bleiben. Ich sagte, das werde ich tun, aber ich erkläre ihm auch gern, dass Sie schon weg waren, als ich herkam, um es Ihnen auszurichten.«

Lynley seufzte. »Riskieren Sie nicht Ihren Job. Er soll ruhig kommen.«

»Sind Sie sicher?«

»Ich bin sicher. Gott weiß, ich brauche etwas, das mich aufheitert.«

Das Wunder, fand Barbara Havers, war, dass Wendy dieses Mal nicht in den Wolken schwebte. Als Barbara zu dem Stand am Camden Lock Market kam, hatte sie vielmehr den Eindruck, dass die alternde Hippiebraut clean geworden war. Wendy stand hinter der Theke ihres winzigen Ladens und sah immer noch aus wie der Tod auf Rädern – graue Locken, aschfarbene Haut und bunte, aus indischen Bettdecken zusammengenähte Kaftane ergaben eine unvorteilhafte Kombination –, doch wenigstens waren ihre Augen klar. Die Tatsache, dass sie sich an Barbaras früheren Besuch nicht erinnerte, gab vielleicht Anlass zur Sorge, doch sie schien gewillt, ihrer Schwester Petula zu glauben, als diese von der Theke ihres Ladens herüberrief: »Du warst breit wie Kuckuck, Liebes.«

Wendy sagte: »Ups«, und zuckte die massigen Schultern. Dann fügte sie an Barbara gewandt hinzu: »Tut mir Leid, Herzchen. Es muss einer von den weniger guten Tagen gewesen sein.«

Petula vertraute Barbara nicht ohne Stolz an, dass Wendy wieder mal das Zwölf-Punkte-Programm machte. Sie hatte es schon mal versucht, und damals hatte es nicht so richtig gezündet, aber dieses Mal machte die Familie sich Hoffnung. »Sie hat einen Kerl kennen gelernt, und der hat ihr ein Ultimatum gestellt«, fügte Petula gedämpft hinzu. »Und für einen ordentlichen Schwanz tut Wendy alles, wissen Sie. Das war immer schon so. Dieses Mädchen hat den Sextrieb einer Ziege.«

Wenn's denn hilft, dachte Barbara. »Ambra-Öl«, sagte sie zu Wendy. »Haben Sie welches verkauft? Kürzlich, meine ich. In den letzten Tagen?«

Wendy schüttelte das graue, gelockte Haupt. »Literweise Massageöl«, antwortete sie. »Ich hab sechs Wellnessschuppen, die meine besten Kunden sind. Die kaufen große Mengen entspannender Substanzen wie Eukalyptus. Aber niemand macht was mit Ambra. Und das ist auch gut so, wenn Sie meine Meinung wissen wollen. Was wir den Tieren antun, wird irgendwer eines Tages mit uns tun. Aliens von einem anderen Planeten oder so. Vielleicht stehen die auf unser Fett, so wie wir auf Tran, und Gott allein weiß, wofür die es brauchen. Aber warten Sie nur ab, es wird passieren.«

»Wendy, Liebes«, unterbrach Petula, und ihr Tonfall sagte: Verschieb das auf später. Sie hatte ein Tuch zur Hand genommen und wischte Staub von den Kerzen und den Regalen, auf denen sie standen. »Es ist okay, Liebes.«

»Ich weiß nicht mal mehr, wann ich Ambra-Öl zuletzt auf

Lager hatte«, sagte Wendy zu Barbara. »Wenn jemand danach fragt, sag ich ihm, was ich davon halte.«

»Und hat jemand danach gefragt?« Barbara holte die Phantombilder ihrer möglichen Verdächtigen hervor. Sie fand diesen Teil der Routinearbeit ziemlich lästig, aber wer konnte sagen, wann sie damit auf Gold stoßen würde? »Einer von diesen Typen vielleicht?«

Wendy betrachtete die Zeichnungen. Sie runzelte die Stirn, dann zog sie eine Brille mit Drahtgestell aus ihrem ausladenden Dekolleté. Eines der Gläser hatte einen Sprung, und so benutzte sie das andere wie ein Monokel. Nein, versicherte sie Barbara, keiner von denen sah aus wie irgendwer, der an ihren Stand gekommen war.

Barbara wusste, wie unzuverlässig diese Aussage war, bedachte man Wendys Drogenkonsum, also zeigte sie die Phantombilder auch Petula.

Diese nahm sie genauestens in Augenschein. Die Wahrheit sei, es kommen so viele Leute auf den Markt, besonders am Wochenende. Sie wolle nicht behaupten, einer dieser Männer sei hier gewesen, aber ebenso wenig wolle sie es ausschließen. Die sahen ein bisschen wie Thekenpoeten aus, nicht? Oder Klarinettisten in einer Jazzband. Solche Gestalten erwartete man in Soho zu treffen, oder? Nur traf man die da heutzutage kaum noch, aber es hatte mal eine Zeit gegeben...

Barbara stellte ein Umleitungsschild auf diese Straße der Erinnerung, indem sie nach Barry Minshall fragte. »Albino-Zauberer« ließ Petula auf jeden Fall aufhorchen – Wendy ebenso –, und einen Augenblick dachte Barbara, die Erwähnung von Minshalls Namen und seine Beschreibung werde Früchte tragen. Aber nein. Ein Albino in schwarzer Kleidung, mit Sonnenbrille und roter Strickmütze wäre ein ziemlich unvergesslicher Anblick, selbst in Camden Lock Market. An diesen Minshall würden sie sich definitiv erinnern, sagten sie beide.

Barbara begriff, dass Wendy's Cloud nichts hergeben würde, ganz gleich, wie sie die Erinnerung der Eigentümerin zu stimulieren versuchte. Sie steckte die Phantombilder zurück in die Schultertasche, überließ die beiden Schwestern ihren Vorbereitungen für den Ladenschluss und trat hinaus auf den Gehweg, wo sie innehielt, um sich eine Zigarette anzuzünden und ihre nächsten Schritte zu planen.

Es war später Nachmittag. Sie hätte nach Hause gehen können, aber es gab noch ein loses Ende, das es aufzuwickeln galt. Sie hasste es, dass jeder Weg, den sie einschlug, sich als Sackgasse erwies, also traf sie ihre Entscheidung und ging zu ihrem Auto. Es war nicht weit von Camden Lock zur Wood Lane, und von dort konnte sie immer noch zum Revier an der Holmes Street fahren und sehen, was Barry Minshall noch hergab, wenn man ihn schüttelte, sollte sich das als nötig erweisen.

Sie fuhr in nördlicher Richtung zum Highgate Hill und nahm die Seitenstraßen, um den Berufsverkehr zu vermeiden. Das ging schneller, als sie erwartet hatte, und von dort war es ein Kinderspiel, zur Archway Road zu gelangen.

Bevor sie zur Wood Lane kam, machte sie einen Zwischenstopp. Mit einem Anruf in der Einsatzzentrale brachte sie den Namen der Makleragentur in Erfahrung, die den Verkauf der freien Wohnung in Walden Lodge abwickelte, von der sie bei einer der Teambesprechungen gehört hatte. Auch wenn sie nach dem Grundsatz vorging, dass jeder einzelne Stein umgedreht werden musste, war sie doch sicher, dass sie unter diesem hier nichts finden würde. Trotzdem ging sie hin und zeigte dem Kerl, mit dem sie sprach, ihre Phantombilder. Nichts und wieder nichts auf Toast war es, was dabei herauskam. Sie kam sich vor wie eine Pfadfinderin, die vor einem Weight-Watchers-Haus Kekse verkaufte. Sie bekam einfach kein Bein auf die Erde.

Sie fuhr weiter zur Wood Lane, auf deren ganzer Länge Autos dicht an dicht parkten. Zweifellos die Wagen der Pendler, die von Norden in die Stadt kamen, hier parkten und mit der U-Bahn weiterfuhren. Unter ihnen suchte die Polizei immer noch einen Zeugen, der in den frühen Morgenstunden des Tages, als Davey Bentons Leiche gefunden worden war, etwas beobachtet hatte.

Unter den Scheibenwischern der Autos steckten Handzettel, und Barbara nahm an, dass die Pendler auf diese Weise um weitere Informationen gebeten wurden. Was immer das nützte. Vielleicht viel. Vielleicht überhaupt nichts.

Eine abschüssige Zufahrt führte in die Tiefgarage von Walden Lodge. Barbara lenkte ihren Mini in diese Einfahrt. Sie versperrte anderen den Zugang, aber das war nicht zu ändern.

Als sie die Eingangsstufen zu dem gedrungenen Ziegelbau hinaufstieg – der an dieser von historischen Bauwerken gesäumten Straße so fehl am Platze wirkte –, stellte sie fest, dass die Tür offen stand. Ein gelber Wassereimer mit dem Aufdruck »Die Moppits« hielt sie auf. So viel also zum Thema Sicherheit, dachte Barbara. Sie betrat das Gebäude und rief: »Hallo!«

Ein junger Mann kam hinter der ersten Ecke zum Vorschein. Er hielt einen Mopp in der Hand und trug einen Werkzeuggürtel mit Putzutensilien. Einer der Moppits, schloss Barbara, während weiter oben ein Staubsauger eingeschaltet wurde.

»Kann ich Ihnen helfen?«, fragte der junge Mann und rückte seinen Gürtel zurecht. »Wir dürfen eigentlich niemanden reinlassen.«

Barbara zeigte ihm ihren Dienstausweis. Sie ermittele in dem Queen's-Wood-Mordfall, erklärte sie.

Hastig versicherte er, dass er darüber nicht das Geringste wisse. Er und seine Frau betrieben lediglich einen mobilen Reinigungsservice. Sie wohnten nicht hier. Sie kamen einmal in der Woche her, um im Treppenhaus zu fegen, putzen, saugen und Staub zu wischen. Die Fenster machten sie auch sauber, aber nur viermal im Jahr, und heute war keiner dieser Termine.

Das war zu viel Information, aber Barbara schob es auf seine Nervosität: Ein Bulle taucht am Horizont auf, und plötzlich kann alles in Zweifel gezogen werden. Am besten erklärt man sein Leben bis hin zum winzigsten Detail.

Sie wusste die Wohnungsnummer des Mannes, der in den frühen Morgenstunden vor dem Leichenfund einen Lichtschein gesehen hatte. Seinen Namen hatte sie ebenfalls notiert: Berkeley Pears, was sich für sie wie eine Dosenobstmarke anhörte. Sie erklärte dem Moppit, wohin sie wollte, und ging zur Treppe.

Als sie an die Etagentür klopfte, fing ein Hund dahinter an zu kläffen. Es war die Art von Kläffen, die sie mit einem ungezogenen Terrier assoziierte, und der Verdacht bestätigte sich, als vier verschiedene Schlösser geöffnet wurden und dann ein Jack Russel auf den Flur hinausgestürmt kam, um sich auf ihren Knöchel zu stürzen. Sie trat zurück und hob die Tasche, um das Tier abzuwehren, doch Mr. Pears erschien gleich hinter dem Terrier. Er blies in ein Instrument, das keinen Ton von sich gab, doch der Hund schien etwas zu hören. Er – oder war's eine Sie? – ließ sich zu Boden fallen und hechelte glücklich, als sei ein Kunststück vollbracht worden.

»Wunderbar, Pearl«, lobte Pears das grässliche Vieh. »Braves Hündchen. Leckerchen?« Pearl wedelte mit dem Schwanz.

»*Soll* sie das machen?«, fragte Barbara.

»Es ist der Überraschungseffekt«, antwortete der Hundebesitzer.

»Es hätte nicht viel gefehlt, und ich hätte ihr eins übergebraten. Sie hätte verletzt werden können.«

»Sie ist schnell. Sie hätte Sie erwischt, ehe Sie sie erwischen könnten.« Er öffnete die Tür und sagte: »Napf, Pearl. Sofort.« Der Hund flitzte hinein, vermutlich um an seinem Napf auf eine Belohnung zu warten. »Kann ich Ihnen helfen?«, fragte Berkeley Pears dann. »Wie sind Sie eigentlich ins Haus gekommen? Ich dachte, Sie kommen von der Verwaltung. Wir wollen einen Rechtsstreit durchfechten, und sie versucht, uns durch Einschüchterungen davon abzubringen.«

»Polizei.« Barbara zeigte ihm den Ausweis. »DC Barbara Havers. Kann ich Sie sprechen?«

»Geht es um den Jungen im Wald? Ich hab den Beamten das Wenige, was ich weiß, schon gesagt.«

»Ja, das ist mir bekannt. Aber ein weiteres Paar Ohren… Man kann nie sagen, was dabei herauskommt.«

»Meinetwegen«, sagte er. »Kommen Sie rein, wenn's sein muss. Pearly!«, rief er Richtung Küche. »Komm, Liebling.«
Die Hündin kam herbeigetrottet, mit strahlenden Augen und freundlich, als wäre sie nicht eben noch eine kleine Killermaschine gewesen. Sie sprang ihrem Herrchen in die Arme und steckte die Schnauze in die Brusttasche seines karierten Hemdes. Er lachte und holte aus einer anderen Tasche ihr Leckerchen, das sie ohne zu kauen verschlang.

Berkeley Pears war ein bestimmter Typus, da gab es keinen Zweifel, dachte Barbara. Wahrscheinlich trug er Lackschuhe und einen Mantel mit Samtkragen, wenn er das Haus verließ. Man sah solche Gestalten gelegentlich in der U-Bahn. Sie trugen Regenschirme, die sie als Gehstöcke benutzten, sie lasen die *Financial Times*, als sage ihnen der Inhalt irgendetwas, und sie schauten niemals auf, bis sie ihr Ziel erreicht hatten.

Er führte sie in sein Wohnzimmer: Die typische dreiteilige Sitzgarnitur, Ausgaben von *Country Life* und *Die Kunstschätze der Uffizien* auf Beistelltischen, moderne Lampen mit chromglänzenden Schirmen im perfekten Leselichtwinkel. Nichts störte die vollkommene Ordnung, und Barbara nahm an, nichts wagte je, diese Ordnung zu stören, wenngleich drei auffällige gelbliche Flecken auf dem Teppichboden beredtes Zeugnis von Pearls weniger salonfähigen Hundeeigenschaften ablegten.

Pears sagte: »Verstehen Sie, ich hätte überhaupt nichts gesehen, wenn Pearl nicht gewesen wäre. Und man sollte doch annehmen, dass ich dafür ein Dankeschön ernte, aber alles, was ich zu hören kriege, ist: Der Hund muss verschwinden. Als machten Katzen weniger Ärger.« Er sprach das Wort »Katzen« aus wie andere Menschen »Kakerlaken«. »Die ganze Zeit schreit dieses Vieh in Nummer fünf, als würde es aufgespießt, Tag und Nacht. Siamkatze. Nun, was kann man erwarten? Sie lässt die arme Kreatur wochenlang allein, während ich Pearl noch nie auch nur für eine Stunde allein gelassen habe. Nicht *eine* Stunde. Aber zählt das irgendetwas? Nein. Ein einziges Mal hat sie nachts gebellt, und ich konnte sie nicht schnell genug beruhigen, und das war's. Jemand beschwert sich – als hätten die hier nicht alle heimlich Haustiere –, und ich kriege Besuch von der Hausverwaltung. Tiere verboten. Der Hund muss weg. Aber ich sag Ihnen, wir fechten das bis zum bitteren Ende aus. Wenn Pearl geht, geh ich auch.«

Vielleicht war genau das der Masterplan, dachte Barbara. Mit einiger Mühe kam auch sie zu Wort: »Was haben Sie in der Nacht beobachtet, Mr. Pears? Was ist passiert?«

Pears setzte sich aufs Sofa, wo er den Terrier wie ein Baby auf dem Schoß hielt und ihm die Brust kraulte. Barbara bot er den Sessel an. Er sagte: »Zuerst habe ich angenommen, es sei ein Einbruch. Pearl fing an... man kann es nur hysterisch nennen. Sie war einfach hysterisch. Sie hat mich aus dem Tiefschlaf gerissen und halb zu Tode erschreckt. Sie rammte ihren ganzen Körper gegen die Balkontür – man kann es nicht anders beschreiben – und bellte, wie ich es weder vorher noch nachher je von ihr gehört habe. Sie werden also verstehen, warum...«

»Was haben Sie gemacht?«

Er wirkte ein wenig verlegen. »Ich habe... Nun, ich habe mich bewaffnet. Mit einem Tranchiermesser. Es war das Einzige, was ich zur Hand hatte. Ich bin an die Balkontür gegangen und habe versucht, nach draußen zu schauen, aber da war nichts. Dann hab ich sie geöffnet, und das war der Grund für unsere Schwierigkeiten, denn Pearl rannte auf den Balkon hinaus und bellte weiter wie besessen, und ich konnte nicht gleichzeitig sie und das Messer halten, darum hat das alles einen Moment gedauert.«

»Und im Wald?«

»Da war ein Licht. Es hat ein paar Mal aufgeblitzt. Das ist alles, was ich gesehen habe. Hier, ich zeige es Ihnen.«

Der Balkon war vor dem Wohnzimmer, und die großzügigen Schiebetüren waren von Rollos verdeckt. Pears zog sie hoch und öffnete die Tür. Pearl befreite sich aus seinen Armen, sprang auf den Balkon und begann, in der beschriebenen Weise zu bellen. Sie kläffte in ohrenbetäubender Lautstärke. Barbara konnte verstehen, dass die übrigen Hausbewohner sich beschwert hatten. Ein Katze war nichts im Vergleich hierzu.

Pears packte den Jack Russel und hielt ihm die Schnauze zu. Dem Hund gelang es trotzdem, weiterzubellen. Pears sagte: »Das Licht war da drüben, hinter den Bäumen ein Stück hügelabwärts. Das muss gewesen sein, als die Leiche... Na ja, Sie wissen schon. Und Pearl wusste es auch. Sie konnte es spüren. Das ist die einzige Erklärung. Pearl, Liebling, jetzt ist es aber genug.«

Pears ging mit dem Hund im Arm zurück in die Wohnung und wartete, dass Barbara folgte. Sie blieb jedoch auf dem Balkon stehen. Hinter Walden Lodge fiel das bewaldete Gelände ab, aber das war ein Detail, das man nicht sah, wenn man das Haus von der Straßenseite aus betrachtete. Die Bäume wuchsen hier dicht an dicht und boten im Sommer sicher einen guten Sichtschutz, jetzt allerdings waren sie nur ein wirres Geflecht aus winterlich kahlen Ästen und Zweigen. Direkt unter dem Balkon bis zur Mauer, die das Grundstück von Walden Lodge begrenzte, wuchs wildes, ungepflegtes Gebüsch, was einen Zugang vom Haus zum Wald fast unmöglich machte. Ein Mörder hätte sich durch alles Mögliche von Ilex bis Farngestrüpp kämpfen müssen, um von hier zu der Stelle zu gelangen, wo die Leiche abgelegt worden war. Kein Mörder, der auf sich hielt, täte so etwas, ganz sicher keiner, der schon sechs Jugendliche eliminiert und praktisch keine Spuren hinterlassen hatte. Hier hätten sie eine ganze Schatzkiste voller Beweise finden müssen, und das war nicht der Fall gewesen.

Barbara stand nachdenklich da und betrachtete den Ausblick. Sie ließ sich alles durch den Kopf gehen, was Berkeley Pears ihr erzählt hatte. Nichts, was er berichtet hatte, klang unwahrscheinlich, doch es gab ein Detail, das sie nicht so recht verstand.

Sie ging zurück in die Wohnung und schloss die Balkontür hinter sich. Dann sagte sie: »Aus einer der Wohnungen wurde gegen Mitternacht ein Schrei gehört. Die Befragung aller Bewohner des Gebäudes hat diese Information erbracht. Sie haben das nicht erwähnt.«

Er schüttelte den Kopf. »Ich habe nichts gehört.«

»Und Pearl?«

»Was soll mir ihr sein?«

»Wenn sie die Vorgänge im Wald auf diese Entfernung gehört hat...«

»Ich würde sagen, sie hat eher etwas gespürt als gehört«, verbesserte Pears.

»In Ordnung. Sagen wir, sie hat sie gespürt. Aber warum hat sie dann nicht gespürt, dass hier im Haus etwas nicht mit rechten Dingen zuging, als um Mitternacht jemand geschrien hat?«

»Vielleicht, weil es nicht stimmt.«

»Aber irgendwer hat es gehört. Gegen Mitternacht. Wie deuten Sie das?«

»Als den Wunsch, der Polizei zu helfen, als einen Traum, einen Irrtum. Etwas, das nicht wirklich passiert ist. Denn hätte es sich zugetragen und wäre es etwas Außergewöhnliches gewesen, dann hätte Pearl reagiert. Herrgott, Sie haben doch gesehen, wie sie sich bei Ihrer Ankunft verhalten hat.«

»Benimmt sie sich immer so, wenn jemand an die Tür klopft?«

»Unter gewissen Umständen.«

»Was für Umstände?«

»Wenn sie nicht weiß, wer draußen steht.«

»Und wenn sie es weiß? Wenn sie eine Stimme hört oder einen Geruch wahrnimmt, die sie erkennt?«

»Dann gibt sie keinen Laut von sich. Darum war ihr Gebell um Viertel vor vier morgens so ungewöhnlich, verstehen Sie.«

»Denn wenn sie nicht bellt, heißt es, dass sie das kennt, was sie sieht, hört oder riecht?«

»So ist es«, antwortete Pears. »Aber mir ist nicht so recht klar, was das mit Ihrer Ermittlung zu tun hat, Constable Havers.«

»Das ist nicht weiter schlimm, Mr. Pears«, erwiderte Barbara. »Hauptsache ist, ich weiß es.«

27

Letzten Endes beschloss Ulrike, weiterzumachen. Ihr blieb kaum etwas anderes übrig. Als sie von der Brick Lane zurückgekommen war, hatte Jack Veness ihr die Telefonnotiz von Patrick Bensley überreicht, dem Vorsitzenden des Stiftungsrates. Mit einem wissenden Grinsen hatte er gesagt: »Hattest du ein erfolgreiches Treffen mit dem Präsidenten?«, während er ihr den Zettel reichte, und sie hatte geantwortet: »Ja, es lief gut«, ehe sie den Blick auf die Notiz über den Anruf des Mannes senkte, den sie für ihre Abwesenheit von Colossus als Alibi vorgeschoben hatte.

Sie unternahm keinen Versuch, sich herauszureden. Sie war zu sehr damit beschäftigt, die Informationen zu verarbeiten, die sie von Arabella Strong bekommen hatte. Sie konnte sich keine Ausrede für Jack überlegen, warum Mr. Bensley angerufen haben sollte, während sie angeblich in einer Besprechung mit ihm war. Also steckte sie den Zettel einfach in die Tasche und schaute Jack an. »Sonst noch was?«, fragte sie und musste ein weiteres, unerträgliches Grinsen erdulden. Absolut nichts, erklärte er.

Also beschloss sie, dass sie weitermachen würde, ganz gleich, welchen Eindruck das bei der Polizei hinterließ und ganz gleich, wie die Ermittler reagieren würden, wenn sie ihnen ihre Erkenntnisse vorlegte. Sie hatte immer noch die Hoffnung, dass Scotland Yard nach dem Grundsatz *quid pro quo* verfahren und jede Erwähnung von Colossus in der Presse verhindern würde. Aber es machte letztlich keinen Unterschied, ob sie das taten oder nicht, denn jetzt musste sie so oder so beenden, was sie begonnen hatte. Das war der einzige Weg, um ihren Besuch bei Griffin Strong zu Hause zu rechtfertigen, sollte der Stiftungsrat je Wind davon bekommen.

Was Griff selbst betraf und Arabellas Schwur, für ihn zu lügen – Ulrike wollte jetzt nicht darüber nachdenken, und Jacks

Reaktion lieferte ihr einen Grund, das nicht zu tun. Er hatte sich auf Platz eins ihrer Liste katapultiert.

Als sie Colossus später zum zweiten Mal an diesem Tag verließ, nannte sie keinen Grund. Sie ging zu ihrem Fahrrad und fuhr die New Kent Road entlang. Jack wohnte am Grange Walk, der von der Tower Bridge Road abzweigte, keine zehn Fahrradminuten von Elephant and Castle entfernt. Es war eine schmale Einbahnstraße auf der anderen Seite vom Bermondsey Square. Auf der einen Seite erhob sich eine neuere Wohnsiedlung, während die andere Seite von Reihenhäusern gesäumt war, die vermutlich seit dem achtzehnten Jahrhundert hier standen.

Jack wohnte in einem dieser Häuser: Nummer 9, ein Gebäude, das sich durch ausgefallene Fensterläden auszeichnete. Sie waren blau lackiert, passend zum Fachwerk der rußbedeckten Fassade, und hatten herzförmige Öffnungen, damit das Licht hindurchfallen konnte, wenn sie geschlossen waren. Jetzt waren sie geöffnet, und in den Fenstern sah man Spitzengardinen, die mehrere Lagen dick zu sein schienen.

Es gab keine Klingel, darum benutzte Ulrike den Türklopfer, der die Form einer alten Filmkamera hatte. Um den Lärm von der Tower Bridge Road zu übertönen, klopfte sie energisch. Als niemand reagierte, beugte sie sich zu dem Messingbriefschlitz auf der Mitte der Tür herab, hob die Klappe und spähte ins Innere des Hauses. Sie sah eine alte Dame vorsichtig die Treppe herabkommen, mit beiden Händen am Geländer, stellte sie jeweils beide Füße auf jede Stufe.

Die Dame sah Ulrike offenbar durch den Briefschlitz schauen, denn sie rief: »Ich muss doch sehr bitten!«, gefolgt von: »Meines Wissens ist dies ein Privathaus, wer immer Sie auch sein mögen!«, was Ulrike veranlasste, den Deckel fallen zu lassen und beschämt zu warten, bis die Tür sich öffnete.

Als das schließlich geschah, stand sie Auge in Auge einer zerfurchten und äußerst verstimmten alten Dame gegenüber. Ihr Gesicht war von kleinen, weißen Löckchen umrahmt, die mitsamt dem zierlichen Körper vor Empörung bebten. Oder zumindest sah es so aus, bis Ulrike den Blick senkte und die Gehhilfe sah, an der die alte Dame sich festhielt. Sie begriff, dass nicht Zorn, sondern eine Schüttellähmung, Parkinson oder Ähnliches, das Zittern verursachte.

Hastig entschuldigte sie sich und stellte sich vor. Sie erwähnte Colossus. Sie erwähnte Jacks Namen. War es möglich, ein Wort mit Mrs ...? Sie zögerte. Wer, zum Henker, war diese Frau?, fragte sie sich. Das hätte sie rauskriegen sollen, ehe sie bei ihr klingelte.

Mary Alice Atkins-Ward, stellte die alte Dame sich vor. Und es musste »Miss« heißen, worauf sie stolz war, vielen herzlichen Dank auch. Sie klang steif – eine Seniorin, die sich noch an die gute alte Zeit erinnerte, als der Umgang miteinander von höflicher Rücksichtnahme an den Bushaltestellen geprägt war und Männer in der U-Bahn für Damen ihre Plätze räumten. Sie hielt die Tür auf und manövrierte sich ein paar Schritte zurück, sodass Ulrike eintreten konnte. Das tat sie dankbar.

Sie fand sich in einem engen Flur, der großteils von der Treppe in Anspruch genommen wurde. An den Wänden hingen zahllose Fotografien, und während Miss A.-W. – wie Ulrike sie in Gedanken zu nennen begann – in ein Wohnzimmer mit Aussicht auf die Straße ging, warf Ulrike einen verstohlenen Blick auf die Bilder. Es waren ausnahmslos Aufnahmen von Fernsehproduktionen, stellte sie fest. Hauptsächlich von Historienfilmen der BBC, aber auch ein paar Kriminalfilme fanden sich dazwischen.

Ulrike bemühte sich um einen freundlichen Tonfall, als sie fragte: »Sie schauen gern Fernsehen?«

Miss A.-W. warf ihr über die Schulter einen verächtlichen Blick zu, während sie das Wohnzimmer durchquerte und sich in einem Schaukelstuhl aus Holz und Rattangeflecht niederließ, auf dem nicht ein einziges weiches Kissen lag. »Wovon, in Gottes Namen, reden Sie da?«

»Die Fotografien im Flur?« Ulrike war nie zuvor einem Menschen begegnet, mit dem sie weniger klarkam.

»Ach, die? Ich hab sie geschrieben, Sie Gans«, lautete Miss Atkins-Wards schneidende Antwort.

»Geschrieben?«

»Geschrieben. Ich bin Drehbuchautorin, Herrgott noch mal. Das sind alles meine Produktionen. Also, was wollen Sie?« Sie bot ihrer Besucherin nichts an, keine Erfrischung, keinen Tee, keine wehmütigen Anekdoten. Sie war ein zäher alter Drachen, dachte Ulrike, und es würde nicht leicht sein, ihr etwas vorzumachen.

Trotzdem musste sie es versuchen. Es gab keine Alternative. Sie erklärte der Frau, dass sie mit ihr über ihren Mieter sprechen wolle.

»Welchen Mieter?«, fragte Miss A.-W.

»Jack Veness?«, erinnerte Ulrike sie. »Er arbeitet bei Colossus. Ich bin seine ... na ja, seine Vorgesetzte, könnte man sagen.«

»Er ist kein Mieter, sondern mein Großneffe. Ein nichtsnutziger kleiner Mistkerl, aber er musste ja irgendwohin, nachdem seine Mutter ihn vor die Tür gesetzt hat. Er hilft bei der Hausarbeit und mit den Einkäufen.« Sie rückte sich auf ihrem Schaukelstuhl zurecht. »Hören Sie, ich werde jetzt eine Zigarette rauchen, Missy. Ich hoffe, Sie sind keine von diesen militanten Nichtrauchern. Falls doch, haben Sie Pech gehabt. Mein Haus, meine Lunge, mein Leben. Bitte reichen Sie mir das Streichholzbriefchen herüber. Nein, nein, Sie Gänschen, nicht dort drüben. Sie liegen direkt vor Ihnen.«

Ulrike fand die Streichhölzer zwischen allerhand Krimskrams auf einem Beistelltisch. Das Briefchen war vom Park Lane Hotel, wo Miss A.-W. das Personal vermutlich so gründlich eingeschüchtert hatte, dass man ihr die Streichhölzer gleich palettenweise gebracht hatte.

Sie wartete, bis die alte Dame aus der Tasche ihrer Strickjacke eine Zigarette hervorgeholt hatte. Sie rauchte filterlose – was keine Überraschung war – und hielt die brennende Zigarette wie eine Filmdiva aus alten Zeiten zwischen den Fingern. Dann zupfte sie einen Tabakkrümel von der Zunge, betrachtete ihn und schnipste ihn über die Schulter.

»Also, was ist mit Jack?«, fragte sie.

»Wir denken darüber nach, ihn zu befördern«, antwortete Ulrike mit einem, wie sie hoffte, einschmeichelnden Lächeln. »Und bevor jemand befördert wird, sprechen wir mit den Menschen, die ihn am besten kennen.«

»Wie kommen Sie darauf, dass ich ihn besser kenne als Sie?«

»Nun, er wohnt doch hier... Es ist nur der Ausgangspunkt, verstehen Sie?«

Miss A.-W. betrachtete Ulrike mit den schärfsten Augen, die sie je gesehen hatte. Dies war eine Dame, die so ziemlich alles mitgemacht hatte, nahm sie an. Die belogen, betrogen, bestohlen worden war oder was auch immer. Es musste damit zusammenhängen, dass sie fürs britische Fernsehen gearbeitet hatte, Brutstätte der notorisch Skrupellosen. Nur Hollywood galt als noch schlimmer.

Die alte Dame rauchte weiter und beobachtete Ulrike. Die Stille machte ihr offenbar überhaupt nichts aus. Schließlich fragte sie: »Welche Art?«

»Entschuldigung?«

»Wofür entschuldigen Sie sich?«, entgegnete sie. »Welche Art von Beförderung?«

Ulrike dachte fieberhaft nach. »Wir eröffnen eine zweite Niederlassung in Nordlondon. Vielleicht hat er Ihnen davon erzählt. Dort hätten wir Jack gern als Einstufungsleiter.«

»Tatsächlich? Nun, das ist nicht das, was er will. Er würde gern als Streetworker arbeiten, und ich nehme an, das wissen Sie, wenn Sie mit ihm gesprochen haben.«

»Nun ja...« Ulrike improvisierte. »Es gibt eine gewisse Hierarchie, wie Jack zweifellos erwähnt hat. Wir setzen unsere Mitarbeiter gern da ein, wo wir denken, dass sie... nun, aufblühen, könnte man wohl sagen. Jack wird es im Laufe der Zeit sicher zum Streetworker bringen, aber im Moment...« Sie machte eine vage Geste.

Miss A.-W. sagte: »Er wird nicht entzückt sein, wenn er das hört. So ist er eben. Er fühlt sich immer verfolgt. Nun ja, seine Mutter hat nicht gerade viel getan, um daran etwas zu ändern, nicht wahr? Aber warum könnt ihr jungen Leute euch nicht einfach auf den Hosenboden setzen, statt zu jammern, wenn ihr nicht immer sofort das bekommt, was ihr wollt? Das wüsste ich wirklich zu gerne.« Sie schnippte Asche in ihre hohle Hand und verrieb sie dann auf der Lehne ihres Schaukelstuhls. »Was macht denn so ein Einstufungsleiter?«

Ulrike beschrieb die Aufgaben, und Miss A.-W. erkannte sofort, was das Relevante war: »Junge Leute?«, fragte sie. »Er soll mit ihnen arbeiten, um ihr Vertrauen zu gewinnen? Das ist nicht gerade Jacks Kragenweite. Ich rate Ihnen, einen anderen Ihrer Angestellten für diese Position auszusuchen, aber wenn Sie ihm erzählen, dass ich das gesagt habe, werde ich Sie eine verdammte Lügnerin nennen.«

»Warum?«, fragte Ulrike, vielleicht eine Spur zu hastig. »Was würde er tun, wenn er wüsste, dass wir uns unterhalten haben?«

Miss A.-W. zog an ihrer Zigarette und stieß den Rauch aus, der nicht an ihrer zweifellos geschwärzten Lunge haften blieb. Ulrike bemühte sich, nicht zu tief zu atmen. Die alte Dame schien ihre Worte genau abzuwägen, denn sie schwieg einen Moment, ehe sie antwortete: »Er kann ein guter Junge sein, wenn er sich darauf konzentriert, aber in der Regel konzentriert er sich auf andere Dinge.«

»Zum Beispiel?«

»Auf sich selbst, zum Beispiel. Seinen Platz im Leben. Wie jeder andere auch in seinem Alter.« Miss A.-W. gestikulierte mit der Zigarette, um ihren Worten Nachdruck zu verleihen. »Junge Leute sind Jammerlappen, Missy, und das beschreibt Jack mit einem treffenden Wort. Wenn man ihn reden hört, könnte man meinen, er sei das einzige Kind auf der Welt, das ohne Vater aufwachsen musste. *Und* mit einer flatterhaften Mutter, die seit der Geburt des Jungen alle naselang einen neuen Freund hatte. Oder schon vorher, um genau zu sein. Schon pränatal hat Jack sich wahrscheinlich anhören müssen, wie sie versuchte, sich an den Namen des letzten Kerls, mit dem sie geschlafen hat, zu erinnern. Also wie kann es da überraschen, dass er missraten ist?«

»Missraten?«

»Kommen Sie. Sie wissen doch genau, was er war. Er ist aus der Besserungsanstalt zu Colossus gekommen, Herrgott noch mal. Min – das ist seine Mutter – glaubt, es habe damit zu tun, dass sie sich nie sicher war, welcher ihrer Liebhaber sein Vater war. Sie sagt: ›Warum kann der Junge es nicht einfach *hinnehmen*? Das tu ich doch auch.‹ Aber das ist typisch für Min: Sie gibt allen anderen die Schuld für alles Mögliche, ehe sie sich mal genau im Spiegel anguckt. Ihr ganzes Leben lang ist sie den Männern nachgelaufen, und Jack läuft eben Schwierigkeiten hinterher. Als er vierzehn war, wurde Min nicht mehr mit ihm fertig. Ihre Mutter wollte ihn nicht, also haben sie ihn zu mir geschickt. Bis zu diesem Brandstiftungsunsinn. Dieser dämliche kleine Mistkerl.«

»Wie kommen Sie mit ihm aus?«, fragte Ulrike.

»Nach dem Grundsatz leben und leben lassen, Missy, denn das ist die Methode, wie ich mit jedermann auskomme.«

»Und wie steht es mit anderen?«

»Wie soll was mit anderen stehen?«

»Seine Freunde. Kommt er mit denen aus?«

»Sie wären kaum Freunde, wenn sie nicht miteinander auskämen, oder?«, entgegnete Miss A.-W.

Ulrike lächelte. »Nun ja. Sehen Sie sie häufig?«

»Wozu wollen Sie das wissen?«

»Na ja, weil natürlich… Jacks Verhalten ihnen gegenüber Schlüsse darauf zulässt, wie er mit anderen interagieren würde, verstehen Sie? Und das ist es, was wir…«

»Nein, ich verstehe nicht«, unterbrach Miss A.-W. schneidend. »Wenn Sie seine Vorgesetzte sind, sehen Sie ihn doch andauernd interagieren. Sie selbst interagieren mit ihm. Sie brauchen meine Meinung in dieser Sache gar nicht.«

»Aber die sozialen Kontakte einer Person können darüber Aufschluss geben…« Worüber?, dachte sie. Ihr fiel nichts Brauchbares ein, also kam sie auf den Punkt: »Geht er beispielsweise mit Freunden aus? Abends. In den Pub oder Ähnliches?«

Die scharfen Augen der alten Dame verengten sich ein wenig. »Er geht so häufig aus wie jeder Junge in seinem Alter«, sagte sie reserviert.

»Jeden Abend?«

»Welche Rolle soll das spielen?« Ihr Tonfall wurde immer misstrauischer, aber Ulrike fuhr unbeirrt fort.

»Und geht er immer in den Pub?«

»Fragen Sie mich, ob er ein Säufer ist, Miss… wie war der Name?«

»Ellis. Ulrike Ellis. Und nein, darum geht es nicht. Aber er hat gesagt, dass er jeden Abend in den Pub geht, also…«

»Wenn er das sagt, dann wird es wohl auch so sein.«

»Aber Sie glauben es nicht?«

»Ich sehe nicht, welche Rolle es spielen sollte. Er kommt und geht. Ich überwache ihn nicht. Warum sollte ich das tun? Manchmal ist es der Pub, manchmal eine Freundin, manchmal seine Mutter, wenn die beiden sich gerade gut verstehen, was immer dann vorkommt, wenn Min irgendetwas von ihm will. Aber er erzählt mir nichts, und ich frage ihn auch nicht. Und was ich wissen möchte, ist, warum *Sie* danach fragen. Hat er irgendetwas angestellt?«

»Also geht er nicht immer in den Pub? Können Sie sich an eine Gelegenheit in den letzten Tagen erinnern, wo das nicht der Fall war? Wo er anderswohin gegangen ist? Zu seiner Mutter vielleicht? Wo wohnt sie überhaupt?«

In diesem Moment erkannte Ulrike, dass sie zu weit gegangen war. Miss A.-W. hievte sich aus dem Sessel, die Zigarette im Mundwinkel. Ulrike ging flüchtig das Wort *Braut* durch den Kopf, so wie es die harten Jungs in amerikanischen Schwarzweißfilmen gebraucht hatten. Genau das war Miss A.-W.: eine Braut, mit der man rechnen musste.

Die alte Dame sagte: »Hören Sie: Sie schnüffeln hier rum, und machen Sie mir nicht weis, dass dies hier irgendetwas anderes als ein Spionagefeldzug ist. Ich bin kein Dummkopf. Also setzen Sie Ihren straffen kleinen Hintern in Bewegung und verlassen Sie mein Haus, ehe ich die Polizei rufe und bitte, Ihnen dabei behilflich zu sein.«

»Miss Atkins-Ward, bitte. Wenn ich Sie verärgert habe ... Ich mache ja nur meinen Job ...« Ulrike stellte fest, dass sie nicht weiterwusste. Hier bedurfte es eines hohen Maßes an Subtilität, und genau daran mangelte es ihr. Sie hatte kein Talent für das machiavellistische Vorgehen, das ihre Position bei Colossus manchmal erforderte. Zu ehrlich, sagte sie sich. Zu geradeheraus mit den Menschen. Diese Eigenschaft musste sie ablegen, oder wenigstens lernen, sich hin und wieder davon zu lösen. Herrgott noch mal, sie musste lernen zu lügen, wenn sie irgendwelche brauchbaren Informationen bekommen wollte.

Sie wusste, dass Miss A.-W. Jack von ihrem Besuch berichten würde. So sehr sie sich auch anstrengte, fand sie keinen Weg, wie sie das verhindern könnte, es sei denn, sie zog der alten Dame eins mit der Tischlampe über den Kopf und brachte sie ins Krankenhaus. »Wenn ich Sie gekränkt ... Wenn ich mich anders hätte ausdrücken sollen ... Wenn ich behutsamer mit der ...«

»Haben Sie etwas mit den Ohren?«, unterbrach Miss A.-W. und rüttelte an ihrer Gehhilfe, um der Frage Nachdruck zu verleihen. »Gehen Sie nun, oder muss ich weitere Maßnahmen ergreifen?«

Und das würde sie tun, das war das Verrückte. Man musste eine solche Frau bewundern. Sie hatte es mit der Welt aufgenommen und Erfolg gehabt. Sie schuldete niemandem irgendetwas.

Ulrike blieb nichts anderes als ein hastiger Rückzug übrig. Sie verließ das Zimmer unter gemurmelten Entschuldigungen, in der Hoffnung, das werde verhindern, dass Miss A.-W. die Polizei alarmierte oder Jack erzählte, dass seine Vorgesetzte hier gewesen war und ihm nachspioniert hatte. Doch sie hatte bei beiden Punkten wenig Hoffnung. Wenn Miss A.-W. eine Drohung aussprach, machte sie sie auch wahr.

Ulrike eilte aus dem Haus und zurück auf die Straße. Sie bereute ihren Plan und ihre Ungeschicklichkeit. Erst Griff, jetzt Jack. Zwei erledigt – und zwar mit Totalschaden –, zwei hatte sie noch vor sich, und Gott allein mochte wissen, welche Scherbenhaufen sie bei ihnen anrichten würde.

Sie stieg auf ihr Fahrrad und radelte Richtung Tower Bridge Road. Genug für heute, beschloss sie. Sie wollte nach Hause. Sie brauchte etwas zu trinken.

Das Tageslicht schwand, und die kreuz und quer gespannten Lichterketten an der Gabriel's Wharf brannten schon, als Nkata dorthin kam. Die Kälte hielt die Menschen in den Häusern, sodass abgesehen von der Hutmacherin, die vor ihrem ausgeflippten Laden fegte, niemand zu sehen war. Die meisten Läden hatten allerdings noch geöffnet, darunter auch Mr. Sandwich. Zwei nicht mehr ganz junge weiße Frauen in weiten Schürzen schienen hinter der Theke sauber zu machen.

Bei Crystal Moon erwartete Gigi ihn bereits. Sie hatte ihr Geschäft geschlossen, doch als er an die Tür klopfte, kam sie sofort aus dem Hinterzimmer. Sie schaute sich um, als fürchte sie, jemand spioniere ihr nach, eilte dann zur Tür, schloss auf und bat ihn mit einem verschwörerischen Blick hinein. Hinter ihm sperrte sie wieder zu.

Was sie sagte, brachte Nkata zu der Frage, warum er eigentlich hergekommen war: »Petersilie.«

»Was soll damit sein?«, fragte er. »Ich dachte, Sie haben gesagt...«

»Kommen Sie mit, Sergeant. Ich muss Ihnen das erklären.«

Sie lotste ihn zur Kasse hinüber und wies auf das große Buch, das aufgeschlagen daneben lag. Nkata erkannte den antiken Folianten von seinem ersten Besuch wieder, als Gigis Großmutter den Laden gehütet hatte.

»Ich hab mir nichts dabei gedacht, als er herkam«, sagte sie. »Jedenfalls nicht gleich. Denn Petersilienöl – das er gekauft hat – hat mehr als eine Verwendungsmöglichkeit. Sehen Sie, es ist fast so was wie ein Wunderkraut: harntreibend, krampflösend, es stimuliert die Gebärmuttermuskulatur, hilft gegen Mundgeruch. Wenn Sie Petersilie neben Rosen pflanzen, verstärkt sie sogar deren Duft, das ist kein Scherz. Von all ihren Verwendungsmöglichkeiten beim Kochen ganz zu schweigen. Also, als er das Öl gekauft hat, hab ich mir nichts weiter dabei gedacht... Aber ich wusste ja, dass Sie ihn im Auge haben, stimmt's, und je länger ich darüber nachdachte – obwohl er Ambra-Öl nicht mal erwähnt hat –, hab ich beschlossen, mal im Buch nachzuschauen, wofür es sonst noch gebraucht wird. Ich weiß das nämlich nicht alles auswendig, verstehen Sie. Na ja, vielleicht sollte ich das, aber es gibt Trillionen von Kräutern. Das ist einfach zu viel für ein einziges Hirn.«

Sie ging hinter den Ladentisch und drehte das Kräuterbuch um, sodass er es sehen konnte. Trotzdem schien sie es für nötig zu erachten, ihn auf das vorzubereiten, was er lesen würde. »Also, vielleicht hat es gar nichts zu bedeuten, wahrscheinlich sogar, darum müssen Sie mir schwören, dass Sie Robbie nichts von meinem Anruf erzählen. Ich muss Tür an Tür mit ihm arbeiten, und es gibt nichts Schlimmeres als böses Blut zwischen Nachbarn. Können Sie mir versprechen, dass Sie ihm nichts hiervon erzählen? Dass Sie über das Petersilienöl Bescheid wissen, meine ich? Und dass ich es Ihnen gesagt habe?«

Nkata schüttelte den Kopf. »Wenn dieser Typ unser Mörder ist, kann ich Ihnen gar nichts versprechen«, gestand er offen. »Wenn Sie etwas haben, das wir in einem Verfahren verwenden können, dann geht es an die Staatsanwaltschaft, die Sie als mögliche Zeugin befragen wird. Das sind die Fakten. Aber ich sehe nicht, was Petersilie mit unserem Fall zu tun haben soll, darum schätze ich, es liegt allein bei Ihnen, was Sie mir darüber sagen wollen.«

Sie legte den Kopf schräg und schaute ihn an. »Ich mag Sie gern«, eröffnete sie ihm. »Jeder andere Bulle hätte mich angelogen. Also sag ich's Ihnen.« Sie wies mit dem Finger auf den Eintrag über Petersilienöl. In der Kräuterzauberei wurde es verwendet, um Triumph zu erzielen. Ebenso zur Vertreibung giftiger

Tiere. An Karfreitag ausgesät, setzte die Pflanze das Böse außer Kraft. Ihre Kräfte lagen in der Wurzel und dem Samen.

Aber das war noch nicht alles.

»Aromaöl«, las Nkata, »fettendes Öl, Balsam, Heilöl, Küchenkraut, Räucherwerk, Parfüm.« Nkata strich sich versonnen übers Kinn. So interessant sie auch waren, er wusste nicht, was sie mit diesen Informationen anfangen sollten.

»Und?«, fragte Gigi mit unterdrückter Erregung. »Was denken Sie? War es richtig, dass ich Sie angerufen habe? Er war Ewigkeiten nicht hier gewesen, wissen Sie, und als er plötzlich in den Laden spaziert kam, habe ich ... Na ja, um ehrlich zu sein, ich hätte es beinah vermasselt. Ich wusste ja nicht, was er vorhatte, darum hab ich versucht, ganz normal zu sein, aber ich hab ihn beobachtet und die ganze Zeit drauf gewartet, dass er zum Ambra-Öl geht, und vermutlich wär ich glatt in Ohnmacht gefallen, wenn er das getan hätte. Aber als er dann das Petersilienöl genommen hat, hab ich mir, wie gesagt, weiter keine Gedanken darüber gemacht, bis ich dieses Zeug über Triumph und Dämonen und das Böse gelesen habe.« Sie schauderte. »Ich wusste einfach, dass ich's Ihnen sagen musste. Denn wenn ich's nicht gemacht hätte, und irgendwem wär irgendwo irgendwas passiert, und es hätte sich rausgestellt, dass es Robbie war ... nicht dass ich das auch nur für eine Sekunde glaube, und, Gott, Sie dürfen es ihm niemals verraten, denn wir sind ja sogar mal zusammen was trinken gewesen, wie ich schon sagte.«

»Haben Sie eine Kopie des Kassenzettels und all das?«, fragte Nkata.

»Ja, klar«, antwortete Gigi. »Er hat bar bezahlt, und das Öl war das Einzige, was er gekauft hat. Ich hab die Belegkopie hier.« Sie tippte etwas in die Kasse ein, um die Lade zu öffnen, hob dann den Einsatz für die Geldscheine an und holte darunter einen Zettel hervor, den sie Nkata reichte. Sie hatte »Rob Kilfoyles Kauf von Petersilienöl« darauf gekritzelt. »Petersilienöl« war doppelt unterstrichen.

Nkata fragte sich, was, in aller Welt, es ihnen bringen sollte, dass einer ihrer Verdächtigen Petersilienöl gekauft hatte, doch er nahm den Zettel und steckte ihn in sein Ledernotizbuch. Er dankte Gigi für ihre Wachsamkeit und bat sie, ihn zu kontaktieren, wenn Robbie Kilfoyle oder sonst irgendwer auftauchte, um Ambra-Öl zu kaufen.

Er wollte schon gehen, als ihm ein Gedanke kam, und so blieb er an der Tür stehen und stellte ihr eine letzte Frage: »Könnte er das Ambra-Öl geklaut haben, als er hier war?«

Sie schüttelte den Kopf. Sie habe ihn keine Sekunde aus den Augen gelassen, versicherte sie Nkata. Keine Chance, dass er irgendetwas mitgenommen hatte, das er nicht zuvor vorgezeigt und bezahlt hatte. Absolut unmöglich.

Nkata nickte nachdenklich, aber seine Zweifel blieben. Er trat auf die Straße hinaus und sah zu Mr. Sandwich hinüber, wo die beiden Frauen immer noch am Werk waren. Ein »Geschlossen«-Schild hing jetzt im Fenster. Er holte seinen Dienstausweis hervor und ging an die Tür. Es gab noch eine Sache wegen des Petersilienöls, die er überprüfen musste.

Sie schauten auf, als er klopfte. Die dickere der beiden Frauen öffnete ihm. Er fragte, ob er sie kurz sprechen könne, und sie sagte: »Ja, natürlich, kommen Sie rein, Officer.« Sie seien im Begriff gewesen, nach Hause zu gehen, und er habe Glück, sie noch erwischt zu haben.

Er betrat den Laden. Sofort entdeckte er den großen gelben Karren, der in einer Ecke geparkt war. »Mr. Sandwich« war säuberlich darauf gepinselt neben einer Comicfigur eines gefüllten Baguettes mit Knuspergesicht, Zylinder, dürren Ärmchen und Beinchen. Das musste Robbie Kilfoyles Auslieferungswagen sein. Kilfoyle selbst und sein Fahrrad waren natürlich schon lange weg.

Nkata nannte den beiden Frauen seinen Namen, die sich ihrerseits als Clara Maxwell und ihre Tochter Val vorstellten. Das kam ein wenig überraschend, sahen die beiden doch eher wie Schwestern als Mutter und Tochter aus, was nicht so sehr an Claras jugendlichem Aussehen lag – denn davon konnte keine

Rede sein –, sondern eher an Vals unmodischer Kleidung und ihrer gebeugten Haltung. Nkata nickte verbindlich. Val blieb hinter der Theke auf Distanz, wo sie in gleichem Maße lauerte wie putzte. Ihr Blick glitt zwischen Nkata und ihrer Mutter hin und her, während Clara die Rolle der Sprecherin übernahm.

»Kann ich Ihnen ein paar Fragen über Robbie Kilfoyle stellen?«, bat Nkata. »Er arbeitet doch für Sie, richtig?«

Clara antwortete: »Er steckt nicht in Schwierigkeiten.« Es war eine Feststellung, und als sie zu Val hinüberschaute, nickte diese zustimmend.

»Er liefert Ihre Sandwiches aus, oder?«

»Ja. Das macht er ... seit wann, Val? Drei Jahre? Vier?«

Val nickte wieder. Ihre Augenbrauen zogen sich zusammen, als mache ihr etwas Sorgen. Sie wandte sich ab und ging an einen Schrank, aus dem sie Besen und Kehrblech holte. Dann begann sie, den Boden hinter der Theke zu fegen.

»Es müssen schon ungefähr vier Jahre sein«, sagte Clara. »Ein reizender junger Mann. Er bringt unseren Kunden die Sandwiches – wir haben auch Chips, eingelegte Gurken und Pastasalate –, und er kommt mit dem Geld zurück. Es haben noch nie auch nur zehn Pence gefehlt.«

Val schaute plötzlich auf.

Ihre Mutter sagte: »Ach ja, das hatte ich vergessen. Danke, Val. Einmal war doch etwas, nicht wahr?«

»Und zwar?«

»Kurz bevor seine Mutter gestorben ist. Das muss im Dezember gewesen sein, vorletztes Jahr. Da fehlten eines Tages zehn Pfund. Es stellte sich heraus, dass er sie geborgt hatte, um für seine Mutter Blumen zu kaufen. Sie war in einem Heim, wissen Sie.« Clara tippte sich an den Kopf. »Alzheimer, armes Wesen. Er hat ihr ... ich weiß nicht mehr ... Tulpen gekauft? Gibt es Tulpen zu der Jahreszeit? Vielleicht war's auch was anderes? Egal. Val hat Recht, ich hatte es vergessen. Aber er hat's sofort zugegeben, als ich ihn darauf angesprochen hab, nicht wahr, und ich bekam das Geld am nächsten Tag zurück. Danach war nie mehr was. Er ist grundanständig. Ohne ihn würde der Laden nicht laufen, denn der Lieferservice ist unser Hauptgeschäft, und wir haben dafür niemanden außer Rob.«

Val sah wieder auf und strich sich eine schlaffe Haarsträhne aus dem Gesicht.

»Komm schon, du weißt genau, dass das stimmt«, schalt Clara nachsichtig. »Du könntest die Lieferungen nicht erledigen, ganz gleich, was du meinst, Liebes.«

»Macht er auch Ihre Einkäufe?«, fragte Nkata.

»Was für Einkäufe? Papiertüten und so weiter? Senf? Einwickelpapier für die Sandwiches? Nein, das meiste bekommen wir geliefert.«

»Ich dachte eher an … Zutaten?«, sagte Nkata. »Hat er zum Beispiel schon mal Petersilienöl für Sie gekauft?«

»*Petersilie*?« Clara sah zu Val hinüber, als wolle sie das Maß ihrer Ungläubigkeit abschätzen. »Petersilien*öl*, sagen Sie? Ich wusste gar nicht, dass es so etwas gibt. Sicher, wenn man drüber nachdenkt, muss es so etwas geben. Es gibt ja auch Walnussöl, Sesamöl, Olivenöl und Erdnussöl. Warum also nicht auch Petersilienöl? Aber für Mr. Sandwich hat er das nie gekauft. Ich wüsste überhaupt nicht, was ich damit anfangen sollte.«

Val gab ein Geräusch von sich, das Ähnlichkeit mit einem Gurgeln hatte. Als ihre Mutter das hörte, lehnte sie sich über die Theke und sagte direkt zu ihr: »Weißt du irgendwas über Petersilienöl und Robbie? Wenn ja, Liebes, musst du es dem Polizeibeamten sofort sagen.«

Vals Blick glitt zu Nkata hinüber. Sie sagte: »Nix«, was ihr gesamter Beitrag an verständlichen Lauten zu diesem Gespräch war.

»Ich schätze, er könnte es zum Kochen verwenden«, sagte Nkata. »Oder als Atemerfrischer. Wie ist sein Atem?«

Clara lachte. »Mir ist er nie aufgefallen, aber ich könnte mir vorstellen, dass unsere Val dem jungen Mann hin und wieder nahe genug gekommen ist, um das besser zu beurteilen. Wie ist sein Atem, Liebes? Gut? Mundgeruch? Oder was?«

Val bedachte ihre Mutter mit einem finsteren Blick und schlich durch eine Tür, die anscheinend zur Vorratskammer führte. Clara erklärte Nkata, ihre Tochter sei »ein bisschen verknallt«. Natürlich konnte daraus niemals etwas werden. Dem Sergeant war ja bestimmt aufgefallen, dass Val ein Problem im Umgang mit anderen Menschen hatte.

»Ich hab geglaubt, Robbie Kilfoyle könnte genau der Richtige sein, um sie aus ihrem Schneckenhaus zu locken«, vertraute Clara ihm mit gesenkter Stimme an. »Das war einer der Gründe, warum ich ihn eingestellt habe. Seine Jobs waren nicht gerade beeindruckend – das hängt wohl damit zusammen, dass die Mutter so lange krank war –, aber ich hab das eher als Vorteil in der Abteilung Romanze betrachtet. Ich hab mir gedacht, der hat nicht so hohe Ansprüche. Nicht wie andere junge Kerle, für die Val, sind wir mal ehrlich, das arme Herzchen, nicht gerade ein Hauptgewinn wäre. Aber es ist nichts daraus geworden. Es hat nicht gefunkt zwischen den beiden, verstehen Sie? Dann, als seine Mutter starb, hab ich gedacht, er würde ein bisschen auftauen. Aber das ist nie passiert. Der Junge hat jede Lebhaftigkeit verloren.« Sie warf einen Blick Richtung Vorratsraum und fügte dann flüsternd hinzu: »Depressionen. Die machen einen fertig, wenn man nicht aufpasst. Ich hab das selbst erlebt, als Vals Vater von uns gegangen ist. Er ist nicht plötzlich gestorben, sodass ich wenigstens Zeit hatte, mich darauf vorzubereiten. Aber trotzdem fühlt man es natürlich, wenn jemand von einem gegangen ist, nicht wahr? Da ist diese Leere, und die lässt sich einfach nicht schönreden. Man glotzt den ganzen Tag hinein. Deswegen haben Val und ich schließlich diesen Laden eröffnet.«

»Weswegen?«

»Weil ihr Dad gestorben war. Er hat uns ganz ordentlich versorgt, genug hinterlassen, um zurechtzukommen, meine ich. Aber man kann nicht ewig zu Hause rumsitzen und die Wände anstarren. Das Leben muss weitergehen.« Sie schwieg einen Moment und nahm die Schürze ab. Sie faltete sie säuberlich zusammen, legte sie auf die Theke und nickte, als habe sie gerade einen Entschluss gefasst. »Wissen Sie, ich glaube, darüber werde ich bald mal mit unserem Robbie sprechen. Das Leben muss weitergehen.« Sie warf einen letzten, verstohlenen Blick auf den Vorratsraum. »Und sie ist eine gute Köchin, unsere Val. Das ist nichts, worüber ein junger Mann im heiratsfähigen Alter die Nase rümpfen sollte. Nur weil sie eher ein stilles Wasser ist. Was ist denn letzten Endes wichtiger, Konversation oder gutes Essen? Gutes Essen, richtig?«

»Da widerspreche ich Ihnen nicht«, sagte Nkata.

Clara lächelte. »Wirklich nicht?«

»Die meisten Männer essen gern«, erklärte er ihr.

»*Genau*«, stimmte sie zu, und er stellte fest, dass sie ihn plötzlich mit völlig anderen Augen zu betrachten begann.

Was ihn zu der Erkenntnis brachte, dass es Zeit sei, ihr für ihre Informationen zu danken und den Rückzug anzutreten. Er wollte lieber gar nicht daran denken, was seine Mum sagen würde, wenn er ihr eine Frau wie Val ins Haus brächte.

»Ich verlange eine Erklärung«, waren die ersten Worte des Assistant Commissioner, als er durch Lynleys Bürotür kam. Er hatte nicht abgewartet, bis Harriman ihn anmelden konnte, sondern war einfach mit einem barschen »Ist er da?« eingetreten.

Lynley saß an seinem Schreibtisch und verglich den Autopsiebericht von Davey Benton mit denen der früheren Mordopfer. Er legte die Papiere beiseite, nahm die Lesebrille ab und erhob sich. »Dee sagte, Sie wollten mich sprechen.« Er wies auf den Konferenztisch.

Hillier nahm diese wortlose Einladung nicht an. »Ich habe mit Mitch Corsico gesprochen, Superintendent«, sagte er.

Lynley wartete. Er hatte gewusst, dass es zu dieser Szene hier kommen würde, nachdem er Corsicos Pläne, eine Story über Winston Nkata zu schreiben, vereitelt hatte, und er kannte Hilliers Denkweise gut genug, um einzusehen, dass er dem Assistant Commissioner Gelegenheit geben musste, seinen Vortrag zu halten.

»Erklären Sie mir das.« Hilliers Worte klangen gemäßigt, und Lynley musste ihm zugestehen, dass er offenbar mit dem Vorsatz ins Feindesgebiet herabgestiegen war, seinen Zorn so lange wie möglich zu beherrschen.

»St. James hat eine internationale Reputation, Sir«, sagte er. »Ich dachte, die Tatsache sollte betont werden, dass Scotland Yard weder Kosten noch Mühen scheut – indem zum Beispiel auch ein unabhängiger Experte für diese Ermittlungen hinzugezogen wird.«

»Das dachten Sie, ja?«, entgegnete Hillier.

»Kurz gefasst, ja. Wenn man bedenkt, welch positiven Effekt ein Porträt über St. James auf das Vertrauen der Öffentlichkeit in unsere Arbeit haben könnte…«

»Diese Entscheidung oblag Ihnen aber nicht.«

Lynley fuhr unbeirrt fort: »Und als ich diesen Gewinn an öffentlichem Vertrauen mit dem verglichen habe, was ein Artikel über Winston Nkata bringen könnte…«

»Sie gestehen also, dass Sie diesen Schritt unternommen haben, um Corsico den Zugang zu Nkata zu verwehren?«

»…lag der Schluss nahe, dass wir größeres politisches Kapital daraus schlagen würden, die Öffentlichkeit wissen zu lassen, dass wir einen Sachverständigen ins Team geholt haben, als einen schwarzen Beamten ins Rampenlicht zu zerren und dort seine schmutzige Wäsche zu waschen.«

»Corsico hatte nie die Absicht…«

»Er hat gleich mit Fragen über Winstons Bruder angefangen«, warf Lynley ein. »Es klang für mich, als habe er diesbezüglich sogar Anweisungen erhalten, damit von vornherein klar war, welchen Blickwinkel er bei diesem Interview einnehmen sollte, Sir.«

Hilliers Gesicht verfärbte sich dunkel. Die Farbe stieg von seinem Hals auf wie eine rubinrote Flüssigkeit unter der Haut. »Ich will überhaupt nicht wissen, was Sie damit andeuten wollen.«

Lynley bemühte sich, ruhig zu sprechen. »Sir, erlauben Sie mir, dies ganz deutlich zu sagen: Sie stehen unter Druck. Ich stehe unter Druck. Die Öffentlichkeit ist aufgebracht. Die Presse ist gnadenlos. Irgendetwas muss geschehen, um die Gemüter dort draußen zu beruhigen – das ist mir bewusst –, aber ich kann nicht zulassen, dass ein Klatschreporter in den Privatangelegenheiten einzelner Beamter herumschnüffelt.«

»Sie werden keine Entscheidungen in Frage stellen, die an höherer Stelle getroffen wurden. Haben Sie das verstanden?«

»Ich werde jede Entscheidung in Frage stellen, wenn es nötig wird, und zwar jedes Mal, wenn etwas passiert, was die Arbeit meiner Leute beeinträchtigen könnte. Eine Story über Winston – in der sein erbärmlicher Bruder vorkommt, denn Sie und ich wissen beide, dass die *Source* beabsichtigte, das Gesicht von Harold Nkata gleich neben Winstons abzudrucken ... Kain und Abel, Esau und Jakob, der verlorene Sohn, der für immer verloren bleiben wird, wie immer Sie ihn nennen wollen ... Eine solche Story über Winston zu einem Zeitpunkt, wo er schon damit fertig werden muss, der Öffentlichkeit bei Pressekonferenzen vorgeführt zu werden ... Das geht einfach nicht, Sir.«

»Sie wagen es, zu behaupten, Sie wüssten besser als unsere Leute, wie man mit der Presse umgeht? Dass Sie – zweifellos von der großen Höhe herab sprechend, die allein Ihr Privileg ist ...«

»Sir.« Lynley wollte sich auf keine Schlammschlacht mit dem Assistant Commissioner einlassen. Fieberhaft suchte er nach einem anderen Ansatz. »Winston ist zu mir gekommen.«

»Und er hat Sie gebeten zu intervenieren?«

»Keineswegs. Er ist ein Teamspieler. Aber er erwähnte, dass Corsicos Schwerpunkt bei dieser Story auf der Perspektive ›guter Bruder – böser Bruder‹ liegen würde, und er war besorgt, dass seine Eltern ...«

»Seine gottverdammten Eltern kümmern mich nicht!« Unvermittelt war Hilliers Stimme angeschwollen. »Er hat eine Story, und ich will, dass sie erzählt wird. Ich will, dass sie wahrgenommen wird. Ich will, dass das geschieht und dass Sie dafür Sorge tragen.«

»Das kann ich nicht.«

»Sie werden, verflucht noch mal ...«

»Augenblick. Ich habe mich falsch ausgedrückt. Ich *werde* das nicht tun.« Und ehe Hillier ihn unterbrechen konnte, fuhr Lynley fort und bemühte sich, ruhig und sachlich zu bleiben. »Sir, es war eine Sache, dass Corsico in meinen Angelegenheiten herumgegraben hat. Er hat es mit meiner Einwilligung getan, und von mir aus kann er damit fortfahren, wenn es unserer Position förderlich ist. Aber es ist eine völlig andere Sache, wenn er das mit einem meiner Männer tut, insbesondere mit einem, der das sich selbst und seiner Familie nicht antun will. Ich habe das zu respektieren. Und Sie ebenfalls.«

Schon als seine Lippen die Worte formten, wusste er, dass er diese letzte Bemerkung nicht hätte machen sollen. Es war genau das, worauf Hillier anscheinend gewartet hatte.

»Das ist gottverdammte Insubordination!«, brüllte Hillier.

»Das ist Ihre Sichtweise. Meine ist, dass Winston Nkata nicht Teil einer Publicitykampagne sein will, die genau die Menschen beschwichtigen soll, die von Scotland Yard wieder und wieder im Stich gelassen worden sind. Das kann man ihm wohl kaum verübeln. Und ich werde ihm keinen Vorwurf machen oder ihm den Befehl erteilen, zu kooperieren. Wenn die *Source* beabsichtigt, die Kümmernisse seiner Familie eines Morgens auf die Titelseite zu schmieren, dann ist das ...«

»Das reicht!« Hillier stand am Rande einer Klippe. Ob der Abgrund, in den er stürzen würde, ein Zornesausbruch war, ein Schlaganfall oder eine Tat, die sie beide bereuen würden, blieb abzuwarten. »Sie verfluchtes, unloyales Stück ... Sie kommen hierher aus Ihrem privilegierten Leben und wagen es ... Sie *wagen* es ... *Sie* wollen *mir* sagen ...«

Im gleichen Moment entdeckten sie Harriman, die kreidebleich an der Tür stand, die Hillier beim Eintreten offen gelassen hatte. Zweifellos, dachte Lynley, erreicht die Lautstärke unserer gegenseitigen Abneigung jedes Ohr auf dem Flur.

»Raus hier!«, schnauzte Hillier sie an. »Was fällt Ihnen ein?«

Er trat zur Tür, als wolle er sie Harriman vor der Nase zuschlagen.

Unglaublicherweise hob sie die Hand, um ihn daran zu hindern, sodass beide gleichzeitig nach der Tür griffen.

Hillier drohte: »Ich sorge dafür, dass Sie...«

Sie unterbrach ihn. »Sir, Sir. Ich muss Sie sprechen.«

Lynley stellte fassungslos fest, dass sie nicht mit ihm, sondern mit Hillier sprach. Die Frau hat den Verstand verloren, dachte er. Sie will in die Bresche springen.

»Dee, das ist nicht nötig«, versicherte er.

Sie sah ihn nicht an. »Doch, das ist es«, erwiderte sie, den Blick unverwandt auf Hillier gerichtet. »Es *ist* nötig. Sir. Bitte.« Bei diesem letzten Wort drohte ihre Stimme zu versagen, als sei es ihr im Hals stecken geblieben.

Das drang zu Hillier durch. Er packte sie beim Arm und zerrte sie aus dem Büro.

Dann kamen die Dinge in Bewegung, schnell und unbegreiflich.

Lynley hörte Stimmen vor seinem Büro und ging, um herauszufinden, was sich dort abspielte. Er hatte jedoch erst zwei Schritte gemacht, als Simon St. James den Raum betrat.

»Tommy«, sagte er.

Und da sah Lynley es. Sah und begriff, obwohl er es überhaupt nicht begreifen wollte. Oder den Grund für St. James' Anwesenheit in seinem Büro, der unangekündigt zu ihm kam, Harriman aber offenbar vorgewarnt hatte...

Von irgendwo hörte er den Ausruf: »O mein Gott!« St. James fuhr zusammen. Lynley sah, dass seine Augen auf ihn gerichtet waren.

»Was ist?«, fragte Lynley. »Was ist passiert, Simon?«

»Du musst mit mir kommen, Tommy«, antwortete St. James. »Helen...« Er geriet ins Stocken.

Das blieb Lynley immer in Erinnerung, dass sein alter Freund ins Stocken geraten war, als der Moment kam, und er vergaß niemals, was dieses Stocken aussagte: über ihre Freundschaft und über die Frau, die sie beide jahrelang geliebt hatten.

»Sie ist im St.-Thomas-Krankenhaus«, sagte St. James. Seine Augen röteten sich, und er räusperte sich mühsam. »Tommy, du musst sofort mit mir kommen.«

28

Vor der Tür zu Berkeley Pears' Wohnung überlegte Barbara, wie sie nun weitermachen sollte. Vielleicht mit einem netten kleinen Besuch bei Barry Minshall in der Polizeiwache Holmes Street, um herauszufinden, was sie der Güllegrube, die sein Gehirn war, womöglich noch entlocken konnte.

Sie ging den Flur entlang Richtung Treppe, um diesen Vorsatz in die Tat umzusetzen, als sie das Geräusch hörte. Es klang wie eine Mischung aus einem Heulen und dem Todeskampf einer Kreatur, die stranguliert wurde, und es ließ Barbara innehalten. Sie wartete, ob der Schrei sich wiederholen würde, und tatsächlich tat er das. Kehlig, verzweifelt... Es dauerte einen Moment, ehe sie begriff, dass das, was sie hörte, eine Katze war.

»Gott verflucht«, murmelte sie. Es hatte sich *genau* angehört wie... Sie brachte den Laut mit dem Schrei in Zusammenhang, den irgendjemand im Haus in der Nacht von Davey Bentons Ermordung gehört hatte, und als ihr diese Erkenntnis kam, wurde ihr klar, dass vielleicht der ganze Weg zur Walden Lodge pure Zeitverschwendung gewesen war.

Die Katze schrie wieder. Barbara verstand sich nicht sonderlich gut auf Katzen, aber es klang wie eine dieser heiseren Siamesen. Und mochten sie auch boshafte kleine Fellknäuel sein, hatten sie trotzdem ein Anrecht auf...

Fellknäuel. Barbara schaute zu der Tür, hinter der die Katze sich erneut bemerkbar machte. Katzenfell, dachte sie, Katzenhaar, oder was, zum Teufel, es auch immer war. An Davey Bentons Leiche waren Katzenhaare gefunden worden.

Sie machte sich auf die Suche nach dem Hausverwalter. Auf

Anfrage wies einer der Moppits ihr den Weg zu einer Erdgeschosswohnung. Barbara klopfte an die Tür.

Nach einem Moment rief eine Frauenstimme: »Wer ist da?«, in einem Tonfall, der darauf hindeutete, dass sie ihre Tür schon öfter unerwarteten Besuchern geöffnet hatte.

Barbara nannte ihren Rang und Namen. Mehrere Schlösser wurden aufgesperrt, und dann stand die Verwalterin vor ihr: Morag McDermott sei ihr Name. Was die Polizei denn jetzt schon wieder wolle, denn sie hatte doch bereits beim letzten Mal alles gesagt, was sie über diese »schreckliche, grausige Sache im Wald« wusste.

Barbara sah, dass sie Morag McDermott aus einem Nachmittagsschläfchen gerissen hatte. Trotz der Jahreszeit trug die Hausverwalterin einen dünnen Morgenrock, unter dem ihr knochiger Leib zu erkennen war, und ihr Haar war an einer Seite platt gedrückt. Das unverkennbare Muster einer Chenilledecke hatte sich in ihre Wangen gedrückt wie Gesichtscellulite.

»Wie sind Sie überhaupt ins Gebäude gekommen?«, fügte sie streng hinzu. »Zeigen Sie mir auf der Stelle Ihren Dienstausweis.«

Barbara fischte ihn aus der Tasche und berichtete von den Moppits an der Haustür. In Reaktion darauf holte die Verwalterin einen Post-it-Block von einem nahen Tisch und fing an, wütend darauf zu kritzeln. Barbara fasste dies als Einladung auf einzutreten, und das tat sie, während Morag McDermott ihre Notiz an die Wand neben der Tür klebte. Unzählige ähnliche Nachrichten hingen bereits dort. Es sah aus wie eine Gebetswand in der Kirche.

Das sei für ihren monatlichen Bericht an die Hausverwaltung, erklärte Morag Barbara, während sie den Block in eine Schublade steckte. Also, wenn Constable Havers ihr ins Wohnzimmer folgen wolle...

Sie sagte es, als brauche man einen Kompass, um den Raum zu finden, dabei war er keine zwei Meter von der Wohnungstür entfernt. Der Grundriss war identisch mit Berkeley Pears' Wohnung, allerdings lag diese Wohnung in Richtung Straße, sodass die Fenster nicht zum Wald zeigten. Die Inneneinrichtung war jedoch vollkommen anders als in der Wohnung, die Barbara zuvor besucht hatte. Während Berkeley Pears' Behausung der Inspektion eines Army-Schleifers standgehalten hätte, war Morags Wohnung ein Paradebeispiel für Unordnung und schlechten Geschmack, für den vor allem Pferde verantwortlich waren, von denen es Hunderte gab, auf jeder Abstellfläche, in jeder Größe, aus jedem denkbaren Material von Plastik bis Gummi. Es war wie ein Albtraum von *Black Beauty*.

Barbara schob sich an einem Teewagen voller Lipizzaner vorbei, die sich auf die Hinterbeine gestellt hatten, um ihre Kunststückchen vorzuführen. Sie folgte dem einzig freien Pfad durch den Raum, der zu einem Sofa führte, das mit einem Dutzend Pferdekissen bestückt war. Dort ließ sie sich nieder. Sie hatte zu schwitzen begonnen, und jetzt verstand sie, warum die Hausverwalterin mitten im Winter einen dünnen Morgenrock trug. Hier drinnen fühlte es sich an wie Sommer in Jamaika, und es roch, als sei seit Morags Einzug nicht mehr gelüftet worden.

Barbara kam zu dem Schluss, dass es die beste Überlebensstrategie war, ohne Umschweife zur Sache zu kommen, also brachte sie die Sprache sofort auf die Katze. Sie sei schon im Begriff gewesen, das Gebäude zu verlassen, sagte sie, als sie ein Tier gehört habe, das offenbar in Not war. Sie habe sich gefragt, ob Morag darüber informiert werden sollte. Es klang – jedenfalls für ihr zugegebenermaßen ungeschultes Ohr, da sie selbst nie etwas Größeres als eine Wüstenrennmaus besessen hatte – ernst. Vielleicht eine Siamkatze?, fügte sie hinzu. Es handele sich um Wohnung Nr. 5.

»Das ist Mandy«, erklärte Morag McDermott prompt. »Esthers Katze. Sie ist in Urlaub. Ich meine natürlich Esther, nicht die Katze. Sie wird sich schon wieder beruhigen, wenn Esthers Sohn sie füttern kommt. Sie brauchen sich keine Sorgen zu machen.«

Die Sorge um das Tier stand weit unten auf Barbaras Prioritätenliste, aber sie folgte dem Lauf der Unterhaltung. Sie musste in diese Wohnung gelangen, und sie wollte nicht auf einen Durchsuchungsbeschluss warten. Mandy klinge aber völlig außer sich, sagte sie ernst. Sicher, sie verstehe nicht viel von Katzen, aber sie habe das Gefühl, man müsse dringend mal nach dem Rechten sehen. Und übrigens habe Berkeley Pears ihr erzählt, dass Katzen im Gebäude gar nicht erlaubt seien. Hatte er etwa die Unwahrheit gesagt?

»*Dieser* Mann würde alles behaupten«, erwiderte Morag. »*Natürlich* sind Katzen im Haus zulässig. Katzen, Fische und Vögel.«

»Aber keine Hunde?«

»Das wusste er, bevor er hier eingezogen ist, Constable.«

Barbara nickte. »Tja, Menschen und ihre Haustiere… Es gibt doch nichts, was es nicht gibt, richtig?« Sie brachte Morag wieder auf das Thema von Wohnung Nr. 5 zurück. »Diese Katze… Mandy? Sie klingt… na ja, kann es vielleicht sein, dass der Sohn eine Zeit lang nicht hier gewesen ist, um sie zu füttern? Haben Sie ihn kommen oder gehen sehen?«

Morag überlegte, hielt den Morgenrock am Halsausschnitt enger zusammen. Sie räumte ein, dass sie den Sohn in letzter Zeit nicht hier *gesehen* hatte, aber das heiße nicht, dass er nicht da gewesen sei. Er vergötterte seine Mutter. *Jeder* sollte so einen Sohn haben.

Trotzdem… Barbara zeigte ein, wie sie hoffte, einschmeichelndes Lächeln. Vielleicht sollten sie mal nachschauen gehen…? Um der Katze willen? Es wäre doch möglich, dass irgendetwas passiert war, das den Sohn hinderte, vorbeizuschauen, oder? Autounfall, Herzinfarkt, von Außerirdischen entführt…?

Zumindest einer der Vorschläge schien zu wirken, denn Morag nickte versonnen und sagte: »Ja, vielleicht sollten wir nachschauen.« Sie ging an einen Eckschrank und öffnete ihn. Die Rückseite der Tür war voller Haken, an denen Schlüssel baumelten.

Immer noch im Morgenmantel, ging Morag voraus zu Wohnung Nr. 5. Hinter der Tür herrschte Stille, und für einen Augenblick fürchtete Barbara, der Trick, mit dem sie sich Zugang verschaffen wollte, werde nicht funktionieren. Doch als Morag gerade sagte: »Ich höre eigentlich gar nichts...«, war Mandy so entgegenkommend, wieder zu schreien. Mit einem »Ach, du meine Güte« schloss die Verwalterin hastig die Tür auf und öffnete sie. Die Katze floh wie ein Sträfling, dem sich eine unerwartete Gelegenheit bietet. Sie flitzte um die Ecke Richtung Treppe, zweifellos auf dem Weg in die Freiheit jenseits der Haustür, die die Moppits immer noch nicht geschlossen hatten.

Das durfte natürlich nicht sein. Morag nahm die Verfolgung der Katze auf.

Barbara betrat die Wohnung. Das Erste, was ihr auffiel, war ein überwältigender Uringeruch. Katzenurin, nahm sie an. Seit Tagen hatte niemand das Katzenklo gesäubert. Die Fenster waren geschlossen, die Vorhänge zugezogen, was die Situation noch verschärfte. Es war kein Wunder, dass die Katze ins Freie und damit an die frische Luft fliehen wollte.

Barbara schloss die Etagentür trotz des Gestanks, damit sie vorgewarnt wurde, wenn Morag zurückkam und erneut den Schlüssel benutzen musste. Nun war die Wohnung noch düsterer, und sie öffnete die Vorhänge. Sie sah, dass die Wohnung genau wie die von Berkeley Pears zum Wald hin gelegen war.

Sie kehrte dem Fenster den Rücken und nahm das Zimmer in Augenschein. Die Möbel stammten aus den Sechzigerjahren. Vinylsofa und -sessel, Beistelltische, deren Stil man früher als dänische Moderne bezeichnet hatte, kitschige Tierfigürchen mit anthropomorphen Gesichtern. Schalen mit Potpourri – die dem Katzengestank wohl etwas entgegensetzen sollten –, standen auf Schonbezügen aus Spitze, die als Untersetzer dienten. Barbara verspürte einen Glücksrausch, als sie die Spitze sah: Kimmo Thornes Lendentuch in St. George's Gardens. Es kam definitiv Bewegung in die Dinge.

Sie sah sich nach Anzeichen um, dass sich hier unlängst jemand aufgehalten hatte – in mörderischer Absicht –, und entdeckte als Erstes in der Küche einen Teller, eine Gabel und ein Glas im Spülbecken.

Hast du ihm was zu essen gemacht, bevor du ihn vergewaltigt hast, du Drecksack? Oder hast du dich selbst gestärkt, während der Junge dir einen letzten Zaubertrick vorgeführt hat, dem du Applaus gezollt und für den du ihm eine ganz tolle Belohnung versprochen hast? Komm näher, Davey, mein Junge. Gott, was bist du für ein hübsches Kerlchen. Hat dir das schon mal jemand gesagt? Nein? Warum denn nicht? Es ist doch offensichtlich.

Auf dem Fußboden in der Ecke lag Trockenfutter verstreut, der große Wassernapf war leer. Barbara holte sich ein Geschirrtuch, um ihn damit anzufassen, und füllte ihn auf. Die Katze konnte ja nichts dafür, sagte sie sich. Kein Grund, sie länger leiden zu lassen. Und gelitten hatte Mandy seit der Nacht, in der Davey Benton ermordet worden war. Unter keinen Umständen hätte der Mörder es riskieren können, hierher zurückzukehren, nachdem Davey tot war, da es auf der Straße von Polizisten wimmelte, die einen Zeugen suchten.

Sie ging auf der Suche nach Hinweisen von der Küche zurück ins Wohnzimmer. Hier drinnen irgendwo musste er Davey Benton vergewaltigt und erdrosselt haben, aber den Rest hatte er sicher erledigt, nachdem er die Leiche in den Wald geschafft hatte.

Sie ging ins Schlafzimmer, wo sie ebenfalls die Vorhänge öffnete, um den Raum im rasch schwindenden Nachmittagslicht betrachten zu können. Ein Bett mit ordentlich glatten Federkissen und Tagesdecke; ein Nachttisch mit einem altmodischen Aufziehwecker und einer Lampe; eine Kommode mit zwei gerahmten Fotos darauf.

Es sah alles so normal aus. Bis auf ein Detail: Die Schranktür stand einen Spalt offen. Darin konnte Barbara einen geblümten Bademantel erkennen, der schief auf einem Bügel hing. Sie holte ihn heraus. Der Gürtel fehlte.

Lass mich dir einen Knotentrick zeigen, hatte er sicher gesagt, und Barbara konnte seine einschmeichelnde Stimme förmlich hören. Es ist der einzige Trick, den *ich* kenne, Davey, und glaub mir, deine Kumpel werden staunen, wenn sie sehen, wie mühelos du dich befreien kannst, selbst wenn deine Hände auf den Rücken gefesselt sind. Hier. Fessel du mich zuerst. Siehst du, wie es geht? Jetzt fessele ich dich.

Etwas in der Art, dachte sie. *Irgendetwas* in der Art. So hatte er es gemacht. Dann hatte er den Oberkörper des Jungen aufs Bett hinabgedrückt. Kein Geschrei, Davey, kein Gezappel. Okay. In Ordnung. Keine Panik, Junge. Ich binde deine Hände los. Aber versuch nicht, mir wegzulaufen, weil ... Gott verflucht, du hast mich gekratzt, Davey. Du hast es gewagt, mich zu kratzen, und jetzt muss ich ... Ich hab dir doch gesagt, du sollst still sein, oder? Hab ich das nicht, Davey? Hab ich das nicht, du jämmerlicher, dreckiger, kleiner Mistkerl?

Oder vielleicht hatte er dem Jungen auch Handschellen angelegt. Handschellen, die im Dunkeln leuchteten wie die, die Barry Minshall Davey gegeben hatte. Oder vielleicht war es auch gar nicht nötig gewesen, ihn zu fesseln, oder sein Mörder hatte es nicht für nötig befunden, weil Davey so viel kleiner war als die anderen Jungen. Immerhin waren an seinen Handgelenken keine Fesselspuren gewesen, im Gegensatz zu den übrigen Opfern ...

Das gab Barbara zu denken und brachte sie zu der Erkenntnis, wie verzweifelt sie sich wünschte, dass diese Wohnung an der Wood Lane die Antwort sei und dass sie sich auf gefährlichem Boden bewegte und versuchte, sich den Ort so zurechtzubiegen, damit er zu den Tatumständen passte. Das war die schlimmste Art fahrlässiger Polizeiarbeit, die unschuldige Menschen hinter Gitter brachte, weil die Beamten so verdammt müde waren und unbedingt an einem Abend vor zehn Uhr zum Essen zu Hause sein wollten. Ihre Frauen beklagten sich schon, ihre Kinder benahmen sich schlecht, und es musste dringend mal ein ernstes Wort gesprochen werden, und warum hast du mich überhaupt geheiratet, Frank oder John oder Dick, wenn du doch monatelang nie zu Hause bist ...

So lief es, und Barbara wusste das. So machten Polizisten tödliche Fehler. Sie hängte den Bademantel zurück in den Schrank und zwang sich, mit dem Kopfkino aufzuhören.

Sie hörte Morags Schlüssel ins Schloss gleiten. Ihr blieb nur noch Zeit für einen hastigen Blick auf die Laken unter der Tagesdecke, denen ein schwacher Lavendelduft anhaftete. Sie enthüllten keine sichtbaren Geheimnisse, also ging Barbara zu der Kommode auf der anderen Seite des Zimmers. Und da war es: Alles, was sie brauchte. Auf einem Foto war eine Frau im Hochzeitskleid an der Seite ihres bebrillten Bräutigams zu sehen. Auf dem zweiten stand eine wesentlich ältere Version dieser Frau auf dem Pier in Brighton. In ihrer Begleitung war ein jüngerer Mann. Genau wie sein Vater trug er eine Brille.

Barbara nahm dieses zweite Foto mit zum Fenster, um es sich genauer anzusehen. Im Wohnzimmer ertönte Morags Stimme: »Sind Sie noch hier, Constable?«, und Mandy gab ihr siamesisches Jaulen von sich.

Im Schlafzimmer murmelte Barbara: »Gott verflucht...« und starrte auf die Fotografie hinab. Hastig steckte sie sie in ihre Schultertasche. Dann nahm sie sich, so gut es ging, zusammen und rief: »Tut mir Leid. Ich hab mich ein bisschen umgeschaut. Das hier erinnert mich an meine Mum. Sie ist ganz verrückt nach diesem Zeug aus den Sechzigern.«

Völliger Blödsinn, aber das spielte jetzt keine Rolle. Die Wahrheit war, in ihrem jetzigen Zustand bedeuteten die Sechziger ihrer Mutter etwa so viel wie eine Schüssel Kartoffeln.

»Mandy hatte kein Wasser mehr«, berichtete Barbara, als sie sich der Verwalterin im Wohnzimmer wieder anschloss. Die Schleckgeräusche der Katze drangen aus der Küche. »Ich hab den Napf aufgefüllt. Futter ist noch reichlich da. Ich glaube, jetzt kommt sie ein Weilchen zurecht.«

Morag warf ihr einen wissenden Blick zu, der zu besagen schien, dass sie von Barbaras tiefer Besorgnis um das Tier nicht ganz überzeugt war. Aber sie unternahm keinen Versuch, Barbara zu überprüfen, also endete alles mit einer höflichen Verabschiedung. Dann hastete Barbara nach draußen und kramte unterwegs in ihrer Tasche nach dem Handy.

Es begann zu klingeln, als sie gerade Lynleys Nummer eintippen wollte. Das Display zeigte eine Scotland-Yard-Durchwahl.

»Detective Con... Constable Havers?« Es war Dorothea Harriman. Sie klang furchtbar.

»Ja?«, sagte Barbara. »Was ist los, Dee?«

»Con... Detect...«, stammelte Harriman.

Barbara hörte, dass sie schluchzte. »Dee. Dee, reißen Sie sich zusammen«, sagte sie. »Um Himmels willen, was ist passiert?«

»Seine Frau«, antwortete Harriman weinend.

»Wessen Frau? Welche Frau?« Barbara spürte, wie Angst sie plötzlich durchströmte, weil ihr im Moment nur eine Ehefrau einfiel, deretwegen die Abteilungssekretärin sie anrufen würde. »Ist Helen Lynley etwas passiert? Hat sie das Baby verloren, Dee? Was ist los?«

»Angeschossen.« Harriman presste das Wort heraus. »Die Frau des Superintendent ist angeschossen worden.«

Lynley sah, dass St. James nicht mit seinem alten MG gekommen war, sondern in einem Streifenwagen, der ihn mit Blaulicht und Sirene vom St.-Thomas-Krankenhaus hierher gebracht hatte. Jedenfalls nahm er das an, denn auf diese Art kehrten sie auf die andere Seite der Stadt zurück. Sie saßen auf der Rückbank, während zwei Constables von der Belgravia-Wache mit grimmigen Gesichtern auf den Vordersitzen saßen. Die Fahrt dauerte nur Minuten, doch ihm kam es wie Stunden vor, und die ganze Zeit teilte der Verkehr vor ihnen sich wie die Fluten des Roten Meeres.

Sein alter Freund hatte eine Hand auf seinen Arm gelegt, als erwarte er, dass Lynley aus dem Wagen springen und die Flucht ergreifen könnte. Er sagte: »Sie wird von einem Traumateam behandelt. Sie hat Bluttransfusionen bekommen. Das ist üblich. Null negativ, sagten sie. Aber das weißt du ja. Natürlich weißt du das.« St. James räusperte sich, und Lynley sah ihn an. In diesem Moment kam ihm in den Sinn, dass St. James Helen auch einmal geliebt und vor vielen Jahren selbst beabsichtigt hatte, sie zu heiraten.

»Wo?« Lynleys Stimme klang rau. »Simon, ich hatte Deborah gesagt... Ich habe ihr gesagt, sie soll...«

»Tommy.« St. James' Griff wurde fester.

»Wo also? Wo?«

»Eaton Terrace.«

»Zu Hause?«

»Helen war müde. Sie hatten den Wagen geparkt und ihre Einkäufe vor der Haustür abgeladen. Deborah hat den Bentley in die Garage gefahren, und als sie zum Haus zurückkam...«

»Sie hat nichts gehört? Nichts gesehen?«

»Sie lag auf den Eingangsstufen. Zuerst dachte Deborah, sie sei ohnmächtig geworden.«

Lynley hob die Hand an die Stirn. Er presste sie gegen die Schläfe, als könne ihm das helfen, es zu verstehen. »Wie konnte sie nur glauben...«, begann er.

»Es war praktisch kein Blut zu sehen. Und ihr Mantel – Helens Mantel – war dunkel. Ist er marineblau? Schwarz?«

Sie wussten beide, dass die Farbe bedeutungslos war, aber das war etwas, woran man sich klammern konnte, und sie mussten sich daran klammern oder dem Unvorstellbaren ins Gesicht blicken.

»Schwarz«, sagte Lynley. »Er ist schwarz.« Kaschmir, und er reichte ihr fast bis zu den Knöcheln. Sie trug ihn am liebsten mit Stiefeln, deren Absätze so hoch waren, dass sie abends über sich selbst lachte, wenn sie zum Sofa hinkte, sich darauf fallen ließ und behauptete, sie sei ein wehrloses Opfer männlicher italienischer Schuhdesigner, die Fantasien von Frauen mit Ketten und Peitschen hatten. »Tommy, rette mich vor mir selbst«, sagte sie immer. »Nur abgebundene Füße könnten schlimmer sein als das hier.«

Lynley schaute aus dem Fenster. Er sah Gesichter vorbeihuschen und erkannte, dass sie die Westminster Bridge erreicht hatten, wo die Menschen in ihren eigenen, kleinen Welten gefangen waren, und der Sirenenklang und der Anblick eines vorbeirasenden Streifenwagens ließ sie nur einen Moment innehalten, um sich zu fragen: Wer? Was? Und dann vergaßen sie es, weil es sie nicht betraf.

»Wann?«, fragte er St. James. »Um wie viel Uhr?«

»Gegen halb vier. Sie hatten vor, bei Claridge's Tee zu trinken, aber weil Helen müde war, sind sie nach Hause gefahren. Sie wollten ihn dort trinken. Sie hatten... ich weiß nicht... Teekuchen oder Törtchen oder so etwas besorgt.«

Lynley bemühte sich, das zu begreifen. Es war sechzehn Uhr fünfundvierzig. Er sagte: »Eine Stunde? Über eine Stunde? Wie kann das sein?«

St. James antwortete nicht sofort. Lynley wandte sich ihm zu und erkannte, wie erschüttert und eingefallen sein Freund aussah, mehr als üblich, war St. James doch von Natur aus ein hagerer Mann mit kantigen Zügen. »Simon, warum, in Gottes Namen?«, fragte Lynley. »Über eine Stunde?«

»Es hat zwanzig Minuten gedauert, bis der Krankenwagen da war.«

»Jesus«, flüsterte Lynley. »O mein Gott.«

»Und dann wollte ich nicht, dass sie es dir am Telefon sagen. Wir mussten auf einen zweiten Streifenwagen warten – die Beamten aus dem ersten mussten im Krankenhaus bleiben... um mit Deborah zu sprechen...«

»Sie ist dort?«

»Noch. Ja, natürlich. Also mussten wir warten. Tommy, ich konnte doch nicht zulassen, dass sie dich anrufen. Ich konnte dir das nicht antun, sagen, dass Helen... sagen, dass...«

»Nein. Ich verstehe.« Und nach einem Moment verlangte er mit grimmiger Entschlossenheit: »Sag mir den Rest. Ich will alles wissen.«

»Als ich ging, waren sie gerade im Begriff, einen Thoraxchirurgen hinzuzuziehen. Mehr haben sie mir nicht gesagt.«

»Lunge?«, wiederholte Lynley. »Wieso Lunge?«

St. James' Griff an seinem Arm wurde wieder fester. »Sie wurde in die Brust getroffen«, erklärte er.

Lynley schloss die Augen und hielt sie für den Rest der Fahrt geschlossen, der gnädigerweise schnell vorüber war.

Vor dem Krankenhaus standen zwei Streifenwagen am oberen Ende der ansteigenden Einfahrt zur Notaufnahme, und zwei Constables kamen gerade aus dem Gebäude, als Lynley und St. James hineingingen. Er entdeckte Deborah sofort. Sie saß auf einem der blauen Metallstühle, eine Schachtel Papiertaschentücher auf den Knien, und ein Mann in mittleren Jahren mit einem zerknitterten Regenmantel sprach mit ihr, ein Notizbuch in den Händen. Kriminalpolizei Belgravia, dachte Lynley. Den Mann kannte er nicht, aber die Routineabläufe waren ihm vertraut.

Zwei weitere uniformierte Beamte standen in der Nähe und sorgten dafür, dass der Detective ungestört blieb. Offenbar erkannten sie St. James – und das war nicht verwunderlich, da er doch zuvor schon im Krankenhaus gewesen war –, also ließen sie sie passieren.

Deborah schaute auf. Ihre Augen waren gerötet. Ein Berg gebrauchter Taschentücher lag neben ihr auf dem Boden. »Oh, Tommy...«, sagte sie, und er konnte sehen, dass sie versuchte, sich zusammenzunehmen.

Er wollte nicht nachdenken. Er konnte nicht. Er schaute sie an und war wie erstarrt.

Der Belgravia-Beamte erhob sich. »Superintendent Lynley?«

Lynley nickte.

»Sie ist im OP, Tommy«, sagte Deborah.

Lynley nickte wieder. Nicken war das Einzige, was er zustande brachte. Er wollte sie packen und schütteln, bis ihre Zähne klapperten. Sein Verstand schrie ihm zu, dass es *nicht* ihre Schuld war. Wie könnte diese arme Frau schuld sein? Aber er brauchte und wollte einen Schuldigen, und es war niemand sonst zur Hand, noch nicht, nicht hier und jetzt...

»Sag es mir«, verlangte er.

Wieder traten Tränen in ihre Augen.

Der Detective – irgendwie hörte Lynley ihn sagen, sein Name sei Fire... Terence Fire, aber das konnte nicht stimmen, denn was für ein Name sollte das sein, Fire? – sagte, der Fall sei unter Kontrolle, er solle sich keine Sorgen machen, es werde alles Menschenmögliche getan, denn jeder Beamte in der Wache wusste nicht nur, was passiert war, sondern auch, wer sie war, wer das Opfer...

»Nennen Sie sie nicht so«, sagte Lynley.

»Wir bleiben ständig in Kontakt«, versprach Terence Fire. Und dann: »Sir, wenn ich das sagen darf, es tut mir so furchtbar...«

»Ja.«

Der Detective ging. Die Constables blieben. Lynley wandte sich an Deborah, während St. James sich neben sie setzte. »Was ist passiert?«, fragte er sie.

»Sie hat mich gebeten, den Bentley zu parken. Sie war gefahren, aber es war kalt, und sie war müde.«

»Ihr habt euch zu viel vorgenommen. Wenn ihr nicht so lange unterwegs gewesen wäret... Diese gottverfluchten Taufkleider...«

Eine Träne rann über Deborahs Wange, sie wischte sie weg, dann sagte sie: »Wir haben vor dem Haus gehalten und die Einkaufstüten ausgeladen. Sie hat mich gebeten, den Wagen wegzubringen, weil... Du weißt doch, wie sehr Tommy seinen Wagen liebt, hat sie gesagt. Wenn er einen Kratzer abbekommt, verspeist er uns beide zum Abendessen. Pass an der linken Seite der Garage auf, hat sie gesagt. Also hab ich aufgepasst. Ich hatte nie zuvor so ein Auto... Verstehst du, es ist so groß, und ich habe mehr als einen Anlauf gebraucht, um den Bentley in die Garage zu fahren. Aber keine fünf Minuten, Tommy. Weniger als das. Und ich hatte angenommen, dass sie sofort ins Haus geht oder klingelt, damit Denton ihr öffnet.«

»Er ist in New York«, erklärte Lynley überflüssigerweise. »Er ist nicht da, Deborah.«

»Das hat sie mir nicht gesagt. Ich wusste es nicht. Und ich bin nicht auf den Gedanken gekommen... Tommy, wir waren doch in *Belgravia*. Das ist eine sichere Gegend, es ist...«

»Keine Gegend ist sicher, verdammt.« Seine Stimme klang wütend. Er sah, dass St. James sich bewegte. Sein alter Freund hob eine Hand: eine Warnung, eine Bitte. Was es war, wusste er nicht, und es war ihm auch gleichgültig. Es gab nur Helen. Er sagte: »Ich stecke mitten in einer Ermittlung. Eine Mordserie. Ein einzelner Täter. Wie, um Himmels willen, bist du auf die Idee gekommen, es könnte irgendwo sicher sein?«

Die Frage traf Deborah wie ein Schlag. St. James sagte Lynleys Namen, aber sie unterbrach ihn mit einer Bewegung ihres Kopfes und sagte: »Ich habe den Wagen geparkt. Dann bin ich durch die Gasse zurückgegangen.«

»Hast du nichts gehört...«

»Nicht das Geringste. Ich kam um die Ecke zurück zu Eaton Terrace, und was ich sah, waren die Einkaufstüten auf dem Boden. Und dann habe ich sie entdeckt. Sie lag zusammengekrümmt... Ich dachte, sie ist ohnmächtig, Tommy. Es war niemand da, niemand in der Nähe, keine Menschenseele. Ich dachte, sie ist ohnmächtig.«

»Ich hab dir gesagt, du sollst dafür sorgen, dass niemand...«

»Ich weiß«, antwortete sie. »Ich weiß. Aber wie sollte ich das verstehen? Ich habe an Grippe gedacht, dass ihr jemand ins Gesicht niesen könnte. Ich hab gedacht, Tommy ist der übermäßig besorgte Ehemann, weil mir nicht klar war... Verstehst du das nicht, Tommy? Woher sollte ich das wissen? Denn es ist Helen, über die wir hier reden, und Belgravia, wo man doch meinen sollte... Und eine Schusswaffe. Wie, in aller Welt, sollte ich auf eine Schusswaffe kommen?«

Sie begann, bitterlich zu weinen, und St. James sagte, sie habe jetzt genug geredet. Aber Lynley wusste, sie konnte nie genug sagen, um zu erklären, wie seine Frau, wie die Frau, die er liebte...

»Und was dann?«, fragte er.

»Tommy...«, begann St. James.

Debroah sagte: »Nein, Simon. Bitte.« Und zu Lynley: »Sie lag auf der oberen Stufe, den Hausschlüssel in der Hand. Ich habe versucht, sie aufzuwecken. Ich dachte, sie ist in Ohnmacht gefallen, denn es war kein Blut zu sehen, Tommy. *Kein* Blut. Nicht so, wie man es sich vorstellt, wenn jemand... Ich hatte so was noch nie gesehen... Ich wusste doch nicht... Aber dann hat sie gewimmert, und ich habe gemerkt, dass irgendetwas nicht in Ordnung ist. Ich hab den Notruf angerufen, und dann hab ich sie in die Arme genommen, um sie warm zu halten, und dann... Auf einmal war Blut an meiner Hand. Zuerst dachte ich, ich hätte mich verletzt, und ich habe nachgeschaut wie und wo, aber dann hab ich gemerkt, dass es nicht von mir kam, und ich dachte, das Baby. Aber ihre Beine. Helens Beine... Ich meine, es war kein Blut, wo man es erwarten würde... Und das war auch anderes Blut, es sah anders aus, weil ich doch weiß, verstehst du, Tommy...«

Trotz seiner eigenen Verzweiflung war er doch in der Lage, die ihre zu spüren, und das war es, was schließlich zu ihm durchdrang. Sie wusste, wie das Blut bei einer Fehlgeburt aussah. Sie selbst hatte... wie viele erlitten? Er wusste es nicht. Er setzte sich, nicht neben Deborah und ihren Mann, sondern gegenüber auf den Stuhl, den Terence Fire benutzt hatte.

Er sagte: »Du dachtest, sie hätte das Baby verloren.«

»Zuerst. Aber dann hab ich das Blut auf ihrem Mantel entdeckt. Weit oben, hier.« Sie zeigte auf einen Punkt unterhalb ihrer linken Brust. »Ich hab noch mal den Notruf angerufen und gesagt: ›Sie blutet, sie *blutet*. Beeilen Sie sich.‹ Aber die Polizei kam zuerst.«

»Zwanzig Minuten«, sagte Lynley. »Zwanzig gottverdammte Minuten.«

»Ich hab dreimal angerufen«, erklärte Deborah. »Wo bleibt der Krankenwagen, hab ich gefragt. Sie blutet. Sie blutet. Aber ich wusste immer noch nicht, dass sie angeschossen war, verstehst du. Tommy, wenn ich gewusst hätte... Wenn ich ihnen das gesagt hätte... Aber ich bin einfach nicht darauf gekommen. Nicht in Belgravia... Tommy, wer schießt in Belgravia auf Leute?«

Bildschöne Frau, Superintendent. Dieser verdammte Artikel in der *Source*, komplett mit Fotos des lächelnden Polizei-Superintendent und seiner hinreißenden Frau. Und einen Adelstitel hatte er obendrein, kein Durchschnittsbulle.

Impulsiv stand Lynley auf. Er würde ihn finden. Er würde ihn *finden.*

St. James sagte: »Tommy, nein. Lass die Polizei von Belgravia...« Und erst da wurde Lynley klar, dass er es laut ausgesprochen hatte.

»Ich kann nicht«, erwiderte er.

»Das musst du. Du wirst hier gebraucht. Sie wird gleich aus dem OP kommen. Dann wollen die Ärzte sicher mit dir sprechen. Sie wird dich brauchen.«

Lynley ging Richtung Tür, aber das war offenbar der Grund, warum die uniformierten Constables dort herumstanden. Sie hielten ihn zurück und sagten: »Der Fall ist in guten Händen, Sir. Er hat höchste Priorität. Es wird alles getan.« Und dann hatte auch St. James ihn eingeholt. Er sagte: »Komm mit, Tommy. Wir werden dich nicht allein lassen.« Und die Güte in seiner Stimme fühlte sich wie ein erdrückendes Gewicht auf Lynleys Brust an.

Keuchend rang er nach Luft. »O mein Gott«, sagte er. »Ich muss ihre Eltern anrufen, Simon. Wie soll ich ihnen nur sagen, was passiert ist?«

Barbara konnte sich nicht dazu überwinden, zu gehen, auch wenn sie sich sagte, dass sie hier nicht gebraucht wurde und wahrscheinlich auch nicht erwünscht war.

Überall liefen Menschen herum, jeder in seiner eigenen Hölle des Wartens gefangen.

Helen Lynleys Eltern, der Earl und die Countess von Sowieso – Barbara konnte sich nicht erinnern, ob sie den Titel, den die Familie seit so vielen Generationen besaß, je gehört hatte –, waren gramgebeugt und wirkten hinfällig, beide über siebzig und nicht vorbereitet auf den Schicksalsschlag, der sie ereilt hatte.

Helens Schwester Penelope, aus Cambridge in Begleitung ihres Mannes herbeigeeilt, versuchte, sie zu trösten, nachdem sie gefragt hatte: »Wie geht es ihr? Mum, um Himmels willen, wie geht es ihr? Wo ist Cybil? Ist Daphne unterwegs?«

Sie alle waren auf dem Weg, jede von Helens vier Schwestern, auch Iris, die aus Amerika anreisen musste. Und Lynleys Mutter war mit ihrem jüngeren Sohn in größter Hast von Cornwall aufgebrochen, während seine Schwester aus Yorkshire herbeieilte.

Angehörige, dachte Barbara. Sie wurde hier weder gebraucht, noch war sie erwünscht. Aber sie konnte sich nicht entschließen, zu gehen.

Andere waren hier gewesen und wieder gegangen: Winston Nkata, John Stewart, andere Mitglieder des Teams, uniformierte Constables und Beamte in Zivil, mit denen Lynley im Laufe der Jahre zusammengearbeitet hatte. Cops aus jeder Wache in der Stadt schauten vorbei. Alle außer Hillier hatten sich im Laufe der Nacht hier blicken lassen.

Barbara selbst war nach einer Höllenfahrt von Nordlondon hierher gekommen. Zuerst hatte ihr Wagen an der Wood Lane nicht anspringen wollen, und in ihrer panischen Hast, das verdammte Ding zu starten, hatte sie den Motor absaufen lassen. Sie hatte das Auto verflucht und geschworen, es in seine Einzelteile zu zerlegen. Sie hatte das Lenkrad gewürgt und dann Hilfe herbeigerufen. Schließlich hatte sie es geschafft, den Motor stotternd zum Leben zu erwecken, und sie hatte praktisch auf der Hupe gesessen, in dem Versuch, die Autos vor sich aus dem Weg zu scheuchen.

Sie war im Krankenhaus angelangt, als man Lynley gerade über Helens Zustand informiert hatte. Sie hatte beobachtet, wie der Arzt kam, um ihn zu holen, und wie Lynley die Neuigkeiten aufnahm. Es bringt ihn um, hatte sie gedacht.

Sie wollte zu ihm gehen, ihm sagen, dass sie diese Bürde als Freundin mit ihm tragen werde, aber sie wusste, dazu hatte sie kein Recht. Stattdessen wartete sie, bis Simon St. James zu ihm gegangen war und dann zu seiner Frau zurückkehrte, um ihr zu sagen, was er erfahren hatte. Lynley und Helens Eltern verschwanden mit dem Arzt – Gott mochte wissen, wohin –, und Barbara war klar, dass sie nicht folgen konnte. Also durchquerte sie die Halle, um mit St. James zu sprechen. Er nickte ihr zu, und sie war unendlich dankbar, dass er sie nicht ausschloss oder fragte, warum sie hier sei.

»Wie schlimm ist es?«, fragte sie.

Es dauerte einen Moment, ehe er antworten konnte. Sein Gesichtsausdruck bewog sie, sich auf das Schlimmste gefasst zu machen.

»Die Kugel traf sie unterhalb der linken Brust«, begann er. Seine Frau lehnte sich an ihn, vergrub das Gesicht an seiner Schulter und lauschte wie Barbara. »Die Kugel drang durch die linke Herzkammer, das rechte Atrium und die rechte Arterie.«

»Aber da war kein Blut. Da war fast kein Blut.« Deborahs Stimme wurde von seinem Jackett gedämpft, und sie schüttelte den Kopf.

»Wie kann das sein?«, fragte Barbara St. James.

»Die Lunge ist sofort kollabiert«, erklärte St. James. »Und das Blut lief nach innen in den entstandenen Hohlraum.«

Deborah fing an zu weinen. Sie heulte nicht, gab keinen Laut von sich, aber ihr ganzer Körper wurde von einem Beben erfasst, das sie, was Barbara erkennen konnte, zu kontrollieren versuchte.

»Sobald sie die Wunde gesehen haben, haben sie wahrscheinlich einen Tubus eingeführt«, erklärte St. James Barbara. »Durch dieses Röhrchen wird das Blut herausgekommen sein, ein Liter, vielleicht sogar zwei. Und da wussten sie dann, dass sie sofort operieren mussten.«

»Also darum ging es bei der OP?«

»Sie haben die linke Herzkammer, die Arterie und die Austrittswunde in der rechten Herzkammer genäht.«

»Das Projektil? Haben wir das? Was ist daraus geworden?«

»Es steckte unter dem rechten Schulterblatt, zwischen der dritten und vierten Rippe. Das heißt, wir haben das Projektil.«

»Also, das bedeutet, sie ist zusammengeflickt. Das sind gute Nachrichten, oder?«

Sie konnte förmlich zusehen, wie er sich in sich selbst zurückzog, an einen Ort, den sie nicht erahnen oder sich auch nur vorstellen konnte. »Es hat zu lange gedauert, bis sie behandelt werden konnte, Barbara«, sagte er.

»Wie meinen Sie das, zu lange? Warum?«

Er schüttelte den Kopf. Seine Augen trübten sich unerklärlicherweise. Da wollte sie den Rest auf einmal nicht mehr hören, aber sie waren schon zu weit in diese Gewässer hinausgewatet. Der Rückzug stand ihr nicht mehr offen.

»Hat sie das Baby verloren?« Es war Deborah, die die Frage stellte.

»Noch nicht.«

»Gott sei Dank«, sagte Barbara. »Also sind die Aussichten gut, oder?«

St. James fragte seine Frau: »Deborah, möchtest du dich nicht lieber setzen?«

»Hör auf damit.« Sie hob den Kopf. Die arme Frau sah aus, als leide sie an der Schwindsucht.

»Sie hat eine Zeit lang keinen Sauerstoff bekommen«, sagte St. James. Er sprach so leise, dass Barbara sich vorbeugen musste, um ihn zu verstehen.

»Was soll das heißen?«

»Ihr Gehirn hat keinen Sauerstoff bekommen, Barbara.«

»Aber jetzt wieder«, entgegnete Barbara, immer noch hartnäckig. »Jetzt ist alles in Ordnung, ja? Wie sieht es aus?«

»Sie wird künstlich beatmet. Und ernährt, natürlich. Sie ist an ein EKG angeschlossen.«

»Gut. Das ist doch gut, oder?« Das ist doch bestimmt hervorragend, dachte sie. Ein Grund zum Feiern. Ein furchtbarer Moment, aber sie alle hatten ihn überstanden, und die Dinge würden sich schon regeln. Stimmt's nicht? Ja. Sag das Wort: *Ja*.

»Sie weist keinerlei Großhirnrindentätigkeit auf«, erklärte St. James. »Und das heißt...«

Barbara wandte sich ab und ging weg. Sie wollte nichts mehr hören. Mehr zu hören, bedeutete wissen, wissen bedeutete fühlen, und das war das Letzte, gottverdammte... Die Augen auf den Linoleumboden gerichtet, verließ sie mit eiligen Schritten das Krankenhaus, trat hinaus in die kalte Nachtluft und den Wind, der ihr so unerwartet ins Gesicht schlug, dass sie keuchte und aufschaute und sie alle dort versammelt sah: die Aasfresser, die Journalisten. Nicht Dutzende, nicht so viele, wie hinter der Absperrung am Shand-Street-Tunnel oder am Ende der Wood Lane gestanden hatten. Aber genug, und sie hätte sich am liebsten auf sie gestürzt.

»Constable? Constable Havers? Kann ich Sie kurz sprechen?«

Barbara dachte, es sei jemand vom Krankenhaus, der herausgekommen war, um sie zu holen und ihr Neuigkeiten mitzuteilen, doch als sie sich umwandte, war es Mitchell Corsico, der auf sie zukam, ein Notizbuch in der Hand.

»Verschwindet hier«, befahl sie. »Sie vor allem. Sie haben genug angerichtet.«

Er runzelte die Stirn, als habe er nicht ganz verstanden, was sie zu ihm sagte. »Sie glauben doch nicht etwa...« Er brach ab, um seine Gedanken neu zu ordnen. »Constable, Sie können doch nicht glauben, dass dies hier irgendetwas mit dem Artikel über den Superintendent in der *Source* zu tun hat.«

»Sie wissen, was ich glaube«, entgegnete sie. »Gehen Sie mir aus dem Weg.«

»Aber wie geht es ihr? Kommt sie durch?«

»Verflucht noch mal, gehen Sie mir aus dem *Weg*«, fauchte sie. »Oder ich kann für die Folgen keine Verantwortung übernehmen.«

29

Es galt, Vorbereitungen zu treffen, und er widmete sich ihnen mit der ihm eigenen Sorgfalt. Er arbeitete still. Er ertappte sich mehr als einmal bei einem Lächeln. Er summte sogar, während er die Spannweite der Arme eines erwachsenen Mannes maß, und als er sang, tat er es leise, denn es wäre idiotisch gewesen, an diesem Punkt ein unnötiges und dummes Risiko einzugehen. Die Melodien, die ihm einfielen, kamen von Gott weiß woher, und als er zu »Ein' starke Burg ist unser Gott« ansetzte, musste er lachen. Denn das Innere des Lieferwagens war in der Tat eine Burg: ein Ort, wo er vor der Welt sicher war, doch die Welt würde niemals sicher vor ihm sein.

Den zweiten Satz lederner Handfesseln brachte er gegenüber der Schiebetür des Vans an. Er benutzte einen Bohrer und dicke Schrauben und testete das Ergebnis mit seinem eigenen Gewicht, hängte sich daran, wie der Beobachter hängen würde, kämpfte und wand sich, wie der Beobachter es tun würde. Er war zufrieden mit dem Ergebnis seiner Bemühungen und machte sich als Nächstes daran, seine Materialien zu überprüfen.

Der Gaszylinder für den Kocher war voll. Das Klebeband war zurechtgeschnitten und hing in Reichweite. Die Batterien im Elektroschocker waren neu. Die Instrumente zur Erlösung einer Seele waren scharf und einsatzbereit.

Der Van war voll getankt. Die Trage war makellos. Die Wäscheleine war sorgsam aufgerollt. Das Öl stand am richtigen Platz. Dies würde seine Glanzleistung, dache er.

O ja, natürlich. Das meinst du, ja? Was bist du nur für ein Vollidiot.

Fu schluckte und löste damit den Druck auf seinen Ohren, eliminierte so für einen Moment die Stimme der Made, die ihm heimtückisch Zweifel einpflanzen wollte. Er hörte das Rauschen dieser Druckveränderung: Es knisterte und knackte hinter den Trommelfellen, und die Made war verschwunden.

Nur um zurückzukehren, sobald er nicht mehr schluckte. *Wie lange gedenkst du noch Platz auf diesem Planeten zu beanspruchen? Hat die Erde je ein nutzloses Stück Scheiße als dich beherbergt? Bleib stehen und hör gefälligst zu, wenn ich mit dir rede. Nimm es wie ein Mann oder geh mir aus den Augen.*
Fu arbeitete schneller. Flucht war der Schlüssel.

Er verließ den Van und brachte sich in Sicherheit. Es gab keinen Ort, wo die Made ihn in Ruhe ließ, aber es gab Ablenkungen. Hatte es immer gegeben und würde es immer geben. Er suchte sie. Schnell jetzt, schnell, schnell. In dem Lieferwagen dienten ihm Richtspruch, Strafe, Sühne und Erlösung. Anderswo nutzte er traditionellere Werkzeuge.

Mach etwas Sinnvolles mit deiner Zeit, du kleiner Scheißer.
Das würde er, das würde er. O ja, das würde er.

Er ging zum Fernseher, schaltete ihn ein und stellte ihn so laut, dass der Ton alles andere verdrängte. Auf dem Bildschirm sah er den Eingang zu einem Gebäude, Leute gingen hinein und kamen heraus, der Mund einer Reporterin bewegte sich und sprach Worte aus, deren Sinn er nicht entschlüsseln konnte, weil die Made nicht aus seinem Hirn weichen wollte. Sie fraß an seinem innersten Wesen. *Hörst du mich, Scheißkopf? Hast du kapiert, was ich sage?*

Er stellte den Ton noch lauter. Er fing Wortfetzen auf: »Gestern Nachmittag ... St.-Thomas-Krankenhaus ... kritischem Zustand ... im fünften Monat schwanger ...« Und dann sah er *ihn*, den Polizisten selbst, Zeuge, Beobachter.

Der Anblick verbannte die Made. Fu konzentrierte den Blick auf den Fernsehschirm. Dieser Lynley kam aus einem Krankenhaus. Zwei uniformierte Constables flankierten ihn und schirmten ihn vor den Reportern ab, die ihm Fragen zuriefen.

»... irgendeine Verbindung zu ...?«
»Bereuen Sie ...«
»Hat dies irgendetwas mit der Story in der *Source* ...«
»... Entscheidung, einen Journalisten zu beauftragen ...«
Lynley ging an ihnen vorbei, ließ sie hinter sich, verschwand.

Er wirkte versteinert. Die Reporterin im Fernsehen sagte etwas über eine zuvor stattgefundene Pressekonferenz, und es wurde dorthin geschaltet. Ein Arzt in Chirurgenkleidung stand an einem Pult und blinzelte in die Scheinwerfer. Er sprach von der Entfernung einer Kugel, chirurgischen Maßnahmen zur Behandlung der Verletzungen, einem Fötus, der sich bewegte, aber das sei alles, was man zum jetzigen Zeitpunkt sagen könne, und als aus dem Publikum Fragen gestellt wurden, gab er keine weiteren Auskünfte, sondern trat von dem Pult zurück und verließ den Saal. Die Szene wechselte daraufhin wieder zum Krankenhaus, vor dem die Reporterin frierend im Morgenwind stand.

»Dies ist das erste Mal, dass ein Angehöriger eines Polizeibeamten während einer laufenden Ermittlung tätlich angegriffen wurde«, sagte sie ernst. »Die Tatsache, dass dieser Angriff so kurz nach einem Porträt des besagten Ermittlungsbeamten und seiner Frau in einer Boulevardzeitung erfolgte, wirft die Frage auf, ob die höchst irreguläre Entscheidung von Scotland Yard so klug war, einem Journalisten in bisher nie dagewesener Weise einen Einblick hinter die Kulissen eines Verbrechens zu gewähren.«

Sie beendete ihren Bericht, doch es war der Anblick von Lynley, der Fu in Erinnerung blieb, als ins Studio zurückgeschaltet wurde, wo die Moderatoren mit angemessen ernster Miene die Morgennachrichten fortsetzten. Er nahm nichts von dem wahr, was sie sagten, weil er nur den Superintendent vor Augen hatte: wie er ging, wohin er schaute. Was ihm vor allem aufgefallen war, war die Tatsache, dass der Mann kein bisschen wachsam schien. Er war schutzlos.

Fu lächelte. Schwungvoll schaltete er den Fernseher aus. Dann lauschte er aufmerksam. Kein Laut im ganzen Haus zu hören. Die Made war verschwunden.

Detective Inspector John Stewart übernahm umgehend die Leitung der Ermittlungen, aber Nkata kam es so vor, als vollführe er nur eine Pantomime, während er mit seinen Gedanken anderswo war. Sie waren alle mit ihren Gedanken anderswo: entweder im St.-Thomas-Krankenhaus, wo die Frau des Superintendent mit dem Tod rang, oder bei der Polizei von Belgravia, die die Ermittlungen in diesem Fall durchführte. Doch Nkata wusste, dass es für sie alle nur einen vernünftigen Weg gab, und das war weiterzumachen, und er ermahnte sich, am Ball zu bleiben, denn das schuldete er Lynley. Aber er war nicht mit dem Herzen dabei, und das war verdammt gefährlich. Es war einfach, ein entscheidendes Detail zu übersehen, wenn man sich in diesem Zustand befand, denn er war genau wie alle anderen durch seine Besorgnis abgelenkt.

Mit seinem sorgfältig gezeichneten, vielfarbigen und nervtötenden Diagramm in der Hand, hatte DI Stewart die Beamten an diesem Morgen zum Einsatz eingeteilt und ging dann dazu über, jedem Einzelnen von ihnen in seiner unnachahmlichen Art detaillierte Anweisungen zu geben. Er machte alle verrückt damit, wie er im Raum umherlief, und wenn er das nicht tat, telefonierte er mit den Kollegen in Belgravia. Er fragte dort nach, welche Fortschritte man bei der Ermittlung wegen des Angriffs auf die Frau des Superintendent gemacht habe. Unterdessen kamen Detectives in die Einsatzzentrale und erstatteten Berichte, die von Constables getippt wurden. Gelegentlich fragte irgendjemand mit gesenkter Stimme: »Weiß jemand, wie es ihr geht? Gibt es Nachricht?«

Ihr Zustand sei kritisch, lautete die Nachricht.

Nkata nahm an, dass Barbara Havers mehr wusste, aber sie war noch nicht aufgetaucht. Niemand hatte diese Tatsache erwähnt, darum nahm er an, dass Barb entweder noch im Krankenhaus war oder einen Auftrag ausführte, den Stewart ihr zuvor gegeben hatte, oder aber auf eigene Faust ermittelte, und wenn das der Fall war, wünschte er, sie würde sich mit ihm in Verbindung setzen. Er hatte sie am gestrigen Abend kurz im Krankenhaus gesehen, aber sie hatten nicht mehr als ein paar knappe Worte gewechselt.

Nun versuchte Nkata, seine Gedanken in eine produktive

Richtung zu zwingen. Es kam ihm vor, als wäre es Tage her, dass er zuletzt einen Auftrag bekommen hatte. Der Versuch, sich wieder zu beschäftigen, fühlte sich an, als schwimme er durch gekühlten Honig.

Die Liste mit den Daten der MABIL-Treffen – hilfreich zur Verfügung gestellt von James Barty, der damit demonstrieren wollte, wie groß die Bereitschaft seines Mandanten Mr. Minshall war, mit der Polizei zu kooperieren – umfasste die letzten sechs Monate. Er hatte diese Liste als Ausgangspunkt genommen und bereits mit Griffin Strong telefoniert, von dem er die wertlose Beteuerung bekommen hatte, er sei bei seiner Frau gewesen – nie von ihrer Seite gewichen, und sie wird das bereitwillig bestätigen, Sergeant, wann immer ein Alibi gebraucht wurde. Also hatte Nkata sich als Nächstes Robbie Kilfoyle vorgenommen, der gesagt hatte, er führe kein Tagebuch über seine abendlichen Aktivitäten, die nicht sonderlich zahlreich waren, denn alles, was er außer fernsehen je tat, war, auf ein Bier in die Othello Bar zu gehen. Vielleicht könne man das in der Bar bestätigen, obwohl er Zweifel hatte, dass man dort genau sagen konnte, wann er dagewesen war und wann nicht. Anschließend hatte Nkata mit Neil Greenhams Anwalt gesprochen, mit Neil selbst und schließlich mit Neils Mutter, die ihm versicherte, ihr Sohn sei ein guter Junge, und wenn er sagte, er sei zu einem bestimmten Zeitpunkt mit ihr zusammen gewesen, dann war das auch so. Jack Veness, der bei Colossus am Empfang saß, hatte mitgeteilt, wenn seine Großtante, sein Kumpel, die Leute vom Pub und vom indischen Schnellimbiss nicht ausreichten, um ihm ein Alibi zu geben, dann sollten die Bullen ihn doch, verdammt noch mal, verhaften und damit basta.

Nkata betrachtete jedes Alibi, das von einem Angehörigen stammte, als äußerst fragwürdig, und somit waren Griffin Strong und Neil Greenham die aussichtsreichsten Kandidaten für eine Rolle als MABIL-Mitglied und Serienmörder. Das Problem war nur, dass Jack Veness und Robbie Kilfoyle besser in das Profil zu passen schienen. Das brachte Nkata zu dem Schluss, dass er sich das Profil selbst, das vor Wochen für sie erstellt worden war, einmal genauer anschauen musste.

Er war im Begriff, sich in Lynleys Büro auf die Suche danach zu machen, als Mitchell Corsico in die Einsatzzentrale kam, begleitet von einem von Hilliers Lakaien, den Nkata von den gemeinsamen Presseterminen kannte. Corsico und der Lakai sprachen mit Detective Inspector Stewart, woraufhin der Lakai mit unbekanntem Ziel verschwand und Corsico zu Nkata herübergeschlendert kam. Er ließ sich auf einem Stuhl nahe dem Schreibtisch nieder, wo Nkata in seinen Notizen geblättert hatte.

»Ich hab Anweisung von meinem Chef«, sagte Corsico. »Er will von dem St.-James-Porträt nichts wissen. Tut mir Leid, Sergeant. Sie sind der Nächste.«

Nkata sah ihn stirnrunzelnd an. »Was? Sind Sie verrückt? Nach dem, was passiert ist?«

Corsico holte ein Diktiergerät aus der Tasche, gefolgt von einem Notizblock, den er aufschlug. »Ich wollte ja mit diesem Forensiktypen weitermachen, eurem unabhängigen Sachverständigen, aber die Chefetage in der Farringdon Street hat das Projekt abgewürgt, und darum bin ich jetzt wieder bei Ihnen gelandet. Hören Sie, ich weiß, dass Ihnen das nicht gefällt, und darum bin ich kompromissbereit. Wenn ich die Gelegenheit kriege, mit Ihren Eltern zu sprechen, halte ich Harold Nkata aus der Story heraus. Klingt das wie ein Deal?«

Es klang eher wie eine Entscheidung von Hillier und seinen Kumpeln in der Pressestelle, die dann an Corsico weitergeleitet worden war, der seinem Herausgeber wahrscheinlich schon einen Floh ins Ohr gesetzt hatte über – wie nannte man das doch gleich? – den natürlichen Blickwinkel auf eine Story über Winston Nkata. Die »persönliche Note« würden sie es nennen, ohne einen Gedanken daran zu verschwenden, wohin die letzte Story mit der persönlichen Note geführt hatte.

»*Niemand* spricht mit meinen Eltern«, stellte Nkata klar. »Niemand bringt ihr Foto in die Zeitung. Und niemand wird sie zu Hause überfallen. Niemand kommt in ihre Wohnung.«

Corsico verstellte die Lautstärke an seinem Diktiergerät und nickte nachdenklich. »Das bringt uns also zu Harold, oder? Er hat sein Opfer in den Hinterkopf geschossen, wenn ich richtig informiert bin. Hat ihn gezwungen, sich auf die Bordsteinkante zu knien und dann die Waffe an seinen Schädel gehalten.«

Nkata griff nach dem Diktiergerät, ließ es auf den Boden fallen und stampfte mit dem Fuß darauf.

»Hey!«, rief Corsico. »Ich bin nicht dafür verantwortlich...«

»Jetzt hör'n Sie mir mal zu«, zischte Nkata. Mehrere Köpfe drehten sich in ihre Richtung. Nkata ignorierte sie und sagte zu Corsico: »Sie schreiben Ihre Story. Mit oder ohne meine Hilfe, ich sehe, dass Sie sich das in den Kopf gesetzt haben. Aber wenn mein Bruder darin vorkommt, Fotos von meinen Eltern in der Zeitung erscheinen oder Loughborough Estate auch nur mit einem Wort erwähnt wird ... dann lernen Sie mich kennen, klar? Und ich schätze, Sie haben schon genug über mich rausgekriegt, um zu wissen, was ich meine.«

Corsico lächelte, vollkommen unbeeindruckt. Nkata begriff, dass dies genau die Reaktion war, die der Reporter hatte provozieren wollen. Corsico sagte: »Ihre Spezialität war das Klappmesser, soweit ich weiß, Sergeant. Wie alt waren Sie? Fünfzehn, sechzehn? Dachten Sie, ein Messer sei schwieriger zurückzuverfolgen als, sagen wir, eine Pistole, wie Ihr Bruder sie benutzt hat?«

Dieses Mal schluckte Nkata den Köder nicht. Er stand auf. »Das tu ich mir heute nicht an«, erklärte er. Er steckte einen Stift in seine Jacketttasche und ging zu Lynleys Büro, um das zu tun, was er sich vorgenommen hatte.

Auch Corsico erhob sich, vielleicht in der Absicht, ihm zu folgen. Doch in diesem Moment kam Dorothea Harriman herein, sah sich im Raum um, als suche sie jemanden, und entschied sich für Nkata.

Sie fragte: »Ist Detective Constable Havers...?«

»Nicht da«, antwortete Nkata. »Was ist los?«

Harriman warf Corsico einen Blick zu, ehe sie Nkatas Arm

ergriff und den Reporter bat: »Bitte entschuldigen Sie, aber manche Dinge sind eben persönlich.« Sie wartete, bis er sich ans andere Ende des Raums verzogen hatte, dann sagte sie: »Simon St. James hat gerade angerufen. Der Superintendent hat das Krankenhaus verlassen. Er soll eigentlich nach Hause fahren und sich ausruhen, aber Mr. St. James glaubt, dass er vielleicht irgendwann im Laufe des Tages hierher kommt. Er wusste nicht genau, wann.«

»Er kommt zurück zur Arbeit?« Das konnte Nkata einfach nicht glauben.

Harriman schüttelte den Kopf. »Wenn er herkommt, glaubt Mr. St. James, wird er zum Büro des Assistant Commissioner gehen. Er glaubt, irgendwer sollte...« Sie zögerte, ihre Stimme klang unsicher. Sie hob eine Hand an die Lippen und fuhr entschlossener fort: »Er glaubt, irgendwer sollte bereitstehen, um sich um ihn zu kümmern, wenn er herkommt, Detective Sergeant.«

Barbara Havers saß untätig im Verhörzimmer der Polizeiwache Holmes Street, während der Anwalt, der die Interessen von Barry Minshall vertrat, geholt wurde. Ein mitfühlender Constable am Empfang hatte nur einen Blick auf sie geworfen und gefragt: »Mit oder ohne Milch?«, als sie eintrat.

Jetzt saß sie vor ihrem Kaffee – mit Milch –, die Hände um den Becher gelegt, der die Form einer Karikatur des Prinzen von Wales hatte. Sie trank, ohne wirklich etwas von dem Gebräu zu schmecken. Ihre Zunge sagte ihr »heiß und bitter«. Das war alles. Sie starrte auf ihre Hände, erkannte, wie weiß die Knöchel waren, und bemühte sich, den Griff um die Tasse zu lockern. Sie hatte die Information nicht erhalten, die sie wollte, und es gefiel ihr nicht, im Dunkeln zu tappen.

Sie hatte Simon und Deborah St. James zu einem Zeitpunkt angerufen, da sie hoffen konnte, sie nicht aus dem Bett zu werfen. Doch sie erreichte nur ihren Anrufbeantworter und vermutete, dass die beiden das Krankenhaus entweder gar nicht verlassen hatten oder vor Tagesanbruch dorthin zurückgekehrt waren, um auf Neuigkeiten über Helen zu warten. Deborahs Vater war auch nicht da. Barbara sagte sich, dass er vermutlich den Hund spazieren führte. Sie hatte aufgelegt, ohne eine Nachricht zu hinterlassen. Sie hatten Besseres zu tun, als sie anzurufen und ihr die Neuigkeiten mitzuteilen, die sie auch auf anderem Weg in Erfahrung bringen konnte.

Doch ein Anruf im Krankenhaus erwies sich als noch sinnloser. Handys durften innerhalb der Klinik nicht benutzt werden, also blieb ihr nichts anderes übrig, als sich mit dem Schwesternzimmer verbinden zu lassen, wo sie keinerlei Informationen bekam. Lady Ashertons Zustand sei unverändert, sagte man ihr. Was das heiße, wollte sie wissen. Und wie stand es mit dem Baby? Sie bekam keine Antwort. Ein Zögern, ein Rascheln von Papier und dann: Man bedaure, aber man sei nicht autorisiert... Barbara hatte aufgelegt und die mitfühlende Stimme einfach abgeschnitten, vor allem, *weil* sie so mitfühlend klang.

Sie hatte sich gesagt, dass Arbeit das beste Schmerzmittel sei, also hatte sie ihre Sachen zusammengesucht und ihren Bungalow verlassen. Dann sah sie jedoch, dass in der Erdgeschosswohnung des Vorderhauses die Lichter brannten. Sie hielt nicht inne, um nachzudenken. Als sie hinter den Vorhängen der Glastür eine Bewegung wahrnahm, änderte sie den Kurs und ging dorthin. Sie klopfte an, denn sie wusste nur, dass sie etwas brauchte, und dieses Etwas war wirklicher Kontakt mit einem menschlichen Wesen, und sei er noch so kurz.

Taymullah Azhar kam an die Tür, in der einen Hand einen Schnellhefter, in der anderen einen Aktenkoffer. Irgendwo hinter ihm in der Wohnung lief Wasser, und Hadiyyah sang – ein wenig schief, aber was machte das schon: »Sometimes we'll sigh, sometimes we'll cry...« Buddy Holly, erkannte Barbara. Hadiyyah sang »True Love Ways«. Barbara hätte heulen können.

Azhar sagte: »Barbara. Wie schön, Sie zu sehen. Ich bin ja so froh... Stimmt etwas nicht?« Er stellte den Aktenkoffer ab und legte den Hefter darauf. Bis er sich ihr wieder zuwandte, hatte Barbara es geschafft, sich zusammenzunehmen. Möglicherweise weiß er es noch nicht, dachte sie. Wenn er noch keine Zeitung gelesen, weder Radio noch Fernsehnachrichten eingeschaltet hatte ...

Sie konnte sich nicht dazu durchringen, über Helen zu sprechen. Stattdessen sagte sie: »Viel Arbeit. Eine schlimme Nacht. Nicht viel geschlafen.« Das Friedensgeschenk fiel ihr ein, das sie gekauft hatte, und sie durchwühlte ihre Tasche, bis sie es gefunden hatte: Der Fünf-Pfund-Noten-Trick für Hadiyyah. Verblüffe deine Freunde. Erstaune deine Familie. »Ich hab das hier für Hadiyyah mitgebracht. Ich hab mir gedacht, vielleicht möchte sie's mal ausprobieren. Man braucht einen Fünf-Pfund-Schein dafür. Wenn Sie einen hätten ... Sie wird ihn nicht kaputtmachen oder so. Jedenfalls nicht, wenn sie es richtig kann. Also zu Anfang sollte sie vielleicht lieber etwas anderes verwenden. Zum Üben. Sie wissen schon.«

Azhar blickte von dem Zaubertrick in der Plastikverpackung zurück zu Barbara. Lächelnd sagte er: »Sie sind sehr gut ... zu Hadiyyah und für Hadiyyah. Das habe ich Ihnen noch nie gesagt, Barbara, und dafür möchte ich mich entschuldigen. Ich gehe sie holen, damit Sie ...«

»Nein!« Die Heftigkeit dieses Wortes überraschte sie beide. Sie starrten einander verwirrt an. Barbara wusste, sie hatte ihren Nachbarn irritiert. Aber sie wusste ebenso, sie konnte ihm nicht erklären, dass seine liebevollen Worte sich wie ein Schlag angefühlt hatten, der sie plötzlich zu bedrohen schien, und zwar deswegen, weil ihre Reaktion darauf einiges über sie selbst verriet.

»Tut mir Leid«, sagte sie. »Hör'n Sie, ich muss los. Ich hab ungefähr ein Dutzend Sachen zu erledigen, mit denen ich die ganze Zeit jongliere.«

»Dieser Fall«, erwiderte er.

»Ja. Was für eine Art, seine Brötchen zu verdienen.«

Er betrachtete sie, dunkle Augen in einem Gesicht, das die

Farbe von Pekannüssen hatte, ihr Ausdruck ernst. »Barbara...«, begann er.

Sie unterbrach ihn. »Wir reden später, okay?« Trotz des Bedürfnisses, seinem freundlichen Tonfall zu entrinnen, legte sie die Hand auf seinen Arm. Durch den Stoff seines makellosen weißen Hemdes konnte sie seine Wärme und seine harten Muskeln fühlen. »Ich bin ja so was von froh, dass Sie wieder da sind«, sagte sie, ihre Stimme klang ein wenig gepresst. »Bis später.«

»Sicher«, antwortete er.

Sie wandte sich ab, doch sie wusste, er beobachtete sie. Sie hustete, und ihre Nase begann zu laufen. Jetzt fang bloß nicht an zu heulen, schärfte sie sich ein.

Und dann sprang der verfluchte Mini nicht an. Er verschluckte sich und seufzte, er beklagte sich über Arterien, die verstopft waren, weil er viel zu altes Öl in den Adern hatte, und sie sah, dass Azhar sie von der Glastür aus immer noch beobachtete. Er trat zwei Schritte nach draußen in ihre Richtung. Barbara betete, und der Autogott erhörte sie. Endlich erwachte der Motor unter lautem Gebrüll zum Leben, und sie fuhr rückwärts die Einfahrt hinab und auf die Straße.

Und jetzt wartete sie im Verhörzimmer auf Barry Minshall, der ihr nur ein einziges Wort sagen sollte. *Ja,* das war alles, was sie von ihm hören wollte. *Ja,* und sie konnte wieder verschwinden. *Ja,* und sie würde jemanden verhaften.

Endlich ging die Tür auf. Sie schob ihre Prinz-Charles-Tasse beiseite. James Barty trat vor seinem Mandanten ein.

Minshall trug seine Sonnenbrille, aber der Rest seiner Kleidung war die Anstaltsuniform. Er soll sich lieber schon mal daran gewöhnen, dachte Barbara. Barry würde für viele, viele Jahre verschwinden.

»Mr. Minshall und ich warten immer noch auf eine Nachricht von der Staatsanwaltschaft«, sagte der Anwalt zur Begrüßung. »Der Haftprüfungstermin war...«

»Mr. Minshall und Sie sollten dem Schicksal danken, dass wir ihn immer noch an diesem Ende der Stadt brauchen«, unterbrach Barbara. »Wenn er ins Untersuchungsgefängnis kommt, wird er feststellen, dass die Gesellschaft dort nicht ganz so angenehm ist wie hier.«

»Wir haben bislang kooperiert«, sagte Barty. »Aber Sie können nicht erwarten, dass diese Kooperationsbereitschaft ewig anhält, Constable.«

»Ich habe Ihnen keinen Deal anzubieten, und das wissen Sie genau«, antwortete Barbara. »TO9 befasst sich mit Mr. Minshalls Situation.« An Minshall gewandt, fuhr sie fort: »Sie können nur hoffen, dass die Jungen auf den Polaroidfotos aus ihrer Wohnung die Erfahrungen, die sie mit Ihnen gemacht haben, so genossen haben, dass keiner von ihnen auch nur im Traum darauf käme, gegen Sie oder sonst irgendwen auszusagen. Aber ich würde mich darauf nicht verlassen. Und machen Sie sich lieber nichts vor, Barry: Selbst wenn diese Jungen vor einer Gerichtsverhandlung zurückschrecken, haben Sie immer noch einen Dreizehnjährigen seinem Mörder ausgeliefert, und dafür wandern Sie in den Knast. Wenn ich Sie wäre, wär mir daran gelegen, dass der Kronanwalt und alle anderen den Eindruck gewinnen, dass Sie von dem Moment an, als die Cops nach Ihrem Namen gefragt haben, vorbehaltlos kooperierten.«

»Es ist nur Ihre Vermutung, dass Mr. Minshall einen Jungen seinem Mörder zugeführt hat«, warf Barty ein. »Wir haben uns dem nie angeschlossen.«

»Na schön«, entgegnete Barbara, »ganz wie Sie wollen. Aber die Wäsche wird nass, ganz gleich, in welcher Reihenfolge Sie sie in die Maschine stopfen.« Sie holte die gerahmte Fotografie aus der Tasche, die sie aus der Wohnung Nr. 5 in Walden Lodge hatte mitgehen lassen. Sie legte das Bild auf den Tisch und schob es zu Minshall hinüber.

Er senkte den Kopf. Sie konnte seine Augen hinter der Sonnenbrille nicht sehen, aber sie achtete auf seine Atmung, und es kam ihr so vor, als habe er Mühe, sie zu kontrollieren. Sie wollte glauben, dass das etwas zu bedeuten hatte, aber sie durfte keine voreiligen Schlüsse ziehen. Sie ließ zu, dass das Schweigen sich in die Länge zog, während sie die ganze Zeit über zwei Worte dachte: *Komm schon, komm schon, komm schon.*

Schließlich schüttelte er den Kopf, und sie sagte: »Nehmen Sie die Brille ab.«

Barty wandte ein: »Sie wissen doch, dass das Leiden meines Mandanten...«

»Halten Sie die Klappe. Barry, nehmen Sie die Brille ab.«

»Meine Augen...«

»Nehmen Sie die *verfluchte* Brille ab!«

Er tat es.

»Jetzt sehen Sie mich an.« Barbara wartete, bis sie seine Augen sehen konnte – so grau, dass sie farblos wirkten. Sie wollte die Wahrheit darin erkennen, aber vor allem wollte sie sie sehen, und er sollte wissen, dass sie sie sah. »Zum jetzigen Zeitpunkt behauptet niemand, Sie hätten die Jungen in dem Bewusstsein übergeben, dass sie getötet werden würden.« Sie spürte, wie ihre Kehle sich gegen diese Worte verschließen wollte, aber sie sprach sie trotzdem aus. Denn wenn der einzige Weg, ihn in ihre Richtung zu ziehen, darin bestand, zu lügen, zu betrügen und zu schmeicheln, dann würde sie auf Teufel komm raus lügen, betrügen und schmeicheln. »Weder Davey Benton noch sonst irgendjemand. Als Sie Davey bei diesem... diesem Typen zurückgelassen haben, sind Sie davon ausgegangen, dass das Spielchen so laufen würde wie immer. Verführung, Analverkehr, ich habe keine Ahnung.«

»Sie haben mir nie gesagt, was...«

»*Aber*«, fuhr sie dazwischen, denn das Letzte, was sie jetzt aushalten konnte, war, zu hören, wie er sich rechtfertigte, protestierte, leugnete oder sich entschuldigte. Sie wollte nur die Wahrheit, und sie war entschlossen, sie ihm zu entlocken, ehe sie diesen Raum verließ. »Sie wollten nicht, dass er stirbt. Dass er missbraucht wird, ja. Dass irgendein Kerl ihn befummelt, ihn sogar vergewaltigt.«

»Nein! Sie haben nie...«

»Barry«, unterbrach sein Anwalt. »Sie brauchen nicht...«

»Sie sollen die *Klappe* halten. Barry, Sie haben diese Jungen ihren schleimigen Kumpeln von MABIL gegen Bares angeboten, aber der Deal ging immer um Sex, nicht um Mord. Vielleicht hatten Sie die Jungs zuerst selbst, oder vielleicht ist Ihnen auch einfach einer abgegangen, wenn Sie daran dachten, dass all diese Kerle davon abhängig waren, dass Sie ihnen Frischfleisch besorgten. Das Entscheidende ist: Sie wollten nicht, dass jemand stirbt. Aber das ist nun mal das, was passiert ist, und Sie können mir jetzt entweder sagen, dass der Typ auf diesem Foto derjenige ist, der sich zwei-eins-sechs-null genannt hat, oder ich gehe durch diese Tür raus und lasse Sie für alles von Pädophilie über Zuhälterei bis hin zu Mord einfahren. So sieht's aus. Sie wandern in den Knast, Barry, das ist sicher. Jetzt liegt es ganz bei Ihnen, für wie lange.«

Sie hielt den Blick unverwandt auf seine Augen gerichtet, die wild hin und her zuckten. Sie wollte ihn fragen, wie er zu dem Mann geworden war, der er war – welche Mächte in seiner eigenen Vergangenheit ihn dazu gemacht hatten, aber es spielte keine Rolle. Als Kind missbraucht. Belästigt. Vergewaltigt. Was immer ihn zu dem miesen Kinderhändler gemacht hatte, der er war, gehörte der Vergangenheit an. Jungen waren ermordet worden, und es musste abgerechnet werden.

»Sehen Sie das Foto an, Barry«, forderte sie ihn auf.

Er richtete den Blick wieder darauf und schaute es lange und eingehend an. Schließlich sagte er: »Ich bin nicht ganz sicher. Dieses Bild ist alt, oder? Er hat keinen Kinnbart. Nicht einmal einen Schnäuzer. Er hat... die Frisur ist anders.«

»Er hat noch mehr Haar, stimmt. Aber sehen Sie sich den Rest von ihm an. Die Augen.«

Er setzte die Brille wieder auf. Dann nahm er das Foto in die Hand. »Wer ist das da neben ihm?«, fragte er.

»Seine Mutter«, antwortete Barbara.

»Woher haben Sie das Bild?«

»Aus ihrer Wohnung. In Walden Lodge. Nur ein Stückchen

den Hügel rauf von der Stelle, wo Davey Bentons Leiche gefunden wurde. Ist das der Mann, Barry? Ist dies zwei-eins-sechs-null? Ist dies der Kerl, dem Sie Davey im Canterbury Hotel übergeben haben?«

Minshall legte das Foto zurück auf den Tisch. »Ich bin nicht...«

»Barry«, sagte sie. »Sehen Sie es sich noch mal in Ruhe an.«

Das tat er, noch einmal. Und Barbara ersetzte ihr *Komm schon* durch ein Gebet.

Schließlich sagte er: »Ich glaube, er ist es.«

Sie stieß die Luft aus. *Ich glaube, er ist es*, war nicht viel wert. *Ich glaube, er ist es,* konnte keine Verurteilung herbeiführen. Aber es war gut genug, um eine Gegenüberstellung zu organisieren, und das reichte ihr.

Seine Mutter war gegen Mitternacht angekommen. Sie hatte nur einen Blick auf ihn geworfen und die Arme ausgebreitet. Sie fragte nicht, wie es Helen ging, denn irgendjemand hatte sie auf dem Weg von Cornwall hierher erreicht und es ihr gesagt. Das sah er an ihrem Gesicht und an der Art, wie sein Bruder sich davor drückte, ihn zu begrüßen und stattdessen an seinem Daumennagel kaute. Alles, was Peter herausbrachte, war: »Wir haben Judith sofort angerufen. Sie kommt heute Mittag, Tommy.«

Es hätte Trost darin liegen müssen, dass seine und Helens Familie sich im Krankenhaus versammelten, damit er dies nicht allein durchstehen musste, aber Trost war unvorstellbar. Ebenso unvorstellbar war es, irgendwelchen schlichten biologischen Notwendigkeiten nachzugeben, wie schlafen oder essen. All das schien belanglos, war sein ganzes Sein doch auf einen einzigen Lichtpunkt in der Finsternis seiner Gedanken ausgerichtet.

Helen wirkte völlig unscheinbar im Vergleich zu all den Maschinen, die ihr Krankenbett umgaben. Man hatte ihm die Namen der Apparate genannt, aber er erinnerte sich nur an die einzelnen Funktionen. Für die Beatmung, die Überwachung des

Herzschlags, Flüssigkeitszufuhr, zur Messung des Sauerstoffgehalts im Blut, zur Überwachung des Fötus. Abgesehen vom Summen dieser Instrumente, war es völlig still im Zimmer. Und die Geräusche draußen auf dem Korridor waren gedämpft, als wüssten das Krankenhaus und alle, die darin waren, es bereits.

Er weinte nicht. Er ging nicht rastlos auf und ab. Er unternahm keinen Versuch, die Faust durch die Wand zu schmettern. Das war vielleicht der Grund, warum seine Mutter darauf bestanden hatte, er müsse unbedingt für ein paar Stunden nach Hause, als der neue Tag anbrach und sie immer noch alle ziellos auf den Krankenhausfluren umherliefen. Ein Bad, eine Dusche, Essen – irgendetwas, hatte sie zu ihm gesagt. Wir bleiben hier, Tommy. Peter und ich und alle anderen. Du musst wenigstens den Versuch machen, auf dich zu achten. Bitte, fahr nach Hause. Es kann dich ja jemand begleiten, wenn du möchtest.

Es gab Freiwillige für diese Aufgabe: Helens Schwester Pen, sein Bruder, St. James. Sogar Helens Vater, obwohl unschwer zu erkennen war, dass es dem armen Mann das Herz zerriss und er niemandem eine Hilfe sein würde, solange seine jüngste Tochter dort war, wo sie war... und in diesem Zustand. Also hatte Lynley zuerst abgelehnt und gesagt, er wolle im Krankenhaus bleiben. Er konnte sie nicht verlassen, das mussten sie doch einsehen.

Aber irgendwann im Laufe des Morgens willigte er schließlich ein, nach Hause zu fahren, zu duschen und frische Sachen anzuziehen. Wie lange konnte das dauern? Zwei Constables geleiteten ihn durch eine kleine Schar Reporter, deren Fragen er weder verstand noch richtig hören konnte. Ein Streifenwagen brachte ihn nach Belgravia. Dumpf sah er aus dem Fenster, wo die Straßen vorbeizogen.

Vor seinem Haus fragten sie ihn, ob sie bleiben sollten. Er schüttelte den Kopf. Er werde schon zurechtkommen, erklärte er. Er habe einen Hausangestellten, der bei ihm wohnte. Denton werde dafür sorgen, dass er etwas zu essen bekam.

Er verriet ihnen nicht, dass Denton einen lang ersehnten Urlaub angetreten hatte: Lichterglanz in der Großstadt, Broadway, Wolkenkratzer und jeden Abend ins Theater. Stattdessen dankte Lynley den Beamten für ihre Mühe und holte den Hausschlüssel aus der Tasche, während sie davonfuhren.

Die Polizei war hier gewesen. Er sah die Spuren, die die Kollegen hinterlassen hatten: ein Stückchen Flatterband am Geländer der Eingangsüberdachung, der Grafitstaub an der Tür, wo sie Fingerabdrücke genommen hatten. Kein Blut, hatte Deborah gesagt, aber er fand einen kleinen Tropfen auf einer der Marmorplatten, die den Eingang bedeckten. Nur ein Schritt hatte gefehlt, und sie wäre im Haus gewesen.

Er brauchte drei Anläufe, um den Schlüssel ins Schloss zu bekommen, und als es schließlich gelungen war, war ihm schwindelig. Er rechnete damit, dass das Haus irgendwie anders sein würde, aber nichts hatte sich verändert. Der letzte Blumenstrauß, den sie arrangiert hatte, hatte ein paar Blütenblätter verloren, die nun auf dem Intarsientischchen in der Eingangshalle verstreut lagen, aber das war alles. Der Rest war so, wie er ihn zuletzt gesehen hatte: Einer ihrer Winterschals hing über dem Treppengeländer, eine aufgeschlagene Illustrierte lag auf einem der Sofas im Salon, ihr Stuhl im Speisezimmer stand ein Stück vom Tisch entfernt, war nicht zurückgeschoben worden, nachdem sie zuletzt darauf gesessen hatte, eine Teetasse im Spülbecken in der Küche, ein Löffel auf der Arbeitsplatte, ein Ordner mit Stoffmustern für das Kinderzimmer auf dem Tisch. Irgendwo im Haus waren vermutlich die Tüten mit den Taufkleidern verstaut. Gnädigerweise wusste er nicht, wo.

Oben stellte er sich unter die Dusche und ließ das Wasser endlos lang auf sich niederprasseln. Er stellte fest, dass er es nicht richtig spüren konnte, und selbst als es auf die Augäpfel fiel, blinzelte er nicht und fühlte keinen Schmerz. Stattdessen durchlebte er in seiner Erinnerung einzelne Momente und flehte einen Gott, an den er nicht glauben konnte, an, ihm eine Chance zu geben und die Zeit zurückzudrehen.

Zu welchem Tag?, fragte er sich. Zu welchem Moment? Zu

welcher Entscheidung, die sie alle dorthin geführt hatte, wo sie nun waren?

Er blieb unter der Dusche, bis kein heißes Wasser mehr im Boiler war. Er hatte keine Ahnung, wie lange er dort gestanden hatte, als er endlich heraustrat. Tropfend und fröstelnd blieb er stehen, trocknete sich nicht ab und zog sich nicht an, bis seine Zähne wie Kastagnetten klapperten. Er brachte es nicht fertig, in das Schlafzimmer zu gehen und dort Kleiderschrank und Schubladen zu öffnen, um frische Kleidungsstücke zusammenzusuchen. Er war fast trocken, als er endlich die Willenskraft fand, nach einem Handtuch zu greifen.

Er ging ins Schlafzimmer. Lächerlicherweise waren sie vollkommen hilflos, wenn Denton nicht da war, um sie zu bemuttern. Darum war das Bett unfachmännisch gemacht, und so war der Abdruck ihres Kopfes auf dem Kissen noch zu sehen. Er wandte den Blick ab und zwang sich, zur Kommode hinüberzugehen. Ihr Hochzeitsbild starrte ihn an. Warme Junisonne, der Duft von Tuberosen, der Klang von Violinen, die Schubert spielten. Er hob die Hand und stieß den Rahmen um, sodass er mit dem Bild nach unten umfiel. Im ersten Moment verspürte er eine Art Erleichterung, als ihr Bild verschwunden war, dann setzte der Schmerz ein, weil er sie nicht mehr sehen konnte, und er stellte das Bild wieder auf.

Er zog sich an. Er tat es mit dem gleichen Maß an Sorgfalt, das sie auf diese Prozedur verwandt hätte. Das erlaubte ihm, über Farben und Stoffe nachzudenken, Schuhe und eine geeignete Krawatte auszuwählen, als sei dies ein ganz normaler Tag und sie noch im Bett mit einer Tasse Tee auf dem Bauch, während sie mit Argusaugen darauf achtete, dass er keinen bekleidungstechnischen Fauxpas beging. Es waren immer seine Krawatten. Von jeher. *Tommy, Liebling, bist du dir absolut sicher, was diese blaue angeht?*

Es gab wenige Dinge, derer er sich sicher war. Im Grunde war er sich nur einer Sache sicher, nämlich, dass es nichts gab, dessen er sich sicher war. Seine Motorik funktionierte, ohne dass er es richtig zur Kenntnis nahm, und so fand er sich schließlich vollständig angezogen, starrte in die Spiegeltür des Kleiderschranks und fragte sich, was er als Nächstes tun sollte.

Rasieren, aber er konnte nicht. Zu duschen war schwierig genug gewesen, trug diese Aktivität doch das Etikett: »Die erste Dusche nach Helen«, und mehr konnte er nicht tun. Mehr Etiketten dieser Art konnte er nicht verkraften, wusste er doch, dass ihr Gewicht ihn letztlich umbringen würde. Die erste Mahlzeit nach Helen, die erste Tankfüllung nach Helen, die erste Post im Briefschlitz, das erste Glas Wasser, die erste Tasse Tee. Die Liste war endlos und drohte bereits, ihn unter sich zu begraben.

Er verließ das Haus. Draußen sah er, dass irgendjemand – wahrscheinlich einer der Nachbarn – einen Blumenstrauß auf die Eingangsstufen gelegt hatte. Narzissen. Es war die passende Jahreszeit. Der Winter wich dem Frühling, und Lynley hatte das Gefühl, er müsse unbedingt die Zeit anhalten.

Er hob die Blumen auf. Sie mochte Narzissen. Er würde sie ihr mitbringen. Sie sind so fröhlich, sagte sie immer. Narzissen sind Blumen voller Lebensfreude, Liebling.

Der Bentley stand dort, wo Deborah ihn so mühevoll geparkt hatte, und als Lynley die Tür öffnete, schlug ihm Helens Parfüm entgegen. Zitrusduft, und schon war sie bei ihm.

Er glitt hinters Steuer und schloss die Tür. Er lehnte die Stirn gegen das Lenkrad und atmete flach, weil er fürchtete, tiefe Züge könnten den Duft schneller verbrauchen, und er musste ihn so lange wie möglich bewahren. Er konnte sich nicht dazu bringen, den Sitz von ihrer Position auf seine zu verstellen, die Spiegel neu auszurichten, irgendetwas zu tun, das ihre Gegenwart auslöschen würde. Und er fragte sich, wie, in aller Welt, er das durchstehen sollte, was er jetzt durchstehen musste, wenn er nicht einmal in der Lage war, das zu tun, obwohl der Bentley nicht einmal der Wagen war, den sie normalerweise gefahren hatte, Herrgott noch mal. Also was machte es schon?

Er wusste es nicht. Er funktionierte lediglich mechanisch, und er konnte nur hoffen, dass das ausreichte, um ihn von einem Moment zum nächsten zu bringen.

Das hieß, er musste den Wagen starten, also tat er es. Er hörte den Bentley surren, nachdem er den Knopf gedrückt hatte, und fuhr ihn mit der Präzision eines Mikrochirurgen aus der Garage.

Langsam rollte er die Gasse entlang und bog in Eaton Terrace ein. Er vermied den Blick auf seine Haustür, weil er sich nicht vorstellen wollte – was er natürlich trotzdem tun würde, das wusste er –, was Deborah St. James gesehen hatte, als sie um die Ecke bog, nachdem sie den Wagen weggebracht hatte.

Als er zum Krankenhaus fuhr, war er sich bewusst, dass er dieselbe Strecke fuhr, die der Krankenwagen genommen hatte, der Helen in die Notaufnahme gebracht hatte. Er fragte sich, was sie von dem, das um sie herum geschah, wahrgenommen hatte: Infusionen, die gelegt wurden, Sauerstoff, der in ihre Nase strömte, Deborah irgendwo in ihrer Nähe, aber nicht so nah wie diejenigen, die ihre Atmung kontrollierten und feststellten, dass diese linksseitig mühsam war, weil keine Luft in die bereits kollabierte Lunge dringen konnte. Natürlich hatte sie unter Schock gestanden. Vermutlich war sie sich ihres Zustands nicht bewusst. Eben war sie noch vor der Haustür gewesen und hatte den Schlüssel gesucht, und im nächsten Moment war sie angeschossen worden. Aus kurzer Entfernung, hatte man ihm gesagt. Weniger als drei Meter, vielleicht nicht einmal zwei. Sie hatte ihn gesehen, und er hatte den Schrecken in ihrem Gesicht erkannt, die Überraschung, so plötzlich verwundbar zu sein.

Hatte er ihren Namen gerufen? Mrs. Lynley, haben Sie einen Augenblick Zeit? Countess? Lady Asherton, richtig? Und sie hatte sich mit diesem verlegenen, atemlosen Lachen umgewandt. »Ach, herrje. Diese alberne Story in der Zeitung. Das Ganze war Tommys Idee, aber vermutlich habe ich in höherem Maße kooperiert, als ich sollte.«

Und dann die Waffe: Automatikpistole, Revolver, was spielte das für eine Rolle? Ein langsames Durchdrücken des Abzugs, jenes großen Gleichmachers der Menschheit.

Er hatte Mühe zu denken, noch mehr Mühe zu atmen. Er schlug mit der Faust aufs Lenkrad, um sich zurück in die Gegenwart zu bringen, weg von den bereits gelebten Momenten der Vergangenheit. Er schlug zu, um sich abzulenken, sich Schmerz zuzufügen, um irgendetwas zu tun, das verhinderte, dass er an all den Erinnerungen und Fantasien zerbrach.

Nur das Krankenhaus konnte ihn retten, und er beeilte sich auf dem Weg zu diesem Refugium. Er umrundete Busse und überholte Zweiräder. Er bremste für eine Schar kleiner Schulkinder, die am Bordstein wartete, um die Straße zu überqueren. Er stellte sich ihr eigenes Kind mitten unter ihnen vor, seines und Helens. Wollstrümpfe, aufgeschlagene Knie und winzige Halbschuhe, eine Mütze auf dem Kopf, ein Namensschild um den Hals. Die Lehrerin hatte es beschrieben, aber er hatte es nach seinem Geschmack bemalt. Er hatte sich für Dinosaurier entschieden, weil sie – er und Helen – an einem Sonntagnachmittag mit ihm ins Natural History Museum gegangen waren. Dort hatte er unter dem T-Rex-Skelett gestanden, den Mund vor Staunen geöffnet. »Mummy!«, rief er. »Was ist das? Es ist unerhört riesig, oder, Dad?« Er gebrauchte solche Wörter. *Unerhört*. Er konnte Sternbilder benennen und die Namen der einzelnen Muskeln eines Pferds aufzählen.

Eine Hupe dröhnte von irgendwoher. Er riss sich aus seinem Tagtraum. Die Kinder hatten die Straße überquert und liefen weiter, die Köpfe wippten auf und ab wie Korken im Wasser, die Schuhe schlurften. Drei Erwachsene – vorn, in der Mitte und hinten – hielten ein wachsames Auge auf sie.

Das war alles, was erforderlich gewesen wäre, und er hatte versagt. Ein wachsames Auge. Stattdessen hatte er quasi eine Wegbeschreibung zu seiner Haustür geliefert. Fotos von ihm. Fotos von Helen. Belgravia. Wie schwierig war es da wohl noch gewesen? Oder auch ein paar Fragen in der Nachbarschaft zu stellen?

Und nun erntete er die Früchte seines Hochmuts. Es gibt Dinge, die wir nicht wissen, hatte der Arzt gesagt.

Aber können Sie mir nicht sagen …?

Für manche Symptome gibt es Tests, für andere nicht. Alles, was wir riskieren können, ist eine Prognose, die auf fundierten Informationen basiert und dem, was wir über das menschliche Gehirn wissen. Von diesem Wissen ausgehend, können wir extrapolieren. Wir können Ihnen nur die Fakten darlegen, soweit wir sie kennen, und Ihnen sagen, welche Schlüsse wir daraus ziehen. Aber das ist alles. Es tut mir Leid. Ich wünschte, ich hätte Ihnen mehr zu bieten …

Er konnte nicht darüber nachdenken, damit umgehen, damit leben. Irgendetwas. Einen grauenhaften Tag nach dem anderen. Wie eine Schwertklinge, die sein Herz durchbohrte, aber weder tödlich noch schnell oder gnädig. Die Spitze zuerst, und dann ein Stück mehr, während aus Tagen Wochen wurden und schließlich die erforderlichen Monate, während er auf das wartete, von dem er jetzt bereits wusste, dass es das Allerschlimmste war.

Ein Mensch kann sich an alles gewöhnen, ja? Ein Mensch kann lernen zu überleben, denn solange der Wille, etwas auszuhalten, da war, stellte der Verstand sich darauf ein und befahl dem Körper, das Gleiche zu tun.

Aber nicht hierauf, dachte er. Niemals hierauf.

Vor dem Krankenhaus stellte er fest, dass die Journalisten endlich verschwunden waren. Dies hier war keine Story, bei der sie rund um die Uhr am Ball bleiben mussten. Das Ereignis an sich und seine Verbindung zu der Ermittlung in einer Mordserie hatte sie mobilisiert, aber von nun an würden sie nur noch sporadisch nach dem Stand der Dinge fragen. Von nun an würden sie ihr Augenmerk auf den Täter und die Polizei richten, das Opfer nur noch nebenbei erwähnen und, falls der Chefredakteur es wünschte, würden sie Archivfotos der Klinik verwenden – die Aufnahme eines Fensters irgendwo, hinter dem die Patientin angeblich um ihr Leben rang. Bald würde selbst das als Wiederholung einer mehrfach erzählten Geschichte abgetan werden. Wir brauchen etwas Neues, und wenn Sie keine aktuellen Entwicklungen in der Sache haben, schieben Sie's nach hinten. Seite fünf oder sechs sollte wohl reichen. Die lohnenden Aspekte der Story hatten sie ja schon abgegrast: den Tatort, Pressekonferenz der Ärzte, ihn selbst – ein nettes Foto, das eine angemessene Reaktion zeigte –, während er am Morgen das Krankenhaus verlassen hatte. Man würde ihnen auch den Namen des Pressesprechers der Belgravia-Polizei geben, und das war dann alles. Die Story schrieb sich praktisch von selbst. Weiter zu anderen Ereignissen. Sie mussten an ihre Auflagenzahlen denken, und es gab andere Topmeldungen, um diese Zahlen zu stützen. Es war ein Geschäft, lediglich ein Geschäft.

Er parkte den Wagen, stieg aus, ging auf das Klinikportal und das, was ihn dahinter erwartete, zu: die unveränderte Situation, die Familie, seine Freunde und Helen.

Entscheide dich, Tommy, Liebling. Ich vertraue dir vollkommen. Na ja ... in jeder Hinsicht, abgesehen von der Krawattenauswahl. Und das war mir immer ein Rätsel, da du ansonsten doch ein Mann von unfehlbarem Geschmack bist.

»Tommy.«

Er riss sich aus seinen Gedanken. Seine Schwester Judith kam auf ihn zu. Sie wurde ihrer Mutter von Tag zu Tag ähnlicher: groß und sportlich, das blonde Haar kurz geschnitten.

Er sah, dass sie eine zusammengefaltete Boulevardzeitung in der Hand hielt, und später kam es ihm so vor, als sei das der Auslöser gewesen. Denn es war nicht die aktuelle Ausgabe, sondern jene, in der der Artikel über ihn, sein Privatleben, seine Frau und sein Heim erschienen war. Und plötzlich erfasste ihn eine solche Scham, dass er das Gefühl hatte, darin zu ertrinken, und die einzige Möglichkeit, zurück an die Oberfläche zu gelangen, war, dem Zorn nachzugeben.

Er nahm ihr das Blatt aus der Hand. Judith sagte: »Helens Schwester hatte sie in der Tasche. Ich hatte es noch nicht gesehen. Ich habe nicht einmal davon gewusst, und als Cybil und Pen erwähnten, dass ...« Offenbar sah sie irgendetwas in seinem Gesicht, denn sie trat einen Schritt näher und legte einen Arm um ihn. »Es ist nicht deswegen passiert. Das darfst du nicht glauben. Wenn du anfängst zu glauben...«

Er wollte etwas erwidern, aber er brachte kein Wort heraus.

»Sie braucht dich jetzt«, fuhr Judith fort.

Er schüttelte den Kopf, machte auf dem Absatz kehrt, verließ das Krankenhaus und ging zu seinem Wagen zurück. Er hörte ihre Stimme, als sie ihm nachrief, und gleich darauf hörte er St. James, der offenbar in der Nähe gestanden hatte, als er Judith entdeckt hatte. Aber er konnte jetzt nicht innehalten und mit ihnen reden. Er hatte etwas zu erledigen, er musste gehen und die Dinge anpacken, wie er es von Anfang an hätte tun sollen.

Er fuhr schnell Richtung Brücke. Er musste handeln. Draußen war es kalt, grau und feucht – unverkennbar war ein heftiger Schauer im Anzug. Doch als die ersten Tropfen fielen, während er auf den Broadway einbog, nahm er sie auf der Windschutzscheibe kaum wahr, denn vor seinem geistigen Auge entwickelte sich bereits ein Drama, in dem er lieber keine Rolle gespielt hätte.

Der Beamte im Wachhäuschen an der Tiefgarageneinfahrt winkte ihn durch und öffnete den Mund, um etwas zu sagen. Lynley nickte ihm zu und fuhr weiter, hinunter auf die Parkebene, wo er den Bentley abstellte, einen Moment im Dämmerlicht stehen blieb und zu atmen versuchte, denn es kam ihm so vor, als habe sich Luft in seinen Lungen gestaut, seit er seiner Schwester die Zeitung, die ihn anklagte, in die Hand gedrückt, sich von ihr abgewandt und die Klinik verlassen hatte.

Er ging zum Aufzug. Sein Ziel war der Tower Block, jener Horst in luftigen Höhen, von dem aus man die Bäume im St. James Park sehen konnte, die den Wandel der Jahreszeiten anzeigten. Lynley begab sich dorthin. Er sah Gesichter wie aus einem Nebel heranschweben, und er hörte Stimmen, aber er konnte nichts verstehen.

Als er Assistant Commissioner Hilliers Büro erreichte, wollte die Sekretärin ihm den Weg versperren. »Superintendent«, sagte Judi MacIntosh in offiziellem Tonfall, doch dann sah oder begriff sie irgendetwas zum ersten Mal, denn sie fuhr fort: »Tommy...«

So viel Mitgefühl lag in ihrer Stimme, dass er es kaum ertragen konnte. »Sie sollten nicht hier sein. Fahren Sie zurück ins Krankenhaus.«

»Ist er da?«

»Ja. Aber...«

»Dann treten Sie bitte beiseite.«

»Tommy, ich möchte nicht gezwungen sein, irgendjemanden zu alarmieren.«

»Dann tun Sie's nicht. Judi, treten Sie beiseite.«

»Lassen Sie mich ihm wenigstens Bescheid geben.« Sie ging zu ihrem Schreibtisch, obwohl jede vernünftige Frau einfach vor ihm in Hilliers Büro gestürmt wäre. Doch sie machte alles nach Vorschrift, und das war ihr Untergang, denn jetzt, da der Weg frei war, öffnete er die Tür, trat ein und schloss sie hinter sich wieder.

Hillier telefonierte. »...viele bisher?«, sagte er gerade. »Gut. Ich will, dass aus allen Rohren geschossen wird... Verdammt richtig, es muss eine Sonderkommission gebildet werden. Niemand darf ungestraft einen Polizeibeamten...« Und dann entdeckte er Lynley und sagte ins Telefon: »Ich rufe zurück. Machen Sie weiter.«

Er legte auf und erhob sich. Er kam um den Schreibtisch herum. »Wie geht es ihr?«

Lynley antwortete nicht. Er spürte sein Herz gegen die Rippen hämmern.

Hillier wies auf das Telefon. »Das war Belgravia. Sie bekommen Freiwillige – dienstfreie Beamte, Bereitschaft, was auch immer – aus der ganzen Stadt. Sie alle ersuchen darum, für die Ermittlungen in diesem Fall eingeteilt zu werden. Sie haben eine Sonderkommission eingerichtet. Die Sache hat höchste Priorität. Sie haben gestern am späten Nachmittag die Arbeit aufgenommen.«

»Das spielt keine Rolle.«

»Was? Setzen Sie sich. Hier. Ich besorge Ihnen etwas zu trinken. Haben Sie geschlafen? Etwas gegessen?« Hillier ging wieder zum Telefon. Er tippte eine Nummer ein und sagte, er wolle Sandwiches, Kaffee und nein, es sei ganz gleich, welche, man solle es nur so schnell wie möglich in sein Büro bringen. Den Kaffee zuerst. Und dann fragte er Lynley noch mal: »Wie geht es ihr?«

»Sie ist hirntot.« Es war das erste Mal, dass er es ausgesprochen hatte. »Helen ist hirntot. Meine Frau ist hirntot.«

Hilliers Gesicht erschlaffte. »Aber man sagte mir, eine Brustverletzung... Wie kann das sein?«

Lynley zählte die Details auf, stellte fest, dass er den Schmerz, sie darzulegen, brauchte und wollte. »Die Wunde war klein. Sie haben sie nicht gleich gesehen...« Nein. Es gab einen besseren Weg, all das zu sagen. »Die Kugel hat eine Arterie verletzt. Dann verschiedene Herzkammern. Ich kann mich nicht an die Reihenfolge erinnern, den genauen Kurs, den das Projektil genommen hat, aber ich nehme an, Sie haben einen Eindruck bekommen.«

»Sie sollten nicht...«

Oh, aber das würde er. Das *würde* er. »Aber«, unterbrach er heftig, »ihr Herz schlug zu dem Zeitpunkt noch, und darum füllte die Brusthöhle sich mit Blut. Doch das wussten die Sanitäter im Krankenwagen nicht, verstehen Sie. Alles hat zu lange gedauert. Als sie endlich im Krankenhaus ankam, hatte sie weder Puls noch Blutdruck. Sie haben sie intubiert und eine zweite Röhre in die Brust eingeführt, und da fing das Blut an, aus ihr herauszulaufen – in Strömen –, und da wussten sie es, verstehen Sie. In dem Moment wussten sie es.« Als er atmete, hörte er es in seinen Bronchien rasseln, und er wusste, Hillier hörte es auch. Und er hasste dieses Geräusch für das, was es verriet und wie es gegen ihn verwendet werden konnte.

Hillier sagte: »Setzen Sie sich. Bitte. Sie müssen sich setzen.«

Das nicht, dachte er. Niemals. Er fuhr fort: »Ich habe gefragt, was man in der Notaufnahme unternommen habe. Nun, es war naheliegend, das zu fragen, meinen Sie nicht? Sie sagten, sie haben sie da und dort aufgeschnitten und eines der Löcher entdeckt, die die Kugel verursacht hat. Der Arzt hat seinen Finger hineingesteckt, um den Blutstrom zu stoppen, falls Sie sich das vorstellen können, und ich habe versucht, es mir vorzustellen, weil ich es wissen musste, verstehen Sie. Ich musste es wissen, denn selbst wenn sie nur flach geatmet hätte... Aber sie sagten, die Blutzufuhr zu ihrem Gehirn sei unzureichend gewesen. Und bis sie das unter Kontrolle gebracht hatten... Oh, sie atmet jetzt mit maschineller Hilfe, und ihr Herz schlägt wieder, aber das Gehirn... Helens Gehirn ist tot.«

»O mein Gott.« Hillier ging zum Konferenztisch. Er zog einen Stuhl darunter hervor und bedeutete Lynley mit einer Geste, darauf Platz zu nehmen. »Es tut mir so Leid, Thomas.«

Nicht meinen Namen, dachte er. Er konnte es nicht ertragen, seinen Namen zu hören. Er sagte: »Er hat uns gefunden, wissen Sie. Das ist Ihnen doch klar, oder? Sie. Helen. Er hat sie gefunden. Er hat sie *gefunden*. Verstehen Sie? Sie begreifen, wie es dazu gekommen ist?«

»Wie meinen Sie das? Wovon reden...«

»Ich rede über den Zeitungsartikel, Sir. Ich rede über Ihren eingebetteten Journalisten. Darüber, dass Sie Leben aufs Spiel...«

»Moment.« Hillier hob die Stimme. Es klang jedoch eher verzweifelt als zornig. Ein letzter Versuch, sich gegen eine Flut zu stemmen, die er nicht aufhalten konnte.

»Er hat mich angerufen, nachdem der Artikel erschienen ist. Er hat Helen erwähnt. Wir haben ihm einen Schlüssel gegeben, eine Wegbeschreibung, was auch immer, und er hat meine Frau gefunden.«

»Das ist ausgeschlossen«, entgegnete Hillier. »Ich habe den Artikel selbst gelesen. Er hätte unter keinen Umständen herausfinden können...«

»Natürlich konnte er das herausfinden.« Seine eigene Stimme war jetzt ebenfalls lauter, sein Zorn angefacht von Hilliers Leugnen. »In dem Moment, als Sie angefangen haben, mit der Presse zu spielen, haben Sie ihm diese Möglichkeiten eröffnet. Fernsehen, Radio, Zeitungen. Sie und Deacon, Sie beide haben sich eingebildet, Sie könnten die Medien benutzen wie zwei gerissene

Politiker, und sehen Sie nur, was es uns eingebracht hat. Sehen Sie, wohin es geführt hat!«

Hillier hob beide Hände, die Handflächen nach außen. Das universelle Zeichen für Stopp! Er sagte: »Thomas. Tommy. Dies ist nicht...« Er brach ab. Er schaute zur Tür, und Lynley konnte die Frage in seinem Kopf beinah lesen: Wo bleibt der verdammte Kaffee? Wo sind die Sandwiches? Wo ist eine brauchbare Ablenkung, Herrgott noch mal, denn ich habe hier einen Irren in meinem Büro. Er sagte: »Ich will nicht mit Ihnen streiten. Sie sollten im Krankenhaus sein. Bei Ihrer Familie. Sie brauchen Ihre Familie...«

»Ich habe keine gottverfluchte Familie!« Endlich brach der Damm. »Sie ist tot. Und das Baby... das Baby... Sie wollen sie mindestens zwei Monate an diesen Maschinen lassen. Länger, wenn möglich. Begreifen Sie das? Nicht lebendig, nicht tot, und wir schauen zu. Und Sie... Sie verfluchtes... Sie haben das zu verantworten. Und es gibt keine Möglichkeit...«

»Schluss jetzt. *Schluss*. Sie sind von Sinnen vor Kummer. Sie sollten nichts sagen oder tun... Sie würden es bedauern...«

»Was, in aller Welt, sollte ich noch zu bedauern haben?« Seine Stimme brach, und er verabscheute dieses Brechen und wie es offenbarte, was er geworden war: Er war kein Mensch mehr, sondern eher so etwas wie ein Wurm, Salz und Wasser ausgesetzt, der sich windet, windet, weil dies hier das Ende war, dies war gewiss das Ende, und er hatte nicht erwartet...

Er konnte nicht anders, als sich auf Hillier zu stürzen. Er musste ihn kriegen, ihn packen, ihn zwingen... irgendwo...

Starke Arme umklammerten ihn. Sie kamen von hinten, also war es nicht Hillier. Lynley hörte eine Stimme an seinem Ohr.

»O Jesus, Mann. Sie müssen hier raus. Sie müssen mit mir kommen. Nur die Ruhe, Mann. Nur die Ruhe.«

Winston Nkata, dachte er. Woher war er gekommen? War er die ganze Zeit unbemerkt hinter ihm gewesen?

»Schaffen Sie ihn raus«, sagte Hillier, der sich mit einer zitternden Hand ein Taschentuch vors Gesicht drückte.

Lynley sah den Detective Sergeant an. Nkata schien hinter einem schimmernden Schleier zu stehen. Trotzdem konnte Lynley sein Gesicht in dem Moment erkennen, bevor er die Arme um ihn schlang.

»Kommen Sie mit, Chef«, murmelte Winston. »Kommen Sie.«

30

Es war später Nachmittag, als Ulrike sich über ihr weiteres Vorgehen im Klaren war, denn sie hatte bei ihrer Begegnung mit Jack Veness' Tante in Bermondsey gelernt, dass Lügengeschichten ihren Absichten nicht dienlich waren. Sie begann mit der Datenliste, die sie von New Scotland Yard bekommen hatte. Sie nahm die Liste als Ausgangspunkt und erstellte eine Tabelle mit den Daten, den Namen der Opfer und denen der potenziellen Verdächtigen, die die Polizei ins Visier genommen hatte. Sie ließ reichlich Raum, um relevante Fakten hinzuzufügen, die über die Personen, die ihr fragwürdig erschienen, bekannt werden könnten.

10. September, schrieb sie als Erstes, *Anton Reid.*
20. Oktober, kam danach. *Jared Salvatore.*
25. November, war die nächste Spalte. *Dennis Butcher.*
Und dann schneller:
10. Dezember: Kimmo Thorne.
18. Dezember: Sean Lavery.
8. Januar: Davey Benton, der, Gott sei Dank, keiner ihrer Jungen war. Das galt im Übrigen auch für die Frau des Superintendent, und *das* musste doch etwas zu bedeuten haben, oder?

Aber was es vermutlich bedeutete, war, dass ein Mörder seinen Radius erweiterte, weil Colossus ihm zu heiß geworden war. Das war zumindest eine Möglichkeit, die sie nicht außer Acht lassen konnte, denn sonst konnte das den Anschein erwecken, als wolle sie den Verdacht in eine andere Richtung lenken. Was sie natürlich auch wollte. Aber es durfte nicht so aussehen.

Sie sah ein, dass es völlig lächerlich gewesen war, vorzugeben, sie wolle Mary Alice Atkins-Ward auf den Zahn fühlen, um herauszufinden, ob Jack Veness für eine Beförderung in eine verantwortungsvollere Position bei Colossus geeignet sei. Sie konnte sich überhaupt nicht erklären, wie sie auf solch eine Idee gekommen war, und sie verstand, warum Miss A.-W. sie durchschaut hatte. Also entschied sie sich jetzt für die direkte Konfrontation, und sie musste mit Neil Greenham beginnen, dem Einzigen, der einen Anwalt eingeschaltet hatte. Sie beschloss, Neil in der Klasse aufzusuchen, denn ein Blick auf die Uhr sagte ihr, dass er noch beim Unterricht war und den Kids dort die individuelle Hilfe zuteil werden ließ, für die er bekannt war.

Neil hatte eine Verabredung mit einem schwarzen Jungen, dessen Name ihr entfallen war. Stirnrunzelnd schaute sie ihnen zu und hörte Neil irgendetwas über die unregelmäßige Anwesenheit des Jungen sagen. Mark nannte er ihn.

Mark Connor, dachte sie. Das Jugendgericht in Lambeth hatte ihn hergeschickt, nachdem er einen Straßenraub mit sehr ernsten Folgen begangen hatte: Er hatte eine alte Dame umgestoßen, die sich die Hüfte gebrochen hatte. Exakt der Typ, für dessen Errettung Colossus gedacht war.

Ulrike sah Neil eine Hand auf die schmale Schulter des Jungen legen. Sie sah Mark zurückzucken. Augenblicklich war ihr Argwohn geweckt.

Sie sagte: »Neil, kann ich dich kurz sprechen?«, und war bemüht, seine Reaktion genauestens zu beobachten. Sie hielt Ausschau nach Signalen, die sie interpretieren konnte, aber er schien darauf bedacht, ihr keine zu geben.

»Lass mich das hier eben zu Ende bringen«, erwiderte er. »Ich komme sofort. Dein Büro?«

»In Ordnung.« Sie hätte es vorgezogen, sich hier auf seinem Territorium mit ihm auseinander zu setzen, aber ihr Büro war ihr auch recht. Sie ging.

Er kam exakt fünfzehn Minuten später, eine Tasse Tee in der Hand. »Ich hab gar nicht daran gedacht, dich zu fragen, ob du vielleicht auch …?« Er wies auf seine Tasse.

Das schien einen Waffenstillstand zwischen ihnen zu signalisieren. »Nein danke, Neil«, antwortete sie. »Im Moment nicht. Komm rein und setz dich.«

Während er Platz nahm, stand sie auf und schloss die Tür. Als sie an den Schreibtisch zurückkam, zog er eine Braue in die Höhe. »Sonderbehandlung?«, fragte er und trank geräuschlos von seinem Darjeeling oder was immer es war. Natürlich trank er geräuschlos. Neil Greenham gehörte nicht zu den Leuten, die schlürften. »Sollte ich geschmeichelt oder gewarnt sein durch diese ungewohnte Aufmerksamkeit?«

Ulrike ging nicht darauf ein. Sie suchte nach einer passenden Eröffnung für das Gespräch, das sie mit Neil führen musste, und entschied, immer das Ziel im Auge zu behalten, ganz gleich, wo sie begann. Und dieses Ziel war Kooperation. Die Zeiten, da sie Schutzwälle gegen die Polizeiermittlungen errichtet hatte, waren lange vorbei.

»Es wird Zeit, dass wir reden, Neil«, sagte sie. »Die Eröffnung unserer Filiale in Nordlondon rückt näher. Das weißt du, nicht wahr?«

»Wie sollte ich nicht.« Er sah sie über den Rand seiner Tasse hinweg unverwandt an. Seine Augen waren blau. Es lag etwas Eisiges darin, das ihr noch nie aufgefallen war.

»Wir brauchen jemanden, der bereits für die Organisation arbeitet, um diese Filiale zu leiten. Weißt du das auch?«

Er zuckte unverbindlich die Schultern. »Das liegt nahe. Jemand, der hier schon Erfahrung hat, braucht keine große Einarbeitung, oder?«

»Zum einen das, ja, und es ist ein gutes Argument. Aber es geht auch um Loyalität.«

»Loyalität.« Es war keine Frage, sondern eine Feststellung. Er klang versonnen.

»Ja. Natürlich werden wir uns nach jemandem umschauen,

dessen Loyalität zuallererst Colossus gehört. So muss es sein. Wir haben Feinde da draußen, und es mit ihnen aufzunehmen, erfordert nicht nur eine präzise kognitive Analyse, sondern auch Kampfgeist. Ich nehme an, du weißt, was ich meine.«

Er ließ sich mit seiner Antwort Zeit, griff nach seiner Teetasse und genehmigte sich einen nachdenklichen – und leisen – Schluck. Dann sagte er: »Genau genommen: nein.«

»Was?«

»Ich weiß nicht, was du meinst. Nicht dass ich nicht in der Lage wäre, den Ausdruck *präzise kognitive Analyse* zu verstehen. Es ist eher die Sache mit dem Kampfgeist, die mich verwirrt.«

Sie lachte sanft und ließ es so klingen, als lache sie über sich selbst. »Tut mir Leid. Ich hatte das Bild eines Kriegers vor Augen, der sein Heim, Frau und Kind verlässt, um in die Schlacht zu ziehen. Die Bereitschaft des Kriegers, persönliche Belange zurückzustellen, wenn eine Schlacht ausgetragen werden muss. Die Interessen von Colossus in Nordlondon müssen für den Leiter der Niederlassung an erster Stelle stehen.«

»Und in Südlondon?«, fragte Neil.

»Was?«

»Was ist mit den Belangen von Colossus in Südlondon, Ulrike?«

»Der Leiter in Nordlondon wird für die Niederlassung hier nicht verantwortlich...«

»Das war es nicht, was ich meinte. Ich habe mich nur gefragt, ob die Art und Weise, wie Colossus in Südlondon geleitet wird, ein Vorbild für Nordlondon sein soll.«

Ulrike schaute ihn an. Er sah ganz friedfertig aus. Neil war ihr immer ein bisschen schwammig vorgekommen, doch jetzt hatte sie den Eindruck, dass das, was sich unter der weichen, jungenhaften Oberfläche verbarg, hart wie Feuerstein war. Und nicht nur der Feuerstein seiner unbeherrschten Wut, die ihn seinen einstigen Lehrerposten gekostet hatte, sondern noch etwas anderes. »Warum sagst du nicht ein wenig direkter, was du meinst?«, fragte sie.

»Mir war nicht bewusst, dass ich indirekt spreche«, erwiderte Neil. »Tut mir Leid. Ich schätze, was ich meine, ist, dass mir all dies ein wenig heuchlerisch vorkommt.«

»Was genau?«

»All dieses Gerede über Loyalität und die Belange von Colossus, die an erster Stelle stehen müssen. Ich bin...« Er zögerte, aber Ulrike wusste, dass die Pause nur die Wirkung seiner Worte unterstreichen sollte. »Unter anderen Umständen wäre ich entzückt, diese Unterhaltung mit dir zu führen. Es würde mir schmeicheln, dass du erwägst, mich als Leiter der Niederlassung in Nordlondon vorzuschlagen.«

»Ich dachte, ich hätte deutlich gemacht...«

»Aber dieses Loyalitätsgefasel verrät dich. Deine eigene Loyalität war in letzter Zeit nicht gerade über jeden Zweifel erhaben.«

Sie wusste, er wartete darauf, dass sie ihn auffordert, diese Behauptung zu spezifizieren, aber die Freude würde sie ihm nicht machen. Stattdessen sagte sie: »Neil, jeder hat dann und wann Momente, in denen seine Aufmerksamkeit von seinem obersten Ziel abgelenkt wird. Auf keiner Ebene der Administration gibt es irgendjemanden, der erwartet, dass die Mitarbeiter in Bezug auf ihre Loyalität einen Tunnelblick entwickeln.«

»Da hast du ja Glück gehabt, nehme ich an. Wenn man bedenkt, was deine Sekundärziele sind.«

»Wie bitte?« Sie wollte die Frage zurücknehmen, sobald sie ausgesprochen war, aber sie bekam keine Chance dazu, denn er griff danach wie ein Angler nach der zappelnden Forelle.

»Was ich eigentlich meinte, war wohl, dass Diskretion allein nicht immer ausreicht. Oder vielleicht sollte ich sagen: nicht funktioniert. Auch die besten Absichten können in eine Sackgasse führen, falls du verstehst, was ich meine. Was wiederum heißen soll, dass derjenige, der Steine werfen will, gut beraten ist, selbst nicht im Glashaus zu wohnen. Soll ich noch ein bisschen direkter werden, Ulrike, oder dämmert dir, worauf ich hinauswill? Wo ist Griff eigentlich? Er hat sich in letzter Zeit ziemlich unsichtbar gemacht, oder? Hast du ihm das nahe gelegt?«

Sie waren am entscheidenden Punkt angekommen, erkannte Ulrike. Jetzt zogen sie die Glaceehandschuhe aus, was vielleicht auch Zeit wurde. Ihr Privatleben ging ihn nichts an, aber er würde einsehen müssen, dass das umgekehrt nicht so war.

»Sieh zu, dass du diesen Anwalt loswirst, Neil«, sagte sie. »Ich weiß nicht, wieso du ihn engagiert hast, und ich will es auch nicht wissen. Aber ich sage dir: Entzieh ihm das Mandat und sprich mit der Polizei.«

Neils Gesicht wechselte die Farbe, doch seine Körpersprache verriet ihr, dass er nicht vor Verlegenheit oder Scham errötete. Er erwiderte: »Du willst mir vorschreiben...?«

»Ganz recht.«

»Was *bildest* du dir eigentlich... Ulrike, du kannst mir keine Vorschriften... Ausgerechnet du...«

»Ich verlange, dass du mit der Polizei kooperierst. Ich will, dass du ihnen sagst, wo du gewesen bist, und zwar an jedem einzelnen Datum, nach dem sie dich fragen. Wenn du es dir ein bisschen leichter machen willst, kannst du damit anfangen, dass du es mir erzählst, und ich leite die Informationen an sie weiter.« Sie nahm ihren Stift zur Hand und hielt ihn einsatzbereit über der dreispaltigen Tabelle, die sie gezeichnet hatte. »Wir fangen mit dem September letzten Jahres an«, erklärte sie. »Mit dem zehnten, um genau zu sein.«

Er stand auf. »Lass mich das mal sehen.« Er streckte die Hand nach dem Blatt aus. Sie legte den Arm darüber. »Steht dein Name auch darauf?«, fragte er. »Oder ist das Griff-Bums-Alibi die Antwort auf alle Fragen, die sie dir stellen? Und wie geht das überhaupt, Ulrike? Du fickst einen Verdächtigen auf der einen Seite, und andererseits betätigst du dich als Polizeispitzel?«

»Mein Leben...«, begann sie, aber er unterbrach sie: »Dein Leben. Dein Leben.« Seine Stimme klang spöttisch. »Immer Colossus an erster Stelle, so soll es wirken, oder? Du spielst hier die Dienstbeflissene, kriegst es aber nicht einmal mit, wenn einer der Jungen vermisst wird. Haben die Cops das schon rausgefunden? Oder der Stiftungsvorstand? Denn ich könnte mir vorstellen, dass sie das interessieren würde, meinst du nicht?«

»Willst du mir drohen?«

»Ich stelle eine Tatsache fest. Das kannst du auffassen, wie du willst. Aber versuch nicht, mir vorzuschreiben, wie ich zu reagieren habe, wenn die Polizei ihre Nase in mein Privatleben steckt.«

»Ist dir eigentlich das Ausmaß deiner Insubordination…«

»Du kannst mich mal!« Er riss die Tür auf und brüllte: »Veness! Komm mal her!«

Ulrike erhob sich. Neil war dunkelrot angelaufen vor Zorn, und sie wusste, dass ihre eigene Gesichtsfarbe der seinen in nichts nachstand, aber das hier war inakzeptabel. »Wage es ja nicht, andere Mitarbeiter herumzukommandieren. Wenn das hier ein Beispiel dafür ist, wie gut – oder schlecht – du in der Lage bist, Anordnungen eines Vorgesetzten zu befolgen, dann sei versichert, es wird zur Kenntnis genommen. Es *ist* bereits zur Kenntnis genommen.«

Er fuhr herum. »Hast du im Ernst angenommen, ich hätte je geglaubt, dass du mich für irgendeinen anderen Posten in Erwägung ziehst, als diesen Kids hier den Hintern abzuwischen? Jack! Komm her.«

Jack erschien an der Tür und fragte: »Was ist los?«

»Ich wollte nur fragen, ob du weißt, dass Ulrike uns bei der Polizei anschwärzt. Ich hatte meine Session mit ihr schon, und ich schätze, du bist der Nächste auf der Liste.«

Jack schaute von Neil zu Ulrike, und dann fiel sein Blick auf den Schreibtisch, wo die Tabelle lag. »Scheiße, Ulrike!«, sagte er eloquent.

»Sie hat eine zweite Berufung gefunden«, bemerkte Neil. Er rückte den Stuhl zurecht, auf dem er gesessen hatte, und wies darauf. »Du bist dran«, sagte er zu Jack.

»Das reicht«, erklärte Ulrike. »Geh wieder an die Arbeit, Jack. Neil gibt lediglich seiner Neigung zu Wutausbrüchen nach.«

»Wohingegen Ulrike eine geraume Zeit ihrer Neigung nachgegeben hat...«

»Ich sagte, das reicht!« Es war Zeit, dieser Schlange die Kontrolle zu entreißen. Auf ihre Stellung zu pochen, war der einzige Weg, das zu erreichen, selbst wenn es bedeutete, dass er seine Drohung wahr machte und den Vorstand über ihre Affäre mit Griff informierte. »Wenn ihr euren Job behalten wollt, schlage ich vor, dass ihr an die Arbeit zurückkehrt. Alle beide.«

»Hey!«, protestierte Jack. »Ich bin doch nur hier reingekommen...«

»Ja, ich weiß«, sagte Ulrike ruhig. »Ich meinte in erster Linie Neil. Und ich wiederhole noch einmal: Neil, tu, was du nicht lassen kannst, aber entzieh deinem Anwalt das Mandat.«

»Eher friert die Hölle ein.«

»Es drängt sich die Frage auf, was du zu verbergen hast.«

Jack sah von ihr zu Neil und wieder zurück und sagte: »Ach, du heilige Scheiße.« Dann wandte er sich um und ging.

»Ich werde das hier nicht vergessen«, waren Neils Abschiedsworte.

»Das glaube ich auch nicht«, lauteten die ihren.

Nkata hasste den Moment, die Vorgänge und sich selbst. Er saß neben Hillier vor einer frisch motivierten Versammlung von Journalisten. Es ging doch nichts über das Drama eines Traumas, um sie zu stimulieren, dieses Trauma gegenwärtig zu machen und ihm ein Gesicht zu geben, um sie vorübergehend auf die Seite von Scotland Yard zu bringen.

Er wusste, das war es, was AC Hillier dachte, während er nach seiner Erklärung ihre Fragen beantwortete. *Jetzt* hatten sie die Presse da, wo sie sie wollten, schien das Auftreten des Assistant Commissioner zu sagen. Sie würden es sich zweimal überlegen, über die Polizeibehörde herzufallen, während die Frau eines Beamten im Krankenhaus um ihr Leben rang.

Nur rang sie überhaupt nicht um ihr Leben. Sie rang um gar nichts, denn sie *existierte* nicht mehr.

Er saß reglos da. Er schenkte dem Frage- und Antwortspiel keine Aufmerksamkeit, doch er wusste, das war Hillier recht. Er brauchte nur wild entschlossen dreinzuschauen, nichts weiter wurde von ihm verlangt. Er hasste sich dafür, dass er mitspielte.

Lynley hatte darauf bestanden. Nkata hatte ihn aus dem Büro des Assistant Commissioner bugsiert, indem er ihn bei den Schultern gepackt hatte – eine starke, aber ebenso ergebene Umarmung. In dem Augenblick hatte er gewusst, dass er für diesen Mann alles tun würde. Und das hatte ihn erstaunt, denn jahrelang hatte er geglaubt, das einzig Wichtige in seinem Leben sei, Erfolg zu haben. Mach deinen Job und lass alles andere von dir abperlen, denn es ist unbedeutend, was irgendjemand denkt. Das einzig Wichtige ist, was du weißt und wer du bist.

Lynley schien das immer verstanden zu haben, ohne dass sie je ein Wort darüber verloren hatten. Und selbst jetzt, bei allem, was er durchmachte, verstand er es noch.

Nkata hatte ihn aus Hilliers Büro geschafft. Während sie hinausgingen, hörte er den Assistant Commissioner eine Nummer ins Telefon tippen. Er nahm an, Hillier wolle den Sicherheitsdienst rufen, um Lynley aus dem Gebäude eskortieren zu lassen, also hatte er ihn an einen Ort gebracht, wo so schnell niemand nach ihm suchen würde: die Bibliothek im zwölften Stock mit ihrem atemberaubenden Blick über die Stadt und ihrer Stille, in der Lynley ihm das Schlimmste gesagt hatte.

Und es war schlimmer, als wäre die Frau des Superintendent gestorben. Das Schlimmste war, was sie von ihm verlangten.

Dumpf hatte er gesagt, den Blick auf das Fenster gerichtet: »Die Maschinen können sie monatelang am Leben erhalten. Lange genug, bis sie ein lebensfähiges...« Er brach ab und fuhr sich mit der Hand über die Augen. *Er sieht höllisch aus,* sagt man oft, hatte Nkata gedacht. Aber das hier *war* die Hölle. Das hier war nicht *aussehen wie*, das hier war *mittendrin stecken*. »Es ist unmöglich vorherzusagen, wie groß der Hirnschaden des Babys ist. Sicher ist, dass ein Schaden eingetreten ist. Sie können das mit – was war es doch gleich – fünfundneunzigprozentiger

Sicherheit sagen, weil Helen zwanzig Minuten oder länger nicht ausreichend mit Sauerstoff versorgt war, und da der Sauerstoffmangel ihr Hirn zerstört hat, liegt es nur nahe...«

»Mann, das ist – Sie müssen nicht...« Nkata hatte nicht gewusst, was er noch sagen könnte.

»Es gibt keine Untersuchungsmöglichkeit, Winston. Nur die Wahl: Sie zwei Monate lang an die Maschinen angeschlossen zu lassen – obwohl drei Monate ideal wären, oder zumindest so ideal, wie unter den derzeitigen Umständen irgendetwas sein kann –, und dann das Baby zu holen. Sie aufzuschneiden, das Baby zu holen und ihren Leichnam anschließend zu begraben. Denn es gibt sie nicht mehr. Nur ihren Körper. Den atmenden Leichnam, wenn Sie so wollen, aus dem man das lebende, wenn auch für immer geschädigte Kind herausschneiden könnte. Sie müssen diese Entscheidung treffen, hat man mir gesagt. Denken Sie darüber nach, hat man mir gesagt. Natürlich hat es keine Eile, denn die Entscheidung wird keinerlei Auswirkung auf den Leichnam haben.«

Nkata wusste, dass sie das Wort *Leichnam* vermutlich nicht verwendet hatten. Er verstand, dass Lynley selbst es gebrauchte, weil es die brutale Wahrheit war. Und er wusste auch, was für eine Story es abgeben würde oder eigentlich jetzt schon war: Die Frau des Earl tot, ein Körper reduziert auf die Funktion eines Brutkastens. Dann schließlich die Geburt – konnte man das überhaupt Geburt nennen? –, und das Ereignis würde auf der Titelseite jeder Boulevardzeitung in der Stadt stehen, weil es doch eine Mordsgeschichte war. Und dann die Folgestorys danach bis in alle Ewigkeit, vielleicht eine im Jahr, weil ein Deal mit der Presse abgeschlossen würde: Lasst uns zufrieden, damit wir mit der Situation fertig werden können, und dafür teilen wir euch gelegentlich mit, wie es dem Kind geht, erlauben womöglich sogar ein Foto, nur lasst uns jetzt zufrieden, bitte, lasst uns zufrieden.

Das Einzige, was Nkata sagen konnte, war: »Oh.« Der Laut klang wie ein Stöhnen.

Lynley sah ihn an. »Ich habe sie zum Opferlamm gemacht. Wie soll ich damit leben?«

Nkata wusste, wovon er redete. Auch wenn er seine eigenen Worte nicht ganz glauben konnte, sagte er: »Mann, das haben Sie *nicht* getan. Denken Sie das nicht. Sie sind nicht verantwortlich.« Denn wenn Lynley glaubte, er trage die Schuld an dieser Tragödie, dann wurde eine Kette geschmiedet, deren Glieder unweigerlich zu Nkata selbst führten, und das konnte er nicht aushalten, er wusste, das konnte er nicht. Denn er wusste auch, Teil des Plans des Superintendent war gewesen, Mitchell Corsico so gründlich mit der Story über sich selbst zu beschäftigen, dass der Reporter von allen anderen Beamten fern gehalten wurde, von Nkata insbesondere, der vielleicht die Aufsehen erregendste Vergangenheit von allen Polizisten hatte, die an der Ermittlung der Mordserie beteiligt waren.

Lynley schien zu wissen, was er dachte, denn er antwortete: »Ich bin schuld. Nicht Sie, Winston.«

Und dann war er gegangen. »Machen Sie weiter«, hatte er gesagt. »All dies muss zu irgendetwas führen. Stellen Sie sich nicht auf meine Seite. Es ist vorbei. Verstehen Sie?«

Nkata begann: »Ich kann nicht...«, aber Lynley fiel ihm ins Wort: »Laden Sie mir, verflucht noch mal, nicht noch mehr Verantwortung auf, um Himmels willen. Versprechen Sie mir das, Winston.«

Also saß er nun hier an Hilliers Seite und spielte seine Rolle.

Vage nahm er wahr, dass die Pressekonferenz zu Ende ging. Das Einzige, was darauf hindeutete, wie es in Hillier selbst aussah, war die Richtung, in welche er Mitchell Corsico anschließend schickte: Der Reporter sollte zur Meute zurückkehren, zu seiner Zeitung, zu seinem Chefredakteur, wohin auch immer er wollte, und er würde keine Porträts über die Beamten der Sonderkommission mehr verfassen.

Corsico protestierte: »Aber Sie können doch unmöglich annehmen, dass die Story über den Superintendent irgendetwas mit der Sache zu tun hat, die seiner Frau passiert ist. Herrgott noch mal, es stand nichts darin, um diesen Kerl auf ihre Spur zu bringen. Unmöglich. Dafür habe ich gesorgt. Sie wissen genau, dass ich dafür gesorgt habe. Diese Story hat praktisch jeder bis auf den Papst abgesegnet.«

»Das war mein letztes Wort in der Angelegenheit«, entgegnete Hillier.

Darüber hinaus verlor er kein Wort über Lynley oder das, was in seinem Büro vorgefallen war. Er nickte Nkata lediglich zu, sagte: »An die Arbeit«, und verschwand allein, keine Lakaien eskortierten ihn.

Nkata ging zurück in die Einsatzzentrale. Er fand eine Nachricht, er möge Barbara Havers auf dem Handy anrufen, und nahm sich vor, dies zu tun. Aber zuerst versuchte er, sich daran zu erinnern, womit er beschäftigt gewesen war, als Dorothea Harriman Stunden zuvor zu ihm gekommen war, um ihn von Lynleys möglichem Auftauchen zu unterrichten.

Das Profil, fiel ihm ein. Er hatte die Absicht gehabt, sich das Profil noch mal vorzunehmen, in der Hoffnung, dass er in den Ausführungen irgendeine Verbindung zu einem der Verdächtigen fand... Falls sie überhaupt noch Verdächtige waren, denn das Einzige, was sie noch mit den Morden in Zusammenhang zu bringen schien, war eine räumliche Nähe zu einigen der Opfer, und das erschien zunehmend bedeutungslos. Es gab nichts, worauf man etwas gründen konnte, nicht einmal Sand unter dem Fundament, nur Eis, das unter dem Gewicht von Beweisen jederzeit brechen konnte.

Er ging in Lynleys Büro. Auf dem Schreibtisch des Superintendent stand ein Foto seiner Frau, Lynley an ihrer Seite. Sie saßen irgendwo auf einer sonnenüberfluteten Balustrade. Er hatte den Arm um sie gelegt, ihr Kopf ruhte an seiner Schulter, und sie lachten beide in die Kamera, während im Hintergrund ein blaues Meer funkelte. Flitterwochen, dachte Nkata. Ihm fiel ein, dass sie nicht einmal seit einem Jahr verheiratet waren.

Er wandte den Blick ab und zwang sich, die Unterlagen auf Lynleys Schreibtisch zu durchsuchen. Er las Lynleys Notizen und einen Bericht jüngeren Datums von Havers. Und endlich fand er das Gutachten, erkannte es am Briefkopf der Fischer-Klinik für forensische Psychiatrie. Er zog das Profil aus dem Stapel, wo Lynley es abgelegt hatte, ging damit an den Konferenztisch, setzte sich und versuchte, seine Gedanken zu ordnen.

Superintendent, stand dort in einer säuberlichen Schreibschrift auf dem Begleitbrief, *auch wenn Sie ein Ungläubiger sind, hoffe ich, dass Sie die beiliegenden Informationen hilfreich finden.* Keine Unterschrift, aber der Profiler selbst musste es geschrieben haben.

Ehe er sich den beiliegenden Bericht vornahm, vergegenwärtigte Nkata sich, wo die Klinik lag. Er musste sich eingestehen, dass er selbst jetzt an Stoney dachte. Letztlich landete er immer wieder bei seinem Bruder. Er fragte sich, ob eine Einrichtung wie die Fischer-Klinik seinem Bruder hätte helfen können, seinen Zorn mildern, seine Wildheit heilen, ihm den Drang, zuzuschlagen oder gar zu töten, nehmen können.

Nkata bemerkte, dass er den Briefkopf auf dem cremeweißen Papier wieder und wieder las. Er runzelte die Stirn. Er konzentrierte sich, las wieder. Man hatte ihn gelehrt, dass es keine Zufälle gab, und er hatte obendrein gerade Lynleys Notizen und Havers Bericht durchgesehen. Er griff nach dem Telefon.

Barbara Havers kam ins Büro gestürmt. »Hast du meine Nachricht nicht bekommen? Herrgott noch mal, Winnie. Ich hab dich angerufen und um Rückruf gebeten. Ich habe... Was, zum Henker, ist hier eigentlich los?«

Nkata reichte ihr den Bericht. »Lies das«, sagte er. »Lass dir Zeit.«

Jeder beanspruchte einen Teil von ihm – berechtigterweise –, und jeder wollte einen Teil von ihm. Lynley akzeptierte das, wusste aber gleichzeitig, dass er so gut wie nichts tun konnte, um ihren Ansprüchen gerecht zu werden. Er wurde sich selbst nur mit Mühe gerecht.

Als er zum Krankenhaus zurückkam, war er kaum in der Lage, irgendetwas wahrzunehmen. Er fand seine Familie und ihre zusammen mit Deborah und St. James. *Sie halten die Stellung*, fuhr ihm lächerlicherweise durch den Kopf. Es gab keine Stellung zu halten, nichts, wofür man sie hätte halten können.

Helens Schwester Daphne war aus Italien eingetroffen. Ihre Schwester Iris wurde jeden Moment aus Amerika erwartet, auch wenn niemand genau wusste, wann dieser Moment sein würde. Cybil und Pen saßen bei ihren Eltern, während seine eigenen Geschwister mit ihrer Mutter zusammensaßen. Weder Krankenhäuser noch unerwartete und gewaltsame Todesfälle waren ihnen fremd.

Der Raum, den man ihnen überlassen hatte, war klein. Sie saßen gedrängt und unbequem auf Stühlen und Sofas, die man zusammengesucht und hier aufgestellt hatte, um die Angehörigen von den Familien anderer Patienten zu separieren, wegen ihrer großen Zahl, der Sensibilität der Situation und aufgrund dessen, wer sie waren. Nicht im Sinne von Klasse, sondern von Beruf: die Familie eines Polizisten, dessen Frau angeschossen worden war. Die Ironie war Lynley wohl bewusst: Man gewährte ihm diese Abgeschiedenheit wegen seines Berufs, nicht als Geburtsrecht. Es kam ihm vor, als sei dies der einzige Moment seines Lebens, der wirklich durch seinen gewählten Beruf definiert wurde. Ansonsten war er immer nur der Earl gewesen, dieser seltsame Kauz, der ein Leben auf dem Lande und unter seinesgleichen mied, um einer äußerst gewöhnlichen Arbeit nachzugehen. Sagen Sie uns, warum, Superintendent Lynley. Das hätte er nicht vermocht, ganz besonders jetzt nicht.

Daphne, die zuletzt angekommen war, trat zu ihm. Gianfranco wäre auch gern gekommen, sagte sie ihm, aber das hätte bedeutet, die Kinder allein in der Obhut von ...

»Daph, schon gut«, unterbrach er. »Helen hätte nicht gewollt ... Danke, dass du gekommen bist.«

Ihre Augen, die dunkel waren wie Helens – in diesem Moment stellte er fest, wie ähnlich seine Frau ihrer ältesten Schwester sah –, begannen zu glänzen, aber sie weinte nicht. »Sie haben mir gesagt...«, begann sie.

»Ja«, antwortete er.

»Was wirst du...?«

Er schüttelte den Kopf. Sie legte die Hand auf seinen Arm. »Du Ärmster«, sagte sie.

Er ging zu seiner Mutter. Seine Schwester Judith rückte beiseite, um ihm Platz auf der Bank zu machen. »Ihr könnt zu meinem Haus fahren, wenn ihr möchtet. Es ist nicht nötig, dass du hier Stunde um Stunde ausharrst, Mutter. Das Gästezimmer ist frei. Denton ist in New York, also ist niemand da, der etwas kochen könnte, aber du kannst... In der Küche... Ich bin sicher, gibt es irgendetwas. Wir haben uns selbst versorgt, also sind im Kühlschrank Schachteln...«

»Ich brauche nichts«, murmelte Lady Asherton. »Mach dir um uns keine Gedanken, Tommy. Wir waren in der Cafeteria. Und Peter hat für alle Kaffee geholt.«

Lynley schaute zu seinem jüngeren Bruder. Er stellte fest, dass Peter ihm immer noch nicht länger als eine Sekunde in die Augen schauen konnte. Er verstand das. Auge in Auge. Sehen und erkennen. Er konnte den Blickkontakt selbst kaum ertragen.

»Wann kommt Iris an?«, fragte Lynley. »Weiß das irgendjemand?«

Seine Mutter schüttelte den Kopf. »Sie wohnt mitten im Nirgendwo dort drüben. Ich weiß gar nicht, wie viele Flüge sie nehmen muss oder ob sie überhaupt schon aufgebrochen ist. Alles, was sie Penelope gesagt hat, war, sie mache sich auf den Weg und sei so schnell wie möglich hier. Aber wie kommt man von Montana hierher? Ich weiß nicht einmal genau, wo Montana liegt.«

»Norden«, sagte Lynley.

»Sie wird ewig brauchen.«

»Na ja. Es ist im Grunde gleichgültig, nicht wahr?«

Seine Mutter nahm seine Hand. Ihre Hand war warm, aber ganz trocken, was ihm eine seltsame Kombination zu sein schien. Und sie war weich, was ihm ebenfalls merkwürdig vorkam, denn seine Mutter arbeitete gern im Garten und spielte zu jeder Jahreszeit und an jedem Tag, wenn das Wetter in Cornwall es zuließ, Tennis, wie konnten ihre Hände weich sein? Und lieber Gott im Himmel, was spielte das für eine Rolle?

St. James kam zu ihm herüber, während Deborah sie von der anderen Seite des Raums beobachtete. Lynleys alter Freund sagte: »Die Polizei war hier, Tommy.« Sein Blick glitt zu Lynleys Mutter, und St. James fragte: »Willst du vielleicht ...?«

Lynley stand auf. Er ging voraus aus dem Zimmer und auf den Flur hinaus. *Das Schlimmste auf schlimmstem Weg* kam ihm von irgendwoher in den Sinn. Ein Lied?, fragte er sich. Nein, wohl kaum.

»Was haben sie gesagt?«, fragte er.

»Sie haben herausgefunden, wohin er gelaufen ist, nachdem er auf sie geschossen hat. Nicht woher er kam, obwohl sie daran arbeiten, aber wohin er gegangen ist. Wohin *sie* gegangen sind, Tommy.«

»Sie?«

»Es hat den Anschein, als wären es möglicherweise zwei gewesen. Männer, glauben sie. Eine ältere Dame hat ihren Hund an der Nordseite von West Eaton Place spazieren geführt. Sie war gerade um die Ecke von der Chesham Street gebogen. Weißt du, welche Stelle ich meine?«

»Was hat sie gesehen?«

»Aus einiger Entfernung. Zwei Personen kamen um die Ecke von Eaton Terrace gerannt. Sie haben sie offenbar gesehen und sind in die West Eaton Place Mews eingebogen. Ein Range Rover parkte dort an einer Mauer. Er hat eine Delle in der Motorhaube. Die Beamten von Belgravia glauben, dass diese Kerle auf den Wagen geklettert und über die Mauer gesprungen sind. Kennst du die Gasse, die ich meine, Tommy?«

»Ja.« Hinter der Mauer lag eine Reihe Gärten – jeder einzelne wiederum von einer Mauer begrenzt –, die die rückwärtigen Grundstücke der Cadogan Lane bildeten, die eine von Hunderten Gassen in der Gegend war, wo einst die Stallungen der nahe gelegenen prächtigen Häuser gestanden hatten. Heute wohnten dort Menschen in umgebauten Garagen, die ihrerseits aus den umgebauten Stallungen entstanden waren. Es war ein kompliziertes Labyrinth aus Straßen und Gässchen. Ideal, um unterzutauchen oder zu flüchten oder was auch immer.

St. James sagte: »Es ist nicht das, wonach es sich anhört, Tommy.«

»Warum nicht?«, fragte Lynley.

»Weil ein Aupair-Mädchen auf der Cadogan Lane einen Einbruch gemeldet hat, kurz nachdem Helen… Kurz danach. Innerhalb einer Stunde. Sie wird vernommen. Sie war offenbar zu Hause, als der Einbruch stattfand.«

»Was wissen sie?«

»Im Moment nur von dem Einbruch. Aber wenn ein Zusammenhang besteht – und Herrgott, es *muss* einen Zusammenhang geben – und der Täter das Haus durch die Vordertür verlassen hat, dann gibt es eine weitere gute Neuigkeit. Denn eines der größeren Häuser an der Cadogan Lane hat zwei Überwachungskameras an der Frontfassade.«

Lynley sah St. James an. Er bemühte sich verzweifelt, Interesse aufzubringen, denn er wusste, was dies bedeutete: Wenn der Einbrecher vom Haus des Aupair-Mädchens in ihre Richtung gelaufen war, bestanden gute Aussichten, dass eine der Überwachungskameras ihn gefilmt hatte. Und wenn das der Fall war, war es ein Schritt, um ihn seiner gerechten Strafe zuzuführen, insofern es überhaupt Gerechtigkeit geben konnte. Aber was für eine Rolle spielte das letztlich?

Dennoch nickte Lynley. Das war es, was von ihm erwartet wurde.

St. James fuhr fort: »Das Haus, wo das Aupair-Mädchen wohnt…«

»Hm? Ja.«

»Es liegt ein gutes Stück von der Stelle entfernt, wo der Range Rover in der Gasse geparkt war, Tommy.«

Lynley versuchte zu begreifen, was das bedeutete. Ihm fiel nichts ein.

St. James fuhr fort: »Es liegen ungefähr acht Gärten auf der Strecke, vielleicht weniger, was bedeutet, wer immer über die Mauer geklettert ist, wo der Range Rover stand, musste weitere Mauern überklettern. Also untersucht Belgravia jeden einzelnen dieser Gärten. Sie werden Spuren finden.«

»Verstehe«, sagte Lynley.

»Tommy, sie werden etwas finden. Es wird nicht mehr lange dauern.«

»Ja«, sagte Lynley.

»Alles in Ordnung?«

Lynley überdachte diese Frage. Er sah St. James an. In Ordnung. Was bedeutete das?

Die Tür ging auf, und Deborah trat zu ihnen. »Du musst jetzt nach Hause fahren«, sagte Lynley zu ihr. »Du kannst hier nichts tun.«

Er wusste, wie er sich anhörte. Er wusste, sie würde ihn missverstehen, den Vorwurf heraushören, der auch tatsächlich da war, sich aber nicht gegen sie richtete. Sie zu sehen, erinnerte ihn nur daran, dass sie als Letzte mit Helen zusammen gewesen war, als Letzte mit ihr gesprochen und gelacht hatte. Und es war die Tatsache, dass es dieses *letzte* Mal gab, die er nicht aushalten konnte, so wie er zuvor die *ersten* Male unerträglich gefunden hatte.

»Wie du willst«, sagte sie. »Wenn es dir hilft, Tommy.«

»Das wird es«, antwortete er.

Sie nickte und ging, um ihre Sachen zu holen.

Lynley sagte zu St. James: »Ich gehe jetzt zu ihr. Willst du mitkommen? Ich weiß, dass du sie noch nicht gesehen...«

»Ja«, erwiderte St. James. »Gerne, Tommy.«

Also gingen sie zu Helen, die winzig klein wirkte neben all den Apparaten, die sie als Brutmaschine am Leben erhielten. Sie erschien ihm wächsern, Helen, und doch nicht mehr Helen, nie wieder. Während in ihrem Innern das Kind, jenseits aller Hoffnung und medizinischer Kunst beschädigt… aber wer wusste, in welchem Ausmaß…

»Sie wollen, dass ich eine Entscheidung treffe«, sagte Lynley. Er ergriff die leblose Hand seiner Frau, legte ihre schlaffen Finger in seine Handfläche. »Ich kann das nicht aushalten, Simon.«

Winston fuhr, und dafür war Barbara Havers dankbar. Nachdem sie den ganzen Tag dagegen angekämpft hatte, darüber nachzudenken, was im St.-Thomas-Krankenhaus vorging, fühlten die Neuigkeiten über Helen Lynley sich an wie ein Fausthieb in den Magen. Sie hatte gewusst, dass die Prognose finster sein würde. Doch sie hatte sich gesagt, dass jeden Tag Menschen Schusswunden überlebten, und mit der fortschrittlichen Medizin heutzutage mussten Helens Chancen doch ganz gut stehen. Es gab derzeit jedoch keinen Durchbruch in der Medizin, der die Ärzte in die Lage versetzte, eine Unterbrechung der Sauerstoffzufuhr zum Gehirn zu kompensieren. Kein Chirurg war in der Lage, die Schädeldecke zu öffnen und diesen Schaden zu reparieren wie der Messias, der einem Aussätzigen die Hand auflegt. War das Wort »Hirntod« einmal ausgesprochen, gab es kein Zurück. Barbara kauerte an der Beifahrertür in Winston Nkatas Wagen und biss die Zähne so fest zusammen, dass ihr Unterkiefer schmerzte, als sie ihr Ziel in der Dunkelheit erreichten.

Komisch, dachte Barbara, während Nkata das Auto mit der ihm eigenen, geradezu wissenschaftlichen Präzision parkte, sie hatte sich das Bankenviertel in der City nie als einen Ort vorgestellt, wo Menschen wohnten. Sie arbeiteten hier, sicher. Sie gingen zu Events im Barbican. Touristen kamen her, um St. Paul's Cathedral zu besichtigen, aber nach Feierabend galt dies hier eigentlich als Geisterstadt.

Doch das war an der Ecke Fann und Fortune Street nicht der Fall. Eine kleine Siedlung namens Peabody Estate hieß ihre Bewohner hier am Ende eines Arbeitstags willkommen, eine hübsche, luxuriöse Anlage von Mehrfamilienhäusern, die einem gepflegten Garten mit winterlich beschnittenen Rosen, Büschen und Rasen jenseits der Straße zugewandt waren.

Sie hatten vorher angerufen. Sie hatten beschlossen, diese Sache durch die Hintertür anzugehen, ohne Sturmtruppen, vielmehr mit dem kollegialen Ansatz. Sie hatten Fakten zu überprüfen, und zu dem Zweck waren sie hier.

Das Erste, was Hamish Robson zu ihnen sagte, als er an die Tür kam, war: »Wie geht es Superintendent Lynleys Frau? Ich habe die Nachrichten gesehen. Es heißt, sie haben einen Zeugen. Wussten Sie das schon? Es gibt auch eine Art Videomitschnitt, aber ich weiß nicht, woher. Sie sagen, sie bekommen vielleicht ein brauchbares Foto, das sie im Fernsehen zeigen können...«

Er war in Gummihandschuhen an die Tür gekommen, was ein bisschen merkwürdig schien, bis er sie in die Küche führte, wo er mit dem Abwasch beschäftigt war. Er war offenbar so etwas wie ein Gourmetkoch, denn es standen erstaunlich viele Pfannen und Töpfe auf der Arbeitsplatte, und Geschirr, Besteck und Gläser für mindestens vier Leute warteten fertig gespült im Ablaufkorb. Schaumberge türmten sich im Spülbecken. Die Küche sah aus wie ein Set für einen Spülmittelwerbespot.

»Sie ist hirntot.« Winnie war derjenige, der es aussprach. Barbara brachte es nicht über die Lippen. »Sie haben sie an all diese Maschinen angeschlossen, weil sie schwanger ist. Wussten Sie das, Dr. Robson?«

Robson hatte die Hände ins Spülwasser getaucht, doch nun nahm er sie wieder heraus und stützte sie auf den Beckenrand. »Es tut mir so Leid.« Er klang aufrichtig, und vielleicht war er das in gewisser Weise sogar. Manche Menschen waren Experten darin, für die einzelnen Teile ihrer Persönlichkeit abgeschlossene Schubladen zu benutzen. »Wie geht es dem Superintendent? Er und ich waren verabredet an dem Tag... an dem Tag, als all das passiert ist. Er ist nicht gekommen.«

»Er versucht, irgendwie damit fertig zu werden«, antwortete Winston.

»Wie kann ich Ihnen helfen?«

Barbara holte das Profil des Serienmörders aus der Tasche, das Robson für Scotland Yard erstellt hatte. »Können wir...?«, fragte sie und zeigte auf einen Glastisch mit Chromgestell in der Essecke.

»Natürlich«, erwiderte Robson.

Sie legte den Bericht auf den Tisch und zog einen Stuhl hervor. »Setzen Sie sich zu uns?«

»Haben Sie etwas dagegen, wenn ich weiterspüle?«, fragte Robson.

Barbara wechselte einen Blick mit Nkata, der zu ihr an den Tisch getreten war. Er deutete ein Schulterzucken an. »Kein Problem«, antwortete sie. »Wir können uns von hier aus unterhalten.«

Sie nahm Platz. Winston folgte ihrem Beispiel. Sie spielte ihm den Ball zu. »Wir haben uns das Profil ein zweites und drittes Mal angesehen«, sagte er, während Robson einen Topf abwusch, den er aus dem Schaum hervorgezaubert hatte. Er trug eine Strickjacke und hatte sich nicht die Mühe gemacht, die Ärmel hochzukrempeln, sodass dort, wo die Handschuhe endeten, die Nässe begann und die Wolle schwer machte. »Ich hab mir auch die handschriftlichen Notizen unseres Chefs angeschaut. Wir haben ein paar widersprüchliche Informationen. Das wollten wir mit Ihnen klären.«

»Was für widersprüchliche Informationen?« Robsons Gesicht glänzte, doch Barbara schob das auf das dampfende Wasser.

»Sagen wir mal so: Wieso schätzen Sie das Alter des Serienmörders auf fünfundzwanzig bis fünfunddreißig?«, fragte Nkata.

»Statistisch gesehen...«, begann Robson, doch Nkata unterbrach ihn.

»Lassen wir die Statistik mal beiseite. Ich meine, die Wests hätten in diese Statistik auch nicht reingepasst. Und das ist nur *ein* Beispiel.«

»Ein solches Profil ist nie idiotensicher, Sergeant«, erklärte Robson. »Aber wenn Sie Zweifel an meiner Analyse haben, schlage ich vor, Sie verpflichten jemand anderen, ein zweites Profil zu erstellen. Einen Amerikaner, einen Profiler des FBI. Ich wette, das Ergebnis – der Bericht, den Sie bekommen – wird fast identisch mit meinem sein.«

»Aber dieser Bericht hier...« Nkata wies darauf, und Barbara schob ihn ihm zu. »Ich meine, wenn wir's mal auf den Punkt bringen, haben wir nur Ihr Wort darauf, dass er authentisch ist. Ist das nicht so?«

Robsons Brille blitzte im Licht der Deckenleuchte, während er von Nkata zu Barbara schaute. »Welchen Grund könnte ich haben, Ihnen irgendetwas anderes als die Wahrheit zu sagen bezüglich der Schlussfolgerungen, die ich aus den Polizeiberichten gezogen habe?«

»Das«, sagte Nkata und hob einen Finger, um seinen Worten Nachdruck zu verleihen, »ist eine wirklich gute Frage, oder?«

Robson wandte sich wieder seinem Abwasch zu. Die Pfanne, die er schrubbte, sah nicht so aus, als bedürfte sie der Gründlichkeit, die er ihr zuteil werden ließ.

»Warum kommen Sie nicht rüber zu uns an den Tisch, Dr. Robson?«, fragte Barbara. »Das würde das Reden ein bisschen einfacher machen.«

»Der Abwasch...«, begann Robson.

»Okay, verstehe. Das ist ein ziemlicher Berg, oder? Für einen Einpersonenhaushalt? Was hat's bei Ihnen zum Abendessen gegeben?«

»Ich gestehe, dass ich nicht jeden Abend abwasche.«

»Die Töpfe sehen aber gar nicht gebraucht aus. Ziehen Sie bitte die Handschuhe aus und setzen sich zu uns.« Barbara wandte sich an Nkata. »Hast du je einen Typen gesehen, der mit Gummihandschuhen spült, Winnie? Damen tun das manchmal. Ich, zum Beispiel, weil ich ja eine Dame bin. Damit die Maniküre maniküret bleibt. Aber Typen? Was glaubst du, warum...? Ah, danke, Dr. Robson. So ist es doch gleich viel gemütlicher.«

»Ich habe eine Schnittwunde, die ich schützen wollte«, erklärte Robson. »Dagegen gibt es kein Gesetz, oder?«

»Er hat eine Schnittwunde«, sagte Barbara zu Nkata. »Wie haben Sie sich die zugezogen, Dr. Robson?«

»Was?«

»Die Schnittwunde. Lassen Sie doch mal sehen. Detective Sergeant Nkata hier ist so was wie ein Experte für Schnittwunden, wie Sie sicher seinem Gesicht ansehen können. Er hat seine bekommen... Wie sind Sie doch gleich wieder an diese beeindruckende Narbe gekommen, Sergeant?«

»Messerkampf«, erklärte Nkata. »Na ja, ich hatte ein Messer. Der andere Typ hatte eine Rasierklinge.«

»Ach, du Schreck«, sagte Barbara, und dann wieder zu Robson: »Was sagten Sie, wie Sie zu Ihrer gekommen sind?«

»Ich habe gar nichts gesagt. Und ich bin auch nicht sicher, ob es Sie etwas angeht.«

»Tja, es kann kaum beim Rosenschneiden passiert sein, denn die Zeit dafür ist längst vorbei. Also muss es eine andere Ursache geben. Was?«

Robson sagte nichts, aber seine Hände waren jetzt sichtbar, und die Wunde, die er hatte, war keineswegs ein Schnitt, sondern ein Kratzer, mehrere, um genau zu sein. Sie sahen aus, als wären sie tief und möglicherweise entzündet gewesen, aber jetzt waren sie verheilt, die Haut neu und rosig.

»Mir ist nicht klar, warum Sie mir nicht antworten, Dr. Robson«, bemerkte Barbara. »Was ist los? Hat die Katze ihre Zunge verschluckt?«

Robson leckte sich die Lippen. Er nahm die Brille ab und polierte sie mit einem Tuch, das er aus der Tasche zog. Er war kein Dummkopf; er hatte in all den Jahren mit psychisch gestörten Kriminellen sicher allerhand gelernt.

»Hör'n Sie«, sagte Nkata. »So wie Constable Havers und ich das sehen, haben wir nichts als Ihre Behauptung, dass Ihr Bericht irgendetwas anderes ist als ein Haufen Scheiße, versteh'n Sie?«

»Wie gesagt, wenn Sie mir nicht glauben...«

»Und uns ist klar geworden – ich meine Constable Havers

und mir –, dass wir uns die Hacken abgelaufen haben, um jemanden zu finden, der zu diesem Profil passt. Aber was ist – und das haben Constable Havers und ich uns gedacht, denn wir denken gelegentlich, wissen Sie –, wenn der Kerl, nach dem wir wirklich suchen, die Gelegenheit hatte, uns weiszumachen, dass wir nach jemand ganz anderem suchen? Wenn wir...« Er wandte sich an Barbara: »Wie war doch gleich wieder das Wort, Barb?«

»Prädisponiert«, sagte sie.

»Genau. Prädisponiert. Was, wenn wir prädisponiert wären, zu glauben, die Wahrheit liege in der einen Richtung, obwohl sie in Wirklichkeit in einer ganz anderen liegt? Mir scheint, dann könnte der Mörder sein Ding immer weiter durchziehen und einigermaßen sicher sein, dass wir die ganze Zeit nach jemandem suchen, der ihm kein bisschen ähnlich ist. Das wär doch clever, finden Sie nicht?«

»Wollen Sie behaupten...?« Robsons Haut glänzte. Aber er zog die Strickjacke nicht aus. Er hat sie wahrscheinlich übergezogen, ehe er uns in die Wohnung gelassen hat, dachte Barbara. Weil er seine Arme bedecken wollte.

»Kratzer«, sagte Barbara. »Die sind immer eklig. Wie haben Sie Ihre bekommen, Dr. Robson?«

»Hören Sie«, antwortete er, »ich habe eine Katze, die...«

»Meinen Sie Mandy? Die Siamkatze? Die Katze Ihrer Mutter? Sie war ein bisschen durstig, als wir uns heute Nachmittag kennen gelernt haben. Darum habe ich mich übrigens gekümmert. Machen Sie sich keine Sorgen.«

Robson sagte nichts.

»Womit Sie nicht gerechnet hatten, war, dass Davey Benton ein Kämpfer war«, fuhr Barbara fort. »Und woher sollten Sie das auch wissen? Das konnte niemand ahnen, denn er sah überhaupt nicht wie ein Kämpfer aus, oder? Er sah genauso aus wie seine Geschwister, soll heißen, er sah aus... wie ein Engel, finden Sie nicht? Er sah frisch aus, unberührt. Schönes Jungenfleisch zur Selbstbedienung. Ich kann fast verstehen, warum ein perverses Schwein wie Sie es bei diesem Jungen ein bisschen weiter treiben wollte und ihn vergewaltigt hat, Dr. Robson.«

»Sie haben nicht den Hauch eines Beweises, um diese Unterstellung zu untermauern«, entgegnete Robson. »Und ich schlage vor, dass Sie meine Wohnung auf der Stelle verlassen.«

»Wirklich?« Barbara nickte versonnen. »Winnie, der Doktor möchte, dass wir gehen.«

»Können wir nicht, Barb. Nicht ohne seine Schuhe.«

»Ach ja. Sie haben zwei Schuhabdrücke am letzten Tatort hinterlassen, Dr. Robson.«

»Hunderttausend Schuhabdrücke wären kein Beweis, und das wissen wir alle«, sagte Robson. »Was glauben Sie, wie viele Leute kaufen pro Jahr das gleiche Paar gewöhnlicher Schuhe?«

»Millionen wahrscheinlich«, erwiderte Barbara. »Aber nur einer von ihnen hinterlässt einen Abdruck an einem Tatort, wo das Opfer – und ich spreche von Davey, Doktor – DNA von ihm unter dem Fingernagel hat. Ihre DNA, nehme ich an. Von diesen hübschen Kratzern, die Sie verstecken wollten. Oh, und die der Katze übrigens auch. Katzen-DNA. Das wird verdammt schwierig für Sie, sich da rauszureden.« Sie wartete auf eine Reaktion von Robson und beobachtete interessiert, wie sein Adamsapfel sich bewegte. »Katzenhaare auf Daveys Leiche«, fuhr sie fort. »Wenn wir die identifizieren und feststellen, dass sie Mandy, der schreienden Siamkatze gehören – mein Gott, was macht diese Katze für ein Theater, wenn sie Durst hat –, dann sind Sie erledigt, Dr. Robson.«

Robson schwieg. Schön, dachte Barbara. Ihm gingen die Argumente aus. Er hatte sich vollkommen auf das Profil verlassen, und er hatte zwei-eins-sechs-null als Spitznamen gewählt, als er von Colossus zu Barry Minshall bei MABIL gewechselt war. Doch da war die Telefonnummer der Fischer-Klinik für forensische Psychiatrie auf dem Briefkopf des Begleitschreibens zu seinem verlogenen Profil: zwei-eins-sechs-null waren die letzten vier Ziffern, die der arglose Anrufer – zum Beispiel die unterbelichteten Cops, die Robson offenbar bei Scotland Yard vermutete – wählen musste, um die Klinik zu erreichen.

Sie sagte: »Zwei-eins-sechs-null, Dr. Robson. Seit ein paar Tagen haben wir einen Mann namens Barry Minshall in der Holmes-Street-Wache eingesperrt, aber ich glaube, Ihnen ist er unter dem Namen ›Schnee‹ bekannt. Wir sind hiermit zu ihm gefahren und haben es ihn ein Weilchen anschauen lassen.« Sie holte das Foto von Robson und seiner Mutter hervor, das sie in Esther Robsons Wohnung gefunden hatte. »Unser Barry – das ist Schnee, erinnern Sie sich? – hat es in alle Richtungen gedreht, kam aber immer wieder zu demselben Schluss: Das hier ist der Mann, dem er Davey Benton übergeben hat, hat er uns gesagt. Im Canterbury Hotel. In Lexham Gardens, wo das Anmeldeformular bestimmt interessante Fingerabdrücke aufweist und der Nachtportier gerne bereit sein wird...«

»Jetzt hören Sie mir, verdammt noch mal, zu: Ich habe *niemals*...«

»Oh, natürlich. Das glaub ich aufs Wort.«

»Sie müssen begreifen...«

»Halten Sie die Klappe«, unterbrach ihn Barbara. Angewidert schob sie sich vom Tisch weg. Sie ging aus der Küche und überließ es Winston Nkata, Robson seine Rechte vorzulesen, ehe sie das Stück Dreck verhafteten.

Fu stand auf der gegenüberliegenden Straßenseite und beobachtete. Es hatte geregnet, während er quer durch die Stadt hierher gefahren war, und nun glitzerten die Lichter des Krankenhauses auf dem Bürgersteig. Sie malten goldene Streifen, und wenn er die Augen verengte, konnte er fast meinen, es sei wieder Weihnachten: Gold und dann das Rot der Rücklichter von vorbeifahrenden Autos.

Zu solchen wie dir kommt der Weihnachtsmann nicht.

Er stöhnte. Er schluckte heftig, erhöhte den Druck auf seine Trommelfelle. *Knack, knack.* Er konnte wieder normal atmen, denn normal ist, wer sich normal verhält.

Die Reporter waren weg, sah er. Und war das nicht nett? War das nicht ein Beweis, dass alles kam, wie es vorherbestimmt war? Die Story war immer noch sensationell, konnte nun aber aus der Ferne weiterverfolgt werden. Vielleicht mit Porträts der wichtigsten Beteiligten, wenn man so wollte. Denn was gab es über eine Leiche in einem Bett schon zu schreiben? *Wir befinden uns hier vor dem St.-Thomas-Krankenhaus am wievielten Tag der Tragödie auch immer, und das Opfer liegt nach wie vor dort drin, darum gebe ich zurück ins Studio für den Wetterbericht, der für die Öffentlichkeit von weit größerem Interesse ist als dieser Schwachsinn hier, also kann ich nicht bitte endlich einen neuen Auftrag kriegen?* Oder etwas in der Art.

Aber für ihn war die Faszination endlos. Die Ereignisse hatten sich verschworen, um zu beweisen, dass Herrschaft mehr als ein zufälliges Geburtsrecht war. Sie basierte ebenso auf dem Wunder eines perfekten Timings, gestützt von der Bereitschaft, den Augenblick beim Schopf zu packen. Und er war der Gott der Augenblicke. Tatsächlich war er derjenige, der Augenblicke schuf. Das war die Eigenschaft – eine von vielen –, die ihn von anderen unterschied.

Du meinst, du bist was Besonderes? Glaubst du das, du kleiner Scheißer?

Er schluckte. *Knack* und *knack*. Er löste den Druck, um festzustellen …

Stell dich nicht vor ihn, Charlene. Herrgott, es wird Zeit, dass er seine Lektion lernt, denn besonders ist, wer, verdammt noch mal, sich besonders verhält, und was, zum Teufel, war je besonders an … Ich sagte, geh da weg. Wer will eins in die Fresse? Geht mir aus den Augen.

Aber er hatte die Zukunft vor Augen. Sie lag vor ihm in den goldenen Streifen der Krankenhauslichter. Und in dem, was diese Lichter bedeuteten. *Zerbrochen.* Eine von ihnen war zerbrochen. Eine von ihnen war vernichtet. Eine von ihnen war eine Hülle, die den ersten Riss bekommen hatte und nun in tausend Scherben zersprungen war. Und er war derjenige, der dieses Ei unter dem Absatz seines Schuhs zertreten hatte. Er und niemand sonst. Sieh mich an. Sieh. Mich. An. Er wollte in Triumphgelächter ausbrechen, aber darin verbarg sich Gefahr. Und die gleiche Gefahr lag darin, still zu bleiben.

Aufmerksamkeit? Ist es das? Du willst Aufmerksamkeit? Dann entwickele endlich mal Persönlichkeit, das bringt dir Aufmerksamkeit, wenn es das ist, was du willst.

Sacht schlug er sich mit der Faust an die Stirn. Er zwang die Luft gegen die Trommelfelle. *Knack, knack.* Wenn er nicht aufpasste, würde die Made sein Hirn auffressen.

Abends im Bett hatte er begonnen, seine Körperöffnungen gegen das Eindringen des Wurms zu verschließen: Watte in Ohren und Nasenlöcher, Pflaster über sein Arschloch und die Spitze seines Pimmels – aber er musste atmen, und darum scheiterten seine prophylaktischen Maßnahmen. Der Wurm drang ein mit der Luft, die er in seine Lunge sog. Von der Lunge gelangte er in seine Blutbahn, wo er schwamm wie ein tödliches Virus, bis er in die Schädelhöhle gelangte, wo er nagte und flüsterte und nagte.

Perfekte Gegner, dachte er. Du und ich, und wer hätte das gedacht, als all dies anfing? Die Made nagte gern an den Schwachen, aber er... ah, er hatte sich einen würdigen Gegner im Kampf um die Herrschaft gesucht.

Und du meinst, das ist es, was du getan hast, du kleiner Drecksack?

Maden nagten. Das war es eben, was Maden taten. Sie agierten instinktiv, und ihr Instinkt hieß sie fressen, bis sie sich in Fliegen verwandelten. Schmeißfliegen, blaue Brummer, Bremsen, Stubenfliegen. Es war egal. Er musste nur die Fressphase abwarten, und dann würde die Made ihn zufrieden lassen.

Doch die Gefahr bestand, dass diese spezielle Made eine Abart war, oder? Eine Kreatur, der niemals Flügel wachsen würden, und in diesem Fall musste er sich von ihr befreien.

Doch das war nicht der Grund, warum er begonnen hatte. Und das war auch nicht der Grund, warum er jetzt hier stand, gegenüber dem Krankenhaus, ein Schatten, der darauf wartete, vom Licht aufgelöst zu werden. Er war hier, weil es eine Krönung gab, die darauf wartete, stattzufinden, und sie würde bald stattfinden. Dafür würde er sorgen.

Er ging über die Straße. Es war riskant, aber er war bereit und willig, dieses Risiko einzugehen. Sich zu zeigen, bedeutete, einen vorrangigen Anspruch auf eine Zeit und einen Ort zu erheben, und genau das wollte er tun: Er wollte den Prozess beginnen, aus dem Stein der Gegenwart Geschichte zu meißeln.

Er ging hinein. Er suchte seinen Gegner nicht, auch nicht das Zimmer, in dem er zu finden sein würde. Er hätte geradewegs dorthin gehen können, wenn er gewollt hätte, doch das war nicht der Zweck seines Kommens.

Um diese Zeit, kurz vor Tagesanbruch, waren nur wenige Menschen auf den Krankenhausfluren, und diejenigen, denen er begegnete, sahen ihn nicht an. Das brachte ihn zu der Erkenntnis, dass er für die Menschen in der gleichen Weise unsichtbar war wie Götter. Unter geringeren Menschen zu wandeln und sie jederzeit heimsuchen zu können, bewies ihm unwiderlegbar, was er war und immer sein würde.

Er atmete. Er lächelte. Es war still in seinem Schädel.

Herrschaft besitzt, wer Herrschaft ausübt.

31

Lynley blieb die ganze Nacht und viele Stunden des folgenden Tages bei ihr. Er nutzte die Zeit, um den Anblick ihres Gesichts – so bleich auf dem Kissen – von dem zu entkoppeln, was sie jetzt war, von dem Organismus, auf den sie reduziert worden war. Er versuchte, sich zu vergegenwärtigen, dass es nicht Helen war, die er ansah. Helen war fort. In dem Augenblick, in dem sich für sie beide alles geändert hatte, war sie verschwunden. Die eigentliche Helen war aus der Hülle aus Knochen, Muskeln,

Blut und Gewebe emporgestiegen und hatte nicht die Seele zurückgelassen, die sie definierte, sondern lediglich die Substanz, die sie formte. Und die Substanz allein war nicht Helen und konnte es niemals sein.

Aber er konnte nicht loslassen, denn wenn er es versuchte, stürzten zahllose Bilder auf ihn ein, weil er Helen einfach viel zu lange gekannt hatte. Sie war achtzehn Jahre alt gewesen und nicht seine Freundin, sondern vielmehr die Erwählte seines Freundes. Lass mich dir Helen Clyde vorstellen, hatte St. James gesagt. Ich werde sie heiraten, Tommy.

Glaubst du, ich tauge zur Ehefrau?, hatte sie gefragt. Ich besitze kein einziges Talent, das dazu nötig ist. Und sie hatte auf eine Art und Weise gelächelt, die sein Herz berührt hatte, aber eher in Freundschaft als in Liebe.

Liebe war später gekommen, viele Jahre später, und was zwischen Freundschaft und Liebe gesprossen war, waren Unglück, Wandel und Trauer, die sie alle drei verändert hatten. Helen war nicht mehr der Wirbelwind, St. James nicht mehr der verwegene Schlagmann vor dem Wicket, und er selbst wusste, dass er die Ursache dafür war. Und für diese Sünde gab es keine Vergebung. Man konnte nicht zwei Leben verändern und dem Schaden, den man angerichtet hatte, einfach den Rücken zukehren.

Irgendjemand hatte ihm einmal gesagt, dass die Dinge in jedem beliebigen Moment genau so waren, wie sie vorherbestimmt waren. Es gibt keine Fehler in Gottes Welt, hatte man ihm versichert. Doch er konnte das nicht glauben. Damals so wenig wie heute.

Er sah sie auf Korfu, ein Badetuch unter ihr auf dem Strand ausgebreitet und ihr Kopf in den Nacken gelegt, sodass die Sonne ihr ins Gesicht fiel. Lass uns irgendwohin ziehen, wo die Sonne scheint, hatte sie gesagt. Oder lass uns wenigstens für ein Jahr in die Tropen verschwinden.

Oder dreißig oder vierzig?

Ja. Wunderbar. Wir machen's wie Lord Lucan, nur aus einem weniger grausigen Anlass, natürlich. Was meinst du?

Dass London dir fehlen würde. Die Rabattwochen in den Schuhgeschäften zumindest.

Hm, da hast du nicht Unrecht, hatte sie gesagt. Ich bin ein lebenslanges Opfer meiner Füße. Das perfekte Objekt für männliche Designer, ich gebe es bereitwillig zu. Aber gibt es in den Tropen denn keine Schuhe, Tommy?

Nicht die Modelle, die du gewöhnt bist, fürchte ich.

Ihre Albernheiten, die ihn zum Lächeln brachten, diese Helen-Essenz, die einen in den Wahnsinn treiben konnte.

Ich kann weder kochen noch nähen, putzen oder ein Haus einrichten. Wirklich, Tommy, *warum* willst du mich eigentlich?

Aber warum wollte ein Mensch je einen anderen? Weil ich mit dir lächeln kann, weil ich über deine Scherze lache, die, wie wir beide wissen, nur dem Zweck dienen, mich zum Lachen zu bringen. Und der Grund dafür ist, dass du verstehst und von Anfang an verstanden hast, wer ich bin, was ich bin, was mich am meisten quält und wie es sich bannen lässt. Darum, Helen.

Und da war sie in Cornwall, stand vor einem Porträt in der Galerie, seine Mutter an ihrer Seite. Sie betrachteten einen Großvater, mit zu vielen »Ur« davor, um genau sagen zu können, in welch grauer Vorzeit er gelebt hatte. Doch das spielte keine Rolle, denn es waren die Gene, die ihr Sorgen machten, und sie sagte zu seiner Mutter: Hältst du es für möglich, dass diese grässliche Nase sich irgendwie an zukünftige Generationen weitervererben könnte?

Sie ist wirklich ziemlich scheußlich, nicht wahr, hatte seine Mutter gemurmelt.

Zumindest dient sie seiner Brust als Sonnensegel. Tommy, wieso hast du mir dieses Gemälde nicht gezeigt, bevor du mich gefragt hast, ob ich dich heiraten will? Ich habe es noch nie zu sehen bekommen.

Wir haben es auf dem Dachboden versteckt.

Das war sehr klug.

Die Helen-Essenz. Helen.

Man kann jemanden nicht siebzehn Jahre lang kennen, ohne

Erinnerungen anzusammeln, sagte er sich. Und es waren die Erinnerungen, die ihn möglicherweise umbringen würden, dachte er. Nicht die Tatsache als solche, sondern dass von diesem Moment an keine neuen hinzukommen würden und dass es welche gab, die er schon vergessen hatte.

Irgendwo hinter ihm öffnete sich die Tür. Eine weiche Hand ergriff die seine und legte seine Finger um eine heiße Tasse. Der Geruch von Suppe stieg ihm in die Nase. Er hob den Kopf und sah in das gütige Gesicht seiner Mutter.

»Ich weiß nicht, was ich tun soll«, flüsterte er. »Sag mir, was ich tun soll.«

»Das kann ich nicht, Tommy.«

»Wenn ich sie sterben lasse… Mum, wie kann ich sie… sie beide… Und wenn ich es tue, ist es dann egoistisch? Oder ist es egoistisch, wenn ich es nicht tue? Was würde sie wollen? Woher soll ich das wissen?«

Sie trat näher zu ihm. Er wandte sich wieder seiner Frau zu. Seine Mutter legte die Hand an seine Wange. »Liebster Tommy«, murmelte sie. »Ich würde dir diese Bürde abnehmen, wenn ich könnte.«

»Ich sterbe. Mit ihr. Mit ihnen. Und das ist es eigentlich auch, was ich will.«

»Glaub mir, ich weiß das. Niemand kann fühlen, was du fühlst, aber wir alle können ahnen, was du fühlst. Und du musst es fühlen, Tommy. Du kannst nicht davor weglaufen. Das funktioniert einfach nicht. Aber ich will, dass du auch versuchst, unsere Liebe zu fühlen. Versprich mir das.«

Sie beugte sich über ihn und küsste ihn auf den Kopf, und er spürte, obwohl er es kaum aushalten konnte, dass in dieser Berührung auch Heilung lag. Aber das war noch schlimmer als das, was ihn in der nächsten Zukunft erwartete. Ob er eines Tages vielleicht aufhören würde, diesen Schmerz zu fühlen? Er wusste nicht, wie er damit leben sollte.

Seine Mutter sagte: »Simon ist zurückgekommen. Willst du mit ihm sprechen? Ich glaube, er hat Neuigkeiten.«

»Ich kann sie nicht allein lassen.«

»Ich bleibe bei ihr. Oder ich schicke Simon hierher. Oder ich kann ihn fragen, was er herausgefunden hat, wenn du möchtest.«

Er nickte dumpf, und sie wartete schweigend auf seine Entscheidung. Schließlich gab er ihr die unberührte Suppentasse zurück. »Ich gehe zu ihm«, sagte er.

Seine Mutter nahm seinen Platz neben dem Bett ein.

An der Tür drehte er sich noch einmal um und sah, wie sie sich über Helens Kopf beugte und das dunkle Haar an den Schläfen berührte.

Er ging und überließ es seiner Mutter, bei seiner Frau Wache zu halten.

St. James stand draußen auf dem Flur. Er sah nicht so abgespannt aus wie bei ihrer letzten Begegnung, was Lynley sagte, dass sein Freund ein paar Stunden geschlafen hatte. Er war froh darüber, denn alle anderen reagierten nur noch durch Nervenimpulse und Koffein.

St. James schlug vor, in die Cafeteria zu gehen, und als sie dort ankamen, verriet der Lasagneduft, dass es zwischen Mittag und acht Uhr abends sein musste. Hier im Krankenhaus hatte Lynley schon lange jedes Zeitgefühl verloren. In Helens Zimmer war es dämmrig, aber außerhalb herrschte überall ewiges Neonlicht, und nur die Gesichter des Krankenhauspersonals, die mit jeder Schicht wechselten, zeigten an, dass die Zeit für den Rest der Welt normal verlief.

»Wie spät ist es, Simon?«, fragte Lynley.

»Halb zwei.«

»Nicht nachts?«

»Nein, nachmittags. Ich hole dir etwas.« Er wies zu der Edelstahltheke hinüber. »Was willst du?«

»Egal. Ein Sandwich? Ich habe keinen Hunger.«

»Betrachte es als medizinisch notwendig. Das macht es leichter.«

»Ei und Mayonnaise, wenn sie haben. Vollkornbrot.«

St. James ging, um es zu holen. Lynley setzte sich an einen kleinen Tisch in einer Ecke. An anderen Tischen saßen Krankenschwestern, Angehörige von Patienten, Geistliche und zwei Nonnen. Die Cafeteria spiegelte die ernsten Vorgänge im Krankenhaus wider: Die Unterhaltungen waren gedämpft; die Leute schienen bemüht, nicht mit Tellern und Besteck zu klappern.

Niemand schaute in seine Richtung, und dafür war Lynley dankbar. Er fühlte sich ausgeliefert, als habe er keinerlei Schutz vor dem Wissen anderer, vor dem Urteil, das sie über sein Leben fällen konnten.

Als St. James zurückkam, brachte er auf einem Tablett Eiersandwiches mit. Für sich selbst hatte er auch eines erstanden. Außerdem hatte er eine Schale mit Obst, einen Twix-Riegel und zwei Kartons mit Saft mitgebracht.

Sie aßen in einträchtigem Schweigen. Sie kannten einander seit so vielen Jahren – seit ihrem allerersten Tag in Eton –, dass Worte überflüssig waren. St. James verstand – Lynley sah es in seinem Gesicht. Es musste nichts ausgesprochen werden.

St. James nickte anerkennend, als Lynley das Sandwich vertilgt hatte. Er schob ihm die Obstschale zu, dann den Schokoriegel. Nachdem Lynley so viel davon gegessen hatte, wie er hinunterbrachte, teilte sein Freund ihm schließlich die Neuigkeiten mit.

»Die Beamten aus Belgravia haben die Waffe gefunden. In einem der Gärten auf der Strecke von der Gasse, wo der Range Rover verbeult wurde, zu dem Haus, wo das Aupair-Mädchen wohnt. Sie mussten auf ihrer Flucht eine Mauer nach der anderen überklettern. Dabei haben sie die Waffe offenbar in einem Gebüsch verloren. Sie hätten niemals genug Zeit gehabt, sie wieder zu holen, selbst wenn sie den Verlust bemerkt haben.«

Lynley wandte das Gesicht ab, denn er wusste, dass sein Freund ihn beobachtete und bei jedem Wort taxierte. St. James wollte sichergehen, dass er Lynley nichts sagte, was dazu angetan war, ihn wieder die Beherrschung verlieren zu lassen. Er wusste also, was zwischen ihm und Hillier bei New Scotland

Yard vorgefallen war. Doch das schien in einem anderen Leben stattgefunden zu haben.

»Ich werde die Wache in Belgravia schon nicht stürmen«, sagte er. »Du kannst mir den Rest sagen.«

»Sie sind einigermaßen sicher, dass die Waffe, die sie gefunden haben, diejenige ist, aus der geschossen wurde. Natürlich werden sie einen ballistischen Abgleich machen mit der Kugel, die sie … aus Helens Brustkorb entfernt haben, aber die Waffe …«

Lynley sah ihn wieder an. »Was für eine Waffe ist es?«

»Eine Pistole. Kaliber .22«, antwortete St. James.

»Schwarzmarktstandard.«

»So sieht es aus. Sie hat nicht lange in dem Garten gelegen. Die Hausbesitzer sagen aus, dass sie nichts von der Waffe wussten, und eine Untersuchung der Büsche in ihrem Garten bestätigt diese Behauptung. Überall frisch abgebrochene Zweige. Das Gleiche in den übrigen Gärten auf der Fluchtstrecke.«

»Fußabdrücke?«

»Überall. Die Belgravia-Beamten werden sie fassen, Tommy. Bald.«

»Sie?«

»Es waren definitiv zwei. Einer war gemischtrassig. Über den anderen wissen sie noch nichts Genaues.«

»Das Aupair-Mädchen?«

»Sie haben sie vernommen. Sie sagt, sie war bei dem Baby, das sie zu versorgen hat, als sie unten im rückwärtigen Teil des Hauses ein Fenster zerbrechen hörte. Bis sie unten ankam, um festzustellen, was vorging, waren sie im Haus. Das Mädchen traf am Fuß der Treppe auf sie. Einer war schon an der Haustür, auf dem Weg ins Freie. Sie dachte natürlich, sie seien eingebrochen, um das Haus auszuräumen. Sie fing an zu schreien, hat aber gleichzeitig versucht, sie aufzuhalten – Gott allein weiß, warum. Einer von ihnen hat seine Mütze verloren.«

»Wird ein Phantombild erstellt?«

»Ich glaube nicht, dass das nötig sein wird.«

»Warum nicht?«

»Das Haus an der Cadogan Lane mit den Überwachungskameras? Sie haben Bilder, die derzeit vergrößert werden. Belgravia wird sie im Fernsehen zeigen, und die Zeitungen werden die besten Aufnahmen abdrucken. Das ist...« St. James blickte zur Decke. Lynley erkannte, wie schwer seinem Freund dieser Bericht fiel. Es war ihm aufgetragen worden, Informationen zu sammeln und an Helens Mann und Familie weiterzuleiten. Das ließ ihm keine Zeit zum Trauern. »Sie konzentrieren all ihre Kräfte auf diese Sache, Tommy. Sie haben mehr Freiwillige, als sie gebrauchen können. Aus allen Polizeirevieren der Stadt. Die Zeitungen... Du hast sie nicht gesehen, oder? Sie haben es riesengroß aufgezogen. Aufgrund der Tatsache, wer du bist, wer sie ist, eure Familien... all das.«

»Eine Story, wie die Gazetten sie lieben«, warf Lynley bitter ein.

»Aber in diesem Fall ist die Anteilnahme der Öffentlichkeit enorm groß, Tommy. Irgendwer wird die Bilder der Überwachungskameras erkennen und die Jungen identifizieren.«

»Jungen?«, fragte Lynley.

St. James nickte. »Zumindest einer von beiden war offenbar ein Jugendlicher. Das Aupair-Mädchen schätzte ihn auf zwölf Jahre.«

»O mein Gott.« Lynley wandte den Blick ab, als könne er seinen Verstand daran hindern, die unausweichlichen Schlüsse zu ziehen.

St. James tat es für ihn. »Ein Junge von Colossus? In Begleitung des Serienmörders, aber ohne zu wissen, dass sein Gefährte der Serienmörder ist?«

»Ich habe ihn – sie – in mein Heim eingeladen. Auf der Titelseite der *Source*, Simon.«

»Aber es war keine Adresse angegeben, kein Straßenname. Ein Mörder auf der Suche nach dir hätte dich aufgrund dieses Artikels nicht finden können. Das ist unmöglich.«

»Er wusste, wer ich war und wie ich aussah. Er hätte mir an

jedem beliebigen Tag von Scotland Yard nach Hause folgen können. Und dann musste er nur noch seine Pläne machen und auf einen günstigen Zeitpunkt warten.«

»Wenn das der Fall ist, warum hat er dann den Jungen mitgenommen?«

»Um ihn eine Sünde begehen zu lassen, damit der Junge sein nächstes Opfer werden kann, wenn die Sache mit Helen erledigt ist.«

Sie hatten beschlossen, Hamish Robson eine Nacht in der Zelle schmoren zu lassen. Ein Vorgeschmack auf seine Zukunft. Also hatten sie den Profiler zur Polizeiwache am Shepherdess Walk gebracht, die zwar nicht die nächstliegende zu seiner Wohnung am Barbican war, aber ihnen ersparte, sich einen Weg weiter in die Innenstadt zur Wood Street suchen zu müssen.

Einen Durchsuchungsbeschluss in Händen, verbrachten sie den Großteil des folgenden Tages in Robsons Wohnung und sammelten Beweise gegen den Psychologen. Einer der ersten, die sie fanden, war sein Laptop, der in einem Wandschrank verstaut gewesen war, und Barbara folgte mühelos dem Pfad elektronischer Brotkrumen, den er darauf hinterlassen hatte.

»Kinderpornografie«, sagte sie über die Schulter zu Nkata, nachdem sie das erste der Bilder gefunden hatte. »Jungen und Männer, Jungen und Frauen, Jungen und Tiere, Jungen und Jungen. Unser Hamish ist ein richtiger Drecksack.«

Nkata seinerseits fand einen alten Londoner Stadtplan, auf dem der Standort der St.-Lucy-Kirche an der Ecke der Courtfield Road markiert war. Und zwischen den Seiten steckten ein Zettel mit der Anschrift des Canterbury Hotels sowie eine Visitenkarte, auf der lediglich »Schnee« und eine Telefonnummer standen.

Dies, zusammen mit Barry Minshalls Identifizierung von Robson auf dem Foto und der Tatsache, dass zwei-eins-sechs-null Teil der Telefonnummer von Robsons beruflicher Wirkungsstätte war, reichte aus, ein KTU-Team zu bestellen und ein weiteres Team zur Walden Lodge zu schicken. Ersteres sollte nach Spuren in Robsons Wagen suchen, das zweite in der Wohnung seiner Mutter arbeiten. Es schien unwahrscheinlich, dass er Davey Benton oder eines der anderen Opfer in seine Wohnung hier am Barbican gebracht haben sollte. Aber zumindest Davey war in Robsons Wagen zur Wood Lane gefahren worden und hatte mit Sicherheit Spuren in Esther Robsons Wohnung hinterlassen.

Als sie genug beisammen hatten, um eine Anklage wegen Pädophilie zu untermauern, fuhren sie zur Polizeiwache. Robson hatte bereits seine Anwältin informiert, und nachdem Barbara und Nkata eine Weile gewartet hatten, bis sie vom Gericht kam, betraten Anwältin und Mandant gemeinsam das Verhörzimmer.

Es war ein interessanter Winkelzug, fand Barbara, dass Robson eine Anwältin engagiert hatte. Ihr Name war Amy Stranne, und sie schien einen Hochschulabschluss in Ungerührtheit erworben zu haben. Sie kombinierte die vollkommene Ausdruckslosigkeit ihres Gesichts mit einem strengen Kurzhaarschnitt, einem gleichermaßen strengen, schwarzen Anzug und einer Krawatte auf einer weißen Seidenbluse. Sie holte einen jungfräulichen Schreibblock aus ihrem Aktenkoffer, dann einen Schnellhefter, dessen Inhalt sie konsultierte, ehe sie sprach.

»Ich habe meinen Mandanten hinsichtlich seiner Rechte beraten«, erklärte sie. »Er hat beschlossen, bei dieser Unterhaltung mit Ihnen zu kooperieren, da er den Eindruck hat, dass es signifikante Aspekte bei dieser Ermittlung gibt, die Sie nicht verstehen.«

Da hast du verdammt Recht, dachte Barbara. Der Psychologe wusste genau, dass er jahrelang hinter Gittern verschwinden würde. Genau wie Minshall versuchte dieser schleimige Scheißkerl schon jetzt, eine mildere Strafe auszuhandeln.

Nkata sagte: »Kriminaltechniker sind dabei, Ihr Fahrzeug zu untersuchen, Dr. Robson. Das Gleiche gilt für die Wohnung Ihrer Mutter. Ein Team von Scotland Yard sucht nach dem Stellplatz, den Sie irgendwo in der Stadt haben müssen, denn wir gehen davon aus, dass sie dort den Van versteckt halten, und ein halbes Dutzend Beamter ist damit beschäftigt, Ihre Vergangenheit zu durchforsten, um alles zu finden, was bisher vielleicht übersehen worden ist.«

Robsons abgespanntes Gesicht deutete darauf hin, dass Kost und Logis am Shepherdess Walk nicht nach seinem Geschmack waren. »Ich habe niemals...«, begann er.

»Ach, bitte«, unterbrach Barbara. »Wenn Sie Davey Benton nicht umgebracht haben, wüssten wir zu gern, was mit ihm in dem Zeitraum passiert ist, nachdem Sie ihn vergewaltigt haben und bevor er tot im Wald landete.«

Robson zuckte bei dieser Unverblümtheit zusammen. Barbara hätte ihm gerne erklärt, dass es einfach keine schonende Art gab, zu beschreiben, was dem Dreizehnjährigen passiert war. »Ich wollte ihm nicht wehtun«, sagte Robson.

»Ihm?«

»Dem Jungen. Davey. Schnee hatte mir versichert, dass sie immer freiwillig mitgehen. Er hat gesagt, sie seien gut vorbereitet.«

»Wie ein Stück Fleisch?«, fragte Barbara. »Fertig gesalzen und gepfeffert?«

»Er hat gesagt, sie seien bereit und sie wollten es.«

»Es?«, hakte Nkata nach.

»Die Begegnung.«

»Die Vergewaltigung«, stellte Barbara klar.

»Das war keine...« Robson schaute zu seiner Anwältin.

Amy Stranne machte sich Notizen, aber sie schien seinen Blick zu spüren, denn sie hob den Kopf und sagte: »Es liegt ganz bei Ihnen, Hamish.«

»Sie haben frisch verheilte Kratzer an Händen und Armen«, fuhr Barbara fort. »Und wir haben Haut unter Daveys Fingernägeln. Und wir haben den Beweis für gewaltsame anale Penetration. Also was an diesem Szenario soll uns glauben machen, dass es eine freiwillige sexuelle Handlung war? Nicht dass Sex mit Dreizehnjährigen legal wäre, nebenbei bemerkt.

Aber wir wären gewillt, das für den Moment außer Acht zu lassen, wenn Sie uns beschreiben, wie die romantische Verführung von...«

»Ich hatte nicht die Absicht, ihn zu verletzen«, sagte Robson. »Ich bin in Panik geraten, das ist alles. Anfangs hat er kooperiert. Ihm hat es gefallen... Er war vielleicht zögerlich, aber er hat nicht gesagt, ich solle aufhören. Das hat er nicht gesagt. Ich schwöre, es hat ihm gefallen. Aber als ich ihn umgedreht habe...« Robsons Gesichtsfarbe war grau. Das dünne Haar hing ihm in die Stirn. Speichel trocknete in seinen Mundwinkeln, im säuberlich gestutzten Bart versteckt. »Ich wollte nur, dass er still ist. Ich hab ihm gesagt, das erste Mal sei immer ein bisschen beängstigend, sogar ein bisschen schmerzhaft, aber er solle sich keine Sorgen machen.«

»Wie reizend von Ihnen«, warf Barbara ein. Sie hätte diesem erbärmlichen Mistkerl am liebsten die Augen ausgekratzt. Nkata bewegte sich neben ihr. Sie schärfte sich ein, sich zurückzuhalten, und sie wusste, das Gleiche sagte ihr Kollege ihr mit seiner Körpersprache. Aber sie wollte einfach nicht, dass dieser Kinderschänder glaubte, ihr Schweigen impliziere Billigung, selbst wenn sie wusste, dass ihr Schweigen notwendig war, damit er weiterredete. Sie presste die Lippen zusammen und biss darauf, damit sie ruhig blieb.

»An dem Punkt hätte ich aufhören müssen«, räumte Robson ein. »Ich weiß das. Aber in dem Moment... Ich dachte, wenn er einfach nur still wäre, wäre es schnell vorüber. Und ich wollte...« Robson schaute weg, doch in dem Raum war nichts, worauf er den Blick heften konnte, außer dem Kassettenrekorder, der seine Worte für die Nachwelt festhielt. »Ich hatte nicht die Absicht, ihn zu töten«, sagte er. »Ich wollte nur, dass er still ist, während...«

»Während Sie mit ihm zum Ende kamen«, sagte Barbara.

»Sie haben ihn mit bloßen Händen erwürgt«, warf Nkata ein. »Wie sollte das...«

»Ich wusste nicht, wie ich ihn sonst zum Schweigen bringen

sollte. Zuerst hat er sich nur gewehrt, aber dann fing er an zu schreien, und ich wusste nicht, wie ich ihn sonst ruhig stellen sollte. Und dann war ich so mit mir selbst beschäftigt, dass mir nicht klar war, warum er mit einem Mal so still und leblos war. Ich dachte, er sei gefügig geworden.«

»Gefügig.« Barbara konnte sich nicht zurückhalten. »Kinderschändung. Vergewaltigung. Ein Dreizehnjähriger. Und Sie haben geglaubt, er sei gefügig. Also haben Sie es zu Ende gebracht, nur irgendwann ist Ihnen klar geworden, dass Sie eine Leiche fickten.«

Robsons Augen röteten sich. »Ich habe mein ganzes Leben versucht, zu ignorieren...«, begann er. »Ich habe mir eingeredet, es spiele keine Rolle: mein Onkel, die Ringkämpfe, das Gefummel. Meine Mutter, die bei ihrem kleinen Mann schlafen wollte, und die sexuelle Erregung, die für einen Jungen ganz *natürlich* war. Nur wie hätte ich es als natürlich empfinden können, da sie es war, die sie hervorrief? Ich habe es also ignoriert und irgendwann geheiratet, nur, ich wollte sie nicht, verstehen Sie, die Frau, deren Körper voll gereift war und die Ansprüche an mich stellte. Ich dachte, Bilder würden mir helfen. Videos. Verbotenes Zeug, aber niemand würde davon erfahren.«

»Kinderpornografie«, warf Barbara ein.

»Das erregte mich. Zu Anfang sogar schnell, aber mit der Zeit...«

»Will man mehr«, sagte Nkata. »Man will immer mehr, wie bei einer Droge. Wie sind Sie auf MABIL gekommen?«

»Über das Internet. In einem Chatroom. Zuerst bin ich nur hingegangen, um es mir anzusehen, um mit Männern zusammenzutreffen, die das Gleiche empfinden wie ich. Ich hatte diese Bürde so lange mit mir herumgetragen, diesen obszönen Zwang. Ich dachte, es würde mich kurieren, hinzugehen und die Sorte Männer kennen zu lernen, die es wirklich taten.« Er zog ein Papiertuch aus der Tasche und wischte sich damit übers Gesicht. »Aber sie waren genau wie ich, verstehen Sie. Das war das Schreckliche daran. Sie waren wie ich, nur glücklicher. Im Einklang mit sich. Sie waren zu der Erkenntnis gelangt, dass fleischliche Freuden keine Sünde sind.«

»Fleischliche Freuden mit kleinen Jungs«, sagte Barbara. »Und wie kamen sie darauf, dass das keine Sünde sein soll?«

»Weil die Jungen lernen, es auch zu wollen.«

»Ach, wirklich? Und wie kommt es, dass Typen wie Sie glauben, das beurteilen zu können, Dr. Robson?«

»Ich sehe, dass Sie nicht glauben... dass Sie meinen, ich sei ein...«

»Ein Monster? Abschaum? Eine genetische Mutation, die vom Angesicht der Erde gefegt werden muss, zusammen mit allen anderen Ihrer Sorte? Wieso, zum Henker, sollte ich das glauben?« Es war einfach zu viel für sie.

»Barb«, sagte Nkata.

Er ist Lynley so ähnlich, dachte sie. Fähig, die Fassung zu bewahren, wenn es nötig war, und genau das hatte sie selbst niemals geschafft, denn die Fassung zu bewahren war ihrer Ansicht nach gleichbedeutend damit, sich innerlich vom Entsetzen auffressen zu lassen, das man empfand, wenn man es mit Ungeheuern wie diesem zu tun hatte.

»Erzählen Sie uns den Rest«, sagte Nkata zu Robson.

»Es gibt nichts weiter zu erzählen. Ich habe so lange gewartet, wie ich konnte. Es war schon spät in der Nacht. Ich habe den... seine Leiche in den Wald getragen. Es war vielleicht drei oder vier Uhr. Weit und breit war niemand zu sehen.«

»Die Verbrennungen, die Verstümmelungen. Erzählen Sie uns davon.«

»Ich wollte, dass es so aussah wie die anderen Fälle. Als mir klar wurde, dass ich ihn versehentlich getötet hatte, war das das Einzige, was zu tun mir einfiel. Es musste so wie bei den anderen aussehen, damit Sie zu dem Schluss kommen, dass Daveys Mörder derselbe war wie der der anderen Opfer.«

»Moment. Wollen Sie etwa behaupten, Sie hätten die anderen Jungen nicht getötet?«, fragte Barbara.

Robson runzelte die Stirn. »Sie glauben doch nicht etwa...

Sie sitzen doch wohl nicht da und denken, ich sei der Serienmörder? Wie, in aller Welt, kommen Sie darauf? Wie sollte ich mit diesen anderen Jungen denn in Kontakt gekommen sein?«

»Sagen Sie es uns.«

»Das habe ich. In dem Profil habe ich Ihnen alles gesagt.«

Sie schwiegen.

Robson begriff, was dieses Schweigen implizierte. »Mein Gott, das Profil ist *authentisch*. Warum hätte ich mir da etwas zusammenfantasieren sollen?«

»Aus dem offensichtlichsten Grund«, erwiderte Nkata. »Um eine schöne Fährte zu legen, die von Ihnen wegführt.«

»Aber ich kannte diese Jungen nicht einmal. Die toten Jungen. Ich *kannte* sie nicht. Sie müssen mir glauben...«

»Was ist mit Muwaffaq Masoud?«, fragte Nkata. »Kennen Sie den?«

»Muwaf...? Ich hab nie von ihm... Wer ist das?«

»Jemand, der Sie bei einer Gegenüberstellung möglicherweise wiedererkennen wird«, antwortete Nkata. »Es ist ein Weilchen her, dass er den Mann gesehen hat, der seinen Van gekauft hat, aber ich nehme an, wenn er ihn vor sich sieht, wird das sein Gedächtnis auffrischen.«

Robson wandte sich an seine Anwältin. »Sie können doch nicht... Ist das zulässig? Ich habe kooperiert. Ich habe alles gestanden.«

»Das behaupten Sie, Dr. Robson«, warf Barbara ein. »Aber wir haben die Erfahrung gemacht, dass Lügner und Mörder aus demselben Holz geschnitzt sind, also nehmen Sie es uns nicht übel, wenn wir Ihnen nicht so ohne weiteres jedes Wort glauben.«

»Sie müssen mich anhören«, sagte Robson. »Den einen Jungen, ja. Aber das war ein Versehen. Ich wollte nicht, dass es passiert. Aber die anderen... Ich bin kein Mörder. Sie suchen jemanden... Lesen Sie das Profil. *Lesen* Sie das Profil. Ich bin nicht der Mann, den Sie suchen. Ich weiß, dass Sie unter enormem Druck stehen, diesen Fall abzuschließen, und jetzt, da die Frau des Superintendent angegriffen worden ist...«

»Die Frau des Superintendent ist tot«, erinnerte Nkata ihn. »Ist Ihnen das aus irgendeinem Grund entfallen?«

»Sie wollen doch nicht etwa andeuten...« Er wandte sich wieder an Amy Stranne. »Bringen Sie mich hier raus«, sagte er. »Ich mache keine weitere Aussage. Sie versuchen, mir etwas anzuhängen.«

»Das sagen sie alle, Dr. Robson«, eröffnete Barbara ihm. »Unter Druck singen Typen wie Sie immer das gleiche Lied.«

Zwei Mitglieder des Stiftungsvorstands kamen sie besuchen, was Ulrike klar machte, dass die Krise nicht bevorstand, sondern bereits akut war. Der Vorsitzende hatte sich regelrecht herausgeputzt, es fehlte nur noch eine goldene Amtskette, um seine Autorität zu unterstreichen. Er hatte die Sekretärin der Stiftung im Schlepptau. Patrick Bensley übernahm das Reden, während seine Begleiterin sich bemühte, mit ihrem frisch gelifteten Gesicht nach ein wenig mehr auszusehen als nach der steinreichen Gattin eines Wirtschaftsbosses.

Es dauerte nicht lange, bis Ulrike klar wurde, dass Neil Greenham seine Drohungen wahr gemacht hatte, die er bei ihrer letzten Unterredung geäußert hatte. Sie kam zu diesem Schluss, als Jack Veness ihr mitteilte, Mr. Bensley und Mrs. Richie seien eingetroffen und wünschten, die Colossus-Leiterin zu sprechen. Sie brauchte allerdings ein wenig länger, um zu ergründen, welche seiner Drohungen Neil in die Tat umgesetzt hatte. Sollte sie für ihre Affäre mit Griffin Strong oder für irgendetwas anderes zur Verantwortung gezogen werden?

Sie hatte Griff während der letzten Tage nur kurz gesehen. Er war schwer beschäftigt mit seiner neuen Einstufungsgruppe, und wenn diese ihn nicht in Anspruch nahm, verschwand er und stürzte sich auf seine Textildruckerei oder machte die Art von Sozialarbeit, die zu tun man ihn tausend Mal aufgefordert hatte, seit er zu Colossus gekommen war. Bislang war er immer zu beschäftigt gewesen, um sich um letzteren Aspekt seiner Arbeit zu kümmern. Es war erstaunlich, wie Tragödien den Menschen vor

Augen führen konnten, wie viel Zeit sie tatsächlich hatten, um genau solche Tragödien zu verhindern. In Griffs Fall hieß das, dass er plötzlich Zeit fand, sich mit den Jugendlichen seiner Gruppe und ihren Familien auch außerhalb der regulären Arbeitszeit zu befassen. Er tat dies mit großem Engagement, oder zumindest behauptete er das. Die Wahrheit war, dass nach allem, was Ulrike wusste, es ebenso gut sein konnte, dass er jedes Mal Emma, die bengalische Kellnerin aus der Brick Lane, vögelte, wenn er Colossus verließ. Aber Ulrike war dies gleichgültig. Sie hatte jetzt größere Sorgen. Und war das nicht eine weitere faszinierende Wendung des Lebens? Sie wäre bereit gewesen, fast alles für diesen Mann zu opfern, doch nachdem ihr Kopf wieder klar geworden war, hatte sie erkannt, dass er so wertlos war wie eine Staubflocke.

Der Preis für den klaren Kopf war allerdings zu hoch gewesen. Und es stellte sich heraus, dass genau das der Grund für den Besuch von Mr. Bensley und Mrs. Richie war. Dieser Besuch wäre nicht einmal so schlimm gewesen, hätte sie nicht zuvor die Polizei aufgesucht.

Dieses Mal waren es Beamte des Reviers Belgravia, nicht von New Scotland Yard: Ein unfreundlicher Detective Inspector Jansen in Begleitung eines Constables, der namenlos blieb und kein Wort sprach. Jansen hatte Ulrike eine Fotografie vorgelegt.

Das Bild, das körnig war, aber nicht unmöglich zu erkennen, zeigte offenbar zwei Menschen, die eine schmale Straße entlangliefen. Die identischen Häuser, alle nur zwei- oder dreigeschossig, deuteten darauf hin, dass dies eine Hintergasse mit ehemaligen Stallgebäuden war. Und es handelte sich offensichtlich um eine wohlhabende Wohngegend, denn man sah keinen Müll auf der Straße, keine Graffiti, keine toten Pflanzen in heruntergekommenen Blumenkästen.

Ulrike nahm an, sie wurde aufgefordert zu sagen, ob sie die beiden Personen kannte, die an der Überwachungskamera vorbeihasteten, von der offenbar das Foto stammte. Also betrachtete sie sie eingehend.

Der Größere der beiden, eindeutig männlich, hatte die Kamera entdeckt und klugerweise das Gesicht abgewandt. Er hatte eine Mütze tief ins Gesicht gezogen. Der Kragen seiner Jacke war hochgeschlagen, die Finger steckten in Handschuhen, und er war von Kopf bis Fuß in Schwarz gekleidet. Er hätte ebenso gut ein Schatten sein können.

Der Kleinere war nicht so aufmerksam gewesen. Sein Gesicht war nicht scharf, aber doch deutlich genug erkennbar, dass Ulrike mit Überzeugung – und einiger Erleichterung – aussagen konnte, sie kenne ihn nicht. Nichts an seiner Erscheinung war ihr vertraut, und sie wusste, sie hätte seinen Namen sagen können, wäre sie ihm je begegnet, denn er hatte einen dichten Schopf drahtiger Locken und Pigmentflecken im Gesicht, die wie überdimensionierte Sommersprossen aussahen. Er sah aus wie dreizehn oder ein wenig jünger. Und er war gemischtrassig, erkannte sie: weiß, schwarz und irgendetwas dazwischen.

Sie gab Jansen das Foto zurück. »Ich kenne ihn nicht«, sagte sie. »Den Jungen, meine ich. Keinen von beiden, nur kann ich es nicht mit Sicherheit sagen, weil der Größere sein Gesicht abgewandt hat. Ich nehme an, er hat die Überwachungskameras bemerkt. Wo ist das?«

»Es waren drei«, erklärte Jansen. »Zwei an einer Hausfassade, eine dritte gegenüber. Dies stammt von einer der Kameras an der Fassade.«

»Warum suchen Sie...«

»Eine Frau wurde vor ihrer Haustür niedergeschossen. Diese beiden könnten die Täter sein.«

Das war alles, was er ihr sagte, aber Ulrike stellte die Verbindung selbst her. Sie hatte die Zeitung gelesen. Die Frau des Superintendent von Scotland Yard, der hierher gekommen war, um mit Ulrike über die Ermordung von Kimmo Thorne und Jared Salvatore zu sprechen, war vor ihrem Haus in Belgravia angeschossen worden. Das Getöse um diese Angelegenheit war ohrenbetäubend gewesen, Titelstorys in allen Zeitungen und Gazetten. Den Bewohnern des betroffenen Stadtteils war ein solches Verbrechen unbegreiflich, und sie hatten in jedem zur Verfügung stehenden Medium darüber gesprochen.

»Dieser Junge ist keiner von unseren«, erklärte Ulrike Detective Inspector Jansen. »Ich habe ihn noch nie gesehen.«

»Sind Sie sich bei dem anderen auch so sicher?«

Das muss ein Witz sein, dachte Ulrike. Niemand hätte den größeren Mann erkennen können, falls es überhaupt ein Mann war. Trotzdem sah sie sich das Foto noch mal an. »Tut mir wirklich Leid«, versicherte sie. »Es ist einfach ausgeschlossen...«

»Wir würden das Bild hier gerne herumzeigen, wenn Sie nichts dagegen haben«, sagte Jansen.

Ulrike gefiel nicht, was er mit dieser Bitte offenbar andeutete, dass sie vielleicht nicht alles über Colossus wusste und nicht auf dem letzten Stand der Dinge war, aber ihr blieb nichts anderes übrig, als zuzustimmen. Ehe die Beamten ihr Büro verließen, fragte sie nach der Frau des Superintendent. »Wie geht es ihr?«

Jansen schüttelte den Kopf. »Schlecht«, antwortete er.

»Das tut mir Leid. Denken Sie...« Sie deutete auf das Foto. »Glauben Sie, Sie werden sie fassen?«

Jansen blickte auf das Bild hinab. Ein kleines Stück Papier in seiner großen, geröteten Hand. »Der Junge ist kein Problem«, antwortete er. »Dieses Bild ist in der heutigen Ausgabe des *Evening Standard*. Es wird morgen früh auf der Titelseite jeder Zeitung zu sehen sein, außerdem heute und morgen in den Fernsehnachrichten. Wir werden ihn kriegen, und zwar bald, schätze ich. Und wenn wir ihn haben, wird er reden, und dann kriegen wir auch den anderen. Daran besteht, verdammt noch mal, nicht der geringste Zweifel.«

»Ich bin... Das ist gut«, erwiderte sie. »Die arme Frau.«

Und das meinte sie auch so. Niemand – ganz gleich, wie reich, privilegiert, adlig, verwöhnt oder sonst irgendetwas – verdiente, auf der Straße niedergeschossen zu werden. Sie stellte fest, dass Nächstenliebe und Mitgefühl sie doch noch nicht gänzlich verlassen hatten, selbst wenn es um Angehörige der Oberschicht in dieser rigiden Gesellschaft ging, in der sie lebte. Doch gleichzeitig war sie erleichtert, dass Colossus mit diesem neuerlichen Verbrechen nicht in Verbindung gebracht werden konnte.

Aber nun waren Mr. Bensley und Mrs. Richie hier und saßen mit ihr in ihrem Büro – ein zusätzlicher Stuhl war aus der Rezeption herbeigeholt worden –, und sie waren entschlossen, über genau das Thema zu reden, das sie mit so großer Mühe von ihnen fern zu halten versucht hatte.

Bensley war derjenige, der es zur Sprache brachte. »Berichten Sie uns von den toten Jungen, Ulrike«, sagte er.

Sie konnte schwerlich unschuldig tun und irgendetwas antworten wie: »Welche Jungen meinen Sie?« Ihr blieb nichts anderes übrig, als ihnen zu sagen, dass fünf Jungen von Colossus seit September ermordet und ihre Leichen an verschiedenen Orten in London aufgefunden worden waren.

»Warum wurden wir nicht informiert?«, fragte Bensley. »Warum musste diese Information von außen an uns herangetragen werden?«

»Von Neil, meinen Sie«, konnte Ulrike sich nicht verkneifen zu sagen. Sie war hin- und hergerissen zwischen dem Bedürfnis, sie wissen zu lassen, dass ihr die Identität des Judas' bekannt war, und der Notwendigkeit, sich zu verteidigen. Also fuhr sie fort: »Ich habe selbst nichts davon gewusst, bis Kimmo Thorne ermordet wurde. Er war das vierte Opfer. Da ist die Polizei zum ersten Mal hergekommen.«

»Aber davon abgesehen…?« Bensley rückte die Krawatte mit einer Geste zurecht, die ein Ausmaß von Ungläubigkeit ausdrückte, das ihn zu strangulieren drohte. Mrs. Richie begleitete dies mit einem vernehmlichen Klicken der Zähne. »Wie kommt es, dass Sie vom Tod der anderen Jungen nichts wussten?«

»Oder auch nur, dass sie vermisst wurden«, fügte Mrs. Richie hinzu.

»Unser Organisationsablauf sieht nicht vor, dass wir die Anwesenheit unserer Teilnehmer kontrollieren«, sagte Ulrike, als sei ihnen dies nicht schon mindestens tausend Mal erklärt worden. »Sobald ein Junge oder Mädchen den Einstufungskurs absolviert hat, steht ihnen frei, zu kommen und zu gehen, wie es ihnen beliebt. Sie können an den Aktivitäten teilnehmen, die wir zu bieten haben, oder fernbleiben. Wir wollen, dass sie aus freien Stücken hierher kommen. Nur diejenigen, die vom Jugendgericht hergeschickt werden, haben eine Anwesenheitspflicht, die überwacht wird.«

Und selbst diese Kids wurden nicht sofort von Colossus angeschwärzt, wenn sie mal wegblieben. Auch ihnen ließen sie innerhalb gewisser Grenzen einen Freiraum, sobald der Einstufungskurs vorüber war.

»Wir haben damit gerechnet, dass Sie das sagen würden«, erwiderte Bensley.

Oder man hat euch geraten, damit zu rechnen, dachte Ulrike. Neil hatte sein Bestes gegeben: Sie wird Ausflüchte vorbringen, aber es bleibt eine Tatsache, dass die Leiterin von Colossus es doch wohl, verdammt noch mal, wissen sollte, was mit den Kindern los ist, denen Colossus helfen soll, finden Sie nicht? Ich meine, das würde doch keinen großen Aufwand bedeuten, einmal kurz in den Kursen vorbeizuschauen und die Kursleiter zu fragen, wer anwesend ist und wer schwänzt. Und wäre es nicht ratsam, dass die Leiterin von Colossus zum Telefon greift und versucht, einen Jugendlichen ausfindig zu machen, der aus einem Programm ausgeschieden ist, das entwickelt wurde – und finanziert, das wollen wir nicht vergessen –, um genau dieses Verhalten zu vermeiden. O ja, Neil hatte sein Allerbestes gegeben, das musste Ulrike ihm lassen.

Ihr fiel keine passende Antwort auf Bensleys Bemerkung ein, also wartete sie darauf, zu hören, weshalb der Vorsitzende und seine Begleiterin tatsächlich hergekommen waren. Sie ahnte, dass dies nur entfernt mit den toten Jungen von Colossus zu tun hatte.

»Vielleicht waren Sie zu abgelenkt, um zu merken, dass die Jungen vermisst wurden«, sagte Bensley.

»Ich war nicht mehr abgelenkt als sonst, hatte lediglich viel zu tun mit den Plänen für die Eröffnung der Niederlassung in

Nordlondon und dem damit einhergehenden Spendensammeln«, antwortete Ulrike. *Was ich auf Ihre Anweisung hin getan habe*, fügte sie nicht hinzu, doch sie tat ihr Bestes, es durchklingen zu lassen.

Bensley zog indessen nicht die Schlüsse, die sie beabsichtigt hatte. »Wir haben eine etwas andere Version gehört«, sagte er. »Sie waren auch noch anderweitig abgelenkt, nicht wahr?«

»Wie ich bereits sagte, Mr. Bensley, es gibt kein Patentrezept für diese Arbeit. Ich habe versucht, allen Aspekten die gleiche Aufmerksamkeit zukommen zu lassen, die man in leitender Stellung in einer Organisation wie Colossus zu berücksichtigen hat. Wenn mir entgangen ist, dass einige Jungen ausgeblieben sind, lag es an der zu großen Zahl der organisatorischen Belange. Ehrlich gestanden bin ich erschüttert, dass keiner von uns« – und sie legte eine diskrete Betonung auf das Wort *keiner* –, »bemerkt hat, dass …«

»Lassen Sie mich ganz offen sein«, unterbrach Bensley. Mrs. Richie setzte sich auf ihrem Stuhl zurecht, eine Hüftbewegung, die besagte: Jetzt kommen wir endlich zur Sache.

»Ja?« Ulrike faltete die Hände.

»Wir werden so etwas wie eine Revision durchführen – ich finde kein besseres Wort dafür. Ich bedaure, Ihnen dies sagen zu müssen, Ulrike, denn alles in allem schien Ihre Arbeit für Colossus immer tadellos.«

»Schien«, wiederholte Ulrike.

»Ja. Schien.«

»Bin ich entlassen?«

»Das habe ich nicht gesagt. Aber Sie sollen wissen, dass Sie unter Beobachtung stehen. Wir werden … nennen wir es, eine interne Untersuchung durchführen.«

»Weil Sie kein besseres Wort dafür finden?«

»Wenn Sie so wollen.«

»Und wie soll diese interne Untersuchung vonstatten gehen?«

»Mit einer Revision und mit Befragungen. Lassen Sie mich sagen, dass ich glaube, Sie haben im Großen und Ganzen gute

Arbeit geleistet hier bei Colossus. Und lassen Sie mich hinzufügen, dass ich persönlich hoffe, Sie werden unbeschadet aus dieser Untersuchung Ihrer Arbeitsleistung und Ihres persönlichen Verhaltens hervorgehen.«

»Mein persönliches Verhalten? Was genau soll das heißen?«

Mrs. Richie lächelte. Mr. Bensley räusperte sich. Und Ulrike wusste, dass sie schlechte Karten hatte.

Sie verfluchte Neil Greenham, aber ebenso sich selbst. Sie wusste genau, wie viele Federn sie lassen würde, wenn es ihr nicht gelang, den Status quo in entscheidender Weise zu ändern.

32

»Führen Sie zwei Gegenüberstellungen durch.« Mit diesen Worten hatte Detective Inspector Stewart die Nachricht kommentiert, dass Hamish Robson den Mord an Davey Benton, aber sonst nichts gestanden hatte. »Sowohl Minshall als auch Masoud sollen ihn sich ansehen.«

Barbaras Meinung nach waren zwei Gegenüberstellungen pure Zeitverschwendung, da Barry Minshall Robson ja bereits anhand des Fotos, das sie aus Esther Robsons Wohnung hatte mitgehen lassen, identifiziert hatte, wenn auch nur zögerlich. Aber sie bemühte sich, die Sache mit Stewarts Augen zu sehen: nicht als Ausdruck der zwanghaft übertriebenen Gründlichkeit, für die er bei Scotland Yard berüchtigt war und die ihm den Ruf eines nervtötenden Pedanten eingebracht hatte, sondern als kleines Erdbeben, das Robson so verschrecken sollte, dass er zu weiteren Geständnissen bereit wäre. Die Situation, in einer Reihe von Männern zu stehen und darauf zu warten, ob ein unsichtbarer Zeuge mit dem Finger auf einen zeigte und einen irgendeines Verbrechens bezichtigte, war entnervend. Das zweimal über sich ergehen lassen zu müssen und somit zu begreifen, dass es noch einen weiteren Zeugen für Gott weiß was gab... Unter dem Strich war das eine wirklich hübsche Idee, das musste Barbara Stewart zugestehen. Also veranlasste sie, dass Minshall zum Revier am Shepherdess Walk gefahren wurde, und sie stand mit ihm vor dem Einwegspiegel, als der Zauberer Robson auf Anhieb erkannte und sagte: »Das ist der Mann. Das ist zwei-eins-sechs-null.«

Barbara hatte das Vergnügen, zu Robson zu sagen: »Einen hätten wir schon mal, Freundchen« und ihn dann zappeln zu lassen. Dann saß sie herum und wartete auf Muwaffaq Masoud, der eine Ewigkeit brauchte, um mit der Piccadilly Line von Hayes in die Stadt zu kommen. Obwohl sie begriff, welches Ziel Stewart mit seinem Plan verfolgte, hätte sie sich gewünscht, er hätte einen anderen Kollegen mit der Durchführung beauftragt. Also unternahm sie einen Versuch, sich vor der Aufgabe zu drücken, am Shepherdess Walk zu warten, bis Masoud endlich aufkreuzte. Er werde doch sowieso das Gleiche sagen wie Minshall, erklärte sie John Stewart, sollte sie also ihre Zeit nicht besser dafür nutzen, den Stellplatz zu suchen, wo Robson seinen Van versteckt hielt? Hatten sie diese Garage erst einmal gefunden, würden sie Berge an Beweisen gegen den Drecksack haben, oder?

Stewarts Antwort hatte gelautet: »Führen Sie den Auftrag aus, den man Ihnen übertragen hat, Constable«, woraufhin er sich zweifellos wieder seiner Liste der anstehenden Aufgaben zugewandt hatte. Im Anfertigen von Listen war Stewart einfach unübertroffen. Barbara hatte keine Mühe, sich vorzustellen, wie es bei ihm zu Hause zuging, wo er morgens wahrscheinlich eine seiner Listen konsultierte, um zu sehen, wann das Zähneputzen eingeplant war.

Ihr eigener Tag hatte mit den Frühnachrichten im Fernsehen begonnen. Es wurden die besten Bilder gezeigt, die sie von den Überwachungskameras in der Gasse nahe Eaton Terrace bekommen hatten, und ein undeutlicheres Foto von einer weiteren Kamera in der U-Bahn-Station Sloane Square. Dies seien die Personen, die in Zusammenhang mit dem Anschlag auf Helen Lynley, Countess of Asherton, gesucht wurden, berichteten die

Sprecher ihren Zuschauern. Wer immer einen der beiden Männer erkenne, werde gebeten, die Einsatzzentrale der Polizei in Belgravia zu kontaktieren.

Nachdem die Moderatoren ihren Namen gesagt hatten, nannten sie Helen nur noch Lady Asherton. So als wäre die Frau, die sie war, durch ihre Heirat vollkommen ausgelöscht worden. Nachdem die Nachrichtensprecher zum fünften Mal ihren Titel genannt hatten, schaltete Barbara den Fernseher aus und warf die Fernbedienung in die Ecke. Sie konnte es nicht länger aushalten.

Trotz der Tageszeit war sie nicht hungrig. Sie wusste genau, sie war nicht in der Lage, irgendetwas zu essen, das auch nur entfernt Ähnlichkeit mit Frühstück hatte, aber sie wusste ebenso, dass sie etwas zu sich nehmen musste. Also zwang sie sich, kalten Mais aus einer Dose zu essen, gefolgt von einem halben Becher Milchreis.

Nachdem sie das hinuntergewürgt hatte, griff sie zum Telefon, um echte Neuigkeiten über Helen in Erfahrung zu bringen. Sie fand die Vorstellung unerträglich, mit Lynley zu sprechen, und außerdem nahm sie nicht an, dass er zu Hause war, also wählte sie St. James' Nummer. Dieses Mal erreichte sie einen echten Menschen, nicht nur den Anrufbeantworter. Der Mensch war Deborah. Doch dann wusste Barbara einfach nicht, was sie sie fragen sollte. *Wie geht es ihr?*, war lächerlich. *Wie geht es dem Baby?*, war genauso schlimm. *Wie kommt der Superintendent damit zurecht?*, war das Einzige, was auch nur entfernt in Frage kam, aber es war ebenso überflüssig, denn wie, zum Henker, sollte der Superintendent wohl damit zurechtkommen, bedachte man, vor welche Wahl er gestellt war: seine Frau für die nächsten Monate durch Maschinen am Leben zu erhalten, ein atmender Leichnam in einem Bett, während ihr Baby doch nur noch... Sie wussten es einfach nicht. Sie wussten, dass es schlecht um das Kind stand. Aber nicht, wie schlecht. Wie katastrophal war katastrophal genug?

»Ich bin's«, waren die ersten Worte, die Barbara schließlich an Deborah richtete. »Ich wollte mich einfach mal melden. Ist er …? Ich weiß nicht, was ich fragen soll.«

»Alle sind angekommen«, berichtete Deborah. Ihre Stimme klang sehr leise. »Iris – das ist Helens mittlere Schwester, sie lebt in Amerika, wussten Sie das? Sie ist als Letzte eingetroffen. Gestern Abend war sie endlich hier. Sie hatte große Mühe, aus Montana herauszukommen, es lag so furchtbar viel Schnee. Sie sind alle in einem kleinen Zimmer im Krankenhaus, das man für sie eingerichtet hat. Es liegt nicht weit von ihrem entfernt. Ständig ist jemand bei ihr, denn sie wollen sie nicht allein lassen.«

Sie meinte natürlich Helen. Niemand wollte Helen allein lassen. Sie alle hielten dort eine endlose Wache. Wie sollte irgendjemand eine solche Entscheidung treffen?, fragte sie sich. Aber sie konnte es nicht laut aussprechen. Also erkundigte sie sich stattdessen: »Hat er mit irgendwem gesprochen? Mit einem Priester, einem Geistlichen, einem Rabbi, einem… ich weiß nicht. Mit irgendwem?«

Es folgte ein Schweigen. Barbara fürchtete, sie sei vielleicht zu aufdringlich gewesen. Aber schließlich antwortete Deborah, und ihre Stimme klang so sorgsam kontrolliert, dass Barbara wusste, sie weinte.

»Simon ist bei ihm gewesen. Daze – das ist seine Mutter – ist auch da. Ein Spezialist soll heute eingeflogen werden, irgendjemand aus Frankreich, glaube ich, oder war's Italien – ich bin nicht sicher.«

»Ein Spezialist? Wofür?«

»Säuglingsneurologie oder so etwas. Daphne hat darauf bestanden. Sie sagte, wenn auch nur die geringste Chance bestünde, dass das Baby unversehrt ist… Sie nimmt diese Sache furchtbar schwer. Und sie denkt, ein Spezialist für Säuglingsgehirne…«

»Aber, Deborah, wie soll ihm das helfen, mit dieser Sache fertig zu werden? Er braucht jemanden, der ihm dabei hilft, das durchzustehen.«

Deborahs Stimme wurde noch leiser. »Ich weiß.« Sie lachte

brüchig. »Das ist genau das, was Helen immer so gehasst hat, wissen Sie. Das Zusammenreißen und Weitermachen, das viele Leute so wichtig finden. Die Zähne zusammenbeißen und sich nichts anmerken lassen. Dass sich nur, um Gottes willen, niemand anhört wie ein Jammerlappen. Das hat sie verabscheut, Barbara. Ihr wär es lieber, er würde auf ein Dach klettern und es rausschreien. Das ist wenigstens echt, würde sie sagen.«

Barbara spürte ihre Kehle eng werden. Sie konnte die Unterhaltung nicht fortführen. Also bat sie: »Wenn Sie ihn sehen, sagen Sie ihm…« Was? Dass ich an ihn denke? Für ihn bete? Versuche, das hier zu Ende zu bringen, obwohl ich weiß, dass es für ihn gerade erst anfängt? Was genau hatte sie ihm zu sagen?

Aber sie hätte sich nicht den Kopf zu zerbrechen brauchen.

»Ich sag's ihm«, versprach Deborah.

Auf dem Weg zum Auto sah Barbara Azhar, der sie durch die Glastür ernst beobachtete. Sie hob eine Hand, blieb aber nicht stehen, auch nicht, als Hadiyyahs bekümmertes kleines Gesicht neben ihm auftauchte und er einen Arm um ihre mageren Schultern legte. Dieser Ausdruck von Vater-Kind-Liebe war mehr, als sie im Moment aushalten konnte. Barbara blinzelte das Bild weg.

Als Muwaffaq Masoud einige Stunden später im Revier am Shepherdess Walk ankam, erkannte Barbara ihn vor allem an seiner Verwirrung und Nervosität. Sie holte ihn am Empfang ab, stellte sich vor und dankte ihm, dass er den weiten Weg auf sich genommen hatte, um bei den Ermittlungen zu helfen. Er strich sich unbewusst über den Bart – sie sollte feststellen, dass er das oft tat –, und er polierte seine Brille, als sie den Raum betraten, von dem aus er die Reihe der Männer in Augenschein nehmen sollte.

Er sah sie lange und eingehend an. Einer nach dem anderen drehte sich für ihn um. Er bat darum, drei von ihnen vortreten zu lassen – Robson war darunter –, und betrachtete diese noch etwas genauer. Schließlich schüttelte er den Kopf.

»Der mittlere der Herrn sieht ihm ähnlich«, sagte er, und Barbara fühlte Freude aufsteigen, denn es war Robson, auf den er wies. Doch die Freude verflog, als er fortfuhr: »Aber es ist nur eine Ähnlichkeit, die sich auf die Form des Kopfes und die Figur bezieht, den untersetzten Körperbau. Der Mann, dem ich den Van verkauft habe, war älter, glaube ich. Er hatte eine Glatze. Keinen Bart.«

»Versuchen Sie, sich diesen Kerl hier ohne den Bart vorzustellen«, bat Barbara. Sie fügte nicht hinzu, dass Robson sich sein schütteres Haar hätte rasieren können, ehe er nach Hayes hinausgefahren war, um den Lieferwagen zu erwerben.

Masoud versuchte, ihrer Bitte nachzukommen. Doch sein Urteil blieb unverändert. Er konnte nicht mit Sicherheit behaupten, dass der Mann vor ihm derjenige war, dem er im Sommer seinen Wagen verkauft hatte. »Es tut mir furchtbar Leid, Constable. Ich bin aufrichtig bemüht, Ihnen zu helfen.«

Sie brachte diese Neuigkeit zu Scotland Yard, hielt ihren Bericht an Stewart kurz und bündig. Ein Ja von Minshall, ein Nein von Masoud, sagte sie Stewart. Sie mussten unbedingt diesen verdammten Van finden.

Stewart schüttelte den Kopf. Er war dabei, irgendeinen Bericht zu lesen – Rotstift in der Hand wie ein frustrierter Lehrer –, und warf ihn auf den Tisch, ehe er sagte: »Der ganze Ansatz führt zu nichts, wie sich herausgestellt hat.«

»Warum nicht?«, fragte Barbara.

»Robson sagt die Wahrheit.«

Sie starrte ihn an. »Wie meinen Sie das?«

»Ich meine Trittbrettfahrer, Constable. *Tritt* und *Brett* und *Fahrer*. Er hat den Jungen umgebracht und alles so arrangiert, dass es wie einer der anderen Morde aussah.«

»Wie, zum *Geier*…?«, begann sie und raufte sich die Haare.

»Ich habe gerade vier Stunden damit verbracht, Gegenüberstellungen mit diesem Kerl zu arrangieren. Würden Sie mir vielleicht erklären, warum Sie mich meine Zeit verplempern lassen, während Sie wussten…« Sie konnte nicht einmal weitersprechen.

Stewart erwiderte mit seiner typischen Finesse: »Herrgott noch mal, Havers. Pissen Sie sich mal nicht ins Hemdchen. Niemand hält irgendwas vor Ihnen geheim. St. James hat eben erst angerufen und die Einzelheiten mitgeteilt. Er hatte Tommy gesagt, es sei wahrscheinlich, nichts weiter. Dann wurde Helen niedergeschossen, und Tommy ist nicht mehr dazu gekommen, die Information an uns weiterzuleiten.«

»Welche Information?«

»Die Abweichungen, die die Obduktion ans Licht gebracht hat.«

»Aber wir haben doch die ganze Zeit gewusst, dass es Abweichungen gibt: die Strangulation mit den Händen, das Fehlen der Wunden vom Elektroschocker, die Vergewaltigung. Robson selbst hat uns darauf hingewiesen, dass die Dinge eskalieren, wenn...«

»Der Junge hatte seit Stunden nichts gegessen, Constable, und es waren keine Spuren von Ambra-Öl an ihm festzustellen.«

»Dafür lässt sich eine Erklärung finden...«

»Alle anderen Jungen hatten in der Stunde vor ihrem Tod etwas zu sich genommen. Alle das Gleiche: Rindfleisch, Brot. Robson wusste davon nichts, ebenso wenig von dem Ambra-Öl. Was er mit Davey Benton getan hat, basierte auf seiner oberflächlichen Kenntnis der vorherigen Verbrechen aus den vorläufigen Berichten und von den Fotos. Das ist alles.«

»Wollen Sie damit sagen, Minshall hatte nichts zu tun mit... Robson hat nicht...«

»Sie tragen die Verantwortung für das, was mit Davey Benton passiert ist. Und das ist alles.«

Barbara ließ sich auf einen Stuhl sinken. In der Einsatzzentrale um sie herum war es still. Offenbar wussten die Kollegen schon von der Sackgasse, in die sie alle so überstürzt gerannt waren. »Und wohin führt uns das jetzt?«, fragte sie.

»Zurück zu Alibis, Umfeldermittlungen, früheren Festnahmen. Zurück zu Elephant and Castle, würde ich sagen.«

»Aber wir haben doch schon...«

»Dann tun wir's noch mal. Und wir erweitern die Suche auf jeden Mann, dessen Name im Laufe der Ermittlungen aufgetaucht ist. Sie kommen alle unters Mikroskop. Legen Sie los.«

Sie sah sich um. »Wo ist Winnie?«, fragte sie.

»In Belgravia«, antwortete Stewart. »Er sieht sich die Bänder der Überwachungskameras aus der Cadogan Lane genauer an.«

Niemand sagte, warum, aber das war auch nicht nötig. Nkata sah sich die Bänder an, weil Nkata schwarz und ein gemischtrassiger Junge auf den Bändern war. Gott, wie durchschaubar sie sind, dachte Barbara. *Sieh dir die Schnappschüsse von dem Schützen an, Winnie. Du weißt ja, wie's ist. Für uns sehen die alle gleich aus, und außerdem sollte es eine Verbindung zu einer Gang geben ... Du weißt schon.*

Barbara schnappte sich ein Telefon und tippte Nkatas Handynummer ein. Als er abnahm, hörte sie Stimmengewirr im Hintergrund.

»Masoud sagt, Robson ist nicht unser Mann«, eröffnete sie ihm. »Aber ich nehme an, du weißt das schon.«

»Niemand wusste es, bevor St. James Stewart angerufen hat, Barb. Das war ... muss so gegen elf Uhr gewesen sein. Es hatte nichts mit dir persönlich zu tun.«

»Du kennst mich viel zu gut.«

»Ist ja auch nicht so, als ging es mir besser als dir.«

»Wie sieht's bei dir aus? Was erwarten die, das du ihnen sagen sollst?«

»Zu den Bändern? Ich glaube, das wissen sie selbst nicht. Die lassen hier einfach nichts unversucht. Ich bin nur eine von vielen Möglichkeiten.«

»Und?«

»Absolut nichts. Der Junge ist gemischtrassig. Hauptsächlich weiß, ein bisschen schwarz und noch etwas. Keine Ahnung, was. Der andere Kerl auf dem Bild könnte jeder sein. Er wusste, was er tat. Mütze tief ins Gesicht gezogen, Kopf von der Kamera abgewandt.«

»Tja, da hat man dich ja wirklich richtig sinnvoll eingesetzt, was?«

»Man kann ihnen keinen Vorwurf machen, Barb. Die tun hier einfach, was sie können. Und jetzt haben sie einen brauchbaren Hinweis. Kam telefonisch, keine fünf Minuten, bevor du angerufen hast.«

»Und zwar? Woher kommt er?«

»Aus West Kilburn. Das Revier an der Harrow Road hat einen Informanten in der schwarzen Szene, der sie regelmäßig mit Informationen versorgt. Ein schwarzer Kerl mit einem ziemlichen Ruf auf der Straße und hohem Gewaltpotenzial, sodass sich keiner an ihn rantraut. Dieser Typ hat die Bilder von der Überwachungskamera in der Zeitung gesehen, Harrow Road angerufen und ihnen einen Namen genannt. Kann sein, dass nichts dabei rauskommt, aber die Kollegen glauben, es lohnt sich, der Sache nachzugehen. Möglicherweise ist das der Schütze, den wir suchen, sagen sie.«

»Wer ist es?«

»Ich hab den Namen nicht mitbekommen. Die Kollegen von der Harrow Road holen ihn zum Verhör. Aber wenn er's getan hat, wird er schnell auspacken. Kein Zweifel, er wird reden.«

»Warum? Wie können sie so sicher sein?«

»Weil er zwölf Jahre alt ist. Und das hier ist nicht das erste Mal, dass er in Schwierigkeiten steckt.«

St. James überbrachte Lynley die Neuigkeiten. Dieses Mal trafen sie sich nicht auf dem Korridor, sondern in dem kleinen Zimmer, das die Familie während der letzten Tage beherbergt hatte. Lynley kam es vor wie Monate. Helens Eltern hatten sich überreden lassen, das Krankenhaus für eine Weile zu verlassen. In Begleitung von Cybil und Daphne waren sie zu ihrer Wohnung am Onslow Square gefahren, wo Helen früher gewohnt hatte. Penelope war nach Cambridge zurückgekehrt, um nach ihrem Mann und den drei Kindern zu schauen. Seine eigene Familie gönnte sich ein paar Stunden Pause und Tapetenwechsel in Eaton

Terrace. Seine Mutter hatte angerufen, nachdem sie dort angekommen waren, und gefragt: »Tommy, was sollen wir mit den Blumen machen?« Dutzende von Sträußen lagen vor der Tür, ergossen sich über die Eingangsstufen hinab bis zum Bürgersteig. Er hatte keine Antwort für sie. Mitgefühl konnte ihn nicht berühren, hatte er festgestellt.

Nur Iris war geblieben, die standhafte Iris, untypischste aller Clyde-Schwestern. Sie besaß nicht einen Hauch von Eleganz, trug das Haar lang, weil es praktisch war, und Spangen in Form von Hufeisen hielten es aus ihrem Gesicht. Sie war ungeschminkt, die Haut von zu viel Sonne gezeichnet.

Als sie ihre jüngste Schwester gesehen hatte, hatte sie geweint. Wütend hatte sie gesagt: »So was passiert hier doch gar nicht, Gott verflucht.« Er hatte gewusst, was sie meinte: Gewalt und Tod durch Schusswaffen. Das gehörte nach Amerika, nicht nach England. Was war aus dem England geworden, das sie gekannt hatte?

Du warst zu lange weg, wollte er ihr sagen. Das England, das du gekannt hast, ist seit Jahrzehnten tot.

Stundenlang hatte sie bei Helen gesessen, ehe sie wieder sprach, und dann sagte sie leise zu ihm: »Sie ist nicht hier, oder?«

»Nein, sie ist nicht hier«, stimmte Lynley zu. Denn Helens Geist war vollständig verschwunden, weitergezogen zur nächsten Daseinsebene – was immer das sein mochte. Was geblieben war, war lediglich die Behausung dieses Geistes, welche die fragwürdigen Wunder der modernen Medizin vor der Verwesung bewahrten.

Als St. James kam, ging Lynley mit ihm in den Warteraum und ließ Iris bei Helen. Er lauschte den Neuigkeiten von der Polizeiwache Harrow Road und ihrem Informanten, aber das Einzige, was in sein Bewusstsein vordrang, war: *schon früher mit dem Gesetz in Konflikt geraten.*

»In welcher Hinsicht mit dem Gesetz in Konflikt geraten, Simon?«, fragte er.

»Brandstiftung und Handtaschenraub laut Jugendgericht.

Eine Sozialarbeiterin hat eine Zeit lang versucht, die Familie zu beraten. Ich habe mit ihr gesprochen.«

»Und?«

»Nicht viel, fürchte ich. Eine ältere Schwester, die gerade wegen eines Straßenraubs gemeinnützige Arbeit verrichtet, und ein jüngerer Bruder, über den keiner viel weiß. Sie alle wohnen bei einer Tante und ihrem Freund in einer Sozialwohnung. Das ist alles, was ich herausbekommen konnte.«

»Jugendgericht«, wiederholte Lynley. »Und er hat eine Sozialarbeiterin.«

St. James nickte. Er hielt den Blick auf Lynley gerichtet, und Lynley fühlte, wie sein Freund ihn studierte, ihn einschätzte, während St. James selbst ebenfalls die Fakten zusammenzog wie die Fäden eines Netzes, dessen Mittelpunkt immer und immer wieder derselbe war.

»Gefährdete Jugendliche«, sagte Lynley. »Colossus.«

»Quäl dich nicht.«

Er lachte freudlos. »Glaub mir, das brauch ich nicht. Das erledigt die Wahrheit schon.«

Unter den gegebenen Umständen gab es für Ulrike keine hässlicheren Worte als *interne Untersuchung*. Dass der Vorstand Informationen über sie sammeln wollte, war schlimm genug. Dass sie beabsichtigten, es durch Befragungen und Revision zu tun, war schlimmer. Sie hatte jetzt viele Feinde bei Colossus, und drei von ihnen würden überglücklich sein, das Bild, das sie von sich selbst erschaffen hatte, mit Tomaten zu bewerfen.

Neil Greenham führte diese Liste an. Er hatte seine fauligen, kleinen, informellen Gemüsegranaten wahrscheinlich seit Monaten gesammelt und nur auf den passenden Zeitpunkt gewartet, um sie abzufeuern. Denn Neil kämpfte um die totale Kontrolle über Colossus, was Ulrike erst während der jüngsten Entwicklungen klar geworden war, als Bensley und Richie in ihrem Büro aufgetaucht waren. Natürlich war Neil nie ein Teamspieler gewesen – man bedenke allein die Tatsache, dass er einen

Lehrerjob zu einer Zeit verloren hatte, da die Regierung händeringend nach Pädagogen suchte! –, und das war auch immer ein Warnsignal gewesen, das Ulrike zur Kenntnis hätte nehmen sollen. Doch das war nichts im Vergleich zu seiner heimtückischen Seite, die sich mit der unerwarteten Ankunft zweier Vorstandsmitglieder in Elephant and Castle gezeigt hatte, ganz zu schweigen von den Fragen, die sie bei ihrer Ankunft gestellt hatten. Neil würde also überglücklich sein, sie zu teeren, und zwar mit einem Pinsel, den er bereits in Pech getaucht hatte, nachdem sie ihn zum ersten Mal schief angesehen hatte.

Dann war da Jack Veness. Die ganze Was-hatte-sie-sich-nur-gedacht-Angelegenheit mit Jack. Ihre Irrtümer in Bezug auf Jack hatten jedoch nichts damit zu tun, dass sie zu seiner Tante gelaufen war, sondern vielmehr damit, dass sie ihm überhaupt einen bezahlten Job bei Colossus gegeben hatte. O ja, das war ja angeblich die ganze Theorie hinter der Organisation: den Übeltätern Selbstvertrauen zu vermitteln, bis sie geläutert waren. Doch sie hatte eine entscheidende Erkenntnis außer Acht gelassen, die sie über Individuen wie Jack schon lange gewonnen hatte: Sie reagierten empfindlich, wenn jemand an ihnen zweifelte, und ganz besonders biestig wurden sie dann, wenn sie das Gefühl hatten, dass jemand sie anschwärzte oder das auch nur in Erwägung zog. Also würde Jack auf Rache aus sein, und die würde er auch bekommen. Er war sicher nicht in der Lage, so weit zu denken, um zu erkennen, dass seine Teilnahme an ihrer Demontage bei Colossus eines Tages zurückkommen und ihn in den Arsch beißen könnte, wenn ein Nachfolger für sie bestimmt wurde.

Griff Strong hingegen verstand das nur zu gut. Er würde tun, was nötig war, um seine Position in der Organisation zu schützen, und wenn das bedeutete, dass er scheinbar zögerliche Andeutungen über sexuelle Belästigung durch eine Vorgesetzte machen musste, die die Finger einfach nicht von seinem verlockenden, wenn auch verheirateten und ach so unwilligen Körper lassen konnte, dann würde er genau das tun. Das, was Neil

Greenham dem Vorstand eingepflanzt und Jack bewässert hatte, würde Griff kultivieren. Bei seiner Befragung würde er auch bestimmt diesen verfluchten Seemannspulli tragen. Falls er überhaupt nach Rechtfertigungen suchte, würde er eine Liste von Gründen anführen, warum sie in eine Situation geraten waren, in der jeder für sich selbst kämpfen musste. Arabella und Tatiana würden diese Liste anführen. »Rike, du weißt, dass ich familiäre Verpflichtungen habe. Das hast du immer gewusst.«

Der Einzige, der Ulrike einfiel, der sich *vielleicht* positiv über sie äußern würde, war Robbie Kilfoyle, und auch das nur, weil er als Ehrenamtler im Gegensatz zu den fest angestellten Mitarbeitern vorsichtiger sein musste, wenn er befragt wurde. Er musste einen Drahtseilakt der Neutralität vollbringen, weil das der einzige Weg war, um seine Zukunft zu sichern und in die Richtung zu gehen, die er anstrebte, nämlich die einer Festanstellung. Er wollte sicher nicht für den Rest seiner Tage Sandwiches ausliefern, oder? Aber Rob musste positioniert werden. Er musste sich selbst als Spieler in ihrem und keinem anderen Team sehen.

Sie machte sich auf die Suche nach ihm. Es war spät geworden. Sie schaute nicht auf die Uhr, aber die Dunkelheit draußen und die Stille im Gebäude sagten ihr, dass es weit nach sechs Uhr sein musste, wahrscheinlich näher an acht. Robbie arbeitete abends oft länger, um alles wieder aufzuräumen. Es konnte gut sein, dass er noch irgendwo im rückwärtigen Teil des Hauses war, und wenn nicht, war sie entschlossen, ihn ausfindig zu machen.

Doch er war nicht mehr da. Der Geräteraum war geradezu zwanghaft ordentlich – ein Umstand, für den sie Rob loben konnte, wenn sie mit ihm sprach, dachte Ulrike –, und die Schulküche war so makellos, dass man vom Boden hätte essen können. Auch der Computerraum und das Klassenzimmer für die Einstufungskurse waren in tadellosem Zustand. Robs sorgfältige Handschrift war überall zu erkennen.

Die Vernunft riet Ulrike, bis zum nächsten Nachmittag zu

warten, um mit Robbie zu sprechen. Er würde wie immer gegen halb drei kommen, und dann konnte sie ihm danken und ein Band mit ihm knüpfen. Doch ihre Nervosität drängte sie, sofort zu handeln, darum schaute sie Robs Telefonnummer nach und rief ihn an. Wenn er nicht da war, konnte sein Vater ihm bestimmt etwas ausrichten, überlegte sie.

Ulrike lauschte dem Klingeln des Telefons mindestens zwei Minuten, ehe sie auflegte und zu Plan B überging.

Sie handelte aus dem Bauch heraus, das war ihr klar. Aber der Teil von ihr, der sagte, entspann dich, fahr nach Hause, nimm ein Bad, trink ein Glas Wein, du kannst all das morgen erledigen, wurde übertönt von dem Teil, der schrie, dass die Zeit verflog und die Machenschaften ihrer Feinde schon in vollem Gange waren. Sie hatte sich sowieso den ganzen Tag wie zugeschnürt gefühlt, und sie wusste, sie würde weder frei atmen noch schlafen oder essen können, ehe sie irgendetwas unternommen hatte.

Außerdem war sie ein Macher-Typ, oder etwa nicht? Sie hatte nie herumgesessen und abgewartet, wie die Dinge sich entwickelten.

In diesem Fall bedeutete das, sie musste sich Rob Kilfoyle schnappen und einen Verbündeten aus ihm machen. Und der einzige Weg, das zu tun, schien zu sein, aufs Rad zu steigen und ihn zu finden.

Sie brauchte einen Stadtplan, um den ersten Teil in die Tat umzusetzen, denn sie hatte keine Ahnung, wo der Granville Square, an dem er wohnte, sich befand. Sie entdeckte ihn östlich der Kings Cross Road. Das war definitiv ein Pluspunkt. Sie brauchte nur zur Blackfriars Bridge zu fahren, den Fluss zu überqueren und nach Norden zu radeln. Das war simpel und sagte ihr, dass das Schicksal ihre Fahrt zum Granville Square gewollt hatte.

Nachdem sie losgefahren war, erkannte sie, dass es später war, als sie angenommen hatte. Der Feierabendverkehr war längst ausgedünnt, sodass die Fahrt die Farringdon Street hinauf nicht so entnervend war, wie sie befürchtet hatte, nicht einmal in der Umgebung des Ludgate Circus.

Sie brauchte nicht lange zum Granville Square, der an allen vier Seiten von georgianischen Häusern umgeben war, die sich in unterschiedlichen Stadien des Verfalls oder der Sanierung befanden, was für so viele Wohnviertel in London typisch war. In der Platzmitte lag das allgegenwärtige Stückchen Natur, in diesem Fall nicht umzäunt und unzugänglich für alle außer den zahlenden Anwohnern, sondern für jedermann offen, der spazieren, lesen, den Hund ausführen oder die Kinder auf dem kleinen Spielplatz an der einen Seite beobachten wollte. Rob Kilfoyles Zuhause lag diesem Spielplatz genau gegenüber. Das Haus war dunkel, aber Ulrike stellte dennoch ihr Rad am Geländer ab und ging die Stufen hinauf. Vielleicht war er ja im rückwärtigen Teil des Hauses, und jetzt, da sie einmal hier war, hatte Ulrike nicht die Absicht, wieder zu verschwinden, ehe sie nicht wenigstens versucht hatte, ihn herauszulocken.

Sie klopfte, aber ohne Erfolg. Sie drückte auf die Türklingel. Sie versuchte, durch die Fenster zu spähen, musste sich aber schließlich eingestehen, dass diese Fahrt ins Niemandsland zwischen St. Pancras und Islington reine Zeitverschwendung gewesen war, wenn man von der sportlichen Betätigung einmal absah.

»Er ist nicht zu Hause, unser Rob«, erklärte eine Frauenstimme in ihrem Rücken. »Das ist auch kein Wunder, armer Junge.«

Ulrike wandte sich um. Die Frau stand auf dem Bürgersteig und beobachtete sie. Sie sah aus wie ein Fass und hatte eine keuchende englische Bulldogge ähnlicher Statur an einer Leine. Ulrike stieg die Stufen wieder herab und trat zu ihr.

»Wissen Sie zufällig, wo er ist?« Sie sei Robs Chefin, erklärte sie.

»Sind Sie die Frau von dem Sandwichladen?« Sie selbst stellte sich als Mrs. Sylvia Puccini vor. »Keine Verwandtschaft, übrigens, falls Sie sich für Musik interessieren. Ich wohne drei Häuser weiter. Ich kenne Rob, seit er in den Windeln lag.«

»Ich bin Robbies andere Arbeitgeberin«, erklärte Ulrike. »Bei Colossus.«

»Ich wusste gar nicht, dass er noch einen Job hat«, erwiderte Mrs. Puccini und sah sie scharf an. »Wo, sagten Sie?«

»Colossus. Wir sind eine soziale Einrichtung für gefährdete Jugendliche. Streng genommen ist Robbie kein Angestellter. Er arbeitet nachmittags ehrenamtlich bei uns, nachdem er die Sandwiches ausgefahren hat. Aber wir betrachten ihn trotzdem als einen der unseren.«

»Davon hat er mir nie was erzählt.«

»Stehen Sie ihm nahe?«

»Warum fragen Sie?«

Mrs. Puccini klang misstrauisch, und Ulrike erkannte, dass dies eine Wiederholung ihrer Begegnung mit Mary Alice Atkins-Ward werden konnte, wenn sie diese Richtung weiterverfolgte. Lächelnd antwortete sie: »Nur so. Ich dachte nur, weil Sie ihn doch schon so lange kennen. Wie eine zweite Mutter fast.«

»Hm. Ja. Arme Charlene. Möge ihre arme, gequälte Seele in Frieden ruhen. Alzheimer. Aber das hat Rob Ihnen ja bestimmt erzählt. Sie ist letztes Jahr im Winter gestorben, das arme Ding. Hat ihren eigenen Sohn am Ende nicht mehr erkannt. Oder sonst irgendwen. Und dann sein Vater. Die letzten Jahre hat's unser Rob wirklich nicht leicht gehabt.«

Ulrike runzelte die Stirn. »Sein Vater?«

»Einfach tot umgefallen. Letzten September war das. Er wollte wie immer zur Arbeit und ist einfach umgefallen. Die Gwynne Place Steps da drüben runter.« Sie zeigte auf die Treppe am Südwestende des Platzes. »Er war tot, bevor er unten ankam.«

»Tot?«, fragte Ulrike. »Ich wusste nicht, dass Robs Vater auch ... Er ist tot? Sind Sie sicher?«

Im Licht der Straßenlaterne warf Mrs. Puccini ihr einen Blick zu, der besagte, wie merkwürdig sie diese Frage fand. »Wenn nicht, Herzchen, haben wir alle da rumgestanden und zugeguckt, wie jemand anderes eingeäschert wurde. Und das ist nicht wahrscheinlich, oder?«

Nein, musste Ulrike zustimmen, das war es nicht. Sie sagte: »Ich nehme an, es ist nur … Verstehen Sie, Rob hat nie erwähnt, dass sein Vater verstorben ist.« Ganz im Gegenteil, fügte sie in Gedanken hinzu.

»Na ja, das kann ich mir vorstellen. Rob ist nicht der Typ, der herumläuft und um Mitleid bettelt, ganz gleich, wie niedergedrückt er nach dem Tod seines Dad gewesen war. Vic hatte nichts für Heulsusen übrig, und wie heißt es so schön: Der Apfel fällt nicht weit vom Stamm. Aber täuschen Sie sich nicht: Den Jungen hat es schwer getroffen, als er plötzlich allein war.«

»Gibt es keine weiteren Verwandten?«

»Ach, er hat irgendwo eine Schwester, viel älter als er, aber die ist schon vor Jahren verschwunden und war auf keiner der Beerdigungen. Verheiratet, Kinder, Australien oder weiß der Kuckuck, wo. Soweit ich weiß, hat sie nichts mehr von sich hören lassen, seit sie achtzehn war.« Mrs. Puccini sah Ulrike noch einmal scharf an, als wolle sie sie einschätzen. Als sie weitersprach, wurde offensichtlich, warum: »Aber wissen Sie, Herzchen, weil ja nur Sie und Trixie es hören …« Sie wies mit einem kurzen Schütteln der Leine auf ihren Hund, der zu ihren Füßen lag und diese Geste offenbar als Aufforderung verstand, den Spaziergang fortzusetzen, denn er erhob sich umständlich. »Victor war kein besonders netter Kerl.«

»Robs Vater.«

»Ganz genau. Natürlich war es ein Schock, als er so plötzlich abtreten musste, aber wenn Sie die Wahrheit wissen wollen, hier im Viertel hat ihm kaum jemand eine Träne nachgeweint.«

Ulrike hörte ihr zu, war aber immer noch damit beschäftigt, die erste Neuigkeit zu verarbeiten: Robbie Kilfoyles Vater war tatsächlich tot. Es stand im Widerspruch zu dem, was Rob ihr kürzlich erzählt hatte: Irgendetwas von Bezahlfernsehen, oder? Etwas, das Sail Away hieß? Doch alles, was sie zu Mrs. Puccini sagte, war: »Ich wünschte, er hätte es mir erzählt. Es hilft, sich die Dinge von der Seele zu reden.«

»Oh, ich nehme an, das tut er.« Seltsamerweise wies Mrs.

Puccini wieder zu den Gwynne Place Steps hinüber. »Man findet immer ein offenes Ohr, wenn man bereit ist, dafür zu bezahlen.«

»Bezahlen?« Offene Ohren und bezahlen konnte nur eines von zwei Dingen bedeuten: Prostitution, was ungefähr so gut wie bewaffneter Raubüberfall zu Rob zu passen schien, oder Psychotherapie, was ebenso unwahrscheinlich war.

Mrs. Puccini schien zu wissen, was sie dachte, denn sie lachte herzhaft, ehe sie erklärte: »Das Hotel. Am Ende der Treppe. Er geht fast jeden Abend in die Bar. Ich schätze, da ist er auch jetzt.«

Das erwies sich als richtig, nachdem Ulrike sich von Mrs. Puccini und Trixie verabschiedet hatte und die Treppe hinabgelaufen war. Sie führte zu einem Hochhaus, das unübersehbar aus der Nachkriegszeit stammte, ein Übermaß an schokobraunen Ziegeln und so gut wie keine äußere Dekoration aufwies. In dem Haus fand sich jedoch eine Lobby im Art-déco-Stil, an den Wänden Bilder, die betuchte Männer und Frauen in den Zwanzigerjahren auf ausschweifenden Partys zeigten. An einem Ende dieser Eingangshalle führte eine Tür zur Othello Bar. Es kam Ulrike eigenartig vor, dass Robbie – oder sonst jemand aus diesem Viertel – in eine Hotelbar und nicht in den Pub an der Ecke ging, um sein Bier zu trinken, aber die Othello Bar hatte einen unbestreitbaren Vorteil, zumindest am heutigen Abend: Es war praktisch niemand dort. Wenn Robbie das Bedürfnis verspürte, dem mitfühlenden Barkeeper die Ohren voll zu jammern, dann stand dieser Mann gänzlich zu seiner Verfügung. Obendrein gab es Sitzgelegenheiten an der Bar, noch ein Vorzug gegenüber dem Pub.

Robbie Kilfoyle saß auf einem dieser Hocker. An zwei der Tische saßen Geschäftsleute und arbeiteten an ihren Laptops, das Bier in Reichweite. An einem weiteren Tisch hatten sich drei Frauen eingefunden, deren ausladende Hinterteile, weiße Turnschuhe und Getränkewahl zu dieser Stunde – Weißwein – sie als amerikanische Touristinnen auswiesen. Ansonsten war die Bar leer. Musik aus den Dreißigern plätscherte aus den Deckenlautsprechern.

Ulrike glitt auf den Hocker neben Robbie. Er warf ihr einen kurzen Blick zu, dann einen zweiten, als die Tatsache, wer sie war, sein Gehirn erreichte. Seine Augen weiteten sich.

»Hi«, sagte sie. »Eine Nachbarin hat mir gesagt, dass du vielleicht hier bist.«

»Ulrike!«, rief er und sah über ihre Schulter, als wolle er feststellen, ob sie in Begleitung war. Er trug einen engen schwarzen Pulli, der seinen Körperbau in einer Weise betonte, wie seine sonst üblichen, ordentlich gebügelten weißen Hemden es nicht taten. Hatte er von Griff gelernt?, fragte sie sich. Er war ziemlich gut gebaut.

Der Barkeeper hörte Robs Ausruf und kam herüber, um ihre Bestellung aufzunehmen. Sie orderte einen Brandy, und während er ihn holte, erzählte sie Rob, Mrs. Puccini habe ihr geraten, hier nach ihm zu suchen. »Sie hat gesagt, du gingst regelmäßig hierher, seit dein Vater gestorben ist«, fügte Ulrike hinzu.

Robbie sah weg und dann wieder zu ihr. Er versuchte nicht, sich herauszureden, und dafür musste Ulrike ihn bewundern. »Ich wollte es dir nicht sagen, dass er gestorben ist. Ich wusste nicht, wie. Es wäre so gewesen, als…« Er schien einen Moment nachzudenken, während er das Bierglas in den Händen drehte. »Als wollte ich um eine Sonderbehandlung bitten, als spekulierte ich darauf, dass jemand mir aus Mitgefühl etwas gibt.«

»Wie kommst du nur auf so einen Gedanken?«, fragte Ulrike. »Ich hoffe, niemand bei Colossus hat irgendetwas getan, das dir das Gefühl gegeben hat, du hättest dort keine Freunde, denen du dich anvertrauen kannst.«

»Nein, nein«, versicherte er. »Das ist nicht das, was ich glaube. Ich schätze, ich war einfach noch nicht bereit, darüber zu sprechen.«

»Bist du es jetzt?« Dies war ihre Gelegenheit, ein Band der Loyalität mit Robbie zu knüpfen. Auch wenn sie im Moment ganz andere Sorgen hatte als den Tod eines Mannes, der Monate zurücklag – eines Mannes, den sie nicht einmal gekannt hatte –, so wollte sie Robbie doch das Gefühl vermitteln, dass er einen Freund bei Colossus hatte und dieser Freund hier neben ihm in der Othello Bar saß.

»Ob ich bereit bin, darüber zu sprechen?«

»Ja.«

Er schüttelte den Kopf. »Eigentlich nicht.«

»Schmerzlich?«

Ein Blick in ihre Richtung. »Warum fragst du das?«

Sie zuckte die Schultern. »Es scheint offensichtlich. Du hattest anscheinend eine enge Beziehung zu ihm. Immerhin habt ihr unter einem Dach gelebt. Ihr müsst viel Zeit miteinander verbracht haben. Ich weiß noch, dass du mir erzählt hast, wie ihr zwei zusammen fern...« Sie brach ab, weil ihr bei der Erkenntnis die Worte im Hals stecken blieben. Sie ließ den Brandy im Glas kreisen und zwang sich, fortzufahren: »Du hast mit ihm zusammen ferngesehen. Das hast du erzählt.«

»Haben wir auch«, antwortete er. »Mein Dad war selbst an guten Tagen ein Dreckskerl, aber er ist nie auf jemanden losgegangen, wenn der Fernseher lief. Ich glaube, das hypnotisierte ihn. Wenn wir also allein zusammen waren – vor allem, nachdem Mum schließlich ins Krankenhaus gekommen war –, hab ich immer den Fernseher eingeschaltet, damit er mich in Ruhe ließ. War wohl die Macht der Gewohnheit, als ich dir erzählt habe, wir hätten zusammen vor der Kiste gesessen. Das war eigentlich das Einzige, was wir je zusammen gemacht haben.« Er leerte sein Glas. »Warum bist du gekommen?«, fragte er.

Tja, warum? Plötzlich kam es ihr eher unwichtig vor. Sie suchte nach einem Thema, das gleichermaßen glaubwürdig und unverfänglich war. »Genau genommen, um dir zu danken«, sagte sie.

»Wofür?«

»Du tust so viel bei Colossus und bekommst nicht immer die adäquate Anerkennung dafür.«

»Deswegen bist du hergekommen?« Robbie klang ungläubig, wie es jeder vernünftige Mensch gewesen wäre.

Ulrike wusste, dass sie sich auf dünnem Eis bewegte, also beschloss sie, die Wahrheit sei vermutlich der beste Weg. »Nicht nur, um ehrlich zu sein. Ich werde ... na ja ... unter die Lupe genommen, Rob. Also will ich herausfinden, wer meine Freunde sind. Du hast es doch sicher gehört.«

»Was? Wer deine Freunde sind?«

»Dass eine Untersuchung läuft.«

»Ich weiß, dass die Bullen da waren.«

»Diese Untersuchung meine ich nicht.«

»Was dann?«

»Der Stiftungsvorstand untersucht meine Leistungen als Leiterin von Colossus. Du musst doch wissen, dass sie heute da waren.«

»Warum?«

»Warum was?«

»Warum muss ich das wissen? Ich bin doch der Fußabtreter dort. Der Unwichtigste, der zuletzt informiert wird.«

Er sagte es leichthin, aber sie merkte, er war ... was? Frustriert? Verbittert? Wütend? Warum hatte sie das nicht früher erkannt? Und was sollte sie jetzt dagegen tun, außer sich zu entschuldigen und vage Versprechen abzugeben, dass die Dinge bei Colossus sich ändern würden, und sich zu verabschieden?

»Ich werde versuchen, das zu ändern, Rob«, sagte sie.

»Wenn ich in der kommenden Auseinandersetzung deine Partei ergreife.«

»Ich habe nicht gesagt ...«

»Ist schon in Ordnung.« Er schob sein Glas von sich und schüttelte den Kopf, als der Barmann ihm ein weiteres Bier anbot. Er zahlte seine Rechnung und ihre, dann sagte er: »Mir ist klar, dass es ein Spiel ist. Ich kriege die politischen Winkelzüge schon mit. Ich bin nicht blöd.«

»Das wollte ich auch nicht unterstellen.«

»Ich bin nicht eingeschnappt. Du tust nur, was du tun musst.« Er glitt von seinem Hocker. »Wie bist du hergekommen?«, fragte er. »Doch nicht etwa mit dem Fahrrad?«

Allerdings, erklärte sie. Sie leerte ihr Glas und sagte: »Also mache ich mich besser auf den Heimweg.«

»Es ist spät«, wandte er ein. »Ich bringe dich nach Hause.«

»Bringen? Ich dachte, du fährst auch immer mit dem Rad.«

»Zur Arbeit«, erklärte er. »Ansonsten nicht. Ich hab Dads Van geerbt, als er im Sommer gestorben ist. Das arme Schwein. Er hat sich einen Campingwagen für den Ruhestand gekauft, und eine Woche später ist er tot umgefallen. Hat ihn kein einziges Mal benutzen können. Komm. Wir können dein Rad hinten reinstellen. Das hab ich schon mal gemacht.«

»Danke, aber das ist wirklich nicht nötig. Ich will dir keine Umstände machen und...«

»Sei nicht albern. Das sind doch keine Umstände.« Er nahm ihren Arm. »Nacht, Dan«, sagte er zu dem Barkeeper und ging mit Ulrike nicht zu der Tür, durch die sie gekommen war, sondern zu einem Flur. Dieser führte zu den Toiletten und weiter zur Küche, die er betrat. Nur ein einziger Koch war noch da, der grüßend nickte und sagte: »Rob«, während sie an ihm vorbeigingen. Ulrike sah, dass es hier eine weitere Tür gab, einen Notausgang für das Küchenpersonal, falls ein Feuer ausbrach. Durch diese Tür gelangten sie auf einen kleinen Parkplatz hinter dem Hotel, der in einer Schlucht zwischen dem Gebäude selbst und dem Steilhang lag, der zum Granville Square hinaufführte. In einer entlegenen dunklen Ecke des Parkplatzes stand der Van. Er wirkte alt und harmlos, Rostflecken nagten an dem verblichenen weißen Schriftzug auf der Seite.

»Mein Fahrrad...«, begann Ulrike.

»Steht es oben am Platz? Das machen wir schon. Steig ein. Wir fahren vorbei und holen es.«

Sie sah sich auf dem Parkplatz um. Er war schlecht beleuchtet und verlassen. Sie schaute zu Robbie. Er lächelte ihr zu. Sie dachte an Colossus, daran, wie hart sie gearbeitet hatte und was alles ruiniert werden würde, wenn sie gezwungen wurde, die Leitung an jemand anderen abzugeben. Jemanden wie Neil. Jemanden wie Griff. Oder sonst irgendwen.

Es gab Situationen, da musste man einfach vertrauen, entschied sie, und diese gehörte dazu.

Am Van angekommen, öffnete Robbie ihr die Tür. Sie stieg ein. Er schloss die Tür. Sie tastete nach dem Gurt, konnte ihn aber hinter ihrer Schulter nirgendwo finden. Als Robbie ebenfalls eingestiegen war und sah, dass sie den Gurt suchte, startete er den Motor und sagte: »Oh, tut mir Leid. Das ist ein bisschen knifflig. Er sitzt tiefer, als man meint. Ich hab hier irgendwo eine Taschenlampe. Ich mach dir Licht.«

Er tastete neben seinem Sitz auf dem Boden herum. Ulrike sah, wie er die Taschenlampe zum Vorschein brachte. »So sollte es besser gehen«, sagte er, und sie wandte sich ab, um wieder nach dem Gurt zu suchen.

Danach geschah alles in weniger als drei Sekunden. Sie wartete auf das Licht der Taschenlampe. »Rob?«, fragte sie, dann fühlte sie den Stromschlag durch ihren Körper jagen und rang keuchend nach Luft.

Der erste Krampf schüttelte sie, der zweite raubte ihr fast das Bewusstsein, der dritte katapultierte sie an den Rand eines Abgrunds, und dann stürzte sie ins Dunkel.

33

Die Polizeiwache Harrow Road hatte nicht den besten Ruf, aber die Polizisten in West Kilburn hatten ein sehr breites Aufgabenspektrum zu bewältigen: von den üblichen sozialen und kulturellen Konflikten, mit denen jede multiethnische Gesellschaft zu kämpfen hatte, bis hin zu Straßenkriminalität, Drogen und einem blühenden Schwarzmarkt. Obendrein mussten sie fortwährend mit den Gangs fertig werden. In einer Gegend, die von trostlosen Siedlungen und Wohnsilos beherrscht wurde – erbaut in den Sechzigern, als architektonische Fantasie dem Tode geweiht schien –, entstanden jeden Tag neue Legenden darüber, wie die Bullen überrannt, überrumpelt und überlistet worden waren, so zum Beispiel in den verschlungenen und tunnelartigen Fluren der berüchtigten Mozart-Siedlung. Seit jeher war die Polizei in diesem Stadtteil unterlegen gewesen. Die Beamten waren sich dessen sehr wohl bewusst, und das trug nicht gerade dazu bei, ihre Laune bei der Wahrung der öffentlichen Ordnung zu heben.

Als Barbara und Nkata ankamen, war in der Anmeldung eine hitzige Debatte im Gange. Ein Rastafarian in Begleitung einer hochschwangeren Frau und zweier Kinder verlangte lautstark von einem Constable: »Ich will das beschissene Auto zurück, Mann! Meinen Sie, die Frau hier will das Baby auf der Straße zur Welt bringen?«

Der Constable antwortete: »Das steht nicht in meiner Macht, Sir. Sie müssen mit einem der Beamten sprechen, die den Fall bearbeiten.«

»Ach, Scheiße«, sagte der Rasta und machte auf dem Absatz kehrt. Er packte die Frau beim Arm, führte sie zur Tür und sagte im Vorbeigehen mit einem Nicken zu Nkata: »Bruder.«

Nkata stellte Barbara und sich selbst dem Constable vor. Sie seien gekommen, um Detective Sergeant Starr zu sprechen, sagte er. Hier sei ein Junge in Gewahrsam, der als der mögliche Schütze von Belgravia identifiziert worden sei.

»Der Sergeant erwartet uns«, fügte Nkata hinzu.

Harrow Road hatte Belgravia berichtet, Belgravia wiederum New Scotland Yard. Der Informant in West Kilburn hatte sich als zuverlässig erwiesen. Er hatte den Namen eines Jungen genannt, der dem auf dem Foto der Überwachungskamera an der Cadogan Lane ähnlich sah, und die Beamten hatten den Verdächtigen in kürzester Zeit ausfindig gemacht. Er war nicht einmal auf der Flucht gewesen. Nachdem der Helen-Lynley-Job erledigt gewesen war, war er einfach mit der U-Bahn nach Hause gefahren, über Westbourne Park, wo sein Gesicht ebenfalls von einer Überwachungskamera gefilmt worden war, dieses Mal ohne Begleitung.

Es war ein Kinderspiel gewesen. Das Einzige, was jetzt zu tun blieb, war, seine Fingerabdrücke mit denen auf der Pistole, die nahe dem Tatort gefunden worden war, abzugleichen.

John Stewart hatte Nkata instruiert, die Sache zu übernehmen. Nkata hatte Barbara gebeten, ihn zu begleiten. Als sie ankamen, war es zehn Uhr abends. Sie hätten bis zum nächsten Morgen warten können, denn beide waren seit vierzehn Stunden im Einsatz und völlig erledigt, aber sie wollten nicht warten. Und es bestand die Gefahr, dass Stewart den Auftrag jemand anderem übertrug, und das wollten sie ebenfalls nicht.

Sergeant Starr war ein Schwarzer, etwas kleiner und untersetzter als Nkata. Er sah aus wie ein gutmütiger Preisboxer.

»Wir hatten dieses Früchtchen schon wegen Straßenschlägerei und Brandstiftung hier«, sagte er. »Beide Male hat er jemand anderen beschuldigt. Sie kennen die Sorte. ›Ich war's nicht, ihr verdammten Schweine‹.« Er warf Barbara einen Blick zu, als wolle er sich für seine Wortwahl entschuldigen. Sie winkte müde ab. Er fuhr fort: »Aber die ganze Familie ist polizeibekannt. Der Vater ist bei einer Streiterei um Drogengeschäfte auf der Straße erschossen worden. Die Mutter hat sich mit irgendwas das Hirn getoastet und ist schon seit einiger Zeit von der Bildfläche verschwunden. Die Schwester hat sich an einem Straßenraub versucht und ist vor dem Richter gelandet. Aber die Tante, bei denen sie jetzt wohnen, will nichts davon hören, dass die Kids auf dem besten Weg in den Jugendstrafvollzug sind. Sie hat einen Laden unten an der Straße, wo sie Vollzeit arbeitet, und einen jüngeren Freund, der sie im Schlafzimmer auf Trab hält, also kann sie sich nicht leisten, sich um das zu kümmern, was sich vor ihrer Nase abspielt. Es war immer nur eine Frage der Zeit. Das haben wir versucht, ihr klar zu machen, als wir den Jungen zum ersten Mal hier hatten, aber sie wollte nichts davon hören. Es ist immer die gleiche Geschichte.«

»Früher hat er geredet, sagten Sie?«, fragte Barbara. »Wie steht es jetzt?«

»Wir haben kein Wort aus ihm rausgekriegt.«

»Überhaupt nichts?«, fragte Nkata.

»Kein Sterbenswörtchen. Er hätte uns vermutlich nicht mal seinen Namen gesagt, wenn wir den nicht schon gewusst hätten.«

»Wie heißt er?«

»Joel Campbell.«

»Wie alt?«

»Zwölf.«

»Hat er Angst?«

»O ja. Ich würde sagen, ihm ist klar, dass er hierfür hinter Gitter kommt. Aber natürlich weiß er auch alles über Venables und Thompson. Das weiß ja leider jeder. Also sechs Jahre Bauklötze und Fingerfarbe und Gesprächstherapie, und dann ist er fertig mit dem Strafvollzug.«

Er hatte nicht ganz Unrecht. Es war ein moralisches und ethisches Dilemma dieser Zeit: Was sollte man mit jugendlichen Mördern anfangen? Zwölfjährige Mörder. Und jüngere.

»Wir würden gern mit ihm reden.«

»Was immer das nützt. Wir warten darauf, dass die Sozialarbeiterin wieder rauskommt.«

»War die Tante hier?«

»Ja, sie ist aber schon wieder weg. Sie will, dass wir ihn auf der Stelle laufen lassen oder ihr sagen, warum er hier ist. Aber das kann sie sich abschminken. Ihre Position war so unverrückbar wie unsere, darum hatten wir uns nicht viel zu sagen.«

»Anwalt?«

»Ich nehme an, die Tante kümmert sich gerade darum.«

Er forderte sie mit einem Wink auf, ihm zu folgen. Auf dem Weg zum Verhörzimmer kam ihnen eine abgespannt wirkende Frau in Sweatshirt, Jeans und Turnschuhen entgegen, die Sozialarbeiterin. Ihr Name war Fabia Bender, und sie berichtete Sergeant Starr, dass der Junge um etwas zu essen gebeten habe.

»Hat er darum gebeten, oder haben Sie es ihm angeboten?«, fragte Starr. Was natürlich heißen sollte: Hat er endlich den Mund aufgemacht und etwas gesagt?

»Er hat gebeten«, antwortete sie. »Mehr oder minder. ›Hunger‹, hat er gesagt. Ich würde ihm gern ein Sandwich holen.«

»Ich organisiere das«, versprach er. »Diese beiden hier wollen mit ihm sprechen. Kümmern Sie sich darum.«

Starr ließ Nkata und Barbara mit Fabia Bender zurück, die dem, was der Sergeant ihnen gesagt hatte, nicht viel hinzuzufügen hatte. Die Mutter des Jungen war in einer psychiatrischen Klinik in Buckinghamshire, wo sie während der vergangenen Jahre schon mehrfach gewesen war. Nach ihrer letzten Einweisung hatten die Kinder bei der Großmutter gelebt. Als die alte Dame mit ihrem Freund, der ausgewiesen worden war, nach Jamaika verschwunden war, hatte die Tante die Kinder aufgenommen. Es sei wirklich kein Wunder, dass Jugendliche in Schwierigkeiten gerieten, wenn ihre Lebensumstände so ungeordnet waren.

»Er ist hier drin.« Mit der Schulter drückte sie eine Tür auf. Sie trat als Erste ein und sagte: »Danke, Sherry« zu einer Beamtin, die offenbar bei dem Jungen geblieben war. Die Polizistin ging hinaus, und Barbara folgte Fabia Bender in den Raum. Nkata bildete das Schlusslicht, und dann standen sie vor dem mutmaßlichen Mörder von Helen Lynley.

Barbara sah Nkata an. Er nickte. Dies war der Junge, den er auf den Fotos der Überwachungskameras an der Cadogan Lane und der U-Bahn-Station Sloane Square gesehen hatte: derselbe Schopf drahtiger Locken, dasselbe Gesicht mit den keksgroßen Sommersprossen. Der Junge wirkte in etwa so bedrohlich wie ein Rehkitz, das im Scheinwerferlicht eines Autos gefangen war. Er war klein, und seine Fingernägel waren abgekaut.

Er saß an dem Verhörzimmertisch, und sie setzten sich zu ihm, Nkata und Barbara auf der einen, der Junge und die Sozialarbeiterin auf der anderen Seite. Fabia Bender teilte ihm mit, dass Sergeant Starr unterwegs sei, um ihm ein Sandwich zu holen. Irgendwer hatte ihm auch eine Cola gebracht, doch er hatte sie nicht angerührt.

»Joel«, begann Nkata, »du hast die Frau eines Polizisten ermordet. Weißt du das? Wir haben eine Waffe in der Nähe gefunden. Es wird sich herausstellen, dass deine Fingerabdrücke darauf sind. Die ballistische Untersuchung wird ergeben, dass es die Tatwaffe ist. Eine Überwachungskamera hat dich zur fraglichen Zeit in Tatortnähe aufgenommen. Dich und einen anderen. Was hast du zu sagen, Bruder?«

Der Blick des Jungen glitt für einen Moment zu Nkata. Er schien bei der Narbe zu verharren, die über dessen Wange lief. Wenn er nicht lächelte, sah Nkata nicht gerade aus wie ein Teddybär. Aber der Junge zog sich in sich selbst zurück – man konnte förmlich zusehen, wie er Mut aus einer anderen Dimension schöpfte – und sagte nichts.

»Wir wollen einen Namen, Mann«, sagte Nkata.

»Wir wissen, dass du nicht allein warst«, fügte Barbara hinzu.

»Der andere Kerl war ein Erwachsener, oder? Wir wollen einen Namen von dir. Das ist der einzige Weg, der dir offen steht.«

Joel sagte nichts. Er griff nach der Cola und legte die Hände darum, öffnete sie aber nicht.

»Mann, was glaubst du eigentlich, was du hierfür kriegst?«, fragte Nkata den Jungen. »Denkst du, wir schicken Typen wie dich nach Blackpool in die Ferien? Weggesperrt werden solche wie du. Und wie du dich jetzt verhältst, wird darüber entscheiden, für wie lange.«

Das war nicht unbedingt wahr, aber es bestand immerhin die Chance, dass der Junge das nicht wusste. Sie brauchten einen Namen, und den würden sie von ihm bekommen.

Die Tür ging auf, und Sergeant Starr kehrte zurück. Er hielt ein dreieckiges Plastikpaket mit einem Sandwich in der Hand. Er öffnete es und reichte es dem Jungen. Joel nahm es in die Hand, biss aber nicht ab. Er wirkte unentschlossen, und Barbara sah, dass er mit einer Entscheidung rang. Sie hatte das Gefühl, dass die Alternativen, die er gegeneinander abwog, von einer Art waren, die keiner von ihnen je würde begreifen können. Als er schließlich aufschaute, wandte er sich an Fabia Bender.

»Ich verpfeife keinen«, verkündete er und biss in sein Sandwich.

Und das war's dann: der Ehrenkodex der Straße. Und nicht nur der Straße. Es war ein Kodex, der ihre ganze Gesellschaft durchdrang. Eltern vermittelten ihn ihren Kindern von klein auf, denn er war überlebenswichtig, ganz gleich, wohin es sie verschlug. Einem Freund schnüffelte man nicht hinterher. Aber das allein sprach Bände, denn wer immer mit dem Jungen in Belgravia gewesen war, wurde möglicherweise – zumindest von Joel – als Freund betrachtet.

Sie verließen den Raum. Fabia Bender begleitete sie. DS Starr blieb bei dem Jungen.

»Ich schätze, früher oder später verrät er es uns«, sagte Fabia Bender beruhigend. »Wir stehen ja noch ganz am Anfang, und er ist nie zuvor in einem Jugendgefängnis gewesen. Wenn er dorthin kommt, wird er noch mal über alles nachdenken, was passiert ist. Er ist nicht blöd.«

Barbara ließ sich das durch den Kopf gehen, während sie zusammen auf dem Flur standen. »Aber er war schon hier wegen Brandstiftung und Raubüberfall, oder? Was ist daraus geworden? Hat das Jugendgericht ihm auf die Finger geklopft? Ist es so weit überhaupt gekommen?«

Die Sozialarbeiterin schüttelte den Kopf. »Es wurde nie Anklage erhoben. Ich nehme an, sie hatten nicht genügend Beweise. Er wurde vernommen und dann beide Male laufen gelassen.«

Das hieß, er war der perfekte Kandidat für die Art von sozialer Intervention, die in Elephant and Castle angeboten wurde, dachte Barbara. »Und was wurde dann aus ihm?«

»Wie meinen Sie das?«

»Nachdem er laufen gelassen wurde. Haben Sie ihn zu irgendeiner Einrichtung geschickt?«

»Was für eine Einrichtung?«

»Eine, die sich bemüht, Jugendliche auf den rechten Pfad zu führen.«

»Haben Sie je einen Ihrer Schützlinge zu einer Organisation namens Colossus geschickt?«, fragte Nkata. »Südlich der Themse ist das, Elephant and Castle.«

Fabia Bender schüttelte den Kopf. »Ich habe natürlich davon gehört. Wir hatten deren Streetworker sogar mal hier, der uns das Programm vorgestellt hat.«

»Aber?«

»Aber wir haben ihnen nie einen unserer Jugendlichen geschickt.«

»Warum nicht?«, wollte Barbara wissen.

»Na ja, es ist ziemlich weit, wissen Sie. Wir warten darauf, dass sie in unserer Nähe eine Filiale eröffnen.«

Lynley war seit zwei Stunden allein bei Helen. Er hatte beide Familien darum gebeten, und sie waren einverstanden gewesen. Nur Iris hatte protestiert, aber sie war auch als Letzte angekommen, und er verstand, dass es ihr unmöglich erschien, von ihrer Schwester getrennt zu werden.

Der Spezialist war gekommen und wieder verschwunden. Er hatte die Ausdrucke und Berichte gelesen. Er hatte auf die Monitore geschaut und das Wenige untersucht, was man untersuchen konnte. Schließlich war er zu den versammelten Angehörigen gekommen, weil Lynley es so wollte. Insoweit ein Mensch überhaupt einem anderen gehören konnte, gehörte Helen ihm, weil sie seine Frau war. Aber sie war ebenso eine Tochter, eine geliebte Schwester, Schwägerin und Schwiegertochter. Ihr Verlust betraf sie alle. Er hatte diesen monströsen Schlag nicht allein erlitten, und er würde auch nie behaupten können, allein zu leiden. Also hatten sie alle mit dem italienischen Säuglingsneurologen zusammengesessen, der ihnen gesagt hatte, was sie bereits wussten.

Zwanzig Minuten waren keine sehr lange Zeit. Zwanzig Minuten beschrieben eine Periode, in der gewöhnlich sehr wenig bewerkstelligt werden konnte. Tatsächlich gab es Tage, an denen Lynley in zwanzig Minuten nicht einmal von zu Hause zur Victoria Street gelangen konnte. Das Drittel einer Stunde war nicht genug Zeit, um viel zustande zu bringen, außer vielleicht duschen und anziehen oder eine Tasse Tee kochen und trinken oder abwaschen nach dem Abendessen oder die verblühten Rosen im Garten schneiden. Doch für das menschliche Gehirn waren zwanzig Minuten eine Ewigkeit. Es war »für immer«, das war die Art der Veränderung, die zwanzig Minuten in dem Leben herbeiführen konnten, das von der normalen Funktion des Gehirns abhing. Diese normale Funktion bedurfte einer regelmäßigen Versorgung mit Sauerstoff. »Das bezeugt das Opfer der Schussverletzung«, hatte der Arzt gesagt. »Das bezeugt Ihre Helen.«

Das Problem war natürlich, dass man es nicht wissen konnte. Das wiederum hing damit zusammen, dass man nicht sehen konnte. Helen konnte man anschauen, täglich, stündlich, minütlich, leblos in ihrem Krankenhausbett. Das Baby – ihren Sohn, den sie spaßeshalber und bis seine unentschlossenen Eltern sich auf eine endgültige Lösung einigen konnten, Jasper Felix genannt hatten – konnte man nicht sehen. Alles, was sie wussten, war, was der Spezialist wusste, und was dieser wusste, gründete auf den wissenschaftlichen Erkenntnissen über das menschliche Gehirn.

Wenn Helen keinen Sauerstoff bekam, bekam das Baby ebenfalls keinen Sauerstoff. Sie konnten auf ein Wunder hoffen, aber das war alles.

Helens Vater hatte gefragt: »Wie wahrscheinlich ist ein solches ›Wunder‹?«

Der Arzt schüttelte den Kopf. Er war mitfühlend, schien gütig und warmherzig. Aber er war nicht gewillt zu lügen.

Nachdem der Spezialist sie verlassen hatte, schaute zuerst keiner von ihnen den anderen an. Sie alle spürten die Last, aber nur einer von ihnen trug die Bürde, eine Entscheidung treffen zu müssen. Lynley blieb mit dem Wissen zurück, dass alles bei ihm lag. Sie konnten ihn lieben – was sie auch taten und er auch spürte –, aber sie konnten ihm die Entscheidung nicht abnehmen.

Jeder von ihnen sprach mit ihm, bevor sie das Krankenhaus für die Nacht verließen, jeder wusste, ohne dass es ausgesprochen worden war, dass die Zeit der Entscheidung gekommen war. Seine Mutter blieb länger als alle anderen. Sie kniete vor seinem Stuhl und schaute zu ihm auf.

»Alle Dinge, die in unserem Leben passieren, führen zu all den anderen Dingen in unserem Leben«, sagte sie leise. »Ein Augenblick in der Gegenwart hat also einen Bezugspunkt sowohl in der Vergangenheit als auch in der Zukunft. Ich will, dass du weißt, dass du so, wie du jetzt bist und je sein wirst, diesem Augenblick gerecht wirst, Tommy. So oder so. Wo immer er hinführt.«

»Ich frage mich, woher ich wissen soll, was ich tun muss«, erwiderte er. »Ich sehe ihr Gesicht an und versuche, darin zu erkennen, was sie wollen würde. Und dann frage ich mich, ob selbst das eine Lüge ist, ob ich mir vielleicht nur einrede, sie anzusehen, um zu erkennen, was sie von mir erwarten würde, während ich sie in Wahrheit einfach nur ansehe. Sie ansehe, weil ich dem Moment nicht ins Auge blicken kann, in dem ich nicht mehr in der Lage sein werde, sie anzusehen. Weil sie nicht mehr da sein wird. Nicht nur ihr Geist, sondern auch ihr Körper nicht mehr da sein wird. Denn jetzt in diesem Moment, verstehst du, gibt sie mir einen Grund, um weiterzumachen, und ich ziehe diese Situation in die Länge.«

Seine Mutter hob die Hand und liebkoste sein Gesicht. »Von meinen Kindern warst du immer derjenige, der am härtesten zu sich selbst war«, sagte sie. »Du hast immer nach dem richtigen Weg gesucht, dich zu verhalten, hast so sehr befürchtet, einen Fehler zu machen. Aber es gibt keine Fehler, Liebling. Es gibt nur unsere Wünsche, unser Verhalten und die Konsequenzen, die daraus folgen. Es gibt nur Ereignisse und wie wir mit ihnen fertig werden und was wir daraus lernen.«

»Das ist zu einfach«, widersprach er.

»Ganz im Gegenteil. Es ist furchtbar schwierig.«

Dann hatte sie ihn allein gelassen, und er war zu Helen gewaren die Schultern. Der Aufprall mit dem Bentley war wohl heftiger gewesen, als sie zu dem Zeitpunkt gedacht hatte. Robbie Kilfoyle mit einer Bratpfanne niederzuschlagen, das hatte auch nicht gerade geholfen. Wäre sie eine andere Frau gewesen, hätte sie vermutlich beschlossen, dass eine schöne Massage angezeigt sei. Dampfbad, Sauna, Whirlpool, das ganze Programm. Vielleicht noch eine Maniküre und Pediküre dazu. Aber so eine Frau war sie nun einmal nicht. Sie sagte sich, eine Dusche werde reichen. Und eine Nacht anständigen Schlafs, denn sie war seit siebenunddreißig Stunden auf den Beinen.

Darauf konzentrierte sie sich. Während sie Richtung Fellows Road lief, richtete sie ihre Gedanken auf Dusche und Bett. Sie beschloss, nicht mal das Licht einzuschalten, damit nichts sie von ihrer geplanten Runde durch den Bungalow ablenken konnte, die auf direktem Weg zum Esstisch führen sollte (zum Ablegen ihrer Sachen), vom Esstisch ins Bad (Dusche aufdrehen, ausziehen und Klamotten auf den Boden werfen, Wasser auf schmerzende Muskeln trommeln lassen), vom Bad ins Bett (in Morpheus' Umarmung). Das ermöglichte ihr, nicht an das zu denken, woran sie nicht denken wollte: dass er es ihr nicht erzählt hatte, dass sie es von John Stewart hatte erfahren müssen.

Sie rief sich zur Räson wegen der Gefühle, die ihr diese Gedanken verursachten, nämlich abgeschnitten zu sein und in den leeren Raum zu driften. Sie sagte sich, dass sein Privatleben sie, verdammt noch mal, gar nichts anging, und führte sich vor Augen, dass sein Schmerz unerträglich war, und darüber zu sprechen – zu gestehen, dass er den Dingen ein Ende gemacht hatte und damit auch dem Leben, wie er es gekannt hatte, der Zukunft für sich selbst, für Helen und für sie als kleine Familie –, das hätte ihm wahrscheinlich den Rest gegeben. Aber alles, was sie mit ihren Vorhaltungen gegen sich selbst erreichte, war eine dünne Patina aus Schuldgefühlen, die sich über ihre anderen Gefühle legte. Und alles, was diese Schuldgefühle bewirkten, war, vorübergehend das Kind in ihr zum Schweigen zu bringen, das beharrte: Wir sind doch Freunde. Freunde vertrauen einander alles an, alles Wichtige. Freunde stützen sich aufeinander, weil sie eben Freunde sind.

Doch die Neuigkeiten waren über Dorothea Harriman in die Einsatzzentrale gelangt. Dee hatte John Stewart um eine kurze Unterredung gebeten, der daraufhin mit ernster Miene die anderen informiert hatte. Niemand wisse bislang etwas über die Pläne für die Beerdigung, sagte er abschließend, aber er werde sie auf dem Laufenden halten. »Unterdessen, Herrschaften, machen Sie weiter. Es gibt Berichte für die Staatsanwaltschaft zu schreiben, und zwar an mehr als einer Front, also schlage ich vor, Sie schreiben sie, denn ich will diese Geschichte auf eine Art und Weise vorgetragen wissen, die keinen Zweifel daran lässt, zu welchem Urteil die Geschworenen kommen sollen.«

Barbara hatte dagesessen und zugehört. Und sie konnte sich nicht davon abhalten, zu denken, dass sie von Hilliers Büro bis zur Harrow Road zusammen gewesen waren, und dann von der Harrow Road bis nach Eaton Terrace, und dass Lynley ihr nicht gesagt hatte, er habe die Lebenserhaltungssysteme seiner Frau ausgeschaltet. Sie wusste, es war nicht das, was sie denken sollte. Sie wusste, seine Entscheidung, diese Information für sich zu behalten, hatte nichts mit ihr zu tun. Und doch spürte sie einen neuen Kummer über sich hereinbrechen. Das Kind in ihr beharrte: Wir sind doch Freunde.

Dass sie das nicht waren und letzten Endes auch niemals sein konnten, lag nicht daran, was sie waren – Mann, Frau, Kollegen –, sondern daran, was sie unter der Oberfläche all dessen waren. Und das war entschieden und definiert worden, ehe einer von ihnen beiden auch nur das Licht der Welt erblickt hatte. Sie konnte dagegen rebellieren, bis der Himmel einstürzte, aber sie konnte es nicht ändern. Manche Fasern machten einen Stoff zu stark, um ihn zu zerreißen.

Als sie Eton Villas endlich erreichte, bog sie in die Einfahrt und ging durch das Tor. Hadiyyah schleppte einen Müllsack den Pfad entlang zu den Containern auf der Rückseite des Hauses. Barbara beobachtete einen Moment, wie sie sich damit abmühte, ehe sie sagte: »Hallo, Herzchen. Kann ich dir helfen?«

»Barbara!« Ihre Stimme klang so fröhlich wie eh und je. Als sie den Kopf hob, schwangen ihre Zöpfe herum. »Dad und ich haben den Kühlschrank ausgemistet. Er sagt, der Frühling kommt, und das ist unser erster Schritt, ihn willkommen zu heißen. Kühlschrank ausmisten, meine ich. Das heißt natürlich, dass wir den Rest der Wohnung als Nächstes sauber machen, und darauf freue ich mich nicht besonders. Er macht eine Liste mit allem, was wir tun müssen. Eine *Liste*, Barbara. Und Wände abwaschen steht ganz oben.«

»Das klingt ziemlich schlimm.«

»Mummy hat sie jedes Jahr abgewaschen, darum machen wir das auch. Damit alles blitzblank ist, wenn sie nach Hause kommt.«

»Das heißt, sie kommt nach Hause? Deine Mum?«

»Ach, du meine Güte, irgendwann mal. Keiner kann ewig in Ferien bleiben.«

»Nein. Ich schätze, da hast du Recht.« Barbara gab dem kleinen Mädchen ihre Tasche und nahm ihr den Müllsack ab. Sie warf ihn sich über die Schulter, trug ihn zu den Containern, und beide beförderten ihn schwungvoll zu dem restlichen Abfall.

»Ich kriege Stepptanzstunden«, eröffnete Hadiyyah ihr, als sie sich abklopften. »Dad hat es mir heute Abend gesagt. Ich freu mich ja so, denn das wollte ich schon seit Ewigkeiten. Wirst du kommen und zuschauen, wenn ich meine erste Vorführung habe?«

»Mitte erster Reihe«, versprach Barbara. »Ich liebe Tanzvorführungen.«

»Wunderbar«, sagte sie. »Vielleicht kommt Mummy ja auch. Wenn ich gut genug werde, kommt sie bestimmt. Ich weiß es. Nacht, Barbara. Muss zurück zu Dad.«

Sie hüpfte davon und verschwand hinter der Hausecke. Barbara wartete, bis sie das Schließen einer Tür hörte, das ihr sagte, dass ihre kleine Freundin sicher zu Hause war. Dann ging sie zu ihrem eigenen Häuschen und schloss die Tür auf. Wie sie sich vorgenommen hatte, schaltete sie kein Licht ein. Sie ging an den Esstisch, legte ihre Sachen ab und steuerte dann Richtung Dusche.

Der verdammte Anrufbeantworter zwang sie mit seinem Blinken zu einem Zwischenstopp. Sie erwog, ihn zu ignorieren, aber sie wusste, das konnte sie nicht. Sie seufzte und trat darauf zu. Als sie den Knopf drückte, erklang eine vertraute Stimme: »Barbie, Liebes, ich habe den Termin gemacht.« Mrs. Flo, dachte Barbara. Die Hüterin ihrer Mutter. »Mein Gott, es war gar nicht so einfach, einen zu kriegen, so wie die Dinge heutzutage mit der Nationalen Krankenversicherung stehen. Also, ich muss Ihnen leider sagen, dass Ihre Mum sich wieder im Blitzkrieg glaubt. Aber machen Sie sich keine Sorgen deswegen. Wenn wir sie unter Beruhigungsmittel setzen müssen, dann muss es eben sein, Liebes, und damit basta. Ihre Gesundheit...«

Barbara drückte die Stopptaste. Sie schwor sich, den Rest ein andermal anzuhören. Aber nicht heute Abend.

Ein zögerliches Klopfen erklang an ihrer Tür. Sie ging hinüber. Sie hatte keine einzige Lampe eingeschaltet, darum gab es wohl nur einen Menschen, der wusste, dass sie endlich zu Hause war. Sie öffnete die Tür, und da stand er vor ihr, einen abgedeckten Topf in der Hand.

»Ich glaube, Sie haben noch nicht zu Abend gegessen, Barbara«, sagte Azhar und hielt ihr den Topf hin.

»Hadiyyah hat mir erzählt, dass Sie den Kühlschrank ausgemistet haben«, erwiderte Barbara. »Sind das hier Reste? Wenn Ihre Reste Ähnlichkeiten mit den meinen haben, Azhar, riskiere ich mein Leben, wenn ich das hier esse.«

Er lächelte. »Das ist frisch zubereitet. *Pilau* mit Hühnchen.« Er hob den Deckel an. Im schwachen Licht konnte Barbara den Topfinhalt nicht sehen, aber sie nahm den Duft wahr, und ihr lief das Wasser im Mund zusammen. Es war Stunden, Tage, Wochen her, seit sie zuletzt eine anständige Mahlzeit zu sich genommen hatte.

»Danke«, sagte sie. »Soll ich's Ihnen abnehmen?«

»Wenn ich es auf den Tisch stellen dürfte?«

»'türlich.« Sie hielt ihm die Tür weiter auf, machte aber immer noch kein Licht. Allerdings hatte das eher mit dem rettungslosen Chaos in ihrer Wohnung zu tun als mit ihrem Schlafbedürfnis. Sie wusste, Azhar war ein Ordnungsfanatiker. Sie war nicht sicher, ob sein Herz es überstehen würde, wenn er das Durcheinander sah, um das sie sich seit Wochen nicht gekümmert hatte.

Er stellte den Topf in der Kochnische auf die Arbeitsplatte. Sie wartete an der Tür, da sie annahm, er werde gleich wieder gehen. Doch das tat er nicht.

Vielmehr sagte er: »Ihr Fall ist also abgeschlossen. Es war überall in den Nachrichten.«

»Heute Morgen, ja. Oder letzte Nacht. Oder irgendwann dazwischen. Ich weiß es schon gar nicht mehr so richtig. Nach einer gewissen Zeit verschwimmt alles.«

Er nickte. »Verstehe.«

Sie wartete, dass er fortfuhr, doch das tat er nicht. Schweigen hing zwischen ihnen, das er schließlich brach. »Sie arbeiten schon lange mit ihm zusammen, oder?«

Seine Stimme war voller Güte. Ihre inneren Alarmmechanismen schalteten sich ein. Leichthin erwiderte sie: »Lynley? Ja, ja. Paar Jahre. Ganz vernünftiger Typ, wenn man mal von der Sprechweise absieht. Seine prägenden Jahre lagen in einer Zeit, als diese Privatinternate nur feine Pinkel hervorbrachten, die nichts anderes tun, als auf Weltreise zu gehen und Füchse durch die Landschaft zu jagen.«

»Wie furchtbar es für ihn sein muss.«

Sie antwortete nicht. Sie sah Lynley an der Tür seines Hauses an der Eaton Terrace stehen. Sie sah, wie die Tür sich geöffnet hatte, ehe er den Schlüssel ins Schloss stecken konnte, und seine Schwester lichtumflutet im Rahmen auftauchte. Barbara hatte gewartet, ob er sich vielleicht umdrehen und zum Abschied winken würde, doch seine Schwester hatte einen Arm um seine Taille gelegt und ihn ins Haus gezogen.

»Schreckliche Dinge passieren guten Menschen«, bemerkte Azhar.

»Tja. Na ja. Stimmt wohl.«

Sie konnte und wollte nicht darüber sprechen. Zu frisch, zu schmerzhaft, Essig auf offene Wunden. Sie fuhr sich mit der Hand durch die unordentlichen Haare und stieß einen Seufzer aus, der ihm sagen sollte: Hier ist eine müde Frau, die ihren Schlaf braucht, vielen Dank. Aber er hatte sich nur ein Mal im Leben hinters Licht führen lassen, und aus der Erfahrung hatte er gelernt, ein klügerer Mann zu sein. Darum konnte sie ihm nichts vormachen. Sie musste entweder direkter werden oder ertragen, was er zu sagen hatte.

»Solch ein Verlust. Davon erholt man sich niemals vollständig.«

»Na ja, ich schätze, das stimmt. Er hat eine abscheuliche Zeit vor sich, und darum beneide ich ihn nicht.«

»Seine Frau. Und das Kind. In der Zeitung stand etwas von einem Kind.«

»Helen war schwanger, ja.«

»Und kannten Sie sie gut?«

Sie. Wollte. Nicht. »Azhar...«, sagte sie und holte zittrig Luft. »Verstehen Sie, ich bin erledigt. Total hinüber. Ausgepowert. Erschossen...«

Das Wort. Sie stolperte über das Wort und verstummte. Sie würgte ein Schluchzen hinunter. Tränen stiegen ihr in die Augen. Sie drückte die Faust auf die Lippen.

Geh, dachte sie. Bitte geh. *Hau ab.*

Doch das tat er nicht, und sie sah, dass er es auch nicht wollte, dass er aus einem bestimmten Grund gekommen war, der über das, was sie im Moment begreifen konnte, hinausging.

Sie machte eine Geste in seine Richtung, wollte ihn mit einem Wink verscheuchen, aber er tat immer noch nicht, was sie verlangte. Vielmehr durchquerte er den kleinen Raum, trat zu ihr, sagte nur: »Barbara«, und nahm sie in die Arme.

Sie fing an zu weinen. Wie das Kind, das sie gewesen, und die Frau, die sie geworden war. Seine Arme schienen der sicherste Platz, um das zu tun.

Danksagungen

Wenn eine Amerikanerin sich daranmacht, einen Roman zu schreiben, dessen Schauplatz London ist, kommen verschiedene Kräfte und Persönlichkeiten ins Spiel. Ein kleines Buch mit dem Titel *City Secrets*, herausgegeben von Robert Kahn, hat mich auf die Spur gebracht, die geeigneten Schauplätze für die Handlung dieses Romans zu finden. Meine Lektorin bei Hodder & Stoughton in London und meine dortige Pressereferentin – Sue Fletcher und Karen Geary – haben ungezählte hilfreiche Vorschläge gemacht, und mein Autorenkollege Courttia Newland hat mich aus erster Hand mit West Kilburn bekannt gemacht. Südlich der Themse hat mir Fairbridge seine Tore geöffnet, und dort habe ich die Arbeit dieser Organisation kennen gelernt, die es sich zum Ziel gemacht hat, gefährdeten Jugendlichen eine Perspektive zu eröffnen.

Meine Bemühungen, die Atmosphäre der Polizeiarbeit bei der Ermittlung einer Mordserie einzufangen, wurden von David Cox von New Scotland Yard und Pip Lane, pensionierter Beamter der Bezirkspolizei von Cambridge, unterstützt. Bobs Zauber- und Scherzartikelstand im Stables Market von Camden Lock diente als Vorbild für Barry Minshalls Zauberstand, und Bob war so freundlich, mir etwas von dem Markt selbst und über Zauberei zu erzählen. *Die Seele des Mörders* von John Douglas und Mark Olshaker sowie *The Gates of Janus* von – man sollte es nicht glauben – Ian Brady lieferten das Hintergrundwissen für die Erschaffung und Darstellung des Serienmörders in diesem Roman. Und die immer so findige und unendlich geduldige Swati Gamble von Hodder & Stoughton hat mich mit Informationen über alles Mögliche – von Schulen über Busfahrpläne bis hin zu Bodenbelägen in Lieferwagen – versorgt.

In Amerika hat meine Lektorin bei HarperCollins, Carolyn Marino, mich während der ganzen langen Entstehungsphase dieses Romans unterstützt und ermutigt. Meine langjährige Testleserin Susan Berner hat hilfreiche Anmerkungen zur zweiten Fassung gemacht. Meine Autorenkollegin Patricia Fogarty hat freundlicherweise die dritte Fassung gelesen. Meine Assistentin Dannielle Azoulay hat alles nur Denkbare erledigt – von der Recherche bis hin zum Spazierenführen meines Hundes –, um mir die nötige Schreibzeit zu ermöglichen. Mein Mann Tom McKabe hat monatelang Weckrufe um fünf Uhr morgens, auch im Skiurlaub, Wanderurlaub in den Great Smokies und bei Kurztrips nach Seattle, heldenhaft und ohne ein Wort der Klage ertragen. Meine Schülerinnen und Schüler haben dafür gesorgt, dass ich wachsam und ehrlich blieb, und mein Hund dafür, dass ich menschlich blieb.

Ihnen allen schulde ich Dank. Mögliche Fehler in diesem Roman haben nicht sie, sondern ich zu verantworten.

Außerdem muss ich dem Mann hinter meiner Karriere danken: meinem Literaturagenten Robert Gottlieb. Jedes Mal, wenn er einen Satz beginnt mit: »Nun, du weißt ja, Elizabeth...«, wird mir klar, dass es an der Zeit ist, die Ohren aufzusperren.

gangen. Er saß an ihrem Bett. Er wusste, ganz gleich, wie sehr er sich bemühte: Das Bild seiner Frau, wie sie jetzt war, würde mit der Zeit verblassen, so wie das Bild, wie sie noch vor wenigen Tagen gewesen war, ebenfalls verblassen würde, tatsächlich schon zu verblassen begonnen hatte, bis irgendwann nichts mehr von ihr in seinem visuellen Gedächtnis übrig sein würde. Wenn er sie sehen wollte, würde er das nur auf Fotografien tun können. Doch wenn er die Augen schloss, würde er nichts als die Dunkelheit sehen.

Es war die Dunkelheit, die er fürchtete und alles, was die Dunkelheit repräsentierte, dem er nicht ins Auge blicken konnte. Und Helen war das Zentrum all dessen sowie die Nichtexistenz von Helen, die daraus resultieren würde, wenn er so handelte, wie sie – und das war ihm völlig klar – es wollen würde.

Das hatte sie ihm von Anfang an gesagt. Oder war selbst *diese* Überzeugung eine Lüge?

Er wusste es nicht. Er ließ den Kopf auf die Matratze sinken und betete um ein Zeichen. Er wusste, er suchte nach etwas, das ihm den Weg, den er einschlagen musste, erleichtern würde. Aber zu dem Zweck existierten Zeichen nicht. Sie dienten der Führung, aber sie ebneten nicht den Weg.

Ihre Hand war kühl, als er sie ertastete. Er schloss die Finger darum und wollte Helen mit seiner Willenskraft veranlassen, sie zu bewegen, wie sie es vielleicht getan hätte, wenn sie nur schliefe. Er stellte sich vor, wie sie flatternd die Lider öffnete und murmelte: »Hallo, Darling«, doch als er den Kopf hob, lag sie da wie zuvor. Helen atmete, weil die medizinische Forschung dies ermöglichte. Sie war tot, weil diese Forschung noch keine weiteren Fortschritte gemacht hatte.

Sie gehörten zusammen. Der menschliche Wille mochte etwas anderes wünschen, doch der Wille der Natur war nicht so vage. Helen hätte das verstanden, selbst wenn sie es nicht so ausgedrückt hätte. *Lass uns gehen, Tommy*, hätte sie gesagt. Wenn es um den Kern der Dinge ging, war sie immer die klügste und unsentimentalste aller Frauen gewesen.

Als die Tür sich einige Zeit später öffnete, war er bereit.

»Es wird Zeit«, sagte er.

Er fühlte sein Herz anschwellen, als werde es ihm aus dem Leib gerissen. Die Monitore wurden schwarz. Das Beatmungsgerät verstummte. Die Stille des Abschieds legte sich über den Raum.

Als Barbara und Nkata zu New Scotland Yard zurückkamen, machte die Neuigkeit bereits die Runde. Die Fingerabdrücke des Jungen waren auf dem Lauf und dem Griff der Pistole, und die ballistische Untersuchung hatte ergeben, dass es sich um die Tatwaffe handelte. Sie erstatteten John Stewart Bericht, der mit versteinerter Miene lauschte. Es sah aus, als glaube er, seine Anwesenheit in der Harrow-Road-Wache hätte zu einem anderen Ergebnis geführt und den Namen des zweiten Täters aus dem Jungen herausgeholt. Er hat ja keinen Schimmer, dachte Barbara und teilte ihm mit, was sie von Fabia Bender über den Jungen und Colossus erfahren hatten.

Zum Schluss sagte sie: »Ich will das dem Superintendent erzählen, Sir.« Und als Stewarts Gesicht einen Ausdruck annahm, als steige ihm ein übler Geruch in die Nase, korrigierte sie sich: »Ich würde es ihm gerne sagen. Er glaubt, dass der Anschlag auf Helen mit diesem Fall zusammenhängt, dass das Porträt in der *Source* dazu geführt hat, dass der Täter sie finden konnte. Er muss wissen ... Ich meine, dann hätte er eine Sorge weniger.«

Stewart schien das aus jedem Winkel zu betrachten, ehe er schließlich zustimmte. *Aber* sie müsse den schriftlichen Bericht über das Verhör in der Harrow Road schreiben, und zwar bevor sie ins St.-Thomas-Krankenhaus fahre.

So war es nach ein Uhr morgens, als sie schließlich zu ihrem Auto ging. Dann sprang dieser verflixte Mini nicht an, und sie saß da, den Kopf aufs Lenkrad gestützt und beschwor den verdammten Motor, endlich in Gang zu kommen. In ihrem Kopf hörte sie die Warnung aus irgendeiner automechanischen Dimension, sie solle den Wagen in Reparatur geben, ehe er endgültig den Geist aufgab. »Morgen«, murmelte sie. »In Ordnung? Morgen.« Und sie hoffte, das Versprechen sei ausreichend.

Das war es. Der Motor sprang endlich an.

Zu dieser nachtschlafenden Zeit waren die Straßen von London beinah leer gefegt. Kein Taxifahrer, der halbwegs bei Verstand war, war um diese Zeit in Westminster unterwegs, um eine Tour zu ergattern, und die Busse fuhren nur noch selten. Gelegentlich kam ihr ein Wagen entgegen, aber im Großen und Ganzen waren die Straßen so verlassen wie die Gehwege, wo Obdachlose sich in Hauseingänge zum Schlafen gelegt hatten. So erreichte sie in kürzester Zeit das Krankenhaus.

Unterwegs fiel ihr ein, dass er vielleicht gar nicht da war, dass er möglicherweise nach Hause gegangen war, um ein bisschen zu schlafen, und in dem Fall wollte sie ihn nicht stören. Doch als sie ankam und unterhalb der Lambeth Palace Road in einer Ladezone parkte, entdeckte sie seinen Bentley am Ende des Parkplatzes. Er war also bei Helen, wie sie erwartet hatte.

Flüchtig dachte sie an das Risiko, den Motor des Mini abzustellen, nachdem er einmal zum Leben erwacht war. Aber sie musste es eingehen, denn sie wollte diejenige sein, die Lynley von dem Jungen berichtete. Sie hatte das Bedürfnis, ihm wenigstens einen kleinen Teil der Schuldgefühle zu nehmen, die er mit sich herumschleppte, also drehte sie den Schlüssel im Zündschloss und wartete, bis der Schluckauf des Mini verstummte.

Sie schnappte sich ihre Schultertasche und stieg aus. Sie wollte sich gerade Richtung Eingang auf den Weg machen, als sie ihn sah. Er war aus dem Krankenhaus gekommen, und sein Anblick – die Art, wie er sich bewegte und die Haltung seiner Schultern – führte ihr vor Augen, dass er sich für immer verändert hatte. Da zögerte sie. Wie ging man auf einen teuren Freund zu … Wie ging man auf ihn zu in so einem Moment, da er völlig gebrochen war? Sie kam zu der Überzeugung, dass sie das nicht konnte. Denn was machten ihre Neuigkeiten letztlich für einen Unterschied, da sein Leben jetzt in Trümmern lag. Er ging langsam über den Parkplatz Richtung Bentley. Dort angekommen, hob er den Kopf. Er sah nicht zu ihr, sondern auf einen Punkt des Parkplatzes, der außerhalb ihres Blickfeldes lag. So, als hätte jemand seinen Namen gerufen. Dann kam eine Gestalt aus der Dunkelheit, und danach ging alles sehr schnell.

Barbara erkannte, dass der Mann ganz in Schwarz gekleidet war. Er bewegte sich auf Lynley zu. Er hielt etwas in der Hand. Lynley schaute sich um. Dann wandte er sich zu seinem Wagen um. Aber weiter kam er nicht, denn der Mann hatte ihn erreicht und drückte den Gegenstand in seiner Hand in Lynleys Seite. Nicht einmal eine Sekunde verging, ehe der Superintendent am Boden lag, und die Hand, die den Gegenstand hielt, näherte sich ihm erneut. Sein Körper zuckte, und der Mann in Schwarz sah auf. Selbst aus der Entfernung erkannte Barbara Robbie Kilfoyle.

All das hatte drei Sekunden gedauert, vielleicht weniger. Kilfoyle packte Lynley unter den Achseln und zerrte ihn auf etwas zu, das Barbara, verflucht noch mal, hätte sehen müssen, dachte sie, wären nicht all ihre Gedanken bei Lynley gewesen: Ein Van stand im tiefsten Schatten, die Schiebetür war offen. Kilfoyle brauchte noch einmal eine Sekunde, dann hatte er Lynley hineingezogen.

»Verdammte Scheiße«, sagte Barbara. Sie war unbewaffnet und für den Moment absolut ratlos. Sie schaute zu ihrem Mini, in der Hoffnung, dort irgendetwas zu entdecken, das sie gebrauchen konnte … Sie griff nach dem Handy, um Hilfe zu rufen. Sie tippte die erste Neun ein, als der Van auf der anderen Seite des Parkplatzes jaulend zum Leben erwachte.

Sie hastete zu ihrem Wagen, warf Tasche und Handy hinein, ohne die Nummer zu Ende gewählt zu haben. Sie würde die letzten beiden Ziffern unterwegs eintippen, aber erst einmal musste sie losfahren, musste sich an ihn dranhängen, musste ihm folgen und die Richtung, in die sie fuhr, per Handy durchgeben, damit eine bewaffnete Einheit losgeschickt werden konnte, weil der Van, der verdammte Van bereits über den Parkplatz fuhr. Er war rot, wie sie vermutet hatten, und auf der Seite standen die verblichenen Buchstaben, die sie auf dem Video gesehen hatten.

Barbara rammte den Schlüssel ins Zündschloss und drehte ihn. Der Motor röchelte. Er sprang nicht an. Sie sah den Van zur Parkplatzausfahrt rollen. Die Scheinwerfer krochen in ihre Richtung. Sie duckte sich, denn er sollte denken, dass alles in Ordnung sei, damit er langsam und gemächlich fuhr, ohne Verdacht zu schöpfen. Dann konnte sie ihn verfolgen und die Männer mit den schönen großen Knarren rufen, auf dass sie dieses nutzlose Stück menschlicher Scheiße abknallten, bevor er einem Menschen etwas antun konnte, der alles für sie bedeutete, der ihr Freund war, ihr Mentor, und der sich in diesem Moment nicht wehren würde, dem alles zu gleichgültig war, um sich zu wehren, und der denken würde, mach mit mir, was du willst, und sie konnte nicht zulassen, dass Lynley das passierte.

Der Wagen sprang nicht an. Er *wollte* einfach nicht anspringen. Barbara hörte sich schreien. Sie sprang heraus, knallte die Tür hinter sich zu und hastete über den Parkplatz. Ihr war eingefallen, wie er auf den Bentley zugegangen war, wie nah er seinem Wagen gewesen war, also bestand die Chance…

Und er hatte die Schlüssel fallen lassen, als er gestürzt war. Er hatte sie *wirklich* fallen lassen. Sie hob sie mit einem Schluchzen der Dankbarkeit auf, und dann saß sie im Bentley. Ihre Hände zitterten. Sie brauchte ein Jahrhundert, um den Schlüssel ins Schloss zu bugsieren, aber dann sprang der Motor an, und sie versuchte, den verfluchten Sitz in eine Position zu bekommen, wo sie das Gaspedal und die Bremse erreichen konnte, denn seine Beine waren lang, war er doch einen Kopf größer als sie. Hektisch legte sie den Gang ein, setzte zurück und betete, der Mörder möge vorsichtig, vorsichtig, vorsichtig sein, denn das Letzte, was in seinem Sinn sein konnte, war doch wohl, mit seinem Fahrstil Aufmerksamkeit zu erregen.

Er war links abgebogen. Sie tat das Gleiche. Sie ließ den Motor des riesigen Wagens aufheulen, und er machte einen Satz nach vorn wie ein gut trainiertes Rennpferd, und sie fluchte, während sie ihn unter Kontrolle brachte, ihre Reaktionen unter Kontrolle brachte, ihre Erschöpfung unter Kontrolle brachte, die überhaupt keine Erschöpfung mehr war, sondern pures Adrenalin in ihren Adern, und die Notwendigkeit, diesen Scheißkerl aufzuhalten, eine kleine Überraschung für den Bastard zu arrangieren, hundert Cops herbeizurufen, falls das nötig war, und zwar allesamt bewaffnet, sodass sie seine verdammte kleine mobile Blutstätte stürmen konnten, und er konnte Lynley nichts tun, solange der Van fuhr, also wusste sie, sie war auf der sicheren Seite, solange er nicht anhielt.

Aber sie musste die Kollegen wissen lassen, wohin sie fuhr, und sobald sie Kilfoyles Van auf der Westminster Bridge entdeckte, griff sie nach dem Handy. Und erinnerte sich, dass sie es im Mini liegen gelassen hatte, genau wie ihre Tasche, als sie in ihr Auto gesprungen war.

»Scheiße! *Scheiße!*«, schrie sie und begriff, dass sie ganz auf sich gestellt war, wenn nicht ein Wunder geschah. *Du und ich, Schätzchen.* Lynleys Leben in Gefahr, denn das war's, oder? Dies hier sollte dein Meisterstück werden, du verdammtes Arschloch, das hier sollte deinen erbärmlichen Namen berühmt machen: Du ermordest den Cop, der nach dir sucht, tust ihm das an, was du den anderen angetan hast, denn in seinem Zustand konnte er sich nicht wehren, und so wie ich ihn auf dem Parkplatz gesehen habe, hat er nicht einmal den Willen, sich zu wehren, und du weißt das, genau wie du wusstest, wo du ihn findest, du Drecksau, weil du die Zeitung gelesen und Fernsehen geschaut hast, und jetzt willst du mal so richtig viel Spaß haben.

Sie hatte keine Ahnung, wo sie sich befanden. Der Mistkerl kannte die Schleichwege. Aber das war ja auch klar, oder, denn er fuhr mit dem Fahrrad und kannte die Straßen, die Gassen, die ganze verdammte Stadt.

Sie fuhren in nordöstlicher Richtung. Das war alles, was sie sagen konnte. Sie blieb so weit zurück, wie sie es wagte, ohne Gefahr zu laufen, ihn zu verlieren. Sie fuhr ohne Licht, was er sich nicht leisten konnte, wenn er ganz normal wirken wollte wie jemand, der einfach nur von A nach B fuhr, ganz unschuldig zu dieser Zeit um zwei Uhr morgens oder später. Sie konnte nicht riskieren, an einer Telefonzelle zu halten oder einen Fußgänger aufzugabeln – selbst wenn es welche gegeben hätte – und sein Handy zu requirieren. Das Einzige, was ihr zu tun übrig blieb, war, dem Van weiter zu folgen und fieberhaft zu überlegen, was sie machen konnte, wenn sie am Ziel ankamen, wo immer das auch sein mochte – an dem Ort, wo er, das wusste sie, die anderen ermordet hatte. Und dann hatte er ihre Leichen über die Stadt verteilt, also wo beabsichtigst du, Lynleys abzulegen, du Stück Dreck? Aber das würde nicht passieren, selbst wenn der Superintendent es in seinem jetzigen Zustand willkommen heißen würde, weil sie es nicht zulassen würde. Denn mochte der Drecksack auch die Waffen haben, sie hatte ihrerseits den Überraschungseffekt, und sie hatte, verdammt noch mal, die Absicht, ihn zu nutzen. Nur worin genau bestand ihre Überraschung, mal abgesehen von ihrer Anwesenheit, die einen Dreck wert war gegen diesen Bastard mit seinem Elektroschocker, seinen Messern, seinem Klebeband, seinen Fesseln, seinen verdammten dämlichen Ölen und seinen Zeichen auf der Stirn.

Wagenheber im Kofferraum des Bentley. Darauf lief es hinaus, und was, in aller Welt, sollte sie damit anfangen? Wage ja nicht, ihn anzurühren, sonst zieh ich dir das hier über den jämmerlichen Schädel, während ich deinem Elektroschocker ausweiche und du mit dem Schlachtermesser in der Hand auf mich springst? Wie, in aller Welt, sollte das funktionieren?

Er bog wieder ab, und es sah aus wie das letzte Mal. Sie waren endlos lange gefahren, mindestens zwanzig Minuten, möglicherweise noch länger. Unmittelbar vor dem Abbiegen hatten sie einen Fluss überquert, der hier oben todsicher nicht die Themse war, denn »hier oben« war ein gutes Stück nordöstlich von ihrem Ausgangspunkt. Dann kamen sie an Lagerhallen vorbei, direkt am nordöstlichen Ufer des Flusses, und sie dachte: Er hat einen verdammten Schuppen oder so was, wo er es tut, genau wie wir es zwischendurch mal vermutet haben bei unseren Ermittlungen, die uns zu diesem Fiasko geführt haben. Doch er fuhr an den Lagerhallen mit der säuberlichen Reihe von Schuppen vorbei und bog dahinter auf einen Parkplatz. Er war groß, riesenhaft verglichen mit dem Parkplatz, auf dem er am St.-Thomas-Krankenhaus gestanden hatte. Über der Einfahrt hing ein Schild, das sie endlich darüber aufklärte, wo sie sich befand: Lea Valley Eislauf-Center. Essex Wharf. Sie waren am Fluss Lea.

Das Eislauf-Center war eine Eisbahn in einer Halle, die wie eine uralte Nissenhütte aussah. Sie lag knapp fünfzig Meter von der Straße entfernt, und Kilfoyle fuhr auf die linke Seite, wo der Parkplatz einem Mörder zwei entscheidende Vorteile bot: Er war von immergrünem Gebüsch umgeben, und die Straßenlaterne brannte nicht. Als der Van dort parkte, lag er vollkommen im Dunkeln. Niemand, der vorbeifuhr, hätte ihn von der Straße aus sehen können.

Die Scheinwerfer des Vans erloschen. Barbara wartete einen Moment, um zu sehen, ob Kilfoyle aussteigen würde. Wenn er sein Opfer herauszerren und sein Ritual im Gebüsch ausführen wollte... Nur wie, in aller Welt, konnte man jemandem die Hände im Gebüsch verbrennen? Nein, dachte sie. Er würde es im Wagen tun. Es bestand keine Notwendigkeit, seinen Van zu verlassen. Er musste nur einen Ort finden, wo niemand mögliche Geräusche hörte, die aus dem Lieferwagen dringen mochten, einen Ort, wo niemand den Van sehen konnte. Dann konnte er seine Tat vollbringen und seiner Wege ziehen.

Was bedeutete, dass sie ihm zuvorkommen musste.

Sie hatte am Straßenrand gewartet, den Bentley im Leerlauf, aber jetzt rollte sie langsam auf den Parkplatz. Sie beobachtete und wartete auf irgendein Zeichen, eine leichte Bewegung des Vans, zum Beispiel, die anzeigte, dass Kilfoyle sich im Innern bewegte. Sie stieg aus, ließ den Motor jedoch laufen. Sie sah sich nach etwas um... irgendetwas, das sie gebrauchen konnte. Das Überraschungsmoment war ihr einziger Vorteil, rief sie sich ins Gedächtnis. Was also wäre die größte Überraschung, die sie diesem verdammten Irren bereiten könnte?

Fieberhaft ging sie die Details durch, was sie wussten, und alles, was sie zu erraten versucht hatten. Er fesselte sie, also war er jetzt wahrscheinlich damit beschäftigt. Während der Fahrt hatte er Lynley sicher irgendwo deponiert, wo er ihm weitere Elektroschocks versetzen konnte, wann immer er aufzuwachen schien. Aber jetzt fesselte er ihn bestimmt. Und im Akt der Fesselung lag die Hoffnung auf Errettung. Denn in dem Maße, wie die Fesseln Lynley bewegungsunfähig machten, schützten sie ihn auch. Und das war es, was sie wollte.

Schutz war die Antwort, die sie brauchte.

Lynley war sich seiner Unfähigkeit bewusst, seinem Körper koordinierte Bewegung zu befehlen. Sein Gehirn war nicht mehr in der Lage, Befehle in Aktion umzusetzen. Nichts war natürlich. Er musste einen bewussten Entschluss fassen, seinen Arm zu bewegen, statt es einfach zu tun, und trotzdem bewegte er sich nicht. Das Gleiche galt für seine Beine. Sein Kopf war ungeheuer schwer, und irgendetwas schien einen Kurzschluss in seinen Muskeln ausgelöst zu haben. Es fühlte sich an, als befänden seine Nervenenden sich im Kriegszustand.

Außerdem war er sich bewusst, dass Dunkelheit ihn umgab und etwas sich bewegte. Als es ihm gelang, seinen Blick zu fokussieren, nahm er auch Wärme wahr. Die Wärme trat in Zusammenhang mit Bewegung, und er nahm vage zur Kenntnis, dass er nicht allein war. Eine Gestalt lag im Halbdunkel, und er selbst lag halb auf ihr und halb auf dem Boden des Lieferwagens.

Er wusste, dass es ein Lieferwagen war. Er wusste, es war *der* Lieferwagen. In dem Moment, als eine Stimme aus dem Halbdunkel seinen Namen gesagt hatte, als er sich umwandte und glaubte, es sei ein Reporter, der gekommen war, um der Erste zu sein, um den Nicht-Ehemann und Nicht-Vater, der er gerade geworden war, zu interviewen, hatte ihm ein Teil seines Gehirns gesagt, dass etwas nicht stimmte. Dann hatte er die Taschenlampe in der ausgestreckten Hand gesehen und gewusst, wen er vor sich hatte. Danach hatte ihn der Stromschlag getroffen, und es war vorbei.

Er wusste nicht, wie viele weitere Elektroschocks er während der Fahrt zu diesem Ort bekommen hatte. Woran er sich indessen erinnerte, war, dass sie mit einer gewissen Regelmäßigkeit erfolgt waren, die darauf hindeutete, dass sein Entführer wusste, wie lange der Lähmungszustand eines Opfers anhielt.

Als der Van anhielt und der Motor verstummte, kletterte der Mann, der sich Fu genannt hatte, in den Laderaum, den Elektroschocker in der Hand. Er verabreichte Lynley eine weitere Dosis in der geschäftsmäßigen Art, wie ein Arzt eine notwendige Injektion geben mochte, und als Lynley das nächste Mal zur Besinnung kam und allmählich wieder anfing zu glauben, dass die Muskeln, die er fühlte, tatsächlich seine eigenen waren, stellte er fest, dass er an die Innenwand des Vans gefesselt war. Sein Gewicht hing an den Handgelenken und den Schultern, und seine Beine waren nach hinten abgewinkelt, sodass sie ebenfalls mit der Seitenwand verbunden werden konnten. Es fühlte sich an wie Lederfesseln, aber es hätte auch alles andere sein können. Er konnte sie nicht sehen.

Was er hingegen sah, war die Frau – die Quelle der Wärme, die er zuvor gespürt hatte. Sie lag gefesselt am Boden des Lieferwagens, die Arme seitlich ausgestreckt wie bei einer Kreuzigung. Das Kreuz selbst bestand aus einem Brett, auf dem sie lag. Ein Streifen breites Klebeband bedeckte ihren Mund. Ihre Augen waren in Panik aufgerissen.

Panik ist gut, dachte Lynley. Panik ist viel besser als Resignation. Als er sie ansah, schien sie seinen Blick zu spüren. Sie wandte den Kopf. Er erkannte, dass sie die Frau von Colossus war, aber in seinem derzeitigen Zustand konnte er sich nicht an ihren Namen erinnern. Das alles legte nahe, dass Barbara Havers auf ihre unnachahmliche, sture und dickköpfige Art die ganze Zeit Recht gehabt hatte: Der Mörder, der mit ihnen hier im Lieferwagen war, war einer der Angestellten von Colossus.

Fu war dabei, alles vorzubereiten, in erster Linie sich selbst. Er hatte eine Kerze angezündet und sich ausgezogen und salbte seinen nackten Körper mit einer Substanz – das musste das Ambra-Öl sein, richtig? –, die er einem braunen Fläschchen entnahm. Neben ihm befand sich der Kocher, den Muwaffaq Masoud ihnen beschrieben hatte. Eine große Pfanne stand darauf, die bereits heiß wurde und den schwachen Geruch von gebratenem Fleisch verströmte.

Er summte tatsächlich vor sich hin. Für ihn war all dies hier nichts Besonderes: Sie waren in seiner Gewalt, er hatte die Macht über sie, und die Manifestation von Macht, die Ausübung von Macht waren das, was er vom Leben wollte.

Die Frau am Boden gab hinter dem Klebeband einen erbarmungswürdigen Laut von sich. Fu wandte sich um, als er ihn hörte, und Lynley sah, dass der Mann ihm vage vertraut vorkam, dass er dieses englische Durchschnittsgesicht hatte: eine ausgeprägte, spitze Nase, ein abgerundetes Kinn und Brotteigwangen. Er sah aus wie hunderttausend andere Männer auf der Straße, aber in ihm war das Gen irgendwie mutiert, also war er kein gewöhnlicher harmloser Zeitgenosse, der irgendeiner normalen Arbeit nachging und abends zu Frau und Kindern in sein Reihenhäuschen fuhr, sondern er war vielmehr derjenige, zu dem seine Lebensumstände ihn gemacht hatten: Er war jemand, der gerne Menschen tötete.

Fu sagte: »Ich hätte dich nicht auserwählt, Ulrike. Ich mag dich eigentlich ganz gern. Es war mein Fehler, dass ich meinen Vater je erwähnt habe. Aber als du anfingst, Alibis einzufordern – und es war übrigens ziemlich offensichtlich, dass es das war, was du tatest –, wusste ich, ich musste dir irgendwas erzählen, das dich zufrieden stellt. Wenn ich gesagt hätte, ich hab allein zu Hause rumgesessen, wärst du nie zufrieden gewesen, oder? ›Allein‹ hätte deine Neugier geweckt.« Er sah auf sie hinab, sein Gesichtsausdruck war freundlich. »Ich meine, du hättest einfach nicht lockergelassen, es vielleicht sogar den Bullen gesagt. Und wohin hätte das dann geführt?«

Er holte das Messer hervor. Es hatte auf der kleinen Arbeitsplatte gelegen, wo der Propankocher jetzt nicht nur die Pfanne, sondern das gesamte Wageninnere erhitzte. Lynley spürte die Wärme, die ihm wellenförmig entgegenschlug.

Fu sagte: »Eigentlich hätte es einer der Jungen sein sollen. Mark Connor vielleicht, hatte ich gedacht. Du kennst ihn doch, oder? Hängt immer mit Jack am Empfang rum. Wenn du mich fragst, der Junge ist auf dem besten Weg, ein Vergewaltiger zu werden. Er braucht eine Lektion, Ulrike. Sie alle brauchen eine Lektion. Kleine Drecksäcke sind das, allesamt. Was sie brauchen, ist Disziplin, und die bringt ihnen keiner bei. Man fragt sich wirklich, was die für Eltern haben. Erziehung ist für die Entwicklung von entscheidender Wichtigkeit, weißt du. Würdest du mich einen Moment entschuldigen?«

Er wandte sich wieder dem Kocher zu. Er nahm die Kerze in die Hand und hielt sie an verschiedene Punkte seines Körpers. Lynley begriff, dass das ein hieratisches Ritual war, das er hier beobachtete. Und genau das war die ihm zugedachte Rolle: ein Beobachter, wie der Gläubige in der Kirche.

Er wollte etwas sagen, aber sein Mund war ebenfalls mit Klebeband verschlossen. Er testete die Stärke der Handgelenkfesseln. Sie waren völlig unbeweglich.

Fu drehte sich wieder um. Er stand vollkommen entspannt da in seiner Nacktheit, und sein Körper glänzte an den Stellen, wo er das Öl aufgetragen hatte. Er hielt die Kerze hoch und sah, dass Lynley ihn beobachtete. Er griff nach etwas auf der Arbeitsplatte.

Lynley dachte, es sei wieder der Elektroschocker, um ihn nochmals zu betäuben, doch es handelte sich um eine kleine braune Flasche, nicht die, mit deren Öl Fu sich gesalbt hatte, sondern eine andere. Fu entnahm sie einem kleinen Schrank und hielt sie hoch, damit Lynley sie auch ganz sicher sehen konnte.

»Etwas Neues, Superintendent«, sagte er. »Nach Ulrike steige ich auf Petersilie um. Diese Pflanze symbolisiert Triumph, verstehen Sie, und dazu wird es reichlich Anlass geben. Zu triumphieren. Für mich, meine ich. Aber für Sie? Tja, ich glaube nicht, dass es im Moment sonderlich viel gibt, weswegen Sie sich toll fühlen könnten, oder? Aber Sie sind immer neugierig, und wer könnte Ihnen daraus einen Vorwurf machen? Sie wollen es wissen, nicht wahr? Sie wollen es verstehen.«

Er kniete sich neben Ulrike, aber es war Lynley, den er anschaute. »Ehebruch. Das ist heutzutage nichts mehr, wofür man ins Gefängnis kommt, aber es erfüllt meinen Zweck. Sie hat ihn angefasst – an den intimsten Stellen, Ulrike? Ganz bestimmt, oder? –, also tragen ihre Hände genau wie bei all den anderen die Flecken ihrer Sünde.« Er schaute auf Ulrike hinab. »Ich schätze, es tut dir Leid, richtig, Liebes?« Er strich ihr übers Haar. »Ja, ja. Es tut dir Leid. Also wirst du befreit. Das verspreche ich dir. Wenn es vorüber ist, wird deine Seele zum Himmel aufsteigen. Ich werde ein Stückchen von dir für mich behalten... Schnipp, schnapp, und du bist mein... Aber das wirst du nicht mehr spüren. Du wirst überhaupt nichts merken.«

Lynley sah, dass die junge Frau zu weinen begonnen hatte. Sie kämpfte verzweifelt gegen ihre Fesseln an, aber dabei verausgabte sie sich nur sinnlos. Fu schaute ihr ruhig zu und strich ihr noch mal übers Haar, als sie aufhörte.

»Es muss sein«, sagte er mit gütiger Stimme. »Versuch, das zu verstehen. Und vergiss nicht, dass ich dich gern hab, Ulrike. Im Grunde mochte ich sie alle ziemlich gern. Natürlich musst du leiden, aber so ist das Leben. Wir müssen erleiden, was immer uns zugedacht ist. Und dies ist dir zugedacht. Der Superintendent hier wird unser Zeuge sein. Und dann wird er für seine eigenen Sünden bezahlen. Du bist also nicht allein, Ulrike. Das ist dir doch bestimmt ein Trost, oder?«

Lynley sah, dass es dem Mann Vergnügen bereitete, mit ihr zu spielen, tatsächlich körperliches Vergnügen. Das schien Fu jedoch verlegen zu machen. Zweifellos gab ihm das das Gefühl, einer der »anderen« zu sein, und die Erkenntnis gefiel ihm sicher nicht, dass er vom gleichen kranken Menschenschlag war wie jeder andere Psychopath vor ihm und sexuelle Erregung angesichts der Furcht und des Schmerzes anderer empfand. Fu hob seine Hose auf, zog sie an und versteckte seinen Penis.

Doch allein die Tatsache seiner Erregung schien ihn zu verändern. Er wurde geschäftsmäßig, das freundschaftliche Geplauder war vorüber. Er wetzte das Messer, spuckte in die Pfanne, um zu testen, wie heiß sie war. Von einem Bord nahm er ein Stück dünne Schnur, ergriff jedes Ende mit einer Hand und spannte sie ruckartig mit erfahrenen Bewegungen, als wolle er ihre Stärke überprüfen.

»Also, an die Arbeit«, sagte er, als seine Vorbereitungen abgeschlossen waren.

Barbara betrachtete den Van eingehend vom entlegenen Ende des Parkplatzes, etwa sechzig Meter entfernt. Sie versuchte sich vorzustellen, wie es dort drinnen aussehen mochte. Wenn er die Jungen im Wageninneren ermordet und aufgeschlitzt hatte – und dessen war sie sicher –, brauchte er viel Platz. Platz, um jemanden ausgestreckt hinlegen zu können. Das hieß: der Laderaum. Einleuchtend, oder? Aber wie genau waren diese verdammten Fahrzeuge aufgeteilt?, fragte sie sich. Wo hatten sie ihre verwundbarste Stelle, wo die stabilste? Sie wusste es nicht. Und sie hatte auch keine Zeit, um es herauszufinden.

Sie stieg wieder in den Bentley und schob den Sitz ein Stück zurück, was bedeutete, dass das Fahren erschwert wurde. Aber die Strecke war nicht weit.

Sie schnallte sich an.

Sie ließ den Motor aufheulen.

Sie sagte: »Tut mir Leid, Sir«, und schaltete das Automatikgetriebe von Parken auf Fahren.

Fu sagte zu Ulrike: »Das Gericht haben wir hinter uns, nicht wahr? Und in deinen Tränen erkenne ich sowohl Bekenntnis als auch Reue. Also gehen wir direkt zur Bestrafung über, Liebes. Nach der Bestrafung, verstehst du, kommt die Läuterung.«

Lynley beobachtete, wie Fu die Pfanne vom Kocher nahm und gütig auf die Frau hinablächelte, die gegen ihre Fesseln ankämpfte. Lynley selbst kämpfte ebenfalls, aber ohne Erfolg.

»Nicht«, befahl Fu ihnen beiden. »Es macht alles nur schlimmer.« Und dann zu Ulrike: »Eines kannst du mir jedenfalls glauben, Liebes: Es wird mir weitaus mehr wehtun als dir.«

Er kniete sich neben sie und stellte die Pfanne auf den Boden.

Er nahm ihre Hand, band sie los und hielt sie fest. Er betrachtete sie einen Moment, dann küsste er sie.

Und die Seite des Wagens explodierte.

Der Airbag blies sich auf. Rauch füllte das Wageninnere. Barbara hustete und tastete in blinder Hast nach dem Verschluss des Sicherheitsgurtes. Schließlich gelang es ihr, sich zu befreien, und sie taumelte aus dem Auto. Ihre Brust schmerzte, und sie rang keuchend nach Luft. Als sie wieder atmen konnte, sah sie den Bentley an, und ihr ging auf, dass das, was sie für Rauch gehalten hatte, eine Art Pulver war. Vom Airbag? Wer weiß. Das Entscheidende war, dass nichts brannte, weder der Bentley noch der Van, auch wenn keiner von beiden mehr der Alte war.

Sie hatte die Fahrertür anvisiert und genau getroffen. Sechzig Stundenkilometer waren genau richtig gewesen. Der Aufprall hatte die Front des Bentley völlig eingedrückt und den Van wie einen Kreisel ins Gebüsch geschoben. Was ihr jetzt zugewandt war, war die Rückseite des Lieferwagens, das einzelne Fenster starrte sie an wie ein schwarzes Auge.

Er hatte die Waffen, sie hatte den Vorteil der Überraschung. Sie setzte sich in Bewegung, um herauszufinden, was dieser Vorteil ihr eingebracht hatte.

Die Schiebetür war auf der Beifahrerseite. Sie stand offen. Barbara brüllte: »Polizei, Kilfoyle! Sie sind am Ende. Kommen Sie raus.«

Keine Reaktion. Er musste bewusstlos sein.

Sie bewegte sich vorsichtig. Im Gehen schaute sie sich um. Es war stockfinster, aber allmählich stellten ihre Augen sich auf die Dunkelheit ein. Das Gestrüpp war dicht, rankte sich am Boden bis auf den Parkplatz, und sie bahnte sich einen Weg zur offenen Schiebetür.

Sie sah menschliche Gestalten, unerklärlicherweise zwei, und eine flackernde Kerze, die umgefallen war. Sie richtete sie auf, und die Flamme spendete ausreichend Licht, dass Barbara ihn finden konnte. Lynley hing schlaff, an Armen und Handgelenken gefesselt, an der Seitenwand, wie ein Stück Fleisch am Haken. Am Boden lag Ulrike Ellis, gefesselt. Sie hatte sich nass gemacht. Scharfer Uringeruch lag in der Luft.

Barbara stieg über sie hinweg und ging zu Lynley. Sie sah, dass er bei Bewusstsein war, und sandte ein Dankgebet gen Himmel. Sie riss das Klebeband von seinem Mund und rief: »Hat er Sie verletzt? Sind Sie verletzt? Wo ist er, Sir?«

Lynley erwiderte: »Kümmern Sie sich um die Frau. Die *Frau*.«

Barbara wandte sich zu ihr um. Sie entdeckte eine schwere Bratpfanne neben Ulrike, und für einen Moment glaubte sie, der Bastard habe ihr damit eins übergezogen und ihr den Schädel zertrümmert. Doch als sie sich hinkniete und nach einem Puls tastete, ging er schnell und regelmäßig. Sie löste auch das Klebeband von Ulrikes Mund und band ihre linke Hand los.

»Sir, wo ist er?«, fragte sie. »Ist er hier? Wo...«

Der Van schwankte.

Lynley rief: »Barbara! Hinter Ihnen!«

Und da war der Bastard. Er war in den Wagen gestiegen, kam auf sie zu, und Gott verflucht, hatte er nicht etwas in der Hand? Es sah aus wie eine Taschenlampe, aber sie konnte nicht glauben, dass es wirklich eine Taschenlampe war, denn sie war nicht eingeschaltet, und jetzt stürmte er auf sie zu und...

Barbara packte das Einzige, das in Reichweite war. Sie sprang auf die Füße, als er sich auf sie stürzte. Er verfehlte sie und fiel vornüber.

Sie hatte mehr Glück.

Sie schwang die Bratpfanne und ließ sie auf seinen Hinterkopf niedersausen.

Er fiel auf Ulrike, aber das spielte keine Rolle. Barbara schlug ein zweites Mal zu, um auf Nummer sicher zu gehen.

34

Nkata erreichte die Polizeiwache Lower Clapton Road in Rekordzeit. Er fand sie nicht allzu weit von Hackney Marsh entfernt in einem Stadtteil, wo er nie zuvor gewesen war. Die Wache befand sich in einem alten viktorianischen Gebäude aus roten Ziegeln, das so aussah, als könne Bobby Peel jeden Moment herauskommen. Zu dieser frühen Stunde war es noch erleuchtet, und Außenscheinwerfer sollten die Terroristen abschrecken, von denen das neunzehnte Jahrhundert nie gehört hatte.

Das Klingeln seines Handys hatte ihn geweckt, und Barbara Havers war am anderen Ende gewesen. Knapp hatte sie gesagt: »Es ist Kilfoyle, Winnie. Wir haben den Scheißkerl. Lower Clapton Road, falls du dabei sein willst. Willst du?«

»*Was?* Ich dachte, du bist losgefahren, um den Super...«

»Kilfoyle war dort. Er hat ihn auf dem Parkplatz erwischt. Ich bin ihm gefolgt und... verdammt, ich hab seinen Bentley zu Schrott gefahren, Win, aber es war die einzige Möglichkeit...«

»Soll das heißen, du hast gesehen, wie der Chef entführt wurde, und keine Verstärkung gerufen? Scheiße noch mal, Barb...«

»Ich konnte nicht.«

»Aber...«

»Winnie. Halt die Klappe. Wenn du dabei sein willst, sieh zu, dass du herkommst. Sie haben ihn in eine Zelle gesperrt, bis John Stewart hier ist, aber sie lassen uns zuerst mit ihm sprechen, wenn der Pflichtverteidiger eher hier aufkreuzt. Also, willst du kommen?«

»Bin unterwegs.«

In seiner Hast war er durch die dunkle Wohnung gepoltert und hatte seine Mutter geweckt. Sie kam aus dem Schlafzimmer gestürmt, eine Häkelnadel in der erhobenen Faust – Gott allein mochte wissen, was sie damit hatte tun wollen –, und als sie ihn sah, fragte sie, was im Namen Jamaikas er hier um vier Uhr zweiunddreißig verloren habe.

»Kommst du etwa gerade erst nach Hause?«, hatte sie ausgerufen.

»Ich bin im Aufbruch«, antwortete er.

»Ohne *Frühstück*? Setz dich hin und lass mich dir ein anständiges Frühstück machen.«

»Kann nicht, Mum. Der Fall kommt zum Abschluss, und ich will dabei sein. Es bleibt nicht viel Zeit, bevor die da oben mich zur Seite drängen.«

Also hatte er sich seinen Mantel geschnappt, sie auf die Wange geküsst und sich auf den Weg gemacht, war den Flur entlanggerannt, die Treppe hinunter und zu seinem Auto. Er wusste so ungefähr, wo die Polizeiwache war. Die Lower Clapton Road lag gleich nördlich von Hackney.

Jetzt hastete er in die Wache, wo er seinen Namen nannte und den Dienstausweis zückte. Der diensthabende Constable griff zum Telefon, und Barb Havers erschien in weniger als zwei Minuten.

Schnell informierte sie ihn: Was sie auf dem Parkplatz des St.-Thomas-Krankenhauses beobachtet hatte, wie ihr verfluchter, erbärmlicher, nutzloser Mini endgültig den Geist aufgegeben und sie sich Lynleys Bentley angeeignet hatte, die Fahrt zum Lea Valley Eislauf-Center, ihr improvisierter Angriffsplan, wie sie mit dem Bentley den Van gerammt, Lynley und Ulrike Ellis im Innern gefunden hatte und schließlich ihre kurze Konfrontation mit dem Mörder.

»Mit der Pfanne hat er nicht gerechnet«, schloss sie. »Ich hätte ihm gern noch ein paar mehr übergebraten, aber der Superintendent rief, es sei genug.«

»Wo ist er?«

»Der Chef? Im Krankenhaus. Da sind wir alle erst mal hingefahren, nachdem die Notrufzentrale die Jungs hier zum Ort des Geschehens geschickt hatte.« Mit einer Geste zeigte sie, dass sie die Kollegen hier von der Lower-Clapton-Road-Wache meinte.

Kilfoyle hatte Lynley so viele Elektroschocks verpasst, dass sie den Superintendent eine Weile zur Beobachtung dabehalten wollten. Das Gleiche galt für Ulrike.

»Und Kilfoyle?«

»Der Drecksack hat einen Schädel wie eine Betonmauer, Winnie. Ich hab ihm leider nichts gebrochen. Wahrscheinlich hat er eine Gehirnerschütterung, eine Gehirnquetschung oder weiß der Henker, was, aber seine Stimmbänder funktionieren, also geht es ihm gut genug für unsere Zwecke. Oh, und ich hab ihm auch eins mit dem Elektroschocker verpasst.« Sie grinste. »Konnte einfach nicht widerstehen.«

»Polizeibrutalität.«

»Das dürft ihr mir auf den Grabstein meißeln. Da sind wir.« Mit der Schulter stieß sie die Tür eines Verhörzimmers auf. Drinnen saß Robbie Kilfoyle mit einem Pflichtverteidiger, der eindringlich auf ihn einredete.

Nkatas erster Gedanke war, dass Kilfoyle keine große Ähnlichkeit mit den Phantombildern hatte, die sie im Laufe ihrer Ermittlungen erstellt hatten. Nur oberflächlich sah er dem Bild des Mannes ähnlich, der im Square Four Gym beobachtet worden war, wo Sean Lavery trainiert hatte, und es gab keinerlei Übereinstimmungen mit dem Mann, der im letzten Spätsommer den Lieferwagen von Muwaffaq Masoud gekauft hatte. Falls Kilfoyle überhaupt dieser Mann gewesen war. So viel zum Erinnerungsvermögen von Zeugen, dachte Nkata.

Robson hatte indessen trotz all seiner eigenen Sünden von Anfang an ziemlich richtig gelegen mit seinem Profil des Serienmörders, und die wenigen Fakten, die sie von Kilfoyle bekamen, wenn der Pflichtverteidiger ihm nicht riet, den Mund zu halten, bestätigten dies. Mit siebenundzwanzig Jahren war Kilfoyle genau im angegebenen Alter, und seine Lebensumstände waren auch nicht weit von dem Profil entfernt. Mutter verstorben, und er hatte mit seinem alten Herrn zusammengewohnt, bis der spät im letzten Sommer tot umgefallen war. Das war der auslösende Stressor, nahm Nkata an, denn der erste Mord war nicht lange danach verübt worden. Und sie wussten ja bereits, dass seine Vergangenheit ebenfalls zum Profil passte, denn er war ein Schulschwänzer gewesen, es hatte Gemunkel über Voyeurismus gegeben und Fehltage am Arbeitsplatz. Doch in der kurzen Zeit, die sie mit ihm verbrachten, ehe Detective Inspector John Stewart erschien und das Verhör übernahm, wurde ihnen klar, dass sie die übrigen Details durch die Beweise erhalten würden, die sie in seinem Haus, möglicherweise vom Parkplatz des Eislauf-Centers und aus seinem Van bekommen würden.

Stewart wartete auf das Eintreffen der Kriminaltechniker von der Spurensicherung. Der Parkplatz am Eislauf-Center wartete auf Tageslicht. Blieb noch sein Haus am Granville Square. Nkata schlug vor, dort vorbeizufahren. Barb hatte keine große Lust, »den verfluchten Drecksack« schon zu verlassen, stimmte aber schließlich zu. Sie trafen John Stewart auf dem Weg nach draußen. Er hatte sein Klemmbrett bereits in der Hand, und sein Scheitel sah aus wie mit der Rasierklinge gezogen. Auch nasse Kammspuren waren noch in seinem Haar zu erkennen.

Er nickte ihnen beiden zu. Dann sagte er zu Barb: »Gut gemacht, Havers. Zweifellos werden Sie jetzt rehabilitiert. Kriegen Ihren alten Rang zurück. Falls es Sie interessiert: Ich befürworte das. Wie geht es ihm?«

Nkata wusste, dass Stewart nicht Kilfoyle meinte. Barb antwortete: »Er ist im Krankenhaus. Zur Beobachtung. Ich schätze, dass sie ihn in ein paar Stunden gehen lassen. Ich habe seine Mutter angerufen. Sie holt ihn ab. Oder seine Schwester. Sie sind beide hier in London.«

»Und davon abgesehen?«

Barb schüttelte den Kopf. »Er hat nicht viel gesprochen.«

Stewart nickte und sah düster an dem Polizeigebäude hoch. Barbs Gesichtsausdruck veränderte sich, und Nkata konnte sehen, dass sie dachte, dass sie den Kerl beinah mögen könnte für diesen Moment, da er einen Hauch von Mitgefühl gezeigt hatte. »Armes Schwein«, murmelte Stewart. Und dann befahl er in seinem gewohnten Tonfall ihnen beiden: »Weitermachen. Essen Sie etwas. Wir sehen uns später.«

Sie hatten kein Interesse daran, etwas zu essen. Vielmehr machten sie sich auf den Weg zum Granville Square. Bis sie dort ankamen, war der Platz zum Leben erwacht. Ein KTU-Van parkte vor dem Haus und verriet die Anwesenheit der Spurensicherung, und neugierige Nachbarn versammelten sich auf dem Bürgersteig. Nkata zeigte dem Constable vor der Tür seinen Dienstausweis, erklärte, warum Barbara keinen hatte, und führte sie hinein.

Das Haus enthüllte weitere Bruchstücke der Persönlichkeit des Mörders. Im Keller fand sich ein ordentlicher Zeitungsstapel, der Kilfoyles Taten in chronologischer Reihenfolge dokumentierte, und auf einem Tisch in der Nähe lag ein Stadtplan, auf dem jede seiner sorgsam ausgewählten Stätten, wo er die Leichen abgelegt hatte, mit einem X gekennzeichnet war. In der Küche oben fand sich eine große Auswahl an Messern, allesamt von den KTU-Kollegen verpackt und gekennzeichnet, und auf den Sessellehnen im Wohnzimmer hingen Spitzendeckchen der Art, das als weiches Lendentuch für Kimmo Thorne verwendet worden war. Überall herrschte Ordnung. Die ganze Wohnung war überhaupt ein Vorbild an Ordnung. Nur in einem Zimmer fanden sich Hinweise – abgesehen von den Zeitungen und dem Stadtplan –, dass hier ein extrem instabiler Geist am Werke gewesen war: In einem Schlafzimmer im Obergeschoss entdeckten sie ein altes Hochzeitsfoto, das verunstaltet worden war, indem dem zottelhaarigen Bräutigam mit Hilfe von Füller und Tinte der Bauch aufgeschlitzt worden war, und auf seiner Stirn befand sich das gleiche Zeichen wie jenes, das als Unterschrift unter dem Brief gestanden hatte, den Kilfoyle an New Scotland Yard geschickt hatte. Auch im Kleiderschrank hatte eine von einem gestörten Geist gesteuerte Hand alle Männerkleidungsstücke der Länge nach zerschnitten.

»Hatte nicht viel für seinen Dad übrig, so wie's aussieht«, bemerkte Barb.

Von der Tür her sagte eine Stimme: »Ich dachte, Sie wollten das hier vielleicht sehen, bevor wir es abtransportieren.« Ein KTU-Beamter im weißen Overall stand dort, eine Urne in der Hand.

»Was haben Sie da?«, fragte Nkata.

»Seine Souvenirs, möchte ich wetten.« Er trug die Urne zu der Kommode hinüber, auf der das Hochzeitsbild stand, und nahm den Deckel ab. Sie spähten hinein.

Menschliche Asche machte den Großteil des Inhalts aus, und darin lagen ein paar aschefarbene Klumpen. Barbara war diejenige, die erriet, was sie waren. »Die Nabel«, sagte sie. »Was denkst du, wessen Asche das ist? Dads?«

»Meinetwegen kann es auch die von Queen Mom sein«, erwiderte Nkata. »Wir haben den Scheißkerl.«

Jetzt konnten die Familien unterrichtet werden. Befriedigende Gerechtigkeit würde es für sie nicht geben, die gab es nie. Aber es würde ein Ende geben.

Nkata brachte Barbara zum St.-Thomas-Krankenhaus zurück, sodass sie einen Abschleppdienst für ihren Wagen anfordern und ihn reparieren lassen konnte. Dort trennten sie sich, und keiner von ihnen schaute zum Krankenhaus hinüber, während sie sich verabschiedeten.

Nkata fuhr zurück zu New Scotland Yard. Inzwischen war es neun Uhr, und der Verkehr kroch dahin. Er war am Parliament Square, als sein Handy klingelte. Er nahm an, es war Barb, die die Sache mit ihrer Karre einfach nicht in den Griff kriegte. Doch ein Blick aufs Display zeigte ihm eine fremde Nummer, also meldete er sich lediglich mit: »Nkata.«

»Ihr habt ihn also verhaftet. Es war heute Morgen in den Nachrichten.« Es war eine Frauenstimme, die sprach, vertraut, aber er hatte sie noch nie am Telefon gehört.

»Wer ist da?«

»Ich bin froh, dass es vorbei ist. Und ich weiß, du hast es nur gut mit ihm gemeint. Mit uns. Ich weiß das, Winston.«

Winston. »Yas?«, fragte er.

»Ich hab das schon lange gewusst, aber ich wollte dem nicht ins Auge sehen, was es bedeutet, verstehst du? Das will ich immer noch nicht. Ins Auge sehen, mein ich.«

Er ließ sich das durch den Kopf gehen, die Tatsache, dass sie überhaupt angerufen hatte. »Kannst du vielleicht einen kurzen Blick darauf werfen, was meinst du?«

Sie sagte nichts.

»Ein Blick ist keine große Sache, oder? Nur so aus dem Augenwinkel. Das ist alles. Du müsstest gar nicht genau hingucken, Yas. Nur einen winzigen Blick riskieren. Das ist alles.«

»Ich weiß nicht«, antwortete sie schließlich.

Und das war besser, als die Dinge in der Vergangenheit gestanden hatten. »Wenn du's rausgekriegt hast, ruf mich an«, bat er sie. »Ich hab kein Problem damit, zu warten.«

Lynley nahm an, einer der Gründe, warum sie ihn im Krankenhaus behielten, war, dass sie fürchteten, er werde Kilfoyle etwas antun, wenn sie ihn entließen. Und die Wahrheit war, dass er tatsächlich etwas getan hätte, aber nicht das, was sie offensichtlich annahmen. Er hätte dem Mann lediglich die Frage gestellt: Warum? Und vielleicht hätte diese Frage zu anderen geführt: Warum Helen und nicht ich? Und warum die Art und Weise, wie er es getan hatte, zusammen mit einem Jungen? Was für eine Aussage wollte er damit treffen? Ging es um Macht? Gleichgültigkeit? Sadismus? Vergnügen? So viele Leben wie möglich auf unterschiedlichste Weise zu zerstören, auf einen Schlag, weil er wusste, dass das Ende nahe war? War das der Grund? Er war jetzt berühmt, berüchtigt, mit all der damit einhergehenden Medienaufmerksamkeit. Er stand jetzt ganz oben bei den Besten der Besten, neben Namen wie Hindley, die für alle Zeit das Firmament der Abgründigkeit erhellten. Verbrechensenthusiasten würden in Scharen zu seinem Prozess kommen, Autoren würden seine Taten in Büchern dokumentieren, und so würde er niemals aus dem öffentlichen Bewusstsein verschwinden wie ein gewöhnlicher Mann oder auch eine unschuldige Frau und ihr ungeborenes Kind, beide tot und bald vergessen.

Offenbar hatten die Detectives angenommen, Lynley könnte gewalttätig werden, sobald er das Monster wieder vor sich hatte. Aber Gewalttätigkeit setzte eine innere Lebenskraft voraus, die einen Menschen antrieb. Diese Kraft war aus ihm gewichen.

Sie sagten, man werde ihn in die Obhut eines Verwandten entlassen, und da sie seine Kleidung irgendwo versteckt hielten, war er gezwungen, auf die Ankunft dieses Familienmitglieds zu warten. Zweifellos hatten sie bei ihrem Anruf in Eaton Terrace angedeutet, dass diese Person sich am besten reichlich Zeit lassen solle, und so war es schon später Vormittag, als seine Mutter schließlich im Krankenhaus ankam. Sie hatte Peter mitgebracht. Ein Taxi warte draußen, erklärte sie.

»Was ist passiert?« Sie kam ihm älter vor als noch vor wenigen Tagen, und er vermutete, dass die Erfahrung eines Lebens im Chaos, das sie derzeit alle führten, auch von ihr einen Tribut forderte. Der Gedanke war ihm bislang nie gekommen. Er fragte sich, was es bedeutete, dass er jetzt daran dachte.

Hinter ihrer Mutter stand Lynleys Bruder, schlaksig und verlegen wie immer. Sie waren einander einmal nahe gewesen, aber das lag Jahre zurück, und nun standen Kokain, Alkohol und enttäuschte Erwartungen zwischen ihnen wie böse Geister. Es gab zu viel Krankheit in seiner Familie, dachte Lynley, körperliche und auch seelische.

Peter fragte: »Alles in Ordnung, Tommy?«, und Lynley sah seinen Bruder die Hand ausstrecken und dann wieder sinken lassen. »Sie wollten uns am Telefon nichts sagen... Nur, dass wir dich holen sollen. Wir haben gedacht... Sie haben gesagt, du seiest in der Nähe des Flusses gewesen. Aber hier oben... Welcher Fluss? Was hast du...«

Lynley begriff, dass sein Bruder sich fürchtete. Noch ein drohender Verlust in seinem Leben, und Peter wusste nicht, wie er ohne eine Krücke zurechtkommen sollte, auf die er sich stützen konnte: durch die Nase gezogen, in die Vene gespritzt, aus der Flasche, was auch immer. Peter wollte all das nicht, aber es war immer dort draußen und lockte ihn.

Lynley sagte: »Alles in Ordnung, Peter. Ich habe nichts versucht. Und das werde ich auch nicht.« Obwohl er wusste, dass diese letzte Aussage weder ein Versprechen noch eine Lüge war.

Peter kaute auf der Innenseite seiner Lippe, eine Gewohnheit aus Kindertagen. Er nickte nervös.

Lynley berichtete in zwei schlichten Sätzen, was sich ereignet hatte: Er hatte einen Zusammenstoß mit dem Mörder gehabt. Barbara Havers hatte die Dinge in die Hand genommen.

»Eine bemerkenswerte Frau«, sagte Lady Asherton.

»Das ist sie«, antwortete Lynley.

Er fand heraus, dass Ulrike Ellis schon Stunden zuvor in die Obhut der Polizei entlassen worden war, um ihre Aussage zu machen. Sie war nervlich mitgenommen, aber ansonsten unversehrt. Kilfoyle hatte nichts getan, außer sie mit Stromstößen zu lähmen, sie zu knebeln und zu fesseln. Das war schlimm genug, aber so weit von dem entfernt, was hätte passieren können, dass es albern war, zu denken, sie könne bleibende Schäden davontragen.

Im Taxi ließ er sich in eine Ecke sinken, seine Mutter neben ihm, sein Bruder gegenüber auf dem Notsitz. Er bat Peter: »Sag ihm, zu Scotland Yard.«

Seine Mutter protestierte: »Du musst auf dem kürzesten Weg nach Hause.«

Er schüttelte den Kopf. »Sag es ihm«, wiederholte er und wies auf den Fahrer.

Peter drehte sich zu der Öffnung in der Glasscheibe zwischen Fahrer und Fahrgastraum um. »Victoria Street«, sagte er. »New Scotland Yard. Und dann weiter nach Eaton Terrace.«

Der Fahrer fädelte sich in den fließenden Verkehr ein und fuhr Richtung Westminster.

»Wir hätten mit dir im Krankenhaus bleiben sollen«, murmelte Lady Asherton.

»Nein«, antwortete Lynley. »Ihr habt getan, worum ich euch gebeten hatte.« Er sah aus dem Fenster. »Ich möchte sie in Howenstow begraben. Ich glaube, sie hätte es so gewollt. Wir haben nie darüber gesprochen, denn es bestand keine Veranlassung. Aber ich würde gerne…«

Er fühlte die Hand seiner Mutter auf der seinen. »Natürlich«, sagte sie.

»Ich weiß noch nicht, wann. Ich habe nicht daran gedacht, mich zu erkundigen, wann sie den… ihren Leichnam freigeben. Es gibt alle möglichen Formalitäten…«

»Wir kümmern uns darum, Tommy«, sagte sein Bruder. »Wir kümmern uns um alles. Wenn du uns lässt.«

Lynley schaute ihn an. Peter hatte sich vorgebeugt und war ihm so nahe wie seit Ewigkeiten nicht mehr. Lynley nickte langsam. »Zumindest um einiges«, antwortete er. »Danke.«

Den Rest der Fahrt schwiegen sie. Als das Taxi von der Victoria Street auf den Broadway einbog, fragte Lady Asherton: »Erlaubst du einem von uns, dich zu begleiten, Tommy?«

»Dazu besteht kein Grund«, versicherte er. »Ich schaffe das schon, Mum.«

Er wartete, bis sie weggefahren waren, ehe er das Gebäude betrat. Er ging nicht zum Victoria Block, sondern zum Tower Block und hinauf zu Hilliers Büro.

Judi MacIntosh sah von ihrer Arbeit auf. Wie seine Mutter schien auch sie in der Lage, seinen Gesichtsausdruck zu lesen, und offenbar richtig, denn er war nicht hergekommen, um eine Konfrontation zu suchen. Sie sagte: »Superintendent, ich… wir alle hier… Ich kann wahrscheinlich nicht nachempfinden, was Sie durchmachen.« Sie hatte die Hände an die Kehle gelegt, als wolle sie ihn anflehen, ihr zu erlassen, noch mehr zu sagen.

»Vielen Dank«, sagte er und fragte sich, wie oft er in den kommenden Monaten irgendwelchen Leuten würde danken müssen. Tatsächlich fragte er sich, wofür er sich eigentlich bedankte. Seine Erziehung drängte ihn zu diesem Ausdruck von Dankbarkeit, obwohl er in Wahrheit den Kopf zurücklegen und in die ewige Nacht hinausschreien wollte, die sich um ihn zusammenbraute. Er verabscheute gute Erziehung. Aber trotz dieses Abscheus stützte er sich darauf, als er bat: »Würden Sie ihm sagen, dass ich hier bin? Ich hätte ihn gern kurz gesprochen. Es dauert nicht lange.«

Sie nickte. Doch statt nach dem Telefon zu greifen, trat sie durch die Tür zu Hilliers Büro und schloss sie leise hinter sich. Eine Minute verging, noch eine. Vermutlich riefen sie jemanden an, der heraufkommen sollte. Nkata, zum Beispiel. Oder John Stewart. Jemand, der in der Lage war, ihm Einhalt zu gebieten. Jemand, der ihn aus dem Gebäude eskortierte.

Judi MacIntosh kam zurück. »Bitte, treten Sie ein«, sagte sie.

Hillier war nicht an seinem üblichen Platz hinter dem Schreibtisch. Er stand auch nicht an einem der Fenster. Vielmehr stand er mitten im Raum auf dem Teppich, war Lynley den halben Weg entgegengekommen. Er sagte leise: »Thomas, Sie müssen nach Hause fahren und sich ausruhen. Sie können so nicht weitermachen...«

»Ich weiß.« Lynley konnte sich nicht entsinnen, wann er zum letzten Mal geschlafen hatte. Er hatte jetzt so lange nur durch die Stimulanz von Angst und Adrenalin funktioniert, dass er sich an keinen anderen Zustand mehr erinnern konnte. Er zog seinen Dienstausweis hervor, zusammen mit jedem anderen Gegenstand, den er mit sich führte und der ihn als Polizisten auswies. Er hielt sie dem Assistant Commissioner hin.

Hillier sah sie an, nahm sie aber nicht. »Das akzeptiere ich nicht«, erklärte er. »Sie haben nicht richtig darüber nachgedacht. Sie können auch jetzt nicht richtig denken. Ich kann nicht zulassen, dass Sie eine solche Entscheidung...«

»Glauben Sie mir, Sir«, unterbrach Lynley. »Ich habe weitaus schwierigere Entscheidungen getroffen.« Er ging an Hillier vorbei zu dessen Schreibtisch. Dort legte er seinen Ausweis ab.

»Thomas, tun Sie das nicht«, bat Hillier. »Nehmen Sie sich frei. Nehmen Sie Sonderurlaub. Nach allem, was passiert ist, können Sie kaum in der Lage sein, Entscheidungen über Ihre Zukunft oder die anderer zu treffen.«

Lynley spürte ein freudloses Lachen in sich aufsteigen. Er konnte Entscheidungen treffen und hatte es getan.

Er wollte sagen, dass er nicht mehr wusste, wie er existieren sollte, geschweige denn, wer er war. Er wollte erklären, dass er jetzt für nichts und niemanden mehr gut war und nicht wusste, ob sich die Dinge je wieder ändern würden. Was er stattdessen sagte, war: »Ich für meinen Teil bedaure zutiefst, was zwischen uns vorgefallen ist, Sir.«

»Thomas…« Hilliers Tonfall – war er schmerzlich? Er klang jedenfalls so – veranlasste ihn, an der Tür noch einmal stehen zu bleiben. Er wandte sich um. Hillier fragte: »Wo gehen Sie hin?«

»Ich fahre nach Cornwall«, antwortete er. »Ich bringe sie nach Hause.«

Hillier nickte. Er sagte noch etwas, als Lynley die Tür öffnete. Lynley war nicht sicher, ob er die Worte richtig verstanden hatte, aber später glaubte er, sie lauteten: »Gehen Sie mit Gott.«

Draußen im Vorzimmer wartete Barbara Havers. Sie sah vollkommen erledigt aus, und Lynley überlegte, dass sie seit mehr als vierundzwanzig Stunden im Dienst war. Sie sagte: »Sir…«

»Mir geht es gut, Barbara. Sie hätten nicht heraufkommen müssen.«

»Ich soll Sie fahren.«

»Wohin?«

»Einfach nur… Die haben gesagt, ich soll Sie nach Hause bringen. Ich habe einen Leihwagen, also brauchen Sie sich nicht in meinen Mini zu quetschen.«

»In Ordnung«, antwortete Lynley. »Gehen wir.«

Er fühlte ihre Hand auf seinem Ellbogen, als sie ihn vom Büro zum Aufzug führte. Sie redete, während sie gingen, und ihren Worten entnahm er, dass es genügend Beweise gab, um Kilfoyle mit den toten Jungen von Colossus in Zusammenhang zu bringen.

»Und der Rest?«, fragte er sie, als die Aufzugtür sich zur Tiefgarage öffnete. »Was ist mit dem Rest?«

Und sie sprach von Hamish Robson und dann von dem Jungen, der in der Polizeiwache Harrow Road in Gewahrsam war. Robsons Verbrechen hatten sich aus seinem Trieb und der Gelegenheit ergeben, sagte sie. Was den Jungen in der Harrow Road betraf: Er wollte keine Angaben machen.

»Aber es gibt keinerlei Verbindung zwischen ihm und Colossus«, sagte Havers, als sie am Auto ankamen. Sie redete weiter über das Wagendach hinweg, sie auf der einen Seite, er auf der anderen. »Es sieht aus ... Sir, alle sagen, es sieht aus wie ein willkürliches Verbrechen. Er redet nicht, dieser Junge. Aber wir glauben, es ist eine Gang.«

Er schaute sie an. Es kam ihm vor, als befinde sie sich unter Wasser, weit entfernt. »Eine Gang? Die was getan hat?«

Sie schüttelte den Kopf. »Ich weiß es nicht.«

»Aber Sie haben einen Verdacht. Sie müssen doch einen Verdacht haben. Sagen Sie es mir.«

»Das Auto ist auf, Sir.«

»Barbara, sagen Sie es mir.«

Sie öffnete ihre Tür, stieg aber nicht ein. »Es könnte eine Initiation gewesen sein, Sir. Er musste irgendjemandem irgendetwas beweisen, und Helen war da. Sie war einfach ... da.«

Lynley wusste, dies hätte die Absolution für ihn bedeuten müssen, aber er konnte nichts empfinden. Er sagte: »Fahren Sie mich zur Harrow Road.«

»Sie brauchen nicht ...«, begann sie.

»Bringen Sie mich zur Harrow Road, Barbara.«

Sie sah ihn an und stieg dann ins Auto. Sie startete den Motor. »Der Bentley ...«, sagte sie.

»Sie haben eine gute Verwendung dafür gefunden«, erwiderte er. »Gut gemacht, Constable.«

»Bald wieder Sergeant«, bemerkte sie. »Endlich.«

»Sergeant.« Er spürte, dass sich seine Mundwinkel nach oben zogen. »Gut gemacht, Sergeant Havers.«

Ihre Lippen bebten, und ein Grübchen bildete sich auf ihrem Kinn. »In Ordnung«, sagte sie. »Also los.« Sie fuhr aus der Tiefgarage und bog auf die Straße.

Wenn sie besorgt war, er könne irgendetwas Unüberlegtes tun, ließ sie es sich jedenfalls nicht anmerken. Vielmehr erzählte sie ihm, wie Ulrike Ellis Robbie Kilfoyle in die Hände gefallen war, und berichtete dann, dass man es John Stewart überlassen hatte, die Neuigkeit von der Verhaftung vor den Medien zu verkünden, nachdem Nkata sich geweigert hatte. »Stewarts Stunde des Ruhms, Sir«, schloss sie. »Ich glaube, er hat seit Jahren darauf gewartet, ein Star zu werden.«

»Sehen Sie zu, dass Sie gut mit ihm auskommen«, riet Lynley. »Ich will nicht, dass Sie in Zukunft hier Feinde haben.«

Sie warf ihm einen Blick zu. Er konnte sehen, was sie fürchtete, und wünschte, er könnte ihr sagen, die Dinge lägen anders.

Als sie im Polizeirevier an der Harrow Road ankamen, sagte Lynley ihr, was er wollte. Sie lauschte, nickte, und in einem Akt der Freundschaft, den er dankbar akzeptierte, versuchte sie nicht, es ihm auszureden. Nachdem ein paar Strippen gezogen und Arrangements getroffen worden waren, holte sie ihn. Genau wie im Tower Block an der Victoria Street ging sie auch jetzt neben ihm, die Hand leicht auf seinen Arm gelegt.

»Hier ist es, Sir«, sagte sie und öffnete die Tür zu einem schwach erleuchteten Raum. Dahinter, jenseits eines Einwegspiegels, saß Helens Mörder. Sie hatten ihm eine Plastikflasche mit Saft gegeben, aber er hatte sie nicht geöffnet. Er hatte die Hände darum gelegt und ließ die Schultern hängen.

Lynley spürte die Luft aus seinen Lungen weichen. Alles, was er sagen konnte, war: »Jung. So jung. Lieber Gott im Himmel.«

»Er ist zwölf Jahre alt, Sir.«

»Warum?«

Es gab keine Antwort, und er wusste, sie verstand, dass er auch keine erwartete. »Was ist nur aus uns geworden, Barbara?«, fragte er. »Was, um Himmels willen?«

Und er wusste auch dieses Mal, dass sie verstand, dass er keine Antwort wollte.

Aber sie fragte: »Darf ich Sie jetzt nach Hause bringen?«

»Ja«, antwortete er. »Sie können mich nach Hause bringen.«

Es war später Nachmittag, als er zur Cheyne Row fuhr. Deborah kam an die Tür. Wortlos hielt sie sie auf, damit er eintreten konnte. Sie sahen sich an – ein ehemaliges Liebespaar –, und Deborah studierte sein Gesicht, bevor sie anscheinend entschlossen die Schultern straffte und sagte: »Komm hier herein, Tommy. Simon ist nicht zu Hause.«

Er sagte ihr nicht, dass er zu ihr, nicht zu seinem Freund gekommen war, da sie es ohnehin zu wissen schien. Sie führte ihn ins Esszimmer, wo sie das Geschenk für Helen eingepackt hatte. Auf dem Tisch lagen die Taufkleider, die Deborah und Helen gekauft hatten, ordentlich zusammengefaltet auf ihren Tragetaschen. Deborah sagte: »Ich dachte, du willst sie vielleicht sehen, bevor ich... Na ja, bevor ich sie in die Geschäfte zurückbringe. Ich weiß nicht, wieso ich das gedacht habe. Aber weil es das Letzte war, was sie getan hat... Ich hoffe, es war richtig.«

Die Einkäufe waren allesamt typisch für Helen: Mit jedem der Kleidungsstücke hatte sie, auf ihre unnachahmliche, witzige Art, bekundet, was wichtig im Leben war und was nicht. Da lag der winzige Smoking, von dem sie gesprochen hatte, ein Miniaturclownskostüm, daneben eine Latzhose aus weißem Samt, ein unglaublich klitzekleiner dreiteiliger Anzug, ein gleichermaßen kleiner Strampler in Form eines Hasenkostüms... Die Sammlung war für alles geeignet, nur nicht für eine Taufe, aber genau das war ja Helens Absicht gewesen. Wir beginnen unsere eigene Tradition, Darling. Keine unserer subtil streitenden Familien kann darüber beleidigt sein.

»Ich konnte nicht zulassen, dass sie das taten, was sie tun wollten«, sagte Lynley. »Ich konnte dem einfach nicht ins Auge sehen. Sie war ein Forschungsobjekt für die Ärzte geworden. Ein paar Monate mit den Lebenserhaltungssystemen, Sir, und dann sehen wir, wie die Dinge sich entwickeln. Es könnte schlimm sein, es könnte schlimmer sein, aber auf jeden Fall werden wir die medizinische Entwicklung vorangebracht haben. Das wird ein Fall für die Fachzeitschriften. Man wird Bücher darüber schreiben.« Er sah Deborah an. Ihre Augen waren feucht, aber sie ersparte ihm ihre Tränen. »Ich konnte ihr das nicht antun, Deborah«, fuhr er fort. »Ich *konnte* nicht. Also habe ich die Maschinen abgeschaltet. Ich habe sie abgeschaltet.«

»Gestern Abend?«

»Ja.«

»O Tommy.«

»Ich weiß nicht, wie ich mit mir weiterleben soll.«

»Ohne Schuldgefühle«, antwortete sie. »So musst du weiterleben.«

»Du auch«, erwiderte er. »Versprich mir das.«

»Was?«

»Dass du auch nicht einen Moment mit dem Gedanken lebst, dass es deine Schuld war, dass du etwas hättest tun können, um es abzuwenden oder zu verhindern, was auch immer. Du hast den Wagen geparkt. Das war alles. Du hast geparkt. Ich will, dass du es so siehst, denn das ist die Wahrheit. Wirst du das für mich tun?«

»Ich werde es versuchen«, sagte sie.

Als Barbara Havers an diesem Abend nach Hause kam, verbrachte sie eine halbe Stunde damit, durch die Straßen zu fahren und darauf zu warten, dass irgendjemand einen Parkplatz frei machte, und das zu einer Tageszeit, da die meisten Menschen schon zu Hause waren und nicht mehr wegfuhren. Zu guter Letzt fand sie eine Lücke auf der Winchester Road, schon fast in South Hampstead, und sie parkte dankbar ein, obwohl sie ein langer Fußmarsch erwartete, sobald sie das Auto abgeschlossen und sich auf den Weg zu den Eton Villas gemacht hatte.

Unterwegs bemerkte sie, was ihr alles wehtat. Von den Beinen bis zum Hals hatte sie Muskelschmerzen, aber am schlimmsten